送给
妈
U0125277

郑玉巧 原创 妊娠·分娩·育儿 工具书

育儿百科

郑玉巧 著

化学工业出版社
米立方出版机构

内容简介

本书内容涵盖了从怀孕准备期、孕期、产后恢复期，到宝宝0～3岁的成长发育阶段全过程，堪称一部孕、产、育全程的百科全书。

本书丰富翔实的内容为新手父母和即将成为父母的读者提供关于怀孕、分娩和宝宝养育的各种问题的解决方案，既有作者20多年来在临床和咨询工作中一点一滴积累下来的经验，也融汇了国内外医学界关于怀孕、分娩和宝宝养育方面的宝贵思想财富和临床经验，并大量穿插真实的临床病例和咨询实例，配以大量图表，科学翔实。本书所介绍的宝宝发育特点和养护方式都是从中国宝宝的实际情况出发，是真正的中国人自己的育儿百科。

本书不仅适合新手父母，也适合计划升级当父母的新婚夫妇、负责照顾宝宝的看护人。

图书在版编目（CIP）数据

郑玉巧育儿百科／郑玉巧著.—北京：化学工业出版社，2009.2

ISBN 978-7-122-04216-3

Ⅰ.郑…　Ⅱ.郑…　Ⅲ.①妇幼保健-基本知识②婴幼儿-基本知识　Ⅳ.R715.3　TS976.31

中国版本图书馆CIP数据核字（2008）第188556号

责任编辑：王向民　肖志明　瞿　磊　　　装帧设计：北京水长流文化发展有限公司

责任校对：陈　静

出版发行：化学工业出版社米立方出版机构

（北京市东城区青年湖南街 13 号　邮政编码 100011）

印　　装：北京中科印刷有限公司

787mm×1092mm　1/16　印张 31.5　字数 788 千字　　2009年2月北京第1版第1次印刷

购书咨询：010-64518888（传真：010-64519686）　　售后服务：010-64518899

网　　址：http: // www.cip.com.cn

凡购买本书，如有缺损质量问题，本社销售中心负责调换。

定　　价：49.90元

迎接生命的开花结果，你准备好了吗

做为儿科医生，这几年，我写了一些育儿科普著作。出版后，受到准妈妈、新手妈妈和广大读者的欢迎，我感到很欣慰，这是对我二十多年从医生涯和几年辛勤笔耕的最好回报。

本想全情投入临床，暂时不再推出新的育儿著作。可在日常门诊治疗和健康咨询中，还是有数不胜数的问题迎面而来：

• 我怀孕了，可我在单位体检（有些是孕前体检）时照了X射线。

• 宝宝咳得厉害，我怕得了肺炎，就去照了X射线。

• 宝宝是早产儿。都快4个月了，还没有见过外面的世界。第一次带她出门，就发烧了。

• 姑妈为我怀孕专门从美国捎来了白蛋白，我一直不停地补充到孕9月。

• 我有先兆流产，保胎成功了。现在做了妈妈，宝宝5个月。我的宝宝一直比较弱，都说半岁以前不生病，可我的宝宝非常容易感冒，反反复复，输液吃药像家常便饭。

• 我用奶瓶喂母乳，这样孩子才吃得多。

以上都不是重大医学难题，问题纠正起来也不难，有些连纠正的余地都没有。不管医术多么高超的医生，在有些问题面前一样无能为力。为什么要把我们能够控制的事情交给命运？为什么要把一个自然的、美好的、欢乐的孕育过程弄得忧心忡忡、险象环生？

她们都是我的读者，都是在宝宝有病时才找我看病，买我的书。熟悉后，她们对我说的最多的一句话就是：“我要早知道／早看您／早读您的书就好了！”但是，对于人生命中如此重要的孕育过程来说，是不能回头再来一遍的。对每一对新婚燕尔的年轻夫妻，有的是最美好的人生开端，没有的是后悔药！前事不忘后事之师，过来人的这些经历如果能让更多的新人警醒牢记，就有价值。迎接你们爱情的果实的真正的礼物，就是你们准备孕育知识的准备。

就我接触的国内准妈妈和新手妈妈，绝大部分对于健康、对于新生命的态度和知识素养都是远远不够的。很多人对孕育知识都是似是而非，懂一点但不真懂，非常重视但不得要领，道听途说莫衷一是，头痛医头脚痛医脚。比如上述的种种常见问题，知道X射线不能照，但不是自己捍卫的铁律；早产儿满4个月并不是足月儿满4个月，在医生眼中只是1个多月，这个宝宝同时还是处在疾病状态；不管多高级的补品，吃多了都是毒，营养的铁律是均衡，白蛋白也不例外；孕育是再自然不过的现象，水到渠成瓜熟蒂落，强行保胎和大量的医疗干预带来的是“弱苗”……没有一以贯之的正确的知识准备，这样的烦恼甚至直到悲剧也不会终结。

年轻的读者需要一套更简洁、更系统的孕育知识！由此，我萌发了给准妈妈和新手妈妈写一本孕、产、育全科工具书的想法。经过将近两年的写作和修改，近80万字的《郑玉巧育儿百科》终于和妈妈们见面了。这本工具书简洁明了，段落短小，强调整体过程，尤其加强了孕产育内容的衔接，是一本供准妈妈、新妈妈提前了解并伴随怀孕至宝宝3岁全程的常备工具书。

如果您已经踏入婚姻，正在准备或希望孕育你们爱情的结晶，这句话是您现在就应该问自己的：迎接生命的开花结果，我准备好了吗？

郑玉巧

2008年12月于北京

CONTENTS 目录

RENSHEN PIAN 妊娠篇

第一章 孕前准备 2

第一节 孕前健康检查 /2
0001 婚检、孕检、产检都是怎么回事 /2
0002 孕检前要做什么准备 /2
0003 孕检都要查哪些项目 /2
0004 准爸爸要做哪些男科检查 /3
0005 孕检发现问题怎么办 /3
第二节 孕前生殖健康保护 /4
0006 孕前女性生殖健康保护 /4
0007 孕前男性生殖健康保护 /5
0008 毒性因子威胁生殖细胞 /5
第三节 准妈妈孕前应治愈的疾病 /6
0009 泌尿系感染 /6
0010 阴道炎 /7
0011 盆腔炎、宫颈糜烂 /7
0012 妊娠前需治愈或控制的其他疾病 /7
第四节 准爸爸孕前应治愈的疾病 /7
0013 前列腺炎 /7
0014 淋菌性尿道炎 /7
0015 精子质量异常 /8
0016 腹腔疾病 /8
0017 夫妻双方常见病预防 /8
第五节 孕前遗传咨询 /9
0018 遗传咨询提示 /9
0019 对遗传风险率的误解 /10
0020 胎儿畸形的敏感期 /10
0021 遗传病干预和风险防范 /11
0022 准确预测受孕期 /11
第六节 孕前营养 /12
0023 健康饮食理念 /12
0024 孕前需要什么营养补充剂 /12
第七节 孕前规避用药风险 /13
0025 在不知怀孕的情况下服用了药物 /13
0026 服用避孕药但避孕失败 /13
0027 孕前规避不利因素对胎儿的影响 /13

第二章 孕1月（0～4周） 14

第一节 预产期的计算与孕龄的表达 /14
0028 孕龄计算法 /14
第二节 精子、卵子的成熟与释放 /14
0029 受精卵何以构建胎儿 /14
0030 精子是身材渺小的游泳健将 /15
0031 巨大、珍贵、高寿的卵子 /15
第三节 受精卵形成过程 /16
0032 受精卵预示新生命诞生 /16
0033 子宫是胎宝宝的家 /17
第四节 胚胎着床 /17
0034 胚泡经历巨变 /17
0035 孕满1月的胎儿外形 /17
第五节 脐带、胎盘、羊水、子宫 /18
0036 脐带让胎儿与妈妈血脉相连 /18
0037 胎盘是滋养胎儿的源泉 /18
0038 羊水是胎儿柔软的被褥 /19
0039 子宫是胎儿温暖的家 /20
第六节 胎儿性别是自然的选择 /20
0040 胎儿性别是在什么时候决定的 /20
0041 男胎与女胎，哪方比例更高 /21
0042 医学上可以自由选择生男生女吗 /21

0043 胎儿性别的其他鉴定方法 /21
0044 不要相信各种选择性别的方法 /21
0045 这些预测胎儿性别的方法可靠吗 /21
0046 为什么会有猜对的时候 /22
第七节 双胎和多胎妊娠 /22
0047 非自然因素导致的多胎妊娠 /22
0048 多胎的危险性 /22
0049 双胞胎孕妇注意事项 /23
第八节 早孕征兆 /23
0050 敏感、尿频、外阴不适 /23
0051 皮肤和乳房的变化 /23
0052 情绪的变化 /23
0053 早孕很像感冒初期 /24
第九节 孕1月遇到的问题 /24
0054 准爸爸也会有“妊娠反应” /24
0055 不要做粗心的准妈妈 /24
0056 细心准妈妈注意事项 /24

第三章 孕2月（5～8周） 25

第一节 2月胎儿生长发育 /25
0057 孕2月胎儿发育逐周看 /25
0058 胎儿各器官发育时期 /26
第二节 妊娠确诊 /26
0059 停经是胎儿到来的信号 /26
0060 妊娠试验——早孕诊断方法之一 /26
0061 何时开始常规孕期检查 /26
0062 预产期计算方法 /27
第三节 妊娠反应 /27
0063 早孕反应的主要表现 /27
0064 妊娠呕吐期营养补充贴士 /28
0065 孕吐期进食的心理暗示 /28
0066 爱发脾气 /28
0067 请准爸爸注意 /29
0068 唾液、分泌物、腹围 /29
0069 孕初期腹痛是什么原因 /29
第四节 避免流产 /30
0070 早期流产高发期 /30
0071 引起自然流产的主要原因 /30
0072 怎样减少流产的发生 /30
第五节 孕期预防感冒 /31
0073 普通感冒与流感 /31
0074 孕期防感冒11点建议 /31
第六节 胎心管搏动与胎停育 /32
0075 胎心管搏动 /32
0076 胎停育 /32

第四章 孕3月（9～12周） 33

第一节 3月胎儿生长发育 /33
0077 孕3月胎儿的发育逐周看 /33
0078 胎儿外形 /33
0079 令父母兴奋的胎动和心跳声 /34
第二节 妊娠反应就要过去了 /34
0080 妊娠反应还在持续 /34
0081 如何预防因饮食不当引发的突然孕吐 /35
0082 孕期呕吐并非都是妊娠反应所致 /35
0083 胎儿对营养需求增加 /35
0084 清洁乳房要轻柔 /35
0085 孕3月准妈妈遇到的问题 /36
第三节 孕3月医学检查 /36
0086 全面孕期检查时间和项目 /36
0087 孕期检查的诸多问题 /37
第四节 孕期用药慎之又慎 /38
0088 孕3月仍应慎用药物 /38
0089 孕期患了重症感冒需要治疗 /38
第五节 流产、阴道出血与胎停育 /39
0090 流产概率下降 /39
0091 晴天霹雳胎停育 /39

第五章 孕4月（13～16周）

第一节 4月胎儿生长发育 /39

0092 孕4月胎儿发育逐周看 /39

0093 胎儿外形 /40

0094 宝宝生命的重要标志——胎心 /40

0095 胎动是和妈妈最初的交流 /40

第二节 孕4月准妈妈状况 /40

0096 体重是否在稳步增长 /40

0097 孕妇体重增加的因素 /41

0098 学着测量腹围 /41

0099 可能遇到的问题 /42

0100 困扰孕妇的便秘与腹泻 /43

0101 意想不到的变化 /43

第六章 孕5月（17～20周）

第一节 5月胎儿生长发育 /44

0102 孕5月胎儿发育逐周看 /44

0103 胎儿外形 /44

0104 准妈妈初感胎动——与胎宝宝开始“交流” /44

0105 胎儿监护 /45

0106 孕妇不同状态与胎动 /45

0107 练习用听诊器听胎儿心跳 /45

0108 胎心监护的意义 /46

第二节 孕5月准妈妈的变化和问题 /46

0109 孕妇的体重并不完全代表胎儿的生长发育 /46

0110 孕妇腹围大小并不完全代表胎儿的大小 /47

0111 可以测量子宫底高度了 /47

0112 孕5月重点提示 /47

0113 晚期流产 /48

0114 如何面对来自四面八方的忠告 /48

0115 孕妇能否一夜保持左侧卧位 /49

0116 是否需要做产前诊断 /50

第七章 孕6月（21～24周）

第一节 6月胎儿生长发育 /50

0117 孕6月胎儿发育逐周看 /50

0118 胎儿外形 /51

0119 营养素补充重点 /51

0120 孕期缺铁性贫血 /51

0121 钙的需要量增加 /52

0122 胎动、胎心率、胎心音 /52

0123 胎龄评估 /53

0124 胎儿体重预测 /53

第二节 孕6月准妈妈状况 /53

0125 孕6月准妈妈的变化 /53

0126 孕6月准妈妈需注意的问题 /54

第八章 孕7月（25～28周）

第一节 7月胎儿生长发育 /55

0127 孕7月胎儿发育逐周看 /55

0128 胎儿外形 /55

0129 开始正规记录胎动 /55

0130 什么是胎儿电子监护 /56

0131 记录胎心 /56

第二节 孕7月准妈妈状况 /56

0132 孕7月准妈妈的变化 /56

0133 孕7月准妈妈应注意的问题 /57

0134 舒服的孕7月 /57

0135 关于腹带使用的问题 /58

第三节 准妈妈进入围产期 /58

0136 儿科医生也开始管理你的胎宝宝了 /58

第九章 孕8月（29～32周）

第一节 8月胎儿生长发育 /59

0137 孕8月胎儿发育逐周看 /59

0138 胎儿外形 /60

0139 该确定胎位是否正常了 /60

0140 天知道为什么选择臀位 /60

0141 臀位是难产的原因吗 /60

0142 胎动 /60

第二节 孕8月准妈妈状况 /62

0143 孕8月准妈妈常见问题 /62

0144 腹围与宫高的变化 /62

0145 给准妈妈的安全提示 /63

0146 受到睡眠困扰了吗 /63
0147 宫内感染 /64
0148 优生筛查 /64

第十章 孕9月（33～36周） 65

第一节 胎儿过大、入盆和胎位 /65
0149 胎儿体重 /65
0150 胎动、胎心 /65
第二节 全方位呵护准妈妈 /65
0151 体重、腹围和宫高 /65
0152 重视产前检查 /66
0153 预防早产办法 /66
0154 到外地分娩 /67
0155 孕9月可能遇到的问题 /67
第三节 为宝宝准备用品 /68
0156 婴儿寝具 /68
0157 尿布、哺乳和出行用品 /69

第十一章 孕10月（37～40周） 70

第一节 分娩前的胎儿异常与胎头衔接 /70
0158 密切监测胎儿情况 /70
0159 胎头衔接 /70
第二节 密集的产检和孕妈妈的变化 /70
0160 分娩前的检查 /70
0161 整个孕期该增加多少体重 /70
0162 子宫高度下降不奇怪 /71
0163 可能出现的问题 /71
第三节 迎接预产期 /72
0164 临产 /72
0165 准爸爸进入临产准备状态 /72
0166 准备好去医院分娩的物品 /73
0167 缘何瓜熟蒂不落——过期产 /74

第十二章 分娩 75

第一节 进入临产状态 /75
0168 分娩前可能忽视的问题 /75
0169 临产先兆 /76
0170 临产信号 /76
第二节 分娩痛 /77
0171 阵阵腹痛——胎儿的最后冲刺 /77
0172 生宝宝的不同体验和感受 /78
0173 决定分娩顺利进行的四要素 /78
第三节 无痛分娩 /80
0174 不使用药物的无痛分娩 /80
0175 借助药物的无痛分娩 /80
0176 产科常用的麻醉方法 /81
0177 影响分娩的痛感因素 /81
0178 自我舒缓疼痛的方法 /82
第四节 剖腹产 /82
0179 都市白领青睐剖腹产 /82
0180 剖腹产指征和注意事项 /82
第五节 难产 /83
0181 不同情形下的难产 /83
0182 关于“干生” /84
0183 生产过程中的难产 /84
第六节 最激动人心的时刻——分娩 /85
0184 第一产程（6～12小时）：养精蓄锐、休息、进食 /85
0185 第二产程（1～2小时）：极限冲刺、配合用力、可见胎头 /86
0186 第三产程（3～30分钟）：胎盘娩出、比较轻松 /87
0187 相信自己能闯过自然分娩关 /87
0188 危险防范 /87
0189 第一声啼哭——献给母亲的赞歌 /87
0190 第一次吸吮妈妈的乳汁 /88

第十三章 产后 88

第一节 产后时间表 /88
0191 产后第一天 /88
0192 产后第二天 /89
0193 产后第三天 /90
0194 产后第四天：首要任务是保证充足的乳汁 /90
0195 产后第五天：发现异常，及时咨询，切莫着急 /90
0196 产后第六天：该做出院的准备了 /90

0197 产后第七天：宝宝已经度过了最早的新生儿期 /90
0198 产后2周 /91
0199 产后3周：就要出满月了 /91
0200 产后4周：阳光明媚可抱宝宝散步 /92
第二节 什么时候出院 /92
0201 顺产时 /92
0202 剖腹产时 /92
0203 出院准备 /93
0204 回到家里 /93
第三节 月子生活 /93
0205 穿戴 /93
0206 吃喝 /93
0207 睡觉 /93
0208 运动 /93
0209 休息 /94
0210 洗浴 /94
0211 其他注意事项 /94
第四节 产后康复、营养、避孕 /94
0212 产后康复 /94
0213 产后营养 /95
0214 产后避孕 /95
第五节 产后锻炼与体形恢复 /96
0215 产后锻炼项目 /96
0216 产后体形恢复 /96
0217 剖腹产与减肥 /97
0218 为什么体形恢复不理想 /97
第六节 产后防病 /98
0219 尿潴留 /98
0220 产褥热 /98
0221 会阴肿痛 /99
0222 产后腹痛、腹胀与便秘 /99
0223 产后泌尿系感染 /99
0224 产后抑郁症 /99
第七节 产后哺乳 /100
0225 月子中怎么喂奶 /100
0226 预防乳腺炎和乳头护理 /100
0227 母乳喂养，妈妈不能随意吃喝 /100

第十四章 孕期检查 101

第一节 孕期检查项目 /101
0228 优生筛查 /101
0229 STORCH筛查 /101
0230 AFP检查 /101
0231 孕期糖尿病筛查 /102
第二节 胎儿疾病的产前诊断 /102
0232 哪些孕妇需要做产前诊断 /102
0233 B超检查的诸多问题 /103
0234 羊膜穿刺 /103
0235 绒毛膜细胞检查 /103
0236 胎儿镜检查 /104
0237 脐静脉穿刺检查 /104
0238 孕期常规检查项目 /104
0239 面对新检查项目怎么办 /104

第十五章 用药 105

第一节 药物 /105
0240 药物，利也？弊也？治病？致病？/105
0241 药物对孕妇的安全等级 /105
0242 药物对胎儿影响的外围因素 /105
0243 关于非处方药 /106
0244 关于外用药 /106
0245 常用药物在孕期的使用 /106
0246 危险抗生素报告单 /107
0247 中草药安全性报告 /107
第二节 疫苗 /108
0248 乙肝疫苗 /108

0249 风疹疫苗 /108
0250 流感疫苗 /109
第三节 补品、营养保健品 /109
0251 叶酸补充 /109
0252 孕期补钙问题 /109

第十六章 环境 110

第一节 电脑与家用电器 /110
0253 家用电器的非电离辐射 /110
第二节 X射线可不是儿戏 /110
0254 X射线“捣乱”的时间 /110
0255 敏感期与影响程度 /110
第三节 家居清洁等化学用品的影响 /111
0256 用品选购最应注意的要素 /111
0257 生活提示 /111
0258 装修与胎儿健康 /111
0259 必要的自我保护 /111
0260 厨房油烟控制 /111
0261 吸烟控制 /111
0262 面对大气污染的现实选择 /112
0263 几点建议 /112
0264 孕妈妈的美容美发问题 /112

第十七章 生活 112

第一节 胎教 /112
0265 重要的是给胎儿提供良好的生长空间 /112
0266 胎教的分类 /113
0267 塑造胎儿好的性格 /114
0268 什么样的环境色彩能促进胎儿发育 /114
0269 唱歌 /114
0270 和宝宝“说话” /114
0271 艺术鉴赏 /115
第二节 节日 /115
0272 烟酒问题 /115
0273 预防疾病 /115
0274 避免噪音 /115
0275 保证室外活动时间 /116
第三节 运动与旅行 /116
0276 旅行 /116
0277 孕期运动 /117
0278 性生活 /117
第四节 孕妇穿戴、护肤 /117
0279 要戴什么样的胸罩 /117
0280 孕妇穿平底鞋还是平跟鞋 /118
0281 孕妇装 /118
0282 孕妇护肤 /118
0283 皮肤过敏 /119
0284 孕妇美发 /119

第十八章 营养 120

第一节 孕期营养发生彻底改变 /120
0285 孕妇营养不足对胎儿的影响 /120
0286 孕妇需要均衡营养 /120
0287 胚胎所需氨基酸必须由妈妈提供 /120
0288 妈妈应该尽量少吃的食物 /120
第二节 胎儿发育与营养 /121
0289 神经系统发育障碍与营养 /121
0290 胎儿肥胖与营养 /121
0291 胎儿畸形与营养 /121
0292 妈妈饮食与胎儿视力 /122
0293 成人心血管疾病与胎儿期营养 /122
0294 新生儿体重与成人后高血压 /122
第三节 妈妈和胎儿所需营养成分分析/122
0295 热量 /122
0296 蛋白质 /122
0297 脂肪 /123
0298 元素钙 /123
0299 元素铁 /123
0300 元素碘 /124
0301 孕妇需额外补碘吗 /124
0302 元素镁 /124
0303 元素锌 /124
0304 元素钠 /124
0305 维生素 /125
0306 元素铅 /125

0307 元素铝 /125
0308 孕期食物选择的两个常见误区 /125
0309 营养食品的合理选择 /126
0310 均衡的营养结构，丰富的食品种类 /126
0311 孕期健康饮食理念 /127
0312 孕早期营养原则 /127
0313 孕中期营养原则 /127
0314 孕晚期营养原则 /128
0315 孕妇最好不吃的食物 /128
0316 孕妇应克服的饮食习惯 /128
0317 最容易记住的食物搭配方法 /128

YING ER PIAN 婴儿篇

第一章 新生儿（诞生～28天） 130

第一节 新生儿的特点 /130
0318 新生儿及分类 /130
0319 新生儿体格标准 /130
0320 新生儿生理特点 /130
第二节 新生儿主要指标测量 /132
0321 身高测量法 /132
0322 头围测量法 /132
0323 胸围测量法 /132
0324 腹围测量法 /132
0325 前囟测量法 /132
0326 眼距测量法 /132
0327 眼裂测量法 /132
0328 耳位测量法 /132
第三节 新生儿生长发育规律 /133
0329 新生儿体重发育规律 /133
0330 新生儿身高发育规律 /133
0331 新生儿头围发育规律 /133
0332 新生儿前囟发育规律 /133
第四节 新生儿特有生理现象 /133
0333 溢乳 /133
0334 上皮珠、马牙和螳螂嘴 /134
0335 新生儿乳房增大、乳头凹陷 /134
0336 新生儿暂时性黄疸 /134
0337 新生儿生理性体重降低（塌水膘）/134
0338 新生儿生理性脱皮 /134
0339 新生儿生理性脱发 /134
0340 新生儿正常啼哭 /134
0341 新生儿的笑 /135
0342 新生儿先锋头（产瘤） /135
0343 呼吸时快时慢 /135
0344 新生儿抖动 /135
0345 新生儿面部表情出怪相 /135
0346 新生儿挣劲 /135
0347 新生儿惊吓 /135
0348 新生儿打嗝 /136
0349 新生儿皮肤红斑 /136
0350 新生儿鼻塞、打喷嚏 /136
0351 新生儿出汗 /136
0352 新生儿发稀和枕秃 /136
第五节 新生儿特殊现象 /136
0353 Rh血型 /136
0354 紫绀 /136
0355 皮肤色变 /136
0356 眼白出血 /136
0357 喉鸣 /137
0358 脐疝 /137
0359 新生儿多动 /137
0360 红色尿 /137
0361 鞘膜积液 /137
0362 隐睾 /138

第六节 新生儿喂养方法·母乳喂养 /138

0363 新生儿刚出生是否立即哺乳 /138

0364 母乳喂养8大好处 /138

0365 初乳最为珍贵 /138

0366 母乳的保护 /138

0367 奶水少怎么办 /139

0368 母乳喂养11大难题 /139

0369 宝宝“粮袋”的5个问题 /141

第七节 新生儿喂养方法·人工喂养 /142

0370 不宜母乳喂养的情况 /142

0371 母乳化奶粉能等于母乳吗 /143

0372 人工喂养乳类选择 /143

0373 人工喂养中的实际问题 /144

0374 新生儿混合喂养 /144

0375 人工喂养6大注意事项 /145

第八节 新生儿营养需求 /145

0376 新生儿每日所需营养 /145

第九节 新生儿护理要点 /146

0377 礼貌地拒绝过多探视 /146

0378 洗澡是一次大行动 /146

0379 衣服被褥床 /147

0380 新生儿餐具 /147

0381 尿布 /147

0382 谨慎使用纸尿裤 /147

0383 护肤品 /149

0384 中性温度 /149

0385 相对湿度 /149

0386 如何给新生儿滴眼药水 /149

0387 口腔护理 /149

0388 鼻腔护理 /149

0389 脐带护理 /149

0390 皮肤护理 /150

0391 臀部护理 /150

0392 女婴特殊护理 /150

0393 新生儿季节护理要点·春季 /151

0394 新生儿季节护理要点·夏季 /151

0395 新生儿季节护理要点·秋季 /151

0396 新生儿季节护理要点·冬季 /151

第十节 新生儿能力 /151

0397 看的能力 /151

0398 说的能力 /151

0399 听的能力 /153

0400 嗅的能力 /153

0401 新生儿运动能力 /153

0402 新生儿与外界的交流 /153

0403 新生儿抚触 /154

第十一节 月子中最棘手的平常事 /155

0404 睡眠问题 /155

0405 不吃橡皮奶头 /155

0406 越哄越哭 /156

0407 一吃就拉 /156

0408 越治越重的腹泻 /156

0409 越治越重的佝偻病 /156

0410 顽固的鼻塞 /156

0411 新生儿腹胀 /157

0412 出气呼噜呼噜的，喉咙中总有痰 /157

0413 顽固的耳后湿疹 /157

0414 新生儿臀红 /157

第二章 1~2月婴儿（29~59天） 158

第一节 满月婴儿特点 /158

0415 满月婴儿的表征 /158

第二节 满月婴儿生长发育规律 /158

0416 体重跳跃性增长 /158

0417 这个月身高不受遗传影响 /159

0418 头围：大脑发育的直接象征 /159

0419 触摸前囟不会变哑巴 /159

第三节 满月婴儿的营养需求 /159

0420 营养标准 /159

第四节 这个月婴儿喂养方法 /159

0421 母乳喂养 /159

0422 混合喂养 /161

0423 人工喂养 /162

第五节 如何护理满月的婴儿 /162

0424 衣服被褥床品质第一 /162

0425 即使冬季也要每天洗澡 /163
0426 戒烟与湿度 /163
0427 尿便管理 /164
0428 睡眠问题 /164
第六节 不同季节护理要点 /165
0429 春季护理要点 /165
0430 夏季护理要点 /165
0431 秋季护理要点 /166
0432 冬季护理要点 /166
第七节 这个月婴儿的能力 /167
0433 看的能力 /167
0434 听的能力 /167
0435 说的能力 /167
0436 嗅的能力 /167
0437 体活能力 /167
0438 潜能开发和智力训练 /168
第八节 这个月婴儿的生理现象 /168
0439 溢乳 /168
0440 哭闹 /169
0441 鼻根部、手足心发黄 /169
0442 头部奶痂 /169
0443 奶秃 /169
0444 枕秃 /169
第九节 本月护理热点问题解答 /170
0445 吃奶时间缩短，是奶量减少了，还是有病 /170
0446 小便次数减少了，是缺水吗 /170
0447 比新生儿还容易患臀红 /170
0448 睡眠不踏实，是缺钙吗 /170
0449 夜哭郎，是惊吓的吗 /170
0450 大便溏稀、发绿，是患肠炎了吗 /171
0451 出满月了，妈妈再也不用限制饮食了 /171
0452 终于出满月了，去哪都可以了 /171
0453 用手抓脸，是不是宝宝不舒服 /171
0454 这个月婴儿需要免疫接种吗 /172
第三章 2～3月婴儿（60～89天） 172
第一节 本月婴儿特点 /172
0455 外貌 /172
0456 体能活动 /172
0457 情感发展 /172
0458 个体状态出现差别 /172
0459 喂养 /172
第二节 生长发育规律 /173
0460 身高 /173
0461 体重 /173
0462 头围 /173
0463 前囟 /173
第三节 能力发展与训练 /174
0464 看的能力 /174
0465 听力：已经能初步区别音乐的音高 /174
0466 积极而又简单的发音 /174
0467 能嗅到刺激性气味 /174
0468 天生喜欢甜味 /174
0469 每天都有新动作 /175
0470 潜能开发 /175
0471 体能-智能开发 /175
第四节 营养需求 /176
0472 绝大多数宝宝都知道饱饿 /176
0473 喂养不当造成肥胖儿和瘦小儿 /176
0474 其他营养元素的摄入和补充 /176
第五节 喂养方法 /176
0475 母乳喂养 /176
0476 混合喂养 /177
0477 人工喂养 /177
第六节 不同季节的护理要点 /178
0478 春季：供暖是参照系 /178
0479 夏季：避免“空调病” /178
0480 秋季：耐寒锻炼好时机 /178
0481 冬季：不要过度保暖 /178
第七节 其他护理热点 /178
0482 男婴与女婴护理上的差异 /178
0483 衣物被褥床玩具 /179

0484 尿便管理：鲜果汁有利于排便 /179
0485 洗澡成为一项亲子活动 /179
0486 户外活动别忘安全 /180
0487 保姆看宝宝 /180
0488 摔伤是危险的 /180
0489 防止窒息 /181
0490 吐奶：警惕肠套叠的危险 /181
0491 鼻塞不需去医院 /181
0492 吸吮手指：了不起的进步 /182
0493 踢被子：和妈妈比本领 /182
0494 耍脾气 /182
0495 认生 /182
0496 婴儿身体的奇怪声响 /182
0497 这个月免疫接种 /183

第四章 3～4月婴儿（90～119天） 183

第一节 本月婴儿特点 /183
0498 相貌非常漂亮 /183
0499 会侧身了 /183
0500 食量拉开了，睡觉推后了 /183
第二节 生长发育规律 /184
0501 身高增速减慢 /184
0502 体重不达标，喂养找原因 /184
0503 婴儿头围生长曲线图 /184
0504 囟门假性闭合 /184
第三节 能力发展 /184
0505 视觉训练是这个月的重点 /184
0506 能够区分男声和女声 /185
0507 静静听音乐 /185
0508 能拿更多的东西了 /185
第四节 营养需求 /185
0509 奶能满足营养需求，不需辅食 /185
0510 出现缺铁性贫血 /186
第五节 喂养方法 /186
0511 母乳喂养不必添加辅食 /186
0512 人工或混合喂养儿厌食牛奶 /186
第六节 不同季节护理要点 /187
0513 春季享受日光浴 /187
0514 夏季预防脱水热 /187
0515 预防秋季腹泻 /188
0516 冬季室内温度不要过高 /188
第七节 日常护理要点 /188
0517 男婴与女婴护理上的差异 /188
0518 衣物被褥床玩具 /188
0519 训练尿便没有意义 /189
0520 洗澡的危险性增加了 /189
0521 绝对不要和宝宝半夜玩 /190
0522 生理性腹泻难以避免 /190
0523 不必干预啃手指 /191
0524 牙齿萌出前开始咬乳头 /191
0525 忽然厌食牛奶 /191
0526 不喜欢吃母乳 /191
0527 不可用断母乳的办法硬加牛奶 /191
0528 就让他尽情踢被子好了 /192
0529 这个月突然开始夜啼 /192
0530 这个月吐奶明显减轻 /192
0531 宝宝开始快速生长 /192
0532 铁剂对生理性贫血无效 /193
0533 预防接种中常遇到的问题 /193

第五章 4～5月婴儿（120～149天） 194

第一节 本月明显特点 /194
0534 三个生长特点 /194
0535 五项喂养要点 /194
第二节 生长发育规律 /195
0536 平均身高增两厘米 /195
0537 体重增速下降 /195
0538 头围增速放缓 /195
0539 囟门可能缩小了 /195
第三节 各种能力大大提高 /196
0540 能注意镜子中的人了 /196
0541 进入连续音节阶段 /196
0542 随着音乐摇晃身体 /197
0543 看到什么都想摸 /197
0544 会翻身了 /197
第四节 营养需求无变化 /198

0545 辅食与营养无关 /198
第五节 喂养有了新内容 /198
0546 母乳喂养儿可添加鲜果汁 /198
0547 人工喂养儿奶量变化不大 /199
第六节 添加辅食 /199
0548 辅食添加8原则 /199
0549 辅食添加四步曲 /200
0550 辅食制作 /200
第七节 不同季节护理要点 /200
0551 春季户外活动是主旋律 /200
0552 夏季食物餐具卫生最重要 /201
0553 秋季储存太阳能 /202
0554 冬季增加维生素D /202
第八节 四大护理难题及其他 /202
0555 添加辅食遇阻 /202
0556 突然阵发性哭闹 /203
0557 便秘让妈妈头痛 /203
0558 顽固的婴儿湿疹 /203
0559 有些玩具应该扔掉 /204
0560 养成良好的睡眠习惯 /204
0561 哭闹表达更多欲求 /204
0562 尿便控制是假象 /204
0563 意外危险增多 /205
0564 免疫接种 /205

第六章 5~6月婴儿（150~179天） 205
第一节 又有一些新特点 /205
0565 生疏感萌生了 /205
0566 因害怕而哭 /206
0567 会伸手够东西 /206
0568 脚尖蹬地 /206
0569 用嘴啃小脚丫 /206
0570 吃奶时对声响特别敏感 /206
0571 大便发生变化 /206
第二节 发育规律 /206
0572 喂养不是身高增长的唯一因素了 /206
0573 虚胖不是体重良性增长 /207
0574 头围正常增长 /207
0575 前囟门尚未闭合 /207
第三节 能力发生跃进 /207
0576 “看”已经不是目的了 /207
0577 咿呀学语开始说话 /207
0578 能记住声音了 /208
0579 运动能力总体在进步 /208
0580 情智能力：会要价了 /208
第四节 营养需求重点 /209
0581 铁储备告急 /209
0582 正式添加辅食 /209
0583 配方奶也要加辅食 /209
第五节 喂养方法 /209
0584 添加辅食不要影响母乳喂养 /209
0585 不爱吃就更换辅食品种 /209
0586 辅食莫以米面为主 /209
0587 本月喂养10点注意 /210
第六节 季节护理要点 /210
0588 春季减D补钙 /210
0589 夏季护理14点提示 /210
0590 秋季腹泻成重点 /211
0591 冬季适当多补维生素AD /211
第七节 生活护理要点 /212
0592 衣服、被褥、床、玩具 /212
0593 为什么睡眠少 /212

0594 尿便护理易出现腹泻误判 /213
0595 户外活动防意外 /214
0596 免疫接种 /214
第八节 本月护理7大难题 /214
0597 把尿打挺，放下就尿 /214
0598 闹夜 /215
0599 添加辅食困难 /215
0600 不会翻身 /216
0601 什么都放在嘴里啃 /216
0602 流口水 /216
0603 蚊虫叮咬 /217
第九节 能力开发经典游戏 /217
0604 抓东西游戏 /217
0605 藏猫猫 /217
0606 找东西 /217
0607 绳拴玩具 /218
0608 两手拿东西 /218
0609 随音乐摇摆 /218
0610 照镜子 /218

第七章 6～7月婴儿（180～209天）218

第一节 本月婴儿特点 /218
0611 有了更丰富的表情 /218
0612 宝宝更需情感互动 /218
0613 开始会坐了 /218
0614 开始喜欢辅食 /219
0615 最需要快乐 /219
第二节 本月生长发育规律 /219
0616 身高继续增长 /219
0617 体重增长差异大 /219
0618 头围测量精益求精 /219
0619 前囟出现真假闭合现象 /219
第三节 半断乳揭开营养新需求 /220
0620 添加辅食不是添加面食 /220
第四节 本月婴儿喂养方法 /220
0621 母乳喂养半断乳期方案 /220
0622 不要浪费母乳 /220
0623 牛乳喂养儿更喜欢吃辅食 /221
第五节 辅食添加策略 /221
0624 根据情况添加辅食 /221
0625 添加辅食三牢记 /221
0626 添加辅食的几点建议 /221
第六节 这个月婴儿能力 /222
0627 婴儿听的能力 /222
0628 婴儿看的能力 /222
0629 婴儿说的能力 /222
0630 婴儿运动能力 /222
0631 潜能开发 /223
第七节 季节及日常护理要点 /225
0632 春季重在防病 /225
0633 夏季护理常规要求 /225
0634 秋季咳嗽别当病治 /225
0635 冬季呼吸道感染高发 /226
0636 醒着就放到大床上玩 /226
0637 开始喜欢电动玩具 /226
0638 白天少睡才能晚上大睡 /226
0639 大便多也要加辅食 /227
0640 不要勤把尿 /227
0641 免疫接种 /227
第八节 护理难题解答 /227
0642 夜啼是一种“高要求” /227
0643 趴着睡很正常 /228
0644 吸吮手指应引起重视了 /228
0645 耍脾气不能对着干 /228

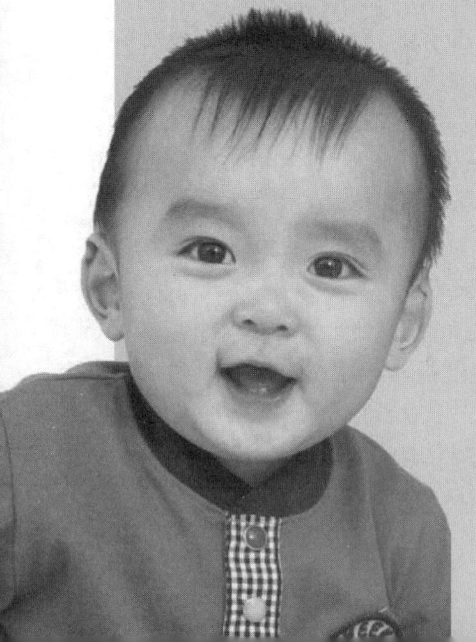

0646 厌食可能是妈妈强加的 /228
0647 还不会坐就看医生 /229
0648 不出牙也是正常的 /229
0649 湿疹加重怎么办 /229
0650 不吃奶瓶不是病 /229
0651 不喝白开水可不行 /230
0652 添加辅食困难 /230
0653 更要防意外 /230
0654 流口水很正常 /231

第八章 7~8月婴儿（210~239天） 231

第一节 本月婴儿特点 /231
0655 保姆看宝宝问题多起来了 /231
0656 宝宝活动能力更强了 /231
0657 情感更丰富了 /232
0658 辅食问题仍然存在 /232
0659 尿便问题无大变化 /232
0660 睡眠时间昼短夜长 /232
0661 户外活动仍很重要 /232
0662 本月宝宝较易得病 /232
第二节 生长发育规律 /233
0663 体重增量平缓 /233
0664 身高增长减缓 /233
0665 头围增长也在放缓 /233
0666 前囟基本无变化 /233
第三节 能力增长状态 /233
0667 看的能力 /233
0668 听的能力 /234
0669 说的能力 /234
0670 活动能力 /234
0671 游戏中开发潜能 /235
第四节 营养需求 /237
0672 总热量不变，铁需求猛增 /237
第五节 喂养方法 /237
0673 母乳喂养儿也必须加辅食了 /237
0674 牛乳喂养儿很爱吃辅食 /237
0675 辅食添加新要求 /238
第六节 护理要点 /238
0676 春季重在防病 /238
0677 夏季重点防蚊虫叮咬 /238
0678 秋季重点防痰鸣 /239
0679 冬季护理要点 /239
0680 衣服、被褥、玩具护理要点 /239
0681 宝宝尿便的护理 /239
0682 睡眠护理 /240
0683 出牙护理 /241
第七节 养育中疑难问题解答 /241
0684 不好好吃怎么办 /241
0685 不好好睡怎么办 /242
0686 不认生怎么办 /243
0687 流口水加重怎么办 /243
0688 大便干燥怎么办 /243
0689 吸吮手指怎么办 /243
0690 干呕怎么办 /244
0691 咬乳头怎么办 /244
0692 免疫接种 /244

第九章 8~9月婴儿（240~269天） 244

第一节 这个月婴儿特点 /244
0693 眼睛不能离开宝宝 /244
0694 与爸妈的交流多了起来 /244
0695 像个小外交家 /245
0696 宝宝会坐得很稳 /245
0697 宝宝会抗议了 /245
0698 小手什么都能干了 /245
0699 开始向前爬 /245
0700 扶物可站起 /245
0701 宝宝会模仿着发音了 /245
0702 喜欢和妈妈睡在一起 /245
0703 大小便训练仍不重要 /245
0704 辅食喂养变得容易了 /245
0705 淘气的宝宝 /246
第二节 生长发育规律 /246
0706 生长发育平稳进步 /246
第三节 不断增长的能力 /246
0707 记忆看到的东西 /246

0708 有目的地看 /246
0709 认识颜色的开端 /246
0710 初识性别 /246
0711 宝宝眼疾早发现 /247
0712 会发出喃喃的复音 /247
0713 认识宝宝身体语言 /247
0714 宝宝都听懂了什么 /247
0715 听对语言学习的帮助 /247
0716 独坐给婴儿生活带来巨变 /247
0717 四肢把整个身体支撑起来 /248
0718 如何锻炼宝宝爬行 /248
0719 全方位训练综合能力 /248
0720 手的技能训练 /248
第四节 营养需求 /249
0721 营养需求无大变化 /249
第五节 喂养方式 /249
0722 母乳喂养向完全断奶过渡 /249
0723 牛乳喂养基数是500毫升 /249
第六节 辅食添加 /249
0724 本月辅食基本原则 /249
0725 添加辅食需注意的几点 /249
0726 喜欢和父母一起吃的宝宝 /250
0727 和父母一起吃时需注意的几点 /250
0728 爸爸也要担起责任 /250
0729 看护人不要离开 /250
0730 最好两个人看护 /250
0731 有母乳婴儿添加辅食举例 /250
0732 无母乳婴儿添加辅食举例 /251
0733 不喝牛奶婴儿辅食添加举例 /251
0734 不吃辅食婴儿辅食添加举例 /251
第七节 护理要点 /251
0735 春季护理要点 /251
0736 夏季护理要点 /252
0737 秋季护理要点 /252
0738 冬季护理要点 /252
0739 衣物被褥玩具 /253
0740 睡眠护理 /253
0741 尿便护理 /253
0742 户外活动护理 /254
第八节 护理常见问题解答 /254
0743 不会爬怎么办 /254
0744 不爱吃鸡蛋和蔬菜怎么办 /255
0745 不喝牛奶怎么办 /255
0746 晚上睡觉晚怎么办 /255
0747 夜间醒来哭怎么办 /255
0748 夜间不让把尿怎么办 /255
0749 “能力倒退”怎么办 /256
0750 用手指抠嘴怎么办 /256
0751 咬衣物怎么办 /256
0752 咬指甲怎么办 /256
0753 不出牙怎么办 /257
0754 顽固便秘怎么办 /257
0755 小腿发弯怎么办 /257
0756 头发稀黄怎么办 /257
0757 爱出汗怎么办 /258
0758 免疫接种 /258

第十章 9～10月婴儿（270～299天） 258

第一节 这个月婴儿特点 /258
0759 抓物站起并行走 /258
0760 把床摇得咯咯响 /258
0761 从站立转为坐 /258
0762 离会蹲不远了 /258
0763 手的运用技巧 /258
0764 独立玩耍 /259
0765 脚尖站着不是病 /259
0766 不宜长时间站立 /259
0767 爬的能力增强 /259
0768 不断求新是婴儿的特性 /259
0769 户外活动仍然重要 /259
0770 肥胖和营养不良都是病 /259
0771 对训练排便的反抗 /260
0772 睡眠变化不大 /260
0773 情感丰富起来 /260
0774 防意外更重要 /260
0775 发高烧与婴儿急诊 /260

0776 可能患的病 /260
第二节 生长发育规律 /261
0777 身高 /261
0778 体重 /261
0779 头围 /261
0780 前囟 /261
第三节 这个月婴儿能力发展 /262
0781 婴儿看的能力 /262
0782 婴儿说的能力 /262
0783 婴儿听的能力 /263
0784 婴儿运动能力 /263
0785 对婴儿的体能训练 /263
第四节 喂养方法 /265
0786 这个月婴儿营养需求 /265
0787 开始喜欢吃辅食 /265
0788 有母乳的婴儿 /265
0789 不同情况不同对待 /265
0790 能吃更多的辅食品种 /265
第五节 季节护理要点 /266
0791 春季护理要点 /266
0792 夏季护理要点 /266
0793 秋季护理要点 /266
0794 冬季护理要点 /266
第六节 护理常见疑难解答 /267
0795 不会站立怎么办 /267
0796 突然夜间啼哭 /267
0797 把喂到嘴里的饭菜吐出来 /267
0798 白天不睡觉 /267
0799 训练排便困难 /268
0800 吸吮手指 /268
0801 仍然不出牙 /268
0802 如何让宝宝爱吃菜 /268
0803 不喝奶瓶 /268
0804 不吃固体食物 /269
0805 男婴抓小鸡鸡 /269
0806 免疫接种 /269
第十一章 10～11月婴儿(300～329天) 269
第一节 本月婴儿特点 /269
0807 能听懂妈妈的话了 /269
0808 会叫爸妈了 /269
0809 开始会迈步走了 /270
0810 不赞成使用学步车 /270
0811 防意外更加重要 /270
0812 婴儿主动要到户外去 /270
第二节 生长发育规律 /271
0813 婴儿的身高 /271
0814 婴儿的体重 /271
0815 婴儿的头围 /271
0816 婴儿的前囟 /271
第三节 各项能力发育情况 /271
0817 看的能力 /271
0818 听的能力 /271
0819 说的能力 /272
0820 玩的能力 /272
0821 活动能力 /272
0822 婴儿的自我意识 /272
0823 婴儿的记忆力 /273
0824 婴儿的思维能力 /273
0825 好奇心 /273
第四节 本月婴儿喂养问题 /273
0826 这个月婴儿营养需求 /273
0827 饮食个性化差异明显 /273
0828 处理喂养问题的原则 /274
0829 不同类型婴儿喂养方法举例 /274
0830 防止肥胖儿 /275
0831 不要把时间都放在厨房 /275

0832 不要忽视奶的营养价值 /275
0833 以喝奶为主也不对 /275
0834 宝宝吃的能力是惊人的 /275
0835 不需要断母乳 /275
0836 断母乳的情况 /275
0837 半夜仍然吃奶的宝宝 /276
0838 其他需要注意的问题 /276
第五节 季节护理要点 /276
0839 春季护理要点 /276
0840 夏季护理要点 /276
0841 秋季护理要点 /277
0842 冬季护理要点 /277
第六节 护理难题解答 /277
0843 喂饭困难怎么办 /277
0844 看护困难怎么办 /278
0845 睡眠困难怎么办 /279
0846 育儿警示 /279
0847 免疫接种 /280

第十二章 11～12月婴儿（330～360天） 280

第一节 满周岁婴儿特点 /280
0848 从人群中认出父母 /280
0849 辨别生人和熟人 /280
0850 模仿能力很强了 /280
0851 显出更多的个性 /281
0852 会蹒跚走路了 /281
0853 睡觉好坏因人而异 /281
0854 可以训练大小便了 /281
0855 防意外事故仍是重点 /281
0856 父母关心重点转移到智力发育 /281
0857 智力发育不易判断 /282
0858 体格发育并不均衡 /282
0859 父母的正确做法 /282
第二节 生长发育规律 /282
0860 身高、体重、头围、前囟 /282
第三节 能力发育状况 /282
0861 注意力 /282
0862 婴儿听的能力 /283
0863 婴儿说的能力 /283
0864 婴儿玩的能力 /283
0865 潜能开发 /283
0866 婴儿的体能训练 /284
0867 婴儿智能开发 /284
第四节 营养需求 /285
0868 营养需求原则 /285
0869 营养补充注意事项 /285
第五节 喂养方法 /285
0870 断乳建议 /285
0871 断乳前后宝宝饮食衔接 /286
第六节 季节护理要点 /286
0872 春季湿疹不用特殊处理 /286
0873 夏季护理问题多 /286
0874 秋季护理要点 /287
0875 冬季护理要点 /288
0876 免疫接种 /288
第七节 啼哭护理 /289
0877 夜啼怎么办 /289
0878 婴儿啼哭怎么办 /290
0879 疾病性啼哭破译 /290
第八节 其他护理疑难解答 /291
0880 呼吸道异物最危险 /291
0881 父母是宝宝安全的第一道防线 /292
0882 排除意外事故隐患 /292
0883 踮着脚尖走怎么办 /292
0884 吃饭问题仍然困扰着父母 /293
0885 非疾病性厌食怎么办 /293
0886 不困不要逼宝宝睡觉 /295
0887 湿疹仍然不好 /295
0888 不良习惯可能就从这时养成 /295

YOU ER PIAN 幼儿篇

第一章 1岁1个月幼儿（12～13月） 298

第一节 幼儿期与婴儿期的差异 /298
0889 体重增长缓慢 /298
0890 精细运动能力飞速发展 /298
0891 手眼协调能力增强 /298
0892 生病频率高，但大多是小恙 /298
0893 体格发育稳定，能力发育快速 /298
0894 宝宝可以独自站立了 /298
0895 牵着爸爸妈妈的手迈出人生第一步 /299
0896 宝宝有了自己的主意 /299
0897 语言理解关键期 /299
0898 添加固体食物关键期 /299
第二节 体格与体能发育 /300
0899 体重、身高、头围、前囟 /300
0900 宝宝小手越来越灵活 /300
0901 爬着走、走着跑、跑着跳 /301
0902 探索与不会规避危险 /302
第三节 智能发育与潜能开发 /303
0903 语言发育模式和差异 /303
0904 聪敏的耳朵像台录音机 /304

0905 远近视觉初步建立 /304
0906 照明度与宝宝视力保护 /305
0907 适宜幼儿视觉发育的光线 /305
0908 视色觉发育 /306
0909 宝宝认知世界的基础 /306
0910 促进宝宝智能发展 /307
第四节 营养与饮食 /307
0911 宝宝断母乳进行时 /307
0912 断母乳后如何保证营养 /308
0913 健康饮食结构的建立 /309
0914 健康饮食习惯的培养 /309
第五节 尿便训练和睡眠管理 /310
0915 如何训练这个月龄宝宝尿便 /310
第六节 季节、出游、意外 /311
0916 不同季节护理要点 /311
0917 带宝宝出游 /312
0918 预防意外 /313

第二章 1岁2个月幼儿（13～14月） 314

第一节 本月特点 /314
0919 身体像芝麻开花节节高 /314
0920 会用单手做事 /314
0921 腿上工夫渐长进 /314
0922 词汇量增加极快 /314
0923 敏锐得像个精灵 /314
0924 可以享受美食了 /314
第二节 体格和体能发育 /315
0925 体重、身高悄悄变化 /315
0926 囟门闭不闭合都正常 /315
0927 爬出了花样 /315
0928 帮助宝宝敢于向前走 /315
第三节 智能发育 /315
0929 语言交流的正确方式 /315
0930 宝宝会用自己的名字了 /316
0931 安全环境下的探索精神 /316

0932 不要这样应对宝宝耍脾气 /316
0933 这样应对比较好 /317
0934 宝宝在大庭广众下耍闹怎么办 /317
0935 在爷爷奶奶、外公外婆面前耍闹 /318
0936 爸爸妈妈双方意见不一怎么办 /318
第四节 营养与饮食 /318
0937 别让吃饭成负担 /318
0938 饭桌上的“智斗” /318
0939 喂养误区依然存在 /319
第五节 睡眠变化和尿便管理 /320
0940 父母不是指挥官 /320
0941 态度不同，效果不同 /320
0942 何时控制并不重要 /320
0943 一觉睡到大天亮 /320
0944 开始半夜醒来 /321
0945 早睡早起 /321
0946 早睡但不早起 /321
0947 变化无常 /321
第六节 季节、外出、分离、意外 /322
0948 不同季节护理要点 /322
0949 外出时宝宝患病应急护理 /323
0950 预防意外事故发生 /324

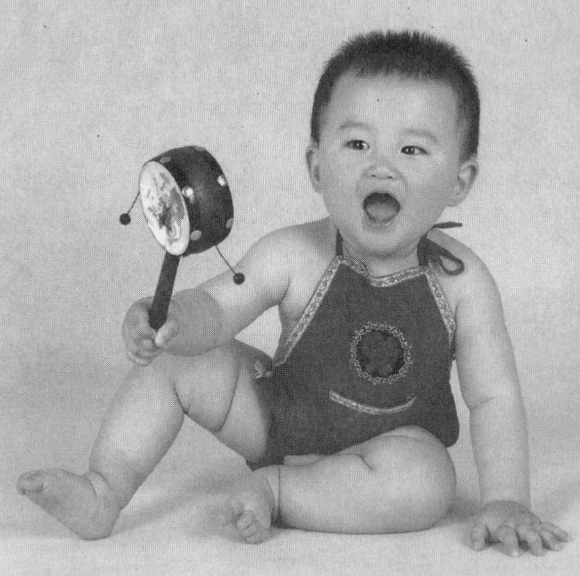

第一节 本月特点 /325
0951 至少会搭两块积木 /325
0952 会指着想要的东西 /325
0953 两只胳膊张着往前走 /325
0954 小脚丫也长本事了 /325
0955 走路不再左右摇摆 /325
0956 不再用脚尖站立 /326
0957 弯腰拾东西 /326
0958 能说三个字的语句了 /326
0959 有意识地喊爸爸妈妈 /326
0960 主动与外界交流 /326
0961 拉开挑食的序幕 /326
0962 能用杯子喝水了 /327
第二节 身体发育和运动能力 /327
0963 体重可能没增长 /327
0964 吃喝不决定身高 /327
0965 不再常规测量头围 /327
0966 把手指插到孔中 /327
0967 肢体运动能力倍增 /327
0968 走路还是外八字 /328
0969 自己动手 /328
0970 做刺激动作吸引妈妈注意力 /328
第三节 语言与视、听、嗅、味觉发育 /328
0971 借助身体语言表达意愿 /328
0972 在宝宝看来语言无处不在 /328
0973 整合听到的词语 /329
0974 把宝宝有趣的语言记录下来 /329
0975 宝宝的词汇量 /329
0976 宝宝对不同气味的反应 /329
0977 喜欢自然、动物、植物 /329
0978 协调-理解-记忆的交互作用 /329
0979 制定执行规则 /330
0980 情急之下的反应 /330
0981 希望得到尊重 /330
0982 妈妈就像灯塔上的灯 /331

第四节 吃饭、睡觉、尿便 /331
0983 显示出饮食偏好 /331
0984 不能坐下来吃饭怎么办 /331
0985 突然喜欢喝奶和母乳 /331
0986 宝宝睡眠时间短的辨别及对策 /331
0987 宝宝不睡整觉的对策 /332
第五节 春夏秋冬护理要点 /333
0988 “春捂”不是瞎捂 /333
0989 夏季减少使用纸尿裤 /333
0990 “秋冻”也要适度 /333
0991 冬季预防呼吸道感染 /334
第四章 1岁4个月幼儿（15～16月） 334
第一节 本月特点 /334
0992 蹲下拾物 /334
0993 往后退着走 /334
0994 试图跑起来 /334
0995 喜欢拉拉链、扣纽扣 /334
0996 用袖口擦鼻涕 /334
0997 能记住东西放在哪里了 /335
0998 把东西放到指定的地方 /335
0999 只听声不见人 /335
1000 认识镜子里熟悉的人 /335
1001 对小朋友开始表示亲近 /335
1002 “我的”意识变得强烈起来 /335
1003 开始任性 /336
1004 真正知道自己叫什么 /336
第二节 体格发育和体能发展 /336
1005 体重、身高、头围、前囟 /336
1006 运动能力由近及远 /337
1007 走路时停下来 /337
1008 弯腰捡东西时摔倒 /337
1009 不再通过爬行移动身体 /337
1010 不服输精神 /338
1011 宝宝成为大力士 /338
1012 喜欢自己洗脸 /338
1013 手脚并用完成一件事 /338
1014 走路姿势不是问题 /338
1015 摔跤不是能力倒退的表现 /338
第三节 智能发展和潜能开发 /339
1016 词汇发音还不准 /339
1017 单词学习高峰期 /339
1018 语言含义越来越清晰 /339
1019 集中注意力的时间在延长 /339
1020 对周围人的对话产生兴趣 /339
1021 开发宝宝的语言能力 /339
1022 如何表达“没时间陪宝宝玩” /340
1023 惊人的身体语言 /340
1024 爱看色彩斑斓的图画 /340
1025 过早接触电视、电脑有害 /341
1026 主动追逐物体 /341
1027 挑战认知能力 /341
1028 扮演角色 /341
1029 对限制的反应 /341
1030 区分宝宝扔东西与摔东西 /342
1031 高价玩具、低价玩具、无价玩具 /342
1032 接受宝宝的情绪 /342
1033 父母应真实地表达自己的感受 /342
1034 帮助宝宝认识自己的感受 /342
1035 帮助宝宝放弃“要挟” /343
1036 随时回到“怀里” /343
1037 化解陌生感 /343
1038 沟通不是自然就会的 /343
第四节 营养与饮食 /343
1039 幼儿营养5大原则 /343
1040 幼儿营养摄入量 /344
1041 一天饮食安排举例 /344
第五节 尿便、睡眠、安全 /345
1042 宝宝怎么看待自己的排泄物 /345
1043 训练宝宝控制尿便的忠告 /345
1044 睡眠不实多数不是缺钙 /345
1045 晚上开始闹夜 /345
1046 良好睡眠习惯的建立 /346
1047 宝宝独睡 /346
1048 安全意识不放松 /346

第五章 1岁5个月幼儿（16～17月） 347
第一节 多种能力进入关键期 /347
1049 宝宝能力清单 /347
1050 建立良好人际关系的关键期 /347
1051 养成良好饮食习惯的关键时刻 /347
1052 尿便训练开始起步 /347
1053 交流进入新阶段 /348
1054 要相信宝宝成长得很好 /348
第二节 体格和体能 /348
1055 定期健康检查是必要的 /348
1056 不同情况不同对策 /349
1057 大部分宝宝囟门闭合 /349
1058 爬楼梯 /349
1059 单脚站立 /349
1060 平衡能力的进步 /349
1061 令父母兴奋，又让父母疲劳的年龄 /350
1062 到处“游荡” /350
第三节 智力与潜能 /350
1063 说出简短句 /350
1064 理解物品的归属 /350
1065 说出自己的名字 /350
1066 对上下、内外、前后关系的理解 /351
1067 通过看，认识物体的特性 /351
1068 视觉追踪 /351
1069 开始注意自己的身体 /351
1070 对物品的区分能力 /351
第四节 父母要有正确的教育观 /351
1071 如何面对宝宝的无理要求 /351
1072 如何面对宝宝不合群 /352
1073 自我与分享 /352
1074 面对发脾气的宝宝 /352
1075 与宝宝建立沟通的桥梁 /352
1076 尊重但不溺爱不放纵 /353
第五节 吃喝拉撒睡 /353
1077 饭菜和乳的比例 /353
1078 离开奶瓶和断母乳 /353
1079 边看电视边吃饭不好 /354
1080 不喝奶和只喝奶 /354
1081 宝宝不愿独睡是正常的 /354
1082 养成定时排便习惯 /355
第六章 1岁6个月幼儿（17～18月） 355
第一节 本月好像亮出了底牌 /355
1083 语言表达能力的里程碑 /355
1084 体能飞速发育 /355
1085 执拗期悄然开始 /355
第二节 生长发育和成长步伐 /356
1086 多数宝宝前囟闭合 /356
1087 萌出10颗乳牙 /356
1088 能力令人难以置信 /356
1089 独立行走，挑战平衡 /356
第三节 智力与潜能 /357
1090 开始用语言打招呼 /357
1091 词汇量开始猛增 /357
1092 灵活使用双字句，开始使用三字句 /357
1093 大量借用词语 /357
1094 说出身体名称 /357
1095 喜欢自言自语 /358
1096 听和看 /358
1097 对时间概念的理解 /358
1098 分辨物体 /358
1099 模仿能力超强 /358
1100 忍耐力进入低谷 /359
1101 不认输 /359
1102 学会说“不” /359
1103 攻击小朋友 /359
1104 不专心玩玩具 /360
1105 喜欢藏猫猫 /360
1106 喜欢和父母追着玩 /360
第四节 饮食、睡眠、排便训练 /360
1107 进食问题几乎都不属于疾病范畴 /360
1108 偏食解决方案 /361
1109 不能控制尿便也正常 /361

1110 夜里控制排尿 /361
1111 半夜醒来哭闹的原因 /361
1112 睡眠习惯的诱导和模仿 /362
1113 拒绝入睡 /363
1114 睡得少，睡得多 /363

第七章 1岁7个月幼儿（18～19月） 363

第一节 体能发展状况 /363
1115 让大物体移位 /363
1116 宝宝都是国脚 /363
1117 宝宝都爱手球运动 /363
1118 有办法够到高处的东西 /364
1119 推拉物品 /364
1120 向前走，向后退 /364
1121 宝宝动手做事 /364
第二节 智能发展状况 /364
1122 部分理解人称代词 /364
1123 喜欢辩论 /364
1124 对父母的话作出积极反应 /365
1125 把父母的话屏蔽掉 /365
1126 看图讲故事 /365
1127 倒着看图画书 /365
1128 注意力与“小电视迷” /365
1129 独自玩耍的时间延长 /366
1130 主动寻找喜欢的玩具 /366
1131 主动获取信息 /366
1132 搭积木的变化 /366
1133 模仿就是学习 /366
1134 形状感知能力 /366
1135 不断尝试新的方法 /366
1136 同时执行两个以上的指令 /367
第三节 养育策略 /367
1137 不必纠正发音和语法错误 /367
1138 宝宝有着丰富的情感世界 /367
1139 不要怀疑宝宝 /367
1140 没危险就让宝宝去尝试吧 /368
1141 夸奖的魅力 /368
1142 宝宝咬人时 /368
1143 控制随地大小便 /369

第四节 生活护理 /369
1144 牙齿咀嚼功能健全 /369
1145 油大养出肥胖儿 /369
1146 断奶不意味着不再喝奶 /369
1147 吃零食的原则 /369
1148 让宝宝使用筷子 /370
1149 训练控制尿便的好时段 /370
1150 喜欢使用卫生间 /370
1151 当宝宝半夜醒来让父母陪着玩时 /370
1152 让妈妈陪着睡 /370
1153 最好不让宝宝傍晚小睡 /370
1154 白天不见妈妈，宝宝不早睡 /371
1155 白天不睡觉 /371

第八章 1岁8个月幼儿（19～20月） 371

第一节 本月特点 /371
1156 全蹲、半蹲、弯腰 /371
1157 喜欢玩有实际用途的玩具 /371
1158 发出尿便信号 /371
1159 强烈的占有欲 /371
1160 知道什么是漂亮了 /371
1161 独立进餐 /372
1162 不好好吃饭了 /372
第二节 生长发育状态 /372
1163 拖着玩具走 /372
1164 两手高高举起往前跑 /372
1165 手脚并用上楼梯 /372
1166 手的能力 /373

1167 整合和创新的能力 /373
第三节 智力状态与潜能开发 /373
1168 最爱说“没了” /373
1169 能听爸爸妈妈讲一个完整的故事 /373
1170 学着自己看图书，讲故事 /373
1171 像唱歌一样说话，像说话一样唱歌 /374
1172 宝宝为什么大喊大叫 /374
1173 对自己名字很敏感 /374
1174 会凭经验办事了 /374
1175 协调注意力的能力 /375
1176 情绪不稳定 /375
1177 利我与利他 /375
1178 理解位置和时间 /375
1179 对物品的深入认识 /375
1180 对所见东西的联想记忆 /376
1181 宝宝没有不好的个性 /376
1182 面对任性的宝宝 /376
1183 培养宝宝分享快乐 /376
1184 和宝宝一起玩 /376
第四节 饮食、睡眠和尿便管理 /377
1185 按时进餐、节制零食 /377
1186 膳食结构合理 /377
1187 烹调有方 /377
1188 应该降低餐桌高度 /377
1189 宝宝点菜谱 /378
1190 喜欢像爸爸妈妈一样吃饭 /378
1191 还不能吃固体食物 /378
1192 生理成熟才能控制尿便 /378
1193 模仿是控制尿便之道 /378
1194 培养宝宝喜欢自己睡觉 /379
1195 睡觉前宝宝闹觉 /379
1196 最理想的入睡方式 /379
第五节 季节、意外 /380
1197 春季避免出皮疹 /380
1198 夏季预防感染性腹泻 /380
1199 秋季耐寒锻炼 /380
1200 冬季预防呼吸道感染 /380
1201 小哥哥可能造成大危险 /381
1202 磕磕碰碰很正常 /381

第九章 1岁9个月幼儿（20～21月） 381
第一节 体格与体能发育 /381
1203 体重、身高、头围、前囟 /381
1204 身体比例发生根本变化 /382
1205 完全会跑了 /382
1206 保持下蹲姿势10秒钟 /382
1207 有目的地走 /382
1208 原地跳 /382
1209 上下楼梯 /382
1210 骑儿童自行车 /382
1211 会开门、关门了 /383
1212 双手配合搞“破坏” /383
1213 “左撇子”显露出来了 /383
第二节 智力与潜能开发 /383
1214 词汇质量大突破 /383
1215 使用句子 /384
1216 对语言的理解能力 /384
1217 喜欢向妈妈发问 /384
1218 从1数到10 /384
1219 背诵完整的儿歌 /384
1220 有了视觉分辨力 /385
1221 回忆见到过的物品并分辨不同 /385
1222 辨别男声和女声 /385
1223 模仿声音 /385
1224 音乐喜好 /386

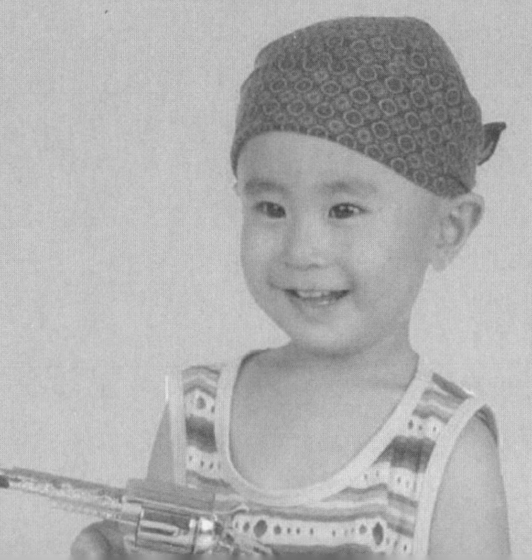

1225 辨别声源 /386
1226 用感官探究事物 /386
1227 “我的”意识减弱 /386
1228 开始亲近妈妈以外的人 /386
1229 “绘画大师” /386
1230 自己穿鞋脱衣服 /387
1231 鼓励宝宝做家务 /387
第三节 饮食、睡眠 /387
1232 喝奶问题 /387
1233 饭量问题 /387
1234 控制尿便的完整含义 /388
1235 正确看待宝宝睡眠问题 /388
第四节 季节护理和预防意外 /388
1236 春季护理重点 /388
1237 夏秋冬季护理重点 /388
1238 意外事故月月防 /389

第十章 1岁10个月幼儿（21～22月） 389

第一节 体格和体能评估 /389
1239 体格评价指标 /389
1240 乳牙出全 /389
1241 牙齿生长发育规律 /390
1242 牙列间隙 /390
1243 自如自在地跑 /390
1244 从高处跳下来 /390
1245 还不能拔高跳 /390
1246 原地跳远、抬脚踢球 /390
1247 自由上下楼梯 /391
1248 弯腰捡物 /391
1249 和父母玩传球 /391
1250 从坐的地方站起 /391
1251 保护积木“杰作” /391
1252 使用剪刀 /391
1253 玩橡皮泥 /391
1254 手指持笔画画、写字 /391
第二节 智力和智能评估 /392
1255 理解与联想 /392
1256 看图说话 /392
1257 接受标准语言 /392
1258 叫出熟悉的小朋友的名字 /392
1259 用语言拒绝爸爸妈妈的要求 /392
1260 声情并茂地使用语言 /393
1261 词汇量 /393
1262 每天给宝宝读书 /393
1263 宝宝对语言的整合能力 /393
1264 辨别说话声 /393
1265 从“录音回放”看宝宝的记忆和理解能力 /394
1266 识别昼夜与季节 /394
1267 识别动植物 /394
1268 看到星星 /394
1269 注意力时间延长 /394
1270 占有欲减弱 /395
1271 分享玩具和饮食 /395
1272 表达情感 /395
1273 与同伴交往 /395
1274 又开始扔东西 /395
1275 情绪表现 /395
1276 有意摔坏东西 /396
1277 独立解决问题的能力 /396
1278 自主性增强 /396
1279 “过家家”的意义 /396
1280 兑现承诺 /396
1281 认真地说“不” /397
1282 要求具体化 /397
1283 警告开始起作用 /397
1284 欣赏宝宝的“破坏” /397
1285 鼓励宝宝 /398
1286 不做发怒的父母 /398
第三节 生活护理 /398
1287 病理性偏食很少见 /398
1288 为什么饿着不吃 /398
1289 不可长时间蹲便盆 /399
1290 缘何憋着尿便 /399
1291 困也不睡 /399
1292 假装睡着了 /399
1293 保姆要接受健康检查 /399
1294 心理健康也要检查 /400

1295 保姆看护宝宝安全守则 /400
1296 保姆必须遵守的安全规则 /400
1297 忌频繁更换保姆 /400

第十一章 1岁11个月幼儿（22～23月） 401

第一节 体能发展状况 /401
1298 学着单腿跳跃 /401
1299 喜欢翻筋斗 /401
1300 把球扔进篮筐 /401
1301 骑小三轮车 /401
1302 罗圈腿 /401
第二节 智力与潜能 /401
1303 词汇和语句 /401
1304 直呼父母大名 /401
1305 背诵儿歌 /402
1306 用语言表达愤怒 /402
1307 愿意听到表扬，因此听妈妈的话 /402
1308 语言交流能力 /402
1309 认识交通红绿灯 /402
1310 认识性别 /403
1311 感觉疼痛、冷热和方位 /403
1312 对玩具的喜爱 /403
1313 会玩变形玩具 /403
1314 像妈妈一样关爱玩具娃娃 /404
1315 镜中自我 /404
1316 自己洗手 /404
1317 熟练开门关门，甚至会锁门 /404
1318 坐在浴缸里洗澡 /404
1319 手眼协调 /405
1320 宝宝也拒绝尴尬 /405
1321 父母的信任和鼓励 /405
1322 害怕亲人离开，更离不开妈妈 /405
第三节 吃睡便管理 /405
1323 让宝宝独立吃饭 /405
1324 不好好吃饭怎么办 /405
1325 美国妈妈对训练尿便的认识 /406
1326 日本妈妈对训练尿便的认识 /406
1327 澳大利亚妈妈对训练尿便的认识 /406
1328 白天不睡觉 /406
1329 大师的音乐催眠曲 /407

第十二章 2岁幼儿（23～24月） 407

第一节 2岁幼儿特点 /407
1330 语言发展新阶段 /407
1331 独立性和自律能力 /407
1332 喜欢帮爸爸妈妈做事 /408
1333 手眼协调能力 /408
1334 锻炼宝宝解决问题的能力 /408
1335 无暇顾及“小事”了 /408
1336 强烈的自我意识 /408
1337 需要讲明事情原委 /408
1338 调皮的宝宝 /409
1339 听懂“不”的含义 /409
1340 极强的模仿力 /409
1341 合作精神 /409
第二节 身体的成长 /409
1342 体重 /409
1343 身高 /409
1344 牙齿萌出的差异 /410
1345 可以刷牙了 /410
1346 上、下楼梯 /410
1347 宝宝的小手小脚 /410
第三节 养育策略 /411
1348 说谁也听不懂的语言 /411
1349 口吃 /411
1350 要鼓励，不要泄气 /411
1351 榜样的作用 /411
1352 父母期望值与宝宝实际能力 /411
1353 与宝宝建立伙伴关系 /412
1354 给宝宝充分的自由 /412
1355 通过讲道理引导宝宝行为 /412
1356 宝宝情绪是父母情绪的写照 /412
第四节 饮食和睡眠 /412
1357 饭量并不水涨船高 /412

1358 还离不开奶瓶也正常 /413
1359 对尿便管理的认识 /413
1360 没有标准的睡眠时间 /413
1361 不睡午觉也正常 /413

第十三章 2岁1～3个月幼儿（25～27月） 414

第一节 2岁1～3月宝宝特点概述 /414
1362 有了更丰富的情绪 /414
1363 独立与依赖 /414
1364 不愿意走路了 /414
1365 可掌握近千个词汇 /414
1366 分辨我和你 /414
1367 学着听电话里的话语 /414
1368 辨别声音 /414
1369 模仿学习 /414
1370 识别物品轻重和材质 /415
1371 照着镜子跳舞 /415

第二节 体格和体能发育 /415
1372 体重、身高、头围和牙齿 /415
1373 “X”型腿和“O”型腿 /415
1374 独自双脚跳起 /415
1375 跨越障碍物 /416
1376 扶着栏杆上楼梯 /416
1377 加速向前走 /416
1378 抬脚踢球 /416
1379 自由地蹲下、起来 /416
1380 溜滑梯 /416
1381 喜欢爬高 /416
1382 喜欢赛跑 /417
1383 使用剪刀 /417
1384 喜欢制作 /417
1385 拆卸玩具 /417

第三节 智能发展 /417
1386 使用“我”、“你”人称代词 /417
1387 用完整句子表达意思 /418
1388 每天都能说出新词 /418
1389 记录宝宝有趣的语言 /418
1390 听电话 /418
1391 辨别声音 /418
1392 大脑进入第二个快速发育阶段 /419
1393 创造力 /419
1394 想象力 /419
1395 自我意识与权利意识 /419
1396 对着镜子跳舞 /420
1397 识别物品的轻重 /420
1398 辨别物品材质 /420
1399 判断速度的快慢 /420
1400 一遍遍地学 /420
1401 替代性扮演游戏 /420
1402 情绪反应丰富细腻 /420
1403 独立性和依赖性同步增强 /421

第四节 饮食管理 /421
1404 控制吃饭时间的有效办法 /421
1405 为宝宝准备饭菜的基本原则 /421
1406 避免宝宝“周一病” /422
1407 解决喂养难题的根本思路 /422

第五节 尿便管理 /423
1408 帮宝宝学会控制尿便的有效方法 /423
1409 把便排在便盆中 /423
1410 坐马桶 /423
1411 睡觉困难是干预过多造成的 /423
1412 营造午睡氛围的好方法 /423
1413 陪伴睡眠与宝宝独睡 /424
1414 入睡前父母做什么 /424
1415 早晨起来父母做什么 /424

第十四章 2岁4～6个月幼儿（28～30月） 425

第一节 体能发育 /425

1416 头围、前囟和牙齿 /425
1417 双脚跳、单脚跳 /425
1418 用腿脚做事 /425
1419 越过障碍物 /425
1420 甩开两臂走 /425
1421 向后退着走 /426
1422 平衡能力 /426
1423 快速奔跑 /426
1424 爬高 /426
1425 一双灵巧的手 /426
1426 涂鸦能力增强 /426
1427 使用剪刀 /427
1428 喜欢脱鞋袜 /427
1429 喜欢穿父母的鞋子 /427
1430 喜欢父母使用的东西 /427

第二节 智能发育 /427

1431 词汇和句子的增长 /427
1432 使用介词、形容词 /427
1433 理解物品单位 /428
1434 用语言表达心情 /428
1435 用直接的感受传递信息 /428
1436 不要“戳穿”宝宝用词错误 /428
1437 避免“语言休克” /428
1438 喜欢反复听一个故事，读一本书 /428
1439 喜欢听父母读书声 /429
1440 数数 /429
1441 联想能力 /429
1442 解决问题的能力提高 /429
1443 举一反三 /430
1444 鼓动爸爸妈妈和他一起玩 /430
1445 和小朋友一起玩 /430
1446 过家家，扮演角色 /430
1447 父母挂在嘴边的话 /430

第三节 父母的教育策略 /431

1448 宝宝毕竟是宝宝，成人终究是成人 /431
1449 切莫成为宝宝替身 /431
1450 独立但需依赖，依赖又要独立 /432
1451 为宝宝建造安全港湾 /432
1452 树立宝宝自信心 /432
1453 多少错误借“爱”而行 /432
1454 从父母的态度中感受爱 /433
1455 宝宝2岁半，父母怎样算合格 /433
1456 宝宝自我中心化思维 /433
1457 自我中心化≠自私 /434
1458 挑战自我是宝宝最大的能力 /434
1459 鼓励宝宝表达情绪感受 /434
1460 分享不是和宝宝争 /435
1461 不能强行“分享” /435

第四节 生活中的诸多问题 /435

1462 微量元素缺乏的蛛丝马迹 /435
1463 上卫生间大小便的意义 /435
1464 再谈防蚊 /436
1465 再谈防晒 /436
1466 再谈防痱 /436

第十五章 2岁7～9个月幼儿（31～33月） 

第一节 阶段特点 /437

1467 生活兴趣和能力进步 /437
1468 手的能力 /437
1469 积累了丰富的词汇 /437
1470 认知能力 /437
1471 父母的教育策略 /438

第二节 体格及运动能力发展 /438
1472 体重 /438
1473 身高 /438
1474 头围、囟门、牙齿 /438
1475 跳越障碍物 /439
1476 借助器材来运动 /439
1477 脚跟离地走路 /439
1478 单腿站立 /439
1479 喜爱的运动项目 /439
1480 画画 /439
1481 控制手指运动 /439
1482 搭建镂空积木 /440
1483 触觉练习 /440
1484 做自己能做的事 /440
1485 会穿外衣 /440
第三节 智能发展和养育策略 /440
1486 跳跃式的语言发展 /440
1487 对语言产生浓厚兴趣 /440
1488 对复数的理解和使用 /441
1489 比较和选择的能力 /441
1490 宝宝的方位感 /441
1491 认识5种以上颜色 /441
1492 认识形状 /441
1493 注视力 /441
1494 最大进步 /442
1495 自我认识 /442
1496 自我感受 /442
1497 行动与思考 /442
1498 关注情感 /442
1499 初识性别 /443
1500 建立友谊 /443
1501 攻击行为 /443
1502 自豪感 /443
1503 好奇心与稳定环境 /443
1504 独自玩耍 /443
1505 表达不舒服 /444
1506 宝宝是有独立思考的人 /444
1507 规律生活与安全感 /444
1508 奖励与自然 /444
1509 帮助与被帮助 /445
1510 培养宝宝积极评价自己 /445
1511 培养宝宝对结果的判断能力 /445
1512 宝宝不一定守约 /445
第四节 饮食 /445
1513 这不叫“厌食” /445
1514 不好的饮食习惯面面观 /446
1515 对有厌食表现的宝宝怎么办 /446
1516 口腔卫生习惯需要培养 /446
第五节 睡眠、防晒、出游 /447
1517 睡眠时间 /447
1518 梦中醒来 /447
1519 陪伴睡眠与宝宝独睡 /447
1520 关于防晒 /447
1521 旅游中防病要点 /448
1522 旅途中的小药箱 /448

第十六章 2岁10个月~3岁幼儿（34~36月） 449

第一节 成长发育状态 /449
1523 体重、身高、头围、前囟 /449
1524 关注乳磨牙 /449
1525 运动能力应有尽有 /449
1526 能力发育会暂时停歇 /449
1527 尝试着说复合句 /450
1528 基本掌握母语口语对话 /450
1529 情景性语言 /450
1530 自言自语阶段 /450
1531 开始对父母的语言产生反应 /450
1532 幼儿语言的自我调节 /451
第二节 养育策略与身心健康 /451
1533 父母对宝宝情感的影响 /451
1534 宝宝怎样拷贝我们 /451
1535 宝宝个性无好坏 /452
1536 没有坏宝宝 /452
1537 先天潜质与后天塑造 /452
1538 要推动宝宝，首先要推动自己 /453
1539 礼貌待人 /453

1540 宝宝并非想把生活搞得一团糟 /453
1541 宝宝创造力的典型特征 /454
1542 仍然以玩为主 /454
1543 聪明的做法 /454
1544 父母与宝宝的交流不可忽视 /454
1545 初步认识男孩、女孩生理差异 /454
1546 饭后、便前也要洗手 /455
1547 按时就寝，按时起床 /455
1548 双休日可以有特例 /455
1549 衣帽整洁，存放有序 /455
1550 数学登上舞台 /456
1551 用玩具和食物学数学 /456
1552 与宝宝一块“出版”家庭图书 /456
1553 私家车里玩游戏 /456
1554 电视管理 /457
1555 宝宝喜欢芬芳的气味 /457
第三节 饮食与营养 /457
1556 什么零食能放开吃 /457
1557 绝对不给宝宝吃零食不现实 /457
1558 不可忽视铁缺乏 /458
1559 食物纤维与便秘 /458
1560 失衡性营养不良 /458
1561 失衡性营养过剩 /458
1562 关于果汁 /458
1563 微量元素 /459
1564 什么都吃是最好的 /459
1565 不要评论桌上的饭菜 /459
第四节 尿便、睡眠 /459
1566 鼓励和赞许是永恒的 /459
1567 5岁前都能控制尿便 /460
1568 被子仅盖到脚踝处 /460
第五节 预防接种 /460
1569 为宝宝选择计划外免疫的总原则 /460
1570 风疹疫苗 /460
1571 腮腺炎疫苗 /460
1572 轮状病毒疫苗 /461
1573 支气管炎疫苗 /461
1574 流感疫苗 /461
附录一 预产期速查表 /463
附录二 孕检记录表 /464
附录三 已知部分男性生殖毒物 /465
附录四 已知部分女性生殖毒物 /465
附录五 0～3岁宝宝体重、身高、头围、胸围增长曲线图（男孩/女孩） /466
附录六 婴儿预防接种程序表 /468
附录七 胎儿各器官发育时期表 /468
参考文献 /469
后记 /470

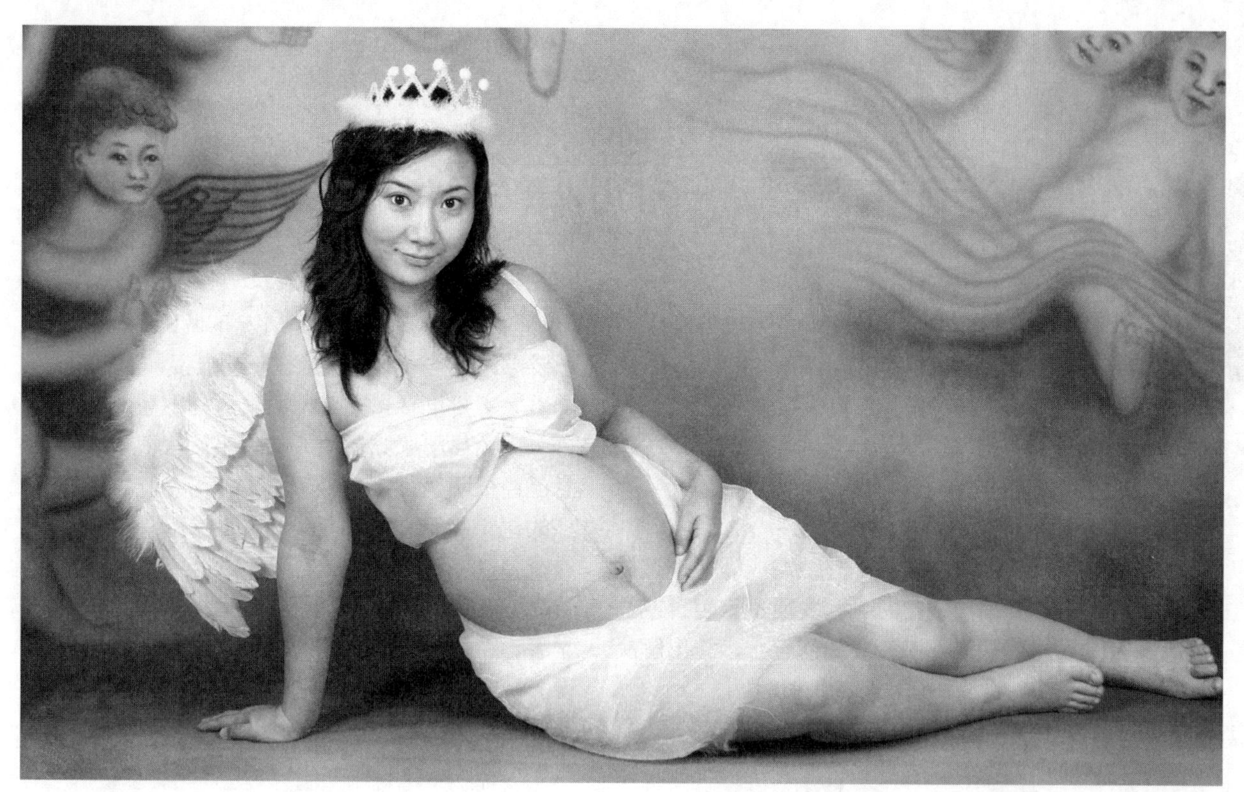

妊娠篇

RENSHEN PIAN

郑玉巧孕育理念

- 怀孕是上苍赐给女性最美好的礼物：你不需要和以前有任何不同
- 孕前准备应该从结婚那天开始：不要让自己和宝宝吃“后悔药”
- 没有一种药适合孕妇：孕期用药必须慎之又慎
- 你什么都能吃：天然的、新鲜的、多样的、均衡的！
- 胎教不是外在的：胎教是准爸爸妈妈内在的修养，内心的幸福和宽容
- 正确解读孕期检查：宝宝不会无缘无故地有问题！
- 分娩痛是人生最美好的经历：自然分娩的宝宝更健康
- 坐月子没有禁忌：内心充满幸福，环境舒适，妈妈宝宝都漂亮

第一章 孕前准备

第一节 孕前健康检查

0001 婚检、孕检、产检都是怎么回事

婚前检查

通过婚前检查，发现不宜结婚或需要推迟结婚的疾病，并给出治疗意见；发现不宜生育或需要推迟生育的疾病，并指导如何避孕，给出解决或治疗方法，预测可以生育的大概时间。

孕前检查

通过孕前检查，发现将会影响孕妇身体健康和未来胎儿健康的疾病；发现不宜使妻子受孕的男性疾病。

产前检查

通过对孕妇进行孕期定期检查，监护孕妇和胎儿的健康状况，及时发现妊娠合并症和并发症；及时发现胎儿发育异常，保证母子健康。

0002 孕检前要做什么准备

需要空腹

不要吃早饭，也不要喝水，因为有些检查项目需要空腹。晨起第一次排的尿液，收集少许，放入干净的小玻璃瓶中，备化验用。不要到医院才采尿样，一是可能等不及；二是如果需要做子宫B超，需憋尿，如果把尿排出去了，还要等很长时间才能使膀胱充盈；三是晨起第一次排的尿液，化验结果更可靠。带上早餐，抽血后可吃。带一瓶纯净水，以便需要憋尿时来喝。有的女士，怕检查时下身有异味，就在去医院前清洗下身，这是不对的，去前不但不能洗，头一天晚上也不要洗，洗了对检查不利。

B超检查前要憋尿

因为要在膀胱充盈的情况下做B超检查，所以要憋尿，憋尿时要注意以下几点：

- 不要早晨起来不排尿，这样憋尿的效果不好。因为晨起尿比较浓，有时虽然尿很少，但尿意已经很明显，感觉憋不住了，可膀胱并没有很多的尿。膀胱充盈不足，B超时就不易观察到子宫全貌。
- 正确的方法是早晨起床后把尿排净，带上早餐，待需要空腹检查的项目完成后，开始吃早餐，除主食外，最好喝些豆浆或牛奶，再喝500毫升温白开水。
- B超检查前1～2小时喝水，因为时间长憋不住尿，时间太短膀胱不能充盈。
- 如果憋尿困难，可做阴道B超，价格相对贵些。
- 做B超前最好排空大便。

0003 孕检都要查哪些项目

孕前检查包括一般检查、特殊检查和妇科检查。其中一般检查包括6项，确定身体健康指标是否适宜怀孕；特殊检查包括5项，排查不宜妊娠或需要推迟妊娠的疾病；妇科检查包括4项，确定生殖健康指标是否适宜怀孕。

一般检查项目

- 物理检查：包括血压、体重、心肺听诊、腹部触诊、甲状腺触诊等，目的是发现有无异常体征。
- 血常规检查：目的是了解准孕妇是否有贫血、感染。血型检查包括在血常规检查项目中，目的是预测是否会发生母婴不合溶血症，如ABO血型不合、Rh血型不合，为可能需要输血做准备。
- 尿常规检查：目的是了解是否有泌尿系统感染；其他肾脏疾患的初步筛查，间接了解糖代

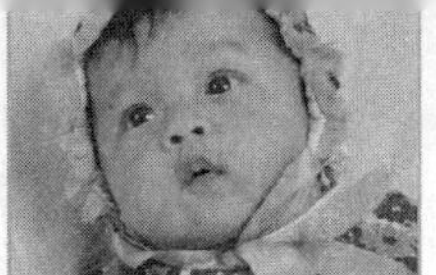
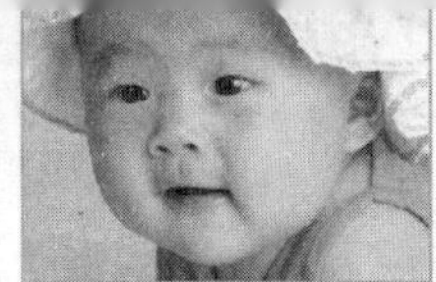
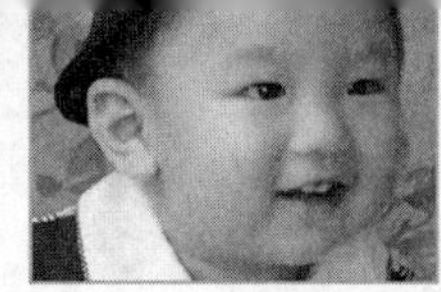
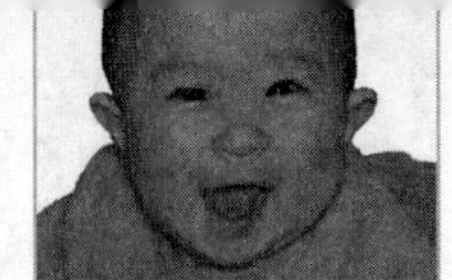

谢、胆红素代谢是否正常。

●肝功检查（包括乙肝表面抗原）：目的是及时发现乙肝病毒携带者和病毒性肝炎患者，及时给予治疗。

●心电图检查：目的是了解心脏的基本情况。

●胸透检查：目的是发现是否有肺结核。

计划怀孕前3个月，可以做胸透检查。也就是说，做了胸透检查，必须3个月后才可以考虑怀孕，完全避免X射线可能给受精卵带来的致畸影响。如果不能明确保证这个时段间隔，就不要做这项检查，或者推后怀孕。切记！

特殊检查项目

●乙肝标志物检查：常规肝功和乙肝表面抗原检查有问题时，需要做进一步检查，其中就包括乙肝标志物检查。及时发现肝炎病毒携带者，对易感准孕妇实施必要的保护措施，如接种乙肝疫苗。对乙肝病毒携带者，根据携带情况给予相应的处理，降低母婴传播率，并进行孕期监测。

●血糖、血脂检查：目的是发现糖、脂代谢异常。

●肾功能检查：目的是了解准孕妇的肾脏功能，及时发现不宜妊娠的肾脏疾患。

●心脏超声检查：目的是排除先天性心脏病和风湿性心脏病。

●遗传病检查：如果家族中有遗传病史，或女方有不明原因的自然流产、胎停育、分娩异常儿等历史，做遗传病方面的咨询和检查非常必要，如染色体检查。

妇科检查项目

●生殖器检查：包括生殖器B超检查，阴道分泌物检查和医生物理检查，目的是排除生殖道感染等疾病。

●优生四项检查：目的是排除准孕妇身体内是否有病原菌感染，即弓形虫、巨细胞病毒、单纯疱疹病毒、风疹病毒感染。

●病毒六项检查：也称为优生六项检查。除上述优生四项外，还包括人乳头瘤病毒、解脲支原体两项检查。

●性病筛查：有的医院已经把艾滋病、淋病、梅毒等性病作为孕前和孕期的常规检查项目，其目的是及时发现无症状性病患者，给予及时治疗，防止对胎儿造成伤害。

0004 准爸爸要做哪些男科检查

●精液常规检查：目的是了解男性的精子质量。

●生殖器检查：目的是排除生殖器官疾病和生殖道感染。

●性病检查：目的是及时发现无症状性病患者，给予及时治疗，防止对胎儿造成伤害。

0005 孕检发现问题怎么办

●一旦孕检发现暂时不宜怀孕的疾病，性生活要采取避孕措施，并开始接受医生的治疗。

●如果夫妻一方或双方有生殖道、泌尿道感染，要积极治疗，待彻底治愈后再怀孕。

●如果夫妻一方或双方患有性病，或感染了可引起母婴传播疾病的病毒，双方都要接受临床诊断，疾病一方接受治疗，待彻底治愈后再怀孕。

●孕检确定是易感人群，如风疹抗病毒抗体、乙肝表面抗体为阴性的女性，可进行预防接种风疹疫苗、乙肝疫苗等。

●如果家族中有血友病史，要进行胎儿性别筛选，但大部分医院目前做到这一点较难。

●冬春季是病毒性传染病流行高发季节，准备怀孕的夫妇应积极预防。风疹易发于儿童，如果周围有患风疹、水痘、腮腺炎等传染病的宝宝，准孕妇要做好自身隔离。未孕前如曾接触过这样的宝宝，应暂时避孕，待隔离期过后再考虑怀孕。

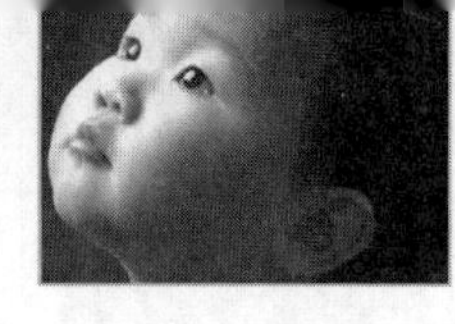
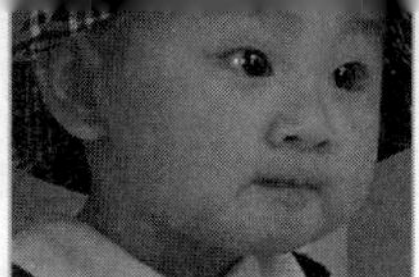
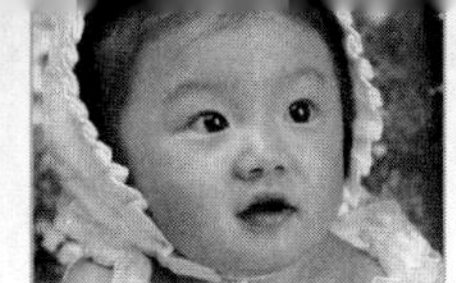

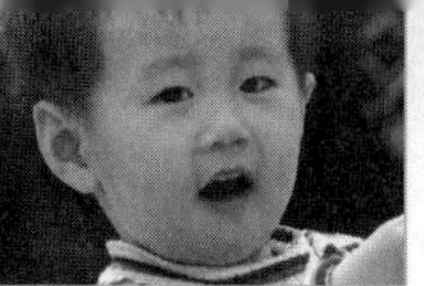

第二节 孕前生殖健康保护

0006 孕前女性生殖健康保护

女性生殖健康标准

● 没有任何不适症状，如外阴瘙痒、干涩、疼痛、烧灼感和异味。

● 常规妇科物理检查未发现任何异常体征。

● 白带清洁度在2度以下。白带清洁度分为三度，1度接近正常，2度为轻度炎性改变，3度为中重度炎性改变。医生根据白带检测报告，结合临床检查，初步判断生殖道感染程度。

● 实验室检查白带分泌物，没有发现病原菌，如滴虫、霉菌、解脲脲原体、沙眼衣原体、淋球菌等。

● 血HIV(艾滋病病毒)、PRP(梅毒血清学检查)、HSV(单纯疱疹病毒)检查呈阴性。

● 优生优育筛检项目无异常结果。

● 乳腺无疾病。

● 子宫附件盆腔B超未发现异常，如卵巢囊肿、畸胎瘤等。

● 宫颈防癌涂片无异常。

● 性生活无厌烦感。

女性生殖健康保护

● 婚前应做生殖道感染检查，一旦发现有生殖道感染，应积极治疗，治愈后再结婚最好。

● 孕前应做生殖器道感染检查，如感染应积极治疗，愈后再怀孕。

● 孕前3个月要避免使用药物，如果生病了，就先治病，病治好了，停药再怀孕。

● 每天用清水清洗外阴，没有疾病情况，不要擅自使用有治疗作用的外阴清洗剂，更不要使用阴道栓剂和阴道盥洗。

● 不要穿非棉质的内裤，内外裤都不要过紧，孕前准备期不穿束身内衣。

● 孕前3个月不要接触放射线照射，如X射线透视。

年龄、卵子寿命与卵子健康

女性年龄与卵子寿命、卵子健康有密切的关系。女性在还是7个月大的胎儿时，卵泡就开始存于体内，并缓慢地进行着分裂，逐步走向成熟。女婴诞生时，其体内已经拥有了她一生中要排出的所有卵子，直到她排完全部卵子，停止月经来潮，进入更年期。

如果准妈妈35岁怀孕，意味着和精子结合的那颗卵子，在准妈妈体内已生活35年。卵子在长期发育过程中，可能受到各种内外因素的影响，当受孕的卵子在减数分裂过程中，出现染色体不分离现象，就会产生染色体数目或结构异常，导致先天缺陷儿的产生。

孕妇年龄越大，卵子（受精的那一颗）年龄也越大，其健康风险也越大，先天畸形儿概率也越高。因此，保护卵子健康，应从女性还是婴儿的时候开始；**保证胎儿健康，建议在女性卵子成熟的最佳时期怀孕（25～29岁）**，避免过早怀孕（小于22岁），和过晚怀孕（大于35岁）。

保护卵子健康应从婴儿开始

女性胎儿第8周时生殖腺转化为卵巢，并含有600～700万个卵母细胞；到6月胎儿时，卵母细胞就剩200万个，出生时就只剩下40万个。尽管女性生殖器早在胎儿期就已经形成，卵巢中也已经有了卵母细胞，但女孩从出生到月经来潮前，40万个卵母细胞都处于沉睡状态，雌激素水平处于最低值。

当女孩进入青春发育期，大脑向卵巢发出信息，卵巢被唤醒，雌激素水平开始上升，促使性器官发育，第二性征初显。从青春发育期到绝经期（14～50岁）,40万个卵母细胞中只有400～500个能够最终发育成熟。

尽管有大阴唇、小阴唇的保护，女孩生殖器官仍有可能受到外伤，或受到病原菌的侵袭。女儿还小的时候，妈妈应每天为宝宝清洗外阴和阴唇的皱褶处；清洁肛门时，要从前向后擦洗，以防把来自肠道的病菌带到阴道口和尿道口。女儿长大后，这项卫生护理就要自己做了。

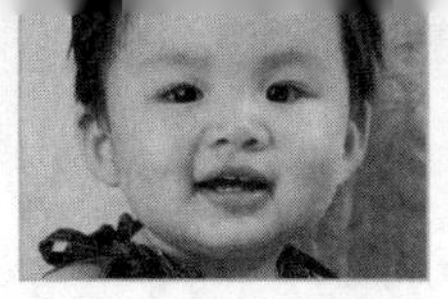
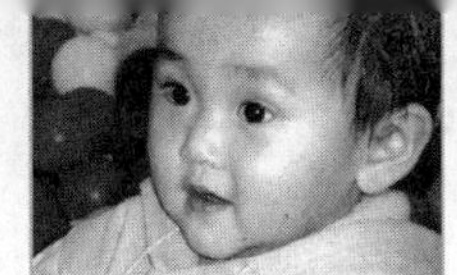
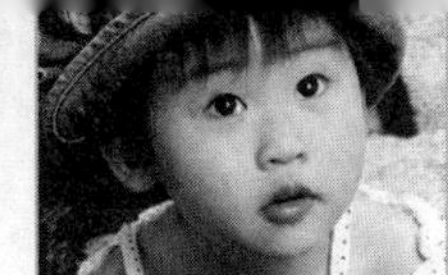
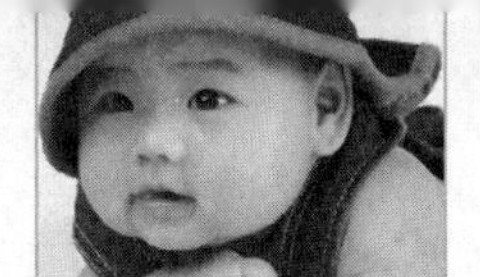
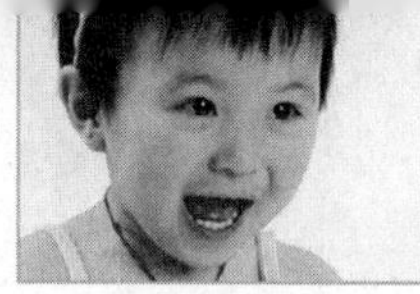

女孩裤子过紧、内裤有尿液、清洗内裤不彻底、内裤没有经过阳光照射、内裤放置时间过长、使用不合格卫生巾、用碱性比较强的肥皂清洗外阴、肠道蛲虫感染等，都会影响女性生殖泌尿系健康，从而殃及卵子健康。

0007 孕前男性生殖健康保护

男性生殖健康标准

● 没有任何不适症状，如尿道口瘙痒、疼痛、烧灼感、分泌物和异味。

● 常规物理检查未发现任何异常体征，如包皮过长、过短、包茎、精索静脉曲张等。

● 精液实验室检查正常。

● 血HIV（艾滋病病毒）、PRP（梅毒血清学检查）呈阴性。

● 性生活无厌烦感。

男性生殖健康保护

● 婚前应做生殖系感染检查，一旦发现有生殖系感染，应积极治疗，愈后再结婚是最好。

● 计划怀孕3个月前避免使用药物，戒烟、忌酒，尤其不能酗酒。

● 性爱前用清水清洗生殖器，特别是龟头、沟槽部分。

● 穿棉质内裤，内外裤都不要过紧，尤其不要穿很瘦的牛仔裤。

● 计划怀孕3个月前不要接触放射线照射，如X射线透视。

精子质量与胎儿健康关系密切

自然流产病例中，因父亲精子异常导致胚胎早期夭折的比例，大约半数左右。常听到一种想当然的认识，认为男性一次射精有几亿个精子，能与卵子结合形成受精卵的精子，一定是“天底下”最健康的精子。事实上，常有质量不高的精子，阴差阳错地攻陷了卵子的层层布防，悲剧性地形成了受精卵，让爸爸妈妈追悔莫及。

年龄、精子质量与胎儿遗传性疾病

美国彭罗斯博士在研究软骨发育不全时，证实了男子年龄对基因突变的影响。而默德奇博士和一些学者在对106例软骨发育不全的儿童进行分析时，进一步发现，爸爸年龄越大，精子细胞产生显性突变的机会越多。丹麦遗传学家在研究了224例唐氏综合征患儿后认为，爸爸年龄过大与唐氏综合征的发生有关，并指出男性的最佳生育年龄是25～30岁；超过45岁时，要进行遗传咨询。

0008 毒性因子威胁生殖细胞

药物危害生殖细胞

某些药物对胎儿有致畸作用已被证实，如抗癌药、激素类药。尚未证实对生殖有毒性作用的药物，不意味着就是安全的。即使动物生殖试验证明安全，也不等于对人类生殖健康没有危害。有些药物在说明书上没有标注对生殖健康是否有不良影响，不能由此推断该药对生殖健康没有不良影响。准备怀孕的夫妻，一定要保证3个月内绝对不服用任何药物。

化学物质危害生殖细胞

在日常生活中有可能遇到的毒性化学物质，有铅、汞、砷、苯、乙醇等，都会危害生殖细胞。特别注意，房屋装修选择的材料一定要绿色环保；装修后，还要对房屋内空气做质量监测。室内空气质量合格，才能考虑怀孕。

农药危害生殖细胞

规范使用农药，使用规范的农药，农作物就是安全的。农作物残留农药超标，主要是因为使用农药不规范，或使用了不规范的农药。根本改变这种情况，需要政府和广大农业生产者长期不懈的努力。作为消费者个人，要把购买来的蔬菜、水果用清水充分浸泡，让农药析出，以保证食用健康。

电离辐射和电磁污染危害生殖细胞

电离辐射是指X射线、*r*射线对人体的辐射，对生殖健康有巨大的消极影响。这个常识虽早已为人所知，但仍有不少计划怀孕的夫妇，稀里糊涂地接受了医学X光检查，等到获知怀孕的消息后，才如梦初醒，后悔不已。

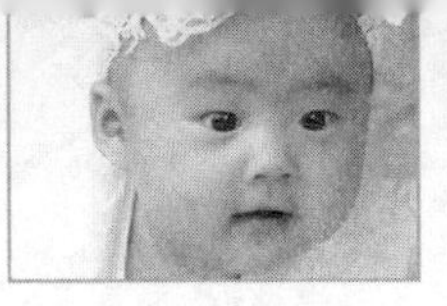
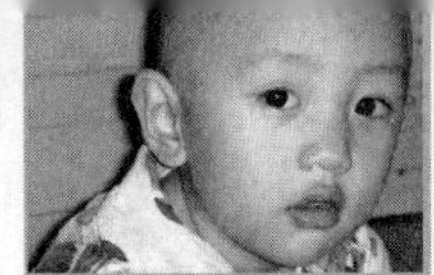
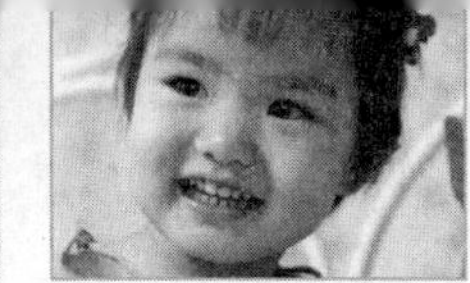

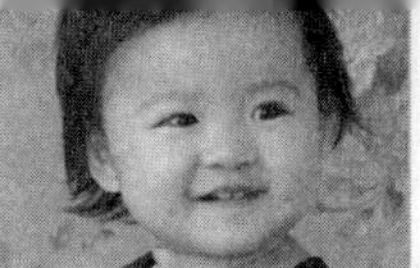

电磁辐射是指电磁场对人体的辐射，对生殖细胞也有不同程度的损害。日常生活中，应积极规避可能的辐射危害，如检查微波炉是否有微波泄露，方法是把一张薄纸夹在微波炉门缝，轻轻牵拉，如果能够移动纸张，说明微波炉的门已松，可能有微波泄露现象，要及时维修或更换。微波炉如在使用中，不要靠近，最好保持2米以上距离；停止工作后等待三五分钟，再打开微波炉。

生殖毒性与新生儿出生缺陷

新生儿出生缺陷，遗传因素占25%，其中来自物理、化学、生物因素的为10%。先天病残儿中，有21%的父亲在工作环境中接触过射线、微波、高温、重金属、化学物质、农药等有毒、有害物质，有17%的母亲接触过这些有毒、有害物质。先天病残儿中，有5%的父亲在授孕期间患过感冒、发热、风疹、弓形虫感染、巨细胞病毒感染、疱疹、过敏症、腮腺炎、肝炎等疾病，有24%的母亲受孕期间患过上述疾病。先天病残儿中，父亲有烟酒嗜好的占56%，母亲占2%。

吸烟对胎儿健康的影响

烟草中含有尼古丁、氢氰酸、一氧化碳等有毒物质，对生殖细胞和胎儿的不良影响早已被证实。男性吸烟可影响精子质量，女性吸烟也会殃及卵子的健康。即使夫妇都不吸烟，也要尽量避免被动吸烟，因为被动吸烟同样会危及精子、卵子和胎儿。

饮酒对胎儿健康的影响

酒精对精子、卵子和胎儿同样有害，酒后受孕可导致胎儿发育迟缓、智力低下。大量饮酒后，酒精被血液吸收，对全身各系统都有一定的危害，对精子和卵子具有强烈毒性。曾有报道认为，男性大量饮酒，可使精液中71%的精子发育不全，活动度差，发育不全的精子一旦与卵子结合可造成胎儿畸形、智力障碍等。另外，大量饮酒还可以影响睾丸血流量和温度调节，使睾丸供血不足，供氧量下降，影响精子质量。长期大量饮酒，还可形成慢性酒精中毒，使睾丸失去生精能力，导致不育。

第三节 准妈妈孕前应治愈的疾病

0009 泌尿系感染

预防很重要

如果孕期发现怀孕合并泌尿系感染，是非常严重而棘手的事情，因为治疗泌尿系感染的药物，或多或少对胎儿有不良影响，但又必须治疗，因为：①引起泌尿系感染的病原菌不被杀灭，有引起肾盂肾炎的危险，对孕妇的健康极为不利；②泌尿系感染对胎儿健康的不良影响可能要比药物影响更大。因此孕前预防泌尿系感染非常重要，有效方法就是养成多饮水的习惯，每天至少饮800毫升的白开水，即可避免孕期合并泌尿系感染。

为什么容易患肾盂肾炎？

女性怀孕后，子宫不断增大，输尿管受到挤压，导致肾盂积水。肾盂积水使细菌通过尿道口感染尿道、膀胱、输尿管，从而导致肾盂肾炎的发生。

为减少子宫对肾盂的压迫，到孕中期，尽量不要采取仰卧位，而应左侧卧、右侧卧位交替，以左侧卧为主。在清洁肛门时，要从前向后，或从肛门向两侧擦洗。大便后最好用清水冲洗肛门，以免肛门周围的大肠杆菌污染尿道和阴道口，引起泌尿系和生殖道感染。

泌尿系感染的治疗

泌尿系感染本身对胎儿会有一定影响，一些治疗泌尿系感染的药物，对胎儿也有不同程度的影响，因此要彻底治愈泌尿系感染后，再考虑怀孕。如果在孕期合并泌尿系感染（妊娠本身也可增加患泌尿系感染的机会，甚至发展至肾盂肾炎），会给妊娠带来麻烦。如首次发病，要服用半个月的药物。

反复泌尿系感染的治疗

治疗不彻底，疗程不够，饮水少，劳累，外阴不洁净，卫生巾质量不合格，内裤被霉菌污染

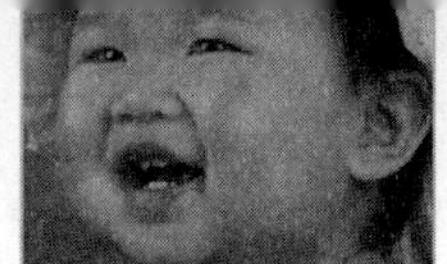
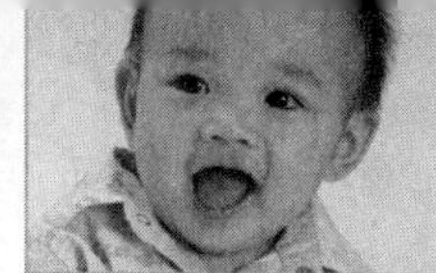
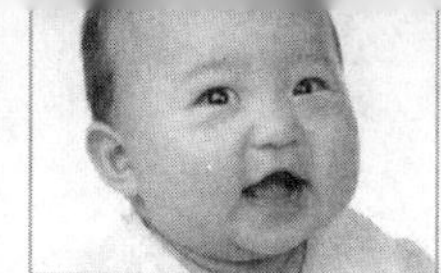
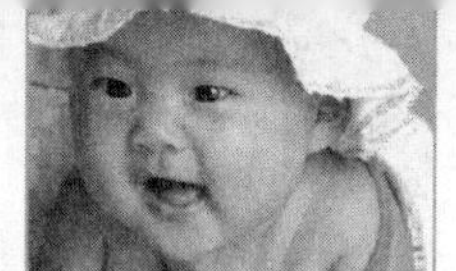

（如放置时间过久的内裤，从来不在阳光下暴晒内裤，或在卫生间阴干内裤等）是反复泌尿系感染的常见原因。这种情况需要服用1个月的药物，彻底消灭菌尿（尿常规正常不能视为治愈，应做尿沉渣埃迪式计数或尿细菌培养及菌落计数），防止复发。

0010 阴道炎

不同致病菌引起不同阴道炎

引起阴道炎的致病菌有很多种，不同致病菌引起不同阴道炎，如细菌引起细菌性阴道炎、霉菌引起霉菌性阴道炎、支原体感染引起非淋菌性阴道炎，淋球菌感染引起淋病。治疗阴道炎应根据致病菌选择药物，如果药物选择错了，不但不能治愈疾病，还可能使疾病加重。霉菌性阴道炎如果选用了抗菌素，会使霉菌生长更旺盛。青霉素和头孢类对支原体效果不如大环内酯类。

阴道炎的治疗

用4%苏打水（小苏打）清洗外阴和阴道后，再用抗霉菌的栓剂塞入阴道，单独使用苏打水效果不佳。2周为一疗程。完成一个疗程后，复查阴道分泌物是否还有霉菌。如果化验结果霉菌呈阳性，应继续治疗。每个月经周期后按上述方法使用1周。连续使用3个周期，治愈停药后即可怀孕。除治疗外，还要注意日常生活中避免霉菌的再感染，比如内裤不要放在阴暗、潮湿、不通风的地方，要在日光下晒干。要按疗程使用抗霉菌药，夫妻双方同时治疗效果更好。

治疗期间不宜怀孕。治愈停药后无复发，就可以怀孕了。但如果是特殊病原菌感染的阴道炎，就要根据具体情况来决定，如淋菌性阴道炎，解脲支原体感染等。

0011 盆腔炎、宫颈糜烂

盆腔炎

附件炎、子宫内膜炎、子宫颈炎等都可统称盆腔炎。治疗的方法大同小异。引起盆腔炎的病原菌应该进一步明确，有的病原菌感染可对胎儿有显著的危害，需要彻底治愈后方能考虑怀孕。而且患有盆腔炎本身也会影响受孕。所以，在未治愈盆腔炎，尤其是附件炎前，最好暂时不要怀孕。盆腔炎并不难以治疗，只要明确病原菌，进行正规治疗，是完全可以治愈的。

宫颈糜烂

宫颈糜烂分轻、中、重三度，也可用1、2、3度表示，患有宫颈糜烂时不宜怀孕。制订治疗方案，要根据糜烂程度、是否查到致病微生物、有无其他并发症酌情而定，但不可选择对宫颈弹性和顺应性有影响的治疗方法，如激光，LEEP刀等。可选择微波、波姆光、药物冲洗等综合措施。

附件囊肿

附件囊肿是否需要手术，要由妇科医生来决定。如果是子宫内膜异位症引起的囊肿，会引起继发不孕。

0012 妊娠前需治愈或控制的其他疾病

感冒、气管炎、咽炎、扁桃体炎、鼻炎、齿龈炎、急性胃肠炎、便秘、痔疮、霉菌、滴虫、细菌性阴道炎、宫颈炎、尿路感染、肾盂肾炎、贫血等，都应在孕前治愈或得到控制，保证机体健康，切不可患着上述某种疾病就怀孕。

第四节 准爸爸孕前应治愈的疾病

0013 前列腺炎

许多青年男士认为，前列腺炎是老年男性疾病，与自己没有多大关系。实际上不然，年轻并不是前列腺不发炎的保证。

0014 淋菌性尿道炎

男性患有性病，初期可能没有什么明显症

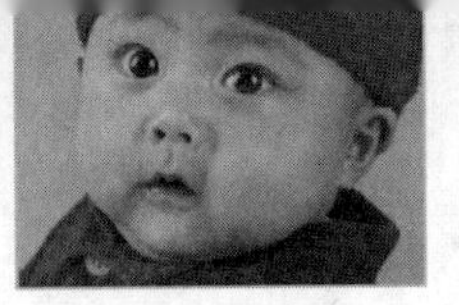
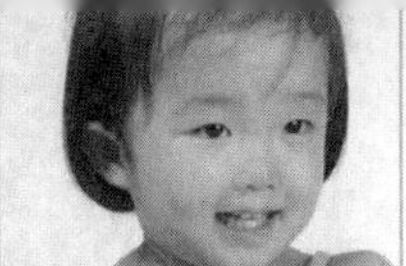
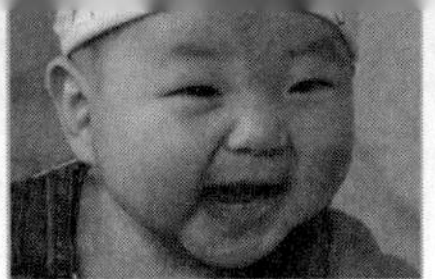

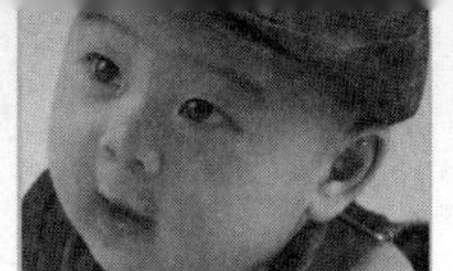

状，但可传播给妻子。所以，孕前夫妇双方做生殖泌尿系疾病检查非常必要。淋病属性病，夫妇间可相互传染，双方生殖器感染对胎儿都有影响，女性影响更大。建议双方都做全面的生殖健康检查，一切正常，未来胎儿的健康才有保证。

0015 精子质量异常

正常男性每次射精量为2～6毫升，小于1毫升或大于6毫升，对生育能力均有一定影响。正常情况下，精子数量应为$(50\sim100)\times10^6$个/毫升，如果每毫升精液中的精子数量少于20×10^6个/毫升，可造成男性不育。如果小头、双头、双尾、胞浆不脱落等异常精子超过20%，或精子活动能力减弱等，也可引起男性不育。精子生成后至排出时间间隔越长，其活力越低。**在排卵期隔天同房可增加受孕机会，精子的质量最好。**

精液质量直接影响受精卵的质量，因此精液检查是生殖健康检查中的重要一项。精子质量不好或数量不足，受精卵异常的概率就大，而孕早期自然流产，大多数都是因为受精卵本身不健康，精子不健康，胚胎难以存活。

精子活动力一般用5级划分，0级表示无活动精子，加温后仍不活动；1级表示精子活动不良，不做向前运动；2级表示精子活动较好，缓慢的波形运动；3级表示精子有快速运动，但波形运动较多；4级表示精子基本上是快速直线运动。正常精子活动力一般大于3级，0级和1级精子占一次射精量40%以上时，即构成男性不育的原因。

0016 腹腔疾病

准爸爸最易患的腹腔疾病有：脂肪肝、慢性肝脏疾病（主要是乙型肝炎或乙肝病毒携带者）、酒精肝、胃炎、胃十二指肠溃疡、结肠炎等。要做准爸爸前查出腹腔疾病，一定要进行治疗，愈后再考虑生育。

腹腔疾病预防要点

- 不要酗酒，即使是少量饮酒，也要先吃几口饭菜，不能空腹饮酒，只喝酒不吃饭，对胃的伤害很大，容易患胃溃疡和胃炎，对肝脏也同样不利。
- 吸烟是导致胃溃疡、胃炎的原因之一，只在计划怀孕前3个月临时戒烟是不够的。
- 不要饥一顿，饱一顿，这对胃肠健康危害最大。少睡会儿懒觉，争取吃早餐。
- 职场、商场、社交场上的男人们，工作压力大，精神紧张，普遍睡眠不足，健康透支很大，一些人已处于亚健康状态，离疾病只有一步之遥。紧张情绪是导致胃肠疾病的原因之一。
- 饮食结构不合理，肥胖男士越来越多，而肥胖易导致脂肪肝。要合理饮食，远离应酬，回到家里，多吃清淡的食物，孕前在医生和营养师指导下安排饮食。
- 运动越来越少，以车代步，看电视，玩电脑，占去了活动时间。要进行自行车运动，弃电梯，走楼梯，郊外旅游，户外运动，有效防止胃下垂、胃溃疡、将军肚、疲劳综合征等。准备怀孕的夫妻，最好俩人每天坚持户外散步15分钟。

0017 夫妻双方常见病预防

我健康我怀孕

从优生角度考虑，夫妻双方都应在孕前3个月内保持身体健康，精神饱满，心情愉快，营养充足，避免任何对生殖细胞、受精卵、胚胎有消极影响的事件发生。

卵母细胞早在胎儿期就生成了，青春期后，存在于卵巢中的卵母细胞，每月释放出一个成熟的卵子，所以保护卵子的健康，是女人整个生育期的任务。精子成熟大约需要3个月，因此计划怀孕前3个月就要做准备，如戒烟、戒酒、避免接触有害物质和射线等，有些药物对精子的影响也不可忽视。准备要宝宝的夫妻，应该让自己身体更健康，避开一切影响身体健康的不良因素，预防疾病发生，减少药物摄入。

呼吸道感染预防要点

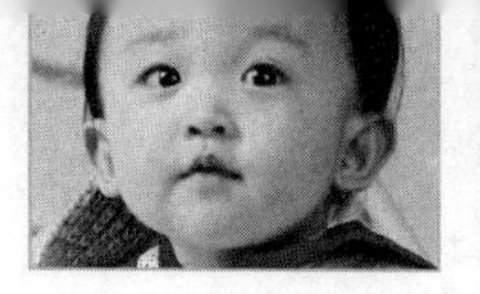
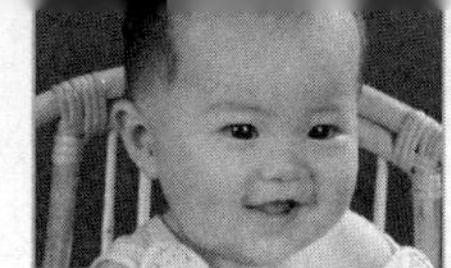
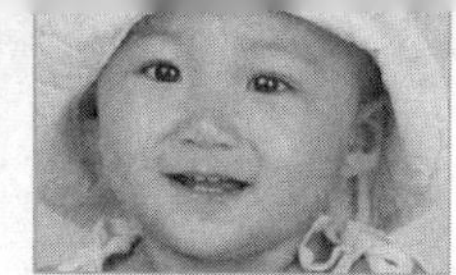

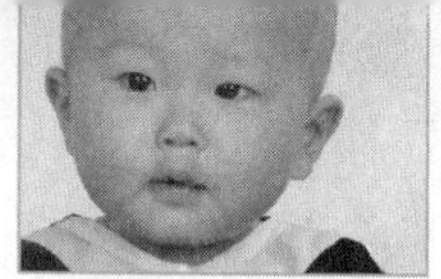

●平时注意锻炼身体，提高机体抵抗力，注意冷热适中。早孕期身体抵抗力一般都比较弱，易患感冒。**最好在夏季和秋初季节怀孕，这时患感冒的机会比较小。**

●生活要有规律，注意休息，保证充足的睡眠，多饮温开水。不要到人多的场所逗留，不要接触感冒病人。

●倘若感冒症状不是很严重，不必吃感冒药，注意休息，多饮水，增加睡眠。

●流感疫苗是预防流感的，对普通感冒没有预防作用。注射流感疫苗当月不要怀孕。

口腔疾病预防要点

●三餐后半小时用清水漱口。

●每天晨起、睡前刷牙，要有效刷牙，刷足3分钟、刷遍三面牙，把牙膏充分漱干净。

●吃容易粘在牙齿上的小食品，如奶糖、果脯、年糕等，食后要把粘在牙齿上的东西清理干净。

●不要常用牙签剔牙，如有东西塞入，应用专业牙镊子夹出。

●如口腔有异味，或患齿龈炎，可坚持早晨睡觉前用专业漱口液漱口，也可用苏打水或盐水漱口。

消化道疾病预防要点

●生吃蔬菜水果时，一定要洗净上面残留的农药、寄生虫和病原菌。洗去果蔬上的泥土后，最好用清水浸泡半小时，然后用流动水逐个冲洗。

●食用用手抓握的食品前，一定要进行有效洗手2分钟，两遍洗手液或香皂，手指、掌心、手背、手腕、甲沟、甲缝依次洗净，最后用流动水冲洗。不要留长指甲。

●如果便秘，争取在孕前采取措施缓解便秘，至少要降低便秘程度。严重的便秘需要医学干预，一般便秘可通过饮食、运动、建立排便习惯等来改善。仰卧起坐、按摩腹部（每天按摩腹部10分钟，从左下往上、往右到右下）、散步、体操等运动可刺激胃肠蠕动。多吃粗粮和含纤维素高的蔬菜，如芹菜、萝卜、白菜、黄瓜、西红柿等，可改善容积性便秘。

●有痔疮最好在孕前治疗，因为怀孕后，即使没有痔疮，也可能患痔疮。如果孕前就患有痔疮，怀孕后可能会加重，而在孕期，是难以接受痔疮手术治疗的。长期坐着可加重痔疮。

泌尿生殖系感染的预防要点

●每天睡前夫妻双方都要清洗生殖器，所用面盆和毛巾应在阳光下暴晒。如有条件，最好用流动水冲洗，需注意的是男士应该认真清洗包皮处藏匿的污垢。

●多饮水，可起到冲刷尿道的作用。

●洗净的内裤不能放置在卫生间晾晒，而应拿到有阳光的地方，准备两三条内裤换洗即可，这样可避免穿放置过久的内裤。

●平时最好不使用卫生护垫，每天换洗内裤最好。

●最好不到公共洗浴中心洗浴。一次性洗浴用具的卫生状况并不总是可靠的。

●夫妻之外性行为是导致泌尿生殖系感染的“难言之隐”。

贫血预防要点

●孕期发生缺铁性贫血的概率比较高，孕前体内储存充足的铁很必要。

●多摄入含铁丰富的食物，如动物肝、鸡蛋黄。

●不要喝浓茶，尤其是饭前、饭后喝茶会影响食物中铁的吸收和利用。

●合理配餐，比如菠菜、芹菜、紫菜含铁比较丰富，但如果和豆腐一起烹调会影响人体对铁的吸收。

第五节 孕前遗传咨询

0018 遗传咨询提示

找谁进行遗传咨询

遗传学专业人员、遗传门诊医师、婚前检查

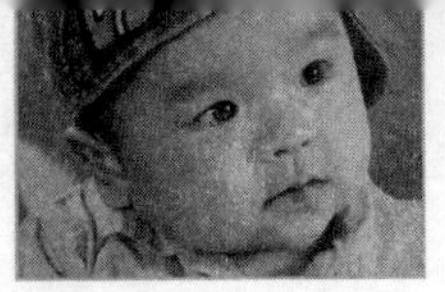
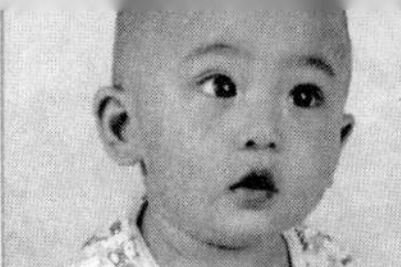
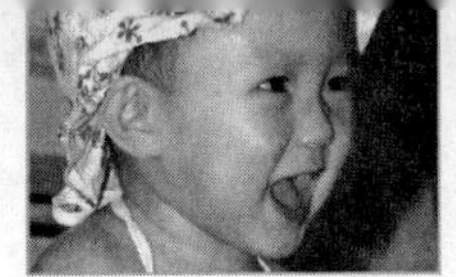
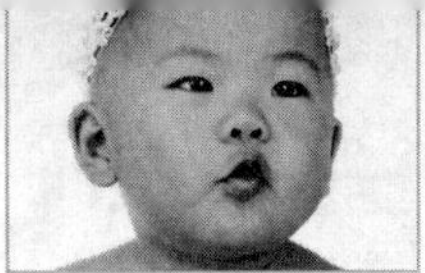
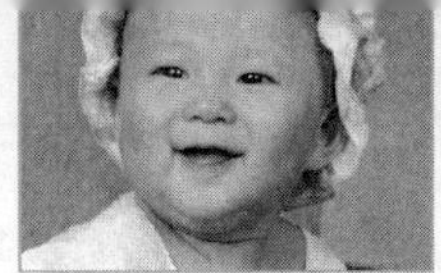

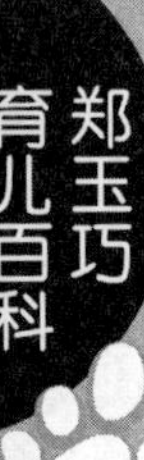

医师、掌握遗传学知识的妇产科医师，都可以提供遗传咨询。可以挂遗传科、产前或妇科门诊。

通过遗传咨询达到什么目的

了解家族遗传病、先天畸形及病因，预测本次妊娠的风险率，听取医生的建议和医学指导。

必须做遗传咨询的夫妻

以下情形之一者需做遗传咨询：

①已生育过一个有遗传病或先天畸形患儿的夫妇。

②夫妇双方或一方，或亲属是遗传病患者或有遗传病家族史。

③夫妇双方或一方可能是遗传病基因携带者。

④夫妇双方或一方可能有染色体结构或功能异常。

⑤夫妇或家族中有不明原因的不育史、不孕史、习惯流产史、原发性闭经、早产史、死胎史。

⑥夫妇或家族中有性腺或性器官发育异常、不明原因的智力低下患者、行为发育异常患者。

⑦近亲结婚的夫妇。

⑧高龄夫妇。35岁以上高龄女性及45岁以上高龄男性。

⑨一方或双方接触有害毒物作业的夫妇，包括生物、物理、化学、药物、农药等。

0019 对遗传风险率的误解

对遗传咨询不正确的理解

主动进行遗传咨询的夫妇并不多，他们认为自己及亲属没有人被诊断为遗传病人。其实遗传咨询和遗传检查的意义，绝不只是针对夫妇双方或家族中有无遗传病史，具有前述9项情形之一者，都应该进行遗传咨询，并根据医生建议做必要的遗传检查。

对再发风险率和遗传度的误解

有的夫妇曾经生过患有遗传病的宝宝，在遗传咨询时，误解了再发风险率的正确含义。比如一种遗传病，其遗传发生率为50%。有的夫妇就认为他们已经生了一个这样的宝宝，再生宝宝时，遗传比例就小多了。其实，这对夫妇每生一个宝宝都有50%的可能患有此种遗传病，并不会因为已经生了一个，甚至两个这样的宝宝，再发风险率就降低了。

遗传度（率）

在多基因遗传病中，易感性的高低，受遗传因素和环境因素的双重影响，其中遗传基础所起作用的大小，称为遗传度或遗传率，通常用百分数（%）表示。例如，如果一对夫妇生育了一个患有多基因遗传病的宝宝，此遗传病的遗传度是75%，其意思是说：此遗传病的遗传基础所起的作用占75%，环境因素所起的作用为25%。

很多遗传病并没有家庭史，所以家里没有遗传病人，并不能就此肯定不会生出患有遗传病的宝宝。

0020 胎儿畸形的敏感期

在新生儿中，染色体异常的发生率为6%，最高可达8%。导致胎儿发育异常的因素有很多，有胎儿自身的因素，也有来自父母的因素以及外界因素。

着床前期或受精和胚层形成期（停经10～28天）

胎儿在这个时期很少发生畸形，其原因并不是因为这个时期胎儿不易受到威胁，而是“有”和“无”的关系，如果此期受到威胁，或全部受到损害，胚胎死亡；或少数细胞受损，胚胎通过自身补偿使受损细胞恢复正常。

胚胎期（停经28～74天）

这个时期胚胎对致畸因子最为敏感。这个时期的胚胎，其细胞已失去多向性，不能再通过自身细胞的补偿使受损细胞恢复到正常，所以此期极易受致畸因子干扰。

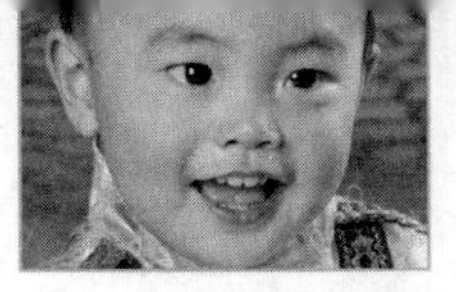
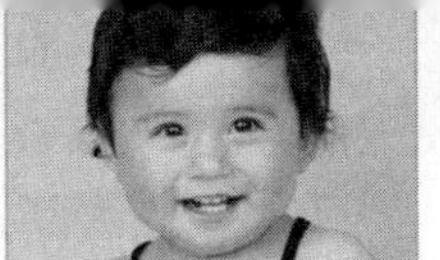
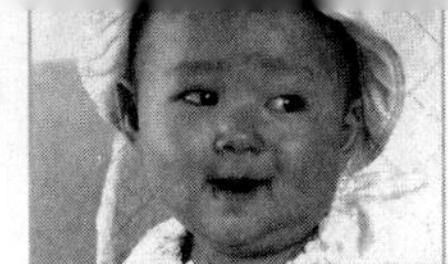
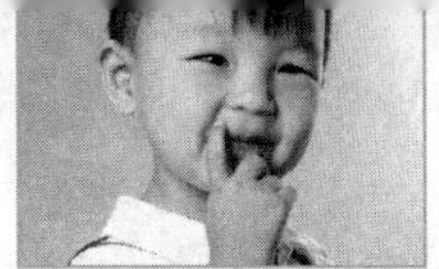
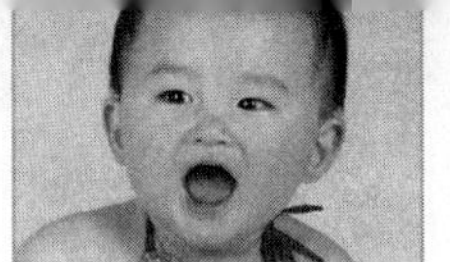

胎儿期（停经75天后）

这个时期胎儿的器官已基本形成并定型，胎儿对致畸因子的敏感性大大降低。但此期脑和泌尿生殖系统中的器官仍在分化发育，它们对致畸因子还相当敏感。

0021 遗传病干预和风险防范

遗传病种类很多，涉及人体各系统和各个器官。把可能发生在人体各器官系统的遗传病加在一起，数目之多非常惊人。

目前已发现有4000多种单基因遗传病，600多种染色体遗传病，还有很多多基因遗传病。发生在人类间的遗传病有5000余种，最常见的有100多种。随着医学对遗传疾病的认识、诊断技术的不断提高，尤其是对人类基因研究的不断深入，还会发现一些新的遗传病种。

越来越多的化学制剂充斥在人们的日常生活中，包括洗涤、饮料、食品、家居装潢、穿戴佩饰、美容化妆、药品补品、环境污染、环境激素等等，对人类健康构成了巨大威胁。一方面是医学不断进步，使得一些遗传病患者存活下来，并能生育后代；一方面是导致基因染色体异常的外界因素增多，使得遗传病的发病率增加；还有一方面就是一些感染性及其他疾病虽然得到了很好的医治，但疾病和药物本身都有导致受精卵和胚胎发生基因突变的危险，使得残疾儿出生率有所增加。过去被认为发病率很低的遗传病，现在突显出来，遗传病总的发病率已经达到出生儿的10%。

武汉儿童医院调查显示：在住院患儿中，遗传病占8.5%。加拿大蒙特利尔儿科医院遗传病患儿占收治患儿的11%。我国人口众多，粗略估计我国每年有30万～50万新生儿患有各种各样的遗传病，因此对有孕育遗传病儿风险的夫妇进行早期干预和风险防范，有着深刻的社会意义。婚前检查和孕前检查，仍然是预防遗传病儿出生的重要举措。

环境激素对人类的影响

人所生存的物质环境中，存在着一些像激素一样能够影响人体内分泌功能的化学物质，医学上称为“环境激素”。环境激素一旦进入人体，就可能发挥雌激素作用，干扰体内激素，使生殖功能失常，免疫功能下降。不仅如此，环境激素还可进入动物体内，影响动物生殖功能和免疫功能，人类又通过食入动物肉类食品，间接受到危害。目前发现的环境激素大约1万种，并且每年还以1000种的速度增长。

防止环境激素伤害的方法

- 少吃或不吃近海鱼、虾、贝、蟹。
- 不用泡沫塑料为容器冲泡食物，这种容器与开水接触后会释放出具有环境激素作用的苯乙烯。
- 在微波炉中加热或烘烤食品时，不要使用聚氯乙烯制作的容器，因为微波高热会使含有这种化学制剂的容器释放出环境激素。
- 用聚碳酸酯制作的容器，倒入开水后，会释放出双酚A，也具有环境激素作用。最好不用制作原料不明、是否含有某些有毒化学制剂不清的塑料制品为食品容器。
- 糙米、小米、荞麦、白菜、萝卜、菠菜具有清除体内残留的环境激素之功效，适当吃这些食物有助于将环境激素排出体外。

0022 准确预测受孕期

要想在健康的状态下怀上一个健康的宝宝，准确预测排卵期和受孕期是非常必要的。不仅如此，如果身体条件并不在最佳状态，或发现疾病、遗传问题，准确测算出排卵期，对确定是否已经怀孕，有无可替代的作用，为早期干预争取宝贵时间。为此，应注意以下几点。

（1）来月经而不排卵的情况是存在的。

（2）排卵期分泌物的变化，有的女性比较明显，有的不明显，黏液不明显改变不会直接影响受孕。

（3）排卵期计算法、排卵试纸测试，都比较可靠，但按照上述两种方法来确定受孕时机，并

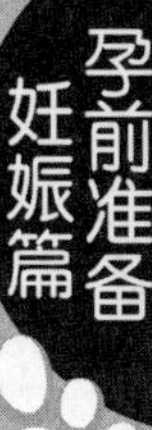

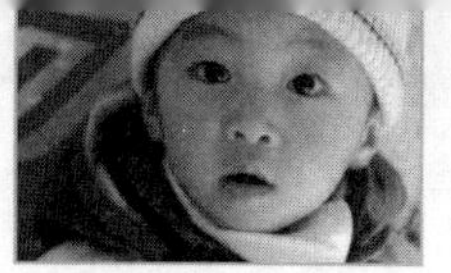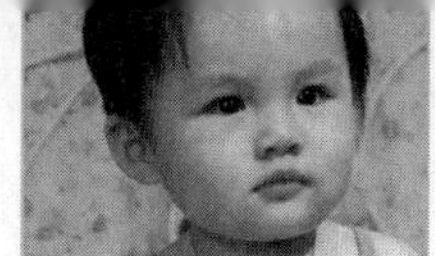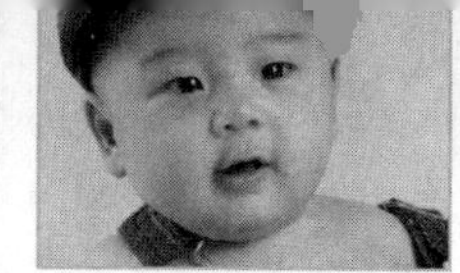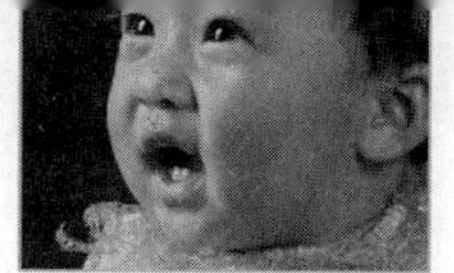

不十分稳妥。

（4）基础体温一般要连续测试3个月，1个月内的每一天都要测量，把体温标记在基础体温表上。在体温表上可以很直观地观察体温的变化和走向，观察是否有双峰改变，这是判断是否有排卵以及推测排卵大概时间的重要依据。

（5）即使在确定的排卵期同房，也不意味着百分之百受孕。受孕是个复杂的过程，需要许多条件，精子问题、卵子问题、受精卵是否能顺利着床、子宫环境问题等等。即使双方都没有问题，计划怀孕的夫妇在半年内能够如愿以偿怀孕的可能性，也只不过占50%，因此计划怀孕的夫妇不要着急，要放松精神，精神紧张更不易怀孕。

（6）比较着急要宝宝的夫妇，如果计划怀孕超过半年仍没有受孕，可以去医院看医生，不要就此认为你们就是不育，更不能有心理负担，到处求医问药反而会使你们更不易怀孕。

（7）确定有排卵障碍或不排卵时，才需要服用促排卵药，服用此类药一定要在妇产科医生指导下，切不可擅自服用。

（8）卵子在排出后可存活24小时，精子可存活72小时，因此受孕期在排卵日的前2天和排卵日的后1天左右。

第六节 孕前营养

0023 健康饮食理念

膳食结构合理最重要

● 合理的膳食结构，全面、均衡的营养搭配，多样、新鲜的食物种类，色泽好看，味道鲜美，烹饪考究，进餐环境幽雅，心情愉快，是健康饮食的根本。

● 无论是在怀孕前还是在怀孕后，都不能靠营养药和补养剂，食物是最主要的营养来源。

● 孕期所需营养不断增加，食物不能全部满足孕妇和胎儿营养需要，营养药和营养补充剂可在一定程度上起到补缺的作用。

始终都有效的健康饮食理念

● 通过食物多样性来保证营养均衡性和膳食结构的合理性，再好吃的食物，再有营养的食物，都不能提供孕妇和胎儿生长发育所需要的全部营养。

● 无论是孕前还是孕后，只要是正常的食物，没有不能吃的，只是要根据不同时期的营养需要，少吃些或多吃些。

● 没有哪一种营养素能够单独承担起胎儿的生长发育，哪怕是一根汗毛，都需要多种营养物质提供帮助。因此切莫以为吃了所谓最好的营养补充剂，就不需要正常的食物营养。

相信自己的判断

（1）如果对众多说法无所适从，就按照自己认为正确的方法去做，错误的概率会更低。

（2）你是这样做的、吃的，可有人告诉你错了，不要懊恼，他们说的不一定对。

（3）有人告诉你吃某种食品或某种营养制剂好，可你已经错过吃的时机，不要沮丧，相信胎儿照样能健康地生长。

（4）过来人的经验不一定都是好的经验，别人在孕期吃过的食物和营养品并不一定适合你。

健康饮食金字塔

（1）第一层（塔底）是粮食，你要吃得最多。

（2）第二层是蔬菜和水果，所占的食物份额排在第二。

（3）第三层是蛋、肉、豆和奶，不能多吃，但一定要吃，只是所占的食物份额少些。

（4）第四层（塔顶）是油脂和糖，要吃得最少。

0024 孕前需要什么营养补充剂

补充叶酸

孕前3个月开始补充叶酸，每天0.8毫克，一直补充到怀孕后的3个月。专门为孕妇准备的叶酸制剂为0.4毫克，这是过去的推荐量，美国医生

 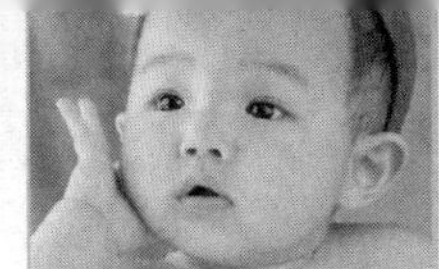 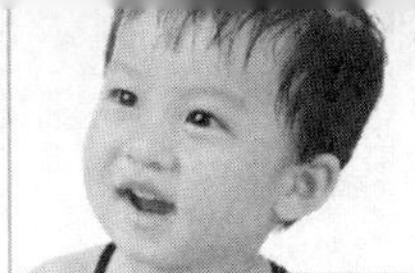 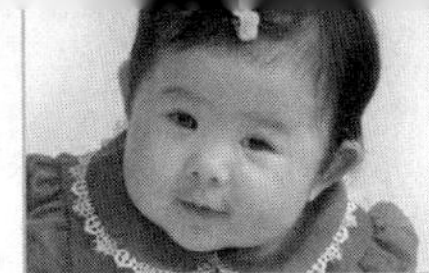 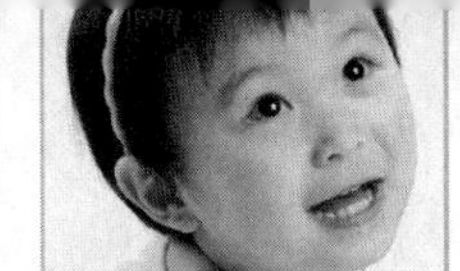

通过研究证实，每日补充0.4毫克的叶酸不能显著降低胎儿神经管畸形的发生率，而每日补充0.8毫克叶酸可显著降低胎儿神经管畸形发生率，而且这个剂量对孕妇是安全的。

补充铁剂

孕前健康检查如发现血色素值低于正常，即可判定有轻度贫血，需要补充铁剂，把血色素提高到正常水平。如补充硫酸亚铁，每天100毫克，连补3周后，复查血常规。

补充维生素D

职业女性，朝九晚五，很少接受阳光照射，户外活动也比较少。尽量多做户外活动，多接受阳光照射，是职场准备怀孕的女性特别要注意的。倘若做不到这一点，就补充几周的维生素D胶丸。如补充骨化醇，每天20微克，连补3周。

第七节 孕前规避用药风险

0025 在不知怀孕的情况下服用了药物

沮丧的心情比服药的影响还大

服用药物的孕妇，绝大多数都是在不知道怀孕的情况下服用的。还有些孕妇是因为错把孕初期不适或轻微的妊娠反应当做感冒或胃病，无意中服用了药物。结果，怀孕的喜悦被沮丧的心情取代。

医生的无奈

孕妇在不知怀孕的情况下，服用了某种药物，就会忧心忡忡，寄希望于医生，向医生寻求帮助，但有时并不能得到满意的答复。因为一些药物对胎儿的影响并不十分清楚，医生很难给出肯定的答复。即使是对胎儿有伤害的药物，其伤害程度，发生概率也很难判定。理论上没有伤害的药物并非对所有的胎儿都是安全的，最终的决定还得自己拿。遇到这种情况时，就会真正影响孕妇的情绪。所以，结婚的夫妇，无论是否有生育的计划，如果没有采取有效的避孕措施，一定要想到随时有怀孕的可能，在接受对生殖细胞和胎儿有影响的药物时，首先要想是否已经怀孕。药物对胎儿的影响到底有多大？一旦服用了某种药物，是否就一定意味着胎儿有问题？就必须终止妊娠？几乎没有哪位医生会给出百分之百的答复，这是可以理解的。但如果医生能够原则上确定孕妇所服用的药物对胎儿不会有什么影响，孕妇是可以采纳医生的看法，留下胎儿的。

0026 服用避孕药但避孕失败

这种情况并不少见，有的女性长期服用避孕药，因为计划怀孕就停止了服用，可是在停服的当月就怀孕了。有的是原本没有计划怀孕，但由于某种原因，避孕失败，意外地怀孕了。

- 停用避孕药后短时间内怀孕了。
- 服用紧急避孕药后，没能阻止受孕。
- 漏服或服用剂量出错。

避孕药是否会导致胎儿畸形和染色体畸变，目前尚存在争议。为了规避避孕药对胎儿的潜在危害，通常情况下，要求在停止服药6个月内不要怀孕。因此，在服用避孕药期间怀孕，医生多会建议终止妊娠。所以，计划怀孕的夫妇一定要规避上面说的几种可能性。一旦避孕失败，是留还是流需要根据当时情况向医生咨询解决办法。

0027 孕前规避不利因素对胎儿的影响

防患未然，不吃后悔药

当孕妇挺着大肚子的时候，自己知道小心，别人知道让座，可是孕1月，有无数粗枝大叶的准妈妈们，照X射线、吃药打针、装修旅游、染发减肥等。

准妈妈们当然不是故意的，是得知怀孕的消息后，才想起那曾经发生过的事情，但可能已经殃及了腹中的胎宝宝，把“后悔药”提前“卖”给正在计划怀孕的年轻夫妇，是唯一管用的方法。

孕前3个月夫妇应该戒烟忌酒

烟酒对胎儿的危害已众所周知。烟酒对男女

的生殖细胞是否有危害呢？当然有，所以，**在计划怀孕前的3个月就应该戒烟忌酒。**

孕前是不是需要带防辐射服保护生殖细胞

关于这个问题说法不一，我认为大可不必在计划怀孕期间就戴上防辐射围裙。其实，精子比卵子更易受到外界不利因素的影响，但是，在计划怀孕期间，让你的丈夫穿上防辐射服恐怕很难的。另外，防辐射服到底能否阻挡住外界的辐射还很难说，至少不能阻挡住X射线等电离辐射，而电离辐射对生殖细胞的危害是最大的。那么，对生殖细胞危害最大的辐射阻挡不住，对其他辐射，如电脑、电视就没什么意义了。所以，**防止辐射对生殖细胞的伤害，关键是不要接触**，如在计划怀孕期间不要接受X射线照射。

计划怀孕期间可以染发、烫发和化妆吗？

没有资料表明染发剂、烫发剂和化妆品对生殖细胞有毒性作用，所以，在计划怀孕期间可以染发、烫发和化妆。但需要注意的是，当你发现怀孕时，往往是早在一个月前受精卵就在你的体内。在怀孕初期，胚胎比较脆弱，对来自外界的有害物质抵抗能力很弱。所以，**烫发、染发最好在月经来潮后安全期内进行。**在排卵期后，一直到月经来潮前都要注意。

第二章 孕1月（0～4周）

第一节 预产期的计算与孕龄的表达

0028 孕龄计算法

用公式计算预产期：末次月经时间加9（或减3）为月，加7为日。举例：末次月经是2009年1月20日，预产期为：（月）1+9=10，（日）20+7=27，预产期为10月27日。如果你确切知道你的末次月经时间，可以通过预产期速查表快速查出你的预产期。

孕龄和胎宝宝实际生长的时间并不一致。因为不能确定你是在哪一天怀孕的，唯一能够确知的时间是，孕前最后一次月经来潮。所以，**临床上所说的孕龄，是从孕妇末次月经来潮的第一天算起的。**

为了方便阅读，避免换算中的错乱，也为了孕妇在医院做产前检查，与医生所说的孕龄相一致，除非特别指出，本书所说的时间，无论是针对孕妇，还是针对胎儿，均以孕妇末次月经第一天为起始时间，并且都统一描述为：孕×月、孕×周、孕×天。

第二节 精子、卵子的成熟与释放

0029 受精卵何以构建胎儿

来自妈妈的卵子和来自爸爸的精子如期而遇，形成受精卵，这个用肉眼看不到的微小受精卵，经过280天的生长，构建出拥有数亿细胞的婴儿！这是人类最伟大的工程！

在受精卵发育为胚胎的过程中，首先是一团没有分化的细胞，逐渐发育出两个不对称的轴——一头一尾轴和一前一后轴。这种不对称发育是受精卵内部化学反应的产物。这团细胞中的每个细胞，几乎都能“辨析”出自己内部物质的“信息”，然后把这一信息输入到一台“功能强大的微型电脑”中，显示屏上弹出这样一条短信：你位于某一特定的部位。这个细胞就按照

"指令"找到它所应去的地方，并在那里发育。

受精卵中分裂出来的细胞，在确定了自己的位置后，或主动发出，或被动接受一个一个的指令："长成小手"或者"变成一个神经细胞"等等。这些都是受精卵内的基因完成的，一个基因激活另一个基因，每一个细胞都带有一份完整的基因组拷贝。没有细胞需要来自最具权威性的中央指令，每个细胞都可以凭借自己拥有的信息和它的邻居送来的信息而行动。基因彼此激活或抑制，给了胚胎一个头和一个尾，然后其他基因按顺序从头至尾开始表达，给了身体每一个区间一个特有的身份。其他基因又诠释这些信息，以制造更加复杂的器官。这是一个很基本的、循序渐进的化学和机械过程。从简单的不对称开始，发展出精巧的结构，这就是人类的再造。

来自父亲的精子和来自母亲的卵子结合成受精卵，是形成新生命的条件。通过受精卵的细胞分裂、分化，由单一的细胞形成多细胞团，逐步发育成人体不同系统、器官和组织。生殖细胞受生物遗传、个体发育环境、性行为、社会行为等诸多因素的影响；胚胎在不同阶段，其不同形态和功能的表达，受细胞内基因调控；一旦表达不精确或有误，胎儿将不能诞生或形成先天异常。

0030 精子是身材渺小的游泳健将

精子的发生过程

精子发生于睾丸中的曲细精管，在附睾中经过一系列发育过程，形成精子。其简略过程是：精原细胞→初级精母细胞→次级精母细胞→精细胞→精子。

精原细胞是最幼稚的生精细胞，在垂体促性腺激素的激发下，进行活跃的细胞分裂、繁殖增生。经过多次分裂和复杂的形态结构变化过程，最后形成蝌蚪状的精子。精子发生受促性腺激素、睾丸内分泌活动、丘脑促性腺激素的调节。任何一个环节受到干扰，都会影响生精过程，故而男性所致的不育并不少见。

从精原细胞繁殖增生到精子的形成大约需要2个月的时间。在这期间，精子受到药物、有害射线、疾病、烟酒、有害化学品等等伤害时，受精卵都可能是不健康的。这就是准爸爸计划要宝宝，3个月前就要做孕前准备的原因。

精子的成熟过程

从精原细胞繁殖增生开始，经过2个月的时间形成的精子，只是结构上成熟了，还不具备使卵子受精的潜能，需要在附睾中进一步发育，以达到功能上的成熟。任何影响附睾内环境稳定和雄激素水平的因素，都会影响精子的成熟发育，导致男性功能性不育。

成熟的精子能使卵子受孕吗

功能成熟的精子，已经具备了使卵子受精的潜在能力。但在附睾液中存在着一些抑制因子，能够抑制精子的受精能力，使精子处于潜能状态。精子只有到了女性生殖管道中之后，才具备了使卵子受精的能力，才能游向卵子，并穿透卵子周围的放射冠和透明带，实现受精过程。

精子获能需要什么条件呢

女性生殖道内环境正常、激素水平正常，是精子获能的必要条件。倘若女性生殖道内环境异常改变，或女性激素水平异常改变，都可能造成不孕。

精子存活的时间

精子在女性生殖道中可存活24～72小时。但射入女性生殖道的精子其受精能力仅能维持20个小时左右。月经周期、同房时间、精子和卵子具有受精能力的时间，这些重要数据提供了我们预测排卵和受孕的时间依据。

0031 巨大、珍贵、高寿的卵子

卵子的发生过程

卵子发生于卵巢，成熟于输卵管。卵子发生的简略过程是：卵原细胞→初级卵母细胞→两次成熟分裂→卵子+细胞极体。初级卵母细胞成熟后的第一次分裂，是在排卵期完成的；第二次分裂在精子穿入后完成。

卵子排出时间

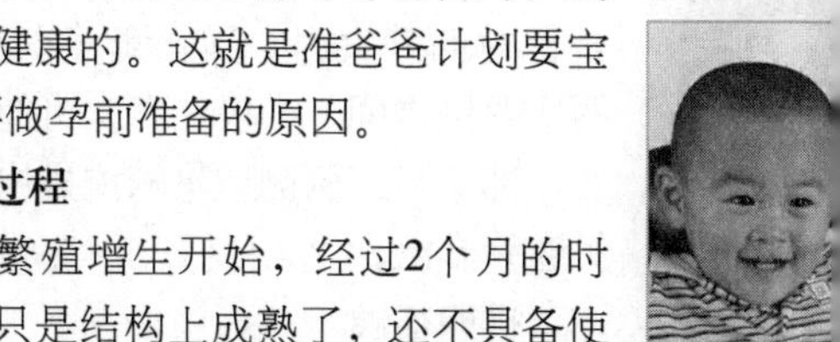
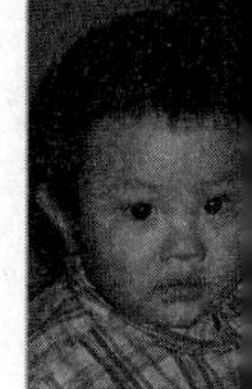

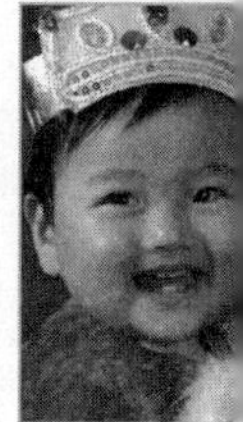
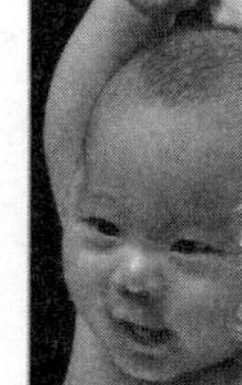
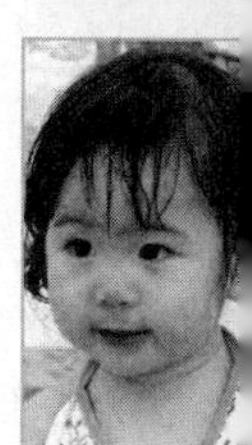

每一个月经周期只有一个卵泡达到成熟程度，随着卵泡的发育成熟，卵泡逐渐向卵巢表面移行并向外突出，排出卵子。排卵大多发生在两次月经中间，一般在下次月经来潮前的14天左右，卵子可由两侧卵巢轮流排出，也可由一侧卵巢连续排出。

排卵征候

女性对卵子释放过程几乎没有任何感觉，也就是说，卵子释放到了输卵管，等待精子的到来，这时女性并不知道。尽管如此，女性排卵前后还是有一些征候，可以借此推测是否已经排卵。

根据月经周期推测

通常情况下，月经来潮前2周是排卵时间，也就是说，排卵后约14天月经来潮。如果月经周期比较准，就可以根据月经来潮时间推测排卵时间。

根据阴道分泌物推测

排卵期阴道分泌物通常比较多，稀薄、透明，拉丝状，这样的白带有利于精子游动。

基础体温测定

排卵前一两天和排卵当天，基础体温是一个月经周期中最低的，排卵后体温开始回升并维持相对稳定的高温相，直到月经来潮，体温开始下降，并维持相对稳定的低温相，直到排卵。如果受孕了，月经停止，继续维持高温相。

排卵期阴道出血

有的女性会在排卵期出现阴道少量出血，也称为月经中期出血。如常在月经中期有极少量阴道出血，且被医生证实是排卵所致，就可据此推测排卵期了。

小腹隐痛

这种情况并不多见，但确实有极个别女性在排卵期前后，卵泡破裂，导致少量出血，引起小腹隐痛。因此小腹隐痛反过来也可以成为推测排卵的参考依据。

B超监测排卵

通过B超可以监测排卵情况。这种做法只适合治疗不孕症时使用，特别是服用了促排卵药，及时观察是否已经排卵。没有受孕困难的女性，不必通过B超监测。

性格改变

有的女性在排卵期间可能出现类似“经前期紧张综合征”的症状，如心情低落，脾气暴躁，情绪波动比较大。

第三节 受精卵形成过程

0032 受精卵预示新生命诞生

精子卵子结合的时机

精子和卵子结合后的第一周，形成受精卵，也称受孕卵，这时为孕3周（孕妇停经的第3周）。精子和卵子如期而遇是受精的前提条件。进入女性生殖道的精子，要游过其体长2000倍的路程，相当于一个成人游3公里的长度，才有可能遇到早已等待在那里的卵子。如果精子到达目的地后，卵子没有等待在那里，精子就原地不动，等待卵子的到来。

精子和卵子都没有足够的耐心，无限期地等待对方，双方都有时间的限定。通常情况下，卵子可等待两三天，精子可等待一两天。等待时间越长，受精概率越低。一般来说，排卵后24小时内，精子进入女性生殖道20小时内两者相遇，受精卵形成的机会最大。一旦相遇的精子和卵子结合而成受精卵，新生命就宣告开始了。

精子和卵子在哪里结合

精子和卵子结合形成受精卵的过程发生在输卵管的壶腹部。在壶腹部，精子和卵子相互激活，遗传物质相互融合，两个单倍体（各含23条染色体）结合为双倍体（含46条染色体）。受精卵具有强大生命力，快速进行细胞分裂、组织分化，成为一个新的个体。

精子和卵子结合的模式

受精的模式有两种，很像恋爱的模式：卵子等精子和精子等卵子。

卵巢释放出成熟的卵子，输卵管伞抓住了卵子，并送入输卵管壶腹部，它在那里有24～48小时的时间，等待着精子的到来。当300～500个精

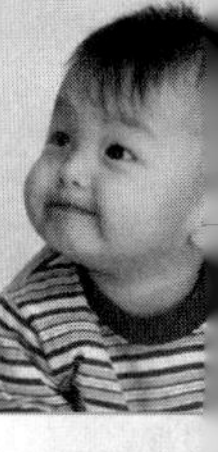

子游动到此时，其中的一个精子最快钻入卵子并使其受精——你怀孕了。

当精子游动到输卵管时，卵子还没有被卵巢释放，这些精子有24～72小时的时间，等待卵子的到来，其中的一个精子，第一个发现卵子出来了，并以最快的速度与卵子结合——受精卵形成，胎宝宝诞生了。

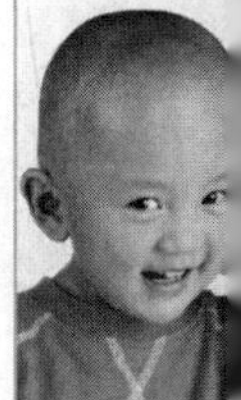

0033 子宫是胎宝宝的家

由于输卵管平滑肌的节律性收缩，管壁上皮纤毛的摆动和管内液体的流动，受精卵逐渐向子宫方向移动，在移动过程中同时进行细胞分裂，72小时左右出现12～16个卵裂球，群集在透明带中，形状如同桑葚，故名桑葚胚。桑葚胚到达子宫腔的时间是受精后第3天（大约孕2周）。受精后第5天（大约孕3周），桑椹胚继续分裂增殖为胚泡，胚泡侵入子宫内膜，这个过程叫植入，也叫着床。植入始于受精后第5天末或第6天初（大约孕3周），完成于第11天左右（大约孕4周）。

第四节 胚胎着床

0034 胚泡经历巨变

胚胎植入子宫内膜后，生命的种子开始在母腹内生根发芽，准妈妈开始了孕育生命的路程。

已成为胚泡的宝宝，把自己全部埋进厚厚的子宫内膜中，与子宫内膜细胞相互黏附容纳。被称为滋胚层的胚泡部分和妈妈子宫内膜的一部分，将形成胎盘等胚外组织；被称为内细胞群的胚泡部分，将发展成胎儿和部分胎膜。

胚泡着床的第2天，也就是受精第7天（孕3周），内细胞群分化成两层细胞，像个微型双层汉堡，医学上叫二胚层胚盘。这时用来构造胚胎和胎盘的材料分化完毕，所有即将形成一个生命构造的材料都准备齐全。

细胞组织有条不紊地按照遗传指令，有序“制造”宝宝，胚泡发生着质变，充满着神奇。虽然许许多多生命形成的秘密尚未破译，但是对于微型胚盘来说，已经万物皆备于我——简单地说，胚盘就是婴儿。

在准妈妈尚未意识到自己怀孕时，胚胎神经系统已经开始酝酿着巨变。没有人知道，略呈椭圆形的胚盘，最早应该建造什么，才能使一团细胞成为动物。而这些细胞自己早已获知它该到何处去，到那里去做什么。

椭圆形的胚盘，将在直径最长的部位发生凹性变化，两边卷上来形成中空管——神经管。神经管首先建造背部的脊柱和神经。这时如果孕妇体内明显缺乏叶酸，就能导致胎儿神经管畸形。所以，医生建议在孕前3个月开始补充小剂量叶酸，一直服用到孕3个月。

这个时期的胚胎，容不得一点差错和伤害。但因为爸爸妈妈不能察觉到宝宝的降临，吃药、装修、染发、喝酒、接触宠物、上医院、照X线片、不良情绪等事件常常发生，那么影响可能是灾难性的。

0035 孕满1月的胎儿外形

末次月经结束后，新的卵子在准妈妈体内发育成熟。成熟的卵子从卵泡中排出，与精子结合，新生命宣告诞生。从受精卵发育成胚泡，完成植入子宫的整个过程大约需要11～12天的时间。这就是孕1月在准妈妈体内悄悄发生的一切。

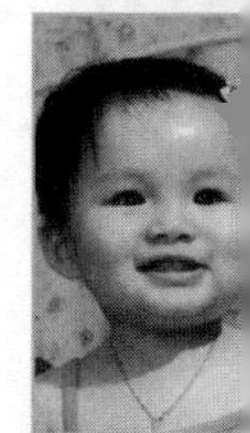

尽管胚泡已经完成植入，绒毛膜形成，但这时的胚胎还没有人的模样，仅仅是准妈妈子宫内膜中埋着的、一粒绿豆大小的囊泡，囊泡内壁上凸出一个大头针帽那么大的圆形双层汉堡，两层汉堡都是中空的，双层汉堡之间紧贴的两层壁，就叫圆形二胚层胚盘，胚盘最大长度为0.1～0.4厘米，胎儿就是由这两层扁平状细胞变来的。这个时期在医学上称为胚前期。

第五节 脐带、胎盘、羊水、子宫

0036 脐带让胎儿与妈妈血脉相连

脐带是连接胎儿和胎盘的生命之桥，是胎儿与妈妈血脉相连的明证。

脐带最早的演化过程

脐带组织来自胚体的尿囊。人类胚胎的尿囊出现仅数周后即退化，即将退化的尿囊壁上出现了两对血管，这两对血管并未随着尿囊的退化而消失，而是越来越发达，最终形成胎儿与母体进行物质交换的唯一通道——脐动脉和脐静脉。

脐动脉和脐静脉形成后，尿囊就完成了历史使命，开始退化，在退化过程中，先形成细管，后完全闭锁成为细胞索，构成韧带。与此同时，胚盘向腹侧卷折，背侧的羊膜囊也迅速生长，并向腹侧包卷成条状。卵黄囊、脐动脉、脐静脉、韧带等都被卷折其中，这就是脐带。随着胎儿的发育，脐带逐渐增长。

脐带的形成与结构

脐带是一条索状物，一端连着胎儿腹壁（就是以后的肚脐），另一端连着胎盘的胎儿面。如果把胎盘比作一把雨伞的话，脐带就是伞把。足月胎儿的脐带长约45～55厘米，直径1.5～2厘米，一条脐静脉和两条脐动脉呈“品”字形排列。表面被覆羊膜，中间有胶状结缔组织充填，保护着血管。

脐带的作用

（1）将胎儿排泄的代谢废物和二氧化碳等送到胎盘，由妈妈帮助处理。这是由脐动脉完成的，也就是说，脐动脉中流的是胎儿的静脉血。

（2）从妈妈那里获取氧气和营养物质供给胎儿。这是由脐静脉完成输送的。也就是说，脐静脉中流的是胎儿的动脉血。

（3）脐带是胎儿与妈妈之间的通道，如果脐带受压，致使血流受阻，胎儿的生命就受到了威胁，脐带是胎儿的生命线。

脐带异常

脐带长度超过80厘米，为脐带过长，可引起脐带打结、缠绕、脱垂。脐带长度短于30厘米，为脐带过短，可引起脐带过伸，影响胎儿与妈妈间的血流交换。脐带不在胎盘的中央，而在胎盘的边缘附着，则称为球拍状胎盘。此外还有帆状附着。这些异常结构，都会对胎儿造成不同程度的影响。值得庆幸的是，这些异常情况极少发生，妈妈不必担心。

脐带绕颈的危险

因脐带本身有补偿性伸展，不拉紧至一定程度，不会发生临床症状，所以对胎儿的危害不大。但脐带绕颈后，相对来说脐带就变短了，如果胎儿在子宫内翻身或做大幅度运动时，可能会引起脐带过短的征象，导致胎儿缺氧窒息。另外脐带绕颈与脐带本身的长短、绕颈的圈数及程度等诸多因素有关，其危险性需要医生根据检查时的具体情况来判定。

假性脐带绕颈

脐带绕颈是通过B超发现的，有时，脐带挡在胎儿的颈部，并没有缠绕到胎儿的颈部，但在B超下，可以显示出脐带绕颈的影像。所以，当发现脐带绕颈时，应复查，排除假性脐带绕颈。

0037 胎盘是滋养胎儿的源泉

胎盘的形成

受精卵在子宫内膜着床后，胚泡滋胚层细胞向子宫内膜伸出数百根树根一样的触须——绒毛组织（称为绒毛膜），并迅速分支，在肥沃的子宫内膜牢牢地扎根，和子宫内膜细胞组织相互黏附容纳，不断生长，最终生成圆盘状的胎盘。所以胎盘是由两部分组成的，一部分是胎儿的绒毛膜，一部分是妈妈的子宫内膜。胎盘像树，细根与沃土互相紧紧抓牢，形成盘状，树干就是脐带，树冠就是胎儿。

胎盘的发育

胎盘在受精卵形成后12天（孕26天）内出现并发挥作用。到孕3月，整个胎盘完成全部构建，并随着胎儿的生长而逐渐增大。到了胎儿足

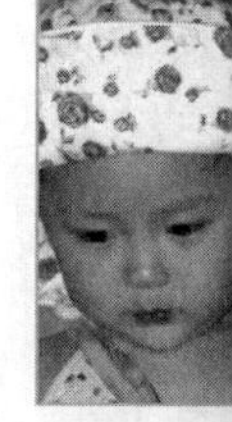

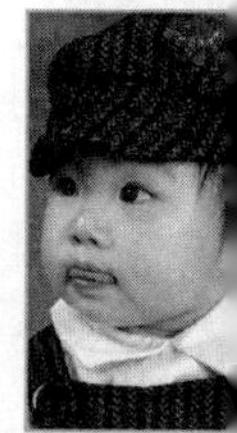

月时，胎盘重量一般可达500克，直径可达20厘米，平均厚度2.5厘米。

朝向胎儿面的胎盘光滑，表面覆有羊膜。朝向母体面的胎盘粗糙，可见15～30个胎盘小叶，像吸盘一样固定在妈妈子宫内膜上。脐带自胎盘中央出来，脐血管和绒毛血管靠渗透作用与母体的血液相交换。胎盘内有母体和胎儿体两套血液循环，呈封闭循环，一般不相混。

胎盘的重要作用

（1）为胎儿的发育补给必要的营养和氧气。

（2）帮助胎儿排泄二氧化碳及新陈代谢所产生的废弃物质。

（3）代替胎儿行使尚未发育完成的肺、心、肾、胃肠等内脏的功能。

（4）胎盘可分泌多种激素，如绒毛膜促性腺激素、绒毛膜促乳腺生长激素、孕激素、雌激素等，以维持整个孕期的顺利进行。这些激素对促进胎儿成长、母体健康、分娩、乳汁分泌等都起着非常重要的作用。

胎盘的位置

胎盘的正常位置在子宫腔上部的前壁或后壁。如果在子宫下部或宫颈管内口，则会因为胎盘位置异常，而不能维持胎儿的正常发育。

胎盘老化

随着孕龄的增加，胎盘逐渐成熟，从孕36周以后，胎盘开始出现生理性退行性变化，即胎盘老化现象。通常可通过B超观察胎盘成熟度，分为0级胎盘、1级胎盘、2级胎盘、3级胎盘。一般认为2级胎盘为成熟胎盘，3级胎盘为过度成熟胎盘。也可通过血生化指标检查胎盘的成熟度。

胎盘钙化

胎盘钙化也是胎盘老化的一种生理性退变形式，在老化的胎盘上常有钙沉积，几乎在每个足月胎盘上都可见到钙化点。

是谁制造了胎盘

遗传自父方的基因负责制造胎盘；遗传自母方的基因负责胚胎大部分发育，特别是头部和大脑。

胎盘为什么由父亲基因来制造呢？可能是父亲的基因不相信母亲的基因能够“入侵”自己的子宫打造一个胎盘，所以就亲自担任起了开天辟地的任务。

胎盘不是用来维持胎儿生命的母体器官，它是胎儿的一个器官，胎儿借助这个器官，寄生于母体的血液循环中，达到吸取养分、排泄废物的目的。

任何阻挡都是无效的，胎盘钻进母体的血管里，并迫使血管扩张，进而产生一些激素，提高母体的血压和血糖浓度，以便胎儿从母体获取养分。而母体通过提高胰岛素的浓度来抵御胎盘的强行“入侵”。尽管母体和胎儿有共同的目标——完成人体构建，但在细节上时常出现争端。

妈妈为什么要抵御胎儿赖以生存的胎盘呢？可以简单地说，如果妈妈一点反应也没有，那胎儿可能会遭受真正的灾难——妈妈患了糖尿病，不但会生出巨大儿，还会引起一系列病症。例如妈妈的血压会升高到发生血管破裂的程度。没了妈妈的健康，哪里还有宝宝的健康呢。

0038 羊水是胎儿柔软的被褥

羊水的形成

羊水被包裹在羊膜腔内，随孕期的增加，羊水来源、数量、成分都发生着不同变化。孕早期，羊水主要来源于妈妈血液流经胎膜时，渗入到羊膜腔的液体。孕中期，胎儿的尿形成羊水的重要来源。胎儿不但通过排尿生产羊水，还通过消化道吞咽羊水。羊水以每小时600毫升的速度不断交换，保持着动态平衡。羊水的成分随着胎儿的增长不断变化，胎儿早期和中期时，羊水是清澈透明的，晚期羊水逐渐变成碱性的、白色稍混浊液体，其中含有小片的混悬物质，这是因为胎儿把越来越多的分泌物、排泄物、脱落的上皮、胎脂、毳毛等物质排泄到羊水中。但羊水不像我们想象的那样浑浊，因为羊水是动态循环的，不是一潭静水。

羊水量

随着胎儿的生长，羊水不断增多，孕10周

仅为30毫升，孕20周便增加到了350毫升，胎儿临近足月时，羊水可达500～1000毫升。羊水多于2000毫升为羊水过多，少于500毫升为羊水过少。通过羊水检查，可进行胎儿性别鉴定，了解胎儿成熟度，判断有无胎儿畸形及遗传性疾病。羊水检查是产前诊断的重要手段。

羊水的作用

（1）羊水是胎儿的防震装置，一定容量的羊水能为胎儿提供较大的活动空间，使胎儿在子宫内做适度的呼吸和肢体运动，有利于胎儿的发育，缓冲来自妈妈体内和外界的噪声、震动。

（2）羊水保持着胎囊内恒定的温度，使胎儿的代谢活动在正常稳定的环境中进行。

（3）羊水可缓冲外界压力，平衡外界压力，减少突如其来的外界力量对胎儿的直接影响，避免子宫壁和胎儿对脐带直接压迫而导致的胎儿缺氧。

（4）羊水可保持胎儿体液平衡。当胎儿体内水分过多时，胎儿以排尿的方式将多余水分排入羊水中；当胎儿缺水时，可吞咽羊水加以补偿。

（5）羊水使胎儿皮肤保持适宜的湿度。

（6）羊水帮助胎儿顺利娩出。临产时子宫收缩，宫内压力增高，羊水可向子宫颈部传导压力，扩张宫颈口，并可保护妈妈，减少因胎体直接压迫引起的子宫、阴道损伤。也可避免子宫收缩时产生的压力直接作用于胎儿。

（7）羊水可防止胎盘的早期剥离。羊水对胎盘有挤压的作用，可防止胎盘提早剥离。

（8）羊水可保护胎儿免受感染，并顺利通过产道。分娩时，羊水先破膜流出，一是可润滑产道，使胎儿易于通过；二是可清洗产道，减少胎儿被妈妈产道内病原菌感染的可能。

0039 子宫是胎儿温暖的家

妈妈没有怀孕时，子宫像个倒长的鸭梨，长度只有七八厘米，宫腔内仅仅有个窄小的缝隙，假如往子宫腔内放置物体，只能容纳核桃大小的东西。一旦怀孕，子宫的增长简直令人难以置信。不但可容纳六七斤、甚至十来斤的胎儿，还同时能容纳胎儿的附属物——胎盘、脐带、羊水、羊膜腔。

随着胎儿不断生长，子宫容积不断扩大，子宫壁不断增厚。子宫比任何一所房子都高级，能随着居住者的需求而变化。胎儿在子宫里受到层层保护，最外层是妈妈的腹壁，还有妈妈大网膜、肠管、腹腔液；外面有结实、富有弹性、能保暖的子宫肌壁；然后是包蜕膜、绒毛膜、羊膜的保护；羊膜囊内还有能防震、防皮肤干裂、能自由畅游的羊水。子宫是胎儿温暖的家园，也是人类第一个住所。

子宫的神奇确实令我们惊叹！当胎儿在子宫中生长发育的时候，子宫颈口如同一道结实的防盗门，紧紧关闭着；可当胎儿要娩出时，这扇紧闭的大门完全打开，并在原来的基础上扩张100倍，以让胎儿顺利通过。

第六节 胎儿性别是自然的选择

0040 胎儿性别是在什么时候决定的

胎儿的性别是在精子和卵子结合的那一瞬间决定的。从外观上能够区分胎儿性别，是在孕12周以后，通过B超看出来的。判断是否准确，还与B超医生的专业水平和经验有关。法律明文规定，不允许任何人，以任何方法和手段鉴别胎儿性别，除非有医学上的需要，且必须由医学专家提供相应证据，否则均属于非法行为。

在人类的23对染色体中，有一对非常特别，女性的这一对染色体都是X，男性的这一对染色体却一条是X，另一条是Y，这就是性染色体。

人类使用一种简单的机制决定子代的性别，胎儿的性别由精子的基因来决定。父亲在制造精子时进行减数分裂，XY性染色体被拆分成X染色体和Y染色体，将X或Y染色体随机打包到每一个精子中。带有X染色体的精子与卵子结合，就

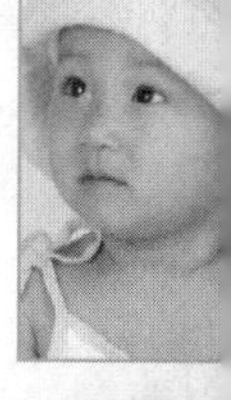

是女孩；带有Y染色体的精子与卵子结合，就是男孩。

0041 男胎与女胎，哪方比例更高

从理论上来讲，出现男婴和女婴的概率没有什么差异，胎儿的性别应该是男女各半。但实际上，男胎与女胎出生率之比是105：100，男胎的出生率较女胎略高一点。同样，早期流产的胎儿中，男胎与女胎的比例是107：100，还有一些在未发现怀孕时就流掉的胎儿，也被认为男胎占的比例比女胎高。有人类学学者做过调查，发现男婴、男童平均夭亡率比女婴和女童稍高，推测这是人类进化过程中残留的痕迹，认为男性比女性更多地面临意外和危险。到青春期男女两性死亡率非常接近，而到老年男性死亡率又大大高于同龄女性。真正的原因并不清楚。

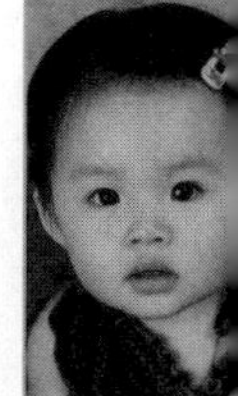

0042 医学上可以自由选择生男生女吗

1994年，美国科学家发明了高难度的精子分离技术，采用的是一种特殊DNA流式分离术，能将携带X染色体的精子和携带Y染色体的精子分离开来。如果要男胎，就让携带Y染色体的精子和卵子结合；如果要女胎，就让携带X染色体的精子和卵子结合。

利用这一尖端生殖技术，可以控制一些与性别有关的遗传病，如血友病A、脆性X综合征、进行性肌营养不良等。摒弃带有致病基因染色体的精子，选择胎儿性别，可避免有先天缺陷病儿的出生。

无论科学多么发达，用来鉴别胎儿性别、能够决定胎儿性别的技术，也不应被广泛使用。尽管运用医学方法进行胎儿性别的选择，避免了与性别有关的遗传性疾病，但医学本身却不能避免这种技术被滥用的可能。

如B超的应用解决了产科中很多医学难题，但却因B超能鉴别胎儿性别，导致引产女婴事件频繁发生，尤其是在经济不发达的偏僻乡村。男胎和女胎比例的自然平衡，是人类发展的需要，人为破坏这一自然的平衡，后果是相当可怕的。

0043 胎儿性别的其他鉴定方法

（1）孕中期以后，通过B超可大致分辨出胎儿的性别；

（2）抽取羊水，检查胎儿脱落细胞的性染色体；

（3）测定羊水中睾丸酮激素的含量。

除非有医学指征，否则不能以任何医学方法和手段进行胎儿性别鉴定。计划怀孕的夫妇，也不要使用各种民间“秘方”，以期达到选择胎儿性别的目的。我们应该遵从大自然的选择。

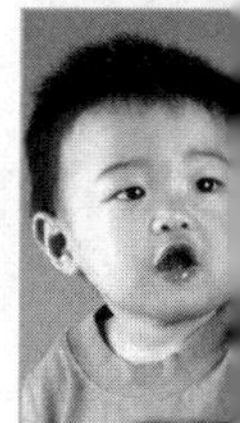

0044 不要相信各种选择性别的方法

生男生女自古以来都是人们非常关注的问题。然而胎儿性别完全是随机产生的，不以人的意志为转移。那些所谓的选择性别的方法都是没有任何科学依据的。准备怀孕的夫妇，最好顺其自然，无论是男是女，都是可爱的宝宝。我们知道，在卵子受精的一瞬间就决定了胎儿的性别，所以从准备怀孕的那一刻开始，就应该对未来宝宝充满着爱护和期盼，而不是朝思暮想生男还是生女。

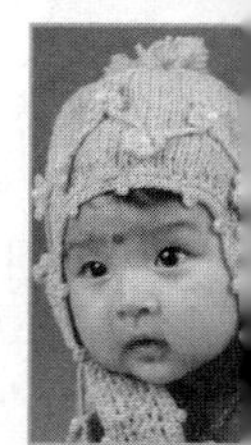

0045 这些预测胎儿性别的方法可靠吗

在古埃及，当妇女怀孕后，就备一袋大麦、一袋小麦，每天都要用孕妇的尿浇两袋麦子。如果小麦先发芽，认为怀的是男胎；如果大麦先发芽，认为怀的就是女胎。据考证，孕妇尿的确对麦子发芽有促进作用，但没有证据表明与男胎、女胎有何关系。

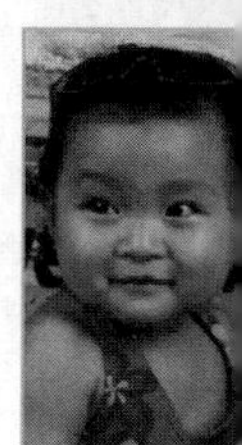

通过胎儿心率预测性别。国内外都有这样的说法，认为孕晚期，胎儿心率在124次/分钟以下者为男胎，在144次/分钟以上者为女胎。理由是男胎心率慢，胎心跳动低沉有力；女胎心率快，搏动音调高而轻。现代医学不能证实这一说法的

正确性。在这里，我要提请孕妇注意，**孕中晚期，如果胎心率低于120次/分钟或大于160次/分钟，可能预示着胎儿有异常，应及时看医生**。这与胎儿性别无关。

以腹部妊娠线色素沉着轻重来判断。如果孕妇腹部妊娠线细、短、色泽淡，女胎的可能性大；如果妊娠线粗、长、色素沉着多，可能是男胎。这也没有科学依据。

还有通过妊娠反应的轻重、胎动的强弱、腹形的差别、乳房大小及乳晕着色深浅等来预测胎儿的性别，事实证明，没有哪一条是真正管用的"经验之谈"，更谈不上科学依据了。

0046 为什么会有猜对的时候

即使有时预测对了，也是自然概率。胎儿性别只有两种情况，不是男就是女。即使没有任何依据的猜测，猜对的概率也是50%。

胎儿的性别早在精卵结合的那一瞬间就决定了。男女胎生殖器起源于不同的始基，于2个月开始分化，到3个月时外生殖器形成。因此，妈妈在孕早期，尤其是孕6～12周时受到外界不良因素影响，胎儿生殖器官可能会停止发育或融合不全，形成各种类型的畸形。性激素类药物对生殖器的发育影响最大。

第七节 双胎和多胎妊娠

0047 非自然因素导致的多胎妊娠

双胎妊娠被列为高危妊娠，如果是多胎妊娠危险性就更大了。当然大多数双胎都能顺利出生，三胎以上妊娠都健康存活下来的也很多，但毕竟要冒很大的危险，孕妇妊娠并发症发生率高于单胎妊娠，早产、低体重、宫内发育迟滞的发生率和围产儿死亡率均高于单胎妊娠，还要冒连体婴的危险。所以一定不要人为地促使自己怀双胞胎或多胞胎，这对孕妇和胎儿都不安全，单胎最安全。

在多胎妊娠中，最常见的是双胎妊娠，三胎妊娠比较少见，四胎以上妊娠是比较罕见的。医学上的西林定律对多胎发生率有如下统计报告，即多胎妊娠发生率的传统近似值：双胎1：80；三胎1：6400；四胎1：512000。就是说：每80次分娩中有1次双胎；每6400次分娩中有一次三胎；每512000次分娩中有一次四胎。

在不同地区、不同种族中，多胎妊娠的发生率也不同，黑种人双胎妊娠比例最高，黄种人比较少，白种人居中。据统计，我国双胎与单胎之比为1：66到1：104之间。实际上，双胎妊娠的发生率远比双胎分娩的发生率高。因为一些双胎在妊娠早期就流产了。

近年由于促性腺激素或绒毛膜促性腺激素的应用，多胎妊娠发生率大大提高了。非自然因素导致多胎妊娠，比自然发生的多胎妊娠，有更大的危险性。因为药物诱导排卵，可能会引起"超多胎"妊娠，超多胎妊娠不但胎儿存活概率很小，还会增加孕妇并发症的发生率。

另外，用于治疗不孕症时采取的"诱发超排卵"，一次可促使多个成熟的卵子释放并被采集，人为增加了多胎妊娠的可能性。同时还有其他风险，如卵巢可能因受到过度刺激，造成黄体功能不足、分泌期子宫内膜发育延迟，导致孕卵着床失败。

0048 多胎的危险性

（1）双胎流产发生率比单胎大两三倍。

（2）早产：胎儿数目越多，早产可能越大，生长迟缓程度越高。

（3）羊水过多：双胎妊娠发生羊水过多者占5%～10%，比单胎高10倍。

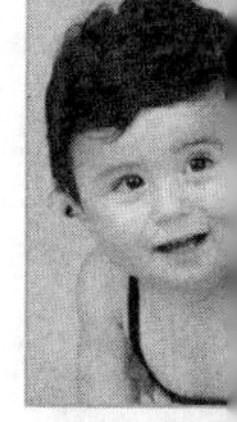
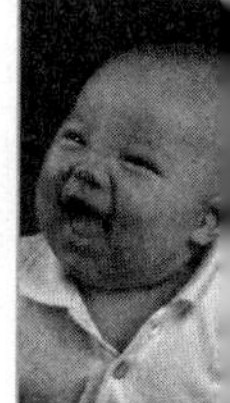

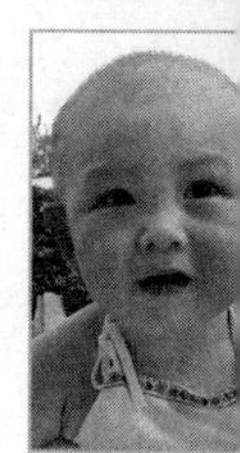

(4) 妊娠高血压综合征（妊高征）：双胎妊娠，孕妇发生妊高征的比例是单胎孕妇的3倍，且发生时间早、程度重，严重危害孕妇和胎儿的健康。

(5) 前置胎盘：双胎合并前置胎盘的约占1.5%。

(6) 产程延长：双胎妊娠容易发生宫缩乏力而导致产程延长。

(7) 胎位异常：分娩过程中，当第一个胎儿分娩后，第二个胎儿可能会转成横位。

(8) 产后出血：双胎子宫过度扩张，导致产后子宫收缩乏力，引起产后出血。

0049 双胞胎孕妇注意事项

加强营养，增加蛋白质摄入，若出现水肿，要适当限盐；妊高征的发生率高于单胎妊娠，要及早观察，及时发现。

双胎妊娠贫血发生率约40%，应常规补充铁剂和叶酸；双胞胎需要母体供给更多的营养和氧气，有呼吸不畅时要注意局部环境，可向医生咨询是否需要定期吸氧。

双胎妊娠流产和早产的发生率高于单胎妊娠，因此孕妇不要劳累，妊娠中期以后应避免房事。提前4周做好分娩前的准备工作。如果时常感到疲劳或有肚子发紧、腹痛等不适症状，要及时看医生。

如果是双胎妊娠，建议到产科高危门诊做产前检查。

第八节 早孕征兆

0050 敏感、尿频、外阴不适

敏感的孕妇

孕1月的妈妈大多没有什么感觉，从外观上看不出什么变化，但有些孕妈妈可能会出现某些征兆与不适。

怀孕可能会使孕妇变得对什么都敏感起来，总是闻到特殊的味道，而且对味道也有了新的喜好。曾有个孕妇自怀孕后开始喜欢闻汽油的味道，尤其是汽车尾气的味道，竟追着汽车闻。这可不能跟着感觉走，尾气对胎儿有极大的伤害。

尿频和排尿不尽感

类似轻微尿路感染的症状：有些尿频，有尿排不尽的感觉。平时小便并不频繁，怀孕后上趟街都可能会找几次卫生间。但尿频并不是怀孕的固有症状，轻微的泌尿系感染或尿道口发炎也会表现出尿频。

外阴不适

胚胎往子宫内膜植入，准备为自己筑巢，这时孕妇小腹可能会有些不适或疼痛，阴道分泌物看起来好像有淡淡的血丝，医学上称为植入流血。植入流血发生率是很低的。

0051 皮肤和乳房的变化

卸完妆或洗完脸，发现镜子中自己有些脸色苍白，眼睑有些水肿，有了明显的眼袋，这是已经怀孕的信号。

孕妇还可能感到乳房胀痛，这是乳房发出讯号，要你为哺乳宝宝作准备了。但这些反应，和月经来潮前也差不多，有时不能分辨出来是要来月经了，还是已经怀孕了。如果感觉胸罩有些发紧，就该换一个宽松的；如果还在穿紧身内衣，也该换成柔软宽松的内衣。

0052 情绪的变化

刚怀孕的女性，情绪可能很不稳定，刚才还兴高采烈，一会儿就垂头丧气起来；刚刚还心花怒放，现在却愁容满面；一分钟前还欢声笑语，现在却沉默寡言了。周围的人会感觉你的情绪变化很大，尤其是面对你的丈夫，你的情绪波动更大。自己意识不到，但你确实变得爱急躁，有些不耐烦，看周围的人不顺眼。情绪不稳定，有时感到心情郁闷。

0053 早孕很像感冒初期

感到周身发热，有些倦怠乏力；或感到周身发冷，睡意绵绵，清晨起来有些睡不醒的感觉，像是感冒初期的症状。即使没有计划怀孕，已婚女性也要时刻想到可能怀孕了，不要动辄就吃药。

心理学家认为，胎儿可以复制出母亲的心理状态，出生后在性格情绪上会还原妈妈的性格和情绪。

第九节 孕1月遇到的问题

0054 准爸爸也会有“妊娠反应”

胎儿在妈妈体内生长，但爸爸也会有“妊娠反应”。这并不奇怪，准妈妈生理和心理变化同时影响着准爸爸。胎教的兴起，爸爸早在宝宝胎儿期就与宝宝建立起了深厚的父子之情，爸爸像妈妈一样关心着胎儿的生长发育。在孕育胎儿的过程中，爸爸扮演着重要角色。所以如果爸爸出现“恶心”，腰围增加，或情绪有些波动，显得有些脆弱时，不要过于担心，这是正常的反应。

0055 不要做粗心的准妈妈

有些孕妇，在怀孕早期，常常出现类似疾病的症状，实际上是怀孕带给母体的不适反应。怀孕后，尤其在早期，免疫力会有所下降，使得孕妇容易被病毒、细菌等致病菌感染。感冒是最常发生的，无论是假感冒，还是真感冒，不知道自己怀孕的女性很可能会吃些治疗感冒、缓解周身酸痛或头痛的药物。这样一来，不但对刚刚在母体子宫内站住脚的胎儿危害甚大，也会给孕妇带来烦恼。因为孕妇很快就会得知自己怀孕的消息，当得知吃药或得病的时候已经怀孕，哪个妈妈不为宝宝的健康担忧呢？能否不留下很多的遗憾？能否不让自己吃后悔药？能否不在得知怀孕喜讯的同时被担忧笼罩？这就需要做个细心的准妈妈。

0056 细心准妈妈注意事项

（1）婚前健康检查是必要的，孕前健康检查则是必须的。计划怀孕时，不要忘记去做相应的检查。

（2）夫妻有了要宝宝的计划时，要想到小宝宝随时都有可能到来。所以，当准妈妈感觉不舒服的时候，不要随便用药。需要用药时，一定要向医生咨询并告诉医生你正在计划受孕，医生会选择对胎儿没有危害的药物，如果不需要用药，医生也会告诉你的。即使是非处方药，也不能自行决定，因为早期胚胎对大多数药物都很敏感。

（3）当单位通知你需要去医院体检时，你可要想到自己可能已经怀孕了，尽管月经刚刚结束，也不要去接受对胎儿有害的检查，尤其是X射线。

（4）当你准备进行家庭装修时，要想到有一些装修材料对人体是有害的，胎儿对环境中有害物质是非常敏感的。

（5）当你参加朋友生日晚会、业务应酬、重大庆典、节假日宴会时，要举杯畅饮，这时你应该想到自己的身体状况，尽量喝不含酒精、咖啡因的饮料。果汁、植物蛋白饮品、乳酸菌饮品是很好的选择。你自己不能吸烟，丈夫最好戒烟。你周围的朋友可能会吸烟，被动吸烟对你同样有害，如果此时你腹中已经有了小宝宝，事后就要吃后悔药了。

（6）当你必须长期接受某些环境辐射时，你要了解一下，这些辐射是否对胎儿有伤害。对那些没有结论的辐射，还是尽量回避为好。

（7）如你还在服用减肥药或减肥食品，请马

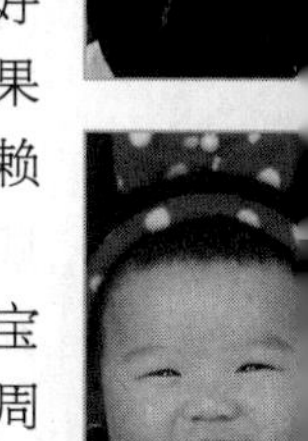
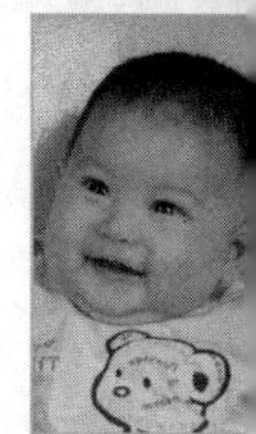

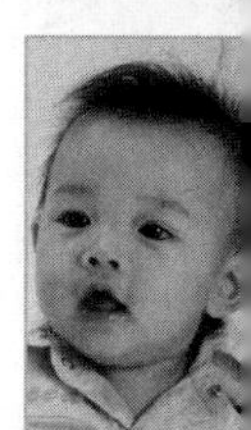
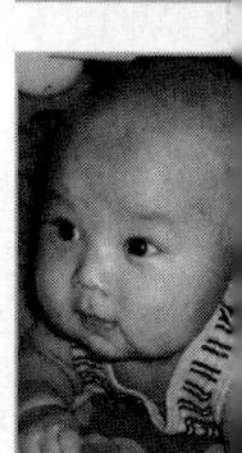
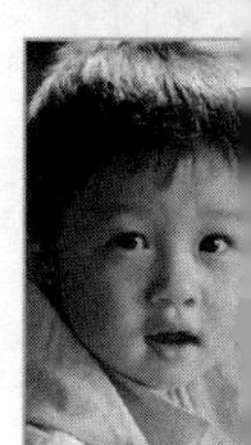

上停掉，因为它们会伤害你的小宝宝。

（8）如果刚刚停止吃避孕药，那就要继续采取非药物避孕措施，3个月后再怀孕较为安全。

（9）当你要去美发店烫发或染发时，你可不要以为现在还没有怀孕，小宝宝在你身体中生活半个多月后，你才会得到怀孕的消息。

（10）你可能是个体育爱好者，常常去俱乐部或体形训练室健身。如果你正在准备怀孕，要向你的教练询问一下，哪些锻炼项目，怎样的锻炼强度不至于在你还没有得到怀孕消息时，导致早期流产。

（11）如果你的脾气不好，常常发怒，最好找一种方法能使自己的内心变得平和起来。如果你常常感到压抑，总是闷闷不乐，最好找你信赖的朋友倾诉，或找你信任的医生谈一谈。

（12）如果你的丈夫和家人希望未来的宝宝是男孩，给你的内心很大压力，或者已经听取周围人的指点，在做种种努力。你可要和你的丈夫及家人认真地讨论一下，生男生女应该遵循自然规律，孕育新生命是一件自然快乐的事，你不能承担也不应该承担过分的要求。

第三章　孕2月（5~8周）

第一节 2月胎儿生长发育

0057 孕2月胎儿发育逐周看

幼胚用肉眼已经可以看到了，长约1厘米，重约1克，和一粒黄豆差不多。身体成两等分，头非常大，占身长的一半，头部直接连着身体，还没有脖子，有看似长长的尾巴，如同小海马的形状。从外观上看，和其他动物的胎芽无明显差异。眼睛、鼻子、手脚还没有发育成形，可以看到嘴和下巴的雏形。

孕5周时

胎儿脑部形成大脑半球并迅速增大，最初的脑囊形成。神经管开始形成，神经系统的其他部分在继续发育着。心脏跳动开始出现。

孕6周时

胎儿的大脑半球不断增长起来。眼囊和眼球也开始形成了。胎儿的血液循环系统建立起来，已经开始工作了。肝、脾、肺、甲状腺都有了大体的模型。上肢芽很容易被辨认出来。

孕7周时

此时胎儿大脑的形成速度是非常快的，平均每分钟有10000个神经细胞产生。大脑皮质已经清晰可见，你的胎宝宝正在为将来拥有聪明的头脑，而做建设性的准备工作呢。

眼睑正在形成，就是说胎宝宝就要长眼皮了。胎宝宝的心脏已全部建成，妈妈再也不用担心宝宝的心脏会受到外界因素的干扰了。胎宝宝知道不能一直依靠妈妈的供养，所以，他正在紧锣密鼓地建造自己的胃和食管。胎宝宝的舌头也开始逐渐形成，它对胎宝宝很重要，没有它不但不会说话，也不会吃饭喝水。随着胎宝宝的不断长大，各种已经形成并建立起来的器官，开始不断增大了。

孕8周时

胎宝宝的脑干已经能够辨认出来。脑干是个重要部位，所有的大血管神经都通过它与躯体相连。

嗅觉的基础部分开始建立。

眼皮差不多可以把眼球盖起来了。

胎儿生殖腺和生殖器官正在构建，妈妈不要

随便吃药，尤其不要吃性激素类的药物，以免宝宝的生殖器官发生畸变。

胎宝宝的肢体开始长出来了，可以看到大腿、脚、手臂和手的模样，上肢和下肢大概能够在胎宝宝胸腹部相遇。脖子长出来了，但从外观上看，好像只有后脖颈，因为宝宝的头是向前屈的，下颌紧紧贴着胸部，根本看不到前脖颈。妈妈可以想象胎宝宝正在给你鞠躬呢。

0058 胎儿各器官发育时期

胎儿各器官的发育，主要是在受精卵形成后的3～13周（即孕5～15周）。在这一时期，胎儿对来自外界的不良刺激非常敏感，同时自身发育又非常快，内部器官大部分形成。胚胎有1.3厘米长。长长的尾巴逐渐缩短，头和身体的界限变得清楚，像人的模样了。胎儿上肢芽和下肢芽已经长出，在肢芽末端可看到五个手指、脚趾，但还没有长出手指节和脚趾节，指（趾）甲也还没有长出，还不像人手（脚）的样子。眼睛出现了，但分别长在头的两边，像鱼类。从外观上还分不清胎儿性别。

第二节 妊娠确诊

0059 停经是胎儿到来的信号

如期该来的月经却没有来，准妈妈意识到可能怀孕了。有几点值得注意：

（1）怀孕必然停经，但停经不一定就怀孕。

（2）月经不规律的女性，难以以此来计算怀孕的真正时间，以此计算预产期也不是很准确。

（3）即使是怀孕了，可能在第一个月经周期还会有少量的出血，妈妈可能会认为是月经，这样就把孕期推迟了整整1个月，这种情况大量存在。

（4）怀孕后到停经前，胎儿已经在子宫内生活一段时间了，受孕是在月经中期开始的。吃药、打针、检查等等事项，要万分小心。

0060 妊娠试验——早孕诊断方法之一

早早孕试验是确定是否怀孕简便易行的方法。留取一点尿液，用早早孕试纸一沾，试纸变成了蓝色，就知道怀孕了。这个试验对确诊怀孕意义重大，现在通过早早孕试纸，自己就会做并判断是否怀孕了。

但要力求准确，最好是由医生帮你把关。只要认为有怀孕的可能，就应到医院做早孕诊断，以确定是否真的怀孕了。一般情况下停经37天后早早孕试纸就可出现阳性结果，但也存在着个体差异，有的甚至很晚才出现阳性结果。如果月经周期不准确，根据停经时间来衡量，早早孕试纸什么时候会出现阳性结果，那就更不好说了。

使用早早孕试纸阳性准确率高达90%以上，假阳性现象非常少。

0061 何时开始常规孕期检查

怀孕一经确证，就应进行孕期健康检查，最迟不要超过孕12周。

孕早期不必健康检查

（1）孕早期，大多数孕妇有不同程度的妊娠反应，身体不适，不愿意接受全面的孕期检查。

（2）孕早期胚胎比较脆弱，易受各种因素影响而导致胎儿发育异常，这时如果接受包括B超、生殖器内检在内的孕期全面体检，对胎儿会造成一定的威胁，有导致流产的危险。有报道认为，B超的“热效应”对胎儿的眼睛有损害。

（3）孕早期胎儿对外界因素的各种刺激都比较敏感，医院是人群聚集的地方，久在医院逗留对胎儿有百害而无一利。

什么情况需要提前孕检

并不是说一定要等到孕3个月后才做孕前健康检查，要灵活掌握，听取医生的建议。随时有问题，随时到医院看医生，做必要的孕期检查。

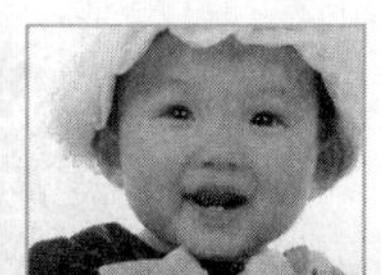

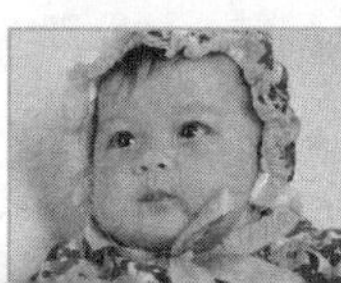
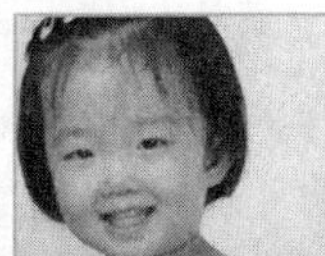

在整个妊娠过程中，具体检查安排是：**孕12周以内检查一次；孕13～28周每月检查一次；孕28～36周每半月检查一次；孕36周以后至足月，每周检查一次。但如果在妊娠过程中出现异常情况，应及时看医生，不要等到规定的时间。**

0062 预产期计算方法

妈妈末次月经月份减去3（或加上9），是胎儿生日的可能月份；妈妈末次月经的第一天日期加上7，是胎儿可能出生的日期。

例如妈妈最后一次月经来潮日是11月6日，胎儿可能的生日就是11–3=8（月），6+7=13（日）。计算的结果是宝宝在第2年8月13日可能出生。

月经周期很准，性生活很规律的夫妇，或许能够推算出胎儿诞生的大概时间。但大多数爸爸妈妈计算出的胎儿诞生日都不是很准确。这就是为什么当胎儿早出生一两周或晚出生一两周，都不算早产或过期产，而算足月产的原因。

第三节 妊娠反应

0063 早孕反应的主要表现

许多孕妇从这个月开始，会感到从未有过的食而无味、嘴苦、不想吃饭的症状。早晨起床刷牙，会有一股酸水出来，干呕几口。对食物开始挑剔，一阵阵烧心。过去，民间把妊娠反应叫"害喜"，是胎儿以这样的方式通知妈妈——怀孕了。

大多数孕妇妊娠反应都是比较轻的，有的孕妇从早到晚都恶心，但也能进食，并不把吃进去的饭菜吐出来，只是吐些黏液或酸水；即使每顿都发生呕吐，也不是把所有的饭菜都吐出来，营养丢失不严重。由于孕早期孕妇的基础代谢与正常人没有显著差别，膳食中营养素供给量与非孕妇差不多，所以轻度妊娠呕吐不会影响胚胎发育。孕妇不必过于担心，少食多餐，喜欢吃什么就吃什么，不必刻意追求食物的品种和数量。尽管有妊娠反应的孕妇不能吃更多的东西，甚至还发生呕吐，但并没有证据表明会影响胚胎发育。

重度妊娠反应

有的孕妇妊娠呕吐比较厉害，无论进食、不进食都发生呕吐，而且呕吐次数比较多，不但把吃进去的饭菜吐出来，还呕吐胃液胆汁，甚至有血丝，好像要把整个胃肠都吐出来似的。

这种程度的呕吐，孕妇会丢失比较多的水分和电解质，化验尿酮体会出现阳性结果。由于不能正常进食，营养物质供应不足，孕妇会消耗体内自身营养，体重减轻，这不仅影响孕妇的健康，还会影响胚胎发育。怀孕早期，正是胚胎各器官形成发育阶段，需要包括蛋白质、脂肪、碳水化合物、矿物质、维生素和水在内的全面营养素。这时，孕妇就不能等闲视之了，要及时看医生，请医生帮助纠正水电解质紊乱和酸碱失衡的状态。

口味的改变

准妈妈并不都是爱吃酸的，"酸儿辣女"也只是想象而已。有的爱吃酸，有的爱吃辣，还有的可能喜欢别的口味（多是比较刺激、特殊的口味）。因为想生男孩或女孩，相信"酸儿辣女"的说法，就会从潜意识里支持吃酸或辣，但这并不能决定什么。

孕妇在妊娠6周左右常有挑食、食欲不振、轻度恶心、呕吐、头晕、倦怠、厌油腻、喜酸食等反应，晨起空腹时较重，一般于妊娠12周左右自然消失。但有的孕妇没有妊娠反应，也有的要持续整个妊娠期。有的某一天清晨起来有些恶心，次日就没有了。有的比较轻，只是恶心。有的比较重，以致发生剧吐。有的停经30天左右出现，有的停经50天后方出现妊娠反应。

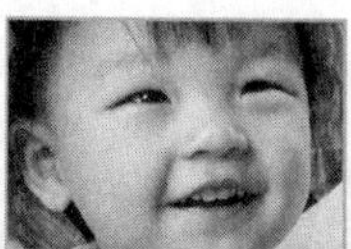

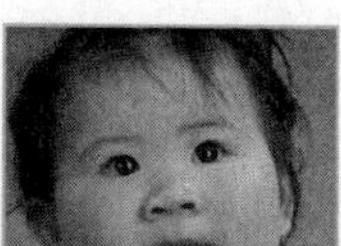

0064 妊娠呕吐期营养补充贴士

(1) 孕妇对妊娠反应要顺其自然，保持乐观情绪。调节饮食，保证营养，满足母亲和胎儿的营养需要。

(2) 进食的嗜好有改变不必忌讳，吃酸、吃辣都可以。适当吃些偏碱性食物，防止酸中毒。

(3) 要细嚼慢咽，每一口食物的分量要少，要完全咀嚼。

(4) 少下厨，避免闻到让自己不舒服的气味。

(5) 不要以咖啡、糖果、蛋糕来提神。短暂的兴奋一过，血糖会直线下降，反而比以前更加倦怠。

(6) 要避免任何不舒服的食物，如辛辣、口味重、油腻、加工过的肉类、巧克力、酒、碳酸饮料等。

轻度妊娠呕吐饮食纠正

(1) 以少食多餐代替三餐，想吃就吃，多吃含蛋白质和维生素丰富的食物。

(2) 饭前少饮水，饭后足量饮水。能喝多少就喝多少。可吃流质、半流质食物。

(3) 有妊娠呕吐的孕妇往往喜欢吃凉食，有的书上认为孕妇吃凉食对胎儿发育有害，这样的说法没有依据。

重度妊娠呕吐饮食纠正

(1) 多吃清淡食品，少吃油腻、过甜和辛辣的食品。可吃营养价值比较高的藕粉、豆浆、蛋、奶等。

(2) 自己喜欢吃的就不用在乎品种和口味，没有那么多的禁忌，不要在意一些书上所说的酸性食物对胎儿有害的说法。即使你喜欢吃的食物营养价值并不是很高，也总比不吃或吃了呕吐要好得多。

(3) 如果早晨一起床就开始恶心，甚至呕吐，就不要急于穿衣服，洗漱，而是坐起来先吃些东西，如饼干、面包等，可挑选你想吃的东西，感觉不那么恶心了再起床。无论是否呕吐，只要能吃进去就大胆地吃，不要怕吐，吐了再吃，不断地吃。

可缓解孕吐又有营养的食物

饮料：柠檬汁、苏打水、热奶、冰镇酸奶、纯果汁等。

谷类食物：面包、麦片、绿豆大米粥、八宝粥、玉米粥、煮玉米、玉米饼子、玉米菜团等。

奶类：喝奶是很好的，营养丰富，不占很大胃内空间。如果不爱喝鲜奶，可喝酸奶，也可吃奶酪、奶片、黄油等。

蛋白质：肉类以清炖、清蒸、水煮、水煎、爆炒为主要烹饪方法，尽量不采用红烧、油炸、油煎、酱制等味道厚重的方法。如水煎蛋、水煮饺、水煮肉片、清蒸鱼、水煮鱼、糖醋里脊等。

蔬菜水果类：各种新鲜的蔬菜，可凉拌、素炒、炝凉菜、醋熘，清炖萝卜、白菜肉卷等是很好的孕妇菜肴；多吃新鲜水果或水果沙拉，是缓解孕吐的有效方法。

0065 孕吐期进食的心理暗示

胃肠有病了，因不能吸收消化食物而呕吐。妊娠期呕吐，胃肠并没有器质性损害，心理因素很重要。要抱着这样的信念：我很健康，只要我吃，腹内的胎儿就能得到母体供应的营养。过去欧美孕妇曾经因为服用止孕吐的药物“反应停”，导致大批短肢畸形的“海豹胎”出生，留给人类沉痛的教训。妊娠呕吐不是病，不可人为干预，尤其不可以相信某些迷信和偏方，更不可以服用任何药物。要学会接受，这是新生命给母亲的一份特殊经历。

当孕妇认为胎儿会因为妊娠呕吐而发生营养问题时，会非常难过和担心，这种担心可加重妊娠呕吐。孕吐很正常，也很常见，而且很快就会过去。乐观的情绪会使妊娠呕吐程度减轻、时间缩短。

0066 爱发脾气

怀孕的好消息让夫妻俩都很激动，充满了幸福的憧憬。可时间不长，一向活泼开朗的妻子变得郁郁寡欢、愁眉不展了，常常因为生活中的小

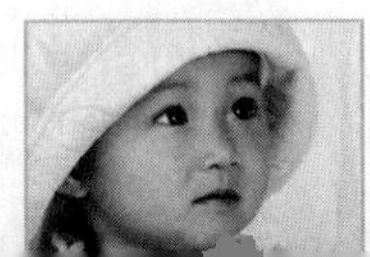

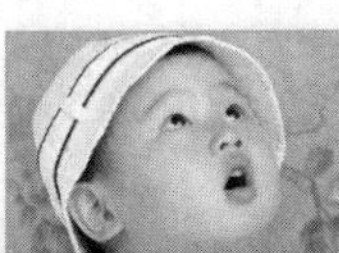

事大动肝火，脾气暴躁。这是为什么呢？

孕期焦虑是一种心理变化。即将成为“母亲”的妻子，心情错综复杂，文化层次较高的女性更为突出。有些孕妇脾气变坏也有疾病的原因，60%～80%孕妇因为肠胃不适。甲状腺功能亢进，表现为多汗、烦躁、心悸等症状，也促使孕妇脾气变坏。

0067 请准爸爸注意

胎儿正处于快速发育阶段，各器官在不断分化形成，妈妈愉快的心情是最好的胎教。丈夫要多多体谅妻子，孕育胎儿是你们夫妇共同的责任。如果妻子总是占着洗手间，丈夫应该关切地问一问，是否便秘或尿频，是否因恶心而干呕。妻子会感觉到丈夫关心着她，自己不是孤军奋战，这种感觉很重要。

如果丈夫不知道妻子为什么流泪，不要烦恼，更不要生气，这是孕期体内激素变化导致的生物效应，而非故意和你找别扭，给予安慰是唯一应该做的。如果妻子无端脾气暴躁，做丈夫的，要理解妻子，气头上不和妻子争执，吵架后一定要主动认错，交流看法。平时，要多注意和妻子沟通交流，许多问题要谈出来，乐观地共同面对。情形严重的，可请心理医生和精神科医生帮助。

0068 唾液、分泌物、腰围

过多的唾液

这也是妊娠反应的一种表现，过多的唾液多发生于晨起有恶心感的孕妇，唾液增多也是孕期出现的正常反应，不必担心。如果你厌烦过多的唾液，或感觉在同事面前流唾液让你难堪，你可试着含些口香糖，或用含有薄荷的牙膏刷牙。用薄荷牙膏刷牙不会影响胎儿的健康，刷牙后用清水把口腔漱干净。

阴道分泌物增多

在整个孕期，你可能都会感觉阴道分泌物比孕前明显增多了，这不是异常，阴道分泌物可以阻止病原菌感染阴道和子宫，具有保护作用。你只需注意分泌物的性质是否正常：通常情况下，阴道分泌物有点轻微的、让你闻起来不太愉快的气味，但不是臭味或让你难以忍受的气味；分泌物是白色的，或略有些发黄。如果气味和颜色都不正常，就要看医生。保持局部清洁，但不要随便使用普通的清洗液，应该购买孕妇专用洗液。使用有药物成分的洗液要有医生的推荐。

腰围增粗

这个月，你的腰围可能还没有什么变化。你要有充分的心理准备，怀孕会使你暂时失去苗条的腰身。不要再留恋以前穿的衣服，重新选择适合你的新衣服。最好买休闲款式，可以买用腰带、系绳自由调节腰身的款式。穿丈夫的T恤或买一件T恤，都是不错的选择。少买只能穿两三个月的孕妇装。

0069 孕初期腹痛是什么原因

孕初期出现腹痛应及时看医生,排除宫外孕的可能。如果阴道有血性分泌物，更应及时看医生。但如果偶尔感觉腹部不适，并没有明显的疼痛，或疼痛只是一闪而过，并没有持续一段时间，或一直感到在隐隐作痛，排便后就缓解了,就不需要看医生。

怀孕的妇女单纯出现下腹隐痛并不一定是疾病所致，这是因为妊娠使子宫的血管、淋巴管及弹力纤维增生，刺激神经末梢而产生的。子宫柔软敏感，孕妇在活动较多时可引起生理性子宫收缩而发生隐痛，只要注意保暖、休息即可缓解腹痛，向疼痛一侧侧卧也可使疼痛减轻。

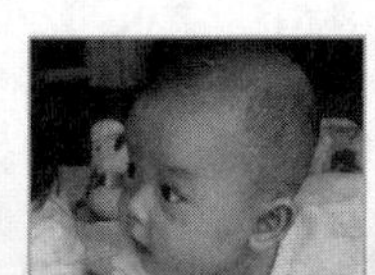

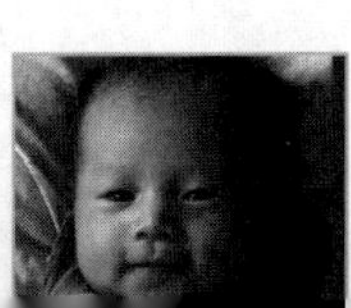

第四节 避免流产

0070 早期流产高发期

刚刚植入子宫内膜的胚胎，与妈妈的连接还不是很稳定。一旦受到外界干扰，就有发生流产的可能。尤其当妈妈还不知道怀孕的时候，可能会做些剧烈的运动，或搬举较重的物品，或性生活等，都可能引起流产。

注意了这些人为因素，如果还是发生了流产，爸爸妈妈也不必感到内疚。因为在孕早期大约有15%～20%的孕卵会发生自然流产。这种自然流产大多不是人为因素造成的，而是胚胎本身的问题。所以，如果发生了不可逆转的流产，爸爸妈妈不要太难过，更不要相互指责人类繁衍遵循优胜劣汰的自然法则。

0071 引起自然流产的主要原因

遗传因素

由于染色体的数目或结构异常，导致胚胎发育不良。自然流产中，尤其是怀孕头3个月内的流产，遗传因素可占60%～70%，其中流产儿染色体异常占50%～60%。夫妇一方或双方有染色体异常的约占10%。

外界不良因素

大量吸烟（包括被动吸烟）、饮酒、接触化学性毒物、严重的噪声和震动、情绪异常激动、高温环境等，可导致胎盘和胎儿损伤，造成流产。

妈妈疾病

母体患任何不利胎儿生长发育的疾病都可造成流产。

爸爸因素

大约有10%～15%的男性，精液中含有一定数量的细菌，为无症状的菌精症，可导致孕妇流产。

0072 怎样减少流产的发生

(1) 发生流产后半年以内要避孕，待半年以后再次怀孕，可减少流产的发生。

(2) 要做遗传学检查，夫妇双方同时接受染色体的检查。

(3) 做血型鉴定，包括Rh血型鉴定。

(4) 有子宫内口松弛的，可做内口缝扎术。

(5) 针对黄体功能不全治疗的药物，使用时间要超过上次流产的妊娠期限，如上次是在孕3月流产，则治疗时间不能少于从妊娠开始的3个月。

(6) 甲状腺功能低下，要等甲状腺功能恢复正常后再怀孕，孕期也要服用抗甲低的药物。

(7) 注意休息，避免房事(尤其是在上次流产的妊娠期内)，情绪稳定，生活规律。

(8) 男方要做生殖系统的检查，有菌精症的要治疗彻底后再使妻子受孕。

(9) 避免接触有毒物质和放射性物质。

不幸中的幸运

自然流产是孕妇的不幸，但从某种意义上讲，自然流产是人类不断优化自身的一种方式，也是对孕育着的新生命进行自然选择。胎儿早期流产会减少畸形儿的出生。因此，在保胎前应尽可能查明原因，要有保胎的充分依据，不要盲目保胎。

孕早期同房有引起流产的危险，应适当加以限制。既往有习惯性流产的孕妇，在孕早期应停止性生活。孕晚期性生活有引起早产的危险，建议预产期前6周停止性生活。

性生活刺激引起先兆流产，与胚胎本身发育不良引起先兆流产相比，保胎的意义就大得多。只要胚胎发育正常，保胎也容易成功。应消除焦虑情绪，听从医嘱，认真保胎治疗。

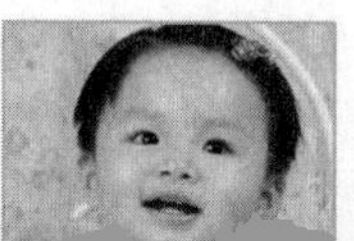

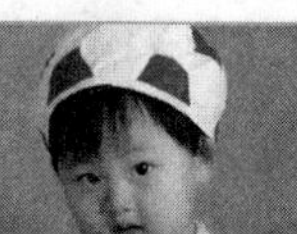

第五节 孕期预防感冒

0073 普通感冒与流感

普通感冒是很常见的疾病，尤其在冬季发病率更高。感冒是否对胎儿造成不良影响，与引起感冒的病毒有关，但不管怎么样，孕妇患病对胎儿总不是件好事，所以，孕妇预防感冒是很重要的。大多数感冒是病毒感染，属自限性疾病，治疗多是针对症状，抗病毒药孕期是禁忌服用的，所以，**孕期感冒应以休息、多饮水为主。**如果症状重，则可适当服用板蓝根、双黄连等中药，如果合并有细菌感染则加服抗生素。请记住，服用任何药物都要在医生指导下进行。

流行性感冒（简称流感）是由甲、乙、丙型流感病毒所引起的急性呼吸道传染病。流感与普通感冒不同，具有症状重、传染性强、突然暴发、迅速蔓延、影响面广、发病率高、死亡率高等特点。

流感对妊娠的影响取决于孕妇感染的程度，轻型流感对孕妇影响不大，重型流感的孕妇流产率为10%，流感可导致流产或早产发生率明显升高。孕妇在孕期不能接种流感疫苗，如果需要接种流感疫苗，一定要在妊娠前接种。

0074 孕期防感冒11点建议

红糖姜水，美美一觉

当准妈妈受凉，或感觉要感冒时，喝一碗热的红糖姜水，然后美美地睡上一觉。

生蒜、生葱赛过药

常吃生蒜、生葱头是预防感冒的好方法。大蒜素胶囊就是从蒜中提炼出来的。蒜不但有预防感冒之功效，还能抑制肠道致病菌。

锌与呼吸道防御

多吃含锌食物。缺锌时，呼吸道防御功能下降，孕妇需要比平时摄入更多的含锌食品，海产品、瘦肉、花生米、葵花子和豆类等食品都富含锌。

维生素C与呼吸道纤毛运动

维生素C是体内有害物质过氧化物的清除剂，同时具有提高呼吸道纤毛运动和防御功能。建议多吃富含维生素C的食物或维生素C片剂，如番茄、菜花、青椒、柑橘、草莓、猕猴桃、西瓜、葡萄等。维生素C在加热过程中会大量丢失，烹饪时要注意保护。

盐水漱口，廉价功效大

每天清晨起床洗漱后，用盐水漱口，再喝半杯白开水，不但可预防感冒，还对齿龈的健康有好处，因为孕期齿龈充血，易患齿龈炎。

晨起冷水洗脸

晨起用冷水洗脸可增强抗感冒的能力。晚上可用温水洗脸，以免由于冷的刺激影响睡意。

室内湿度保持在45%

冬季空气湿度低，尤其是在北方，室内多用暖气取暖，空气非常干燥，干燥的空气有利于病毒在呼吸道内聚集生长。可使用加湿器保持室内适宜的湿度。

有争议，但无害的醋熏蒸

醋熏蒸法是否对预防感冒有效尚存在争议，但因没有害处，有些家庭还沿用此法。

不要忘了白开水

多喝水对预防感冒和咽炎具有很好的效果，每天最好保证喝600～800毫升水。

空调换气，不能代替开窗

应让新鲜空气不断进入室内，大多数人都喜欢在早晨打开窗门通气，而后就一天门窗紧闭了。这样不好，至少在午睡后和晚睡前进行通风换气。使用空调的家庭也不能一天24小时门窗紧闭，不能完全靠空调的换气保持室内空气新鲜。另外，要在太阳出来后再开窗换气，如果太阳还没有出来开窗通风，室外的二氧化碳浓度较高，对孕妇不利。如果空气污染指数大，不利于通风换气，可借助空气清新器。

避开人群

尽量不去或少去人群密集的公共场所，人越

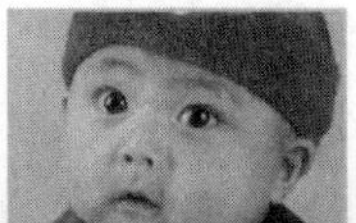
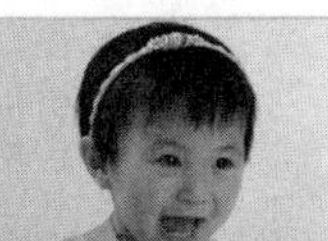

多被感染的概率越大，规避是最好的选择。

坚持锻炼更重要

锻炼是提高身体抗病能力的有效途径，孕妇在整个孕期都要坚持锻炼。

有效保暖防感冒

冬季气候寒冷，即使在南方，腊月也是比较冷的，孕妇保暖也是比较重要的。有些孕妇自怀孕后开始怕热，穿得很少也感觉不出冷；有些孕妇怀孕后很怕冷，穿很厚的衣服还是觉得手脚冰凉。这样的孕妇应该购买保暖效果好，穿起来又很轻便舒适的棉衣，以免穿得太厚影响运动。

孕妇增减衣服有讲究

增加衣服时要注意，早晨起来穿上的衣服不要随便脱掉，尤其是感觉到热或者已经出汗时，就更不能马上脱衣服，要静下来。如果你进入比较热的房间，要提前把衣服脱掉。等到出汗再减就很容易感冒。活动前也是一样，千万不要等到活动热了，出汗了再脱衣服，一定要在活动前作好准备。

流感传播途径，主要是飞沫和接触被流感病毒污染过的东西。戴口罩不能完全避免传染。流感有人群聚集性，流感病人会很快感染周围的人群。少去人多的地方，远离感冒病人，多饮水，多休息，保证充足的睡眠，不要过于疲劳。上下班尽量避开高峰，车内和办公场所尽量在通风良好的地方。最好不要逛百货商场，尽量在人少和室内空气新鲜的时候去购物，时间要短。少接触公共场所的物品，饭前、便前、便后，用流动水洗手。

第六节 胎心管搏动与胎停育

0075 胎心管搏动

孕8周，B超下可清晰见到胎心管搏动。通过孕妇腹壁，即使借助多普勒胎心听诊仪，医生也不能听到胎心管搏动。如果B超报告未见胎心管搏动，妈妈可能会很着急。遇到这种情况，如果没有阴道出血或腹痛等异常情况，就不必过于担心，因为按照末次月经计算的孕周，会有一两周的误差，或许腹中的胎儿还没有长到您认为的孕周。再耐心等待一两周，不要频繁做B超检查。

当医生认为应该有胎心管搏动，但检查没有发现的时候，孕妇就会极度紧张，是不是意味着胎儿没有存活？如果真是这样，那打击实在是太大了。

0076 胎停育

胎停育的确切原因很难寻找，据研究资料表明，流产的发生率约占全部妊娠的15%～20%。引起自然流产的病因可分为非遗传病因和遗传病因两大类。

非遗传病因是指母亲受到感染，或受某些药物、放射性物质的影响，或患有慢性消耗性疾病、内分泌失调、生殖器异常，或在怀孕期进行了盆腔手术等。遗传病因是指父亲或母亲遗传基因即染色体异常，造成怀孕失败，或胎儿停止发育，早期流产。

染色体异常的携带者相当多，大约每250对夫妇中就有1对。胚胎死亡、自然流产正是对孕育着的新生命进行选择，祛除了疾病胎儿，保证了健康胎儿的出生。

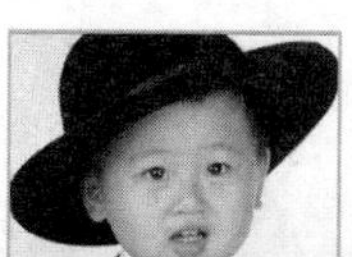

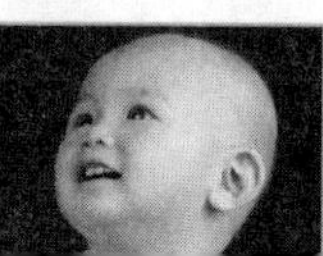

第四章　孕3月（9～12周）

第一节　3月胎儿的生长发育

0077 孕3月胎儿发育逐周看

孕9周

妈妈可能不知道，在这以前，胎宝宝的胸腔和腹腔是相通的，当膈肌形成后，宝宝的腹腔和胸腔才相互分开，成为独立的胸腔和腹腔。妈妈知道，早在前几周，宝宝的眼皮就长出来了，可是妈妈不知道，宝宝并不能主动把眼皮闭合或睁开，眼皮的运动需要有眼肌和神经的参与，别着急，这周宝宝的眼肌就开始慢慢形成了。等到神经发育了，宝宝就能自如地睁眼和闭眼了。现在宝宝的手指和脚趾都长出来了。B超下可以看到胎儿活动。

孕10周

各系统、各器官初步形成，90%的器官已经建立。中枢神经系统基本结构已经建立，但与最后形成的大脑外形还存在着很大差异。肾脏和输尿管已开始发育，并有了一点排泄功能。B超可见心脏形成，并可出现搏动，心率为125次/分。脐带延长，神经、肌肉已发育。齿根和声带开始形成。原来分布在头两侧的眼睛开始逐渐向脸部并拢。部分软骨开始向比较坚硬的骨骼发展。胎宝宝颈部的肌肉不断变得发达起来，以支撑住自已硕大的脑袋。上牙床和上腭开始形成。与此同时，味觉芽也开始形成，胃已经被放置到正常位置，胎宝宝在为自已离开母体后吃奶做准备了。两个肺叶长出许多细支气管。

孕11周

从本周开始，胎儿生长速度加快，对营养的需求量增大。胎儿随着长大，对外界干扰的抵抗能力增强了，因有害刺激导致畸形的概率逐渐降低了。胎宝宝的骨骼逐渐变硬。妈妈很难想象，胎宝宝的头部占整个身体的一半，可以说是个大脑袋，小身子。胎儿是头大脸小，耳位仍比较低垂；皮肤正在长毛囊，等毛囊长好了，就开始长毳毛了。妈妈不要忘了，胎宝宝的外生殖器还在发育着。

孕12周

胎宝宝的肝脏主要是用来制造血细胞的，而解毒主要靠妈妈的肝脏；等到胎宝宝离开母体，其肝脏就开始承担起解毒功能了，脾脏和骨髓开始逐渐接替制造血细胞的工作。肝脏也是胎儿的大器官。胎儿的肺脏结构已经构造好了。胎儿已经有了完整的甲状腺和胰腺，只是还不具备完整的功能。甲状腺是主要的内分泌腺，它所分泌的甲状腺素是维持人体基础代谢的重要物质。对成人来说并不重要的脾脏，对于宝宝来说可是很重要的造血器官。胎宝宝已经开始有胆汁分泌了，以便出生后好消化奶中的脂肪。胎宝宝已经有了触感，当宝宝的头部被碰到时，宝宝会将头转开。如果轻轻地抚摩胎儿，胎儿一定会感受到妈妈的爱抚。

0078 胎儿外形

胎儿头部可抬起了，几乎占胎儿全长的一半；头发开始出现。眼、耳、鼻、颜面已逐渐形成，开始形成眼皮和鼻孔，眉毛也开始生成。两只眼睛离得还比较远，耳廓清晰可见，下颌和两颊开始发育，更像人脸了。

外生殖器已初步形成，男胎和女胎开始出现区别，有了胎儿性别特征，外生殖器与肛门已经分开。躯干伸直，尾巴完全消失。上、下肢芽已从胎体伸出，并逐渐形成四肢，下肢很短，上肢达到最后的相对长度；指趾分化清楚，并有指、

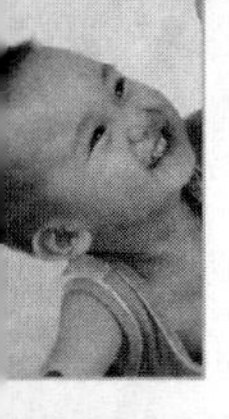

趾甲出现。四肢开始有活动。皮肤是透明的，从外面可以看到里面的血管和内脏。

胎儿对刺激开始有反应，如眨眼、吸吮、手指、脚趾张开等。胎儿在羊水中可以自由活动，有时下肢伸开，做出走的样子，有时又做出蛙泳的样子。但胎儿这时动作轻微，妈妈尚感觉不到胎动。宝宝已经从一个胚胎成长为一个健康活泼的胎儿，从外观上看，宝宝已经是个“微雕婴儿”了。

0079 令父母兴奋的胎动和心跳声

像钟摆一样的心跳声

到了这个月，医生会用多普勒胎心听诊仪，听胎儿的心跳。这会让准妈妈激动万分，因为多普勒可以把胎心跳动的声音放大，你可以清晰地听到“咚咚”的声音。把这个好消息兴奋地描绘给丈夫，他也会激动不已。听到宝宝心跳的声音，你第一次感到一个生命在你的体内生长，体会到做妈妈的快乐。让胎儿感受到你的爱，让丈夫分享孕育胎儿的乐趣，这是最好的胎教。普通的胎心听诊仪，经妈妈腹壁还听不到胎心搏动；在B超下可以清晰地看到胎心搏动。

孕妈妈感受不到的胎动

进入孕3月，胎儿已经会活动了，但只是B超下可以监测到胎动，妈妈并不能感觉到胎动，因为这时的胎儿还很小，子宫空间相对比较大，胎儿纵使伸伸胳膊、踢踢腿妈妈也很难感觉到。所以，妈妈感觉不到胎动并不证明胎儿还不会活动。一般情况下，初孕妈妈在孕16周左右能感觉到胎动，有的妈妈要迟至孕20周。

第二节 妊娠反应就要过去了

0080 妊娠反应还在持续

妊娠反应与孕妇心理状况有很大关系，与孕妇情绪和饮食也有关系。当你出现了难以忍受的妊娠反应时，应该做的就是让自己快乐起来，要相信不适很快会过去。

有的孕妇会说，我真的是好难受，即使我什么也不想，反应也过不去，我实在是快乐不起来。相信这可能是真的，有这种感受的孕妇也不必着急，再过两天或许一下子就好了，吃什么都香。那个时候，你腹中的宝宝才真正需要你为他吃进更多东西，在这以前他不会因为你进食不好就不吸收营养，胎儿会从母体获取所需养分。现在的准爸爸可不像过去了，妻子和妻子腹中的胎儿都牵着准爸爸的神经。可孕妇不要因为丈夫的疼爱，而忘记自己是孕育胎儿的主体，你的坚强对胎儿的成长至关重要。

妊娠反应严重要看医生

妊娠反应比较严重的孕妇，要寻找一下原因。心因性妊娠反应、胃肠道疾病、饮食不合理等，这些都需要看医生，及时纠正呕吐导致的水电解质丢失，缓解呕吐症状。

医生可能会建议你补充一些营养品，如善存、施尔康、玛特纳等含有多种维生素和微量元素的药物。这是有必要的。但任何补养品都不能代替自然食物。所以，在保持愉快心情的前提下，积极通过正常饮食吸收营养。要相信，妊娠反应是正常的生理表现，下个月会明显减轻，甚至消失。

妊娠反应严重，呈持续性呕吐，不能进食、进水，这称为妊娠剧吐。症状轻者，可有反复呕吐、厌食、挑食、无力等症状，但体重减轻不明显，尿酮体阴性。症状重者，呕吐发作频繁，不能进食、进水，呕吐物除食物、黏液外，可有胆汁或咖啡色血样物，全身乏力，精神萎靡不振，需要别人搀扶行走，明显消瘦，尿酮体阳性，甚至有脱水、电解质紊乱等情况发生，需要到医院补液。

吃你喜欢吃的食物

有妊娠反应的孕妇，有的可能明显减轻；有的没有减轻，但加重的很少了；从这个月开始出现妊娠反应的孕妇也有。如果是这样，吃你喜欢吃的食品，现在的胎儿还不需要很多的营养。所

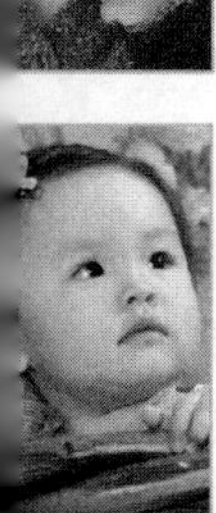

以，妈妈也不要强迫自己吃不喜欢吃的东西，这样可能会使妊娠反应加重，或时间延长，反而对胎儿不利。只要能吃，胎儿就不会受到影响。平时吃饭快的，这时进食可要尽量减慢速度，最好能细嚼慢咽，如果狼吞虎咽，可能会导致胃部不适，引发恶心呕吐。

0081 如何预防因饮食不当引发的突然孕吐

（1）孕妇即使没有妊娠反应，在饮食上也不能无所顾忌，一定要注意饮食卫生。一旦发生呕吐就可能引发妊娠反应。

（2）最好不在外吃饭，偶尔应酬，也不要吃杂了，更不可暴饮暴食。

（3）不吃油腻的东西，一顿不吃两种以上的肉食，少吃煎、炸、烤的食物。

（4）不过多饮用冰镇饮料，尤其是碳酸、咖啡类饮料，不同时喝多种饮料。

（5）应注意饮食搭配与禁忌，有些食物不能搭配在一起吃，如羊肉和酸菜，花生和红薯，红薯和鸡蛋，菠菜和豆腐等等，非孕妇吃了可能不会有什么反应，孕妇吃了可能引发呕吐。

（6）不要在过冷的地方吃比较油腻的食物，如在餐厅里，空调温度比较低，孕妇胃部和腹部会遭受冷气刺激，倘若再吃肉类等油腻食物，很可能会导致呕吐，出现急性胃肠炎症状。

（7）有的孕妇为了胎儿，吃自己非常不想吃的东西，这是完全没有必要的，因为导致的恶心呕吐，会殃及胎儿。

0082 孕期呕吐并非都是妊娠反应所致

没有妊娠反应的孕妇，如果不注意饮食卫生，也会引起呕吐。倘若处理不当还会引发妊娠反应，从此呕吐下去，直至妊娠反应期过去为止。呕吐不但会影响胎儿健康，也给孕妇带来痛苦，尤其是在妊娠初期。治疗呕吐的药物大多对胎儿有不良影响，所以妊娠期间注意饮食卫生，避免胃肠道疾病是很重要的。

0083 胎儿对营养需求增加

食物种类多样化

进入孕3月，胎儿开始快速发育，需要的营养开始增加。这个月母亲进食营养的质量，对胎儿大脑发育的影响至关重要。适当增加蛋白质的摄入量，如奶、瘦肉、鱼肉等。不要过多食入不完全蛋白质，如豆类。适当增加含铁、钙、锌丰富的食物。只要对胎儿无害，食品种类最好多样化，才能保证营养均衡全面。

孕期体重增长源

孕妇在整个孕期体重可增加15千克左右。其中胎儿及胎盘等增加3.75千克；乳房增加1千克；体内储存的蛋白质、脂肪和其他营养物质增加3.5千克；胎盘0.75千克；子宫增大1千克；羊水1千克；血液增加2千克；体液增加2千克。不是所有的孕妇都按此增重，孕期增加的体重值存在着个体差异。

孕妇为何特别渴望某种食品

研究人员曾试图证实孕妇特别渴望吃某种食物，是因为孕妇体内缺乏该食品中所含的那种营养素，但事实并非如此。关于这一问题至今尚未弄清。有的孕妇特别渴望吃巧克力、辛辣食品、酸梅、臭豆腐等特别口味，事实上并不是孕妇饮食结构中缺乏其中某种营养成分。有的孕妇特别渴望吃非食品类东西，如泥块、墙皮等，这种现象医学上称为异食症。吃下这些非食品类东西，对孕妇和胎儿都是有害的。一般来讲，上述现象在怀孕3个月之后就会消失。孕期饮食应以孕妇健康和胎儿发育为宗旨。注意平衡膳食，补充营养，不应顾及自己的饮食癖好和体形的胖瘦。

0084 清洁乳房要轻柔

乳房仍在不断地增大，乳晕的色泽也变黑了，长了很多小疙瘩。乳房皮肤上有很清晰的静脉血管，尤其是在乳房下方，这都是孕期的正常表现。戴孕妇胸罩是非常必要的，这样可避免增大的乳房组织受到下垂的牵拉。有些女士洗澡

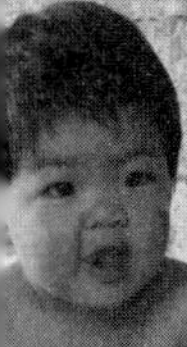

时，喜欢用力搓澡，把皮肤搓得通红，甚至出现皮下出血点。这种习惯可不好，尤其是乳房部位，不能再这样搓了，怀孕后，乳腺组织快速增生，要轻柔地对待乳房，也不要用力清洗乳头，更不能用力擦洗乳头开口，以免哺乳期发生漏乳现象。

0085 孕3月准妈妈遇到的问题

臀部变宽是为了胎儿的娩出

为了胎儿的生长和分娩，准妈妈臀部会变得宽大，腰部、腿部、臀部肌肉增加且结实有力，这些部位的脂肪也增厚。这些变化使你看起来不再那样娇小、苗条，你需要买号码大的内衣和外套了。这是怀孕给你带来的变化，它不会使你变丑，在人们眼里，孕妇是美丽的。分娩后，你的身材会很快恢复到孕前水平。年轻的妈妈比较担心体形的变化，尤其是职业女性。这种担心不利于胎儿的情感发育。

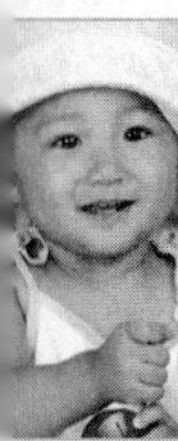

偏高的基础体温

妈妈的基础体温可能会比平时高些，可能会波动在37.0～37.5℃。妈妈可不要认为自己发热感冒了，更不要随便吃药，这个时期胎儿还处在敏感期，如果吃了对胎儿有害的药物，可能会导致胎儿发育异常。

可能会时常感到头晕

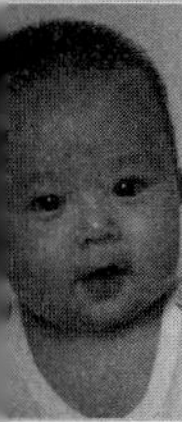

怀孕初期，可能会时常感到头晕，尤其是在体位发生改变时，如从座位变成站位，躺着时突然坐起来。这是因为怀孕后需要更多的血液供应，突然改变体位，大脑没有得到充足的血液。如果没有改变体位而常感头晕时，要及时看医生，排除低血糖或贫血。

让自己变得轻松起来

精神紧张，对腹中的胎儿可能会造成伤害。如果是工作让你紧张，最好早一些告诉你的领导，你怀孕了，这样会得到同事的帮助和领导的谅解，减轻你工作中的压力。如果是因为担心胎儿健康而紧张，最好找你信任的医生谈一谈，解决你的疑虑。

如何放松紧张的神经

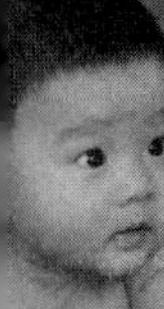

把手放在脐部，深吸一口气，吸到不能再吸时，慢慢把手抬起。憋住气，不要呼出，默数1、2、3、4、5，再慢慢地呼出气体。连续做深吸气和深呼气两次。恢复到正常呼吸，有节律地呼吸。2分钟后再重复1次深呼吸。

阴道分泌物可能会增多

阴道分泌物增多并不一定是病，如果分泌物有难闻的气味或色泽异常，再看医生也不迟。不要轻易使用药物，不要随意使用市场上购买的洗液，用清水洗是最好的。

第三节 孕3月医学检查

0086 全面孕期检查时间和项目

不要超过孕3月半

（1）这个月份内一定要去做产前登记和产前初检，领取母子健康手册。选择一家信赖的医院作为产前检查和分娩医院。

（2）绝大多数正常孕妇做第一次检查（孕期初检）后，每4周检查1次，28周后每2周检查1次，36周后每周检查1次，直至分娩（遵医嘱，完成定期孕期检查的项目）。

（3）如有遗传病或家族遗传性疾病史，应再次进行遗传咨询，确定是否需要做产前诊断和什么时候做。

（4）到内科医生那里检查一下，是否正在患有影响妊娠的疾病。如有慢性疾病，随着孕期的增加，可能会影响妈妈和胎儿，最好在高危门诊进行孕期检查。

血常规和血型检查

通过血常规检查，了解孕母是否有贫血，血象（白细胞）是否正常。血型检查除了为入院分娩可能的输血做准备外，还是为了提前了解有无发生母婴ABO血型不合的可能。如果妈妈是O型血，就要查爸爸，如果爸爸是A型、B型、AB型，就要考虑到有可能发生母婴血型不合的可能，尤其爸爸是A型更应注意。这是因为母婴

O-A血型不合引起新生儿溶血的概率相对大、程度相对重。有条件的医院，可能会为孕母做Rh血型鉴定，以提前预知是否会发生Rh血型不合溶血病，但在我国这种可能性很低，一般不作为常规检查项目。

采末梢血（指血）时，如果在寒冷的冬季，手被冻得冰冷，皮肤通红，应该等到肢体温暖，肤色正常后再采血。

尿液检查

在整个孕期，尿检是医生早期发现是否并发妊高征的方法之一，也是了解是否有尿路感染或肾盂肾炎的方法，还可以了解尿糖是否阳性，是妊娠并发糖尿病的参考指标。

在留取尿液时需要注意：留取晨起第一次排尿的中段尿，这是24小时最浓缩的尿液，且不受进餐运动等因素影响，能够得到更准确可靠的结果。如果自备小瓶留取尿液，一定要把小瓶清洗干净并晾干，有水或不洁净会影响化验结果。最好不用药瓶，以免残留的药物影响结果。留取的尿液不要放置太长时间，以免影响检验结果。

生殖道感染检查

这是很重要的检查项目，在母婴传播疾病中都有详细的论述，请参阅有关章节。

产科医生检查项目

产科医生检查身高、体重、腹围、子宫底高度、血压、骨盆测量、胎心多普勒等项目。由于乳房增大，血容量增多，体重会增加。但如果有明显的妊娠反应，体重非但不增加，反而会减轻。如果体重比怀孕前减少了2千克以上，需要在医生帮助下加强营养。如果体重比怀孕前重了1.5千克以上，可能摄入了太多的热量，超过了胎儿生长所需的热量，应该改变饮食结构。

测量血压前，至少应坐在候诊椅上休息10分钟；要尽量暴露上臂，因为血压袖带要包裹上臂的3/4；当上臂平伸时，应与心脏在同一水平，这样测量的血压值才能准确。当紧张时，做深呼吸可使精神放松下来。

如果要化验空腹血糖或尿糖，至少在12小时之内不吃任何东西；如果要化验餐后2小时血糖或尿糖，一定要严格按照医嘱去做。

不要促使医生做过多的检查

医生会根据需要进行必要的检查。是否接受某些高端技术检查，你要掌握一个原则，就是对胎儿有伤害性的检查尽量不做，价格昂贵的检查不一定都是好的或有用的。爸爸妈妈对胎儿发育情况过度担心可能是促使医生做过多检查的原因之一。过多的检查对胎儿可能有害，你可千万不要做医生开具检查和药物的催化剂，你的过分担忧，会让为你检查的医生很为难。当你因为某些原因而担心胎儿是否有问题时，医生往往不能给你百分之百的肯定或否定，没有哪位医生能够保证你的胎儿一定会平安无事，也没有哪位医生会在没有任何可靠证据的时候，告诉你胎儿的具体情况。医生只能客观地分析你目前的情况，可能出现的问题，和可能的妊娠结局。过分担忧和焦虑不但不能解决什么问题，还会使胎儿受到妈妈情绪的不良影响，妈妈孕期的负面情绪对胎儿的发育是不利的。

0087 孕期检查的诸多问题

做过孕前检查的孕妇还要做什么检查

如果在孕前已经做过比较全面的健康检查（具体项目请见第一章中的孕前检查），孕期初检时，有一些项目就不检了，如血型。有些项目可暂时不检，如肝功、梅毒血清学、病毒六项等。但孕12～16周，医生仍会让你接受必要的孕期血生化检查。如果你是高龄孕妇，医生还会让你做唐氏筛查、甲胎蛋白测定，估算先天愚型、神经管畸形的风险度。即使你在孕前做过比较详细的检查了，孕期初检时，医生也会让你接受下列检查：血常规、尿常规、阴道分泌物涂片、子宫B超、体重、血压等。

重复检查的意义是什么

从孕期常规检查项目时间表中可以看到，每次检查都重复一些项目。因为这些检查项目是对孕妇进行孕期保健的重要监测指标。每次检查尿蛋白和血压，主要是为了及时发现严重危害母婴健康的孕期并发症——妊娠高血压综合征。尿糖测定是为了间接监测糖代谢，妊娠期糖尿病也是

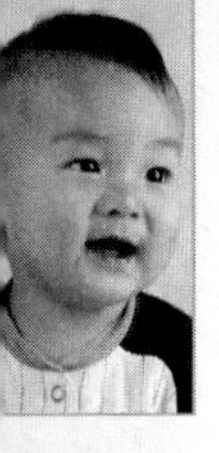

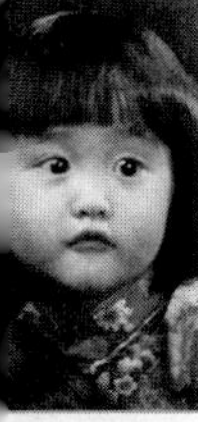
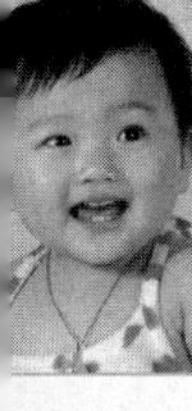
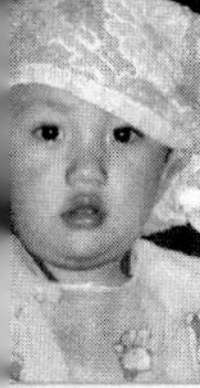
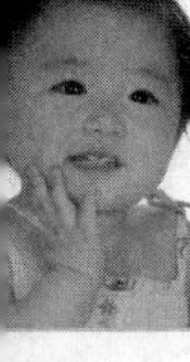

孕期特有的疾病，对母婴的健康危害甚大。除了每次孕检时常规查尿糖外，还要在孕中期做妊娠期糖尿病筛查，及时发现此并发症。体重也是孕期检查中需每次监测并记录的项目。通过体重的监测，了解孕妇体重增长情况，间接了解胎儿生长情况和孕妇水钠潴留（水肿）程度。除了表中所列项目外，医生还会在每次检查中，根据具体情况做其他相应的检查。

孕妇应如何对待检查结果

母婴传播疾病是危害胎儿健康的大敌，越来越受到重视。但还有些问题，其危害性爸爸妈妈并不知道，有些连医生也不能给予准确解答。实验室检查结果的分析有时是模棱两可的，这给孕妇带来了许多烦恼。

爸爸妈妈们非常相信检查结果，认为结果百分之百科学、客观。其实有些检查项目，其结果并不绝对等于某一定论，个体差异、仪器误差，化验室医生对临床和病人具体情况不熟悉，临床医生对检查提示的依据不十分了解等等，都使检查及结论不那么绝对可靠了。仪器是人来操纵和解读的，貌似客观的检查，离不开医生的主观分析和判断。医生不是一个简单机械的职业，一看化验单就下结论，而是要全面具体地进行个体分析，是高智力工作。有不少妈妈不相信医生的分析和解释，比较信奉检查结论，并且为此苦恼不已，不断追问为什么检查结果是那样的，医生并不能回答所有的疑问。

胎儿器官发育与母婴传播疾病

胚胎各器官系统形成的关键时期是在孕12周以前，任何有害因素都可能导致胎儿器官发育异常。以前，胎盘被认为是一个“屏障”，可阻止有害物质到达胎儿，但现在认为几乎所有进入母体的物质都能到达胎儿，这引起了医学界的关注。避免有害物质对胎儿的伤害，可极大地防止异常儿的出生。

胎儿器官分化、塑造、成形、发育大都在孕5～12周。这一时期的胎儿对任何有害因素的刺激都非常敏感。在各种有害因素中，生物学因素，尤其是各种病毒和其他致病微生物，可引起胎儿宫内感染，导致胎儿先天缺陷。

第四节 孕期用药慎之又慎

0088 孕3月仍应慎用药物

这个月胎儿各器官正在进一步分化形成、生长发育，对外界不良因素刺激仍然敏感。这个月因为不知道怀孕而服药的情况非常少见了，但是因为疾病不得不用药的情况多了起来。疾病本身和治疗的药物两方面都成为妈妈担心的问题。

胎儿各器官对药物敏感性在不同发育时期有很大差异，胚胎期各器官都在发育，大多数细胞处于分裂过程，对毒性物质的影响极为敏感。进入胎儿期（第9周后），胎儿的血脑屏障功能比较差，药物易进入中枢神经系统，且胎儿血浆蛋白含量和肾小球滤过率都偏低，容易导致药物在胎儿体内蓄积。所以在胎儿发育早期，孕母用药要非常慎重。

0089 孕期患了重症感冒需要治疗

重症感冒的患者除了有一般感冒症状外，还有周身酸痛、头痛、发烧等症状，有的还伴有咽喉痛、咳嗽、恶心、呕吐症状，病程长达1～2周，不能通过自疗治愈，必须到医院看医生，多需要静脉输液，不能通过口服药物治愈，甚至需要住院治疗。孕期患了重症感冒，要注意疾病本身和药物对胎儿的伤害，控制体温，胎儿不能耐受准妈妈超高热。如果有恶心、呕吐等胃肠道症状，有引起子宫异常收缩的可能，要注意保胎。妊娠时心脏负担加重，重症感冒有发生合并症心肌炎的可能，要注意保护心肌和心功能。孕期患了感冒最好住院治疗，这样出现问题可及时得到处理，发生急症能及时得到救助。

第五节 流产、阴道出血与胎停育

0090 流产概率下降

随着孕期的增加，胎儿在妈妈子宫内逐渐越来越安稳了，发生流产的几率明显减少。但仍有流产的可能，不能粗心大意。

有的孕妇在孕早期会有少量阴道出血，在孕卵着床、停经后的第一个月经周期时，都可能出现少量阴道出血，尽管不是流产先兆，但妈妈仍会担心胎儿的健康，有的妈妈甚至担心胎儿会不会缺胳膊短腿，这种担心是没有必要的。妈妈尽管放心，孕卵着床或停经后第一个月经周期时的少量出血不会影响胎儿的正常发育。

0091 晴天霹雳胎停育

当准父母刚刚沉浸在幸福喜悦中时，B超单上胎停育3个刺眼的字，如同晴天霹雳，给夫妇俩以沉重的打击。面对胎儿夭折的不幸，准妈妈要自我劝慰。胎儿过早夭折一定有他的理由，他或许染色体出了问题，或许他的附属物——胎盘、脐带等没有准备好，这不是你的错，也不是他的错，而是人类的繁衍规律，把最健康的宝宝留下来。这样的结果对你和宝宝都是最好的，如果他不健康，出生对他来说是不幸的。如果胎停育发生在你身上，你要停止伤心，和宝宝道别后，要重新鼓足勇气，再孕育一个健康的宝宝。

孕卵异常是胎停育的主要原因，发生在孕8周以内者占80%。从排出物来看，胚胎往往发育不全或完全枯萎，有时仅存有羊膜囊而不见胚胎。大约22%～60%的标本有染色体异常。导致孕卵异常的可能原因，是卵子或精子有缺陷或两者均有缺陷。

胎停育的其他常见原因有：外界不良因素，如大量吸烟(包括被动吸烟)、饮酒、接触化学性毒物、严重的噪声和震动、情绪异常激动、高温环境等。母体疾病也可导致胎盘和胎儿损伤，造成胎停育。大约有10%～15%的男性，精液中含有一定数量的细菌，也可影响胚胎正常发育。

如果有胎停育史，不赞成想尽一切办法保胎，而应该做好孕前保健，减少异常胎儿的发生。建议双方同时接受染色体检查，女方做血型鉴定，男方做生殖系统的检查，有菌精症的要彻底治疗；如果黄体功能不全，使用药物时间要超过10周；避免接触有毒物质和放射线照射。身体完全健康后3个月，再考虑怀孕。

第五章 孕4月(13～16周)

第一节 4月胎儿生长发育

0092 孕4月胎儿发育逐周看

胎儿13周

在宝宝牙槽内开始出现乳牙牙体。声带开始形成。胎儿的手指和脚趾纹印开始形成了。

胎儿14周

这周是胎心率最快的时期，可高达180次/分钟。B超下可清晰地看到胎动，但初次怀孕的妈妈，可能还感觉不到胎儿在子宫中的活动。性器官已经完全能区分男性和女性。胃内消化腺和口腔内唾液腺开始形成。

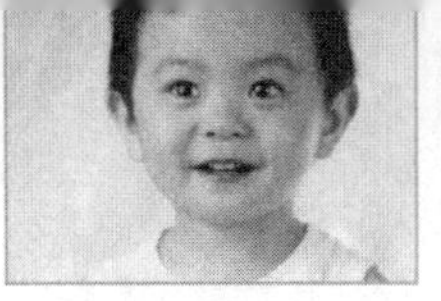
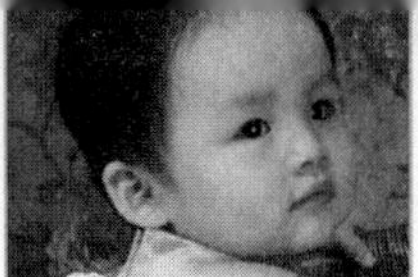
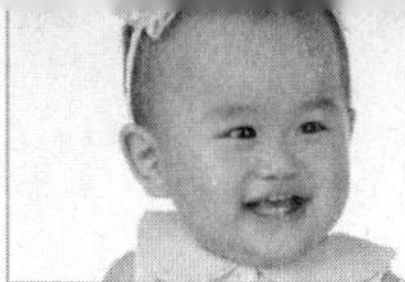
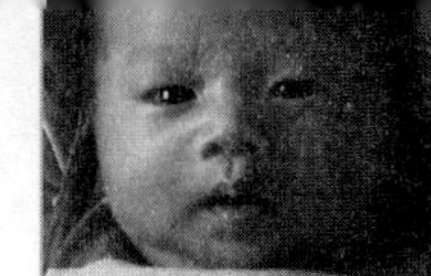
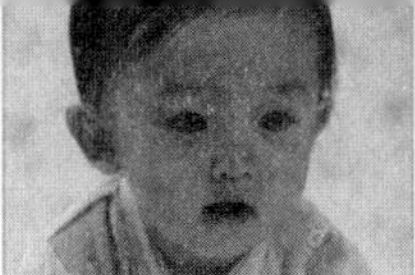

胎儿15周

骨化过程较快，大脑已经开始发育，腹壁开始增厚，有了一定的防御能力，以保护内脏。

胎儿16周

头部占全身长度的1/3。心跳117～157次/分钟。胃内开始产生胃液。肾脏开始产生尿液。胎儿会把尿液排到羊水中，妈妈不用担心，宝宝的尿液还没有毒，也不会使羊水变得浑浊不清，妈妈会为宝宝清理羊水中的废弃物。宝宝也会时不时喝几口羊水。

0093 胎儿外形

胎儿已经像个“小人”了。身长约16厘米，体重约120克。全身有一层薄薄嫩嫩的微红皮肤，和上个月相比，皮肤颜色加深了，厚度也略有增加。前额大而突出，头上可见到很短的小绒毛，宝宝开始长头发了。两只眼睛逐渐靠拢，不再像鱼一样在头的两侧。眼皮可以完全盖住眼球，绝大多数时间，眼睛都是轻轻地闭合着。给予明显的刺激，可能会微微眨动眼睑。已经有了比较完整的嘴巴形状，两个大大的鼻孔。耳朵已从颈部移到头上，脸上可以看到毳毛。腿也长了，而胳膊也不再像个“小棒槌”，可以分辨出前臂、肘，手指也长了，不再像几个“小球球”。小胳膊、小腿开始在羊水中自由地活动起来。敏感的妈妈可以感到轻微的胎动，像小鱼在腹中游动。

0094 宝宝生命的重要标志——胎心

用听诊器，可经孕妇腹部听到胎儿心音。使用多普勒听诊，孕妇可以听到被放大的胎儿心跳声，像钟摆声，有力而规律。如果医生允许，最好让你的丈夫亲耳听一听胎儿的心跳。你的丈夫也会像你一样从内心迸发出柔柔的爱意。B超下可以清晰地看到胎心有节律地搏动。

胎心搏动在120～160次/分钟。如果大于160次/分钟，或小于120次/分钟，应及时看医生。胎心的强弱和节律与胎儿的状态有关，如果胎儿清醒或活动时，胎心会快而强，如果胎儿安静或睡觉时，胎心可能会慢而稍弱。

0095 胎动是和妈妈最初的交流

敏感的孕妇和有过生育经历的妈妈会比较早感到胎动。准妈妈对胎动的最初描述，有时存在较大差异，有的感觉像鱼在水中游，也有感到像小猪一样拱，像小青蛙在跳，像鸟在飞，还有感到像血管在搏动，像在蹦、蠕动、跳动等等。这都是妈妈的主观感受，并不能代表胎儿在如何动。有时妈妈还会把自己的肠鸣音、腹主动脉搏动误认为是胎儿在动。这些感受都是很正常的。

什么时候才能感觉到有胎动呢？一般情况下，初次怀孕的妈妈多在孕4个月后感觉到胎动，这时的胎动还不规律，妈妈也不能很明确感觉，所以这时通过计数胎动了解胎儿的发育情况不是很可靠。

关于胎动次数，胎儿每小时胎动的次数约3～5次，每天10次以上（早、中、晚分别计数胎动1次，每次计数1小时，把3次记数的胎动数相加即为每天胎动数）。实际上，这时记数胎动的意义并不大，胎动少些，胎动多些，都是正常的，这与孕妇的感觉有关。实际上，孕妇感觉不到的胎动可能一天会有几十次，甚至几百次。

第二节 孕4月准妈妈状况

0096 体重是否在稳步增长

一般情况下，怀孕后体重大多会增加，但增加的幅度和时间各异，有的从怀孕初期就开始逐渐增加，到足月可增加15千克左右；有的体重增长并不很明显，可能整个孕期只增长10千克。有的到了孕4月，体重已有明显增加。

体重增加显著的，并不一定代表整个孕期体

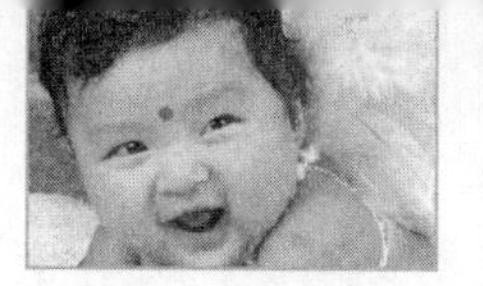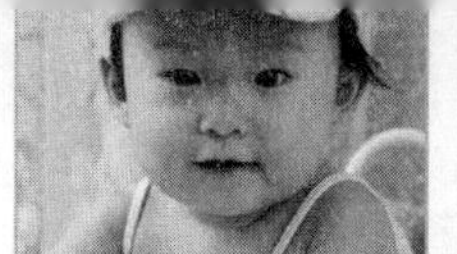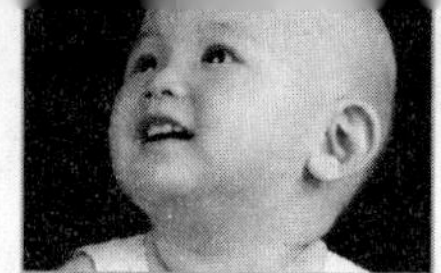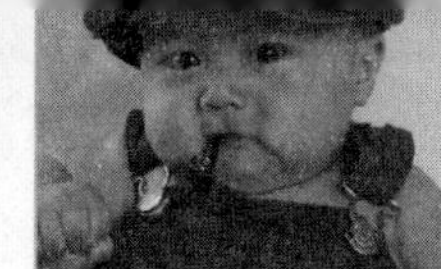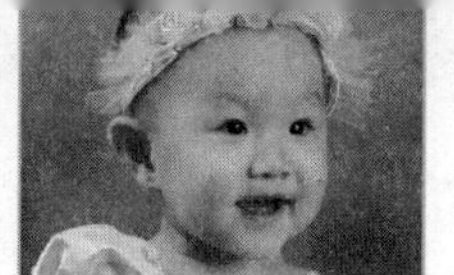

重增长始终处于领先地位；而早期体重增加不很显著的，到了后期可能会异军突起。孕妇的体重并不总是按照书本上所说的那样每月均衡地增长。如果体重出现异常情况，孕检时医生会告诉你的，并给予相应的检查和处理，孕妇本人不要为“不理想的体重变化”犯愁。

在测量体重时，要考虑到以下因素。

（1）季节：冬季人们不易出汗，水分丢失少；冬季大多数人喜欢吃比较荤的饭菜，食盐摄入量相对多，储存在体内的水分比较多；冬季衣物较厚，占有一定的分量，所以冬季孕妇体重要高些。相反，夏季体重要低些。

（2）吃饭前后：别看你一顿只吃几两饭，可体重要比饭前增加一两斤，甚至两三斤。是吃饭后马上测量体重，还是空腹测量体重，结果会有所不同。

（3）排泄前后：不言而喻，排泄前后也同样影响体重的高低。

（4）秤：用来测量体重的磅秤不总是准确无误的，医院的磅秤使用率非常高，往往还没到定期校验时间，已经不准确了。所以，即使你每次都到同一所医院，用同一台磅秤秤量，也要考虑秤的准确性。

0097 孕妇体重增加的因素

胎儿、增大的子宫、胎盘、羊水、增加的血容量、水钠潴留、皮下脂肪、肌肉组织、增大的乳房，都造成孕妇体重的增加。

孕妇体重增加不是自己长胖

孕妇体重增加不是孕妇自己长胖了，而是胎儿、胎盘、羊水、血容量、水钠潴留、孕妇皮下脂肪和肌肉等的分量在增加，为分娩作准备。这些分量主要分布在孕妇臀、腰、腿、腹等部位，分娩时的体重可比未孕时增加15千克左右。宝宝降生后，如果哺乳期饮食合理，产后体形恢复锻炼正确，体重会很快恢复到孕前水平。一般来说，宝宝断母乳后约半年，妈妈的体形就会恢复到生育前的水平。

孕早期，体重不增也正常

孕妇体重并非是均匀地逐日逐月增加的。在妊娠早期，如果早孕反应比较重，食量很小的孕妇，体重不但不会增加，还有可能会有所下降，这种情况并不少见。

注意异常的体重增加

孕期控制体重过度、过快增长是必要的。如果孕期体重增加过多，产后恢复就比较困难。胎儿过大，会给分娩带来困难，增加难产和剖腹产率。体重增长过快时，要想到是否有水肿。有的孕妇比较胖，皮肤弹性好，水肿是全身性的，并不能从外观上看出来，因此要注意鉴别。

不要忽视异常的体重变化

体重增长缓慢也要注意，是否有胎儿发育迟缓，孕妇是否有营养不足、慢性消耗性疾病等异常情况。

体重下降明显也不正常。妊娠早期体重下降一般不超过2千克。如果体重下降比较明显，则要排除疾病所致，或孕吐导致的脱水和营养不良，最好不要等到体重下降很明显了才去看医生。

如果出现了严重的妊娠反应一定不要硬挺，要及时看医生。

0098 学着测量腹围

从孕16周开始测量腹围，取立位，以肚脐为准，水平绕腹一周，测得数值即为腹围。腹围平均每周增长0.8厘米。怀孕20～24周时增长最快；怀孕34周后，腹围增长速度减慢。如果以妊娠16周测量的腹围为基数，到足月，平均增长值为21厘米。不按数值增长时，通常会给孕妇带来担忧和困惑。实际上，每个孕妇腹围的增长情况并不完全相同。这是因为：

（1）未孕时每个人的胖瘦不同，腹围也不同。

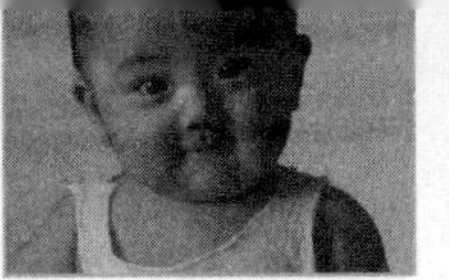
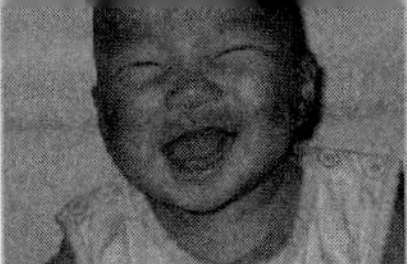
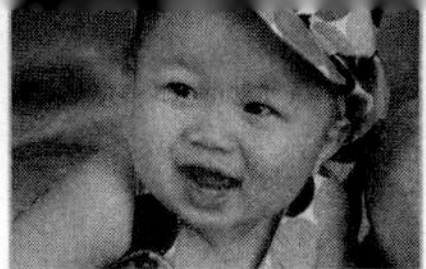
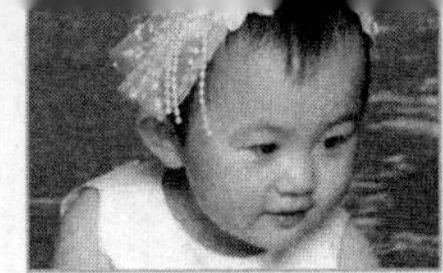
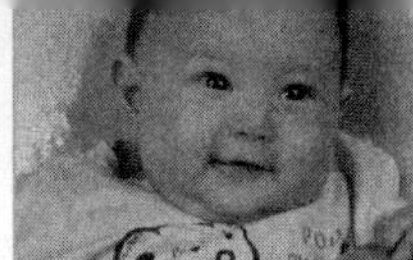

（2）孕后腹围的增长不仅仅是由胎儿和子宫的增大所致，孕妇本人的因素也占很大比例。

（3）有的孕妇有妊娠反应，进食不是很好，早期腹围增加并不明显。待反应消失，食欲增加后，孕妇的体重才开始增加，腹围也就随之增大。

（4）有的孕妇自孕后体重迅速增加，腹部皮下脂肪较快增厚，不但腰围增粗，腹围也较其他人增长快。

（5）有的孕妇水钠潴留明显，会使腹围增加明显。

所以，单以腹围的增长来衡量子宫和胎儿的增长情况是有局限性的，也是片面的，应该结合其他检查综合分析。

0099 可能遇到的问题

宫底高度与预测的孕龄不符

胎儿进入了快速生长阶段，子宫开始增大，已出盆腔。在耻骨联合上缘可触及子宫底。宫底位置是否符合孕龄，在做产前检查时，医生会给你一个准确的答案。如果医生说你的宫底高度与预测的孕龄不很符合，但并没有建议你做进一步检查，如B超检查，你就不必担心，医生会判断是异常情况还是个体差异。

到了16周末，腹部可能会微微隆起，但比较瘦，或个子比较高的孕妇还看不出腹部隆起。如果你周围的孕妇和你的孕期一样，她们腹部已经隆起，你不必着急，没有两个孕妇的怀孕过程完全一样。

乳头有淡黄色液体溢出

乳房会有明显增大，乳头和乳晕颜色加深，如果这时乳头孔有少许淡黄色液体溢出，是正常现象，千万不要去挤、捏乳头，擦洗时也要注意保护，不要用力。如果你的乳头有些凹陷，或乳头过小、过大，要在医生指导下进行纠正，但要注意，刺激乳房可能会引起子宫收缩，如果你曾经有过自然流产史，要防止因纠正乳头凹陷而引发流产，可以等胎儿大一些再纠正。

鼻出血

北方气候干燥的春冬季节，室内有取暖设备，孕妇可能会鼻出血。这可能会使孕妇很紧张，这是由于孕激素导致机体血流量增加，脆弱且肿胀的鼻黏膜，在你不经意擤鼻涕或揉鼻子时，黏膜血管破裂而造成出血。一旦发生鼻出血，立即用冷毛巾敷鼻根部，用手捏住鼻孔，流血会很快停止。如果不能止住，或流血比较多，或经常发生，就需要看医生了。

预防方法：维生素C300毫克，加强毛细血管强度；改变室内湿度，使用加湿器维护室内适宜的湿度（45%～55%）；用淡盐水或鼻腔清洗液清洗鼻腔。

感觉呼吸不畅

心率轻度增快，尤其是活动时表现明显。平时缺乏锻炼的女士，这时可能会感到有些心悸，气不够用。不必紧张，注意休息就可以了。

有的孕妇可能会感到一阵阵头晕，尤其是改变体位时，这可能是发生了低血压，请医生测量一下。平时从座位变立位，起床，或从座便器上起来时，都要注意动作要缓慢，不要猛然起来，以免发生直立性低血压，昏厥摔倒。

频繁起夜

晚上开始起来小便了，甚至比白天还要勤，这是由于胎儿的代谢物增多，肾脏负担增加。不要为此不敢喝水，补充足够的水分非常必要。

下肢静脉曲张

很多人见过下肢静脉曲张，老年人或长期从事站立工作的人比较常见。在小腿肚上，看到蜿蜒曲折的蓝青色的静脉团。这种情况也会出现在孕妇身上。因为怀孕后，血容量逐渐增加，孕妇体重也逐渐增加，子宫体积增大，这些都会对盆腔的静脉和下肢静脉造成压迫，致使静脉血液回流受阻，出现下肢静脉曲张。从这个月开始，孕妇就要注意预防了。

（1）少站立；

（2）尽量不仰卧；

（3）可用枕头把腿适当垫高些；

（4）坐着时，最好抬高下肢，与心脏成水

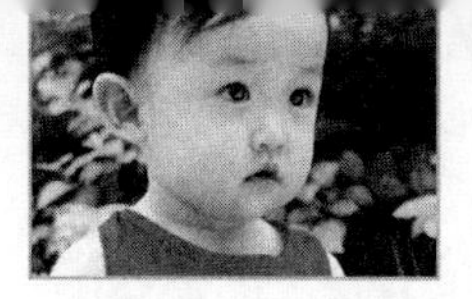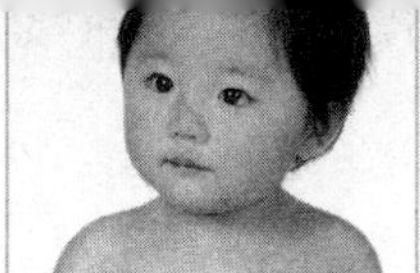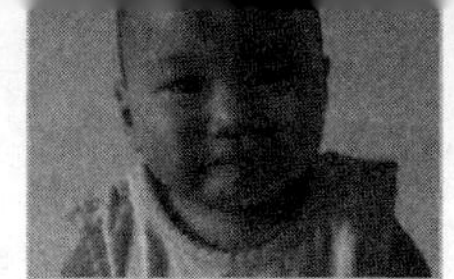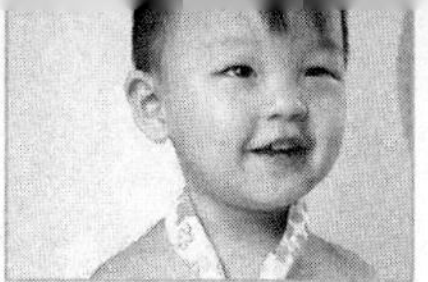

平位；

（5）有静脉曲张趋势，或水肿明显，白天走路、站立时可穿上弹力袜；

（6）一旦发生静脉曲张就要看医生。

0100 困扰孕妇的便秘与腹泻

便秘最好食疗

妊娠期因肠蠕动减少，肠张力减弱，运动量减少，加之子宫及胎头压迫，造成排便困难，很容易引起便秘，甚至导致痔疮。纠正的最好办法是注意饮食结构，多运动，定时排便，不能使用泻药，也不宜使用开塞露。

建议多吃含纤维素高的蔬菜和食物，如芹菜、菠菜、白菜、萝卜，尤其是胡萝卜、黄瓜；适当吃些粗粮，如红薯、玉米面、小米，不要吃太精细的面粉，最好吃全麦粉或普通粉。每天晨起喝一杯凉白开水，会刺激肠蠕动；每天喝胡萝卜水也有润肠作用。做汤时多加些香油，也有一定效果。每天要坚持散步。这些措施综合起来，一定能缓解便秘。

如果便秘严重，可在医生指导下服用轻缓泻剂，如番泻叶冲水喝，也可间断用开塞露。但不要养成依靠开塞露排便的习惯。不要用重泻剂，以免引起早产。

腹泻更要重视

孕期腹泻对孕妇健康有很大影响。腹泻使肠蠕动加快，甚至出现肠痉挛，这些改变会影响子宫，可刺激子宫收缩导致流产、早产等不良后果。

（1）每顿饭要定时、定质、定量；

（2）饮食搭配要合理，不能只吃高蛋白饮食，而忽视谷物的摄入，什么都吃是最好的；

（3）冷热食品要隔开食用，吃完热食物，不要马上就吃凉食物，冷热食物至少要间隔1个小时；

（4）不要进食过于油腻、辛辣的食物和不易消化的食物；

（5）补铁剂时，一定要在饭后服用，且最好以食补为主，以免影响食欲或出现腹泻；

（6）仔细观察一下，在什么情况下、吃什么饮食出现腹泻？如是否与吃海产品或辛辣食品有关，是否与着凉有关等；

（7）排除疾病所致的腹泻。

0101 意想不到的变化

准妈妈的身体还会出现一些意想不到的变化，但一般来讲这些变化都不是异常的，对妈妈和胎儿都没有什么危害。胎儿在妈妈体内生长，会带给妈妈一些变化，胎儿不会因为自己的生长而损害妈妈的健康。妈妈为了孕育和分娩，身体发生一些变化，妈妈也不会为了生育宝宝而伤害自己的身体。所以，作为孕妇，你没必要为身体发生的变化而烦恼、担忧。当然有极个别的孕妇会出现病理改变，但即使这样也不必过分担心，现代医疗技术会给你最好的帮助。

黄褐斑

到了孕中期，有的孕妇面部会出现黄褐斑，不要着急，一般分娩后会逐渐消退，至少会变淡。要好好保护，不要在强烈的日光下暴露皮肤。孕期在夏天应该使用防晒霜，要使用优质、化学添加成分少而且含量符合国家标准的产品。应注意不是只有阳光普照的时候才有紫外线，即使在秋冬季节或夏日的阴雨天，也有一定量的紫外线。长期把皮肤暴露在烈日下，又不使用防晒霜，会增加对皮肤的损害，使黄褐斑加重。孕妇皮肤容易干燥，要注意补充水分，使用具有保湿功效的护肤品，要注意保持室内环境的湿度。

头发变得黑又亮

这个意想不到的变化，可能让妈妈很开心。原本稀疏发黄的头发，由于怀孕，可能变得浓密黑亮，这要归功于你的宝宝。但随之而来的汗毛增多或隐隐的胡须，也会让你烦恼。这都是怀孕带给你的变化，是暂时的。如果你的头发变得发黄或稀疏了，并不能说明你的营养不好，就像由稀疏变浓密一样，都是孕期的暂时现象。

第六章　孕5月（17～20周）

第一节 5月胎儿生长发育

0102 孕5月胎儿发育逐周看

胎儿17周

心脏发育几乎完成，心搏有力，145次/分钟左右。牙龈雏形出现。胳膊比腿长得快，开始出现肘关节。手指清晰可见，但还不能分辨出指关节。B超可隐约见到排列整齐的胎儿脊柱。棕色脂肪开始形成，胎宝宝从温暖的羊水中来到外界，会受到突如其来的冷刺激，棕色脂肪就可以释放热量，维持宝宝的体温。生长速度在这周开始减慢。在17～20周间听觉发育，胎儿可以听到妈妈内部器官和外面世界的声音。

胎儿18周

胎儿开始出现呼吸运动，但肺脏仍没有换气携氧功能，肺内充满的是液体，而不是气体。脑发育趋于完善，两大脑半球扩张盖过间脑和中脑，与正在发育中的小脑逐渐贴近。大脑神经元树突形成，产生最原始的意识。小脑两半球也开始形成，但此期胎儿的延髓上方的中脑部分还没有很好地发育，还不具备支配动作的能力。对外来的刺激反应还不够灵敏。

胎儿19周

十二指肠和大肠开始固定，消化器官开始有功能。肝脏和脾脏先后开始有了造血功能。因为胎儿开始喝羊水，使胃慢慢增大。皮脂腺开始分泌，并与脱落的上皮细胞形成一层胎脂，以保护胎儿体表的皮肤，使胎儿在羊水的浸泡中不至于皱裂、硬化和擦伤。

胎儿20周

消化道中的腺体开始发挥作用，胃内出现制造黏液的细胞，肠道内的胎便开始积聚。肺泡上皮开始分化；胎儿的骨骼发育在这个时期开始加快；四肢、脊柱已开始进入骨化阶段。这时的妈妈需要补充足够的钙，以保证胎儿骨骼生长的需要。纤细的眉毛正在形成。

0103 胎儿外形

胎儿身长20～25厘米，体重250～300克，全身的比例显得匀称了，全身都长出了毳毛。皮肤比以前发红了，因为有了些皮下脂肪，皮肤不再是透明的，但脂肪沉积很少，皮肤还是比较薄的。胎儿的整个身体还是弯曲的，前额向前突，大而宽，眼皮已经能完整地盖住眼球。嘴逐渐缩小变得越来越好看。两个鼻孔张得大大的，还是个朝天鼻，随着不断地发展发育，鼻孔逐渐向下。脖子又长了些，两眼距离靠拢，面目五官变得好看起来。

这时胎儿还不是很大，子宫空间相对宽敞，活动范围比较大。所以，胎儿可以像鱼一样慢慢游动，随时都在改变着位置。头颈部可以转动。胎儿会张开嘴喝羊水，如同吸吮奶的动作，并有了微弱的吞咽能力。胎儿手脚细小但相当活跃，会握起自己的小拳头，还会用小手摸脸及身体的其他部位，做这些当然是无意识的。胎儿就喜欢踢腿运动，这时妈妈一定感觉得到，宝宝又踢妈妈了。胎儿骨骼肌肉开始变得结实，四肢活动有力，使妈妈感到胎动幅度增大，频率增加。

0104 准妈妈初感胎动——与胎宝宝开始“交流”

第一次生育的女性，大多在孕18周以后才能感觉到胎动；第二次及以上生育的女性，可在孕16周左右感到胎动。当然，有的孕妇会较早感到胎动，有的孕妇则在孕20周以后才感到。大多数

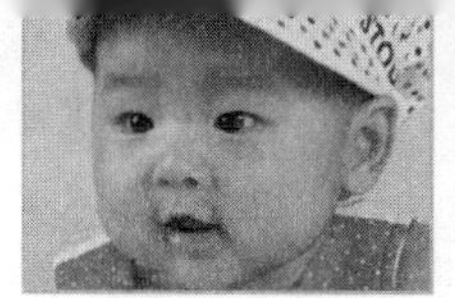
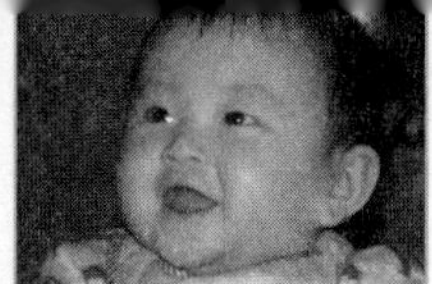
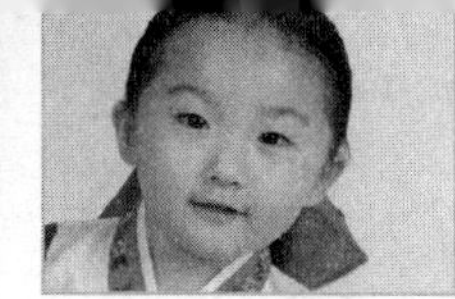
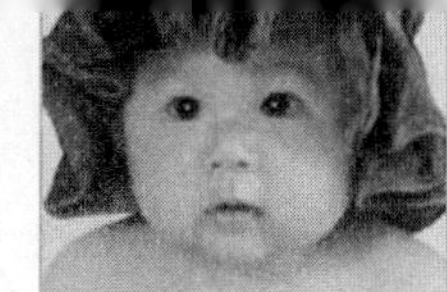

孕妇会在本月初次感觉胎动。

胎儿每天的胎动有一定规律，通常情况下，晚上胎动比较频繁，到了下半夜胎动明显减少，早晨又有所增加，上午胎动比较少，而且常常出现波动，可能会忽少忽多。另外，随着胎儿睡眠周期的改变，胎动也发生相应的变化：胎儿觉醒时，胎动多而有力；胎儿睡眠时，胎动少而微弱；有时20分钟，甚至近1个小时，孕妇都感觉不到胎动。

医学上，把胎动分为几种运动形式：

(1) 翻滚运动：是胎儿的全身运动，包括游动、翻身、踢腿、挥舞等，准妈妈可明显感觉到胎儿的翻滚运动。

(2) 单纯运动：为某一肢体的运动，大多数孕妇能够感觉到这种运动。

(3) 高频运动：是胎儿胸部或腹部的突然运动，与新生儿打嗝相似，孕妇多不能感觉到。

(4) 呼吸样运动：是胎儿胸壁、膈肌类似呼吸的运动，孕妇察觉不到这种形式的胎动。

胎儿还有一些未被归类的运动形式，如握拳、伸手、吸吮手指、吞咽羊水、咂嘴、睁眼、闭眼、摇头、抬头、低头、用手触摸自己等，妈妈可能都感觉不到，尤其是当妈妈忙于事务时，即使是单纯运动，妈妈也感觉不到。

可见，胎儿在妈妈的子宫内除了休息睡觉，几乎是不闲着，即使妈妈感觉不到胎动，也不能证明胎儿安安静静闲着。

0105 胎儿监护

胎儿监护主要是监测胎儿在宫内的生存状况。有学者曾把胎儿生存的环境——子宫内环境比作珠穆朗玛峰，意思是说胎儿是生活在低氧环境中的。一个正常胎儿动脉氧分压为20毫米汞柱（mmHg）左右，而成人的为75～100mmHg。无论是胎儿，还是婴儿，抑或是成人，中枢神经系统对缺氧的耐受性都比较差，也就是说中枢神经系统的氧储备能力低，一旦缺氧，首当其冲受损的是中枢神经系统，因此产科医生非常重视胎儿是否发生缺氧。

胎动和胎心是最主要的监护指标，每次做孕期检查时，产科医生都会询问并观察胎动情况，听诊胎心率。单纯的胎心率监测或单纯的胎动监测都具有重要的临床意义。胎心率与胎动两者结合到一起进行综合分析，其临床意义更大——伴随胎动发生的胎心率加速是胎儿健康的表现。

0106 孕妇不同状态与胎动

一般情况下，每小时胎动不少于3次，12小时胎动不少于20次。但每个胎儿之间存在着个体差异，就像出生的婴儿和长大的宝宝一样，有的宝宝好动，有的宝宝就比较安静。另外，孕妇在安静状态时，会更多感到胎动，而在活动、工作、谈话等注意力不集中在胎动的状态下，会忽视胎动，较少感觉到胎动。所以，在你怀孕7个月前，计数胎动的意义都不是很大，只要感觉到有胎动就足够了。如果宝宝还没有到该让你感到胎动的周龄，或比你预期的晚一些，都很正常。

只有当孕妇突然感觉胎动不正常，比如胎动突然停止、胎动明显频繁或伴随其他异常表现，计数和关注胎动才有意义。一旦感觉异常，及时看医生，注意是否有胎儿发育问题。

0107 练习用听诊器听胎儿心跳

类似钟表“嘀嗒”声的胎心律

从孕18～20周开始，用听诊器可以经孕妇腹壁听到胎儿心脏的搏动音。准爸爸妈妈可以练习着听，进行胎心监护。胎儿心音呈双音，第一音和第二音很接近，类似钟表的“嘀嗒”声，速度快而规律。孕24周前，胎儿心音多在脐下正中或偏左、偏右处听到。

隔着肚皮听胎心如同枕头下放个机械小闹表

到了这个月末，医生不再需要借助多普勒胎心听诊仪，才能听到被放大的胎心了。用产科专用胎心听诊器，或胎心听筒就可听到胎心搏动；有经验的医生，也可用普通听诊器听到胎心。

胎心搏动强而有力，节律快，声如钟摆。胎心搏动快慢与胎儿所处状态关系密切（胎心的变异性）。胎儿清醒活动时，胎心增快；胎儿处于安静睡眠状态时，胎心减慢。胎心监护是用来判断胎儿发育状况的重要指标之一。健康的胎心，其搏动声类似枕头下放了一个机械小闹表的声音。

发现胎心音的医学史

胎儿在子宫内有胎心音，这个事实是一位名叫Marsar的法国人于1650年提出来的。但直到150年后，瑞士外科医生Mayor用耳朵直接从腹部听到胎心音，医生们才承认胎心音的存在。1819年法国内科医生Laennec发明了用木材制作的钟式听诊器，2年后开始应用这种木制钟式听诊器，直接通过孕妇的腹部听到了胎心搏动的声音，轰动了世界。

从此以后，专家学者及医生们经过不懈的努力，完善了胎心听诊器。20世纪初，Delee-Hillis胎心音专用听诊器问世。到了1964年，超声多普勒效应的应用，让医生能够更早地通过孕妇体表监测到胎心。现在胎儿监护系统已相当发达，借助各种先进设备直观观察胎儿的生长发育为期不远。

0108 胎心监护的意义

胎心监护在以往仅用于推测胎儿是否存活，现在则通过胎心监护，诊断胎儿能量储备能力和胎儿健康状况。胎心率监护不仅可以诊断胎儿心脏功能，还可以诊断胎儿中枢神经系统功能。当胎儿赖以生存的子宫内环境恶化时，胎儿中枢神经系统是最早受到伤害的器官，因为胎儿中枢神经系统最缺乏储备能力，对缺氧的耐受力非常低，一旦受损就可能终生遗留。所以，产科医生非常重视胎心率的监护。

尽管对胎心监护的研究已经非常深入，但产科医生们和孕妇仍然习惯沿用传统的胎心监护和胎动监护来初步判断胎儿在子宫内的生活情况。通常情况，当胎心率大于160次/分钟，或小于100次/分钟，认为胎儿有宫内窘迫；胎心率不规律或胎儿躁动，是胎儿宫内缺氧的重要指征。

随着医学的进步和临床经验的积累，医生们发现，仅仅依靠一次或间断听诊胎心率，来判断胎儿在宫内的状况，并不十分可靠。只有连续不断地监测胎心率，才能动态观察胎心的变化，尤其是一些细微的变化，对判断胎儿在宫内的生存状态是非常有意义的。尤其是在产程监护中，当宫缩发生时，使用胎心听诊器很难听到胎心率，而胎心监护仪就不会受到宫缩的影响，在分娩过程中能够及时发现胎儿是否有宫内缺氧。

第二节 孕5月准妈妈的变化和问题

0109 孕妇的体重并不完全代表胎儿的生长发育

孕妇体重增加，并不是评价胎儿生长发育的可靠指标，原因如下：

（1）子宫内容物只占孕妇体重增加的25%，还有75%都是孕妇本身体重的增长；

（2）每个孕妇孕期变化不同，有的孕妇体重增长非常明显，而有的孕妇却不会因为怀孕而长胖，只是略比孕前胖些；

（3）每个孕妇怀孕前基础体重不同，怀孕后体重变化也各有差异。

不能单纯凭借孕妇体重的增长而断言胎儿发育状况。但有的孕妇仍然会因为孕期体重变化与书上所讲的不同而担心腹中的胎儿，尤其是体重增长少，或不怎么增长的孕妇，普遍担心胎儿会发育不良或营养不良。

理论上，孕妇在整个孕期体重是按照一定规律增长的。但实际上，每个孕妇体重增长情况存在着一定的差异。如果你的体重没有按照规律增长，并不能因此认为是不正常的，更不能因此认为胎儿发育有问题。每次孕期体检，医生都会为你测量体重，有问题医生会做出解释和判断，也会给予相应的处理。如果医生认为是正常的，就不必担心了。

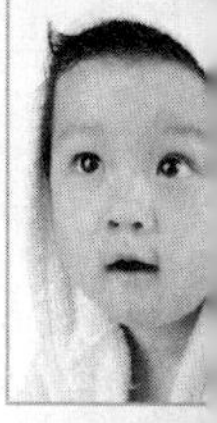

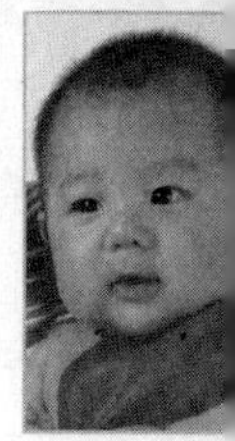
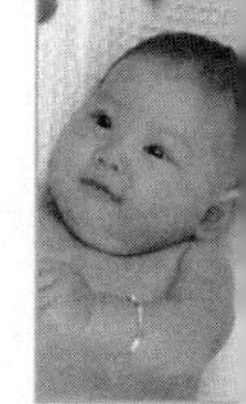
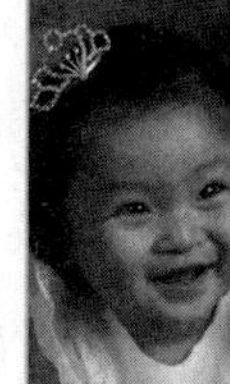

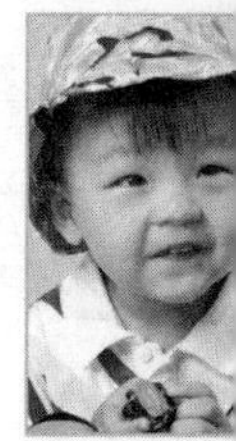

体重增长规律大致如下：

孕16周以后，体重出现明显增长；孕16～24周时，每周增加0.6千克；孕25～40周时，每周增加0.4千克；整个孕期，体重增长11～15千克。

0110 孕妇腹围大小并不完全代表胎儿的大小

和体重一样，尽管在整个孕期腹围的增长遵循着一定的规律，但并不完全一致。这个月你可能会比书上写的增加多了些，也可能少了些。只要医生未告知你有什么问题，就不必忧心忡忡，总是怀疑胎儿不正常，这样的心态对你和宝宝都不好，也没有任何意义。

腹围从孕16周开始测量，增长规律是：

孕20～24周时，腹围增长最快，每周可增长1.6厘米；孕24～36周时，腹围每周增长0.8厘米；孕36周以后，腹围增长速度减慢，每周增长0.3厘米。孕16～40周，腹围平均增长21厘米，每周平均增长0.8厘米。单纯测量腹围多少不能作为胎儿发育的指标，就是说某一次测量腹围数，不能作为胎儿生长评价指标，应该动态观察腹围增长情况。

每个人孕期体形的变化都不一样，并不是说腹部大，胎儿就一定大，腹部小，胎儿就会有发育迟滞。腹部的大小不仅与胎儿大小有关，还与很多因素有关，如子宫增大幅度（而子宫增大不但与胎儿增大有关，还与羊水多寡、子宫位置等有关）、腹壁脂肪厚度、身高、胖瘦、体形特点等有关。所以，仅凭腹部小不能说明胎儿发育不正常。

0111 可以测量子宫底高度了

子宫底由耻骨联合处由下向上逐渐升高，到了这个月末，可能会达到耻骨与脐之间。孕妇自己可以摸出子宫底的位置，子宫底的高度在18厘米左右，可能达到了你的脐部。一般情况下，孕16周可以开始测量子宫高度（宫高）了。

宫高的增长规律是：孕16～36周时，宫高每周增长0.8～1.0厘米，平均增长0.9厘米；孕36～40周时，每周增长0.4厘米；孕40周后，宫高不但不再增长，反而会下降，因为胎头入盆了。

如果连续两次或间断三次测量的宫高在警戒区，则提示异常；宫高在低值，多提示胎儿宫内发育迟缓或畸形；宫高在高值，多提示多胎、羊水过多、胎儿畸形、巨大儿、臀位、胎头高浮、骨盆狭窄、头盆不称和前置胎盘等情况。

0112 孕5月重点提示

监测血压的关键期

通常情况下，这个月孕妇的血压较为平稳。孕20周是监测血压的关键期，如果在孕20周前，孕妇出现高血压，多考虑是原发性高血压；如果孕20周以前血压正常，孕20周以后出现高血压，就要警惕是否并发了妊娠高血压（妊高征）。所以，每次孕检都要重视血压的测量。

尿液检查

这个月做尿检是非常必要的，尤其是血压偏高的孕妇，更应定期检测尿蛋白，及时发现合并妊高征的可能。

不建议使用卫生护垫

孕期阴道分泌物增多，孕妇会觉得有些不舒服。可能会使用卫生护垫。医学上并不赞成这样做，再好的卫生护垫多少也会影响局部透气。穿纯棉的内裤，每天换1～2次，并把洗净的内裤在阳光下暴晒，这是比较好的选择。

该为宝宝准备“粮仓”了

现在开始为宝宝准备好粮袋——乳房。为了宝宝出生后有充足的奶水，从妈妈怀孕那一刻开始，乳房就默默地做着准备。妈妈也要保护好乳房，以保证母乳喂养的顺利进行。关于乳房的保护、母乳喂养的好处、不能母乳喂养的医学指征等等，在婴儿喂养的内容中有详细阐述，妈妈最好提前阅读一下，做好充分的准备。

乳头保养

从这个月开始进行乳头保养，可极大地减少乳头皲裂、乳腺炎、乳头凹陷、乳头过大、过小的发生，为顺利进行母乳喂养打下良好基础。

（1）每次洗澡后，在乳头上涂上橄榄油或维生素软膏，用拇指和食指轻轻摩擦乳头及周围部位，5分钟左右。坚持每天都这样做，可使乳头皮肤变得不那么娇嫩，宝宝出生后吸吮乳头时，妈妈不至于疼痛。

（2）如果有乳头扁平或乳头凹陷，从现在开始可进行纠正。用拇指、食指、中指三个手指对捏起乳头，向外轻轻牵拉，停留片刻，每次牵拉15次，每天坚持3次；也可使用吸乳器进行矫正。

（3）如果出现腹部不适，好像子宫在收缩，要立即停止乳房护理，并看医生。有习惯性流产的孕妇，一定不要自行做乳房护理和乳头保养。

腹部皮肤干痒

随着胎儿的长大，子宫占据腹部更多的空间，使腹部皮肤不断伸张，开始出现腹部皮肤发痒的感觉。除了腹部皮肤，其他相关部位的皮肤也发干。这时要注意几点：

（1）不要用手搔抓。

（2）不要过多使用香皂，不可以使用肥皂，选用碱性小的洗面奶、洗手液、浴液比较好。

（3）不要用过热的水洗澡，不用浴巾搓澡。

（4）多喝水，保持环境湿度。家里或办公室里放置加湿器、小鱼缸、水生植物盆景等。

（5）使用高效保湿护肤品和全身护肤产品。情形严重的应请教美容师和医生。

夜间下肢痉挛

孕妇发生夜间下肢痉挛的原因尚不清楚，有的认为与维生素D缺乏有关，也有的认为与迷走神经兴奋有关。曾有人对4例重度夜间下肢痉挛的孕妇测定血清钙，均在正常范围。

夜间下肢痉挛的孕妇多是初孕妇，大多发生于妊娠16～18周，最早发生于妊娠第4周，多发生于夜间，痉挛部位多见小腿肌。

需要与之鉴别的是不安腿综合征。不安腿综合征也常发生在妊娠期，多在临睡觉时，孕妇感觉小腿深处有难以形容和难以忍受的不适感，越静止越明显，活动后可减轻。这种情形在妊娠后3个月以内多见。睡觉前用温水洗脚，按摩小腿肚10分钟，有助于缓解腿部不适。

脸部皮肤的改变——蝴蝶斑

可能是怀孕后体内激素水平过高所致，但并非所有孕妇都会出现面部皮肤改变，目前循证医学还不能很好地给出解释。蝴蝶斑听起来漂亮，实际上不受准妈妈欢迎。民间有这样的说法：怀女孩会使妈妈长蝴蝶斑，怀男孩则不长。这种说法显然站不住脚。不必为孕期的变化而烦恼，宝宝出生后不久，皮肤就会恢复原样了。避免强烈的日光晒，不让面部长时间暴露在日光下，保护孕期皮肤，可减轻蝴蝶斑的程度。

0113 晚期流产

怀孕超过3个月时，准妈妈和医生都会松一口气——发生流产的概率已经非常小了，胎儿已经在子宫内安营扎寨了。但仍不能大意，应预防晚期流产的发生，尽管发生几率很小。

引起晚期流产的原因

（1）胎盘问题，种植部位不正确，如前置胎盘、低位胎盘。

（2）不能产生足够维持妊娠的激素。

（3）孕妇的健康出了问题，如急慢性感染、营养不良等。

（4）因宫颈口松弛而过早扩张。

发生晚期流产的危险信号

持续几天阴道分泌物为粉红色或棕色。如果有阴道出血并伴有腹痛，发生晚期流产的危险性已经很大了，应及时看医生。

0114 如何面对来自四面八方的忠告

大家知道你是一位孕妇，你因此会得到很多的关心和照顾。但有一点可能会让你无所适从，

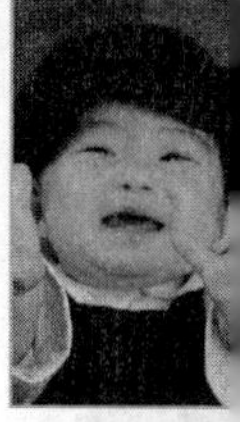
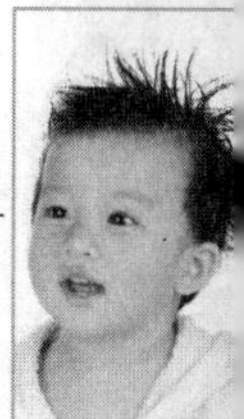

那就是每个关心你的人，都会给你一些忠告。你的父母、公婆、亲戚，还有你的同事、朋友，甚至会有你不很熟悉的人，都会参与到你孕期的保护中来。很有意思的是，男士倒是很少这样做，包括你的丈夫和父亲。

女士们会给你这样、那样的忠告，会传授给你很多经验，会给你很多建议。最让你受不了的可能就是警告了，有时在你看来简直就是恐吓。她们会把自己的经历告诉给你，也会把她们周围的所见所闻告诉你。或许有值得你借鉴和参考的，或许对你没有任何帮助，或许使你有了更多的担心和烦恼。最好的办法就是不往心里去，做好例行的产前检查，有疑问或担忧及时向医生咨询。请记住，不要听从非医务人员的建议。书报杂志电视网络中形形色色的说法，也要有所选择，看是否是专业人员的建议或者权威机构发布的结论。

向准爸爸进一言

你的妻子已经是个标准的孕妇了，无论从外形和思想，她都接受了准妈妈这个角色。她的焦虑少了，不再莫名其妙地发脾气了。但取而代之的可能是担忧和恐惧，她怕宝宝有什么异常，如果看到书中关于“兔唇”、“无脑儿”、“21-三体综合征”等的描述，她会对自己宝宝的命运忧心忡忡，她会把所有的精力都放在胎儿身上，你成了她倾诉不安和恐惧的对象。你不但是她最亲、最值得信赖的人，你还是宝宝的爸爸，这足以使她对你产生完全的依赖——心理的、身体的、精神的。准爸爸也会有对宝宝的担忧，但通常是理性的。所以爸爸应该更多参与到孕育胎儿的过程中来，用你的快乐和理性感染妻子。正在怀孕的妻子总是希望从丈夫那里得到更多的关心和照顾。

0115 孕妇能否一夜保持左侧卧位

经常有准妈妈咨询这样的问题：书上说应采取左侧卧位，以避免胎儿缺氧、缺血。为此每天睡觉时，几乎一动不动地左侧卧位，纵使很难入睡，也这样坚持着。有时好不容易睡着了，又会在梦中惊醒，如果发现自己没有采取左侧卧位睡姿，就会非常后悔。有的孕妇甚至让丈夫帮助看着，一旦睡姿不对了，就让老公帮助翻过身来。结果夫妻俩都筋疲力尽，几乎坚持不下去，不知道怎么办才好。

孕妇左侧卧位睡眠的好处

不能否认，孕妇采取左侧卧位睡眠，对胎儿的生长发育和孕妇身体健康都有益处。因为当孕妇采取左侧卧位时，右旋的子宫得到缓解，减少了增大的子宫对腹主动脉及下腔静脉和输尿管的压迫。同时增加了子宫胎盘血流的灌注量和肾血流量，使回心血量增加，各器官血供也增加了，有效减轻或预防妊高征的发生，减轻水钠潴留，减轻孕妇水肿。

当孕妇采取仰卧位时

直接反应：增大的子宫对脊柱侧前方腹主动脉和对下腔静脉的压迫。

间接反应：子宫胎盘血流灌注量减少；回心血量、心血输出量减少；各器官血供减少；肾血流量减少；加重或诱发妊高征；加重水钠潴留。

当孕妇采取右侧卧位时

直接反应：子宫进一步右旋。

间接反应：子宫血管受到的牵拉或扭曲加重；子宫胎盘供血减少。

睡眠姿势什么时候开始影响健康

孕妇睡眠姿势影响健康的前提是子宫增大。很显然，睡眠姿势对胎儿和孕妇的影响，并不是从怀孕那一刻就开始的。睡眠姿势对胎儿和孕妇的影响，来源于子宫对腹主动脉、下腔静脉、输尿管的压迫。而只有增大的子宫才有这样的影响。所以妊娠早期子宫未增大前，不存在睡眠姿势的问题。子宫增大到什么程度，才能产生这些影响呢？一般来说，妊娠5个月以后，子宫迅速增大，增大的子宫会因为不同的睡眠姿势，出现不同的影响。

不同的侧卧位与子宫右旋

由于腹腔左下有乙状结肠，增大的子宫有不同程度的右旋，使子宫的血管和韧带受到牵拉，左侧卧位可适当缓解右旋。

仰卧位睡姿与血管受压

脊柱前方是腹主动脉和下腔静脉，仰卧位时，会受到来自子宫重量的压迫。侧卧位时可减少主动脉、下腔静脉、输尿管受压程度。

睡姿只是影响胎儿生长发育和孕妇健康很小的因素，任何人都不可能，也不需要一夜保持一个睡眠姿势，这会给孕妇带来睡眠不适、担忧、焦虑，最终发展到睡眠障碍。不能安心睡眠，没有好的睡眠质量，对胎儿和孕妇的健康是最大的威胁。不要因为一句话，“孕妇应该采取左侧卧位睡眠”，而降低了睡眠质量。

为什么如此要求孕妇?

没人能一夜采取一种睡眠姿势！用摄像机连续不断地给睡眠中的人拍摄一夜的睡眠姿势，可发现这样一个现象：一个人在一夜的睡眠中，要有几百次睡姿变换。睡眠的人自己要感到舒适，这是最根本的原因。要求孕妇一夜都采取左侧位睡姿，这是不现实的。有些孕妇为了一夜不变地保持左侧卧位，闹得不能安心入睡，是不明智的。做到如下几点就足够了：

（1）当躺下休息时，要尽可能采取左侧卧位。这样可减少增大的子宫对腹主动脉、下腔静脉和输尿管的压迫，增加子宫胎盘血流的灌注量和肾血流量，减轻或预防妊高征的发生。

（2）如果醒来时发现自己没有采取左侧卧位，就改成左侧卧位；如果感到不舒服，就采取能让自己舒服的体位。胎儿有自我保护能力，当你睡眠时所采取的体位对胎儿有影响时，胎儿会发出信号，让你醒来,或让你在睡梦中采取适宜的体位。

（3）感到舒服的睡眠姿势是最好的姿势，不要因为不能保持左侧卧位而烦恼。每个人都有自我保护能力，孕妇也一样。如果仰卧位压迫了动脉，回心血量减少导致血供不足，孕妇会在睡眠中改变体位，或醒过来。

（4）定时排便，积极改善便秘。子宫右旋与左下腹乙状结肠有关，乙状结肠是粪便存留的地方，为了给增大的子宫腾出更多的空间，减少子宫右旋程度，定时排便是很必要的。

（5）不要长时间站立、行走或静坐；坐着时，不要靠在向后倾斜的沙发背或椅背上，最好是坐直身体。长时间站立和行走，会影响下腔静脉和腹主动脉血供，坐直身体可减少腹主动脉受到的压力。

0116 是否需要做产前诊断

产前诊断是通过一些特殊的医疗检查手段，对宫内胎儿进行检查，发现异常胎儿。需要做产前诊断的孕妇是很少的。

第七章　孕6月（21~24周）

第一节　6月胎儿生长发育

0117 孕6月胎儿发育逐周看

胎儿21周

胎儿体内基本构造已进入最后完成阶段。头、躯干、四肢比以前显得匀称些了。头部占全身约1/4，仍是头大身小。鼻子、眼睛、眉毛、嘴的形状已经完整，有了外耳形状。大脑皱褶逐步出现。新小脑发育，出现海马沟，延髓的呼吸中枢开始活动。胎心搏动很快，使用胎心听诊器或普通听诊仪，经孕妇腹壁，可以听到胎心有力的跳动音。胎儿的牙釉质和牙质开始沉积。呼吸系统功能正在不断发育完善。骨骼钙化逐渐扩展。

胎儿22周

胎儿进入“胎动期”。肢体活动增加，腹壁薄的妈妈可以看到胎动时引起的腹壁震动，还可以摸到胎儿的肢体。这时，子宫对于胎儿来说仍是比较宽敞的，胎儿会很频繁地在羊水中改变姿势。嘴、眼、手都开始有明显的动作。已经有了初步的呼吸运动、吞咽活动，但这些运动和活动尚不能产生功效。此时早产还不能存活。

胎儿23周

胎体还比较瘦，缺乏皮下脂肪。皮肤呈半透明状，可见毛细血管中的血，颜色偏红。胎儿心跳有力而规律，120～160次/分钟。如果妈妈腹壁比较薄，爸爸可把耳朵紧紧贴在腹壁上仔细听，能听到胎心搏动。用一个纸筒听，比裸耳听更明显。现在一般家庭都有听诊器，爸爸可以学习着听胎儿的心跳，这样不但能了解宝宝的情况，还可增进感情。

胎儿24周

胎儿已进入中期发育的后段。皮肤出现皱纹。有较多的胎脂附着，起到营养和保护的作用。肺血管已经开始发育。

0118 胎儿外形

胎儿已经明显长大了，身高可达35厘米，体重可达680克，全身比例越来越接近新生儿。这个月的胎儿还很瘦。还是头大身子小，头发又长多了，身长也比上个月长了。睫毛也清晰可见。骨骼开始变得强壮起来，关节开始了全面发育。胎儿肢体动作增加，手指清晰可见，长出了指节，手指偶尔碰到嘴唇，胎儿会轻轻吸吮。踢腿的力量增加了，妈妈可以明显地感觉到，胎儿运动的次数、幅度、力量都有不同程度的增加。

0119 营养素补充重点

铁的补充极为重要

铁是生产血红蛋白的必备元素，而血红蛋白能把氧运送给细胞。随着孕龄增长，孕妇对铁的需求量不断增加。胎儿也要从妈妈的组织中吸取铁元素，以满足自己生长发育的需要。胎儿还要在体内储存一定量的铁，以满足出生后的需要。孕妇需比平时多补充铁，除了要多吃含铁丰富的食物外，还需要额外补充含铁的营养药或含铁的保健品。

生产血红蛋白不仅需要元素铁，还需要有充足的叶酸和维生素B_{12}，维生素C可促进铁的吸收。所以，为了保证铁的吸收和利用，不但需要补充足够的铁，还需要同时补充足够的叶酸和维生素B_{12}、维生素C。

孕前和孕初期补充小剂量的叶酸是为了预防胎儿神经管畸形，这个时期补充叶酸是为了预防和纠正孕妇贫血。预防胎儿神经管畸形需要补充的叶酸量为每日0.4～0.8毫克，预防和纠正贫血需要补充的叶酸剂量为每日5毫克。含叶酸丰富的食物有大叶青菜和含蛋白质高的食物。医生可能会让你吃维生素、铁剂和叶酸复合胶囊或药片。

0120 孕期缺铁性贫血

缺铁性贫血是缺铁的晚期表现，是体内铁储备告急的信号，是贫血中最常见的类型，育龄女性、孕妇、婴儿发病率最高。

贫血对孕妇的影响

慢性或轻度贫血，机体能够逐渐适应，孕妇多没有不适症状，对孕妇影响不大。如果贫血明显，孕妇则会出现心跳加快、疲乏无力、食欲减退、情绪低落等。如果贫血严重，则可导致贫血性心脏病。贫血可使妊高征的发病率增高；机体抵抗病原菌的能力下降；分娩时宫缩不良；产后出血；失血性休克。

贫血对胎儿的影响

孕妇贫血，胎盘供血不足，可导致胎儿宫内发育迟缓及早产。孕期贫血，胎死宫内的发生率增加6倍，胎儿宫内窘迫发生率可高达36%，新生

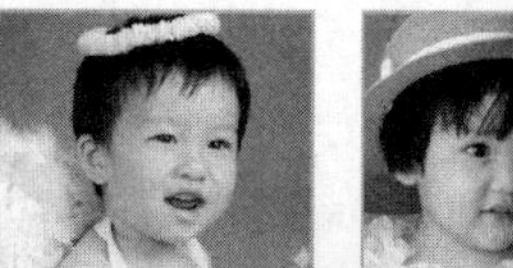

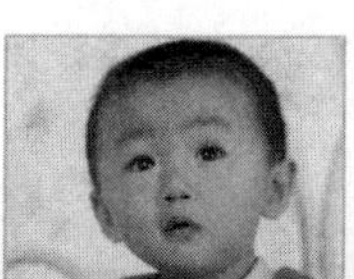

儿患病率和死亡率也都增高。

胎儿缺铁会直接影响胎儿脑发育。铁的运输是单方向的，由胎盘送给胎儿。如果孕妇轻微缺铁，铁仍会通过胎盘不断供给胎儿，不会造成什么影响。但如果孕妇严重缺铁，无论如何也不能保证胎儿铁的需要，那么胎儿就会出现缺铁，而胎儿铁储备不足，出生后发生缺铁性贫血的概率就大大增高。

缺铁性贫血的预防

缺铁性贫血并不难预防，但为什么发生率仍然比较高呢？主要原因还是重视不够。应该注意如下几点。

（1）摄取含铁丰富的食物，如小麦、黄豆、绿豆、蘑菇、木耳、动物肝脏、动物血、黑芝麻、绿叶蔬菜、紫菜等。

（2）孕20周以后开始服用铁剂，如福乃得（控释铁剂，每片含铁525毫克）；或右旋糖酐铁2片/次，每日两次；或硫酸亚铁0.3克/日。

（3）不食影响铁吸收的食物，如茶叶、咖啡等；植物和蛋类中含铁量虽然不低，但不易吸收，动物铁易吸收；维生素C有利于铁的吸收，多吃含维生素C的食物可促进铁的吸收。

0121 钙的需要量增加

到了孕中期，每日钙的需要量为1500～1800毫克。根据我国膳食结构特点，一般情况下，每日从食物中摄取的钙量大约为800毫克左右，不能满足孕妇的需要，应该额外补充钙剂。

常有孕妇问，到底吃什么钙好。首先要明确，从食物中摄取钙是最佳途径，不要因为市场上琳琅满目的补钙品而忽视食补。无论什么样的钙剂，都比食物钙的吸收利用率低。

钙的吸收利用还需要有维生素D的参与。所以，在补充钙的同时，不要忘记补充维生素D。钙补多了，不但不能吸收，造成药源浪费，还会引起大便干硬，引发或加重孕妇便秘。所以补钙不是越多越好，关键是应该适量。

小腿抽筋不一定都是缺钙所致。妊娠期由于增大的子宫压迫下腔静脉、大隐静脉及坐骨神经等神经血管肌肉组织，可出现小腿抽筋现象。可化验血钙、血磷、血镁、碱性磷酸酶，以协助诊断及用药。食物补钙吸收好，如喝鲜奶，喝骨头汤、虾皮等含钙高的食物。注意劳逸结合，尽量少静止站立，每天散散步，多采取左侧卧位。不要长时间坐着看电视。长时间一个姿势容易疲劳，不利于血液循环。适当增加卧位休息时间。

0122 胎动、胎心率、胎心音

还不能把胎动作为监测手段

胎动变得越来越规律，基本能比较准确地感觉胎动，但胎动仍不能作为监护胎儿的可靠指标。不必为胎动减少或增加而烦恼，除非有非常显著的变化。这个月胎动监护还不太可靠，要到第24周末，才可把胎动作为监测胎儿生长发育的手段。

妈妈不必为胎动减少或增加而烦恼

准妈妈可能会感觉到胎动不同于上个月了，胎宝宝不再是温柔地和你打招呼，而是大幅度地在子宫中运动，翻滚、伸胳膊、踢腿，样样都不逊色，可以称为“小体操家”了。现在你和宝宝还没有达成协议——不会因为你要睡觉休息，他就老老实实一动不动；他也不会因你已熟睡而悄悄地活动，他可能让妈妈从睡梦中惊醒。没关系，在随后的日子里，胎儿会逐渐与妈妈同步作息，妈妈也会对宝宝的“拳打脚踢”习以为常——睡得更加香甜，因为你知道宝宝非常健康，就像你听惯了丈夫的鼾声，没了这声音你还睡不踏实。

像钟表“嘀嗒”一样的胎心音

胎心听诊是最传统，也是最简单、实用的胎儿监护方法。孕20周以后，非专业人员使用听诊器也能听到胎心。一般在脐下正中或稍偏左偏右。胎心音有其特点，虽然也是双音，但第一音和第二音很相近，就像钟表的“嘀嗒”声。速度比较快，达120～160次/分钟，大多数情况下在140次/分钟左右。丈夫可每天帮助孕妇听胎心一

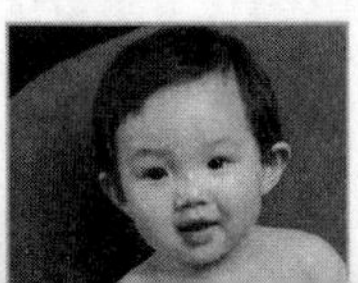
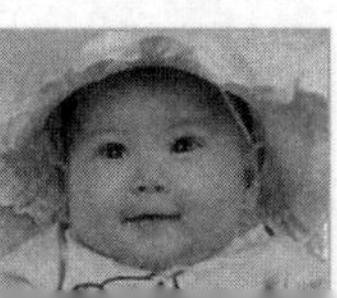
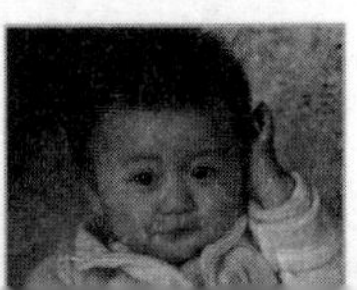

次，并记录在母子健康手册上。如果胎心率少于120次/分钟或大于160次/分钟，要密切观察胎动和胎心的变化，如果仍不正常就要看医生了。

0123 胎龄评估

孕12周以后，胎儿头部可以清晰显示。因此，从孕12周以后就可以通过B超对胎儿头部各项指标进行测量，并以此来评估胎龄的大小。但在孕16周前和26周以后，因每个胎儿发育的生物学差异相对较大，以此评估胎龄还会出现较大误差。

胎头测量的指标有双顶径（BPD）、头围（HC）、枕额径（OFD）。其中最常用的是BPD，也可通过B超测量胎儿腹围（AC）和股骨长径（FL），来评估胎龄。

胎龄评估存在着一定的误差

到了孕中晚期，孕妇会接受B超检查。在B超检查中，医生会根据胎儿几个部位的测量数值，初步预测胎龄。如果孕妇记不清末次月经时间，就可通过B超预测胎龄，推测预产期。

进行胎龄评估还有更重要的意义，即推断胎儿在宫内的发育情况，如是否有宫内发育迟缓。但通过B超预测胎龄也存在很大的误差，在分析预测结果时，要考虑正常的变化范围，以及孕妇月经周期的变化，还有医生操作的准确性等。如果预测结果比实际孕龄大或小，并不都意味着胎儿发育异常，还应做具体分析，或间隔一定时间后复查。

每个胎儿之间都存在着一定的个体差异，遗传、人种、营养、疾病等因素，对胎儿的发育都有一定的影响。一个身材高大的孕妇和一个身材矮小的孕妇相比，胎儿的各项指标可能会有一定的差异。临床上常会出现这样的情况，早期妊娠预测的胎龄，与中晚期预测的胎龄不一致。这主要是因为孕早期胎儿间的个体差异不像孕中晚期那样明显。

0124 胎儿体重预测

临床中，医生会遇到一些情况，需要预测胎儿体重，如患有糖尿病的孕妇，可能会出生巨大儿；胎盘功能不好，或脐带发育有问题时，胎儿的生长发育可能会受影响，出现胎儿宫内发育迟缓；孕妇合并有不宜继续妊娠的疾病，需要提前终止妊娠等。可以利用B超测量胎儿的双顶径（BPD）、头围（HC）等预测胎儿体重。

胎儿体重预测存在不少误差。影响胎儿体重的因素不仅仅与身长、股骨长、双顶颈等因素有关，还与胎儿内脏、软组织等诸多因素有关。另外，高质量的声像图及熟练、准确的测量技术，对获得准确的测量结果有重要意义。测量上的误差可引起计算的误差，因此预测出的胎儿体重，需要医生根据孕妇的各种情况做综合分析，切不可因为一个预测值有偏差而焦虑。如果医生告诉你没有问题，就要把心放下来。

第二节 孕6月准妈妈状况

0125 孕6月准妈妈的变化

体重增长加速

体重增长加快，增加比较明显，从外观上看，变得丰满起来，真正像个孕妇了。体重每周可增350克左右。这时，准妈妈要注意饮食结构，既保证胎儿营养所需，也要避免自己过胖和胎儿过大，不要吃只提供热量但营养价值很低的食物，如含糖高的食物。

子宫底达脐上两指

子宫也进一步增大，可达脐上两指，使得下腹部看起来明显隆起。在别人看来，孕妇活动不像以前灵活了，但孕妇本人却大多感觉不到自己有多大的变化，可能走得还会很快。如果孕妇自己并不觉得笨重，尽可按照自己的意愿行事，过分休养既不利于胎儿发育，也不利于顺利分娩。

爱出汗

怀孕后，基础代谢率增高约20%，这使得孕

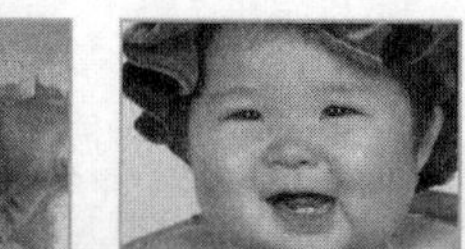

妇在孕中期以后，很少会感觉到冷，甚至比男士更耐寒。即使天气转冷了，有些孕妇还是穿得不厚。不过，也不要穿得过于单薄，孕期适当保暖还是必要的，只要不出汗就可以。大多数孕妇在孕早期都有怕冷的感觉，到了孕中、晚期就开始怕热了。

乳房分泌液体

孕期乳房会发生一系列变化，妊娠最早几周感觉乳房发胀，有触痛感；妊娠8周后乳房明显增大。妊娠期间有多种激素参与乳腺发育，为泌乳做准备。但妊娠期并无乳汁分泌，妊娠后期挤压乳房，可有数滴稀薄黄色液体溢出。个别孕妇在孕中期挤压乳房，可见少量清液。要减少对乳房的刺激，孕检时可顺便看一下乳腺科，排除疾病的可能。

头晕

有的孕妇会感觉一阵阵头晕，尤其是在变换体位时。如果医生认为你没有什么问题，就不要烦恼和担心，试着按如下要求做，或许能改善你的状况：

（1）不要长时间站立。

（2）不要长时间走路，尤其是逛街，你会在不知不觉中走很长的路。

（3）当你坐着时，如果有人叫你，千万不要突然起身，而要慢慢地从座位变成立位。

（4）躺着时，如果你要起来，最好先趴过来（以膝盖和前臂支撑身体），然后再慢慢起来。

（5）血糖低会使你头晕，如果你感觉头晕，吃点东西是否能够缓解头晕？能的话，就在三餐以外，加一两次点心。

（6）天气热，气压低会使你感到头晕，你要尽量避开闷热的房间。

（7）如果你感觉有些头晕，躺下来休息一下；如果不能缓解，或头晕很重，要与医生联系。

0126 孕6月准妈妈需注意的问题

解除疑虑

怀孕期间你可能会听到来自四面八方的建议和忠告；也可能通过杂志、书籍看到孕妇可能遇到的麻烦；你自己也会遇到许多问题。把问题都在产检时向医生寻求解答，如果怕有遗漏，可事先把要问的问题记下来，逐一咨询医生。

有习惯流产史的孕妇不宜做乳房护理

乳房进一步增大，在乳房周围可能会出现一些小斑点，乳晕范围扩大，这是正常的表现。这时要开始注意乳房护理和保护了，如果有乳头凹陷，可以每天向外牵拉几次。但是，如果有腹部不适，甚至腹痛的感觉时，就不能再做了。每天用干净的湿毛巾轻轻擦洗乳头一次，以免溢出的少量乳液堵塞乳头上的乳腺管开口。擦的时候动作一定要轻柔，以免把乳头擦破，有习惯流产史的孕妇，做乳头护理时要注意，过分刺激乳头可能会引起子宫收缩。

预防早产

如果出现这些现象，你要想到早产的可能，一定要与医生取得联系：

（1）阴道分泌物改变，呈粉红色、褐色、血色或水样。

（2）小腹一阵阵疼痛，或像痛经，或像拉肚子，或总有便意。

（3）腰骶部痛。

腹泻刺激子宫收缩

孕期腹泻对孕妇健康有很大影响，腹泻使肠蠕动加快，甚至出现肠痉挛。这些改变会影响子宫，刺激子宫收缩，导致流产、早产等不良后果，所以孕期预防腹泻很重要。

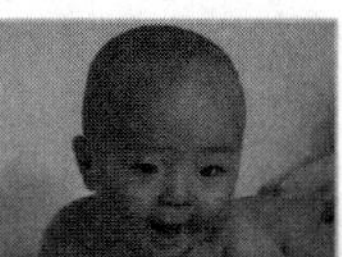

第八章　孕7月（25~28周）

第一节　7月胎儿生长发育

0127 孕7月胎儿发育逐周看

胎儿25周

胎儿大脑在继续发育着，脑沟回明显增多，大脑皮质面积逐渐增加。胎儿的运动能力不断增强，开始会挥舞肢体。对外界刺激敏感了。胎儿可以通过吸吮羊水吸收水分。羊水可随着呼吸进出呼吸道。胎儿骨骼不断发育变硬，骨关节开始发育。

胎儿26周

胎儿身体各部分比例相称。妈妈可以根据胎动来判断胎儿在宫内的活动情况。妈妈的子宫对于胎儿来说还是很大的，可以在里面翻来滚去的。如果现在是臀位，也不要紧，可能明天，甚至一会儿胎儿自己就又变成了头位。

胎儿27周

胎儿继续快速发育。除了消瘦外，从外观上看，与足月儿已经没有太大区别了。胎儿皮肤比较红，毳毛明显，皮下脂肪仍然比较薄。皮肤有很多皱褶。胎儿脑在继续发育，已经具有了和成人一样的脑沟和脑回，但神经系统的发育还远远不够。到耳朵的神经网已经完成，胎儿已经正式开始练习呼吸动作了。胎儿的视网膜还没有完全形成，所以在此时出生，可患早产儿视网膜症。

胎儿28周

皮下脂肪进一步增多。肺发育还不够成熟，一旦早产，通常需要呼吸器辅助呼吸，维持早产儿的生命。胎儿开始会做梦了，眼睛可以自由睁开、闭合，睡着和醒着的间隔，变得有规律了。

0128 胎儿外形

胎儿身长达35～38厘米，体重达1000克左右，脸和身体呈现出新生儿出生时的外貌。因为皮下脂肪薄，皮肤皱褶比较多，面貌如同老人。头发已经长出5毫米，全身被毳毛覆盖。眼睛已经会睁开了。已经有吸吮能力，但吸吮的力量还很弱。

0129 开始正规记录胎动

从第28周开始，要正规记录每天的胎动。经过一段时间的记录，准妈妈会逐渐熟悉腹中胎儿胎动的规律和特征。每个胎儿胎动的频率、强弱、发生的时辰、持续时间、间隔时间、一次胎动的时间等都不尽相同，有时还存在比较大的个体差异。准妈妈不但要认真记录，还要仔细体会，找出规律和特征。

胎动计数方法

每天早、中、晚饭前或饭后，最好选择固定的时间，在大致相同的情形下计数胎动。每次计录1小时。在这1小时里，不一定要躺着或稳稳地坐着，只要能感觉到胎动，也可以在室内走动、聊天。但要避免因注意力不集中而漏数了胎动次数。把3次计数的数值相加，再乘4，就代表12小时的胎动数。

结果判断

（1）如果1小时内胎动数小于3次，就要注意了，可轻轻刺激一下，再接着记数1小时。如果仍然小于3次，就要向医生咨询或直接去看医生。

（2）如果计算出相当于12小时的胎动数小于30次，应引起注意，要继续观察。如果小于20次，就要向医生询问。

（3）如果今天的胎动数和以前相比，减少

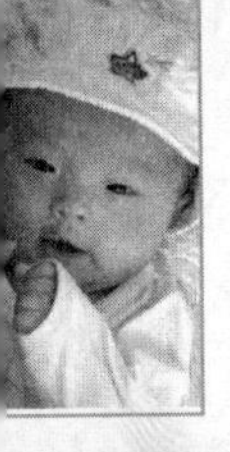

了30%以上，也应视为异常，要及时与医生取得联系。

（4）连续计数2小时的胎动，如果少于10次，也需要向医生咨询。

胎儿踢一脚为一次胎动吗？

一次胎动是指胎儿一次连续的动作，而不是踢一脚或打一拳就算一次胎动。一次胎动计数不能反映胎儿的总体运动情况，有的胎儿可以很长时间处于安静状态，或运动幅度很小，孕妇不能清晰地感觉到胎动。胎动是孕妇对胎儿进行监测的可靠指标，可在早期发现胎儿异常情况。如果医生认为胎动或胎心不好，会建议你做胎儿电子监护。

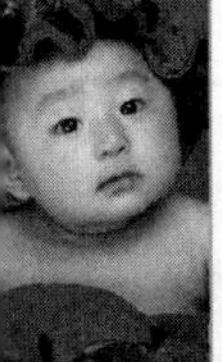

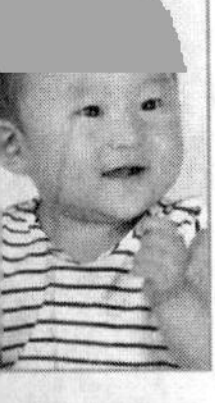

0130 什么是胎儿电子监护

胎动是母体感觉到的最早的胎儿活动，也是产科医生用来观察胎儿是否良好的重要指标。伴随胎动所发生的胎心率加速，是胎儿健康的表现。胎儿电子监护仪就是监护胎心率的变化，评估胎儿在子宫内的情况。

当孕妇感到胎动时，按动一下按钮，监护仪记录子宫收缩的频率、强度和胎心率。通过对胎儿电子监护仪描记出来的图纸，分析和判断胎儿的发育及健康状况。

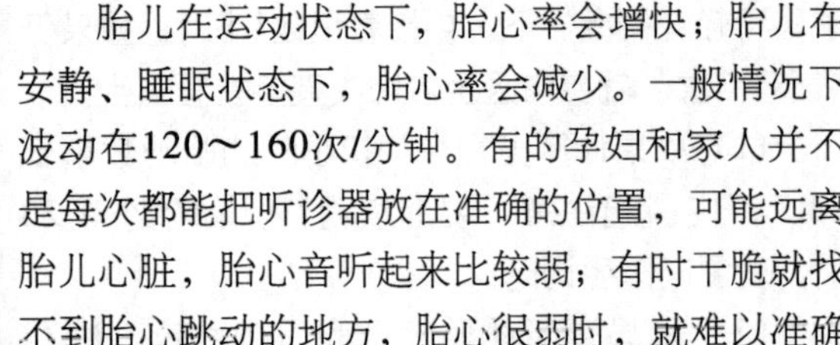

0131 记录胎心

不但丈夫和家人可以用听诊器听胎心，自己也可以使用听诊器听胎心。进入孕7月以后，记录每天所听胎心的节律、次数、强弱，可以了解胎儿的发育情况，也是孕妇对胎儿做自我监测的一项指标。

胎儿在运动状态下，胎心率会增快；胎儿在安静、睡眠状态下，胎心率会减少。一般情况下波动在120～160次/分钟。有的孕妇和家人并不是每次都能把听诊器放在准确的位置，可能远离胎儿心脏，胎心音听起来比较弱；有时干脆就找不到胎心跳动的地方，胎心很弱时，就难以准确听到胎心，加上孕妇腹部本身血管搏动音或肠鸣音，就更不易听到了，引起孕妇和家人的不安。遇到这种情况，先不要着急，让孕妇起来活动活动，变换一下体位，过一会再仔细听。从腹部左下逐渐向上、向右慢慢移动听诊器，直到右下腹，再移动到腹部正中，会找到胎心搏动最明显的位置。

第二节 孕7月准妈妈状况

0132 孕7月准妈妈的变化

妊娠纹

妊娠纹出现的时间因人而异，大多数孕妇于妊娠晚期出现妊娠纹。很多女性都知道怀孕时会有妊娠纹的可能。各种防止妊娠纹的按摩霜、按摩乳、防护霜使得女士们提早知道了妊娠纹。也有一些女士咨询防止妊娠纹的这些霜剂对胎儿是否安全，是否真的能防止妊娠纹的产生。

妊娠纹的产生，主要是由于皮肤过度扩张，使得弹力纤维断裂。如果你的皮肤弹性足够好，能抵抗皮肤张力的增大，不发生弹力纤维断裂，或你的皮肤没有过度扩张，皮肤没有到弹力纤维断裂的程度，那就不会产生妊娠纹。按摩霜或许能使你的皮肤更具弹性，但并不能保证弹力纤维不被逐渐增大的皮肤张力撑断。其实，妊娠纹并不那么可怕，新的妊娠纹发红发紫，产后颜色慢慢就变浅了。并不是所有的孕妇都有妊娠纹，只有一半的孕妇会产生。

可能出现水肿

随着子宫的增大，肚子越来越大，身体重心移到了腹部下方，可能会出现腰酸、腰痛、腿时常发麻、坐下起来不灵活、手脚和周身有些发胀等情况，从外观上看有些臃肿。到了傍晚或晚上用手压脚踝时，可能会出现指压痕或明显的凹陷。这是由于增大的子宫压迫了下腔静脉，使血液回流受阻所致，属孕中晚期正常现象。但如果

水肿比较明显，整个小腿或眼睑、手等都有明显的水肿，则有发生妊娠高血压综合征的可能，要看医生。为了缓解水肿和下肢静脉曲张，应尽量把腿抬高，比如坐在沙发上看电视或休息时，把腿放在沙发墩上。手和胳膊也尽量放在高处，这样可减轻水肿程度。

在整个孕期，一点都没有水肿的孕妇并不是很多，只是有的孕妇水肿很难被发现。妊娠水肿主要是水钠潴留造成的，傍晚比较明显。水钠潴留含引起浮肿，但多喝水反而能减轻水钠潴留。

身体笨重

有的孕妇直到临产都觉得很灵活，可有的孕妇到了孕后期就感觉到很笨重了，坐着起来困难，躺着起来时都需要丈夫帮忙，就连上卫生间都感觉费劲。每个孕妇在孕期的表现和感觉都不一样，感觉笨重也不能证明什么；感觉还很灵活，也不能像没怀孕前那样，想干什么就干什么，到了孕后期要注意安全。

洗澡时一定要防止滑倒。随着腹部增大，你的重心发生改变，洗澡间的地板比较滑，加上你穿着不跟脚的拖鞋，如果不注意就容易摔倒。尽管胎儿有羊水保护，也有导致早产的危险。

最好不穿拖鞋，尽管拖鞋很方便，却存在不安全隐患。无论你是否感觉笨重，都不要登高，请记住：站立时，不要让你的任何一只脚离开地板，这是最保险的。由于重心的改变，你很容易被脚下的障碍绊倒，即使是一根小树枝、一块小石子也要避开。所以，不要在光线不好的晚上逛街散步。

现在，你得到周围人的帮助，是很正常的事情，不要不好意思接受。不要勉强做你难以胜任的事情，安全是第一位的。纵使胎儿没有那么脆弱，你也没有那样娇气，防患于未然总是好的，预防早产很重要，如果胎儿这时出生，存活的希望非常渺茫。

0133 孕7月准妈妈应注意的问题

继续补充铁和钙

随着胎儿的长大，妈妈需要摄入比平时高出1倍还要多的铁。钙的需要量也相应增加。不要忽视食物中铁和钙的摄入，因为食物中的铁和钙吸收利用率都比较高。当然仅仅通过食物补充已经不能满足胎儿和孕妇的需要了，医生会给你推荐补充铁和钙的营养药物。

无需担心身材变化

刚刚知道怀孕的消息时，似乎有些害怕体重的增长，那是因为你一时接受不了怀孕带给你的变化——眼睑肿、腰变粗、小腹凸起、臀部脂肪增多。现在你不再害怕体重的增长，如果产检时，体重较上一次增加不明显，你还会担心是否胎儿没有生长。如果医生没有对你的体重和饮食提出要求，就不要过多摄入食物，以免造成你和胎儿体重额外增加。

0134 舒服的孕7月

妈妈怀孕进入第7个月，胎儿各器官系统的结构和功能已经基本发育完善。对外界有害因素刺激不那么敏感，发生先天畸形的概率大大降低。妈妈的妊娠反应也消失了，腹部还不是很大，活动也还灵活，胃部也没有因为宫底的增高受挤，膈肌上抬也不是很明显，呼吸并不显得费力。可以说，这个月是妈妈比较舒适的。妈妈可要利用这一好时机，吃好，睡好，多做户外运动，为以后分娩塑造健康的体质。胎儿各器官功能相继建立，也是胎教的好时机。发生流产的机会也少了，性生活安全了许多，夫妻感情会得到进一步加深。

妈妈的腹部显得非常突出了，让人一眼看上去就会想到你是个孕妇，走在街上，乘坐汽车，到公园等公共场所，都会有人给你让座或避让。你就尽情地接受别人的这份关爱吧。你不要为你现在的变化而不安，更不要难为情。在人们的眼里，孕妇是美丽的，你所孕育的新生命，不但是你的子女，也是人类生命的延续。

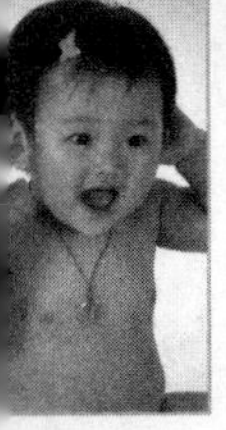

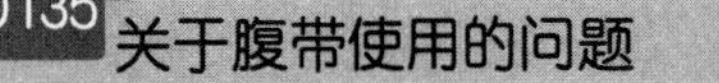

0135 关于腹带使用的问题

孕24～36周时，腹围每周大约增长0.84厘米。

要不要使用腹带

有的孕妇问是否可以在孕期使用腹带。没有医学指征不可以使用腹带。过松的腹带起不到托腹的效果；过紧的腹带会影响胎儿的发育。因此，要在医生建议下，认为你需要使用腹带时，你再使用。

需使用腹带的情况

（1）悬垂腹：腹壁很松弛，以致形成了悬垂腹，增大的腹部就像一个大西瓜垂在腹部下方，几乎压住了耻骨联合。这时应该使用腹带，目的是兜住下垂的大肚子，减轻对耻骨的压迫，纠正悬垂腹的程度。

（2）腹壁发木、发紫：腹壁被增大的子宫撑得很薄。腹壁静脉显露，皮肤发花，颜色发紫，孕妇感到腹壁发痒，发木，用手触摸都感觉不到是在摸自己的皮肤，这就要用腹带保护腹壁了。

（3）双胞胎孕妇。

（4）胎儿过大。

（5）经产妇腹壁肌肉松弛。

（6）有严重的腰背痛。

（7）纠正胎位不正。

建议在医生指导下使用腹带。第一次使用时，一定要让医生指导，丈夫或家人在旁边学习，学会后再回家使用。腹带的松紧要随子宫的增大而不断变化。

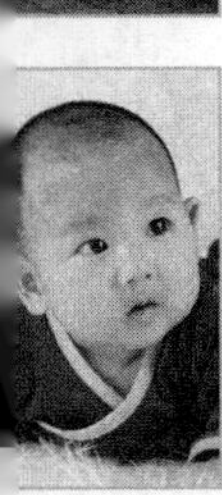

第三节 准妈妈进入围产期

0136 儿科医生也开始管理你的胎宝宝了

到了孕28周，就进入“围产期”。胎儿不再只属于产科医生管理，儿科医生也开始管理胎儿，宝宝又多了一层保护。运用现代医学技术和护理手段，满7个月的胎儿早产，在产、儿科医生配合下，经过良好的护理，已经能够存活。这是目前我国能够达到的早产儿成活的极限月龄。哪个妈妈都不希望宝宝早产，越小的早产儿越是需要经验丰富的专家、昂贵的监护设备、及时的抢救措施，但仍可能发生各种早产儿疾病或夭折。毕竟胎儿和妈妈还没有进入孕晚期，胎儿的身体发育只是初具规模，还有大量收尾工作没有做。按计划，还有3个月的最后工作没有完成。所以，这个月预防早产仍很关键。

围产期小常识

国际上对围产期的划分有4种：

（1）从妊娠第28周至产后1周；

（2）从妊娠第28周至产后4周；

（3）从妊娠第20周至产后4周；

（4）从胚胎第1周至产后1周。

我国采取第二种划分法，即从妊娠第28周至产后4周，为围产期。近10年来，围产医学发展非常迅速，其中围产保健包括了受孕、胚胎发育、胎儿生理与病理、孕产妇心理准备和各种疾病的诊断防治，以及新生儿疾病等内容，涉及胚胎学、遗传学、生殖医学、产科学、社会心理学、新生儿学等多学科。围产期保健的宗旨是儿童优先，母亲安全，目的是降低孕产妇、胎儿、新生儿死亡率和后遗症的发生率。

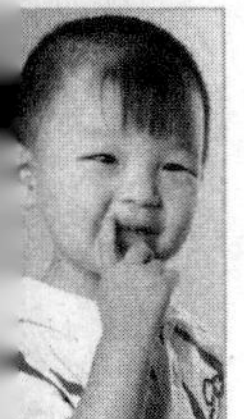

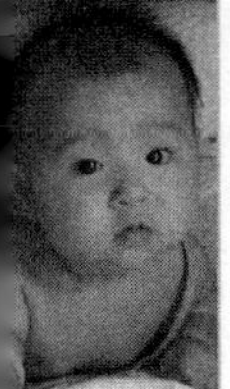

喝茶多对胎儿有刺激吗?

妻子怀孕近7个月，她每天都喝很多茶水，请问这对胎儿有刺激吗?

孕期喝咖啡、茶之类含兴奋成分的饮品，不利于胎儿的安定，亦可导致胎儿铁元素缺乏。这是因为茶叶中含有一种能成瘾的刺激性物质，即咖啡因。这种物质能使孕妇神经系统兴奋、心跳加快、血压升高，导致孕妇不能很好的休息和睡眠，造成情绪紧张。咖啡因还可通过胎盘作用于胎儿。

另外，茶叶中所含的咖啡碱可以破坏维生素B_1，增加孕妇脚气病的发生率，影响胎儿发育。茶叶中的鞣酸可影响铁的吸收，引起缺铁性贫血。孕妇发生贫血，不但对孕妇自身有害，还可直接影响胎儿的生长发育。由于母体铁不足，导致胎儿铁储备不足，出生后发生缺铁性贫血的机会增大。孕妇最好不要每天饮用茶水，尤其是比较浓的茶水。如果非常想喝的话，可在早、中餐之间喝少许淡茶水。

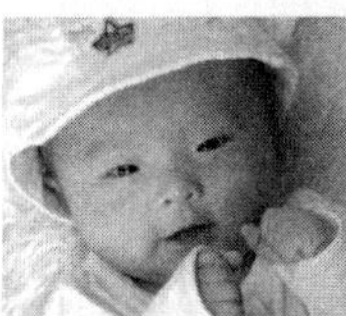

第九章 孕8月（29~32周）

第一节 8月胎儿生长发育

0137 孕8月胎儿发育逐周看

胎儿29周

呼吸系统发育已基本成熟，肺泡开始合成肺泡表面活性物质，以促进肺的成熟。对于胎宝宝来说，肺泡表面活性物质是非常重要的东西，如果肺泡表面活性物质缺乏，出生后肺脏就不能张开，宝宝的肺泡瘪陷，怎么能吸进氧气呢？一些早产儿的问题就在于此。从这个月开始，宝宝有了光感，透过妈妈的腹壁，能够转动头部寻找明亮的光源。

胎儿30周

男性胎儿睾丸从肾脏附近经过腹股沟下降到阴囊，从B超下可以清晰地看到男性外生殖器的轮廓。不过，除非有必要，妈妈不要为了早知道胎儿的性别，而要求医生用B超探头长时间寻找宝宝的小睾丸，因为B超探头所产生的热效应会伤害宝宝的生殖器。女胎的大小阴唇已经显现。胎儿骨骼和关节比较发达了，胎儿的内分泌系统和免疫系统也相应的发育起来。

胎儿31周

胎儿的肺和消化道几乎成熟。如果由于某些原因早产，经过产、儿科的密切配合和很好的护理措施，婴儿存活率会有所增加。当一些疾病危及孕妇和胎儿而必须中断妊娠时，医生会尽量延长孕妇的妊娠时间，增加存活的希望。早产儿的存活和生命质量对产、儿科医疗护理有很高的要求。避免发生早产仍非常重要。出生后的早产儿可以啼哭，呼吸可以建立，四肢活动。眼睛会睁开，头发毳毛发育良好，面貌似老人状。如果把明亮的光线投向腹部，胎儿会跟着光线移动他的

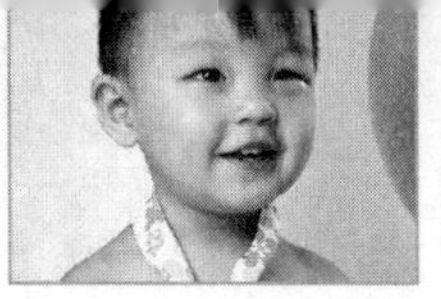
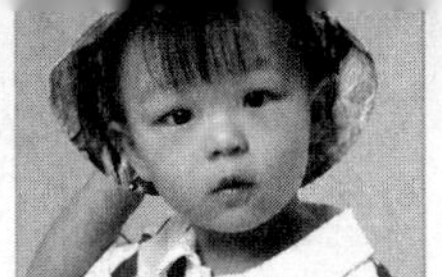
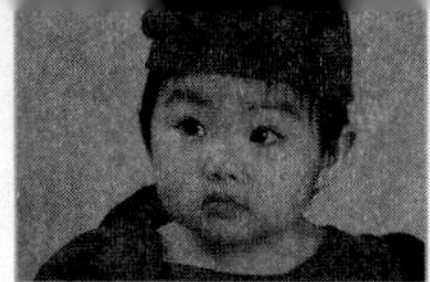
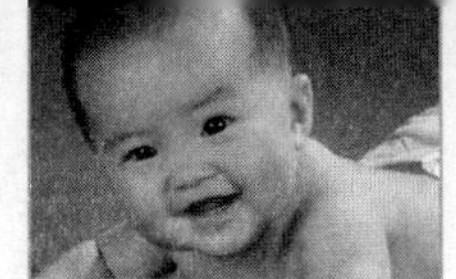
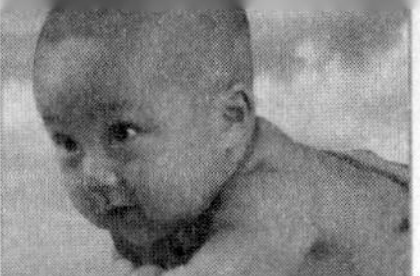

头或者用手去摸。眉毛和睫毛已经长全。

胎儿32周

胎儿迅速增长已告一段落，但体重仍以每周200克的速度增长。胎儿面部和身上的毳毛已经开始脱落，皮下脂肪仍比较薄。随着胎体的不断增大，胎儿在子宫中运动的空间相对小了，体位变化不大，基本是头朝下。上、下肢与头部的大小完全成比例。胎动的频率和强度减少，他正在为离开这个房间做准备。

0138 胎儿外形

宝宝眉毛长出来了，眼睑的轮廓越发清晰；鼻子也开始变得好看；耳朵像个小元宝；头发也长长了。宝宝在子宫内睡觉的姿势和在摇篮中差不多。

通过妈妈腹壁的凹或凸，可猜测到胎儿在子宫中的运动，小腿一踢一踹，小手一举一伸，屁股一拱一撅，都可从妈妈的腹壁外观变化中猜想出来。但如果孕妇腹壁比较厚，就不容易观察到了。从外观上一眼可看出胎儿的性别。尽管这时的胎儿像个婴儿了，但由于皮下脂肪还不丰满，面貌就像"小老人"一样。

0139 该确定胎位是否正常了

从这个月开始，要考虑胎位是否正常了。30周前，子宫的空间相对于胎儿来说比较宽敞，胎儿在子宫内可以自由变化体位，胎位还没有固定，即使胎儿是臀位或其他位置，大多能够自动转成头位。但30周以后，胎儿自动变换成头位的概率非常小。所以，到了孕满7月，如果胎位还不正常，就要在医生指导下进行干预。胎位不正是造成难产的原因之一，对妈妈和胎儿都有很大的威胁。早期给予纠正，能增加顺产的机会。

常见的胎位异常有横位、臀位、头位异常。纠正胎位异常必须在产科医生指导下，除了依靠孕妇本人的体位（如膝胸卧位）纠正外，还有一些物理、穴位、手转位等方法。具体如何做，要听从产科医生，不要自作主张。因为在纠正胎儿体位时，可能会因为转位而引起脐带扭转、绕颈或缠绕胎儿肢体等。

0140 天知道为什么选择臀位

当子宫还有足够的空间，允许胎儿漂浮在羊水中，来回翻滚转动身体的时候，胎儿在子宫内的位置是不固定的。随着胎龄的增加，胎儿不再能随心所欲地转来转去，位置相对固定了。为了在妈妈分娩时，能够冲出产道，胎儿的头朝向宫颈开口，就是说胎宝宝正好和妈妈的位置相反，妈妈站着时，胎宝宝是倒立着的；如果胎宝宝和妈妈的位置一样，那就是臀位了。有的胎儿为什么不像大多数胎儿那样头朝下呢？原因并不十分清楚，虽然医生们有各种猜测，但并不能证实，只有胎儿自己知道他为什么要与众不同，选择臀位。

0141 臀位是难产的原因吗

产科学的进步，使得臀位不再是导致难产的原因了，即使是自然分娩，医生和助产士也能保证胎儿顺利娩出。但是，臀位容易引起前期破膜和早期破水，有时可能会发生脐带受压。臀位产会有出头困难的可能。所以，如果胎儿比较大，或胎头相对于妈妈的骨盆比较大时，医生可能要建议孕妇剖腹产。臀位的孕妇一定要到能做剖腹产的医院分娩。

在妊娠7～8个月之前，胎儿臀位不必担心，胎儿还有自己转过来的可能。如果8个月以后还是臀位，医生就会让孕妇采取膝胸卧位，帮助胎儿转位。但如果进入9个月还没有转过来，臀位产的可能性就比较大了。即使转不过来，孕妇也不要担心，在医生和助产士的帮助下会顺利分娩的。如果你感觉膝胸卧位很不舒服，不必勉强去做。

0142 胎动

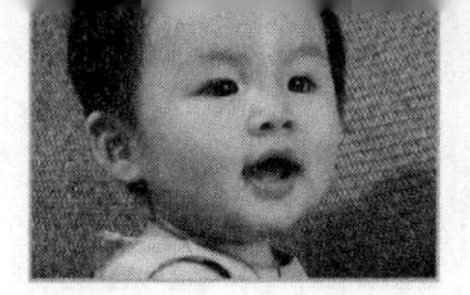 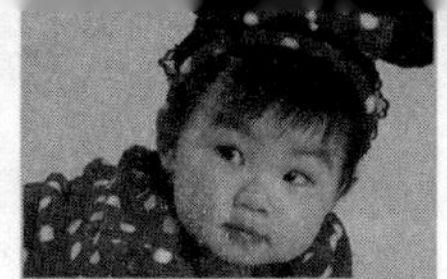 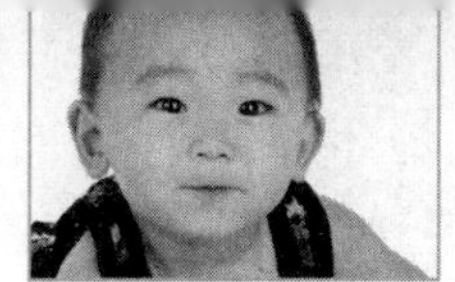 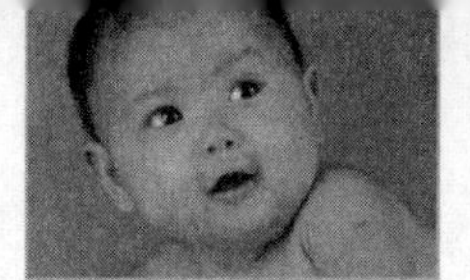 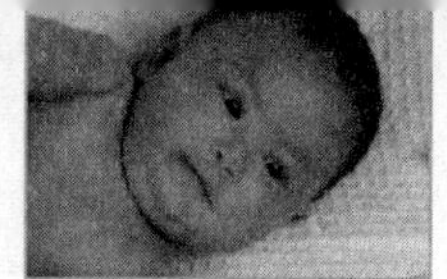

胎动类型和形式包括：翻滚运动（躯干运动）、单纯运动（肢体运动）、高频运动（新生儿打嗝样运动）、呼吸样运动（胸壁肌运动）。

2个月的胎儿已经出现自主运动，但妈妈能够感觉到胎动一般要在16孕周以后。妈妈最初感觉的胎动是间断、微弱的，似小鱼穿梭，又像肠管蠕动，或许感觉像一股气体在腹中流过，可能有什么东西在腹中轻轻蹦跳……慢慢地，妈妈就能清晰地感到胎动了。胎动是胎儿与妈妈最直接的交流，也是妈妈唯一能感受到的交流。

胎动的量化指标

孕20周，胎动可达200次/天；孕29周，胎动可达700次/天；孕38周，胎动又减少到200多次/天。

（1）孕妇并不能感觉到所有的胎动。在安静、注意力集中的情况下，能感觉到更多的胎动；而在活动、与人谈话、专心致志地做某件事时，就会忽视胎动，会认为胎动比较少。

（2）白天周围环境比较嘈杂，孕妇感觉胎动的次数要比实际的胎动数少。晚间夜深人静，未入睡前，孕妇几乎可以感觉到所有的胎动，会感觉胎动比较多。

（3）躺着时，腹壁和子宫肌肉相对松弛，孕妇能感觉到更多的胎动。

（4）孕妇紧张或生气时，体内儿茶酚胺分泌增多，胎儿受到过多儿茶酚胺的刺激，胎动次数会有所增多。

（5）胎儿睡着时，胎动次数减少；胎儿醒着时，胎动次数增多。在计数胎动时，要充分考虑到这些因素的影响，才能客观地评价胎动正常与否。

胎动出现的时间

正常妊娠的孕妇，从妊娠18～20周开始，感觉到明显的胎动。

初感胎动的情形

在胎动出现的初期，胎动是间断发生的，胎动的幅度比较小，孕妇感觉到的胎动比较弱；随着妊娠周数的增加，胎动逐渐增多、增强。

不同状况的胎动

在胎儿生长的不同时期、胎儿不同生理状况、昼夜不同时间，胎动会发生一定的变化。早期胎动频率快，时间短；随着胎龄增加，胎动频率相对减慢，每次胎动时间延长。有报告指出，在孕20周时，胎动每天可达200次左右；孕38周后由于胎儿先露部下降，胎动较前一段时间减少了。胎儿睡眠时胎动减少，甚至很长时间没有胎动；清醒状态胎动的频率和幅度都增加。

胎动的周期性

上午8:00～12:00，胎动比较均匀；下午14:00～15:00，胎动减少到最少；晚上20:00～23:00，胎动又增至最多。

妈妈状况对胎动的影响

孕妇休息时，对胎动比较敏感；当孕妇工作或活动时，对胎动就不那么敏感了。所以，孕妇对胎动的判断有很大的主观性，当孕妇注意力集中时，会感到更多的胎动。

一般情况下正常的胎动

（1）胎动的次数：每天平均30～40次（这里所说的每天是指白天12小时）。

（2）胎动的周期性：孕中期，不是很明显；孕末期，由于胎儿睡眠周期比较明显，胎动的周期性也比较明显了，上午胎动比较均匀，下午胎动最少，晚上胎动最多。

（3）胎动的规律：每个孕妇计数胎动的方法、对胎动的感觉存在着差异性；每个孕妇的生活规律不同；每个胎儿的运动幅度、频率、生理周期等都不尽相同。所以，每个孕妇都应找出自己胎儿的胎动规律。

（4）记录胎动的时间：从孕28周开始记录胎动，每周计数一次。从孕32周开始，每周记录胎动两次。从孕37周开始每天计数胎动一次。

（5）胎动的计数方法：每天早、中、晚在固定的时间计数胎动，如每次都是在早8:00、午13:00、晚19:00时，都是在三餐前，都是采取左侧卧位，躺下休息5分钟后开始计数胎动，都是计数1小时的胎动。

判断胎动异常

（1）把一天早、中、晚3个1小时的胎动数相

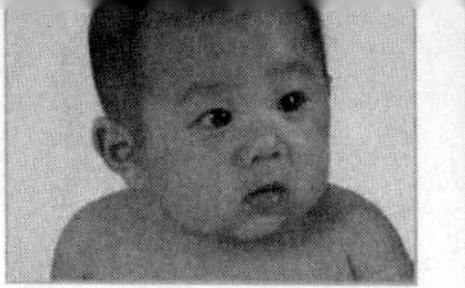
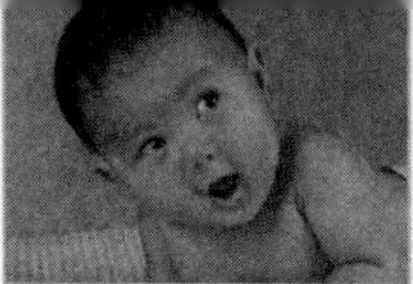
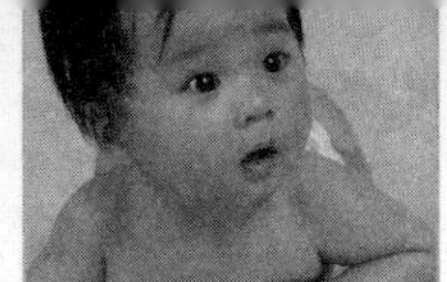
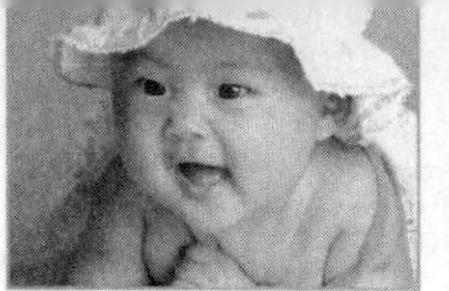
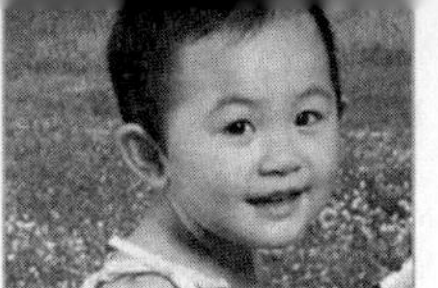

加，再乘4，计算出的结果是12小时的平均胎动数。12小时内平均胎动数10次为最低界限，低于此数值属于胎动异常。

（2）倘若1小时内胎动数少于3次，则应该继续连续计数，计数第二个1小时的胎动数。如果仍少于3次，则再继续往下计数第三个1小时的胎动数。如果连续计数6个小时，每个1小时的胎动数都少于3次，则视为胎动异常。

（3）如果第二次胎动数与前一次胎动数相比，胎动减少了50%，则视为胎动异常。

（4）胎动突然急剧，应视为胎动异常。

（5）胎动比平时明显增多，而后又明显减少，应视为胎动异常。

（6）胎动幅度突然显著增大，而后又变得微弱，应视为胎动异常。

值得注意的是，计数胎动没有任何客观指标可供参考，主要是根据你的主观判断。如果通过计数胎动，没有上述胎动异常指标，但凭借做母亲的直觉，你确实感觉到腹中的胎儿动得有些异样，就应该相信自己，视为胎动异常，及时去看医生。在这一点上，连医生也宁愿相信孕妇对胎动的直觉，而不轻易做出“平安无事”的判断。

第二节 孕8月准妈妈状况

0143 孕8月准妈妈常见问题

体重增长过快怎么办？

到了孕晚期，体重的增长均匀稳定，每周可增加0.5千克。如果体重增长过快，为慎重起见，建议做一次B超，了解胎儿生长情况和羊水量，查血糖，排除妊娠期糖尿病（妊娠期糖尿病可导致巨大儿）。摄入热量过多，也可使体重增长迅速。

长时间站立与下肢水肿

增大的子宫压迫下腔静脉，阻碍下肢静脉的血液回流，如果长时间站立会导致下肢静脉或会阴静脉曲张，也可使下肢和腹部会阴等下部身体水肿。基于以上原因，孕晚期的孕妇不要长时间站立，也不要久坐。

孕晚期如出现下肢水肿，应首先查血压、尿蛋白，排除并发妊娠高血压综合征的可能。查血蛋白质，是否有低蛋白质血症。单纯妊娠水肿，不用特殊治疗，注意休息，少食盐，多进食高蛋白质食物。孕晚期并发妊娠高血压综合征则需要住院治疗。

腰背及四肢痛

进入孕晚期，胎儿身体增长迅速，孕妇肚子明显增大。站立时，腹部向前突出，身体重心前移。为了保持身体平衡，孕妇上身就会后仰，以平衡向前膨隆的腹部。这样一来，孕妇的背部肌肉就会紧张，引起腰背痛。长时间站立，长时间行走，如逛街，也使腿和背部肌肉疲劳，产生腰背痛、四肢痛。

妊娠晚期可出现双侧手腕疼痛、麻木、针刺或烧灼样感觉。这是由于妊娠期筋膜、肌腱及结缔组织的变化，使腕管的软组织变紧而压迫正中神经，引起上述症状。此症状无其他严重后果，一般不需要治疗，分娩后症状逐渐减轻、消失。如果疼痛严重，可抬高手臂，应用手腕部小夹板固定，适当休息，即可好转。

0144 腹围与宫高的变化

出现无痛性子宫收缩

到了8月末，宫高可达剑突下5指。孕妇会感觉到肚子一阵阵发紧、发硬，有时像被束带束着一样，发生时间不确定，或许1小时一次，也许1小时两次，这就是不规律的无痛性子宫收缩。

为什么会出现这一现象呢？原来准妈妈，在激素的作用下，子宫肌开始做分娩前的训练，胎儿也开始向子宫出口移动，刺激子宫收缩。这些都是在为即将到来的分娩做准备。

为何气短

增大的子宫使膈肌抬高，孕妇会感觉气短，有的孕妇会担心胎儿缺氧——妈妈自己都感觉氧不够用，胎儿那么弱小，肯定比妈妈更缺氧。这

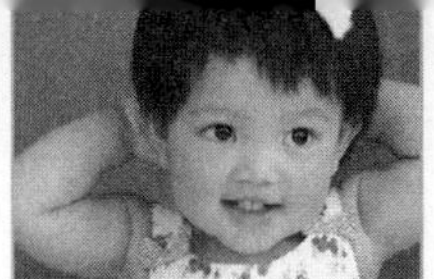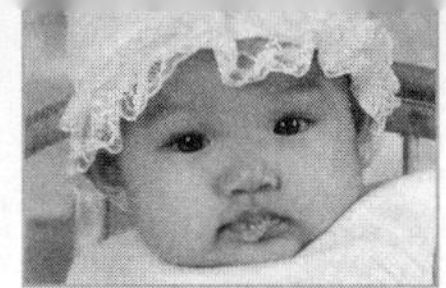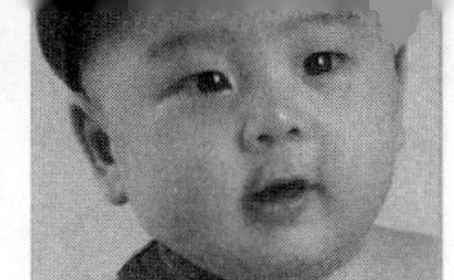

个担心是不必要的，妈妈有一套保护胎儿的完整系统，会竭尽全力保证胎儿的氧气供应，胎儿也同样具有自我保护能力，会尽量获取氧气。

如果你感觉气短比较严重，就需要看医生了。躺下时会使气短加重，垫高头胸部可减轻症状。尽量不要仰卧位躺着，采取左侧卧位可增加胎盘的血氧供应。孕妇都有自我保护能力，采取你感觉舒服的体位是最好的选择。

0145 给准妈妈的安全提示

由于腹部越来越大，孕妇可能会感觉不那么灵活。因此，走路、下楼、骑单车、坐下、起来时都要小心，动作幅度不要过大，尤其在雨雪天气更要格外小心。最好不要自己开车，即使坐车，也要注意安全，在急刹车时，可能会发生早产。孕妇最好不要坐在副驾驶座位上；坐在后排座位上，最好系上安全带。

仍应预防早产

节制性生活并采取安全方式，避免动作过快、过急、过大。有的孕妇性格急，做什么都是风风火火。到了孕晚期，可要改变一下，比如起床时，听到叫声回头时等，都要放慢速度。另外，缺乏维生素E、维生素B_1、镁，也可引起早产。

下腹如有较强的下坠感，腹部还感觉很紧，应该确认是不是子宫收缩。如果有宫缩现象，要警惕是否有发生早产的可能，所以应该到医院看医生。孕晚期服用维生素E不是预防早产的首选药，若有早产预兆，应卧床休息，静脉输硫酸镁。

0146 受到睡眠困扰了吗

孕早期睡眠很好的孕妇，到了孕晚期因为腹部逐渐隆起，睡眠时难以找到一个合适的姿势，常出现睡眠困难等问题。

除此之外，孕妇的肾脏负担增加，比孕前多过滤30%～50%的血液，尿液多了起来。随着胎儿的生长，孕妇的子宫变大，对膀胱的压力也会增大，使得孕妇小便次数增多。频繁起夜、或者胎儿夜间活动频繁、腿抽筋、后背痛、心率加快、气短、胃灼热及多便、多梦、精神压力大等，都会影响孕妇睡眠。

医生大多建议孕妇左侧卧位睡眠，这是因为肝脏在腹部的右侧，左侧卧位使子宫远离肝脏。左右侧交替，可缓解背部的压力。在孕7～9个月时，孕妇很难做到仰卧睡眠，这是因为胎儿的重量会压到孕妇的大静脉，阻止了血液从腿和脚流向心脏，使孕妇从睡梦中醒来。医生会建议你借助于枕头，保持侧卧位睡眠。有的孕妇发现，将枕头放在腹部下方或夹在两腿中间比较舒服。将摞起来的枕头、叠起来的被子或毛毯垫在背后，也会减轻腹部的压力。事实上，市场上有不少孕妇用的枕头，请向医生咨询，应该选购哪种类型的。

轻松入眠建议

（1）尽量避免饮用含咖啡因和碳酸饮料，如汽水、咖啡、茶，如实在想喝，请在早晨或下午午睡后饮用。

（2）临睡前不要喝过多的水或汤，早饭和午饭多吃点，晚饭少吃，有利于睡眠。

（3）养成有规律的睡眠习惯，晚上在同一时间睡眠，早晨在同一时间起床。不要躺在床上看书、看电视。除了睡觉和休息躺在床上以外，其余时间尽量不要留恋床铺。

（4）睡觉前不要做剧烈运动，应该放松一下神经，比如泡15分钟的温水澡，喝一杯热的、不含咖啡因的饮料（如加了蜂蜜的牛奶等）。

（5）如果腿抽筋使你从睡梦中醒来，请用力将脚蹬到墙上或下床站立片刻，这样会有助于缓解抽筋。此外，还要保证膳食中有足够的钙。

（6）参加孕妇学习班，学习一些心情放松的办法。

（7）如果恐惧和焦虑使你不能入睡，要考虑参加分娩学习班或新父母学习班。

（8）如果辗转反侧不能入睡，请做如下事情：看书、听音乐、看电视、上网、阅读信件或电子邮件，经过这么一折腾，也许会感觉疲劳而容易入睡了。如果可能的话，午间睡上30～60分

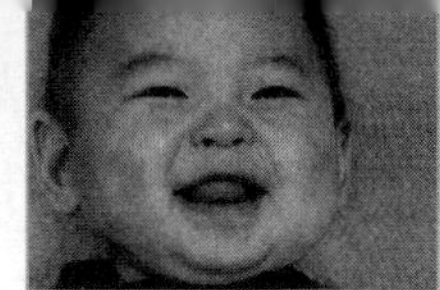

钟，可以弥补晚上失眠造成的睡眠不足。

0147 宫内感染

什么是胎儿宫内感染

宫内感染又称先天性感染或母婴传播疾病，是指孕妇在妊娠期间受到感染而引起胎儿在子宫内感染。

宫内感染主要的传播途径有哪些

主要通过3个途径：①胎盘的垂直传播；②下生殖道感染的上行性扩散；③围产期感染。围产期感染又包括分娩、哺乳、与新生儿直接接触传染3个途径。

宫内感染的危害到底有多大

宫内感染可以引起一系列不良后果，其危害程度与宫内感染发生的时间、病原体的种类、母亲的身体状况有关。孕早期感染多造成流产、先天性畸形；孕晚期感染多导致早产、胎膜早破、新生儿感染等。孕妇抵抗力低下时，一些潜在感染源被激活，成为活动性感染。整个孕期发生宫内感染，对胎儿都是不利的。

宫内感染的后果是什么

不同病原体导致的宫内感染对胎儿造成的不良后果也不尽相同。巨细胞病毒感染可造成胎儿脏器损害，影响胎儿的正常发育，导致先天畸形和智力发育障碍，这是令父母最为悲伤的事情。

0148 优生筛查

孕妇感染了巨细胞病毒、单纯疱疹病毒、风疹病毒、弓形虫、乙肝病毒、人乳头瘤病毒、解脲支原体、沙眼衣原体、淋球菌、梅毒、艾滋病毒等病原体，就有可能造成胎儿宫内感染。胎儿感染后可能会导致流产、死胎、畸形及一些先天性疾病。对这些病原体的筛查，称为优生筛查。

解读优生筛查报告单

目前主要通过对病毒抗体水平的检测，进行优生筛查，检测报告单上常常是这样报告的：

抗体IgG阴性：说明没有感染过这类病毒，或感染过，但没有产生抗体；

抗体IgM阴性：说明没有活动性感染，但不排除潜在感染；

抗体IgG阳性：说明孕妇有过这种病毒感染，或接种过疫苗；

抗体IgM阳性：说明孕妇近期有这种病毒的活动性感染。

一般认为，孕妇的活动性感染与胎儿宫内感染有关。所谓活动性感染就是孕妇体内有病毒复制，处于患病阶段，是相对于单纯的病毒携带而言的。

通常情况下，抗体IgG阳性提示既往感染过此类病毒，但现在未处于活动期；抗体IgM阳性提示新近感染了病毒，或过去曾经感染过，现在复发了，处于活动期。因约40%的活动性感染容易引起胎儿的宫内感染，所以孕期检查主要检查孕妇血中的IgM抗体。但也有一些IgM抗体不高的孕妇，可能有潜在感染，也可能造成胎儿宫内感染。

我国育龄女性巨细胞病毒感染率比较高，据调查，孕妇中各种病原体的活动性感染在3%～8%。

经过以上分析，你可以清楚了解，在化验单上，不是一看到有（+）或阳性，就认为会造成胎儿的宫内感染。IgG抗体阳性，仅仅说明既往感染过这种病毒，现在或许对这种病毒有免疫力了。IgG抗体阴性，说明孕妇也许没有感染过这种病原体，对其缺乏免疫力，应该接种疫苗，待产生免疫抗体后再怀孕。接种过一些病毒疫苗的妇女会出现IgG抗体阳性，所以要分清哪个是保护性抗体，哪个是非保护性抗体。

是否孕妇感染了以上病原体，就一定造成胎儿宫内感染呢？并不是说所有感染的孕妇都会造成胎儿宫内感染，但毕竟造成胎儿宫内感染的机会很大。因此，一旦确定有上述病原体感染，就应该积极治疗。及时发现和处理孕期的宫内感染，是母婴保健工作的重要内容。因此建议如下：

（1）孕妇要进行早期宫内感染筛查，如果血清IgM抗体检测结果阳性，就要进行重复测定；

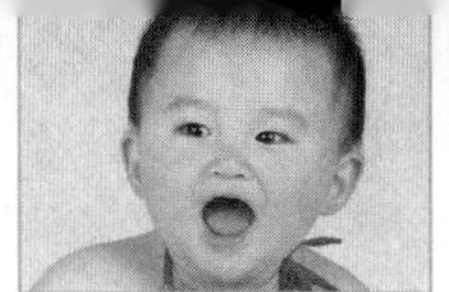
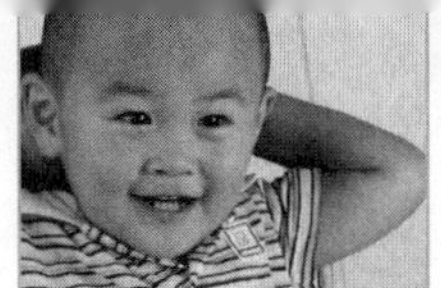
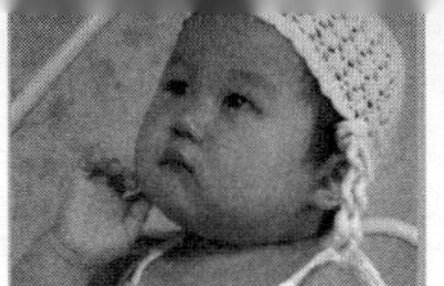
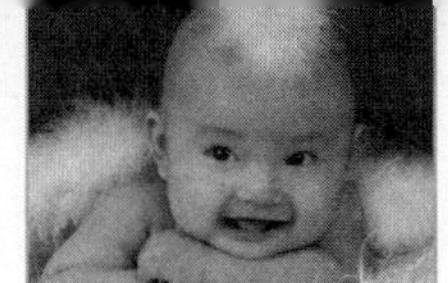
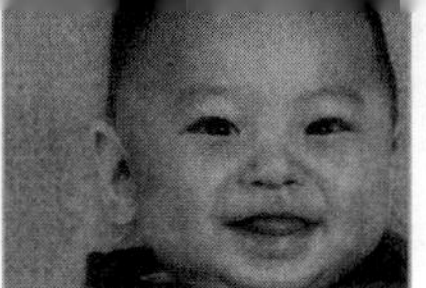

（2）对已经确定有感染的孕妇，无论有无宫内感染证据，都要积极治疗；

（3）经治疗未见明显效果者，要做胎儿宫内产前感染诊断，以确定是否有胎儿宫内感染；

（4）确定有宫内感染者，可采取宫内给药治疗或建议终止妊娠。

第十章　孕9月（33～36周）

第一节 胎儿过大、入盆和胎位

0149 胎儿体重

从这个月开始，胎儿体重增加非常明显，出生时的体重，几乎有一半是从33周到40周这7周里增长的。所以妈妈的肚子，会从这个月开始迅速增大。

0150 胎动、胎心

胎动减少

这个月胎儿活动频率和强度都有所减少，这不是因为胎儿变得懒惰或有什么问题，而是忙活正经事呢——下个月就要从妈妈的子宫出来了，这段旅程虽然不长，却至关重要，如果不做好充分准备，就有难产的可能。

把胎位调整正确，头部要朝下，头顶正好对准子宫出口。如果是面部、前额等处对着出口，就不能顺利娩出；胎儿开始缓慢地向骨盆入口移动，这叫入盆。尽管一旦入盆，胎儿就不能很自由地活动了，但胎宝宝还是要这样做的；如果等到分娩时再急忙入盆，可能会撞坏头颅，这可不是好玩的，胎儿的头部还比较脆弱。

尽管胎动的频率和强度变化是正常的，妈妈也不要就此放松警惕。如果胎动频率和强度减少过于明显，要想到胎儿异常的可能。还要认真计数胎动，发现异常及时看医生。

胎心率下降

随着胎儿不断向骨盆方向移动，胎心最清晰的位置也逐渐靠下了。仰卧位时听得比较清楚，胎心率还是140～160次/分钟。如果小于120次/分钟，或大于180次/分钟，要注意观察。如果一天都是这样的话，就应该看医生了，胎心率慢比胎心率快更应引起重视。

胎心音是强而有力的，像钟摆一样“哒、哒”地跳，音调高低和声音强弱差不多，不像成人“咚、嗒”地跳，一声高一声低，一下强一下弱。胎儿醒着时心率相对快些，睡眠状态时，心率减慢；胎儿活动时心率明显增快，安静时心率慢，这是胎心率的正常现象，如果缺乏这种变化，那就不正常了。因此，在听胎心率时，不要因为心率忽快忽慢而着急。只有过快或过慢才是异常的。

第二节 全方位呵护准妈妈

0151 体重、腹围和宫高

准妈妈体重每周增长500克

到了妊娠后期，腹部增大的速度比较快，体重平均每周可增长500克。到了第9月末，如果你的体重比孕前增长了15千克，说明你和胎儿的营养状况不错。不要试图再增加食量，体重增长过多，不但会给你带来很大负担，比如活动不便、喘气费劲、腰背酸痛、下肢静脉曲张、睡眠障碍等，也会使胎儿巨大，给分娩带来困难。

孕妇不能限食，更不能减肥，但如果体重增长过快，适当控制热量的摄入非常必要。吃高蛋白质、低热量、富含维生素、矿物质的饮食，不但可避免孕期过胖和胎儿巨大，还不会导致胎儿营养不足。

含热量高的饮食包括含糖、高脂饮食，如甜点、巧克力、蛋糕、油炸主食、奶油、奶酪、黄油及快餐食品。蔬菜是含维生素丰富且低热量的食物。如果你感觉体重增长过多，又很难从饮食上调节，可找医院的营养师或保健医师，根据具体情况为你制订一套饮食方案。

宫高

孕36～40周时，宫高每周增长0.4厘米；子宫底的高度可达剑突下2～3厘米，子宫开始挤压心脏和胃，有的孕妇可能会感到心慌、气短、胃部发胀，食量可能也会有所下降。不要紧，可以少食多餐，就是一次少吃点，多吃几餐，这样既保证了母子营养供应，又不使孕妇难受。如果一次吃得过多，扩张的胃会挤压心肺，导致孕妇呼吸不畅、心悸、气短。

由于不断增大的子宫压迫肾脏，孕妇小便次数更加频繁，大便秘结。子宫压迫输尿管引起肾盂积水，这更要求准妈妈不要憋尿。仰卧位时，下腔静脉、腹主动脉、输尿管会受到子宫的压迫，影响静脉血回流、胎盘血供应、尿液的排泄。因此，孕晚期最好不取仰卧位，坐着时也不要向后倾斜。尽量抬高下肢，减轻下肢浮肿程度，避免下肢静脉曲张。有的孕妇一直到分娩都没有浮肿，这是很好的。

腹围

孕36周以后，腹围增长速度减慢，每周增长0.25厘米。

0152 重视产前检查

每次产检时，医生都会为你测量血压，化验尿蛋白及浮肿情况，这是非常重要的。在正常妊娠女性中，妊娠高血压综合征（妊高征）的发生率是5%～9%。妊高征是比较严重的妊娠并发症，对母子健康有极大危害。对血压、尿蛋白、浮肿的监测，就是为了及时发现妊高征。

有的孕妇测量血压时不是很在意，尤其是冬季，不愿意脱衣服，只是把袖子捋上去，结果不能把上臂充分暴露出来，血压袖带无法放置在正常位置。如果衣袖过紧，就会挤压血管，如此测得的血压值不准确，就失去了测量血压的意义。

有的孕妇认为每次都化验尿没什么必要，其实上次尿检正常不能说明尿检一直是正常的。如果某一次没有化验尿液，就有遗漏尿检异常的可能，延误妊高征的诊治。如果尿蛋白阳性，就需要另外做一次尿检，包括7个项目：尿蛋白、尿糖、尿胆素、尿胆原、尿酸盐、尿pH值、尿镜检（红、白细胞及其他有形）。这7项都有实际意义，如尿糖阳性提示有妊娠期糖尿病的可能，需进一步做糖耐量试验；尿胆素阳性提示可能有胆汁淤积；有白细胞或红细胞，提示有尿路感染的可能。

0153 预防早产办法

早产儿需要很好的护理和比较高的医疗技术支持，才能健康地成长。如果医疗条件差，死亡率还是比较高的。无论如何，早产儿总不如足月儿。

早产儿的生命质量会受到许多威胁，尤其是大脑。胎儿的大脑是最早分化发育起来的，但一直到足月，大脑仍没有完成发育的全过程。胎儿的大脑也是最脆弱的，最容易受到伤害，多在子宫内生长一天，胎儿大脑就发育完善一天。如果提前出来，就意味着胎儿过早地独立生存了，没有了妈妈的帮助，尚不成熟的早产儿会遇到更大的生存挑战，需要拿出更多的能量对付外界不利因素的干扰，不再能一心一意地发育大脑。所以预防早产是重要的，妈妈不要忽视。

（1）调整性生活，不要动怒，洗澡时间不要过长，避免劳累；

（2）保证充足的睡眠和休息；有职业的孕

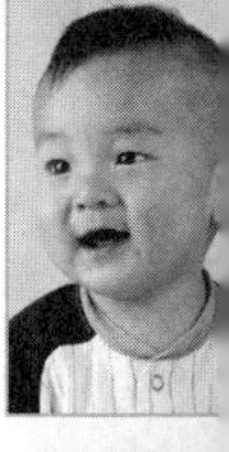
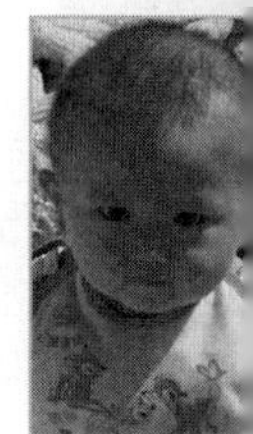
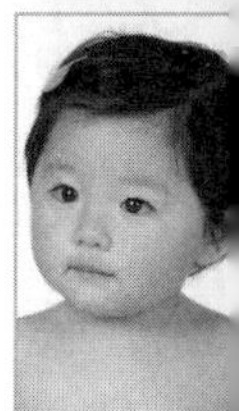

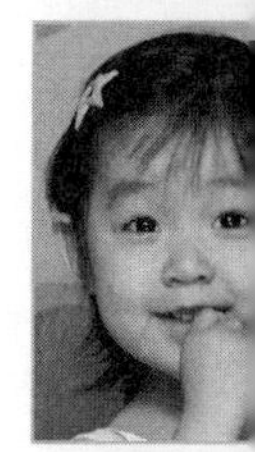
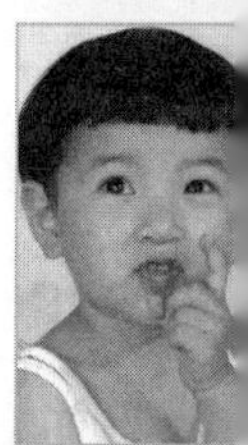

妇，可能会一直等到动产时才能休假，要注意工作强度，如果感到累，就提前休假；

（3）长时间逛街是不明智的；不适合长途旅行或远足郊游；

（4）不要异常扭动身体；不要做从来没有做过的运动；不要突然改变体位，如突然从座位上起来，或听到电话铃声就突然跑去接听；

（5）家里刚擦完地板，不要走动；擦地不要使用肥皂水或其他能使地板打滑的东西；木地板最好停止打蜡；穿非常合适的鞋子，即使在家也不要穿拖鞋；

（6）下楼梯，或走凹凸不平的路时，要注意重心；雨雪天气不要外出；

（7）如果产前检查时医生告诉需要休息，一定要听从医生的劝告。

0154 到外地分娩

做好分娩的准备，如果打算到外地（娘家或婆家）分娩，要提前做好准备，根据路途远近选择交通工具和时间。

选择交通工具的原则是：能乘坐火车最好不乘坐汽车和飞机；能乘坐飞机，最好不乘坐轮船；能乘坐江轮，最好不乘坐海轮。最好不选择夜车。

时间：最晚要在距离预产期四周前赶到准备分娩的目的地，这样不但避免途中可能动产的危险，还能为在异地分娩做好充分的准备。到了目的地，应尽快去准备分娩的医院，把产前检查记录拿给医生看，让医生了解你的整个妊娠过程，检查你目前的情况，制订未来的分娩计划。

即使是比较近的旅途，也要做好充分准备，带全途中所需物品。尤其不要忘记母子健康手册、产前检查记录册以及所有与妊娠有关的医疗文件和记录。

0155 孕9月可能遇到的问题

阴道分泌物增多

随着临产的到来，阴道分泌物可能会增多，要注意局部清洁，每天用清水冲洗外阴。如果用洗液，最好有医生的推荐，有些洗液会改变局部环境的酸碱度，反而增加局部感染的机会。孕期易患霉菌性阴道炎，霉菌是机会菌，如果长期使用具有杀灭细菌的洗液，霉菌就会乘机感染，成为致病菌。所以，用中性的清水或洗液洗是比较安全的。

疲劳感

到了这个月，孕妇可能会时常有疲劳的感觉，要注意休息，不要等到异常疲劳时才休息。要有规律地生活，保证足够的睡眠，尤其不要熬夜，熬夜是最不利胎儿生长发育的。如果妈妈在孕期没有养成良好的生活习惯，会影响到胎儿，甚至影响到出生后新生儿的睡眠习惯。

腰背痛

孕后期，随着子宫增大，孕妇可能会出现腰背部酸痛。这是由于肚子向前膨隆，为了保持稳定的直立位，不得不拉紧腰背部肌肉，以保持重心平衡，腰背部肌肉长期处于紧张状态，势必导致腰背肌疲劳，腰背出现疼痛。

另外，胎儿头部开始进入骨盆，压迫腰骶脊椎骨，这也是引起腰背痛的原因之一。有的孕妇腰背痛很显著，不排除有疾病的可能，如腰椎间盘突出、腰肌损伤、孕前经常穿很高的高跟鞋等，腰背肌已经处于疼痛的临界点，怀孕后就显现了。有的孕妇从始至终都没有很明显的腰背痛，有的孕妇很早就感觉到腰酸背痛，这与孕妇的身体状况、子宫在腹中的位置、胎儿的大小等有关。

减轻腰背痛的方法：减少站立时间；站立时最好把一只脚放在凳子上或任何稳固的高处，如台阶；不要睡过软的床垫，如果睡的床垫过软，躺下就深深地陷进去。如果不能通过一般方法缓解，要寻求医生帮助，或找理疗师及运动专家，制定适合本人的护理和锻炼腰背肌的方法。在水中慢慢地游动或在热水中泡上10分钟，对缓解腰背痛有一定的帮助。

不要忘记了，一阵阵腰痛可能是子宫收缩造

成的，如果感觉与平时的疼痛不一样或忽然加重，要去看医生，确定是否有临产的可能。

呼吸不畅

增大的子宫把膈肌（胸腔与腹腔之间相隔的肌肉，即辅助呼吸肌）顶高，使得胸腔体积减小，肺脏膨胀受到一定限制。进入肺泡的氧气减少了，氧供应不足，准妈妈会感觉呼吸不畅或气短。如果不是忍受不了的气短，不用担心胎儿会缺氧，胎儿会从妈妈那里获取足够的氧气来满足生长的需要。

第三节 为宝宝准备用品

现在是做分娩前准备的时候了，宝宝出生后所有用品，应该在这个月末准备齐全。亲朋好友可能会为你的宝宝购买一些物品，但一般情况下，都会在你的宝宝出生后送给你。所以，你和丈夫应该准备你住院分娩及分娩后所需的东西。

0156 婴儿寝具

婴儿房间

大多数家庭喜欢选择比较小的房间做婴儿房，或选择窗户朝北的房间做婴儿房，这都是不好的。小房间不易保持良好的空气，朝北的房间很少能见到太阳。应该把宝宝放在阳光充足的房间，白天不要挂遮光的窗帘。

木地板要比地毯好得多，不但容易清扫，还不易藏污纳垢。有的家庭使用儿童塑料拼图铺在婴儿房中，使用前一定要彻底清洗、通风至无味，使用中定时清洗。

很多妈妈把电视放在婴儿房，而且离床很近，这样不好。宝宝睡了，妈妈应该抓紧时间休息，这样会增加奶的产出。宝宝醒着时，妈妈和宝宝进行交流，对宝宝的智力发育有极大的好处。妈妈长时间看电视，光声电污染时刻干扰宝宝的睡眠和发育，对妈妈和宝宝的健康都不利。宝宝醒来时，可放优美的音乐。

房间里一定要挂温度计和湿度计，有暖气、电扇、空调设备，可以摆放绿色植物（不释放有害物的品种）和加湿器，保证适宜的温度和湿度。

婴儿床

有的父母可能想得长远一点，购买比较大的床，以便宝宝长大后也能睡。这看起来是一步到位了，但一点也不好。这样的床放在父母房间里很挤，而新生儿甚至到 1 岁时，在未断奶前，离开妈妈独睡都是很困难的。所以，买一个能放在父母床旁的小婴儿床并不是多余的。

小婴儿床至少能睡到3岁， 3 岁以后再给宝宝买一张儿童床，这样并不浪费。当然，如果你的亲戚朋友家里有使用过的小婴儿床，拿来使用也不错。老人们认为使用其他宝宝用过的东西更好。

一定要购买质量可靠的婴儿床。木质的床不错，冬天不凉。床四周必须有护垫保护。床的一面围栏应该是活动的，晚上睡觉时，把围栏放下来，与父母的大床对接好，晚上护理宝宝就比较方便了。最好买与父母床高低相同的婴儿床。

床四周栏杆缝隙宽窄要适合婴儿，如果缝隙过宽，婴儿的头部有被卡的危险；如果缝隙过窄，婴儿手脚有被卡的危险。当婴儿醒着时，也影响宝宝的视觉。婴儿到八九个月，就能扶着床栏杆站起来了，如果床栏杆高度不能达到婴儿腋下，就有“倒栽葱”的危险。所以，床栏杆至少要在50厘米以上。

婴儿床要配有蚊帐，质量要轻薄透气。不宜选择有图案和色彩花哨的蚊帐，要给宝宝营造一个安静平和的休息、睡眠空间。

床上用品

无论是买现成的，还是自己缝制，都应选择纯棉的面料。化纤面料容易让刚刚出生的婴儿过敏。如果使用布尿布，容易尿湿被褥，所以要多准备几套，至少4套。不要选择色泽深的布料，色泽浅的比较适合。刚出生的婴儿不需要枕头。最好不买化纤小毛毯，化纤毛毯脱落的飞毛易使宝宝过敏。可以选择纯棉毛巾被、纯棉面料套的小毛毯。婴儿用品必须可以水洗，至少是面料可

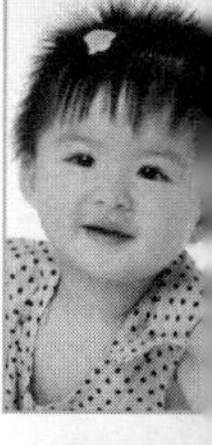

以拆洗的。不可以水洗的部分必须常常暴晒。

0157 尿布、哺乳和出行用品

婴儿车

带遮阳伞的婴儿车比较好，在炎热的夏天把遮阳伞打开，比给宝宝戴遮阳帽好，遮阳帽会影响婴儿的视野，还容易被风刮落。有蚊帐不但可以防止蚊叮虫咬，大风天气还可以防风沙，树阴下可以防止鸟虫粪便、毛毛虫掉到宝宝脸上、手上。

能改变车身角度的最好，如果宝宝睡觉了，可以放平让宝宝躺下；如果宝宝醒了，就折叠起来，让宝宝坐着。无论什么式样的婴儿车，质量是第一重要的。

能够把车身从车座上拆卸下来的婴儿车是一车多用型的,可以把婴儿车上半部分当婴儿提篮使用，当婴儿在车里睡熟后，可以把婴儿连人带筐提走，防止挪动婴儿时受风感冒。同样，也方便把婴儿挪到婴儿车上、汽车上或家里。但要注意，这样的产品对连接部位质量，要有比较高的要求。

婴儿汽车座椅

在私家车上必须为宝宝配上一个婴儿座椅，这样做的爸爸妈妈并不多，有些妈妈的解释很令人震惊：自己抱着最安全。

这与其说是事实，不如说是心情——妈妈喜欢把宝宝抱在怀里，感觉这样最安全。实际上这样是最不安全的，让婴儿背对着汽车行进的方向，婴儿座椅放在正对司机的后排座位，这是最安全的安排。

婴儿浴盆、浴床

不要选择金属盆，一是过凉、过沉，二是薄薄的金属边有磕到宝宝的可能。无毒无味的塑料盆或自然的木盆都可以选用。为了防止宝宝滑脱或牵拉宝宝时太用力，最好给宝宝同时配一张小浴床。至于沐浴液倒是不着急，等宝宝出生后再买。

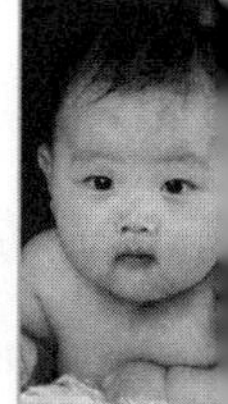

婴儿服

婴儿服不需要时髦，但需要实用。为宝宝准备三四套和尚领或开肩套头宝宝服，两套宽松的婴儿睡衣，几双小棉袜，小软鞋，一件小斗篷。不需要买太多，亲朋好友会送给你一些。买衣服的诀窍是讲究质地、功能、实用。

婴儿尿布

这是必不可少的婴儿用品，用量惊人。宝宝出生前，你和丈夫应该商量一下，你们准备给宝宝使用什么尿布，是一次性纸尿布，还是纸尿裤，还是布尿布，还是几种穿插着用。如果选择布尿布，是自己用棉织品消毒制作，还是购买现成的等等。纸尿裤一个月下来大约要数百元。如果家里有足够的人手洗尿布，选用布尿布很好。

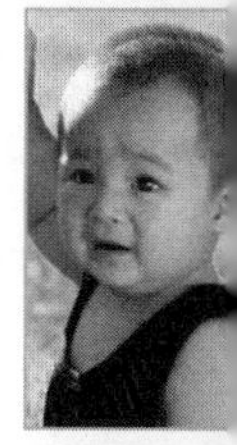

哺乳用具

即使是母乳喂养，准备两套婴儿用的餐具也很有必要，包括奶瓶、奶锅、水杯、小勺、榨汁器、暖瓶、滤网（滤菜汁和果汁用，也可使用纱布）。需要提醒的是，给婴儿使用的任何餐具，都不能是铝制餐具。塑料奶瓶透明度低，有污渍时不易被发现，也不如玻璃奶瓶容易清洗。但塑料奶瓶轻巧不易碎，当小婴儿会自己拿奶瓶喝水时，最好选择塑料奶瓶。现在很多奶瓶都带测奶温的温度计，这确实很方便，但也有弊端，如果温度计出了毛病，而妈妈又不知道，会带来麻烦。用传统的方法，滴几滴奶或水在妈妈的手腕内侧，妈妈有天生的敏感，这样更保险。

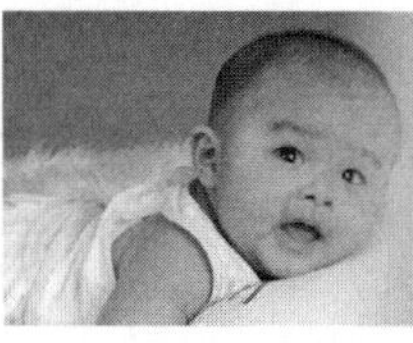

第十一章 孕10月（37~40周）

第一节 分娩前的胎儿异常与胎头衔接

0158 密切监测胎儿情况

胎动异常

当胎儿头部与妈妈的骨盆“衔接”后，胎动的频率、幅度和强度就开始减弱了。胎儿的头钻入妈妈产道的入口，并继续努力向产道出口移动，这个任务对于胎儿来说是最重要的，妈妈可能会感觉胎动少了，就在腹壁外刺激胎儿，让宝宝还像以前那样活跃，这会干扰胎儿的工作。

如果胎动次数明显减少，12小时内小于10次，或胎动较前减少了50%，或凭借你这几个月的经验，预感胎儿有异样，不要犹豫，马上看医生。

胎心异常

胎儿开始向子宫颈口移动，子宫底下降，胎心位置明显比原来低了。进入临产期，会有无痛性子宫收缩。当子宫收缩时，胎心率减慢，如果恰好在这时听胎心，心率可能会接近120次/分钟。这不是异常情况，宫缩停止后，胎心率会恢复到原来的水平。如果胎心率持续不恢复，或胎心率低于120次/分钟，或高于180次/分钟，要与医生取得联系。

0159 胎头衔接

胎头衔接是描述胎儿向妈妈的骨盆方向下降的过程。不言而喻，骨盆是骨性结构，是胎儿自然娩出时的必经通道——骨产道。对于初产妇来说，衔接通常在分娩前的2～4周开始；经产妇则通常在临近分娩时开始。但这只是一般规律，每个孕妇之间存在着个体差异。

有的孕妇还差2天就到预产期了，可医生告诉她胎头还没有衔接，为此非常担心能否自然分娩。不必担心，有的初产妇宫口已经开全了，胎头还浮得很高，破水后，胎头才开始入盆，但生产过程仍然很顺利。如果医生没有告诉你有什么问题，你就尽管放心，这时的担忧会影响你的情绪，阻碍顺利分娩。

第二节 密集的产检和孕妈妈的变化

0160 分娩前的检查

从这个月开始，需要每个星期做一次产前检查。除了例行的常规检查以外，接近预产期的时候，医生会给你做“内诊”或“肛诊”检查，了解子宫颈口情况，大多数孕妇不愿意接受内诊或肛诊检查，因为有些不舒服。如果医生认为非常有必要，那你就欣然接受检查吧。

医生通过肛诊检查，主要了解产妇子宫颈口是否如期扩张，以及胎头衔接、产位、宫颈顺应情况等，宫颈如期扩张与否，更能客观反映分娩是否正常，所以产科医生和助产士都很重视。我国的产科医生和助产士多采用肛诊检查法，当肛诊摸不清时，再采取内诊（阴道检查）。

已经接近妊娠尾声，对血压的监测显得更加重要，血压的突然增高可能是妊高征的显现，医生会高度怀疑有发生子痫（妊高征危重表现）的可能，会让你住院。不要忽视血压的测量。还要重视尿检，认真地留取尿液，通过尿检可以发现妊高征、糖尿病和尿路感染。

0161 整个孕期该增加多少体重

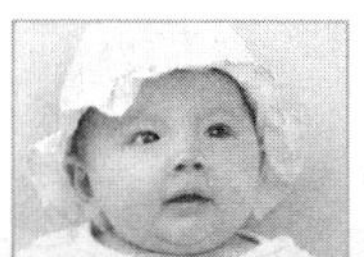

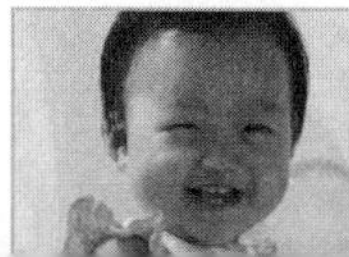

整个孕期体重增加多少是正常的？通常情况下是12.5～17.5千克，平均15千克。具体到每个孕妇，体重的增长程度存在不小的差异：有的孕妇只增加10千克，或许还低于这个数值；有的孕妇增加25千克，甚至比这个数值还高。孕期体重增加过少或过多都应引起重视，寻找可能的原因。

现在已进入最后的妊娠阶段。这个月里，大多数孕妇的体重不会有显著增加，即使没有增加也是正常的，如果增加多了，应该注意饮食结构，少吃高热量食物。这时控制一下体重是有好处的，除了脑和肺，胎儿的各个器官都发育成熟了，如果摄入过多的热量，胎儿就开始“长肉”了，可能会成为一个巨大儿，给分娩带来困难。

0162 子宫高度下降不奇怪

和未孕时相比，孕晚期子宫可能增大了1000倍，这个月还在继续增大。但子宫高度却开始下降了，因为胎儿头部开始钻进妈妈的骨盆，把子宫也往下拽了。子宫高度下降对孕妇可是好事，气短现象明显减轻，胃部也不那么饱胀了，感觉轻松多了。人类的确聪明，胎儿让妈妈在最后这一个月里好好休息，好好吃，养精蓄锐，等待分娩——完成最后的冲刺。

但有些孕妇即使到了这个月，仍然感到气短，子宫底顶着膈肌，不但胸部被增大的子宫顶得难受，甚至肋疼痛，耻骨、腰部和骶部也开始酸酸的，还一阵阵地疼痛，这在身材比较矮，或胎儿比较大的情况下更易发生。如果两肋痛，尽量少坐。如果耻骨和腰骶痛，就尽量少站、少走，多采取侧卧位，适当使用腹带，可减轻疼痛。

0163 可能出现的问题

再次尿频

由于胎儿向骨盆下降，压迫膀胱，妈妈再次出现尿频。不要紧，把精神放松，不要老是想着它，有尿意就去坐便盆，身体略微向前倾斜或许会帮助你尽量排空膀胱里的尿液。但如果发现并没有尿就应该马上起来，千万不要总是坐在便盆上，这会使你的子宫颈出现水肿。也不要因为尿频而不敢喝水，你的身体需要大量的液体来维持胎儿的生长发育。

痔疮

如果准妈妈怀孕后不久就患了痔疮，这个月可能会因为胎儿入盆，增加了对腹腔和直肠的压迫，而使痔疮加重，这给妈妈带来不小的苦恼。用湿热的毛巾敷一敷，可能会减轻疼痛；尽量侧卧位；如果痔疮比较严重，要看肛肠科医生。有一点尽管放心，不会因为有痔疮而影响分娩，也不会因此而增加分娩时的疼痛，医生会妥善解决这个问题。

坐骨神经痛

到妊娠末期，胎头入盆，压迫一侧或双侧坐骨神经，可引起孕妇坐骨神经痛。妊娠期孕妇体内产生一种松弛激素，可使韧带松弛，由此引起腰椎韧带松弛，容易发生腰椎间盘突出，引起坐骨神经痛。妊娠后期孕妇手提或肩扛重物时，可诱发腰椎间盘突出，引起坐骨神经痛。

卧床休息，卧硬板床更好。至少需卧床休息4周。产后多能恢复，不需要药物或针灸治疗，也不宜手术治疗。

不宜坐浴

妊娠后，胎盘产生大量雌激素和孕激素，致使阴道上皮细胞通透性增强，脱落细胞增多，宫颈腺体分泌功能增强，使阴道分泌物增多，改变了阴道的正常酸碱度，易引起病原菌感染。到了妊娠晚期，宫颈短而松，一旦发生生殖道感染，很容易通过松弛的宫颈感染到宫内。生殖道感染增加软产道裂伤的机会，宫内感染可引起胎儿感染。因此，防止生殖道感染对孕妇来说是非常重要的。

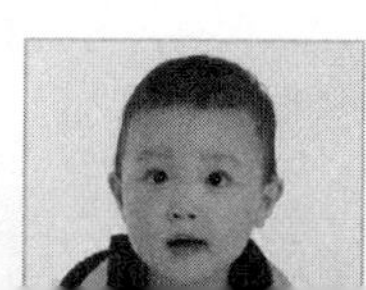

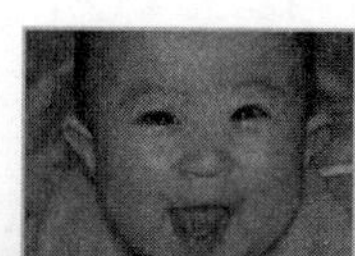

第三节 迎接预产期

0164 临产

不要急着进产房

有了临产先兆，并不预示着就要分娩了，离分娩还差许多呢，这时不要急着往医院跑。尤其是第一次怀孕的孕妇，急急忙忙地来到医院，还大多是半夜三更，可到了医院，孕妇什么事也没有了，如果一两天内分娩那是很正常的，有的住院三四天都没有分娩的迹象。有的孕妇肚子痛得不得了，丈夫强烈要求进产房，怕把宝宝生在待产室中，这样进进出出好几次，弄得孕妇和家人都筋疲力尽，这对顺产是不利的。

要特别提醒准妈妈，尤其是初产妇，临产时要保持镇静，精神放松，相信医生、护士的判断和处理，冷静地对待临产前出现的、你从未有过的体验，切莫惊慌。如果你说“我受不了了”，你的丈夫和亲人就会因为你和你腹中的胎儿而加倍紧张。周围亲人的紧张又反过来影响你。出现这样的情形，对你顺利分娩没有一点好处，有很多难产都是这样发生的。你应该有充分的思想准备，选择了自然分娩，就要勇敢去面对，这是做母亲的天职。

真正的临产先兆

(1) 上腹部变得轻松；

(2) 阴道分泌物呈现褐色或血色；

(3) 耻骨处或腰骶部一阵阵地疼痛，似乎比较有规律；

(4) 肚子一阵阵地发硬、发紧或隐隐作痛；

(5) 忽然有较多的液体从阴道中流出；

(6) 没有大便，却有非常明显的便意；

(7) 感觉到很有精神，想彻底打扫房间，想把宝宝出生后的东西再清点一下，这可能预示着你已经进入临产状态，一些孕妇有这种预感。

假临产先兆

回答以下几个问题，如果答案都是否定的，说明你离真正的分娩还有一段距离，是假临产。

(1) 子宫收缩的强度增加了吗？

(2) 子宫收缩时间恒定吗？间歇时间规律吗？比如每次子宫收缩的时间大约持续1分钟，每4分钟收缩一次，是这样吗？

(3) 腰背痛，好像是痛经，下腹部疼痛吗？

(4) 子宫收缩在身体移动或改变体位后还继续吗？

(5) 子宫收缩开始时，你不能和周围的人谈话吗？

(6) 已经破水了吗？

请注意，如果你对以上问题的回答都是肯定的，真正的分娩可能马上就要开始了。

分娩预测

按照末次月经计算的预产期，准确率并不高，只有5%的胎儿是按时出生的。胎儿比预产期早一两周或晚一两周出生，都是正常的。如果超过预产期2周（42周），被视为过期产。和早产一样，过期产对胎儿也不利。所以，如果超过预产期2周还没有分娩迹象，医生就要采取措施让胎儿尽快出来。

有的孕妇无论如何也记不清停经的确切时间，有的孕妇平时月经周期就不准确，甚至有隔月的现象，这会给预产期的预测带来麻烦。在这种情况下，大多根据胎儿在子宫内的发育情况，通过B超来评估胎龄。如果胎儿发育正常，医生的技术也过关，评估的准确性还是很高的。如果胎儿有宫内发育迟缓，或发育过快，就会使胎龄评估出现误差。这会给孕妇带来不安，但一般情况下胎儿都会正常发育，到时候会自然促使妈妈动产。

0165 准爸爸进入临产准备状态

妻子就要进入预产期了，准爸爸开始准备迎接妻子分娩的时刻到来了，把到外地开会、出差等事情推掉，尽量离妻子近一些，以便随时听从妻子的召唤。这时的准爸爸可能比准妈妈更心急，准妈妈主要担心宝宝能否顺利出生，准爸爸不但担心宝宝是否顺利出生，更担心妻子是否能平安度过分娩难关。

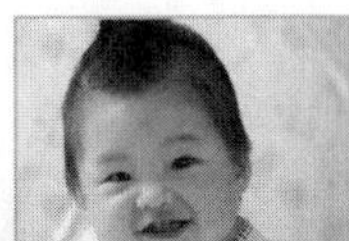

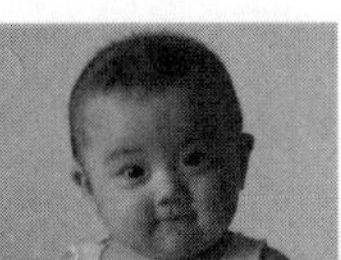

医生护士对此有更深的感受：在分娩前就决定自然分娩的孕妇，多是比较坚强的，她们会咬紧牙关坚持着，等宫缩来临的时候，她们常常是双唇紧闭，或拉着床栏，或攥着亲人的手，汗流浃背，满脸通红，却一声不吭。每当这时往往是丈夫心神不定，一次次问医生到底还要让妻子坚持到什么时候。

分娩前准爸爸的心理准备

如果孕妇在分娩前没有充分的心理准备，或一直对分娩充满了恐惧，或对疼痛的耐受性比较差，进入产程第一阶段时，往往被一阵阵突如其来的宫缩痛打倒、哭喊，不断地重复她受不了了，甚至说她要死了。这个时候，反应最强烈的就是丈夫，坐卧不宁，抱着头痛苦不堪，一遍遍地请求医生给他的妻子剖腹产。遇到性格暴烈的，会很不客气地指责医生、护士。

丈夫没有身体上的疼痛，但承受着巨大的心理压力。医生、护士都能理解准爸爸的焦躁，但理解归理解，准爸爸焦躁对妻子顺利分娩没有任何好处，甚至最终发生难产，不得不行剖腹产。所以，分娩前丈夫的心理准备是非常重要的。现在大多数医院都帮助孕妇制定分娩计划，不但针对孕妇，还针对准爸爸，这样做会增加顺产的机会。

0166 准备好去医院分娩的物品

（1）母子健康手册及孕期保健和产前检查时的医学资料；

（2）一套洗漱用品：医院会提供所需的洗漱用品，但你不一定喜欢，最好自己准备。

（3）衣服、鞋：产院会为你准备消毒的住院服，但只限于外套，其他所有的衣服和鞋子都需要你自己带好，提前打包，待住院时由丈夫拿来。你的分娩，婴儿的出生已经让他晕头转向，你最好在去医院前准备好。

值得提醒的是：不要认为分娩后就可以穿以前的衣服了，你不会那么快瘦回去，孕妇服仍是产后1个月内最适合你的；分娩后要喂哺你的宝宝，套头衣服不适合哺乳，要准备方便的开襟上衣，方便哺乳的内衣和胸罩；带一两套睡衣；带一双保暖性好、柔软舒适、穿脱方便的平跟鞋；如果天气冷，不要忘了带上帽子、围巾、手套和保暖的外衣。

- 准备好必要的化妆品，在分娩后和新生宝宝合影时，让你看起来更漂亮。
- 准备几个奶垫和纯棉柔软、松紧适中的胸罩。
- 准备一些轻松的音乐。
- 带上妊娠日记本或胎儿成长日记，在分娩后把你分娩育儿的感受和经历记录下来。
- 不要忘记带上宝宝所需要的一切：衣服、被褥、帽子、尿布、奶具等，这些你一定早早准备好，包一个包裹，从产院回家前，让丈夫拿来，如果你不放心，和你的东西一起拿来，放在为母子准备的衣柜中。

宝宝即将出生，应该做何准备

准备工作包括知识、思想、物质三个方面。

（1）知道护理新生儿的基本常识，如新生儿的喂养，大小便的次数和性质，房间的布置，环境的温湿度，婴儿床及床上用品，婴儿使用的餐具，婴儿衣物被褥等。

（2）了解新生儿正常的生理反应和病理情况，如新生儿呕吐、打嗝、睡眠、运动能力等。

（3）从思想上认识到自己已经为人父母，应学会控制自己的感情，愉快地度过月子，任何的不愉快都会影响乳汁的分泌，不但把宝宝的“粮仓”弄没了，还影响产后的康复。

（4）婴儿尿布、奶瓶奶嘴、婴儿专用的洗盆（洗澡、洗臀、洗脸分开）。毛巾至少10块，擦嘴、擦脸、擦臀都要分开。奶垫要每次换一块新的。

（5）婴儿服、被、尿布等一定要纯棉、无毒染料、柔软的。

（6）母乳是婴儿最好的食物，一定要争取母乳喂养。有母乳不要给宝宝喂牛奶。实在没有母乳或有不适于母乳喂养的情形，要选择母乳化配方奶，品牌要选择大厂家，有信誉的。

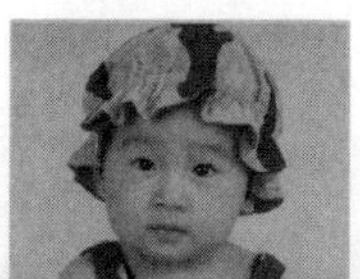
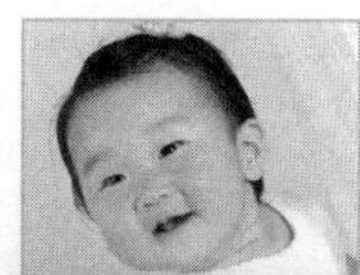
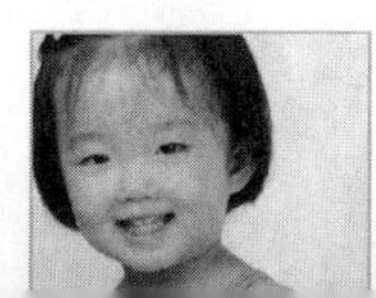

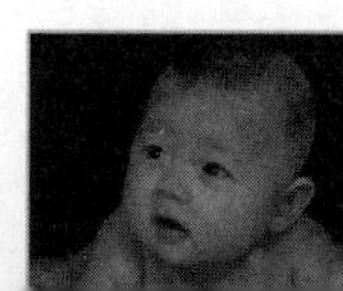

最热的夏季如何坐月子？

我的预产期在8月9日，正是最热的时候，我想请问怎样坐月子才对母子都好？

（1）居室通风：通风时要避免穿堂风或凉风直接吹到产妇和婴儿，不要让电风扇或空调的冷风直接吹到母子身上。室内温度与室外温度相差不要大于7℃。

（2）如果给宝宝睡凉席，上面最好铺一层布单。不要使用“蜡烛包”包裹宝宝，不要盖棉被或太厚的东西。

（3）注意保护皮肤：新生儿容易出痱子，要保持皮肤清洁，每天用温水洗浴1～2次，尿布要勤换，大便后要用清水洗，再涂些护臀软膏，避免尿布疹。

（4）注意喂养卫生：母乳是最好的食物，可避免胃肠道疾病。要补充足够的水分。若是人工喂养，一定要现吃现配。餐具要每天用沸水消毒，奶瓶中不要有剩水、剩奶，喝不了一定要倒掉，洗净奶瓶，干燥保存。

（5）预防产褥热、产褥中暑：室内通风，产妇不要穿得太多，顺产后3天就可冲热水澡，但时间要短，不要泡澡或盆浴。剖腹产后一两周可冲热水澡，最好让亲人协助冲洗，时间也要短，一般不要超过10分钟。洗澡时不要开窗开门，也不要开抽风机。洗完后要用毛巾裹严，不要受凉，待干后再开窗。不要有对流风，洗澡后略感身体微微有汗最好。

（6）注意外阴清洁：产褥热、产褥中暑可危及产妇的生命，一定要屏除旧的风俗习惯，不要“捂月子”。要补充足够的水分，保证充足的睡眠，注意营养。

0167 缘何瓜熟蒂不落——过期产

妈妈妊娠42周以后才出生的胎儿称为过期产儿，为什么瓜熟蒂不落呢？

（1）妈妈月经周期不准确，按照末次月经计算的预产期自然也不那么可靠了，尽管到了“预产期”，可还没到“瓜熟”的时候；

（2）妈妈没有清晰地记住末次月经来潮的确切时间，经B超评估胎龄，预产期打了折扣；

（3）什么都正常，可怀孕的那个月，恰好卵子的排出时间向后推迟了，受精卵的诞生晚了半拍，胎儿在子宫内生活时间还没满期；

（4）不知是什么原因，不能启动分娩，是真的过期了，这时胎盘可能会老化，胎儿不能得到充足的氧气和营养素，再呆在子宫中只有坏处了。医生会想办法让超过预产期的胎儿尽量分娩，一般不会等到42周，超过1周就开始想办法了。孕妇也不要抱着“瓜熟蒂落”的观念不放，到了预产期不动产，应该看医生。有时宝宝不能该出来时就出来，需要医生的帮助。

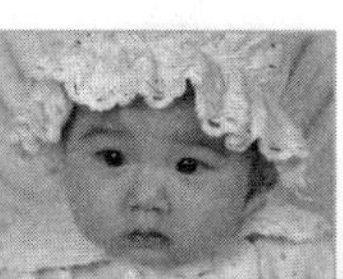
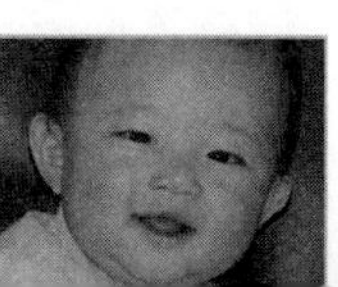
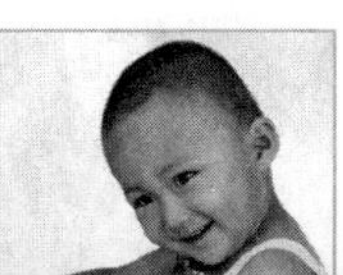

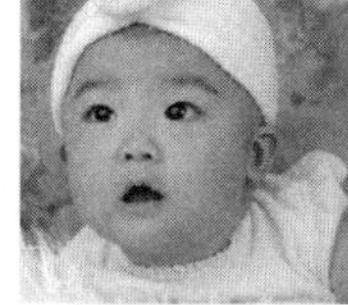

第十二章　分娩

第一节 进入临产状态

0168 分娩前可能忽视的问题

容易忽视的预备事项

怀孕40周前后，胎儿就会“瓜熟蒂落”，但究竟是哪一天，却难以预测。等待宝宝诞生的日子既令人兴奋又让人着急。不必着急和担忧，做好准备，耐心等待那一刻的到来吧。

就要生宝宝了，这不但对孕妇来说是重大时刻，对就要做爸爸、爷爷、奶奶、外公、外婆的人来说，也是一件重要的事情，他们会为宝宝的诞生做许多准备。准备越充分越有利于分娩和随后的喂养生活。下面这些不起眼的事情，你准备妥当了吗？

（1）应该什么时候给医生打电话，什么时候去医院？

（2）是先给医生打电话询问，还是直接去医院；如果在夜间或节假日，如何和他们联系？

（3）从家到医院的路途，一天24小时是否都能畅通无阻；在上下班交通高峰期间，从你家到医院大约需多长时间？

（4）寻找一条备用路，以便当道路堵塞时能有另外一条路供你选择，尽快到达医院；

（5）准备乘什么交通工具去医院，是私家车、出租车、单位的车，还是朋友的车；

（6）住院用品准备好了吗？包括医疗手册、换洗衣物、洗沐用品、身份证、钱、通讯录、待产期间的休闲食品及读物（包括陪护人的）、个人卫生用品、婴儿用品等等。是否放在一个包里，可以随时拿走；

（7）你分娩时谁负责陪护，如果他临时有什么特殊情况，谁可以替补；

（8）工作的事情是否安排好了，是否把你的预产期和休假计划告诉你的领导，如果你自己就是老板，公司的工作安排好了吗？把公司交由谁打理；

（9）分娩后谁帮助照顾宝宝，一旦发生特殊情况，如何联系医院和医生。

容易忽视的产前征兆

你早已知道预产期是哪一天，但没有任何人知道宝宝会在什么时刻出生。见红、腹痛是最常见的产前征兆，除此之外，你还知道哪些临产先兆呢？下面这些你听说过吗？

（1）感觉好像胎儿要从你的下部掉出来，这是因为胎儿的头部已经降到骨盆。这种情形多发生在分娩前的1周或数小时。

（2）阴道流出物增加，这是你在孕期累积在子宫颈口的黏稠分泌物，当临产时，子宫颈胀大，这些像塞子一样的黏稠物就到了阴道，使得阴道分泌物多了起来。这种现象多在分娩前数日或即将分娩时发生。

（3）水样但发黄的液体从阴道涓涓流出，也许呈喷射状流出，使你的内裤，甚至外裤湿透，这是羊膜破裂，称为破水。这种现象多发生在分娩前数小时或临近分娩时。

（4）宝宝出生前会有破水现象，但有的破水并不是真的，只是前膜囊破了，包裹胎儿的胎膜并没有破，所以流出一股羊水后就没有了。

（5）有规律的腹肌痉挛，后背、腰、肚子、骶尾（尾巴骨）或耻骨（腹部下的骨头）痛或酸胀。这是子宫交替收缩和松弛所致，随着分娩的临近，这种收缩会加剧。

（6）胎儿要出来，子宫颈就要张开，阴道也被扩张，骨盆入口和出口也要扩张到足够让胎头出来的程度，疼痛是必然的。如果你是初产，不要着急，只有宝宝真的要出来，也就是动产时，

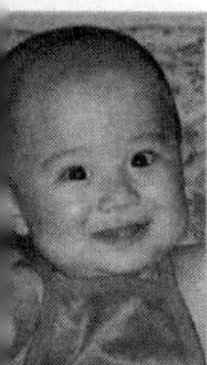
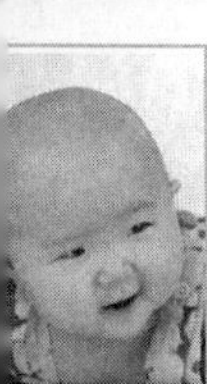

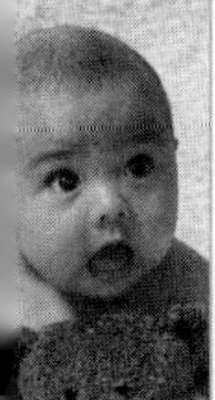

真正的阵痛才会开始。你的腹痛刚刚发生，仅仅是预演，离胎儿娩出还早着呢，你不会把宝宝生到家里或路上的。

出现下列情况，请马上去医院或请医生

（1）即便在没有发生宫缩的情况下，羊膜破裂，羊水流出。

（2）阴道流出的是血，而非血样黏液。

（3）宫缩稳定而持续地加剧。

（4）产妇感觉胎儿活动明显减少或停止。

0169 临产先兆

初产妇对真假临产征兆很难辨别，通常是急迫地到医院。家里人更是着急，因为他们不知道你到底有什么感觉。如果你不能辨别真假临产，就给医生打电话，事情就会变得简单了。

表现各异的临产先兆

并不是所有的孕妇都按一定的顺序出现临产先兆；也并非每个孕妇都出现所有的临产先兆；对于每一个孕妇来说，临产先兆的表现、感觉也不尽相同。

（1）有的产妇直到宫口开全，也不破水，胎头还高高地浮着，助产士有些紧张，担心不能顺产，可一阵剧烈的宫缩来临，胎头下来了，紧接着破水，几乎在破水的同时胎儿娩出。

（2）有的产妇先见红，后出现有痛宫缩；有的产妇先有少量羊水流出，直到上产床分娩时才真正破水，先前的只是前膜囊破了。

（3）有的产妇一出现痛性宫缩，很快就进入规律宫缩状态，宫口较快打开，整个产程紧锣密鼓。

（4）有的产妇开始像暴风骤雨，腹痛强烈，宫缩频繁，闹得很厉害，进入产房等待分娩了。可到了产房后，就开始和风细雨，腹痛减轻，宫缩间隔延长，强度减弱，产妇也安静了，做胎儿监护一切正常，又回到产前房待产。

0170 临产信号

宫缩——推挤胎儿通过产道

并不是所有的宫缩都预示着胎儿就要娩出。有的孕妇很早就出现无痛性子宫收缩，就是感觉肚子一阵阵发硬、发紧，这是胎儿向骨盆方向下降时出现的宫缩；有的在预产期前后出现不规律宫缩——前期宫缩，可能是一个小时出现一次，也可能是40分钟一次，有时20分钟一次，宫缩持续几秒钟，或转瞬即逝，孕妇还能自由地活动。出现前期宫缩不要急着上医院，离生还远着呢。

一旦出现规律宫缩，就是去医院的时候了：初产妇每10～15分钟宫缩一次；经产妇每15～20分钟宫缩一次。宫缩程度一阵比一阵强；或间隔时间逐渐缩短；或每次持续时间逐渐延长；或腹痛比较剧烈。即使不是很规律，也要与医院取得联系，随时准备住院。每个孕妇对疼痛的感觉不同，对宫缩的耐受性也不同，根据自己的实际情况决定何时住院。如果你已经坐卧不安了，就干脆到医院去。

见红——胎儿发出了离开母体的信号

见红是临近分娩的先兆，为什么会“见红”呢？胎儿要离开母体，胎头不断向子宫颈口移动，包着胎儿的包膜与子宫开始有小的剥落而流出血液，混有血液的阴道分泌物呈现血色。“见红”后就要分娩吗？不是的，但一般情况下，见红后不久就要开始真正的宫缩（有规律的，促使胎儿娩出的子宫收缩）。一旦出现规律的宫缩，就离分娩不远了，也是该到医院的时候了。

破水——你要立即住院

破水就是包裹胎儿的胎膜破裂了，羊水流了出来。破水多是在子宫口开到能通过胎儿头的时候发生，有的是在胎儿娩出的一刹那才发生，有的是临产的第一个先兆。请记住：

（1）一旦破水，无论有无宫缩，有无其他临产先兆，都要马上住院。

（2）破水后尽量减少去卫生间的次数，如果能躺着排小便是最好的。

(3) 垫上干净的卫生巾或卫生棉。

(4) 停止活动，最好躺下，更不能洗澡。

(5) 去医院的途中最好能躺在车上，而不是坐着。

(6) 即使破水了也不要慌张，离分娩还有一段时间。

(7) 有时会出现假破水的现象，或是尿液，或是前膜囊破裂，并非是包裹胎儿的胎膜破裂。如果是这样的话，液体流出的量比较少，或很快就停止了。有一种试纸能很快鉴别流出的是尿液还是羊水。

第二节 分娩痛

0171 阵阵腹痛——胎儿的最后冲刺

不是疼痛造成恐惧，而是恐惧加剧疼痛

有过自然分娩史的女性，对阵阵腹痛可能记忆犹新。但不管当时如何疼痛难忍，几乎没有孕妇因为惧怕疼痛而拒绝生育第二胎——经产妇大多不要求无痛分娩。这确实令人难以置信，有过生育经历的女性比没有生育经历的女性，更能勇敢地面对分娩。而把分娩看做是一场灾难的，大多是没有自然分娩经历的女性。

需要提醒准妈妈的是，不要听信过来人的经验。如果过来人告诉你生宝宝很容易，你会抱着这样的轻信迎接分娩，这比有思想准备还要糟糕，你会把疼痛放大一百倍一千倍，会担心你不正常或者是有意外；如果过来人告诉你生宝宝是一场灾难，不是常人所能忍受的，你会对疼痛异常敏感。这些都会使你恐惧，没有自信，不能很好地和医生配合，丧失坚持正常分娩的勇气。

生育时的疼痛是自然的，健康孕妇是可以承受的。生宝宝是人生中一次美好的体验，是属于你和宝宝的，如果你健康，就完全能够忍受自然分娩带给你的疼痛。

对分娩的恐惧直接影响分娩的结果。瑞典医学家研究发现，明显对生产怀有恐惧的孕妇，最终可能采取剖腹产，产后较容易产生情绪困扰。疼痛是一种奇怪的现象，是一种心理感觉，愈是相信自己能承受分娩的母亲，分娩时愈是经历较少的疼痛。

对分娩的恐惧不单单发生在产妇身上，等待妻子分娩的丈夫，也常常陷入极度恐慌之中，有时比产妇表现得更强烈。有趣的是，准爸爸与准妈妈恐惧的原因并不相同。研究报告发现：孕妇担心的问题依次是胎儿是否畸形与受伤、是否需要重大医疗介入、医院里陌生的环境、自己是否做错了什么、不知道宝宝将怎样生出来。准爸爸担心的问题依次是妻子受疼痛之苦、重大医疗介入的可能、胎儿畸形或受伤、自己的无力感、妻子会不会有生命危险。

研究报告揭示了一个奇怪的现象，即孕妇对分娩的恐惧，不是因为害怕疼痛，而是疼痛加剧了她们对不良结局的恐惧。所以医生和助产士在疏导产妇心理压力和恐惧感的时候，要有的放矢。丈夫陪护分娩，并不一定能帮助妻子缓解压力，因为丈夫本身面临的心理压力一点不比妻子差。如果丈夫不能保证镇静自若地面对妻子分娩，倒不如不在妻子身边。

不会在产床上生好几天!

有的产妇来来回回几次进产房，同室的产妇都产后出院了，她又迎来了第二批、第三批。这样的产妇就是沉不住气，出现假临产，就急急忙忙住进了产院，面对产院的场景，精神高度紧张。

常有人说起自己在医院生了十天八天，才把宝宝生出来，这种描述让没有经验的产妇很恐惧。事实上，真正动产到胎儿娩出一般是24～48小时。如果发生滞产，产科医生会立即采取干预措施，没有生十天八天的，几进产房的都是假临产。

有一点是肯定的，妈妈有保护胎儿的本能，只有你感觉要生了，才去医院，这是最保险的。如果你对分娩怀有恐惧，或有些神经质，距离分娩还有很长时间就住院待产，反而会受到产院气氛和某些又喊又叫的孕妇的刺激，更加紧张。如果医生认为你还不需要住院，你就大胆地回家，

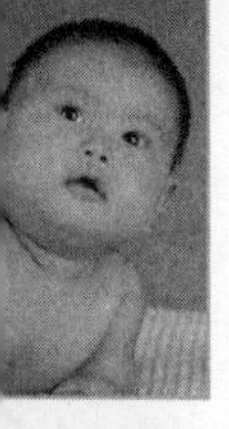
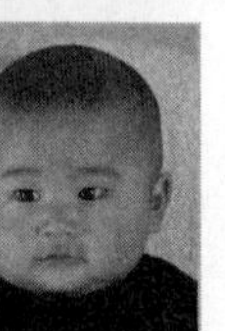

消除紧张情绪是最应该做的。生宝宝是个很自然的过程，加上现在的医疗保障水平，宝宝会平安地出生的。

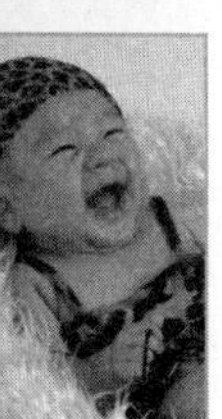

0172 生宝宝的不同体验和感受

尽管同是顺产，并不是所有的产妇都有相同的分娩过程，也并不是所有的产妇都有一样的分娩感受和体验。有的产妇自始至终都没有感觉腹痛，而仅仅是腰痛；有的产妇始终述说自己的骶尾部痛得像被劈裂；有的产妇感觉耻骨部剧痛；有的产妇最强烈地感到肛门和阴道处被死死地堵塞着。

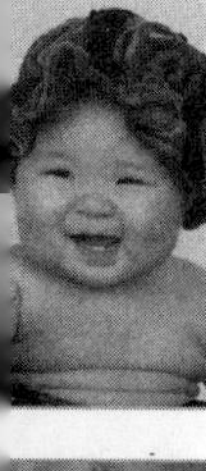

缓解疼痛的办法也存在差异。有的产妇采取仰卧位，两手上举，紧紧抓住床栏；有的产妇跪在床上，上肢支撑身体；有的站在地板上，一手托着腹部，一手放在床上或墙壁上；有的需要丈夫搀扶着来回走动；大多数产妇侧卧位时更舒服一些。这些只是在腹痛开始不久管用，到宫缩变得强烈时，什么样的姿势也难以缓解疼痛。有一点是肯定的，无论怎样疼痛，都不会要了产妇的命，虽然产妇都会说痛得活不了啦。

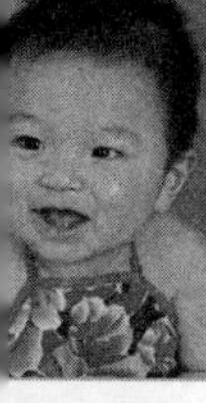

0173 决定分娩顺利进行的四要素

要素一：胎宝宝顺娩的必经之路——产道

胎儿离开母体所经过的通道称为产道，由软产道和骨产道两部分构成。骨盆构成了骨产道；子宫口、阴道、外阴构成了软产道。胎儿在母体子宫中生长的时候，骨产道和软产道都严密封锁着，以阻止胎儿出来。当分娩启动后，软产道周围的肌肉和韧带变得柔软易伸展。软产道和骨产道都努力扩张以使胎儿通过。

骨产道的宽窄，并不都能从外观看出来。医生测量的是体内看不见的骨盆入口和出口，其尺寸与胎儿头颅大小相比较，决定胎儿是否能够顺利通过。骨盆入口近乎圆形，但前后径略比横径小。入口后半部宽大，前半部呈圆形。中骨盆侧壁垂直，坐骨棘不显露。第一骶椎前上缘是骨盆内测量的一个重要标志。

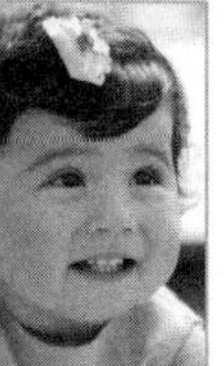

骨盆出口在左右耻骨下端相连处，形成70～100度圆拱形角。有的孕妇骨盆呈男性型、扁平型、类人猿型或混合型，可能会因骨盆入口或出口狭窄而影响胎头通过。胎儿首先扩张并经过骨产道，骨产道打开的过程是比较疼的。

软产道是否影响胎儿顺利娩出，有时并不能提前预测。在分娩过程中，可能因会阴坚韧而使第二产程受阻。会阴坚韧多见于初产，年龄比较大的孕妇。会阴伸展性比较差，当胎头下降到会阴部时受阻，这时助产士或医生多会为产妇做会阴侧切。

有的产妇有比较严重的外阴水肿，也会影响胎头的下降。有严重外阴水肿时，医生多会让产妇用50%的硫酸镁热敷。有重症妊高征、严重贫血、心脏病及慢性肾脏病时，在有全身水肿的同时，可有外阴水肿。

有的产妇子宫颈比较坚韧，扩张不好，医生可能会给产妇做局部封闭，以使紧张的宫颈松弛。有的产妇在孕前因宫颈疾病接受过治疗，如宫颈糜烂时的激光治疗，尖锐湿疣时的电灼等，可能会影响子宫颈顺应性（分娩时子宫颈扩张能力），但妊娠后多能软化不影响分娩。

胎头位置不正，宫缩不协调，产程过长等，都可引起宫颈水肿而使宫颈扩张阻滞。出现这种情况，医生多会给产妇进行宫颈封闭，以减轻水肿。

有两种宫颈水肿，产妇可以通过自己努力加以避免：有的产妇因有排便感，总是坐盆或蹲着，这样可引起宫颈水肿；还有的产妇距离分娩还早时，就频繁屏气，也会引起宫颈水肿。知道这两点，就要注意了，总是有排便感是胎头压迫盆腔造成的，不要老是蹲卫生间。医生没有告诉你屏气时，不要过早屏气。

由于腹壁松弛、驼背、身高不足、骨盆倾斜度过大等原因，可使孕妇子宫过度前倾，称为悬垂腹，妨碍胎头入盆。所以在孕期医生多会建议用腹带包裹腹部加以纠正。

从以上几点可以看出，软产道即使对胎儿娩

出有影响，通常情况下都是可以解决的。所以，即使医生无法预测你的软产道是否能够使胎儿顺利娩出，你也不必担心，在分娩过程中医生会妥善解决出现的问题。

要素二：推动胎宝宝的原动力——宫缩

当分娩机制启动后，子宫会发生有规律的收缩，呈阵发性，从宫底开始向宫颈口推进，似波浪状，使宫口逐渐打开，并挤压胎儿向宫颈口前行，同时压迫胎囊，使胎膜从子宫壁开始脱落。被挤压的胎囊不能承受压力而破裂——破水，胎儿伴随着羊水的流出通过产道。

子宫阵缩持续时间：子宫一次收缩分“加强”、“顶峰”、“减弱”三步。完成这三步就是子宫一次阵缩时间。如果医生问你宫缩一次持续多长时间，指的就是这三步完成的时间。

子宫阵缩间隔时间：子宫经过一次阵缩后，进入休止时间，等待下一次阵缩的开始。从一次阵缩结束，到下次阵缩开始，这一段时间是阵缩间隔时间。如果医生问你多长时间宫缩一次，指的就是这段休止的时间。

宫缩来临：绝大多数孕妇都能明确地感受宫缩来临的时刻，因为宫缩会引起孕妇腹痛，宫缩停止，腹痛就会消失。可以说宫缩引起的腹痛具有戏剧性，说来就来，痛得很，说走就走，一点也不痛了。

但接近分娩时的腹痛，宫缩间歇时间更短。有的孕妇不能明确地告诉医生宫缩持续时间和间隔时间，多半是由于宫缩时不伴有典型的腹痛，而是腹部酸胀感，或耻骨痛、腰痛、骶尾痛，或哪里也不痛，说不出哪难受。这是很少见的，但确实有这种情况。不要紧，这样的孕妇可以用手摸着腹部，肚子硬硬的，紧紧的，腹肌非常紧张，就是宫缩来临了。肚子变软变松，宫缩就停止了。

临产开始，每次子宫收缩持续约30秒，间隔时间约10分钟。随着产程的进展，宫缩变强，每次可持续30～90秒，一般持续1分钟。直到分娩，每次宫缩时间大多不超过1分钟。宫缩间隔时间也逐渐缩短，从不规律宫缩到每10分钟一次，直至2～3分钟一次，但不管间隔时间多短，都有一定的间隔时间，这对胎儿是极其重要的。如果宫缩不休止，子宫肌纤维就不能休息，子宫和胎盘循环就不能恢复，胎儿就会缺血缺氧。

如果你的宫缩持续不断，没有间歇，要及时告诉医生。但这种情况并不多见，比如你正在滴注催产素。子宫收缩有其一定的自主性，会正常地阵缩和休止。如果宫缩间隔时间过短，1～2分钟，你可能感觉不到间歇，但只要感觉不对劲，就要告诉医生，由医生来帮助你判断。

要素三：胎宝宝自己的努力

胎儿在子宫中的位置，对于能否顺利分娩至关重要。通常情况下，胎头朝下。为了顺利通过产道，胎儿的头骨发生变形，使胎头尽量变长变小；同时，为了适应弯曲迂回的产道，胎儿在向前推进时会旋转头和身体。

B超提示胎儿双顶径大，医生说胎儿头比较大，孕妇就开始担心起来。其实，胎头是否能够顺利娩出，并不单单取决于胎头的大小，胎头是大是小，是相对于妈妈的骨产道而言的。胎儿的头不大，但妈妈的骨产道窄，不足以使胎儿的头通过，这时胎头相对于妈妈的产道来说就大了。胎儿头比较大，但妈妈的骨产道足以使胎头通过，这时胎头相对于妈妈的产道来说就不大了。

有的孕妇问，会不会因为在孕期补钙，而使胎儿的头颅骨过硬，给分娩带来困难呢？孕期正常补充钙剂和维生素D是必要的，怀孕后比非孕期需要摄入更多的钙剂。通过食物不能摄入足够的钙时，就要通过其他方法补充，这不会使胎儿颅骨变得异常坚硬或骨缝闭合。

胎头确实是胎儿身体最大的部分，也是受产道挤压后缩小最少的部分，所以是最难娩出的部分。但决定胎头是否能顺利娩出的因素，并不是颅骨的硬度，而是分娩时胎头的位置（胎先露）、颅骨的变形、骨产道的宽窄和胎头大小，还有其他因素。

颅骨的变形：颅骨与颅骨之间有一些缝隙，在胎儿和婴儿期是分开的，由膜相连接，骨与骨之间有少许重叠，在压力下有一定覆盖度，为胎

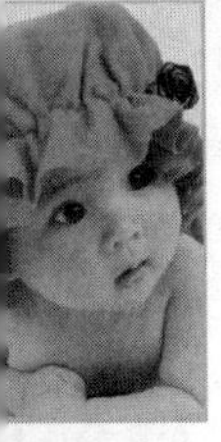

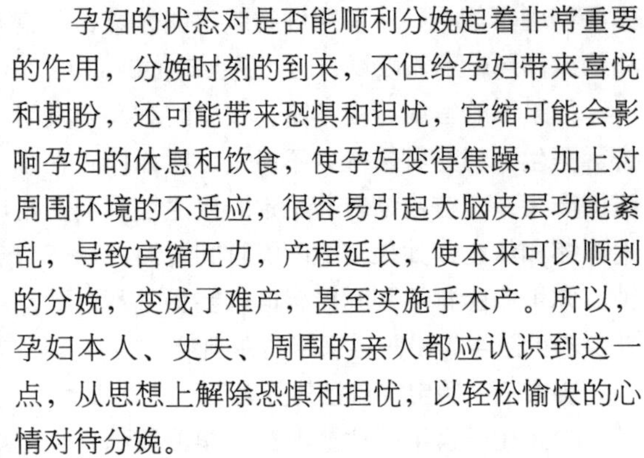

头的变形能力。

要素四：产妇的状态——自然分娩的勇气

孕妇的状态对是否能顺利分娩起着非常重要的作用，分娩时刻的到来，不但给孕妇带来喜悦和期盼，还可能带来恐惧和担忧，宫缩可能会影响孕妇的休息和饮食，使孕妇变得焦躁，加上对周围环境的不适应，很容易引起大脑皮层功能紊乱，导致宫缩无力，产程延长，使本来可以顺利的分娩，变成了难产，甚至实施手术产。所以，孕妇本人、丈夫、周围的亲人都应认识到这一点，从思想上解除恐惧和担忧，以轻松愉快的心情对待分娩。

如果你决定了自然分娩，就要正视宫缩带给你的不适和疼痛，把它视为你一生中最难得，也许是唯一的一次分娩体验，相信自己能把宝宝顺利生出来，以母亲特有的坚强迎接宝宝的到来。如果你对自己没有信心，可事先和医生商量，是否采取无痛分娩。分娩前抱着试试看的态度是不可取的。你应该告诉自己：我选择了自然分娩，疼痛是不可避免的，是对我做母亲的第一个考验，我一定会战胜疼痛。抱有这样的心态，你就成功了一大半，宫缩来临时，你就数着宫缩时间，因为宝宝在向终点冲刺，正在用他的头拱开妈妈的骨盆和宫颈口。你满脑都充满了宝宝的样子，为宝宝加油助威，会减轻疼痛的感觉。如果宫缩停止了，宝宝正在暂停休息，你也要抓紧时间休息，尽量让自己吃些东西，保证有足够的能量把宝宝生出来。

第三节 无痛分娩

0174 不使用药物的无痛分娩

精神预防性无痛分娩

英国的林顿博士认为，产妇对分娩往往存在不安和恐惧，由此导致分娩时的精神和身体紧张，使疼痛加剧。随着不安-紧张-恐惧-痛苦-不安的恶性循环反复进行，使分娩变得痛苦。精神预防性无痛分娩法是俄罗斯的尼古拉耶夫博士提倡的，是应用巴甫洛夫条件反射理论而采取的方法。要让孕妇接受产前辅导，掌握分娩知识，消除不安和恐惧，孕期做孕妇体操，进行分娩前辅助动作训练。

拉马兹法

拉马兹法是法国拉马兹博士提倡使用的方法，其原理也是应用巴甫洛夫的条件反射理论，使分娩更自然，夫妻共同努力使宝宝顺利娩出。

催眠暗示法

对产妇施行催眠术，使产妇感觉不到疼痛。但这对于一般人来说是很难做到的，因为医院很少有能够做催眠术的医生或助产士。

针刺麻醉法

使用针灸穴位缓解疼痛的方法。但要施行这样的方法，必须由通晓针灸麻醉的针灸医生施行，这在一般医院也是很难做到的。

0175 借助药物的无痛分娩

不少孕妇都要参加分娩学习班，以期了解分娩时如何止痛。至于选择哪种止痛方法，还要视分娩时的具体情况而定，医生很难预料。止痛药最好不用或者少用，如果要用的话，就应了解哪种止痛药可供选择，有什么利弊以及如何使用等。

- 使痛觉缺失的止痛药：痛觉缺失是指在感觉并未完全消失的情况下达到止痛的效果。失去痛觉的人仍保持头脑清醒，但不能完全使疼痛感消失，只是缓解疼痛。

全身痛觉缺失：是通过肌注或静脉滴注麻醉药物，使其作用于整个神经系统，缓解疼痛，但不使你失去知觉。这种止痛药也同其他药物一样具有副作用，如注意力不能集中、嗜睡等。这种药不可在分娩开始前使用，因为它会减缓胎儿反射和生下来后的呼吸。

局部痛觉缺失：像牙科医生进行口腔局部麻醉一样，产科医生也可以用局部麻醉法减轻产妇在分娩过程中的疼痛。医生为了防止产妇在分娩

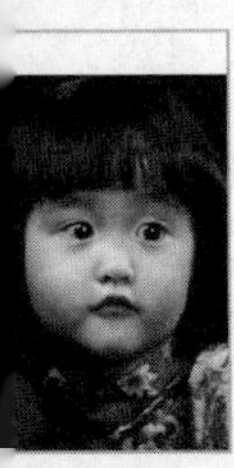

时会阴撕裂，有时要给产妇做外阴切开术，这时就要用局部麻醉剂。局部麻醉剂不会对新生儿造成影响，麻醉剂药效消失后，无任何副作用。

使感觉缺失的止痛药：感觉缺失是指感觉完全丧失情况下的止痛法。接受这种止痛法的人，有的会完全失去知觉，有的只是局部失去痛感。

0176 产科常用的麻醉方法

阴部麻醉：即将分娩前，在阴部附近注射麻醉剂。这种办法对麻醉会阴很有效，它可以在婴儿通过生殖道时，减缓阴道与肛门间区域的疼痛感。这是最安全的麻醉方法之一，截止到目前为止，尚未发现有严重的副作用。

硬膜外麻醉：是一种区域麻醉，它使身体的下半部丧失知觉。麻醉的程度取决于所使用的药物和剂量。行剖腹产术时，可往硬膜外使用大剂量的麻醉药物。给药后片刻见效，但仍会感到宫缩。硬膜外麻醉的副作用是可能会使产妇血压暂时降低，因而出现胎心率降低。如果刺穿脊髓，产妇会感到剧烈头痛。如果药物进入脊髓液中，会影响到产妇的呼吸，使产妇感到呼吸困难。如果药物进入静脉，产妇会感到眩晕。

全麻：是通过药物令产妇入睡。如果产妇接受了全麻术，就会在整个分娩过程中保持睡眠状态，感觉不到疼痛。但全麻也能让胎儿处于睡眠状态，因此一般不用这种麻醉方法，除非特殊需要。

0177 影响分娩的痛感因素

（1）孤独。在分娩过程中你会希望有人陪伴在你的身边，从精神上给你支持，这样会减轻你的疼痛感。现在产院都有这样的条件，如果你希望丈夫或亲人陪伴在你身边，医生会让你的亲人陪伴的，但只能允许一名。首先选择让你的丈夫陪伴。在分娩前你要和丈夫商量好，因为有的丈夫没有这样的勇气。

（2）过于疲劳。应该注意休息，冷静地对待从未感受过的宫缩，及其带来的疼痛和说不出来的不适，千万不要喊叫或哭闹。

（3）心情紧张或急躁。宫缩来临时不要紧张，学会深而慢的呼吸，沉着冷静，疼痛就会减轻；宫缩间歇期间尽量精神放松，不要想宫缩带给你的疼痛和不适。想一想宝宝出生后该是什么样子的，像妈妈还是像爸爸；如果是女孩，你会给她打扮得很漂亮吗？如果是男孩，你会让他成为一名足球健将吗？想令你高兴的事情。

（4）怕痛。如果你选择了自然分娩，愿意体验宝宝出生带给你的感受，你就应该欣然承受宫缩带来的疼痛。如果你只生一个宝宝，这将是你一生仅有的一次体验，把痛当做一种特殊的感受，起码你的丈夫没有这个机会。当宝宝长大时，你可以骄傲地向他讲述你的勇敢和耐力。想到这些你还怕痛吗？

（5）对分娩的无知。分娩前应阅读这方面的书籍，可以参加分娩学习班。当你快要分娩时，周围的人可能会告诉你很多关于生宝宝的事情。有过分娩经历的人所说的话对你的影响最大，但你要知道，同样是生宝宝，每个人的感受都是不同的。

如果有人告诉你生宝宝很痛，简直不是人能忍受的，千万不要让她的话吓着，事实并没有她说的那么严重。如果有人告诉你生宝宝一点也不痛，就像排便一样，也不要这样认为，当疼痛来临时，会因为没有充分的思想准备而惊慌失措。疼痛是必然的，但你已经做好准备了。

如果有人建议你干脆剖腹产，不然的话可能要受两回罪，因为自然分娩失败了，半途做了剖腹产。不要借鉴她的经验，如果医生允许产妇采取自然分娩，那么这位产妇一定具备自然分娩的条件，失败的原因有很多，但其中很大一部分原因是产妇不能很好地配合。剖腹产并不是最佳选择。

如果有人建议你选择借助药物的无痛分娩，你要问一问自己的内心，你期望体验一次自然分娩吗？你是否怕药物对宝宝可能造成的影响？

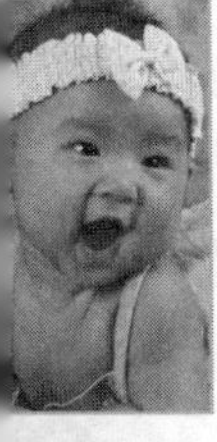
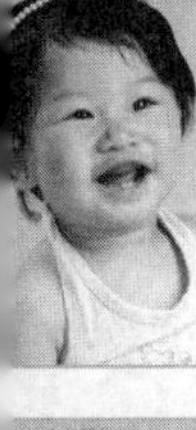
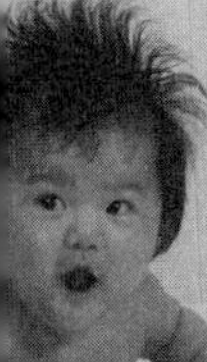

0178 自我舒缓疼痛的方法

（1）心情放松，深呼吸。

（2）让别人按摩或使劲挤压后背部。

（3）频繁变换体位。

（4）后背部放个冰袋。

（5）含块冰，使口腔保持湿润。

（6）借聊天、看电视、玩游戏、听音乐等来分散注意力。

（7）当宫缩越来越频，越来越强烈时，放慢呼吸节律或做深呼吸。

（8）宫缩间歇期间小睡片刻，或静静地休息，或吃些你喜欢的食品。

（9）感到热或已经出汗，用微凉的湿毛巾擦一擦脸。

第四节 剖腹产

0179 都市白领青睐剖腹产

选择什么样的方式分娩，已成为孕妇热切关心的问题。近年来随着剖腹产（选择性剖宫产）率的提高，医学专家对剖腹产的安全性提出了种种质疑。为此，医疗机构采取了一些措施，努力控制剖腹产率，但结果并不乐观，剖腹产率仍在悄然上升。

一些妈妈认为剖腹产会使宝宝聪明，妈妈会保持苗条的体形，产后性生活质量不受影响等等，这是没有根据的。研究证明，剖腹产的婴儿在运动协调能力方面不如自然分娩的婴儿，易患新生儿湿肺；剖腹产的孕妇产后复原的过程要比自然分娩的更慢，更伤元气。

如果你为了避免难产而要求剖腹产，则忘记了剖腹产本身就是创伤性分娩方式，是一次腹部外科手术。是否需要剖腹产来避免可能的难产，应由医生决定，而不是由你或丈夫来决定，只有医生掌握剖腹产的手术指征。

如果你为了避免分娩的疼痛而选择剖腹产，那是最不划算的，手术麻醉过后，刀口开始疼痛，大多需要注射杜冷丁等药物来止痛，还有很多术后带来的不便。剖腹产是一次创伤性手术，存在一定的风险系数，如可能发生麻醉意外、感染、肠粘连等。顺娩后48小时就可带着宝宝安全出院，剖腹产要在医院至少住8天。

你选择剖腹产以前，应明确知道：

（1）现有的资料表明，剖宫产与自然阴道产相比，前者死亡率增加3倍。

（2）剖腹产术后并发症是自然分娩的2～3倍 。

（3）剖腹产儿未经阴道挤压，湿肺的发生率高于自然分娩儿。

（4）剖腹产儿发生运动不协调的概率高于自然分娩儿。

（5）中枢神经系统抑制、喂养困难、机械通气等现象，在选择性剖宫产中更常见。

（6）应最大限度减少分娩时的医疗干预。

（7）自然分娩是人类繁衍的自然生理过程，是目前人类生育最合适最安全的方式。

0180 剖腹产指征和注意事项

剖腹产的医学指征

剖腹产就是不经过产道分娩，而是医生打开孕妇腹部和子宫，直接把胎儿取出。剖腹产的产科指征有以下几种情况：

（1）提前预知自然分娩会对胎儿或产妇造成危险。常见危险有头盆不称（胎儿头部与妈妈骨盆不相称）；妈妈骨盆狭窄；胎儿过大；胎儿异常，最常见的是臀位；高龄初产妇，检查发现软产道坚韧，估计胎儿难以通过；前置胎盘；脐带绕颈，估计自然分娩对胎儿有危险。

（2）在自然分娩过程中发生了异常，必须紧急取出胎儿。产道、胎儿、宫缩、产妇状态等分娩因素中任何一个出了问题，必须经剖腹产取出胎儿。

（3）孕妇在某一孕期出现某些异常情况，必须经剖腹产取出胎儿。

(4) 胎盘早期剥离出血；脐带脱出；因妊娠并发症危及胎儿和妈妈生命，如子宫破裂。

剖腹产注意事项

(1) 签手术同意书。无论因哪种情况行剖腹产，医生和护士都会告诉你应该注意什么，也会向你的丈夫（如果你的丈夫不在身边，会由你选择一位亲属或你最信赖的朋友）交代手术的相关问题，会让你的丈夫在手术协议上签字。

(2) 出现临产先兆，立即去医院。如果你是预知要行剖腹产的孕妇，当阵痛发生时，应立即到医院。如果胎儿已经进入产道，就很难再行剖腹产了。经产妇尤其要注意这一点。

(3) 术前禁食。术前应该禁食，一般要在术前6～8小时禁食。如果决定第二天早晨剖腹产，你就不要吃早餐了。如果决定午后剖腹产，午餐就不要吃了。

(4) 克服刀口痛，母乳喂养。剖腹产后不能马上喂母乳，也不能让宝宝出生后趴在妈妈的怀里。但当医生允许你喂母乳时，一定要克服手术刀口的疼痛，给宝宝哺乳。这时你可能还没有多少乳汁，不要紧，宝宝越吸吮，乳汁分泌会越多。

(5) 术后早活动。剖腹产后，医生会鼓励你早活动，通常情况下术后24小时就可在床边走动。有排气后就可进食了。

(6) 一定要避孕。剖腹产后避孕很重要。如果你还准备生宝宝，要比自然分娩等待更长的时间，最好距本次剖腹产1年以上。如果希望下次自然分娩，则最好等2年后再怀孕。一旦意外怀孕，人工流产对身体危害极大。剖腹产至少要过去半年，意外怀孕做人流才是安全的。因此，剖腹产孕妇产后避孕，是极其严肃的一件事情。

(7) 仍需做盆底肌锻炼。因为胎儿没有经过产道，就认为骨盆底肌肉和韧带不会松弛，所以不需要做骨盆底肌肉和韧带的产后锻炼，那就错了，仍然需要锻炼。

第五节 难产

0181 不同情形下的难产

怎样理解难产

难产是最令孕妇和正在分娩的产妇畏惧的，听到这个词，孕妇周围的亲人也非常紧张。关于难产，孕妇和医生的认识不尽相同。对于医生来说，难产就意味着产妇或胎儿面临着危险，如果不能在短时间内好转，就要紧急施行剖腹产。对于孕妇和周围的亲人朋友来说，他们不知道难产的医学指征。如果产妇很长时间都不能把宝宝生出来，就会认为难产；如果产妇疼痛得很厉害，常常用死去活来形容，也会认为是难产；有的产妇对假临产表现异常敏感，还没有进入临产，就开始紧张，甚至开始折腾，结果把分娩的过程拉得很长，这也会让产妇和周围的亲人认为是难产；有的产妇对分娩认识不足，精神异常紧张，使本来可顺利分娩的过程难以进行，也进入难产的行列。

产前预知的难产

产科医学的进步使分娩变得很安全，大多数可能出现的难产都能提前预知，在产妇还没有进入分娩状态时，就告知产妇和亲属。当产妇和亲属听到这样的消息时，多不会坚持自然分娩。他们不敢冒这样的风险，他们不但怕失去宝宝，也怕宝宝伤残，尤其是难产后可能带来的智力伤害。他们别无选择，会痛痛快快地剖腹产。这就是医生认为的难产，是具有严格的医学指征。

医学意义上的难产，产科医生会帮助你妥善解决，即使产前没有预知，在分娩过程中出现的诸如胎头旋转异常、宫缩乏力、宫缩过强以及胎儿异常等导致产中难产的情况，医生都能很好地处理，这些产妇都不必担心。

孕妇及亲属“导致”的难产

有些孕妇对自然分娩带来的疼痛，有一种本能的恐惧，在剖腹产手术很容易实施的今天，虽

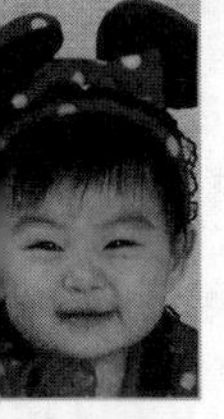

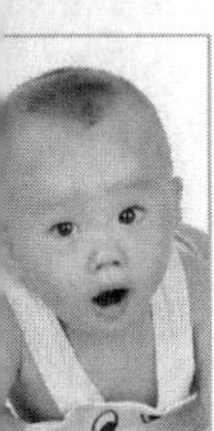

然从内心和潜意识里崇尚自然分娩，却更信服在她们看来“安全系数高”的剖腹产，从理智上愿意剖腹产。

有这样认识的产妇们，即使选择了自然分娩，一旦真正启动分娩，强烈的宫缩引起的阵痛一开始，她们就开始慌乱紧张，对前面的路望而却步，强烈要求剖腹产。这时她们会大呼小叫，亲属也不能保持冷静，不能配合医生和助产士的要求。由此使得决定分娩顺利进行的四要素（产道-宫缩-胎儿-产妇状态）不能很好地协调配合，最终导致人为的难产发生。

这是最让医生头痛的，因为医生难以预料产妇分娩时是否能保持良好的精神心理状态，如果进入第二产程出现这种情况，就更让医生棘手，因为这时胎儿可能已经进入产道，已经不能行剖腹产了。

导致人为难产的另一个重要因素是丈夫。是否能够顺利度过分娩，丈夫的作用不容忽视。当妻子处于分娩的痛苦中时，守候在身旁的丈夫常常比妻子更加焦虑。从蜜月走向怀孕分娩的这段时间，丈夫对妻子一直是疼爱有加，没做妈妈的妻子常常像宝宝一样和丈夫“撒娇”，在整个孕期受到全方位的呵护，就连公婆父母也是百般照顾。

在幸福中度过的孕妇，尽管对即将来临的分娩痛有所准备，但一旦真的降临，常常让产妇始料不及。痛苦、耍闹、哭喊、挣扎，把分娩带来的不适和疼痛扩大化。这时守候在身旁的丈夫可谓是焦急万分，丈夫们不但心疼妻子，更担心母子的安危。他们普遍有这样的错误认识：剖腹产是解除妻子疼痛，保证母子平安的最好办法。所以，当产妇宫缩变得强烈，离胎儿的娩出越来越近的最紧要关头，在妻子最需要丈夫鼓励的时候，丈夫却全线崩溃了，只要能不让妻子难受，宝宝快快出来，做什么都可以，比妻子有更强烈的愿望选择剖腹产，而他们又是能在手术协议上签字的人。有些自然分娩宣告“失败”，就是这样造成的，这样的“难产”越来越多，剖腹产率居高不下也就在所难免。

0182 关于“干生”

有的产妇对早破水（胎膜早破）的理解有误，认为只要没上产床前破水了，就是早破水。并认为早破水会给分娩带来困难和过度疼痛，是“干生”。

所谓早破水是指在分娩开始前发生破水。一旦分娩开始发动，无论是在哪一期破水，都不能诊断为胎膜早破，不会因为破水而使分娩更困难。

0183 生产过程中的难产

在分娩过程中可能会出现异常情况，但就现代产科技术而言，大多能得到很好的处理，引起不良后果的可能性已经降得很低。为避免分娩中异常情况的出现，产妇在分娩过程中，身体和心理状态也是很关键的。等待分娩的孕妇，最好不要过多考虑异常问题。

可以预知的难产，在产前医生都会给予积极的处理，为你制定安全的分娩计划，所以，分娩中的难产发生率是很低的。不可预知的难产主要是在分娩过程中发生，但产妇也不要担心，医生会密切观察产程的进展，加上对胎儿和产妇的监护，能够更及时地发现异常情况，发生危险的概率非常小。如果你在分娩中听到下面这些专业名词，不要紧张，医生会尽力帮助你，给予母子最大的安全保障。

宫缩乏力

分娩发动后，子宫收缩推出胎儿的力量很微弱，即为宫缩乏力。宫缩乏力可发生在分娩的不同阶段，有的是从一开始宫缩就微弱；有的是在分娩过程中变弱。在分娩过程中变弱的，多是由于产程过长或用力方法不得当，导致产妇疲劳。出现这种情形，医生多会使用促进宫缩增强的药物，如催产素。

如果宫缩不是太弱，医生会给产妇打一针睡觉的药，让产妇休息一段时间，解除疲劳后再分娩。如果不能使宫缩恢复或有其他情况，医生认为比较严重时，会采用剖腹产。所有这些处理和决定，不需要你来担心，更不要紧张害怕，担心和害怕不但对恢复宫缩力没有帮助，还会导致其他问题。这时，最好的选择是安心的休息。

宫缩过强

子宫收缩过强也不行。不恰当地使用了促进子宫收缩的药物、早破水等，都可引起子宫收缩过强。当子宫收缩过强时，产妇大都不能承受，因为过强的宫缩会引发剧烈的疼痛。如果产妇能够承受过强的宫缩，产道和胎儿又没有异常，多能急速分娩。急速分娩可能会发生产道裂伤或产后出血，胎儿头部也可能会受到伤害。所以，如果宫缩过强，腹痛过于强烈时，医生会采取相应措施。

软产道坚韧

软产道坚韧大多发生在高龄孕妇，医生会使用促使子宫颈软化的药物，使产道变得柔软，易于胎儿娩出。

实际上，高龄孕妇并不是剖腹产的指征，除非是年龄过高（大于40岁）。生活质量的提高，使人们的生理年龄比实际年龄要年轻许多。40岁以下的孕妇，即使是初产，经产道顺利分娩的可能性也是很大的。30多岁的孕妇，不要放弃自然分娩的机会，只要没有经阴道分娩的禁忌情况，在医生和助产士的帮助下，你会像20～30岁年龄段的孕妇一样，自然分娩。

胎头旋转异常

胎儿在产道中通过时，为了适应产道的曲线，会不断转换方向，这些都是自然进行的，一般无需助产士协助。但有时会发生胎头旋转异常，给胎儿的顺利娩出设置障碍。遇到这种情况，医生或助产士可能会协助胎儿改变不正常的位置。总之，你的任务就是镇静地配合医生，把宝宝生下来，这种心理对你顺利分娩具有神奇的力量。

胎盘早剥

正常情况下，胎盘是在胎儿娩出后才开始剥离娩出的。当胎儿还没有娩出的时候，胎盘就开始剥离，会发生阴道出血现象。遇到这种情况，医生会立即行剖腹产。

子宫颈管裂伤

急产或产力比较大，可能会发生子宫颈管裂伤。有经验和负责的助产士或医生，会在产妇娩出胎儿后，对产妇的产道和宫颈进行检查，如果发现有裂伤，会及时缝合。但有时并不能及时发现。如果产后宫缩很好，阴道和外阴也没有伤口，却有鲜血流出，这时医生会考虑是否有宫颈裂伤的可能，如果是，马上就会进行缝合术。

产后发现阴道有鲜血流出，必须立即就医。

胎盘滞留

随着胎儿的娩出，胎盘也就随之娩出；如果胎盘长时间没有娩出，就称为胎盘滞留。如果你在产床上听到这个词，不要害怕，更不要着急，医生和助产士会有办法让滞留的胎盘娩出来。

产后出血

产后出血问题是医生很重视的，也是医生产后对产妇进行观察和监护的主要项目。产后出血几乎都发生在医院，所以不要担心，一旦发生产后出血，医生会立即进行处理的。

第六节 最激动人心的时刻——分娩

0184 第一产程（6～12小时）：养精蓄锐、休息、进食

经历时间：第一期是从子宫有规律收缩开始，到子宫颈口开全为止。如果你是第一次生宝宝（初产妇），第一期约需要12小时；如果你曾经有过分娩经历（经产妇），约需6小时。

表现：刚开始进入规律宫缩时，大约每六七分钟发动一次宫缩，每次可持续半分钟。随着产程的进展，宫缩间隔时间逐渐缩短，每次宫缩持续时间逐渐延长，强度逐渐增加，子宫颈口会缓

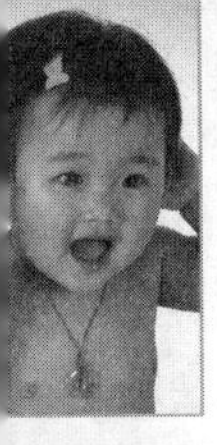

慢打开。

你的感受：当宫口开到约5厘米时，宫缩变得强烈起来，刚才还很镇静的你，这时可能会变得紧张和恐惧，这时可能是感觉疼痛最剧烈的时候，你可能会担心宝宝生不下来，可能会认为你已经无法坚持了，会强烈要求医生为你做剖腹产。坚持下去就会柳暗花明，周围的人都会这样对你说：坚持一下，宝宝马上就要生出来了。这句话说起来容易，放在你的身上，就要付出很大的努力，你该怎么办好呢？

顺利度过第一期的方法

（1）宫缩间歇时休息、睡觉、吃喝、聊天或听音乐。这一时期，子宫收缩是间断的，而且不收缩的时候长，收缩的时候短，所以你能有大部分时间得到休息，尽管常常被突如其来的疼痛打断，也要努力使自己放松，抓紧时间休息或吃东西，如果你睡不着，也可听听音乐，和人聊聊天。

（2）宫缩来临时腹式呼吸，采取随意、喜欢的姿势。在宫缩来临时，可采取腹式呼吸，使腹部放松。采取你感觉喜欢的姿势，不要刻意按照书本上或医生指点你的姿势，那种姿势或许不适合你。但一般来说侧卧位要好些。

需立即告诉医生的4种情况

（1）宫缩间隔时间2～3分钟；

（2）破水了；

（3）无法控制的用力排便的感觉；

（4）阴道出血增多。

0185 第二产程（1～2小时）：极限冲刺、配合用力、可见胎头

破水、用力和呼吸

经历时间：第二期是从子宫口开全到胎儿娩出的这段时间。初产妇约需2小时，经产妇约需1小时。

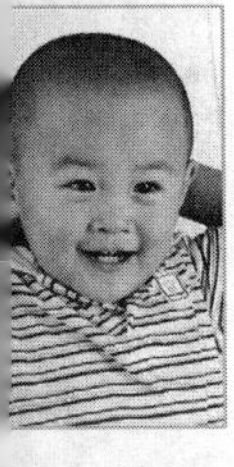

表现：宫缩间隔时间缩短到1～2分钟，每次可持续50秒。对你来说，可能已经感觉不到间歇，似乎一直有宫缩，肚子持续疼痛。这时宝宝的头部逐渐脱出骨盆，一边回旋，一边随着子宫收缩，向产道出口进发。作为妈妈的你，只有努力、努力、再努力。

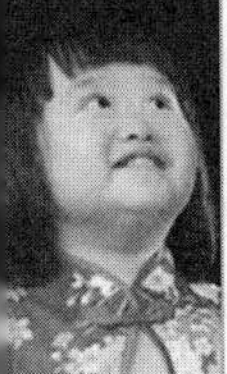

破水大多发生在这一期（适时破水），助产士已经可以看到胎儿的头发，阴道口扩展到最大限度，你会感到有个很大的东西撑着（着冠），这是胎儿就要娩出的信号。从着冠开始，助产士就会让你停止用力，让你“哈、哈”地喘气，这时腹壁开始放松。很快，宝宝的头、肩就出来了，紧接着，整个胎儿就娩出了。

“哇——”清澈响亮的婴儿第一声啼哭传到你的耳边，一切的艰难险阻都过去了，你的心中被幸福和喜悦填得满满的，真正体验了母爱，这是你一生中最幸福的时刻。为什么经历过分娩阵痛的妈妈，当再次怀孕时，仍然选择自然分娩，道理就在这里。

顺利度过第二产程的方法

（1）宫缩用力，无宫缩放松。按照宫缩节奏用力，有宫缩时用力，宫缩停止后一定要放松，如果一直用力，会使你感觉异常疲劳。如果宫缩来临时，你不能正确用力，就不能很好地配合宫缩和胎儿完成分娩过程。

（2）正确用力方法是：当宫缩开始，阵痛到来时，你要深深地吸一口气，然后紧闭双唇，憋住气，开始使劲儿。注意，一定要把劲儿使在下面，就像拉干硬的大便。

（3）该停就停。如果助产士让你不要再用力了，要“哈、哈”地大喘气，你一定不要再用力了，否则可能会导致会阴裂伤。

有的产妇不把劲儿使在下面，而是使在脸上和胸部；有的产妇不是紧紧闭住双唇，不能很好憋气；有的产妇喊叫，这是最不好的，喊叫不但不能很好配合宫缩和胎儿，还消耗了体力；有的产妇使劲时间太短，呼吸频率很快，这也不能很好配合宫缩和胎儿分娩。

当助产士让你深吸气后憋住气用劲时，一定要尽量拉长时间；默默使劲比出声有力量，所以，最好不要出声，千万不要喊叫。当助产士不让你用力时，一定要配合，浅而快地呼吸，并发出“哈、哈”的声音，同时放松腹壁和全身所有的肌肉。

0186 第三产程（3～30分钟）：胎盘娩出、比较轻松

第三期是从胎儿娩出后到胎盘娩出这一段时间。这一段时间比较容易度过。产妇不再阵痛，并且听到了新生儿的第一声啼哭，妈妈终于见到盼望已久的宝宝，喜悦淡忘了疼痛。

三个产程小结

整个产程所需时间，初产妇一般最长不超过24小时，经产妇不超过18小时。最短也需要4小时以上。如果整个产程短于4小时，称为急产；整个产程超过24小时，称为滞产。

三个产程难以界定

事实上，三个产程之间的界限难以准确划分，尤其是从第一产程进入第二产程。另外，每个产妇感受不同，住院时间各异，产科医生和助产士并不都能准确判断产妇第一产程开始的准确时间。有的产妇对疼痛耐受力比较差，在分娩前期，也就是说还没有真正发动分娩前，已经是“痛不欲生”的样子，这会给产科医生和助产士带来判断上的困难，也使得丈夫和陪伴的家属紧张，认为产妇一定是难产，因为已经痛了好几天，宝宝还没有生下来。其实，产妇根本没有真正动产。

0187 相信自己能闯过自然分娩关

当你的产程相对比较长时，一定不要着急、烦躁。应该充满信心，在宫缩间歇期，争取时间休息，能吃就吃，能喝就喝。此时此刻，最能帮助你的，就是你自己。只要有信心，勇敢地面对子宫收缩带来的阵痛，分娩过程就能顺利。你闹得越厉害，耗费的精力越大，顺娩的机会就越小。你越是拒绝进食进水，越感到体力不支，就越没有力气对付宫缩带来的阵痛。你越是害怕阵痛的来临，不能抓紧宫缩间歇期休息，就越不能忍受阵阵袭来的阵痛。要这样想，分娩不会要命，你也不会痛死。咬紧牙关，相信自己一定能闯过这一关。

0188 危险防范

夜间动产

有很多孕妇都是在夜间动产的，初产妇缺乏经验，一旦出现临产先兆，大多数孕妇不敢呆在家里，丈夫和亲属更是着急，怕把宝宝生到家里。所以，即使医生告诉孕妇什么时候该来医院，孕妇也看了很多书，到了真需要拿主意的时候，也大多没了主见，半夜三更急急忙忙到医院生宝宝的并不少见。

如果孕妇认为自己应该住院，就去住好了；如果孕妇认为还不需要住院，但又有些担心，就给你的产科医生打电话咨询一下。如果你拿不准主意，带着东西去住院，而医生告诉你暂时不需要，你就安心回家，别怕费事，提早住院并不好。

夜间分娩

宝宝并不会因为现在是半夜三更就憋在子宫中不出来，不管什么时候，宝宝该出来时就会出来。所以，半夜分娩并不稀罕。宝宝的健康和聪明才智，与出生时间没有因果关系。你也不要担心夜间分娩会让陪伴你的丈夫犯困，因为他就要做爸爸了，只有激动和兴奋。

0189 第一声啼哭——献给母亲的赞歌

过去，对母子来说，分娩的过程一直危机四伏。相对于妈妈的产道来说，胎儿的头颅是巨大的，在没有产科医生和助产士以前，妈妈每次分娩都面临着2%死亡的可能，胎儿出生一刹那，死亡率高达5%。医学科学的进步使得母子的生命得到了保障，分娩的痛苦在不断降低，现在的母子是幸运的。

对于胎儿来说，在子宫里非常舒适。分娩是胎儿离开母体走上独立生存道路的第一次，也是最严峻的考验。在这个过程中，胎儿并不能掌控自己的命运，胎儿最大的伙伴是孕育他十月之久的妈妈，胎儿和母亲之间共同配合是分娩成功的关键。如果母亲把这一任务交由产科医生和助产士，你就输了80%。在分娩过程中，如果没有胎

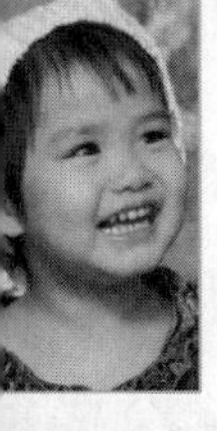
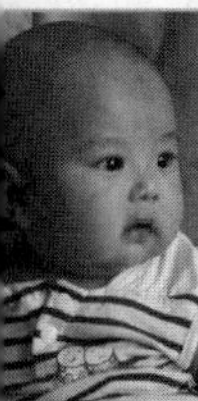
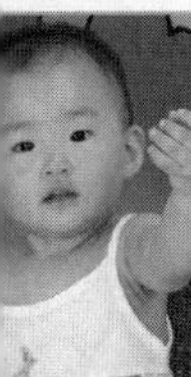

儿竭尽全力地向外冲，且保持正确的冲刺姿势和方向，妈妈的巨大努力将会付之东流。如果胎儿在娩出后的一刹那没有建立有效的呼吸——发出第一声响亮的哭声，就可能带来一次失败的分娩。新生儿第一声啼哭是新生命诞生的象征，也是献给母亲的赞歌。

0190 第一次吸吮妈妈的乳汁

在胎儿娩出的一刹那，助产士就立即为宝宝进行呼吸道清理，让宝宝的第一声啼哭清脆响亮，肺脏充分张开，不让羊水吸到肺中，这一点很重要。为宝宝结扎脐带的时间要恰到好处，未结扎脐带前，宝宝应与妈妈呈水平的位置。结扎早了和晚了，比妈妈的位置高或低都会发生母一胎或胎一母输血现象，导致宝宝失血或多血。胎儿娩出后30秒，宝宝的脐带就被钳夹，从此宝宝就开始建立了自己独立的呼吸和循环，开始独立生存。

离开妈妈子宫的宝宝，突然暴露在寒冷、陌生、嘈杂的环境中，会产生不适和不安全感。把刚刚出生的宝宝放在妈妈的怀里，新生宝宝会有最安全、最幸福的感受。当宝宝趴在妈妈的怀里时，你会惊奇地发现，宝宝会用小嘴寻找妈妈的乳头，会用小手抓妈妈的肌肤，会用小脸紧紧贴着妈妈，当宝宝再次聆听到妈妈的心跳，闻到妈妈的气味，感受到妈妈的气息时，宝宝离开母体后所有的不安和恐惧都完全消失了。

新生儿娩出后，第一时间与妈妈接触，通常是俯卧在妈妈胸部，嘴对着妈妈的乳头。与妈妈的早接触，不但有利于妈妈乳汁分泌，刺激新生儿吸吮反射，使新生儿更早地体验到吸吮的乐趣，还能增进新生儿情感发育，刺激妈妈子宫收缩，好处多多。所以，现在的产院都会让刚刚出生的新生儿与妈妈进行半小时的皮肤接触，让宝宝吸吮妈妈的乳头。

第十三章　产后

第一节　产后时间表

0191 产后第一天

重要的2小时

完成了整个产程，助产士或医生会对你继续观察2个小时，然后再把你送回产后母婴之家。这是为什么呢？主要是为了观察子宫的收缩情况。尽管产后出血等异常情况很少发生，但密切观察仍是很重要的。要耐心等待，如果感觉渴了，就喝点水，感觉饿了，吃些易消化的食物，最好能睡上一觉。有护士和亲人在你身边，你一定要充分放松，这样你才能够快速恢复体力，争取早下奶。接下来就要哺育你的宝宝了，这时休息对你很重要。

回到母婴之家

从这时起，你就和宝宝在一起了。产院会为新生儿专门设置一张能够推动的婴儿床。哺乳后就把宝宝放在小婴儿床上，你则躺在大床上休息。刚刚出生的新生儿离开母亲，可能会有不安全感，喜欢躺在妈妈的身边，闻着妈妈的气味，更喜欢妈妈抱着，聆听妈妈的心跳。如果你的宝宝喜欢这样，除了喂奶，让宝宝更多躺在你身边。分娩后前3天，除了喂母乳，尽量不要总是坐着抱你的宝宝。在产院中可能会比较吵，探视的人也比较多，该休息的时候，你就告诉周围的人，你要休息，这对你和宝宝都好，只有保持良好的睡眠和充足的营养，才能为宝宝准备充足的乳汁。

睡觉、食欲与排尿

产后当天，你可能会感到有些疲惫。当睡意袭来，要毫不犹豫地闭上眼睛睡觉，这对你产后恢复非常有帮助。即使你没有一丝的疲劳感和睡意，也要注意休息，不要让身体透支。

产后是否要马上吃东西？没有硬性规定，要看你当时的情况。如果你在产前吃得很好，没有呕吐，产后没有马上要吃东西的感觉，也不必非吃不可。如果产后你有很好的食欲，想马上吃些东西，要吃容易消化的食物。产后进食不要吃得太饱，以免消化不了。

一定要争取在产后当天顺利自然排尿，不要超过产后8小时，这对你来说是很重要的。无论你在什么时候有尿意，都要马上行动，产后不到8小时，你还不能自行如厕，这并不影响你排尿，如果需要你在床上或床边排尿，你一定要这样做，如果你的会阴比较痛，要勇敢些。如果你能争取在产后8小时内自然排尿，就免除了导尿的麻烦。

缓解产后疼痛

自然顺产后，子宫收缩引起的腹痛很轻微；无痛分娩，或子宫阵缩发动前就做了剖腹产，产后子宫收缩引起的腹痛就很明显了。无论哪种情况，产后子宫收缩引起的腹痛，都不会很剧烈，通常情况下像比较显著的痛经。

会阴切开或会阴撕裂缝合后产生的会阴疼痛会让你感到难受，试着变换一下体位，如仰卧躺着，双膝屈曲并拢。如果你感觉疼痛有所减轻，可以这样做。如果疼痛让你难以忍受，就告诉医生，医生会为你想一些办法。

没有不会吸吮的宝宝，也没有不会喂奶的妈妈

产后24小时，乳房开始发胀，宝宝已经能很好地吸吮妈妈的乳头。如果乳头凹陷或有其他问题，医生和护士会教你纠正方法，指导你如何正确给宝宝哺乳。

当宝宝吸吮乳头时，你可能会感觉有些腹痛，排出的分泌物也多了起来，这是好消息，宝宝通过吸吮妈妈的乳头，帮助妈妈子宫收缩复原，清除残留在妈妈子宫内没用的东西，宝宝得到了营养，妈妈也获益。

“吃”对现在的你非常重要

产后吃什么？面条、米粥、鸡蛋，鸡汤，鱼汤……产后吃什么并没有严格的规定和限制，营养丰富，容易消化，卫生安全的食物都适合产妇吃，最主要的是产妇喜欢吃。

少吃盐并不是不吃盐，如果鱼汤、猪蹄汤、肉汤、鸡汤中不放盐，产妇怎么吃得下？只吃面条、米粥，怎么能保证营养？一个月都不让产妇吃味道鲜美的炒菜和各种味道的菜肴，产妇的食欲怎么能好？产后消化功能虽有所减低，但产妇不是病人，是健康人，不但需要为自己进食营养丰富的食物，补充分娩时的消耗，还要为宝宝进食营养，分泌充足的乳汁，同时还要担负起护理新生儿的任务。这一切，都需要产妇吃好。而产妇食欲的好坏，直接影响产后营养的摄入。只要不是月子中禁忌的食物，产妇完全可以根据自己的喜好选择饭食。强迫产妇吃她厌烦的食物是错误的。

分娩前，你最好根据自己的饮食习惯，结合产后饮食要求，分析一下，什么样的食物，怎样的烹饪方法，什么样的滋味，是你喜欢吃的，符合产后饮食要求，也能满足宝宝需求。这样，当你分娩后，为你做饭的人也就不会犯愁，你也不会不知道吃什么好。如果你是剖腹产，在没有排气前不宜进食。一般要在术后24～36小时开始正常进食。

0192 产后第二天

分娩带来的疲劳感在消除，你更有精神了。不管采取的什么分娩方式，你都能自由地下床走动了，自己洗漱，自行如厕，乳汁分泌也增加了，食欲开始好转。

如果产房带有洗浴间，室内温度也比较适宜，没有会阴切开或撕裂，也不是剖腹产，没有任何孕期和产后并发症，你可以淋浴，但时间一定要短，5分钟左右即可。如果你感觉还比较疲

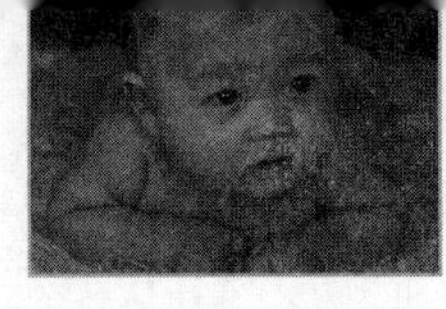

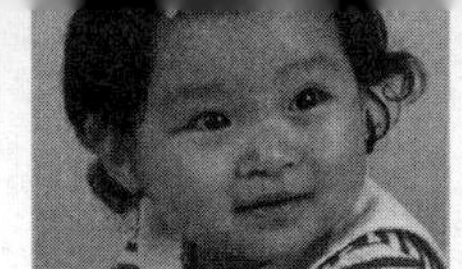
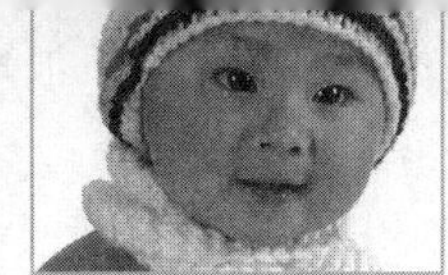
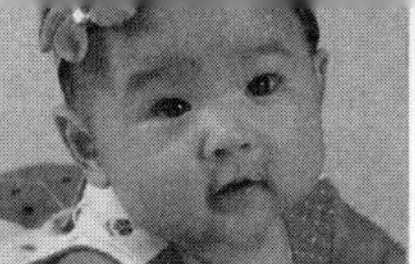

劳，体力恢复得不是很好，阴道中的分泌物也比较多，在房间走几步就感觉有些头晕或其他不适，一定不要急着淋浴。让护士或家人帮你擦一擦容易出汗的部位就可以了，用稍热一点的水洗洗脚可以帮助你解除疲劳感。

在产后的最初几天，给宝宝哺乳可能是让你最劳累的事情，喂宝宝一顿奶，你可能会汗流浃背。这时的宝宝还不能很好地把乳头、乳晕含入口中，你的乳头可能还不适宜宝宝的小嘴，或者比较大，或者比较小，或者比较凹陷。你抱宝宝喂奶的姿势还不是很协调，抱一会儿，你就会感觉腰酸胳膊沉，汗水会顺着你的脸颊流下来，身上也会被汗水浸透，让你感到不舒服。这时你可千万不要急，急会让你面露难色，写在你脸上的不满情绪，嘴里说出的不满词句，新生儿都会感觉得到，你要相信这一点，在宝宝最初的时日内，妈妈的爱抚对宝宝的健康成长是非常重要的。

如果你还住在医院，护士会为你清洁外阴部，观察阴道分泌物的情况。有什么问题都可以向医生护士询问，你的担心会少些。如果你已经回家，要观察分泌物的情况，如分泌物比在医院时明显增多，或变成鲜血样或有血块，要打电话向医生咨询，也可请医生到家中访视。

0193 产后第三天

产后72小时了，这时你看起来真的非常精神，起床、洗漱、上卫生间、洗脚、吃饭、抱宝宝喂奶，你都能自己完成。你现在已经忘记分娩带给你的不适，把全部的精力都倾注给了宝宝。母爱让你忘记了疲劳和疼痛，喂奶、换尿布、抱宝宝，你都想亲自去做，你开始不太放心丈夫的粗手粗脚，生怕伤及宝宝。你的两眼总是盯着宝宝，如果宝宝的目光恰好落在你的眼中，你的内心会异常激动，对宝宝的疼爱更加强烈。

需要提醒的是不要过于劳累，休息好对你来说仍然非常重要。丈夫和家人能代劳的事，要学会放手，让他们给你更多的帮助。他们也会像你一样照顾好宝宝，该睡觉、吃饭、休息时，一定要暂时放下宝宝，安心地休养。

0194 产后第四天：首要任务是保证充足的乳汁

你的身体变得轻松起来，即使是剖腹产，也不再捧着肚子走路了。走路时腰板开始挺起来了，脚步也大了，脚抬得也高了。把头发梳理得整整齐齐，穿上合体的衣服，你会感觉精神倍增，心情更好。出生已4天的宝宝吸吮有力，能很好地吸住乳头。如果分娩时医生为你做了会阴切开，或在分娩时会阴发生了裂伤，今天，医生会给你拆线。拆线后，会阴疼痛明显减轻。即使是坐着喂奶也不再觉得那么疼了。你这时的任务就是睡足、吃饱、喂养你的宝宝。

0195 产后第五天：发现异常，及时咨询，切莫着急

如果是剖腹产，又是横切口，到了拆线的时间；如果是竖切口，要等到第7天才能拆线。拆线后，你就可以像顺产的产妇一样，进行腹肌和盆底肌锻炼，做产褥体操了。这时对你来说，首要的问题就是如何喂养新生宝宝。不要忘记，发现什么异常情况，首先要向医生咨询。

0196 产后第六天：该做出院的准备了

无论你采取什么分娩方式，大部分产妇都开始做出院准备。让丈夫把出院时需要的东西带到医院来。向医生详细询问出院后的注意事项，这是很重要的，因为每个产妇的情况都不同，新生儿的情况也各异，一定要从医生那里了解到你的情况。如你在孕前有并发症，分娩后会有怎样的预后？是否需要继续用药或定期检查？有什么情况需要看医生？医生、护士什么时候会到家里访视？如果有需要电话咨询的问题，打哪个电话号码？夜间和节假日打哪个电话号码？总之，把你想问的都问清楚，并记下来。

0197 产后第七天：宝宝已经度过了最早的新生儿期

或许你还住在医院里，但明天你可能就回家了，或许你已经回家几天了。产后1周，产妇恢

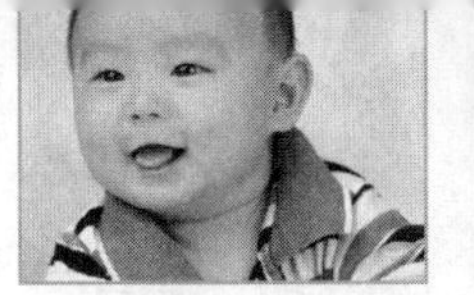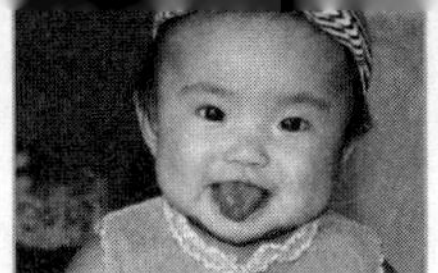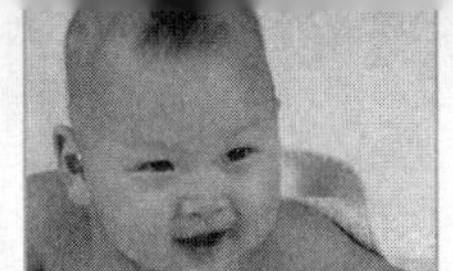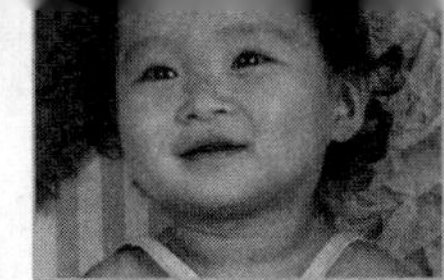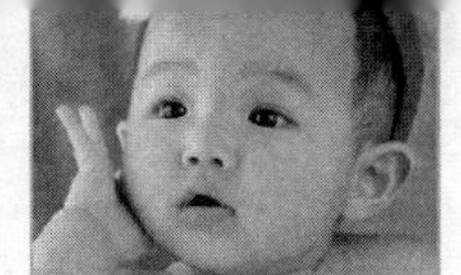

复基本完成，新生儿也度过了关键时刻，进入新生儿晚期。母子配合得非常默契了，妈妈把乳头往宝宝嘴边一放，宝宝就会用小嘴去含。不但妈妈的乳汁增加了，宝宝的吸吮能力也增强了，宝宝体重开始稳步生长。

产妇阴道分泌物减少，颜色变淡。如果分泌物仍比较多，甚至比原来还有所增加，颜色不但不变淡，还变得鲜红或发黑，要及时看医生。这时，如果你还感觉腹部痛得厉害，或者会阴切开处还比较痛，不敢坐着哺乳，也要看医生，是否切口长得不理想？是否有一针线没有拆干净？是否子宫中有残留的胎膜？总之，这时的你不应该有疼痛和不适的感觉。如果有的话，就要向医生询问或请医生到家里访视。

0198 产后2周

这一周大部分产妇都回到了家

对于产妇和丈夫来说，真正的忙碌是从回到家里开始的，新生儿完全由爸爸妈妈喂养了，爸爸妈妈会感到手足无措。如果产妇的父母在身边，产妇会比较安心。现在有月嫂服务，请月嫂来帮忙也未尝不可。但有的产妇更愿意由丈夫和父母来照顾，这个问题应该在分娩前安排好。

现在产院也设月子房，你可以选择在产院坐月子。有医生护士在身边，会让新手爸爸妈妈比较放心。但有一点不好，新爸爸妈妈没有了那份紧张感，也就缺少了许多值得回忆的故事，做父母的那份责任感，以及母性的爱来得好像不那么强烈。没有回到自己的家，不易感受小家庭的温暖和天伦之乐。

不能一夜睡到天明，只能宝宝睡你也睡

产后2周，休息仍然很重要。你主要任务是喂养新生宝宝，还有换尿布，为宝宝洗脸洗澡，宝宝哭闹时抱一抱宝宝，还要和宝宝说说话。总之，几乎24小时都要围绕着宝宝做事。如果这些事都由你一人承担，事事都参与，你会比较劳累。劳累不但影响恢复，也会影响乳汁分泌。所以，你要根据自己的情况调节好，不要感到劳累。

有了宝宝，你不再能一夜睡到天明，即使在后半夜也要醒几次。所以要根据宝宝的睡眠、吃奶时间，适当调整作息。宝宝睡了，你就抓紧时间休息。当宝宝醒来时，你就有充足的乳汁喂养和护理宝宝。你不劳累，心情就好，这对宝宝有很大的良性影响。如果你整天愁容满面，不安或抱怨，宝宝就会从你那里得到不良的信息，生长发育和智力发展会受到影响。一定要保持愉快的心情。

预防产褥热

如果做了会阴缝合，回到家里仍然要注意局部清洁；如果感觉有些疼痛，可用高锰酸钾水坐浴。阴道分泌物比上周明显减少，色泽也变得更淡；如果分泌物还很多，或还有鲜血和血块，要打电话向医生咨询，是否需要处理。

还不能坐在浴缸中洗澡，只能淋浴几分钟。如果会阴切口或腹部刀口还没有长好，不要让肥皂或浴液流到那里。乳房护理仍然很重要，在医院中护士教给你的护理方法，你要继续做下去，不要因为忙而忽视了乳房护理。如果有发热、腹痛、阴道分泌物增多或新的出血，一定要及时看医生，不要认为是感冒或肠炎而自行服药，这样可能会遗漏产褥热。

0199 产后3周：就要出满月了

产妇会有更多时间下床活动，或干些力所能及的事情，可不要因为感觉不累，而忘了上床休息。还不要把床收拾得干干净净，把被子叠起来，直到晚上睡觉。你随时需要躺下来休息，有困意就睡，因为晚上宝宝要吃奶，你要为宝宝换尿布，宝宝或许还会要求妈妈抱一会儿，否则的话他就大声地哭。不要因为太累太困而拒绝宝宝的要求，或用不愉快的心情对待和你交流的宝宝。

早在胎儿期，宝宝就能感受到妈妈的态度和心情，现在宝宝更明白了。对宝宝的培养和开发，是在日常生活中的，点点滴滴，每时每刻，如果妈妈把宝宝的培养开发当做公事，到时候才去做，那就错了。你的每个眼神，每句话，每个动作，每时的心情，都对宝宝产生着影响，而这

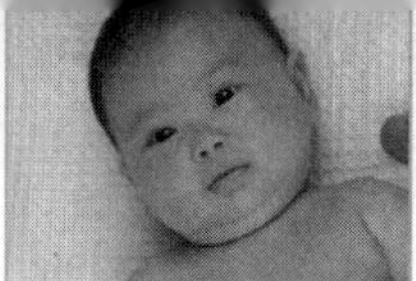
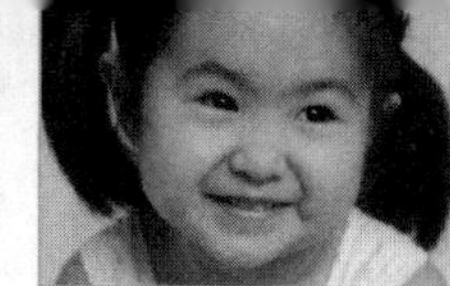
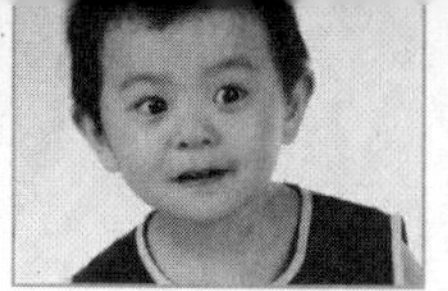

点点滴滴的影响，要比一天抽出一两个小时专门开发重要得多。

丈夫也要更体贴妻子，多为妻子做些事情。同时还要成为妻子的精神支柱，是母子可以乘凉的大树。以男人的宽广胸怀和幽默给妻子以安慰，让妻子顺利度过这一特殊时刻，不使用批评式的语言。对妻子多加赞赏，对宝宝多加疼爱。作为丈夫和爸爸，无需多说，也并非需要你做更多的事情，但你要学会调节气氛，掌控大局，让母子体会到欢乐和温馨。

产妇的基本功课

产妇仍要保护好自己的乳房，如果出现乳核，要及时用硫酸镁湿敷，并做乳房按摩，让乳核散开。如果出现了乳头皲裂，要抓紧处理，以免发生乳腺炎。一旦发现乳房局部发红或疼痛，要及时看医生。如果发热，除了要排除产褥热外，还要想到是否患了乳腺炎。

阴道分泌物无论是多是少，都不应该有很多的鲜血，如果还有，就要告诉医生，是否有其他问题需要医生处理。即使有会阴切口或裂伤，产妇也不会因为疼痛而不敢坐着喂奶或蹲着解手，如果还有疼痛，也需要看医生。

如果产前就有痔疮，大多不会因为生完了宝宝，痔疮就自行消失。如果吃得过于精细，或因为会阴部疼痛，或因为忙乱忘记了定时排便，痔疮可能会更严重。如果有很严重的痔疮，会影响产妇的情绪，所以要想办法让痔疮的症状轻些。因为这时产妇刚刚生产，正在哺乳和护理新生宝宝，暂时没有时间接受痔疮手术。可使用痔疮药膏，调整饮食结构，防止便秘，进行腹部按摩，局部热敷等方法缓解疼痛。

0200 产后4周：阳光明媚可抱宝宝散步

中国人有生宝宝坐月子的传统，欧美一些国家，产妇没有坐月子这一说，产后几天就推着新生儿到户外晒太阳，甚至产后不到1个月，妈妈就去跑马拉松了。

坐月子与否，是一个民族繁衍后代的生育文化，其发生、发展以及演化，都有其物质环境和精神环境的根据，谈不上孰优孰劣，因此没必要硬性模仿。产妇不是机器，她是有固定文化背景和价值取向的妈妈，她愿意怎样度过产后时光，健康、快乐地享受母子亲情，这比空洞地谈论坐月子好还是不坐月子好，重要一百倍。

在阳光明媚的天气条件下，抱着宝宝到户外散步，是完全可以的。散步本身就是舒缓情绪，抱着宝宝散步，呼吸新鲜空气，情绪得到充分调整，有益母子身心健康。

第二节 什么时候出院

0201 顺产时

顺产的产妇和新生儿，如都没有什么问题，产后2天，医生就会允许母子出院了。如果做了会阴切开，或有阴道裂伤做了缝合，就要等到伤口愈合后才能出院，通常情况下，产后5天，医生就允许你带着宝宝回家了。

0202 剖腹产时

剖腹产则需要在医院住8天。如果你要求提前出院，医生也认为你可以出院，产后5天左右，可以允许母子回到家里，到时候派一位医生到家里拆线，并检查术后恢复情况。现在剖腹产大多采取横切口，5天就可以拆线。如果使用能吸收的线缝合，不需要拆线，术后3天左右就可以出院。但你最好一周以后出院，有什么问题，可以及时得到医生护士的帮助，你和家人都比较放心。

剖腹产孕妇，在排气前不要吃东西；如果有口渴感，也不要大口喝，咽一点，或用水漱漱口。产后6小时，可以枕上枕头，也可以让丈夫帮助翻一翻身。医生会告诉你可以活动的时间。要注意，只要医生允许你活动，你一定要尽量活

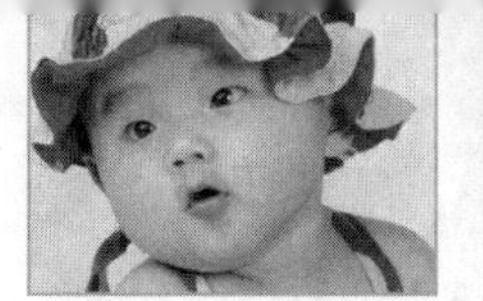  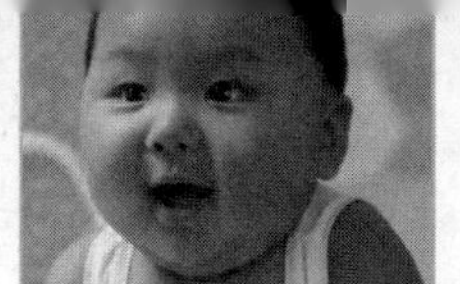 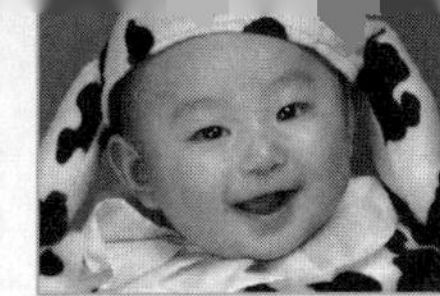 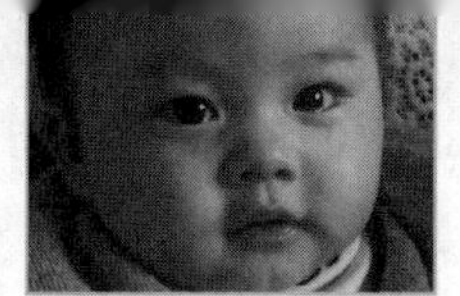

动，避免术后肠道粘连。如果因刀口痛不敢抱宝宝，可以让宝宝的头部朝另一只乳房，脚和身体朝外，这样就不会压到你的刀口了。

0203 出院准备

出院所需要的物品，放在一个包裹或旅行箱中，当医生通知你可以出院时，丈夫在出院的前一天把箱包带到医院。听起来这没有什么难度，实际上很难做到，想想看，连续的手忙脚乱，太兴奋，太紧张，没黑没白，脑子可能都木了，还能准备好出院的物品吗？一定要提前准备。

0204 回到家里

两人世界真正变成了三口之家！如何养育宝宝，这个简单而又重大的任务，责无旁贷地落在了夫妻俩的肩上。很多新手爸爸妈妈知道自己可能一下子承担不起这份责任，就把老人请来了，爷爷奶奶，外公外婆，都来伸手帮忙。

回到家里，是养育新生命的开始，也是本育儿百科的重中之重。但应该提前说明的是，新手爸爸妈妈看育儿百科，目的是了解养育宝宝的基本规律，基本做法，基本常识和应有的基本心态，不要生搬硬套，更不能搞育儿上的教条主义。

第三节 月子生活

0205 穿戴

应选择宽松舒适的家居服。不同室温选择不同厚薄的衣服。室温12℃以下，穿薄棉衣厚毛裤；室温12～15℃，穿厚毛衣薄毛裤；室温15～18℃，穿薄毛衣棉质单裤；室温18～22℃，穿薄羊毛衫棉质单裤；室温22～24℃，穿棉质单衣裤。

不要穿过紧的衣服，以免影响乳房血液循环和乳腺管的通畅，引发乳腺炎。产后出汗多，应该穿吸水性好的纯棉质地的内衣，外衣也要柔软、散热性好。母乳喂养的妈妈，乳汁常常沾湿衣服，要注意换洗。产后最初几天阴道分泌物比较多，胸罩、内裤应每天换洗。

要穿柔软舒适的鞋子，如果穿拖鞋，最好要带脚后跟的，以免脚受凉引发足跟或腹部不适。活动或做产后体操时，应该穿柔软的运动鞋或休闲鞋，不要穿着拖鞋运动。建议产后不要马上穿高跟鞋，可以穿半高跟鞋，2.5厘米左右的比较合适。

0206 吃喝

产妇不宜吃滚烫的饭菜。饭菜太热会伤害新妈妈的牙齿。习惯上让产妇喝热汤，尤其是冬季，让喝很热的汤，吃滚开的火锅。这对孕妇的牙齿是不利的。产妇身体消耗大，还要给婴儿喂奶，油炸、油腻食物及辛辣饮食不易消化，容易加重便秘，也会影响乳汁分泌，或通过乳汁刺激婴儿诱发湿疹、腹泻等疾病。让产妇喝红糖水、水煮蛋、炖母鸡汤、鱼汤、小米粥的习俗都是好的，如果再配以适量的新鲜蔬菜、水果，就更有益于产妇身体复原和哺乳。

0207 睡觉

产后子宫韧带松弛，需经常变换躺卧体位，即仰卧与侧卧交替。从产后第2天开始俯卧，每天1～2次，每次15～20分钟。产后2周可膝胸卧位，利于子宫复位并防止子宫后倾。每天保证8～9小时睡眠，有助于子宫复位，并可促进食欲，避免排便困难。

产妇夜间要频繁喂奶，照顾婴儿，缺乏整块时间休息睡眠。要抓紧一切可能的时间休息，最好是宝宝睡妈妈就睡。

0208 运动

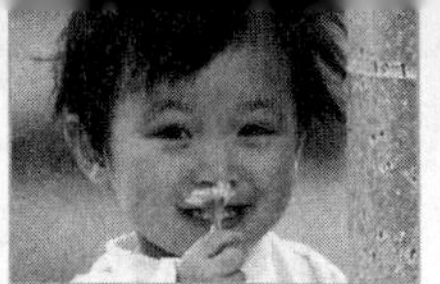
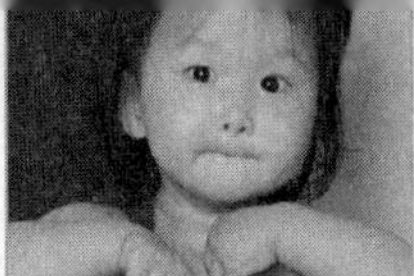

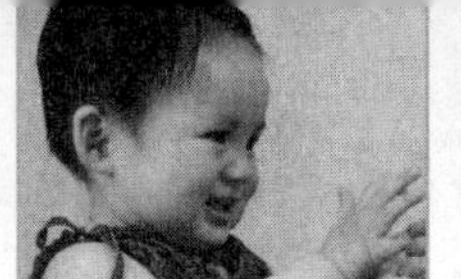
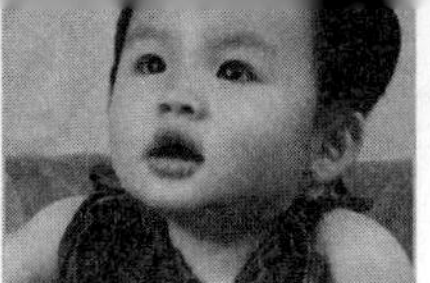

健康的产妇，产后6～8小时可以坐起来，12小时便可坐着进餐，下床排便。产后第一次下床如厕或散步，要有人陪伴，以防因体虚而晕倒。24小时后可站起来为婴儿换尿布。产后第二天可以下床活动。起床的第一天，早晚各在床边坐半小时。第二天在室内走走，每天2～3次，每天半小时，以后逐渐增加活动次数和时间。

早活动有利于子宫恢复和分泌物排出，减少感染机会和下肢静脉血栓形成，加快排尿功能恢复，减少泌尿系统感染发生；加快胃肠道恢复，增进食欲，减少便秘；促进骨盆底肌肉恢复，防止小便失禁和子宫脱垂发生。

0209 休息

如果是在冬季，呼吸道感染多发，产妇一定要避免接触感冒病人，多注意休息。休息不好，乳汁分泌就减少，会给母乳喂养带来困难，并易导致产妇焦虑、疲倦、精神抑郁。喜欢看书的新手妈妈，要注意二三十分钟就要休息一下，变换看书的姿势，这样眼睛、颈、腰、背部肌肉不会过于疲劳。

0210 洗浴

冬季浴室温度应在22～24℃，浴水温度在37℃左右。浴室不要太封闭，不能让产妇大汗淋漓，以免头昏、恶心。

不要空腹或饱食后洗澡。浴后要及时用暖风吹干头发。喝杯温开水或果汁，吃些小食品。产妇不宜坐浴，时间不宜过长，每次5～10分钟即可。如果是会阴切口、剖腹等异常分娩，需待创口愈合后再淋浴。如果分娩过程不顺利，出血过多，或平时体质较差，不宜过早淋浴，可改为擦浴。

0211 其他注意事项

(1) 每次如厕后，都要用温水冲洗阴部，洗时注意要从前向后洗，以免将肛门的细菌带到会阴伤口和阴道内。

(2) 月子中进食较多的糖类和高蛋白食物，易损牙齿，应做到早晚刷牙、饭后漱口，防止口腔感染。

(3) 指甲要定期修剪，以免划伤婴儿幼嫩的皮肤。

(4) 保持衣着整洁，梳理好头发。蓬头垢面会影响你的心情。认为月子梳头会留下头皮痛，这种说法没有科学根据。

(5) 给母婴创造一个舒适温馨的环境，一定要摒弃过去“捂月子”的习惯，让产妇和婴儿在空气新鲜、环境优雅、干净明亮的室内度过月子。

(6) 白天不要挂窗帘。尤其是比较厚、颜色比较深、花色比较暗的窗帘。如果没黑没白地挂着窗帘，会影响产妇心情，也不利于婴儿视觉发育；不能及时发现宝宝皮肤黄疸和其他情况。晚上不开正常照明灯，室内光线昏暗，对宝宝视觉发育不利，产妇也会感到视觉疲劳。

坐月子能否开空调

产妇不宜在过凉的房间内坐月子，但也不能在太热的房间内坐月子。天气太炎热，会发生产妇中暑和产褥热，出痱子，食欲也差。如果室内温度太高，空调是调节室内温度的不错选择。使用空调时，孕妇和宝宝的床一定要远离空调机，不要把床放在通风口处。空调温度调到24～28℃，与外界温度的温差要小于7℃。产妇和宝宝穿长袖薄纯棉单衣。尽管开空调，每天也要定时开窗换气。产妇要保证充足的水分。

第四节 产后康复、营养、避孕

0212 产后康复

不要忘记产后健康检查

产妇应该在产后42天进行健康检查，以便医生了解产妇的恢复情况，及时发现异常，防止延误治疗和遗留病症。

子宫复原

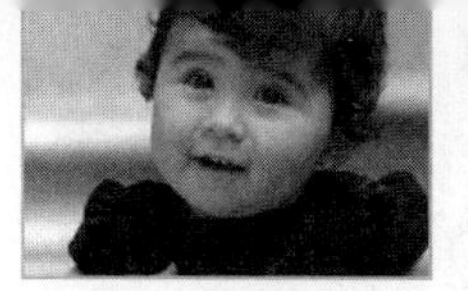

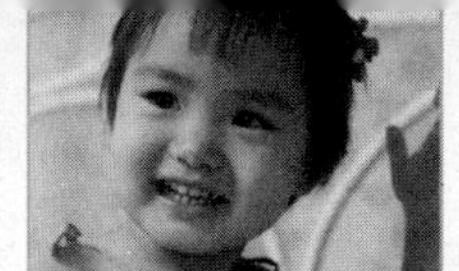
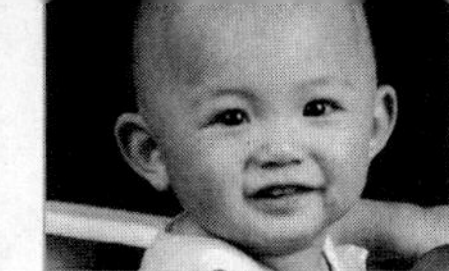
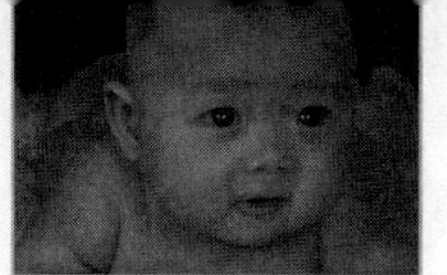

孕足月的子宫比孕前子宫大出了1000倍。胎儿和胎盘娩出后，子宫立即回缩，但不会马上缩到孕前水平，而是逐渐的，完全恢复到孕前状态大约需要6星期。胎儿娩出后，子宫缩到脐下4～5厘米，但产后24小时，又增大到脐上，以后开始逐渐缩小。所以，分娩后产妇的肚子不会马上缩小，除了增厚而又松弛的腹壁外，子宫仍占据着一定的空间。子宫在恢复过程中仍有不规律的收缩，所以产妇会有腹痛感，尤其是宝宝吸吮乳房时更明显，这是由于新生儿吸吮刺激子宫收缩所致。

性器官复原

分娩使产妇的阴道和阴唇极度扩张，阴道壁还可出现许多微细的伤口，排尿时会感到疼痛。如果没有会阴撕裂或行会阴切开术，一般在产后两三天就没有排尿痛了。被扩张的阴道在产后一天就能回缩。如果做了会阴切开术，可能会引起产妇会阴疼痛，不敢坐，排尿时疼痛难忍，四五天拆线（如果用肠线缝合不需要拆线）后会有所减轻。为了预防伤口处感染，每天应用4%的高锰酸钾水坐浴。

产后阴道分泌物

产后阴道分泌物包括产道伤口分泌物、胎盘剥离出血、细胞组织碎片及脱落的细胞等物。产后分泌物的排出可持续3周左右。第一周量比较多，大多呈血色，但不应有血块，如果有血块，应及时通知医生。第二周后，分泌物逐渐变成褐色浆液性，慢慢就变成黄白色，最后就像平时的阴道分泌物了。此段时间你应该使用卫生巾。

产后注意局部清洗，保持局部卫生，是防止产道感染的关键。产后子宫内膜和阴道壁有无数个小伤口，胎盘剥脱的地方有很大的创面，加上血性分泌物有利于细菌繁殖，如果不注意产后护理，很容易发生感染。

住院期间护士会帮助你处理分泌物，并进行局部消毒，你只需要向护士医生提供情况即可。回家后，就需要你自己做好这些工作。出院时，医生可能会给你开消毒的药或中药成分的卫生垫处方，市场上也能买到专门供产妇使用的卫生巾。

0213 产后营养

有的产妇认为，宝宝生出来了，不再需要一人吃两人的营养，饭量应该减少了。实际上，产后营养不但不能减，还要比孕期增加。产后恢复需要营养，而宝宝需要吃妈妈的奶，妈妈就更需要大量营养，分泌足够的乳汁来满足宝宝生长发育的需要。

如果完全母乳喂养，妈妈比孕期要多摄入30%的饮食。妈妈这时不要减肥，当你的乳汁很充足时，你吃的东西大多产生乳汁了，不会发胖的。但有一点要注意，饮食结构要合理，如果吃很多高热量食品，如巧克力、奶酪、油、带有脂肪的肉类，很可能会发胖。要吃富含蛋白质、维生素、矿物质、纤维素的食物。关于饮食搭配问题，你一定在孕期的营养中了解了很多。你只需记住，生完宝宝，不要减饭量，而要增饭量。

便秘和痔疮可能仍是个困扰。高纤维素食品可缓解便秘，适当增加粮食，尤其是粗粮的摄入，对缓解便秘大有好处。注意运动和定时排便，不要因为忙而忘记。

传统的下奶食物，如不放盐的猪蹄汤、鲫鱼汤，会让你没了胃口。要适当放些盐，不会因为有些咸味而影响乳汁分泌的。

0214 产后避孕

丈夫的谅解

产后生殖器官恢复到非妊娠状态，需要8周以上时间。产后2个月内最好避免同房，过早同房会增加产褥感染的机会。产后避孕格外重要，一旦怀孕会直接影响产妇的身体健康，宝宝也会因此而没了母乳。产后不来月经并不意味着没有受孕的可能。约有20%的哺乳者月经虽未恢复，表现为闭经，却可以排卵，甚至妊娠了。

国内有关专家曾做过这方面的研究，结果显示，大约有50%的妇女于产后60天内即恢复了排卵功能。最早的可于产后14天恢复排卵。恢复排卵的平均时间为产后100天左右。研究结果还显

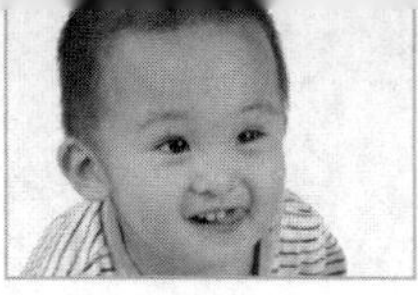

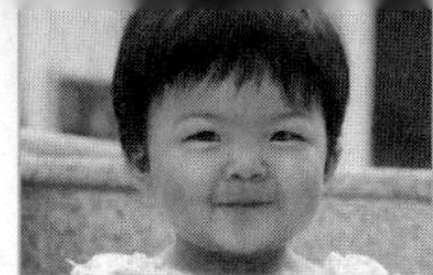
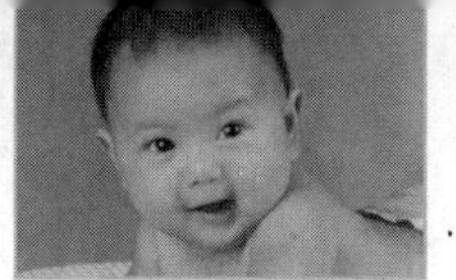

示，母乳喂养的产妇，排卵恢复时间平均为59天；混合喂养(母乳喂养+人工喂养)的产妇，排卵恢复时间平均为50天；人工喂养的产妇，排卵恢复时间平均为36天。

哺乳的产妇其平均排卵恢复时间只比不哺乳的产妇推迟23天。由此可见，哺乳并不能长时间地阻止排卵。不要寄希望于通过哺乳延迟排卵恢复时间，从而达到避孕的目的。一定要采取积极的避孕措施，主动避孕，以免忍受人工流产的痛苦。

第五节 产后锻炼与体形恢复

0215 产后锻炼项目

预防尿失禁的锻炼

产妇如果骨盆底肌肉受损，强度削弱，就会出现尿失禁。通过骨盆底锻炼可增强这些肌肉的强度，并使受损的肌肉康复。

方法1：慢慢收缩骨盆底肌肉，保持10秒钟，然后缓缓松弛下来，如此重复锻炼。

方法2：反复快速地收缩与放松骨盆底肌肉。

无论采取以上哪种方法，每天都应做5～10次，每次至少重复20遍。尽量养成在做其他事情的同时，做这种锻炼的习惯。如在给婴儿喂奶、沐浴、刷牙等的时候做，使盆底肌肉得到锻炼。产后4～8周时，当你咳嗽、大笑或用力时，会有少量的尿液流出，这是正常现象。如果持续流尿，应去看医生。

预防腹壁松弛的锻炼

方法1：仰卧在地板上，屈膝的同时，使肚脐向脊柱方向收缩（收腹），上身起坐，令腹肌紧绷，同时深吸一口气憋住片刻；缓慢呼出气体，同时慢慢伸开一条腿，直至完全伸直，贴于地板上，然后屈腿至原来的位置，伸开另一条腿，再屈伸到原来的位置，放松腹肌，此为一个循环。下次收腹时再使另一条腿伸屈，反复进行，每条腿来回拉动20次，如果不感觉累，开始下面的锻炼。

方法2：仰卧在地板上，屈膝的同时收腹，令腹肌紧绷，并抬起一条腿并保持屈膝，同时深吸一口气憋住片刻，开始缓慢呼气，同时慢慢将腿伸直，与地板平行，但不与地板接触，恢复到原体位，放松腹肌，此为一个循环。下次更换另一条腿，重复上述动作，每条腿如此活动20次。

增强背部肌的锻炼

方法1：采取俯卧位（趴下），两上肢放到肩部两侧，胳膊肘弯曲，手置于肩头位置，手心向下，然后手臂用力撑起身体，但髋关节部要保持不动，仍与地板接触，待你感觉到腰背部受阻时，再让身体重新回到地板上，重复锻炼 3 ～ 5 次。

方法2：站立，两脚分开，与肩宽相同，两手放在后背部下方。慢慢呼气，同时腰背部向后弯曲，脸朝上，眼望天花板。腰背后弯的程度以感觉舒适为宜，不要过于弯曲以防摔倒。给婴儿喂奶或换尿布后做这个锻炼更好。

0216 产后体形恢复

产后体形恢复与膳食结构

产妇要想甩掉孕期体内储存的多余脂肪，缩食减肥是不可取的。缩食减肥不仅会影响乳汁的分泌，也不利于产后复原。调整膳食结构是比较科学的，既照顾了喂养婴儿，又保证了产妇健康，同时达到不增肥或减肥的目的。

更换厨房摆放的食品种类

将柜厨和冰箱内某些高脂肪的食品撤下来，换上新鲜的水果、蔬菜、全麦粉面包、其他谷类食品、低脂奶制品、低脂、低热量的零食或加餐。外出购买食品时，应注意选择购买杂粮面包、面食、豆类及蔬菜类中的豆类，如豆角、青豆等。

推荐的配餐方法

（1）早餐喝一杯100%的果汁或蔬菜汁或吃一份新鲜水果。

（2）选择脱脂奶制品，不喝全脂奶，如果喝鲜奶，可以煮开后把上面的奶皮去掉。

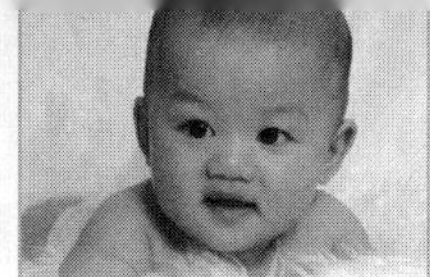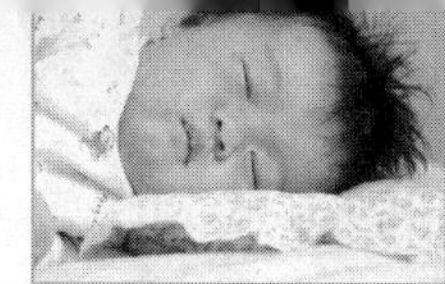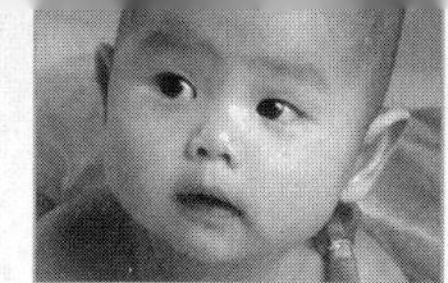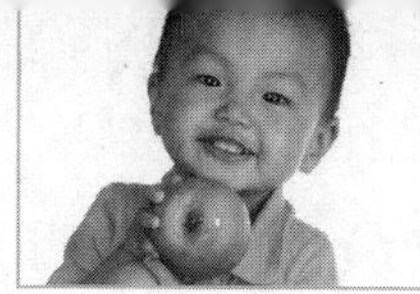

（3）番茄、黄瓜、菠菜、甜椒、白菜、葱头等能生吃的蔬菜瓜果切成片加在面包、馒头或饼中。

（4）午餐多吃些胡萝卜块或芹菜梗，用大盘上蔬菜，但不要加太多的酱油或其他调料。

（5）烹调禽肉时，最好将皮、内脏和油脂去掉，把瘦肉中带脂肪的部分去掉。

（6）做菜时用无油肉汤替代食用油，用水或番茄酱煮鱼和肉，少吃油炸食品。

产后体形恢复与体育锻炼

（1）上楼不乘电梯而是自己走楼梯，短距离出门不乘车而是步行。

（2）推着婴儿车带宝宝到户外，选择爬坡路，快速行走，抱着宝宝也是不错的锻炼。

（3）在刷牙、洗澡、做饭、收拾屋子时随时随地做收腹运动，锻炼腹部肌肉。

（4）可以利用一两分钟的空闲做这样的运动。面朝墙壁，两手臂水平置于胸前水平，支撑于墙壁上，两脚离墙壁稍远些，上身向墙壁前倾。然后，两臂用力推墙，使上身远离墙壁，反复几次。

（5）当接电话或做其他事情时，可抬起脚后跟，收紧腹肌并提臀；也可将一条腿屈膝抬起，使之尽量贴近上身，然后放下，两腿交换进行；也可将一条腿最大限度地侧向抬起，然后放下，两腿交换进行；还有一种办法是一条腿向后伸出、抬起，同时稍微屈膝，然后慢慢回到原位置。这些运动都可以锻炼腿部和臀部肌肉，减少脂肪。

（6）背着墙壁，后背、肩、脚后跟、臀部全部贴到墙上，然后两臂伸开，沿墙壁缓缓举至头部上方，反复进行数次。

锻炼时需注意以下几方面

（1）产后锻炼要适度，运动量的增加要循序渐进，开始锻炼的时间不宜过早，最好等到产后4周开始锻炼，至少也要等到阴道分泌物干净后。剖腹产或有并发症的产妇，应该推迟锻炼。如果进行正式的锻炼项目，应征得医生同意和指导。

（2）如果出现以下情形之一，应终止锻炼：任何部位的疼痛或隐痛；阴道出血或有排泄物；头晕、恶心、呕吐；呼吸短促；极端疲劳或感觉无力。

（3）鞋应合脚，孕期和产后脚的尺寸变大，如果感觉孕前的鞋尺码小，要更换大号的；胸罩应有支撑能力，避免摩擦乳房或受到重力牵拉；运动后要饮水；锻炼前1小时最好吃点高蛋白和碳水化合物类食物；运动前要做身体预热运动，运动即将结束时，应缓慢停下来；运动中感觉不舒适，及时停下。

0217 剖腹产与减肥

剖腹产的产妇，产后56天基本脱离产褥期。经产后常规健康检查，没有运动禁忌症的，可进行主要针对小腹部脂肪、肌肉的运动，如仰卧起坐、游泳，以及锻炼盆底肌肉的运动。如果产后3个月体形还没有恢复，产后6个月可能就恢复了，大多数妈妈在宝宝1岁以后，多能恢复到孕前的体重和体形。职业女性，上班后就会瘦下来；全职太太可能会恢复得慢些。

0218 为什么体形恢复不理想

是否急于减重

产后体重增加是正常现象，哺乳后期，体重会逐渐恢复到孕前水平。如果体重增加显著，减掉多余脂肪应采取循序渐进、稳步降低的办法。操之过急，不但身体受不了。如果体重每周降低250克，已经很不错了。放慢减重速度，会使你变得轻松起来，效果会更好。

是否科学地估算了摄入食品的热卡数

每日摄入的热量，既不能影响乳汁的分泌量，又要保持持续减重。如果你是活动量中等的新妈妈，要达到每周体重降低0.25千克的目标，在估算出的热卡数中减掉250卡热量就可以了。

可按下列标准，大概计算100克食物释放的热量：粮食释放4卡；豆类约释放6卡；肥肉和油类约释放9卡；瘦肉类释放6卡；水果释放4卡；

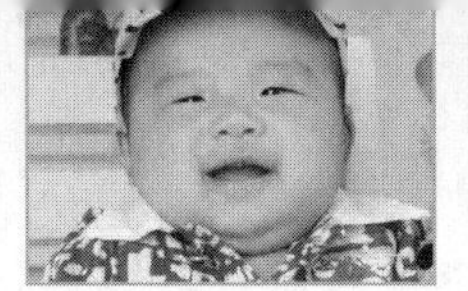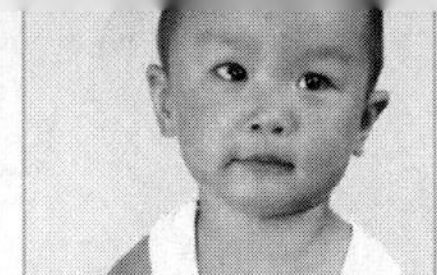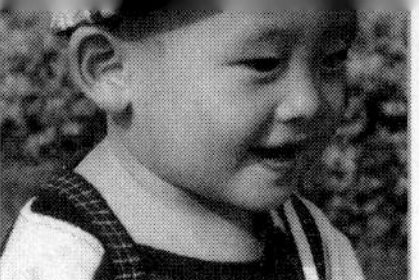

蔬菜释放的热卡可忽略不计。非孕期女性每日所需热量约1800卡，孕初期每日所需热量无明显增加，孕中晚期每日所需热量，比非孕期增加300～500卡。

制定健康饮食计划了吗

平衡膳食同样重要，尽管每日摄入的食物量减少了，但种类不得减少。少食那些只含热量，营养少或不含营养的食品，如脂肪、糖、酒等。母乳喂养的妈妈，应该注意膳食的营养结构，不要骤然大幅度减肥。

是否持之以恒坚持锻炼

每周至少锻炼几次，如推着婴儿车散步，参加社区组织的新妈妈体育训练班，游泳、骑自行车等。

你的生活丰富吗

照料新生儿确实比较累，但劳累并不能达到减轻体重的目的，劳累会使你食入过多食物。丰富多彩的生活不但让你消除疲劳，心情愉快，还有利于你的体形恢复。

第六节 产后防病

0219 尿潴留

多数产妇于分娩后5小时左右可自行排尿，但有的产妇会出现排尿时间延长，甚至不能自行排尿的情形，发生尿潴留。

产后1～2天有尿意却排不出来，就一定要争取早下床排尿，越早排尿越不容易发生尿潴留。会阴有裂伤，或在分娩中做了会阴侧切术，排尿时会引起疼痛。这时，一定要克服怕痛心理，勇敢地下床排尿，争取不用护士导尿。

如果膀胱中积存过多的尿，不仅影响子宫收缩，还会诱发尿路感染。如果分娩后8小时以上还没有自行排尿，护士就会给你采取措施，常见的就是导尿，从尿道口插一根软的导尿管，让膀胱中的尿自然流出。导尿存在着尿路感染或尿路损伤的潜在危险。有的产妇拔出导尿管后，仍不能自行排尿，或加重了排尿疼，所以最好争取自行排尿。

防止产后尿潴留的医生忠告

（1）产后每4小时排一次小便，不必等到有尿意时。

（2）剖腹产后要尽早下床活动，尽量不在床上排尿。

（3）自然分娩的产妇，尽最大可能争取在产后第一时间自行下床排尿。

（4）分娩前后多饮水，尤其是不要怕排尿而不敢饮水，饮水越多，排尿越通畅。

（5）采取自己习惯的姿势排尿，不要因为分娩而刻意改变排尿习惯。

（6）精神放松，分娩是很自然的事情，过度紧张是导致分娩后并发症的原因之一。

（7）记住简单的两句话：放松、放松、再放松，自然、自然、再自然。

0220 产褥热

产妇发热，首先要想到产褥感染的可能。一旦发生产褥感染，一定要及时、彻底地进行治疗，以防炎症扩大、蔓延和留下后遗症。

为防止产褥感染，分娩时，尽量多吃新鲜水果，多饮水，充分休息。产后42天中，一定要禁止性生活、盆浴。平时应注意合理饮食，早下床活动，及时小便，避免膀胱内尿液潴留，影响子宫的收缩及分泌物排出。注意产后会阴部的清洁卫生，最好使用消毒卫生纸和卫生棉。哺乳的妈妈，如果因为健康原因需要服药，一定要告诉医生开不影响妈妈哺乳的药物。

防止产褥热的医生忠告

（1）室内空气流通，室温不要过高，保持在24℃左右。

（2）春季气候干燥，室内放置加湿器，湿度保持在45%～50%。

（3）阴道分泌物没排干净前，一定要避免性生活。

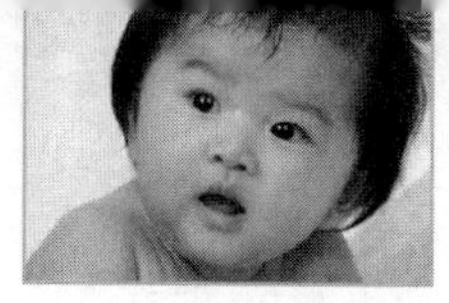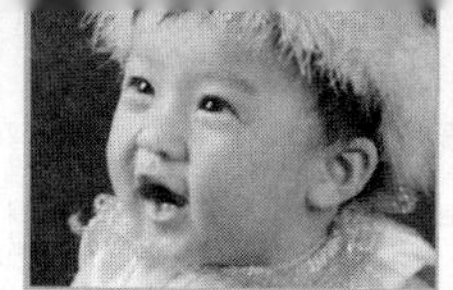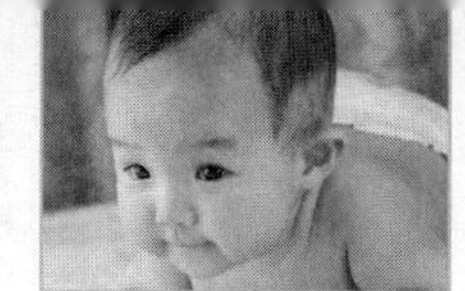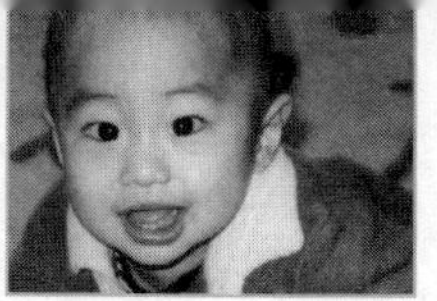

（4）不要盆浴，要用淋浴，最好用流动水冲洗外阴。

（5）合理饮食，早下床活动，及早小便，以避免膀胱内尿液滞留，影响子宫的收缩及分泌物排出。

（6）最好使用消毒卫生纸和卫生棉。

产褥热讯号

（1）发热：产妇发热时，不要简单地认为是受凉感冒，首先要想到产褥感染的可能。

（2）出汗过多：如果产妇出汗突然过多，感到不适，也要想到产褥热的可能。

（3）阴道分泌物异常改变时，要想到产褥热的可能。

（4）小腹、阴道、骶尾部出现疼痛。

0221 会阴肿痛

造成会阴胀疼的原因很多，应及时看医生，根据不同的原因进行处理。家中可使用的方法是：用1∶1000新洁尔灭溶液或1∶1500高锰酸钾液，进行会阴擦洗，每天2次。如果会阴严重水肿，可用50%硫酸镁湿热敷，每天2次，每次15～20分钟，促进水肿消失。

0222 产后腹痛、腹胀与便秘

产后初期出现的阵发性下腹痛是产后宫缩痛。产后宫缩是子宫复原的表现，并有止血和排出宫腔内积血和胎膜的作用。宫缩时，于下腹部可摸到隆起变硬的子宫。这是生理现象，一般持续3～4天自然消失，不需做特殊护理。疼痛严重的产妇可做下腹部热敷、按摩。但必须排除胎盘、胎膜在子宫内的残留，如有残留，宫缩痛往往较重，常伴有较多阴道出血，需医疗介入。

许多产妇产后3～5天或更长时间，解不下一次大便，造成腹胀、肛裂、痔疮等多种不良后果。由于产后腹压下降，排便使不上劲。而分娩前后又因进食较少，剖腹产还要术前术后禁食，肠道内没有一定容量的食物残渣，不足以刺激排便。如果有会阴裂伤或会阴切开，蹲下排便时可引起疼痛，产妇不敢排便。剖腹产不能马上下床，而产妇又不愿在床上躺着排便、排尿。这些都造成产妇产后便秘，消化不畅。

其实，除非有产后并发症，医生要求产妇卧床休息，通常情况下，剖腹产24小时后就可以下床大小便了。为防止产后便秘，产妇应适当增加活动量，加强腹肌与盆底肌的锻炼，做产褥期保健操；正确搭配饮食，多吃新鲜蔬菜、水果；也可睡前饮蜂蜜水1杯。

0223 产后泌尿系感染

产前或产后导尿或留置导尿管，诱发前尿道细菌进入膀胱，造成尿道和膀胱黏膜损伤，增加了尿路感染的危险。统计资料表明，分娩前常规导尿，产褥期发生尿路感染者占9%；留置尿管72小时以上者，几乎全部发生菌尿，细菌沿尿道与导尿管之间的黏膜上升而进入膀胱，引起膀胱炎，甚至肾盂肾炎。

产后注意会阴局部清洁，处理好分泌物，不要憋尿，多饮水，这样可预防泌尿系感染。一旦出现尿频、尿急、尿痛、排尿不畅、腰痛等症状，要及时看医生。

0224 产后抑郁症

孕期胎盘会分泌出很多激素，其中雌激素要比孕前高出1000倍。分娩后，胎盘离开母体，激素水平急速下降。体内激素的急剧变化，势必影响产妇身心状况。产后一两周，产妇非常敏感，一点点小的刺激都可能引起大的情绪波动，常常焦躁不安，稍有不如意的事情，就会陷入抑郁之中。

产后出现一定程度的抑郁情绪，是可以理解的，也不属于病态，只要调整好心态，放松心情，抑郁情绪不会加强，快乐情绪会笼罩整个生活。从某种角度讲，产后抑郁是一种选择，没有什么原因让产妇必须抑郁，除非产妇自己选择了抑郁。

当然，丈夫、家人要体谅产妇的不易，为产妇营造更温馨、快乐的育儿环境，及时与产妇进行有效的情感沟通，化解可能的抑郁情绪。

第七节 产后哺乳

0225 月子中怎么喂奶

（1）母乳喂养的妈妈，不要穿套头衣服，要穿开襟上衣，哺乳时胸腹部不会受凉。现在有漂亮的喂奶服和哺乳胸罩，也有专为哺乳妈妈准备的服装和胸罩可供选择。

（2）宝宝夜间也要喂奶，妈妈如果每次都穿脱衣服，很麻烦。所以，妈妈就索性穿着衬衣或披着睡衣喂奶，妈妈要注意不要让肩关节受凉。有的产妇由于受凉，导致肩关节疼痛，严重的连胳膊都抬不起来，不能梳头，也不敢侧身睡觉。

（3）妈妈体内要有足够的水分来制造奶水，所以每天至少要喝1200～1600毫升水。刚开始喂奶的新妈妈，往往是累一身汗，胳膊酸，脖子僵，宝宝却因不能舒服地吃奶而哭闹。这是由于喂奶姿势不正确所致。

正确的喂奶姿势是：胸贴胸、腹贴腹、下颌贴乳房。妈妈用手托住宝宝的臀部，妈妈的肘部托住宝宝的头颈部，宝宝的上身躺在妈妈的前臂上，这是宝宝吃奶最感舒服的姿势。有的妈妈恰恰相反，宝宝越是衔不住乳头，妈妈越是把宝宝的头部往乳房上靠，结果宝宝鼻子被堵住了，不能出气，就无法吃奶。一定要让宝宝仰着头吃奶（就是让宝宝下颌贴乳房，前额和鼻部尽量远离乳房），这样宝宝食道伸直了，不但容易吸吮，也有利于呼吸，还有利于牙颌骨的发育。

0226 预防乳腺炎和乳头护理

每次喂奶后，挤少许奶水涂于乳头上，保护乳头，不要马上把乳头盖上，让乳头风干。也不要用毛巾用力擦乳头，以免擦伤。不要穿太紧或质地太硬的内衣。要戴比较宽松的胸罩。

（1）避免乳头皲裂；不要压迫乳房，乳汁过于充足时，睡觉时要仰卧；

（2）一定要定时排空乳房，不要攒奶；

（3）有乳核时要及时揉开，也可用硫酸镁湿敷或热敷；

（4）保持心情愉快，不要着急上火；

（5）奶胀了就喂；宝宝吃不了，就要挤出；

（6）夜间宝宝如果较长时间不吃奶而引起乳胀，要及时吸出，否则一夜之间就可能患上乳腺炎；

（7）乳房出现疼痛，要及时看医生。

0227 母乳喂养，妈妈不能随意吃喝

母乳喂养的妈妈，要避免“妈妈乱吃，宝宝受害”的现象。冷饮少喝，过于油腻的少吃，不易消化的煎炸食品和凉拌拼盘少吃。如果在哺乳期摄入过多脂肪类食物，易导致锌不足；不重视豆制品和胡萝卜素的摄入，可造成母乳中有利于视力发育的各类营养素不足。我国营养学会推荐新妈妈每天蛋白质供给量为95克，以保证母乳分泌充沛，使宝宝健康生长。

哺乳期每日应摄入2700卡热量，若宝宝个头偏大或多胞胎，需乳量自然增多，每日需摄入的热量也应随之增加。

为了分泌足够的奶水，你应该饮足够的液体食品。每日以2.2～3.5升为宜。这些液体食品可包括水、牛奶（脱脂奶）、水果汁或蔬菜汁。不要喝碳酸类饮料、甜水或加香料的水。

第十四章　孕期检查

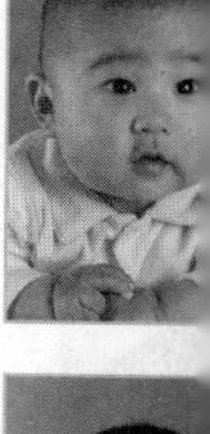

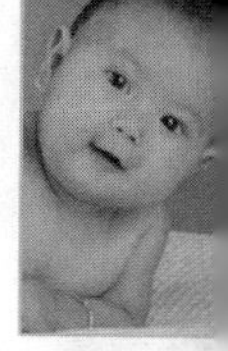

第一节 孕期检查项目

0228 优生筛查

优生筛查的内容

优生四项筛查，包括巨细胞病毒、单纯疱疹病毒、风疹病毒、弓形虫。

优生六项筛查，包括巨细胞病毒、单纯疱疹病毒、风疹病毒、弓形虫、人乳头瘤病毒、解脲支原体。

优生筛查结果判断

抗体IgG阴性：说明没有感染过这类病毒，或感染过，但没有产生抗体。

抗体IgM阴性：说明没有活动性感染，但不排除潜在感染。

抗体IgG阳性：表明孕妇既往有过这种病毒感染或接种过疫苗。

抗体IgM阳性：表明孕妇近期有这种病毒的活动性感染。

一般认为，孕妇的活动性感染与胎儿宫内感染有关，约40%的活动性感染容易引起胎儿宫内感染。所以，孕前和孕期主要检查孕妇血中的IgM抗体。我国女性巨细胞病毒、单纯疱疹病毒、风疹病毒、人乳头瘤病毒的感染率很高，既往感染率高达90%。据调查，孕妇中各种病原体的活动性感染在3%～8%。也有一些IgM抗体不高的孕妇，可能有潜在感染，也可能造成胎儿宫内感染。

抗体阳性并不意味着感染，抗体阴性也不意味着不会感染

不要一看到有加号（+）或阳性结果，就认为有胎儿宫内感染。IgG抗体阳性，仅仅说明既往感染过这种病毒，或许对这种病毒有了免疫力。接种过一些病毒疫苗的妇女，也会出现IgG抗体阳性，如接种过风疹疫苗的妇女，会出现风疹病毒IgG抗体阳性；接种过乙肝疫苗的妇女，会出现乙肝表面抗体阳性。所以要分清哪个是保护性抗体，哪个是非保护性抗体。

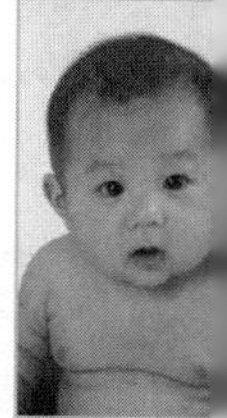

0229 STORCH筛查

S是Syphilis（梅毒）的缩写；T是Toxoplasmosis（弓形虫）的缩写；O是Other（其他）的缩写；R是Rubella（风疹）的缩写；C是Cytomegalic Virus（巨细胞病毒）的缩写；H是Herpes Simplex（单纯疱疹）的缩写。孕妇感染了这些病毒，可引起胎儿宫内感染，有发生流产、畸形的危险。

尽管一些病毒感染对胎儿会造成伤害，但孕妇的自然感染率还是比较低的，通过提高机体抵抗力，改变生活方式，是能够减少感染机会的。新生儿感染病毒的途径有两个，一是宫内感染，也就是先天性感染；二是后天感染，经产道直接感染或生后吸入带病毒的乳汁、输血、手污染、新生儿接触物品等途径。

0230 AFP检查

AFP是什么意思？

AFP是甲胎蛋白alpha-fetoprotein的缩写，AFP检查是最常用的胎儿畸形监测方法。AFP主要产生于卵黄囊和胎儿的肝脏，经胎儿尿液进入羊水，再经胎盘渗入或经胎血，直接进入母体血液。

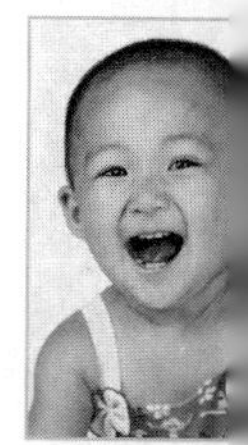

孕妇血液中AFP随孕龄增加而增加。羊水中的AFP在妊娠中期最高。妊娠36周后孕妇血液中的AFP含量和羊水中的含量接近。胎儿神经管畸形时，羊水和孕妇血中的AFP均升高。所以孕妇

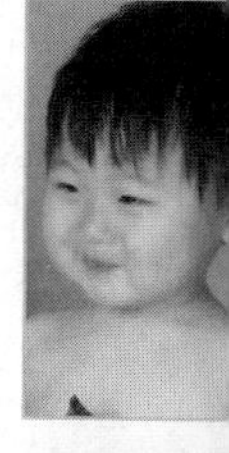

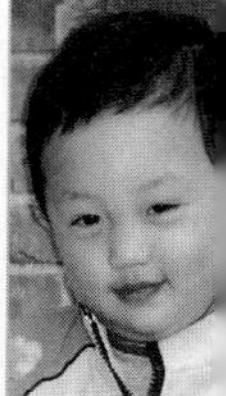

血中AFP值，常作为监测胎儿是否有神经管畸形的指征之一。AFP降低可见于唐氏综合征，所以AFP检查也作为唐氏综合征的检测手段。怀孕16周时，医生可能建议做AFP检查。

高水平的AFP意味什么

可能是双胞胎；怀孕时间可能比你认为的要长；也可能意味着胎儿神经管有缺陷。

低水平的AFP意味什么

实际怀孕时间可能比你认为的要短；也可能是胎儿患有先天愚型（亦称21-三体综合征）。

结果异常怎么办

这项筛查常常引起孕妇极大的担忧和恐惧。如果结果异常，孕妇可能面临着双重困境，因为接下来的诊断学检查是损伤性的，孕妇会担心对胎儿有损伤，又会担心流产。但不接受检查，又担心胎儿真的有先天缺陷。

如果筛查结果异常，不要紧张，最好再次复查。因为AFP水平升高或降低的原因很多，应有两次以上的阳性检验结果，或其他附加检验结果作佐证。让自己安下心来，一切顺其自然。有一点可以让你宽心，目前的临床统计表明，大多数AFP筛查结果异常的孕妇，都在接下来的检查中被排除了疾病的可能，生出了健康、正常的宝宝。

0231 孕期糖尿病筛查

需要做糖尿病筛查的几种情况

（1）年龄大于35岁；超重或肥胖；患有高血压；

（2）家族中有糖尿病史，尤其是父母和兄弟姐妹；

（3）曾分娩过巨大儿；

（4）孕前或孕早期曾有过血糖偏高或尿糖阳性变化；

（5）有过胎停育史。

筛查方法

孕24周，口服50克葡萄糖，2小时后采血测定血糖，如果大于7.8mmol/L，为异常。不限制孕妇最后进餐时间，可在任何时间进行糖筛试验。

结果判断

如果筛查结果是阳性，你也不要着急，在阳性结果中，有85%通过糖尿病诊断学检查，被证实没有合并妊娠期糖尿病。但也不能因此而心存侥幸，毕竟有25%患病的可能。如果被证实为妊娠期糖尿病，早期干预治疗对孕妇和胎儿都非常重要。

第二节 胎儿疾病的产前诊断

0232 哪些孕妇需要做产前诊断

产前诊断对某些孕妇非常重要，可及早发现胚胎的异常，及时终止妊娠，避免畸形儿的出生。有下列情况的孕妇应做产前检查：

（1）高龄孕妇。孕妇年龄＞35岁，胎儿染色体异常风险率为1%～2%。孕妇若＞40岁，其胎儿染色体异常风险率上升为8%。故对大于35岁的高龄孕妇需做产前诊断、监护。

（2）高龄准爸爸。父亲年龄≥55岁，出生21-三体综合征患儿的风险率将增加2倍。故父亲高龄也为产前诊断的指征。

（3）已分娩过1例染色体异常婴儿（如21-三体综合征）的孕妇，再次妊娠时，需做产前诊断，因同胞再现的风险率为1%。

（4）双亲一方为异常染色体携带者，子代患染色体异常风险率显著增加。夫妇一方或双方检查出是异常染色体携带者，应做胎儿产前诊断。

（5）曾经流产过染色体异常胎儿，或有过两次孕早期自发流产的孕妇，应做胎儿产前诊断。

（6）孕妇为严重X染色体连锁隐性遗传性疾病基因携带者。若产前不能做出疾病诊断，应测胎儿性别。因为X染色体连锁隐性遗传病主要是母传子，所以最好生女孩。

（7）曾生育过遗传性代谢缺陷病儿的妈妈，再次妊娠时，应进行孕前染色体检查和孕后胎儿产前诊断。

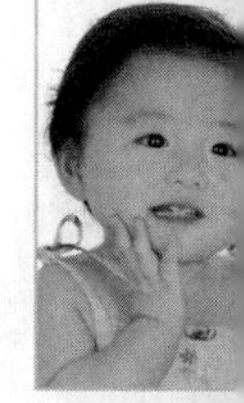

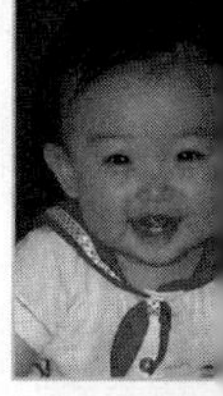

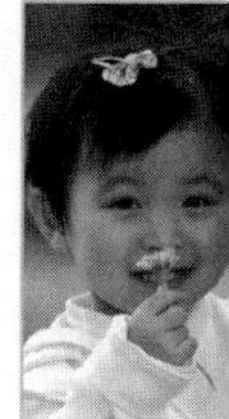

0233 B超检查的诸多问题

B超检查的功效

（1）监测胎儿生长发育情况，如测定胎头至胎臀的长度，推算胎儿孕周；测定胎头的双顶径、头围、腹围及股骨的长度，判断胎儿生长发育是否正常等。

（2）观察胎儿的生理活动，如呼吸情况、身体运动、肢体运动、吞咽动作、张力是否良好等。当胎儿在宫内缺氧时，这些活动会明显地减少或消失。

（3）测量羊水量。羊水过多或过少，都可能预示有胎儿畸形。

（4）了解胎盘情况。胎盘的结构、成熟情况、与子宫壁之间有无出血、位置、有无血管瘤的存在等，可以明确诊断出前置胎盘、胎盘早期剥离等危险情况。彩色多普勒超声可通过检测胎儿脐动脉、肾动脉、脑动脉等大血管的血流参数，评估胎盘的功能及胎儿是否有宫内缺氧、窒息等情况。

（5）发现胎儿畸形。孕18～20周胎儿的各个器官已发育成形，此时可看出胎儿是否有畸形，如胎儿肢体畸形、内脏畸形、神经管畸形、无脑儿、脊柱裂、小头畸形等。使用分辨清晰的B超仪，更可诊断出胎儿的肢体畸形、唇腭裂畸形等。在此期间发现胎儿畸形，容易终止妊娠。

（6）做损伤性检查时的辅助手段。介入超声的发展，使孕早期绒毛的吸取、脐带和羊水的穿刺定位更为安全可靠。

什么情况下应该做B超

（1）孕初期阴道出血，需排除宫外孕、先兆流产、葡萄胎。

（2）妊娠周数与腹部大小不符。了解胎儿发育情况，是否有胎停育。

（3）了解是否有胎儿畸形，应该在妊娠18～20周做。

（4）了解胎儿生长发育，是否有胎儿宫内发育迟缓，多在妊娠中晚期做。

（5）临产前估算胎儿大小，确定是否能够经阴道分娩。

（6）当检查怀疑胎位不正，又不能确定时，通过B超检查帮助诊断。

（7）妊娠超过预产期，要通过B超了解胎儿、羊水、胎盘情况。

孕期做多少次B超合适

目前多数国家主张正常的孕期B超检查做1～2次为宜。

第一次B超：最好在妊娠18～20周做。在这一时期，胎儿各个脏器已发育完全，仔细的B超检查，可看到每一个重要的脏器有无异常。

第二次B超：妊娠最后几周做。估计胎儿的大小，了解胎盘的位置及羊水量，为产科医生制订分娩计划提供充分的参考依据。

有异常情况的孕妇，做B超次数要依据具体情况而定。如果没有必要，不要频繁做B超。疑有胎儿生长迟缓，需通过数次B超检查才可以测定治疗的效果。妊娠晚期如羊水减少，也需要多次B超检查。羊水量越少，胎儿发生缺氧及出生时发生窒息的可能性就越大。

除有医学必要，不要用B超来鉴别胎儿性别。从法律上讲，如果没有医学指征，通过B超来做胎儿性别鉴定，是违法的。

0234 羊膜穿刺

用来检查胎儿排到羊水中的细胞，大约在孕16周进行这一检查。该试验结果对判断染色体是否畸形，具有较高的准确度。

什么情况需要羊膜穿刺检查？准爸爸妈妈一方家族中有先天性或遗传性疾病病史，或曾经有过流产、死胎、死产史，即应做羊膜穿刺检查，以预知胎儿是否有神经管缺陷，或某些遗传性代谢疾病。

0235 绒毛膜细胞检查

绒毛膜取样试验在孕10～12周进行，用于检查遗传性疾病，与羊膜穿刺术相同。绒毛膜细胞

检查，主要用于了解胎儿的性别和染色体有无异常，其准确性很高。绒毛膜细胞检查比羊膜穿刺的最佳时间（第16～20周）要早得多（怀孕40～70天），能够早期对异常胎儿做出诊断。

有性染色体和常染色体异常的胎儿，准妈妈在怀孕期间，可能会有妊娠早期阴道出血，也可能没有任何不适。如果家族中有遗传病史，或高度怀疑胎儿存在染色体异常时，有必要做绒毛膜细胞检查。

0236 胎儿镜检查

胎儿镜可以直接观察到胎儿的外形、性别，判断有无畸形；进行皮肤活检；从胎盘表面的静脉抽取胎儿血标本，对胎儿的某些遗传性代谢疾病、血液病进行产前诊断；给胎儿注射药物，进行胎儿期疾病治疗；还能对胎儿进行外科手术。

是否需要做胎儿镜检查，要由医生做出严格的判断。胎儿镜检查是一项技术性较强的产前诊断项目，需要由较高医疗诊断水平的医院和医生来完成。

0237 脐静脉穿刺检查

脐静脉穿刺就是通过孕妇腹壁，从脐带中抽取胎儿血样品进行检验。脐静脉穿刺检查可诊断胎儿是否患有贫血症，是否感染了一些病毒或其他病原菌，如风疹、弓形虫、单纯疱疹病毒、巨细胞病毒等。通过对胎儿血液酸碱度、氧含量、二氧化碳含量和碳酸氢盐含量的测定，了解胎儿是否有宫内发育迟缓现象。还可以通过对白细胞的分析，提供染色体数目。此项检查不是常规检查，孕3个月后方可做。

0238 孕期常规检查项目

产前常规检查包括体重、血压、尿检、血液化验等，在每次定期产前检查时，几乎都需要做。

孕期体重变化

在整个孕期，每个孕妇体重增长的情况都不相同，没有哪个医生能够准确地说出某一孕妇，每周、每月、整个孕期增加体重的标准。平均情况是，孕初期增加1500～2000克；孕中期平均每周增加400～500克；孕后期前几个月增长情况和孕中期差不多，但在孕最后1月，体重增加速度放缓，只增加500～1000克。这样算来，整个孕期孕妇体重要增加12～15千克。

孕妇不要紧张，胎儿不会这么大，宝宝出生时的体重，通常情况下是3000～3500克，其余的重量来自胎盘、子宫、羊水、乳房、血液、体液和其他组织。如果孕妇在某一阶段出现突然的体重增加，或在某一阶段体重增加不理想，医生都会比较重视，会为你做一些相关的检查。如果孕妇怀的是双胞胎或多胞胎，则会增加更多的体重。

孕期血压变化

孕妇每次产前体检都要测量血压，看起来像是例行公事，实际上非常重要。如果你的血压突然升高，医生会比较紧张，因为这可能是妊高征的前奏。因此需要认真对待，要按医生或护士的要求，把上衣脱掉，充分暴露你的上肢，使血压测量更加准确。如果某一天你感觉到头晕、头痛，尽管没有到规定的检查时间，也必须及时监测血压。

孕期尿液及血液检查

这也是既简单又重要的孕期检查项目。需要注意的是，最好留取早晨起床后第一次排尿的中段尿液，放在干净的小瓶中。这样的尿液浓度高，有问题时，阳性检出率高。

不是每次产前检查都要做血液检查，但血液检查可以向医生提供很多信息。血型、血色素、红细胞、白细胞、病毒抗体、性病等信息，都可在血液检查中显露出来。这些检查对胎宝宝健康意义重大，不要拒绝这些必要的检查。

0239 面对新检查项目怎么办

孕期检查领域不断扩大，方法越来越多，一些传统的检查方法逐渐被新的、先进的检查手段

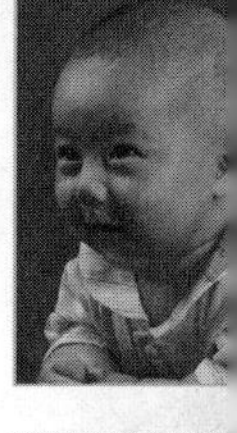

所代替。面对新的检查项目，不但准父母知之甚少，有些医生也并非都全面掌握；对一些检查结果的判断，也确实没有更多的临床经验，缺乏经验积累和病例总结。

面对一些非常规检查项目，尤其是具有损伤性的产前检查项目，准父母需要审慎对待，最好向权威专家和机构咨询，详细了解检查的目的、临床运用情况、操作人员资格、适用性等。

有一点是肯定的，不要盲目做检查，孕期检查并不是多多益善。每个孕妇具体情况不同，对有些孕妇来说是必需的检查，对其他孕妇来说可就未必。

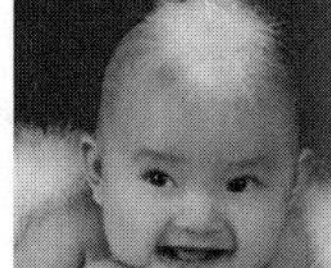

第十五章　用药

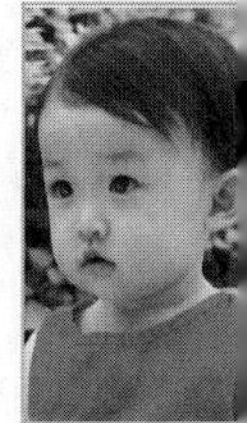

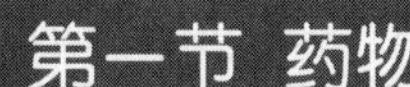

第一节 药物

0240 药物，利也？弊也？治病？致病？

孕期用药的原则：使用药物时要权衡利弊，有病不要自行吃药，要及时看医生，得到妥善解决。必须使用药物时，要选择副作用最小，治疗效果最显著的；如能解决问题，尽量选择单一药物。

0241 药物对孕妇的安全等级

美国食品和药物管理局（FDA）根据药物对动物和人类所具有的不同程度的致畸危险，将药物分为A、B、C、D、X五个等级，称为Pregnancy Categories（药物的妊娠分类）。

A级：已在人体上进行过病例对照研究，证明对胎儿无危害。

B级：动物实验有不良作用，但在人类尚缺乏很好的对照研究。

C级：尚无很好的动物实验及对人类的研究，或已发现对动物有不良作用，但对人类尚无资料。

D级：对胎儿有危险，但孕期因利大于弊而需使用的药物。

X级：已证明对胎儿的危险弊大于利，可致畸形或产生严重的不良作用。药品说明书中都明确标识。

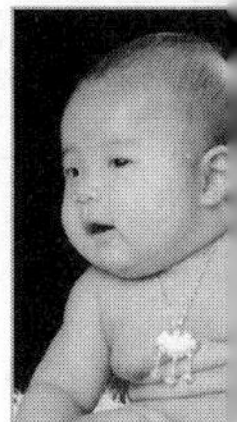

被划分到A级里的药物是被证明对胎儿无危害的，因此，是妊娠期患者的首选药物，但由于被划分到A级里的药物并不能治疗所有的疾病，为了治疗某种疾病，不得不选用B级药物。另一方面，即使是A级药物，由于不同的剂量，不同的给药途径和时间，孕妇处于不同的妊娠时期，其安全性也并非是一成不变的，孕妇也不能放心大胆地自行使用。

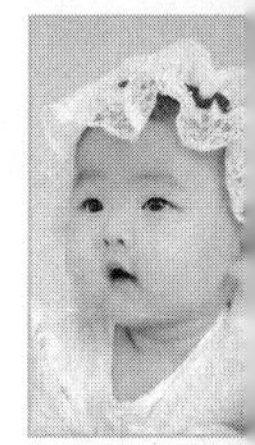

药物对胎儿的影响并不仅仅决定于药物本身，还与很多外界因素有关，因此，即使是非处方药，孕妇也不能自己到药店购买进行“自疗”。

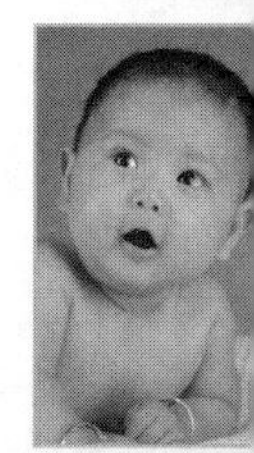

0242 药物对胎儿影响的外围因素

药物对胎儿的影响，除与药物的种类有关外，还与怀孕时间、药物剂量、药物在胎盘的通透性等因素密切相关。

怀孕时间

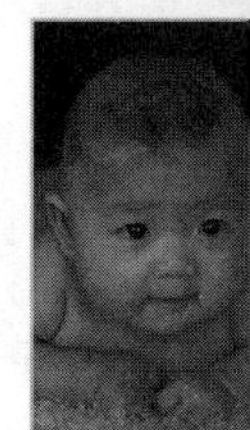

药物对胎儿的影响，与胎龄有关，胚胎期(孕2～8周)对药物最敏感，也就是说在孕早期，服用药物应倍加小心，最好不使用任何药物，除非有以下3种情况：

(1) 孕妇有显著的病症。

(2) 孕妇所患疾病对胎儿的影响大于药物的

副作用。

(3) 疾病已严重影响了孕妇的健康。

此时选择药物的种类非常重要，选择既治病副作用又小的药物，需要医生精心筹划，而不是拿起笔来就开药方。

药物剂量

使用药物的剂量越大，对胎儿的影响就越大，但并不是所有药物的副作用都是如此。有些药物即使是很小的剂量，对胎儿也会造成很大的影响，如抗肿瘤药。所以，为孕妇选择药物时一定要慎重考虑，需要医生有高度的责任心和过硬的技术。

现在并不是所有的医生都懂得药理性质，有些新药，只是看看说明书就给患者使用，是很不负责任的。如果孕妇需要服用药物，应该向产科医生，或这方面专家咨询，全面辨证地考虑孕妇、胎儿、疾病、药物四方面的关系，才能有效地避免不正确使用药物的不良后果。

胎盘对药物的通透性

胎盘对药物的通透性越大，这种药物对胎儿的危险性也就越大。另外，对孕妇没有副作用的药物，并不意味着对胎儿也没有影响。药物对胎儿几乎都是不安全的，即使是A级药物，在妊娠8周以内最好也不要服用，除非必须服用时，而且一定要在医生指导下使用。

0243 关于非处方药

绝大多数人认为非处方药都是安全的，这种认识对孕妇不适合。有些非处方药是不适合孕妇服用的，虽然对孕妇本人无害，却不能保证对胎儿是安全的。所以，即使是非处方药，也要在医生指导下使用。

0244 关于外用药

外用药和内服药一样，也会被吸收到血液中，而且有些药物更易透过皮肤或黏膜吸收。所以，孕妇在使用外用药时，也要考虑对胎儿的安全性，必须征得医生同意后再使用。

0245 常用药物在孕期的使用

(1) 青霉素类：较安全，包括广谱青霉素哌拉西林。口服、肌肉注射、静脉滴注均可用于孕妇。

按推荐剂量使用，不可超量。

(2) 红霉素类：同类药还有利菌沙、罗红霉素、阿奇霉素等，分子量大，不易透过胎盘到达胎儿。青霉素过敏者可使用。衣原体、支原体感染首选药。

对胃肠道有刺激作用，长时间或大量使用可使肝功能受损。

(3) 先锋霉素：目前资料无致畸作用记载。

不是所有先锋类的抗菌素都可应用于孕妇，比较适合的是先锋霉素V。

(4) 甲硝唑：杀虫剂，治疗滴虫感染，主张早孕期不用。

除非有绝对的适应症，否则不要选用。

(5) 螺旋霉素：治疗弓形体感染，对胎儿无不良作用。

不能长期和超量使用。

(6) 驱虫药：对动物有致畸作用，应慎用。

除非临床有绝对的适应症，非用不可，否则不宜使用。

(7) 地高辛：强心药，易透过胎盘，对胎儿无明显不良作用，心衰孕妇可使用。

强心药是一匹难以驾驭的烈马，有效剂量和中毒剂量非常接近。

(8) β-受体阻断剂：有引起胎儿生长发育迟缓的报道。

医生可能会为患有妊娠高血压的孕妇使用，需要密切观察胎儿的生长发育情况。

(9) 降压药：有明确致畸作用，孕妇禁用的是血管紧张素转换酶抑制剂，如卡托普利；血管紧张素Ⅱ受体拮抗剂，如氯沙坦；其他种类降压药，如钙离子拮抗剂，代表药心痛定，可引起子宫血流减少。

合并妊娠高血压的孕妇需服用降压药，一定不能选用有明显致畸作用的药物。

(10) 利尿药：接近足月的孕妇服用利尿药，可引起新生儿血小板减少。乙酰唑胺动物实验有

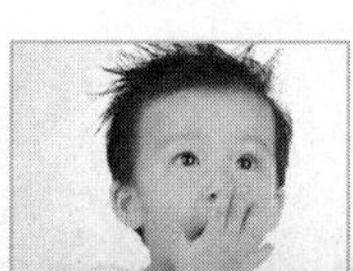

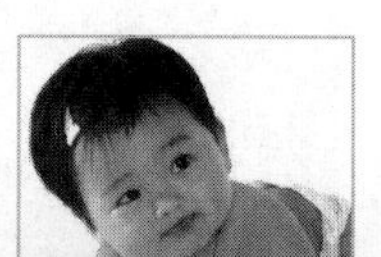

致肢体畸形作用，孕妇忌用。

妊娠期高度水肿，重度妊娠高血压，需要使用利尿药，急救需要以孕妇为重。

（11）治疗哮喘的药物：茶碱、肾上腺素、色苷酸钠、强的松等均无致畸作用。

激素类药物不能常规使用。

（12）抗抽搐药物：孕期服用抗抽搐药，胎儿先天畸形发生率为未服用者的2～3倍。可用的有苯妥英钠、卡马西平、三甲双酮、丙戊酸等。

患有癫痫病的女性生育是个大问题，要权衡利弊。

（13）抗精神病药均有致畸作用。

孕前就获知有精神系统疾病，最好选择不孕。

（14）镇静药物：如安定、舒乐安定，个别有致畸作用。

孕期出现睡眠障碍，最好不要依赖镇静药。

（15）解热镇痛药：扑热息痛可产生肝脏毒性；阿司匹林可伴有羊水过少，胎儿动脉导管过早关闭；布洛芬、奈普生、吲哚美辛可引起胎儿动脉导管收缩，导致肺动脉高压及羊水过少。妊娠34周后使用消炎痛，可引起胎儿脑室内出血、肺支气管发育不良及坏死性小肠结肠炎等不良后果。

习惯服用这类药物的女性，在孕前要想方设法改变。很多感冒药中含有解热止痛类消炎药，故应慎重服用感冒药。

（16）止吐药物：未见致畸报道。

治疗妊娠呕吐的药物对胎儿并不都是安全的。

（17）抗肿瘤药物：有明确致畸作用。

患了肿瘤，很少会继续妊娠。

（18）免疫抑制剂：硫唑嘌呤、环孢霉素对胎母均有明显毒性。

几乎不会用于孕妇。

（19）维生素A：大量使用维生素A可致出生缺陷，最小的人类致畸量为25000～50000国际单位。

维生素被视为营养药，可见营养药也不是越多越好。

（20）维生素A异构体：治疗皮肤病，在胚胎发生期使用异维甲酸，可使胎儿产生各种畸形。

不只是异维甲酸，治疗皮肤病，尤其是治疗牛皮癣的药，对孕妇的安全性很差。

（21）依曲替酯（芳香维甲酸）：用于治疗牛皮癣，半衰期极长，停药2年后血浆中仍有药物测出，故至少停药2年以上才可受孕。

还有一些药物需要停药一定时间后才能受孕。

（22）性激素类：达那唑、乙烯雌酚，均不宜孕妇使用，一些口服避孕药有致畸作用。

服用避孕药避孕失败，大多是没有按照要求去做，如果计划怀孕，就要提前停用避孕药，服用避孕药需遵守规则。

0246 危险抗生素报告单

（1）四环素：可致牙齿黄棕色色素沉着，或储存于胎儿骨骼，还可致孕妇急性脂肪肝及肾功能不全。

（2）庆大霉素、卡那霉素、小诺霉素等可引起胎儿听神经及肾脏受损。

（3）氯霉素：引起灰婴综合征。

（4）复方新诺明、增效联磺片，可引起新生儿黄疸，还可拮抗叶酸。

（5）呋喃坦叮：妇女患泌尿系感染时常选用，因可引起溶血，应慎用。

（6）万古霉素：虽然对胎儿危险尚无报道，但对孕妇有肾毒、耳毒作用。

（7）环丙沙星、氟哌酸、奥复星：在狗实验中有不可逆关节炎发生。

（8）抗结核药：使用时考虑利弊大小。

（9）抗霉菌药：克霉唑、制霉菌素、灰黄霉素，孕妇最好不用。

（10）抗病毒药：病毒唑、利巴韦林、阿昔洛韦等，孕妇最好不用。

0247 中草药安全性报告

有些孕妇认为中草药比西药安全，因为中草药是天然或种植的，而非化学合成。事实并非如此，有些中草药是孕妇禁忌服用的。还有些中草药，其中所含的成分并不都清楚，没有经过加工的草药，可能还含有一些污染物；即使是经过加

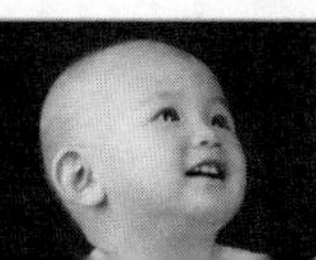

工的中草药，有些因缺乏安全实验，不能证明对胎儿是安全的。所以，孕妇在服用中药，食用具有药物功效的食物以及天然补品时，也需要向医生咨询。

清热解毒，泻火祛湿类中草药

具有清热解毒、泻火、祛湿等功效的中草药和中成药，在孕早期服用可能引发胎儿畸形；孕后期服用易致儿童智力低下，如六神丸。含有牛黄等成分的中成药，因其攻下、泻下之力较强，易致孕妇流产，如牛黄解毒丸。

祛风湿痹症类中草药

以祛风、散寒、除湿止痛为主要功效的中草药和中成药，如虎骨木瓜丸，其中的牛膝有损胎儿。大活络丸、天麻丸、华佗再造丸、风湿止痛膏等，也属孕妇忌用药。抗栓再造丸有攻下、破血之功，孕妇禁用。

消导类中草药

有消食、导滞、化积作用的中草药，如槟榔四消丸、清胃中和丸、九制大黄丸、香砂养胃丸、大山楂丸等，都具有活血行气、攻下之效，孕妇应慎用。

泻下类中草药

有通导大便、排除肠胃积滞，或攻逐水饮、润肠通便等作用的成药，如十枣丸、舟车丸、麻仁丸、润肠丸等，因其攻下之力甚强，有损胎气，孕妇不宜服用。

理气类中草药

具有疏畅气机、降气行气之功效的中草药，如木香顺气丸、十香止痛丸、气滞胃痛冲剂等，因其多下气破气、行气解郁力强，而被列为孕妇的禁忌药。

理血类中草药

即有活血祛瘀、理气通络、止血功能的成药，如七厘散、小金丹、虎杖片、脑血栓片、云南白药、三七片等，祛瘀活血过强，易致流产。

开窍类中草药

具有开窍醒脑功效，如冠心苏合丸、苏冰滴丸、安宫牛黄丸等，因为内含麝香，辛香走窜，易损伤胎儿之气，孕妇用之可致堕胎。

驱虫类中草药

具有驱虫、消炎、止痛功能，能够驱除肠道寄生虫的中成药，为攻伐有毒之品，易致流产、畸形等，如囊虫丸、驱虫片、化虫丸等。

祛湿类中草药

凡治疗水肿、泄泻、痰饮、黄疸、淋浊、湿滞等中成药，如利胆排石片、胆石通、结石通等，皆具有化湿利水、通淋泄浊之功效，故孕妇不宜服用。

疮疡剂中草药

以解毒消肿、排脓、生肌为主要功能的中草药，如祛腐生肌散、疮疡膏、败毒膏等，所含大黄、红花、当归为活血通经之品，而百灵膏、消膏、百降丹因含有毒成分，对孕妇不利，均为孕妇禁忌服用的药物。

第二节 疫苗

0248 乙肝疫苗

在婚前检查和孕前检查中，都常规检查乙肝病毒标志物五项，对于五项全阴的女性，建议接种乙肝疫苗。但由于乙肝疫苗全程接种时间是6个月，而在妊娠期间不提倡接种各类疫苗，这就给在孕前检查的女性造成了麻烦。因为大多数孕前检查都是在准备怀孕前的3个月左右进行的，如果乙肝标志物五项均阴性，希望接种乙肝疫苗时，就需要把怀孕计划向后推迟，至少要在半年后才能完成全程接种。所以，育龄女性应该在例行的健康检查中，常规查乙肝标志物五项，而不是仅仅查乙肝表面抗原一项。如果五项均阴性，就开始接种乙肝疫苗，以免计划怀孕时带来麻烦。

0249 风疹疫苗

现在大多数西方国家采用麻、腮、风三联疫苗（MMR），对所有宝宝于12～18个月龄给予基础免疫，然后于12岁左右再接种一针，简称MMR基免二针法。这种方法将对阻止母婴风疹病毒的传播起到积极的作用。

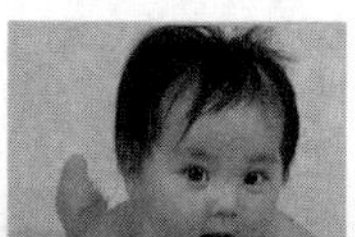
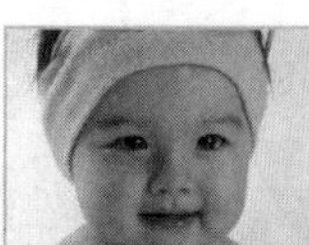

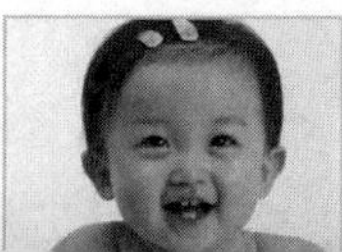
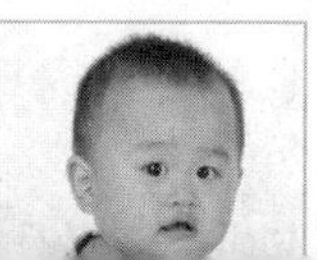
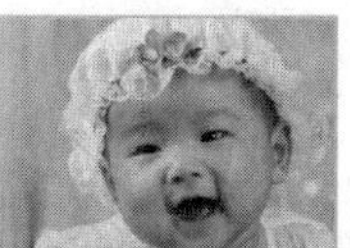

我国尚无统一的方案，MMR三联疫苗已经在一些地方开始自选免疫，对孕前女性常规做风疹病毒抗体测定，积极干预风疹病毒感染，但对风疹病毒阴性的女性，还没有普遍接种风疹疫苗。

接种风疹病毒减毒活疫苗2～3周后，可以从被接种者的咽部分离到风疹病毒，但时间短暂，尚未发现对周围健康者造成威胁。但是，如果直接给孕妇注射活疫苗有可能感染胎儿。因此，对孕妇或接种疫苗后2个月内可能怀孕的女性，应禁止接种风疹病毒减毒活疫苗。

0250 流感疫苗

流感疫苗是预防流感最有效的措施，但流感病毒具有很强的易变性，每年引起流感的流感菌株可能都会有变异。世界卫生组织为了更好地预防流感，建立了全球性监测网，密切注视流感病毒的变异动态。根据全球监测情况，提出下一年度的推荐疫苗组分，以保证疫苗的有效性。

我国当前上市的流感疫苗均为三价纯化疫苗，包含了经常流行的A_1、A_3及B三种成分。生产过程中经过多种步骤，去掉了可能引起反应的成分，提高了流感疫苗的安全性。但接种流感疫苗是否就一劳永逸，不会再得流感了呢？当然不是，流感疫苗的保护率在80%左右，即使已经接种过流感疫苗，在流感流行期间，也有患流感的危险，仍应注意预防。

第三节 补品、营养保健品

0251 叶酸补充

孕前补充叶酸可降低胎儿神经系统发育畸形。孕前、孕期补充足够的叶酸和铁剂，有降低儿童白血病的可能。因此，孕前补充叶酸是有必要的。有神经系统畸形家族史、曾有过不明原因的自然流产史、生过有神经系统畸形儿的，在孕前必须补充足够的叶酸。

选择有信誉、经过产品质量认证的大药厂生产的叶酸，每片含叶酸0.4～0.8毫克。最好是服用单一制剂，以保证叶酸的补充，也可同时服用复合维生素片。孕期补充维生素最好的途径是通过蔬菜、水果、食品。补充维生素营养品应在保健医或营养师指导下，按要求剂量补充，不要超量服用。

服用3个月叶酸，仍未怀孕是否继续服？

孕前3个月开始服用叶酸，直至孕后3个月停服；如未怀孕，应继续服用。

可否通过食补补充叶酸？

对于有自然流产、死胎史、神经系统疾病遗传史，或生过神经系统畸形儿的女性，计划怀孕前3个月一定要补充叶酸，直到妊娠满3个月停止。但如果没有上述所说的情况，就没有硬性规定，差几次没有服也不要紧的，孕后再服用也可以。

即使服用叶酸片，也不应放弃从食物中获取叶酸。叶酸含量较高的食物有动物肝、多叶绿色蔬菜、豆类、谷物、花生。水果中的含量一般。

补金施尔康、钙尔奇D，还需要另补叶酸吗？

服用金施尔康就不需要额外再补充叶酸了。但孕前3月到妊娠后3月，再额外补充叶酸也可以，叶酸的建议补充量是每天0.4～0.8毫克。孕早期是胎儿神经管发育的关键期，适当足量补充叶酸有利于胎儿神经系统的发育。可以在怀孕第20周后开始每日服用钙尔奇D。现在不用每日服用维生素E 100毫克，孕38周后可服用维生素E，1粒/日，促进乳汁分泌。

0252 孕期补钙问题

一般情况下，从孕中期开始补钙。普通人如果饮食量正常，结构合理，每日从食物中可获取1500毫克的钙，足够人体所需。孕妇每日需要多摄入500毫克钙，即每日总钙量应摄入约1800～2000毫克。但并不是所需的钙都需要通过药物钙额外补充。可从食物中补充，只要总钙量摄入足够即可。

无论是营养的补充，还是疾病的治疗，无论是体重的增长，还是补钙的时间，都要个体化，要根据您的具体情况给出个体化措施。医院的营养科可为你提供合理营养搭配和补充方案。

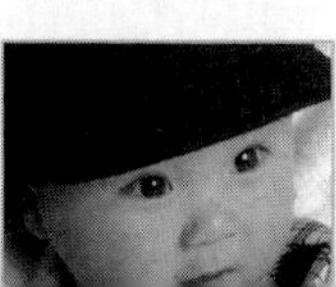

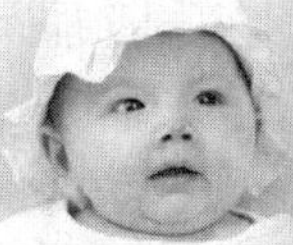

第十六章　环境

第一节　电脑与家用电器

0253 家用电器的非电离辐射

大众媒体一直在报道这样一种担心，那就是电脑显示器、电视机、微波炉、录音机、防盗警报器、手机、电热毯、电动玩具、加湿器、无绳电话等家用电器产生的非电离辐射，对胎儿健康有不良影响。

但医学研究目前并没有对这个问题给出科学结论，证明非电离辐射对胎儿有害。担忧是普遍存在的，尽量规避家居中的非电离辐射，无疑是孕妇正确的健康选择。看电视要有一个健康方案：离电视2米以上，适度的时间，荧屏色彩调淡，亮度调低等。

微波炉在工作时，孕妇最好离开2米以上，或到其他房间。

不要握着手机或无绳电话长时间通话。孕妇不必担心录音机、防盗报警器、电动玩具、加湿器等的非电离辐射，它们基本上是安全的。电热毯不是辐射问题，而是热度问题，睡电热毯较容易感冒，建议不用。

第二节　X射线可不是儿戏

0254 X射线“捣乱”的时间

没有人怀疑X射线对胎儿有严重影响。问题在于时间，也就是说X射线影响健康受孕的持续时间到底有多长。X射线要“捣乱”几天，才让孕育生命的环境恢复正常呢？

X射线对生殖细胞有伤害，伤害的程度与接受X射线辐射的剂量、部位、时间等因素有关。从理论上讲，短时间胸透所接受的辐射量很小，对生殖细胞的伤害极微。为保万全，怀孕前3个月夫妻双方都应避免接受X射线辐射。明确地讲，如果接受了X射线的照射，3个月以后再考虑怀孕最为妥当。

机场出港的步行通道，检查仪器是金属探测器。金属探测器的光辐射对生殖细胞是否有危害，目前还没有定论。但车站、机场等场所的行李安检通道设的是X射线检查仪，其辐射对精子的健康是有害的。但一般情况下，过往旅客没有人长时间停留在行李安检通道附近，所以也就不必有这方面的担心了。

0255 敏感期与影响程度

同样剂量的X射线对胎儿健康的影响程度，根据孕期的不同而不同。

（1）着床前期：即受精不满14天，受精卵异常敏感，任何剂量的X射线辐射，都有可能引发流产。如果剂量达5拉德，就有可能致受精卵死亡。

（2）器官形成期：即受精后14～42天，胎儿的所有器官都在形成中，对X射线辐射非常敏感，任何X射线辐射，都有可能引发胎儿畸形或发育迟缓。在受精后23～27天这段时间，X射线辐射对胎儿神经系统的发育，有直接的、灾难性的影响。

（3）胎儿发育期：即受精42天以后，一般X射线辐射引发胎儿畸形或死亡的可能性很小，但诱发胎儿白血病的可能性增加，同时还可能造成胎儿身体、神经系统发育迟缓。

第三节 家居清洁等化学用品的影响

0256 用品选购最应注意的要素

准备怀孕或已经怀孕的夫妻，在选购家庭清洁日用品时，最应该注意的事项不是物美价廉，而是“孕妇慎用”的提示。洗涤剂、漂白剂、消毒剂、除臭剂、空气清新剂、洁厕灵、除虫剂、油漆、黏合剂、涂料、强力清洁剂等日用化学产品中，经常会含有对孕妇有影响的成分。

0257 生活提示

孕妇担心日用化学品对胎儿会有危害，这种担心其实并不难化解——尽量不使用或少使用，使用时带上优质的防水手套。用蚊帐代替驱蚊剂，是不错的选择。卫生间必须经常打开排风机。居室通风换气，是孕期健康生活需要的最重要的环境。孕期切忌亲自施花肥，或给宠物洗澡，更不要自己去打扫宠物的小窝。孕前及整个孕期，不接触宠物是最安全的。

0258 装修与胎儿健康

准备怀孕的夫妻和已经怀孕的准妈妈，都应该工作生活在环保装修的环境之中。不是环保的装修，对任何人都有伤害，对生殖细胞、孕妇和胎儿的伤害就更大。那么，什么是环保装修呢？有什么判别的标准呢？

（1）地板材料：釉面砖、大理石、复合木地板、实木地板等。地板是装修的一大项，地板是否环保极其重要。

（2）墙面涂料：壁纸、涂料、颜料等。墙面（包括天花板）的面积，一般是房屋室内面积的5倍。墙面装修不环保，对人来说简直就是灾难。一位大学教授分到了一套新房子，请人装修，装好后高高兴兴搬进去。入住以后就开始流泪，开窗开门通风换气，人还是流泪，而且到了视力衰减的程度。另一位研究环境保护的教授闻听，赶紧到他家用仪器检测空气质量，结果吓得大跌眼镜：他家室内空气污染的浓度，超过国家限定标准的175倍！这是装修吗？这简直就是杀人。

（3）板材：包括家用木器的材料。板材不环保，永远释放有害物质。

（4）油漆：所有的家具都要上油漆，油漆环保与否，直接影响室内气味。

（5）洁具：洁具还会不环保？是的，做洁具的材料不环保，洁具就不是环保的。

0259 必要的自我保护

如果是家庭装修，实现环保可能并不困难——多花些钱而已。但单位、公共场所等非自家的室内，如果不是环保装修，我们是无能为力的。这时，孕妇自我保护措施就显得非常重要了。

0260 厨房油烟控制

厨房烹饪油烟对胎儿健康发育有一定消极影响。如果孕妇下厨房，巧用排烟机是关键。先启动排烟机，再打开灶火；先关闭燃气灶，让排烟机继续工作一段时间，再关机。

保证厨房通风换气，尽量不烹制油煎、油炸食物。炒菜炝锅时，不必把油烧得过热，减少油烟产生。现在食用油质量很好，不像过去提纯不够，靠高温除杂质。燃气设备安全可靠，绝无燃气泄露，这一点必须保证。

0261 吸烟控制

孕妇吸烟是不能被原谅的。老公吸烟，最好以胎儿健康的名义，要求他戒掉。戒不掉，至少要做到不在家里吸烟。遇上职场同事吸烟，尽量回避；或者直接请求他照顾一下胎宝宝的健康，不要在室内吸烟。学会礼貌地提出这样的要求，没有人认为这样过分。

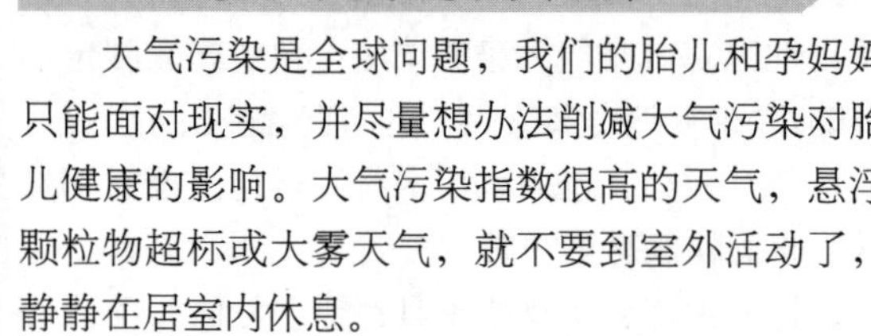

0262 面对大气污染的现实选择

大气污染是全球问题，我们的胎儿和孕妈妈只能面对现实，并尽量想办法削减大气污染对胎儿健康的影响。大气污染指数很高的天气，悬浮颗粒物超标或大雾天气，就不要到室外活动了，静静在居室内休息。

早晨太阳还没有出来时，外面的空气并不新鲜，所以最好等太阳出来后再开窗换气，保证更多新鲜空气进入室内。空气污染严重的天气，不要到外面散步、健身、锻炼。闹市区、油煎烧烤摊点、污水河、垃圾站、煤气站、加油站，也不是散步、骑车、慢跑、做操的合适地方。做有氧运动，一定要在空气新鲜的地方。

驾乘私家车上下班，要检查汽车排气系统是否正常。遇交通拥挤，关严汽车玻璃和进风口。汽车停放在带门的车库中，一定要先把车库门完全打开，再发动汽车。

0263 几点建议

（1）如果你的工作需要长时间站立，要找时间坐一会儿，能调换工作更好。

（2）从事有震动的工作，如乘务员，最好减少工作时间或暂时离开。

（3）如果你从事的是不能休息的流水作业，申请暂时离开。

（4）如果你的工作高度紧张，想办法放松下来。

（5）如果你工作的环境噪声很大，令人不安，最好暂时离开。

（6）如果工作环境存在有毒有害物污染的可能，孕前3个月就应该离开。

（7）如果你周围没有任何人，当你有问题时不能很快被人发现，这样的工作环境不好。

（8）从事接触动物的工作，要注意防止病原菌感染。

（9）接触患病的人或从事微生物研究等工作时，要注意保护自己。

0264 孕妈妈的美容美发问题

做脸部护理时用的护肤品对胎儿是无害的，但要保证护肤品的质量，不要选择含有铅、苯等有害成分的护肤品和化妆品。

染发剂对孕妇和胎儿都有不良影响，孕期不宜经常使用。

第十七章　生活

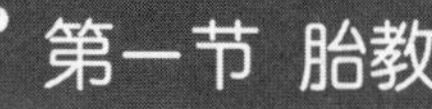

第一节 胎教

0265 重要的是给胎儿提供良好的生长空间

真正的胎教应该是给胎儿创造优良的生长环境，消除不利于胎儿生长的有害因素，最大程度保护胎儿不受外界不良因素的刺激和干扰，让胎儿得到充分的营养和静养生息的环境。

娴静的心情、规律的生活、合理的饮食、适宜的运动、良好的生活品位、融洽的人际关系、温馨的家庭、相亲相爱的夫妻关系，是妈妈送给胎儿最好的礼物。胎儿在这样的环境下一天天成长发育是最好的胎教。妈妈应以养胎为主，而不是忙着胎教。

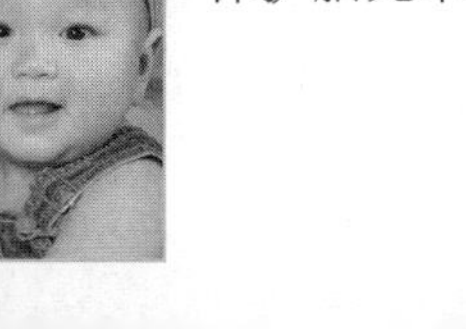

0266 胎教的分类

直接胎教

直接作用于胎儿，使胎儿受到良好的影响，如给胎儿听音乐，抚摸胎儿等为直接胎教。前面已经说过，胎儿在不同的生长阶段，先后具备了感觉、触觉、听觉、视觉等能力，这些能力是胎教的基础。给胎儿直接的感官刺激，通过刺激准妈妈的腹部触摸胎儿，给胎儿听音乐，用光刺激胎儿的视觉，这些都是直接胎教方法。

间接胎教

间接胎教是通过对孕妇的作用来影响胎儿。准妈妈的情绪可以通过神经-体液的变化影响胎儿的血液供应。从脑神经学的角度看，当一个人感到快乐时，体内释放出的神经传递素，包括一种称为“脑内啡”的物质。脑内啡除了给我们轻松、舒适的美好感觉外，同时还使我们渴望重复这种感觉。人总是在不断地追求乐趣，准妈妈在追求快乐的同时，也给胎儿传递一种正向的情绪。准爸爸及家庭其他成员，给孕妇创造良好的环境也是非常重要的。一分钟的恶劣情绪，一天的胎教就轻而易举被抵消了。

运动胎教

胎儿一般在怀孕后的第7周开始活动。胎儿活动是丰富的，吞吐羊水、眨眼、吸吮手指、握拳头、伸胳膊、踢腿、转身、翻身等。大多数孕妇孕4月以后开始感觉出胎动。

经常抚摸胎儿，不单是进行胎儿运动训练，也是和胎儿的一种交流方式，可以激发胎儿运动的积极性，通过抚摸胎儿和他沟通信息、交流感情。可以在早晚进行，每次不要超过10分钟。爸爸也可以用手轻轻抚摸胎儿，可以与宝宝加深感情。

习惯胎教

瑞典的舒蒂尔曼医生对新生儿的睡眠类型进行了实验，结果显示：新生儿的睡眠类型与妈妈孕期的睡眠有关。舒蒂尔曼医生把孕妇分为早起型和晚睡型，发现早起型的孕妇所生宝宝有同妈妈一样的早起习惯；晚睡型孕妇所生宝宝也同妈妈一样喜欢晚睡。可见，孕妇的习惯直接影响到胎儿，所以，孕妇养成良好的生活习惯是胎教内容之一。

记忆胎教

西班牙一所胎儿教育研究中心对“腹中胎儿的大脑功能会被强化吗”这一课题进行了研究。结果表明，胎儿对外界的感知体验可记忆到出生后。

胎儿能分辨母亲的心跳声。有学者研究发现，当一个刚出生的婴儿大哭时，如果立即播放预先录制好的母亲的心跳声，婴儿便会立即停止哭闹，变得异常安静。如果妈妈把宝宝抱在怀里，并将宝宝的头转向左侧胸部，宝宝的耳朵贴近妈妈的心脏，很快，宝宝就停止哭闹。胎儿在母体内已经熟悉并记住了妈妈心脏跳动的声音，当宝宝听不到他所熟悉的声音时，就会产生不安和恐惧。

胎儿在子宫内通过胎盘接受母体供给的营养和母体神经反射传递的信息，使胎儿脑细胞在分化、成熟过程中不断接受母体神经信息的调节与训练。

加拿大哈密尔顿乐团的著名交响乐指挥家鲍里斯·布罗特对记者说：“我初次登台就可以不看乐谱指挥，大提琴的旋律不断地浮现在脑海里。而且不翻乐谱就能知道下面的旋律，对此我疑惑不解。有一天，当母亲正在演奏大提琴的时候，我向她说了此事。当母亲问我脑海里浮现什么曲子时，谜底被解开了。原来我初次指挥的那支曲子，就是我还在母亲腹内时她经常拉奏的那支曲子。”

听力胎教

胎儿从第8周开始神经系统初步形成，听神经开始发育。5～7个月时听力完全形成，还能分辨出各种声音，并在母体内做出相应的反应。

意识胎教

近年来，国外胎儿心理学的研究发展很快，研究者们认为，胎儿具有思维、感觉和记忆的能力，尤其7个月以后的胎儿更是如此。

劳逊博士用摄像仪观察腹中胎儿，发现胎动发生前的6～10秒钟，胎儿的心跳频率明显增

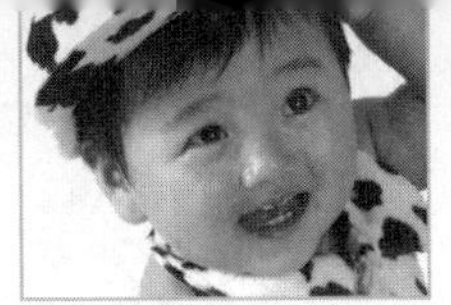

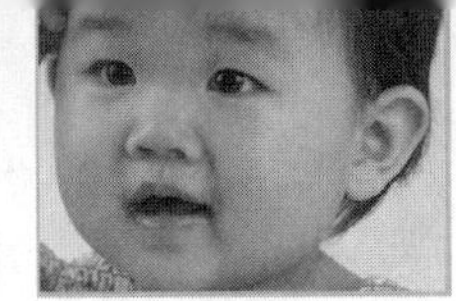
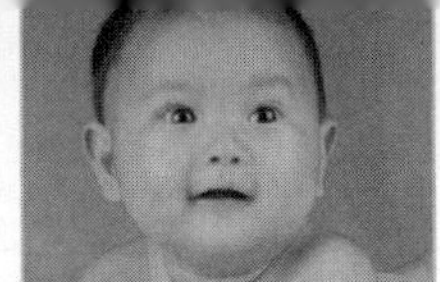

加。这种现象在胎龄6个月起便能观察到，说明此时胎儿大脑已发育到能够进行思考的程度。

在我们日常生活中，有少数孕妇为了一点暂时的身体不适而出现对胎儿怨恨心理，这时胎儿在母体内就会意识到母亲的这种不良情感，而引起精神上的异常反应。专家认为这样的胎儿出生后大多数出现感情障碍、神经质、感觉迟钝、情绪不稳、易患胃肠疾病、疲乏无力、体质差等。因此，孕妇在妊娠期间应排除这些不良的意识，母亲应将善良、温柔的母爱充分体现出来，通过各方面的爱护关心胎儿的成长。

情绪胎教

情绪胎教是通过对孕妇的情绪进行调节，使之忘掉烦恼和忧虑，创造清新的氛围及和谐的心境，通过妈妈的神经递质作用，促使胎儿的大脑得以良好的发育。情绪与全身各器官功能的变化直接相关。不良的情绪会扰乱神经系统，导致孕妇内分泌紊乱，进而影响胚胎及胎儿的正常发育，甚至造成胎儿畸形。

0267 塑造胎儿好的性格

国外曾报道过，一位妈妈在孕期始终不想要腹中的宝宝，当这个宝宝出生后，在妈妈的怀抱里总是哭闹，并且不吃妈妈的奶，宁愿吃其他产妇的奶。这是因为妈妈孕期恶劣的情绪影响了胎儿，妈妈拒绝接受宝宝，宝宝也不喜欢妈妈。妈妈在孕期的好心情，对胎儿的无限母爱，对胎儿的成长有着举足轻重的作用。塑造宝宝的性格要从胎儿期开始。在十月怀胎的漫漫道路中，孕妇忧虑、伤心、生气、愤怒、惊恐等情绪对胎儿都会产生不良影响。只要孕妇从心底充满对腹中胎儿的爱，就是对胎儿最好的胎教。

0268 什么样的环境色彩能促进胎儿发育

一位心理学家曾经做过一个非常有趣的实验，题目叫做“色彩与人”。他的实验目的，是要了解人在不同颜色的房间里，工作及心理状态。研究结果发现，长期处在黑色调房间的人，即使不做任何体力及脑力活动，也会感到心烦意乱、情绪低沉、躁动不安、极度疲劳；在淡蓝色、粉红色和其他一些温柔色调房屋里工作的人，一般比较宁静、友好、性情柔和；在红色房间里工作的人，会感到心情压抑、万分疲劳。

实验还表明，改变环境的色彩能够立即改变人们的心情。烈日炎炎的夏季，人们走在拥挤不堪的大街上，进入琳琅满目、色彩缤纷的商店都会感到心中烦躁不安。相反，进入轻爽、凉气袭人的冰淇淋室，望着墙壁上一幅幅引人食欲的消暑佳品广告，会觉得温度下降了许多，一种清凉之感油然而生。毫无疑问，这种心理上的感受是由周围环境色彩的变化造成的。可见，创造良好的环境，对于人们尤其是孕妇的情绪有着多么重要的作用。那么，在这多彩的世界里，如何选择恰如其分的色彩来促进胎儿的发育呢?

居室的色彩应该简洁、温柔、清淡，如乳白色、淡蓝色、淡紫色、淡绿色等。白色给人一种清洁、朴素、坦率、纯洁的印象；淡蓝色、淡青色给人一种深远、冷清、高洁、安静的感觉。孕妇从繁乱的环境中回到宁静优美的房间，内心的烦闷便会趋于平和，心情也会稳定。如果孕妇是在紧张、技术要求高、神经经常保持警觉状态的环境工作，家中不妨用粉红色、橘黄色、黄褐色布置。这些颜色都会给人一种健康、活泼、发展、鲜艳、悦目、希望的感觉。孕妇从单调的环境、紧张的工作状态中回到生机盎然、轻松活泼的环境中，神经可以得到松弛，体力也可以得到恢复。

0269 唱歌

妈妈轻轻哼唱自己喜欢的歌曲。尤其是各国的摇篮曲，大多数是民间流传的民谣，历史悠久、乐曲动听、民族风格浓郁，而且结合了音乐和语言两种元素，是比较好的胎教，妈妈自己哼唱出来比播放录音机效果更好。

0270 和宝宝“说话”

妈妈用动听的语言和胎儿说话，是很好的胎

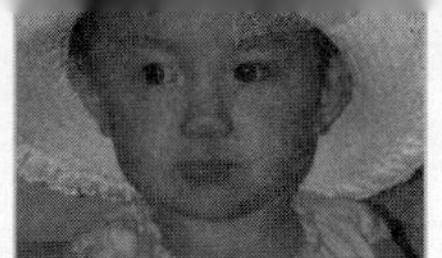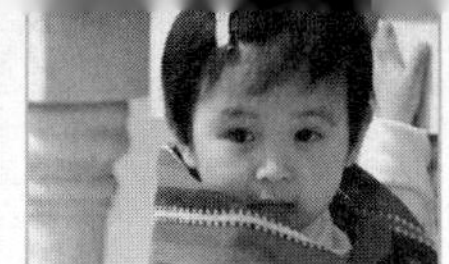

教形式。爸爸也可以和胎宝宝说话。早晨起来，爸爸轻轻击掌，叫醒熟睡中的胎宝宝，和胎宝宝亲切地交谈几句。

0271 艺术鉴赏

可观赏插花艺术，令人叫绝的书法，出自名家之手的绘画，具有民族风情的工艺品，还有服装模特表演等等，都能陶冶情操，起到胎教作用。妈妈也可以朗读一些文学名篇。总之，对自身修养有好处的，对胎儿就一定有好处。

第二节 节日

0272 烟酒问题

乙醇能迅速通过胎盘进入胎儿体内，滥用乙醇的孕妇，在其胎儿体内可检测出高浓度的乙醛和乳酸。乙醇的代谢产物可能直接损害胎儿体内细胞和蛋白质合成，从而导致细胞生长迟缓，干扰胎儿代谢和内分泌功能，以及氨基酸的胎盘转运，抑制脑细胞组织分化，降低脑重量，最终引起胎儿乙醇综合征等一系列病症。在妊娠期，即使是小量、短期饮酒，或仅仅一次酗酒，胎儿也会暴露在高浓度乙醇环境中，其代谢产物会对胎儿造成不良的影响。

怀孕前后就不要再抽烟喝酒了。十月怀胎不容易，胎儿要抵抗来自大自然中许许多多有害因素的影响。孕妈妈有责任把明知道的危害降到最低，不喝酒，不抽烟不会影响节日欢乐，周围的亲朋好友也会理解你的。要勇敢地劝说周围人，不要破坏胎宝宝的环境，不要烟雾缭绕，你和胎宝宝都需要清新的空气。

0273 预防疾病

感冒既影响孕妇健康，又影响胎儿健康。冬季是感冒流行的季节。春节前后，正是流感季节，甚至会出现流感流行高峰。感冒的成因，绝大多数是病毒，也有细菌。能引发感冒的病毒有很多种，最常见的是鼻病毒。在感冒病毒中，柯萨奇病毒、埃可病毒、腺病毒等能引发孕妇高热。当孕妇高热时，子宫内的温度会随之升高，宫腔内高温可影响胎儿神经系统发育，预防感冒发热对于孕妇来说是很重要的。节日人多，生活不规律，疲劳、睡眠不足，这些诱因，都能降低孕妇机体抵抗力，增加了病毒侵人的可能性，导致疾病发生。希望准妈妈注意以下几点：

（1）不要到人多拥挤的公共场所。

（2）他人感冒，注意远离，避免经飞沫、毛巾、手等途径感染。

（3）勤洗手是预防感冒病毒传染的有效措施。一定要用香皂或洗手液洗手，只是水龙头冲一下了事，起不到消菌杀毒的清洁作用。

0274 避免噪音

凡是使人不喜欢或不需要的声音统称为噪声。噪音对所有的人都有不同程度的不良影响。女性在非孕期受噪音的干扰，会引起一系列生殖功能的异常，常见的有月经不调，表现为经期延长，周期紊乱，经血增加、痛经等。受到噪音干扰的孕妇，其妊娠高血压的发生率增高。

胎儿对音响刺激有反应，这是胎教的基础。但是，如果外界的声音成为一种噪音的时候，对胎儿就会产生不良的影响。通过对一家棉纺厂女工的调查发现，妊娠前和妊娠期接触95分贝以上噪音的女工，所生的新生儿，到了3～6岁，智力测验结果显著低于无噪音刺激的女性所生的宝宝。

90分贝以上的噪音对胚胎及胎儿发育有不良的影响。85～90分贝为超过卫生标准的噪音干扰。

噪音对准妈妈的伤害

（1）影响孕妇中枢神经系统功能的正常活动。

（2）使孕妇内分泌功能紊乱。

（3）诱发子宫收缩而导致流产、早产。

噪音对胎儿的伤害

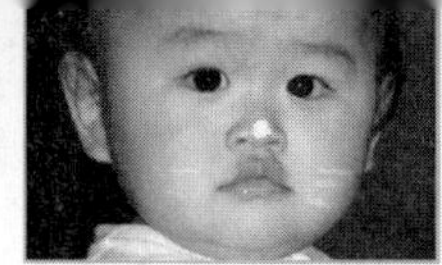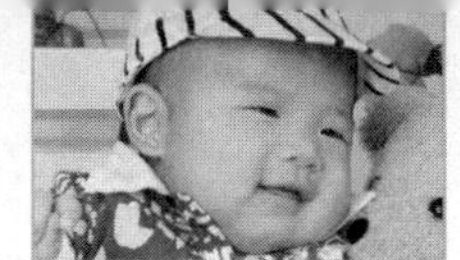

(1) 使胎心率增快、胎动增加。

(2) 高分贝噪音可损害胎儿的听觉器官。

(3) 损害胎儿内耳蜗的生长发育。

特别提醒

(1) 孕妇要避免噪音的干扰。

(2) 节日期间，有些地区不限制鞭炮的鸣放，甚至在居民区有震耳欲聋的鞭炮声。准妈妈不要到放鞭炮的地方。

(3) 如果恰巧遇到燃放鞭炮，要用双手托住腹部，安抚胎儿，尽量减小对胎儿的震动。

补足睡眠

亲朋好友聚在一起，说不完的话，看不够的光碟，灯火通明，深夜不眠，这对孕妇是极其不利的。孕妇最好的休息方式就是睡眠，通过睡眠解除疲劳，使体力与脑力得以恢复。如果睡眠不足，引起疲劳综合征，食欲下降，身体抵抗力下降，增加了孕妇和胎儿受到病毒或细菌感染的机会，可引发多种疾病。过节睡眠不足，那就得空多睡一会儿，哪怕是一个小时。准妈妈睡眠不足，就会给胎儿造成无形的伤害。为了您腹中的宝宝，节日里的准妈妈们，要保证充足的睡眠，每天多睡一会儿。

0275 保证室外活动时间

节日里，全家人在一起品佳肴，看电视，唱卡拉OK，几乎都在户内，这对孕妇是不利的，孕妇需要更多的氧气。在北方，冬季室内温度较高，湿度较低，门窗紧闭，空气流通不好，加上室内人多，呼出的二氧化碳多，室内空气不新鲜。如果室内有抽烟的人，空气更污浊了，再加上厨房烹饪的油烟，室内空气中有害物质就更多了。所以，节日里孕妈妈要做到：

(1) 定时到室外呼吸新鲜空气。

(2) 短时、多次到阳台上呼吸新鲜空气。

(3) 晚饭后一定不要坐着不动，电视一看就是几小时，保持一种姿势，孕妇很容易疲劳，也影响胎儿呼吸。应像平时一样，晚饭后到室外、公园里、广场上，悠闲自在地散步。

(4) 避免疲劳，调节心情，身处节日，心静如水。

节制饮食

孕妇忌食油腻、甘甜、味厚、生冷、煎烤、辛辣的食物。节日里，大多数人不再考虑合理膳食搭配，对饮食的要求不再是力求健康，而是要充分体现节日气氛。要做妈妈的孕妇们可不能这样，腹中小宝宝会抗议的。

准妈妈应注意的要点

(1) 忌食肥甘厚味：肥甘食物不易消化；

(2) 忌食生冷：过食生冷食物容易损伤脾胃；

(3) 忌食煎烤、辛辣的食物：煎烤与辛辣食物为热性食物，能助长人体的湿热，造成胎热，出生后体质虚弱；

(4) 忌暴饮暴食：可引起肠炎、消化不良、严重的可引起胰腺炎；

(5) 认为只是节日这几天，不会出现什么问题，这种想法是不对的，准妈妈时刻要为腹中的胎宝宝着想。

第三节 运动与旅行

0276 旅行

孕妇出门一定要注意安全，注意脚下，不要被绊倒、滑倒。孕妇是绝对不能摔倒的，轻者引发流产、早产，重者子宫破裂，母子生命不保。出门串亲访友，最好乘汽车，不要骑自行车。节日外出人较多，孕妇身体活动不便，容易被挤着，要多加注意。

为什么不要长时间坐车？

(1) 孕妇生理变化大，环境适应能力降低，长时间坐车给孕妇带来生理不便；

(2) 汽油异味导致孕妇恶心、呕吐；

(3) 孕妇下肢静脉血回流不畅，造成下肢水肿；

(4) 孕晚期腹部膨隆，坐姿挤压胎儿，易引发流产、早产。

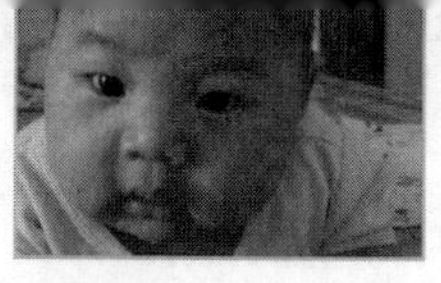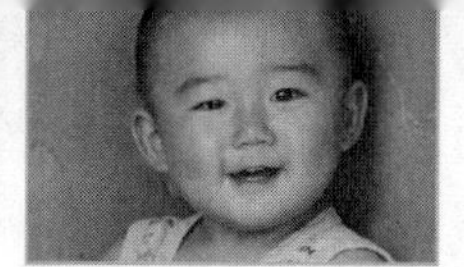

0277 孕期运动

孕初期，多数孕妇会有眩晕感，随着胎儿发育，子宫逐渐增大，膈肌被增大的子宫抬高，胸腔容积变小，肺脏和心脏受到挤压，使孕妇感到呼吸困难。应视情况选择运动项目、运动时间和运动量。

跳舞、游泳、瑜伽、骑自行车或散步等都是比较好的运动项目。刚开始运动时，可以将步子稍放慢些，散步的距离可以先定为0.6公里，每周3次。以后每周增加几分钟，并适当增加些爬坡运动。最初5分钟要慢走，做一下热身运动。最后5分钟也要慢些走。

如果在运动中连话也说不出，说明孕妇运动过猛，这种情况应该避免。不要做仰卧起坐、跳跃、跳远、突然转向等剧烈运动和有可能伤及腹部的运动；不要尝试滑雪、潜水、骑马等运动。

坚持体育运动对孕妇的好处

（1）适当运动可以缓解背痛。

（2）使肌肉结实（尤其是背部、腰部、大腿部等），使孕妇有较好的体形。

（3）可使肠部蠕动加快，降低便秘的发生率 。

（4）运动可激活关节的滑膜液，预防关节磨耗（在怀孕期间，关节松弛）。

（5）可降低体内储存的多余脂肪。

注意事项

（1）不应通过运动的方式减肥；

（2）如果孕前就是一位体育运动爱好者，孕期的运动量和运动项目应作适当调整；

（3）如果孕前从未进行过体育运动，应该慢慢地逐渐建立起有规律的运动习惯；

（4）孕初期，多数孕妇会有眩晕感，随着胎儿发育会对孕妇的肺造成推举挤压，使孕妇感到呼吸困难，应视情况选择运动项目，决定运动时间和运动量；

（5）有下列情况应停止运动：合并了妊娠高血压综合征或孕前有高血压；曾出现宫缩、阴道出血等流产先兆；既往有自然流产史或医嘱不宜运动；

（6）运动中若感到疲劳、眩晕、心悸、呼吸急促、后背或骨盆痛，应立即停止；

（7）体温过热对胎儿有害，天气炎热时不要过度运动，即使在凉爽的天气里，也不要让自己热得满头大汗。

0278 性生活

孕初期（1～3个月），孕妇有早孕反应，比较疲乏。还有受精卵刚在子宫内着床，胎盘与子宫壁的附着还不够牢固。如果性生活过频，动作过大，可引起流产。此期应减少性生活次数，动作要轻柔。有流产史或长期不孕后受孕的夫妇，在孕后最好停止性生活。到了孕中期（4～6个月），孕妇反应减轻或消失，精神好，胎盘已经附着牢固，不易流产，此期对胎儿影响较小，但也要注意不要过频，不要压迫孕妇腹部。孕晚期（7～10个月）尽量减少性生活。预产期的前6周应该停止性生活，以免引起早产。

第四节 孕妇穿戴、护肤

0279 要戴什么样的胸罩

乳房会有显著增大，这时你可能会有乳房往下坠的感觉，觉得乳房越来越沉了。有的孕妇听说孕期戴胸罩会影响乳房发育，对以后哺乳不利，怀孕后就不敢戴胸罩了。这个认识有些偏颇。选择胸罩要注意：

- 不能戴过紧的胸罩；不能使用束身内衣、腰封和紧身内裤。不能使用有药物、硅胶或液囊填充物、挤压造型的丰胸胸罩。这是因为：孕期的乳腺在催乳素、胎盘生乳素、雌激素、孕激素、生长素以及胰岛素的刺激下，乳腺管和乳腺泡不断增生，过紧的胸罩会阻碍乳腺的增大。过紧的胸罩还会压迫乳头的发育，使乳头瘪陷。过紧的胸罩也会影响乳腺的血液供应，阻碍乳房皮下静脉回流。要戴舒适合体的胸罩。
- 戴有支持和托举乳房功能的定型胸罩。有

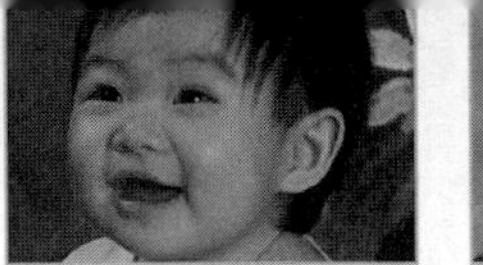
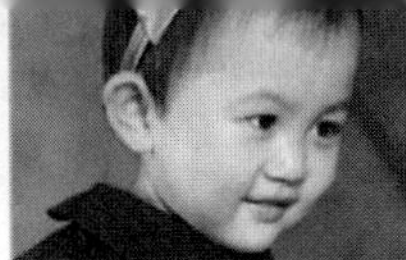

一种无钢丝和松紧带的高档棉质定型胸罩，是不错的选择。

● 选择接触皮肤的部分是棉质、透气性能好、柔软、品质高的胸罩。胸罩的面料是最重要的，防止化学纤维飞毛脱落堵塞乳腺管。仔细查看胸罩面料的成分标签，三无产品或可疑的产品不要购买。

● 夏季更换质地轻薄透气的薄棉胸罩。

● 勤换洗胸罩，勤洗澡，晚上睡觉脱掉胸罩，使乳房得到放松和呼吸。

● 随着乳房的增大，适时更换更大的胸罩。小的胸罩等到产后和哺乳期结束后，还可以使用。

0280 孕妇穿平底鞋还是平跟鞋

即使平时一贯穿高跟鞋的女性，一旦怀孕，也会穿上平底鞋，大部分会选择比较软的平底布鞋。这是有些矫枉过正了。

不要穿一点儿跟也没有的平底鞋

(1) 足并不是扁平的，足心带有足弓，穿平底鞋就会使重心向后，使人有向后仰的感觉。

(2) 怀孕后本来上身就向后仰。

(3) 穿平底鞋，走路时产生的震动会直接传到脚跟，产生足跟痛。

建议孕妇穿鞋跟有2厘米左右高的鞋子。不要穿鞋底易滑的，不要穿不跟脚的拖鞋或凉鞋，不宜穿有些挤脚的鞋，一定要购买正规厂家生产的好品质鞋子，保证鞋的整体舒适感。

0281 孕妇装

孕妇装有休闲、职业、礼服三个种类。我们一般看见的孕妇装都是休闲孕妇装，棉质、鲜亮的浅色、有装饰感、舒适宽大、轻松，比如连衣裙、背心长裤等，全职太太可以这样穿着。

但大部分孕妇是职业女性，一般要在临产前才正式休假，孕期要穿职业孕妇装。正规的孕妇装既是对职业的尊重，也是对准妈妈身份的确证，是职业形象和孕妇形象的叠加，应该备受尊敬。如果你是特殊职业者、高级管理者或高级公关职员，因为职业需要常常有高级别晚宴、会谈、大型公关活动、音乐会、生日舞会等活动，那么你还需要置备一套孕妇礼服。

孕妇职业装、孕妇礼服价格比较昂贵。从姐妹、好朋友处继承这样的服装是不错的选择。同样，你生完宝宝，也可以把服装送给你的姐妹和好朋友。国外跳蚤市场和捐赠机构发达，有人能从这些渠道获得质量上乘、洗涤熨烫如新而价格非常低廉的孕妇装。

你完全不必孕早期就买孕妇装。中期腹部隆起还不很明显，可以尝试修改腰围尺码或尝试短款、不收腰、A型、郁金香型服装款式，这样你在生完宝宝后、哺乳期还可以继续穿。你也可以尝试丈夫的某些服装，比如衬衣和T恤，如果丈夫不比你过于高大的话，偶尔穿男装会使你有一种飒爽之气，等宝宝出生后，丈夫衣服还是一件没少。只把钱花在孕晚期的服装上，开支和浪费会大大减少，你买的服装也是高品质的。孕妇得体漂亮的穿着是对他人的尊重，是职业的要求，也是对宝宝最好的胎教。只要保持孕前的基本风格，根据怀孕后出现的情况做一些相应的调整就可以了。

0282 孕妇护肤

大部分孕妇怀孕后由于雌激素的作用，皮肤变得光滑细腻，脸色红润，毛孔粗大，满面油光，甚至青春痘都会消失，这是怀孕带来的礼物。只要做好清洁、保湿就可以了。皮肤重保养、轻治疗，这是孕期皮肤护理的一条原则。

有些孕妇产生蝴蝶斑，要做好防晒，防止蝴蝶斑加深。不必为孕期的变化而烦恼，生完宝宝后，蝴蝶斑会变浅，保养得当，会基本消失。

防晒霜的选择要点是，高品质、不含铅、不含刺激性强的成分，以物理防晒成分为主，有皮肤保养、薄而透气的粉底功能。平时阳光不是很强烈的时候，薄薄地涂滋养乳液之后，只使用低倍数隔离霜就足够了。最好配合帽子、阳伞、太阳镜、长袖衣裤防晒，使用护肤品和防晒品的层数越少越好。

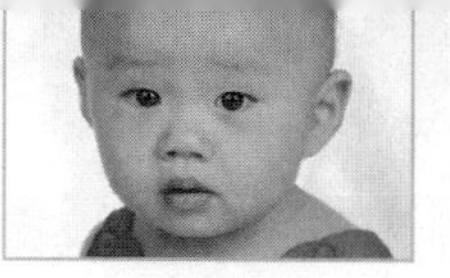  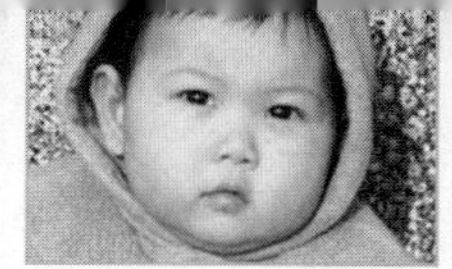 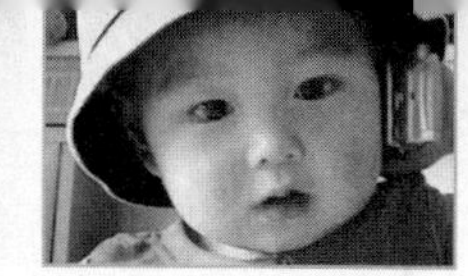 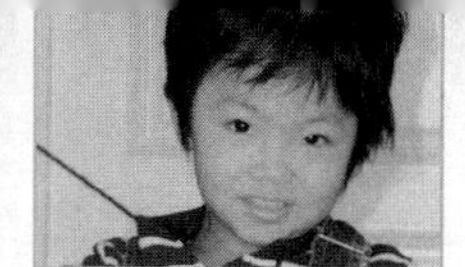

皮肤保湿

随着胎儿长大，子宫占据腹部更多的空间，使腹部皮肤不断伸张，开始出现腹部皮肤发痒的感觉；除了腹部皮肤，其他部位的皮肤也发干。

（1）不要用手挠抓；

（2）不要过多使用香皂，不可以使用肥皂，选用碱性小的洗面奶、洗手液、浴液比较好；

（3）不要用过热的水洗澡；不要用浴巾搓澡；

（4）多喝水，保持环境湿度，家里和办公室购置加湿器、小鱼缸、水生植物盆景等；

（5）使用高效保湿特效护肤品和全身护肤产品，如有不良情形出现，请教美容师和医生。

0283 皮肤过敏

孕期皮肤比较容易过敏，日常保养要点是彻底清洁，保湿防晒，充足睡眠，均衡饮食，远离污染和刺激源。化妆品选择的要点是，使用高品质、无色素、无香精，更少添加剂的敏感性皮肤护理用品。在家尽量不使用化妆品，做好环境和皮肤保湿，让肌肤得到自由呼吸和修复。尽量减少化妆品的品种和用量，选择或更换化妆品前，听取医生和美容师的建议。一旦使用某种化妆品，尽量不随意更换。

尽量规避彩妆

重护理，轻修饰，这是孕期皮肤护理的另一条原则。完全摒弃浓妆，只化淡妆。根据自己相貌特点，只修饰一个重点。修饰就是修正加突出。比如你五官不错，而肤质或肤色差，那就强调粉底，买最好的产品，最后抹一点唇彩，其他都放弃。如果你肤色肤质都不错，而眼睛或嘴唇形状不理想，就省略粉底，只修饰眼或唇。如果你都差不多，相貌一般，那最有效的是上睫毛膏，一下就有神，对皮肤的潜在伤害最少。

大部分医生反对孕妇使用粉底、粉饼、眼影、口红等彩妆品，主要原因是这些化妆品含有较多色素、重金属等成分，容易经皮肤吸收进入孕妇体内循环，危及胎儿发育。对于有职业要求和需要某些修饰的孕妇来说，应该切记：做好上妆前的皮肤护理和保护，尽量少用彩妆品，如果必须化妆，仅仅修饰一个重点会减少化妆品的使用，也能起到不错的化妆效果。尽量使用高品质、不含有害重金属成分的产品。尽量用含有营养、保护、修复成分的彩妆品；尽量用成分单一的产品。比如，用有皮肤滋养、修复、防晒功能的粉底霜，用唇彩代替口红，用某些唇彩代替眼影和腮红。

谨慎使用特殊用途化妆品

除了基础护肤用品和彩妆品以外，还有一大部分化妆品，专业上称为特殊用途化妆品。它们是祛斑霜、除皱霜、防晒霜、粉刺霜、香体露等。为了达到特殊用途，化妆品中必须使用有特殊功效的成分。一般来说，这些成分容易致敏或者增加皮肤代谢负担。所以，孕期尽量不使用这些产品。某些产品，如防晒霜、香体露可以谨慎使用，查看产品说明书，有无对孕妇不安全成分，含量如何。如果你不能判断，那就将主要功效、成分抄录给医生，请医生帮你把关。

0284 孕妇美发

孕妇的头发是孕期营养状况的标志。如果出现头发稀黄、大量脱发（正常人每日脱发为60根左右）、干裂、分叉、杂乱无章、细绒，那证明孕期营养摄入出现问题，请尽快看医生。

发型选择

孕期适合梳易于打理、不过多遮盖面部、不贴在皮肤上的发型。所以，把长发编起来，把披肩发扎起来，把刘海或偏分发稍稍卷烫，干净利索，会使准妈妈形象更加漂亮。当然，最好用家用电发棒在头发半干时稍稍烫一下，不要使用化学烫发剂。

避免染发和烫发

染发和烫发是目前最时尚的美发项目，但准妈妈最好避免。大部分染发剂和烫发剂都含有害化学成分，尤其是某些产品中含有苯及苯化合物成分。苯被公认为致癌物质，临床已证实苯可诱发白血病。这些有害化学成分对于孕妇和胎儿的安全性遭到学术界质疑。如果你非常需要美化头发，可以尝试丝带、发夹和假发，也会别具一格。

第十八章 营养

第一节 孕期营养发生彻底改变

0285 孕妇营养不足对胎儿的影响

胎儿离开母体到长大到成人，其体重增加约20倍。受精卵发育到足月儿，其体重增加了约10亿倍。胎儿生长的全部“能源”均来自母亲。孕妇营养不足，可直接影响胎儿的生长发育，导致低出生体重儿的出生。更为重要的是，胎儿宫内营养不良，可引起脑发育不良。

0286 孕妇需要均衡营养

每天食物种类要在20种以上，具体为：

（1）蔬菜：每天5种不算多吧，西红柿、辣椒、黄瓜、大头菜、扁豆，有的家庭一日三餐所食蔬菜何止这5种，如果每盘菜中都有 3 种蔬菜，三盘菜就已经有9种了。

（2）粮食：每天只吃一种粮食，属于不良饮食习惯。大多数家庭每天至少要吃3种以上粮食，如面食、大米、豆类或其他杂粮。如果吃八宝粥，就是8种粮食。

（3）水果：大多数家庭在餐桌上至少可看到 2 种水果，每天吃三四种水果的家庭比比皆是。

（4）肉蛋豆奶：每天都要吃，或任选其二，或每种都少吃一点。

这四大主要版块的食物就可达到20种，再加上坚果、调料等其他可食之物，一天吃20种以上的食物是轻而易举的事情。

不均衡的饮食，尤其是只吃以释放热量为主的巧克力，对孕妇和胎儿都不是什么好事。营养素的缺乏，会直接和间接地影响胎儿的生长发育，导致胎儿宫内发育迟缓。营养不良的胎儿要比营养充足的胎儿，有更多的患病机会。

0287 胚胎所需氨基酸必须由妈妈提供

早期胚胎缺乏氨基酸合成的酶类，不能合成自身所需要的氨基酸，必须由母体供给。也就是说，即使胎儿从妈妈那里获取很多的营养和热量，但如果妈妈没有供给胎儿现成的氨基酸，胎儿自己是不会通过对其他物质的转换，生产他生长发育所需要的氨基酸。所以，孕妇摄入足够的氨基酸就显得异常重要了。而氨基酸来自优质蛋白质，因此孕妇摄入足够多包含优质蛋白质的食物，是必不可少的。

0288 妈妈应该尽量少吃的食物

油炸烧烤食物

食物在烧烤过程中，会发生梅拉德反应。肉类在烤炉上烧烤时散发出诱人的芳香气味，可是随着香味的散发，维生素遭到破坏，蛋白质发生变性，氨基酸也同样遭到破坏，严重影响维生素、蛋白质、氨基酸的摄入。

在梅拉德反应中，肉类中的核酸与大多数氨基酸，在加热分解过程中产生基因突变物质，这些基因突变物质可能会导致癌症的发生。另外，在烧烤的环境中，也有一些物质致癌，如3，4-苯吡可通过皮肤、呼吸道、消化道等途径，进入人体内诱发癌症。煎炸类食品，油温超过200摄氏度以上，也可出现上述现象。

烧烤时，食物外面已经熟了，但里面还没有熟透。这样吃下去，有感染寄生虫的危险，引发脑囊虫病。

油条、油饼属于油炸食品，反复使用的油会产生对身体有害的物质，包括致癌物。油炸过的面食，营养成分也会受到不同程度的破坏。另外，在加工油条时，需添加定量的明矾，明矾属于含铝的无机物，铝元素可影响脑细胞的代谢。

加工食品

（1）加工食品并不比天然食品营养价值高。

（2）考虑到食品的色泽、味道，要添加食用色素和各种香精、香料。

（3）考虑到储存、运输问题，要添加防腐剂或需要严格的冷藏条件。

（4）用于食品加工的添加剂、防腐剂，色素等，都是控制使用的。

如果孕妇长期或大量食用成品或半成品食品，对胎儿的危害是不言而喻的。

腌制食品

（1）腌鱼体内含有大量的二甲基亚硝酸盐，是致癌物质。

（2）腌制食品至少有大量的食盐、糖。

（3）有些发酵、腌制食品还可能会有黄曲霉毒素，黄曲霉毒素已被证实是致癌物质。

（4）如果因质量问题或保存不妥，食物会发生霉烂变质，产生肠毒素，引起急性胃肠炎，严重者还可引起全身中毒反应。

致癌物质对准妈妈和胎儿是有害的。孕妇食入过多食盐，可引起水钠潴留，诱发或加重妊娠高血压综合征。因此，孕妇不要吃过多的腌制食品。

咖啡因及饮料

茶、咖啡及某些饮料中都含有咖啡因，咖啡因会引起孕妇神经兴奋、心率加快、血压增高。咖啡因的这种作用，可通过胎盘作用于胎儿。动物实验显示，咖啡因对动物幼仔有致畸作用。孕妇喝了含有咖啡因的饮料，会睡眠减少，甚至睡不着或早醒。孕妇需要充足的睡眠，以保证胎儿生长发育的正常需要。

咖啡因还可通过胎盘作用到胎儿，使胎儿受到咖啡因的刺激而兴奋。胎儿在子宫内以睡眠状态为主，这是胎儿在为自己高速发育养精蓄锐。如果胎儿过度兴奋，直接影响胎儿的生长发育。

咖啡因中的咖啡碱可破坏维生素B_1，维生素B_1参与心肌细胞的代谢，当人体缺乏维生素B_1时，会影响心肌细胞代谢。准妈妈心脏负担是比较大的，在孕期需要更多的B族维生素。同样，胎儿正在自己建构心脏，也不能缺乏维生素B_1。爱喝含咖啡因饮料的准妈妈，为了胎宝宝的健康，暂且放弃你的饮食爱好吧。

第二节 胎儿发育与营养

0289 神经系统发育障碍与营养

胎儿脑神经细胞的形成、细胞增殖的数目、髓鞘的形成，以及神经突触数量的增加，是在孕2月后至出生后半年内完成的。这个时期被认为是胎儿大脑发育的关键时刻。在此阶段如果缺乏营养，将会影响神经细胞的增殖，这种影响是无法弥补的。

0290 胎儿肥胖与营养

从怀孕那天起，妈妈就大补特补，又缺乏必要的运动，造成营养过度。应引起注意的是，孕妇并不重视这种危害。营养过度导致胎儿肥胖，不仅影响胎儿神经系统的发育，还造成巨大儿出生比例增加，使产程延长，增加了产伤和窒息缺氧的风险，甚至发生难产，危及母婴生命。

0291 胎儿畸形与营养

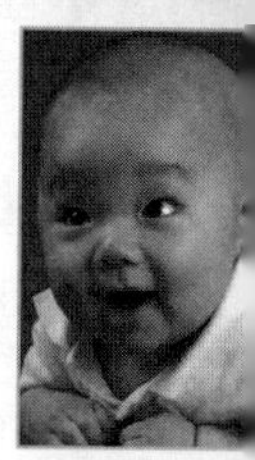

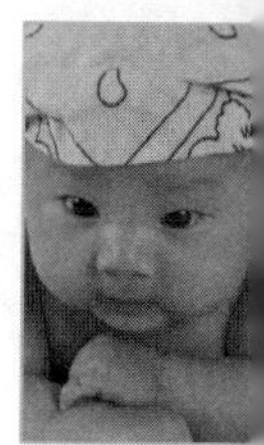

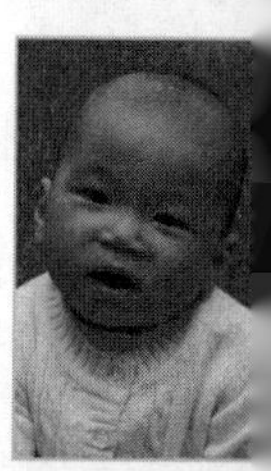

维生素或无机盐及微量元素摄入过多，也会影响胎儿生长发育，甚至发生畸形。大剂量的维生素A也可引起腭裂、无脑等先天畸形。摄入过量的锌会影响铁的吸收；反之，摄入过多铁也会影响锌的吸收。因此，任何一种营养素都要有一个合适的摄入量，同时要保证各种营养素之间的比例均衡，才有利于微量元素的吸收和利用，不致产生拮抗作用。

0292 妈妈饮食与胎儿视力

（1）妈妈多吃油质鱼类，如沙丁鱼、带鱼和鲭鱼，对胎儿视觉发育有利，出生后可以比较快地达到成年程度的视觉深度。

（2）7～9个月的胎儿，如果缺乏DHA，会出现视神经炎、视力模糊等视觉发育障碍。这是由于油质鱼类富有一种构成神经膜的要素，被称为omega-3脂肪酸。在omega-3脂肪酸中含有DHA，与大脑内视神经的发育有密切的关系，能帮助胎儿视力健全发展。

（3）多吃含胡萝卜素的食品，防止维生素缺乏，也能促进胎儿视力发育。

（4）妈妈孕期缺钙，宝宝在少年时患近视眼的比例高于对照组3倍。所以，只吃鱼油是不够的，不要忽视其他食物的作用。

建议

（1）不吃鱼类罐头食品，最好购买鲜鱼自己烹饪。每个星期至少吃一次鱼。

（2）怀孕期间补充足够的钙和铁是非常必要的，不要忽视食补的作用。

0293 成人心血管疾病与胎儿期营养

经研究揭示，倘若胎儿在妈妈的子宫内发育不良，可增加晚年心血管病的危险。动物实验表明：限制怀胎动物的营养，可导致动物子代成年后的高血压及胰岛素抵抗。

源于胎儿的肥胖会出现“儿童期成人病”，包括糖代谢紊乱（如糖尿病）、脂代谢紊乱（如脑中风、高血脂）、肥胖病等。因为胎儿肥胖是脂肪细胞数目过多，而不是正常数目脂肪细胞体积过大，所以这种类型的肥胖减肥很困难。

0294 新生儿体重与成人后高血压

即使新生儿出生时体重在正常范围之内，但如果营养不均衡，缺乏必要的营养素，对今后的患病情况也会产生重要影响。《美国心脏病学会：高血压》杂志上的一篇研究报告指出，婴儿的出生体重会影响儿童期和成年以后的血压。出生体重较低的婴儿，4到18岁时血压最高。而且这部分儿童的血压波动范围最大，预示着将来他们出现高血压病的危险性较高。

第三节 妈妈和胎儿所需营养成分分析

0295 热量

世界卫生组织建议：孕早期，妈妈每天应该增加150千卡热量。但孕中、晚期，基础代谢率比正常人增加10%～12%，即每天要增加220～440千卡。普通妇女为2200千卡/天。孕4个月后，胎儿生长、母体组织增长、脂肪及蛋白质蓄积过程都突然加速，各种营养素和热能需要量急剧增加，直到分娩为止。

我国的饮食习惯是以粮食为主，不会导致热量不足，只要吃饱了，就能保证热量的需求。对于食欲好、食量大的孕妇来说，需要适当控制糖的摄入，以免妊娠后肥胖和胎儿体重过大。

0296 蛋白质

足月胎儿体内含蛋白质400～500克。在怀孕的全过程中，额外需要蛋白质约2500克，这些蛋白质均需孕妇不断从食物中获取，因此孕期注意补充蛋白质极为重要。

世界卫生组织建议：孕1月，每日需要储存蛋白质0.6克。孕中期以后每天增加9克优质蛋白

（300毫升牛奶或2个鸡蛋或瘦肉50克）。如以植物性食物为主，每天应增加蛋白质15克（干黄豆40克或豆腐200克或豆腐干75克，或主食200克）。

我国营养学会推荐：孕妇每日蛋白质供给量为80～90克。我国饮食以植物性食品为主，孕妇应从中期开始每天增加蛋白质15克，晚期增加25克。动物性蛋白质占总蛋白质量2/3为好。体重55千克从事极轻体力劳动的孕妇，孕中期每天应摄入蛋白质80克，轻体力劳动应摄入85克；孕晚期，极轻体力劳动应摄入蛋白质90克，轻体力劳动应摄入95克。

0297 脂肪

胎儿所有器官的发育都离不开脂肪。脂肪中还含有预防早产、流产、促进乳汁分泌的维生素E等物质。在吸收脂肪时，被分解的脂肪酸含有人体自身不能合成的必需脂肪酸。其中有些必需脂肪酸，对预防妊娠高血压综合征有一定作用。

尽管脂肪有这么多的好处，也不能过多食入。在孕晚期，血液中的胆固醇增高，如果过多食用动物性脂肪，可使胆固醇进一步增高，影响孕妇健康。以食用植物性脂肪为好，过多食入脂肪还会使孕妇发胖。以植物性脂肪为主，适当食用动物性脂肪，但不要为了食用动物性脂肪而吃肥肉。瘦肉、动物内脏、奶类中都含有一定量的动物性脂肪。

0298 元素钙

胎儿期倘若妈妈摄钙不足，出生后的宝宝可患有先天性佝偻病，或低血钙引起的婴儿手足搐搦症。

我国营养学会推荐：孕妇每天钙供给量为1500毫克。孕早期每天摄入量应在800毫克以上。胎儿共需30克钙，为妈妈存钙量的2.5%。妈妈也要储存30克钙，以供哺乳时需要。

孕4～5月时，胎儿即已开始骨骼和牙齿的钙化；孕8月时钙化加速；到足月时，全部20个乳牙坯都已形成；恒牙大部分在出生后3～4月开始陆续钙化。补充足够的钙还可预防妊娠高血压综合征。

钙磷不足的结果

胎儿从妈妈那里吸取大量的钙以满足自己生长的需要，孕妇摄入钙磷不足，胎儿可能会患先天性佝偻病、乳牙发育障碍。妈妈钙代谢为负平衡，可出现腰背酸痛、四肢无力、小腿抽筋，严重的出现骨质疏松。

我国膳食中乳类食品摄入相对少，膳食中钙的吸收利用率比较低。有的孕妇怀孕后，就开始吃药物钙，有的还同时喝高钙奶粉或单纯的钙粉。其实，钙广泛存在于食物中，尤以奶类、虾皮、豆类食品中含量高，且膳食中的钙吸收利用率普遍高于药物钙。钙的吸收，要依靠体内充足的维生素D的参与，而维生素D是脂溶性的，其吸收又依赖于脂的参与。所以说，营养的均衡摄入是至关重要的。建议孕20周后开始补维生素D和钙。

0299 元素铁

我国营养学家建议：孕妇铁供给量为每天18毫克，孕期铁总需要量约1000～3600毫克，其中胎儿需400～500毫克，胎盘需60～110毫克，子宫需40～50毫克，增加母体血红蛋白含量需400～500毫克，分娩失血需100～200毫克。所以，孕期至少要补充铁1200毫克。

动物性食品是铁的主要来源。孕早期每天可补充15毫克铁，28周前，主要以食物补充为主。含铁丰富的食物有：猪肝、鸡肝、牛肝、动物血、蛋、海螺、牡蛎、鲜贝、荞麦面、莴苣、芹菜、奶粉、瘦肉、鱼、海带、紫菜、坚果及豆类等。没有医学指征，不必服用铁剂。服用铁剂时，最好同时服用维生素C和叶酸，以促进铁的吸收和利用。植物铁的吸收率低，平均为10%左右。如果偏食，不喜欢吃蛋肉等食物，更易发生贫血。

孕期血液容量增大，而红细胞数量并未相应增加，故血红蛋白含量减少。孕7月以后，血红

蛋白降到最低点，会发生妊娠性贫血。孕妇每日应多摄入3～5毫克铁。

胎儿除本身造血和合成肌肉组织外，肝脏还要储存400毫克左右的铁，以供出生后6个月内的消耗。母乳中含铁极少，都依靠出生前的储存。

当食物中铁难以满足生理需要时，可给予铁强化食品或铁制剂，以硫酸亚铁和延胡索酸亚铁为最好，每天可补充30毫克铁，最好同时服用维生素C和叶酸，以促进铁的吸收和利用。一般建议在孕28周后开始补充药物铁。

0300 元素碘

胎儿缺碘可导致新生儿先天性克汀病及脑损害，如果没能积极干预，可引起严重的脑发育异常，导致智力低下。克汀病又称为呆小病。

我国营养卫生权威部门推荐：孕妇碘供给量为175微克/天。孕妇每周至少食入含碘丰富的食物2次以上。烹饪菜肴时，不要提前放入食盐，以免丢失碘。

0301 孕妇需额外补碘吗

（1）孕早期妊娠反应进食差，从饮食中获取碘远远不足，而孕妇对碘的需求量比平时增加30%～100%。

（2）孕妇体内的碘，除满足其自身需要外，还要向胎儿输送足够多的碘，以满足胎儿脑发育的需要。

（3）食盐加碘是国际上普遍采用的补碘方法，可以满足正常成人需求。为防止引起孕期水肿和妊高征，常常需要孕妇减少盐的摄入，因此无法通过食用碘盐，满足对碘的基本需求。需要医生根据孕妇具体情况，分析制定补碘计划。

0302 元素镁

国际上一般规定，孕妇每日供给450毫克镁，比正常成年女性多150毫克。低镁可引起早产。含镁高的食品有绿叶蔬菜、黄豆、花生、芝麻、核桃、玉米、苹果、麦芽、海带等。

在一般状况下，孕妇镁的摄入量常常不足，即使孕期饮食较为合理，其他营养都能达到供给量标准，但镁仅能满足需要量的60%。一般情况下，孕妇每天平均摄入镁为269毫克，尿中排出94毫克，粪便中排出215毫克，结果是负平衡。我国饮食中草酸、植酸盐和纤维素含量较高，会影响镁的吸收。

0303 元素锌

胎儿14周时，对锌的需要量可增加7倍。从孕 3 个月开始，直到分娩，胎儿肝脏中锌的含量可增加50倍。植物性食物锌的吸收利用率很低，动物性食物是锌的可靠来源。我国以粮食为主食，应适当提高锌的供给量，孕妇每天以摄入40～45毫克锌为佳。哺乳期每天摄入54毫克为宜。

我国推荐：孕妇每日锌的供给量是20毫克。孕前半期，每天膳食中锌的需要量应为26毫克，孕后半期应为30毫克。世界卫生组织（WHO）推荐：对于孕妇来说，每日饮食中锌的供应量25～30毫克。加拿大卫生部门规定：孕妇锌供给量标准为每天13毫克。美国卫生部门规定：孕妇每天锌的供应量为25毫克。

含锌量较高的食物有海产品、坚果类、瘦肉。100克牡蛎约含100毫克锌，100克鸡、羊、猪、牛瘦肉约含3.0～6.0毫克锌。100克标准面粉或玉米面约含2.1～2.4毫克锌。100克芋头含锌量高达5.6毫克。100克萝卜、茄子含锌量达2.8～3.2毫克。

是否需要吃药物锌，要由医生来决定。摄入过多的锌，可影响铁的吸收利用。

0304 元素钠

钠是人体不可缺少的元素，且必须从食物中获取，人们都知道人离不开钠盐，但对于孕妇来说，非但不需要增加钠的摄入量，还要适当限制钠盐的摄入。我国的饮食习惯不同于欧洲，钠盐的摄入量高。摄钠过高易导致孕妇水肿，血压增高。从预防妊娠高血压的角度考虑，也应该限制钠的摄入。

0305 维生素

妈妈体内的维生素可经胎盘进入胎儿体内。脂溶性维生素储存在母体肝脏中，再从肝中释放，供给胎儿生长发育需要。水溶性维生素不能储存，必须及时供给。孕妇肝脏受类固醇激素影响，对维生素利用率低，而胎儿需要量又高，因此孕妇对维生素需要量增加。

维生素A帮助胎儿正常生长、发育，缺乏维生素A，新生儿出生后可发生角膜软化。孕妇缺乏维生素A，会出现皮肤干燥和乳头裂口。孕妇每天维生素A供给量为3000国际单位或胡萝卜素6毫克。

维生素D对胎儿骨骼、牙齿的形成极为重要。孕妇每天供给量为10微克。

维生素B_1能促进胎儿生长，还可维持孕妇良好的食欲及正常的肠蠕动。孕妇每天供给量为1.8毫克。

维生素B_2和尼克酸与胎儿生长发育有关。孕妇每天维生素B_2供给量为1.8毫克，尼克酸15毫克。

维生素B_6可抑制妊娠呕吐。孕妇每天供给量为1.5毫克。

胎儿生长发育需要大量维生素C，它对胎儿骨骼、牙齿的正常发育，造血系统的健全和增强机体抵抗力有促进作用。孕妇每天供给量为100毫克。

维生素B_{12}、叶酸能促进红细胞正常发育，如果缺乏，可发生巨幼红细胞贫血。

叶酸可预防胎儿神经管畸形，补充叶酸推荐量是0.4～0.8毫克/天。

0306 元素铅

人们已认识到铅对人体健康的危害，大多数医院开展了血铅的测定。现在铅的污染面很广，如蓄电池、油漆、陶器、汽车尾气、某些化妆品、药品、餐饮容器、水源污染以及一些工厂附近的空气污染。人群血铅超标的比例在增加，有些甚至达到了铅中毒的程度。

血铅浓度超标，医生会采取一些措施，如驱铅疗法，服用抗铅的药物，如维生素E是天然的脂溶性抗氧化剂，锌是过氧化物歧化酶的重要组成部分，能通过调控脂质过氧化来保护细胞结构，保护器官，并对抗铅等有害物质对健康的危害。

生活中要尽量避免铅对人体的污染。如在使用化妆品时要注意品质，绝不能使用含铅超标的化妆品；不食用含铅高的食品（爆米花、膨化食品等）；不使用含铅的餐饮器皿；尽量避开汽车尾气。

0307 元素铝

为了研究铝对神经发育的影响，科学家测定了豚鼠怀孕30天，50天，产仔时，产仔后3、6、12天的脊髓、脑干、小脑和前脑中的铝。结果显示，在脊髓、脑干、小脑中铝含量最高。铝不能在胎盘中蓄积。但铝在脊髓中的积蓄，比在肌体任何其他组织中的积蓄都要高，建议孕妇不使用铝制品餐具和炊具；不吃或少吃油条等含铝食品，以避免铝对胎儿的危害。

0308 孕期食物选择的两个常见误区

特殊口味

孕早期，妈妈可能因为妊娠反应，口味上发生一些变化，或非常喜欢吃酸性食物，或特别喜欢吃甜食，或喜欢吃寡淡少味的素食，或只想吃辣的。妊娠反应比较厉害的，可能什么都不喜欢吃，连喝水都觉得有异味。这些都是正常的孕早期反应，过一段时间就会好的。

民间有“酸儿辣女”的说法。有的孕妇从潜意识里就希望生男孩，把“喜酸”口味无限地扩大了，几乎一日三餐都离不开酸性食物。过多食入酸性食物对胎儿不利。任何食物，无论营养高低，都不能无节制地过分食用。有科学研究发现，孕妇过多食用酸性食物或酸性药物，如维生素C、阿司匹林，是导致胎儿异常的原因之一。罐头类食品中含有防腐剂等一些化学添加剂，不适合孕妇食用，尤其是孕早期，胎儿正处于器官

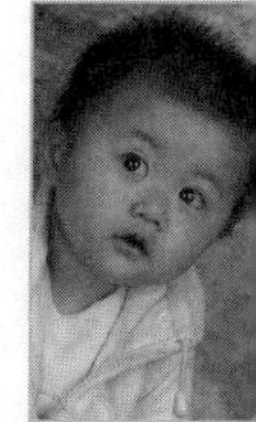

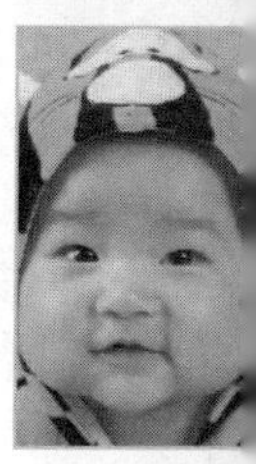
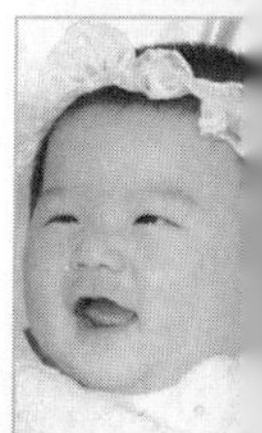

分化生长阶段，对外来不良因素刺激比较敏感。

吃水果的误解

水果中含有大量的维生素，大多数医生会建议孕妇多吃水果，尤其是发生便秘时。水果是不是吃得越多越好呢？让我们来看看水果的主要成分，一般来说，水果中含的水分达90%，剩下的10%是果糖、葡萄糖、蔗糖和维生素。水果中所含的糖很容易被吸收，如果体内不能利用这些多余的热量，孕妇可能会发胖。所以，水果不是吃得越多越好，适量才有利于妈妈和胎儿的健康。

建议孕妇每天吃水果总量控制在500克。传统认为，应该在饭后吃水果，这并不科学。当胃内有饭积存时，吃进去的水果就不能很快被消化吸收，而要在胃内存留很长时间，胃内是有氧环境，一些水果就发生氧化，如苹果。如果吃热饭后马上吃凉的水果，还会引起胃部不适，孕早期有妊娠反应，对胃的不良刺激，会引发呕吐。饭前吃水果比饭后吃水果更科学，最好饭前1小时吃水果。水果中含有大量的维生素C，可帮助铁的吸收。所以，吃含铁高的食物前，吃一些含维生素C高的水果，是不错的选择。

0309 营养食品的合理选择

奶制品——试着在饭后喝

奶（牛奶、羊奶）含有丰富的必需氨基酸、钙、磷、多种微量元素及维生素。喝不惯奶的孕妇也要努力学习喝奶。如果实在不愿意喝奶，可从小量开始，逐渐增加，也可以先在奶中调配一些平时爱喝的饮品，逐渐过渡到纯奶。最好选择适合孕妇喝的配方奶。如果喝奶后感觉腹部胀气，可煮沸稍冷后，加入食用乳酸菌及纯果汁制成酸味奶食用。有的孕妇喝奶后引起腹泻，可试着在饭后喝。

蛋类——不要油煎，蛋羹最佳

蛋是提供优质蛋白质的最佳天然食品，也是脂溶性维生素及叶酸、维生素B_2、维生素B_6、维生素B_{12}的丰富来源，蛋黄中的铁含量亦较高，最好能保证每天吃一个鸡蛋。

海产品——不要冰冻和腌制的

应经常吃些鱼、海带、紫菜、虾皮、鱼松等海产品，以补充碘。要选择新鲜的海产品，不但含有丰富的优质蛋白，还含有丰富的微量元素，是孕期的好食品。

肉、禽类——不可过量，妊高征限食

兽肉和禽肉都是蛋白质、无机盐和各种维生素的良好来源。孕妇每天饮食中应供给50～150克。动物肝脏是孕妇必需的维生素A、D、叶酸、维生素B_1、维生素B_2、维生素B_{12}、尼克酸及铁的优良来源，每周吃1～2次。

豆类——不仅仅是黄豆类制品

是植物性蛋白质、B族维生素及无机盐的丰富来源。豆芽含有丰富的维生素C。喝奶少的孕妇可适当多补充些豆类食品，每天约50～100克，以保证孕妇、胎儿的营养需要。

蔬果类——颜色越丰富越好

绿叶蔬菜如芹菜、韭菜、小白菜、豌豆苗、奶白菜、空心菜、菠菜；黄红色蔬菜如甜椒、胡萝卜、紫甘蓝等，都含有丰富的维生素、无机盐和纤维素。每天应摄取新鲜蔬菜250～750克，其中有色蔬菜应占一半以上。水果中带酸味者，适合孕妇口味又含有较多的维生素C，还含有果胶。每天供给新鲜水果150～200克。蔬菜中黄瓜、番茄等生吃更为有益。蔬菜、水果中含纤维素和果胶，可预防孕妇便秘。

坚果类——休闲食品补锌

芝麻、花生、核桃、葵花子等，其蛋白质和矿物质含量与豆类相似，亦可经常食用。瓜子中含有丰富的锌。

0310 均衡的营养结构，丰富的食品种类

要保证营养结构均衡，孕妇每天所摄入的食品种类至少在20种以上。这听起来似乎难以做到，其实一点也不难。

每天任选两种水果：苹果、橘子、香蕉、梨、桃、葡萄、草莓、橙子、柿子等。

每天任选粮食四种：小麦面、玉米面、燕麦面、荞麦面、豆面等一种；小米、大米、高粱米、江米、黑米等米食两种；红豆、绿豆、饭

豆、青豆、云豆、黑豆等豆类一种。

每天任选蔬菜四种：芹菜、菠菜、茼蒿、油菜、芥菜、茴香、木耳菜、笋叶、香椿、白菜等绿叶菜两种；红萝卜、象牙白、胡萝卜、绿萝卜等萝卜类一种；苦瓜、丝瓜、黄瓜、倭瓜、冬瓜、白玉瓜、西葫芦、南瓜等瓜类一种；还有西红柿、豆角、辣椒、土豆、蘑菇、茄子、莲藕等任选其一种。

每天任选肉蛋两种：鸡蛋、鸭蛋、鹅蛋、鹌鹑蛋等蛋类一种；各种鱼肉（包括蟹类、虾类、贝壳类）、猪肉、羊肉、鸡肉、牛肉等肉类一种。

每天任选奶类一种：牛奶、羊奶。

每天任选豆腐一种：黄豆、绿豆、黑豆等制作的豆腐、豆浆、豆皮、豆干等食品一种。

每天任选水一种：矿泉水、纯净水、白开水。水是人的生命之源，除了正常饮食中的水分外，还应额外补充纯粹的水。只喝矿泉水不是最好的选择。只喝纯净水也不是最好的选择，纯净水中的矿物质大多被净化掉了。白开水是很好的选择。

每天任选油类一种：豆油、花生油、菜子油、葵花籽油、玉米油、芝麻油、奶油、黄油、橄榄油等。

每天任选坚果类一种：花生、葵花子、西瓜子、南瓜子、栗子、核桃、榛子、腰果、开心果、杏仁、松子等。

每天任选调料四种：葱、姜、蒜、花椒、大料、盐、糖、辣椒、酱油、醋、淀粉、料酒等。

这样算下来，每天饮食中包含的食物种类，已经超过20种了。孕妇吃的种类比上面列举的越多越好。

0311 孕期健康饮食理念

（1）通过食物多样性来保证营养均衡性和膳食结构的合理性。没有不能吃的食物，问题只是少吃还是多吃；没有什么营养素是食物不能提供的，专门的营养补充剂不是必需的。

（2）没有一种营养素能够单独承担胎儿某一器官的发育，哪怕只是一根汗毛。

（3）没有哪一种食物能够提供孕妇和胎儿所需的所有营养素。

（4）价格不总能反映食物质量的高低。

（5）专家关于营养的建议也不总是对的，不懂营养的医生也不少。

（6）如果对众多说法无所适从，就索性按照自己认为正确的方法去做，错误的概率会更低。

（7）你是这样做的、吃的，可有人告诉你错了，你可千万不要懊恼，他们说的不一定对。

（8）有人告诉你吃某种食品或某种营养制剂好，可你已经错过吃的时机，不要沮丧，胎儿照旧健康地生长着。

（9）过来人的经验不都是好的经验，别人在孕期吃过的食物和营养品并不一定适合你。

0312 孕早期营养原则

（1）保证优质蛋白质、碘、锌和钙的供给。鸡蛋、肉类、鱼虾是人们喜欢的动物优质蛋白食物。不喜欢吃，可用豆和豆制品类、干果类、花生酱、芝麻酱等植物性食品代替。海产品保证碘和锌的供给，每周应至少吃一次海产品，如海鱼、虾蟹、蛤类、海带、紫菜、发菜等。动物肝脏是值得推荐的食物，它所含有的丰富铁及维生素A和B是其他食物不可比的。牛奶和奶制品不但含有丰富的蛋白质，还含有多种必需氨基酸、钙、磷等多种微量元素和维生素AD。酸奶、奶酪、冰激凌和豆浆可代替奶。

（2）适当增加热量。谷类、薯类食物每餐不可少于50克。不宜吃单调的细粮米饭、馒头，可以尝试各种平时很少吃的粗粮，如燕麦片、通心粉、紫米、黑米、薏米、高粱、玉米、荞麦饼、红薯饼、莜麦面等。

（3）确保无机盐、维生素的供给。蔬菜应多选绿叶蔬菜和有色蔬菜。蔬菜水果颜色越深、越丰富越好。可以尝试一些绿色蔬果基地培育的国外和南方品种。

0313 孕中期营养原则

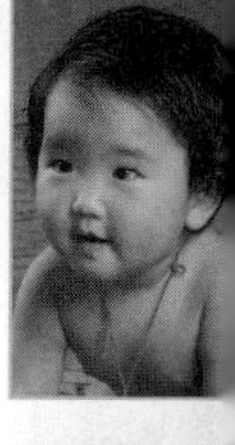
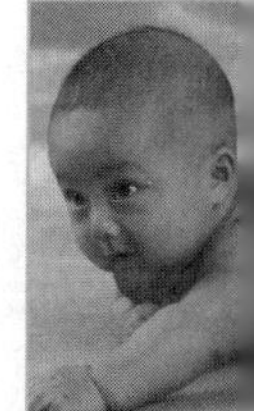

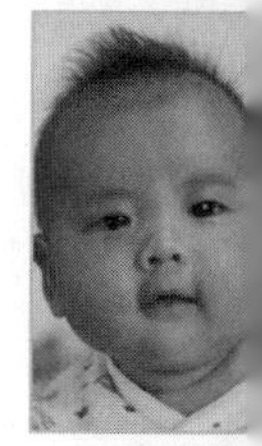

（1）充足的蛋白质；

（2）丰富的维生素，注意铁、锌、钙等元素补充；

（3）胎儿不喜欢偏食的准妈妈，均衡饮食最重要；

（4）胎儿经受不住猛吃猛喝的准妈妈，要健康饮食；

（5）合理饮食结构可改善伴随孕妇的便秘、痔疮。

0314 孕晚期营养原则

（1）最重要的矿物质是铁、钙、锌、镁；

（2）足够的氨基酸供应（主要由蛋白质提供）；

（3）摄入充足的人体所需的脂肪酸；

（4）丰富的维生素供给；

（5）维生素D是钙吸收利用不可或缺的；

（6）适当运动和日光浴可促进钙的吸收；

（7）油质鱼类对胎儿视觉能力的发育有利，omega-3脂肪酸中含有DHA。

0315 孕妇最好不吃的食物

（1）有可疑农药、重金属、类激素污染的食物，如未经质检的蔬菜、水果、奶制品和肉制品；

（2）含乙醇高的食物，如白酒；

（3）大补食物，如鹿茸、人参、冬虫夏草。

0316 孕妇应克服的饮食习惯

（1）偏爱某种口味，如特酸、特辣、特甜等口味。

（2）饮食单一，如主食永远都是米饭。

（3）喜欢吃过冷或过热食物，如冰激凌、麻辣烫。

（4）狼吞虎咽，不知饭菜何味，囫囵吞枣咽下肚里。

（5）不吃早餐，这是最不好的饮食习惯。

（6）饥一顿饱一顿。

（7）暴饮暴食，遇有丰盛的大餐，海吃一顿。

（8）根据某些道听途说的“秘籍”，改变原本正常的饮食结构。

（9）只吃自认为是最好的食物，其他食物一概不吃。

（10）边吃饭边喝水，冲淡了胃液。

（11）边吃饭边喝饮料，胃部饱胀，影响进食。

（12）饭后喝茶，影响铁的吸收。

（13）饭后立即活动，忘记了运动应在进食半小时后进行。

（14）饭后马上看电视或看书。

（15）饭前喝水和饭前运动都不好。

0317 最容易记住的食物搭配方法

（1）种类搭配：水＞蔬菜＞粮食＞水果＞奶豆＞蛋肉＞油类。

（2）蔬菜颜色搭配：绿＞白＞黄＞红＞黑＞紫。

（3）肉蛋色泽搭配：白＞红＞黄。不买个头超大且大小一样的鸡蛋、看起来水淋淋的瘦肉和硕大的鸡腿和鸡胸脯。

（4）粮食颜色搭配：白＞黄＞绿＞红＞黑＞紫。买粗不买精，买新不买陈，买散不买包装，买真空不买普通装。不买非常规颜色的米、看起来白得耀眼的面粉、看起来金黄的小米和玉米面和看起来嫩绿的小豆。

（5）水果不单调。应季水果第一选择，地域第二选择，品种第三选择，色泽第四选择，黄＞绿＞红＞白＞紫＞黑，不买包装好的果篮，不买昂贵的、从来没有吃过、不认识的水果，不买切开、处理的水果。

（6）水不要一次喝个够。不能渴得难耐才喝水，矿泉水、纯净水、自己烧的白开水、功能水、营养水、饮料水、茶水、咖啡水、泡的药水、泡的食物水，没有哪个绝对不能喝，可也没有哪个可以代替所有。如果拿不准，就只喝自己烧的白开水。饭前半小时、饭后半小时、睡觉前1小时，不要喝水。一天一口水都不喝是最不可取的。

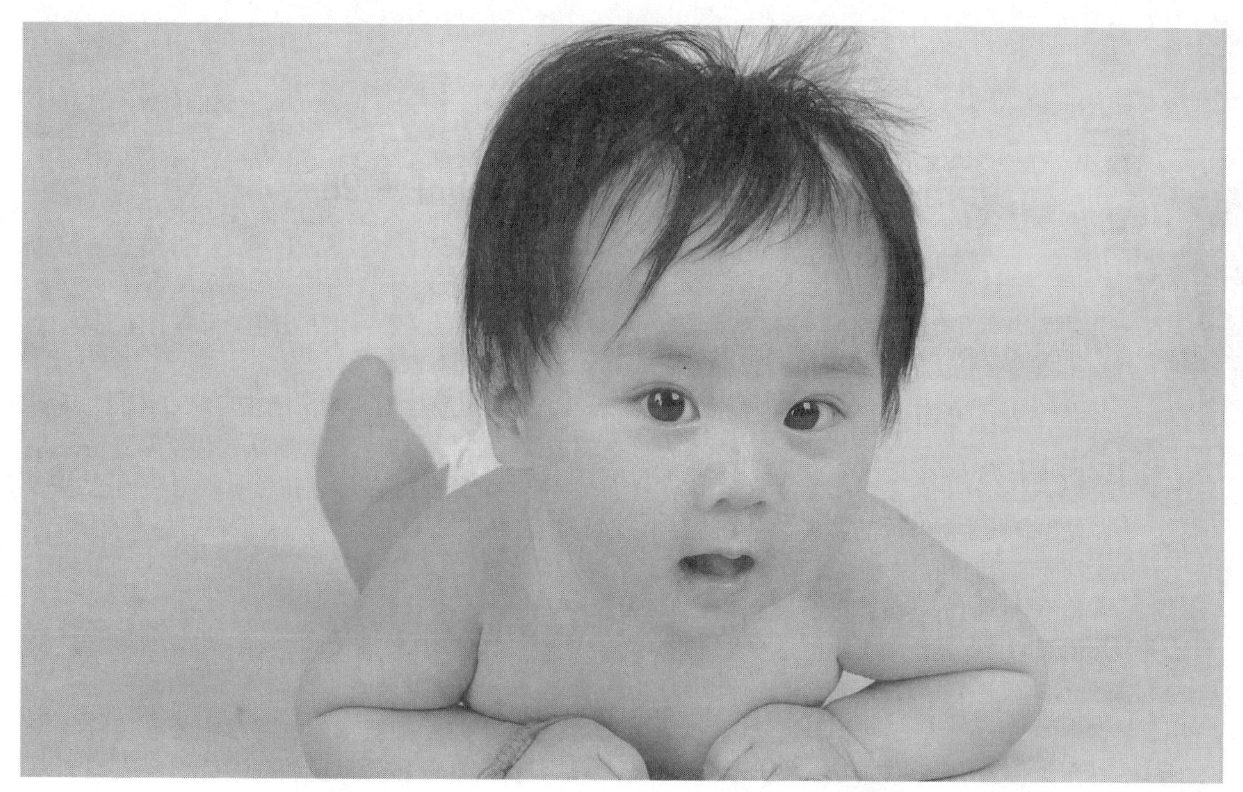

婴儿篇

YING ER PIAN

郑玉巧育婴理念

- 尊重孩子间的差异性，没有千篇一律的“金科玉律”
- 新生命有能力适应新环境，请给宝宝战胜疾病，自我修复的机会
- 孩子不能承受药物伤害，“无药而医”才是对宝宝健康的最佳呵护
- 没有好药，只有对症药，药无好坏之分，重要的是对症下药
- 科学养育孩子不是照本宣科，养育孩子是实实在在的过程
- 父母是最权威的育儿专家，相信你能养育健康的宝宝
- 尊重孩子丰富的情感世界，温馨、祥和的环境有助于孩子健康成长
- 孩子是一本百读不厌的书，请读懂孩子的“三百六十五个日日夜夜”

第一章　新生儿（诞生～28天）

第一节 新生儿的特点

0318 新生儿及分类

从娩出到诞生后28天的婴儿，称为新生儿。诞生至28天这段时间，称新生儿期。

- 根据分娩时的孕龄，可把新生儿分为足月儿（胎龄满37周，不满42周）、早产儿（胎龄满28周，不满37周）、过期产儿（胎龄满42周以上）。
- 根据体重值，可把新生儿分为正常体重儿（2500克≤体重＜4000克）、低体重儿（体重＜2500克）、巨大儿（体重≥4000克）。
- 根据体重与孕龄的关系，可把新生儿分为适于胎龄儿（胎龄与体重相符）、小于胎龄儿（体重小于相应的胎龄）、大于胎龄儿（体重大于相应的胎龄）。
- 根据诞生后的时间，可把新生儿分为早期新生儿（诞生一周以内的新生儿）、晚期新生儿（出生第2周到第4周末）。
- 根据诞生后的健康状况，可把新生儿分为健康新生儿（无任何危象的新生儿）、高危新生儿（出现危象或可能发生危重情况的新生儿）。

0319 新生儿体格标准

新生儿身长标准

新生儿诞生时的平均身长为50厘米，男、女婴有0.2～0.5厘米的差别。正常新生儿之间，身长也略有差异，但差异很小。

新生儿体重标准

新生儿诞生时平均体重为3～3.3千克。最新统计表明，新生儿平均体重已达3.5千克，目前还有继续增长趋势，巨大儿出生率同样有所提高。

新生儿头围标准

新生儿诞生时平均头围在33～35厘米之间。由于新生儿平均体重在增加，平均头围也相应增加，最新统计显示，新生儿平均头围已达35厘米。

0320 新生儿生理特点

新生儿呼吸特点

新生儿肋间肌薄弱，呼吸主要靠膈肌的升降。新生儿呼吸运动比较浅表，但呼吸频率较快，每分钟约40次，所以每分钟呼吸量并不比成人低。出生后头两周呼吸频率波动较大，这是新生儿正常的生理现象，新手爸爸妈妈不要紧张。如果你的新生儿宝宝，每分钟呼吸次数超过了80次，或者少于20次，就应引起重视了，及时去看医生。

新生儿循环特点

胎儿娩出，脐血管结扎，肺泡膨胀并通气，卵圆孔功能闭合，这些变化都使新生儿的血液循环，进入了一种新的状态。诞生后最初几天，宝宝心脏有杂音，这完全有可能是新生儿动脉导管暂时没有关闭，血液流动发出声音，父母不要大惊失色联想到先天性心脏病。

新生儿血液多集中于躯干，四肢血液较少，所以宝宝四肢容易发冷，血管末梢容易出现青紫，因此要注意新生儿宝宝肢体保温。

新生儿心率波动范围较大，生后24小时内，心率可能会在每分钟85～145次之间波动；生后一周内，可在每分钟100～175次之间波动；生后2周至4周内，可在每分钟115～190次之间波动。许多新手爸妈常常因为宝宝脉跳快慢不均而心急火燎，这是不了解新生儿心率特点造成的。

新生儿睡眠特点

早期新生儿睡眠时间相对长一些，每天可达20小时以上；晚期新生儿睡眠时间有所减少，每天约在16～18小时左右。日龄增加，睡眠时间减少。

早期新生儿睡眠时间大多不分昼夜，而晚期新生儿如果妈妈有意在后半夜推迟喂奶，一次睡眠时间可延长到五六个小时。但新生儿糖源储备少，延长喂奶间隔，容易导致低血糖，所以新生儿期，喂奶间隔最好不要超过4小时。

新生儿采取仰卧位睡姿最合适。俯卧睡姿可以在新生儿觉醒状态下，有妈妈看护方可尝试，以促进大脑发育，锻炼胸式呼吸。侧卧睡姿很容易转变成俯卧睡姿，如无人呵护，极易造成新生儿猝死，酿成不幸。

新生儿仰卧溢乳时，应迅速把宝宝变为侧卧，并轻拍其背，避免奶液呛入气管。新生儿不能自己单独睡眠，要与妈妈同睡，以降低新生儿猝死发生率。

新生儿泌尿特点

新生儿膀胱小，肾脏功能尚不成熟，每天排尿次数多，尿量小。正常新生儿每天排尿20次左右，有的宝宝甚至半小时或十几分钟就尿一次。

新生儿尿液的正常颜色应该是呈微黄色，一般不染尿布，容易洗净。如果尿液较黄，染尿布，不易洗净，就要做尿液检查，看是否有过多的尿胆素排出，以便确定胆红素代谢是否正常。

新生儿肾脏功能还远不成熟，排出钠的能力低（一岁以内的小儿都是这样），所以母乳喂养的妈妈，要适当减少自身盐的摄入量。

新生儿肾脏的浓缩功能也相对不足，喂养时如果乳汁较浓，就可能导致新生儿血液中尿素氮含量增高。尿素氮是人体内有毒物质，对新生儿来说，危害更大。人工喂养时，特别要注意，奶液不要配制过浓。

新生儿肾功能不足，还造成血氯和乳酸较高。人工喂养的新生儿，血磷和尿磷均较高，易产生钙磷比例失调，形成低血钙。为什么牛乳钙含量比母乳高，但牛乳喂养的宝宝，却比母乳喂养的宝宝更容易缺钙，原因就在这里。

新生儿体温特点

母体宫内体温明显高于一般室内温度，所以新生儿娩出后体温都要下降，然后再逐渐回升，并在出生后24小时内，达到或超过36℃。

新生儿最适宜的环境温度称为中性温度。当环境温度低于或高于中性温度时，宝宝机体可通过调节来增加产热或散热，维持正常体温。当环境温度的改变，在程度上超过了新生儿机体调节的能力，就会造成新生儿体温过低或过高。过低会出现新生儿硬肿症，而过高则会出现脱水热。环境温度过高时，新生儿通过增加皮肤水分蒸发而散热。当水分蒸发过渡，体内有效血循环不足时，新生儿就会发生高热，这就是新生儿脱水热。

新生儿血液特点

新生儿血容量与脐带结扎时间有关，如果胎儿娩出5分钟后结扎脐带，那么新生儿血容量就可从每千克78毫升，增加到每千克126毫升。

新生儿的血象也与脐带结扎时间有关。迟结扎的新生儿，血红蛋白和红细胞均较高。胎儿的白细胞，在出生后前3天比较高，可达18×10^9/升左右。出生5天后，就降到正常婴儿的水平了。有新手爸爸妈妈说他们的宝宝出生两天了，血象（白细胞）将近20×10^9/升，心里非常着急。其实这是正常的。

新生儿胃肠特点

新生儿消化道面积相对较大，肌层薄，能够适应较大量流质食物的消化吸收。新生儿出生后，吞咽功能就已发育完善。宝宝生下来就会吃，妈妈只需准备充足的乳汁就可以了。

新生儿咽-食管的括约肌，在吞咽时还不会关闭，食管不蠕动，食管下部的括约肌也不关闭，这就是新生儿吃奶后容易溢乳的原因。

新生儿消化道能分泌足够的消化酶。凝乳酶帮助蛋白质的消化吸收，解脂酶帮助脂肪消化吸收。母乳中的脂肪，新生儿能消化85%～90%，相对高于对牛乳脂肪的消化能力。

新生儿肠壁有较大的通透性，利于初乳中免疫球蛋白的吸收。所以母乳喂养的宝宝，血液中

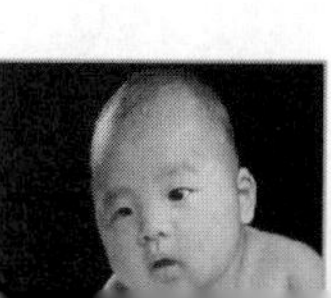

免疫球蛋白的浓度，较牛乳喂养的要高，这是母乳喂养的最大好处。同样是因为新生儿肠道通透性大，母乳以外的蛋白质通过肠壁，容易产生过敏反应，如牛乳、豆乳等的蛋白质过敏反应。这再次体现了母乳喂养的优势。

新生儿胎便特点

新生儿会在出生后的12个小时内，首次排出墨绿色大便，这是胎儿在子宫内形成的排泄物，称为胎便。胎便可排两三天，以后逐渐过渡到正常新生儿大便。如果新生儿出生后24小时内没有排出胎便，就要及时看医生，排除肠道畸形的可能。

正常的新生儿大便，呈金黄色，黏稠、均匀，颗粒小，无特殊臭味。母乳喂养的新生儿，每天大便4～6次；人工喂养的每天约1～2次。

新生儿体态姿势特点

新生儿神经系统发育尚不完善，对外界刺激的反应是泛化的，缺乏定位性。妈妈们会发现，新生儿宝宝的身体某个部位受到刺激时，全身都会发出动作。清醒状态下，新生儿总是双拳紧握，四肢屈曲，显出警觉的样子。受到声响刺激，宝宝四肢会突然由屈变直，出现抖动。妈妈会认为宝宝受了惊吓，其实这不过是宝宝对刺激的泛化反应，不必紧张。

新生儿颈、肩、胸、背部肌肉尚不发达，不能支撑脊柱和头部，所以新手爸爸妈妈不能竖着抱新生儿宝宝，必须用手把宝宝的头、背、臀部几点固定好，否则会造成脊柱损伤。这也是减少宝宝溢乳的有效方法。

第二节 新生儿主要指标测量

0321 身高测量法

测量新生儿身高，必须由两个人进行。一人用手固定好宝宝的膝关节、髋关节和头部，另一人用皮尺测量，从宝宝头顶部的最高点，至足跟部的最高点。测量出的数值，即为宝宝身高。

0322 头围测量法

用软皮尺测量，从眉弓开始绕过两耳上缘和枕后，回到起始点，周长数值即宝宝头围。

0323 胸围测量法

软皮尺经过宝宝两乳头，平行绕一周，数值即胸围。

0324 腹围测量法

软皮尺经过宝宝肚脐上方边缘，平行绕一周，数值即腹围。

0325 前囟测量法

新生儿前囟呈菱形，测量时，要分别测出菱形两对边垂直线的长度。比如一垂直线长为2厘米，另一垂直线长为1.5厘米，那么宝宝的前囟数值就是2厘米 × 1.5厘米。

0326 眼距测量法

用软皮尺小心测量宝宝两眼内眦之间的距离，数值即为眼距。

0327 眼裂测量法

用软皮尺小心测量宝宝眼外眦到眼内眦的距离，数值即为眼裂。

0328 耳位测量法

宝宝耳上缘水平线，与眼外眦水平线之间的距离。如果耳上缘水平线高于眼外眦水平线，宝宝就是高耳位，反之则是低耳位。

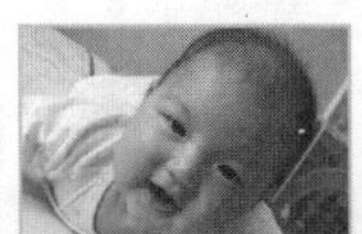

第三节 新生儿生长发育规律

0329 新生儿体重发育规律

一般来说，新生儿一个月内体重增加1千克。婴儿体重标准值的计算公式是：出生体重（千克）+月龄×70%。这仅是一个平均值，实际上出生体重大的婴儿，满月时的体重，往往超过平均值很多。

新生儿体重，平均每天可增加30～40克，平均每周可增加200～300克。这种按正态分布计算出来的平均值，代表的是新生儿整体普遍性，每个个体只要在正态数值范围内，或接近这个范围，就都应算是正常的。体重指标是这样，其他指标也是这样，新手爸爸妈妈们千万不要为这些微小的差异而着急。

0330 新生儿身高发育规律

新生儿出生时的平均身高是50厘米，个体差异的平均值在0.3～0.5厘米之间，男、女新生儿有0.2～0.5厘米的差异。

新生儿满月前后，身高平均增加3～5厘米。新生儿出生时的身高与遗传关系不大，但进入婴幼儿时期，身高增长的个体差异性就表现出来了。

0331 新生儿头围发育规律

新生儿头围的平均值是34厘米。满月前后，宝宝的头围比刚出生时也就增长两三厘米。如果测量方法不对，数值不准确，误以为宝宝头围过大或过小，会给新手爸爸妈妈带来不小的麻烦。

头围增长是否正常，反映着大脑发育是否正常。爸爸妈妈们遇到的宝宝头围问题，一般都是测量不准造成的。最好请有专业知识的医护人员来测量，数值准确，才能正确分析。

0332 新生儿前囟发育规律

新生儿前囟门的斜径平均是2.5厘米，也有个体差异。但宝宝前囟门如果小于1厘米，或大于3厘米，就应引起重视，因为前囟门过小常见于小头畸形，前囟门过大常见于脑积水、佝偻病、呆小病。新生儿前囟门的测量，最好也由专业人员进行。

第四节 新生儿特有生理现象

0333 溢乳

新生儿胃体呈水平位，胃容量小，胃入口处贲门括约肌松弛，而出口处幽门肌肉却相对紧张，进入胃内的奶汁，不易通过紧张的幽门进入肠道，却容易通过松弛的贲门，返流回食道，溢入口中，并从小嘴巴里流出来。另外，新生儿消化道神经调节功能尚未完善，这也是造成奶汁返流的原因。生理性溢乳不需要治疗，只要注意护理，一般随着月龄的增加，都会慢慢减轻直至消失。

6种方法可有效减少溢乳

- 喂奶前换尿布，喂奶后就不用换了，避免引发溢乳；
- 喂奶后竖着抱宝宝，轻拍其背，直到打嗝，再缓缓放下；
- 喂奶后发现宝宝尿了，拉了，也不要换尿布，待宝宝熟睡后再轻轻更换；
- 如宝宝吃奶急，要适当控制一下；如奶水比较冲，妈妈要用手指轻轻夹住乳晕后部，保证奶水缓缓流出；
- 要让宝宝含住乳晕，以免吸入过多空气，更要避免宝宝吸空乳头；
- 使用奶瓶时，要让奶汁充满奶嘴，以免宝宝吸入空气。

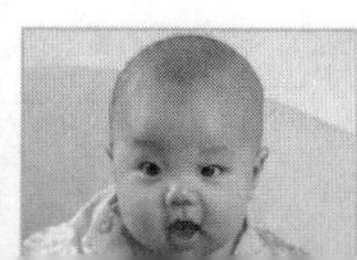
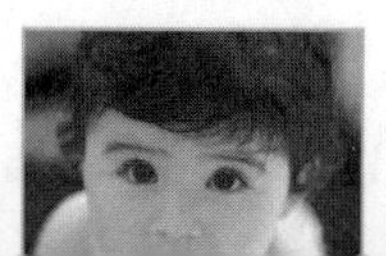

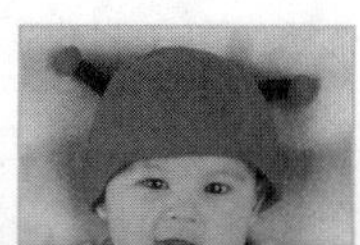

0334 上皮珠、马牙和螳螂嘴

有的新生儿口腔硬腭上，可见一些白色小珠，医学上称为上皮珠。上皮珠是细胞脱落不完全所致，对宝宝没有任何影响，几天后就会自行消失，不必处理。

新生儿齿龈上也可能有白色小珠，看起来像刚刚萌出的牙齿，有的就像小马驹口中的小牙齿，这种现象俗称"马牙"。新生儿口腔内两颊部，会堆积一小堆脂肪垫，俗称"螳螂嘴"。和上皮珠一样，马牙、螳螂嘴也不需要处理，它们会自行消失的。

0335 新生儿乳房增大、乳头凹陷

不论男婴还是女婴，出生3～5天后，都会出现乳腺肿胀的生理现象。触感上有蚕豆或山楂大小的硬结，轻轻挤压，可有乳汁流出。新生儿乳房增大，是胎儿期母体雌激素影响的结果，一般2～3周内即可自行消退。新生儿乳房肿胀，千万不要挤压，如果不慎把乳头挤破，会带进细菌，造成乳腺红肿、发炎，严重的甚至可能引发败血症。如果是女婴，挤压造成乳腺发炎，使部分乳腺管堵塞，成年后会影响乳汁分泌。

0336 新生儿暂时性黄疸

也称新生儿生理性黄疸。新生儿出生72小时后，可能出现暂时性黄疸。这是因新生儿胆红素代谢的特殊性引起的黄疸，属于正常生理现象。足月儿血清胆红素一般不超过12毫克/分升，出生后一周左右出现暂时性黄疸，发生率为50%左右。早产儿血清胆红素一般不超过15毫克/分升，暂时性黄疸发生率在80%左右，出生7～10天后自然消退。

0337 新生儿生理性体重降低（塌水膘）

新生儿生理性体重下降，是新生儿的普遍现象。新生儿出生后的最初几天，睡眠时间长，吸吮力弱，吃奶时间和次数少，肺和皮肤蒸发大量水分，大小便排泄量也相对多，再加上妈妈开始时乳汁分泌量少，所以新生儿在出生的头几天，体重不增加，反而下降，是正常的生理现象，俗称"塌水膘"，新手妈妈不必着急。在随后的日子里，新生儿体重会迅速增长。

0338 新生儿生理性脱皮

新生儿出生两周左右，出现脱皮现象。好好的宝宝，一夜之间稚嫩的皮肤开始爆皮，紧接着就开始脱皮，漂亮的宝宝好像涂了一层浆糊，干裂开来。这是新生儿皮肤的新陈代谢，旧的上皮细胞脱落，新的上皮细胞生成。出生时附着在新生儿皮肤上的胎脂，随着上皮细胞的脱落而脱落，这就形成了新生儿生理性脱皮的现象，不需要治疗。

0339 新生儿生理性脱发

有些新生儿在出生后几周内出现脱发，多数是隐袭性脱发，即原本浓密黑亮的头发，逐渐变得棉细，色淡，稀疏；极少数是突发性脱发，几乎一夜之间就脱发了。新生儿生理性脱发，大多数会逐渐复原，属正常现象，妈妈不要着急。目前医学对新生儿生理性脱发，还没有清晰的解释。

0340 新生儿正常啼哭

新生儿的语言就是啼哭，所表达的意思大致是："妈妈听听吧，我多健康！"医学上称这种啼哭为运动性啼哭，哭声抑扬顿挫，不刺耳，声音响亮，节奏感强，常常无泪液流出，每日一般4～5次，每次时间较短，累计可达2小时，无伴随症状，不影响饮食、睡眠，玩耍正常。如果妈妈轻轻触摸宝宝，宝宝会发出微笑；如果把宝宝的小手放在其腹部轻轻摇两下，宝宝会安静下

来。当宝宝出现这样的啼哭时，妈妈最好不要打断宝宝，让宝宝和你“说”一会儿，这是很好的亲子交流。

0341 新生儿的笑

新生儿的笑，往往出现在睡眠中，微微地笑，或只是嘴角向上翘一下。新生儿清醒时，不易发笑，也不易被逗笑。新生儿的笑是有意义的。当新生儿的身体处于最佳状态时，出现笑的时候就多些；当新生儿身体不舒服时，笑的时候就少，甚至会皱眉，严重时就哭闹、呻吟。新生儿有自己的喜怒哀乐，妈妈可通过宝宝的表情，初步判断宝宝的健康状况。

0342 新生儿先锋头（产瘤）

经产道分娩的新生儿，头部受到产道的外力挤压，引起头皮水肿、瘀血、充血，颅骨出现部分重叠，头部高而尖，像个“先锋”，医生们称之为“先锋头”，也叫产瘤。剖腹产的新生儿，头部比较圆，没有明显的变形，所以就不存在先锋头了。产瘤是正常的生理现象，出生后数天就会慢慢转变过来。

0343 呼吸时快时慢

新生儿胸腔小，气体交换量少，主要靠呼吸次数的增加，维持气体交换。新生儿正常的呼吸频率是每分钟40～50次。新生儿中枢神经系统的发育还不成熟，呼吸节律有时会不规则，特别是在睡梦中，会出现呼吸快慢不均、屏气等现象，这些都是正常的。

0344 新生儿抖动

新生儿会出现下颌或肢体抖动的现象，新手妈妈常常认为这是“抽风”，小题大做了。新生儿神经发育尚未完善，对外界的刺激容易做出泛化反应。当新生儿听到外来的声响时，往往是全身抖动，四肢伸开，成拥抱状，这就是对刺激的泛化反应。

新生儿对刺激还缺乏定向力，不能分辨出刺激的来源。妈妈可以试一下，轻轻碰碰宝宝任何一个部位，宝宝的反应几乎都是一样的——四肢伸开，并很快向躯体屈曲。下颌抖动也是泛化反应的表现，不是抽搐，妈妈大可不必紧张。

0345 新生儿面部表情出怪相

新生儿会出现一些令妈妈难以理解的怪表情，如皱眉，咧嘴，空吸吮，咂嘴，屈鼻等，新手妈妈没有经验，会认为这是宝宝“有问题”，其实这是新生儿的正常表情，与疾病无关。当宝宝长时间重复出现一种表情动作时，就应该及时看医生了，以排除抽搐的可能。

0346 新生儿挣劲

新手妈妈常常问医生，宝宝总是使劲，尤其是快睡醒时，有时憋得满脸通红，是不是宝宝哪里不舒服呀？宝宝没有不舒服，相反，他很舒服。新生儿憋红脸，那是在伸懒腰，是活动筋骨的一种运动，妈妈不要大惊小怪。把宝宝紧紧抱住，不让宝宝使劲，或带着宝宝到医院，都是没有必要的。

0347 新生儿惊吓

新生儿神经系统的发育尚未完善，神经管还没有被完全包裹住，当外界有刺激时，新生儿会突然一惊，或者哭闹。妈妈们为了避免宝宝受到“惊吓”，多把新生儿的肢体包裹上，使其睡得安稳些。但要注意，长期包裹宝宝，不利于宝宝的生长；当宝宝醒来时，就应该打开包裹；一定不要“蜡烛包”——把宝宝包裹得直挺挺的，就像蜡烛一样。“蜡烛包”对新生儿的发育是有害的。

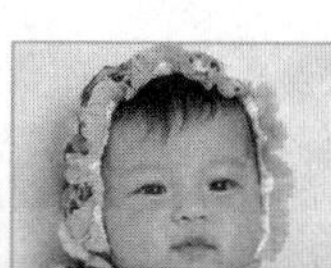
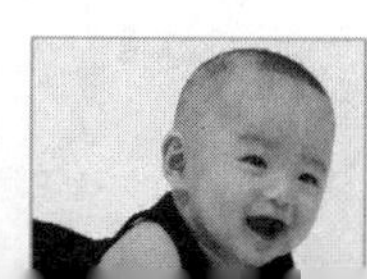

0348 新生儿打嗝

新生儿吃得急或吃得哪里不对时，就会持续地打嗝，宝宝很不舒服。有效的解决办法是，妈妈用中指弹击宝宝足底，令其啼哭数声，哭声停止后，打嗝也就随之停止了。如果没有停止，可以重复上述方法。

0349 新生儿皮肤红斑

新生儿出生头几天，可能出现皮肤红斑。红斑的形状不一，大小不等，色为鲜红，分布全身，以头面部和躯干为主。新生儿有不适感，但一般几天后即可消失，很少超过一周。个别新生儿出现红斑时，还伴有脱皮现象。新生儿红斑对健康没有任何威胁，不用处理，自行消退。

0350 新生儿鼻塞、打喷嚏

新生儿鼻黏膜发达，毛细血管扩张且鼻道狭窄。有分泌物时，新生儿都会出现鼻塞。新手爸爸妈妈要学会为宝宝清理鼻道。新生儿洗澡或换尿布时，受凉就会打喷嚏。这是身体的自我保护，不一定就是感冒。

0351 新生儿出汗

新生儿手心、脚心极易出汗，睡觉时头部也微微出汗。因为新生儿中枢神经系统发育尚未完善，体温调节功能差，易受外界环境的影响。当周围环境温度较高时，婴儿会通过皮肤蒸发水分和出汗来散热。所以，妈妈们要注意居室的温度和空气的流通，要给宝宝补充足够的水分。

0352 新生儿发稀和枕秃

新生儿的头发质量，与妈妈孕期营养有极大的关系。进入婴幼儿时期，宝宝的头发质量开始与家族遗传关系密切。

新生儿枕秃，并不是新生儿缺钙的特有体征，枕头较硬、缺铁性贫血、其他营养不良性疾病，都可导致枕秃。

第五节 新生儿特殊现象

0353 Rh血型

我国人口Rh溶血症发生率极低，所以医院没有把Rh血型检查作为产前常规检查项目。如果孕妇有自然流产、早产、死胎、死产的病史，才做Rh血型检查。一般情况下，国内医院只把ABO血型作为常规检查项目，预防新生儿溶血症。

0354 紫绀

新生儿紫绀多是病理性的，不属于正常生理现象。但正常新生儿，常常因为各种各样的原因，表现为局部青紫。暂时性的紫绀不是疾病，新手爸爸妈妈不必为此着急，紫绀会自然消退的。

0355 皮肤色变

新生儿变动体位，皮肤颜色出现界线分明的不同变化。当新生儿左侧卧位时，右侧上部皮肤呈现少血的苍白色，左侧下部皮肤呈现多血的鲜红色，也可能是紫红色。当向相反的方向变换体位时，皮肤颜色也会变换过来。这就是医学上称的皮肤变色。

新生儿皮肤变色，可能是因为新生儿受重力影响，造成血管舒张、收缩功能暂时性失调。这不是疾病，一般在出生3周后，宝宝就不“变色”了。

0356 眼白出血

头位顺产的新生儿，由于娩出时受到妈妈产

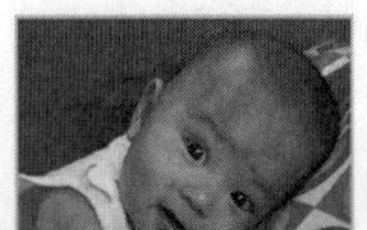

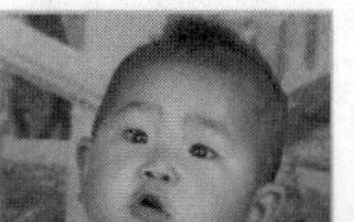
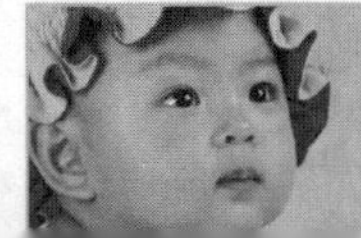

道的挤压，视网膜和眼结合膜会发生少量出血，俗称眼白出血。新手爸爸妈妈看到宝宝眼白出血，不要惊慌，不必治疗，几天以后宝宝自然就好了。

0357 喉鸣

有的新生儿，出生后喘气不大正常，呼噜呼噜的。仔细倾听，宝宝吸气时，喉中伴有笛音那样的高调音，呼气时就听不见了。宝宝哭闹、急着吃奶时，高调音明显，睡着后就减轻了。这就是新生儿宝宝正常的喉鸣，也称喉喘鸣。

新生儿喉鸣，在刚生下来时还不明显，生后数周变得越发明显。这主要是因为新生儿喉软骨发育还不够完善，喉软骨软化造成的，一般在6月龄到周岁期间自行消失。新手妈妈往往以为这是宝宝喉咙有痰，有的甚至猜测是否得了气管炎、肺炎。这是完全没有必要的。

如果宝宝喉鸣比较严重，持续时间也比较长，应该怀疑患有佝偻病，如确诊就应给予抗佝偻病的治疗。

0358 脐疝

新生儿脐带脱落后，由于腹压的作用，脐带残端逐渐增大，腹腔中的液体，肠管或大网膜进入脐带残端，形成脐疝。民间称“气肚脐”。

新生儿哭闹、排便时，腹压增高，脐疝增大；睡眠安静时，脐疝减小，甚至看不见。一般在1～2岁时自愈，无需治疗。特大脐疝属于疾病范畴，需要手术治疗。发生疝嵌，需要紧急手术治疗，不可有半点拖延。

0359 新生儿多动

了解“小儿多动症”的人不少，但“新生儿多动”很少有人提及，于是造成这样的事实：面对新生儿多动，妈妈不知道是怎么回事，求医问药，烦恼多多。

什么是新生儿多动呢？

- 宝宝吃奶也不安静，吃吃停停，把乳头吐出来，头转向一边，过一会儿再吃，妈妈要管他，他会闹，结果把吃进去的奶又吐出来了。
- 睡眠不安宁，各种动作多多，睡觉都不闲着。最让妈妈疲劳的是宝宝睡眠昼夜颠倒，白天还能睡上两觉，晚上却玩个不停，能连续睡一个小时不醒、不闹，妈妈就很满意了。
- 遇激怒，会突然大声哭闹，身体微微颤抖，无论如何也哄不好——吃奶？不要！妈妈抱？没用！拉了？尿了？尿布干爽爽！渴了？不给奶瓶还好，奶瓶送到嘴边，呵，哭得更厉害了！急得妈妈满头大汗……

这种状态，就是新生儿多动。新生儿多动，算不上什么病态，可能是由于新生儿对养育环境不适应造成的。如准妈妈孕期精神过渡紧张，情绪波动较大，易使宝宝出生后和妈妈关系不协调；如妈妈有产后抑郁症，保姆带宝宝，宝宝听不到宫内熟悉的妈妈心跳的声音，心情烦躁不安。不要以为新生儿就没有情感！

正确处理新生儿多动的办法，其实很简单：把宝宝的两只小手放在胸前，并轻轻摇晃。不要过分哄，更不能急躁，要静静地安慰。

0360 红色尿

刚出生几天的新生儿，排出了像血一样的尿，这可急坏了初为人母的妈妈。这是怎么回事呢？原来新生儿白细胞分解较多，造成尿酸盐排泄增多，而刚出生不久的宝宝，尿液又不多，很浓，所以有点像血了。这不是病态，几天后会自行消失。

0361 鞘膜积液

新生儿先天性鞘膜积液，常常发生在新生儿晚期，以后逐渐增大并被发现，多为单侧，不伴腹股沟疝，一般数月后就能自愈。

0362 隐睾

大多数足月新生儿（男性），出生时睾丸就已经下降到阴囊中了，如果还没降到阴囊中，妈妈注意观察几天，可能就会发现降到了。如果挺长一段时间了还没下降，就要及时看医生，以免影响了宝宝睾丸的发育，伤及以后的生育能力。

第六节 新生儿喂养方法·母乳喂养

0363 新生儿刚出生是否立即哺乳

现代医学主张，新生儿刚出生就应该立即哺乳。这有5点根据：

- 新生儿刚一出生，如果能立即抱在妈妈怀里，和妈妈的皮肤相接触，宝宝会顺利地找到奶头，并能正确地吸吮。
- 早吸吮，进行早期母子皮肤接触，有利于新生儿智力发育。
- 早吸吮，早哺乳，可防止新生儿低血糖，降低脑缺氧发生率。
- 早吸吮，可促进母体催乳素增加20倍以上。
- 早吸吮，可刺激子宫，加快子宫收缩，对防止产后出血有一定的意义。

0364 母乳喂养8大好处

①母乳蛋白质中，乳蛋白和酪蛋白的比例，最适合新生儿和早产儿的需要，保证氨基酸完全代谢，不至于积累过多的苯丙氨酸和酪氨酸。

②母乳中，半光氨酸和氨基牛磺酸的成分都较高，有利于新生儿脑生长，促进智力发育。

③母乳中未饱和脂肪酸含量较高，且易吸收，钙磷比例适宜，糖类以乳糖为主，有利于钙质吸收，总渗透压不高，不易引起坏死性小肠结肠炎。

④母乳能增强新生儿抗病能力，初乳和过渡乳中含有丰富的分泌型IgA，能增强新生儿呼吸道抵抗力。母乳中溶菌素高，巨噬细胞多，可以直接灭菌。乳糖有助于乳酸杆菌、双歧杆菌生长，乳铁蛋白含量也多，能够有效地抑制大肠杆菌的生长和活性，保护肠黏膜，使黏膜免受细菌侵犯，增强胃肠道的抵抗力。

⑤增强母婴感情，使新生儿得到更多的母爱，增加安全感，有利于成年后建立良好的人际关系。

⑥研究表明，吃母乳的新生儿，成年以后患心血管疾病、糖尿病的几率，要比未吃母乳者少得多。

⑦母乳喂养可加快妈妈产后康复，减少子宫出血、子宫及卵巢恶性肿瘤的发生概率。

⑧母乳喂养在方法上简洁、方便、及时，奶水温度适宜，减少了细菌感染的可能。

0365 初乳最为珍贵

初乳是指新生儿出生后7天以内所吃的母乳。常言“初乳滴滴赛珍珠”，以此形容初乳的珍贵。初乳除了含有一般母乳的营养成分外，更含有抵抗多种疾病的抗体、补体、免疫球蛋白、噬菌酶、吞噬细胞、微量元素，且含量相当高。这些免疫球蛋白对提高新生儿抵抗力，促进新生儿健康发育，有着非常重要的作用。初乳中还含有保护肠道黏膜的抗体，防止肠道疾病。初乳中蛋白质含量高，热量高，容易消化和吸收。初乳还有刺激肠蠕动作用，可加速胎便排出，加快肝肠循环，减轻新生儿生理性黄疸。

0366 母乳的保护

吃避孕药会减少母乳的分泌，也影响母乳的品质。放置节育环，对母乳也有类似的影响。哺乳的妈妈，如果因为健康原因而要服药，一定要告诉医生，你是一个正在哺乳的妈妈，以便医生开具不会影响妈妈泌乳的药物。

妈妈体内要有足够的水分来制造奶水，所

以每天至少要喝6～8杯开水（约1200～1600毫升），以没有口渴感为准。妈妈排尿少且颜色深黄，表明体内水分不足。喝什么水最好呢？白开水和不加糖的果汁是最好的。

营养不良会导致精神紧张、身体疲劳，影响母乳供应。可用六小餐来代替三大餐，多吃新鲜的水果、肉、蛋、奶、鱼和坚果，避免吃没有多少营养的饼干、糖果之类的食物。

0367 奶水少怎么办

● 勤喂是一种好办法。试着抽出24～48小时的时间（如您的奶水实在太少了，可抽出更长的时间），什么事也不要做，专心喂奶和休息，且每次喂都尽可能让宝宝吃的时间长一些。一个爱困的婴儿，需要妈妈不时把他轻轻唤醒，鼓励他吃奶。

● 两乳都要喂。这样不仅保证宝宝获得充足的母乳，同时也充分、均衡地刺激了母乳的分泌。

● 换边喂。每次喂奶，换边约2～3次，这样既可引起婴儿吸奶的兴趣，又可同时刺激两乳奶水分泌，保证婴儿吃到充足的母乳。一般都是婴儿在一边吃10分钟，换边后再吃上2～3分钟。妈妈一定要在每次喂奶时，都换边。

● 只让宝宝吸妈妈的乳房。母乳喂养宝宝，一定只让宝宝吸吮妈妈的乳头，不要再让他吸奶瓶或安慰奶嘴，以免他吸惯了奶嘴，反而不要妈妈的乳头了。如果要给宝宝补充一些其他食物，试着用汤匙。

● 坚持只喂母乳。避免所有的辅食、开水和果汁，坚持只喂母乳，这样就可刺激母乳分泌，当婴儿的需要量增加时，母乳也会更加丰富。

● 妈妈饮食平衡。尽可能吃各种营养成分不同的天然食物；每次喂奶前，试着喝一杯水或果汁。

● 充分休息与放松，很快就会使母乳分泌量增多。和宝宝一起睡个午觉，洗个暖水澡，听听轻松的音乐，做做轻缓的运动等等，都有利于奶水的增加。

0368 母乳喂养11大难题

喂母乳的姿势

正确的喂奶姿势是，胸贴胸、腹贴腹、下颌贴乳房。妈妈一只手托住宝宝的臀部，另一只手肘部托住头颈部，宝宝的上身躺在妈妈的前臂上，这是宝宝吃奶最感舒服的姿势。

有的妈妈恰恰相反，宝宝越是衔不住乳头，妈妈越是把宝宝的头部往乳房上靠，结果鼻子被堵住了，不能出气，就无法吃奶。一定要让宝宝仰着头吃奶（就是让下颌贴乳房，前额和鼻部尽量远离乳房），这样宝宝食道伸直了，不但容易吸吮，也有利于呼吸，还有利于牙颌骨的发育，避免出现“兜齿”。

宝宝衔不住乳头怎么办？

问题：妈妈乳头过小、过短，都会使宝宝衔不住乳头，造成喂奶困难。宝宝衔了放，放了衔，重复几次，就开始烦躁、哭闹、打挺。妈妈急，宝宝哭，母子都累得筋疲力尽。

解决办法：

① 每天用食指、中指、拇指三个手指捏起乳头，向外牵拉，每一下至少坚持拉一秒，每次拉30下左右，每天拉至少四次，在喂奶前拉更好；

② 用吸奶器吸引乳头，每次吸住奶头约半分钟，连续5～10次，每天至少重复两遍；

③ 让大一点的宝宝帮助吸吮乳头，也可让爱人帮助；

④ 喂奶时用中指和食指轻轻夹住乳晕上方，使乳头尽量突出，也防止乳房堵住宝宝鼻孔。

宝宝咬破乳头怎么办？

宝宝咬破妈妈的乳头，不是宝宝“心狠”，而是妈妈喂哺方法不对。妈妈没有让宝宝完全含住乳头，只是浅浅地“叼”着乳头，为了吃到奶，宝宝就试图用牙床咬住乳头，久而久之，妈妈的乳头就被磨破了。

解决办法：明白了这个道理，妈妈就要让宝宝完全含住奶头。怎样才算完全含住奶头呢？就

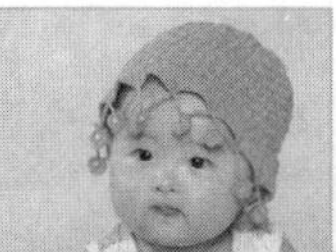

是一定要让宝宝把乳晕尽量含入口中，而不单单是乳头！

健康护理：妈妈每次喂奶后，挤少许奶水涂于乳头上，保护乳头，不要马上把乳头盖上，让乳头风干约15分钟。也不要用毛巾用力擦乳头，以免擦伤。不要穿太紧或质地太硬的内衣。带比较宽松的胸罩，如果胸罩摩擦皲裂的乳头而发生疼痛，可在乳头上套一个小的滤茶器，就能有效减轻疼痛。用清水轻轻洗或用流动水冲洗乳头最好。若有皲裂，及时治疗。

乳头错觉

问题：宝宝出生后，妈妈暂时没有母乳，只能用奶瓶喂奶；当妈妈下奶了，改成母乳喂养时，宝宝因不适应而拒绝吃妈妈的奶。相反的现象也不少。这就是乳头错觉。

解决办法：宝宝出生后，无论有母乳还是没有母乳，都要让宝宝吸吮妈妈的乳头，如果妈妈乳汁不足或暂时不能喂母乳，需要奶瓶喂养时要购买仿真奶嘴，不要用奶瓶喂药水。

乳冲和乳少

问题：乳少是个问题，都市的新手妈妈们很能理解；乳冲也是个问题，就不好理解了：难道奶水多反倒成了问题？是的，而且问题还不小呢。

①妈妈乳少，很容易发现。喂奶前乳房无胀感，无喷乳反射，宝宝吃奶周期短，生长发育慢，大便少等。

②妈妈乳冲，就不容易被发现了。妈妈奶水很好，乳儿也没有什么不适，大小便都正常，生长发育也正常。可就是每当给宝宝喂奶，宝宝就打挺、哭闹，刚把奶头衔入口中，很快就吐出来，甚至拒绝吃奶。奶水向外喷出，甚至喷宝宝一脸。当宝宝吸吮时，吞咽很急，一口接不上一口，很易呛奶。这就是乳冲造成的。

解决乳冲的有效办法，是剪刀式喂哺。妈妈一手的食指和中指做成剪刀样，夹注乳房，让乳汁缓慢流出。生活中少喝汤，适当减少乳汁分泌。有医生建议喂奶前先把乳汁挤出一些，以减轻乳胀。我不赞成这样的做法，因为挤出去的“前奶”，含有丰富的蛋白质和免疫物质等营养成分，“后奶”的脂肪含量较多。若每次都是挤出“前奶”的话，宝宝就多吃了脂肪，少吃了蛋白质等其他营养成分，造成营养不均衡。

每天哺乳次数

原则：按需哺乳。新生儿出生后1～2周内，吃奶次数比较多，有的一天可达十几次，即使是后半夜，吃得也比较频繁。到了3～4周，吃奶次数明显下降，每天也就7～8次，后半夜往往就一觉睡过去了，5～6个小时不吃奶。

一般情况及解决办法：宝宝每天吃奶的量次不是一成不变的，今天也许多些，明天也许少些。只要没有其他异常，妈妈就不要着急。习俗上讲“小儿猫一天狗一天”，有一定道理。

母乳喂养的新生儿用喂水吗？

问题：许多人都认为，无论是牛乳喂养，还是母乳喂养，新生儿都需要喂水。这种看似正确的观点和做法，实际上是错误的。

正确选择：联合国儿童基金会新近提出的“母乳喂养新观点”认为，一般情况下，母乳喂养的婴儿，在4个月内不必增加任何食物和饮料，包括水。

母乳含有婴儿从出生到6月龄所需要的蛋白质、脂肪、乳糖、维生素、水分、铁、钙、磷等全部营养物质和微量元素。母乳的主要成分是水，这些水分能够满足婴儿新陈代谢的全部需要，不需额外喂水。

吃吃停停

问题：3个月以内的婴儿，吃奶时总是吃吃停停，吃不到三五分钟，就睡着了；睡眠时间又不长，半小时一小时又醒了。

原因：①妈妈乳量不够，婴儿吃吃睡睡，睡睡吃吃。②人工喂养的婴儿，由于橡皮奶头过硬或奶洞过小，婴儿吸吮时用力过渡，容易疲劳，吃着吃着就累了，一累就睡，睡一会儿还饿。

解决办法：①妈妈奶量不足，喂哺时要用手轻挤乳房，帮助乳汁分泌，婴儿吸吮就不大费力气了。两侧乳房轮流哺乳，每次15～20分钟。也可以先喂母乳，然后再补充配方奶等。要注意，配方奶的温度、甜度应与母乳尽量一致，奶嘴的

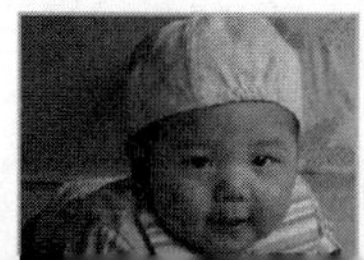

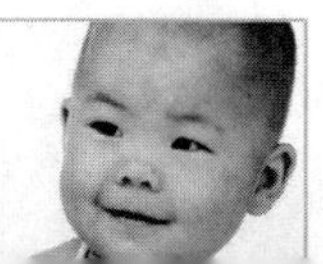

柔软度也应与母亲的乳头相似，使婴儿难以辨别，否则婴儿会拒绝食用。②人工喂养婴儿，确定奶嘴洞口大小适中的办法，一般是把奶瓶倒过来，奶液能一滴一滴迅速滴出。另外，喂哺时要让奶液充满奶嘴，不要一半是奶液一半是空气，这样容易使婴儿吸进空气，引起打嗝，同时造成吸吮疲劳。

效果观察：母乳喂养和人工喂养，婴儿吃奶后能安睡2～3小时，就表示正常。如果母乳充足，婴儿却吃吃睡睡，妈妈可轻捏宝宝耳垂或轻弹足心，叫醒喂奶。

新生儿不吃妈妈乳头

问题：宝宝刚出生的时候，妈妈没能及时给宝宝喂上母乳，而是先用奶瓶喂了配方奶，那么宝宝很快（一般也就3天左右）就适应奶瓶和配方奶了，让他换吃母乳，反倒不适应了。

解决办法：新生儿刚从母腹出来，最初半小时是很关键的。尽快把小生命放入母亲的怀抱，让宝宝听到妈妈的心跳，感受妈妈的体温和熟悉的气味，宝宝就会感到莫大安慰，会产生再度与妈妈结为一体的心理渴望。这时妈妈把乳房给宝宝，小家伙一定会拼命地吸吮。虽然妈妈的奶汁可能还没准备好，只是少许稀清的初乳，但宝宝最需要的还不是乳汁，而是妈妈的乳房！

开始喂了配方奶，一旦妈妈能喂母乳了，就一定想尽办法让宝宝吃母乳。开始拒绝不要紧，宝宝会哭，等着配方奶的到来，这时妈妈就要狠狠心，坚持母乳喂养。一次吃不多没关系，多吃几次，只要妈妈坚持，宝宝很快就会适应母乳的。

喂奶后妈妈不要倒头就睡

问题：新手妈妈经过分娩、产后护理婴儿的劳累，身心疲惫不堪。喂完奶后，妈妈倒头就睡，这是常见的现象。但新生儿胃入口贲门肌发育还不完善，很松弛，而胃的出口幽门很容易发生痉挛，加上食道短，喝下的奶，很容易反流出来，出现溢乳。当新生儿仰卧时，反流物呛入气管，极易造成窒息，甚至猝死。新手妈妈喂完奶倒头就睡，危险就在这里。

解决办法：无论什么时候，喂奶后，都要竖着抱起宝宝并轻拍背部，宝宝打嗝后再缓缓放下，观察几分钟，如果宝宝睡得很安稳，妈妈或爸爸再躺下睡觉。夜晚睡觉时，要开一盏光线暗些的小灯，一旦宝宝溢乳，能及时发现，及时处理。

母乳怎么能多些？

问题：许多新妈妈感到困惑不解：怎么知道宝宝能否得到足够的奶水？自己会不会有足够的奶水喂宝宝？

解决办法：妈妈奶水的多少，是由婴儿吸吮的程度决定的。宝宝吸吮妈妈的乳头，就刺激妈妈体内泌乳激素和催乳素，这两种荷尔蒙由脑下垂体分泌。婴儿越吸，妈妈越有荷尔蒙、蛋白质的产生。

假如宝宝需要的奶量，超过了妈妈当下的生产量，宝宝自然会吃得频繁些，努力吸吮会使妈妈产生更多的奶水。哺乳一段时间以后，母乳产量就可以和宝宝的需求量大致平衡了。

0369 宝宝“粮袋”的5个问题

① 乳头凹陷

纠正乳头凹陷简便易行的方法有3个：

- 让爱人帮着把凹陷的乳头吸出来，并把奶水挤空（挤出的奶水给宝宝吃），然后接着让爱人吸吮凹陷的乳头。每天做4次，每次约3～5分钟。
- 使用吸奶器抽吸，每次1分钟，每天4次。
- 妈妈一手托住乳房下方，另一只手的食指、中指和拇指捏住凹陷的乳头，向外牵拉，拉到长位，坚持约30秒。重复牵拉数次，做满10分钟。每天进行4次，共做满40分钟。请注意，纠正乳头凹陷的同时，必须坚持给宝宝喂奶，以免回奶。

② 乳头皲裂

防止乳头皲裂，最简便的办法就是让乳儿完全含住奶头。如果皲裂处有感染迹象，要涂用红霉素等抗菌素软膏，也可涂龙胆紫，但宝宝吃奶

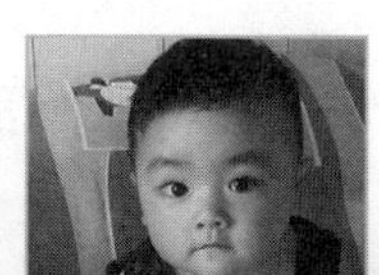
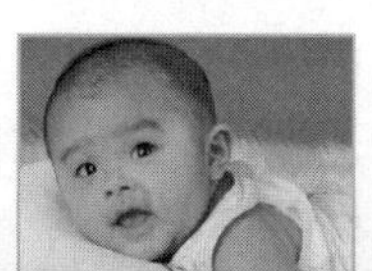

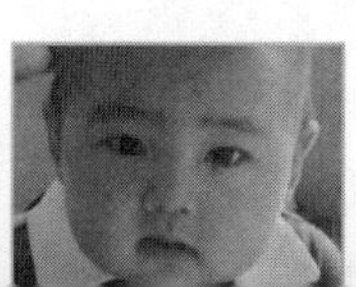

前要把药物洗干净。

③ 乳头湿疹

妈妈漏奶，常用厚毛巾垫在乳房上，避免弄湿衣服。毛巾始终是潮湿的，里面温度又高，久而久之，乳头就发生了湿疹。

乳头湿疹不易根治，可反复发生，长期不愈，并有恶变的可能。

正确的做法是：妈妈漏奶时，不要制止；喂一侧奶时，另一侧奶也同时露出来，自行流出乳汁。胸罩下垫一块纱布，勤更换，并定时露出乳房，风干乳头。

也可在乳头上涂抹鞣酸软膏或凡士林，使乳汁不易侵袭乳头，防止乳头湿疹。一旦患了乳头湿疹，要及时治疗，可使用皮炎平软膏或肤轻松软膏涂抹患处。

④ 乳腺炎

乳腺炎是哺乳期妈妈最常见的疾病。预防乳腺炎的发生，有9个注意事项：

- 避免乳头皲裂；
- 不要长时间压迫乳房，睡觉时要仰卧；
- 一定要定时排空乳房，不要攒奶；
- 有乳核时要及时揉开，也可用硫酸美湿敷或热敷；
- 保持心情愉快，不要着急上火；
- 乳房疼痛时及时看医生；
- 母乳喂养不是按时喂哺，而是按需喂哺，宝宝饿了就喂，奶胀了就喂；吃不了，就要挤出；
- 晚上，宝宝会较长时间不吃奶，妈妈一定要定时起来挤奶，消除乳胀。很多新手妈妈，都是一夜之间患上乳腺炎的；
- 乳头有感染趋势时，及时使用抗菌素。一旦发生乳腺炎，要及时静脉注射抗菌素，以免形成化脓性乳腺炎。若已发展到了化脓性乳腺炎，就要及时切开引流；
- 切莫忘记，乳腺炎发病很快，预防最重要。

⑤ 体重

新生儿宝宝每天换下6～8次很湿的尿片，排大便2～5次，每周平均增加200～300克体重，满月时体重增加到4500克上下，这是新生儿发育的平均指标。在这个指标上下浮动，只要新生儿是健康的，发育就属于基本正常。

大部分新生儿出生后体重都会减轻，而体重增加的计算方法，是从新生儿体重最低点算起的，而不是从出生体重算起。许多新生儿，出生近两周，才恢复到出生时的体重，这是正常的。

新生儿24小时内，须喂奶8～12次，或每隔2～3小时喂一次，这也是平均情况。有些新生儿吃的次数多，有些次数少，只要宝宝看起来肤色健康，皮肤、肌肉有弹性，长胖了，长高了，机警有活力，就是喂养良好的宝宝。

第七节 新生儿喂养方法·人工喂养

0370 不宜母乳喂养的情况

哪些宝宝不宜吃母乳

＊氨基酸代谢异常

氨基酸代谢异常主要侵犯神经系统，是宝宝智力发育落后的重要原因。据估计，在严重智力低下的病人中，约10%与氨基酸代谢异常有关。在人群中的总发病率是万分之一到五千分之一。由于氨基酸代谢异常所引起的疾病，已经发现的病种达到70种以上。苯酮尿症就是其中的一种，是这70多种氨基酸代谢异常中比较常见的氨基酸代谢疾病。

＊苯酮尿症（PKU）

PKU是氨基酸代谢异常引起的一种疾病。属常染色体隐性遗传病。是体内缺少苯丙氨酸羟化酶，不能使苯丙氨酸转化为酪氨酸，而造成苯丙氨酸在体内的堆积，严重的可干扰脑组织代谢，造成功能障碍，以致这类患儿生后常表现为智能障碍。

＊乳糖不耐受综合征

乳糖不耐受综合征患儿，由于体内乳糖酶的缺乏导致乳糖不能被人体消化吸收，临床常表现

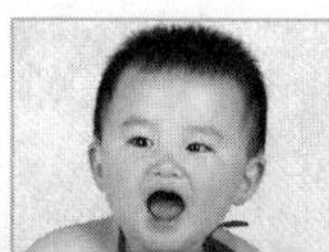

为婴儿吃了母乳或牛乳后出现腹泻。由于长期腹泻不仅直接影响到婴儿的生长发育，而且可造成免疫力的低下，引发反复感染。应暂停母乳或其他奶制品的喂养，而代之以不含乳糖的配方奶粉或大豆配方奶。

＊母乳性黄疸

母乳性黄疸，停母乳只是短期间的，一般是48小时左右，就可恢复母乳喂养。如果恢复母乳喂养后，黄疸再次加重，可再停喂1～2天。经过两三次这样的过程，宝宝就不会因为吃母乳而出现黄疸了，可以继续母乳喂养。

哪些妈妈不宜给宝宝喂母乳

- 传染性疾病；
- 代谢疾病：甲状腺功能亢进、甲状腺功能减退、糖尿病；
- 肾脏疾患：肾炎、肾病；
- 心脏病：风湿性心脏病、先天性心脏病、心脏功能低下；
- 其他类疾病：服用哺乳期禁忌药物、急性或严重感染性疾病、乳头疾病、孕期或产后有严重并发症、红斑狼疮、精神疾病、恶性肿瘤、艾滋病。

0371 母乳化奶粉能等于母乳吗

母乳化奶粉是以牛乳为主要原料，按照母乳成分经过加工，去掉牛乳中过多的酪蛋白，添加了牛乳中不足的营养素。虽然母乳化奶粉成分接近母乳，但并不能完全等于母乳。

牛乳与母乳成分比较

成分	单位	牛乳（100毫升）	母乳（100毫升）
热量	卡（cal）	66	68
水分	克（g）	87.5	87.5
乳糖	克（g）	4.8	7.5
脂肪	克（g）	3.5	3.5
蛋白质	克（g）	3.5	1.2
脂肪酶		较少	较多
矿物质	克（g）	0.7	0.2
维生素D	国际单位	0.3～4	0.4～10
饱和脂肪酸	%	65	55
不饱和脂肪酸	%	35	45
胆固醇	毫克（mg）	280～300	300～600
无机盐	克（g）	0.7	0.2
钙	毫克（mg）	125	33
磷	毫克（mg）	99	15
铁	毫克（mg）	0.15	0.21

此表参考了金汉珍等主编的《实用新生儿学》（人民卫生出版社2003年第3版）

0372 人工喂养乳类选择

速溶奶粉：速溶奶粉溶解速度快，但消化困难，含糖量高，颗粒粗，易吸收水分，不是很适合婴儿喂养。

甜奶粉：甜奶粉是将牛奶水分去掉，加糖制成，每100克甜奶粉含糖50多克，而淡奶粉含糖为35克。甜奶粉保持了牛奶的原有成分，营养价值较高，但营养价值没有母乳高。含糖量高，不易消化，味道比较甜，容易造成小儿对甜食的依赖，添加辅食困难。

淡奶粉：淡奶粉的成分和甜奶粉基本一样，只是含糖量不同，淡奶粉每100克含糖35克。酪蛋白含量较高，不易消化，不太适合婴儿喂养。

婴儿奶粉：婴儿奶粉是以牛奶为主要原料，应用营养互补原理，从大豆中提取大豆蛋白和油脂，来弥补牛奶中酪蛋白含量高不易消化的缺点，补充了滋养性单糖，增加了维生素D和铁剂，比较适合婴儿食用。

母乳化奶粉：营养学家根据母乳的营养成分，重新调整搭配奶粉中酪蛋白与乳清蛋白、饱和脂肪酸与不饱和脂肪酸的比例，除去了部分矿物盐的含量，加入适量的营养素，包括各种必需的维生素、乳糖、精炼植物油等物质。母乳化奶粉也叫配方奶，适合喂养一岁以内的婴儿。

0373 人工喂养中的实际问题

新生儿能喂鲜牛奶吗？

鲜牛奶含有丰富的钙质，是很好的乳品，但鲜牛奶不适宜喂养新生儿。鲜牛奶中含有充足的蛋白质，比母乳高出约3倍，但鲜牛奶中的蛋白质，有80%是酪蛋白。酪蛋白在胃中遇到酸性胃液后，很容易结成较大的乳凝块。新生儿消化吸收功能原本比较弱，因此很难消化鲜牛奶，容易溢乳。

什么样的奶粉好？

- 1岁以内的小婴儿，适合喂养母乳化奶粉，也就是配方奶。
- 3岁以上的幼儿可以喝鲜奶。奶粉在制作过程中，一些维生素被破坏了，尤其是维生素C。鲜奶中原来微小的脂肪粒，在加工成奶粉时变大了，使奶中脂肪和蛋白质的消化率降低。另外，鲜奶中钙含量也高，糖含量低，比较适合3岁以上小儿食用。
- 在选择奶粉时还要注意：包装要完好无缺，不透气；包装袋上要注明生产日期、生产批号、保存期限，保存期限最好是用钢印打出的，没有涂改嫌疑。奶粉外观应是微黄色粉末，颗粒均匀一致，没有结快，闻之有清香味，用温开水冲调后，溶解完全，静止后没有沉淀物，奶粉和水无分离现象。如果出现相反情况，说明奶粉质量可能有问题。
- 虽然有的奶粉保质期比较长，但最好购买近期生产的奶粉，计算一下，从生产到吃完，不要超过3个月。
- 具有知名度的品牌奶粉当然好，但要防止冒牌货。要从大超市商场购买，除了防止假货外，大超市和商场商品周期短，能够买到生产日期近的商品。

什么叫全奶、1/2奶、1/3奶？

- 刚出生的新生儿，消化功能弱，不能消化浓度较高的奶粉，应该先给浓度低一些的。也就是说，不能喂全奶，应该喂1/3奶。3天后可喂1/2奶，一周后才能喂养全奶。
- 全奶的配制方法是：一平勺奶粉加4勺（同样大小！）的水，奶粉恰好溶解成奶水。
- 1/2奶的配制方法是：一平勺奶粉加8勺水。
- 1/3奶的配制方法是：一平勺奶粉加12勺水。

不是每次配奶都这样麻烦的。比如一平勺奶粉加20毫升水配成了全奶，要配8勺奶粉的全奶，就加水160毫升水；要配1/2奶，就加320毫升水；要配1/3奶，就加480毫升水，以此类推。

0374 新生儿混合喂养

一次只喂一种奶，吃母乳就吃母乳，吃牛乳就吃牛乳。不要先吃母乳，不够了，再冲奶粉。这样不利于宝宝消化，也使宝宝对乳头发生错觉，可能引发厌食牛乳，拒吃奶瓶。

混合喂养要充分利用有限的母乳，尽量多喂母乳。母乳是越吸越多，如果妈妈认为母乳不足，就过多减少喂母乳的次数，会使母乳越来越少。母乳喂养次数要均匀分开，不要很长一段时间都不喂母乳。

夜间妈妈比较累，尤其是后半夜，起床给宝宝冲奶粉很麻烦，最好是用母乳喂养。夜间妈妈休息，乳汁分泌量相对增多，宝宝需要量又相对减少，母乳可能满足宝宝的需要。但如果母乳量太少，宝宝吃不饱，就会缩短吃奶间隔，影响母子休息，这时就要以牛乳为主了。

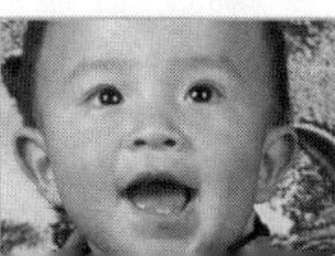
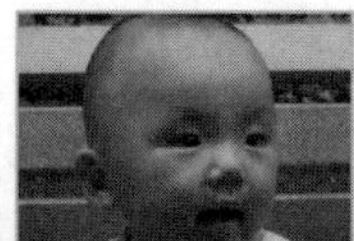

0375 人工喂养6大注意事项

事项一：宝宝如何传达饱、饿信息

宝宝饿了，他就会：①饥饿性哭闹；②用小嘴找奶头；③当把奶头送到嘴边时，会急不可待地衔住，满意地吸吮；④吃得非常认真，很难被周围的动静打扰。

宝宝饱了，他就会：①吃奶漫不经心，吸吮力减弱；②有一点动静就停止吸吮，甚至放下奶头，寻找声源；③用舌头把奶头抵出来。再放进去，还会抵出来。再试图把奶头放进去，他会转头，不理你。

新生儿睡眠时间比较长，如果一次睡眠时间超过了四五小时，一定要叫醒宝宝吃奶。如果宝宝睡眠时间很短，是否一醒就喂呢？也不必。

事项二：喂奶间隔白天、晚上一样吗？

新生儿胃容量很小，能量储存能力也比较弱，需要不断补充营养。新生儿吃奶次数多，夜间也不会休息。因此喂奶的间隔，白天和晚上差不多是一样的。随着日龄的增大，宝宝夜间吃奶次数逐渐减少，慢慢就养成了白天吃奶，晚上不吃奶的习惯了。

事项三：夜间喂奶应避免的危险

① 光线暗，视物不清，不易发现宝宝皮肤颜色，不易发现宝宝是否溢奶；

② 妈妈困倦，容易忽视乳房是否堵住了宝宝鼻孔，发生呼吸道堵塞；

③ 妈妈怕半夜影响其他人睡眠，宝宝一哭就立即用乳头哄，结果半夜宝宝吃奶的次数越来越多，养成不好的夜间吃奶习惯。

事项四：如何区别生理性溢乳和病理性呕吐？

生理性溢乳的特点：①溢乳前后宝宝没有任何不适表现；②每次溢乳量不多；③虽然溢乳，但没有因为溢乳而增加吃奶量和次数；④没有因为溢乳而影响体重增长，宝宝还是胖胖的；⑤大小便正常。

病理性呕吐的特点：①呕吐前宝宝有不适感觉，表情不快，脸憋得通红，有时哭闹，哼哼，给奶不吃，难以用奶头制止宝宝的哭闹；②呕吐的奶量往往比较多，有时成喷射状，除了有奶液外，可有胆汁样物、胃液及奶块等，气味发酸，甚至酸臭；③吃奶量显著减少或增加；④体重增长缓慢，宝宝显得有些干瘦，缺乏精神，大便不正常，或次数少而每次的量多，或次数增多，大便性质不正常，往往伴有腹胀。

事项五：新生儿需要添加乳品以外的饮品吗？

母乳喂养、混合喂养、人工喂养，新生儿都不需要添加乳品以外的饮品。新生儿胃肠道消化功能尚没有发育完善，各种消化酶还没有生成，肠道对细菌、病毒的抵御功能很弱，对饮品中所含的一些成分缺乏处理能力。如果给新生儿喝其他饮品，可能会造成新生儿消化功能紊乱，引起腹泻等症。

第八节 新生儿营养需求

0376 新生儿每日所需营养

① 热能：足月儿生后第一周，每日每千克体重约需250～335千焦；生后第二周，每日每千克体重约需335～420千焦；生后第三周及以上，每日每千克体重约需要420～500千焦。

② 蛋白质：足月儿每日每千克体重约需2～3克。

③ 氨基酸：9种必需的氨基酸是：赖氨酸、精氨酸、亮氨酸、异亮氨酸、颉氨酸、甲硫氨酸、苯丙氨酸、苏氨酸、色氨酸。新生儿每天必须足够地摄入这9种氨基酸。

④ 脂肪：每天总需要量为9～17克/100卡热。母乳中未饱和脂肪酸占51%，其中的75%可被吸收，而牛乳中未饱和脂肪酸仅占34%。亚麻脂酸和花生四烯酸是必需脂肪酸，亚麻脂酸缺乏时出现皮疹和生长迟缓，花生四烯酸则合成前列腺素。

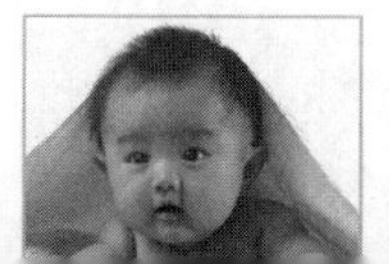
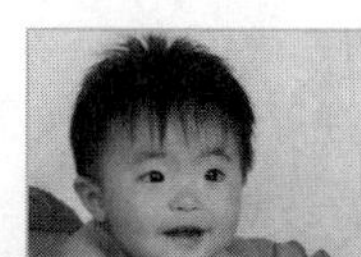

⑤糖：足月儿每天需糖17～34克/100卡热。母乳中的糖全为乳糖，牛乳中的糖，乳糖约占一半。

⑥矿物质、宏量元素及微量元素：

钠：食盐就是氯化钠，提供人体必需的钠。妈妈喂奶期间不宜吃得太咸，但并不是一点也不需要钠。乳母在月子中一点不吃盐的做法是不对的，新生儿也需要盐。

钾：乳品中钾能够满足新生儿的需要。

氯：氯随钠、钾吸收。

钙、磷：母乳中的钙，有50%～70%在新生儿肠道中被吸收；牛乳钙的吸收率仅为20%。因此母乳喂养不易缺钙，牛乳喂养容易缺钙。磷的吸收比较好，不易缺乏。

镁：镁缺乏时影响钙平衡。

铁：母乳和牛乳中铁含量都不高，牛乳中的铁不易吸收，因此牛乳喂养更容易缺乏铁。足月儿铁的储存量，可供4～6个月的使用，但如果妈妈孕期就缺乏铁，新生儿就可能出现铁储备不足，因此应及时补充。

早产儿铁的储备量更少，只够生后8周之用，如果不及时补充，则会出现缺铁性贫血，影响小儿健康。

锌：新生儿期很少缺锌，一般不需要额外补充。发锌不能代表当时的血锌情况。因此，不要以发锌衡量当时的血锌情况，发锌低不能代表血锌也低，应以血锌为准。

⑦维生素：健康孕妇分娩的新生儿，很少缺乏维生素，因此不需要额外补充。如果准妈妈妊娠期维生素摄入严重不足，胎盘功能低下并早产，新生儿可能缺乏维生素D、C、E和叶酸。

维生素K：维生素K缺乏，可引起新生儿自发出血症或晚发V-K缺乏出血症。尤其是纯母乳喂养儿，发生的概率比较大。因此，常规上给出生后的新生儿肌注V-K_1 1.0毫克，是起预防作用的。早产儿肠道菌种成长较晚，肝功能发育不成熟，容易出现V-K缺乏，应每日补充维生素K_1毫克，连续补充3次。

维生素D：虽然新生儿出生时储存一定量的维生素D，但由于不能够在室外接受足够的阳光，又不能经食物摄入，婴儿期可出现维生素D缺乏性婴儿手足搐搦症和幼儿期佝偻病。应该从出生后半个月开始，补充维生素D，每日400国际单位。

维生素E：早产儿需要补充，每日30毫克。

维生素A过量：在补充维生素D时，有的选用鱼肝油制剂，即维生素AD剂。如果比例不合适，可发生维生素A过量，甚至中毒。

第九节 新生儿护理要点

0377 礼貌地拒绝过多探视

新生儿来到世上，想探望小生命的人是很多的。虽然在母体中获得的免疫能力，能够让新生儿6个月内成功抵抗外部细菌的侵袭，但过多探视，成人呼吸道中的微生物可能成为新生儿的致病菌。新生儿的生活环境要安静舒适，空气新鲜，远离感染源。

过多探视，对新手妈妈产后恢复也不利，休息不好，乳汁分泌就减少，给母乳喂养带来困难。要礼貌地拒绝探视，做丈夫的更要学会保护妻子和宝宝，相信这会得到人们的谅解。

0378 洗澡是一次大行动

①脐带。脐带还没脱落，或脱落后没有长好，就不要把宝宝放到水中洗澡，只能擦洗，避免脐带进水；如果进水了，要用碘酒、酒精擦洗。

②安全。胎儿是在水囊中生活的，所以新生儿天性喜欢水。考虑到安全性，还是暂时不要把新生儿完全放到浴盆中洗为好，一部分一部分地洗，比较容易把握。

③时间。每天上午9～10点，吃奶前1个小时到一个半小时，觉醒状态。不要给吃奶后或睡眠

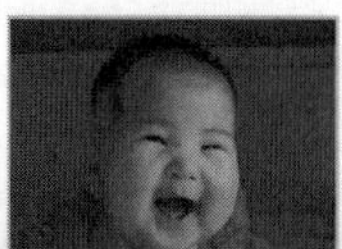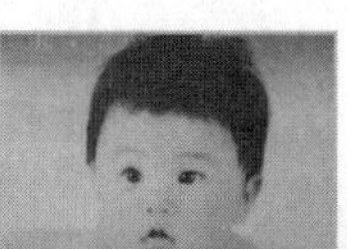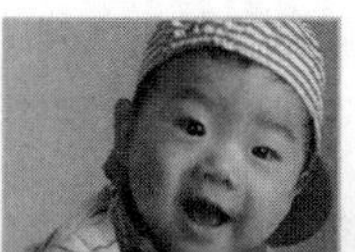

中的宝宝洗澡。

④ 用具。浴盆、浴巾、擦脸毛巾、擦屁股毛巾、婴儿香皂。

⑤ 环境。不能有对流风，要关上门窗；在有太阳的地方洗最好，光线要好，不要在暗处。如果全裸洗，室温要达到24℃以上；部分裸洗，室温要在20℃以上。

0379 衣服被褥床

准备的用品至少要有这些：宝宝服3套，睡袋一个，奶兜6个以上，床单3条以上，被子6条，冬、夏季各两条，春秋季共两条。毛巾被两条，毛毯两条，棉床垫3个。新生儿可以不睡枕头。

0380 新生儿餐具

新生儿餐具每天要用沸水消毒一次，不要使用消毒液或洗碗液。消完毒一定要烘干或擦干，不要带水放置。喝剩下的奶或水一定要弃掉，器皿洗净、消毒、烘干、擦干以备用，这是预防新生儿鹅口疮的有效方法。不要使用餐巾纸擦新生儿餐具，因为餐巾纸的卫生状况不确定。新生儿餐具要放在消毒柜里或罩在洁净盖布下，不要暴露在外，落入灰尘。

新生儿餐具至少包括：

① 不锈钢小奶锅一个；

② 吃奶用的奶瓶两个（200毫升以上容量），喝水用的奶瓶两个（100毫升容量），最好都是玻璃的，如果买塑料的，一定不要有异味；

③ 仿真软硅胶奶嘴5个以上；

④ 水杯两个；

⑤ 专用小暖水瓶一个，每天更换新开水；

⑥ 配奶小勺两个。

0381 尿布

选择尿布的原则

①纯棉质地；②透气性能良好；③柔软舒适；④性价比合理；⑤大厂家生产；⑥大商场或专卖店销售。

使用尿布特别注意

尿布的温度，远远低于婴儿腹部皮肤温度。新生儿一天更换十几次尿布，如果每次都把尿布放到宝宝的腹部（几乎所有的妈妈都如此），那么宝宝每天要暖十几块尿布，腹部受凉的程度可想而知。新生儿就怕腹部受凉，小儿布兜兜就是这样“发明”的。因此不要把尿布兜到腹部。

放置尿布正确方法

不要把尿布放在腹部，更不要把低于婴儿腹温的尿布放在腹部。男婴排尿向上，放置尿布时要在上面多加一层，重点在上；女婴排尿向下，放置尿布时要在下面多加一层，重点在下。这样就可预防男婴阴囊湿疹、女婴臀红。尿布不要覆盖男婴脐部，以防尿液弄湿脐带。尿布不要兜得过紧，留有一定空间，这样可避免尿布疹的发生。

换尿布的时间

喂奶前或醒后更换尿布。喂奶后或睡眠时，即使尿了，也不要更换尿布，以免造成溢乳或影响宝宝建立正常睡眠周期。在尿布上再放置一小块尿布，排大便后就弃掉。仅有尿渍的尿布，清洗后在阳光下暴晒，方可再用。

0382 谨慎使用纸尿裤

纸尿裤可能的问题

纸尿裤用起来方便，但很少有人清楚，纸尿裤还存在一定的负面影响。不少纸尿裤并非完全是纸质的，外层有塑料，内层有吸收剂、特种纤维等物质，有防漏和较强吸湿作用，但长期使用，对婴儿娇嫩的肌肤会造成一定的伤害。

在过去的25年中，发达国家新手父母普遍使用纸尿裤。由于纸尿裤透气性能差，易使男婴睾丸处温度升至37℃（正常应是34℃左右），久而久之，导致睾丸生产精子的能力降低甚至丧失。

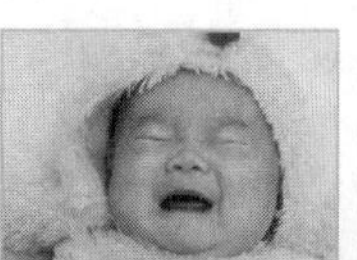
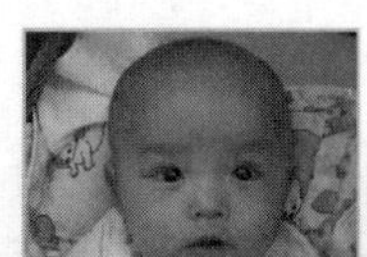

上海儿童医学中心陈其民副教授通过研究也认为，婴儿使用纸尿裤不当，确有疾病隐患，建议最好还是更多使用白色纯棉织布给宝宝做尿布，谨慎使用纸尿裤。

正确选择纸尿裤7点提示

● 吸收尿液力强、速度快。纸尿裤含有高分子吸收剂，吸收率可达自身的100～1000倍，而且不会再被挤出来。最早的纸尿裤主要是绒毛浆，所以很厚。加入了高分子吸收剂后，纸尿裤越变越薄，更加舒适。所以看吸收力并不取决于厚薄，甚至恰恰相反。高吸水性的可减少更换次数，不会打扰睡眠中的宝宝；还可减少尿液与皮肤接触时间，减少尿布疹的发生概率。

● 透气性能好、不闷热。宝宝使用的纸尿裤如果透气性不好，很容易导致婴儿患尿布疹。透气性不好的纸尿裤会使男婴阴囊局部环境温度增高，可能会影响婴儿的睾丸发育，尤其是一岁以后的婴儿更应注意。

● 表层干爽，尿液不回渗、不外漏。倘若宝宝的小屁股总是与潮湿的表层保持接触，很容易患尿布疹。新生宝宝长时间躺着，臀部和腰部压着尿裤，腿部及腰部要设有防漏立体护边，但不能因防漏而太紧。尿裤表层的材质也要挑选干爽而不回渗的。另外最好选择四层结构的纸尿裤，即多加了一层吸水纤维纸，更少渗漏。

● 触感舒服，品质好。触觉是人类发展最早的感觉器官，胎儿早在三个月时就已经存在，和视觉、听觉一样影响着宝宝的潜能发展。婴儿肌肤的触觉非常敏锐，对不良刺激更加敏感，只要有一点点的不适，婴儿就会感到非常不舒服。纸尿裤与婴儿皮肤接触的面积是很大的，且几乎24小时不离。所以要选择内衣般超薄、合体、柔软，材质触感好的纸尿裤，给宝宝提供舒适的触觉经验。

● 护肤保护层。尿布疹的成因，主要是尿便中的刺激性物质直接接触皮肤。目前市面上已有纸尿裤添加了护肤成分，可以直接借着体温在小屁屁上形成保护层，隔绝刺激，并减少皮肤摩擦，让宝宝拥有更舒服的肤触感。

● 价格适中。目前，市场上出售的纸尿裤品牌多，价格高低不等。经济条件好的可选择比较高级的进口纸尿裤。国内生产的纸尿裤质量比较可靠，因为生产商投资较大，主要原材料依赖进口，价格仍然不低。购买基本功能好的，批量购买，购买本地产品，混合使用，这些都是降低费用的好办法，但品质越有保证的产品总是越贵，不主张妈妈一味追求低价位。

● 适合宝宝的尺码。不同尺寸的纸尿裤已相当完备。可参考包装上的标示购买。腰围要紧贴宝宝腰部，胶贴贴于腰贴的数字指示1至3之间比较合适。如胶贴贴于3号指示上，说明纸尿裤的尺寸小了，下次购买时选大一码的纸尿裤。检查腿部橡皮筋松紧程度，若太紧，表示尺码过小。若未贴在腿部，表示尺码过大。

预防尿布疹11条建议

● 要及时更换被大小便浸湿的尿布，以免尿液长时间地刺激皮肤。

● 使用传统的尿布时，一定要漂洗干净，尤其是使用洗衣粉洗涤尿布时更应多漂洗。洗涤时应用弱碱性肥皂，然后用热水清洗干净，暴晒，以免残留物刺激皮肤。

● 不能加用橡胶布、油布或塑料布，以免婴儿臀部处于湿热状态。

● 不要使用质地粗糙、深色的尿布。尿布质地要柔软，选用纯白无色或浅色纯棉针织料为好。

● 女婴屁股底下的尿布要垫厚些，男婴生殖器上要垫厚些。

● 腹泻时大便次数比较多，除及早治疗腹泻外，还要每天在臀部涂上防止尿布疹的药膏。

● 每天大便后都要用清水冲洗臀部。

● 使用纸尿裤的方法要正确。

● 发现宝宝有轻微臀部发红时，及时使用护臀膏。每次清洗后用干爽的洁净毛巾沾干水分，再让宝宝的臀部在空气或阳光下晾一下，使皮肤干燥。

● 保持尿布垫的干燥，尿布和尿布垫经常进

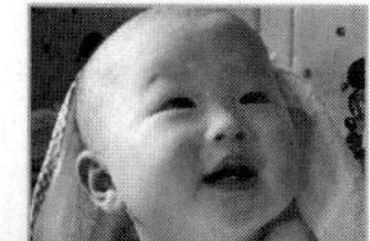  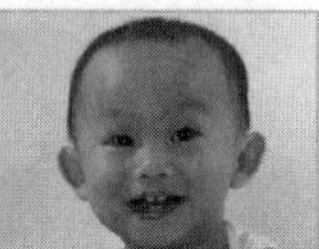   

行消毒以及经常拿到日光下翻晒。

● 选择品质好，质量合格的纸尿裤、一次性尿布纸、活动尿布裤和市售尿布可有效预防尿布疹。

0383 护肤品

没有医生的建议，不可使用任何护肤品，包括标明“婴儿专用”的护肤品。

0384 中性温度

概念：机体耗能、代谢率处于最低状态，并能维持正常体温的温度，就是中性温度。

条件：测算新生儿中性温度，要求新生儿裸体，环境无风，相对湿度50%。

公式：

① 新生儿出生一周内的中性温度＝36.6－0.34×出生时的胎龄（胎龄按周计算，30周为零，多于30为正数，如36周，就按6算；少于30为负数，如27周，就按-3算）－0.28×出生日龄。

举例：新生儿胎龄35周，出生第3天，他的中性体温=36.6－0.34×5－0.28×3＝34.06

② 新生儿出生一周以上的中性温度＝36－1.4×体重（千克）－0.03×日龄。

举例：新生儿出生20天，体重5千克，他的中性温度＝36－1.4×5－0.03×20＝28.4

中性温度不是室温，而是新生儿调整环境温度的自身起点。如果环境温度的变化，超过了新生儿自身调节的能力，或会造成寒冷损伤，或会造成发热。适宜并相对恒定的室温，对新生儿来说非常重要。适宜的环境温度是24～26℃，一般保持在25℃。

0385 相对湿度

喂养新生儿宝宝的房间，室内相对湿度适宜在50%左右，一般维持在45%就很好了。

湿度过小，会加快新生儿水分蒸发，导致新生儿脱水，呼吸道黏膜干燥，降低了呼吸道抵御病原菌的能力；如果室内温度高，湿度小，会发生新生儿脱水热。湿度过大，利于一些病原菌的繁殖，尤其是霉菌，增加了新生儿被感染的危险。

0386 如何给新生儿滴眼药水

消毒棉棒与眼平行，轻轻横放在上眼睑接近眼睫毛处，平行上推眼皮，新生儿眼睑就可顺利扒开，向眼内滴一滴眼药水。

即使分娩过程未受感染，出生后，新生儿也可罹患结膜炎、泪囊炎。因此常规为新生儿滴上几天眼药水是必要的。医院一般会在出生宝宝袋中放入眼药水，妈妈可按说明，给宝宝滴眼药水。

0387 口腔护理

新生儿易患鹅口疮。喝完奶后，最好让新生儿喝口水，以冲净口中残留奶液。如新生儿吃奶后入睡，难以喂水，每天早晚可用消毒棉棒沾水，轻轻在新生儿口腔中清理一下，也是可以的。新生儿口腔黏膜细嫩，血管丰富，唾液腺发育不足，唾液分泌少，黏膜较干燥，易受损伤，护理时动作一定要轻柔。

0388 鼻腔护理

新生儿鼻内分泌物要及时清理，以免结痂。简便有效的方法是：把消毒纱布一角，按顺时针方向捻成布捻，轻轻放入新生儿鼻腔内，再逆时针方向边捻动边向外拉，就可把鼻内分泌物带出，重复性强，不会损伤鼻黏膜。吸鼻器固然可以清理鼻内分泌物，但分泌物较少时，没有必要使用吸鼻器。

0389 脐带护理

脐带是细菌入侵的门户，如不精心护理，可能导致新生儿脐炎，严重者罹患败血症。新手爸爸妈妈要高度重视。

脐带未脱落前，每天洗澡后，都要用碘酒、酒精消毒一次，不要涂抹龙胆紫。龙胆紫是把干的，脐带上涂龙胆紫，表面是干燥的，可脐带里面却是湿润的，很容易导致化脓性脐炎而一时不易发现，贻误治疗。这是爸爸妈妈们要特别注意的。

0390 皮肤护理

新生儿皮肤稚嫩，角质层薄，皮下毛细血管丰富，局部防御机能差，任何轻微擦伤，都可造成细菌侵入。新生儿接触新环境，容易患感染性皮肤疾病，严重者感染可扩散到全身，引起败血症。

新生儿皮肤皱褶比较多，皮肤间相互摩擦，积汗潮湿，分泌物积聚，容易发生糜烂，在夏季或肥胖儿中更易发生皮肤糜烂。给新生儿洗澡，要注意皱褶处分泌物的清洗，清洗动作要轻柔，不要用毛巾擦洗。新生儿衣物，平整摆放，避免局部折痕造成新生儿血流不畅，皮肤坏死。

0391 臀部护理

臀红是新生儿易患疾病。新生儿皮肤薄嫩，每天尿、便次数多，臀部几乎处于潮湿状态，又带着尿布或纸尿裤，很容易淹臀。

臀红防止办法是：①勤换尿布；②大便后用清水冲洗臀部，用柔软的棉布沾干，不要擦；③选择柔软、棉质、吸水性强、透气性好的尿布；④禁忌使用塑料布，即使垫在尿布外也不行；⑤个别妈妈在尿布上放卫生纸，以免大便拉在尿布上，这很容易造成臀红。

0392 女婴特殊护理

女婴阴道出血

女婴出生一周左右，阴道可能流出少量血样黏液，可持续两周。这就是新生儿假月经，正常生理现象，不需做任何处理。给假月经女婴洗澡，不要用盆浴，要淋浴或用流动水清洗外阴。血性分泌物较多时，要及时看医生，排除凝血功能障碍或出血性疾病的可能性。

女婴白带

新生儿女婴阴道口内有乳白色分泌物渗出，如同成年女性的白带。母体雌激素、黄体酮通过胎盘，进入胎儿体内，使胎儿子宫腺体分泌物增加，出生后新生儿阴道黏液及角化上皮脱落，成为“白带”。新生儿女婴白带一般不需要处理，只要揩去分泌物就可以了。这种白带持续几天后，会自行消失。如果长时间不消失，或白带性质有改变，应及时看医生，排除阴道炎的可能。

阴唇粘连

女婴小阴唇之间、大阴唇之间、大阴唇与小阴唇之间，发生粘连。小阴唇粘连则形成假性阴道闭锁。造成阴唇粘连的原因是，女婴外阴和阴道上皮薄，阴道的酸碱度较低，抗感染能力差，如果不注意局部卫生，会发生外阴炎。如果外阴炎并发溃疡，小阴唇表皮脱落，加上女婴外阴皮下脂肪丰富，使阴唇处于闭合状态，形成假性阴道闭锁。

预防阴唇粘连的注意事项有6个：

- 保持外阴清洁；
- 睡前清洗外阴；
- 尿布要透气好；
- 不要捆婴儿，尤其是夏季；
- 患外阴炎要及时治疗；
- 发现阴唇粘连，要及时处理，轻轻用手分开，然后涂上抗菌素软膏；如果不能分开，就不要强行分开，及时看医生，必要时需手术剥离。

女婴乳头凹陷

女婴乳头凹陷是常见现象。据调查，现在新生女婴中，有45%乳头凹陷。但到成人女性，乳头凹陷的只有7%，而且大部分还可经过吸吮和牵拉改变凹陷。

民间习惯上给刚出生的女婴挤乳头，以防

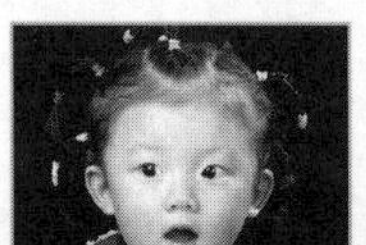

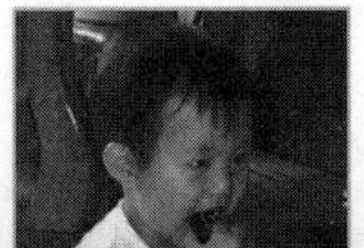

乳头凹陷，这是没有科学道理的。挤压新生儿乳房，不但不会改变乳头凹陷，还会损伤乳腺管，引起乳腺炎，严重者引发败血症，危及婴儿生命。

0393 新生儿季节护理要点·春季

春季气温不稳定，要随时调整室内温度，尽量保持室温恒定。春季北方风沙大，扬尘天气不要开窗，以免沙土进入室内，刺激新生儿呼吸道，引起过敏、气管痉挛等。春季天气湿度小，室内要开加湿器，保持适宜湿度。

0394 新生儿季节护理要点·夏季

① 母乳是新生儿安度夏季的最好食品。如果必须人工喂养，一定要注意卫生、消毒，不要吃剩奶，现吃现配。

② 保证充足的水分供应。妈妈要多饮水。人工喂养的新生儿，更应注意补充水分。

③ 注意皮肤护理，最好不再用尿布兜臀部，而是在臀部下面垫尿布。凉席上面铺一层夹被，不要使用塑料布。

④ 脱水热是夏季新生儿易患的疾病，一定把室内温度保持在28℃左右，并给新生儿补充足够的水分。脱水热易引起新生儿惊厥。

⑤ 眼炎、汗疱疹、痱子、皮肤皱褶处糜烂、臀红、肛周脓肿、腹泻等，都是新生儿夏季易患疾病。眼屎多，应滴眼药水；出汗后要用温水洗澡；皮肤皱褶处可用鞣酸软膏涂抹；发现臀红，及时涂鞣酸软膏或红霉素软膏；发现肛周感染，更要注意喂养卫生，腹部不要受凉，防止腹泻。

0395 新生儿季节护理要点·秋季

秋季是小儿最不易患病的季节，唯一易患的疾病是腹泻，要注意预防。秋季出生的新生儿，很快进入冬季，把宝宝抱出室外接受阳光浴的时间减少。因此秋季就要及时补充维生素D，出生后半个月即开始补充。

0396 新生儿季节护理要点·冬季

北方冬季气候寒冷，但室内有很好的取暖设备，反而不易造成新生儿寒冷损伤。主要问题是室内空气质量差，湿度小，室温过热，造成新生儿喂养局部环境不良。

南方冬季气候温和，但阳光少，室内缺乏阳光照射，有阴冷的感觉。南方建筑多不安装取暖设备，大多数家庭使用空调取暖。空调取暖造成局部环境空气干燥，空气不流通，质量差。争取每当太阳出来，就抱宝宝晒晒太阳。

另外应备一台电暖器，如果空调故障，及时替代；还应备一只暖水袋，如果停电，以备急需。使用时，避免烫伤宝宝。

第十节 新生儿能力

0397 看的能力

① 新生儿具有看的能力，最早证明这一点的，是美国生理学家范茨。随后，世界各国医学科学家，包括我国的科学家，也纷纷证明新生儿刚出生就具有看的能力，并能记住所看到的东西。

② 新生儿最喜欢看妈妈的脸。当妈妈注视宝宝时，宝宝会专注地看着妈妈的脸，眼睛变得明亮，显得异常兴奋，有时甚至会手舞足蹈。个别宝宝和妈妈眼神对视时，甚至会暂停吸吮，全神贯注凝视妈妈，这是人类最完美的情感交流。

新生儿有活跃的视觉能力，他们能够看到周围的东西，甚至能够记住复杂的图形，分辨不同人的脸型，喜欢看鲜艳、动感的东西。

0398 说的能力

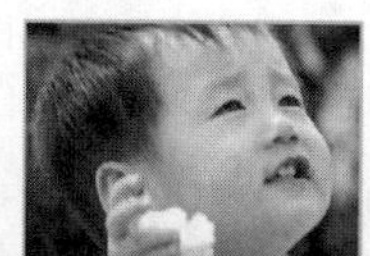

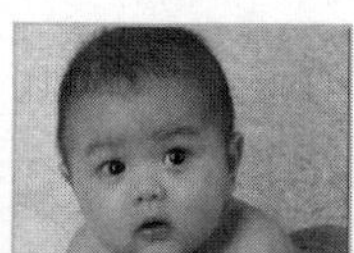

新生儿“说的能力”就是哭的能力。哭是新生儿唯一的语言，如果新生儿出生没有哭，医生会立即进行抢救——哭象征生命，哭声大小衡量生命的质量。整个新生儿期，宝宝都在哭，新手妈妈要学会听懂这种特殊的语言。

健康性啼哭

婴儿正常的啼哭声抑扬顿挫，不刺耳，声音响亮，节奏感强，无泪液流出。每日累计啼哭时间可达2小时，是运动的一种方式。婴儿正常的啼哭一般每日4～5次，均无伴随症状，不影响饮食、睡眠及玩耍，每次哭时较短。如果你轻轻触摸他或朝他笑笑，或把他的两只小手放在腹部轻轻摇两下就会停止啼哭。

饥饿性啼哭

这种哭声带有乞求，由小变大，很有节奏，不急不缓，当妈妈用手指触碰宝宝面颊时，宝宝会立即转过头来，并有吸吮动作；若把手拿开，不给喂哺，宝宝哭得会更厉害。一旦喂奶，哭声嘎然而止。吃饱后绝不再哭，还会露出笑容。

过饱性啼哭

多发生在喂哺后，哭声尖锐，两腿屈曲乱蹬，向外溢奶或吐奶。若把宝宝腹部贴着妈妈胸部抱起来，哭声会加剧，甚至呕吐。过饱性啼哭不必哄，哭可加快消化，但要注意溢奶。

口渴性哭闹

表情不耐烦，嘴唇干燥，时常伸出舌头，舔嘴唇；当给宝宝喂水时，啼哭立即停止。

意向性啼哭

啼哭时，宝宝头部左右不停扭动，左顾右盼，哭声平和，带有颤音；妈妈来到宝宝跟前，啼哭就会停止，宝宝双眼盯着妈妈，很着急的样子，有哼哼的声音，小嘴唇翘起，这就是要你抱抱他。

尿湿性啼哭

啼哭强度较轻，无泪，大多在睡醒时或吃奶后啼哭；哭的同时，两腿蹬被。当妈妈为他换上一块干净的尿布时，宝宝就不哭了。

亮光性啼哭

宝宝白天睡得很好，一到晚上就哭闹不止。当打开灯光时，哭声就停止了，两眼睁得很大，眼神灵活。这多是白天睡得过多所致，应逐渐改变过来。

寒冷性啼哭

哭声低沉，有节奏，哭时肢体少动，小手发凉，嘴唇发紫；当为宝宝加衣被，或把宝宝放到暖和地方时，他就安静了。

燥热性啼哭

宝宝多大声啼哭，不安，四肢舞动，颈部多汗；当妈妈为宝宝减少衣被，或把宝宝移至凉爽地方时，宝宝就会停止啼哭。

困倦性啼哭

啼哭呈阵发性，一声声不耐烦地嚎叫，这就是习惯上称的“闹觉”。宝宝闹觉，常因室内人太多，声音嘈杂，空气污浊、过热。让宝宝在安静的房间躺下来，很快就会停止啼哭，安然入睡。

疼痛性啼哭

异物刺痛，虫咬，硬物压在身下等，都造成疼痛性啼哭。哭声比较尖利，妈妈要及时检查宝宝被褥、衣服中有无异物，皮肤有无蚊虫咬伤。

害怕性啼哭

哭声突然发作，刺耳，伴有间断性嚎叫。害怕性啼哭多出于恐惧黑暗、独处、小动物、打针吃药或突如其来的声音等。要细心体贴照看宝宝，消除宝宝恐惧心理。

便前啼哭

便前肠蠕动加快，宝宝感觉腹部不适，哭声低，两腿乱蹬。

伤感性啼哭

哭声持续不断，有眼泪。比如宝宝养成了洗澡、换衣服的习惯，当不洗澡、不换衣服、被褥不平整、尿布不柔软时，宝宝就会伤感地啼哭。

吸吮性啼哭

这种啼哭，多发生在喂水或喂奶3～5分钟后，哭声突然阵发。原因往往是因为水、奶过凉、过热；奶头孔太小，吸不出来奶水；奶头孔太大，奶水太冲，呛奶。

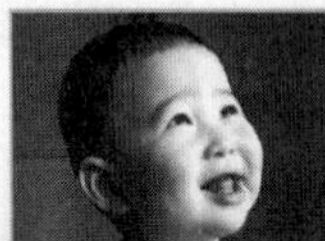
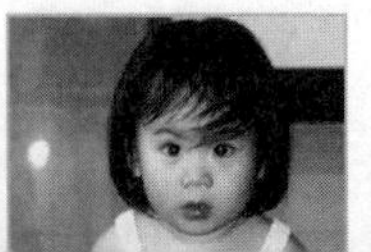

0399 听的能力

医学科学已经证明，胎儿在母体内就具有听的能力，能感受声音的强弱，音调的高低，能分辨出声音的类型。这正是胎教的基础。

新生儿不仅具有听力，还有声音的定向能力。

亲子听力实验

妈妈拿一个小方盒，里面放上黄豆，当宝宝安静觉醒时，在距离宝宝右耳朵20厘米处轻轻摇动小盒，这时宝宝会警觉起来，向声音发出的方向，先转动眼，接着转动头。在宝宝左耳重复同样的动作时，宝宝会把头转向左侧。不仅如此，宝宝还会用眼睛寻找发出声音的东西，这说明新生儿已经能把眼和耳的内部神经系统，联系起来了。

新生儿最喜欢听什么声音呢？最喜欢听妈妈的声音，其次是爸爸的声音，再次是高亢悦耳的声音。新生儿能把听到的和看到的联系起来，也有个小实验很有趣。

亲子视听游戏

让宝宝只看着妈妈的脸，但让宝宝听到别人说话的声音；再反过来，让宝宝看着别人的脸，但听到妈妈说话的声音。在这两种情况下，宝宝都会出现慌乱、苦恼的样子。最后，让宝宝看着妈妈的脸，并听到妈妈说话的声音，宝宝就会眼睛发亮，神情兴奋，面露安然、舒畅的样子。

0400 嗅的能力

经验观察和医学研究证明，正常情况下，新生儿出生后第6天，就能通过嗅觉，准确辨别妈妈的气味了。

亲子嗅觉小实验

把妈妈的奶垫和其他妈妈的奶垫（或者牛乳奶垫）分别放在宝宝头部两侧。宝宝总是会把头转向妈妈奶垫一边。现在更换两种奶垫的位置，宝宝仍然会追随妈妈的奶垫。这就说明，新生儿具有惊人的嗅觉能力和分辨力。

新生儿还有敏锐的味觉。新生儿喜欢甜的食品，当给糖水时，吸吮力增强；当给苦水、咸水、淡水时，吸吮力减弱，甚至不吸。妈妈可要记住，你要是不想养成宝宝喝糖水的习惯，就不要给他糖水喝。混合喂养也有这方面的问题。

0401 新生儿运动能力

新生儿已经具有很复杂的运动能力，受自身体内生物钟支配。把新生儿包在襁褓中，是人们常见的养育法。包在襁褓中的新生儿，会很安静，没有了肢体抖动和身体颤动，极大地限制了新生儿运动能力的正常发育。

把新生儿放在襁褓中的做法，是不可取的。应该让新生儿有足够的活动空间，这样新生儿会很活跃，运动能力发展快，呼吸功能得到促进。

新生儿通过运动与爸爸妈妈交流，是很有意思的。当妈妈和新生儿热情地说话时，新生儿会出现不同的面部表情和躯体动作，就像表演舞蹈一样，扬眉、伸脚、举臂，表情愉悦，动作优美、欢快；当妈妈停止说话时，新生儿会停止运动，两眼凝视着妈妈；当再次说话时，新生儿又变得活跃起来，动作随之增多。新生儿用躯体和爸爸妈妈说话，对大脑发育和心理发育有很大的帮助。

0402 新生儿与外界的交流

新生儿天生就具有与外界交流的能力。新生儿与妈妈对视，就是交流的开始。当妈妈说话时，正在吃奶的新生儿会暂时停止吸吮，或减

慢吮吮速度，听妈妈说话，别人说话他就不理会了。

爸爸逗新生儿，他就会报以喜悦的表情，甚至微笑。这是新生儿与爸爸妈妈建立感情的本领。新生儿对爸爸妈妈及周围亲人的抚摩、拥抱、亲吻，都有积极的反应。

当宝宝哭闹时，爸爸妈妈把他抱在怀里，用亲切的语言和他说话，用疼爱的眼神和他对视，宝宝会安静下来，还可能对爸爸妈妈报以微笑，让爸爸妈妈更加疼爱自己。

这种交流，对新生儿行为能力的健康发展，意义重大而深远。不要以为新生儿什么也不懂，就知道吃喝拉撒睡。这是很错误的认识。

0403 新生儿抚触

抚触作用

抚触也称为按摩，自从有了人类就有了按摩，在自然分娩的过程中，胎儿就接受了母亲产道收缩这种特殊的按摩。

1958年，HARLOW博士著名的实验震惊了心理学界，在实验中的小猕猴宁要可以抚摩的母猴的替身物品（一个架子上蒙上毛圈织物），而不要食物（裸露在钢丝架上的奶头和牛奶）。抚触的研究从此进入了崭新的一页。

长期以来，有关婴儿抚触的绝大部分研究都集中于早产儿。对早产儿施以抚触治疗，结果令人吃惊，如此简单的干预手段使羸弱的早产儿的体重、觉醒时间、运动能力明显增加，住院时间缩短，甚至在出院后的随访中，这些早产儿在体重、智力、行为评估分值仍大大高于未经抚触的早产儿。

医学专家大受鼓舞，进一步将抚触研究运用疾病儿，同样产生了令人振奋的效果。

那么，抚触可用于健康儿吗？实验的结果表明，经抚触的新生儿奶量摄入高于对照组。抚触可以增加胰岛素、胃泌素的分泌，不仅如此，在健康足月儿中，抚触还有减轻疼痛的神奇作用。对于剖腹产的婴儿，抚触可以消除剖腹产后的隔阂，建立更加深刻的亲子关系。随着科研进展，抚触研究进入了脑科学及心理学的全新领域。

抚触使宝宝感觉安全、自信，进而养成独立、不依赖的个性。抚触能增加机体免疫力，刺激消化功能，减少婴儿焦虑。

抚触方法

抚触方法并不复杂，任何爸爸妈妈都能学会。

（1）头部抚触

- 用两手拇指从前额中央向两侧滑动。
- 用两手拇指从下颌中央向两侧滑动，让上下颌形成微笑状。
- 两手从前额发际抚向脑后，最后两中指停在耳后，像梳头样动作。

（2）胸部抚触

双手在胸部两侧从中线开始弧行抚触。

（3）腹部抚触

两手依次从婴儿右下腹向上再向左到左下腹移动，呈顺时针方向划圆。

（4）四肢抚触

两手抓住婴儿一个胳膊，交替从上臂至手腕，轻轻挤捏，像牧民挤牛奶一样，然后从上到下搓滚。对侧及双手做法相同。

（5）手足抚触

用两拇指交替从婴儿掌心向手指方向推进，从脚跟向脚趾方向推进，并捏搓每个手指和足趾。

（6）背部抚触

以脊椎为中线，双手与脊椎成直角，往相反方向移动双手，从背部上端开始移向臀部，再回到上端，用食指和中指从尾骨部位沿脊椎向上抚触到颈椎部位。

抚触注意事项

- 不必拘泥于某些刻板固定的形式，但是，基本的抚触程序是先从头部开始，接着是脸、手臂、胸部、腹部、腿、脚、背部。每个部位抚触2～3遍。开始要轻，以后适当增加压力。
- 最好在两次喂奶之间进行抚触，洗澡后也可以，室温在22～26℃。
- 抚触前用热水洗手，可用润肤油倒在手心

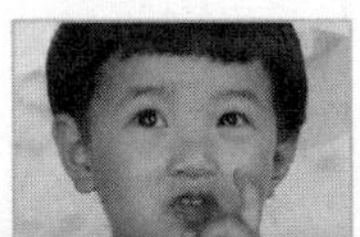

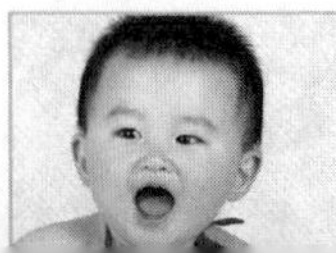

作为润滑剂。

● 抚触是亲子的好时光，可播放优美的音乐，和婴儿轻轻地交谈。

● 密切注意婴儿的反应，出现下列情况时应停止抚触：哭闹、肌张力增高、活动兴奋性增加、肤色出现变化、呕吐。

● 早产儿应该在30℃环境温度下进行。

第十一节 月子中最棘手的平常事

0404 睡眠问题

抓住时机训练宝宝

新生儿出生头几天，除了吃奶，几乎就处在睡眠状态，不分白天和黑夜。随着日龄增加，宝宝睡眠时间缩短了，一天24小时内，一般是在上午八九点钟，沐浴后，喂完奶，有一段比较长的觉醒时间。

爸爸妈妈要抓住这个时机，给宝宝做做体操，和宝宝说说话，要竖着把宝宝抱起来，让他看看周围的世界，要知道，宝宝一直在看天花板啊。

在训练宝宝的过程中，开发了宝宝各项能力，也延长了觉醒的时间，对宝宝形成良好的睡眠习惯，有极大作用。

黑白颠倒的睡眠，必须再颠倒过来

宝宝白天睡得太足了，晚上没觉了，而爸爸妈妈劳累一天，实在没精力和宝宝交流了，宝宝怎么办？哭啊！爸爸妈妈也没法睡。

宝宝睡觉黑白颠倒，不是宝宝的错，而是爸爸妈妈养育方法不够正确，给惯出来的。现在，唯一明智的选择，就是把颠倒的时间再颠倒过来。当然不是硬拧，而是通过游戏，帮助宝宝逐步改正。

上午洗澡完毕，喂奶，如果宝宝吃着睡着了，就把宝宝唤醒，和宝宝说话，做游戏，比如妈妈竖着抱宝宝，爸爸用一块红布蒙在脸上，再快速拿下来，并对着宝宝笑，然后妈妈玩红布，爸爸抱宝宝。宝宝一定会笑起来，时间就这样过去了。

晚上如果宝宝不睡觉，哭闹，就把宝宝的小手放在他的腹部上，妈妈双手按在宝宝手上轻轻摇一摇，不开灯，也不和宝宝说话。如果还哭，寻找哭的原因，是否尿了，拉了，饿了，病了，环境不舒服等，如果没有原因，就尽量冷处理。这样坚持一段时间，宝宝黑白颠倒的睡眠习惯，就会慢慢改变过来。

大胆地把宝宝放下来

许多妈妈说自己的宝宝只能“抱着睡”，不能放，一放就醒。这是谁的过错呢？宝宝当然喜欢妈妈抱着睡，问题在于妈妈应不应该“抱着睡”。不应该，从一开始就不应该这样做。已经这样了，现在马上改正还来得及。

大胆地把宝宝放下来，开始可能不干，慢慢就会接受的。新生儿睡觉不踏实，动作多多，不一定是有问题，这样的宝宝也许长大了，是个好动的宝宝。请医生排除了疾病的可能，就不必管了，不必宝宝一动，就马上去拍，去哄，本来宝宝没有醒，你一拍一哄，倒把宝宝弄醒了，捅了“马蜂窝”。

醒了就先让他醒着

宝宝睡眠时间短，最好的处理方法是：醒了就先让他醒着，先不要理会他，也许过一会又睡着了；真的醒了，只要不闹，也先不要理会他；如果哭闹明显了，再去看看是什么原因，这样就把睡眠时间逐渐拉长了。宝宝要是知道了我们的秘密，他一定不干，不过他这时实在太小了，妈妈的小技巧，一定会灵验的。

0405 不吃橡皮奶头

混合喂养的新生儿，完全能感到橡皮奶头和妈妈乳头不同的质感、气味，更喜欢吸吮妈妈柔软、舒服的乳头，拒绝吸吮橡皮奶头。用奶瓶给新生儿喂过药，喂过白开水等，也会造成新生儿拒吃橡皮奶头。如果宝宝“精”得你无计可施，

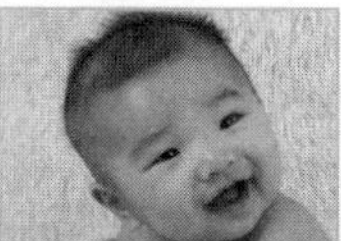

妈妈就老老实实用小勺或小奶杯喂奶吧，或许过一段时间，宝宝就会很喜欢奶瓶子了。

0406 越哄越哭

新生儿吃喝拉撒睡样样正常，生长发育也正常，一哭，爸爸妈妈就哄，结果越哄越哭，这是怎么回事？这仍是爸爸妈妈不了解新生儿哭的含义造成的。当新生儿在睡眠中做了梦，或想通过哭来运动一下，或想通过哭发泄一下自己的寂寞时，爸爸妈妈千方百计地哄，实际上打扰了他的运动，越哄越哭，其实是在抗议：妈妈，别再打扰我了，让我尽情地哭一会儿，什么都会好的。

0407 一吃就拉

真正的原因不是宝宝“直肠子”，而是宝宝肠道神经发育不完善，肠道极易被激惹，宝宝的吸吮动作和吸进的奶液，都可能成为刺激源，刺激肠道蠕动加强、加快，结果就是“一吃就拉”。避免一吃就拉的有效办法是：

- 妈妈不要吃辛辣食物；
- 如果宝宝同时有湿疹，妈妈还要少吃鱼虾等容易过敏的食物；
- 不用总给宝宝把便，这会造成宝宝排便次数更多；
- 尽管边吃边拉，妈妈也不要急着给宝宝更换尿布，因为打开尿布，宝宝腹部受凉，肠蠕动可能会更强。

0408 越治越重的腹泻

新生儿腹泻越治越重，许多情况下不是宝宝病况严重，而是新手爸爸妈妈护理不当。

① 腹泻病因不清，自行使用止泻药，尤其是使用抗菌素。新生儿肠道内生态平衡尚未建立，正常菌群数目少，使用抗菌素后，使生态平衡进一步受到干扰，加重腹泻。

② 药物服用方法不正确，如微生态制剂不能与抗菌素同时服用，必须间隔两小时以上，许多爸爸妈妈不知道这个道理，就给宝宝一同服用，结果治疗效果不佳。

③ 没有注意饮食，有的妈妈看到宝宝腹泻，不敢给宝宝喂奶，减少了喂奶量次。宝宝腹泻头一两天，可以适当拉长喂奶间隔，但不能长时间减少喂奶量次。腹泻已经使宝宝丢失了营养和水电解质，消化功能降低，食欲降低，营养吸收也差。如果再控制奶量，宝宝就会出现营养不良，水电解质紊乱，肠蠕动加快，结果会使腹泻越来越重。

④ 乳糖不耐受，尤其是人工喂养的宝宝更容易出现。按一般的肠炎治疗，不但没有效果，还会越治越重。

0409 越治越重的佝偻病

维生素AD中毒的症状和佝偻病的症状很相似，当出现这些症状时，一般父母想到的多是佝偻病，而忘记了维生素AD过量或中毒，结果就造成了“越治越重的佝偻病”。

预防佝偻病，每日维生素D用量需要200～400国际单位，维生素A 600～1200国际单位。

0410 顽固的鼻塞

不用工具处理鼻塞

新生儿鼻道相对狭窄，血管丰富，容易出现鼻黏膜水肿。新生儿又容易受到外界环境冷热变化的刺激，鼻黏膜血管出现扩张、收缩，渗出增多，这就是人们常说的鼻涕。新生儿不会把鼻涕清理出来，慢慢就会变成鼻痂堵塞鼻道，加重鼻塞的程度。

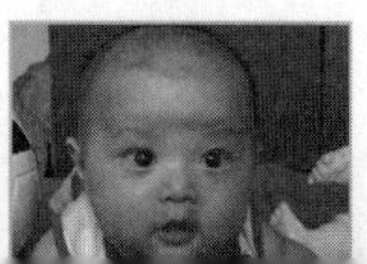

新生儿鼻黏膜水肿，鼻道中看不到有分泌物堵塞。可用湿毛巾热敷宝宝鼻根部，鼻塞可以得到临时缓解。如果有鼻涕，可用柔软的毛巾或纱布，沾湿，捻成布捻，轻轻放入宝宝鼻道，再向相反的方向慢慢转动布捻，边转边向外抽出，就可把鼻涕带出鼻道，这样不会伤着宝宝的鼻腔，比用棉签要安全得多。

如果有鼻痂，最省事的方法是先让宝宝哭闹一会，泪液可浸湿鼻痂，使鼻痂变软，这时再用布捻刺激鼻道，使宝宝打喷嚏，就可能把鼻痂打出来，或打到前鼻孔，再用手轻轻把鼻痂拽出。如果有阻力，就不要硬性往外拽，以免损伤宝宝的鼻黏膜，导致鼻黏膜出血。

鼻塞就是感冒吗?

新生儿鼻塞，并不一定是感冒。新生儿感冒往往不表现为鼻塞，而是精神差，奶量减少，睡眠增多或减少，哭闹不安等非特异症状。

新生儿打喷嚏，也不是感冒。新生儿刚刚来到大自然中，对环境还不适应，外界刺激使鼻黏膜发痒，引发喷嚏。

新生儿鼻塞，打喷嚏，都不一定是感冒，不要贸然服用感冒药。误服感冒药，会造成宝宝鼻黏膜干燥，分泌物减少，对外界微生物的防御能力进一步下降，微生物趁势侵袭，引发新生儿呼吸道感染。

如何处理“泥膏体质”的鼻塞?

新生儿眉弓、脸颊上有小红疹，或眉弓上有像头皮一样的东西，这属于“泥膏体质”，也称“渗出体质”。这种体质的新生儿一般较胖，经常腹泻，而且特别容易鼻塞。这种鼻塞多有家族遗传倾向。

解决的办法是室内空气新鲜，湿度、温度适宜，让宝宝逐步适应自然环境，接受新鲜空气，减少室内尘埃密度，每天用软布做成捻子，轻轻捻动带出鼻内分泌物。有鼻黏膜水肿的宝宝，清理鼻道一时也不能改变鼻塞症状，爸爸妈妈不要着急，消除水肿是个自然过程，一般不超过1个月，不必抱着宝宝到医院“走过场”。

0411 新生儿腹胀

新生儿肠神经节发育不完善，受到外界因素影响很容易出现腹胀，比如母乳喂养的妈妈，吃的过于油腻了，导致新生儿消化不良，或新生儿腹部受凉了等等。一旦出现腹胀，妈妈可以用小暖水袋为宝宝捂一下，但要注意不要烫着宝宝。

0412 出气呼噜呼噜的，喉咙中总有痰

新生儿没有清理呼吸道的能力，分泌物积留在咽喉部，出气呼噜呼噜的，好像喉咙中有很多痰，妈妈多以为是宝宝感冒了，甚至怀疑患了气管炎、肺炎。

如果新生儿其他方面都正常，只是喉咙中有痰，不要紧的，这是新生儿正常的状态。如果分泌物过多，可以帮助清理一下，简便的办法是轻轻拍背。

妈妈用胳膊托住宝宝的胸部，让宝宝向前稍微倾斜，另一只手成空拳状，轻轻拍打宝宝背部，等分泌物移到咽部并咳入口腔时，妈妈用套有纱布的手指，把分泌物清理出来；如果宝宝把分泌物咽到消化道中，可能引发呕吐，这是排出痰液的正常办法，妈妈不必紧张。另外，妈妈应适当给宝宝补充水分，稀释呼吸道中的分泌物，使其容易排出。

0413 顽固的耳后湿疹

新生儿一般都是仰卧位睡眠，耳后透气不好。如果室温又比较高，新生儿头部出汗，耳后潮湿，再加上溢乳流到耳后，这些情况都会引起新生儿发生耳后湿疹，而且比较顽固。但只要消除睡眠姿势、室温、溢乳等诱因，新生儿耳后湿疹还是很容易根治的。

0414 新生儿臀红

新生儿臀红是新生儿护理中最常见的问题。

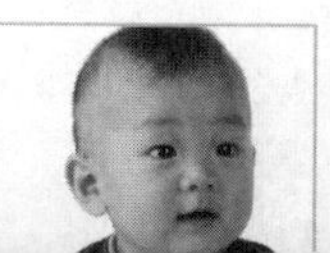

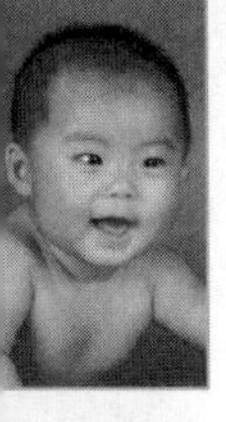

新生儿尿便次数多，臀部长时间受尿液浸泡，便后不用清水冲洗臀部，尿布透气性能差，这些都会造成并加重臀红。

臀红会造成局部皮肤破损，细菌侵入皮下，引起肛周脓肿，排便困难。预防臀红的办法是，宝宝大便后，及时用清水冲洗臀部；使用透气性能好的尿布，不能铺塑料布；掌握宝宝排便规律，及时更换尿布。一旦发现臀红，每次为宝宝冲洗臀部后，用鞣酸软膏涂抹，这样就不易被尿液浸泡。不要使用婴儿粉。

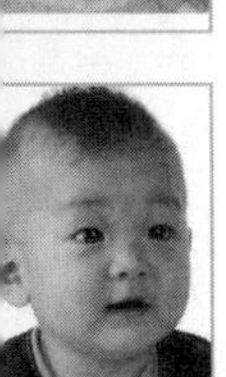

第二章　1～2月婴儿（29～59天）

第一节　满月婴儿特点

0415 满月婴儿的表征

外貌

这个月的婴儿脱离了新生儿期，逐渐适应了自然环境，更加招人喜爱，皮肤变得光亮，白嫩，弹性增加，皮下脂肪增厚，胎毛、胎脂减少，头形滚圆。

活动

觉醒时间延长，吃奶量增加，吸吮力增强，四肢动作幅度增大，次数增多，表情更加丰富。尿次数减少，大便变得有规律，吃奶次数减少，后半夜可持续睡六个小时以上。

交流

对妈妈的依赖性增加，喜欢让妈妈爸爸抱着睡眠，哭的声音越来越大，但次数减少。有时即使是到了吃奶时间，也不哭，只是用小嘴到处找奶头，或嘴不停地空吸吮，或望着妈妈吭吭，是哭的表情，但并不大声哭，哭时可有眼泪流出。把宝宝抱在怀中，很容易把奶头放入宝宝嘴中。每次吸吮时间逐渐缩短，吃奶间隔时间逐渐延长。对白天黑夜有了初步感觉，白天觉醒时间逐渐延长，尤其在上午八九点钟时，宝宝可有一段较长时间觉醒，这时可和宝宝交流，给宝宝做操，对宝宝进行智力开发。

第二节　满月婴儿生长发育规律

0416 体重跳跃性增长

增加幅度

出生前半年的宝宝，体重增长较快，尤其是一个月到两个月的宝宝，体重增长更快，平均可增加1200克。人工喂养的宝宝体重增长更快，可增加1500克，甚至更高。但体重增加程度存在着显著的个体差异。有的这一个月仅增长500克，这也不能认为是不正常的，宝宝的增长并不是很均衡的，这个月长得慢，下个月也许会出现快速增长，呈阶梯性或跳跃性。如果您的宝宝在一个时期增长有些慢，不要过于着急，只要排除疾病所致，到了下一个月就会出现补长现象。

考虑“认为误差”

在测量宝宝体重时，要注意“认为误差”，如体重秤本身误差，宝宝穿衣多寡造成的误差，宝宝吃奶前后体重误差，吃多吃少的误差，排尿便前后体重的误差，不同季节导致的误差，如夏季宝宝体内水分蒸发快，体重轻，春秋冬季水分蒸发少，体重相对重。经常会有这样的问题困绕着父母，认为宝宝体重增长不理想，照书上的标准少了半斤八两。不用说个体有差异，就是秤量本身也会有误差的。

体重增加值

平均每周可增长200～300克。一月平均可增加500～1000克。

0417 这个月身高不受遗传影响

这个月宝宝身高增长也是比较快的，一个月可长3～4厘米。这个月宝宝身高增长不受遗传影响。身高测量和体重测量一样，要标准，开始最好请专业人员指导，避免自己测量造成误差。身高增长也存在着个体差异，但不像体重那样显著，差异比较小。如果身高增长明显落后于平均值，要及时看医生。

0418 头围：大脑发育的直接象征

要掌握正确的测量方法，避免造成误差，带来烦恼。最好开始由医生来测量，父母观看，并对照正规测量方法，注意识别。如果认为医生测量方法不标准，数值不准确，那就提出来，重新测量。只有测量值可靠，进一步分析才有意义。

这个月宝宝头围可达36厘米。前半年头围平均月增长2厘米，但每月实际增长并不是平均的。所以，只要头围在逐渐增长，即使某个月增长稍微少了，也不必着急，要看总的趋势。总的趋势呈增长势头就是正常的，并不是这个月必须增长3～4厘米。经常会遇到父母为了宝宝头围比正常平均值差0.5厘米，甚至是0.3厘米而焦急万分，这是没有必要的。

脑积水时头围增长过速，超过正常很多，但不是超过一点就要考虑脑积水。在临床工作中常遇到这样的父母，因为宝宝头围大，极力要求做进一步检查，做B超还不放心，还要做脑CT，甚至脑核磁共振。小题大做，不但经济上遭受损失，宝宝还过多地接受了有害放射线照射。

0419 触摸前囟不会变哑巴

有一种说法，认为前囟是宝宝的命门，不能触摸，触摸了，宝宝会变成哑巴。这种说法没有任何科学依据。但前囟是没有颅骨的地方，一定要注意保护，无必要时，不要触摸宝宝的前囟，更不能用硬的东西磕碰前囟。宝宝的前囟会出现跳动，这是正常的，宝宝的前囟一般是与颅骨齐平的，如果过于突出或过于凹陷都是异常。过于隆起可能是有颅压增高，过于凹陷，可能是脱水。

这个月宝宝的前囟大小与新生儿期没有太大区别，对边连线是1.5～2.0厘米左右，每个宝宝前囟大小也存在着个体差异，如果不大于3.0厘米，不小于1.0厘米都是正常的。

第三节 满月婴儿的营养需求

0420 营养标准

这个月婴儿每日所需的热量仍然是每千克体重100～110千卡，如果每日摄取的热量超过120千卡，就有可能发胖。

母乳喂养的宝宝，由于不好弄清到底吃了多少母乳，难以计算每日所摄入的热量数，可以通过每周测量体重。如果每周体重增长都超过200克以上，就有可能是摄入热量过多；如果每周体重增长低于100克，就有可能是摄入热量不足。

这个月的宝宝可以完全靠母乳摄取所需的营养，不需要添加辅助食品。如果母乳不足（一定不要轻易认为母乳不足），可添加牛乳，不需要补充任何营养品。

第四节 这个月婴儿喂养方法

0421 母乳喂养

进入良性喂养阶段

宝宝吸吮能力增强了，吸吮速度加快，吸吮

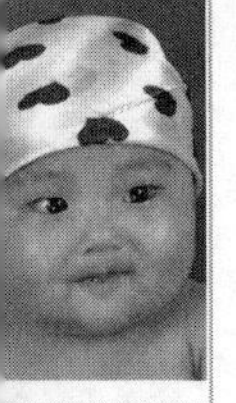
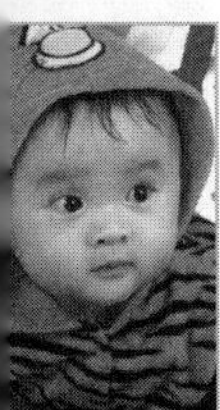
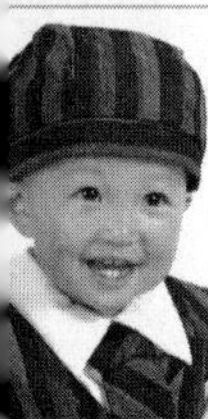
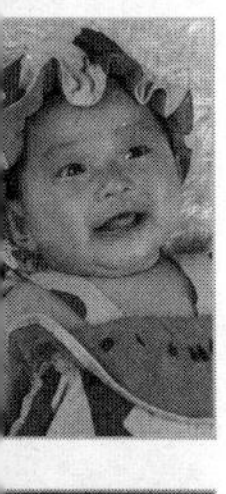
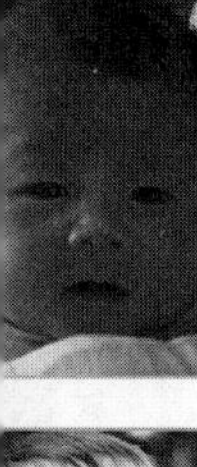
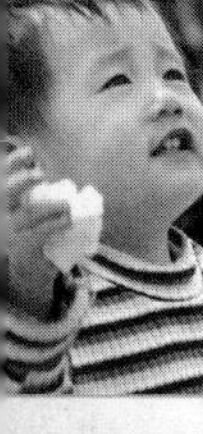
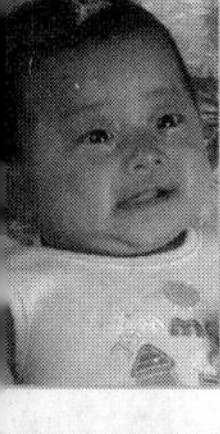
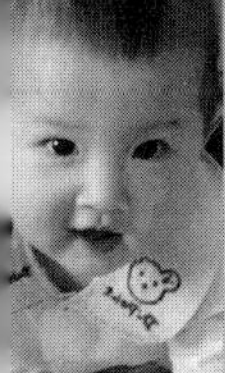

一下所吸入的乳量也增加了，吃奶时间自然就缩短了。这时妈妈往往认为奶少了，不够宝宝吃了，这是多余的担心。这个月的宝宝比新生儿更加知道饱饿，吃不饱就不会满意地入睡，即使一时睡着了，也很快就会醒来要奶吃的。

防止混合喂养儿的产生

妈妈不要总担心奶量不够，削弱纯母乳喂养的信心。混合喂养儿往往就是在这个月产生的。妈妈认为奶量不足了，就给宝宝添加牛乳；橡皮奶头孔大，吸吮省力，而奶粉又比母乳甜，结果宝宝就喜欢上了奶粉，不再喜欢母乳了。因为添加了牛乳，下次吸吮母乳时间就会缩短，吃的奶量也会减少。母乳是越刺激奶量越多，如果每次都有吸不净的奶，就会使乳汁分泌量逐渐减少，最终成了母乳不足，人为地造成了混合喂养。

妈妈应该知道，4个月以内的宝宝，最好是纯母乳喂养。混合喂养是几种喂养方式中最不好掌握的，要尽量避免。当您认为您的宝宝吃不饱，要添加牛乳时，要向儿科医生咨询，请医生判断是否真的吃不饱。当然，要向有责任心的医生询问，如果您认为这位医生的判断不令您信服，要再向另一位医生请教，不要轻易放弃纯母乳喂养。

生理溢乳与疾病呕吐的快速鉴别

这个月的宝宝吸吮力增强了，但胃容量并没有显著增加，加上活动能力增加，觉醒时间延长，发生溢乳就很正常了。新生儿期就有溢乳的，本月可能会更加严重，或溢乳的次数可能减少但溢乳的量可能会增加，而且会出现大口的漾奶。妈妈往往认为是宝宝有病了，抱到医院看医生，诊断是生理性溢乳。

生理性溢乳的宝宝，吐奶前，宝宝没有异常表现，突然漾出一口奶，可以是刚刚吃进去的奶液，也可以是成豆腐脑样的奶块，但不会混有黄绿色的胆汁样物。吐后宝宝一切正常，精神好，照样吃奶。即使每天都漾奶，宝宝不但不瘦，还比较胖，生长发育也正常。

疾病所致的吐奶，吐奶前宝宝往往有痛苦表情，或哭闹，或来回来去地翻腾，挣劲，脸可能会憋得发红。有时会伴有腹泻，发热，腹胀等异常表现。

面对夜哭郎

这个月，有些宝宝可能要成为“夜哭郎”了。遇到这种情况，首先要排除是否患有疾病或喂养不足。如果不是，不管是对母亲的依赖，还是黑白颠倒，都要帮助宝宝克服，逐渐改变这种情况，不能让宝宝哭个没完。

有一种说法，主张不要哄这样的宝宝，会惯坏了，让宝宝尽情地哭，让他自己哭够，哭累，就自然会纠正过来了。

这是不对的。宝宝有情感，妈妈如果这样无情地对待哭夜的宝宝，不但不能够纠正哭夜，还可能会改变宝宝的性格，使宝宝变得孤僻，易怒。不能过分哄，也不能撒手不管，要用母爱和父爱来安慰宝宝。这样不但可以改变夜哭的习惯，还能塑造宝宝的性格。提高宝宝的情商，从新生儿期就应该开始。

乳头保护

乳头皲裂仍可能发生。本月婴儿吸吮力增强，对乳头吸力增大，而这时妈妈却放松了对乳头的保护，结果再次发生乳头皲裂。因此，每次喂奶后，还要在乳头上涂一点奶液，晾干后再放下胸罩。胸罩不要过紧，以免对乳头过分摩擦。乳腺炎发生率降低了，但仍然有罹患的可能，要及时处理乳核。乳房疼痛要及时看医生。如发热，仍然要首先考虑是否患了乳腺炎，而不要仅仅认为是感冒。

本月婴儿可能会出现吃奶不安心的现象，吃吃停停是常有的事，妈妈要有耐心喂哺。婴儿对外界事物感觉能力增强了，听到声音会停止吃奶，对周围的事情越来越感兴趣了，不再会百分之百地把注意力集中在吃奶上。有时突然听到声响，宝宝会迅速把头掉转过来，还没有来得急吐出奶头，结果把妈妈的奶头拽得很长，妈妈会感觉到乳头疼痛。所以，喂奶时要注意固定好宝宝的头部，不要让宝宝头部架空，要把宝宝的头放在臂窝内，用前臂稍微挡住宝宝的后枕部，使得宝宝突然回头时，幅度不会太大，不会伤及乳头。

按需哺乳

这个月的婴儿，基本可以一次完成吃奶，吃奶间隔时间也延长了，一般2.5～3小时一次，一天八九次。但并不是所有的宝宝都这样，2个小时吃一次也是正常的，4个小时不吃奶也不是异常的，一天吃5次或一天吃10次，也不能认为是不正常。但如果一天吃奶次数少于5次，或大于10次，要向医生询问或请医生判断是否是异常情况。晚上还要吃4次奶也不能认为是闹夜，可以试着后半夜停一次奶，如果不行，就每天向后延长，从几分钟到几小时，不要急于求成，要耐心。

尿便问题：对付直肠子

这个月的宝宝是直肠子，一吃就拉。把尿布换得干干净净，抱起来吃奶，还没吃几口，就听到拉了。妈妈有时会认为宝宝不正常，就给宝宝吃药，或者马上给宝宝更换尿布。遇到这种情况，妈妈不要急于换尿布，中断喂奶是不好的，等到宝宝吃完奶再换。如果睡着了，就先不要换尿布，如果没有睡着，等到拍嗝后再换（如果有溢乳习惯就不要换了）。这样的宝宝容易发生尿布疹，可在清洗臀部后，涂抹一些鞣酸软膏，防止臀红。

这个月的宝宝，尿的次数减少了。新生儿期可能十几分钟就尿一次，现在，就会每次醒后排尿。虽然排尿次数减少，但总的尿量没有减少，甚至增加。

纯母乳喂养的宝宝，大便次数仍然和新生儿时期差不多，有时甚至比新生儿时期次数还多，一般6次以下就不算异常，极个别宝宝会一天排大便10余次，甚至每块尿布上都有一点大便，比尿还勤，这也不一定是异常的。如果大便性质好，小儿生长发育正常，不需要吃药；如果大便性质不好，大便带水，或突然大便次数增加，要看医生，是否有乳糖不耐受或其他问题。

0422 混合喂养

混合喂养的原则：一顿不允许母乳牛乳混合喂

混合喂养最重要的一点是不要一顿既吃母乳，又吃牛乳，这样是不好的。一顿喂母乳就全部喂母乳，即使没吃饱，也不要马上喂牛乳，可以提前下一次喂奶时间。如果上一顿没有喂饱母乳，下一顿一定要喂牛乳；如果上一顿宝宝吃得很饱，到下一顿喂奶时间了，感觉到您的乳房很胀，挤一下奶，也比较多，这顿就仍然喂母乳。这是因为，母乳不能攒，如果奶受憋了，就会减少乳汁的分泌，母乳是吃得越空，分泌得越多。所以，不要攒母乳，有了就喂，慢慢或许会够宝宝吃了，不再需要添加牛乳，因为这个月的宝宝仍然是以母乳为最佳食物，不要放弃。

不要放弃母乳！

混合喂养最容易发生的情况是放弃母乳喂养，母乳少，宝宝吸吮困难。牛乳因为含有较多的糖分，宝宝喜欢吃；人工乳头孔大，吸吮省力，宝宝也喜欢；妈妈乳汁少，吃完没多长时间，就又要奶吃，影响宝宝睡眠，妈妈也疲劳，干脆停掉母乳，喂奶粉算了。有的宝宝母乳吃不饱，可就是依赖母乳，不吃牛乳。遇到这种情况，有的医生就会劝父母停喂母乳，以断宝宝对母乳的依赖，没有母乳了，只好吃牛奶了。

我很反对这样做，母乳是婴儿最佳的食品，我们没有权利剥夺宝宝吃母乳的权利。应该劝导妈妈，让妈妈下决心用母乳喂养宝宝。刚刚产后一个多月，还不满两个月，怎么就失去信心了呢？有的产妇奶下得就是晚，随着产后身体的恢复，乳量可能会不断增加，如果放弃了，就等于放弃了宝宝吃母乳的希望。母乳喂养，不单单对母婴身体健康，还对心理健康有极大的益处，母乳喂养可以使宝宝获得极大的母爱。不要遇到挫折就气馁，希望妈妈自信，您能够用自己的乳汁哺育您的可爱的宝宝。只有当了母亲，女人才变得坚强，这是母爱的力量。

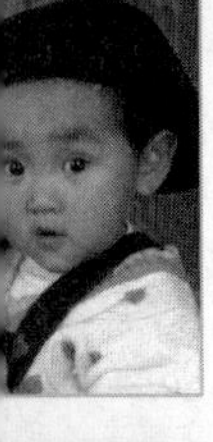

0423 人工喂养

人工喂养标准

满月以后就可以喂全奶了，不再需要稀释。每次喂奶量也开始增加，可从每次50毫升增加到80～120毫升。到底应该吃多少，每个宝宝都有个体差异，不能完全生搬硬套，如果完全按照书本上的推荐量，有的宝宝就会吃不饱，有的宝宝可能会由于吃得太多造成积食，可能会引起厌食。因此，要根据您宝宝的需要来决定喂奶量，妈妈完全可以凭借对宝宝细心观察摸索出宝宝的奶量。

如果您没有把握，就以此为准：只要宝宝吃就喂，宝宝不吃了，就停止。不要反复往宝宝嘴里塞乳头，已经把奶头吐出来了，就证明宝宝吃饱了，就不要再给宝宝吃了。尽管每本育儿书上都给出每日所需奶量，甚至精确到每个营养成分，但落实到每个宝宝身上，应该吃多少，只有宝宝自己知道。即使是权威的育儿专家也不会让妈妈完全按照他所推荐的量去喂养，而以宝宝正常发育为标准，宝宝最有权利决定自己吃多少。

奶粉品牌选择：成分不如质量重要

无论什么品牌的奶粉，其基本原料都是牛奶，只是添加一些维生素、矿物质、微量元素，其含量不同，有所偏重，但都要按照国家统一的奶制品标准加工制作。有的奶粉中含铁较多，有的含钙较多，有的含脂肪较多，有的含蛋白质较多，有的含微量元素较多，但都是牛奶，没有本质区别。

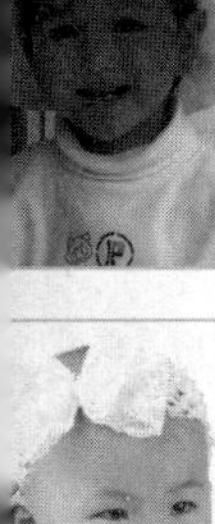

所以，只要是国家批准的正规厂家生产，正规渠道经销的奶粉，适合这个月的宝宝，都可以选用。选用时要看是否标有生产日期，有效期，保存方法，厂家地址，电话，奶粉成分及含量，所释放的热量，调配方法等，最好选择知名品牌、销售量大的奶粉。一旦选择了一种品牌的奶粉，没有特殊情况，不要轻易更换奶粉种类，如果频繁更换，就会导致消化功能紊乱和喂哺困难。吃惯了一种奶粉，如果突然更换宝宝可能会拒绝。

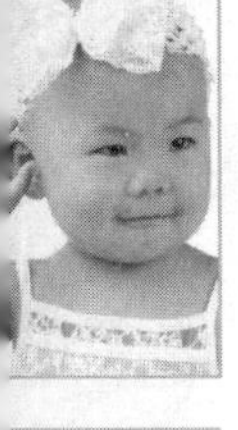

奶具消毒

出了满月，宝宝对细菌的抵抗力仍然较弱，仍然要注意奶具的消毒。尤其是夏季，更要格外注意。

第五节 如何护理满月的婴儿

0424 衣服被褥床品质第一

宝宝服

出了满月，可以给宝宝穿一身宝宝服了，要纯棉、质地柔软、宽松、脚脖子、手腕部不是紧口的衣服，最好不要带纽扣。带纽扣的衣服，穿脱麻烦，纽扣还有异物危险。

衣领最好选择和尚服式的领子，不要太紧，婴儿脖子短，充分暴露脖子是很重要的，不但利于宝宝呼吸通畅，还可避免颈部湿疹和皮肤糜烂。

不要穿连脚裤，如果亲朋好友送的是连脚裤，要把连脚剪掉，缝制成普通裤子样再给宝宝穿。裤子开裆要大，如果过小，要剪开，前面要暴露到耻骨联合处，后面要把整个臀部暴露出来，两裤腿开口达膝盖上约一厘米，如果开口太小，会影响换尿布，也容易尿湿，更重要的是可能会勒宝宝的皮肤，造成皮肤损伤。

可以穿宽松的棉质小袜子，袜口不要过紧，一定不要勒着宝宝脚脖子，如果过紧，会影响脚的血液循环，这是很危险的。穿袜子前，要翻过来仔细检查一下，看是否有线头，如果有线头要剪掉，线头会缠在宝宝的脚趾上，引起脚趾坏死，这不是耸人听闻，在临床中遇到过这种病例，一旦发生后果是不堪设想的。不但穿袜子要注意这一点，穿所有的衣物都要注意这一点。

给小婴儿买衣物，一定要注意质量。不能只看样式，价钱，最重要的是看质量，包括质地，做工等。

床上不要小毛毯

许多父母给宝宝盖颜色鲜艳、花色漂亮的小毛毯。但观察其质地，大多数是睛纶制品，甚至有的就是化纤制品，纯毛的很少。无论是纯毛的还是睛纶的，给小婴儿盖都不适宜。小毛毯上的毛会不断脱落下来，可能会吸入宝宝的咽部，刺激呼吸道黏膜，引起过敏反应；大的飞毛就会成为异物，吸到宝宝的气道中。给宝宝盖纯棉的小被子，这看起来比较落后，但对宝宝有好处。

出了满月的宝宝活动增加，不要盖得太多，一定不要限制宝宝四肢的活动，只盖上被子就行了，不要包裹宝宝。包裹后会影响宝宝肢体运动，会阻碍宝宝运动能力发展。这个时期的宝宝可能会出现不很严重的踢被子现象，这不要紧，可以把宝宝的小脚丫露在外面，就不会把被子踢下去了。脚上穿上一双厚一点的袜子就不会着凉了，踢被子也是锻炼腿力的一种方式。

婴儿床

可以让宝宝自己睡一张小床，但一定要放在妈妈大床旁边，和妈妈床之间不要设置屏障，要随时能够把宝宝抱起来。尤其是夜间，当宝宝发生溢乳或呛奶时能够立即处理，否则会发生意想不到的危险。这个月的宝宝可能会翻身，一定不要让宝宝单独呆着，尤其是觉醒状态时，注意避免宝宝的头或肢体卡在小床栏杆内。

0425 即使冬季也要每天洗澡

每天给宝宝洗澡

这个月的宝宝，可以不一部分一部分地洗了，可以把宝宝完全放在浴盆中，但要注意水的深度不要超过宝宝的腹部，水的温度要保持在37.5～38℃。如果没有水温计，妈妈可以用手腕部或手背部试一下，感到热，但不烫，感到不凉或温水就说明水温不够。不要让爸爸试，爸爸皮肤较厚，往往把水温定得偏低。

洗澡时间不要太长，一般不要超过15分钟，以5～10分钟最佳。不要每次都使用洗发剂，一周使用2～3次就可以。更不要使用香皂，一周使用一次婴儿浴液就可以，一定要用清水把浴液冲洗干净。

冬季如果条件允许，最好每天都洗澡，夏季一天要洗2～3次。上午正式洗一次，下午和晚上大人睡觉前简单冲一下就可以。如果天气炎热，宝宝出汗较多，随时可以给宝宝冲凉。至少要给宝宝皮肤皱褶处洗一洗。

保护脐、眼、耳

仍然要注意不要把水弄到耳朵里。这时宝宝的肚脐已经长好了，不必担心感染，但如果脐凹过深，也要把脐凹内的水沾干。不要把洗发剂弄到宝宝的眼睛里去。洗澡时一定不要有对流风。洗后，要用干爽的浴巾包裹，用干爽的毛巾把头包裹上，等待干后再穿衣服，不要用毛巾擦身上的水后马上穿衣服，这样容易使宝宝受凉。

10分钟后喂奶

洗澡后给宝宝喂一点白开水，不要马上喂奶，这对消化有好处。洗澡时，宝宝外周血管扩张，内脏血液供应相对减少，这时马上喂奶，会使血液马上向胃肠道转移，使皮肤血液减少，皮肤温度下降，宝宝会有冷感，甚至发抖，而消化道也不能马上有充足的血液供应，会因此影响消化功能。最好等洗澡后10分钟再开始喂奶。

0426 戒烟与湿度

这个月的宝宝对环境的要求仍然比较严格，室内温度不能忽高忽低，夏季保持在28℃左右，冬季保持在18℃左右，春秋自然温度就可以了。可以长时间开窗户，但不要有对流风。冬季开窗户时，要把宝宝抱到其他室内。

爸爸戒烟的理由

爸爸不要在室内吸烟，妈妈最好以此为契机，劝导丈夫戒烟。为了下一代，爸爸戒烟是别无选择的。厨房做饭时要把门关紧，不要让油烟进入婴儿房内，以免刺激宝宝呼吸道黏膜，埋下婴幼儿哮喘的隐患。妈妈爸爸都很注意空气污染问题，却不注意自己可以控制的小环境，这是妈妈爸爸的最大过错，小环境对小婴儿的影响要远

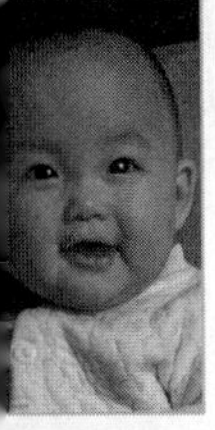

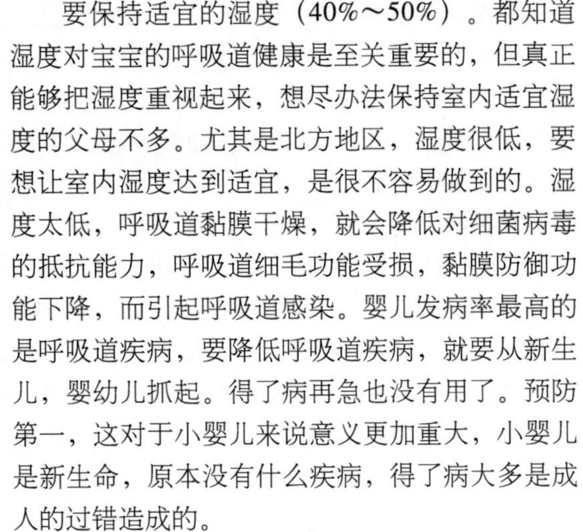

远超过大环境。

湿度降低宝宝患呼吸道疾病的概率增加

要保持适宜的湿度（40%～50%）。都知道湿度对宝宝的呼吸道健康是至关重要的，但真正能够把湿度重视起来，想尽办法保持室内适宜湿度的父母不多。尤其是北方地区，湿度很低，要想让室内湿度达到适宜，是很不容易做到的。湿度太低，呼吸道黏膜干燥，就会降低对细菌病毒的抵抗能力，呼吸道细毛功能受损，黏膜防御功能下降，而引起呼吸道感染。婴儿发病率最高的是呼吸道疾病，要降低呼吸道疾病，就要从新生儿，婴幼儿抓起。得了病再急也没有用了。预防第一，这对于小婴儿来说意义更加重大，小婴儿是新生命，原本没有什么疾病，得了病大多是成人的过错造成的。

0427 尿便管理

随意大小便，男婴可以接尿

一个月以上的宝宝，仍然是随意大小便，训练大小便还为时太早，没有必要为此投入精力，这时是无效的。即使有些效果，也不能持久，可能会很快倒退回去，使您丧失了继续训练的信心。所以，不提倡过早训练宝宝的大小便。

尽管宝宝不能控制大小便，但和新生儿期相比，这个月的宝宝小便次数有所减少，比较成泡了。如果使用尿布，不再是每天彩旗飘飘，比较有规律了，大多数是在醒后排尿，男婴可以看到阴茎立起来时，马上接尿，会成功地把尿接到小罐中。

大便次数呈现个体差异

母乳喂养的宝宝大便次数仍然比较多，但每个宝宝不尽相同，有的可以排6～7次，有的排1～2次，个体差异越来越明显。大便性质，如果是母乳喂养，大便大多呈黏稠的金黄色。可以带奶瓣，也可以呈绿色，但并不能说明是异常的。牛乳喂养的宝宝，大便多呈黄白色，有的也呈黄色。

0428 睡眠问题

醒着的时间长了

这个月的婴儿比新生儿期的睡眠时间有所减少，不再是吃了睡，醒了吃，几乎一天总是在睡眠状态。觉醒的时间越来越长，每天可能睡16～18个小时，后半夜可能会停食一次奶，每天上午八九点钟可能是觉醒时间最长的。不再是每次吃奶后都能入睡。

夜间睡眠问题折磨父母

让父母最头痛的是夜间睡眠问题，白天睡得很好，可一到了晚上，父母劳累了一天，晚上又困又疲劳，可宝宝却精神得很，就是不睡觉。而1～2个月的宝宝，还不会玩耍，对周围的事物缺乏兴趣，看、听能力还比较弱，所以觉醒时哭的时候多，这往往使得新手妈妈爸爸不知所措，其实这是很正常的现象。儿童在觉醒状态下，要玩玩具，让大人讲故事，玩够了，就开始磨人，闹得妈妈心烦意乱，脾气好的父母会哄着宝宝，脾气不好的父母可能会冲宝宝发火，尤其是到了睡觉时间不睡觉就更使父母生气了，小婴儿就只好哭了，半夜三更的，妈妈爸爸哪里有精力逗宝宝玩啊。

尊重宝宝的情感

可妈妈爸爸往往不这样想，多是认为宝宝不正常，向医生咨询，带宝宝看病，补钙（现代的父母对钙的重视程度远远超过了医生），崭新的生命怎么有这么多病！宝宝再小也是一个复杂的生命体，他（她）要适应自然，随着长大还要适应社会，新手妈妈爸爸要能够用心灵去感应宝宝。宝宝也有喜怒哀乐，宝宝这时不想睡了，您就认为宝宝有病，那成人有时不想睡，看一会儿电视，也是有病吗?

如果宝宝夜间睡眠时间短，影响大人休息，大人就要帮助宝宝逐渐改变过来，白天让宝宝少睡，慢慢把觉推移到晚上。白天妈妈要干活，爸爸要上班，就认为宝宝睡觉时间越长越好；晚上父母要休息，宝宝也应该睡觉，不睡就认为是宝宝有病，这对宝宝是很不公平的。对宝宝的爱，

不能仅仅是给宝宝吃饱穿暖，要尊重宝宝的情感，我们不是饲养小动物，是养育人类。不懂得这个道理，原本正常的现象都成了令父母烦恼的问题。

第六节 不同季节护理要点

0429 春季护理要点

北方初春不要把宝宝抱到户外

北方地区初春时节还是不要把宝宝抱到户外。春天是一年中气候变化最无常的季节，初春时，北方人常这样说：春风招人不招水，冰化了，可冷风比冬天还刺骨，可谓是春寒料峭啊。根据我国养育宝宝的习惯，北方地区初春时节还是不要把宝宝抱到户外，这么大的宝宝对自然界的适应能力还比较弱，春末夏初，气候变化小，冷空气少了，风也不那么大了，在天气晴朗的中午可以把宝宝抱到户外20分钟左右，但要在宝宝醒的时候抱出去，不要让强烈的阳光直射到宝宝的眼睛。不要在阴天或风较大时抱宝宝到户外，尤其不要让宝宝迎着风。

南方补充维生素D，避免紫外线伤害

南方地区，初春气候就比较热了，风也相对小，南方的户外比室内更温暖，所以，南方的宝宝很小就在户外活动，时间也比较长。但是南方多阴雨天气，即使户外活动时间长，接受到的紫外线也比较少，也要补充维生素D。高原地区，紫外线照射比较强烈，要注意防护，过强的紫外线对小婴儿是有伤害的，如云南，西藏等地区。春季气候干燥，要保持室内湿度。适当给宝宝补充水分。可以每天喂白开水一两次。妈妈也要多喝些水，对乳汁分泌有利。

病毒细菌感染机会增多

春季万物复苏，微生物开始繁殖增加，病毒细菌感染机会增多，加之气候多变，干燥，呼吸道黏膜功能下降，宝宝容易患呼吸道感染，要注意预防，要注意与患病的儿童隔离。春季开窗时间延长，要避免对流风对宝宝直接吹袭。

换季不换装的通病

春天了，气候转暖，大人都开始换装，这时最常见的是妈妈不敢给宝宝换装，常常遇到这种情况，妈妈穿着春天的服装，可宝宝不但仍然穿着冬季的服装，还裹着冬季的被子。换季不换装是妈妈在护理宝宝中常遇到的，尤其是从冷的季节到热的季节，妈妈总是不舍得给宝宝减衣服；从热的季节到冷的季节，妈妈就急着给宝宝加衣服，妈妈更喜欢“春捂秋不冻”。所以，不需告诉妈妈们不要冻着宝宝，需要的是告诉妈妈们不要热着宝宝，要及时给宝宝换装换铺盖。您感觉热了，宝宝就感觉热了，小婴儿比大人多一层单衣就可以了，到了会跑跳的宝宝，还要比大人少穿一层单衣呢。

0430 夏季护理要点

预防皮肤糜烂

这个月的宝宝，皮下脂肪开始增多，胖胖的，变得越发可爱。有的宝宝连脖子都看不到了，颈部、腋窝、大腿根（腹股沟）、臀部、肘窝、腘窝、耳后、大腿皱褶、胳膊皱褶等处，在炎热的夏季很容易发生糜烂。痱子是护理夏季小婴儿最需要注意的，可能昨天还好好的，今天就糜烂了。小婴儿皮肤非常薄嫩，天气热，有汗，这些地方都不透气，这么大的宝宝开始好动了，就会出现皮肤摩擦，很快就发生了糜烂。所以，夏季一定要设法暴露这些部位，要勤洗。

不用爽身粉或痱子粉

父母都喜欢在这些部位擦爽身粉或痱子粉。一些书上也这样写。我不提倡给小婴儿使用，原因是：

（1）夏季出汗，爽身粉或痱子粉遇湿后，就会贴在婴儿皮肤上，刺激稚嫩的皮肤，皮肤受到刺激后会发生红肿，加速糜烂。

（2）干燥的粉才能起到润滑、减小摩擦的作用，湿粉不但不能起到这个作用，反而会增大摩

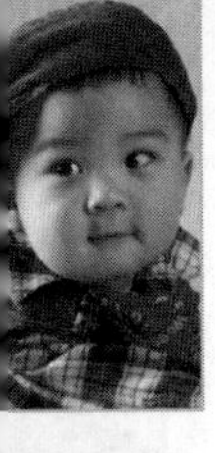

擦，更易磨坏稚嫩的皮肤。

(3) 有的宝宝本身就对爽身粉中的一些成分过敏，会加重对皮肤的刺激。

只盖住胸腹部

环境要通风凉爽，不要给宝宝穿过多的衣服，盖过厚的被子，如果天气很热，只给宝宝穿一件小肚兜就可以，不要盖被子；睡着了，在身上搭一个小薄布单就可以。而且要两头都暴露着，仅搭在胸腹部就可以了。可以睡凉席，最好是草编的凉席，在凉席上铺一层棉质薄布单，最好是白色或浅色的，因为染料对宝宝皮肤有刺激作用。

空调或电风扇如何使用

不要让空调冷风口或电风扇直接对着宝宝，最好是把空调房设在其他房间，婴儿房间接得到空调的调节。无论天气多热，室内温度与室外环境温度之差要小于7℃，如果室外温度不是很高，室内温度最低不要低于24℃。即便使用空调，每天也要定时开窗换气。

妈妈宝宝勤补水

夏季水分丢失比较多，要注意补充水分，乳母要多喝水，宝宝也要适当补充水分，一天至少喂水2次。如果是人工喂养，就更应该补充水分，每天喂水至少4次。夏季气候炎热，宝宝奶量会有所下降，妈妈不要强迫宝宝吃。可适当补充一些新鲜橘子汁。人工喂养儿要注意奶瓶消毒，奶质量检测，严把病从口入关。一旦腹泻，要及时化验大便，如果有感染性腹泻，要在医生指导下治疗，注意口服补液盐的使用，严防脱水。

0431 秋季护理要点

(1) 初秋，天气刚刚凉，小婴儿对外界环境的适应能力和自身调节能力都比较差，要注意防止宝宝受凉，但不要过早添加衣物和被褥。初秋气温还不是很稳定，可能会有一段时间的燥热，如果过早添加了衣服，会使宝宝难以适应突如其来的冬季。

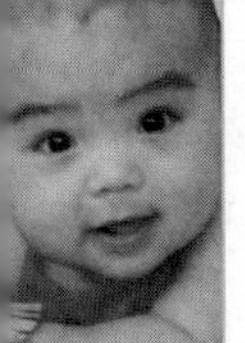

(2) 秋末，冬季就要来临，要注意预防小儿上呼吸道感染，如果这时感冒咳嗽，可能会转成慢性咳嗽，冬季难以护理，如果在这时感冒了，要积极治疗。

(3) 秋末是婴幼儿罹患轮状病毒肠炎高发季节，要注意预防，不要到人多的地方，一旦发现宝宝腹泻，不要认为是一般的腹泻，自行吃些止泻药，要及时找医生治疗；注意电解质和水的补充，口服补液盐的使用是很关键的。

0432 冬季护理要点

呼吸道感染的高发季节

冬季和春初是呼吸道感染的高发季节，尤其要预防肺炎。一两个月的小婴儿一旦患肺炎，多数是喘憋性肺炎。

室内温度过高!

冬季护理宝宝，关键的还不是受凉，关键是把宝宝热着了。冬季里，大多数父母都是门窗紧闭，室内的温度要高出室外温度几十度，温差很大。由于温度过高，致使室内湿度过小，空气不流通，这些问题都是导致婴儿呼吸道黏膜抵抗能力下降的原因。宝宝住的房间和其他房间的温度差异也往往很大，这就使得宝宝间接受凉的机会增加。

大人总是要开门进出的，前厅的冷气会随着开门进入宝宝房间；而这时宝宝由于室内温度高，周身的毛孔都处于开放状态；遇到冷气，毛孔不会像成人那样迅速收缩阻挡冷风的侵袭，一两个月的宝宝调节能力还比较差，对外界的变化不能做出相应的反应，缺乏保护能力；又由于室内空气不新鲜，空气干燥，气管黏膜干燥，清理病毒细菌的能力下降，过多的病毒细菌就会乘虚而入。因此，冬季宝宝患病最主要的不是受凉，新手妈妈爸爸不要只怕宝宝受凉，而忽视了受热。

第七节 这个月婴儿的能力

0433 看的能力

喜欢把头转向有亮光的窗户或灯光

一到两个月的宝宝，视觉已相当敏锐，能够很容易地追随移动的物体，两眼的肌肉已能协调运动，能够追随亮光。妈妈会发现，宝宝总是喜欢把头转向有亮光的窗户或灯光，喜欢看鲜艳的窗帘。两个月以内的婴儿最佳注视距离是15～25厘米，太远或太近，虽然也可以看到，但不能看清楚。

能够记住爸爸妈妈的脸

对看到东西的记忆能力进一步增强，表现在，当看到妈妈爸爸的脸时，会表现出欣喜的表情，眼睛放亮，显得非常兴奋。妈妈爸爸也会送给宝宝爱的眼神，这种对视就是母爱、父爱的体现，宝宝会很幸福，对宝宝身心发育是非常有利的。妈妈爸爸不要以为宝宝小，什么都还不懂，这是错误的观点。

0434 听的能力

新生儿听力已经比较敏锐，这个月的婴儿听觉能力进一步增强，对音乐产生了兴趣。如果妈妈给宝宝放噪音很大的声音，宝宝会烦躁，皱眉头，甚至哭闹。如果播放舒缓悦耳的音乐，宝宝会变得安静，会静静地听，还会把头转向放音的方向。妈妈要充分开发宝宝这种能力，训练听觉。但宝宝毕竟小，对不同分贝的声音辨别能力差，不要播放很复杂，变化较大的音乐。

0435 说的能力

一个多月的宝宝还不能用语言来表达，但已经有表达的意愿。当妈妈爸爸和宝宝说话时，您可能会惊奇的发现，宝宝的小嘴在做说话动作，嘴唇微微向上翘，向前伸，成O形。这就是想模仿妈妈爸爸说话的意愿，妈妈爸爸要想象着宝宝在和你说话，你就像听懂了宝宝的话，和宝宝对话，这就是语言潜能的开发和训练。尽量多和宝宝说话，开发宝宝语言学习能力。

0436 嗅的能力

嗅的能力是一种原始感觉，在人类进化早期曾具有重要的生存、防御危险的价值，随着人类的进化，逐渐削弱。

在胎儿时期嗅觉器官即已成熟，新生儿依靠成熟的嗅觉能力来辨别母亲的奶味，寻找乳头和母亲。小婴儿总是面向着妈妈睡觉，就是嗅觉的作用，他是在闻妈妈的奶香。

0437 体活能力

了解婴儿动作发展的意义

婴儿动作的发展，与神经系统发育和心理、智能发展密切相关。这个月的婴儿不能用言语表达，心理发展的水平主要是通过动作反映出来，只有动作发展成熟了，才能为其他方面的发展打下基础。

婴儿的体活能力是不断提高的，从最原始的无条件反射到复杂技能发展过程，要遵循一定的原则，有严格的内在联系，新手妈妈爸爸要了解宝宝体活能力的发展规律。

这个月婴儿的泛化反应

一两个月的婴儿动作是全身性的，如当妈妈爸爸走近宝宝时，宝宝的反应是全身活动，手足不停地挥舞，面肌也不时地抽动，嘴一张一合的，这就是泛化反应。随着月龄的增大，逐渐发展到分化反应。从全身的乱动逐渐到局部有目的有意义的活动，婴儿动作的发展是从上到下的，即从头到脚发展。

预防婴儿猝死的卧姿

妈妈不在身边时，不要让宝宝俯卧位睡眠，也不要侧卧位，因为侧卧时，宝宝自己可能会变

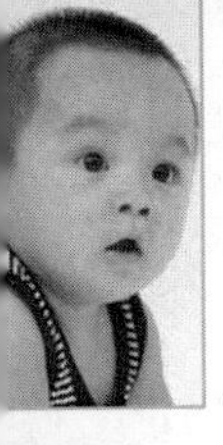

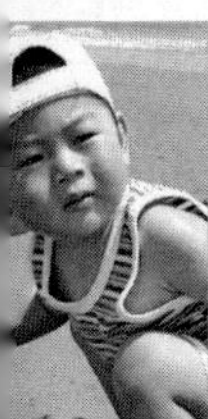
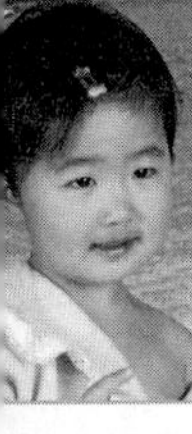
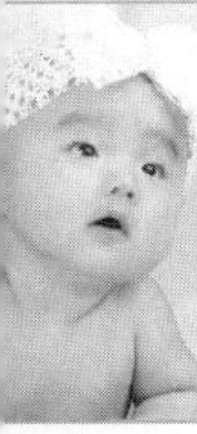
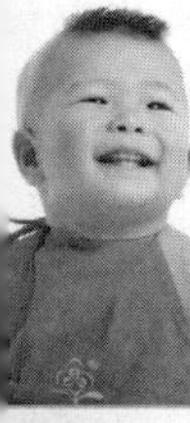

成俯卧位。如果宝宝不能把头偏过去，就会堵塞呼吸道造成婴儿窒息，这也是引发婴儿猝死的原因。

美国医生曾经呼吁让婴儿更多地采取俯卧位，这样有利婴儿大脑发育和促进肺脏功能，但随后发现，俯卧和侧卧可能是使婴儿猝死发生率增高的原因之一，因此认为仰卧还是安全的。

我国一贯主张小婴儿应该采取仰卧位，尽管溢奶时会有呛进气管的危险，但如果妈妈在身边，溢奶后马上把宝宝侧过来，还是来得急的，还是比俯卧安全。

并不是不让这么大的宝宝俯卧或侧卧。当宝宝醒后或喂奶一个小时后，妈妈爸爸可以帮助宝宝做俯卧位锻炼，这对宝宝的脑发育和促进肺功能是很有益处的。可以每天做两三次，每次锻炼几分钟，对于婴儿竖头是很有帮助的。

握拳和吮拳

这个月的宝宝还不能主动把手张开，但会把攥着的小拳头放在嘴边吸吮，甚至放得很深，几乎可以放到嘴里，但不会把指头分开放到嘴里，也就是说这么大的宝宝不是吸手指，是吸拳头，和大宝宝不同，小婴儿攥拳头是把拇指放在四指内，而不是放在四指外，这是小婴儿握拳的特点。

0438 潜能开发和智力训练

记住，宝宝什么都懂

当宝宝醒着时，和宝宝面对面说话，发音口型要准确，既轻柔又清晰，这样不但锻炼了宝宝的听力，也锻炼了宝宝的视力。当宝宝注视着你时，可以慢慢地移动头的位置，设法吸引宝宝的注意力，让宝宝追随你。如果宝宝的视线不能随你移动，可以向宝宝发出声音："妈妈在这里，看看妈妈。"记住，宝宝什么都懂，抱着这样的信念训练宝宝的潜能，是非常重要的，可以收到非常显著的效果，会使你的宝宝进步很快。

不要奢望宝宝超常

不要刻意教宝宝什么能力，就是在和宝宝玩耍交谈，互动游戏中提高宝宝的能力，这是一种方法，要学会这种方法。单纯的教不但会扼杀宝宝的学习兴趣，还会使大人疲劳，不耐烦，甚至训斥宝宝。不要奢望宝宝超常，这是导致教育失败的原因之一，要用一颗平常心对待宝宝，给宝宝最大的快乐，爸爸妈妈也从宝宝那里得到快乐，这是最好的教育方式。

不要按条条框框开发宝宝

宝宝各种能力发展是综合的，不能分离，如果心理发育不健康，会影响智能发育；如果身体发育不健康，会影响能力发展。一些硬性的条条框框对宝宝的个性发展是不利的，都按照开发刘亦婷的模式，也不会都成为刘亦婷那样的宝宝。我并不反对借鉴好的教育模式，但就像长相、身高、胖瘦、脾气性格一样，每个宝宝都不同，只要思想正确，方向把握好，就能很好地开发宝宝。

第八节 这个月婴儿的生理现象

0439 溢乳

溢乳婴儿的喂养

新生儿期的溢乳，可能仅在嘴角流出一点奶液；到了这个月，可能就是吐一大口了。溢乳男婴比女婴多，程度也比女婴重。

如果溢乳比较严重，可以让宝宝把一侧乳房吸净后，另一侧只吸一半；人工喂养儿可以尝试着少冲一些奶。但如果宝宝体重增长慢了，还要把乳量加上去。

这个月的宝宝，每天体重增长约40克左右，一周可增长200克左右。如果每周体重增长低于100克，就说明宝宝不但没有吃过量，还可能由于溢乳过多，影响了热量供应。但生理性溢乳多不影响生长发育，如果生长发育受影响，就要想到是不是病理性溢乳。

溢乳的护理方法

生理性溢乳不需要治疗，每次喂奶后都要竖着抱宝宝拍嗝，让宝宝把吸入的空气排出来。如果不能把吸入的气体拍出来，也不能一直拍下去，可持续竖立抱10～15分钟，也可减少溢乳。无论喂奶后宝宝是否拉尿，都不要给宝宝换尿布，以减少溢乳的可能。醒后不要等宝宝大声哭闹了再抱起宝宝喂奶，那样会增加溢乳的可能。抱宝宝时，动作不要过猛，要把宝宝头部先抬起来，再随后抱起上身、下身。就是说当把宝宝抱起时，宝宝成竖立位，再慢慢把宝宝倾斜喂奶。吃奶时，宝宝头、上身始终要与水平位保持成45度角，这样也会减少宝宝溢乳。

溢乳的药物治疗

特别严重的溢乳，可以使用万分之一的阿托品滴液，开始剂量是喂奶前15分钟滴一滴，逐日增加滴数，每日增加一滴（如第二天是每次喂奶前滴两滴），直到小儿脸部发红，再逐日递减，直至脸红消失。如果滴的过程中溢乳减少或不溢乳了，就不要递增，保持原量，巩固几天停药。使用这种方法一定要经给您宝宝看病的医生同意，在医生指导下使用，最好是住院有护士协助使用，医生观察疗效更安全。切不要自行使用。

0440 哭闹

这个月的宝宝哭闹时候多了，哭声也响亮了。哭不再是消极的，已经有了积极的意义，如总是让他躺着看房顶，会觉得寂寞，就会大声哭，希望妈妈爸爸抱抱她，也让他看看周围的东西。如果这时妈妈怕惯坏宝宝而不去抱他，让他尽情去哭，这是不对的。

宝宝会感到失望，心理发育会受到不良影响，不要认为刚刚一两个月的宝宝哪里会有这样的感受，宝宝有丰富的情感。妈妈爸爸学会诠释宝宝的哭是要经过一段时间的，但能把宝宝的哭理解成宝宝的语言，并与宝宝认真交流，也就可以了。

0441 鼻根部、手足心发黄

这个月如果你给宝宝添加了橘子汁，宝宝手足心、鼻根部会发黄，但眼睛巩膜还是蓝蓝的。不要紧，这不是黄疸，橘子汁可以暂时停止，或减少剂量，很快就没事了。

0442 头部奶痂

整个月子也没有给宝宝洗头；或洗头时，没有间断使用洗头水，或仅仅用清水冲一下，或仅仅用湿毛巾轻轻的沾几下；宝宝是渗出体质，有湿疹，宝宝的头部、眉间可能会有厚厚一层奶痂，颜色发黄。

这不要紧，不要直接往下揭痂，会损伤宝宝的皮肤，要用甘油（开塞露也可以）涂在奶痂上浸泡，等到奶痂变得柔软，轻轻一擦就自行脱落了。不要急于一次弄干净，每天弄一点，慢慢弄净。如果伴有湿疹，可能弄不掉，这也不要紧，随着月龄的增长，会逐渐减轻的。

0443 奶秃

这个月的宝宝会出现脱发现象。出生后本来黑亮浓密的头发变得稀疏发黄了，妈妈总是认为宝宝营养不良了，没有把宝宝喂好，可能是缺乏什么。

这么大宝宝出现脱发是生长过程中的一种生理现象，民间俗称奶秃，随着月龄的增大，开始添加辅食，脱落的头发会重新长出来。另外，胎儿期的头发与母亲孕期的营养有关，出生后与遗传、营养、身体状况等多种因素有关。如果父母一方头发稀或黄，宝宝会逐渐像爸爸或妈妈。

0444 枕秃

大多数父母知道枕秃是缺钙引起的，有的医务人员也这样解释宝宝的枕秃，而实际上，并不是所有的枕秃都是由缺钙引起的。

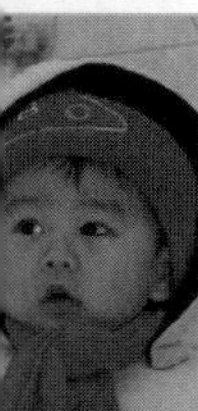

婴儿爱出汗，基本都是仰卧着睡觉，而且一天24小时大多数时间是在枕头上度过的，如果枕头过硬（有的父母为了给宝宝睡头型用黄豆，玉米粒装枕头），宝宝整天在枕头上蹭来蹭去的，就会把枕后的头发磨掉了，现在出现枕秃更多的原因是后一种，由缺钙引起的少见了。父母不要一看到宝宝有枕秃，就盲目给宝宝增加钙的摄入量。

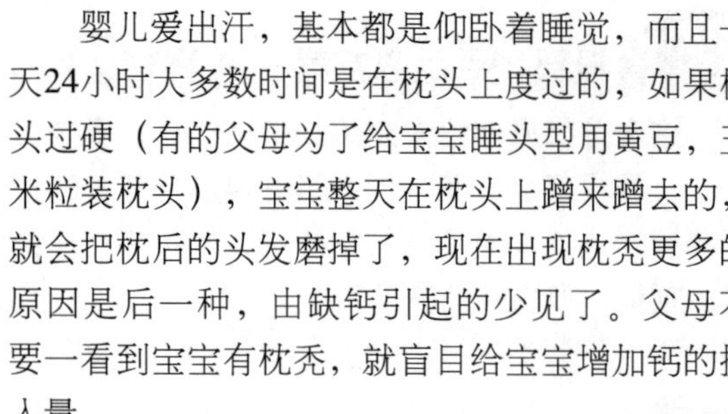
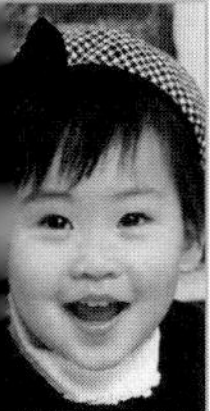

第九节 本月护理热点问题解答

0445 吃奶时间缩短，是奶量减少了，还是有病

新生儿吸吮力弱，胃容量小，睡眠多，妈妈乳量也少，乳头条件还不很好，妈妈也不会舒服地抱宝宝喂奶，吃一会儿，宝宝就会疲劳地入睡，吃奶间隔时间也短。随着宝宝日龄的增加，吸吮力增加，妈妈也会抱着宝宝喂奶了，吸吮速度明显增快，妈妈乳量也比坐月子时充足了，所以，吃奶时间会缩短，间隔时间会延长，这是好现象。

如果是奶少了，宝宝不够吃，可不会像新生儿那样老实，现在他会大声哭闹了。如果宝宝有病了，吸吮力会减弱，会有一些不正常的表现。

0446 小便次数减少了，是缺水吗

新生儿小便次数比较多，几乎每十几分钟就尿，一天更换几十块尿布，也看不到干爽的尿布，打开就是湿的。但随着月龄的增加，宝宝排尿次数会逐渐减少，尿泡却比原来大了，原来垫两层就可以，现在垫三层也会尿透，甚至把褥子都尿湿了。所以并不是缺水了，是宝宝长大了，妈妈应该高兴。

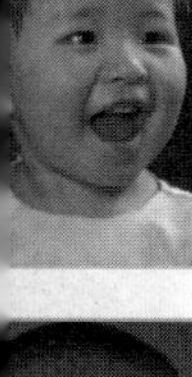

但如果是在夏季，天气热，宝宝不但尿的次数减少了，每次尿量也不多，嘴唇还可能发干，这是缺水了，要注意补充。

0447 比新生儿还容易患臀红

是的，有的宝宝后半夜可能会睡上五六个小时不吃奶，深睡眠时间也延长了，不再是尿了就哭，妈妈也睡得很香，潮湿的尿布浸着宝宝，很容易患臀红。如果是夏天或盖得多，臀红就更加严重。随着母乳量的增加，婴儿大便次数比新生儿期还多，一天可拉六七次，如果不及时更换尿布，更容易出现臀红。

一旦发现臀红要及时处理，每次排大便后用清水洗臀部，涂上鞣酸软膏，是很有效的。如果臀红导致肛周皮肤溃破，细菌会侵入，造成肛周脓肿。肛周脓肿是小婴儿期比较严重的感染性疾病，给宝宝带来很大痛苦，要做脓肿切开引流，如果治疗不及时还会引起肛瘘。

0448 睡眠不踏实，是缺钙吗

随着日龄的增加，睡眠时间减少，听、看、嗅等感知能力增强，对外界刺激更加敏感，如果周围环境不好，宝宝会睡眠不踏实。

这个月的宝宝开始会做梦，做梦时会出现躁动。宝宝的运动能力也增强了，肢体活动增加，睡觉过程中会出现各种各样的动作，但宝宝始终处于睡眠状态，即使哭几声，拍几下很快就入睡了。有时睁开眼看看，如果妈妈在身边，会闭上眼睛接着睡；如果发现妈妈不在身边，会大声哭起来，这时妈妈立即跑过来拍拍，宝宝会马上停止哭闹，很快入睡。如果仍然哭，握住宝宝的小手放到他的腹部，轻轻地摇一摇，宝宝会很快地再次入睡。如果到了吃奶的时间，就只有给宝宝吃奶了。这种情况不是缺钙。

0449 夜哭郎，是惊吓的吗

有的宝宝白天睡得很好，到了晚上开始闹人，睡一会就哭，还非常难哄；有时还越哄越哭，妈妈爸爸精疲力尽。妈妈会觉得自己带宝宝很失败，爸爸白天工作，晚上还不能睡个安稳觉，就抱怨妻子不会哄宝宝。这不是妈妈的错，也不是宝宝的错，有的宝宝就是喜欢晚上哭，也找不出什么原因。

如果确定宝宝没有任何问题，父母首先不要急躁，不要过分哄，不要大声“嗷嗷”抱着宝宝使劲摇晃，在地上不停地走动，夫妻俩相互发脾气。在这种的环境中，宝宝会越哭越厉害，而且程度会与日俱增。

一两个月的宝宝已经能够感觉到妈妈爸爸的语气，对愤怒和抱怨的语气很反感。如果没有异常，只是单纯地闹人，要心平气和地对待哭闹的宝宝，使宝宝平静下来。

0450 大便溏稀、发绿，是患肠炎了吗

大便可能会夹杂着奶瓣或发绿、发稀，这不要紧，不要认为是宝宝消化不良或患肠炎了。大便次数也可能会增加到每日6～7次，这也是正常的。只要宝宝吃得很好，腹部不胀，大便中没有过多的水分或便水分离的现象，就不是异常的。

如果宝宝大便稀少而绿，每次吃奶间隔时间缩短，好像总吃不饱似的，这可能是母乳不足了。但不要轻易添加奶粉，每天在同一时间测体重，记录每天体重增加值。如果每日体重增加少于20克，或一周体重增加少于100克，再试着添加一次奶粉。观察宝宝是否变得安静，距离下次吃奶时间是否延长了，如果是的话，每天添一次奶粉，一周后测体重，如果增加了100克以上，甚至达到150～200克，证明是母乳不足导致大便溏稀、发绿。

如果大便常规检查有异常，医生诊断患有肠炎，再遵医嘱服用药物，不要自行服药，以免破坏肠道内环境，尤其不能乱用抗菌素。

0451 出满月了，妈妈再也不用限制饮食了

母乳喂养儿即使出了满月，妈妈也不能随便吃生冷不易消化的饮食。妈妈如果不注意把住入口关，宝宝就可能会腹泻。在炎热的夏季，妈妈可能喜欢吃冷饮，生蔬菜等，如果在哺乳前吃了，很可能会导致宝宝腹泻。妈妈一定要在喂完奶后吃，等到下次喂奶时，对宝宝的影响就不大了。

0452 终于出满月了，去哪都可以了

顺产妇产后恢复需要42天，剖腹产妇产后恢复需要56天。产妇不要着急，出了满月就逛商店，逛市场，会导致疲劳，子宫恢复还不完全，会导致出血等情况。离开宝宝时间过长，也会影响宝宝哺乳，如果风风火火回到家后马上给宝宝喂奶，会导致宝宝腹泻。

出了满月，可能会带宝宝到奶奶或外婆家里，要注意环境的差别，不要把宝宝弄感冒了。这么大的宝宝呼吸道防御功能差，一旦感冒，很容易发展成肺炎。尽管这时宝宝体内有来自于妈妈身体中的抗体，但总体来说抵抗力还是比较低的。途中不要把宝宝捂得过严，以免导致婴儿蒙被综合征。

0453 用手抓脸，是不是宝宝不舒服

快两个月的宝宝，会用手抓脸了；如果婴儿指甲长，会把脸抓破；即使抓不破，也会抓出一道道红印。老人都喜欢给宝宝缝制一双小手套，用松紧带束上手套口或用绳系上，这样做是很不安全的。如果口束得过紧，会影响宝宝手的血液循环；如果缝制的手套内有线头，可能会缠在宝宝的手指上，使手指出现缺血，严重者出现坏死。

不赞成使用小手套防止宝宝抓脸，这会给宝宝带来不便，试想一下，如果整天给您带个手套，您会感到舒服吗？不管多么柔软的布，对宝宝稚嫩的小脸还是有摩擦的，比小手的摩擦力要大得多。把宝宝的指甲剪得稍微短些，然后再轻轻磨一下，让指甲很圆钝，这样就根本抓不坏脸了。

手在大脑发育中占有很重的位置，手的活动

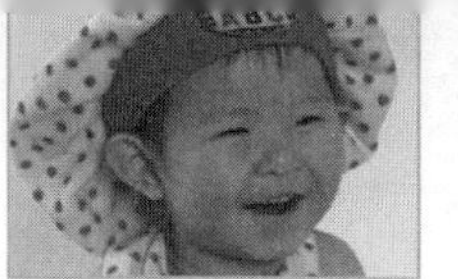 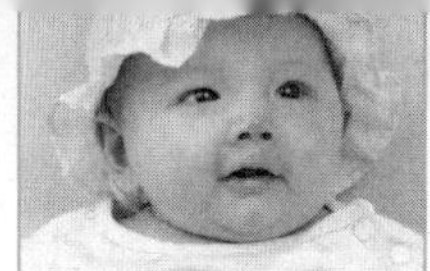 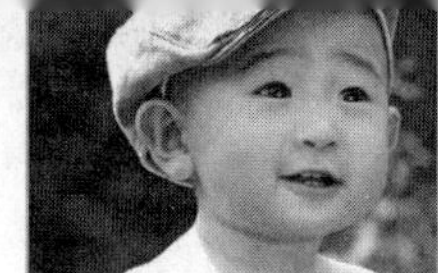  

是宝宝发育中非常关键的能力，如果整天用手套套着，不利于宝宝手运动能力的发展，宝宝就不能看着自己的小手，这样就减少了锻炼的机会，导致运动能力发展迟滞，这会影响智力发育。手的神经肌肉活动可以向脑提供刺激，这是智力发展的源泉之一。

有的妈妈怕宝宝抓脸，就给宝宝穿很长袖子的衣服，这虽避免了发生手指缺血的危险，但同样会影响宝宝手的运动能力，也是不可取的。

0454 这个月婴儿需要免疫接种吗

这个月的婴儿，应该常规接种乙肝疫苗，妈妈不要忘了。

第三章 2～3月婴儿（60～89天）

第一节 本月婴儿特点

0455 外貌

本月婴儿已经完全脱离了新生儿的特点，进入婴儿期。眼睛变得有神了，能够有目的地看东西；皮肤细腻，有光泽，弹性好，脸部皮肤变得干净，奶痂消退，湿疹减轻。也有婴儿湿疹反而加重了，但这不要紧。

0456 体能活动

肢体活动频繁，力量增大，学会了踢被子，让妈妈爸爸无可奈何，盖上后，会迅速踢掉。几乎可以自己竖头了，俯卧位时能够用两前臂把头支撑起来。带把的小玩具放到宝宝手中，能够抓住，但还不会主动张开手指。

0457 情感发展

笑的时候更多，有时会发出“啊、哦、喔”的声音，见到妈妈会很着急，做出积极的响应，并且两上肢上伸，要妈妈抱的样子。吃奶粉的宝宝，见到奶瓶会表现出很兴奋的样子。

对外界的反应更加强烈，喜欢到亮的地方，如果抱到室外，会非常高兴。妈妈爸爸和周围人逗他，会出声地笑，有时会发出一连串的笑声。

对妈妈笑得最多，吃奶时手脚不闲着，把小脚高高地翘起来，小手会摸着妈妈的乳房，吃奶不再那么认真，可能会东张西望的。

0458 个体状态出现差别

有的宝宝比较安静，有的宝宝比较活跃，这与宝宝所处的环境有关，也与宝宝的性格有关。

0459 喂养

白天睡眠时间减少，晚上开始睡长觉；尿的次数会减少，大便次数可能会减少，或出现腹泻，也可能会出现大便干燥，这个时期大便性质不稳定。

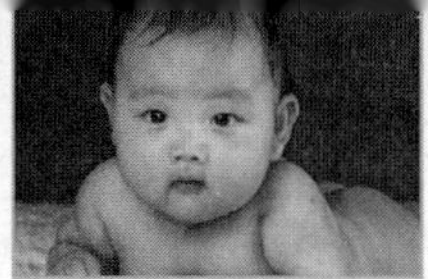

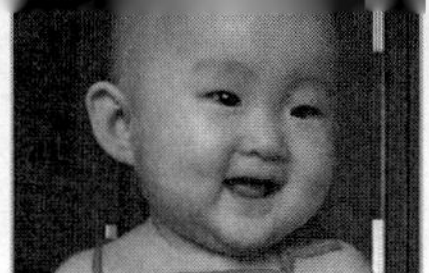
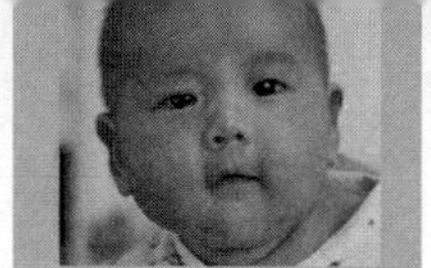

第二节 生长发育规律

0460 身高

身高指标与测量方法

前三个月婴儿身高每月增加约3.5厘米。满两个月的宝宝身高可达57厘米左右，这个月宝宝的身高可增长3.5厘米左右，到了两个月末，身高可达60厘米。

测量身高应取仰卧位，测量起来并不像想象的那么容易。这时的宝宝，对外界刺激比较敏感了，即使是睡着了，你试图把宝宝摆直测量身高，可能会醒过来，或很快就把腿蜷回去，醒着时候就更不好测量。因此，测得的数据往往不是很准确，妈妈就不要为宝宝身高与标准相差一点而焦急了。

正确理解身高

与体重相比，身高受种族、遗传和性别的影响较为明显。宝宝身高与计算的标准值不符合，尤其是低于标准值时，父母往往会焦躁不安，以为是喂养不合适了，宝宝营养不良了等等。要综合分析宝宝身高值的偏差，结合宝宝的种族、父母和直系亲属身高状况，客观理解宝宝的身高水平。

如果按照百分位数表示宝宝身高水平，只有低于第3个百分位数时，才被视为低于正常；只有高于第97个百分位数时，才被视为高于正常。但就算这样，也不能确定是矮小还是高大，要由医生来鉴别，是属于正常的身高变异，还是真的不正常了。

虽然身高是逐渐增长的，但并不一定都是逐日增长的，也会呈现跳跃性。有的宝宝半个月都不见长，但又过了一周，却长了将近三周的水平。生长是个连续的动态过程。因此不要为一次身高测量的绝对值而烦恼，要连续观察宝宝身高的变化。如果手头有儿童身高发育曲线，就给宝宝画一个身高曲线图，如果偏离得很明显，那才需要看医生。

0461 体重

体重与身高相比，受遗传、种族和性别影响比较小，更多的受营养、身体健康状况、疾病等因素影响。因此，体重是衡量婴儿体格发育和营养状况的重要指标。这个月的宝宝，体重可增加0.9～1.25千克，平均体重可增加1千克。这个月应该是婴儿体重增长比较迅速的一个月。平均每天可增长40克，一周可增长250克左右。

在体重增长方面，也不是所有的宝宝都一样有规律地渐进增长，也呈现跳跃性。这两周可能几乎没有怎么长，下两周却快速增长了近200克，宝宝会“补长”。

0462 头围

头颅的大小是以头围来衡量的，头围的增长与脑的发育有关。月龄越小头围增长速度越快，这个月婴儿头围可增长约1.9厘米。头围的增长也有生长曲线图，就是说婴儿头围的增长也是有规律的，呈逐渐递增的上升曲线。

和身高、体重一样，头围的增长也存在着个体差异。到了多大月龄头围应该达到什么值，其值是平均的，并不能完全代表所有的宝宝。有一个范围，那就是用百分位数法表示的头围增长曲线图，如果大于第97百分位线，就是头围增长过快，如果小于第3百分位线，就是头围增长过慢。

0463 前囟

前囟和一个月的婴儿没有多大变化，不会明显缩小，也不会增大，前囟是平坦的，张力不高，可以看到和心跳频率一样的搏动。这是正常的，一般父母不敢触摸宝宝的囟门，也不敢测量囟门的大小。

父母对宝宝囟门的观察只是用眼看，对宝宝囟门的判断往往是不准确的。囟门大小也有个体差异，有的宝宝囟门很小，仅仅1厘米×1厘米，

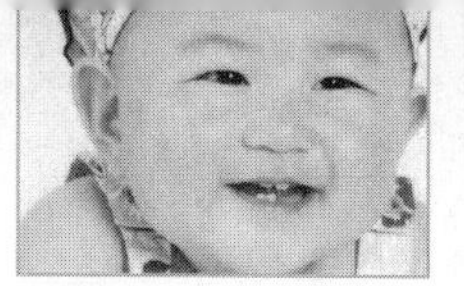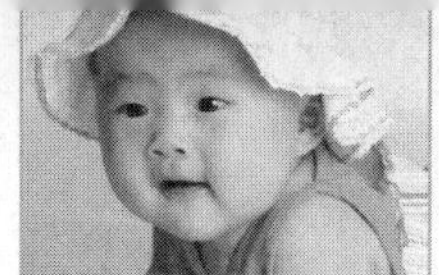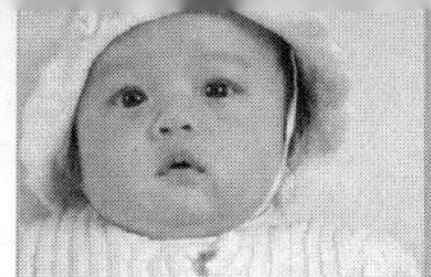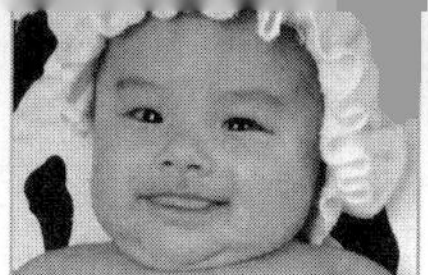

有的囟门就比较大，可达3厘米×3厘米。不能单凭囟门大小判断宝宝就有什么病，如囟门大就是脑积水，佝偻病，囟门小就是小头畸形等。当宝宝腹泻脱水时，前囟可凹陷，当宝宝发热时，前囟可饱满。囟门处没有颅骨，要注意保护。

第三节 能力发展与训练

0464 看的能力

调节视焦距的能力

这个月，婴儿开始按照物体的不同距离来调节视焦距，这是婴儿看的能力的一次质的飞跃。父母要充分利用这一有利时机，锻炼婴儿的视觉能力。当宝宝觉醒时，要通过变化物体的距离，锻炼宝宝调节视焦距的能力。

颜色的偏爱程度依次是：红、黄、绿、橙、蓝

满两个月的婴儿已经能够对某些不同的波长做出区分，到了近三个月，颜色视觉基本功能已经和成人接近了，对颜色的偏爱程度依次是：红、黄、绿、橙、蓝。父母不要认为刚刚两三个月的宝宝对颜色的认识能力还很差，不给宝宝看多彩的图案，这就削弱了宝宝这个时期视觉能力的进一步发展。父母要利用不同的颜色，锻炼宝宝色彩分辨能力。

0465 听力：已经能初步区别音乐的音高

这个时期的婴儿已经能够区分语言和非语言，还能区分不同的语音，对音乐的感知能力也是父母难以想象的，这个月的婴儿已经能初步区别音乐的音高。

父母应该了解宝宝听力发展的规律和具备的能力，父母不要在婴儿面前吵架，这种吵架的语气婴儿能够辨别出来，会表现出厌烦的情绪，对宝宝的情感发育是不利的。多给宝宝听优美的音乐，和宝宝交谈时要用不同的语气、语速，提高宝宝的听力水平。

0466 积极而又简单的发音

两个月的宝宝对说话时的情绪表现似乎有所反应，如果妈妈爸爸用严厉怒斥的语气和宝宝说话，宝宝会哭；用和蔼亲切的语音和宝宝说话，宝宝会笑，四肢还会愉快地舞动，露出欢快的神情。

两三个月是婴儿简单发音阶段。婴儿出生后第一声啼哭，就是最早的发音，满月后的哭就是在和别人交流了，但都属于“说”的消极状态。

到了这个月，婴儿开始有了积极要“说”的表示，妈妈可以听到婴儿舒服、高兴时的发音，如阿、哦、噢等。婴儿越高兴，发音就越多。给宝宝创造舒适的环境，宝宝就会不断练习发音，这是语言学习的开始。语言的发育不是孤立的，听、看、闻、摸、运动等能力都是相互联系互为因果的，要综合训练宝宝说话的能力。

0467 能嗅到刺激性气味

这个月的婴儿，嗅到有特殊刺激性的气味时，会有受到轻微惊吓的反应；慢慢地就学会了回避不好的气味，如转头。人类嗅的能力没有动物发达，这是因为生后没有特意训练嗅的能力，使其逐渐萎缩了。

0468 天生喜欢甜味

味觉是新生儿最发达的感觉，整个婴儿期也都非常发达。小婴儿对甜味表现出天生的积极态度，而对咸、苦、辣、酸的态度是消极的，是不喜欢的。

宝宝不喜欢喝白开水，而喜欢喝加糖的水，这是宝宝的天性。如果妈妈用奶瓶给宝宝喂糖水，再用奶瓶喂白开水，宝宝就不喝了；如果拿奶瓶给宝宝喂药，再拿奶瓶给宝宝喂水，宝宝也会拒绝奶瓶，因为他记住了奶瓶里的东西是苦

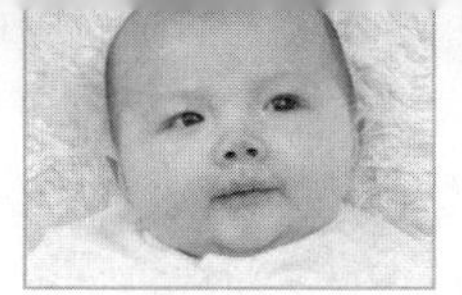

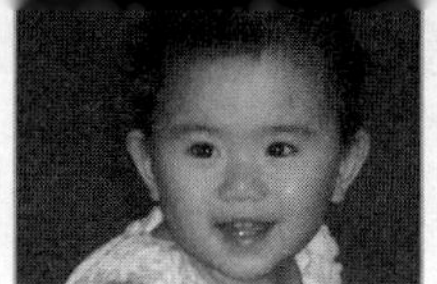

的。当你把奶瓶中的糖水滴入宝宝的嘴里时，宝宝尝到了甜味，才会重新吸吮奶瓶。妈妈知道了这个道理，遇到这种情况就有办法应对了。

0469 每天都有新动作

用手够东西和看手

这个月的宝宝开始会有目的地用手够东西，并能把放在他手中的玩具紧紧握住，尝试着把拿到的东西放到嘴里，但还不够准确，时常打在脸上其他部位。一旦放到嘴里，就会像吸吮乳头那样吸吮玩具，而不是啃玩具。手指可以伸展或握起，会把手放在胸前看着自己的小手。

吸吮大拇指

开始学着吸吮大拇指，而不是仅仅吸吮他的小拳头了。有的妈妈认为宝宝吸吮手指，是不好的习惯，要加以制止。这是不对的。这么大的婴儿吸吮手指，是这个时期婴儿具备的运动能力，和一岁以后的宝宝吸吮手指不是一回事，妈妈不要制止。随着婴儿的生长，宝宝会把这个运动转化为手的其他运动能力。

把头抬得很高

当宝宝俯卧位时，不但会把头抬起，而且会抬得很高，可以离开床面成45度角以上，还会慢慢向左右转头，虽然转动的幅度很小，但这已经说明宝宝开始学着用站立的眼光看东西，这是不小的进步。

这一能力的出现，对宝宝认识周围物品有很大的作用。妈妈可以在这时有意地在宝宝面前向左右两边运动，让宝宝追随你，来锻炼颈部肌肉。宝宝还会用肘部支撑着上身，试图把胸部抬起离开床面。

靠上身和上肢的力量翻身

这个月的宝宝开始有自己翻身的倾向。当妈妈轻轻地托起宝宝后背时，宝宝会主动向前翻身。这个月的宝宝翻身时，主要是靠上身和上肢的力量，还不太会使用下肢的力量，所以，往往是仅把头和上身翻过去，而臀部以下还是仰卧位的姿势。这时如果妈妈在宝宝的臀部稍稍给些推力，或移动宝宝的一侧大腿，宝宝会很容易把全身翻过去。

0470 潜能开发

这个月的宝宝开始认识自己的手，开始有图像识别的能力，更喜欢看正常人的脸，喜欢看对称的图形；当听到音乐时能从哭闹中安静下来；眼睛会有目的地追随移动的物体，会转头寻找声音的来源；能够对陌生的声音、环境、人物有所觉察；开始发出“咿呀”声，和宝宝说话时，偶尔能发现宝宝好像出声应答你的话，这使得父母兴奋异常！逗宝宝时，宝宝会发出会心的笑声，不再是偶尔的，而是经常的。宝宝和父母开始了真正意义上的交流。

0471 体能–智能开发

竖头训练

每天在宝宝觉醒状态下练习，把宝宝立着抱起来，用两手分别支撑住宝宝的枕后、颈部、腰部、臀部，以免伤及宝宝的脊椎。

也可把宝宝面朝前抱着，让宝宝的头和背部贴在母亲的胸部，一手在前托住宝宝的胸部，另一只手在后托住宝宝的臀部，宝宝面朝前，可以看到前方的东西，不但练习了抬头，还练习了看的能力，增加新的乐趣。

抬头训练

让宝宝俯卧，宝宝会把头抬起，到了两个月末，宝宝可能会把头抬起90度，并用上肢把胸也支撑起来。要在喂奶后一个小时或喂奶前训练，以免吐奶。抬头训练对宝宝颈、背肌肉，肺活量，大脑发育很有帮助。

手足训练

再次强调不要把宝宝的手包起来，手足运动对刺激大脑发育非常重要。这个月的宝宝开始认识自己的小手，会时常凝视着自己的手，这时妈妈要告诉宝宝，这是他的小手，可以用来吃饭、写字、玩玩具等等。让宝宝拿带把且能晃出声响

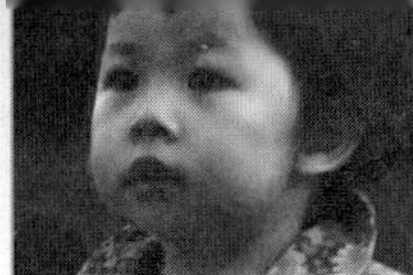
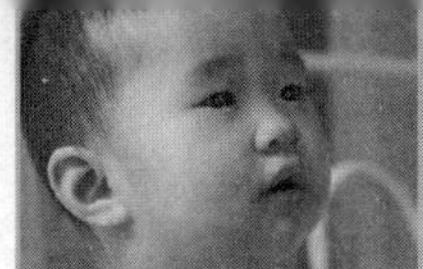
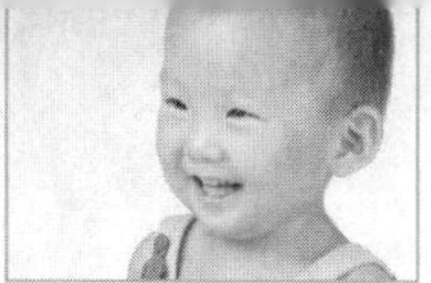
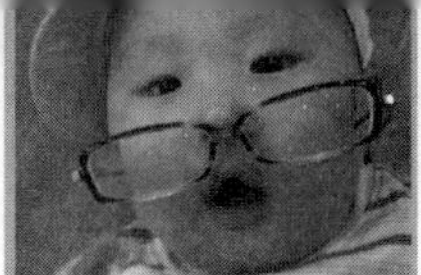

的玩具。这时宝宝还不能握住玩具，要不厌其烦一遍遍把玩具递到宝宝的手中。

第四节 营养需求

0472 绝大多数宝宝都知道饱饿

这个月的婴儿，每日所需热量是每千克体重100～120千卡。如果每日摄入热量低于100千卡，宝宝体重增长会缓慢或落后；如果每日摄入热量高于120千卡，宝宝体重会超标，成为肥胖儿。

人工喂养儿可根据每日牛奶量计算热量，母乳喂养儿和混合喂养儿不能通过乳量来计算每日所摄入的热量。实际上，计算每日所摄入多少热量没有什么必要，如果按照宝宝自已需要供给奶量，绝大多数宝宝都知道饱饿。

0473 喂养不当造成肥胖儿和瘦小儿

只有极个别的宝宝食欲亢进，摄入过多的热量成为肥胖儿；极个别的宝宝食欲低下，摄入热量不足成为比较瘦小的宝宝。这与家族遗传有关，还有的是喂养不当造成的。妈妈总是怕宝宝吃不饱，宝宝已经几次把奶头吐出来了，妈妈还是不厌其烦地把奶头硬塞入宝宝嘴里，宝宝无奈只好再吃两口，时间长了，就有三种趋势：

其一是宝宝胃口被逐渐撑大，奶量摄入逐渐增加，成了小胖孩。

其二是由于摄入过多的奶，消化道负担不了如此大的消化工作，干脆罢工了，使宝宝食量开始下降。

其三是由于总是强迫宝宝吃过多的奶，宝宝不舒服，形成精神性厌食。这种情况在婴儿期虽然不多见，但一旦形成了，会严重影响宝宝的身体健康，一定要避免。

0474 其他营养元素的摄入和补充

对蛋白质、脂肪、矿物质、维生素的需要，大都可以通过母乳和牛乳摄入，每天补充维生素D300～400国际单位；人工喂养儿，可补充鲜果汁，每天20～40毫升。母乳喂养儿，如果大便干燥，也可以补充些果汁。早产儿，从这个月也应开始补充铁剂和维生素E。铁剂为2毫克（千克/日），维生素E为25国际单位/日。

第五节 喂养方法

0475 母乳喂养

不要叫醒睡得很香的宝宝

如果母乳充足，到了这个月仍可以纯母乳喂养，吃奶间隔时间可能会延长，可从三个小时一次，延长到四个小时一次。到了晚上，可能延长到六七个小时，妈妈可以睡长觉了，不要因担心宝宝饿坏而叫醒睡得很香的宝宝。睡觉时宝宝对热量的需要量减少，上一顿吃进去的奶量足可以维持宝宝所需的热量。

没有吃奶兴趣的宝宝

有的宝宝吃得少，好像从来不饿，对奶也不亲，给奶就漫不经心地吃一会，不给奶吃，也不哭闹，没有吃奶的愿望。对于这样的宝宝，妈妈可缩短喂奶时间，一旦宝宝把奶头吐出来，把头转过去，就不要再给宝宝吃了，过两三个小时再给宝宝吃。这样每天摄入的总量并不少，足以提供宝宝每天的营养需要。

要陪玩的宝宝

到了这个月，妈妈开始担心自己的乳量是否够宝宝吃，总是试图添加奶粉，宝宝一哭就认为宝宝饿了，就给吃奶，结果把奶吃得空空的，宝宝不断溢乳。这样很不好。两三个月的宝宝，觉醒的时间长了，要人陪着玩，因此不要用奶头哄宝宝。

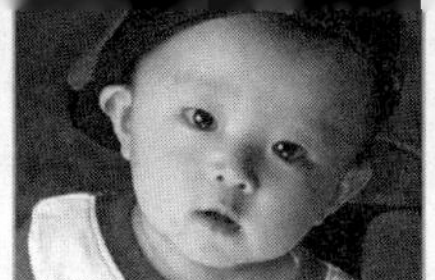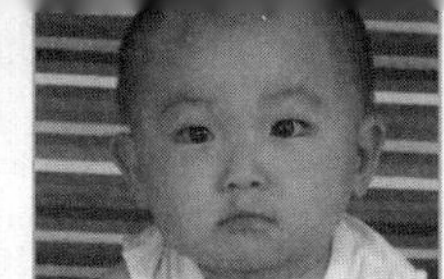

0476 混合喂养

添加牛乳的依据

母乳是否不足，最好根据宝宝体重增长情况分析，如果一周体重增长低于200克，可能是母乳量不足了，添加一次牛乳，一般在下午四五点钟吃一次牛乳，加多少，可根据宝宝的需要。

具体办法

准备150毫升，如果一次都喝了，好像还不饱，下次就冲180毫升，如果吃不了，再减下去，但最多不要超过180毫升。如果一次喝得过多，就会影响下次母乳喂养，也会使宝宝消化不良。如果宝宝不再半夜起来哭了，或者不再闹人了，体重每天增加30克以上，或一周增加200克以上，就可以一直这样加下去。

如果宝宝仍然饿得哭，夜里醒的次数增加，体重增长不理想，那可以一天加两次或三次，但不要过量。过量添加奶粉，会影响母乳摄入。请牢记，母乳是婴儿前6个月内最佳食品。

这个月的宝宝，由于母乳不足而添加牛乳，一般不会遇到不吸吮橡皮奶头，不吃奶粉的问题。

锻炼宝宝接受橡皮奶头或奶粉

三个月以后的婴儿，不接受橡皮奶头或奶粉，这种情况比较多见。为了避免宝宝不吃奶瓶，不喝奶粉，提前锻炼宝宝吸橡皮奶头还是有必要的。

如果母乳足，可用奶瓶喝一点水或果汁，也可偶尔给宝宝喝一点奶粉。让宝宝熟悉奶粉的味道。半顿牛乳是不可取的，要整顿整顿地加，不要补零。

如果母乳很足，为了防备下个月可能会出现母乳不足，应该从这个月开始，锻炼宝宝吸吮橡皮奶头，偶尔吃一次牛乳，让宝宝习惯奶瓶和牛乳的味道。因为到了下个月，从来就没有吃过橡皮奶头的宝宝，会拒绝吃橡皮奶头，也会拒绝用奶瓶吃牛奶。

不爱吃牛乳怎么办

有的宝宝一开始很爱吃牛乳，突然有一天就不喜欢吃牛乳了。妈妈不要着急，遇到这种情况，就只给宝宝母乳吃，不会饿着宝宝的。

不要想方设法地给宝宝喂牛乳。有的妈妈就和宝宝较劲，不吃牛乳，就不给吃母乳，饿他一会，没有办法就非吃牛乳不可了。有人常常会给妈妈出这样的主意，结果是没有用的，宝宝照样不吃。还有妈妈等到宝宝睡得迷迷糊糊的时候，把奶瓶塞进宝宝嘴里，结果宝宝吸了起来。可是，等到宝宝醒了，会更加不喜欢吃牛奶了，变成了厌食牛奶。

对母乳不感兴趣怎么办

还有这样的婴儿，当妈妈给添加牛乳后，宝宝就喜欢上了牛乳，因为牛乳奶嘴孔大，吸吮很省力，吃得痛快。而母乳流出比较慢，吃起来比较费力，开始对母乳不感兴趣了，而对牛乳表现出了极大的兴趣。这时，妈妈不要随宝宝的兴趣，如果不断增加牛乳量，母乳分泌就会减少。

0477 人工喂养

这个月的宝宝食欲比较好

这个月的宝宝食欲是比较好的，可以从原来的每次120～150毫升，增加到每次150～180毫升，甚至可达200毫升以上。对于食欲好的宝宝，不能没有限制地添加奶量。每天吃6次的宝宝，每次喂160毫升，每天喂5次的宝宝每次喂180毫升。

辅食添加

人工喂养儿，这个月可以开始添加一些辅食了，每天可以给10毫升的菜汤，1/4个鸡蛋黄。一样一样地加，如果适应得很好，就再加另一种。这个月不要加米粉。

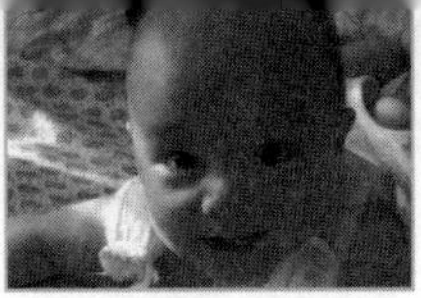

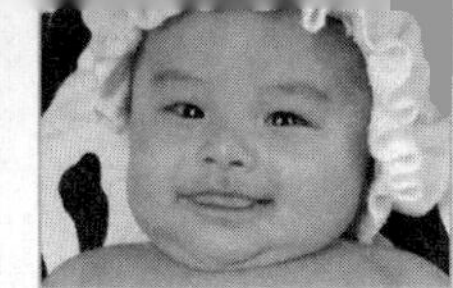

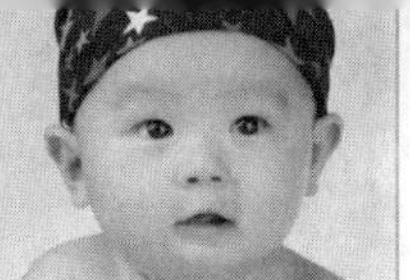

第六节 不同季节的护理要点

0478 春季：供暖是参照系

这个月的宝宝，在春暖花开季节，没有风沙，天气晴朗，就可以抱到户外活动了。如果是早春，气温不稳定，要根据气温变化决定是否把宝宝抱出户外。如果风不大，不下雨，就可以把宝宝抱出去；如果室内还没有停止供暖，最好不要把宝宝抱出去，等到停止供暖后再抱宝宝出去。

0479 夏季：避免“空调病”

为什么会出现“空调病”？

在高温季节，衣着单薄，汗腺敞开，当进入低温环境中时，皮肤血管收缩，汗腺孔闭合，交感神经兴奋，内脏血管收缩，胃肠运动减弱，宝宝则出现鼻塞、咽喉痛等症状。另外，空调环境往往是门窗紧闭，室内空气不新鲜，氧气稀薄，特别是空间比较狭小的地方。

“空调病”有哪些表现？

主要表现为易疲倦，皮肤干燥，手足麻木，头晕，头痛，咽喉痛，胃肠不适，胃肠胀气，大便溏稀，食欲不振，婴幼儿经常腹泻，反复感冒，久治不愈，关节隐痛。

怎样避免“空调病”？

1. 缩小室内外温差。一般情况下，在气温较高时，可将温差调到6～7℃左右，气温不太高时，可将温差调至3～5℃。

2. 定时通风。每4～6小时关闭空调，打开门窗，令空气流通10～20分钟。

3. 避免冷风直吹，特别是床等不宜放在空调机的风口处。

4. 入空调环境，略增加衣物或用毛巾被盖住腹部和膝关节，因腹部和膝关节最易受冷刺激。

5. 长期在空调环境中，应定时活动身体。

6. 每日洗温水澡，揉搓全身。

7. 不要在空调车内睡觉，因车内空间狭小，易出现缺氧，造成窒息。

0480 秋季：耐寒锻炼好时机

如果刚刚见凉，就把宝宝捂起来，宝宝的呼吸道对寒冷耐受性就会非常差；寒冷来临，即使足不出户，也容易患呼吸道感染。秋季是宝宝最不易患病的季节，要利用这个季节提高宝宝体质。父母要有意锻炼宝宝的耐寒能力，增强呼吸道抵抗力，使宝宝安全度过肺炎高发的冬季。继续户外活动，可使宝宝接受更多的阳光照射，能有效预防佝偻病。

0481 冬季：不要过渡保暖

北方寒冷冬季几乎达四五个月之久。如果刚刚入冬就不敢到室外活动，穿得很多，盖得很厚，对环境的适应力和对疾病的抵抗力就会降低。穿得多，不利于宝宝四肢活动，阻碍运动能力的发展。要保持室内湿度和温度，室内温度不要太高，保持在18℃左右。如果与室外温差过大，当宝宝到户外时，呼吸道就不能抵御冷空气的刺激。室内温度过高，也不容易保持适宜的湿度。冬季应该按时勤洗澡，有条件的家庭最好每天给宝宝洗澡。

第七节 其他护理热点

0482 男婴与女婴护理上的差异

男婴问题

可能会出现鞘膜积液，包皮过长，包皮藏匿污垢，引起龟头炎症。

男婴鞘膜积液，一岁前有自行吸收的可能，所以如果不是很严重，不必治疗。在给男婴洗臀

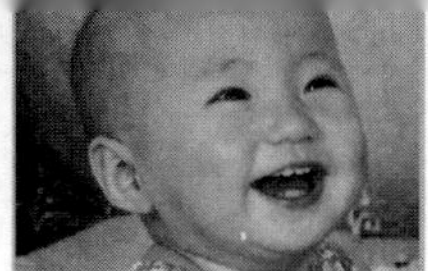
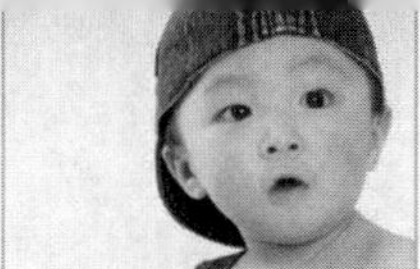

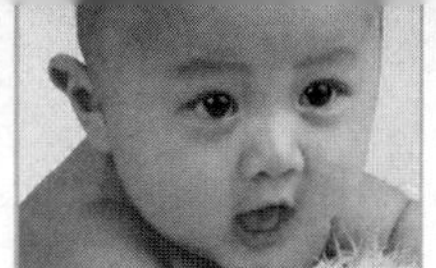

部时，首先要清洗包皮处，轻轻把包皮向上翻起，暴露龟头，用清水涮一涮，把积存在包皮内的尿酸盐结晶清理干净。

女婴问题

尿道与阴道口紧密相邻，又都是开放的，如果不注意卫生，容易患尿道口炎和阴道炎。

清洗女婴尿道口和臀部时一定要用流动水，从上向下冲洗，这是预防尿道和阴道炎的关键。给女婴擦肛门时，一定要从前向后擦，千万不能从后向前擦，否则容易使肛门口的大肠杆菌污染尿道和阴道口而引起发炎。这是护理女婴的关键。

0483 衣物被褥床玩具

这个月的婴儿继续使用以前的衣物被褥床，不需要更换。这个月的宝宝有时可能会翻身，所以宝宝周围不要放置物品，尤其是塑料薄膜，这会使婴儿发生窒息的危险。开始使用婴儿枕头，不枕枕头会使婴儿感到不舒适了。

特别提示：两种婴儿枕头不能买!

不要使用太软的，因为这么大的宝宝已经会转头，如果把头侧过来，枕头太软，就会堵塞宝宝口鼻，这是很危险的。也不再适合使用带凹的马鞍形枕。这么大的宝宝不但会转头，有溢乳的宝宝，虽然溢乳次数减少，但吐奶量可能会增大，如果是带凹的枕头，吐出去的奶可能会堵塞宝宝的口鼻。

宝宝已经能够握住带把的玩具，并在面前晃动，可能会打到脸上，要注意玩具的质地和硬度。宝宝可能会把玩具放到嘴里，要注意玩具的清洁。

0484 尿便管理：鲜果汁有利于排便

没有接尿经验的父母不要有失败的情绪

有经验的父母可能知道宝宝排尿和排便前的表情，妈妈会马上把宝宝，如果是男宝宝就会用小尿壶去接，准确率很高。这给父母节省了洗尿布的时间，降低了尿布性皮炎的发生率。没有经验的父母也不要有失败的情绪，不必因此训练大小便。父母应该把更多精力用在对宝宝智能、情感、体能的训练上。

便秘对策

母乳喂养的宝宝，一天大便五六次是正常的；牛乳喂养，大便次数相对少，一天一两次，甚至隔天一次。但也有例外，有便秘家族史的宝宝，即使是母乳喂养，大便次数也比较少；牛乳喂养的，甚至一周大便两三次。对于这样的宝宝，应该早加鲜果汁，选择多种果汁，如葡萄汁、西瓜汁、梨汁等，这些鲜果汁有利于排便。

尿的次数与每次尿泡大小有关

母乳喂养时，如果妈妈喜欢喝水，可以不额外给宝宝喂水；夏季皮肤蒸发水分多，可适当每天喂水一两次，每次20～30毫升。

牛乳喂养儿，每天喝水80～100毫升左右。但是这么大的宝宝对味道有了要求，不喜欢喝无味的白开水。尽量不给宝宝喝白糖水，如果实在不喝白开水，可以喝淡些的鲜果汁。

不必为小便次数的多寡而担心

这么大的宝宝每天尿六七次或10余次都是正常的，有的宝宝一整夜都不小便，妈妈也不要担心。看看白天小便情况，白天尿泡大，次数也不少，就没有关系。夏季小便要少，水分都通过皮肤蒸发掉了。

0485 洗澡成为一项亲子活动

尝试在洗浴间洗澡

宝宝会竖头了，脊椎硬朗多了，洗澡不再很困难了，可以到洗浴间去洗了，并成为一项亲子活动。应注意几个事项。

- 洗澡前做好一切准备：浴室温度、浴缸清洁、婴儿浴盆、洗发液、婴儿皂、浴巾、毛巾（一块干毛巾、一块洗澡用的湿毛巾）、小布帽、水温计（有经验的妈妈用手也能调节合适的水温）。

- 洗澡时间不要太长，即使宝宝很高兴，也

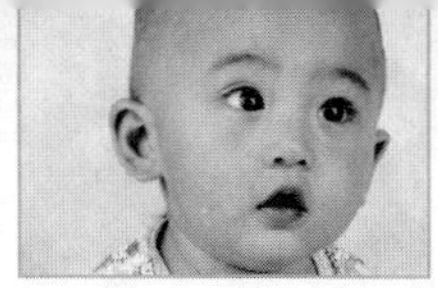

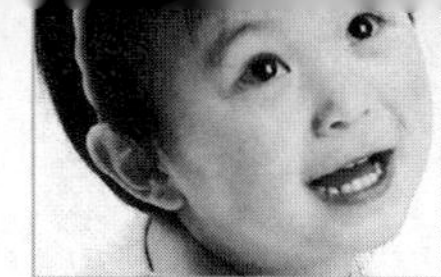

不要超过15分钟。没有必要每天都使用洗发液和婴儿皂，一周使用一次即可。

● 水温在33～35℃左右，如果用手试温，最好用手背或手腕前部（做皮试针的部位），这两个部位比较敏感，感到温暖，不烫就可以了。

● 水深，坐时到宝宝耻骨水平（刚好没过生殖器），躺时（一定不能把头放下，头要枕在妈妈的上臂上）刚好露着肚脐。

● 洗头时不要把水弄到耳朵里，不要把洗发液或婴儿皂弄到眼睛里。

● 女婴洗完后最好要用流动水冲一下小便处。

● 洗完后马上用浴巾包裹好，带上小布帽，抱出浴室，和宝宝玩一会，待到皮肤干后再给宝宝穿衣服，吃奶。

0486 户外活动别忘安全

户外活动不但使宝宝呼吸新鲜空气，增强呼吸道的防御能力，进行空气浴，最主要的是让宝宝接触大自然中的景物，刺激宝宝的视觉、听觉、嗅觉能力，锻炼宝宝的体能。

户外活动时要注意安全，遇到有人带宠物时，要远离宠物，别人家的宠物对你的宝宝不熟悉，可能会有攻击行为。

最好不要把宝宝带到马路旁，过往的汽车放出的尾气含较高的铅，如果把宝宝放到小推车里，距离地面一米以下，正是废气浓度最高的地带，宝宝成了吸尘器，这对宝宝危害是很大的，与其这样，还不如让宝宝呆在家里。

要把宝宝带到花园，居民区活动场所等环境好的地方。要避免户外的蚊虫叮咬。在树下玩时要注意树上的虫子，可能会掉到宝宝身上，要注意观察，树上鸟粪、虫粪可能会掉到宝宝头或脸上。

最需要注意的是，别忘了照看宝宝！几个看宝宝的妈妈碰到一起，交换喂养心得，说得热烈，忘记了身边的宝宝，而危险就有可能在这时发生了。

0487 保姆看宝宝

低文化的小保姆和频繁换保姆

当保姆的大多是没有做过妈妈的小姑娘。请这样的保姆看小婴儿是比较冒险的，小保姆没有带宝宝的经验，没有做过妈妈，文化水平也不高，就会给主人带来很大的麻烦。找什么样的保姆是很重要的，不能轻易先找一个试试，如果找不到合适的保姆，就会频繁更换，这对婴儿是很不好的，婴儿对护理他的人要有一个熟悉适应的过程，频繁更换保姆，会使小婴儿缺乏安全感，会使宝宝变得焦躁不安，睡眠不踏实，食欲降低，甚至引发心理疾病。

选择什么样的保姆

最好找做了妈妈，年龄在45岁以下，有高中以上文化，城市人，有过职业生涯的，有幸福家庭的，这样的保姆虽然不能做全职保姆，但要比全职的小保姆好得多。这样的保姆知道如何看管宝宝，发生危险事情的概率要小得多，会让你更安心工作。

如果你的薪水刚好够雇用保姆的，就不如在家里看宝宝，等到能够上托儿所时再上班，这也是不错的选择。

选择看管小婴儿的托儿所好吗？

现在也有那种看管很小婴儿的托儿所了。要调查好托儿所的质量，半岁以下的宝宝，需要一个人看管一个宝宝，如果一个保育员，看管几个宝宝，护理质量就会大打折扣。还要考虑护送问题，这么大的宝宝是不可以全托的，小婴儿应该每天得到父母的爱抚。如果每天都接送，在寒冷的冬季是很麻烦的，家里和托儿所的室温差异也会使宝宝不适应。所以，最好是把保姆请到家里。

0488 摔伤是危险的

这个月的宝宝，由于还不会爬，翻身也不是很好，妈妈不担心宝宝会从床上摔下来，当宝宝睡着后会抽空干些家务，保姆也会偷闲休息一会。可是，不知道哪一天，宝宝会翻身了，而且

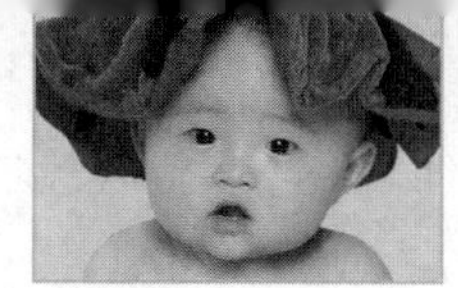

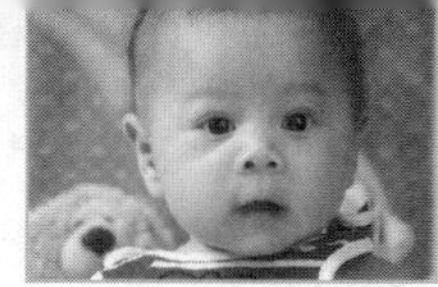

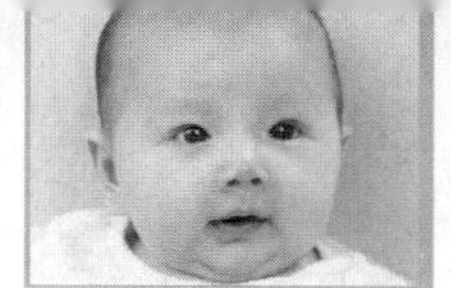

翻得很快，或在睡眠中踢被子，身体会移动到了床边，稍微一翻身，就可能会掉下去。

意外摔伤是这个月发生的

这就是意外，如果知道了宝宝会翻身或会爬，家人会格外小心的，反而不容易发生这样的意外，这个月是最容易发生这种意外的，父母一定要加以注意。如果是保姆看管宝宝，一定要再三嘱咐，千万不要远离宝宝，时刻想到宝宝会翻到床下去。

乘车时的危险

带宝宝乘车时也要注意，妈妈要始终保护宝宝的头部，紧急刹车时，会引起很大的冲击力，使宝宝的头部或脊柱受到伤害。乘坐私家车，一定要用优质的专用座椅固定宝宝。未满12岁以前，不允许宝宝自己或抱着宝宝坐在副驾驶的座位上。

0489 防止窒息

宝宝吐奶可能会堵塞呼吸道，如果没有及时发现，会引起宝宝窒息，这一点不容忽视。

可以堵塞宝宝口鼻的东西不要放在宝宝身边，宝宝已经会用手抓东西，如果把一块塑料布抓起，放在了脸上，就有可能堵塞宝宝的口鼻，引起窒息。

意外事故没有先兆

曾经有位三个月的婴儿，夜里吃完奶就睡了，大概半夜三点多，宝宝叫了一声，妈妈实在是太累了，没有及时看护宝宝。宝宝的口鼻腔内充满了奶水，经过奋力抢救无效，宝宝已经停止了呼吸。妈妈太大意了，宝宝呛奶了，应该马上起来看一下。护理宝宝不能有任何侥幸心理。

也许一万个宝宝也不会有一个宝宝发生这样的事情，但一旦发生了，就是百分之百的悲剧。所有的不该发生的问题，在医院中都可以看到，这就是为什么医生总是不厌其烦地嘱咐父母，要注意意外事故的发生。意外，就是意料之外的事情，如果父母能够预料到了，就不会发生意外了。意外事故没有先兆，只能万分注意，时时避免。

0490 吐奶：警惕肠套叠的危险

这个月溢乳程度会有所减轻，但男婴可能仍会大口吐奶。如果宝宝从来没有吐过奶，到了这个月的某一天，突然吐奶了，要注意排除肠套叠的可能。一旦排果酱样大便，就可以确诊了，但这时往往失去了保守治疗的机会。这是婴儿急症，肠套叠的早期发现是非常重要的。父母心里要有这个准备，一旦有征兆及时带宝宝到医院确诊。

0491 鼻塞不需去医院

非疾病性鼻塞不需要治疗，可以用吸鼻器帮助宝宝清理鼻道。如果宝宝眉弓或脸颊上有小红疹，或眉弓上有像头皮样的东西，宝宝就是“渗出体质”，也叫“泥膏体质”，往往较胖，还时常腹泻。这样的宝宝容易出现鼻塞。如果父母有鼻塞史，宝宝鼻塞就是家族倾向了。

婴儿鼻腔狭窄，鼻黏膜血管丰富，极易受外界因素刺激，出现鼻黏膜水肿、渗出，鼻涕增

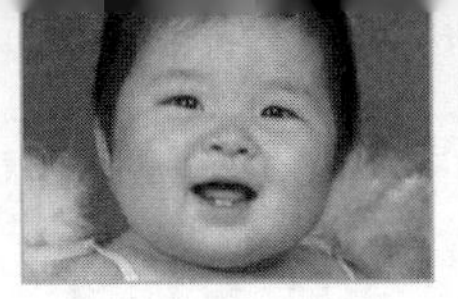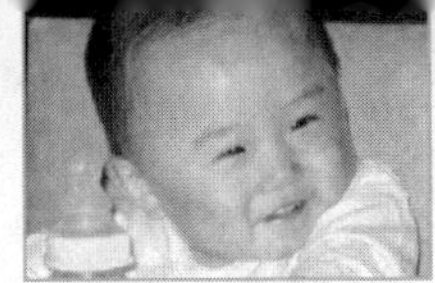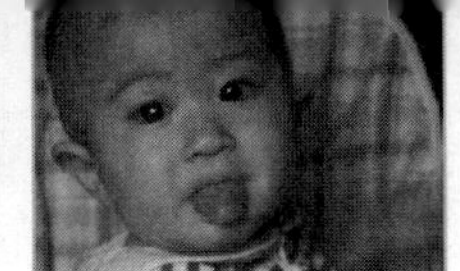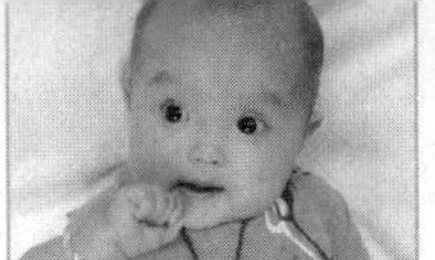

多。出现鼻痂，堵塞鼻孔，造成呼吸困难。

解决的办法是室内空气新鲜，湿度、温度适宜，让婴儿逐步适应自然，接受新鲜空气，减少室内尘埃密度，每天用软布做成捻子，轻轻捻动带出鼻内分泌物。但对于有鼻黏膜水肿的宝宝，不能改善鼻塞症状，但也不要着急，慢慢会好的，这是自然过程，一般不超过1个月。

0492 吸吮手指：了不起的进步

这个月的宝宝会把小手或大拇指伸到嘴里吸吮，妈妈因怕宝宝养成吸手指癖好，就加以纠正，这是不对的。这么大的宝宝吸吮手指是一种运动能力，宝宝能够把手准确地放到嘴里吸吮，是个很了不起的进步。吸手指也不是饿了，因此不必抱过来喂奶。

如果半岁以后还不断吸吮手指，要稍加引导，但也不是把宝宝的手拿掉，而是要把玩具放到宝宝手中，或握着宝宝的手和宝宝谈话，转移注意力。

0493 踢被子：和妈妈比本领

爱活动的宝宝开始学会了踢被子，而且踢得很有技巧，能够把盖在身上的被子，毫不费力的一脚蹬开，露出四肢，非常高兴地舞动肢体。妈妈认为是热了，换上一个薄被，照样踢开，这是宝宝长的本领，就是要和妈妈比试比试，看你盖得快，还是我踢得快。

别把被子盖到宝宝的脚上，让脚露在外面，当宝宝把脚举起来时，被子在宝宝的身上，就不能把被子踢下去了，又不会影响宝宝肢体运动。

0494 耍脾气

这么大的宝宝开始会耍脾气了，这不奇怪。宝宝会突然无缘无故地哭闹，怎么哄也哄不好，给奶不吃，放下不行，就像有针扎似的，抱着不行，使劲打挺，妈妈几乎抱不住，什么办法也不好使了。

常常在急诊遇到这种情况，尤其是夜间急诊。父母风风火火把宝宝带到医院，说宝宝拼命地哭闹，怎么也哄不好，在车上还哭来着，可还没下车就不哭了，等到了门诊，医生把衣服解开，对宝宝进行检查，宝宝不但不哭，有时还冲医生笑，这使得父母很不理解。

其实，这时最好的方法是换一换人哄宝宝，最好让爸爸抱一抱宝宝，会使宝宝变安静，如果爸爸不在家，就带宝宝到外面去，换一换环境。

0495 认生

快到三个月的宝宝，有的开始认生了，尤其是家里人少，只有妈妈或保姆看宝宝，一旦有陌生人来到，宝宝会看着生人大声啼哭，不让生人抱。有人说宝宝认生是聪明，不是的，认生的宝宝和见人少有关，也与性格有关，这样的宝宝可能不容易与人交往。

0496 婴儿身体的奇怪声响

关节弹声响

小婴儿韧带较薄弱，关节窝浅。关节周围韧带松弛，骨质软，长骨端部有软骨板，主关节做屈伸活动时可出现弹响声。随着年龄增大，韧带变得结实了，肌肉也发达了，这种关节弹响声就消失了。有的成年人，若关节活动不正常仍可出现弹响声，有的挤压指关节时可出现清脆的弹响声，如无特殊症状，属正常现象。若膝关节伸屈有响声，伴有膝部疼痛，应排除先天盘状半月板，若髋关节出现关节弹响声，应排除先天髋关节脱位。

胃叫声

胃是空腔脏器，当内容物排空以后，胃部就开始收缩，这是一种比较剧烈的收缩，起自贲门，向幽门方向蠕动。我们都知道，不论什么时候，胃中总存在一定量的液体和气体，液体一般是胃黏膜分泌出来的胃消化液。气体是在进食时

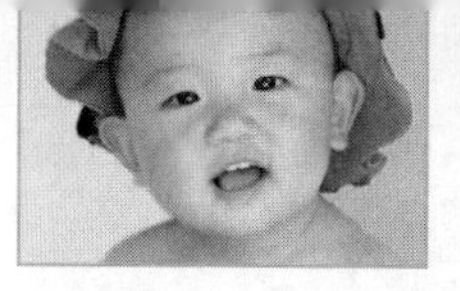
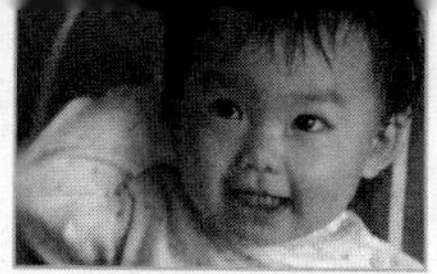
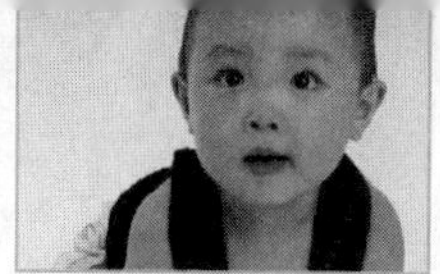
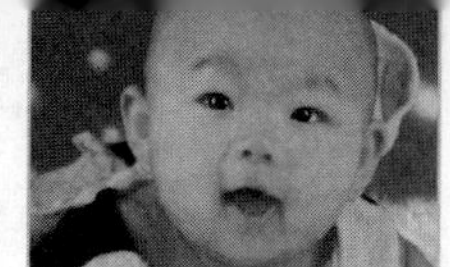
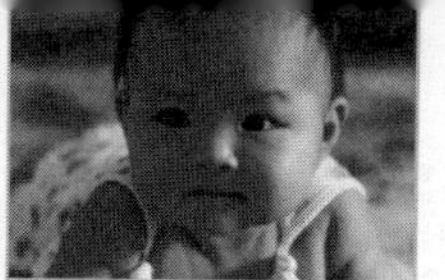

随着食物吞咽下去的，胃中的这些液体和气体，在胃壁剧烈收缩的情况下，就会被挤捏揉压，东跑西窜，发出叽叽咕咕的叫声，所以婴儿腹中出现叫声可能是饥饿的信号，但在胃胀气、消化不良时也可出现这种声音。

肠鸣声

肠管和胃一样，都属空腔脏器，肠管在蠕动时，肠管内的气体和液体被挤压，肠间隙之间腹腔液与气体之间揉擦也可出现咕噜声，叫肠鸣音，一般情况下需要听诊器听诊方能听到。声响大时，裸耳即可听见，正常婴儿可听到，腹胀时或患肠炎，肠功能紊乱时可听到较明显、频繁的响声。

疝

人体内的脏器或者组织本来都有固定的位置，如果它离开了原来的位置，通过人体正常或不正常的薄弱点或缺损、间隙进入另一部位即形成疝。常见的有腹股沟斜疝、股疝、脐疝等，多是肠管疝入“疝囊”内，当令其复位时可出现响声。当挤压“疝”时可发出“咯叽”的响声。还有罕见的横膈疝，食管裂孔疝，即腹腔中的空腔脏器疝入胸腔，在肺部听到肠鸣音或胃蠕动声。疝是病症，应及时治疗。

0497 这个月免疫接种

满两个月的宝宝要服麻痹糖丸。

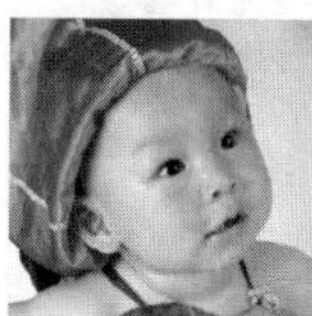

第四章　3～4月婴儿（90～119天）

第一节 本月婴儿特点

0498 相貌非常漂亮

宝宝准备过“百岁”了。“百岁”宝宝非常招人喜爱：脖子挺得直直的，大脑袋微微摇晃，像个可爱的大头娃娃；眼睛的黑眼球很大，会用惊异的神情望着不认识的人；如果你对他笑，他会回报你一个欢快的笑；当你用手蒙住脸，再突然把手拿开，冲着宝宝笑，宝宝会发出一连串咯咯的笑声。

0499 会侧身了

竖立抱宝宝，宝宝的腰已经能够挺起来了。把两手放在宝宝腋下，让宝宝两脚站在你的腿上，宝宝会一蹬一蹬地跳跃。俯卧时，能够用手腕把上身支撑起来，头高高竖起。仰卧时，能够把身体侧过来，甚至变成俯卧位，但还不会从俯卧位变成侧卧或仰卧位。因此，仍然不能让宝宝俯卧睡觉。如果宝宝从仰卧自己变成了俯卧，妈妈应该在旁边看着，防止堵塞呼吸道。

0500 食量拉开了，睡觉推后了

母乳喂养的宝宝，可以不添加辅食。人工喂养的宝宝可以添加辅食，但如果宝宝不吃乳类以外的食品，也不必勉强。吃奶的次数和数量，婴儿之间的差异更加明显，吃得多的可以一次吃200毫升的奶粉，吃得少的仅吃120毫升，甚至还少；有的母乳开始不够吃了，可这时添加牛乳会遇到困难。原来混合喂养的宝宝，现在可能一点奶粉也不吃了。

这个月仍然不是训练大小便的时期，对于排便有规律的宝宝，可以把一把尿便。有的宝宝会

闹夜，不再是七八点就睡了，如果父母十点睡，宝宝会一直等。有生理性溢乳的宝宝，到了这个月可能不再吐奶了，但也许会继续溢乳。

第二节 生长发育规律

0501 身高增速减慢

这个月宝宝身高增长速度与前三个月相比，开始减慢，一个月增长约2.0厘米。只要没有疾病，就不要为宝宝一时的身高不理想而担心。身高的增长是连续动态的，一次或一个月静态的测量值，并不能说明是否偏离了正常生长曲线。

0502 体重不达标，喂养找原因

这个月的宝宝体重可以增加0.9～1.25千克。如果体重偏离同龄正常儿生长发育曲线第3百分位或第97百分位，要寻找原因。除疾病所致，大多数是喂养或护理不当造成的。

可以利用生长曲线图监测宝宝的生长发育情况（见附录）。在测量月龄的位置上找到相应体重所在的位置，并画上圆点。落在第25～75百分位范围内属于中等，落在第75～97百分位范围内属于中上等，落在第97百分位以上为上等，落在第3～25百分位范围内属于中下等，落在第3百分位以下为下等。如果婴儿体重超过第97百分位或低于第3百分位，都应该找医生检查。

0503 婴儿头围生长曲线图

这个月婴儿头围可增长1.4厘米，婴儿期定时测量头围可以及时发现头围过大或过小。可以利用婴儿头围生长曲线图（见附录），来检测婴儿的头围增长情况。把测量值点画在图上，如果超过第97百分位或低于第3百分位，则需要请医生检查，确定是正常的变异，还是疾病所致。

0504 囟门假性闭合

这么大的婴儿后囟门早已闭合，前囟门对边连线可以在1.0～2.5厘米不等，但如果前囟门对边连线大于3.0厘米，或小于0.5厘米，应该请医生检查是否有异常情况。前囟门过大可见于脑积水，佝偻病；前囟门过小可见于狭颅症、小头畸形、石骨症等。

囟门的检查要多靠医生，有的医生在测量囟门时，没有考虑到，有的婴儿囟门呈假性闭合（膜性闭合），就是说从外观上看囟门像是闭合了，实际上那是因为头皮张力比较大，但颅骨缝仍然没有闭合。

囟门大些父母就认为是佝偻病，盲目补充钙剂，这也是要避免的。婴儿发热时，囟门可以膨隆，饱满，有时会误诊为颅脑疾病，要注意鉴别。

第三节 能力发展

0505 视觉训练是这个月的重点

这个月婴儿颜色视觉能力已经接近成人了，对某些颜色情有独钟，如最喜欢红色，其次是黄色、绿色、橙色和蓝色。在训练婴儿颜色辨别能力时，要以这几种颜色为首选，依次训练宝宝的色觉能力。

电视广告的拥戴者

这个月宝宝视力已经相当不错了，不仅能看清近距离的物体，还具备了较强的远近焦距调节能力，可以看到远处比较鲜艳或移动的物体。变化快的影像会使婴儿感兴趣，这么大的婴儿开始会注视电视中的画面，而且对广告特别感兴趣。喜欢看变化快，色彩鲜艳，图像清晰的广告画面。

可以让婴儿短时间注视电视屏幕，但不能让婴儿长时间注视，以免造成视力疲劳。一般来

说，这么大的婴儿可持续注视2～3分钟。如果时间长了，婴儿会自动转移视野，但往往已经造成了婴儿视力疲劳。

避免阳光和闪光灯照射

不要让阳光直接照射宝宝的眼睛，过强的阳光会伤害宝宝。最好不要使用闪光灯在室内给宝宝拍照，闪光灯对婴儿的视力有不利影响。

辨别差异和记忆的能力

三个月以后的婴儿，随着头部运动自控能力的加强，婴儿的视觉注意力得到更大的发展，能够有目的地看某些物像，婴儿更喜欢看妈妈，也喜欢看玩具和食物，尤其喜欢奶瓶。对新鲜物像能够保持更长时间的注视。注视后进行辨别差异的能力不断增强。

对看到的东西记忆比较清晰了，开始认识爸爸妈妈和周围亲人的脸，能够识别爸爸妈妈的表情好坏，能够认识玩具。如果爸爸从宝宝的视线中消失，宝宝会用眼睛去找，这就说明宝宝已经有了短时的、对看到物像的记忆能力。爸爸妈妈要抓住这个阶段，对婴儿的视觉潜能进行开发。

0506 能够区分男声和女声

出生三个月以后，婴儿慢慢会发出“阿、噢、哦”的元音了。婴儿情绪越好，发音越多。爸爸妈妈要在婴儿情绪高涨时，和宝宝交谈，给宝宝发送更多的语音，让宝宝有更多的机会练习发音。让宝宝多到户外，听小鸟叫，听流水声，听风刮树叶声，并不断告诉宝宝这是哪里发出的声音。给宝宝做元音发音口型，让宝宝模仿爸爸妈妈说话。婴儿语言的发展是有一定规律的。最初是语言的感知阶段，婴儿先是靠听、看来感知声音，并逐渐对语音进行分辨，最后发展到自己发出语音。到了这个月，宝宝已经能够分辨出是妈妈在说话，还是爸爸在说话，能够区分男声和女声了。

0507 静静听音乐

这个月的婴儿已经能够静静地听音乐了，并且能够区分音色了，更喜欢优美抒情的音乐。听、看、说是不可分割的感知能力的总和，是相互影响、相互促进、相互提高的，对视、听、说的训练是综合的、共同的。

0508 能拿更多的东西了

这个月宝宝已经能够用上肢支撑头和上身，和床面约成90度角。从这个月开始会翻身，先是从仰卧到侧卧，逐渐发展到从仰卧到俯卧。

这个月的婴儿还不会主动用手抓东西，妈妈可以把玩具放到宝宝手中，握住宝宝小手，放到宝宝眼前晃动，再把玩具拿开，放在宝宝能够得着的地方，让宝宝自己去拿，也可以握住宝宝手腕部，帮助宝宝够到玩具，这样可以训练宝宝手眼的协调能力。

三个月以前的婴儿，手还不能张开，触摸是被动的。到了三个月以后，婴儿的手就开始了主动的有意识地张开、触摸，开始了主动的活动。开始是大把的、不准确的抓握，以后逐渐发展到准确的手的精细动作。应该让婴儿拿更多的东西。安全是要考虑的，但不能为了安全，剥夺婴儿认识世界的权利。

第四节 营养需求

0509 奶能满足营养需求，不需辅食

这个月婴儿仍能够从母乳中获得所需营养，每天每千克所需热量为110千卡左右。母乳充足的婴儿这个月可以不添加任何辅食，仅喂些新鲜果汁就可以了。如果宝宝大便比较稀且次数多，也可以不喂果汁，喂多种维生素片也可以。

这个月的婴儿对碳水化合物的吸收消化能力还是比较差的，仍然是对奶的吸收消化能力较强，对蛋白质，矿物质，脂肪，维生素等营养成

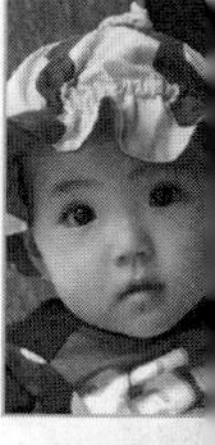

分的需求可以从乳类中获得。

这个月的婴儿如果对辅食不感兴趣，父母无需着急。强迫婴儿吃辅食是不对的，乳类食品能够满足婴儿所需的营养。添加一些辅助食品对宝宝牙齿萌发，肠胃功能锻炼是有好处的，但是如果强迫婴儿吃他不喜欢吃的辅食，会给以后添加辅食增加难度。

0510 出现缺铁性贫血

这个时期的婴儿会出现缺铁性贫血，应该注意补充铁剂。蛋黄、绿叶蔬菜、动物肝脏中含有较丰富的铁，但这个月的婴儿有时不能耐受这些食物。要一种一种添加，从小量开始。

这个月可以先加1/4鸡蛋黄，观察婴儿大便情况，如果没有异常，可以继续加下去。一周后可以添加菜汁，有的婴儿这个月添加菜汁时，可能会腹泻，或排绿色稀便。如果不严重，可以继续加，如果严重，就要停止了。

如果母亲孕期有贫血，宝宝这个月应该开始补充铁剂，2毫克（千克体重/日）。

第五节 喂养方法

0511 母乳喂养不必添加辅食

母乳不足，添加牛奶

如果每日体重增长低于20克，一周体重增长低于100克，提示可能母乳不足。如果宝宝开始出现闹夜，睡眠时间比原来缩短了，吃奶间隔时间比原来延长了，体重低于正常同龄儿生长曲线第3百分位，那就应该及时添加牛奶了。

如果宝宝实在不吃牛奶，就用小勺喂，小勺也不行，就给宝宝喂辅食，米粉、菜汁、菜泥、鸡蛋等。但这时添加米粉可能消化不好。

大便次数不均衡

母乳喂养的婴儿大便可能会一天五六次，也可能变成了一天一两次，甚至两天一次，这都不要紧。母乳喂养不像人工喂养那样均衡，乳量某天可能会少一些，某天可能会多一些，妈妈今天可能吃得硬一些，明天可能吃得软一些，可能会吃些生冷食品，这些都会影响宝宝的大便。

夜间吃奶情况

母乳喂养次数仍然没有严格的限制，但如果母乳充足的话，这个月的宝宝往往是每4个小时吃一次，到了夜间可能仅吃一次，有的会一夜都不吃。如果夜间饿的话，宝宝会醒来要奶吃，因此妈妈没有必要叫醒宝宝吃奶。

0512 人工或混合喂养儿厌食牛奶

突然厌食牛奶

人工喂养或混合喂养的宝宝，一直都很喜欢吃牛奶，但到这个月，可能突然在某一天，宝宝不喜欢吃牛奶了，甚至一看到奶瓶举到了面前，就开始哭闹。为什么？

3个月以前，宝宝不能完全吸收牛奶中的蛋白质，无论吃多吃少，都不能完全吸收，吃多了就排泄出去了。3个月以后，宝宝吃奶量增加了，肝脏和肾脏几乎全部动员起来，帮助消化、吸收奶液中的营养成分。另外，宝宝总喜欢吃奶，因为这样就总能让妈妈抱着。

这样就造成了宝宝吃奶过多，肝脏和肾脏加力工作，婴儿胖起来了，多余的能量储存起来了。用不了多久，婴儿的肝脏和肾脏就因疲劳而“歇着了”，这时宝宝厌食牛奶就开始了。

厌食牛奶是病吗？

因为吃奶过量而导致的厌食，不是疾病，经过一段时间（大约两周以后），肝脏、肾脏、消化系统得到充分的休息，功能逐渐恢复，宝宝会再度喜欢吃牛奶的。只要每天能吃100～200毫升奶，就不用担心宝宝会饿坏。

在厌食牛奶的时候，给宝宝一些其他食物，特别是易于消化的爽口食物，宝宝照样喜欢吃，尤其是果汁。这个月不同婴儿食量有所不同，食量小的一天仅能吃500～600毫升牛奶，食量大的

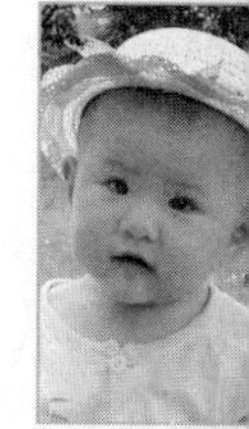

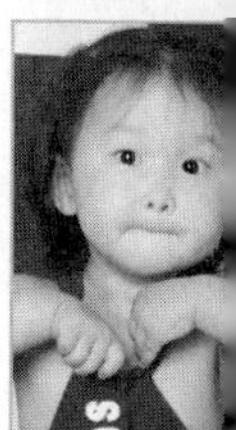

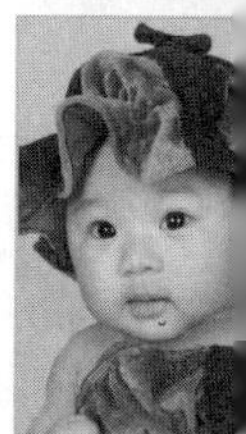

一天可以吃1000多毫升。妈妈不要过分强调宝宝是否能够吃到书上或奶粉袋上标注的量，任何强迫喂养，都可能导致宝宝厌食。

第六节 不同季节护理要点

0513 春季享受日光浴

3个月以后的宝宝，赶上春光明媚的好季节，爸爸妈妈要多带宝宝到户外接触大自然。一天可以带宝宝出去两次，每次活动一个小时左右，即每天9～10点，下午3～4点。如果宝宝正好在上午9～10点困了，就不要带宝宝出去了。一定要在宝宝高兴，精神状态好的时候出去进行户外活动。

把宝宝抱出婴儿车

到了户外，最好不要再让宝宝躺在婴儿车里。常看到父母把宝宝放在带蓬的婴儿车里，推着车在街心花园散步。这不是为宝宝做户外活动，而是自己在散步。不应该这样带宝宝进行户外活动，要把宝宝抱出来。如果太阳光比较强烈，可以给宝宝戴上一顶有沿的小布帽，遮挡阳光对眼睛的照射。

户外活动时开发宝宝潜能

这个月带宝宝到户外，不再单纯是为了晒太阳、呼吸新鲜空气、增强体质，还要运动。宝宝已经具备了相当的视觉能力。告诉宝宝，这是红花，这是绿叶，让小手触摸一下，使宝宝感知一下，让看到的、摸到的、闻到的，经过大脑进行整合，立体感受自然界中的事物。

宝宝嘴里发出声音时，要积极和宝宝交流，这会刺激宝宝发音的积极性，使宝宝发更多的声音。慢慢的，宝宝会把听到的声音记忆下来，并和看到的联系起来，当再看到时，会想起它的发音，这就是语言学习的开始。

干燥、过敏、扬沙、避雨

北方春季气候比较干燥，要多给宝宝喝水。有的宝宝到了春季，面部皮肤可能会变得有些粗糙，湿疹会加重，这不要紧，随着夏季的到来，很快会好的。母乳喂养的妈妈在这个季节要少吃辛辣、海腥食品，减少宝宝皮肤过敏反应。

初春气候还不稳定，要注意随时加减衣物。有扬沙天气时，不要带宝宝到户外。空气中的悬浮物会刺激宝宝的呼吸道。不要让宝宝挨雨淋，春季的雨水淋在头上还是比较凉的，会使宝宝感冒，以后再遇到雨淋就会频繁引发感冒。

0514 夏季预防脱水热

这么大的婴儿汗腺已经开始发育，会因为气温高而出汗，这是释放热量的有效方式。如果出汗过多，皮肤蒸发水分过多，没有及时补充水分，就会出现脱水热。

出现脱水热时，体温升高，尿量减少，烦躁不安，妈妈往往认为宝宝感冒了，就给吃感冒药，而感冒药又多具有发汗作用，这就更会加重宝宝脱水，使体温更高。因此，夏季不要轻易给宝宝吃感冒药，首先要补充水分，使宝宝的尿量增加，体温会逐渐下降。

当宝宝出现脱水热时，不能马上降低室内温度，这会使宝宝在受热的基础上外感风寒，就是人们常说的热伤风。热伤风是感冒中比较难治的一种。应该先通过补充水分把体温降下来，给宝宝洗个温水澡，室内温度降到28℃左右，与室外的温差不要太大，最好不要超过7℃。

夏季护理提示

- 坚持每天洗澡3次。
- 夏季要注意防蚊虫，蚊子叮咬会传播乙脑病毒，苍蝇落在婴儿脸上、手上，沾在手上的病菌会通过婴儿吸吮手指进入婴儿消化道，引起肠炎。
- 要注意婴儿餐具清洁，把住病从口入关。
- 体质很健壮的婴儿，不妨试一试带宝宝游泳，但时间要短。
- 户外活动不要受阳光直射，选择在树阴下乘凉最好，不要在高大建筑物旁避光，以免婴儿

受到卷流风吹袭。

● 播放舒缓轻盈的音乐，缓解宝宝的焦躁不安。

0515 预防秋季腹泻

不要急于给宝宝添加衣服，继续保持每天2小时以上的户外活动，不要急于关窗关门，减小室内外温差。

即使天气凉了下来，也要坚持户外活动，增强婴儿耐寒能力，增强呼吸道抵抗病毒侵袭能力，为婴儿度过寒冷的冬季做准备。过早把婴儿闷在家里，过早给宝宝穿得很厚，盖得很多，都会增加婴儿冬季呼吸道感染的概率。

预防秋季腹泻

秋季腹泻病流行，婴儿一旦腹泻，及时看医生，学习口服补液盐的使用方法，可以使宝宝免受静脉注射之苦。

0516 冬季室内温度不要过高

北方冬季寒冷，室内外温差可达30℃。如果把宝宝从温暖的室内抱到寒冷的室外，婴儿是很难适应的。尽管给宝宝穿得很暖和，但呼吸道对这种温差的适应能力是有限的。应该每天在室外温度最高、阳光最充足的时候抱宝宝出去。室内温度保持在18～22℃，不要让室内温度过高。

婴儿不是只怕冷，不怕热。暖气片取暖，总是使室内又热又燥，室内湿度才达到15%～20%。保持适宜的湿度（40%～50%）是非常重要的。湿度过低，大大降低了呼吸道纤毛运动功能，呼吸道抵御病菌的能力下降，这不是用药物可以解决的。如果医生没有到家里，而是父母把宝宝抱到医院了，只能按照疾病给宝宝开一大堆药物。这就是为什么宝宝总是有病，却久治不愈的原因。

第七节 日常护理要点

0517 男婴与女婴护理上的差异

男婴护理

如果发现男婴阴囊变大，阴囊皱褶减少，变得透明，可能是发生了鞘膜积液。有的婴儿可在一岁左右自行吸收，所以不严重的话，不要急于手术治疗。

避免宝宝剧烈哭闹。有疝气的婴儿一旦出现不明原因的哭闹，有疝气嵌顿的可能。如果是疝气，要注意躺下后是否能够还纳回去，如果不能还纳，可能疝入阴囊的肠管发生嵌顿，使被嵌顿的肠管缺血坏死，这就要及时看医生了。

女婴护理

仍要注意预防阴道、尿道炎，洗臀和擦屁股时，要从前向后洗擦，以免使肛门周围的大肠杆菌污染阴道或尿道。女婴更容易患尿布疹，尤其在炎热的夏季，最好不使用尿布。如果使用尿布，也不要把尿布紧兜在臀部，要留有一定的空间。

0518 衣物被褥床玩具

衣服太多不清洁

不要给宝宝准备过多的衣服，衣服过多，轮换周期就长，影响衣服的清洁；少准备几件，宝宝就会穿上在阳光下晒过不长时间的衣服，有利于健康。一般情况下，冬季准备4套，夏季准备6套，春秋季准备3套，能正常更换就可以了。要纯棉衣服，不要纯毛衣服，因为纯毛衣服会有毛掉下来，可能会飞到婴儿的鼻腔、眼、口内，有的宝宝还对羊毛过敏。

阳光消毒与消毒液

被褥要经常拿到户外进行日晒消毒，阳光是最好的消毒手段，不要使用消毒液给宝宝洗衣服被褥，总会有些成分漂洗不净，残留在衣服被褥上，紧挨婴儿皮肤的内层衣服如果有消毒液残

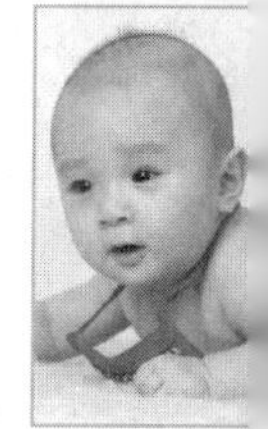

留，会对宝宝皮肤造成伤害。也不要用成人洗衣粉给婴儿洗衣服被褥，即使不含磷的也不能用。婴儿皂或婴儿洗衣粉、洗衣液是比较好的选择，但要买到合格产品，避免假冒伪劣商品。

服装不能限制手、四肢、头

无论多冷的季节，不要用手套或过长的袖口禁锢宝宝的双手活动；也不要用被子把宝宝紧紧包裹起来，以至于宝宝不能活动。即使宝宝在睡眠时也不要这样包裹宝宝。限制宝宝肢体活动，会阻碍宝宝运动能力的发展，婴儿的运动能力发展与智能发展是紧密相连的。

如果把宝宝放在睡袋里，一定要选择宽大的睡袋，睡袋大多带有帽子，睡觉时不要把帽子戴在婴儿头上，更不能把帽子前面的抽带拉紧，这会影响婴儿的头部运动。

带宝宝外出时，也尽量不把与衣服相连的帽子带在头上，最好单独戴帽子，这样宝宝能自由转动头部。

给宝宝蒙纱巾不可取

冬季带宝宝到户外，不要给宝宝戴口罩，或用纱巾蒙在宝宝的脸上，如果有风沙，就回到室内，蒙着纱巾会影响宝宝的视力。纱巾会被宝宝的口水弄湿，刮在纱巾上的灰尘，会被宝宝吃到嘴里。灰尘中会带有各种病原菌，尤其是结核菌，最容易夹杂在灰尘中。更严重的是，夹杂在灰尘中的结核菌会沾在宝宝的眼睫毛上，当宝宝揉眼睛时，进入眼内，造成结核性眼角炎。

0519 训练尿便没有意义

这个月训练宝宝尿便还为时太早。喜欢让妈妈把尿的，也可以把一把。但如果宝宝不喜欢，一把就打挺，或越把越不尿，放下就尿，妈妈就不要非把不可。伤害了宝宝的自尊心，到了该训练的月龄也训练不了了。

同样，有的宝宝大便每天1～2次，也可以根据每天大便时间把一把。注意：不要长时间把宝宝大便，如果长时间让宝宝肛门控着，会增加脱肛的危险。

可能别人家的宝宝已经能够把尿便了，已经很少洗尿布了，已经很节省一次性尿布了等等，不要着急，也不必比较，没有什么实际意义。

不要破坏肠道内环境

母乳喂养儿大便次数可能仍然在一天四五次，有时会发绿，发稀，还会有些疙疙瘩瘩的奶瓣，这不要紧，不要为此给宝宝吃药。牛奶喂养的宝宝可能会便秘，可多喝些菜汤，水果汁。

这个月的宝宝容易发生生理性腹泻，要注意与肠炎鉴别。不要自行使用非处方药，破坏肠道内环境。大便里会有黏液样、痰样的东西，这是肠道细胞黏膜代谢脱落，不是痢疾。

如果高度怀疑是肠道疾病，可留取“不正常”的那部分大便，带到医院进行化验。不要轻易带宝宝到医院，以减少交叉感染。药店推荐的药物，也不要轻易购买。治疗肠道疾病的药物，可能会引起肠道内环境紊乱。

这个月婴儿比较容易出现大便问题，也是父母容易乱用药的时候，一定要避免。一旦破坏了宝宝肠道内环境，调理起来是比较困难的。防患于未然的根本方法就是不要乱投医，乱吃药。

0520 洗澡的危险性增加了

这个月的婴儿，洗澡已经不让妈妈怎么摆弄都行了，开始淘气了，会有自己的兴趣和要求，比如你给他洗脸，他正想用小手拨水玩，妈妈就要和宝宝商量说，咱们先洗脸，洗完脸再玩；宝宝可能听不懂，但不这样商量，宝宝真的会生气的。

洗澡时宝宝也不再像以前好抱了，会从你手中溜出，掉到水里或磕到盆沿上。尤其是给宝宝身上打了婴儿皂或浴液，就更光滑了。新生儿期用的小浴盆现在要换成大浴盆了，洗着洗着，水可能凉了，千万不要因为水凉了，就直接往浴盆中加热水，这是非常危险的。尽管你有把握不烫着宝宝，但还是不要这样做，意外就是这样发生的。

0521 绝对不要和宝宝半夜玩

到了这个月，妈妈应该帮助宝宝养成了良好的睡眠习惯，大致情况应该这样：

- 早晨起来，洗脸，吃奶，洗澡，听听音乐，和妈妈交流，练练发音，再到户外活动。
- 到了午饭前开始睡觉，等到妈妈把饭吃完了，宝宝会醒来，吃奶，再和妈妈玩一会儿，开始睡午觉，一睡可能就是3～4个小时，醒来后再吃奶。天气好的话，会非常高兴到户外晒太阳，看看花草树木，人来人往和穿梭的车辆，小猫、小狗、小鸟、小鸡更是宝宝喜欢追着看的小动物。
- 太阳快落山了，回到室内摇摇手里的玩具，听听音乐，看看新挂上的鲜艳的画，床旁新挂上的玩具。如果哭一会儿，那是要练嗓音，增加一下肺活量。或者是饿了，渴了，给宝宝吃喝就会安静下来。让宝宝看一眼电视里色彩斑斓的广告，不看了或开始闹人了，就马上把宝宝抱离。看电视不能超过5分钟。
- 给宝宝洗洗脸，洗洗小脚，洗洗小屁股，喂足了奶，也到了晚上七八点钟，开始睡觉了。一睡可能就到了后半夜，即使半夜起来1～2次，也是正常的，换换尿布，喂点奶，宝宝会马上入睡的。

这就是良好的睡眠习惯，妈妈可以对照一下自己宝宝的睡眠情况，给予必要的调整。有的父母，看到宝宝半夜醒了，因为担心宝宝闹，就全力陪宝宝玩，结果养成宝宝半夜醒来要求父母陪玩的习惯。父母不可能坚持住，就不理睬宝宝，宝宝就开始哭闹，一来二去，成了闹夜的宝宝。而父母又可能认为宝宝缺钙，一系列错误的序幕就这样拉开了。

0522 生理性腹泻难以避免

腹泻是婴幼儿最常见的消化道综合征，在整个育儿过程中，宝宝没有发生过腹泻的不多见。三四个月的宝宝，正是处于添加辅食、母乳不足的时期。由纯母乳喂养改为母乳和牛奶混合喂养，或由纯牛奶喂养改为牛奶和辅食混合喂养。有的妈妈为了重新进入职场，让宝宝进入半断乳期；有的妈妈开始外出工作，不再规律地喂宝宝；有的由看护人代替喂养，宝宝要重新适应新的喂养方法……这些变化，都会给宝宝胃肠道带来挑战。

胃肠道要适应这些变化，就会出现调整过程中的紊乱。这个月不发生，以后也会发生的，宝宝不会一直吃着母乳长大，也不会一直吃着牛奶长大，这种饮食结构的变化肯定要发生，而婴儿在食物改变过程中出现腹泻，属于正常的生理过程。

生理性腹泻不是疾病，和生理性溢乳、生理性贫血、生理性黄疸、功能性腹痛、生长痛等是一样的概念，不需要治疗。母乳喂养的宝宝，大便不成形，一天七八次，有时还会发绿，有奶瓣，水分稍多，但肠道既没有致病菌感染，也没有病毒感染，也没有脂肪泻、肠功能紊乱、消化不良等症状，这样的腹泻就是生理性腹泻。

生理性腹泻鉴别要点

- 次数每天不超过8次，每次大便量不多；
- 虽然不成形，较稀，但含水分并不多，大便与水分不分离；
- 没有特殊臭味，色黄，可有部分绿便，可含有奶瓣，尿量不少；
- 宝宝精神好，吃奶正常，不发热，无腹胀，无腹痛（腹痛的宝宝哭闹，肢体卷缩，臀部向后拱）；
- 体重正常增长。大便常规正常或偶见白细胞，少量脂肪颗粒。

乱用腹泻药可导致“医源性疾病”

生理性腹泻千万不要给宝宝乱吃药，尤其是抗菌素类药物更不能盲目服用。如果服用了抗菌素，就会杀灭肠道内非致病菌，使肠道菌群失调，还可能出现伪膜性肠炎，把本来正常的肠道环境破坏了。

肠道内环境被破坏后，就会出现肠功能失调

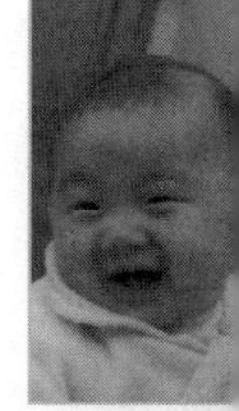
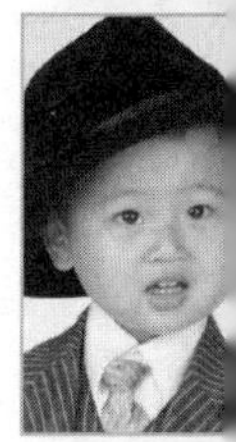
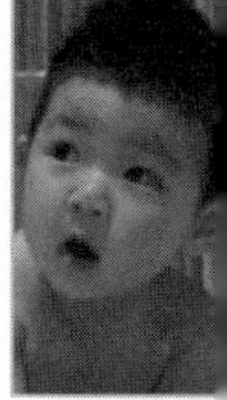

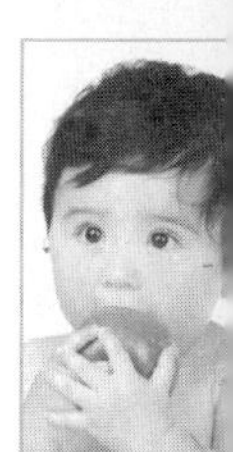

症状，还会使本来不致病的细菌成为致病菌，使能够被正常菌群抑制的致病菌繁殖，达到致病的数量。妈妈要避免这种“医源性疾病”。

生理性腹泻的有效对策

● 如果母乳不足，添加牛奶后出现腹泻，可以更换其他品牌的配方奶。

● 如果仍然无效，可以减少牛奶量，适当添加米粉。

● 如果添加米粉后反而加重，就立即停止添加。继续添加配方奶粉，不要选择加铁奶粉（奶粉中额外添加了铁剂，是针对有缺铁性贫血或早产儿的）。

● 如果使用鱼肝油滴剂补充维生素AD，可改用浓缩维生素D胶丸（10万国际单位/丸，一月一丸）会减轻生理性腹泻。

● 如果是纯牛奶或纯母乳喂养，添加辅食后出现腹泻，就停止辅食，这个月可以不添加辅食。不会因为在这个月没有添加辅食而使宝宝出现偏食或营养不足。

0523 不必干预啃手指

这个月宝宝不但会吸吮小拳头，还会吸吮拇指，啃小手，啃玩具。这是婴儿发育过程中出现的正常表现，不要把这些行为认为是不良习惯而加以限制，也不要认为这是宝宝没有吃饱，或由于宝宝缺乏爸爸妈妈的关照而感到孤独。只有宝宝到了一岁以后或更大些，还吸吮手指，这才是“吮指癖”了。宝宝长大了出现“吮指癖”，这和妈妈在宝宝婴儿期没有干预其吮指，没有直接的因果关系。

0524 牙齿萌出前开始咬乳头

有的宝宝4个月就开始有牙齿萌出。在牙齿萌出前，宝宝会咬乳头；妈妈的乳头本来让宝宝吸吮得很嫩了，宝宝一咬会很痛的。当宝宝咬妈妈的乳头时，妈妈本能地向后躲闪，结果宝宝还咬吸着乳头，会把妈妈的乳头拽得很长，使妈妈更痛。宝宝还没有吃饱，一往外拽乳头，宝宝会更加死死地咬住乳头，使妈妈出现乳头皲裂。

当宝宝咬乳头时，妈妈马上用手按住宝宝的下颌，宝宝就会松开乳头的。如果宝宝要出牙，频繁咬妈妈的乳头，喂奶前可以给宝宝一个没有孔的橡皮奶头，让宝宝吸吮磨磨牙床。10分钟后，再给宝宝喂奶，就会减少咬妈妈乳头了。

0525 忽然厌食牛奶

3个月以后的婴儿可能会在某一天突然厌食牛奶。妈妈不要着急，这是宝宝暂时现象，过一段时间会重新喜欢奶粉的。

0526 不喜欢吃母乳

当母乳不足时，妈妈就开始给宝宝补充配方奶粉。配方奶粉一般是比较甜的，这使得宝宝很喜欢吃；奶瓶的孔眼比较大，出乳容易，速度快，对于嘴急，奶量大的宝宝来说，是很好的事情，要比母乳省力得多。这样的宝宝不拒绝吸奶瓶，也不讨厌橡皮奶头的味道，也不嫌橡皮奶嘴硬（价格比较贵的奶嘴，几乎接近了妈妈乳头的感觉），这就使得宝宝不再喜欢费力吃妈妈的奶了。

0527 不可用断母乳的办法硬加牛奶

食量大的宝宝，本月可能发生母乳不足。出现以下情况，就说明母乳不足：

● 宝宝吃奶间隔时间缩短了，半夜不起来吃奶的宝宝开始起来哭闹，不给奶吃就不停地哭。

● 妈妈再也不感觉奶胀了，不再有奶惊了，当宝宝吃奶时，突然把奶头拿出来，奶水只是一滴一滴的，不成流。

● 宝宝大便次数少了，或次数多，但量少了，体重增长缓慢，一天增长不足10克，或一周增长不足100克。

母乳不足，就每天加两次牛奶。要注意，一

定不能无限制地加下去，这样会影响宝宝对母乳的吸吮，使母乳量进一步减少，母乳仍然是这么大宝宝的最佳食品。添加牛奶，要一顿一顿添加，不要一顿奶又有母乳，又有牛奶。

也许会遇到添加牛奶困难的情况。只要宝宝体重还在增长，就继续母乳喂养，不要因为宝宝吃牛奶而把母乳断了。到了4个月以后，也可以添加一些辅助食品了，宝宝不会饿坏的。

0528 就让他尽情踢被子好了

这个月的宝宝肢体运动能力进一步增强，踢被子已经变成了妈妈头痛的事情。就让宝宝踢好了，不要盖得太厚，宝宝热，就会踢得更凶。不要把被子盖到脚上，只盖到肚子，这样不管怎么踢，也不至于把被子踢光。

0529 这个月突然开始夜啼

有些宝宝这个月突然开始夜啼，妈妈可能会很着急，带宝宝到医院看病，医生却说没有什么事，宝宝根本没有病。带宝宝到医院看一看，也是对的。毕竟父母不是医生，即使是医生，如果没有检查宝宝，也很难判断是否有病。

有的妈妈可能会采取不予理睬的方法，但大多数父母不会这样做，都是想方设法地哄宝宝。用爱抚来缓解宝宝的焦虑，消除他的孤独感，这是应对夜啼唯一有效的方法。带着情绪哄宝宝，急躁、焦虑、生气，愤怒、抱怨、争吵，这比不予理睬更糟糕。父母的情绪比宝宝的情绪还糟糕，宝宝会哭得更厉害。

具体做法

把宝宝的头放在妈妈的肩上，身体俯在妈妈的胸前，轻轻拍着或抚摸着宝宝的背部，轻轻哼着小曲，打开地灯或带罩的壁灯。这种方法是最奏效的。一次不行，两次，两次不行，三次，要有耐心和信心，宝宝不会哭着长大的。

如果宝宝得病了，除了哭闹还会有其他异常。妈妈可能不了解疾病的症状，但肯定会觉察宝宝有异常。父母最了解宝宝，宝宝出现丝毫变化父母都会看在眼里，父母的任务就是发现异常及时看医生。

0530 这个月吐奶明显减轻

有溢奶的宝宝，到了这个月，吐奶程度可能会明显减轻，有的宝宝不再吐奶了。即使仍然吐奶，如果没有影响宝宝的生长发育，也不要紧，过一段时间会好的。

注意尽量在吃奶前给宝宝洗澡，吃奶后不要活动宝宝，竖立着抱宝宝。这样可能会减轻吐奶；如果减轻了，就不容易再反复，慢慢就会好了。

如果吃奶后半个小时还吐奶，就竖着抱半个小时；如果吃奶后一个小时还吐，就竖着抱一个小时；如果醒后吐奶，待宝宝还没有完全醒过来的时候，就轻轻把宝宝竖立着抱起来；如果宝宝一哭就吐，就尽量减少宝宝哭闹，哭的时候不让宝宝躺着。

0531 宝宝开始快速生长

这个月宝宝由于吐奶减少，睡眠变得有规律，户外活动增加，接受日光照射时间长了，自身运动量也增加，会竖头了，躺的时间减少，托着腋窝，会用脚蹬着妈妈的腿一蹦一蹦的，对婴儿来说，这是很大的运动量了。厌食牛奶期也很快就过去了，进入新的爱吃奶时期，有的开始喜欢吃辅食。这些都使得宝宝开始了快速增长，妈妈要抓住这一有利时机。

有的宝宝食量仍然比较小，睡眠也不是很安稳，不是很喜欢运动，还有少数宝宝会大口吐奶。妈妈要看一看宝宝是否沿着正常发育曲线生长，如果偏离了，做些必要的检查。要到正规的、有信誉的医院，找儿科医生或儿童保健医，也可找负责宝宝健康的社区医生。如果能够“无药而医”那是最好的。需要治疗的，能吃药，不打针；能打针，不输液；能在家，不到门诊；能在门诊治疗，就不住院。不要让宝宝遭受不必要的痛苦。

0532 铁剂对生理性贫血无效

正常初生儿血红蛋白可高达190克/升以上，生后1周内血红蛋白逐渐下降，直至8周后方停止下降。这种下降是生理性的，所以称为生理性贫血。出生后3个月内是体重增长最快的阶段，血容量扩充很多，红细胞被稀释，红细胞增生减低，出生后2～3个月血红蛋白降至90～110克/升时，红细胞生成素重新出现，骨髓造血细胞的功能开始活跃。

生理性贫血是婴儿生长发育过程中出现的，不需要治疗。铁剂对生理性贫血无效。有的父母发现宝宝比原来肤色发白，甚至有些发黄，一化验血，血色素比较低，甚至低于90克/升，诊断贫血，有的医生就会给宝宝开补血的药物，补血药主要是铁剂，铁剂对宝宝胃肠道刺激比较大，会影响宝宝食欲。

如果是病理性贫血，要做病因诊断，然后才能针对病因进行治疗。缺铁性贫血要和遗传性红细胞增多症、溶血性贫血等相鉴别。

0533 预防接种中常遇到的问题

3个月开始打百白破三联疫苗，第二次吃脊髓灰质炎疫苗糖丸。

到了预防接种时间，正好宝宝患病了怎么办？

如果宝宝仅仅是轻微感冒，体温正常，不需要服用药物，特别是不需要服用抗菌素，可以按时接种，接种后1～2周不吃抗菌素类药物。如果必须使用，要向预防接种的医生说明，是否需要补种。如果发热，或感冒病情较重，必须使用药物，可暂缓接种，向后推迟，直到病情稳定。如果服用抗菌素，要在停止使用后1周接种。

如果向后推迟了某种疫苗接种，以后的接种是否推迟？

以后的接种可顺延向后推迟，但只需向后推迟那个被推迟的疫苗，其他疫苗可继续按照接种时间进行接种。如果和某种疫苗碰到一起了，是否能同时接种，预防接种医生会根据相碰的疫苗的种类，判断是否可以同时接种，还是间隔一段时间，间隔多长时间，先接种哪一种，也由预防接种医生根据具体情况决定。

吃药对预防接种效果有影响吗？哪种药有影响，哪种药没有影响？

原则上讲，药物对预防接种效果是有影响的，所有的药物都不应该使用，都可能会有不同程度的影响。但抗菌素对预防接种疫苗影响最大。如果是口服疫苗，围生态制剂对疫苗影响也不小。在接种疫苗前后2周，最好不使用任何药物。

刚接种完疫苗就有病了，是否影响免疫效果，需要补种吗？

可能会降低免疫效果，但不会因此而丧失了免疫效果，不需要补种。

刚接种完疫苗就吃药了，是否需要补种？

会有影响，但不需要补种。

接种疫苗后发热，如何鉴别是疫苗所致，还是疾病所致？

首先要排除疾病所致的发热，疾病可以是接种前就感染的，也可以是接种后感染的。如果是疾病所致，检查可见阳性体征，如咽部充血，扁桃体增大充血化脓，咳嗽，流涕等症状。疫苗所致发热没有任何症状和体征，如果既有疫苗反应，也有感冒发热，症状就会比较重，体温也比较高。接种多长时间发热，与接种的疫苗种类有关。疫苗接种后的发热一般不需要治疗，会自行消退。

接种某种疫苗会不会就患某种病啊？

爸爸妈妈不必担心这一点，接种免疫疫苗，都是国家计划免疫项目，是很安全的。

为了避免疫苗反应，就不接种疫苗，对吗？

这个决定是错误的，接种疫苗造成的反应是比较轻的，对婴儿没有什么伤害，严重的疫苗反应，是罕见的。比起对传染病的预防作用，几乎可以忽略不计。一定不能为此拒绝给宝宝接种

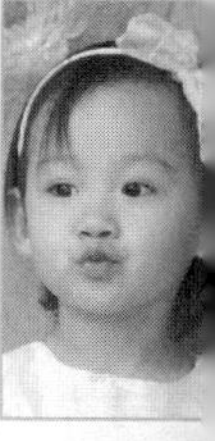

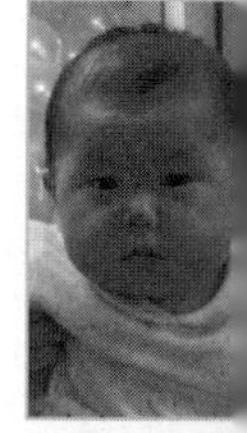

疫苗。

计划外免疫疫苗，是否应该接种？

不要轻易接种国家计划外的疫苗，在接种前，必须向有关部门（防疫站、有权威的医疗机构等）咨询，了解疫苗的作用，不良反应，在临床中的应用情况，免疫效果，接种意义，疫苗的应用范围等等。

第五章　4～5月婴儿（120～149天）

第一节 本月明显特点

0534 三个生长特点

会用眼睛传递感情了

这个月的婴儿，眼睛已经能和父母对视，在对视中，宝宝的眼神能流露出感情交流的喜悦。看到爸爸妈妈，宝宝会高兴得手舞足蹈，脸上洋溢着欢快的笑容。这个月的宝宝会用人类心灵的窗户——眼睛来传递感情了。

撑起上身抬起头好几分钟

宝宝的活动能力也进一步增强，会用手撑起上身几分钟，头抬得高高的。发育很好的宝宝，还可能会转一转头，看看两边的东西。

还是向前栽

妈妈扶着或背靠物体，宝宝会坐一会儿，但很快头就向前栽，上身向前倾斜。把脚放在妈妈的腿上，会来回地跳跃，还能站一会。

0535 五项喂养要点

不要拔苗助长

爸爸妈妈们不要急于锻炼宝宝坐、站、跳等运动潜能，不然对宝宝骨骼发育和关节稳定会造成负面影响。特别要注意，看到别的宝宝运动能力比较超前，千万不能着急开发自己宝宝的种种能力，拔苗助长，适得其反。宝宝运动能力的发育有早有晚，横向比较，宝宝可能暂时不具备某种能力，或比较弱、比较慢；但纵向看来，宝宝还是一天天在进步，就属于发育正常。

试着添加辅食

母乳充足的，仍可以继续母乳喂养。但从这个月开始，应试着添加辅食，锻炼宝宝使用奶瓶、小勺、小杯、小碗的能力。添加辅食，不仅是为了补充牛奶营养成分的不足，或母乳量的不足，更主要的目的，是让宝宝的味觉不断适应各种食物的味道，增加进食的兴趣，避免以后偏食。开始添加辅食是这个月喂养的重点。

不要顾此失彼

尿便和睡眠，和上个月相比没有太大的变化，但体格生长发育的速度仍没有减慢。营养需求有所增加，喂养方法需要小的改变。开始添加辅食，妈妈又多了一件事，但也不能把精力都放在辅食上。宝宝各项能力的开发训练，户外活动，良好睡眠等等都要安排好，要齐头并进，不能顾此失彼。

正确处理“喘息性气管炎”

这个月的宝宝不容易患什么要紧的病，如果医生诊断你的宝宝有喘息性气管炎，你可不要没完没了地给宝宝吃药。所谓“喘息性气管炎”，可能就是宝宝气管黏膜分泌旺盛，自己不会清理，痰多咳不出来，可能没有任何感染情况。如果一味地吃抗菌素，会出现副作用。尤其要避免找多个医生看病，这个医生开这种药，那个医生开那种药，都是高级抗菌素。常吃抗菌素，对宝宝是有害的。

小心意外事故发生

这个月宝宝开始长本事了，父母高兴之余，也要小心意外事故的发生。虽然这个月还不是意外高发期，但预防的意识还是早早建立为好。

第二节 生长发育规律

0536 平均身高增两厘米

这个月宝宝身高平均可增长2厘米。需要重申一遍，宝宝身高的增长是受种族、遗传、性别等诸多方面影响的。个体间的差异，会随着年龄的增大逐渐变得明显起来。一般说来，3岁以前身高更多的是受种族、性别影响，3岁以后遗传影响越来越显现出来。

0537 体重增速下降

从这个月开始，婴儿体重增长速度开始下降，这是规律性的过程，父母们一定要清楚。4个月以前，婴儿每月平均体重增加0.9～1.25千克；从第4个月开始，体重平均每月增加0.45～0.75千克。

定期给宝宝测量体重，按照儿童体重增长曲线图，分析宝宝体重增长情况，这是监测宝宝生长发育是否正常的重要途径，而且简便易行。

体重增长曲线图表明正常小儿的生长规律，但婴儿不可能都按相同的数字生长，每个个体都有一定的差异。只要这些差异在曲线图上保持在第3百分位以上，第97百分位以下，就都是正常的。

每个婴儿都有自己的体重增长曲线，但不管数字上有多大差异，这些曲线都应该是逐渐上升的，如果曲线平坦或下降，就不正常了，要及早就医。体重不按常规增长，除了疾病所致，更多的是喂养不当所致，必须及时纠正。

0538 头围增速放缓

从这个月开始，婴儿头围的增长速度也开始放缓，平均每月可增长1.0厘米。头围的增长也存在着个体差异，婴儿头围增长曲线，呈规律性逐渐上升的趋势，有正常儿童增长值，也有差异的正常范围。

定期测量头围，可及时发现头围异常，如果头围过小，要观察婴儿是否有智能发育迟缓的征候；如果头围过大，应排除是否有脑积水、佝偻病等。

头围的测量方法

使用一根软尺，带有毫米刻度，妈妈将宝宝抱在腿上坐直，爸爸站在宝宝右侧，用左手拇指将软尺零点固定在宝宝头部右侧齐眉弓上缘。让软尺从头部右侧经过右耳上方，绕过枕骨粗隆最高处，再经过左耳上缘，沿左侧齐眉弓上缘回至零点，与起始处交点读数。在测量过程中，软尺要平整均匀地紧贴头皮，但不能绷紧，左右高低对称。这样测量出来的头围才比较准确。

把测量的数值与上个月测量的数值进行动态比较，看是否有增长。把测量的数值，点在相应月龄头围生长曲线图上，与正常值和正常变动范围比较。如果所测数值低于第3百分位或高于第97百分位，要看医生。

一次测量的数值变化不是很大，仅仅是1.0厘米左右。如果测量值与上个月相比，增长不理想，父母不要着急，观察宝宝有无异常；如果没有任何异常，可观察到下个月，再进行测量；如果心里没底，不放心，就请医生再帮助测量一下，并进行分析。不要因为正常的差异，而给宝宝做一些不必要的检查，加重心理负担。

0539 囟门可能缩小了

这个月宝宝的囟门可能会有所减小，也可能没有什么变化。如果婴儿头发比较密，就不容易发现前囟门的变化，妈妈也不会格外注意前囟门的情况。如果头发比较稀疏，或把头发剃得光光

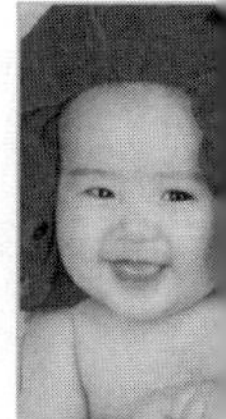

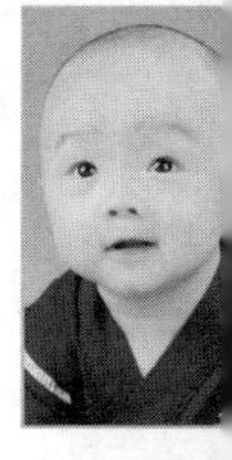
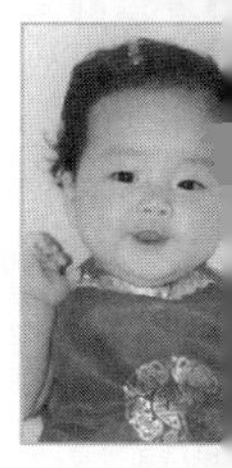

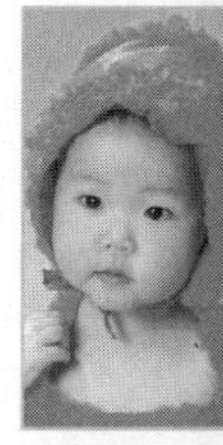

的，前囟门就会看得很清楚，妈妈喂奶时，甚至会看到宝宝囟门一跳一跳的，很是害怕。不用担心，这是正常的。

如果宝宝发热，囟门会膨隆，或跳动比较明显，这也很正常。但如果宝宝高热，囟门异常隆起，宝宝精神也不好，或出现呕吐等症状，要及时看医生。

囟门处没有颅骨，做户外活动时要注意保护。

第三节 各种能力大大提高

0540 能注意镜子中的人了

视焦距调节能力和成人差不多了

这个月的婴儿，已经能够对远的和近的目标聚焦，眼睛视焦距的调节能力已经和成人差不多了。辨别颜色的准确性进一步发展，能不断认识各种颜色的差别。爸爸可以拿着一个布娃娃，从远处走来，逐渐靠近，当布娃娃快碰到宝宝时，观察宝宝是否有躲闪的反应。

视觉反射逐渐形成

因为目光已经能够集中于较远的物体，视觉反射也就逐渐形成了。当看到奶瓶时，宝宝会用手去够，并显出很高兴的样子，知道妈妈又要喂奶了。宝宝已经把看到的奶瓶和吃奶联系起来了。

妈妈要利用宝宝建立起来的视觉反射，教宝宝认识物品，教宝宝说这是奶瓶。慢慢的，宝宝看到奶瓶时，不但会联想到吃奶，还会联想到它叫什么，这就是语言与视觉的联系。以后宝宝看到奶瓶，就能够说出“奶瓶”这个词来了。而当妈妈说“奶瓶”这个词时，宝宝就会用眼睛到处找奶瓶，这就是听力与视力之间的联系。所以说，听、看、说、闻、嗅、运动、思维等这些活动都是相互联系的，训练应是全方位的，不是孤立的。在训练听的时候，也同时训练了看、说。

会注意镜子中的人了

这个月的宝宝，开始会注意镜子中的自己。妈妈可以指着镜子说“这就是宝宝”（可说宝宝的名字），再说“抱着宝宝的是妈妈，身后站着的是爸爸”。

能分辨红、绿、蓝

这个月的婴儿，已经具备了分辨红、绿、蓝三种纯正颜色的能力。可以有意训练宝宝认识这三种颜色，并把这三种颜色放在一起，帮助婴儿辨别。再把其他颜色与这三种颜色对比，培养宝宝对色彩的辨别能力。

带宝宝到户外时，看到什么就告诉宝宝这是什么，并指出是什么颜色的。比如这花是红的，这花是黄的，树叶是绿的。同时让宝宝看漂亮的大画报，丰富视觉内容。

对复杂图形识辨能力还很弱

这个月的婴儿，对复杂图形的觉察和辨认能力还是非常弱的，但喜欢注视图形复杂的区域，这可能就是一种认知欲望，或是学习的兴趣吧。不管识别能力弱还是强，父母都要对婴儿进行视觉功能的开发和训练。

0541 进入连续音节阶段

4个月以后，婴儿进入了连续音节阶段。妈妈可以明显地感觉到，宝宝发音增多，尤其在高兴时更明显，可发出如ba—ba、da—da、mou—mou等声音，但还没有具体的指向，属于自言自语，咿呀不停。

教婴儿语言，应该从宝宝生下来就开始。从4个月以后，应该加强语言训练。训练宝宝语言，并不费力，日常生活中一点一滴都能够教宝宝语言，随处可见，即使不准备任何教具，也会收到很好的效果。用日常生活中的东西教宝宝，还会增加宝宝学习的兴趣，不抽象，都是宝宝平时用的，看的，吃的，玩的。这样教，妈妈轻松，宝宝也轻松。

当爸爸回来时，就和宝宝说“爸爸回来了”；给宝宝吃奶时，就说“妈妈给宝宝喂奶

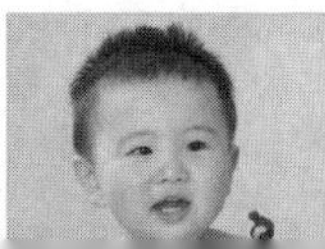

了”；当使用奶瓶时，拿着奶瓶告诉宝宝“这是奶瓶，是用玻璃做的”，并把奶瓶放在宝宝手里，让宝宝感受一下，奶瓶是什么样的，玻璃是什么样的。

如果宝宝不经意发出“妈妈”的音节，就要马上亲吻宝宝，并称赞“宝宝会叫妈妈了，妈妈可真高兴”。尽管宝宝还没有意识到他发出的声音，就是在呼唤妈妈，但随着妈妈不断强化“妈妈”，不断和宝宝说“妈妈要给你吃奶了”，“妈妈要给你洗澡了”等等，宝宝就会把“妈妈”这个音和妈妈这个人结合起来，就会有意识地喊妈妈了。这需要一段很长的时间，可宝宝就是这样学习语言的。

0542 随着音乐摇晃身体

这个月的婴儿，会积极地倾听音乐，并会随着音乐的旋律摇晃身体，虽然还不能与旋律完全吻合，但已经有节律感了。

听觉的灵敏，带动颈部运动的灵活。当宝宝听到声音时，会转头寻找声音的来源。可以做这样的训练游戏：爸爸躲着宝宝，并叫宝宝的名字，妈妈告诉宝宝这是爸爸在叫他，让宝宝辨别这声音是爸爸发出来的。以后一听到爸爸的说话声，宝宝就会到处寻找爸爸，这时爸爸突然出现，告诉宝宝“爸爸在这里”，宝宝会因自己判断正确而高兴地笑起来。宝宝对妈妈的声音，可能早已经比较熟悉了。

可以买各种动物叫的录音带，放给宝宝听，告诉这是什么动物在叫，宝宝最喜欢听小动物的叫声。当宝宝会说话时，会津津有味地不断学动物的叫声，这样不但锻炼了听力，还锻炼了发音。但要求磁带录制的动物叫声，要逼真、准确。

0543 看到什么都想摸

婴儿4个月以后，视觉和触觉的协调能力发展起来了。看到什么东西，都会主动有意识地去摸一摸，通过触觉来探索外在世界。妈妈不要错过这个机会，宝宝看到的东西，能够让宝宝摸的，都尽量让宝宝摸一摸，建立视觉和触觉的联系和协调。

0544 会翻身了

宝宝已经会翻身了，到了快5个月时，就能够从仰卧翻到俯卧。宝宝由仰卧翻成俯卧时，能主动用前臂支撑起上身，并抬起头。即使没有人在跟前，也不容易堵塞口鼻了。如果支撑累了，宝宝会把头偏过去，保持口鼻呼吸顺畅。

值得注意的是，这个月龄的婴儿还不会从俯卧翻成侧卧或仰卧，所以父母仍然时刻不要离开婴儿，安全第一。万一宝宝口鼻周围有东西堵住宝宝的呼吸道，那是很危险的。

开始抓东西

这个月的婴儿，会从父母手中接过玩具，会把自己的手放到胸前注视，并相互握在一起。最重要的是宝宝开始会抓东西，但手眼还不很协调，往往想抓的却抓不到，全身都用力。有时急得宝宝脸发红，这时妈妈可以把东西往宝宝手前挪一挪，增加宝宝够到东西后的喜悦。不断进行这样的练习，眼、手就慢慢协调了。能够准确抓到想要的东西，这是一个不断进步的过程。

伸手让妈妈抱

妈妈会发现，宝宝会伸出小手让妈妈抱抱了，这是让妈妈非常开心的事情。爸爸也不妨试一试，做出要抱宝宝的动作，观察宝宝是否会伸出小手给爸爸，让爸爸抱。爸爸也可和宝宝说“宝宝来，让爸爸抱”。在语言和动作的配合下，宝宝会让爸爸抱，以后当宝宝看到爸爸时，也会伸出小手让爸爸抱。

肌肉力量不断增强

婴儿颈部、前臂、腰部的肌肉力量不断增强。这时可锻炼宝宝从仰卧到坐位，家长抓住宝宝的手腕部，轻轻向上拉起，这样就能够锻炼宝宝头向前伸的能力。锻炼颈前肌肉，使宝宝头部活动更加自如。

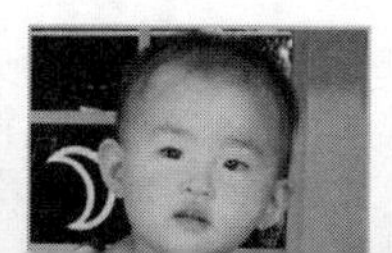

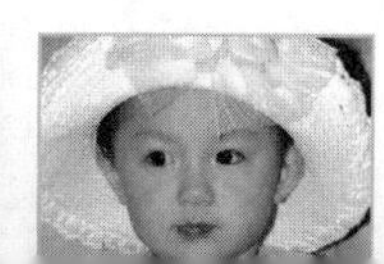
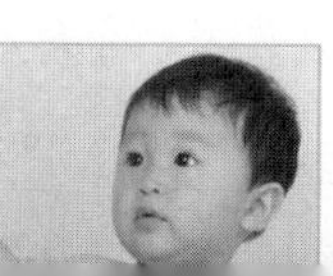

眼手配合比较协调了

这个月宝宝手眼动作已经比较协调了，会够玩具了，并会把小摇铃摇响。宝宝把玩具放到嘴里啃，妈妈不要制止。这是宝宝在探索，慢慢长大了，就知道什么是放在嘴里的，什么不能放在嘴里。在没有危险的情况下，不要限制宝宝往嘴里放东西，否则会影响宝宝对事物探索的兴趣。父母要做的是把玩具洗干净。

不要购买劣质玩具。不能让宝宝放到嘴里的玩具，就是不应该给宝宝玩的玩具，要坚决把它们清理掉。

动手能力进一步增强

宝宝运用手的能力进一步增强了，可以锻炼着让宝宝自己拿奶瓶喝水或吃奶了。宝宝拿不住不怕，妈妈帮着宝宝拿；如果宝宝一点也拿不住，也不要紧，让宝宝摸着奶瓶也可以，慢慢就会拿了。让宝宝拿奶瓶，不但锻炼宝宝手的动作能力，还可以增加宝宝吃奶的兴趣，对于食欲不好的宝宝来说，是增加食欲的一种方法，并为以后自己用勺、筷子吃饭打下基础。

第四节 营养需求无变化

0545 辅食与营养无关

这个月婴儿对营养的需求仍然没有大的变化，每日需要热量为每千克110千卡。添加辅食不是因为母乳营养不足，也不是用辅食来代替牛乳。牛乳喂养的婴儿，如果吃得很好，营养还是能满足需要的。

这个月添加辅食的目的，就是为了让婴儿养成吃乳类以外食物的习惯，刺激宝宝味觉的发育。刺激宝宝吃乳类以外食物的欲望，为半断乳做好准备，也为宝宝出牙吃固体食物做准备，锻炼宝宝的吞咽能力，促进咀嚼肌的发育。

第五节 喂养有了新内容

0546 母乳喂养儿可添加鲜果汁

这个月的宝宝，只要母乳吃得好，妈妈乳量也比较充足，宝宝体重就会很正常地增长，一般平均每天增加体重20克左右。添加的辅食可以有果汁、菜汁和蛋黄，每天喂一次果汁50～60毫升，一次菜汁50～60毫升，每天1/4个鸡蛋黄。

要鲜榨果汁

最好是自己用新鲜水果榨汁，比购买的要好，保证没有防腐剂或色素。自榨果汁要注意卫生，榨汁机要清洗干净，并要注意果汁是否有较大的渣滓或果核，可用干净的纱布滤一下，放在奶瓶中或小杯子中喂给婴儿。果汁最好现喝现榨，不要把剩下的放在冰箱里，因为第二天果汁质量就没有保证了。宝宝一次没喝完的果汁，妈妈喝完是很好的办法。

菜汁的做法

选择新鲜的蔬菜，剁成菜泥，在小锅中放上适当的水，等到水开后，把菜泥放入水中煮一会，如果是易熟或能够生吃的菜，一煮开就可以了。关火后再向汤里放少许食盐、香油，但不要放味精。温度降到适宜后，用小勺喂宝宝吃。如果宝宝不会吞咽菜汤中的碎菜叶或碎菜块，可用纱布滤一下，但最好是让宝宝学会吞咽碎菜叶。不要用奶瓶喂菜汁，这样宝宝不容易养成使用餐具吃饭菜的习惯。

蛋黄的做法

1/4个鸡蛋黄，用水调成糊状喂宝宝。可稀些，也可稠些，根据宝宝吞咽能力调制就可以了。如果调得稠了，宝宝吃起来比较困难，就调稀些。

慎重添加牛奶

母乳逐渐不足了，这时可以先添一次牛奶，如果每天需要添加150毫升以上，那就添下去，同时不妨碍添加果汁、菜汁和蛋黄。如果添加的

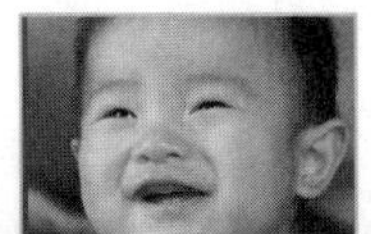

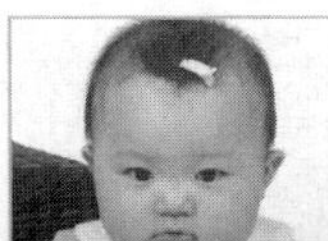

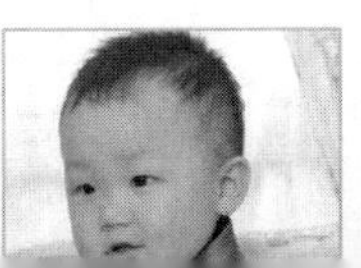

牛奶一天还不足150毫升，就说明母乳还能够供给宝宝所需的热量，就不必每天按时添加牛奶了。为了以后能够吃牛奶，就先添加牛奶，这是没有必要的。

这个月的宝宝，仍然有可能厌食牛奶。如果爸爸妈妈不喜欢牛奶的味道，宝宝就会更加不喜欢。这时硬逼着宝宝吃牛奶，会影响宝宝进食的愿望，他会非常不高兴。

慎重对待市场上的婴儿辅食

如果母乳不足，宝宝又不吃牛奶，那就只有添加辅助食品了。一天先添加20～30克的米粉，观察宝宝大便情况，如果拉稀，就减量，或停掉，或换加米汤、肉汤面等。市场上还有婴儿吃的小罐头、鸡肉松、鱼肉松等半成品。

向5月龄的宝宝喂食这些半成品，并不是最好的辅食添加选择，妈妈自己做辅食，才是最佳选择。如果实在没有时间，那就等到下个月，或半岁以后再添加这些半成品。4～5月龄还是用奶类喂养宝宝，这反倒是安全的。辅食添加不当，导致宝宝腹泻，达不到增加营养的目的，反会让宝宝丢失掉原有的营养，很不值得。

咬乳头转移法

这时的宝宝频繁咬妈妈的乳头，甚至咬破，造成乳头感染，妈妈疼痛难忍。转移的办法就是给宝宝多增加辅助食品，减少他咬乳头的机会。

混合喂养添加辅食

混合喂养的宝宝，到了这个月出现厌食牛奶的现象，就意味着需要添加乳类以外的辅助食品了，妈妈大胆给宝宝添加必要的辅助食品吧。

0547 人工喂养儿奶量变化不大

这个月宝宝奶量不会有大的变化。牛奶喂养的宝宝，随着月龄增加，奶量并不是不断增加的。认为宝宝大了，活动量也大了，就应该吃更多的牛奶，这是错误的。宝宝奶量不增加，并不意味着宝宝吃奶不好了。

食量小的宝宝，依然吃得少，每天也就600～800毫升牛奶。妈妈看到书上或奶粉袋上标着，这么大的宝宝应该吃1000毫升以上，就着急了，认为宝宝厌食，使尽一切办法让宝宝多吃些。吃助消化药，化验各种元素，如果稍有缺钙、缺锌现象，就大补特补。宝宝从出生后就一直在补充钙和维生素AD，现在则进一步增加剂量，有的妈妈甚至要求给宝宝肌肉注射D针，静脉注射钙剂等等。这都是完全错误的。至于锌，就更不应该大张旗鼓地补充了。锌是体内微量元素，不可能大量缺乏，哪至于要每天补充那么多的锌元素！

第六节 添加辅食

0548 辅食添加8原则

不能操之过急

添加辅食，是帮助婴儿进行食物品种转移的过程，使以乳类为主食的乳儿，逐渐过渡到以谷类为主食的幼儿。所以要循序渐进，按照月龄的大小和实际需要来添加。

吸收难易有序

要从最容易被婴儿吸收、接受的辅食开始，一种一种添加。添加一种辅食后，要观察几天，如果不适应，就暂时停止，过几天再试。如果宝宝拒绝吃，也不要勉强，等几天再吃，但不要失去信心。让宝宝慢慢适应，不要一开始就把宝宝弄烦了。

夏季不开始

夏季宝宝食量减少，消化不良，添加辅食如果宝宝不吃，就等到天气凉爽些添加，妈妈要学会放弃。

循序渐进

辅食添加要从少到多，从稀到稠，从细到粗，从软到硬，从泥到碎，逐步适应婴儿消化、吞咽、咀嚼能力的发育。

患病不添加

添加辅食要在婴儿身体健康，心情高兴的时

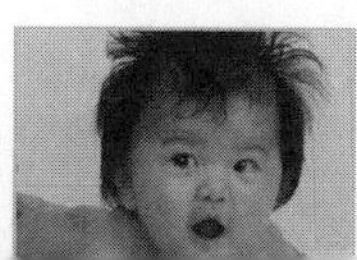
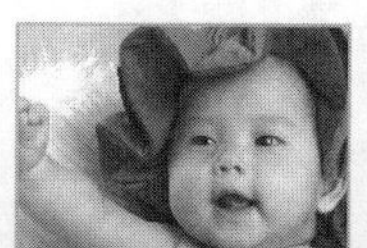

候进行。当宝宝患有疾病时，不要添加从来没有吃过的辅食。

出现不良反应要暂停

在添加辅食过程中，如果婴儿出现了腹泻、呕吐、厌食等情况，应该暂时停止添加，等到宝宝消化功能恢复，再重新开始，但数量和种类都要比原来减少，然后逐渐增加。

不强求宝宝

和父母饮食习惯有关，有的宝宝就是不喜欢吃某种食物，遇到此种情况，不能强求宝宝，没有非吃不可的辅食。宝宝不吃某种食品，也只是暂时的。不必在此时此刻非让宝宝吃不可。应该尊重宝宝个性，培养宝宝不偏食的良好饮食习惯。

灵活掌握

添加辅食，不要完全照搬书本，要根据具体情况，灵活掌握，及时调整辅食的数量和品种，这是添加辅食中最值得父母注意的一点。

0549 辅食添加四步曲

- 喂水果。从过滤后的鲜果汁开始，到不过滤的纯果汁，再到用勺刮的水果泥，到切的水果块，到整个水果让宝宝自己拿着吃。
- 喂菜。从过滤后的菜汁开始，到菜泥做成的菜汤，然后到菜泥，再到碎菜。菜汤煮，菜泥炖，碎菜炒。
- 喂谷类。从米汤开始，到米粉，然后是米糊，再往后是稀粥、稠粥、软饭，最后到正常饭。面食是面条、面片、疙瘩汤、饼干、面包、馒头、饼。
- 喂肉蛋类。从鸡蛋黄开始，到整鸡蛋，再到虾肉、鱼肉、鸡肉、猪肉、羊肉、牛肉。

0550 辅食制作

- 蛋黄。把洗干净的鸡蛋放入冷水锅中加热煮熟，剥出蛋黄，切成四半，取1/4放在小碗中，用温开水调成稀糊状，用小勺喂婴儿。也可用牛奶调和成奶糕样，用小勺喂。
- 菜汁。将洗净的青菜（菠菜、芹菜、木耳菜、油菜、蒿菜等青菜或绿叶蔬菜）用手折成小段，放入沸水锅中，再次煮沸后把锅盖上，煮两三分钟闭火，把菜取出来，待菜汤放温后喂婴儿，可以放在奶瓶中，也可以放在碗里用小勺喂。根据宝宝的喜好选择餐具。
- 果汁。把水果（苹果、橘子、桃、葡萄、梨、草莓、西瓜等）洗净削皮去核。放在榨汁机里，榨好的果汁，把渣滤出，放入奶瓶中喂给宝宝吃。如果没有榨汁机，可以把水果切成小块，放在瓷碗中捻碎，放在纱布中把果汁淋出来，灌到奶瓶中即可给宝宝喝。
- 番茄汁。把番茄洗净，番茄底部用刀划开十字口，在碗上放一块纱布，把番茄放在纱布上，放在锅里蒸两三分钟，待凉些后，用纱布兜住番茄，用勺挤压番茄，把汁挤到碗里，兑些温开水，就可给宝宝喝了。直接给宝宝喝原汁也可以。
- 胡萝卜汁。把胡萝卜切成片，放在锅里煮烂，把胡萝卜片取出来，放在菜板上垛碎，再放到煮胡萝卜水中继续煮几分钟，用纱布或漏勺（眼小的）把胡萝卜渣捞出来，在胡萝卜汤中放少许白糖。待放温后，就可以给宝宝喝了。

第七节 不同季节护理要点

0551 春季户外活动是主旋律

这个月的宝宝，可以竖直头部并能灵活转动了，喜欢看周围的花草树木。如果正值春暖花开时节，那就非常好了，带宝宝多做户外活动。

宝宝对看到的、听到的、摸到的、闻到的，已经有相互联系的能力，会用小手握东西，会对着人出声地笑，会和人藏猫猫，会咿呀学语，会看人的表情，听人的语气，认识谁是爸爸妈妈，谁是熟人和陌生人，对经常看到的面孔，会报以

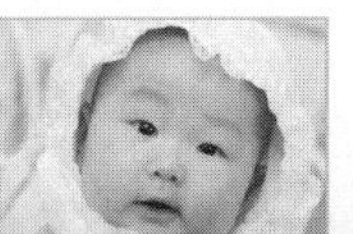

笑脸……与外界交往能力明显增强。而春季可以安排更多的户外活动，这对婴儿能力的进一步发展，可以说是锦上添花了。

血钙可能降低

春季宝宝到户外接受充足阳光，会产生较多的骨化醇（维生素D前体），促使钙向骨转移，这是很好的事情，但血钙水平可能会有短时降低，出现低血钙症状，如睡眠不安，易惊，严重的婴儿可能还会手足抽搐。出现这种情况，可给宝宝补充一定量的钙剂（葡萄糖酸钙10毫升/日，连服5～7天）。

不要误判气管炎

户外活动增多，造成宝宝呼吸道分泌物增多，而宝宝又还不会清理，嗓子总是呼噜呼噜的，好像是有痰。不要认为宝宝患了气管炎，不要乱使用抗菌素。

春季万物复苏，病原菌也开始繁殖增加，虽然这个月的宝宝，体内还有来自妈妈的免疫能力，但也有可能感染病毒细菌，因此注意不要到人群聚集的地方活动。

户外活动会让宝宝的面部皮肤晒得黑一些，显得瘦了，爸爸妈妈不要为此就多给宝宝加奶，更不要吃助消化的药。有的宝宝会有桃花癣，不要紧，到夏季就会好的。有湿疹的宝宝到了这个季节也应该有所好转了，只要湿疹不很明显，就不要继续使用药物了。

0552 夏季食物餐具卫生最重要

喂牛奶和添加辅食时，一定要注意餐具和食物的清洁。夏季最容易患肠道感染性疾病，一定要格外小心。剩下的奶和饭菜一定不要给宝宝再吃，冰箱里的熟食储藏时间不能超过72小时，食用前一定要加热。不能把吃剩的奶放在冰箱，再给宝宝吃。奶瓶餐具一定要消毒，烘（晾或擦）干。不能在奶瓶中存放奶、果汁、菜汁、水。不要给宝宝喝隔夜的白开水。放置宝宝的餐具和其他用具，一定要避免苍蝇污染。喂宝宝前爸爸妈妈要把手洗干净。

防痱子和臀红

这个月的宝宝如果正赶上炎热的夏季，护理也并不很困难。宝宝已经不像前几个月那样淹小屁屁或皮肤皱褶糜烂了，也不容易长很多的眼屎和很严重的痱子了。宝宝一天可以洗几次澡，不用尿布，仅穿个肚兜，光光地躺在凉席上。凉席上可铺一层棉布单，如果不铺，必须保证凉席没有刺。

可把尿了

这么大的宝宝不再是吃了拉，喝了尿了。有经验的妈妈甚至可以知道宝宝什么时候拉，什么时候尿。即使有几次尿在、拉在凉席上，也好收拾。

防蚊蝇

需要注意的是夏季蚊蝇较多，晚上把宝宝放在蚊帐里，避免蚊虫叮咬。小婴儿皮肤嫩，又有奶香味，即使在白天，尤其是在傍晚，仍很容易被叮咬。所以宝宝白天睡觉，最好也挂上蚊帐。户外活动时，不要在树木花草茂密的地方或狭道内，这些地方蚊子比较多。

多喂水

夏季婴儿爱出汗，皮肤非显性失水也多，要注意多补充水分。即使是母乳喂养，也要每天给宝宝喂水。

户外活动防日晒

夏季阳光强烈，容易灼伤宝宝皮肤，要注意遮挡。不要让烈日直射宝宝，在树阴下，让阳光在树叶的缝隙中照到宝宝身上是最好的。一点阳光没有，也起不到日光浴的作用。

创造舒适的环境

夏季天气闷热时，宝宝可能会夜眠不安，要给宝宝创造比较凉爽的睡眠环境。如果使用空调，室温调整到28℃左右，也不能太低。室内外温差太大，对宝宝不利，会引发感冒。要避免空调病，使用空调也要定时开窗通风，保持室内空气新鲜。使用空调时门窗紧闭，这时最好不要使用驱蚊药，以免影响婴儿健康。

0553 秋季储存太阳能

秋季是儿童患病率最低的季节，妈妈在这个季节也许是最轻松的。秋天早晚天气渐渐凉了，户外活动最好放在午前和午后。

北方的妈妈尤其要注意，不要天气稍微一凉，就不敢带宝宝出去晒太阳了。北方的冬季比较长，气温也很低，户外活动时间会大大缩短，晒太阳的时间很少，赶上大风雪天，几天都不能带宝宝出去。所以要珍惜秋天的阳光。在秋季让宝宝很好地接受阳光，宝宝体内就储存了一定量的维生素D，来年春季就不容易患维生素D缺乏性佝偻病。

妈妈要抓住秋季，多带宝宝到户外，不要把精力过多放在做辅食、收拾卫生、洗涮等事情上，没有比带宝宝到户外活动更重要的了。

做户外活动，不仅对宝宝身体健康有好处，对宝宝智能开发和能力训练也有很大的益处。让宝宝逐渐适应不断转凉的空气，会提高呼吸道对寒冷刺激的抵御能力。

辅食一次做够一天的

天气凉爽了，不必每顿都制备新的辅食，可以一次做足一天的，在宝宝睡觉时把果汁、菜汁、蛋黄准备好，够这一天吃的。这么大的宝宝还是以乳类为主。

0554 冬季增加维生素D

这个月的宝宝如果恰好赶上冬季，也不要间断户外活动，哪怕一天几十分钟也好，这样能够使宝宝呼吸道抵抗力增强，降低呼吸道感染发生率。

许多妈妈在冬季喜欢抱着宝宝在阳台上，隔着玻璃晒太阳。这能理解，毕竟外边太冷了。但玻璃会阻挡紫外线照射，因此要适当增加维生素D的摄入量，每天补充400国际单位为好。如果补充鱼肝油制剂，要选择A∶D为3∶1的比例，这样不至于补充过量的维生素A。

温度湿度和通风

冬季护理婴儿最常出现的误区，是室内温度很高，湿度很低，通风很差。这样的喂养环境，对婴儿健康发育极为不利。室内温度保持在18～22℃比较适合，这样的室温，也能保持湿度适中。每天定时开窗换气，至少要通风10～15分钟。通风时可把宝宝抱到别的房间，一个房间一个房间地通风换气。隔着玻璃晒太阳对宝宝也有好处，所以要把宝宝房安排在阳光最充足的房间。

不必多穿衣

冬季婴儿穿的衣服相对多，活动会受到一定的限制。这个月龄的宝宝正是锻炼翻身的时候，如果穿得过多，宝宝翻身能力得不到锻炼，妈妈还会以为宝宝发育不正常。其实现在家庭取暖已经保证了足够的室温，北方虽然冷，但室内却很暖和，宝宝在室内正常穿衣，就可以了，这样有利于运动。

南方冬季温度不像北方那样低，但室内却相对潮湿阴冷，婴儿穿得都比较多，因为不习惯穿棉衣，妈妈往往给宝宝穿好几层毛衣或线衣，宝宝活动受到很大的限制。建议南方的父母给宝宝准备薄一些的小棉衣，这要比穿几层毛衣或线衣好得多。

第八节 四大护理难题及其他

0555 添加辅食遇阻

添加辅食困难的婴儿并不少见。有的宝宝，除了母乳什么也不吃。是对辅食不感兴趣，还是不喜欢使用餐具？可能什么也不是，只因妈妈奶水充足，宝宝根本吃不进其他食物。遇到这样的情况，要适当给宝宝添加含铁丰富的辅食，不必添加更多的辅食了。宝宝不愿吃辅食，就只能暂时不加辅食了，也许到了下个月，宝宝就会很痛快地吃辅食了。

一直不吃辅食，断不了母乳，这种情况不存

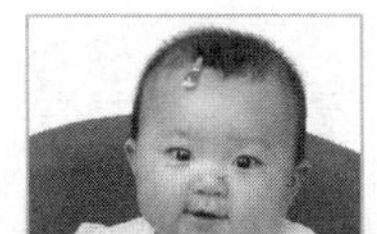

在。吃辅食只是时间问题，妈妈不要因添加辅食困难而烦恼，总有一天宝宝会很高兴地吃辅食的。添加辅食晚了些时日，宝宝也不见得就营养不良。如果奶水不能满足宝宝生长发育的需要，宝宝自会吃母乳以外的食物。人工喂养的宝宝，添加辅食比较容易，混合喂养的宝宝也比较容易添加辅食。

0556 突然阵发性哭闹

这个月龄的婴儿，尤其是较胖的男婴，某一天会突然出现下列情况：

（1）剧烈哭闹，无论如何也哄不好；

（2）吃奶可能会吐，哭闹时似乎不敢使劲打挺；

（3）脸色不是发红，可能反而会发白；

（4）屁股可能向后撅着，腿蜷缩着；

（5）哭了有10来分钟，哭闹嘎然而止，变得比较安静；

（6）喂奶能吃，也可能会被逗笑，与平时无大区别，可过了一会儿突然又哭闹；

（7）这样的哭闹，一次比一次剧烈，反复发生。

爸爸妈妈应该意识到，宝宝可能患了肠套叠。肠套叠是婴儿期最严重的外科急症，如能早期发现，非手术方法就可治疗。但如果延误诊断，套叠的肠管会发生缺血坏死，需要手术切除坏死的肠管，婴儿的健康受到很大危害。

肠套叠很容易被误判，关键是要想到这么大的婴儿可能会患这种病，这就会大大减少误诊的可能。如果父母没有想到这种可能，就可能不会半夜带宝宝看医生，可能会认为宝宝在耍脾气。尤其是平时爱哭闹的宝宝，爸爸妈妈更容易这么想当然。

肠套叠的宝宝，并不会持续哭闹，常常是哭一会儿，歇一会儿，这就使父母不急着上医院。即使到了医院，如果宝宝暂时没有哭闹，缺乏临床经验的医生，也可能会误诊的。如果父母这时能及时提醒医生说：“我的宝宝会不会是肠套叠啊？”医生也会警惕起来。如果不能确诊，医生会请上级医生或X光医生会诊。提前几个小时能诊断出肠套叠，就可能使宝宝免除手术的痛苦。

在5月龄以后的几个月里，爸爸妈妈也不要忘记，宝宝仍有发生肠套叠的可能。如果正在腹泻的宝宝，突然阵发性哭闹，尽管不是胖宝宝或男宝宝，也要想到发生肠套叠的可能。肠套叠易发生在比较胖的男婴，但不是只发生在胖男婴，不胖的男婴，胖或不胖的女婴，也会发生肠套叠的。

肠套叠的早期症状可以是多种多样的。当出现典型症状，如呕吐、腹泻、血便、果酱样便、腹胀等，爸爸妈妈应及时上医院就诊。早期诊断是治疗宝宝肠套叠的关键。

0557 便秘让妈妈头痛

无论是牛奶喂养，混合喂养，还是母乳喂养，5月龄的婴儿都有可能出现便秘。即使已经添加了辅食，便秘也不可能明显缓解。对于这样的婴儿，需要添加更多的蔬菜，如菜泥、菜粥。

绿叶菜中的芹菜和菠菜，含有较多的纤维素，对缓解便秘是比较有效的。多吃胡萝卜泥对缓解便秘也比较有效，在菜里加些芝麻油也有一定的效果。还有水果中的葡萄、西瓜、梨、草莓、香蕉等，对缓解便秘也有一定效果。橘子、广柑、苹果不能缓解便秘。人们都知道蜂蜜有润肠作用，但1岁以内的婴儿最好不吃蜂蜜。婴儿便秘不能使用泻药，如果不是拉不出来，最好不要使用开塞露或灌肠，这样会使宝宝产生依赖性。

0558 顽固的婴儿湿疹

5月龄的婴儿，湿疹大都减轻，甚至完全好了。但也有的婴儿湿疹比较顽固。这样的宝宝多是渗出体质，医学上也称泥膏型体质：比较胖，皮肤细白薄，爱出汗，发黄稀，喉咙里好像总是呼噜呼噜有痰。把耳朵贴在婴儿胸部或背部，能

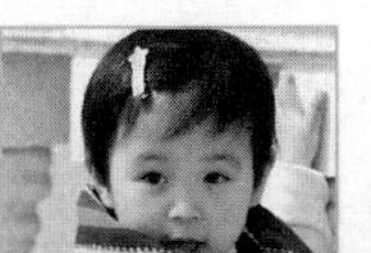

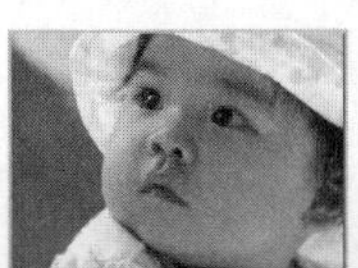

听到呼呼的喘气声，像小猫似的。这样的宝宝一旦感冒可能会合并喘息性气管炎。家族中可能有过敏体质的人，如爸爸妈妈容易过敏，动不动就起“风包”，吃鱼虾也过敏。

如果是母乳喂养的婴儿，妈妈要少吃鱼虾，少吃辛辣食品，多吃水果蔬菜。如果是牛奶喂养，早添加辅食，把牛奶量减下来，不能吃鲜牛奶，吃配方奶会好些。注意补充足量的维生素A、D和维生素B、C。

0559 有些玩具应该扔掉

本月婴儿对衣服、被褥、床的要求，与上个月相比，没有什么差别。需要着重讲的是玩具，因为宝宝会踢着玩具玩儿了。把玩具挂在婴儿床上，宝宝会用脚踢，当宝宝踢出响声时，会高兴地大笑，这是很好的运动项目。

对朋友送的玩具，要进行筛选，不适宜这么大宝宝玩的玩具，就不要给宝宝玩，以免造成危险。如铁制玩具，因为这个月宝宝手眼配合能力还有限，手里拿着玩具会碰着脸。最好让宝宝拿软塑玩具。掉色、掉零件、劣质的玩具，应该清理出来，全部扔掉。

也不要这样的玩具

能够啃坏的玩具，就不要给宝宝玩了。如果能够啃下来，宝宝可能就会咽下去，堵塞嗓子，这是非常危险的。

购买带声响的玩具，最好不要带音乐的，因为大多数的音质都比较差，会影响宝宝的音乐感。要听音乐，就给宝宝听最好的唱片，最优美动听的乐曲。这个月龄的婴儿对音乐是很敏感的，不要破坏了婴儿天生的音乐鉴赏力。

不要随便碰玩具

注意玩具的清洁消毒。父母不要随便拿宝宝的玩具，因为宝宝会把玩具放在嘴里，这就等于把父母的手放在嘴里了。成人的手上有很多的细菌，婴儿肠道还没有建立起正常的生态平衡，非致病菌的数目还不足，不能够抵御外界细菌的侵袭。

0560 养成良好的睡眠习惯

这个月的宝宝，睡觉与上个月没有什么差别。贪睡的宝宝可以从晚上8点一直睡到早晨5～6点钟。如果家里人睡觉都比较晚，宝宝也就不再像以前那样早睡早起了，晚上10点甚至11点才入睡，一直睡到第二天早晨7～8点钟。

如果一天的睡眠时间加起来还不到12个小时，就要看一看是否有什么问题了。睡眠习惯是父母帮助养成的，但有的宝宝到了该睡觉的时候就是不睡，不该睡的时候却大睡，而且每天都这样，就说明宝宝自己建立了睡眠习惯。要调整，但过程缓慢。

0561 哭闹表达更多欲求

这个月的婴儿，个体差异更加明显了。爱哭的可能更爱哭，因为他懂得多了，喜怒哀乐会有所表示，感觉也更灵敏了，不高兴时就会大声哭，高兴时也会大声笑。不爱哭的宝宝可能仍然很乖。会玩的宝宝闹人的时候少了。

用哭来表达消极意思的少了，会有意地闹人了。如不让他拿什么，他会用哭抗议；看不到妈妈就会哭闹；醒了没有人陪他玩，会因寂寞而哭闹。宝宝的哭有了更积极的意义。妈妈不要再把宝宝的哭，仅仅当作饿了、渴了、尿了、拉了等消极信号，要认识到宝宝的哭，已经表达更积极的意思了。如果爸爸妈妈总是忽视宝宝的哭，不愿多陪宝宝玩，也不多抱宝宝，怕把宝宝惯坏，这会使宝宝变得焦躁不安和孤僻，长大了，与人的交往能力会比较差。多做亲子游戏，会对宝宝身心健康发展起到积极的作用。

0562 尿便控制是假象

这个月父母把精力用在训练宝宝大小便上，不是明智之举。如果宝宝排便很有规律，在不费劲的前提下，让宝宝少尿床或少换尿布，是很好的育儿选择。但如果宝宝尿便没有什么规律，爸

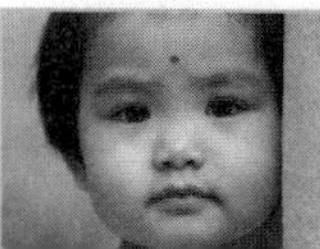
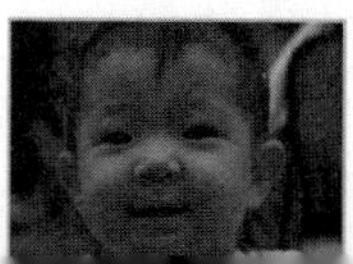

爸妈妈很难掌握，那就不要费劲了。

大便的宝宝，排便时会用力，眼神发呆，脸憋得发红。许多妈妈认为自己知道宝宝要大便了，就提前把宝宝抱起来，放在便盆上。这是妈妈在护理宝宝时积累的经验，宝宝并不会告诉妈妈“我要大小便”的信息。因为这么大的宝宝，还不会控制大小便，如果别人和你说，她家的宝宝已经知道大便，不再拉床了，那仅是妈妈的感觉，并不是宝宝真能控制了。你不要为自己的宝宝还不能“控制”而着急。

如果大便很软，宝宝在排便时没有什么表情，你又没有格外注意，就不会发现宝宝已经大便了。

晚上不提倡勤换尿布

有的宝宝一晚上都不用换尿布，也不吃奶，这对父母和宝宝的休息都是很好的，妈妈没必要把宝宝弄醒换尿布、把尿或喂奶。如果宝宝因为不换尿布而发生臀部糜烂，出现尿布疹，可以在夜里换一次尿布。但如果因为换尿布而引起婴儿哭闹，不能很快入睡，就不要更换尿布，可睡前在臀部涂些鞣酸软膏，有效防止臀部糜烂。

从这个月开始添加辅食的宝宝，大便会有些改变，可能会呈黑绿色或黄褐色，还可能会带些奶瓣，大便次数增多，有些发稀。这都不算病态，是添加辅食的正常结果。便秘的宝宝即使添加了辅食，有的也不能改善。添加较多的胡萝卜泥、菜泥，甚至加香蕉、麦芽也不能改善便秘。这是比较难调理的便秘，就要靠医生帮助解决了。

0563 意外危险增多

宝宝会翻身了，发生事故的机会增多了，宝宝从床上掉下来，是最常见的。在宝宝的周围，不要放置有危险的物品，如剪子、熨斗、暖水瓶、水果刀等坚硬的东西。婴儿会把东西放到嘴里，所以不要把能吞到嘴里的小东西放在宝宝身边，不要把塑料布放在婴儿身边。塑料布会窒息婴儿，很危险。

爸爸妈妈要时刻记住安全第一，时刻想到可能发生的危险，只有这样才能避免意外事故的发生。

0564 免疫接种

这个月婴儿应该接种第二针百白破疫苗，口服脊髓灰质炎糖丸。

第六章　5～6月婴儿（150～179天）

第一节　又有一些新特点

0565 生疏感萌生了

6月龄婴儿对外界事物越发感兴趣了，看到爸爸妈妈，会高兴地笑，手舞足蹈的。看到陌生的人，尤其是陌生的男人，会害怕地把头藏到妈妈的怀里，甚至哭闹。生疏的人不再容易把宝宝从妈妈怀中抱走了。但如果用吃的、玩具、到户外玩等方法引逗婴儿，他还是会高兴地让你抱过来的。这时宝宝已经有性格了，有的宝宝就是不

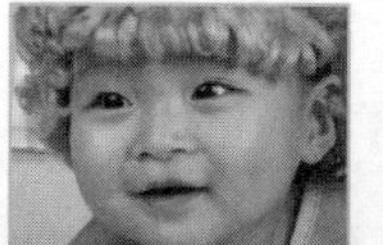

让陌生人抱，有的见到陌生人照样笑，很快就会和陌生人玩起来。认生与否，与宝宝的聪明程度没有关系。

0566 因害怕而哭

这么大的婴儿，学会了害怕某些现象，睡眠时会突然哭闹（父母往往称为“受惊吓”）。婴儿会把白天遇到的不愉快或让他害怕的事，做到梦里了，梦见白天发生的“可怕”场景，就突然尖叫或大声哭喊起来。如果宝宝在白天连续经历“害怕”的刺激，就可能成为“夜哭郎”。让婴儿听到怪声，看到吓人的电视画面，看到爸爸妈妈吵架，摔东西，户外活动时小狗对着婴儿吠叫，扎针等等刺激，都有可能变成宝宝晚上的梦魇。因此，爸爸妈妈或看护人，要尽量避免宝宝受到不良刺激。

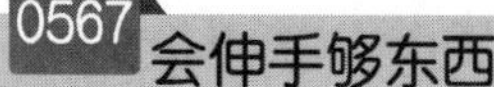

0567 会伸手够东西

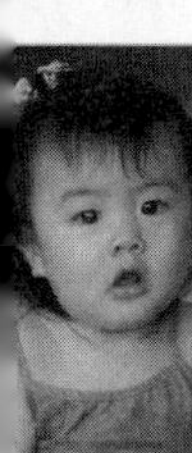

6月龄宝宝，眼神更加灵活，如果把玩具弄掉了，他会转着头到处寻找；会伸手够东西或从别人手里接过东西。这时的宝宝仍然不知道什么能放到嘴里，什么不能放到嘴里，所以总是把手里的东西放到嘴里吸吮或啃咬。

0568 脚尖蹬地

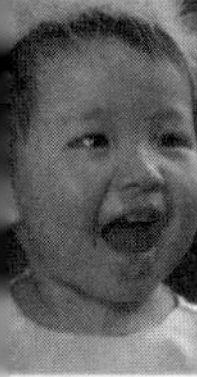

肢体活动能力增强，脚和腿的力量更大了，让宝宝站在你的腿上，会感到小脚丫蹬得你有些痛。宝宝会用脚尖蹬地了，身体不停地蹦来蹦去。但比较安静和内向的宝宝，可能会较少蹦跳。

0569 用嘴啃小脚丫

宝宝喜欢热闹了，越人多越好哄了。喜欢坐着或站着蹦。不再喜欢躺着了。坐的时间很短，还需要大人扶着。自己坐则会像虾米似的，头扎到脚丫上，喜欢用嘴啃脚丫。就是在躺着时，也会用手把脚丫抱到面前。妈妈喂奶时，也可能会抱着小脚丫。

0570 吃奶时对声响特别敏感

吃奶时，会因为外界有什么声响或什么人说话而停止吃奶，把头转过去，看个究竟。妈妈不要认为宝宝不好好吃奶，其实这正是宝宝对外界反应能力增强的表现。要尽量在比较安静的环境中吃奶，养成宝宝认真吃奶的习惯，以免以后吃饭不认真。

0571 大便发生变化

溢乳的婴儿少了，但由于添加辅食，婴儿大便会出现问题，变得稀了，次数多了，发绿了，有奶瓣了等等。不要因为大便轻微的变化就停止辅食添加，除非是腹泻或消化不良了。

新手爸爸妈妈常常认为，辅食应首先添加米粉或米面。有的妈妈干脆把米面作为主要辅食来添加。必须明确指出，这是不对的。辅食添加应该以蔬菜、水果、肉蛋为主。主食是奶类。越小的婴儿对碳水化合物（粮食）的消化能力越差。不应该以粮食为辅食添加的主要品种，仍然不要忘记，奶类是这么大婴儿的主要食物。

第二节 发育规律

0572 喂养不是身高增长的唯一因素了

这个月的婴儿，身高可增长2.0厘米左右。婴儿的身高受多种因素影响，包括遗传、种族、性别、环境等，也包括营养、疾病等因素。爸爸妈妈不要忽视这些因素可能带来的影响，宝宝身高的增长，绝不单纯是喂养问题。

爸爸妈妈要充分认识到宝宝身高增长的规

律。如果爸爸妈妈都是中等或中等以下的身高，就不要不顾事实让宝宝快长。尽管现在宝宝的身高普遍比父母的身高要高许多，后天的营养和运动对身高的增长起了不小的作用，但也不要为此把宝宝逼到厌食的程度。

0573 虚胖不是体重良性增长

这个月的婴儿，体重可以增长0.45～0.75千克。宝宝开始喜欢吃乳类以外的辅食了。厌食牛奶的宝宝，这个月也可能开始爱吃牛奶了。所以食量大、食欲好的宝宝，体重增长可能比上个月还大。如果每日体重增长超过30克，或10天体重增长超过了300克，就应该适当减少牛奶量。

每天摄入牛奶量最好不要超过1000毫升。如果不注意这一点，肥胖儿大多是从这个月开始打下基础的。母乳喂养儿在这个月开始胖的不多，但如果辅食添加不合理，也会发生肥胖。有的婴儿就是喜欢吃面条、大米粥，这些谷物营养价值并不高，但供给的热量大，宝宝的胖是虚胖，肉比较松懈。所以不能单从婴儿的体重或胖瘦认定营养的丰富与亏空。

0574 头围正常增长

这个月的婴儿，头围可增长1.0厘米。头围的增长从外观难以看出，增长的数值也不大，测量时要掌握正确的测量方法，如果不能把握正确的测量方法，最好请医生测量，以免由于测量上的误差，给爸爸妈妈带来不必要的烦恼。头围的大小也不是所有的宝宝都一样的，存在着个体差异。如果低于或大于正常头围增长曲线第3或第97百分位，要做进一步检查。

0575 前囟门尚未闭合

这个月的婴儿，前囟门尚未闭合，可能是0.5～1.5厘米。有的宝宝前囟门仅仅0.5厘米×0.5厘米，大多是0.8厘米×0.8厘米。前囟门小，并不等于闭合，也不能证明就会提前闭合，更不应就此怀疑宝宝患小头畸形或狭颅症、石骨症等疾病。

前囟门大是不是就缺钙，大到什么程度就是缺钙？医学上现在还没有界定。婴儿前囟门大小是有个体差异的，不能一概而论。缺钙可以使囟门闭合延迟，严重的佝偻病还会有颅骨软化，表现为乒乓球样颅骨。但囟门大，并不是缺钙的唯一特征。有的婴儿生下来囟门就达3.0厘米×3.0厘米，到了5个月，囟门可能还是2.0厘米×2.0厘米或2.5厘米×2.5厘米。绝不能据此断定婴儿缺钙。

第三节 能力发生跃进

0576 “看”已经不是目的了

这个月婴儿白天睡眠时间逐渐缩短，有更多时间去探索事物，获取信息。这标志着宝宝大脑进入了生理成熟期。这时宝宝已经能够自由转头，视野扩大了，视觉灵敏度已接近成人水平。手眼协调能力增强，成了积极的学习者和新事物的探索者。一句话，对于这个月的婴儿来说，单纯的看已经不是目的了，他要在看的过程中，获得认识事物的能力。因此这时展开潜能的早期开发，事半而功倍。

0577 咿呀学语开始说话

这个月的婴儿，进入咿呀学语阶段，对语音的感知更加清晰，发音更加主动，不经意间会发出一些不很清晰的语音，会无意识地叫“mama”、“baba”、“dada”。

当宝宝发出语音时，爸爸妈妈要积极做出反应。宝宝发出“mama”的语音时，妈妈要马上说“妈妈在这里”。最好能用手指着自己对宝宝说：“我就是宝宝的妈妈。”（要给宝宝起个固定的名字了，经常用名字称呼宝宝，使宝宝把名字和自己联系起来）

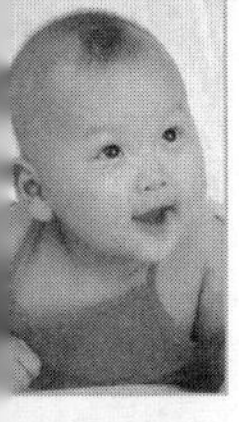

做什么事情之前，都应该说“妈妈要干什么什么了”。让宝宝知道你就是他的妈妈，把语音和实际结合起来，宝宝会快速学会发音，并能运用它。同样道理，爸爸做什么也要告诉宝宝。这个阶段婴儿学习语言的最佳途径，仍然是爸爸妈妈多说，宝宝多听。看到什么说什么，不断反复地说，并让宝宝看见、摸到，让宝宝不断感受语言，认识事物。

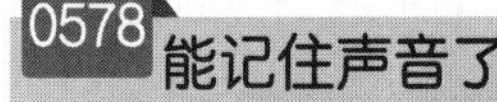

0578 能记住声音了

6月龄婴儿已经有比较敏锐的听力，对听到的声音有了记忆能力。能听出爸爸妈妈和看护人的声音，并会在听到这些声音时，转头找他们。比如晚上闭了灯，宝宝哭闹时，妈妈和宝宝说话或哼摇篮曲，即使宝宝看不到妈妈，也没有用身体接触妈妈，哭声都会停止的。如果是陌生人说话，就不会让宝宝停止哭声，可能会哭得更厉害。

婴儿期多听音乐是很有益的。婴儿对音乐旋律有特殊的感受，当播放音乐时，宝宝会随着音乐的旋律摇晃身体，能和着音乐的节拍晃动。宝宝对音乐有天生的感受，要多给宝宝听音乐。

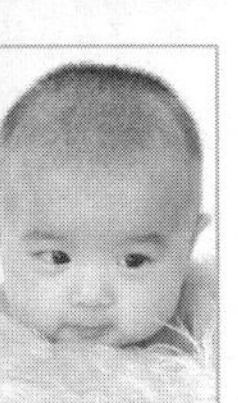

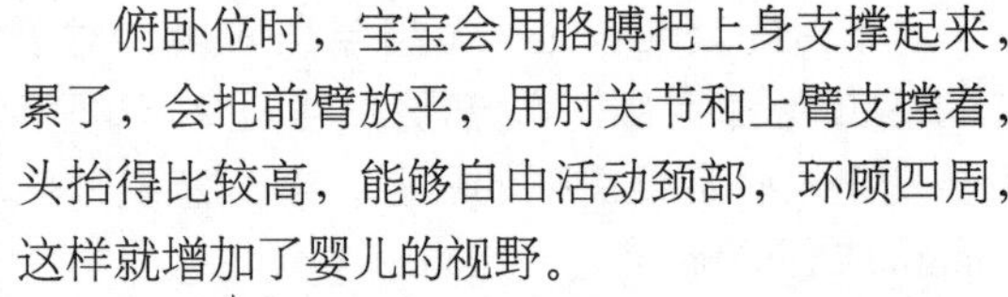

0579 运动能力总体在进步

这个月的婴儿，能很容易从仰卧翻到侧卧，再从侧卧翻到俯卧。但从俯卧翻到侧卧，再翻到仰卧，还是比较困难的，因此仍然有堵塞口鼻的危险。

俯卧位时，宝宝会用胳膊把上身支撑起来，累了，会把前臂放平，用肘关节和上臂支撑着，头抬得比较高，能够自由活动颈部，环顾四周，这样就增加了婴儿的视野。

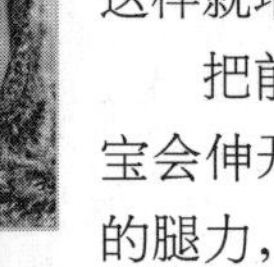

把前胸放在叠起的被子上，让宝宝趴着。宝宝会伸开下肢，向前一挺一挺的。这样锻炼宝宝的腿力，对以后锻炼爬行有帮助。

背靠东西能坐，身体会向前倾斜，前胸几乎和下肢贴上，嘴能啃到小脚丫。快满6个月时，有的宝宝能够坐直一会了，但不要急于让宝宝独自坐着。

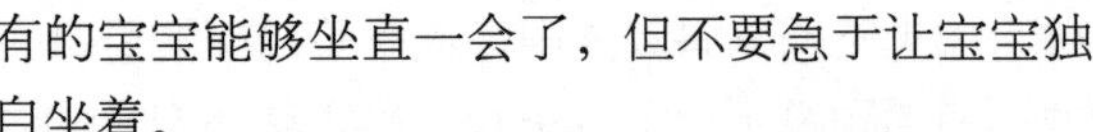

竖头使婴儿脊椎出现第一个生理弯曲。坐使婴儿脊椎出现第二个生理弯曲。婴儿的脊椎和骨盆肌肉、韧带、神经发育是有一定顺序的，过早让宝宝坐着，或过多让宝宝练习坐，会影响婴儿各部位的正常发育。

0580 情智能力：会要价了

宝宝开始喜欢和人交流，尽管不会用语言表达，但已经开始用身体的不同部位、动作、哭、哼哼、闹等方法，向爸爸妈妈述说他要干什么。会伸出胳膊让爸爸妈妈抱。会看着爸爸妈妈不抱他而现出着急的样子，这在以前是看不到的。

躺够了，会“吭哧，吭哧”的，发出不愿意的声音；如果不理会他，会哭；再不理，会大声哭，最后几乎是喊叫地哭了；不满意时，会打挺。

如果不想吃奶，妈妈非要喂，就会在妈妈怀里打挺。如果用奶瓶喂，会用小手推开奶瓶，或把塞到嘴里的奶嘴很快地吐出来，把头转到一边去。

如果不爱吃辅食了，会用小手把勺里的饭打掉，甚至会把端到他眼前的饭碗打翻。

如果喂白开水，他不爱喝，会嘟嘟地吹泡玩，一点也不见水下去，他根本就没有吸也没有咽。以前哪会玩这个小把戏！

站在镜子前，不再不知所措了，会啪啪地拍着镜子，乐得不得了。会抓爸爸妈妈的鼻子、脸，有时能把爸爸妈妈抓疼了，如果没有剪指甲，还会抓出个大红印来。

高兴时，仰卧躺着，四肢像跳舞似的，有节奏地蹬来蹬去。

如果不高兴，腿蹬得就没有节奏了，一会儿可能会大声哭起来，两腿挺直，气得肢体抖动，会把妈妈吓着，以为宝宝抽搐了，其实这是耍脾气。抱起来哄一哄会好的。但是如果让宝宝哭的时间长了，哭得伤心了，哄也不管事，就是哭，

谁让爸爸妈妈这么长时间不理呢，抱着宝宝好好出去玩一圈吧。

宝宝也会要价了，不像以前那样简单了。如果宝宝在哭闹，妈妈自然会认为宝宝饿了，渴了，尿了，拉了，热了，冷了，要不就是哪里疼了。可能什么都不是，他在要价呢。

宝宝的情感世界也丰富多了。爸爸妈妈要更多地观察宝宝，理解宝宝，宝宝是本难懂的书，要用心去读。

第四节 营养需求重点

0581 铁储备告急

5至6月龄婴儿，铁储备减少，母乳和牛奶已经不能够提供足量的铁剂了。因此，从这个月开始，就应该逐渐给婴儿添加辅食了。

含铁较高又易于婴儿吸收的食物是蛋黄。如果上个月已经每天给宝宝添加了1/4个蛋黄，这个月就可以每天增加到1/2个蛋黄了。消化很好的婴儿，又有铁不足倾向，可以吃一个蛋黄。

0582 正式添加辅食

这个月的婴儿，对乳类以外的食物也有了消化能力，也开始有了吃乳类以外食物的愿望。这是比较好的半断奶期，为1岁以后由吃奶转成吃饭做好准备。如果添加辅食过晚，婴儿对乳类以外食物的兴趣就会减弱，咀嚼、吞咽功能就不能得到充分的锻炼。

早产儿要赶上足月儿的生长发育水平，需要摄取更多的营养物质，因此早产儿要早添加辅食，而不是晚添加辅食。

0583 配方奶也要加辅食

本月龄婴儿所需热量及各种营养成分，和上月龄相比并无大变。随着哺乳期的即将结束，母乳的质和量都在逐渐降低，已经不能够满足婴儿发育的需要了。配方奶是根据婴儿月龄所需营养调配的，可满足各时期婴儿营养需求。但配方奶也不能一直吃到1岁以后，再急转直下喂辅食，从奶类食品一步跨到普通饭食。从这个月开始逐渐添加辅食，经过半年的时间，会使婴儿顺利过渡到正常饮食。

第五节 喂养方法

0584 添加辅食不要影响母乳喂养

母乳仍然是这个月婴儿最佳食品，不要急于用辅食把母乳替换下来。上个月不爱吃辅食的宝宝，这个月有可能仍然不太爱吃辅食。但大多数母乳喂养儿到了这个月，就开始爱吃辅食了。不管宝宝是否爱吃辅食，都不要因为辅食的添加而影响母乳的喂养。有些宝宝就是不爱吃辅食，妈妈就饿着宝宝，让宝宝没有别的办法，只能在饥饿难耐中选择辅食。妈妈这样做是不对的，不但会影响宝宝对辅食的兴趣，还会影响宝宝的生长发育，使婴儿变得极易烦躁。惩罚不是育儿。

0585 不爱吃就更换辅食品种

宝宝把喂到嘴里的辅食吐出来，或用舌尖把饭顶出来，用小手把饭勺打翻，把头扭到一旁等等，都表明他拒绝吃“这种”辅食。妈妈要尊重宝宝的感受，不要强迫。等到下一次该喂辅食时，更换另一品种的辅食，如果宝宝喜欢吃了，就说明宝宝暂时不喜欢吃前面那种辅食，一定先停一个星期，然后再试着喂宝宝曾拒绝的辅食。这样做，对顺利过渡到正常饭食有很大帮助。

0586 辅食莫以米面为主

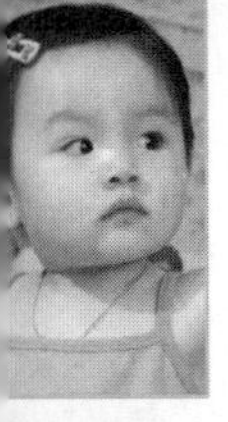

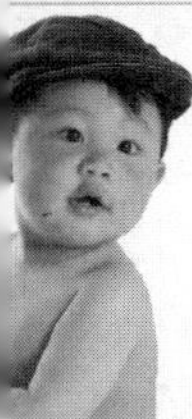
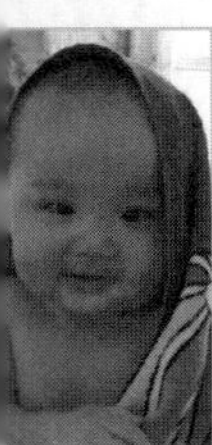

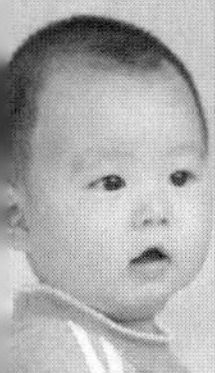

母乳喂养儿不易发生肥胖。但开始添加辅食后，如果数量上不加限制，尤其是不限制米面类辅食，宝宝很快就会变得肥胖起来。添加辅食后，宝宝每天体重增长超过了20克，或10天体重增长200克以上，就要考虑辅食品种的选择是否有问题。如果婴儿特别喜欢吃辅食，就要以肉蛋、果汁、汤类为主，不要以米面为主。主食上尽量让宝宝吃母乳，辅食则多吃水果和蔬菜。

添加辅食的时间、品种、次数、多少，是自制还是购买现成的，都要具体情况具体分析。如果妈妈要上班，祖辈或保姆看护宝宝，他们不会制作辅食品，自然应该购买现成的。即使是全职妈妈，制作辅食也会占用大量的时间，宝宝户外活动或妈妈陪宝宝玩的时间就不可避免地减少了。不如购买现成的辅食品，妈妈仅做少量简单的辅食。

0587 本月喂养10点注意

5～6月龄婴儿，可以添加两种以上的辅食了。蛋、肉、蔬菜、水果、粮食可搭配着制成婴儿辅食，也可购买一些现成的婴儿辅食品，并遵循上个月辅食添加原则。本月婴儿喂养方法，要注意以下10点。

（1）辅食要一种一种地添加。添加某种辅食，如果婴儿表现出不适，如呕吐、腹胀、腹泻、消化不良、不爱吃等等，就要暂时停止添加，也不要添加另一种新的辅食，但可继续添加已经适应的辅食。1周后，再重新添加那种辅食，但量要减少。

（2）即使婴儿特别爱吃辅食，也不能断牛奶，这个月宝宝仍应以奶类为主要食物。

（3）如果婴儿总是把喂进去的辅食吐出来，或用舌尖把辅食顶出来，就暂时停止这种辅食的添加，改其他种类，或等1周后再重新添加。

（4）不要因为宝宝不爱吃辅食就不给奶吃，不能惩罚宝宝。

（5）不要因为宝宝不爱吃辅食就认为宝宝厌食，给宝宝吃药。

（6）不要因为给宝宝做辅食，就减少和宝宝玩，带宝宝户外活动的时间。

（7）混合喂养宝宝的妈妈，不要因为要工作而断母乳。

（8）不要只给宝宝吃商店出售的代乳食品。

（9）不要因为宝宝不吃辅食，就填鸭式地喂宝宝，把宝宝逼成厌食婴儿。

（10）对辅食商品说明书上标注的喂养量，不可机械照办。宝宝食量是有差异的，应该灵活地对待说明书上的推荐量。如果宝宝吃不了推荐的量，妈妈不顾宝宝的反抗，当宝宝张嘴大哭时，乘机把一勺米粉塞到宝宝口中，这种做法是极端错误的。

第六节 季节护理要点

0588 春季减D补钙

快半岁的宝宝已经学会了不少本领，正赶上春暖花开季节，妈妈带宝宝户外活动方便多了。带宝宝多做户外活动，比给宝宝多做一顿辅食要重要得多。宝宝源自母体的免疫蛋白这个月还没有消失，但如果接触到病患儿，宝宝仍有可能被感染。所以不要带宝宝到人群聚集的场所，轻易不要带宝宝到医院，可能就诊时就感染上了新的疾病。

宝宝到户外接受更长时间的阳光照射，维生素D的补充量可逐渐减少到每天300国际单位，盛夏时可减至200国际单位。接受日照时间增多，可能会引起血钙一时降低，出现低血钙症状。所以开春后可以给宝宝补充一两周钙剂。

0589 夏季护理14点提示

- 不能吃冷饮。可以给宝宝喂食常温酸奶，每天约50～100毫升。配方奶、牛奶、辅食也不能吃凉的，但也不要太热，温的就可以（沸后放温）。

● 少抱。夏季爸爸妈妈身体更像火炉，再抱着宝宝，体温会传给宝宝，宝宝会更热。让宝宝自己坐在婴儿车里玩，能充分散热。

● 多喝白开水。果汁、菜汁、米汤不能代替白开水，喝足白开水，是防止中暑的好方法。

● 树阴不是背阴。不要让阳光直接照射到宝宝，可以给宝宝戴一顶遮阳帽。树阴下接受从树叶缝隙间射下来的阳光，是较好的日光浴。不要在高楼的背阴处，这样的地方一点阳光也没有，起不到日光浴的作用，而且容易有强风，对宝宝不利。

● 先擦汗后洗澡。宝宝汗流满面，不要马上洗澡，要先把汗擦干。

● 发热不能捂。夏季宝宝发热，首先要想到"夏季热病"。不要把宝宝捂起来，也不要多给宝宝穿衣服。应该多喂水，或洗个温水澡，放在凉爽无风的地方，使宝宝能够充分散热。

● 适当减少食量。夏季婴儿消化功能可能会减弱，食欲会有不同程度的下降。不要按原来的食量喂养宝宝了，辅食的添加也要适当减少。

● 注意卫生。辅食最容易被细菌污染。餐具、炊具也是细菌容易滋生的地方，使用前要注意消毒。不能吃剩下的食物。混合喂养的妈妈在喂母乳时也要注意，喂奶前最好用清水清洗乳头，一定要把手洗净。

● 冰箱不是消毒柜。冰箱保鲜层里的食物，最好不要超过24小时。

● 慎用痱子粉。痱子水优于痱子粉；如果痱子上有小白尖（俗称"毒痱子"），可以擦抗菌素药水。

● 出汗不一定就是缺钙。婴儿睡觉时很爱出汗，是很正常的，并不是有病或缺钙的表现。

● 防蚊虫叮咬。最好的方法是使用高品质的蚊帐。

● 避免空调缺氧。使用空调，也要定时开窗通风换气，避免室内氧气不足。

● 室内湿度要保持在45%～55%。

0590 秋季腹泻成重点

秋季腹泻几乎是婴儿每年都要流行的疾病，只是程度有所不同。口服或静脉补液盐的使用，使秋季腹泻不再是婴儿死亡的主要病因了，但腹泻仍然是危害婴儿健康的杀手，要注意预防。一旦宝宝出现腹泻，及时补充丢失的水分和电解质。口服补液盐的及早使用，可免除宝宝静脉输液之苦。

避免秋季出痱子

秋季是婴儿最不易患病的季节，但秋初婴儿还易生痱子。这时使用痱子粉就比较有效了，洗澡后可给宝宝擦些痱子粉。不要因为秋季来临，天气不再那么热了，就突然不给宝宝洗澡了，或一天仅洗一次，这样也会造成婴儿出痱子。

秋季温差比较大，早晚凉，可中午还会很热的。太阳灼人皮肤，汗不再顺着脸颊往下流，而是黏黏地粘在皮肤上，这是立秋了婴儿还出痱子的主要原因。常有妈妈说，一夏天宝宝都没出痱子，热天快过去了，却出起了痱子。所以秋季宝宝还是要勤洗澡。

秋季的蚊子咬人更厉害，要注意防止蚊虫叮咬宝宝。秋季不要早早关窗关门，早早把宝宝捂起来，这对宝宝是很不好的。要让宝宝做耐寒锻炼，穿得太多，会影响宝宝活动。宝宝一活动就出汗，宝宝烦躁，还容易感冒。

0591 冬季适当多补维生素AD

婴儿从出生后半个月开始补充维生素A和D，半岁以前每日400国际单位。这个补充量不是一年四季都如此，夏季婴儿晒太阳时间较长，可以适当少补些。冬季婴儿户外活动大大减少，尤其是北方婴儿，晒太阳的时间明显减少，因此可以多补些。如果每天在户外接受2小时的日光浴，维生素D的补充量可以是300国际单位。但冬季尽管在户外接受2小时的日光浴，也仅仅是面部能够接受到阳光，光照也不一定充足，不能通过紫外线照射产生足量的骨化醇，所以仍然要通

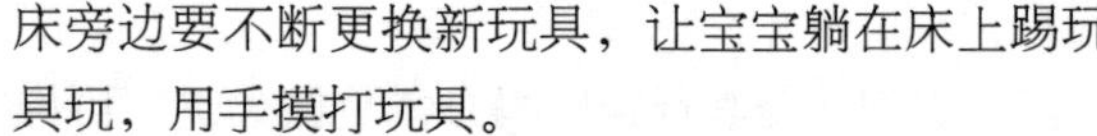

过药物来补充。进入冬季后，每日维生素D的摄入量应该达到400国际单位。

冬季室内温度和湿度

没必要把室内温度弄得很高，18～22℃是适宜的室内温度。如果室内温度过高，婴儿户外活动时呼吸道会受不了冷空气的刺激。另外，室内温度过高且空气不新鲜，宝宝本来已经消失的湿疹可能会卷土重来。

室内温度过高，另一个结果就是室内湿度过低。湿度低，造成呼吸道黏膜干燥，纤毛运动能力降低，对病毒细菌的抵御能力降低，易患呼吸道感染。室内干燥还会让宝宝口鼻分泌物黏稠，不易被清理，嗓子呼噜呼噜的；鼻黏膜干燥，诱发鼻出血。冬季室内湿度保持在45%～55%是比较适宜的，妈妈最好买个湿度计挂在家里，时刻能观察到室内湿度。加湿器是保持室内适宜湿度的理想电器，对婴儿没有伤害，但要放在婴儿碰不到的地方。

第七节 生活护理要点

0592 衣服、被褥、床、玩具

衣服安全易穿脱

本月龄婴儿穿的衣服，要舒适、宽大、柔软、安全、易穿脱、吸水性强、透气性好、色彩鲜艳、款式漂亮。5～6月龄的婴儿，感觉更灵敏了，如果穿着不舒适，就会哭。衣服瘦小，会影响宝宝生长发育；衣服不柔软，会伤及婴儿稚嫩的皮肤。

这个月的婴儿很可能会拿起比较小的东西，而一旦拿到手里，就会马上放到嘴里。如果小纽扣或饰物被宝宝拽下来，放到嘴里，那是很危险的，气管异物危及生命。给婴儿选择衣服，安全性第一，不要有纽扣和小饰物的宝宝服。

被褥、床

被褥、床的要求，与上个月没有太大区别。床旁边要不断更换新玩具，让宝宝躺在床上踢玩具玩，用手摸打玩具。

这么大的婴儿，如果长时间躺在床上，他会大声哭叫以示抗议。也不应该让宝宝总躺在床上。尽管宝宝已经会翻身了，但无论仰卧、侧卧、还是俯卧，宝宝的视野都没有坐着或站着开阔。看到的东西少，宝宝会感到寂寞。多抱着宝宝到处走走，比俯身逗宝宝玩更好些。

玩具

这么大的宝宝，真正感兴趣的还不是玩具，而是我们日常的东西。妈妈会发现，再高级的玩具，宝宝玩熟了，就会把它扔到一边，淘汰玩具的速度越来越快。可对日常生活中的东西，却表现出极大的兴趣。比如一把吃饭的小勺，宝宝会不厌其烦地玩好长时间，还很开心。

妈妈不解，宝宝为什么喜欢那些“破玩意”，而不喜欢高档玩具呢？其实这是宝宝的天性，喜欢大自然不正是人的天性吗？再高级的玩具也代替不了自然界的“破玩意”，不让宝宝在外面玩，怕脏了，怕碰了，这会扼杀宝宝对外面世界的探索，扼杀宝宝的兴趣。不必买太多的玩具，把日常用的东西拿给宝宝玩，带宝宝到外边玩，边玩边认，这是引导宝宝认识世间万物的很好方法。

0593 为什么睡眠少

这个月宝宝晚上应该睡多少，白天应该睡多少，应该睡几觉等等，都没有统一标准。睡眠好的宝宝，晚上能连续睡10个小时左右，一直到天亮。宝宝白天睡眠的时间开始减少了，上午睡一觉，1～2个小时；下午睡一觉，2～3个小时。有的宝宝晚饭前还会睡上1～2个小时，这样晚上睡觉可能就会晚些了，比如晚10点才睡。如果超过10点还不睡，妈妈就会担心了。其实10点以后才进入睡眠的宝宝，也没什么不正常的，宝宝一觉睡到早晨7～8点钟，甚至8～9点钟，他自己调节的睡眠时间是足够的了。

但宝宝晚上睡得过晚，会影响大人休息。因

此晚饭前尽量不让宝宝睡觉，和宝宝做些游戏，把觉都赶到晚上去睡。如果宝宝不喜欢这样，那就依着他好了，别让宝宝哭个没完。睡眠时间经常哭的宝宝，会成为闹夜的宝宝。另外，爸爸妈妈和宝宝对着干，会挫伤宝宝自尊心，长大后可能性格孤僻，情感有障碍，社交能力差。

睡眠少，找原因

有的宝宝睡眠少，妈妈心中很着急，不知宝宝是否正常。不必急，先回答这5个问题：

第一，宝宝一出生睡眠就差吗？

第二，睡眠是逐渐变少的吗？

第三，是从这个月（5～6月龄）才开始变少的吗？

第四，宝宝的生长发育是否正常？

第五，睡眠少是否伴随其他异常？

如果宝宝生长发育正常，也无任何其他异常，那么睡眠少可能就仅仅是单纯的睡眠不好，不意味有什么病变，妈妈就不必着急了。如果宝宝生下来睡眠就少，那可能与遗传有关，属于睡眠少宝宝。如果睡眠是逐渐减少的，那可能是随着月龄的增加而改变了睡眠习惯。如果是从这个月开始睡眠才减少，就要寻找一下宝宝睡眠减少的直接原因了。

- 是否父母改变了睡眠习惯？
- 是否是季节问题，如在炎热的夏季。春季接受较多日光，宝宝血钙暂时降低，会造成睡眠不实，容易惊醒。冬季室内空气流通较差，气压低，氧浓度低，燥热，宝宝睡眠环境不舒服。
- 是否母乳不足，宝宝吃不饱，又不爱吃辅食？
- 是否宝宝因病扎针受了刺激，梦中惊醒？
- 是否户外小狗对着宝宝汪汪叫，吓着了宝宝？
- 是否宝宝生病不吃药，妈妈强行灌药，宝宝很生气，睡眠中仍心情不安？
- 是否宝宝近日曾掉到地上，或没有坐住突然仰过去了？

这些情况都可能使宝宝睡眠不安，妈妈要考虑到。如果宝宝突然在睡眠中哭闹，一阵阵的，不要忘记肠套叠的可能。不要动不动就认为宝宝缺钙，只要正规补着，就不会缺的，除非有疾病情况。宝宝睡眠多些，妈妈总是因为担心宝宝不聪明而把宝宝叫醒，这是非常不妥的。只有宝宝睡眠时间太长了，才有必要看一下医生，及时发现异常，解除疑虑。

0594 尿便护理易出现腹泻误判

本月正式添加辅食，宝宝的大便可能会变稀、发绿，次数增多，有些奶瓣。这不是婴儿腹泻，不需服药。如果宝宝大便次数一天超过了8次，水分较多，确实不正常，那也不要自行服用腹泻药物，而要带宝宝到医院化验大便，确定是否有感染。如果没有细菌感染性肠炎，就不要吃抗菌素。否则不但不能治好腹泻，还会破坏肠道内环境，加重腹泻。如果怀疑病毒性肠炎，要注意补充丢失的水和电解质。如果是新添加的辅食导致婴儿消化不良，就吃助消化药，并暂停添加那种辅食。

腹泻护理常见错误

- 滥用广谱抗菌素。肠道内存在着大量的非致病菌，这些正常的菌群之间维持着一种生态平衡。每个宝宝肠道自身都维持着这一生态平衡。不正确使用抗菌素，尤其是广谱抗菌素，会杀灭肠道内的正常菌群，导致菌群失调，使肠道内环境遭受破坏，从而出现肠道功能紊乱，致病菌就会乘虚而入引发细菌性肠炎。

并非腹泻都要服用抗菌素，只要大便不好就服用抗菌素是错误的。只有确定宝宝患了细菌性肠炎（如细菌性痢疾，致病大肠杆菌肠炎等）才使用抗菌素。而且必须在医生指导下合理选择抗菌素的种类和用药方式。随便使用，只能加重腹泻，破坏肠道正常菌群，严重者引起伪膜性肠炎，这是致命的抗菌素并发症。

- 打针输液也有指征。腹泻是肠道疾病，肌注抗菌素（甚至用青霉素）先吸收入血，再到肠道作用，效果当然不如直接肠道给药好。若是非感染性腹泻，肌注抗菌素就更无效了，采用灌肠

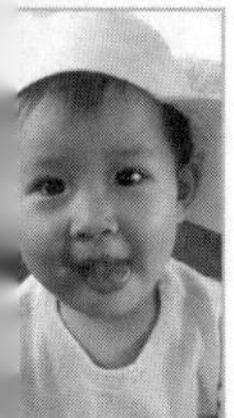

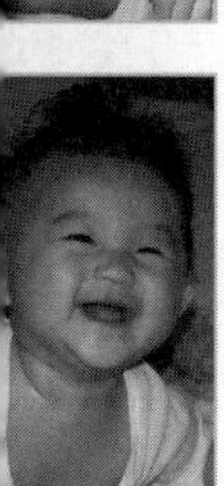
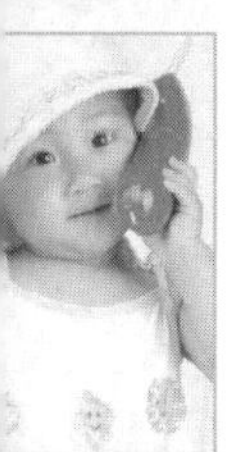

疗法要比输液打针有效得多。况且，腹泻对小儿的危害主要是丢失电解质和水分，口服补液盐是补充电解质的重要措施，若能经口补充丢失的液体，要比输液具备更大的优势。

● 把腹泻和辅食对立起来。宝宝大便变稀，妈妈就不敢再喂宝宝辅食了，只吃母乳或牛乳。把已经适应的辅食停了，母乳或牛乳又不足，宝宝出现饥饿性腹泻，妈妈还自己蒙在鼓里，不知道宝宝腹泻正是妈妈造成的。

这个月的宝宝，还会由于不添加辅食而引起腹泻。随着宝宝月龄的增加，乳类食品已经不能满足宝宝的需要，有的婴儿还会从这个月开始，对乳糖或牛奶蛋白质不耐受，而乳量不足和乳糖不耐受都会使宝宝肠蠕动增强，排出又稀又绿的大便，大便次数也增多了。所以，如果宝宝这时大便一直不好，妈妈就不敢添加辅食，那就错了，可能一添辅食，大便就好转了。

● 限制食量。有的宝宝便稀时间比较长，妈妈就限制宝宝食量，造成宝宝营养不良。宝宝不是拉瘦的，而是饿瘦的，这一点也要提请妈妈注意。

0595 户外活动防意外

● 意外摔伤。妈妈帮助宝宝站立在自己腿上，这时宝宝两脚不断在妈妈腿上跳跃，如果妈妈只注意跳跃的小脚，没用力揽住宝宝上身，宝宝很可能栽下去。

● 呛奶。妈妈或其他看护人在户外喂宝宝奶瓶时，可能忙着和别人说话，把奶瓶就放在婴儿车的枕头旁边，让婴儿自己吸吮，这样极有可能发生呛奶，造成危险。

● 意外烫伤。在户外给宝宝冲奶，暖水瓶很有可能随手放在了婴儿能碰到的地方，妈妈正摇晃奶瓶，婴儿突然嚎啕大哭起来——意外发生了。

● 宠物抓伤。带婴儿到户外，不要让婴儿触摸别人养的小宠物，更不能让宠物舔到婴儿。宠物狗抓伤宝宝，会带来狂犬病的一系列担忧。

0596 免疫接种

5～6月龄的婴儿，应该接种第3针百白破疫苗了。接种后7～8个小时可能会出现低热，一般不需要处理，1～2天后就不发烧了。如果出现高热且持续不退，或伴有其他异常，应及时看医生。

第八节 本月护理7大难题

0597 把尿打挺，放下就尿

本月宝宝经过训练能否建立排尿规律？能否控制小便？答案是否定的。婴儿大小便是无条件反射，只要膀胱内尿液充盈，信息就传到大脑有关中枢，中枢再通过传出神经刺激膀胱，膀胱就收缩排尿了。大便的刺激部位不同，但道理是一样的。婴儿吃奶后，胃壁肌活动刺激整个肠道运动，肠道运动或直肠充满又对肛门内膜产生压力，使肛门口开放，小腹的腹肌也受到某种程度的刺激，产生向下的挤推运动。

这么大的婴儿，还不会主动地通过小腹肌运动来挤压排便，更不会意识到大小便来临，有意控制使其不出。小婴儿神经系统发育尚未完善，对大小便是不能自主的，全靠先天的生理机能自动排便。

妈妈通过声音、姿势，可以建立宝宝大小便的条件反射。但这种条件反射与训练宝宝大小便，是概念不同的两件事。5～6月龄婴儿对尿便排泄没有什么意识，不会参与主观控制。

通过嘘嘘的声音，或通过把尿、坐盆的动作，建立起来的条件反射，不是宝宝学会了控制大小便，而是妈妈学会了观察宝宝排泄的信号（眼神发呆、脸发红、突然停止玩耍、放屁、肚子咕噜咕噜响、小鸡鸡挺立、暗暗使劲等等）。

过早训练宝宝大便，让婴儿长时间坐便盆，这是不好的。如果妈妈能够判断宝宝马上要大

便，可以让宝宝坐便盆。如果不能判断，就不要长时间把着宝宝了，这样可能会造成宝宝能力衰退。总是把小便，宝宝建立了排尿非主观意识反射，妈妈一把，尽管宝宝膀胱并没充盈到排尿的程度，宝宝也会排尿，造成尿频。

总体来说，这个月的婴儿没有必要训练尿便。把尿打挺，放下就尿，这不是宝宝的问题，而是妈妈的问题。

0598 闹夜

5～6月龄婴儿闹夜的较多，原因不是有什么疾病，而是闹着玩。闹觉、闹着要抱、闹着要玩、闹着要到户外、闹着要排泄（这可能就是妈妈训练尿便惹的祸）、闹着要吃妈妈奶头、闹室内热、闹室内空气不舒服、闹穿得多了、闹盖得多了、闹浑身不舒服、闹妈妈不在身边、闹爸爸不在身边、闹恶梦、闹打针、闹胳膊疼屁股疼、闹委屈，总之是闹闹闹。如果宝宝患了病，那闹得会更厉害。许多妈妈把宝宝小名叫“闹闹”，可能就是因为宝宝真的太闹了。

只有突然的闹夜，或与往常完全不同的闹夜，才有可能是疾病所致。5～6月龄婴儿突然闹夜，最有可能的病因仍是肠套叠。一般情况下，妈妈无论如何也找不到宝宝闹夜的原因，也没有对付闹夜的方法。就在妈妈烦恼至及时，宝宝突然不再闹夜了，变成了乖宝宝。妈妈心头一热，“我的宝宝长大了”。是的，宝宝不会总闹夜的。

另外，新手爸爸妈妈如果能冷静对待宝宝闹夜，尽最大可能寻找闹夜的原因，想尽办法平息宝宝哭闹，宝宝闹夜的持续时间就会缩短，乖宝宝的日子就会早日到来。如果新手爸爸妈妈面对宝宝闹夜焦躁不安，并把烦恼、生气、无可奈何、相互抱怨、吵架等不良情绪传递给宝宝，宝宝会越闹越凶，闹夜也会持续更长的时间。

0599 添加辅食困难

尽管这个月婴儿喜欢吃乳类以外的食物，但仍会有辅食添加困难的婴儿。妈妈最想知道也最难知道，怎样才能使婴儿爱吃辅食。其实知道这些并不难，只需分析一下宝宝不爱吃辅食的原因就可以了。

宝宝不爱吃辅食，可能有以下原因：

1. 母乳充足，吃不下辅食；

2. 依恋母乳；

3. 厌食牛乳刚刚结束，一时很喜欢吃牛乳；

4. 喂完奶不长时间就喂辅食，宝宝根本没有食欲；

5. 辅食太没有滋味了；

6. 不喜欢吃购买的现成辅食；

7. 不喜欢使用喂辅食的餐具（母乳喂养儿不喜欢吸吮人工乳头，不喜欢用小勺往嘴里送饭）；

8. 喂辅食时烫过宝宝或呛过宝宝等（婴儿已经有记性了）；

9. 用喂过苦药的奶瓶、小勺、小杯、小碗喂宝宝辅食（这事宝宝记得清楚着呢，他不想上当）；

10. 喂奶时抱着宝宝，喂辅食时却让宝宝坐在小车里；喂奶是妈妈抱着，喂辅食却让爸爸或其他人抱着（婴儿认为“还是吃奶好”）；

11. 早就缺铁了，食欲已经下来了，什么也吃不出味道来，开始厌食了，缺锌也一样，连奶都不爱吃了，辅食就更别提；

12. 宝宝还不能消化谷物，对肉、油消化也不是太好，肚子总是胀胀的，实在不舒服；

13. 辅食消毒不严，细菌感染了肠道，患了肠炎，不用说辅食，就是奶也要少吃了；

14. 没有把放在冰箱中的辅食熬沸，只是热热，虽然不凉，但吃了肚子不舒服，影响了下一顿辅食添加；

15. 天气太热了，成人消化功能都减低了，对小婴儿的影响就更大；

16. 宝宝爱吃某种辅食，就多喂，就上顿下顿地喂，直到吃够了，什么辅食也不想吃了；

17. 宝宝本来不想吃了，可爸爸妈妈认为

（按照某个标准）今天辅食添加的任务还没有完成，就合起来对付宝宝，生往嘴里灌，哭也不管，正好张开嘴巴，顺势把辅食往嘴里放，宝宝能爱吃辅食吗？这样的爸爸妈妈虽然不多，但也大有人在；

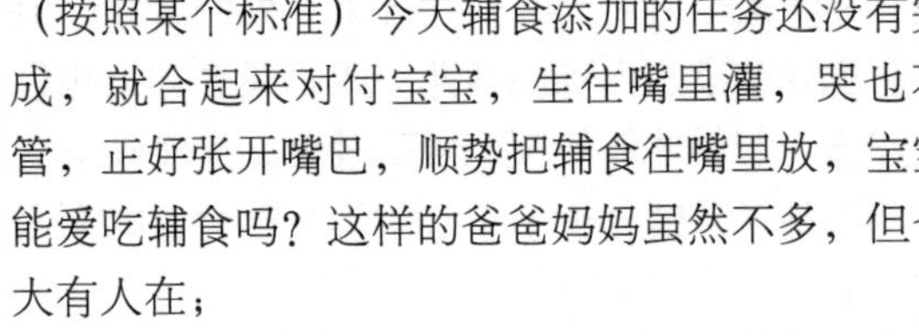

18. 宝宝睡得迷迷糊糊的，把奶嘴塞进宝宝嘴巴，让宝宝迷迷糊糊地把辅食喝进去，宝宝会非常反感；

19. 宝宝积食了，应该歇歇了；

20. 宝宝真的生病了。

这20条，可不是教爸爸妈妈如何对付宝宝的，是提醒爸爸妈妈引以为戒的，针对不同的可能，分析宝宝不爱吃辅食的原因，提高喂养技巧。

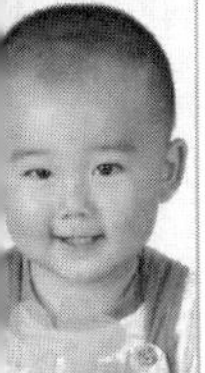

0600 不会翻身

有的宝宝3～4月龄就总试图翻身，满5月后就能翻身自如了，从仰卧位翻到侧卧位（反之亦然），再从侧卧位翻到俯卧位，但还不能从俯卧位翻到侧卧位或仰卧位。

5～6月龄的宝宝如果仍然不会翻身，应首先考虑护理方面的问题。1.是不是冬季宝宝穿得比较多，影响自由活动；2.是不是新生儿时期（0～28天）用了“蜡烛包”，盖被时用沙袋或枕头压在宝宝两边，限制了宝宝的活动；3.是不是看护人对宝宝训练不够。

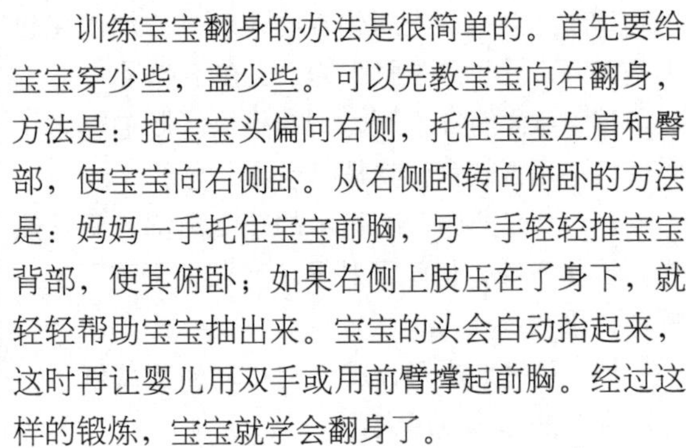

训练宝宝翻身的办法是很简单的。首先要给宝宝穿少些，盖少些。可以先教宝宝向右翻身，方法是：把宝宝头偏向右侧，托住宝宝左肩和臀部，使宝宝向右侧卧。从右侧卧转向俯卧的方法是：妈妈一手托住宝宝前胸，另一手轻轻推宝宝背部，使其俯卧；如果右侧上肢压在了身下，就轻轻帮助宝宝抽出来。宝宝的头会自动抬起来，这时再让婴儿用双手或用前臂撑起前胸。经过这样的锻炼，宝宝就学会翻身了。

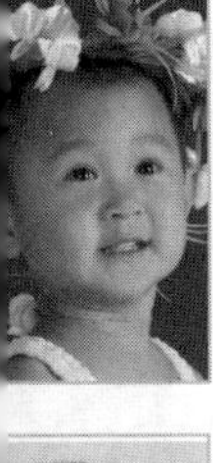

如果练习多次宝宝仍然不会翻身，应该带宝宝看医生，排除运动功能障碍的可能。一般来说，运动功能障碍会出现一系列运动能力的落后，不会单单翻身落后。

0601 什么都放在嘴里啃

婴儿出生后不久，就会把小手放到嘴边吸吮。开始是把紧握的小拳头放到嘴上吸吮，随着月龄的增长，就开始吸吮拇指和其他手指了。6个月以前的婴儿，吸吮手指是发育过程中的正常表现，科学研究证实，大约50%的婴儿会吸吮手指，有关专家还发现胎儿就有吸吮手指的现象。

这个时期吸吮手指与“吮指癖”是两码事。6个月以前的婴儿，差不多都有吸吮手指的欲望，6个月以后就逐渐减弱了。牛乳喂养儿吸吮手指的时间跨度，可能会更短些。但如果不能满足婴儿的吸吮欲望，怕婴儿养成“吮指癖”，强制性地把手从嘴里拿出来，这样不但不会制止婴儿吮指，还可能会挫伤宝宝的自尊心。

看到婴儿吸吮手指，应该用更积极的态度来对待，比如抱起宝宝亲亲小手，把玩具送到宝宝手中，喂宝宝一些果汁、水等。不要试图禁止宝宝吸吮手指，而是要尽量避免宝宝吸吮手指，以免发展成吸吮手指癖。

除了吸吮手指外，这个月的宝宝会把拿到手里的任何东西放到嘴里啃，这也是婴儿特有的表现。所以给婴儿的东西要卫生、安全，能放进宝宝嘴里的东西不要给宝宝玩，如小球、糖块、纽扣等，以免出现气管异物危险。

0602 流口水

这个月婴儿唾液腺分泌增加了，添加辅食后唾液分泌更多，再加上出乳牙，宝宝流口水就很多了。在婴儿胸前戴一个小兜嘴，同时多备几个，只要湿了就换下来。口水会把宝宝下巴淹红，因此不要用手绢或毛巾擦，而应用干爽的毛巾沾干，以免擦伤皮肤。如果喂了有盐、有刺激皮肤可能的辅食，就要先用清水洗一下，不能只是用毛巾沾，那样刺激物的成分仍会留在宝宝下巴上。

0603 蚊虫叮咬

蚊虫叮咬可传播痢疾、乙脑、肝炎等多种疾病。夏季防止蚊虫叮咬，最好的办法就是挂蚊帐。

蚊香的主要成分是杀虫剂，通常是除虫菊酯类，毒性较小。但也有一些蚊香选用了有机氯农药、有机磷农药、氨基甲酸酯类农药等，这类蚊香虽然加大了驱蚊作用，但它的毒性相对就大得多，一般情况下，宝宝的房间不宜用蚊香。

电蚊香毒性较小，但由于婴儿新陈代谢旺盛，皮肤吸收能力也强，最好也不要常用电蚊香；如果一定要用，尽量放在通风好的地方，切忌长时间使用。

宝宝房间绝对禁止喷洒杀虫剂，婴儿如吸入过量杀虫剂，会发生急性溶血反应，器官缺氧，严重者导致心力衰竭，脏器受损，或转为再生障碍性贫血。

采用纱门纱窗和挂蚊帐等物理方法避蚊，是最有效且无副作用的好办法。

第九节 能力开发经典游戏

0604 抓东西游戏

这个月的婴儿，已经能够比较准确地抓东西了，但仍然是大把抓，不能分开拇指和四指，更不会用拇指和食指捏东西，手、眼的协调能力还不是很好，手的运动能力还刚刚开始。要练习宝宝抓东西，尤其是抓小东西的能力。

可以让宝宝坐在妈妈腿上，坐在桌子前，在桌子上放些玩具，让宝宝去抓，爸爸妈妈不断改变宝宝与玩具的距离，当把宝宝抱离玩具时，就说抓不到了，当把宝宝抱到玩具跟前时，就说宝宝可以抓到了，宝宝真是有本事，这样使宝宝把抓玩具当做一种游戏，会玩得很开心。

如果婴儿把较大的玩具拿起来，就告诉宝宝这个玩具的名字，并说这是个大玩具。如果宝宝拿一个比较小的玩具，就告诉宝宝这个玩具是个小玩具，让宝宝认识小和大，轻和重，不同颜色的名称，在游戏中认知世界。

0605 藏猫猫

这个古老的游戏是婴儿非常喜欢的。5个月以前的婴儿，外界物体在他的脑海里还不能形成表象（就是物体在头脑中的形象，比如说“奶瓶”，我们会在头脑中出现奶瓶的轮廓，会用眼睛找到它）。5个月以后的婴儿就有了这种能力。我们可以利用婴儿的这种能力和婴儿藏猫猫，这不但可以培养婴儿积极愉快的情绪，也有助于婴儿想象力的提高。

和小婴儿藏猫猫是很简单的，把手或手绢蒙在爸爸或妈妈的脸上，让宝宝找妈妈哪去了，爸爸哪去了。当宝宝两眼盯着手绢时，妈妈把手绢拿开，露出脸，对着宝宝笑，并说妈妈在这里。宝宝会因为找到妈妈，重新看到妈妈的脸而手舞足蹈，还会发出会心的笑声。

这个游戏会让宝宝意识到，虽然妈妈的脸用手绢挡住了，但妈妈并没消失，就在手绢后面，拿开手绢，妈妈就会出现。从不同的方向露出妈妈的脸，会使婴儿知道物体从一方消失后会从另一方出现，但妈妈的脸总是存在的。如果妈妈用手绢蒙上脸，宝宝会用手去掀妈妈脸上的手绢，这可是不小的进步，对事物已经能够判断，并能付诸行动，这是手、眼、脑共同完成的，体现了婴儿大脑的思维活动。婴儿对藏猫猫的游戏乐此不疲，不要丢掉这一传统游戏。

0606 找东西

把会响的东西掉到地上，让婴儿去寻找，如果找不到，妈妈就指给宝宝，并抱着宝宝，让宝宝自己把掉下去的东西拿上来，再让宝宝自己把东西掉到地上，再捡起来，反复锻炼，让宝宝知道东西掉下去了，是暂时的消失，会被找到的。

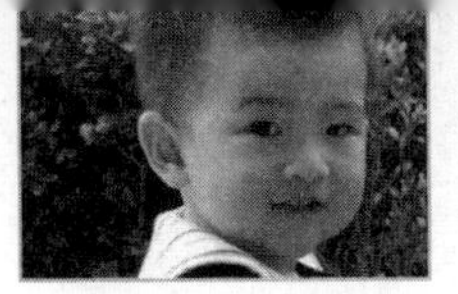
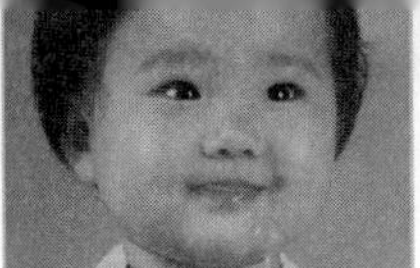
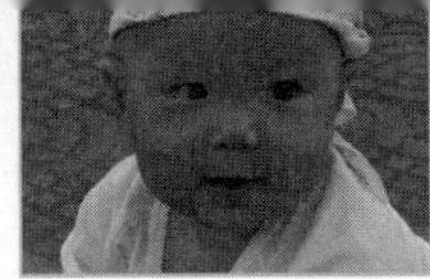
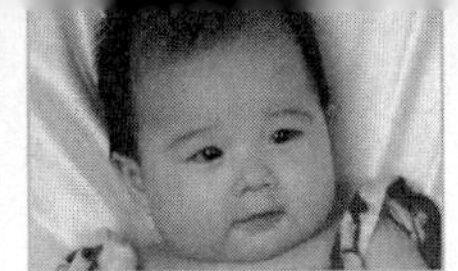

这个游戏培养婴儿的观察能力。

0607 绳拴玩具

把玩具用线绳拴上，通过拽线绳，让玩具从远的地方移动到近的地方。让婴儿自己反复操作，使婴儿认识线绳与被拴物体的关系。

0608 两手拿东西

教宝宝用两只手同时拿东西。把一个小球递到宝宝的一只手里，再把另一个小球递到宝宝的另一只手里，最后把两个球同时递给宝宝，观察宝宝是否会伸出两只手接这两个球，如果还不会，就反复游戏，锻炼这个能力。

0609 随音乐摇摆

放节奏感较强的音乐，抱着宝宝旋转摇摆。可以让宝宝靠在被子上，让他自己随着音乐节奏摇摆，每次两三分钟。

0610 照镜子

抱着宝宝照镜子，告诉镜子里的婴儿就是宝宝，并指着宝宝的鼻子、眼睛、嘴等部位告诉这是什么，那是什么，有什么功能。宝宝会用小手拍打镜子里的影像。通过看镜子里的爸爸妈妈，宝宝逐渐认识镜子是用来照人的，照出来的人，是镜子前面的人。

第七章　6～7月婴儿（180～209天）

第一节 本月婴儿特点

0611 有了更丰富的表情

本月婴儿表情越来越丰富，高兴时欢娱的笑容，让爸爸妈妈感到极大的欣慰；不高兴时，五官向一起皱，吭吭唧唧的，妈妈能很快判断这是宝宝不耐烦了。有经验的妈妈还能通过宝宝的表情判断是要吃还是要拉尿。会通过眼神，判断宝宝是否要睡觉了。宝宝发音也多了起来，会发出ma-ma，ba-ba，nai-nai，da-da等一些单音。

0612 宝宝更需情感互动

宝宝更依恋妈妈，看不到妈妈就会不安，甚至哭闹；看到妈妈就会手舞足蹈，欢天喜地，有时会做出类似鼓掌欢迎的动作。妈妈会被宝宝的表现所感染，会急不可待地奔向宝宝，抱起宝宝。母子之间、父子之间这种情感互动，对婴儿身体、心理健康发展有着极其重要的作用。

如果是全职妈妈，也要有意安排这种场合，让婴儿感受短暂分离后重逢的喜悦。每天，妈妈抱着宝宝一起迎接爸爸的到来，会使婴儿感受到和妈妈共同分享快乐的喜悦，使宝宝心理更加健康，从小体会到共同的快乐。

0613 开始会坐了

有的宝宝到了6个月开始会独坐了。具有了独坐能力，婴儿就能够自由地活动双手和胳膊了，会把跟前的玩具拿起来，这对手眼协调能力有很大帮助。

但每个宝宝发展速度、水平、性格都不一

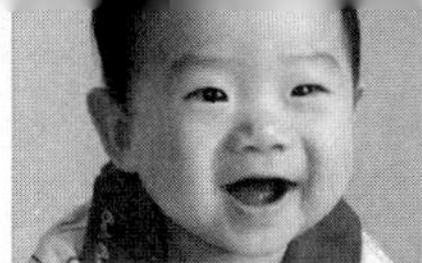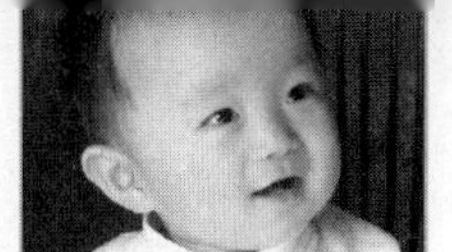

样，存在着一定的差异。如果你的宝宝还没有达到某种能力，也不要着急，只要不是病态，会在父母的呵护下不断进步，在不久的将来或许比其他宝宝更加出色。

0614 开始喜欢辅食

这个月的婴儿，会比较喜欢吃辅食，父母可以按辅食添加顺序和宝宝适应程度，逐渐增加辅食种类和数量。但这个时期仅仅是半断奶的开始，添加辅食的目的是让婴儿逐渐适应吃奶以外的食品，补充奶类中不足的营养成分。如果妈妈把添加辅食作为这个月的头等大事，整天忙着做辅食，就会顾此失彼，忘记了更重要的事。

0615 最需要快乐

本月婴儿情智有了很大发展，对快乐有了主动的追求。如果父母东奔西走，为宝宝忙前忙后，盯着宝宝的吃，盯着宝宝的拉，盯着宝宝的尿，盯着宝宝的睡，盯着宝宝的胖瘦，盯着宝宝的高矮，盯着宝宝的一举一动，可谓关心备至，但宝宝一点也不喜欢，因为爸爸妈妈没有和宝宝一起玩。宝宝不再是没有思想意识、没有情感要求的肉蛋蛋了，他现在最需要的是快乐生活。

第二节 本月生长发育规律

0616 身高继续增长

这个月婴儿身高平均增长2.0厘米。这是平均值，个体之间可能会有较大差异。婴儿身高增长有点像芝麻开花，一节一节的，这个月没怎么长，下个月却长得很快。

0617 体重增长差异大

这个月婴儿体重平均增长0.45～0.75千克。这也是平均值。体重与身高相比，有更大的波动性，受喂养因素影响比较大。如果这个月宝宝不太爱吃东西，或这个月有病了，体重都会受到较大的影响。如果这个月宝宝很爱吃东西，对添加的辅食很喜欢吃，奶量也不减少，宝宝可能会有较大的体重增长。

如果正值夏季，气候炎热，宝宝不爱吃奶，体重可能会增长缓慢，这不是病。立秋后，宝宝可能会出现补长现象，赶上同月龄儿的体重标准。对于宝宝的体重问题，父母要学会分析，不要盲目认为宝宝有病了，不要随便给宝宝吃各种各样的消化药，那样会破坏宝宝肠道内环境。宝宝不是越胖越好，胖可爱，但不能为了儿时的可爱，埋下疾病的祸根。有一些儿童成人病的形成，肥胖就是元凶。

0618 头围测量精益求精

这个月婴儿头围平均增长1.0厘米。1.0厘米的增长，测量起来可能不大容易，必须是比较精确的测量。父母不要简单测量一下，就对结果进行判断，这会带来无谓的烦恼。

0619 前囟出现真假闭合现象

一般情况下，六七个月的婴儿，前囟还不会闭合，但也不会很大了，一般在0.5～1.5厘米之间。极个别的已经出现膜性闭合，就是外观检查似乎闭合了，但经X射线检查并没有真正闭合。

为弄清前囟是否真的闭合了，就给婴儿照射X射线，这很不值得。如果婴儿头围发育是正常的，也没有其他异常体征和症状，没有贫血，没有过多摄入维生素D和钙剂，就不必着急了，可能仅仅是膜性闭合，不是真正的囟门闭合。

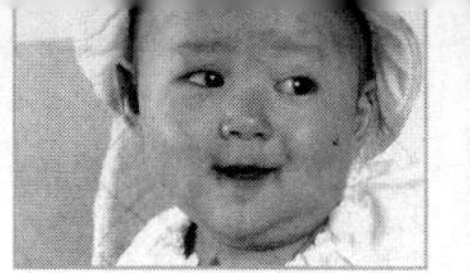

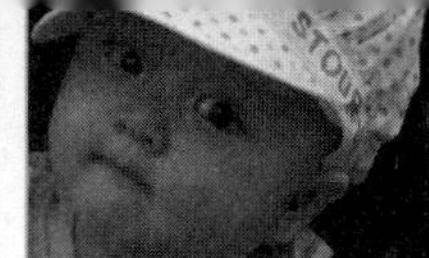
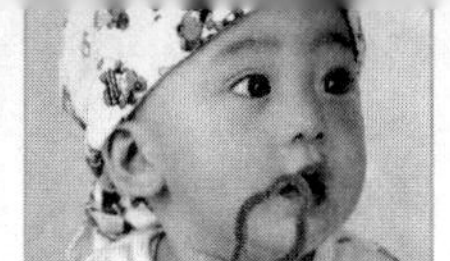

第三节 半断乳揭开营养新需求

0620 添加辅食不是添加面食

这个月婴儿开始了半断乳期，但营养的主要来源还是母乳或牛乳，辅食只是补充部分营养素的不足，培养婴儿吃乳类以外的食物，为过渡到以饭菜为主要食物做好准备。

需要添加的辅食，不是以碳水化合物为主的米粉面糊，而是以含蛋白质、维生素、矿物质为主要营养素的食品：包括蛋、肉、蔬菜、水果，其次才是碳水化合物。这个时期婴儿辅食主要通过吃蛋黄、绿叶蔬菜，补充铁剂和蛋白质；通过吃新鲜水果、蔬菜，补充维生素。如果妈妈花费大量时间喂宝宝辅食，带宝宝做户外活动的时间被侵占了，那就太不划算了。

第四节 本月婴儿喂养方法

0621 母乳喂养半断乳期方案

- 一天喂两次辅食，吃三次母乳，晚上再喂两次母乳（大多是在睡前和醒后）；
- 如果一天喂两次辅食，婴儿就只吃一两次母乳了，晚上也不吃，妈妈感到奶胀，那就不要喂两次辅食了，可改为一次。
- 如果仍然不好好吃母乳，妈妈感到乳胀，那就只给宝宝加蛋、菜、果，不加米面。如果还吃着牛乳，就减少牛乳的摄入量，把母乳加进去。
- 如果婴儿仅爱吃辅食，不爱吃母乳，也不爱吃牛乳，断乳的时间还是为时过早。把一岁以内的婴儿叫乳儿，就是因为婴儿是以乳类食品为主的。过早断乳不利于婴儿生长发育。
- 如果母乳已经很少了，吃不吃意义不大了，可以停了母乳，喂牛乳和辅食。
- 如果宝宝也不吃牛乳，可以给宝宝吃吃酸奶、奶酪等奶制品，试着喂鲜奶。
- 如果还是不吃，就在早晨宝宝刚起来时给宝宝喂，这时宝宝愿意喝。或把奶瓶带到户外，到了户外宝宝高兴，可能就会喝牛奶了。
- 不能完全断了奶制品。即使今天不喝，明天还要试一试，培养婴儿喝奶的习惯。
- 不要让宝宝半夜哭，现成的好办法就是立即给宝宝吃母乳，如果宝宝很快入睡，就不会养成宝宝夜啼的毛病。
- 乳类仍是这个时期婴儿的主要营养来源。

0622 不要浪费母乳

这个月母乳分泌仍然很好，妈妈还不时感到奶胀，甚至向外喷奶，那是很好的事情，除了添加一些辅食外，没有必要减少宝宝吃母乳的次数，只要宝宝想吃，就给宝宝吃，不要为了给宝宝加辅食而把母乳浪费掉。

如果宝宝在晚上仍然起来要奶吃，妈妈不要因为已经开始添加辅食了，开始进入半断奶期了，就有意减少喂母乳。妈妈还是要喂奶，不然的话，宝宝可能会成“夜哭郎”。

不要忘了牛乳

如果母乳不够吃，通过添加蛋、菜等辅食，仍不能满足宝宝的需要，宝宝就会出现饥饿性哭闹，本来夜里睡眠很好的宝宝，突然变得爱哭了，因为妈妈的乳房空空的。这时就要给宝宝添加牛乳了，而不是给宝宝吃更多的米粥面条。最好给婴儿加配方奶，因为鲜奶中含有较高的脂肪，可导致婴儿消化不良。

不吃牛乳也常见

有的婴儿这个月根本就不吃牛乳，甚至连奶嘴都不沾，塞进去就吐出来，一口也不喝。如果是这样，不要强迫宝宝，可以尝试不用奶瓶，用小勺喂，或用小杯子喂。如果仍然不喝，就暂时停一周，先以辅食补充，一周后再试着喂，可能那时他就很愉快地接受牛乳了。

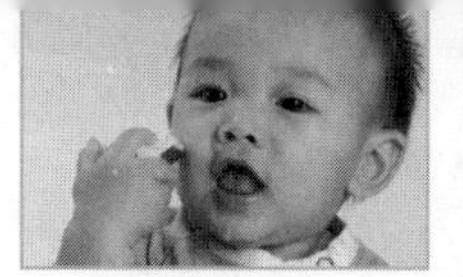
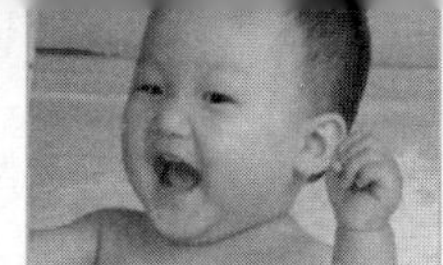
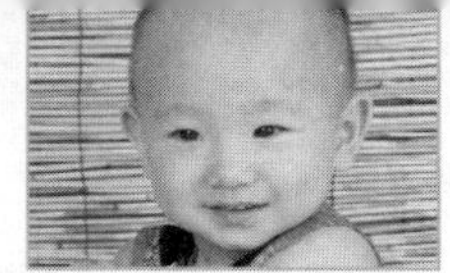
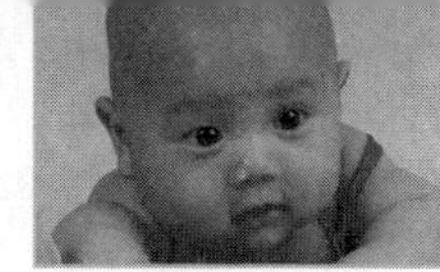

0623 牛乳喂养儿更喜欢吃辅食

牛奶喂养儿可能比母乳喂养儿更喜欢吃辅食。如果这次宝宝把辅食全吃光了，妈妈会非常高兴，下顿会多做些。这样一来二去，可能会使宝宝积食，或使宝宝吃奶量大减。妈妈应该掌握好辅食的量，即便是牛奶，对这个月的婴儿来说，其营养价值也是远远超过米面食品的。牛奶仍是这个月婴儿营养的主要来源，不能完全用辅食替代。

如果宝宝确实不爱吃牛奶，可以把鸡蛋和在牛奶里，或做牛奶面包粥，或给宝宝调些奶酪吃，吃些酸奶。人工喂养儿可以多添加辅食的品种，除了蛋、菜外，可以加鱼肉、动物肝等。在粥里放糖、酱油是不好的，这样只能让宝宝发胖，不能增加所需的蛋白质。还是要提醒，不要因为做辅食而减少宝宝户外活动的时间。

第五节 辅食添加策略

0624 根据情况添加辅食

这个月辅食添加的方法，要根据辅食添加的时间、量、婴儿对辅食的喜欢程度、母乳的多寡、婴儿的睡眠类型等情况灵活掌握。

- 如果已经习惯了辅食，那就按习惯做下去，只要宝宝发育正常，就不需调整什么。
- 如果吞咽半固体食物有困难，那就喂流质辅食。
- 如果宝宝吃辅食很慢，喂一次辅食就要花一个多小时的时间，那就不要增加辅食次数，并尽快提高辅食喂养技巧，以保证亲子活动时间。
- 如果一天吃两次辅食，吃奶就减至三次或三次以下，那就要减一次辅食，增加奶的摄入量。
- 如果半夜哭着要吃奶，就给宝宝奶吃。妈妈不要怕养成宝宝坏毛病而任宝宝哭下去，那会使宝宝成为夜啼郎。
- 如果宝宝吞咽能力良好，就可给面包或饼干（磨牙棒），让婴儿自己拿着吃，既可增加宝宝进食兴趣，也可锻炼宝宝用手能力。

0625 添加辅食三牢记

食谱并不重要

妈妈要明白，添加辅食重要的是添加，是锻炼宝宝吃的能力，而不是吃什么好。因此辅食食谱并不重要，妈妈对着食谱，累得满头大汗给宝宝做辅食，这是喂养误区，应加以避免。现在离断奶还有很长时间，在一岁以前的这段时间里，只要让婴儿练习着吃辅食就可以了，只要有营养，吃什么都行，妈妈不用花太大心思，太多时间。

创造好的进餐环境

这个时期的婴儿，对奶以外的食品会有兴趣。辅食的量仅是一点点，不是非要吃一小碗或一小杯。要让婴儿愉快地进食，妈妈轻松地做和喂，布置一个轻松愉快的进餐环境。

不要追求标准量

不要追求一定达到奶瓶、配方奶说明、书本等标出的该月婴儿应该摄入的量，如果是食量小的婴儿就会让妈妈担心了，尽管宝宝是在健康成长。妈妈看到宝宝不能按照标的量吃，会不开心。还是请妈妈宽心吧。

0626 添加辅食的几点建议

不使宝宝吃厌鸡蛋

菜泥可以和在粥或面条里。菜汤伴着蛋黄吃，这样还不容易噎着，还可避免宝宝厌烦蛋黄的味道（每天都吃蛋黄会让宝宝厌烦的，菜汤可以每天更换种类和味道）。如果总是把蛋黄和奶一块吃，容易使宝宝也厌烦奶了。

食量小的婴儿辅食

如果给宝宝吃肉汤，可以把菜、面条等放在肉汤里，饭菜都一起吃了，喂起来比较省事，比

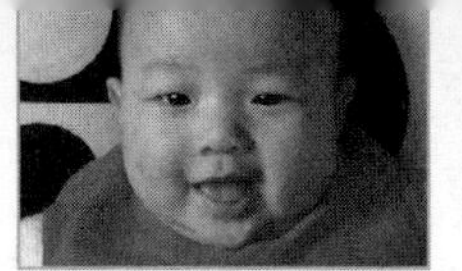

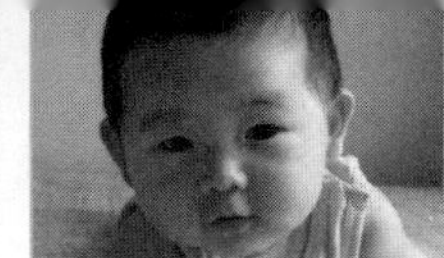
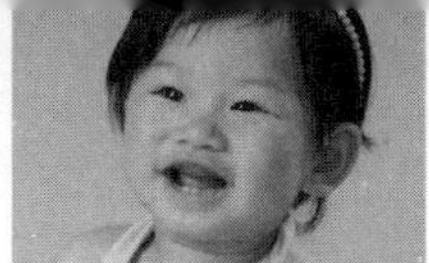

较适合食量小的婴儿。不要在粥里放肉汤，粥可以搭配菜泥吃。

鱼汤不宜混菜饭

如果给宝宝喂鱼汤，不能和其他食物混合，单纯喂鱼汤就行了。每天可喝菜汤90毫升左右，果汁90毫升左右，菜泥1～3勺，蛋黄1个，烂粥或烂面条几口。

制作辅食的要求

辅食的制作方法同以前一样，要注意卫生。不必花费太多时间，可以借助大人吃的饭菜，能节省不少时间，但要注意：不要咸了，要煮得烂些，油要少放，不放味精或花椒等调味料。鱼汤中一定不要有鱼刺。

可以这样安排辅食

这个月的宝宝，大多是白天睡2～3次，如果睡前给200毫升以上的奶，可能会一直睡到早晨6～8点钟。可以在上午睡前添一次辅食，午睡后再添一次辅食。早、中、晚吃三次奶。

第六节 这个月婴儿能力

0627 婴儿听的能力

这个月婴儿听的能力已经接近成人了，能区别简单的音调，从这时起进行音乐训练，成人后对音乐的感知能力会非常强。

0628 婴儿看的能力

- 偏爱看有意义的物象。看周围环境，但更爱看妈妈、食物、玩具等和自己有关的物象。
- 能较长时间注意物象。开始注意数量多、体积小的东西，并保持很长的注意时间。注视后，辨别差异的能力和转换注意的能力增强。父母要利用婴儿不断发展的视觉能力，开发婴儿的智力。让宝宝认识更多的人，增强婴儿记忆人物特征的能力。
- 能辨别不同物象。父母可以把更多的东西拿给宝宝看，而不单单是玩具，提高宝宝辨别不同物象的能力。
- 对陌生人表现出惊奇。大眼睛一眨不眨地盯着陌生人，也会表现出不快，还可能把脸和身体转向妈妈。
- 看到吃的能认识。这时妈妈就告诉宝宝什么是能吃的，什么是不能吃的，宝宝就不会把什么都放进嘴里啃了。

0629 婴儿说的能力

发出父母听不懂的语音

能无意发出爸妈等音，还能发出一些谁也听不懂的声音。有时好像要说话，有时还有不同的表情，发出不同的音，有高兴的、生气的。父母要鼓励宝宝“语言创造”的努力。

交流是宝宝学习语言必不可少的

宝宝虽然还不会说，但宝宝已经会通过各种方式和父母交流了，父母传给宝宝的话语，就是宝宝学习语言的基础。听在先，说在后。听懂了，宝宝把听懂的语言一点点积攒起来，孕育出语言来。妈妈爸爸和看护人无论和宝宝做什么事情，都要跟上语言。慢慢的，婴儿就能够听懂很多话了。

把语言和实际联系起来

如果妈妈每次出去都给宝宝戴上小帽子，并说：“我们要出去玩了，妈妈给宝宝戴上小帽子。”慢慢的，宝宝就会认识了帽子，并把帽子和出去玩联系起来。以后，妈妈一说要出去玩，宝宝就会用眼睛寻找小帽子。相反，当宝宝看到小帽子时，就会想到出去玩，做出向门外走的动作。这种语言和实际的联系，就是宝宝学习语言的过程。

0630 婴儿运动能力

喜欢探索

有了深度知觉，如抓取物体，感觉它的形

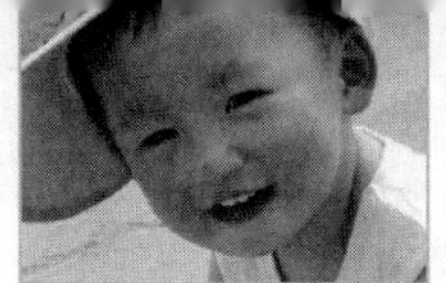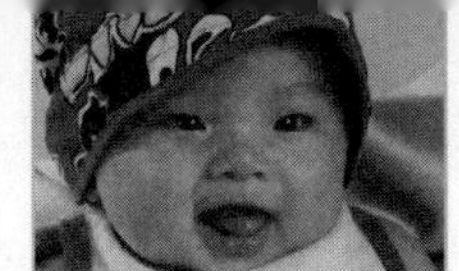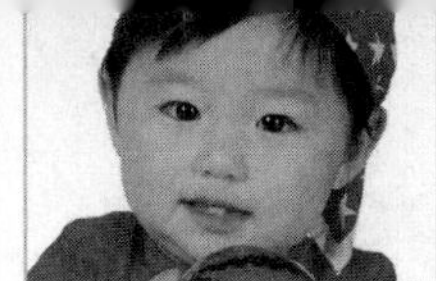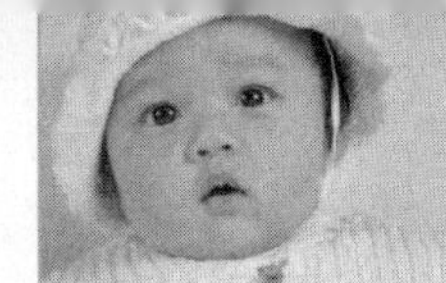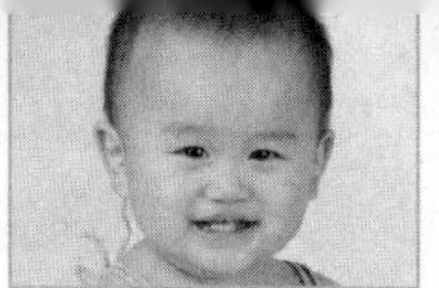

状、大小；啃一啃，感觉它的软硬、滋味。把握在手里的东西，摇一摇，听一听它的声音；用手掰一掰，拍一拍，打一打，晃一晃，摸一摸，认识这种物体。对已经会的能力，不再感兴趣了，而对刚刚学会的，或还没有学会的，非常感兴趣，对新鲜事感兴趣，有探索精神。

坐与爬的能力

6～7个月的婴儿，能够不倚靠东西独坐了，这是很大的进步。有了爬的愿望和动作，这时父母可以推一推宝宝的足底，给宝宝一点向前爬的外力，会帮助宝宝体会向前爬的感觉和乐趣，为以后的爬打下基础。

运用手的能力

腿跳跃的力量更大了，手的运动能力也有了很大的进步。会用双手同时握住较大的物体，两手开始了最初始的配合。抓物更准确了，最让妈妈爸爸感到惊奇是，能把一个物体，从一只手递到另一只手，这可是不小的进步。还有一个能耐，能手拿着奶瓶，把奶嘴放到口中吸吮，迈出了自己吃饭的第一步。

不高兴时，不喜欢手里的东西时，会把它扔掉，开始了自主选择。知道妈妈爸爸脸上戴的眼镜是能够拿下来的，就会不断去抓，不让妈妈爸爸戴着多余的东西。看到喜欢的东西，就要去拿，拿不到就会哭。

喜欢到大自然中去

在屋里呆不住了，会用小手指着门，会在妈妈怀里向门的方向使劲，会用眼睛盯着到室外的门，表现出要出去的神情。如果妈妈这时用其他方法转移宝宝的注意力，使宝宝忘记出去的想法，不是那么容易了。如果这时给他玩具，可能会把它摔到地上。

翻滚运动

这个月的婴儿，会在床上翻滚了，原来能从仰卧翻到侧卧和俯卧，从这个月开始，宝宝可能会从俯卧翻过来到侧卧、仰卧了，这就开始了翻滚动作。如果把宝宝放在婴儿床上，当婴儿翻滚时，会撞在床栏杆上。应该放在大床上让婴儿练习翻滚。为了防止婴儿从床上掉下来，看护人不可以离开，或者用被垛挡上，或者放到铺了褥子的木地板上，或者放到婴儿围栏里。

0631 潜能开发

藏猫猫升级版

● 找爸爸

爸爸藏在妈妈身后，妈妈对着宝宝说："爸爸哪里去了？"宝宝会到处搜寻，爸爸突然出现了："爸爸在这里呢。"宝宝高兴得手舞足蹈，脸上露出了欢快的笑容，甚至咯咯笑出声来。

● 寻找妈妈手

妈妈把手藏在身后，问宝宝："妈妈的手哪去了？"宝宝不知道，这时妈妈把手拿出来："妈妈的手在这里呢。"在游戏中宝宝认识了妈妈的手。

● 寻找宝宝手

妈妈拿着宝宝的手，放到宝宝的身后："宝宝的手哪去了？"再把宝宝的手拿过来："宝宝的手在这里。"宝宝也开始认识自己的手。

● 寻找玩具奶瓶

妈妈可以把玩具、奶瓶等物品藏到身后，再把它拿出来。在游戏中让宝宝认识更多的物品，知道更多物品的名称，这比单纯教宝宝认识东西要有趣得多。

认识人

教宝宝认识人，可以让宝宝理解人与称谓的关系。当外公外婆来到时，妈妈对着宝宝说："宝宝，你看谁来了？是宝宝的外公和外婆。"以后随着年龄的增长，宝宝就会知道他的外公外婆就是他妈妈的父母。这样逐渐建立宝宝与人的交往。

玩两块积木

妈妈递给宝宝积木A，当宝宝握住后，再递给宝宝积木B。宝宝可能有三种接积木的方式：

（1）把积木A扔掉，再接积木B；

（2）用另一只手接积木B；积木A仍然握在手里；

（3）把积木A传到另一只手，腾出手来接积

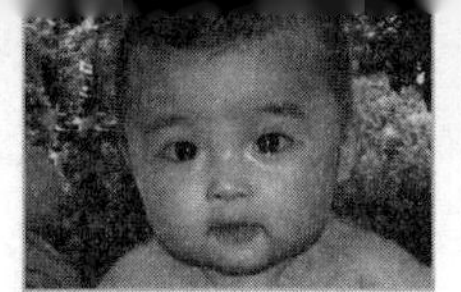

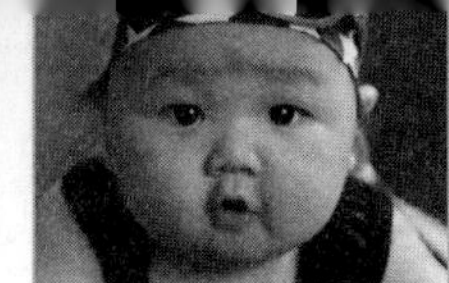
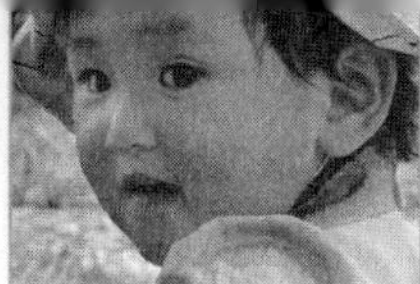
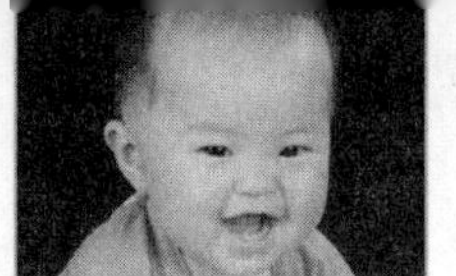

木B。

三种不同接法，揭示三种不同含义：

- 如果用另一只手接积木B，表明宝宝已经懂得了两只手可以分开使用；
- 如果把积木A传到另一只手，再去接积木B，宝宝已经会两手配合使用了；
- 如果把积木A扔掉，再接积木B，说明宝宝可能还没有学会运用一双手。妈妈就要告诉宝宝，宝宝还有一只手啊，并把积木递到另外一只手里。这个游戏对手的锻炼非常有意义。

玩抓积木

手抓物体的动作先是大把的抓，后是拇指和其他四指对捏，然后是拇指食指对捏。这个月可能会拇指和其他四指对捏，拇指和食指对捏能力还要经过2～3个月的时间。让宝宝练习抓小积木，能够锻炼宝宝手指的运动能力。锻炼指尖细小肌肉的协调动作，促进神经系统的发育。

亲子游戏

第一步：妈妈仰卧在床上，两腿屈曲；

第二步：让宝宝坐在妈妈的腹部，背靠在妈妈的大腿上，妈妈两手握住宝宝的小手；

第三步：当妈妈的两腿慢慢伸直的同时，妈妈也逐渐向上坐起（就像仰卧起坐），这时宝宝就成仰卧位躺在了妈妈的腿上；

第四步：妈妈再慢慢躺下，躺下的同时两腿慢慢屈曲。两手轻轻拉着宝宝的手（不要用力拽，以免拽伤宝宝的关节），宝宝又重新坐在了妈妈的腹部，靠在妈妈的腿上。

这个游戏，会锻炼婴儿的仰卧起坐，妈妈也锻炼了腹肌，宝宝会高兴地大笑。这是在愉快的亲子游戏中锻炼身体。

打转游戏

这个月的婴儿，会有一种让妈妈爸爸捧腹大笑的动作，当宝宝俯卧位时，会把下肢和上肢同时腾空离开床面，只是腹部着床。

这时，妈妈爸爸拿一个好玩的东西或吃的东西，在宝宝的眼前，宝宝会用手去够，妈妈爸爸就向一边移动手里的东西，宝宝就会跟着移动。这时，宝宝就是以肚子为支点在床上打转，真是可爱极了。妈妈爸爸会高兴地笑，宝宝也会被妈妈爸爸的喜悦所感染，也高兴地笑。

如果妈妈爸爸总让宝宝够不到东西，宝宝就会失去乐趣，还会因为受挫而哭。这时宝宝就会生气，对这种游戏失去兴趣。所以，妈妈爸爸要把握时机，适时让宝宝够到东西。

点头yes，摇头no

妈妈爸爸站在宝宝跟前，妈妈指着爸爸问宝宝："他是妈妈吗？"爸爸就摇摇头，并说"不"。

妈妈又问："他是爸爸吗？"爸爸点点头，并说"是"。

游戏规则提示：

- 爸爸不要说："是的"或说"我是爸爸"，也不要说"我不是妈妈，我是爸爸"或说"我是的"，因为，这么大的宝宝对一句话的理解比较难，对单字理解容易些。
- 用单字"是"或"不"配合点头或摇头，使宝宝很快学会摇头和点头的含义。
- 不要用复杂的事物教宝宝，那会让宝宝感到为难。
- 反过来，爸爸也可以这样指着妈妈问。
- 用妈妈和爸爸来练习，宝宝最容易区分，因为这个时期婴儿对爸爸妈妈已经比较熟悉了。宝宝第一个认识的是爸爸妈妈，会说的第一句话也是爸爸妈妈。利用宝宝对爸爸妈妈的认识和依恋来开发婴儿的智能是最好的办法。

照镜子

照镜子是婴儿喜欢的一项游戏，当看到镜子里的宝宝时，虽然宝宝意识不到这就是他自己，但宝宝会非常兴奋。对着镜子里的宝宝又是笑，又是说（发出音节，好像要和镜子里的宝宝说话），又是拍打，又是往镜子里抓。

这是天性，婴儿都喜欢和婴儿在一起，小婴儿也是一样，看到小婴儿要比看到大人兴奋得多。妈妈可以利用这一点。教宝宝认识五官的名称和作用。

妈妈对着镜子，指着宝宝（宝宝本人，而不是指向镜子）的鼻子、眼睛、嘴等部位，告诉宝

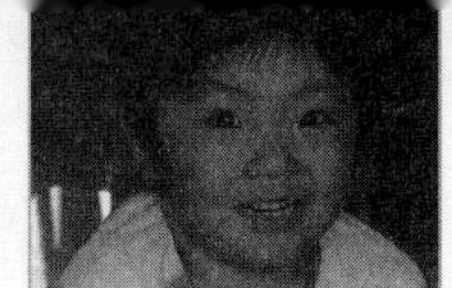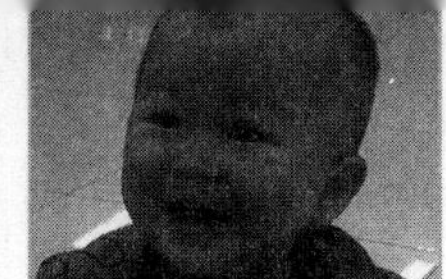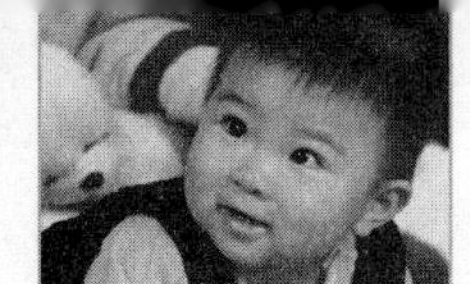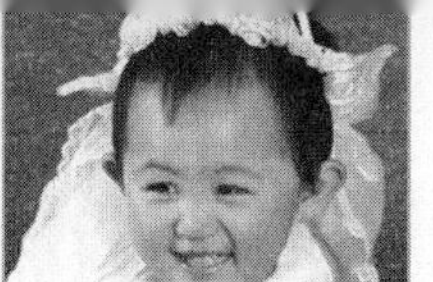

宝，它们的名称和作用。这是很有趣的活动。宝宝不但看到镜子中妈妈指的五官部位，还能感受到五官的存在。如果指向镜子，一是宝宝感觉不多，二是指的部位不准确。

当宝宝看到镜子里的妈妈时，会现出惊讶的神情：这是怎么回事，怎么有两个妈妈？这时，宝宝会看看镜子里的妈妈，再看看抱着他的妈妈：哇！太不可思议了，妈妈和镜子里的人一模一样！妈妈就告诉宝宝，这是镜子，镜子能把人照出来，镜子里的人就是妈妈，镜子里的小孩就是宝宝。随着年龄的增长，慢慢的，宝宝就会悟出这个道理。

唱儿歌学动作

如“小白兔，白又白，两只耳朵立起来，立呀立，跑下去”。妈妈一边唱着，一边比划着。这个儿歌使宝宝认识了小动物兔子，接触白色概念，熟悉耳朵的位置，知道什么是跑。

妈妈可以买一只玩具兔，唱“小白兔，白又白”。然后，把两只手的食指和中指伸开，做成剪子样，放在自己头顶上，唱着“两只耳朵立起来”。这时妈妈就站起来，做出跑的样子，边唱着“立呀立，跑下去”，边跑几步，让宝宝知道跑是怎么回事。

这比摸着玩具兔的耳朵，让白兔跑更能引起宝宝的兴趣，因为婴儿持久的注意能力很差。不断变化事物和场景，宝宝不感到疲劳，不会失去兴趣。

第七节 季节及日常护理要点

0632 春季重在防病

婴儿过了6个月，从母体中获得的抗体慢慢消失了，而自身抗体尚未产生，所以对病毒、细菌的抵抗能力下降了。如果是人工喂养儿，缺乏初乳中抗体的摄入，尤其是IgA抗体缺乏，更容易引起呼吸道感染，较之母乳喂养儿抵抗力还要低些。

而春季气候不稳定，冷热不均，如果一冬天也没怎么做户外活动，开春带宝宝到户外，呼吸道对冷空气的抵御能力很低，容易患呼吸道感染。这个月宝宝春季还容易发生出疹性疾病，如幼儿急疹、疱疹性咽峡炎、无名病毒疹等，因此防病就成了春季护理的重中之重。

0633 夏季护理常规要求

● 避免积食。夏季开始添加辅食比较困难，宝宝本来就不爱吃奶，也不会喜欢吃辅食。妈妈不要强迫婴儿吃，避免造成积食、腹泻。

● 餐具清洁。奶瓶、配奶器具要消毒灭菌，桶装配方奶粉要放在冰箱冷藏室，夏季最好不选择鲜奶喂养。

● 脓包疮。痱子抓破感染化脓，形成脓包，可引起婴儿发热，应及时治疗，可涂用雷夫奴尔霜。

● 防夏季热病。如果婴儿缺水，或天气过热，可能会发生夏季热病。

● 蚊虫叮咬。蚊虫叮咬是传播乙脑病毒的主要途径，这个月的婴儿，可能没有赶上接种乙脑疫苗，因此要特别防止蚊虫叮咬。

● 皮肤糜烂。胖宝宝容易发生皮肤皱褶处糜烂，要勤洗皮肤皱褶处。对于爱出汗的婴儿，使用爽身粉或痱子粉是不适合的。用清水勤洗是预防皮肤糜烂和痱子的最好方法。

● 不提倡吃冷饮。过冷的食品进入婴儿胃内，会使婴儿胃内血管收缩，胃黏膜缺血，使胃分泌功能受到抑制，消化酶减少，影响婴儿的消化吸收功能。婴儿不宜吃过凉过热的食品。可以把常温的酸奶，作为冷饮给宝宝喝，对宝宝的消化有益。

0634 秋季咳嗽别当病治

秋季是个好季节，是婴儿最不易患病的季节，食欲也会随着天气凉爽而增加。但不要因为

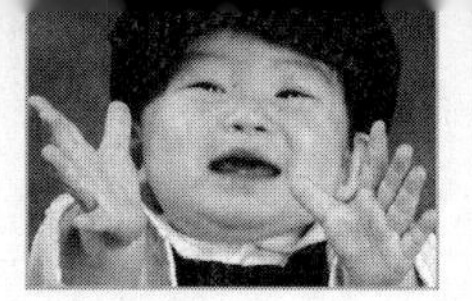
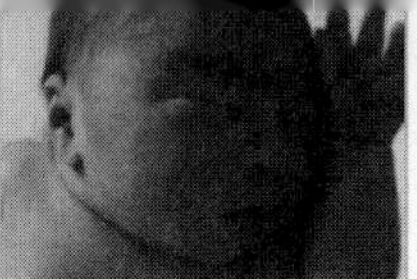
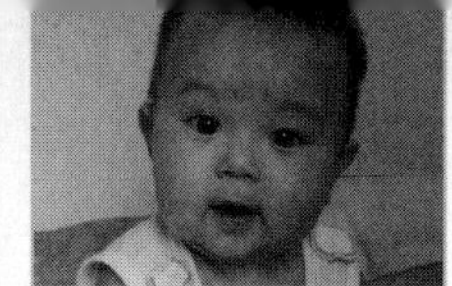

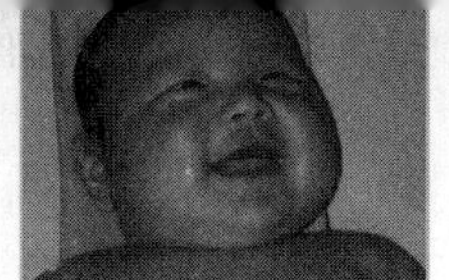

宝宝爱吃饭了，就拼命给宝宝吃，这会使宝宝积食的。尽管宝宝很爱吃奶，也要适当掌握奶量和辅食添加量。

随着天气转凉，有的宝宝会出现咳嗽，嗓子里呼噜呼噜的，好像有很多的痰，爱长湿疹的宝宝更是如此。妈妈以为是患了气管炎，开始吃药打针，结果一冬天宝宝也没好，吃了一冬天的药。

其实宝宝根本没感冒，也不是气管炎，更不是肺炎。这样的宝宝，就是气管分泌物多。天气一凉下来，就会这样。如果一看宝宝咳嗽了，就不敢带宝宝到户外了，一直到第二年开春，才敢把宝宝带出去，会使宝宝气管分泌物更多。户外锻炼是很重要的，尽管宝宝嗓子里呼噜呼噜的，也不妨碍带宝宝进行耐寒锻炼。

0635 冬季呼吸道感染高发

这个月的宝宝爱患感冒，冬季是感冒的好发季节。室内空气新鲜，定时开窗开门通风。室内温湿度适宜（温度18～22℃，湿度40%～50%）。在室内，不要给宝宝穿得过多，如果宝宝总是有汗，脸红红的，到室外就会受凉外感风寒。

父母预防感冒也是很重要的，这个月婴儿，被父母传上感冒是最常见的。父母一旦感冒，要注意与婴儿隔离，给婴儿喂奶、喂饭或抱宝宝时，最好戴上口罩，以免喷嚏、咳嗽飞沫传到宝宝的呼吸道。爸爸妈妈患感冒后，会经常擦鼻涕，病毒会沾在手上，如果没有清洗干净，可能会传给宝宝，宝宝吃手时，可能会感染病毒。给宝宝用的餐巾、手绢等都要注意，不要被大人手上的病毒污染。

0636 醒着就放到大床上玩

这个月婴儿开始会在床上翻滚了，也开始学习爬，坐得也比较稳了。当婴儿醒着时，最好放在父母的大床上，或放在铺着地毯或木地板的地板上，使宝宝有足够的空间锻炼翻滚，爬、坐着也舒服。如果是坐在带栏杆的床里，会挡宝宝的视线，让婴儿感到很不舒服。婴儿床比较小，宝宝翻滚时很容易撞在栏杆上，宝宝的头会磕一个大包，脚也可能被卡在栏杆缝隙中。所以，妈妈不要为了安全而不顾宝宝的感受。

如果妈妈没有时间照看宝宝，临时放在婴儿床上几分钟还是可以的。但是，如果为了给宝宝做辅食，为了收拾室内卫生，或忙于其他事情，而把宝宝放在婴儿床里很长时间，是不可取的。

0637 开始喜欢电动玩具

这个月的婴儿，对电动玩具会非常感兴趣，把电动玩具放在离婴儿一米远的地方，宝宝趴着时，会努力向前爬（尽管这时还不会爬，但爬的愿望促使婴儿学习爬行）。

当婴儿坐着时，把电动玩具放在婴儿一米远的地方时，婴儿会非常高兴地看着玩具，还可能会由坐位向前倾斜变成俯卧位，企图去够玩具，这是个比较复杂的体位变换，即使不能成功，对婴儿运动能力的提高也是有好处的。

玩玩具时，应该注意的还是安全问题，气管异物可危及婴儿生命，一定要时刻想到。给宝宝玩具前，每次都要仔细检查是否有破损（掉下的破损碎片可能会被宝宝吃到嘴里，也可能会划破宝宝皮肤），有无易脱落的螺丝和其他部件，还要注意玩具清洁。

0638 白天少睡才能晚上大睡

从这个月起，婴儿白天的睡眠减少了，玩的时间延长了。妈妈本可以就此将宝宝睡觉的时间集中到晚上，但实际上宝宝晚上睡觉的时间也向后推迟了，有的婴儿晚上10点、11点还没有睡意，第二天早晨起得很晚。为什么会这样？

根本原因还是白天活动不够，睡觉太多，晚上没觉了。如果爸爸妈妈已经上班了，晚上下班回家，宝宝就更不舍得睡觉，妈妈也会和宝宝做

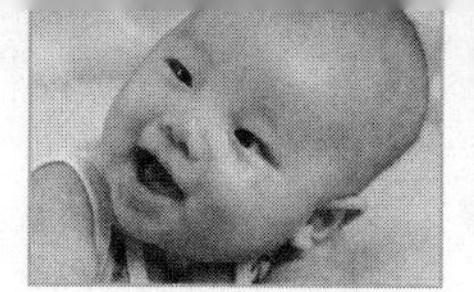
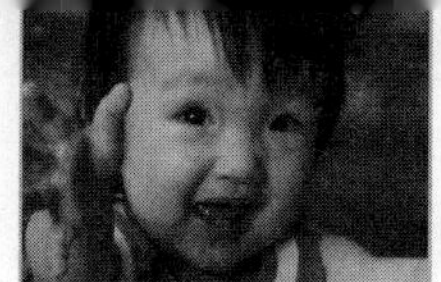
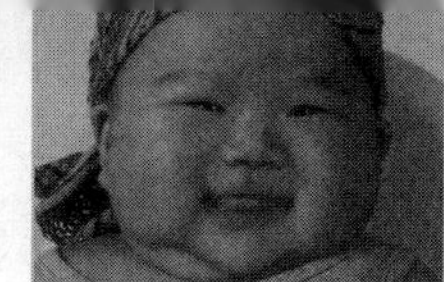
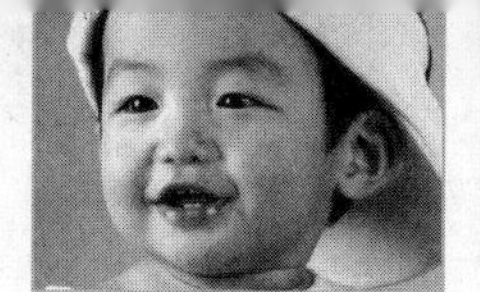
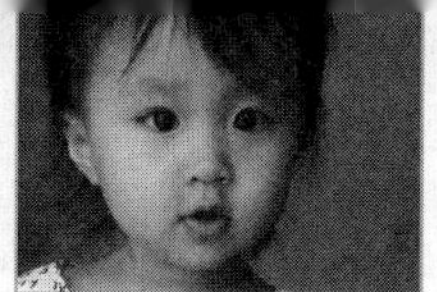

游戏，睡眠时间自然向后推延。有的宝宝到了傍晚还补上一觉，等到妈妈下班7～8点回到家，又醒了和妈妈玩，就更不可能早睡了。

晚上是生长激素分泌的高峰，错过了这个时期，就会导致生长激素分泌减少，宝宝可能会长不高。白天尽量和宝宝一起玩，做户外活动，晚上就能八九点钟睡觉，直到第二天早晨醒来。如果宝宝已经养成了晚睡的习惯，即使不让傍晚睡，宝宝还是很晚才入睡，那就不能勉强了，以免宝宝睡眠不足，影响正常生长。

0639 大便多也要加辅食

本月婴儿大便比较固定，说明已经适应辅食，大便从每天5～6次，稳定在每天1～2次。个别婴儿隔一两天大便一次，如果大便不干燥，拉得很痛快，宝宝也没有什么不适，那就不是什么异常了，也没必要往医院跑，更不用使用开塞露。有大便干燥倾向，出现便秘症状，要及时看医生，并在医生指导下给宝宝使用开塞露或服用泻药。

添加蔬菜和水果可使大便变软。以母乳为主的婴儿，大便次数可达3～4次，增加辅食种类时，可能使大便变稀，色绿。只要不是水样便，没有消化不良，肠炎，就不要停止添加辅食。

添加辅食后，有时可出现大便次数增加等情况，妈妈可能会停止喂辅食，结果很长时间也不能使大便转为正常，宝宝还会不停地哭闹，体重增长也不理想了，这可能是饥饿性腹泻。已经习惯吃辅食的婴儿，重新以牛奶或母乳为主，就会出现这种情况。所以，即使是添加辅食后出现了稀便，消化不良等，也不能停止添加辅食，要考虑饥饿性腹泻的可能。

0640 不要勤把尿

小便次数多数在10次/天左右。夏季出汗，皮肤蒸发水分多，尿量可能会有所减少，注意多喝水。夏季容易患尿布疹，要勤换尿布。

这么大的婴儿，对于妈妈把尿，多不会反抗，有时很容易成功。妈妈不要以为宝宝已经能够控制小便了，这并不是真的控制小便了。如果正赶上宝宝没有尿，妈妈可能把的时间长些，宝宝就会不满意了，打挺或哭闹。有的婴儿似乎很识相，一把就尿，妈妈就频繁把尿，几乎是一两个小时就把一次。这并不是好事，这样会使宝宝的尿泡变得越来越小，到了该自行控制排尿的时候反而会很困难。

对于这个月的婴儿，训练尿便要掌握火候。如果能够观察出宝宝要排泄，把一分钟就能排，可以把尿便，甚至可以坐便盆，如果不是这样，就不要勉强。即使周围的宝宝被妈妈训练得很好，也不要着急，一岁以后才进入训练排便期。

排尿哭闹是怎么回事?

如果婴儿尤其是女婴，排尿时哭闹且尿液浑浊，要想到患了尿道炎，及时到医院化验尿常规。男婴排尿时哭闹，要看一看尿道口是否发红，如果发红，可以用很淡的高锰酸钾水浸泡几分钟阴茎。是否有包皮过长，要请医生诊断。但小婴儿即使有包皮过长，也不要轻易手术，随着年龄的增长，包皮可能并不过长。过早切除，会导致包皮过短，使龟头裸露。

0641 免疫接种

婴儿满6月应该接种第三针乙肝疫苗。

第八节 护理难题解答

0642 夜啼是一种“高要求”

原来夜啼的宝宝，到了这个月，也许就不哭了；而一直没有夜啼的宝宝，这个月可能会出现夜啼；也有一些原来就夜啼的宝宝，这个月可能变得更加严重。很难确定真正的夜啼原因，有效的解决办法也不容易找到。父母感到带宝宝异常

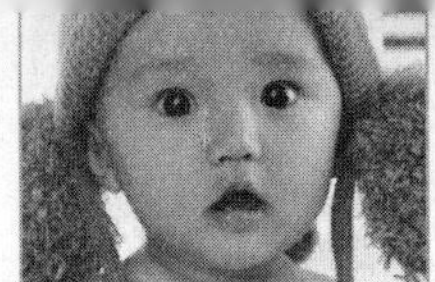

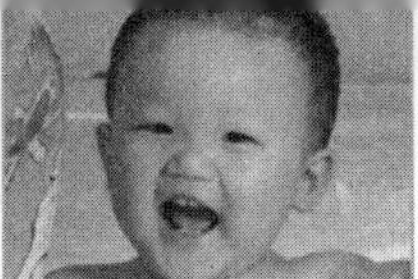

辛苦，医生很同情这种情况，却帮不上什么忙，因为宝宝什么病都没有。

姑且把这样的夜啼儿称为“高要求”的宝宝吧，这样父母反倒会感到轻松一些。既然是“高要求”，父母就“高照顾”，也许过不了多长时间，宝宝突然就不哭了，“高照顾”也就可以恢复到正常护理的水平。

或许有人告诉你，对付夜啼的婴儿就是不理睬他，让他尽管哭个够。这是消极的办法，可能会使情况变得更糟。对于“高要求”的宝宝，父母要耐下心来，共同担当起养育宝宝的重任，而不是相互埋怨。也许正是夫妻吵架导致宝宝夜啼，而宝宝夜啼又使夫妻育儿冲突不断。更好地照顾宝宝，而不是更多地吵架，这是解决夜啼的重要原则。

0643 趴着睡很正常

从这个月开始，有的婴儿会趴着睡。喜欢趴着睡的婴儿，大多是感觉这样睡比较舒服。婴儿可能也不会整个晚上都采取趴着睡的姿势，可能会仰卧或侧卧一会，再俯卧一会，不断变换睡姿，这是很正常的。

3个月以前的小婴儿，采取仰卧位睡眠比较安全，小婴儿还不会竖立头，趴着睡有堵塞口鼻引起窒息的危险。本月婴儿已经能自由转动头部和颈部，即使俯卧也会把头转过来，脸朝一边躺着，而不是把脸埋在床上或枕头上，因此不会发生窒息。

0644 吸吮手指应引起重视了

婴儿在生后最初的3个月里，非常渴望吸吮，吸吮手指在所难免。3个月以后的婴儿，吸吮欲望逐渐开始减弱，多数婴儿半岁以后就不再继续吸吮手指了。6个月以后还吸吮手指，或从来不吸吮手指，这个月开始吸吮手指了，那就不是简单的事情了，可能有喂养环境及方法等深层原因。

相比较来说，母乳喂养儿吸吮手指，要少于人工喂养儿，可能的原因是：（1）吸吮母乳的婴儿，能够较长时间地吸吮（一次吃两侧乳房，一侧乳房能吃十几分钟）；（2）母乳喂养次数多，是按需哺乳；（3）人工喂养儿吸吮时间很短（吸吮力强的婴儿几分钟就能把奶瓶吸空）；（4）人工喂养次数少，是按时哺乳。

父母要帮助宝宝改变这种状态，而且要默默地帮助，不能大声训斥或打宝宝的手，不能采取任何强制性措施。宝宝吸吮手指时，要转移他的注意力，和宝宝玩耍，把玩具递到宝宝手中。不赞成让宝宝吸吮橡皮奶头，这对牙齿发育不利，可能会出现“地包天”或“天包地”，或乳牙不整齐，对牙槽骨的发育和以后恒牙萌出也有影响。

宝宝在长牙期间，如果偶尔出现吸吮手指或啃手指的现象，可能会随着牙齿的萌出而很快消失，父母不必介意。

0645 耍脾气不能对着干

喂宝宝吃辅食，宝宝不喜欢吃，用小手打翻饭勺或饭碗；给宝宝把尿，他打挺哭闹，两腿伸直，甚至把尿盆弄翻。这就是耍脾气，半岁的宝宝会耍脾气，有的还脾气很大。

婴儿情感丰富了，耍脾气并不是坏事，说明宝宝已经有了自己的主见。不能一遇到宝宝耍脾气，就认为这样的宝宝应该管教，否则长大就管不了了。这是成人的逻辑，用在这么大婴儿身上是不恰当的。

平心静气讲道理，不能宝宝耍脾气，父母耍态度。和宝宝对着干，这是教育失败的主要原因。温和地对待宝宝耍脾气，但温和中有教育，有智力开发，有情商培养，而不是一味迁就。迁就只能让宝宝的脾气越耍越大，以至无法改变，进入社会受阻。

0646 厌食可能是妈妈强加的

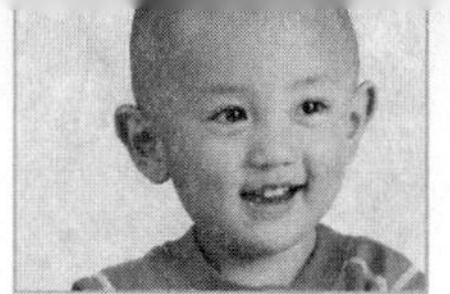

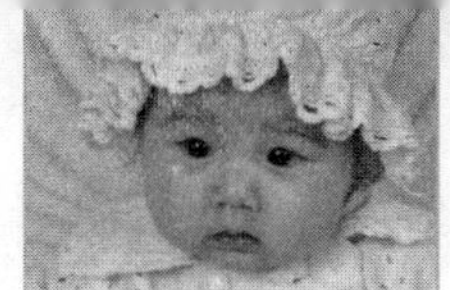
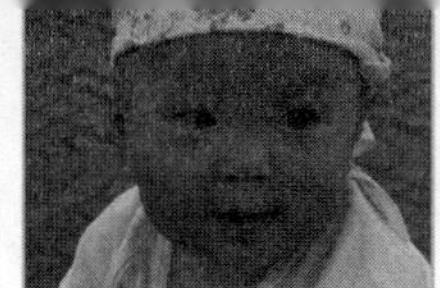

真正厌食的宝宝，食欲低下，什么也不肯吃，看到吃的就会不高兴；把放进嘴里的奶头吐出来，把喂进的辅食吐出来。如果强迫喂进去，可能会发生干呕。体重增长缓慢，生长发育落后，头发稀疏，缺乏光泽。这是真正厌食了，要看医生，做必要的检查和治疗。

真正厌食的宝宝很少，许多都是妈妈强加的。其一，在添加辅食过程中，妈妈按照食谱或书上推荐的食量喂宝宝，如果宝宝不能吃下去，或不喜欢吃，妈妈就认为宝宝厌食了。其二，如果宝宝喜欢吃某种食物，妈妈就没有限制地喂宝宝，结果吃腻了，妈妈顺手就拿“厌食”这个大帽子，给宝宝扣上。其三，周围人说什么什么好吃，就不假思索给宝宝吃，导致宝宝消化功能障碍，积食了，辅食量和奶量都下降了，又是“厌食”。

凡此种种，父母都要反思一下，不要动辄就认为宝宝厌食。真正厌食的宝宝是很少的，就像真正厌食的成人很少一样。

0647 还不会坐就看医生

6个月以后的婴儿，基本上会坐了，而且能坐得比较稳当了。但有的仍坐不稳，后背还需要倚靠着东西，有时会往前倾。这些都是正常情况，有的宝宝到了7～8个月才能坐得很稳，不能就此认为宝宝发育落后。如果这个月宝宝还一点也不会坐，甚至倚靠着东西也不能坐，头向前倾，下巴抵住前胸部，甚至倾到腿部，那就需要看医生了。

0648 不出牙也是正常的

一般情况下，生后6个月开始有乳牙萌出。但有的婴儿早在生后4个月，就会有乳牙萌出。而有的婴儿迟至生后10个月，甚至到了1岁，还没有乳牙萌出。宝宝出牙晚一些，出牙数与月份不符等等，妈妈都会紧张，到处看病，吃很多的药，这是没有必要的。宝宝发育存在个体差异，不要动不动就是异常。

0649 湿疹加重怎么办

到了这个月，有湿疹的婴儿，大多数都减轻了，有的基本消失了。个别婴儿不但不减轻，还会加重。这样的婴儿，多是对异体蛋白过敏，如鸡蛋蛋清、鲜牛奶等。

湿疹严重的婴儿，在添加辅食时，妈妈要注意是什么使婴儿湿疹加重，如果吃海产品时湿疹加重，再进一步观察是虾类，还是鱼类。如果是改喝鲜奶后湿疹加重，可把鲜奶多煮沸几次，以使乳蛋白变性，或再改为配方奶。如果是对蛋清过敏就暂时只吃蛋黄。如果是母乳喂养，母亲少吃海产品和辛辣食品。

湿疹有三种类型，湿润型比较多见，多发于较胖婴儿，头顶、额、面颊等部位对称分布，可有红斑、丘疹、小包、糜烂、结痂等表现，以渗出湿润为突出表现。干燥型多见于较消瘦婴儿，分布在面部及躯干四肢，主要是潮红、丘疹及糠状鳞屑。脂溢型好发于头皮、面部、两眉间及眉弓，皮肤潮红，有淡黄色透明物渗出，含有较多皮脂，渗出后结痂。

湿疹治疗应遵从医嘱，不可自行用药。在护理方面，父母应该做到：不要给婴儿穿得过多、过厚；室温不要过高；不能勤洗；把婴儿指甲剪短，磨圆。有的父母试图通过医学检查，查出过敏原，没有这个必要。婴儿湿疹是可以自愈的，更没有必要做脱敏疗法。

0650 不吃奶瓶不是病

单纯母乳喂养儿，平时没有使用奶瓶的习惯，现在要加一些牛奶了，婴儿拒绝使用奶瓶，这很正常。有这样的宝宝，原来用奶瓶喝水、喝果汁或菜汁都很好，现在用奶瓶喂牛奶就不行，不但不喝牛奶，连果汁、菜水也不喝了。但这一切都是正常的。

不要为此绞尽脑汁想方设法非要婴儿吃奶瓶不可。有的妈妈就等到宝宝迷迷糊糊要睡觉时，或刚刚醒来时，把奶瓶塞进宝宝嘴里，或在婴儿

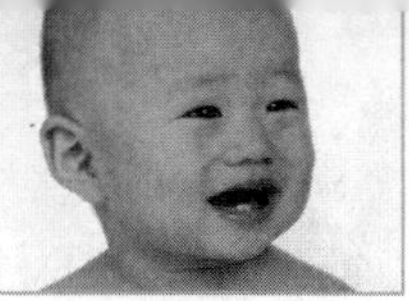
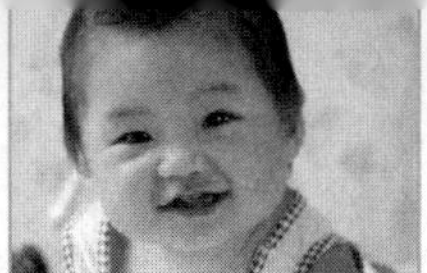

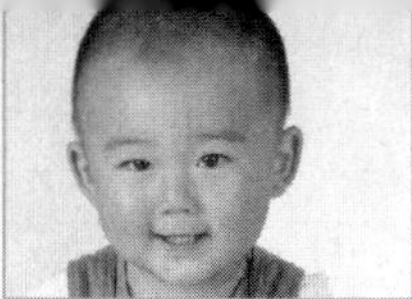

饿的时候使用奶瓶。这些办法会惹恼婴儿，或许以后更不吃奶瓶了。如果宝宝不喜欢使用奶瓶，就暂时用杯子或小勺喂，也许过一段时间，宝宝自然而然就使用奶瓶了。

妈妈可以隔三差五给婴儿试一试奶瓶，即使一直都不喜欢也不要紧的，再过几个月宝宝就开始断奶，过渡到正常饮食了，那时喝水、喝奶、喝饮料都可以使用杯子了。

0651 不喝白开水可不行

婴儿喜欢甜味，喝惯了果汁、配方奶、咸淡适中的菜水、菜汁，对白开水就不感兴趣了。6个月以前，婴儿的吸吮欲望比较强，放到嘴里的奶瓶会很自然地去吸吮，尽管白开水没有什么味道，但是却能满足吸吮的欲望。6个月以后，婴儿天生的吸吮欲望减退，对于吸吮已经有更具体的目的了，那就是喝他喜欢喝的东西。所以，这个月婴儿不喜欢喝白开水是很自然的。

任何饮料都不能代替水，这个月母乳喂养儿每天应喝30～80毫升白开水，牛乳喂养儿应喝100～150毫升水。用奶瓶喝水是比较省事的，帮助宝宝养成用奶瓶喝水的习惯。婴儿喜欢自己做事，把喝水的任务交给婴儿自己，妈妈在一旁看着，宝宝会喝下不少的水。这个方法很有效。妈妈不要怕婴儿自己拿不好奶瓶。不用担心，你只要在一旁看着，不会出什么问题的。

0652 添加辅食困难

一般来说，到了这个月添加辅食很困难的婴儿并不多见，只是不那么喜欢吃，或吃得不多而已。这个月还是辅食添加初期，只要宝宝吃就行，不能要求种类和数量。每个宝宝对于辅食的需要程度是不同的，不能千篇一律要求宝宝。

这个月推荐果汁或菜汁量是180毫升/日。每天分两次喝，但有的婴儿一次就可以喝180毫升的果汁，下顿又喝180毫升的菜汁。有的婴儿一次只喝80毫升果汁，菜汁只喝50毫升。

这个月，可以试着给宝宝吃些固体食物，如面包、磨牙棒、馒头。有的婴儿吃半固体的粥还咽不痛快呢，吃固体食物更咽不下去，还会出现干呕，最后还是把它吐出来了。这就是个体差异，不能说前者健康没病，后者就有病。所以还是那句话，不要和别的宝宝比，要看自己的宝宝是否正常。

0653 更要防意外

本月婴儿各项能力都增强了，意外隐患也增多了。宝宝会坐、翻身、打滚等运动；趴着时脚蹬着东西可能会向前跳，像个青蛙似的；坐着时会试图变成俯卧位或仰卧位；会拿起他周围的东西，但不知道热的东西不能摸，也不知道刀子会扎手；还会把小的东西放到嘴里；躺着时会顺手把身边的毛巾、小被子、尿布等放在嘴里吃，还会蒙在脸上。当影响他呼吸时，不能意识到是什么阻碍了呼吸，不会把它拿掉；宝宝在翻滚时，意识不到会摔到床下，等等。

不要把危险的东西放在婴儿能够得到的地方；不要让婴儿自己在床上玩耍；婴儿在没有栏杆的床上睡觉，妈妈一定要在身边，防止宝宝醒后掉到床下。切记不要把能够堵住婴儿呼吸道的物品放在宝宝能够拿到的地方，尤其是塑料薄膜。

宝宝从床上摔下来怎么办？

婴儿头重脚轻，从床上摔下来往往是头部着地，头部受伤的概率最大。当宝宝从床上摔下来时，父母常常是惊慌失措，抱着宝宝就向医院跑，到了医院当然是先做头颅CT，甚至做头颅核磁共振。宝宝从床上摔下来是不是一定要到医院看医生？一定要做头颅CT？父母应该怎么办呢？

● 摔下后，宝宝马上就哭了，哭声响亮有力，哭一会儿，大约十分钟左右，面色和好，精神也不错，看不出有什么异常表现，又开始正常玩耍、喝水、吃奶了，这种情况下宝宝大脑受伤的可能性几乎为零，不必抱到医院，可在家继续观察宝宝的变化。

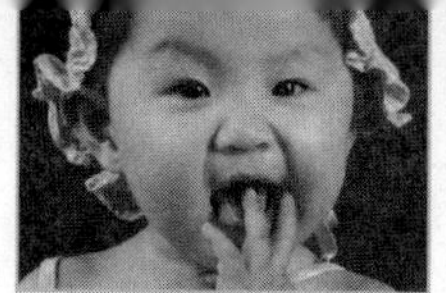
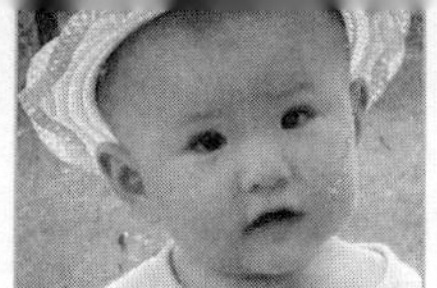
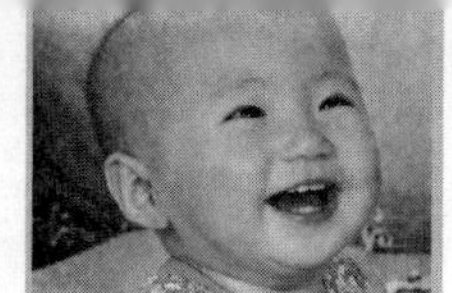
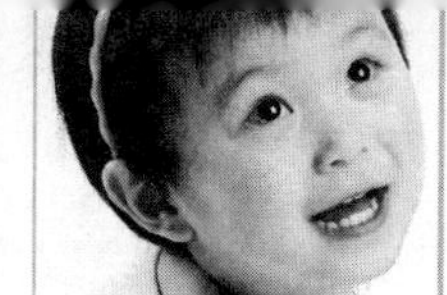
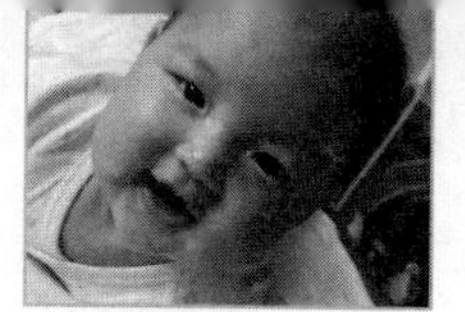

● 在观察过程中，宝宝出现不爱吃东西、精神欠佳、嗜睡（比平时爱睡觉，醒了也不精神，或醒了又睡了）、不像伤前安静或过于安静。出现上述情况之一，就应该看医生。

● 在观察过程中出现呕吐应立即看医生。

● 在观察过程中，出现发烧也要看医生。

● 摔下后，宝宝没有马上就哭，似乎有片刻的失去知觉，不哭不闹，面色发白，把宝宝抱起时，感觉到宝宝有些发软。无论有无其他异常，都应该到医院看医生。

● 摔下后，头部有出血，应到医院处理。

● 头部仅仅是磕个包块，表皮没有可见伤，也没有任何异常表现，不用看医生。

● 不要给宝宝揉头部的包块（有些父母可能会这样做，认为揉一揉不但可以缓解宝宝的疼痛，还能使包块变小，把淤血揉开。这是错误的做法）。

● 头部有包块，无论有无皮肤损伤，都不要热敷。如果头皮没有损伤，可适当冷敷。

● 如果皮肤有擦伤，可用消毒水（双氧水）、酒精、碘酒消毒后，涂少许红药水。但不要包扎。如果伤口比较大，比较深，或出血比较多，就要到医院了。

● 无论有无异常，有无可见的外伤，只要是头部受伤，都要仔细观察48小时。出现异常及时看医生。

0654 流口水很正常

6个月以后，大部分婴儿开始萌出乳牙，原来就爱流口水的婴儿，到了这个时期，口水流得更厉害了。原来不流口水的婴儿，从这个时期开始流口水了。要为婴儿多准备几个小布围嘴，湿了要及时更换，以免潮湿的围嘴浸坏了宝宝的下颌和颈部皮肤，长出湿疹。有的婴儿流口水比较严重，下颌总是湿湿的，把皮肤都淹了。可以用清水洗净下颌后，涂一点香油，能够保护皮肤不被口水浸破。婴儿流口水不需要药物治疗。

第八章 7～8月婴儿（210～239天）

第一节 本月婴儿特点

0655 保姆看宝宝问题多起来了

这个月龄的婴儿较易得病；活动能力进一步增强；婴儿开始从以乳类为主食向正常饮食过渡，需要增加辅食种类；白天睡眠时间缩短；婴儿情感更丰富了。保姆的工作量会因此有较大幅度的增加，婴儿的安全问题可能在忙乱中被忽视。如果保姆责任心不是很强，缺乏对婴儿疾病的预防知识，宝宝可能会出现意外或罹患疾病。父母要在肯定保姆的成绩，理解保姆的辛苦基础上，提请保姆注意各方面的护理。父母不能放松安全防范措施，要时刻记住宝宝还不会自己保护自己，时刻需要父母的呵护。

0656 宝宝活动能力更强了

上个月还坐不很稳的婴儿，到了这个月就能坐得很稳了。坐着时能自如地弯下腰取床上的东西。有的婴儿还会勇敢地向后倒在床上，躺着玩一会儿。也许宝宝往后倒时会磕着后脑勺，因此妈妈随时要注意宝宝身后不要有坚硬的东西。

上个月如果还不会在床上打滚，这个月可能突然会了。胳膊和手的运动能力也强了，趴着时总是伸胳膊够前面的东西，够不到，还会一拱一拱地向前爬。但手脚配合还不协调。可以两手自如地倒换手里的玩具了。

仍然喜欢把玩具放在嘴里，但已经不是吸吮了，而是开始啃了；如果长牙了，还会啃得咯吱咯吱响。

0657 情感更丰富了

把手中的玩具拿走，宝宝会大声地哭，但也有比较“憨厚大方”的宝宝，拿走就拿走，不在乎，如果眼前还有别的玩具，拿起来照玩不误。

见不到妈妈会不安，甚至哭闹；见到妈妈那个高兴劲儿，比上个月可要高多了。如果爸爸经常看宝宝，抱宝宝，宝宝也会和爸爸非常亲。

见到生人可能会一脸严肃。如果经常接触人，宝宝见到陌生人就不会哭了，但也不怎么笑。如果生人能和宝宝玩儿一会，那很快就能混熟，走时说不定宝宝还不愿意呢。根本上来说，宝宝对待生人或对待父母的态度，其实就是宝宝的性格。随着月龄的增加，宝宝的性格也逐渐变得明显了，个体间的性格差异也慢慢区别开来了。

0658 辅食问题仍然存在

有的婴儿喜欢吃辅食，奶量开始减少。但一天喝的量如果少于500毫升，那就偏少了，要保持在500毫升以上。如果是母乳喂养，每天哺乳不应少于3次。

有的宝宝不喜欢吃现成的辅食品，也不喜欢吃妈妈做的肉蛋菜辅食，只喜欢吃粥和面条。这样的宝宝不在少数，妈妈要尝试着改变宝宝不吃蔬菜蛋肉辅食的习惯。

不能因为制作辅食而挤掉开发宝宝潜能，和宝宝做游戏，带宝宝做户外活动的时间。要合理安排好时间，上班族妈妈时间比较宝贵，应该腾出更多的时间和宝宝在一起，这比为宝宝制作辅食更重要。可以购买适合婴儿食用的婴儿配方食品。当然，有时间自己动手为宝宝制作辅食是最好不过的。

0659 尿便问题无大变化

便秘的宝宝可能并没有因为添加辅食而结束便秘；而大便次数多的宝宝，倒有可能在这个月出现大便减少。宝宝仍不会告诉妈妈“我要拉”，只是有的宝宝便前有所表现，妈妈能及时“捕捉”到，帮助宝宝把大便排到便盆里。喝奶的减少，导致尿的次数不那么频繁了，但一天也得有十来次。

0660 睡眠时间昼短夜长

宝宝白天的睡眠时间继续缩短，夜间睡眠时间相对延长，这是爸爸妈妈最高兴的事情了。但也有的宝宝恰恰相反，白天贪睡，晚上却不睡了。宝宝前半夜不睡还可以接受，后半夜不睡就让爸爸妈妈叫苦不迭了。要改变宝宝这种不良的睡眠习惯，对大半夜还要妈妈陪着玩的宝宝，不能迁就，当然解决的方法也要慢慢来。

0661 户外活动仍很重要

这个月婴儿每日户外活动至少需要1小时，如果能达到2小时，是比较理想的。可分上下午每天两次，也可每天三次。一次户外活动时间过长，会使婴儿感到疲劳，耽误喂养。

0662 本月宝宝较易得病

随着宝宝月龄的增加，活动范围大了，接触的人也多了，父母会带宝宝到一些场所玩耍，会带宝宝走亲访友，和其他小朋友接触的机会也多了起来。6个月以后的宝宝从母体中得到的抗体逐渐减少，自身抗体的产生相对比较慢。如果是人工喂养的宝宝，未能从母乳中获得抗体，比母乳喂养的宝宝更易患病。

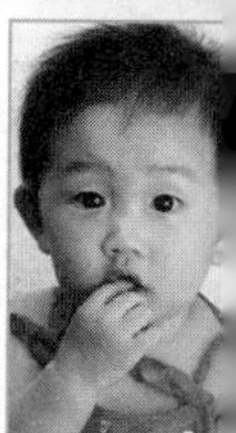

第二节 生长发育规律

0663 体重增量平缓

本月宝宝体重有望增加0.22～0.37千克。月体重增长速度逐渐缓慢，但宝宝体重绝对值还在上升。根据婴儿体重百分位曲线图，连续检测要比偶尔一次测量更有意义。因为婴儿体重不是每月均匀增长的，而是呈现跳跃性，存在“补长”的现象，连续检测才能跟踪宝宝体重增长的内在规律。

体重增长也受营养、护理方式、疾病等因素影响。夏季天气比较炎热，婴儿可能不爱吃奶，体重增长可能会缓慢。天气见凉后，宝宝食欲增加，体重可能短时间快速增长，补上前一段少长的那一部分。宝宝患病，奶量减少，睡眠不安，体重不但不增，绝对值都有可能下降。护理不当导致营养不足，这也是婴儿体重增长缓慢的原因。肥胖儿和消瘦儿都与喂养密切相关。应科学喂养婴儿，即要注意营养供给，又要注意营养过剩。

0664 身高增长减缓

婴儿本月身高有望增长1.0～1.5厘米。妈妈同样可根据婴儿身高增长百分位曲线图，连续、动态地监测婴儿身高增长情况。婴儿身高每月增长速度也不是均衡的，跳跃性更大，“补长”更显著。

影响身高增长的主要因素是种族、遗传、性别，个体间的差异也比较大。3岁以后的宝宝，身高发育会越来越显示出种族、遗传的影响；而到青春期前后，性别对身高的影响突然显露出来。

爸爸妈妈都希望宝宝长得高大挺拔，如果不然，就想方设法增加营养，结果把宝宝喂成了小胖墩。营养好并不一定就能长高个，科学地对待宝宝身高问题，不要为了长高个而把宝宝喂成肥胖儿。如果宝宝厌食了，那就更适得其反了。

0665 头围增长也在放缓

本月宝宝头围增长进一步放缓，平均数值在0.6～0.7厘米之间。头围增长和身高、体重增长一样，月龄越小，增长越快；月龄越大，增长越慢。按出生头围平均数34厘米来算，到了满7月，宝宝头围可达43.1厘米，满8个月可达43.8厘米。

但实际上每个婴儿的头围，出生时都有个体差异，之后的增长更是有所不同。不要因为自己宝宝的头围与平均值有所差异就焦躁不安，小题大做跑医院。重要的是使用正确的测量方法，动态监测宝宝头围的增长情况，冷静、客观地看待宝宝头围的发育状况。

0666 前囟基本无变化

这个月婴儿前囟发育没有大的变化，和上个月差不多。

第三节 能力增长状态

0667 看的能力

具有了直观思维能力

这个月龄的婴儿对看到的东西有了直观思维能力，如看到奶瓶就会与吃奶联系起来，看到妈妈端着饭碗过来，就知道妈妈要喂他吃饭了。这是教宝宝认识物品名称并与物品的功能联系起来的好机会，帮助宝宝不仅知道这个叫什么，还知道这个是干什么的，这对婴儿智力开发有很大促进作用。

认识了物体是客观存在的

通过游戏活动，宝宝逐渐理解一种物品被另

一种物品挡住了，那种物品还存在，只是被挡住或蒙上了，这是认识能力的一次飞跃。玩具看不见了，不是没有了，而是蒙在布的后面。一开始，不能把玩具全蒙上，露出一点。宝宝根据露出来的那一点，知道整个玩具是蒙在了布后面；慢慢的，妈妈就在婴儿的眼前，把玩具全部蒙起来。宝宝会用手把布掀开，看到蒙在后面的玩具又重新回到了他的眼前，会很开心地笑。

开始有兴趣有选择地看

这个时期已经不用教婴儿看什么了，训练婴儿把看到的东西和其功能、形状、颜色、大小等结合起来，进行直观思维和想象，是潜能开发的重点。这时的婴儿开始有兴趣、有选择地看，会记住某种他感兴趣的东西，如果看不到了，可能会用眼睛到处寻找。当听到某种他熟悉的物品名称时，宝宝会用眼睛寻找。如果父母经常指着灯告诉宝宝：这是灯，晚上天黑了，会把房子照亮。慢慢的，妈妈问：灯在哪里？宝宝就会抬起头看房顶上的灯。这是了不起的能力，父母要鼓励宝宝。

有了看的初步记忆

开始认识谁是生人，谁是熟人。生人不容易把宝宝抱走。可以给宝宝买婴儿画册，让宝宝认识简单的色彩和图形。在画册上认识人物、动物、日常用品，再和实物比较。帮助宝宝记忆看到的东西。

0668 听的能力

7月龄婴儿逐渐会对某些特定音节产生反应，如对自己的名字有反应，对“妈妈、爸爸”有比较强烈的反应。婴儿已经拥有这样的能力，听到妈妈爸爸说话声，即使看不到妈妈爸爸，也知道这是妈妈或爸爸在说话。

听到有节奏的音乐，会坐在那里随着节拍左右摇晃身体。会听小动物的叫声。能够把听到的和看到的结合起来。这对婴儿的语言发育有很大的帮助。能够辨别说话的语气，喜欢亲切、和蔼的语气，听到训斥会表现出害怕、哭啼。父母可以利用宝宝的这种辨别能力，培养宝宝认识什么是应该的，什么是不应该的。

0669 说的能力

开始发出简单的音节：妈妈、爸爸、打打、奶奶等。对婴儿语言能力的训练，要靠妈妈爸爸及看护人，不断通过婴儿听和看的能力来进行，随时随地向婴儿传授语言。这时的婴儿已经开始逐渐懂得语言的意义，通过听到的语言来认识周围事物。

0670 活动能力

喜欢撕纸玩

这个月宝宝喜欢撕纸张，妈妈可以找些不带字的干净白纸让宝宝撕着玩，这对锻炼手指运动有好处，但不要给宝宝画报或带字的纸，因为这样会养成宝宝撕书的习惯，而且宝宝把撕下的纸放到嘴里，油墨或墨迹会被吃下。宝宝把纸放进嘴里，要及时抠出来，以免噎着宝宝。

坐得稳了

婴儿开始坐得比较稳当了，这对婴儿是非常有意义的，宝宝能够自由地利用胳膊和手，能自由地转动头颈部，视野扩大了；能自由地转动上半身，活动空间增大了。

手的能力

手能有目的地够眼前的玩具，会用拇指和四指对捏抓起物体，能把物体从一只手倒到另一只手，会把物体主动放下，再拿起来。但大多数情况下，还是不自主地把手里的物体掉下来。会把两只手往一块够，有时好像在鼓掌欢迎，但总是不能很好地把两只手合在一起。妈妈可以帮助宝宝做出拍巴掌的动作。如果妈妈不断地教宝宝再见，当爸爸出门上班时，宝宝可能会向爸爸摆摆手“再见”。

爬的能力

这个月的婴儿还不能很好地爬，快到8个月了，可能会肚子不离床匍匐爬行，但四肢运动是

不协调的。有的婴儿比较早就会爬，有的婴儿很晚了才会爬。但无论早晚，父母都要把爬作为训练的重点。

爬行是一种非常好的全身运动。身体各部位都要参与，锻炼全身肌肉，使肌肉发达起来，为以后的站立行走做准备。爬行时肢体相互协调运动，身体平衡稳定，姿势不断变换，都可促进小脑平衡功能的发展，手、眼、脚的协调运动也促进了大脑的发育。

爬行还可以促进婴儿的位置觉，产生距离感。爬行还有很多好处，父母不要因为怕宝宝危险就不让宝宝爬，要让宝宝在床上爬，在地上爬（铺木地板或地毯或婴儿玩具拼图）。利用各种方式鼓励宝宝爬行。

刚开始学习爬的婴儿，不但不会向前爬，可能还会向后倒退，父母为此奇怪了，一直在教宝宝向前爬，怎么没学会向前爬，却向后倒退呢？从医学角度讲，向前爬，要比向后倒退容易得多，让我们向前走或跑是很容易的，但要是向后退着走或跑就难了。宝宝却恰恰与成人相反。父母要帮助宝宝，使其克服害怕向前爬的心理，克服距离障碍。要让宝宝知道，向前爬并没有危险。可在宝宝面前放上他喜欢的玩具，鼓励宝宝向前爬，够到玩具，并给予鼓励。妈妈或爸爸可站在宝宝前面，呼唤着宝宝的名字：点点，快爬过来，妈妈在这里，爬过来，让妈妈抱抱。当宝宝爬到你的跟前时，把宝宝抱起来，并高兴地说：点点真勇敢。如果宝宝还是不敢向前爬，爸爸可以用手掌心抵住宝宝的足，施以外力，使宝宝在后面阻力的作用下，向前爬。也可以在宝宝的脚底放上可以蹬的东西，作为一种阻力使宝宝向前爬，但不如父母用手施予的向前推力作用大。

0671 游戏中开发潜能

藏猫猫

从这个月起，妈妈和爸爸可以互相配合，让爸爸藏在不同的角落或房间，妈妈抱着宝宝寻找，边找边不断地说："爸爸藏到哪里去了呢？让我们看看是不是在那个房间里。"让宝宝感受到空间的距离。爸爸可以在另外一间房子，为以后让宝宝自己睡打基础。爸爸妈妈可以常常和宝宝说："宝宝长大了就在这个房间睡，妈妈爸爸在另一个房间，随时会来到宝宝的房间。"

如果爸爸藏在某个角落，可以不断小声地说："爸爸在这里，宝宝能找到吗？"妈妈这时就对宝宝说："爸爸的声音是从哪里传出来的呀？"宝宝就会倾听爸爸的声音。让宝宝学会循声找人。

也可以把玩具藏到某处，和宝宝一起找，使宝宝知道物体客观存在的事实。玩具虽然不见了，但是它却仍然存在，只是放到哪里，暂时看不到了，找一找，会找到的。宝宝长大了，发现什么没有了，会主动去找，学会独立处理事情的能力。

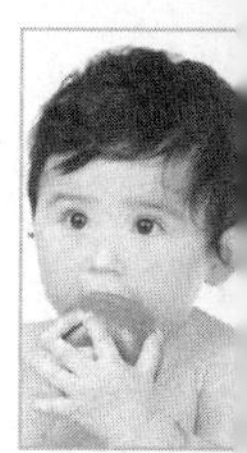

照镜子

继续上个月的游戏，让宝宝认识身体各部位的名称和功能。妈妈可先说："宝宝的鼻子呢？"这时就指着宝宝的鼻子说："鼻子在这里。"这要比指着宝宝的鼻子说这是鼻子又进了一步。让宝宝有一个想的过程，培养宝宝思维能力。宝宝对镜子里的妈妈开始有了认识，镜子里的妈妈和抱着他的妈妈是一个人。当妈妈问宝宝的鼻子在哪里，宝宝能用手指着鼻子，那可是太大的进步了，妈妈应该非常高兴地亲宝宝，大加赞赏，鼓励宝宝反复练习。如果能达到这样的程度，你的宝宝真是太棒了。

婴儿自己用杯子喝水，用勺吃饭

妈妈总是怕宝宝把衣服弄脏了，把水撒了，不让宝宝自己拿杯子、奶瓶或饭勺，这是不对的。这时的婴儿对自己拿着奶瓶喝奶，拿着杯子喝水，拿着小勺吃饭，已经开始感兴趣了，妈妈要不失时机地给宝宝锻炼的机会，哪怕一天一次，也要给宝宝创造这个条件。

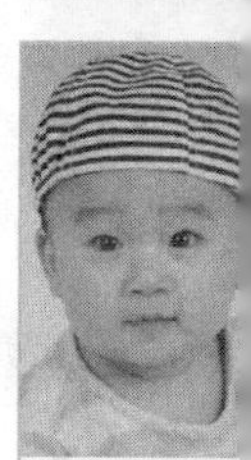

有宝宝的家和没有宝宝的家完全是两个世界。还想室内整整齐齐是不现实的，那样的话，宝宝身后得跟几个保姆？妈妈的任务不是把房

间收拾得整整齐齐，而是给宝宝创造一个能够发展的空间。怕这怕那，就不能很好地开发宝宝的潜能。

这个月的宝宝对玩也开始表现出独立的愿望。宝宝对周围的事物充满了好奇心。喜欢探索周围的环境，见什么都想抓，不喜欢父母的摆布和限制了。父母要在安全的前提下，给宝宝一定的空间，让宝宝有独立玩耍的机会。当需要父母帮助时，父母再及时过来帮助一下，不是完全代劳。宝宝在自己玩的过程中，不断发展大脑的潜能。

语言训练

宝宝虽然还不会说话，但已经开始理解语言，要帮助婴儿逐渐建立起语言与动作的联系。教宝宝每种能力时，都要使用确切的语言。如客人走了，要教宝宝说再见，并教宝宝做出再见的动作。如果外公外婆给宝宝送东西来了，要教宝宝说谢谢，并教宝宝做出谢谢的动作。这不但锻炼了宝宝的语言能力，还使宝宝与人交往能力得到了提高。

听到小动物叫声时，要指着耳朵，问宝宝“听到小狗叫了吗？”使宝宝明白耳朵是用来听声音的。宝宝已经认识了一些玩具和日常用品，妈妈有意让宝宝把奶瓶、小勺、布熊、拨浪鼓递过来，让宝宝能在几件物品中找到对应的。这是训练婴儿理解语言的一种简便易行的方法。宝宝还感到有趣，找到了妈妈要的东西，妈妈不断赞扬宝宝，使宝宝得到母爱。这是两全其美的事情。

对宝宝输送的语言信息越多，宝宝掌握的语言能力越强，一旦会说话了，就会释放出极大的语言能力，会让父母大吃一惊，好像一夜之间就学会了说话。其实，宝宝学习语言的基础是从出生就开始了，再早些，是从胎儿期就开始了；父母日复一日、不厌其烦和宝宝交流，为宝宝创造了丰富的语言环境，开发了宝宝的语言能力。3岁的幼儿已经基本掌握了母语的语言基础，能比较自由地用语言来表达了。一岁以前是婴儿语言能力开发的关键期。

手指练习

婴儿的手指活动能力与智力发展密切相关，父母要锻炼宝宝的动手能力，如让婴儿拿各种物品，锻炼宝宝用拇指和食指捏取小的物品。这是很重要的一个动作，要反复不断地让宝宝练习。

拇指和食指对捏动作，是婴儿两手精细动作的开端。能捏起越小的东西，捏得越准确，说明宝宝手的动作能力越强，开展精细动作的时间越早，对大脑的发育越有利。

父母可以给宝宝找不同大小、不同形状、不同硬度、不同质地的物体让宝宝用手去捏取。训练时，必须有人在场看护，因为这个月的婴儿还是喜欢把拿到的东西放到嘴里。小的物体如果被宝宝吃到嘴里是很危险的，可发生气管异物。

也可以给宝宝购买一个算盘，算盘上的珠子很适合婴儿用手指拨拉，这样即安全，又能锻炼宝宝手的运动能力，宝宝也比较有兴趣。宝宝会把算盘当做玩具来玩。带按键的玩具琴也可以用来锻炼宝宝的手指活动。

让宝宝懂得“不”的含义

婴儿已经能够感受妈妈爸爸的语气了，也会看父母的表情了，开始有了独立活动的意愿。这时父母要巧妙地让宝宝知道什么是不应该做的，什么是不能吃的，什么要求不能得到满足。这是训练宝宝心理承受能力的开始，是训练分辨是非能力的开端。

当父母告诉宝宝这样不行，这个不能放到嘴里时，要同时用动作表现出来，如摇头，摆手，很严肃的表情。让宝宝逐渐理解，父母在告诉他这个事情是不能做的，是错误的。但这时的婴儿还是很难理解不能做的含义。不要过分表现，也不要使用带有惩罚性质的办法，让宝宝有承受能力，但不要伤害宝宝。

户外活动

这个月，宝宝能力有了明显的增强，户外活动的意义就更大了，也更重要了。父母及看护人要尽最大可能，多带宝宝做户外活动，不要老是把宝宝闷在家里教宝宝“知识”，这是不科学的育儿方法。

第四节 营养需求

0672 总热量不变，铁需求猛增

这个月婴儿每日所需热量与上个月一样，也是每千克体重约95～100千卡。蛋白质摄入量仍是每天每千克体重1.5～3.0克。脂肪摄入量比上个月有所减少，上个月脂肪占总热量的50%左右（半岁前都是如此），本月开始降到了40%左右。

铁的需要量明显增加。半岁前每日需铁0.3毫克，但从本月起，每日需要10毫克的铁，增加了3倍以上。鱼肝油的需要量没有什么变化，维生素D仍是每日400国际单位，维生素A仍是每日1300国际单位。其他维生素和矿物质的需要量也没有多大变化。

增加含铁食物的摄入量，适当减少脂肪（牛奶）的摄入量，减少的部分由碳水化合物（粮食）来代替。

第五节 喂养方法

0673 母乳喂养儿也必须加辅食了

半岁以后绝不能单纯以母乳喂养了，必须添加辅食。添加辅食主要目的是补充铁，母乳中铁的含量比较低，需要通过辅食补充，否则宝宝可能会出现贫血。

妈妈尽量改善辅食的制作方法，增加宝宝吃辅食的欲望。喂辅食时，妈妈要边喂边和宝宝交流："宝宝真乖，能吃妈妈做的饭，妈妈非常喜欢宝宝，吃饱了带宝宝出去玩。"请记住，宝宝吃辅食前不带他到户外活动，但吃完辅食一定出去玩。这样就形成了一种条件反射：吃完妈妈的饭，就可以和妈妈一起出去玩了。这种条件反射是很有效的。

只在夜里喂母乳

有的宝宝就是和妈妈较劲，即使母乳不足，吃起来很费力，还是贪恋母乳，哪怕吸空奶，也吸个没完，把妈妈的奶头都吸痛了。有时还会用长出的小乳牙咬妈妈的乳头，妈妈尽管疼得哇哇叫，宝宝也不理会，还继续咬乳头。晚上醒几次，如果妈妈不把乳头塞给他，就哭个没完。

妈妈该下决心断母乳了。宝宝断母乳晚上不停地哭闹怎么办？唯一的办法就是只在夜里喂母乳。这不等于没断吗？是的，对于"顽固"贪恋母乳的宝宝，妈妈只能这样。宝宝夜啼不但影响大人休息，还有可能养成夜啼的毛病，影响健康。所以只好白天喂辅食，夜里喂母乳。随着月龄的增加，宝宝会慢慢忘掉夜里吃奶这回事。另外，妈妈要想尽办法帮助宝宝好好吃辅食，否则宝宝体重增长速度可能会较正常同龄儿差很多，会消瘦下来的。

如果母乳比较充足，就因为宝宝不爱吃辅食而把母乳断掉，这是不应该的。母乳毕竟是宝宝很好的食品，不要轻易断掉，但要同时保证辅食的添加。

0674 牛奶喂养儿很爱吃辅食

牛奶喂养儿没有贪恋妈妈乳头的问题，所以到了这个月可能很爱吃辅食了。如果宝宝一次能喝150～180毫升的牛奶，那就在一天的早、中、晚让宝宝喝三次奶。然后在上午和下午加两次辅食，再临时调配两次点心、果汁等。

如果宝宝一次只能喝80～100毫升的奶，那一天就要喝5～6次牛奶。可以这样安排进食：早晨一起来就喂牛奶，9～10点钟喂辅食；中午喂牛奶，下午午睡前喂辅食；午睡后喂牛奶，带到户外活动，点心、水果穿插喂；傍晚喂奶一次，睡前再喂奶一次。

喂养的方法并不是一成不变的，要根据宝宝吃奶和辅食的情况适当调整。两次喂奶间隔和两次辅食间隔都不要短于4个小时，奶与辅食间隔不要短于2个小时，点心、水果与奶或辅食间

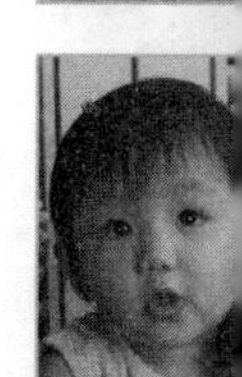
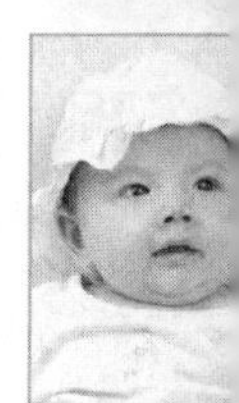
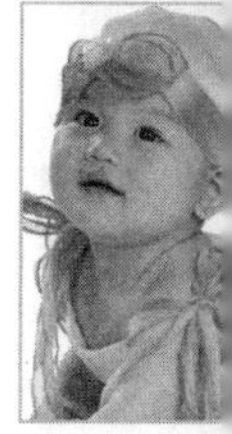
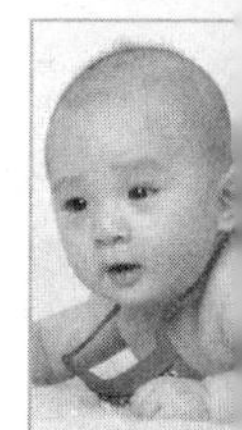
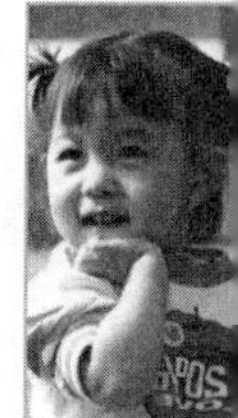
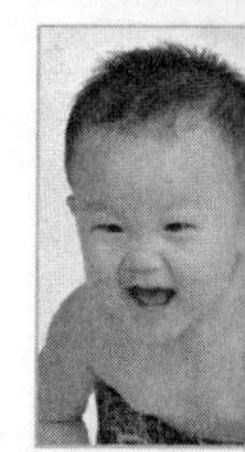

隔不要短于1个小时。应该是奶、辅食在前，点心、水果在后，就是说吃奶或辅食1个小时后才可吃水果、点心。

0675 辅食添加新要求

不能一次添两种

本月宝宝除了继续添加上个月添加的辅食，还可以添加肉末、豆腐、一整个鸡蛋黄、一整个苹果等水果、猪肝泥、鱼肉丸子、各种菜泥或碎菜。未曾添加过的新辅食，不能一次添加两种或两种以上；一天之内，也不能添加两种或两种以上的肉类食品、蛋类食品、豆制品或水果。

饭、菜、肉、蛋要分开

从这个月开始，可以把粮食和肉蛋、蔬菜分开吃了，这样能使宝宝品尝出不同食品的味道，增添吃饭的乐趣，增加食欲，也为以后转入饭菜为主打下基础。

白米粥就是白米粥

许多妈妈反映，宝宝喜欢吃这样的白米粥——里面和上酱油、香油、菜汤、肉汤等。医学上不赞成这样吃白米粥。菜汤、肉汤里有盐，酱油里更有盐，一股脑和在粥里，容易盐分过量，而盐摄入过量的直接后果，就是加重宝宝肾脏负担。

把酱油和在粥里，这是在给宝宝生吃酱油，而宝宝对细菌的抵抗能力，还远远达不到生吃酱油的程度。一口粥，一口菜，一口汤；白米粥就是白米粥，肉就是肉，汤就是汤。让宝宝嘴里的滋味不断变化，这是本月添加辅食的新要求。

应该吃半固体食物了

无论是否长出乳牙，都应该给婴儿吃半固体食物了。软米饭、稠粥、鸡蛋羹等都可以给宝宝吃。许多宝宝到了这个月就不爱吃烂熟的粥或面条了，妈妈做的时候适当控制好火候。如果宝宝爱吃米饭，就把米饭蒸得熟烂些喂他好了。爸爸妈妈总是担心宝宝没长牙，不能嚼这些固体食物，其实宝宝会用牙床咀嚼的，能很好地咽下去。

第六节 护理要点

0676 春季重在防病

半岁以后，来自母体的抗体基本消失，宝宝要靠自己的抵抗力来和病毒、细菌作斗争了，而春季又是各种病毒、细菌开始活跃的季节，宝宝很容易得病。常见的疾病是疱疹性咽峡炎、风疹、幼儿急疹、无名病毒疹、咽结合膜热等。

如果宝宝患病了，能在社区医院解决的，就不要去大医院了，那里就诊的病儿多，肺炎、气管炎等疾病完全可能交叉传染。有的妈妈可能会说，“宝宝打了百日咳，不会被传染”。妈妈不知道，如果你的小宝宝遇上了一个就诊百日咳的大宝宝，传染的威胁几乎就在眼前。

这个月可能不会让你的宝宝接种流脑疫苗，所以保证宝宝与患有流脑的病儿脱离接触，就是必须要做到的，隔离是积极的预防。

适当补钙

冬天较少户外活动的婴儿，到了开春终于可以出来沐浴阳光了。这个月宝宝白天睡眠少了，一天可以在户外活动3～4个小时。户外活动的增加，可能会造成宝宝血钙暂时降低。轻的可能会出现睡眠不安、易惊等症，重的会出现婴儿手足搐搦症。妈妈不必紧张，适当补充一两周钙剂即可。

0677 夏季重点防蚊虫叮咬

这么大的宝宝，夏季户外活动的时间是很长的，在家也呆不住。夏季户外蚊虫多，被叮咬的可能性大大增加。而7～8月龄宝宝还没有接种乙脑疫苗，蚊子恰恰传播乙脑病毒，因此预防蚊子叮咬就是预防乙脑病毒感染，爸爸妈妈决不可掉以轻心。

在南方或中原一带，春季或春末就有蚊子了，乙脑病毒5～6月份就有可能流行，传染高峰是7、8、9三个月。及时挂上蚊帐是很好的预防措施；傍晚到户外活动，不要带宝宝到草多的地方。

0678 秋季重点防痰鸣

比较胖的宝宝、长了湿疹的宝宝、食物过敏的宝宝，都容易在气候渐冷的秋季，重新出现痰鸣，就是呼吸时嗓子发出呼噜呼噜的声响。摸摸宝宝的后背、前胸，你会感到宝宝像小猫一样发喘。越到秋末，痰鸣就越严重了。

痰鸣要不要就医？这要看具体情况。如果宝宝只是嗓子里呼噜呼噜的，睡眠时偶尔咳嗽几声，可能还会吐奶，但并不发热，也没有流鼻涕、打喷嚏等感冒症状，吃饭、睡眠、精神状态都还好，那就不能认为宝宝感冒了，更不能认为宝宝患了气管炎或肺炎，弄得上上下下都很紧张。

爸爸妈妈看到宝宝呼噜呼噜地呼吸，心里已经难受了；宝宝又是吐奶又是咳嗽，爸爸妈妈就再也坚持不住了，抱着宝宝就找医生。如果医生说没事没事，爸爸妈妈不但不信，还会认为这医生不负责任；如果赶巧哪位医生没经验，说宝宝患了肺炎或喘息性气管炎什么的，爸爸妈妈惊恐之余，还会感谢那位医生的"及时诊断"，并从此走上给宝宝吃药、打针、输液的歧途，一冬天也没断。这对宝宝是多大的伤害啊！

其实秋季痰鸣无非两种可能，一是支气管哮喘前期，一是体质问题。体质问题造成痰鸣的宝宝，多是渗出体质，即虚胖、爱出汗、少活动、长湿疹、起风包、不爱吃菜和水果、爱吃甜食、水里不加奶就不喝、大便总是发稀、对牛奶和鸡蛋过敏、户外活动时间少、像温室里的幼苗等等。对于这样的宝宝，解决痰鸣的根本办法不是药物，而是多做户外活动，锻炼宝宝的耐寒能力，增加宝宝的运动量。如果痰鸣是支气管哮喘前期，就要在医生指导下给宝宝服用药物。

0679 冬季护理要点

7～8月龄的宝宝，即使在北方寒冷地区，也可以每天到户外活动了。天气好，就多活动一会儿；天气不好，就活动几分钟。最好是每天都能到户外，如果隔几天不出去，再出去时，宝宝可能会受凉感冒。

冬季要坚持给宝宝洗澡。不见得要一天一次，但一周要洗2～3次。一冬天都不洗澡的婴儿，开春一洗澡就会患病。

冬季室内空气要流通，不能闷得燥热难耐。另外，这么大的婴儿在室内不要穿得太多了，宝宝活动量在增大，穿得过多容易出汗，冬季出汗易外感风寒，发高烧。穿得过多也限制宝宝活动，7～8月龄正是学爬时期，穿得太多，学爬进度自然减慢，而爬对促进智力开发是有极大益处的。越早学会爬，智力发育就越好。最后一点，如果室内穿得就多了，到室外就穿得更多，宝宝都穿圆了，还怎么做户外活动？

0680 衣服、被褥、玩具护理要点

本月在衣服、被褥、床、玩具等方面的护理要求，和上个月差不多。值得一提的是，7～8月龄的宝宝特别容易发生气管异物。宝宝可能会把玩具上不结实的零件鼓捣下来，放到嘴里，也可能会把已经啃坏的玩具啃一块下来。宝宝长乳牙了，动手能力也增强了，危险系数也增加了，气管异物的危险一定要注意、注意、再注意。

0681 宝宝尿便的护理

宝宝大便护理

7～8月龄宝宝通常每天有1～2次大便，呈细条形；也可能是黏稠的稀便，无便水分离现象，可呈黄色或黄绿色，有的也呈黄褐色，这与添加的辅食种类有关；本月宝宝的大便臭味增加了，不再像单纯乳类喂养时那样"清淡"了。

个别宝宝可能一天要大便3～4次，但只要不是水样便，宝宝也没什么异常表现，就不用担心了。添加不同的辅食，宝宝大便就会出现不同的

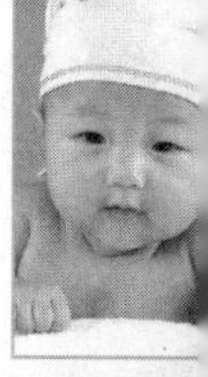

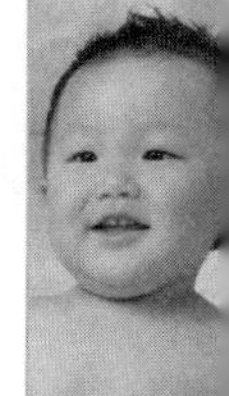
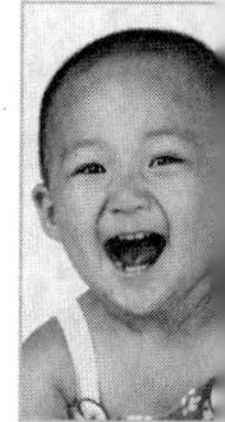

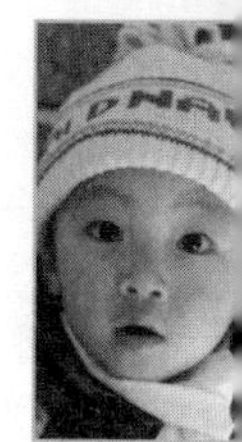

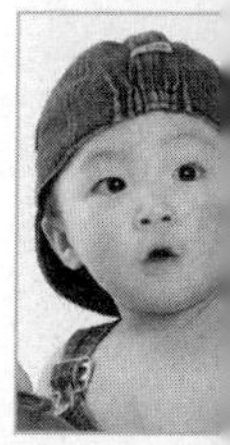

改变，比如次数增多了，大便不成形了，颜色发绿了等等。这样的变化都属正常，不要停喂辅食。如果回到单纯乳类喂养，宝宝会发生饥饿性腹泻，而且不会自愈。

与此相反，有的宝宝却是隔天或两天才大便一次，爸爸妈妈很是担心。担心没必要，但要注意观察。只要宝宝大便不干燥，排便也不困难，喂养方面也很正常，就没什么可担心的了。可以用这样的办法训练宝宝排便：每天在固定时间让宝宝坐便盆一次，不超过2分钟；宝宝坐便盆时，妈妈在旁边发出“恩、恩”的声音，做出使劲排便的样子。这样持之以恒，宝宝排便问题就迎刃而解了。

7～8月龄宝宝易患感冒，感冒后多数宝宝会出现大便异常，主要是腹泻。这主要是因为宝宝受病毒感染后，服用了清热解毒的感冒退热药物，停用药物后可逐渐好转。如果同时合并了病毒性肠炎，腹泻症状比较重，就需要治疗了。如果是药物所致，感冒后，特别是发烧时，可使胃肠道消化功能减弱，食量会减少，妈妈不要强迫宝宝吃更多的东西，增加肠道负担，出现消化不良或腹泻。

如果妈妈能够掌握宝宝的排便规律，可成功地把宝宝的大便接到便盆里，那就这样做；如果让宝宝坐便盆，宝宝很反感，甚至会以哭来抗议，就不要强迫婴儿必须把大便排到便盆中，对于这个月的婴儿来说，排便训练是没有效果的。即使成功地把大便排在了便盆里，也不意味着宝宝会控制大便了，那是妈妈通过察言观色及时让婴儿坐在便盆上的结果。

小便问题

这个月的婴儿是离不开尿布的，小便次数仍然不少，如果妈妈每次都试图让宝宝把尿排在尿盆里，就会很劳累。倘若宝宝小便比较有规律，妈妈已经掌握了这些规律，能把大部分的尿接在尿盆里，那也是很好的。

假如妈妈为了不让宝宝尿湿尿布，总是把宝宝尿尿，就有可能使宝宝出现尿频；如果宝宝反感妈妈把尿，宝宝失去了很多乐趣，妈妈也花去不少时间和精力，事倍功半，不如放开，随便尿在尿布上。

对于那些喜欢把尿的婴儿，妈妈要掌握好时间，不要频繁地把宝宝，找到宝宝排尿的规律，适时地把尿，对以后尿便训练是有帮助的。

小便是反映宝宝是否缺水的一项指标，如果婴儿小便量少、色黄，就是宝宝缺水的信号。夏季宝宝通过皮肤丢失的水分比较多，尿量会比冬天有所减少，但如果尿色发黄，就说明尿液被浓缩了，应该多喝水以稀释尿液，否则会加重肾脏负担，对婴儿的健康不利。

冬天，小便排到便盆中，妈妈偶尔发现宝宝的尿发白，甚至像米汤样的，这是尿中尿酸盐较多，遇冷后结晶析出所致，把尿液稍微加热乳白色结晶即消失。父母不要害怕，这种情况在冬季时有发生，让宝宝多喝水，尿酸盐浓度就会得到稀释。

0682 睡眠护理

婴儿睡眠时间和踏实程度有了更明显的个体差异。大部分婴儿在这个月里，白天只睡两觉，上午10点左右，下午3点左右，能睡一两个小时，长的可睡两三个小时，一般下午睡的时间长些。如果妈妈陪伴着睡眠，会睡得踏实些，时间也相对长些。

傍晚不再眯一觉的婴儿，晚上睡的就比较早，多在八九点钟睡觉，一直睡到第二天早晨六七点，贪睡的宝宝可睡到七八点。睡前能好好吃奶的宝宝，半夜多不再醒来要奶喝。喂养母乳的，多在半夜醒了要奶，但不能很彻底醒来，只要妈妈把奶头塞入宝宝的嘴里，就会边睡边吸吮着，再慢慢地把奶头吐出来，又进入甜甜的梦乡。

即使宝宝在睡眠中翻来覆去地滚动，还不时地出声，或哼哼唧唧的，或有一两声的抽啼，或咳嗽一两声，或干呕几下，但并不呕吐，或用手臂狠狠地蹭几下脸，或用小嘴来回地找妈妈的奶头……这都是宝宝在睡眠中出现的正常表现，睡

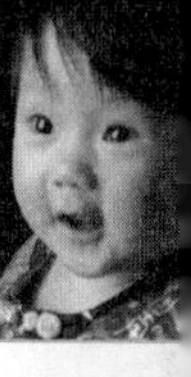
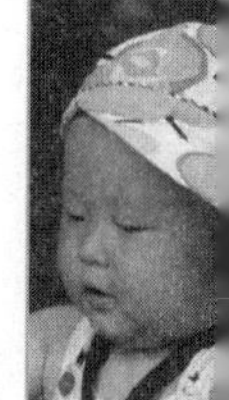
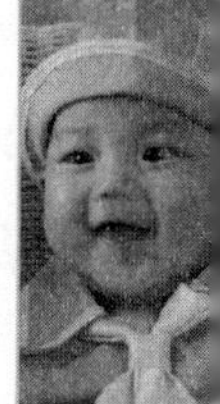
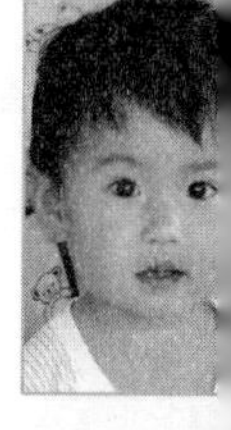

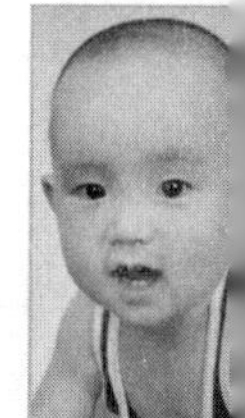

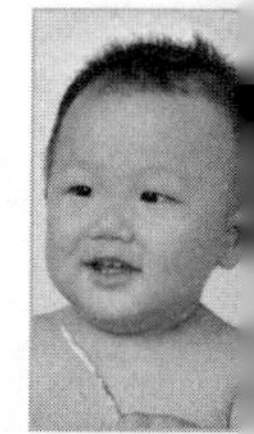

在一旁的父母不要介意，不要去打扰宝宝。

常常有这样的父母，总是不放心，就把大灯打开，又是把尿，又是换尿布，又是喂奶，看看这儿，摸摸那，结果把宝宝真的弄醒了。如果是安静的宝宝，可能会玩一会就睡了；如果是爱闹的宝宝，就会要求父母陪同一起玩，否则就会哭闹；正睡在劲头上的宝宝，可能会因为父母的打搅而大耍脾气，父母就会又哄又抱，不奏效就只好用吃的把宝宝嘴堵上了。食量好的宝宝会吃饱了接着睡，食量不好的宝宝，会拒绝吃，还可能会为此哭得厉害。父母要充分认识宝宝睡眠规律性特征，避免打扰宝宝，自已也能得到很好休息。

0683 出牙护理

有的婴儿早在两个月前就已经有乳牙萌出了，但大多婴儿会在生后6个月有乳牙萌出，先萌出一对下乳中切牙；到8月龄，萌出一对上乳中切牙；此后其他乳牙由前向后，左右相继成对萌出，一般是左右对称，同时萌出，先出下牙，后出上牙。

到了9个月，萌出一对下乳侧切牙，再萌出一对上乳侧切牙；到了一岁零两个月，先萌出一对下第一乳磨牙，再萌出一对上第一乳磨牙；到了一岁半，先萌出一对下乳尖牙，再萌出一对上乳尖牙；到了两周岁，先萌出一对下第二乳磨牙，再萌出一对上第二乳磨牙。这样，到了两周岁，20颗乳牙就出齐了。

乳牙数计算的方法是：两周岁以前的婴儿，月数减4～6。如8个月婴儿乳牙数是：8－（4～6）＝4～2。8个月婴儿应该萌出乳牙2～4颗。

但并不是所有的婴儿都如此规律地萌出乳牙，有的婴儿早在生后4个月就开始有乳牙萌出了，可有的婴儿迟到生后一岁才开始长牙。妈妈如果因为宝宝乳牙萌出迟了，就认为宝宝缺钙，给宝宝喂钙片钙水，是没有必要的，如果宝宝吸收不了这些钙，会使宝宝大便干燥。如果宝宝吸收了过多的钙，对宝宝的身体同样是有害的。况且乳牙早在胎儿期就开始生长了，只是没有萌出牙床，妈妈看不到而已。还没有见过不出乳牙的个例报道，父母尽管放心。

第七节 养育中疑难问题解答

0684 不好好吃怎么办

有的婴儿就是不喜欢吃粥，爱吃米饭。妈妈不敢喂米饭，怕呛着宝宝，认为宝宝还没有牙，不会咀嚼。这种担心是没有必要的，做烂一些的米饭，不会呛着、噎着宝宝。如果宝宝爱吃米饭，不爱吃米粥，那就喂米饭好了，不好好吃粥的问题也就解决了。

有的宝宝不爱吃蔬菜，这可能是前几个月给菜水或菜汤吃，味道比较单调，宝宝吃够了。试着给宝宝一口大人吃的菜，如果宝宝很爱吃，说明宝宝已经喜欢美味了，做菜时就要讲究味道，不能是水煮菜了。

有的宝宝不喜欢剁得非常碎的菜，看起来像菜泥，更喜欢吃大一点的菜了。有的宝宝喜欢吃香的，在菜里放上肉汤，会很喜欢吃，宝宝长大了，开始喜欢吃滋味浓厚的菜。

有的父母一直不敢给宝宝吃盐，这是不对的，应该少放些，肉类食品如果不放些盐，一顿就会让宝宝吃够。有的蔬菜可以没有咸淡味，有的菜没有咸淡味是很难吃的。不能给宝宝吃咸的，并不是不能放盐，要适量，不能放多。

到了这个月，宝宝最不爱吃的可能是蛋，有的婴儿从生后3～4个月就开始吃蛋黄，而且都是吃不放盐的蛋黄，有时还放到奶里。如果也不爱吃牛奶了，就会更不爱吃蛋。宝宝不爱吃蛋了，没有关系的，肉里的蛋白质也是很丰富的，而且更有利于蔬菜中铁的吸收。可以暂时停一段时间蛋，再吃时也许就喜欢吃了。做鸡蛋的方法要不断变换，不能每天都是鸡蛋羹、鸡蛋汤，很容易

吃腻的。

有的宝宝食量小，和食量大的宝宝相比，对食物就比较挑剔，妈妈总是希望宝宝吃得多，这就会使一些食量小的婴儿被妈妈当做不好好吃，而硬是喂足妈妈认为应该吃的量，这对宝宝是很不公平的。

有的宝宝自从添加辅食，就不喜欢吃牛奶了。如果无论如何宝宝也不吃牛奶，也不要想着必须喝500毫升的牛奶，蛋和肉也能提供足够的蛋白质。如果不喝奶，也不吃蛋肉，只吃粮食和蔬菜，就不能提供足够的蛋白质了，应该减少粮食的摄入量，鼓励宝宝吃蛋肉或奶。

如果宝宝爱吃面食，就把肉或蛋包在饺子和馄饨里。有的宝宝比较爱吃海产品，可以做虾汤或鱼肉丸子。

总之，至少要给宝宝一种含蛋白质的食物。有的宝宝爱吃豆制品，妈妈就会认为豆里也含有蛋白质，但是，豆里含的是粗质蛋白，不易吸收消化，吃多了会引起腹胀，只能吃很小量的豆食品。

不管宝宝多爱吃的食物，总吃都会吃够的，所以，即使是很爱吃的食物，妈妈也不要无限制地让宝宝吃，也不能每天都吃同一种食物。要穿插着，不断更换食物种类，才能使宝宝不厌食某种食物。

0685 不好好睡怎么办

不良睡眠习惯必须改正

睡眠好的宝宝，到了这个月，可以睡一整夜不醒，也不吃奶，即使更换尿布，也不醒。白天睡眠时间长的宝宝，妈妈还会为一天几次辅食和点心犯愁。到了该喂辅食的时间了，可宝宝还不醒。妈妈不要把熟睡的宝宝拉起来喂辅食。宝宝会哭闹引起宝宝厌食。尽管让宝宝睡个够，肚子饿了，宝宝自然会醒来要吃的。

有的宝宝白天睡得多，晚上却精神得像个小兔子。对于这样的宝宝，妈妈还是要想想办法，改正这种不良的睡眠习惯。无论宝宝睡眠习惯如何，每天睡眠时间是相对固定的，不会今天睡10个小时，明天睡15个小时。所以，父母可以合理分配宝宝的睡眠时间。虽然比较困难，但只要有耐心，慢慢能改过来的。

保姆看护的宝宝，可能会晚上睡得晚。一种可能是，保姆白天总是哄宝宝睡觉，晚上宝宝就不困了。还有可能是，宝宝一天也没有见到父母，父母也没有时间和宝宝游戏，所以就利用晚上的时间和宝宝玩，结果宝宝入睡时间就越来越晚了。这种黑白颠倒的睡眠习惯，最好改正过来。

正常睡眠现象应该理解

有一些睡眠问题属于正常的睡眠现象，妈妈就不要多虑了：宝宝睡觉时不老实，总是翻来覆去的；爱趴着睡，有时会突然抽啼几声；有时会睁开眼睛看看（妈妈可千万不要去搭理宝宝，宝宝很快会入睡的）；宝宝撅着屁股睡；睡觉时会突然惊咋；睡觉时特别爱出汗；总是踢被子，即使在冬天也如此；不枕枕头睡觉；睡觉时倒嚼（反刍）等等。这些都是婴儿睡眠时出现的一些表现，这些表现不能视为异常。如果一夜宝宝都是老老实实，一动不动，那反倒是不正常了。

没有任何理由剥夺睡眠时间

妈妈不要为宝宝睡眠时间长短担心，只要宝宝醒了很精神，玩得很开心，生长发育也很正常，就不要在乎宝宝睡眠时间的长短了。应该明确的是，以下做法属于剥夺宝宝的睡眠时间，是完全不对的：

- 宝宝困得睁不开眼了，还和宝宝做游戏；
- 宝宝想睡觉，却还逼着宝宝吃饭；
- 没睡醒就把宝宝叫起来喝奶吃饭（纠正不良睡眠习惯时除外，但即使是这样，也要保证宝宝总的睡眠时间）；
- 睡得正香时让宝宝坐盆或把尿（这个月的婴儿尿湿尿布，拉尿布上是应该的）；
- 尽管到了做户外活动时间，可宝宝还在睡梦中，就强行把宝宝弄醒。

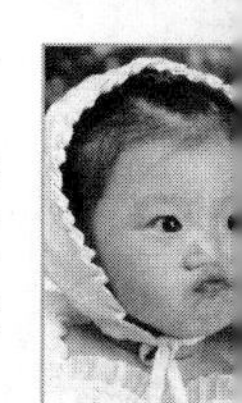
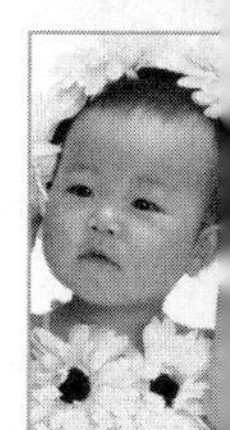

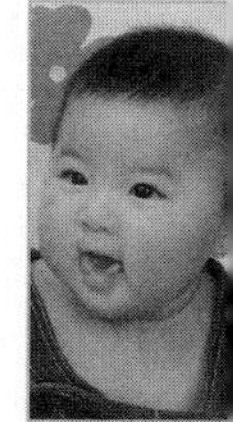
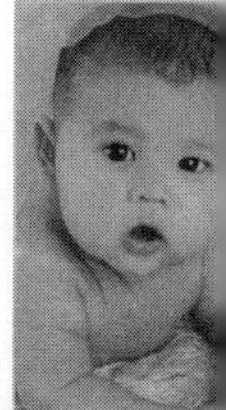

0686 不认生怎么办

有的宝宝很早就认生，可有的宝宝到了这个月仍然不认生，谁抱都跟，见谁都笑。爸爸妈妈怀疑了，宝宝是不是不聪明啊？这太冤枉宝宝了！

认生的早晚与聪明与否没有直接的联系。这与宝宝的性格有关，很小就认生的宝宝，有的到了很大还是认生，不喜欢和小朋友玩，小朋友喊他的名字，反应也不热情。到是有些不认生的宝宝，很喜欢和人交往，人缘好。

有的宝宝从2个月就开始认生，可长大了却很随和。认生早、认生晚都没有关系，父母不必为此担心。怀疑宝宝不聪明（如果是智障儿，连父母认得也晚），从认生这一现象上，不能说明宝宝智力及其他发育程度的好坏。

父母会担心，宝宝不认生会被生人抱走，长大了容易受骗，这更是没有根据，没有意义的想法。认生的宝宝也会很容易被人抱走，只要那人想抱走，几个月的婴儿会反抗吗？无论是认生还是不认生的宝宝，父母都要好好看着。

0687 流口水加重怎么办

爸爸妈妈可能会发现这样的现象：宝宝的下巴一直是干干的，从来没有流过口水，怎么大了反而流起口水来了？或者宝宝以前流口水也没有这么重，以前一天换一次围嘴就可以了，现在一天换三四次还是湿的，怎么越大，口水流得越重了？

父母不能解释这种现象，只好跑到医院看医生。医生看看宝宝的口腔，没有溃疡，也没有疱疹，没有糜烂，也没有红肿，口腔黏膜、嗓子、牙龈都没有异常。下牙床有隐隐的小白牙要出来了。医生告诉妈妈：宝宝是要出牙了，在乳牙萌出时会流口水。添加辅食后，宝宝的唾液腺分泌增加，但婴儿吞咽唾液的能力还不够，所以也会流口水。

有的宝宝出牙时可能会有疼痛感，但那是很轻微的，可能仅仅在晚上睡觉前闹一会儿，或半夜醒了哭一会儿，不会很严重的。

有口腔病就不同了。如果是有病造成的流口水，就不会只有流口水的表现了。如果宝宝只是流口水或较前加重，又是乳牙萌出期，其他都正常，就没有必要带宝宝上医院。这个月的宝宝容易感染上病毒，也容易感染上传染病。跑到病人聚集的医院去，是不安全的，说不定，明天还真的有病了。如果不放心，可以派爸爸咨询一下，有必要再带宝宝上医院。

0688 大便干燥怎么办

宝宝一切正常，就是大便干燥，很顽固，用了许多办法也不奏效，这是半岁后婴儿常见的问题，妈妈无计可施。根据临床实践，比较有效的家庭护理方法如下。

（1）饮食：将花生酱、胡萝卜泥、芹菜泥、菠菜泥、白萝卜泥、香蕉泥、全粉面包渣，与小米汤和在一起，做成小米面包粥。这些食物不一定一次都要有，可以交替使用。把橘子汁改为葡萄汁、西瓜汁、梨汁、草莓汁、桃汁（要自己榨的鲜汁，不是现成的罐头汁）。每天喝白开水，以宝宝能喝下的量为准。

（2）腹部按摩：妈妈手充分展开，以脐为中心，捂在婴儿腹部，从右下向右上、左上、左下按摩，但手掌不在婴儿皮肤上滑动。每次5分钟，每天一次。按摩后，让宝宝坐便盆，或把宝宝，最长不超过5分钟，以两三分钟为好。如果宝宝反抗，随时停止把便。每天在固定时间按摩把便。持之以恒，定会收效。除非万不得已，尽量不要使用开塞露，也不要使用灌肠的方法。

0689 吸吮手指怎么办

6个月以后的婴儿仍然吸吮手指，这种情况并不少见。宝宝吸吮手指的确切原因，很难给出清晰的回答。但不管什么原因，从这个月开始，父母应该注意宝宝吸吮手指的问题了。如果是睡

觉前吸吮手指，妈妈就要让宝宝拿着玩具睡，或妈妈把宝宝的两只手握在一起，陪着宝宝入睡。要尽量减少宝宝吸吮手指的机会，但不能像教宝宝语言那样，嘴里说“宝宝不能吃手”。妈妈只应该尽最大可能减少宝宝吃手的机会，一切强制措施都是没有效果的，还可能会适得其反。

0690 干呕怎么办

这个时期的婴儿可能会出现干呕，原因可能是：与出牙有关；宝宝吃手，可能把手指伸到嘴里，刺激软腭发生干呕；这个时期婴儿唾液腺分泌旺盛，唾液增加，宝宝不能很好吞咽，仰卧时可能会呛到气管里，发生干呕；出牙使口水增多，过多的口水会流到咽部，宝宝没来得及吞咽，一下噎着宝宝了，结果就开始干呕起来。

只要宝宝没有其他异常，干呕过后，还是很高兴地玩耍，就不要紧，也不用什么治疗。宝宝出现干呕，妈妈就会认为宝宝可能是消化不良了，是胃口有毛病了，就给宝宝吃各种助消化药，这是没有必要的。

0691 咬乳头怎么办

这个月的婴儿已经开始长牙了，即使没有萌出，也就在牙床里，已经是“兵临城下”，咬劲不小了，尤其喜欢咬乳头。如果咬的是妈妈的乳头，可能会把乳头咬破，妈妈可能会遭受乳腺炎的痛苦。即使不患乳腺炎，咬乳头也是很疼的，有的妈妈为此而无奈断了母乳。这个月的宝宝不会因为妈妈痛得叫，而不再咬妈妈的奶头了，宝宝还不知道心疼妈妈。如果宝宝把奶头咬破了，妈妈要涂上龙胆紫，把奶挤出吃，或套上奶罩。

如果咬的是人工奶头，可能会咬下一块橡胶来，咽到了嗓子眼，如果能顺利地咽到食管里，还没有危险；如果卡在气管里，可就危险了。所以，有咬奶头习惯的婴儿，妈妈要多加注意，可给宝宝固体食物，让婴儿有磨牙的机会，让宝宝自己拿着磨牙棒饼干吃。发现宝宝咬人工奶头，要把奶头拿出来；如果咬破了，要及时把咬掉的那块从婴儿口里取出。

0692 免疫接种

满8个月那天，不要忘记给宝宝接种麻疹疫苗。

第九章　8～9月婴儿（240～269天）

第一节 这个月婴儿特点

0693 眼睛不能离开宝宝

8个月以后的婴儿，运动能力更强了，显得更加活跃，醒着时一刻也不停息地活动着，已经不需要妈妈的被动体操训练了。妈妈或看护人眼睛不能离开宝宝，因为宝宝随时可能把事情搞得一团糟。

0694 与爸妈的交流多了起来

开始追妈妈，妈妈上班可能会哭，见到下班回来的爸爸妈妈会很高兴。开始认识妈妈爸爸的长相了。如果把一幅妈妈爸爸的照片拿给婴儿

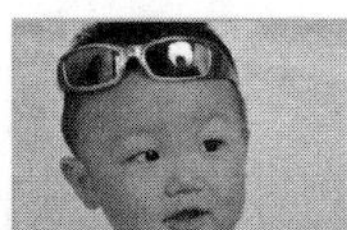
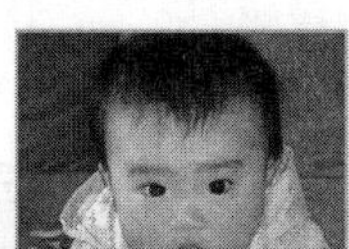

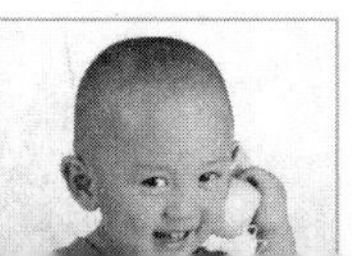
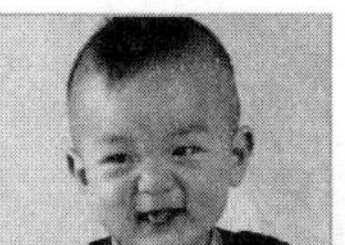

看，会认出照片上的妈妈爸爸，高兴地用手拍，看到别人的照片反应比较平淡。

0695 像个小外交家

开始喜欢小朋友，看到小朋友开始高兴得小脚乱蹬，去抓小朋友的头或脸。喜欢看电视上的广告，能盯着广告片看上几分钟。有的宝宝见什么人都笑，喜欢让人抱，像个小外交家。有的宝宝则更加认生了。

0696 宝宝会坐得很稳

婴儿不需要倚靠任何物体，能很稳地坐比较长的时间。坐着时，能够用两手玩弄手里的东西，能自由放下或拿起物品，两手能互递物品。坐着时会自己趴下或躺下。

0697 宝宝会抗议了

不容易把婴儿喜欢的东西，从他的手中夺走，如果是硬抢，婴儿会大声哭，以示抗议。妈妈把手伸过去，要宝宝手里的东西，宝宝会递到妈妈手里，还会把身边的东西拿起来递到妈妈手里。

0698 小手什么都能干了

能用拇指和食指捏东西，但有的婴儿仍是用拇指和四指捏物体。会模仿妈妈拍手，但没有响声。能把纸撕碎，并放在嘴里吃。把宝宝抱到饭桌旁，婴儿会用两手啪啪地拍桌子。会拿起饭勺送到嘴里，如果掉下去，会低头去找。能拉住窗帘或窗帘绳晃来晃去。

0699 开始向前爬

开始会向前爬，但四肢运动还不协调，肚子开始离开床面，但有时仍会用肚子匍匐前进。不会爬的婴儿仍然存在，妈妈要加紧训练。

0700 扶物可站起

扶床头的栏杆可以站起，但不会自己向前迈步。快到九个月时，有的婴儿可以离开手扶物独站几秒钟。

0701 宝宝会模仿着发音了

开始会模仿妈妈的简单发音，但能有意识地叫妈妈的婴儿还不多。

0702 喜欢和妈妈睡在一起

睡眠上有的婴儿变化不大，有的婴儿上午开始不睡了，晚上可能睡得更晚。夜啼的宝宝减少了。起来要奶吃的也不多了，但夜里起来小便的多了，这是好事，为不再尿床做准备。婴儿更喜欢和妈妈睡在一起，如果自己睡在小床上，半夜醒来时，妈妈不抱到自己那里，可能就不会很快入睡，甚至要哭闹一番。妈妈如果怕惯坏而置之不理，明天夜里可能会哭得更厉害。

0703 大小便训练仍不重要

大小便的训练可有可无，如果能顺利让婴儿把尿便撒在便盆中当然是好事，但这并不意味着宝宝自己会大小便了，也不意味着能按妈妈的口令排便。

0704 辅食喂养变得容易了

吃辅食变得容易了。有时可以把大人吃的饭菜喂几口给婴儿。随着辅食的添加，奶的减少，大便颜色开始变深，味变臭。大便不再那样稳定了，开始随着辅食的种类不同而变化，便秘的婴儿可能仍然很难调理。随着月龄的增加，婴儿肠道内正常菌群增多，肠道内环境变得稳定，发生

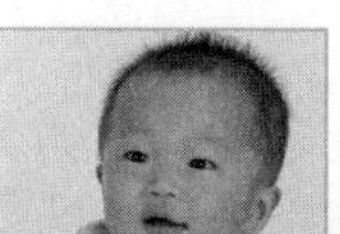
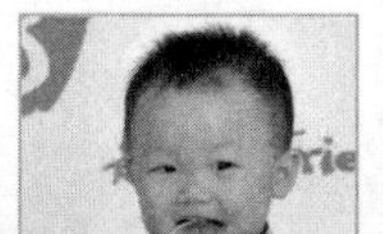
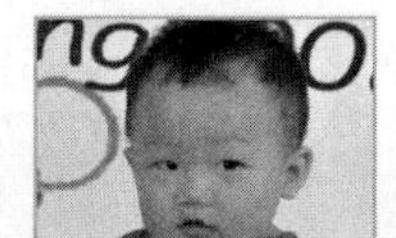

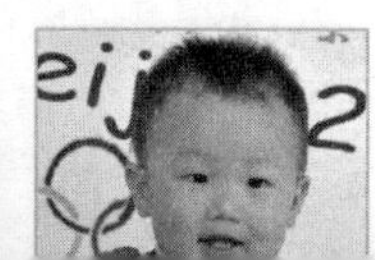

生理性腹泻的婴儿减少了。

0705 淘气的宝宝

这个月婴儿给父母带来更多欢乐，同时也开始捣乱了。妈妈不再有时间忙中偷闲睡上一觉，爸爸回来，再也看不到整洁的家，到处是婴儿留下的痕迹。妈妈的眼睛一刻也不能离开婴儿：睡觉醒来可能会翻到床下，自己玩耍时可能会把什么东西放到嘴里；放在有栏杆的床里，可能会把脚卡在栏杆的缝隙里，或因为头磕在床栏上哭了起来……如果不倍加小心，婴儿磕伤、摔伤、从床上坠落的事情随时可能发生，婴儿周围的东西都成了潜在危险物。要把可能伤及宝宝的东西统统拿开，不要心存侥幸，意外随时可能发生。

第二节 生长发育规律

0706 生长发育平稳进步

这个月婴儿生长发育与上个月差不多，体重是每月平均增长0.22～0.37千克；身高每月平均增长1.0～1.5厘米；头围每月平均增长0.67厘米。在前面的章节中，已经比较详细阐述了关于身高、体重、头围和前囟的生长规律，婴儿间个体差异性及监测方法，这里就不复述了。这个月龄婴儿身高平均值，男婴71.3～72.5厘米，女婴69.7～71.0厘米。这个月龄婴儿体重平均值，男婴9.00～9.22千克，女婴8.36～8.58千克。

第三节 不断增长的能力

0707 记忆看到的东西

婴儿看到的东西，能记忆了，并能充分反映出来。不但能认识父母的长相，还能认识父母的身体和父母穿的衣服。父母从婴儿身边走过去，婴儿尽管没有看到父母的脸，但也能认出父母来，会用眼睛追随父母的身影；如果没有理他，宝宝会发出啊啊的声音，告诉父母：“我在这里，怎么不抱我啊？”如果父母彻底消失了，婴儿可能会放声大哭。如果妈妈穿一件新买的衣服，婴儿会盯上一阵子，他的意思是：“怎么从来没见过妈妈穿这件衣服啊？”

0708 有目的地看

对外界事物能够有目的地去看了。不再是泛泛的有什么看什么，而是有选择地看他喜欢看的东西，如在路上奔跑的汽车，玩耍中的儿童，小动物，能看到比较小的物体了。婴儿非常喜欢看会动的物体或运动着的物体，比如时钟的秒针、钟摆，滚动的扶梯，旋转的小摆设，飞翔的蝴蝶，移动的昆虫等等，也喜欢看迅速变幻的电视广告画面。

0709 认识颜色的开端

妈妈不断教宝宝：“这是红气球，这是黄气球，这是绿气球。”尽管婴儿对颜色的变化还不理解，也不能分辨，但能够记住颜色了，把不同颜色的气球放在不同的地方，妈妈问：“红气球呢？”宝宝会把头转向红气球。“黄气球呢？”宝宝又会把头转向黄气球。

0710 初识性别

尽管不会表达，通过对父母的认识，宝宝对性别有了初步认识。如果总是爸爸抱着宝宝玩，宝宝就喜欢让和爸爸年龄差不多的男人抱。妈妈抱得多的宝宝，喜欢让和妈妈年龄差不多的女人抱。

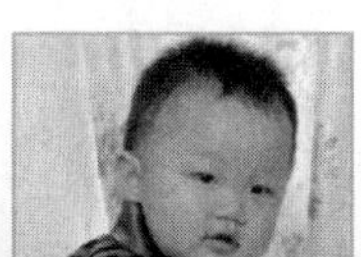

0711 宝宝眼疾早发现

这个时期，父母要注意婴儿看人视物时的表现，是否喜欢歪着头看东西，是否斜着脸看人，是否总是仰着头看电视或图画（和眯眼睛看是一个道理）。是否总是用手揉眼睛，眼睛是否总流泪，是否一到户外眼睛就流泪，眼睛是否很明亮，等等。通过对婴儿眼睛的观察，及时发现问题。

0712 会发出喃喃的复音

这个月的婴儿仍然不会用语言表达意思，有的婴儿能不时地发出比较清晰的“妈——爸——拜——”等单音，还能不断地发出不清晰的“妈妈、爸爸、奶奶、打打、布布”等喃喃复音。

0713 认识宝宝身体语言

当有某种要求时，会利用身体语言和父母交流，同时嘴里发出让父母听不明白的语音。如果大便干，会有特别的表情和动作，同时发出“恩——恩——”的声音。爸爸妈妈要学会看懂宝宝的身体语言。

父母不要认为随着时间的推移，宝宝不断长大，就会自然而然学会说话。父母创造的语言环境，父母和宝宝日复一日的“语言”交流，妈妈不厌其烦的一遍遍语言重复，妈妈的语言、动作、实物及环境的自然结合和交融，给宝宝创造了丰富的语言环境。这是婴儿学习语言的基础，是婴儿语言发育必不可少的环节。

父母是宝宝第一语言老师

这时的父母要尽量用清晰标准的发音和宝宝进行语言交流。说话时，让婴儿看到你的口形，把语速放慢些。如果父母认为电视或收录机的语音标准，就时常给宝宝播放，达到婴儿学习标准语言的目的，这是错误的做法。婴儿学习语言要有语言环境，要与动作、实物等联系起来。婴儿不能通过看电视、听广播学习语言。

如果妈妈总是喜欢开着电视或广播，婴儿就很难听清妈妈的话。电视广播缺乏交流和互动，更没有对婴儿最初始“语言”和身体语言的理解，即使宝宝会模仿个别词语，但对宝宝语言能力和心理成长没有太多益处。哺育生活与语言有着千丝万缕的联系，一个眼神，一个动作，一个别人听起来没有任何意义的音节，父母和宝宝都能准确理解，进行融洽互动的交流，这对婴儿学习语言是至关重要的。不要把宝宝扔给电视或光盘，更不要过早、过渡对婴儿进行所谓外语和电脑的“智力开发。”

0714 宝宝都听懂了什么

婴儿能听懂父母一些语意。如：“吃饭了”，“喝奶了”，“撒尿了”，“把把了”，“妈妈来了”，“爸爸来了”，“妈妈上班了”，“和爸爸再见了”，“上外面玩去了”，“回家了”，“宝宝乖了”，“妈妈不喜欢宝宝了”，“宝宝气妈妈了”等，知道有人在叫他的名字。但宝宝在理解这些语言时，需要靠当时的情景，宝宝还缺乏抽象理解语言的能力。

0715 听对语言学习的帮助

婴儿把这些语言和实际动作联系起来，开始了语言的记忆和模仿。听对语言的学习是至关重要的。婴儿从这时起可以形成第一批语言-动作的条件反射，如家里有小朋友来了，妈妈说“欢迎，欢迎”，婴儿就会拍起手来。爸爸上班了，对婴儿说“和爸爸再见”，婴儿就会扬起胳膊摆手。有了这种条件反射，婴儿就有了与人交往的能力。

0716 独坐给婴儿生活带来巨变

这个月的婴儿坐得比较稳了，不再需要倚靠，能坐比较长的时间了，能自由向左右扭动身体，拿起旁边的物体。使婴儿能够独立利用双手

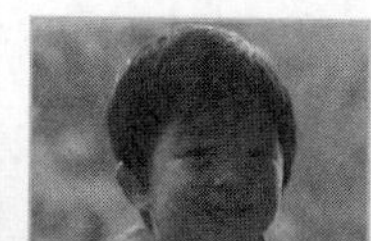

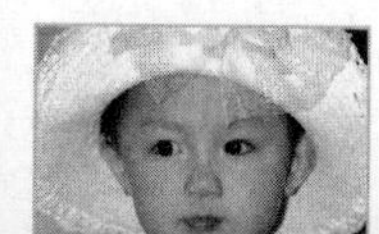

玩眼前的玩具，进一步促进手的协调活动能力和手指的精细动作。独坐给婴儿的生活带来了巨大的变化，婴儿的视觉和听觉发生了根本的改变，看的视野开阔了，增强了认识周围事物的能力。从这个月开始，可以让婴儿多坐。有的婴儿能从座位自己改变成俯卧了，两个胳膊和手也不被压在身下，通过自己的努力可以把压在身下的手抽出来，放在身体的两边，并向后或向前爬行。

0717 四肢把整个身体支撑起来

肢体有劲的婴儿可能会用上肢把上身支撑起来，离床很高，如果床不滑，可能会用脚蹬着床，四肢把整个身体支撑起来片刻，但很快就扑腾一下趴在床上。爱运动的婴儿会用四肢把身体支撑起来，屁股撅得高高的，头低下去，能够看到自己的脚。这个动作让婴儿很高兴，尽管不断被重重地摔在床上，还是一次次尝试。

0718 如何锻炼宝宝爬行

- 一起爬。妈妈在前握住宝宝两只手，一前一后交替向前移动；爸爸在后握住宝宝两脚，与妈妈同步向前推。
- 向上抬。如果婴儿不会把肚子离开床面，不会用四肢支撑身体，父母可把手放在宝宝的胸腹部，轻轻用力向上抬起，让婴儿用四肢支撑，再帮助宝宝向前移动。
- 爬向妈妈。父母在前面引导婴儿向前爬，妈妈一边拍手一边说：“宝宝快快爬到妈妈这里来。”当宝宝要向前爬时，妈妈张开手臂迎接婴儿，做出拥抱宝宝的动作，嘴里不断说：“宝宝爬过来，让妈妈抱抱。”
- 爬向玩具。在婴儿前面放上会动、会响的玩具，婴儿会努力向前爬，当婴儿就要够到时，妈妈要不断鼓励婴儿。婴儿靠自己的努力够到了玩具，父母应该把宝宝抱起来，亲一亲，表示赞许，让婴儿体会到胜利的喜悦。

0719 全方位训练综合能力

对于这个月婴儿的潜能开发，仍然应该建立在玩的基础上，让婴儿在快乐地玩中学习，在有趣的游戏中发挥最大的潜能，不能拔苗助长，也不能让婴儿接受更多的超前教育。传授婴儿知识不是目的，应该全方位地训练婴儿的综合能力。

0720 手的技能训练

把蒙在脸上的手绢拉下来

能把蒙在脸上的手绢或纱巾拉下来，这个看似简单的动作，对婴儿来说是极为重要的，前面已经说过，当手绢、纱巾、塑料薄膜蒙到婴儿脸上时，婴儿不会把它拿开，这就使得婴儿面临着一种危险，一旦蒙在婴儿脸上的东西堵住了婴儿的呼吸道，宝宝没有反抗的能力，就会危及宝宝的生命。因此，婴儿这个月发展起来的这一能力是非常重要的。

两手同时抓起胶皮球

以前，当婴儿手里拿着一个物体时，如果再递给另一个物体，婴儿就会松开手里的物体，去拿另一个物体。现在可以同时用另一只手来接另一件物体，两手还能同时抓握起比较大的物体，比如婴儿可以两手配合抓起皮球。

两手来回交换玩具

过去抓住玩具时，只会单纯地摇晃，现在可以把玩具在两手间来回交换玩耍了。把玩具从单手抓握到双手配合一起玩耍，是婴儿手技能的进一步发展。

不要鼓励宝宝打人

婴儿用手打妈妈爸爸的脸，爸爸妈妈不能报以笑脸。否则就是鼓励宝宝这么做，以后见谁都打。客人也不好意思管，宝宝变得令人讨厌。

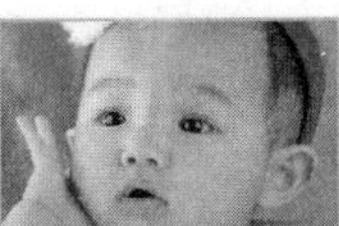

第四节 营养需求

0721 营养需求无大变化

这个月婴儿营养需求与上个月没有什么差异。辅食量、奶量也无增加。食量大的宝宝，会从这个月开始变成小胖墩，还会使宝宝积食。食量小的宝宝，会让父母认为得了厌食症，可能会被判为营养缺乏。

个别宝宝可能缺乏铁元素，有轻微的贫血。缺钙的可能性不大。有的父母认为鱼肝油和钙是营养品，认为越多越好，这是错误的。补充过量的鱼肝油和钙可导致中毒。维生素A过量，可出现类似“缺钙”的表现，如烦躁不安、多汗、周身疼痛，尤其是肢体疼痛、食欲减低。维生素D过量，可导致软组织钙化，如肝、肾、脑组织钙化。

第五节 喂养方式

0722 母乳喂养向完全断奶过渡

母乳喂养的重要性从生后6个月开始减弱，到了这个月，母乳的作用再次减弱，一天喂3～4次母乳就可以了。妈妈乳汁分泌量开始减少，爱吃饭菜的婴儿多了起来。

爱吸吮母乳的婴儿已经不再是为了解除饥饿，更多的是对母亲的依恋。如果乳汁不是很多，应该在早晨起来，晚睡前，半夜醒来时喂母乳。如果已经没有奶水了，就不要让婴儿继续吸着乳头玩。这个月虽然没有面临断奶的问题，但为了以后顺利断奶，可以做些必要的准备。这时特别要注意，不要强硬地断母乳，避免在喂养上和宝宝发生冲突，这样才有利于向完全断奶过渡。

0723 牛乳喂养基数是500毫升

这个月婴儿每日牛乳摄入量仍以500毫升为基数，不要少于500毫升，也不要多于800毫升。这个月给宝宝吃奶的目的是补充足量的蛋白质和钙剂。如果婴儿就是不吃奶类食品，可以暂时停一小段时间，不足的蛋白质和钙，通过肉蛋来补充。但是也不要彻底停掉，即便一次吃几十毫升也可以。如果长时间不给婴儿喝奶，婴儿对奶的味道可能会更加反感。

有的婴儿半夜会醒来啼哭，如果喂牛奶后，可以使宝宝安稳入睡，就不要坚持晚上不给宝宝喂奶的原则。实际上，到了半断奶期的婴儿，晚上喂奶并非像人们认为的那样有害。妈妈可能会担心，吸着奶头入睡，可能会使婴儿发生龋齿。但如果为此而让婴儿哭下去，养成夜啼的习惯，对婴儿的正常生长发育更不利。

第六节 辅食添加

0724 本月辅食基本原则

- 每日两顿，第一顿上午11点左右，第二顿下午6点左右，一天可穿插两次点心。
- 辅食的量要根据婴儿的食量而定，一般情况下每次是100克左右。
- 辅食的种类可以是多种多样的。主食有面条、粥、馄饨、饺子、面包。有的婴儿能吃米饭和馒头等固体食物。只要婴儿能吃，也喜欢吃，是完全可以的，米饭要蒸熟些。
- 副食有各种蔬菜、鱼、蛋、肉类，可以吃猪肉和鸡肉，肉制品必须剁成肉末，至少也要剁成肉馅那样大小。

0725 添加辅食需注意的几点

（1）妈妈为了省事，就把副食和粥放在一起

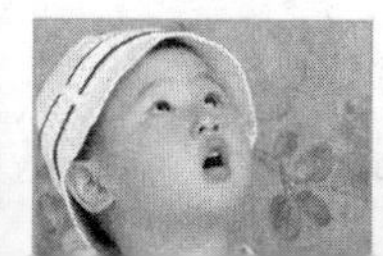

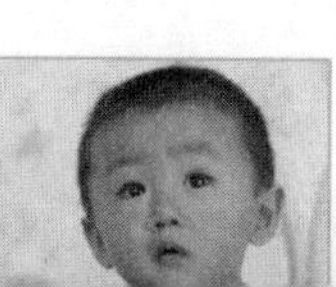

喂。这样不好，应该分开喂，让婴儿能够品尝到不同饮食味道，享受进食的乐趣。

（2）在辅食添加中，父母不能机械照搬书本上的东西，要根据婴儿的饮食爱好、进食习惯、睡眠习惯等灵活掌握。

（3）没有千篇一律的喂养方式，添加辅食也是这样。有的婴儿一天只能吃一次辅食，第二次辅食说什么也喂不进去，但能喝较多的牛奶，还吃母乳。妈妈不能强迫婴儿一定要吃两次辅食。

（4）有的婴儿吃一次辅食需要1个多小时，妈妈为了腾出时间带宝宝到户外活动，一天喂一次辅食，不足部分用奶补足，这也未尝不可。

（5）充足的户外活动，要比多给宝宝吃一次辅食更加重要。

0726 喜欢和父母一起吃的宝宝

有的婴儿喜欢和父母一起吃饭，也喜欢吃成人的饭菜，妈妈完全可以利用婴儿的这一特点，在午餐和晚餐时添加两次辅食，这不但满足了婴儿的喜好，也可以节省父母的时间。用节省下来的时间陪婴儿做户外活动、各种游戏。

0727 和父母一起吃时需注意的几点

（1）在烹饪时，要合婴儿的胃口，饭菜要烂，少放食盐，不放味精、胡椒面等刺激性调料。

（2）吃鱼时注意鱼刺。

（3）抱宝宝到饭桌上，一定要注意安全，热的饭菜不能放在婴儿身边，婴儿已经会把饭菜弄翻，比如热汤会烫伤宝宝。婴儿皮肤娇嫩，即使父母感觉不很烫的，也可能会把婴儿烫伤。

（4）不要让婴儿拿着筷子或饭勺玩耍，可能会戳着宝宝的眼睛或喉咙。

（5）有的婴儿就喜欢吃辅食，无论如何也不爱吃奶，那就要多给宝宝吃些鱼蛋肉，补充蛋白质。

（6）如果所有的辅食都由妈妈自己制作，一天两次的辅食和3～4顿的奶都由妈妈喂，妈妈是很辛苦的，每天要花费3～4个小时的时间。可适当选用辅食成品。

0728 爸爸也要担起责任

这个时期，爸爸必须担起一定的责任，帮助妻子做些家务，陪宝宝玩。如果有老人或保姆帮忙，会减轻妈妈的负担。

0729 看护人不要离开

这个时期带宝宝的任务是很重的，常常顾此失彼。妈妈忙着给婴儿做辅食的片刻，可能会发生意想不到的事故，因为这个月的婴儿会爬，会坐，会到处翻身，有的婴儿还能扶着床栏杆站起来，会把东西放到嘴里。这些能力，都潜藏着发生意外事故的危险。即使是宝宝睡着了，醒来几分钟内，也可能发生不该发生的事情。这个月的宝宝，不能离开看护人的眼睛。

0730 最好两个人看护

如果父母是双职工，只有一个保姆看护，既能很好喂养，又能训练婴儿能力，保证足够的户外活动，是很难办到的，尽量再有一个老人做帮手。如果是妈妈一个人看护婴儿，爸爸又不能帮很大的忙，花钱请一位保姆是值得的。3岁以内婴儿潜能开发是很重要的，而1岁以前是重中之重。多一个人手，除了喂养好宝宝，培养宝宝也同样重要。

0731 有母乳婴儿添加辅食举例

早晨6～7点起床：母乳，有的婴儿吃一会儿母乳又开始睡1个小时。

8点：洗脸，洗屁股，做体操，和婴儿在室内做亲子游戏。

9点：喝奶180～220毫升。

9：30：户外活动。

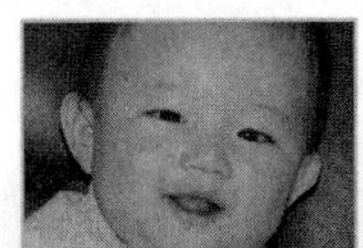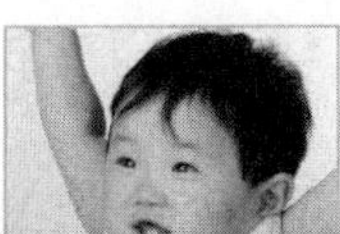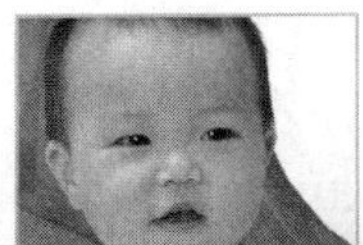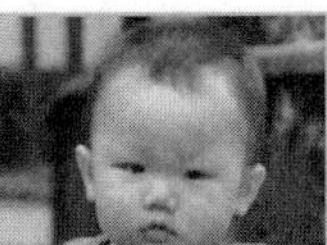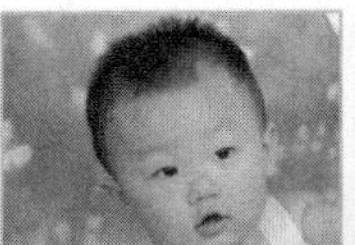

12：00：辅食：粥或米饭80～100克，鸡蛋半个，可以和在粥里，也可以单吃，肉汤炖碎菜（胡萝卜、白瓜、菠菜等都可以）约30克。室内活动。

13：00：午睡。起来喂水果点心。

15：00：奶180～200毫升。室内活动。

16：00～18：00：户外活动。出去前喂些水果、点心。

18：00：辅食：面条、粥、米饭、面包都可以，约100克。蛋半个（鸡蛋羹或水煎蛋），鱼汤炖豆腐约30～50克。开水烫青菜（圆白菜、菠菜等）1～2勺。

20：00：母乳，睡觉。

如果半夜醒来换尿布，宝宝哭闹，吃奶后能很快入睡，可以喂1～2次母乳。

0732 无母乳婴儿添加辅食举例

早6点起床：喂奶200～220毫升。

7：00：洗脸，洗屁股，做操，室内活动，睡觉1个小时。

9：00：吃些点心、水果后进行户外活动。

11：00：辅食：粥或面条米粉等约100克，猪肉丸子（肉馅内放鸡蛋半个杏核大小）2～3个。丸子汤内放冬瓜香菜等碎菜，吃1～2勺。室内活动。

12：00：午睡。

14：30：奶200毫升左右。

15：00：户外活动。

17：00：点心、水果。

18：00：辅食：粥约80克，对虾汤约30～50毫升，对虾一个剁碎，开水烫碎青菜1～2勺。室内活动。

21：00：奶200毫升左右。

0733 不喝牛奶婴儿辅食添加举例

6～7点：喝奶100～150毫升。

8：00：点心、水果。睡觉。

9：00～9：30：辅食：粥50克，鸡蛋一个（鸡蛋羹或水煎蛋），室内活动。

10：30：户外活动。

12：00～12：30：辅食：粥或面条，面包，100克。鱼肉或猪肉汤炖菜，鱼肉或猪肉一小勺。

13：00：午睡。

15：30：水果、点心后户外活动。

17：30～18：00：辅食：菜粥100克左右。青菜豆腐30～50克，一寸虾一个。

20：00：牛奶150毫升左右。

0734 不吃辅食婴儿辅食添加举例

7：00：牛奶200毫升左右。睡觉。

8：30：做操，室内活动，水果、点心。

9：30：辅食：粥30～50克，鸡蛋半个，牛奶80～100毫升。

10：00：户外活动。

12：00：牛奶200毫升左右。

13：00：午睡。

15：00～15：30：水果、点心，牛奶100毫升。

18：00：青菜豆腐50克左右。

20：00：牛奶200毫升左右。如果夜间哭闹，不吃几十毫升牛奶就不入睡，可喂牛奶。

第七节 护理要点

0735 春季护理要点

- 不要过早给宝宝脱衣服；
- 也不能很热还捂着冬天的衣服，比成人多一层单衣就可以；
- 父母换了薄被，也要给婴儿换薄被，如果一直盖厚被，宝宝就会踢掉被子，出汗，更容易着凉；
- 春季虽然天气转暖，但风沙比较大，要

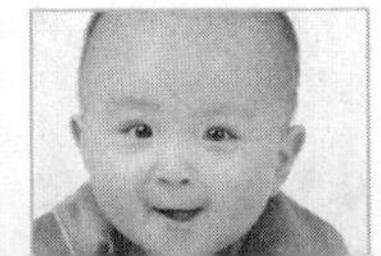

注意空气质量，污染指数大时，不要带宝宝到户外；

●空气中悬浮物多时，比如雾天，对婴儿呼吸道影响比较大，最好不到户外；扬沙天气也不要带宝宝到户外，会吸入很多尘埃，引起支气管痉挛哮喘；

●北方春季干燥，要注意补充水分；

●在户外玩耍的儿童多了起来，要注意避免皮球、石子等砸到婴儿。

0736 夏季护理要点

●勤洗澡。这个月婴儿汗腺比较发达了，也爱活动，出汗比较多，尤其是睡觉时和吃奶时，会出很多汗。汗液和空气中的尘土和在一起，堵塞汗毛孔，引起痱子和脓包疹。皮肤的皱褶处更容易被汗液浸泡发生糜烂，尤其是比较胖的宝宝更易发生，因此要勤给婴儿洗澡。

●防蚊蝇。这个月婴儿几乎没有接种乙脑疫苗的，但却有可能患乙脑，来自于母体的抗体已经消失了，所以预防乙脑很重要。蚊子是传播乙脑病毒的媒介，一定要防蚊虫叮咬。

0737 秋季护理要点

●不要过早加衣服。秋季是比较好过的季节，但要注意，不要天刚有些凉，就马上给宝宝添加比较厚的衣服。让婴儿自身有个适应天气变化的过程，使婴儿能顺利度过寒冷季节。

●坚持户外活动。不要天气刚凉，就不敢带宝宝到户外活动，或明显缩短户外活动时间。这个月的婴儿，即使在寒冷的季节，也要到户外活动，哪怕是十几分钟。这样才能使婴儿呼吸道能够抵御寒冷刺激，不易患呼吸道感染。

●防秋季腹泻。北方地区，秋末季节，可能会流行秋季腹泻，要注意预防。一旦发现宝宝腹泻，首先想到的是病毒感染引起的秋季腹泻，而不要仅仅认为是消化不良。及时补充丢失的水分和电解质，不要等到脱水，需要静脉补液的程度，那会给婴儿带来更大痛苦。

0738 冬季护理要点

嗓子里呼噜呼噜的

刚刚进入冬季，宝宝可能就开始呼噜呼噜的，喉咙中总是有痰，晚上咳嗽时，可能会把吃的奶吐出来。由于婴儿不会咯痰，总有一口痰在嗓子里来回滑动。当婴儿咳嗽时，如果能够把痰咽到食管，会清静一会，可不久，又会有痰出现。当婴儿睡眠时，如果出现这种情况，动一动体位，可能会有所减轻。

如果出现鼻塞，症状会严重得多。吃奶时，由于鼻塞，会阻碍呼吸，而使婴儿烦躁，有的婴儿会持续一冬天不好。患有比较严重的湿疹、比较胖、有哮喘家族史的婴儿，容易出现这种情况；感冒后，也可能出现类似表现。与婴儿体质有关，也与父母护理婴儿方法有关。最主要是父母没有注意随着环境温度的变化，随时增减衣服被褥，宝宝总是汗津津的。

如果宝宝把奶都吐出来了，妈妈会急得连夜带到医院。医生检查后，会诊断为气管炎或喘息性气管炎。如果不发热，一般医生不会留院治疗，开一些口服药物，但难以收到预期效果。由于治疗效果不满意，妈妈可能会走遍各家医院。有的医生可能会建议拍X射线胸片，结果报告是肺纹理增粗，放射医生诊断为气管炎，或支气管肺炎。吃了不少药物，甚至是打针输液，效果均不佳。

治疗和护理对策

对于这样的婴儿，单纯的药物治疗，往往难以奏效，要针对可能的原因加以治疗。

（1）如果婴儿比较胖（超过同龄儿标准体重的第97百分位），应调整饮食结构，降低体重增长速度。

（2）如果缺乏维生素A、D或钙，婴儿气管内膜功能低下，要给予补充。

（3）缺锌的婴儿可反复感冒，食欲低下。要在医生指导下积极补充。

（4）婴儿贫血时，抵抗力和食欲均较差，补血治疗后会显著改善。

（5）过敏体质或家族中有哮喘病史，婴儿发生支气管哮喘的概率偏高，应进行抗过敏和预防支气管哮喘的治疗。

（6）婴儿生活环境也很重要。如果室内温度过高，湿度小，空气不流通，婴儿总是汗津津的，或室内人流比较大，总有感冒人员接触宝宝，请加以改变。

（7）天气一凉，就马上把宝宝困在室内，过早添加衣物，使宝宝对冷空气的耐受性很差。纵使不把宝宝带到室外，不受冷空气的侵袭，气管内膜也会很脆弱。稍一疏忽，就会感冒。对婴儿进行耐寒锻炼。

（8）婴儿不会咳痰，如果痰液很多，可购买家庭用的吸痰器，帮助婴儿清理痰液。

（9）多给宝宝喝水，使痰液变稀薄，容易咳出。咳到嗓子眼的痰液容易被清理。

（10）要清理气管内的痰液是比较困难的，请医生帮助。

0739 衣物被褥玩具

这个月婴儿手的活动能力明显增强，发生气管异物的危险也增加了。衣服上的纽扣、小饰物、小带子、玩具上的螺丝、各部位的零部件、粘贴的商标、塑料娃娃眼睛、金属响笛等等，都可能成为气管异物。

在购买衣物、儿童用品、玩具时，一定要充分考虑其安全性和可靠性。注意儿童用品上适用年龄的标志，不要给婴儿购买超过其年龄段的用品。选择质地安全（如撕不烂、可以啃咬的布书），整体结构（如不能卸下轱辘的整体小玩具车，没有钉粘硬塑料粒作为眼睛的玩偶）的儿童玩具。

不能购买生产厂家不明，没有注册商标的小商品。不要在没有信誉的商家手中购买儿童商品。要严格检查亲朋好友赠送、转赠的儿童用品，一旦发现不安全因素，要舍弃不用。婴儿正在使用的童车、婴儿床、玩具、衣服和被褥等，也要定期检查，保证其安全性。

0740 睡眠护理

- 白天睡两觉，午前睡的时间稍微短些，一般是1～2个小时；
- 有的婴儿午前不睡。午后睡的时间稍长，一般是2～3个小时；
- 晚上一般是在8～9点钟入睡，半夜醒1～2次（计算在睡眠时间内），早晨6～7点起床；
- 一天睡14个小时的婴儿比较多；
- 也有的婴儿一天只睡12个小时左右；
- 睡10个小时以下的婴儿是很少的；
- 睡16个小时以上的婴儿更少；
- 如果婴儿白天睡眠时间比较短，但是晚上能连续睡上12个小时左右（半夜醒来吃奶，撒尿或玩一会都计算在睡眠里，醒一个小时以上时，要从睡眠时间中扣除掉），即使白天睡的时间短些，也不要紧；
- 如果婴儿喜欢活动，喜欢白天到户外活动，喜欢和父母一起玩耍，精力旺盛，吃的也正常，即使一天只睡11～12小时，父母也不要着急；
- 宝宝睡得少，父母最担心的是影响婴儿的生长发育，尤其怕影响身高的增长；父母知道，睡眠时，体内生长激素才会分泌；道理是这样的，但是，并没有证据表明，每天睡眠时间在14个小时以下的婴儿要比每天睡眠时间在14个小时以上的婴儿身高增长慢；
- 这个月的婴儿每天睡眠时间不少于10个小时，精神好，吃得好，生长发育正常，就不要要求宝宝睡得更多。如果为了增加宝宝的睡眠时间，总是不断哄宝宝睡觉，会导致宝宝入睡困难，养成宝宝必须靠哄才肯入睡的毛病，不利于培养宝宝的独立生活能力。

0741 尿便护理

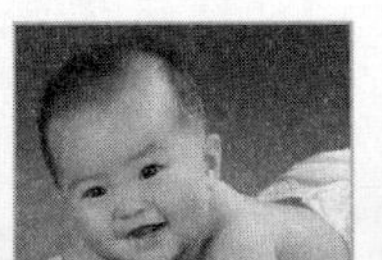

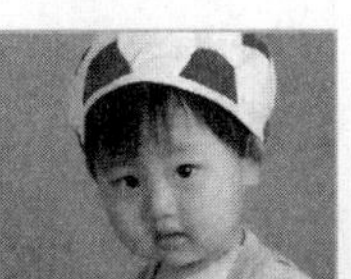

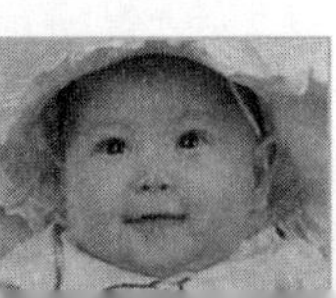

不会控制大便是正常的

本月婴儿抵抗坐便盆的并不多，如果父母能够掌握婴儿的排便习惯，不失时机地让婴儿坐便盆，大部分婴儿能够把大便排在便盆中。如果一天排大便1～2次，或隔天一次，接大便的任务是比较好完成的；如果宝宝一天排3～4次（这个月龄的婴儿很少会有这么多的大便了），大便又不是很成形，婴儿拉起来不费劲，妈妈难以捕捉到婴儿排便信号时，就不容易让婴儿把大便排在便盆中，这也是很正常的。

这个月的婴儿还不具备控制大便的能力，尽管一直能把大便排在便盆中，也不能说明妈妈已经成功地训练出婴儿的排便能力，以后还是要重新开始。所以，当周围的妈妈说她的宝宝已经会在便盆中排大便了，你的宝宝还不行，也不要着急。不能要求这个月的婴儿控制排便。

小便的变化

● 小便还是一天10次左右，有的婴儿尿泡大，小便次数少，有的婴儿尿泡小，小便次数多些；

● 夏季小便次数少，冬季小便次数多，这都是正常的；

● 冬季如果把小便尿在盆里，可能会发白，发浑，加热后会消失。这是尿酸盐结晶析出。不是婴儿肾脏出了毛病，没有必要看医生，也不用带尿到医院化验。

● 吃辅食了，尿的颜色会比原来黄，不会像清水似的。随着肾脏功能的不断完善，婴儿饮水量的不断增加，尿液就不会那么黄了。

● 这个月的婴儿可能会让妈妈成功地把尿。但妈妈希望宝宝把所有的尿都排在尿盆中，是有些苛刻了，宝宝还不能控制小便。

● 这个月的婴儿，晚上可能会因为有尿醒来，如果把完尿或换尿布后，宝宝很快入睡的话，就不用给宝宝喂奶。如果啼哭，喂奶后能使宝宝很快入睡，就不妨给宝宝喂奶。认为这个月的宝宝晚上不应再喝奶了，而一直让宝宝哭下去是不对的。

0742 户外活动护理

● 户外活动的范围可以增大了。可以到远一些的街心公园去，让宝宝看到更多的外界景观；让宝宝看到更多的自然现象。可以让婴儿认识真实的太阳、月亮、星星、雨、雾、风等，告诉宝宝，太阳一出来，天就亮了；天一黑，月亮就会爬到天空。还有许多星星，像宝宝的眼睛一眨一眨的。

● 感受更多的东西。下雨时，让婴儿伸出小手，接一接雨水，感受一下雨水打在手上的感觉，但不要让婴儿头和身上淋到雨水。下雾时，看不清楚远处的东西了，婴儿虽然不能理解，但这种实际的感受会给婴儿留下记忆。风可以把树叶刮得摆动，会把树枝刮得摇动。父母也可以用嘴吹动一张纸，告诉婴儿这就是风，是爸爸吹出来的风。

● 告诉更多的东西。先把能看到的告诉宝宝，不要认为宝宝不懂而不和宝宝讲，宝宝能学会的东西会自然学会的。要让宝宝在游戏中开发能力，在快乐的游玩中学习知识，不要枯燥地传授知识；

● 注意安全。不要带宝宝到危险的地方，如小河沟旁，不小心会把宝宝掉到水里。不要在高压线旁，电线旁玩耍，不要在建筑工地旁玩耍。父母带婴儿到户外活动，最重要的是安全问题。

第八节 护理常见问题解答

0743 不会爬怎么办

这个月的婴儿基本上会用四肢向前爬了，但是有的婴儿可能会有这样表现：（1）不会用四肢向前爬，还是用肚子匍匐向前。（2）还是向后爬。（3）不是爬，而是向前拱，先把腿收起来，屁股翘起，上身再向前一拱，就向前进了。

这说明婴儿有向前爬的欲望，但四肢还不能

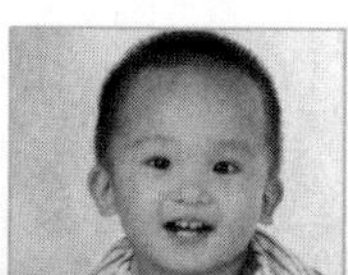

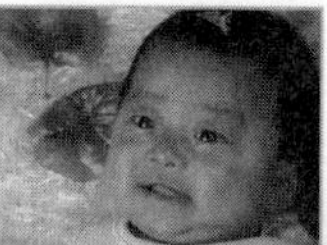

协调运动。在父母的帮助下，慢慢会协调的，这都不能算运动能力发育落后，更不能认为宝宝是笨的表现。有的婴儿到了10个月才会爬。尽管如此，父母还是要尽最大努力，让宝宝早爬，因为爬对促进宝宝的大脑发育是很有益处的。

0744 不爱吃鸡蛋和蔬菜怎么办

- 给宝宝吃父母的炒菜。
- 用炖肉汤做面条或菜汤，宝宝会很爱吃的。即使很不爱吃副食的婴儿，闻到饭桌上的饭菜味，都会着急吃的；
- 把宝宝放在父母吃饭的饭桌旁一同进餐，这会增加宝宝食欲。
- 主食和副食分开喂，会增加婴儿食欲，让婴儿品尝出不同食物的味道，如果都是放在一起吃，饭菜混合着，宝宝就总是吃味道不明确的饭食，不利于刺激宝宝吃饭的兴趣。
- 吃一口饭，吃一口菜，再喝一口汤，婴儿会在不断的饮食变换中增加进餐兴趣。
- 每天要尽量不吃同样的食品，一周尽量不重复上一周的菜谱。如果种类相同，做法要更换一下。

0745 不喝牛奶怎么办

爱吃辅食的宝宝，在这个月里，可能一点也不爱吃牛奶了。只要婴儿很爱吃辅食中的蛋、肉、豆腐、猪肝、羊肝等副食品，保证蛋白质和钙的摄入量，不喝牛奶是可以的。可以在夜里醒来或早晨刚刚醒来时喝些奶。

如果这时也不喝，也不必着急，过一两个月也许会重新喜欢，不会一直不喜欢喝的。也可以喝酸奶、吃奶酪、奶片、黄油等奶制品。

0746 晚上睡觉晚怎么办

(1) 如果是婴儿自身个性问题，纠正是比较困难的。

(2) 如果是从小养成的睡眠习惯，有些婴儿比较容易改正过来。对比较固执的婴儿，需要父母下很大的力量，但不能采取强制措施。

(3) 环境因素是比较容易改变的。当宝宝晚上睡得很晚时，不要首先想这宝宝是怎么回事，应该先想想客观原因，想想前几个月有没有培养良好的睡眠习惯，最后才考虑宝宝本身的问题。根本的解决办法就是减少白天睡眠，这样晚上就不可能很晚才能入睡了。

0747 夜间醒来哭怎么办

- 当宝宝夜里醒来哭时，父母的第一反应就是自问如下问题：(1) 有尿了？(2) 尿布湿了？(3) 饿了想吃奶？(4) 睡前吃多了？(5) 宝宝胃不舒服？(6) 室内太热了？(7) 太冷了？(8) 室内空气不好？(9) 氧气稀薄？(10) 湿度太小？宝宝嗓子发干？要水喝？……
- 如果没有肯定答案，妈妈就把宝宝抱起来或搂到自己怀里，轻轻拍着宝宝，轻轻哼着曲子，宝宝可能会慢慢入睡。
- 如果宝宝哭得打挺，抱也抱不住（这常常是让宝宝哭了一会儿，宝宝已经很冤屈了），父母也不要急躁，还是要和声细雨地哄着宝宝。不要又是颠，又是晃，大声“哦，哦，哦”，比宝宝闹得还欢，这会让宝宝更难以安静下来。
- 如果宝宝从来没有这样闹过，这夜很特殊，就要想到疾病的可能，打个电话给医生，咨询一下，是否需要请医生看一看。
- 如果宝宝哭闹一阵，就安静下来，一会又哭闹一阵，又安静下来，要想到婴儿肠套叠的可能。如果是比较胖的男孩，或这两天有些闹肚子，就更应该高度怀疑了，请医生看一下是必要的。

0748 夜间不让把尿怎么办

膀胱里有尿不舒服，睡眠轻的婴儿可能会醒来，妈妈习惯这时把尿，宝宝也能很快把尿排出

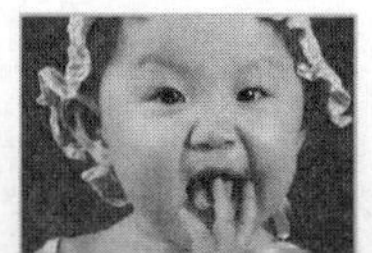

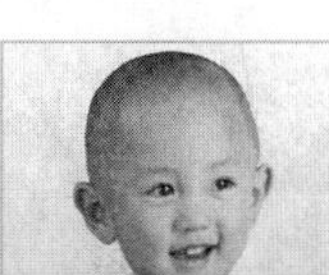

来，放下又睡了，这是很好的。并不是每次把尿都如此顺利，妈妈把尿，宝宝不但不顺利排尿，还表示反抗，不让妈妈把，或哭闹，或打挺。这都是正常的表现，妈妈没有必要着急，也不必想不通。

冬天把宝宝从温暖的被窝中抱出来，宝宝是不满意的。宝宝睡得正香，不希望妈妈打扰他，他会自己把尿尿在尿布上，妈妈替他换了干爽的尿布，马上又会进入深睡眠状态。妈妈不要总是按照自己的想法护理婴儿，应该时时刻刻想到婴儿是怎样感受的。

0749 “能力倒退”怎么办

能力暂时的倒退，常常令父母不安。原来总是顺利地把大便排在便盆中，可现在不灵了；原来已经不怎么用尿布了，可近来，总是要洗很多的尿布；原来扶着床栏杆能站着，可现在一站起来就摔倒……

其实，说能力倒退不确切，因为，表面上看是能力倒退，实质上不是的。婴儿本来还不具备控制大小便能力，妈妈是根据宝宝在排便前的外在表现分析出宝宝可能要排便，就顺势接在了便盆里。如果妈妈的判断失误了，或婴儿这时不服从妈妈指挥，就会失败，这不是宝宝能力的倒退。

这个月的宝宝已经不满足扶着栏杆站着了，有向前走的愿望，可这个月的宝宝还不会自己向前迈步，当婴儿试图向前迈步时就会摔倒，婴儿的身体向前，腿却不会向前迈步，重心倾斜，肯定会摔倒的。这不是能力倒退，是在增长新的能力。所以，父母不要一遇到疑惑，就认为是宝宝能力倒退了，如果宝宝没有疾病，怎么会倒退呢。

0750 用手指抠嘴怎么办

婴儿手的活动能力比上个月灵活了，会把手指头伸到嘴里抠；乳牙萌出时，婴儿会感到轻微的不适，婴儿有了支配手指的能力，嘴里不舒服，就会用手指去抠。

当婴儿把手指伸得很深，抠到上腭时，会引起干呕，甚至把吃进去的奶吐出来。这会令父母很不安。当宝宝用手抠嘴或由此而引起干呕，甚至呕吐时，父母不应该有类似这样的言辞：“这宝宝怎么有这个坏毛病！”“不要抠了！看把奶都吐出来了吧。”“再抠，就打你的手！”宝宝看到父母的严肃表情，听到严厉语气，可能会吓得哭起来，但并不能奏效。

这么大的宝宝还听不懂道理，但会看脸色、听语气。当宝宝抠嘴时，如果父母把宝宝的手拿出来，表现出不高兴的样子，这就足够了。如果父母要给宝宝讲道理，也要和颜悦色的，尽管不能收到很好的效果，但是利用这样的机会，让宝宝开始认识什么是让妈妈生气的事情，“不好”和“好”的概念会慢慢地灌输给宝宝。不能超越婴儿所能接受的程度，以爱为前提，对婴儿进行必要的约束是应该的。

0751 咬衣物怎么办

喜欢吸吮手指的婴儿，到了这个月，可能开始吸吮身边的物品，如枕头上的小枕巾，毛巾被角，衣服袖口等。这种吸吮物品的倾向，发展下去的，也许会成为恋物癖的开端。父母也应该努力削弱这种倾向，咬衣物毕竟不是正常现象。

如果发现您的宝宝有这种倾向，要不断更换宝宝身边的衣物，让宝宝没有固定的衣物可以依恋。多和宝宝玩，不要让宝宝咬着衣物睡觉。

0752 咬指甲怎么办

婴儿咬指甲的现象是比较少见的。吸吮手指的婴儿可能会转成咬指甲。在乳牙萌出时，可能会出现这种现象。

没有任何干预地让婴儿咬下去是不对的；不能采取强硬的措施；转移婴儿注意力，当发现婴儿咬指甲时，用玩具来占据宝宝的手；在向婴儿

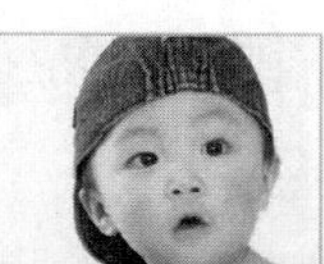

表示不能咬指甲的同时，和宝宝做亲子游戏；父母和看护人把和宝宝玩当作重要任务，而不是收拾卫生、做辅食、抱着宝宝看电视；忽视婴儿，就可能导致婴儿养成不好的习惯。

0753 不出牙怎么办

到了这个月，有的婴儿已经萌出4颗乳牙了。出牙早的可以萌出6颗。有的婴儿只萌出两颗。但仍然会有为数不少的婴儿，快到9个月了，一颗乳牙也没有萌出。

父母看到周围同龄婴儿已经出了几颗牙，甚至比自己宝宝小的也开始长牙了，会很着急。周围的人多会建议给宝宝补钙，有的医生也会这样告诉父母：宝宝可能缺钙。

婴儿的乳牙早在胎儿期就长出了牙根，只是还没破床（牙龈）而出；乳牙的萌出是早晚的事。出生后不久就开始正规补充鱼肝油、钙；奶吃得很好；发育也很正常；看过牙科医生，没有发现异常情况；如果这样，完全不必担心。过量补充鱼肝油和钙剂，对乳牙萌出没有任何帮助，反而造成维生素A或维生素D过量，甚至中毒。过多的服用钙剂会使宝宝大便干燥；最严重的是造成肝、脑、肾等软组织钙化。一岁以后才出牙的婴儿也是有的。为了长牙，给宝宝补充过量的钙和鱼肝油是错误的。

0754 顽固便秘怎么办

纯牛乳喂养儿的大便干燥，会由于添加了辅食而变软。但是，有些婴儿的便秘，无论如何也解决不了，只能靠灌肠，打开塞露，塞肥皂条，不能根本解决问题。解决婴儿顽固性便秘，切实可行的仍然是食疗。

这个月婴儿能吃的食物多了起来，能起到润肠作用的食物有：红薯、花生酱、蜂蜜、芝麻油、芹菜、菠菜、大萝卜、胡萝卜、全麦粉、小米、玉米面等。多数婴儿吃了胡萝卜会有效，但有的婴儿却一点效果也没有。红薯有极佳的润肠功能，不便秘的婴儿吃了会发生腹泻，可有的宝宝吃了，大便仍然干燥。什么食物对治疗便秘有效？没有一致的答案，父母只能一种一种地试。一种没有效，两种一起吃可能就有效了。不要忘记钙片会使宝宝便秘，食物过于精细也会使宝宝便秘。

0755 小腿发弯怎么办

随着月龄的增长，婴儿小腿也长了，开始会站立片刻。这时，父母可能会发现宝宝小腿发弯，这让父母很着急，这不成了罗圈腿吗？急着抱到医院。

有的医生可能会给您开张X射线申请单，拍照胫腓骨片，顺便了解一下骨骼发育情况，是否有佝偻病。经验不足的医生可能会说缺钙，开点钙剂了事。有的医生还会让宝宝做更多的检查。

这么大的婴儿小腿发弯是正常的（当然医生能看出弯的程度是否在正常范围）。父母尽管放心，可以继续训练宝宝站立，还可以帮助宝宝向前迈几步。但时间不要太长，一天2～3次，一次几分钟就可以。

0756 头发稀黄怎么办

出生时头发黑亮浓密，可慢慢的，头发变稀黄了，父母担心是营养不良或缺乏什么微量元素了。

婴儿出生时的发质与母亲孕期的营养有很大的关系。出生后，婴儿发质与自身的营养关系密切了。如果生后营养不足，头发会变得稀疏发黄，缺乏光泽，缺锌、缺钙也会使发质变差。但是，现在的宝宝，真正由于营养不良引起的发质差的很少见。

发质的好坏，除了与营养有关外，还与遗传有关，也与对头发的护理有关。如果父母或直系亲属中有发质很差的，会遗传给婴儿，即使出生时头发很黑，也可能会慢慢变黄。

是否是营养不良所致，可以从发质上初步判

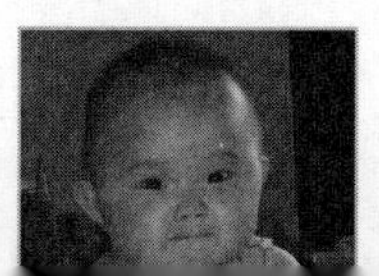
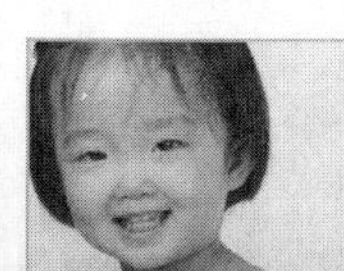

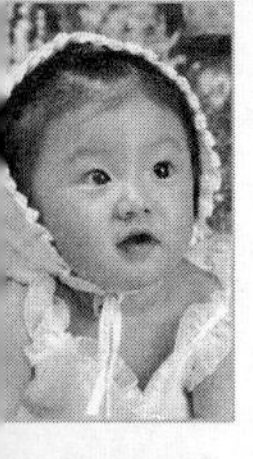
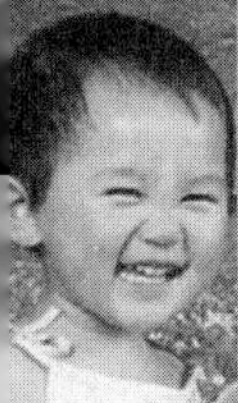

断。虽然发黄，但是有光泽，比较柔顺，就不是营养不良。营养不良的发质，不但发黄，发稀，还缺乏光泽，杂乱无章地乍着。

0757 爱出汗怎么办

随着婴儿的增长，汗腺发达了，活动量增多，婴儿越来越爱出汗了，吃饭、睡觉、活动时，总是汗津津的，尤其天气热的时候，更是这样。

把爱出汗的婴儿视为异常；爱出汗的婴儿就是缺钙；看到别的宝宝不像自己宝宝那样爱出汗，就认为是自己宝宝是不正常的。这样的认识都是不正确的。对于爱出汗的婴儿，妈妈不要给宝宝穿得过多，睡觉时，也不要盖得过厚。

0758 免疫接种

满8个月的婴儿不要忘记接种麻疹疫苗。

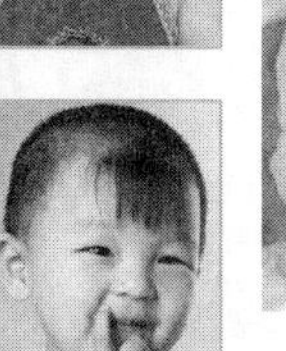
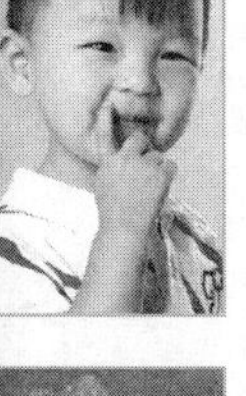

第十章　9～10月婴儿（270～299天）

第一节　这个月婴儿特点

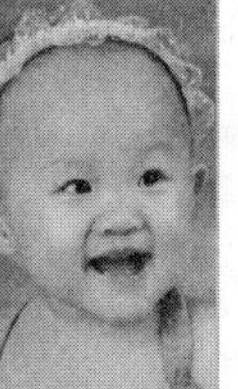

0759 抓物站起并行走

过了9个月将满10个月的婴儿，和前几个月比较起来，活动能力明显增强，自己可能会抓着床栏杆站起来，还能横着走两步，这真是让父母惊讶。

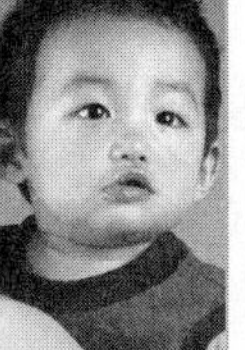

0760 把床摇得咯咯响

这个月的婴儿，不断出现令父母惊讶的事情，把婴儿放在床里，婴儿会自己站起来，这个本事也许上个月就会了。父母更惊讶的是，宝宝会两手攥着栏杆使劲摇晃，使床发出咯吱咯吱的响声。妈妈真担心有一天会把婴儿床摇晃散了。

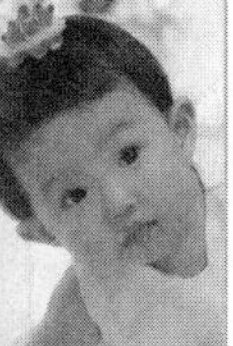

0761 从站立转为坐

刚才还站着，现在却坐下了，这是婴儿又一个能力，会从站着变成坐位了。这是很大的进步，这个动作很不容易，需要婴儿的胆略和运动技巧，也需要腿部肌肉力量。

0762 离会蹲不远了

如果不再是吧哒一下坐下（好像摔个屁股墩），而是很自然地坐下，那离会蹲就不远了。蹲可是要点功夫的，需要全身肌肉和关节的协调运动，还要有平衡能力。宝宝的运动能力发展快慢是有一定差异的，即使这个月婴儿还不会站立和坐下，也不能说明发育落后。

0763 手的运用技巧

会用拇指和食指捏起很小的物体。会用两手摆弄手里的玩具，递来递去的，已经比较灵活了；拿着两个小玩具，能相互敲打着，如果能敲出响声，婴儿会高兴地笑出声来；对玩具兴趣增强，对家里的一些实用品也开始感兴趣，什么都想摸一摸，动一动。喜欢的东西，父母若硬是抢

过来，婴儿会嚎啕大哭；如果父母妥协了，慢慢就会用嚎啕大哭达到自己的目的。所以不能让婴儿拿的东西，最好要从婴儿的视线中拿开。

0764 独立玩耍

不用人陪着，自己会玩一会儿了。但对于好动的宝宝，一刻也不能离开，连吃饭都要轮换着吃，否则一顿饭可能要停下来几次管宝宝。如果让婴儿上桌和大人一起吃饭，那可要看好，婴儿会出其不意地把菜汤弄洒。弄脏衣服是小事，很容易把宝宝烫伤。不要心存侥幸，这个月婴儿动作之快，出乎你的想象。

0765 脚尖站着不是病

站在父母的腿上，会用脚尖站着，使妈妈感到腿有些疼。妈妈也许会怀疑，宝宝用脚尖站着是不是异常。这个月的婴儿，对于站着的危险性有了认识，站在妈妈腿上不但不平，还软软的，很不稳当，婴儿就会用脚尖抠着，防止摔倒。

0766 不宜长时间站立

有的婴儿不到10个月就能扶着床沿横着走几步，有的婴儿可能还不会很稳地站立，还需要妈妈牵着手。能够撒开手自己独站的婴儿不多，即使站，也可能只能站几秒钟。不能让这么大的婴儿站很长时间，一天可以站2～3次，一次3～5分钟就可以了，过早学走和站并不是很好的，还是让婴儿多爬。

0767 爬的能力增强

从这个月开始，婴儿爬得可能很快了，也许会往叠着的被垛上爬了，还时常用四肢支撑着身体，把屁股翘得老高，低下头看自己的脚丫。这是四肢很有劲的婴儿，男婴更喜欢这样玩。这个月还不会很好地爬的婴儿仍然存在，其他运动能力都不错，就是不会爬，父母不要放弃对婴儿爬的训练，尽管婴儿已经站得很好了，也会向前迈一两步了，还是要训练婴儿爬。不会爬就会走的婴儿，长大后，运动协调能力可能要差些。经过训练，下个月会爬得很好了，这就是父母的爱心和毅力。

0768 不断求新是婴儿的特性

这个月的婴儿坐得已经很稳了，但不喜欢安静的婴儿，却不爱坐了。会做的不做，越不会的越喜欢做。当婴儿不会走时，总是非常喜欢让妈妈领着走，等到走得很好了，可能就会总是张着小胳膊，站在父母前面，拦住父母要抱。原来，不断求新，是婴幼儿的特点，长大的儿童也多是这样的。妈妈不要认为是能力倒退，不要认为是宝宝调皮。

父母要充分利用婴儿这一特点，不断教给宝宝新的能力，总是让宝宝做老一套，会使宝宝厌烦的。越来越多的父母注重传授宝宝知识，而忽略了婴儿的天性，玩是婴儿的天性。一味追求宝宝学到了什么，枯燥地教婴儿识字，教儿歌，学说话，拔苗助长，宝宝很厌烦。玩中学，游戏中练，实践中认识，总是给宝宝展现新奇的世界。

0769 户外活动仍然重要

多到户外活动仍然是很重要的，如果没有人帮忙，父母要尽量简化食谱，腾出更多的时间和宝宝玩，到户外去。这个月的婴儿，有的已经能吃大人的米饭和副食了，这会给父母减轻不少负担。

0770 肥胖和营养不良都是病

每天500～800毫升牛奶，2～3顿辅食，再添些点心、水果，婴儿的营养已经是比较充足了。如果把宝宝养成肥胖儿，和养成营养不良儿是一样糟糕的。现代社会，营养不良儿越来越少，肥

胖儿越来越多。肥胖为儿童成人病、成人后的心脑血管病、代谢疾病埋下了隐患。胖胖的婴儿，父母看着很开心，可宝宝会为此付出健康的代价。父母不要老是盯着宝宝的嘴，填鸭式的喂养一定要摒弃。逼着宝宝吃的结果有两种，一是多了一个肥胖儿（至少是超重儿）；二是多了一个厌食儿（至少是没有吃饭的乐趣）。

0771 对训练排便的反抗

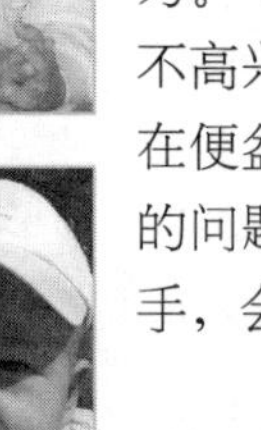

会对妈妈把尿，把便，坐便盆开始有反抗行为。不高兴让妈妈把时，不是弓腰，就是打挺，不高兴坐便盆时，不是把便盆弄翻，就是把尿撒在便盆外，越把越不尿，放下就尿。这不是婴儿的问题。当宝宝不喜欢把尿把便时，妈妈及时放手，会使婴儿的反抗情绪平息下来。

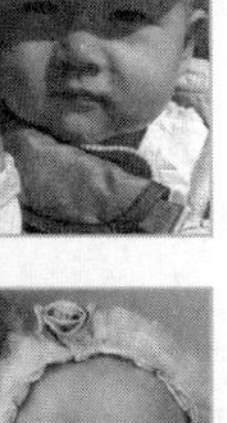

0772 睡眠变化不大

睡眠习惯不会有多大变化。爱睡觉的婴儿，睡眠更深了，不易被吵醒，晚上即使有尿，也是尿完就睡，不用哄，也不吃奶。可是，不爱睡觉的婴儿，睡眠可能更轻了，似乎总是半睁着眼，看着妈妈，一离开就知道，就会醒来要妈妈，还喂母乳的婴儿更会这样。白天是“狗眨眼”睡一会就醒来，晚上睡得晚，夜里还要醒几次，不是哭，就是吃，父母很疲劳。不要把这样的宝宝一律归于缺钙，而大补特补。补多了，闹得更厉害。

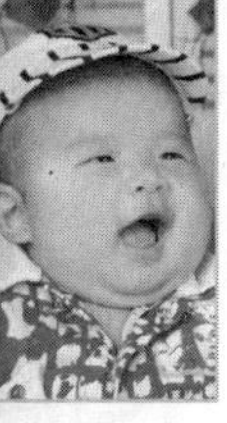

0773 情感丰富起来

这个月的婴儿会和人再见，会拍巴掌表示欢迎，会举起小手做出抓挠的样子，会用两个食指对上又分开（“斗斗飞”这个能力有的婴儿到了一岁才会），会很清晰地发出“妈妈，爸爸”的发音，开始比较清晰地发一个完整的音节，如“打，拜”。但是，不会的婴儿仍是很多的。这个月的婴儿已经能够听懂父母一些话的含义了，

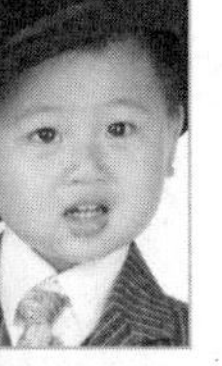

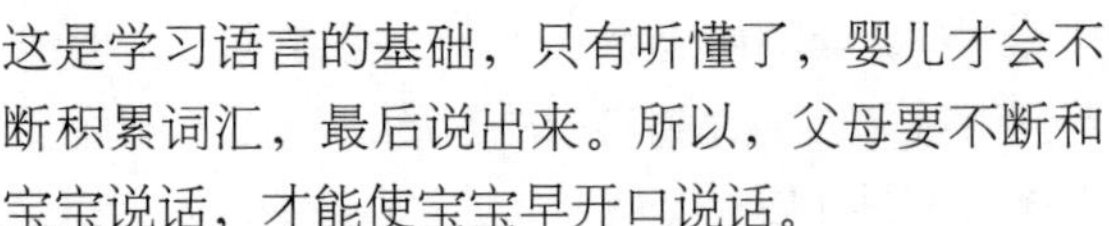

这是学习语言的基础，只有听懂了，婴儿才会不断积累词汇，最后说出来。所以，父母要不断和宝宝说话，才能使宝宝早开口说话。

0774 防意外更重要

防止意外事故更加重要。能够到的东西，药品、化学产品、重物、玻璃陶瓷等易碎品、剪刀、针等危险工具，宝宝都可能会拿到，父母一定要将所有对婴儿可能造成伤害的东西放到安全的地方。

如果从高处跌落下来，可能会摔伤婴儿的头部。烫伤的发生也比较多见，爸爸手里的烟头、打火机、熄灭不彻底的火柴、妈妈的熨斗、暖水瓶、热水杯、热汤、热奶等所有可能会烫伤婴儿的东西，都要远离婴儿。

0775 发高烧与婴儿急诊

这个月的婴儿可能是第一次发高烧，父母没有经验，可能会不断跑医院，因为总是不退烧，4～5天后，终于退烧了，可又出了一身红疹，父母再次把宝宝抱到医院。这就是婴幼儿急疹，这是良性病，热退疹出，疹子出来了，病就好了。

0776 可能患的病

这个月的宝宝还可能患肠炎、感冒、气管炎。患重症肺炎的很少，但是患肺炎的还是不少的，只是症状比较轻，有的也不需要住院治疗。小保姆看护的婴儿，父母要不断提醒，防止意外事故。老人看护的婴儿一般不用担心意外事故，但要鼓励老人多带宝宝活动。送到托幼机构的婴儿一般比较爱生病，过多的婴儿在一起生活，被传染上疾病的可能性大。

第二节 生长发育规律

0777 身高

身高的增长速度与上个月相同，一个月可以增长1.0～1.5厘米。本月男婴身高是72.5～73.8厘米，女婴是71.0～72.3厘米。低于或高于这一平均数，并不能认为婴儿身高异常，要根据婴儿身高增长曲线图进行判断。婴儿身高存在着个体差异。父母要正确看待宝宝的身高问题，不要比正常身高相差一点，就担心宝宝长不高。

对照婴儿身高增长曲线图，宝宝身高低于同龄儿正常身高第3百分位或高于第97百分位，可视为身高异常，需要到医院检查。

0778 体重

体重的增长速度与上个月没有大的差别，一个月可以增长0.22～0.37千克。这个月龄婴儿的平均体重，男婴是9.22～9.44千克。女婴平均体重是8.58～8.80千克。但是低于或高于平均数，并不能说明宝宝的体重不正常，要根据婴儿体重增长曲线图进行判断。所测数值如果低于第3百分位数，或高于第97百分位数，可视为体重异常，需要到医院检查。

体重偏高的婴儿

婴儿体重的差异性更大，有的婴儿到了这个月就已经超过了10千克。每天体重增长如果超过20克，就应该注意了。

（1）调整饮食结构，少吃米面，少吃高热量低蛋白的饮食，多吃蔬菜水果。

（2）如果食量比较大，在喂奶前，可以喝些果汁或白开水。

（3）每天牛奶量不要超过1000毫升，晚上尽量不喂奶。

（4）多让宝宝活动。

（5）喂鲜牛奶，要加热后把上面的奶皮去掉，降低脂肪摄入量。

（6）少吃含糖饮食，降低热量供应，增加蛋白质、维生素、矿物质的摄入。

（7）即使是肥胖的婴儿也不能减肥，在控制总热量的同时，不减少蛋白质等营养物的摄入。

体重偏低的婴儿

排除疾病或喂养不当，如果精神很好，其他方面发育也很正常，仅仅是体重偏低，父母不必过虑。这种情形多见于食量小、睡眠少或活动量大的婴儿。

如果快到10个月了，体重还不足7.36千克（男婴）和6.96千克（女婴），就要引起父母高度注意，必要时看医生。

0779 头围

这个月婴儿的头围增长速度还是和上个月一样，平均一个月增长0.67厘米。头围的测量需要经验，最好由医生测量分析，父母做的话，可能会有些误差，给父母带来不必要的烦恼。

其实，头围和身高体重一样，也存在着个体差异，只要在标准范围内，大一些，小一些，都是正常的，不必为此而担心。几毫米，甚至1厘米的误差都是可能出现的。如果有病，会有明显改变的。

0780 前囟

有的婴儿到了这个月，前囟可能还是比较明显，妈妈还能清晰地看到宝宝的囟门跳动；大部分婴儿到了这个月，已经很难看到前囟搏动了，可能会在婴儿发高烧时见到，平时仅仅看到一个小小的浅凹；头发浓密的婴儿，什么也看不出来。

这是囟门闭合吗？

随着颅骨的增长，婴儿头皮张力增大，前囟门也不像很小时那样软了，父母会误以为宝宝的囟门就要闭合了。“就要闭合”不等于闭合，囟门再小，也是有囟门，宝宝的颅骨缝没有形成最终的骨性闭合，宝宝的头颅还会增长。

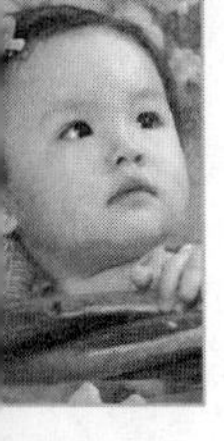

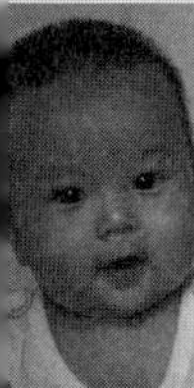
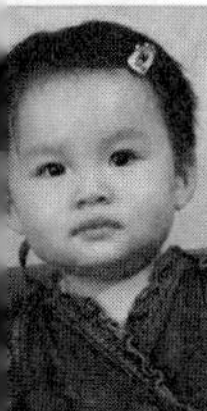

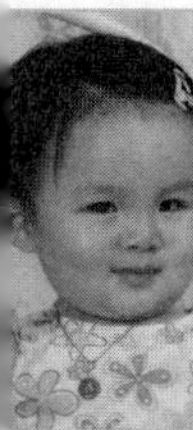

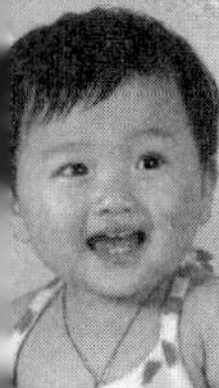

同样也不要动辄就认为宝宝囟门大了，是缺钙了；宝宝囟门小了，是维生素A和D吃多了。如果妈妈不放心，让医生认真测量一下头围和囟门。

第三节 这个月婴儿能力发展

0781 婴儿看的能力

能观察物体形状了

这个月的婴儿，开始会看镜子里的形象，有的婴儿通过看镜子里的自己，能意识到自己的存在，会对着镜子里的自己发笑。眼睛具有了观察物体不同形状和结构的能力，成为婴儿认识事物，观察事物，指导运动的有利工具。

眼手配合完成活动

能眼手配合完成一些活动，如把玩具放在箱子里，把手指头插到玩具的小孔中，用手拧玩具上的螺丝，掰玩具上的零件。看到什么就想拿什么。

初步认识吃的和玩的

通过看，初步了解是玩的，还是吃的，但是仍然喜欢把手里的东西放到嘴里。

看图画认识物体

婴儿可通过看图画来认识物体，很喜欢看画册上的人物和动物。

察颜观色

婴儿学会了察颜观色，尤其是对父母和看护人的表情，有比较准确的把握了。如果妈妈笑，婴儿知道妈妈高兴，对他做的事情认可了，是在赞赏他，他可以这么做。如果妈妈面带怒色，婴儿知道妈妈不高兴了，是在责备他，他不能这么做。父母可以利用婴儿的这个能力，教育婴儿什么该做，什么不该做。但这时的婴儿还不具备辨别是非的能力，不能给婴儿讲大道理，否则会使婴儿感到无所适从。

- 如果婴儿打妈妈的脸，妈妈绝不能对宝宝笑，应该露出严肃的表情，以此告诉宝宝，打妈妈不好，打人不对。事情虽然简单，但婴儿会有深刻的印象。
- 如果婴儿打妈妈的脸，妈妈还对着宝宝笑，爸爸也站在旁边乐，宝宝就会认为打人是对的，会得到父母的赞赏，妈妈爸爸高兴他这么做。
- 有客人来到家里，宝宝也会打客人的脸。客人不会说什么，但是父母却一脸的严肃，宝宝可能会感到迷惑。以前打脸不是很高兴吗，这次爸爸妈妈怎么生气了？父母如果制止，宝宝可能会委屈地哭。
- 如果客人和父母都一笑了之，宝宝会收到这样信息：打人是对的。这就埋下了宝宝爱打人的祸根，长大了可能会成为惹是生非的宝宝。

0782 婴儿说的能力

语言学习快速增长期

这个月的婴儿开始进入语言学习能力的快速增长期，是语言最佳模仿期，父母要充分利用这些有利时机，抓紧婴儿的语言训练。

婴儿开始学习语言的特点

说出词的速度很慢，但听懂词的速度很快；对词的理解进展速度快，宝宝学会几十个词，虽然真正能说出来的不过是1～2个词；男婴比女婴表现出更大的差异，男婴到了2岁还不开口说话的并不少，一旦开口说话，就能比较准确地表达意思，可能一下子会说十几个词。

不要以会说什么为基准

父母在训练婴儿说话过程中，不要以宝宝会说什么为基准，如果宝宝不说话，就认为是没有教会。最主要的不是要教宝宝会说几个词，而是要给宝宝创造一个良好的语言环境。

父母最好这样做

- 要不断和宝宝说话；
- 一定要在宝宝愉快舒畅时，教婴儿说话；
- 尽量和婴儿说看见的东西和事物；
- 说正在做的事情，使婴儿把语言和事物很

好地联系起来学习，这样学习的目的性就比较强，宝宝也容易接受，学得也快；

● 要面对面和婴儿说话，这样婴儿不但听到发音，还能看到口形变化，让听、看、说结合起来，使宝宝能更早学会说；

● 父母在和婴儿说话时，要一字一句的，吐字清晰，使用普通话是最好的，节奏要缓慢，让婴儿有逐字接受的过程；

● 表达要清楚，准确，不要故意使用儿语或者模仿宝宝不清晰的发音，让婴儿学习到标准的语言；

● 学习语言是一项枯燥的事情，父母要把学习语言变成婴儿感兴趣的事情，说婴儿感兴趣的话题，在游戏中学习；

● 当听到宝宝发音时，要尽量理解宝宝的语意，当宝宝会说一个词时，要给予鼓励，不要总是纠正宝宝的发音，让宝宝大胆地说；

● 这个月的婴儿可能还什么也不会说，但能听懂父母很多话，父母要不断和宝宝进行语言交流，促使婴儿尽早说话。

0783 婴儿听的能力

● 这个时期的婴儿能够听懂父母说话的意思；

● 在一些语境中，婴儿能用身体语言和父母进行交流；

● 通过听、看来理解父母的意思；

● 父母要充分利用婴儿听的能力，多让宝宝听，听多了，听懂了，慢慢就开口说话了；

● 婴儿已经不单单是听到了什么，而是把听到的进行记忆、思维、分析、整合，运用听来认识世界。

0784 婴儿运动能力

坐着时的表现

● 两手能比较熟练地玩玩具；

● 会伸出手来要东西；

● 会把头转过去看身后的东西；

● 也会把手伸到前面，左右两侧，够东西；

● 会从座位变成仰卧位或俯卧位；

● 会从俯卧位变成坐位（这个能力有的婴儿到了一岁才会）；

● 坐着会向前、向后、向左右蹭着移动。

会徒手站立了

好动的婴儿到了这个月就坐不住了，总是要爬或站，闹着上户外玩。一只手扶着东西可能就会站起来，徒手能站立几秒钟。到了这个月婴儿爬得很好了。

手能自由伸张五指

手的精细动作有了很大进步，能自由地伸张五指。拿东西更准确了，会用手指捏起比较小的物体，并能比较准确地放到嘴里，有时不小心还会放到鼻孔里，婴儿看到什么就想拿什么。

防呼吸道异物更重要

一定要把对婴儿可能有危害的物品放到安全地方。小小的药粒，可能都会被婴儿捏起来放到嘴里，这是很危险的。即使有人在跟前看护，也很难照顾到，可能一眨眼，宝宝就把东西放到嘴里了，等宝宝被异物卡了，看护人才发现，就已经晚了。

运动能力发育并不均衡

婴儿运动能力发育也是不尽相同的，有的发育快些，有的发育慢些。如果相差的不是很大，就不要着急。宝宝运动能力发育快慢，与婴儿所处季节，父母训练程度，看护人是否帮助训练等一些客观因素有一定的关系。正赶上冬季，穿得比较多，有些运动能力就可能延迟出现。夏季，婴儿运动能力发育比较快。

0785 对婴儿的体能训练

舔犊之情最重要

让婴儿在快乐中学习运动能力，加深亲子感情，激励婴儿进取精神，简单的亲子游戏可以达到这一目的。亲子游戏随时可做，不需要特意安

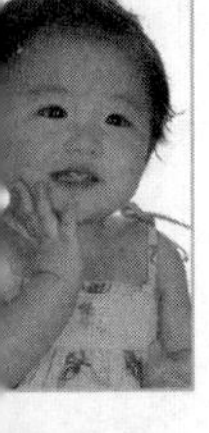

排，越是自然地玩耍，越能使婴儿感到亲切，学习起来也有兴趣，学得也快。

帮助宝宝站立

给宝宝准备能扶着站的东西，比如沙发墩、小木箱、椅子、婴儿床等，婴儿扶着这些物体能够站立着，为一岁以后走打基础。站立后，婴儿脊椎的三个生理弯曲就都形成了。婴儿扶着物体，刚刚开始站立时，可能是摇摇晃晃的，像个不倒翁，慢慢就能站稳了。当婴儿能扶着东西站稳后，就让婴儿靠在物体上，两手不再扶物，父母在旁边保护着宝宝不要向前趴下，锻炼婴儿独站片刻。

不要怕宝宝摔倒，婴儿已经有了自我保护能力。但是，要给婴儿腾出运动空间，周围不要有坚硬的物体，即使摔倒，不至于被周围的物体磕碰。

从站立到坐下

从站立到坐下的动作，需要婴儿手和身体的稳定协调配合。一开始，婴儿可能会啪嗒坐在床上，这不要紧，注意安全就可以了，父母可以稍稍扶一下婴儿的腋下，把持一下身体的稳定，婴儿就能顺利地从站立位到坐位了。把玩具放在婴儿脚前，婴儿就会主动做这个动作。

站起蹲下

这个动作比较难，有的婴儿要到快一岁时才能学会。这是需要全身协调的动作，婴儿四肢还要有力，平衡觉也好。从坐着到站立，这个月的婴儿需要父母用手拉一下，或自己扶着物体站起来。自己徒手站起来需要有个过程，父母可以用手指轻轻勾着婴儿的手指，边说宝宝站起来，边用力向上拉。如果宝宝站起来了，就鼓励婴儿说："宝宝站起来了，宝宝长高了，宝宝真棒。"

以后，妈妈把手指伸给婴儿，先不接触婴儿的手指，对婴儿说："宝宝站起来，够妈妈的手。"这时婴儿就会伸出小手，勾住妈妈的手指，妈妈顺势轻轻拉起，并说："宝宝够到妈妈手了，宝宝自己站起来了。"婴儿会很高兴的。

向前迈步走

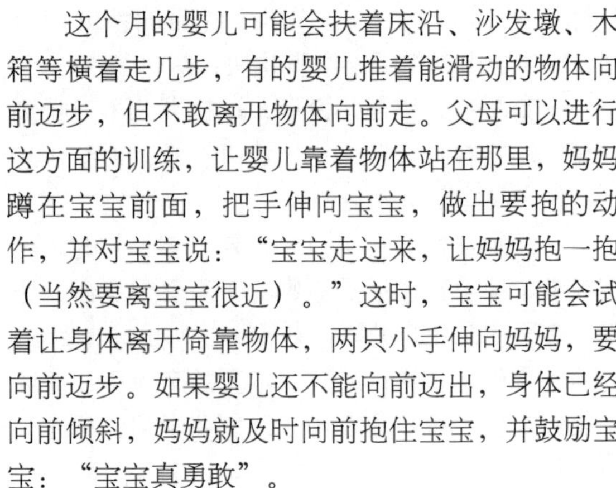

这个月的婴儿可能会扶着床沿、沙发墩、木箱等横着走几步，有的婴儿推着能滑动的物体向前迈步，但不敢离开物体向前走。父母可以进行这方面的训练，让婴儿靠着物体站在那里，妈妈蹲在宝宝前面，把手伸向宝宝，做出要抱的动作，并对宝宝说："宝宝走过来，让妈妈抱一抱（当然要离宝宝很近）。"这时，宝宝可能会试着让身体离开倚靠物体，两只小手伸向妈妈，要向前迈步。如果婴儿还不能向前迈出，身体已经向前倾斜，妈妈就及时向前抱住宝宝，并鼓励宝宝："宝宝真勇敢"。

捡东西训练

让婴儿捡东西，是很好的游戏，不但能训练婴儿的体能，还能训练手眼协调能力，思维能力，手的精细动作，对物品名称的认识，和父母的交往能力。小小的捡东西游戏，就有这么多的好处，可见亲子游戏是不可缺少的。这个月的婴儿已经能听懂父母的一些话了，也认识了一些物品的名称，会站起来，会坐下，有的婴儿还会蹲下了，会爬，会翻身。这些都是捡东西不可缺少的运动能力。

妈妈把几个玩具放在一个箱子里或盆子里，放在地上，让婴儿站在盆子旁边，妈妈对婴儿说："宝宝把小布熊拿给妈妈好吗？"宝宝听到妈妈的请求，就会用眼睛看看盆子里的玩具：噢，小布熊在这里，就会慢慢地从站位变成蹲位或坐位，把小布熊递给妈妈，妈妈就说"宝宝真棒"，抱起宝宝亲一亲，以示鼓励。

宝宝会有一种胜利感，非常喜欢看到妈妈的兴奋神情，即使妈妈不向宝宝发出命令，宝宝可能也会再把小布熊拿给妈妈。这时，妈妈千万不要没有反应，还要像第一次那样，表现出高兴的神情："宝宝本事真大，知道妈妈喜欢小布熊。"

把物体投进小桶里

这个游戏也很好，训练婴儿手的精细动作和准确性、手眼的协调性。妈妈拿着一个小桶，婴儿手里拿着小玩具，妈妈对宝宝说："把你手里的玩具放到这个小桶里。"如果宝宝没有听明

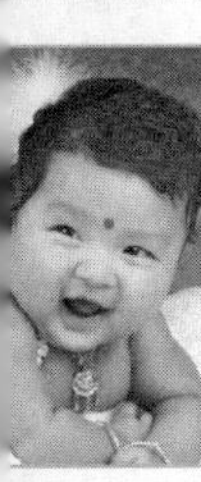

白，妈妈可以给宝宝做示范，或让爸爸把他手里的物体投到桶里，宝宝就会模仿爸爸的动作，把玩具放到桶里。不断拉远宝宝与桶的距离，训练宝宝投物的准确性。

等到宝宝有了这个能力，妈妈就可以让婴儿把地上散乱的玩具，一个个放到容器里，收拾起来。玩完了，自己动手收拾干净，妈妈要不断鼓励，使宝宝认识到，自己会做的，应该自己做。

两手配合

给婴儿准备一些小瓶子、小盒子，锻炼婴儿两手配合能力。拿带盖的小盒子，妈妈先给宝宝做示范，用两手把盒子打开，再把盒子盖上，在盒子里放一个小球发出哗啦哗啦的响声，增加宝宝打开盒子的兴趣。

学会了打开盒盖，再教宝宝拧瓶盖，这个动作更复杂，但是越复杂难学的动作，对婴儿越有益。父母要不厌其烦教宝宝，这个时期的婴儿非常爱学习这些本领，总是乐此不疲地重复学到的本领。

使用小勺

这个时期的婴儿手的精细动作能力已经比较强了，可以训练婴儿自己使用小勺吃饭。这让许多父母无法接受，让婴儿自己拿勺吃饭，就意味着会把饭菜撒得哪都是，会弄脏宝宝的衣服，弄脏妈妈的裤子，弄脏桌椅和地面，会浪费饭菜。但是，如果父母为此而拒绝训练宝宝，就会扼杀宝宝自己动手的积极性，不但会降低婴儿的食欲，还会阻碍婴儿运动能力的发展。用勺吃饭，是这个月婴儿喜欢做的事情。从这个月开始训练的婴儿，一岁以后就能自己拿勺吃饭了。

第四节 喂养方法

0786 这个月婴儿营养需求

这个月婴儿营养需求和上个月没有大的区别，添加辅食可以补充充足的维生素C、蛋白质、矿物质，牛奶可以补充充足的钙质。

0787 开始喜欢吃辅食

这个月婴儿不能吃辅食的几乎是没有了，大部分婴儿都开始喜欢吃辅食，尤其是和大人一起进餐，是婴儿非常高兴的事情，如果不让婴儿上餐桌，婴儿闻到菜香味会很着急，会让父母把他抱到餐桌旁。

0788 有母乳的婴儿

有母乳的婴儿，添加辅食可能会遇到困难，婴儿总是恋着妈妈的奶。这个月龄的婴儿不是因为饿才吃母乳，吃母乳对婴儿来说是和妈妈撒娇。即使本月母乳还比较充足，也不能供给婴儿每日营养所需，必须添加辅食了。并不是到了这个月就要断母乳，但是要掌握好喂母乳的时间，一般是早晨起来、临睡前、半夜醒来时喂母乳，婴儿白天就不会总要吃母乳，和妈妈撒娇了，也就不影响吃辅食了。

0789 不同情况不同对待

爱吃牛奶的婴儿每天能喝2～3次牛奶，每次喝100～200毫升左右。不爱吃牛奶的婴儿，就要多吃些肉蛋类食品，以补充蛋白质。不爱吃蛋肉的婴儿，多喝牛奶，但每天不要超过1000毫升。

不爱吃蔬菜的婴儿，要适当多吃些水果。婴儿已经能吃整个的水果了，没有必要再榨成果汁、果泥。把水果皮削掉，用勺刮或切成小片、小块，直接吃就可以。有的水果直接拿大块吃就行，如西瓜（一定要把西瓜籽去掉）、橘子（要把核和筋去掉）等。不爱吃水果的婴儿（这样的婴儿不多），可以多让吃些蔬菜，尤其是西红柿（含有丰富的维生素C）。

0790 能吃更多的辅食品种

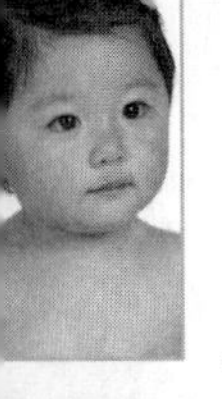
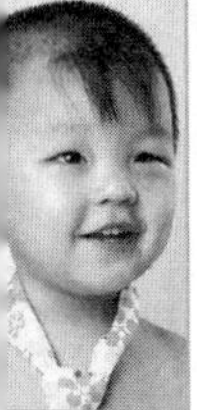
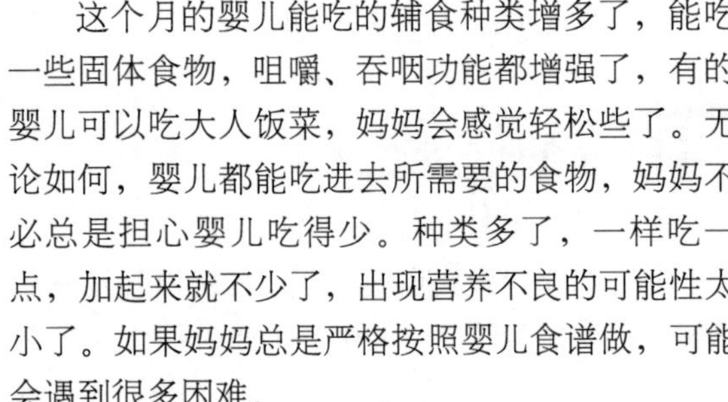

这个月的婴儿能吃的辅食种类增多了，能吃一些固体食物，咀嚼、吞咽功能都增强了，有的婴儿可以吃大人饭菜，妈妈会感觉轻松些了。无论如何，婴儿都能吃进去所需要的食物，妈妈不必总是担心婴儿吃得少。种类多了，一样吃一点，加起来就不少了，出现营养不良的可能性太小了。如果妈妈总是严格按照婴儿食谱做，可能会遇到很多困难。

第五节 季节护理要点

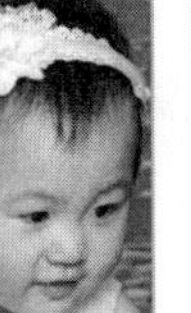
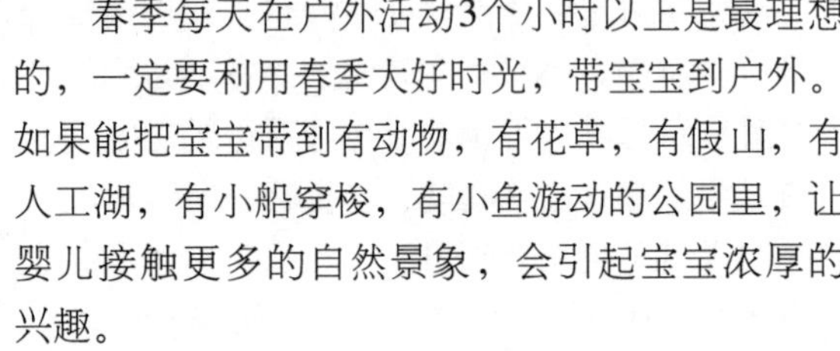

0791 春季护理要点

春季每天在户外活动3个小时以上是最理想的，一定要利用春季大好时光，带宝宝到户外。如果能把宝宝带到有动物，有花草，有假山，有人工湖，有小船穿梭，有小鱼游动的公园里，让婴儿接触更多的自然景象，会引起宝宝浓厚的兴趣。

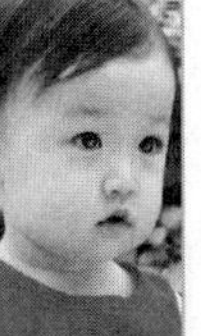

0792 夏季护理要点

夏季天气炎热，宝宝容易患热病、口腔炎、手足口病。制作辅食要注意卫生，剩下的饭菜，只要是动过的，一定不能留到下顿吃，冰箱不是保险箱，放在冰箱里的食物也会变质的，不注意会使婴儿染上细菌性肠炎。

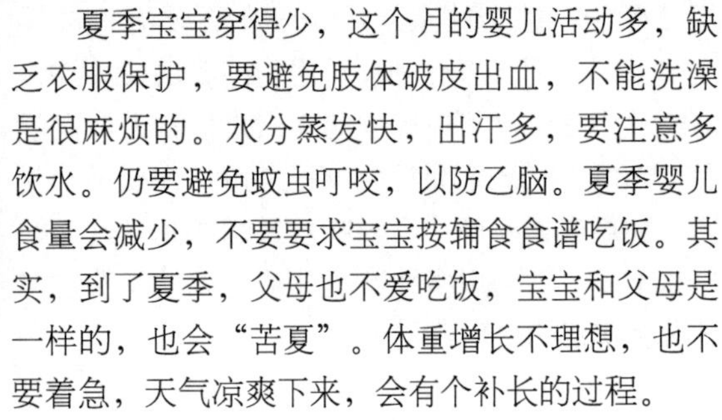

夏季宝宝穿得少，这个月的婴儿活动多，缺乏衣服保护，要避免肢体破皮出血，不能洗澡是很麻烦的。水分蒸发快，出汗多，要注意多饮水。仍要避免蚊虫叮咬，以防乙脑。夏季婴儿食量会减少，不要要求宝宝按辅食食谱吃饭。其实，到了夏季，父母也不爱吃饭，宝宝和父母是一样的，也会“苦夏”。体重增长不理想，也不要着急，天气凉爽下来，会有个补长的过程。

0793 秋季护理要点

天气转冷后，易患咳嗽的宝宝开始有痰，咳嗽，喉咙里总是呼噜呼噜的。只要宝宝精神挺好的，也不发烧，吃饭不减少，睡觉时虽然出气很粗，但不憋醒；咳嗽重时可能会把饭吐出来，但吐后精神好，不影响吃饭，父母就不要着急，也不要老是带宝宝到医院。第二年春天，天气一暖和，喉咙中的痰就消失了。这样的宝宝可能每到天气转凉时都会有痰。一岁半以后，可能就好了。

如果没有吃鱼肝油，只是补充维生素D，可改服维生素AD（鱼肝油），或每天补充维生素A1200国际单位，对气管内膜有一定的修复作用，对痰多的宝宝和易感冒的婴儿有用。

0794 冬季护理要点

这个月的婴儿，即使在寒冷的北方地区，也不应停止户外活动。如果一冬天都不到户外，宝宝可能会出现睡眠困难、闹夜现象，甚至成了夜哭郎。到了第二年的春天，再出去，很可能会感冒，患上春季肺炎。也可能会因为捂一冬天，没见阳光，患上佝偻病，或婴儿手足搐搦症。

这么大的婴儿，冬天也不应该停止每天洗澡。洗澡有利于婴儿身体抵抗力的提高。不要给婴儿穿得过多，会影响宝宝活动，“要想小儿安，三分饥与寒”。如果冬季总是让婴儿满头大汗，给婴儿穿得太多，或室内温度太高，宝宝对寒冷的适应能力就不能提高，成了温室里的弱苗。

耐寒锻炼对于总是患感冒的婴儿更加重要。因为宝宝患感冒，嗓子里总是有痰，就不敢让宝宝到户外，总是怕宝宝冻着，那就错了。不到户外活动，宝宝抵御寒冷的能力更差，更易患感冒。

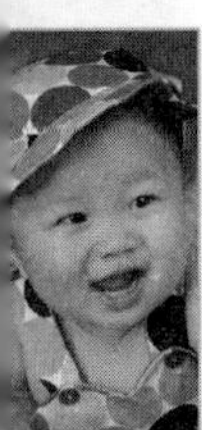

第六节 护理常见疑难解答

0795 不会站立怎么办

这个月婴儿不会站立的不多了，但也有的婴儿不会自己站起来。这不能说明婴儿的运动能力差，如果婴儿正赶上冬季，穿得很多，运动不灵活，可能就不会自己站起来。如果是老人或保姆帮助看护，对婴儿缺乏训练，运动能力可能就相对落后，不过经过训练会慢慢赶上的。如果确实不会站，就要看医生了。

0796 突然夜间啼哭

偶尔哭一次的婴儿

夜间能睡得很安稳的婴儿，到了这个月突然在夜间啼哭起来。没有经历过宝宝夜间啼哭的父母，会不知所措。如果哭得不厉害，哄一哄可能就会停止啼哭；如果哄不好，父母就会带到医院看急诊。偶尔哭一次就上医院是没有必要的。

应想到肠套叠

从来不哭的婴儿突然啼哭，哭一阵子后，就安静下来了，父母以为没有事了，躺下睡了，可没有几分钟，又开始哭了起来，比上次可能更厉害，反复几次，父母首先要想到是不是肠套叠。如果是比较胖的男宝宝，就更应该想到这个病。这个月仍是婴儿易发肠套叠的月龄。

闹夜的婴儿

如果只是啼哭一会，哄一哄就睡了，父母不会在意的。如果哭的时间很长，即使没有什么疾病征兆，父母也会很着急，把宝宝带到医院看医生。到了医院后，宝宝不哭了，可能会香香地睡着了，也可能对着妈妈笑，什么事也没有，回到家里宝宝不再哭了。第二天再哭的时候，父母就不那么着急了，但是父母还是感到很疑惑，原来睡得一直很好，怎么都快10个月了，开始闹夜了。这种现象是有的，并不一定有什么原因。

闹夜可能的原因

（1）如果是在冬季出现这种情况，可能是因为寒冷，婴儿自己睡，被窝里凉凉的，婴儿就会哭闹。如果妈妈摸摸宝宝身上很凉，搂到自己被窝暖一暖，宝宝就不哭闹了。

（2）如果因为冬季寒冷，宝宝到户外活动少，宝宝也会有夜眠不安、哭闹现象。缓解办法是在天气好的时候带宝宝到户外活动。

（3）肚子不舒服，做恶梦等，都会出现夜啼。妈妈可以给宝宝揉揉肚子，搂一搂宝宝，给宝宝一些安慰和温暖，会有效缓解宝宝的哭闹和不安。

不该采取的办法

对夜哭的婴儿置之不理的做法是不对的，让宝宝哭个够更是不对的。

0797 把喂到嘴里的饭菜吐出来

这个月的婴儿自我意识强了，小婴儿大多是妈妈给什么吃什么，随着婴儿的不断生长，个性越来越明显了，在饮食方面有了自己的选择，爱吃的就会很喜欢吃，不爱吃的就会把它吐出来，这是很正常的反应。如果婴儿是很理性地把饭菜吐出来，而不是呕吐，也没有什么异常情况，多是表示不喜欢吃，或不想吃（不饿、吃饱了都会这样）。这不是疾病症状，是婴儿自己的问题，如果婴儿把喂进去的饭菜吐出来，父母就不要再喂了。

0798 白天不睡觉

这个月的婴儿一般白天能睡两觉，午前睡1～2个小时，午后可能会睡2～3个小时。有的婴儿到了这个月，可能一天只睡一次，午前不再睡觉，午后睡2～3个小时，甚至是3～4个小时。

白天不睡觉的宝宝并非没有，好动的宝宝可能一白天都不眨眼，玩得很开心，一点倦意也没有，这不是异常的表现。这样的宝宝晚上睡得比较早，睡眠质量也好，深睡眠时间相对长。白天尽管不睡觉，精神却很好。从晚上7～8点或8～9

点一直睡到早晨8～9点钟，精神很好，活动能力很强，生长发育也正常，父母就不要为婴儿白天不睡觉而焦虑。

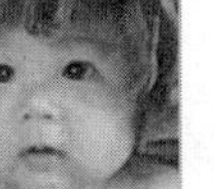

0799 训练排便困难

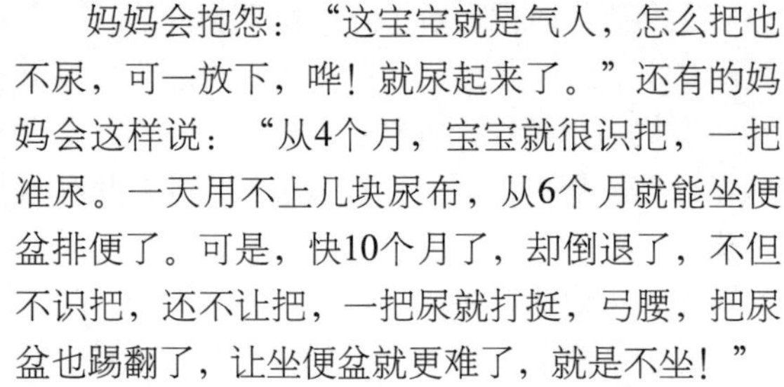

妈妈会抱怨：“这宝宝就是气人，怎么把也不尿，可一放下，哗！就尿起来了。”还有的妈妈会这样说：“从4个月，宝宝就很识把，一把准尿。一天用不上几块尿布，从6个月就能坐便盆排便了。可是，快10个月了，却倒退了，不但不识把，还不让把，一把尿就打挺，弓腰，把尿盆也踢翻了，让坐便盆就更难了，就是不坐！”

几个月前，婴儿没有这么大的“能耐”，也就不会出现这样的“倒退”，宝宝长大了，有了自己的选择。从现在开始学习排大小便，虽然路还很长，在父母的帮助下，会最终学会控制大小便的，妈妈不必着急，2岁以后大小便都会控制得很好。妈妈要求几个月的婴儿就会控制大小便，会嚷嚷着要尿尿，拉屎，这是不现实的。

0800 吸吮手指

上个月还吸吮手指的婴儿，到了这个月就不吸了的情况是很少见的，其程度可能会有所减轻，如果只是在睡觉前或醒来时，或妈妈不在身边时，才吸吮手指，到了一岁以后，大多能够停止吸吮了。

如果到了这个月，吸吮手指不但没有减轻，反而加重了，父母就要重视了。父母应该做到：对婴儿不能采取任何强制措施；要不露声色地转移宝宝注意力；把手从婴儿的嘴里拿开，把玩具放到婴儿手里；妈妈掰着宝宝的小手，数一、二、三，和宝宝做游戏；多带宝宝到户外活动；睡前吸吮手指的婴儿，不要在婴儿不困时就哄睡觉。用橡皮奶头代替手指的方法，并不能阻止婴儿吸吮手指的习惯。父母应该做的，就是采取非强制性方法，改变婴儿非进食性吸吮习惯。

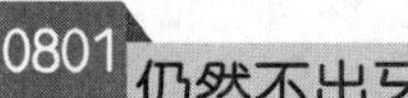

0801 仍然不出牙

到了这个月仍然不出牙，妈妈可能会着急了。按正常乳牙萌出时间，快10个月的婴儿，怎么也该长出两颗牙了，可自己的宝宝一点出牙的征兆也没有。如果和同事或邻居谈及，多说宝宝缺钙。如果带到儿科看医生，有的医生也会开些钙片，并让多吃含钙食物。如果带到牙科看医生，可能会照一张牙槽骨片，乳牙根发育正常，乳牙冠还没有萌出齿龈。就是说，乳牙还没有破床而出。婴儿乳牙萌出时间存在着个体差异，1岁以后才开始萌乳牙的也为数不少。为了让婴儿快长牙，过多补钙是没有用的。

0802 如何让宝宝爱吃菜

- 到了这个月，大多数婴儿能够吃炒菜或炖菜了，蔬菜罐头最好不要再给婴儿吃了。
- 如果婴儿连炒菜炖菜也不爱吃，还可做蔬菜馄饨、饺子、丸子等。
- 一定要鼓励婴儿吃蔬菜，哪怕少一些。有的妈妈说，她的宝宝就喜欢吃米饭加酱油再加香油，一点菜也不吃，这就是妈妈的问题了。爱吃米饭和酱油、香油，是婴儿告诉妈妈的吗？肯定不是的，妈妈起初就不能这样配餐。
- 婴儿的一些好恶，有的是自己个性所致，有的就是父母潜移默化的引导。一些喂养上的问题，有的就是来源于父母，而不是婴儿本身的问题。不爱吃菜的婴儿有，父母总是能想出办法让婴儿吃的，哪怕是一口。吃得少，可以多吃些水果补充维生素，但不能就此一点也不给吃了。

0803 不喝奶瓶

如果到了这个月，婴儿不爱喝奶瓶了，倒不是什么坏事。婴儿已经开始一天吃两三次饭菜，喝两三次奶了。用奶瓶喝奶，父母比较省事，但也容易养成婴儿吃着奶瓶就睡的习惯，对牙齿发育不好。不喝奶瓶，可以用小杯喂奶，虽然麻烦

些，只要宝宝愿意，也就是多占用五六分钟。爱喝牛奶的宝宝，用杯子几分钟就能喝掉200毫升。妈妈就此取消奶瓶，也未尝不可。

0804 不吃固体食物

婴儿尽管没有牙齿，但早在四五个月时，有的婴儿就能吃固体食物了，如饼干（磨牙棒）、面包片，但有的婴儿连半固体食物也不能吃。在吃固体食物方面，婴儿间存在着很大的差异。有的婴儿不但会把固体食物嚼碎，还能吞咽下去；有的婴儿能把固体食物嚼碎，但不能吞咽下去，不是吐出来，就是被噎着，或呛得咳嗽。

让婴儿吃固体食物，能加快乳牙萌出。有这样的事实，吃固体食物早的婴儿，乳牙萌出时间相对早。到了这个月仍不能吃固体食物的很少。如果妈妈总是怕宝宝噎着，呛着，不敢大胆地给宝宝固体食物，宝宝就没有锻炼的机会。因此，宝宝仍不吃固体食物，恐怕大多是因为妈妈不敢这么做。

0805 男婴抓小鸡鸡

拿男婴的“小鸡鸡”开玩笑的人很多，把这当作一种喜欢宝宝的方式。总是有这样的现象，“来个小蛋吃”，手做出揪“小鸡”的样子，有的人干脆就真的去揪一下。总是有人把婴儿的注意力，转到他的“小鸡鸡”上。

慢慢的，婴儿自己开始认识了自己的小鸡鸡；还会产生一种误解，人人都喜欢他的“小鸡鸡”。所以，婴儿自己开始模仿大人，揪“小鸡鸡”。如果有的人没有想起“揪”他的小鸡鸡，他自己还会揪给那人看。这时，在一旁的爸爸可能会说，给叔叔“揪蛋”吃呢。来的人很高兴，爸爸也很高兴，宝宝自然很高兴，这再一次强化了宝宝的这种行为。

婴儿尿道口黏膜薄嫩，经常用手触摸可引起尿道口发炎，表现为尿道口发红，肿胀，痒，排尿时引起尿道口疼痛。这种做法不但引起婴儿生理疾患，还可能对婴儿的心理健康产生不良影响。极个别男婴长大后有可能发展成手淫。建议父母尽量给男婴穿闭裆裤。

0806 免疫接种

这个月没有国家计划内的疫苗。

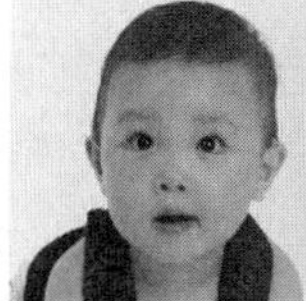

第十一章　10～11月婴儿（300～329天）

第一节 本月婴儿特点

0807 能听懂妈妈的话了

这个月的婴儿，各方面能力进一步增强，与父母关系更加亲密。虽然不会用语言和父母进行交流，却能以其他方式进行交流。尤其是妈妈，通过宝宝的表情、举止，基本能够判断出婴儿的要求，婴儿也能够听懂妈妈说话的意思。这种交流对父母和婴儿都是很有意义的。

0808 会叫爸妈了

能叫“妈，爸”的婴儿多了起来，婴儿开始有意识地叫“妈，爸”，这让父母很激动。这与

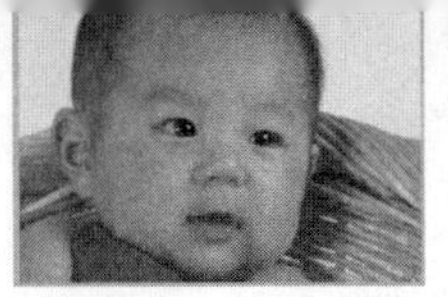

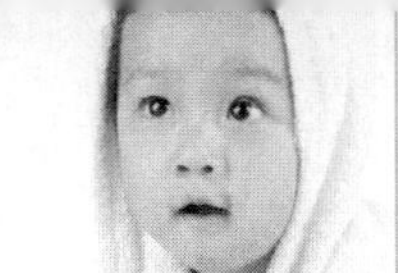

宝宝的智力发育关系不大，如果父母总是向宝宝传送这样的信息，宝宝就可能比较早地喊妈爸了。

不会喊妈爸的婴儿并不能说明语言发育慢，这与父母同宝宝说话的频率有关。保姆或老人不大爱对婴儿说话，宝宝开口说话的年龄一般就比较晚。爱说话的婴儿，要比不爱说话的婴儿，更早开口说话。女婴比男婴开口说话要早，语言表达能力也强。但是，无论怎样训练，1岁以前能开口说话的宝宝是极少的，不断地无意识地发一些音节是这个月婴儿的特点。

0809 开始会迈步走了

大多数婴儿，能很好地独坐，自由地爬行，有的婴儿能够爬到被垛等高处。扶着东西，能自己站起来，离开物体，能独站片刻的婴儿多了起来。

有的婴儿还会颤微微地向前迈步，但大多是因为不协调的交叉步，自己绊倒自己。有的婴儿已经会单手扶着床沿走几步，会推着小车向前走，大多数婴儿对这一运动乐此不疲。如果把婴儿放在学步车里，他会带着车呼呼地向前走；如果地上比较光滑，速度会很快。把婴儿单独放在学步车里，地上又很滑，是比较危险的，可能会连人带车一起翻倒。如果旁边没人，宝宝自己不能起来，可能会别伤婴儿腿。

0810 不赞成使用学步车

最新研究结果认为，使用学步车对婴儿是不安全的。国外曾报道过，使用学步车的婴儿，不但活动能力没有增强，反而比不使用学步车的要晚，意外事故也由此增加很多。研究还认为，学步车对婴儿的智力发育没有任何帮助，可能还有阻碍。如果放到学步车里，活动范围更大了，使得婴儿利用自己的移动能力，触摸各种物体，增加了不安全隐患。

0811 防意外更加重要

- 好奇心和探索精神更强。这促使婴儿能充分利用自己的能力，做他所能做的事情。
- 能拿到一些东西。这个月的婴儿会用各种方法移动自己的身体，坐着向前蹭，向前爬，扶东西向前走。
- 能打开瓶盖。婴儿手的动作比以前更加灵活了，可能会把瓶盖打开，把盒盖打开。
- 能把小药片放到嘴里。婴儿不但能看到像药片那样的小东西，还能用拇指和食指把小药片那样小的东西捏起来，并很快放到嘴里。有的婴儿尝到苦味，就会吐出来，可有的婴儿没有这个能力。一定不能让婴儿拿到不能吃的东西，这是很重要的。
- 打翻物件。有劲的婴儿，可能还会把台灯、暖瓶、杯子、小凳等推翻。有危险的物件要远离婴儿。
- 活动能力增强，使意外事故发生的频率增加了。小的损伤并不要紧，擦破点皮，磕出点血，都不要紧的，一定要避免从高处坠落，避免吞食异物，避免烫伤、刀伤、电伤、溺水。

0812 婴儿主动要到户外去

妈妈抱着宝宝时，婴儿会指着门，身体向门那边使劲，想让妈妈把他抱到外面玩。即使婴儿不熟悉的生人，如果要抱他上外面去玩，也可能会很高兴地跟着去。但在室内婴儿大多是不愿让生人抱的，可见这个月的婴儿是多么喜欢到户外去玩。父母要尽量满足宝宝的愿望，多带宝宝到户外活动。

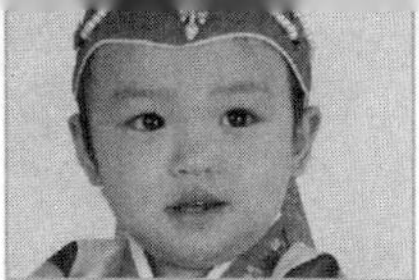
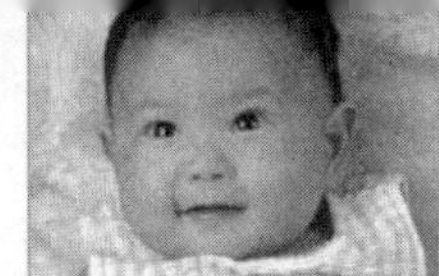
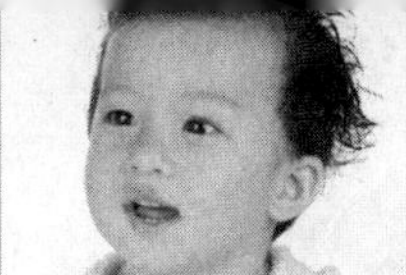
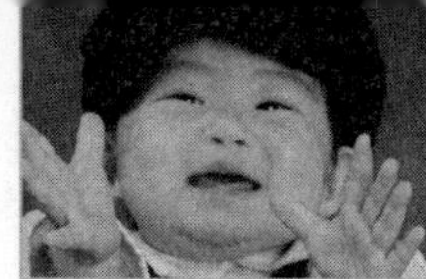
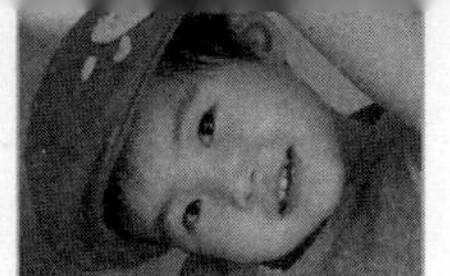

第二节 生长发育规律

0813 婴儿的身高

这个月婴儿身高增长速度与上个月一样，平均每月增长1.0～1.5厘米。这个月婴儿平均身高是，男婴73.08～75.20厘米，女婴72.30～73.70厘米。低于或高于这一平均数，不能就认为宝宝身高不正常，要结合婴儿身高增长曲线图进行判断。

0814 婴儿的体重

体重的增长速度与上个月一样，平均每月增长0.22～0.37千克。这个月婴儿平均体重是，男婴9.44～9.65千克，女婴8.80～9.02千克。低于或高于这一平均标准，不能就认为宝宝的体重不正常，要根据婴儿体重增长曲线图进行评价。

在体重方面，父母更重视的是宝宝体重低的问题，而往往忽视体重偏高的问题，在父母看来，只有瘦是异常的，胖是正常的。现代儿童中，肥胖儿童的比例越来越高，应该引起父母的重视。

0815 婴儿的头围

头围的增长速度仍然是每月0.67厘米。这个月的婴儿看起来头不是那么大了，与身体比例显得相称了。从外观上，比较容易发现宝宝头颅大小是否正常，父母也就不用像宝宝小的时候那么害怕了。

0816 婴儿的前囟

前囟快闭合的宝宝多了起来，囟门还是挺大的也有，要结合具体情况分析。

第三节 各项能力发育情况

0817 看的能力

宝宝到了看图画书的时候了

婴儿看的能力已经很强了，从这个月开始，可以让婴儿在图画书上开始认图、认物、正确叫出图物的名称。在选择图画书时，注意以下事项：

- 图画书上的图画形象要真实；
- 图画形体要准确；
- 图画书的色彩要鲜艳；
- 每张的图画力求单一、清晰；
- 不买有较多背景、看起来很乱的图画书，避免婴儿眼睛疲劳，辨认困难；
- 最好先不要买卡通、漫画等图画书；
- 待宝宝认识了大多数实物，再买卡通、漫画类的，可引起宝宝看书的兴趣。

怎样使用图画书

- 把生活中能够见到的实物同书中图画比较着让婴儿认，更能增加婴儿对事物的认识；
- 每天只给宝宝看一两次图画书；
- 一次只认1～2种物品，时间不要太长。这么大的婴儿注意能力是比较差的。不能贪多，以免婴儿腻烦了。第二天，再让婴儿看时，先看昨天看过的，加深印象，再学习新的。这样不断重复，婴儿才能记住。
- 在教婴儿物品名称时，命名一定要准确，不要随意发挥。

0818 听的能力

父母在这个时期，和婴儿说话，节奏要稍微放缓些，吐字要清晰，要使用普通话，一字一句的，让婴儿听懂，让婴儿能够看到父母说话的口型。每做一件事，每看到一件东西，都要配合语言，让婴儿听清、听懂，这是婴儿学习语言的

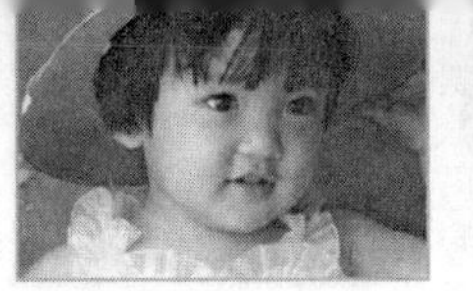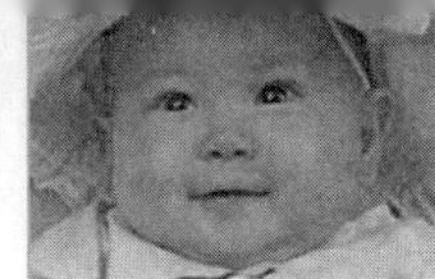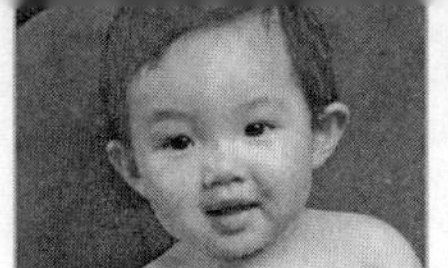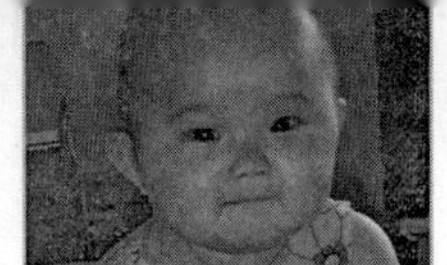

基础。

如果一个婴儿从出生就很少听到父母对他说话，和婴儿几乎没有语言交流，这个婴儿长到该说话的年龄，也不会说话。语言是要学习才能掌握的。有的父母认为电视里的发音准确，就让婴儿看电视，开发听力。这是错误的，婴儿不会从电视里学习说话，婴儿是听不懂电视里的语言的。相反，还会影响婴儿听父母的语言。学习语言，父母是最好的老师。尤其是妈妈和婴儿朝夕相处，一定要让宝宝多多听到妈妈的话。

0819 说的能力

这个月的宝宝还不会说出一句完整的话，可能会说出单字，“妈，爸，奶奶”。如果能说出“吃吃，撒撒”，那是相当不简单了。说话的早晚并不能说明智力的高低。父母能创造良好语言环境的，宝宝说话就早；如果父母是少言寡语或没有时间和宝宝说话，或保姆、老人看的宝宝，说话可能会晚些。

怕耽误时间，总是干这干那的妈妈，是不明智的。陪宝宝玩，和宝宝说话，比干什么家务都重要。活可以不干，不和宝宝说话，宝宝就永远失去了这个机会。宝宝能力的增长，要靠父母的付出。

0820 玩的能力

这个月龄的婴儿，不但喜欢和父母玩，也开始喜欢和小朋友玩了，看到小朋友就要凑过去，还摸摸小朋友的脸，开始有了交往能力。

婴儿会玩积木了，虽然不会摆，但是会一个一个地装到桶里，再从桶里一块一块地拿出来。会用两个玩具互相碰撞，会把球扔出去。喜欢能敲打出声音的玩具。喜欢推着小车走。

想从婴儿手里拿走他喜欢的东西，更难了。如果抢过来，婴儿会嚎啕大哭。不喜欢的东西，放到手里就马上扔掉，再给的话，就往外推，连接也不接。

独立性强的婴儿自己能玩好大一会儿了，但妈妈可不要离开，婴儿没有保护自己的能力，也没有危险意识。如果婴儿出了意外，就是无法挽回的损失。

0821 活动能力

走的能力有了很大进步

这个月婴儿不扶东西也能站起来了，能够独站片刻，可能会向前迈几步，如果妈妈领着，会走很长时间。练习走有以下三个要点。

- 妈妈不要拉着宝宝走。这个月龄的婴儿还不适合长时间走路；
- 妈妈领着走，使宝宝失去了自己锻炼的机会；
- 不要怕宝宝摔倒，摔倒了，宝宝可能会自己站起来，即使不会自己站起来，父母也不要马上就把宝宝扶起来。

宝宝爬出了花样

这个月还不会爬的不多了，不但会爬，爬得还非常灵活，能往高处爬了。如果床上有叠着的被垛，可能就会爬上去了。从被垛上摔下来，不但不哭，可能还很高兴，这是宝宝在玩。

两点提示

- 不要过多地干预宝宝活动。婴儿喜欢冒险，只要没有危险，妈妈不要过多干预宝宝，就让宝宝尽情地玩吧。真正面临危险，才需阻止宝宝。玩是宝宝的天性，不要扼杀宝宝的天性，玩也是宝宝认识、学习的过程。
- 客观对待宝宝的能力。宝宝的运动能力是有差异的，并不是到了某一个月，就必须具备哪一种能力，可能会晚些，也可能会早些，父母不要担心。单纯一项运动能力稍微落后些，不能就认为宝宝发育落后，要看宝宝总体发育情况。

0822 婴儿的自我意识

这个月婴儿开始萌发自我意识。婴儿自我存在意识是通过照镜子获得的。这就是为什么从很

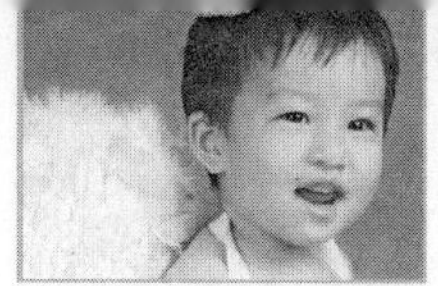

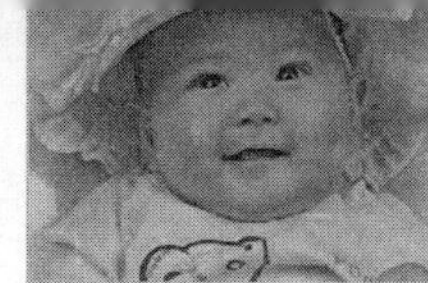
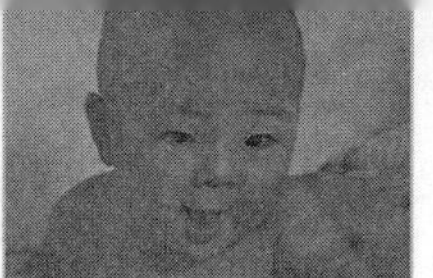

小的时候，就让妈妈和宝宝玩照镜子游戏的原因之一。婴儿自我认识可分3个阶段。

第一阶段（意识妈妈阶段）：4个月左右的婴儿，当妈妈抱着宝宝照镜子时，婴儿对自己并没有什么反应，而对妈妈的镜像有比较强的反应，会对着妈妈的镜像微笑，咿呀咿呀发出欢快的叫声。

第二阶段（伙伴阶段）：6个月左右的婴儿，开始注意镜子里的自己，但对自己的镜像反应是，把自己的镜像当作能和自己游戏的伙伴，婴儿会对着镜子里的自己拍打，招手，欢笑，亲嘴等游戏动作。

第三阶段（自我意识阶段）：快1岁的婴儿开始发现，镜子里婴儿的动作和自己的动作总是一样的，朦朦胧胧感到，镜子里的镜像可能就是自己。但是，还不能明确意识到镜子里的镜像就是他自己。1岁以后的婴儿，才逐渐真正认识到自己的镜像。

0823 婴儿的记忆力

这个月的婴儿开始有了延迟记忆能力。对妈妈告诉的事情、物体的名称等，有了长时间的记忆能力，可记忆24小时以上，印象深的，可延迟记忆几天，甚至更长时间。这是对婴儿进行早期教育的开始，婴儿能够记忆，就能够学习更多的知识，在玩中学习的意义就更大了。

0824 婴儿的思维能力

这个月的婴儿开始有了最初的思维能力。所以和宝宝做游戏时，不再都是直观的游戏了，要适当增加能促使婴儿思维的游戏项目。

0825 好奇心

婴儿具有很强的好奇心。这个月的婴儿，好奇心进一步增强了：对新奇的事情和物品非常感兴趣；越是没有看过、不知道的东西越是感兴趣；越是不让摸的东西，宝宝越想摸；越是不让放到嘴里，宝宝越是想啃一啃；对熟悉的东西，很快就失去兴趣；再好玩的玩具，也不会玩很长时间；只要是没见过的，什么都好；玩过的，看也不想看一眼。

所以，当妈妈认为宝宝开始淘气了，不好看护了的时候，就是婴儿好奇心大发展的时候。只要不是危险的事情，都要允许宝宝做，让宝宝摸。尽管不是食物，放到嘴里感受一下是什么味道，也是对事物的一种认识。婴儿的探索精神，是认识世界的动力。父母可以利用婴儿强烈的好奇心，教婴儿认识更多的事物。父母一定不要压抑、扼杀婴儿的好奇心。

第四节 本月婴儿喂养问题

0826 这个月婴儿营养需求

这个月婴儿营养需求和上个月差不多，所需热量仍然是每千克体重110千卡左右。蛋白质、脂肪、糖、矿物质、微量元素及维生素的量和比例没有大的变化。

父母需要注意的是，不要认为宝宝又长了一个月，饭量就应该明显地增加了，这会使父母总是认为宝宝吃得少，使劲喂宝宝。总是嫌宝宝吃得少，是父母的通病。要学会科学喂养婴儿，不要填鸭式喂养。

0827 饮食个性化差异明显

● 有些婴儿能吃一小碗米饭，有的能吃半碗，有的就只吃几小勺，更少的吃1～2勺。

● 有的比较爱吃菜，有的不爱吃菜，喂小片菜叶，也要用舌头抵出来；如果把菜放到粥、面条、肉馅或丸子里，恐怕连粥、面、饺子、丸子也不吃了。

● 有的婴儿很爱吃肉，有的爱吃鱼；有的爱

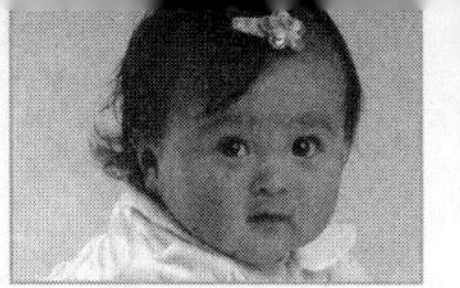
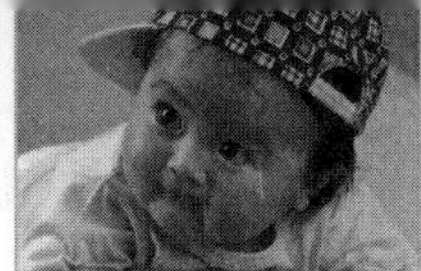
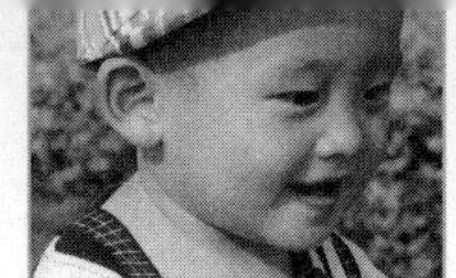

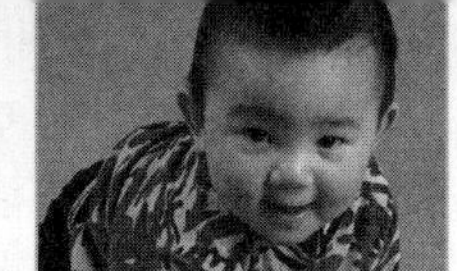

吃火腿肠等熟肉食品；一天能和父母一起吃三餐的婴儿多了起来。

- 有的爱吃妈妈做的辅食，有的还是不吃固体食物，有的不再爱吃半流食，而只爱吃固体食物。
- 有的婴儿还像几个月前那样，能咕咚咕咚喝几瓶牛奶，不喝奶就不睡觉；有的则开始不喜欢奶瓶了，爱用杯子喝奶；有的还是恋着妈妈的奶，尽管总是吸空奶头，也乐此不疲。
- 有的婴儿能抱着整个苹果啃，也不噎、不卡；有的婴儿吃水果还是妈妈用勺刮着吃，或捣碎了吃，但需要挤成果汁才能吃水果的婴儿几乎没有了。
- 有的婴儿特别爱吃小甜点，尤其是食量比较大的婴儿，什么时候给都不拒绝；爱喝饮料（碳酸软饮料，酸奶饮料，果汁饮料等）的婴儿多了起来，尤其是炎热的夏季，婴儿非常爱喝凉饮料，如果给几口冰激凌，会高兴得很；爱喝白开水的婴儿越来越少了，原来一次能喝100毫升白开水的婴儿，现在只能喝30毫升，有的婴儿一口也不愿意喝。

这些差异都是婴儿的正常表现，还有很多差异就不一一提及了。

0828 处理喂养问题的原则

（1）合目的性。面对宝宝喂养问题，无论宝宝出现怎样的表现，最主要的是要抓住一个目标，即喂养要保证婴儿正常的生长发育，体重、身高、头围、肌肉、骨骼、皮肤等要素，保持在正常指标范围内，这样的喂养就是成功的喂养。

（2）尊重个性。在保证婴儿正常生长发育的前提下，尊重婴儿的个性和好恶，让婴儿快乐进食。

0829 不同类型婴儿喂养方法举例

爱吃牛奶的婴儿

7：00：牛奶180～220毫升；

9：00：面包或饼干，鸡蛋一个（蛋羹或水煎蛋或蛋汤），水果；

12：00：米饭或米粥、面条，蔬菜，肉；

15：00：牛奶180～200毫升；

18：00：点心，水果；

21：00：牛奶180～220毫升。

不爱吃牛奶的婴儿

7：00：面包或饼干，牛奶100毫升；

9：00：鸡蛋面条汤或肉末面条汤，水果；

12：00：米饭，蔬菜，肉或鱼虾；

15：00：点心，水果，乳酪或酸奶饮料；

19：00：米粥，蔬菜；

21：00：牛奶掺米粉或面包牛奶粥200毫升。

有母乳的婴儿

6：00：母乳；

8：00：面包、鸡蛋、饼干，母乳；

12：00：米饭，蔬菜，肉，鱼，虾；

13：00：喂母乳，午睡；

15：00：点心，水果，母乳；

18：00：粥，蔬菜；

21：00：母乳。

食量小的婴儿

6：00：牛奶100毫升；

8：00：鸡蛋，牛奶100毫升或母乳；

10：00：点心，水果；

12：00：虾或鱼，肉汤和米饭（喂1～2口就行，要把鱼或虾喂进去），肉丸子或肉馅饺子；

15：00：点心，水果，牛奶100毫升或母乳；

18：00：肉菜丸子或肉菜馄饨；

21：00：牛奶150～200毫升或母乳，能喝多少就喝多少；半夜醒了，如果喝奶，也要给喝。

食量大，有肥胖倾向的婴儿

7：00：牛奶200毫升或母乳；

9：00：水果，酸奶，乳酪；

12：00：蛋、肉、鱼、虾选一种，蔬菜，米饭；

15：00：水果，牛奶200毫升或母乳；

19：00：菜粥；

21：00：牛奶200毫升或母乳。

 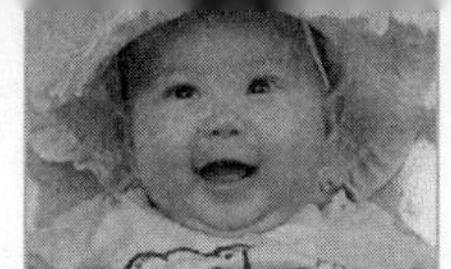 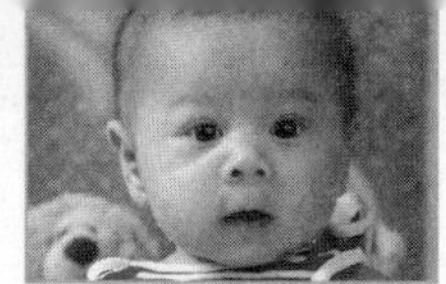 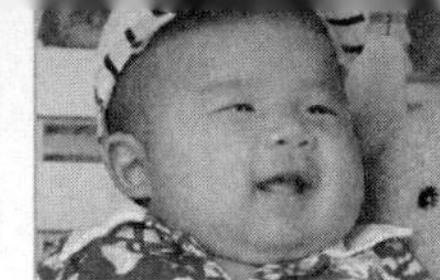 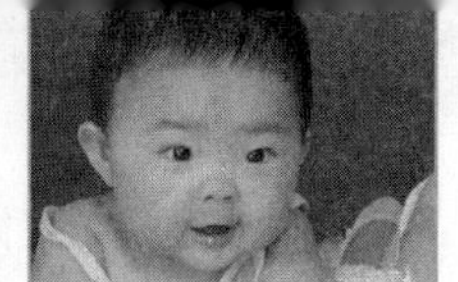

0830 防止肥胖儿

如果平均每天体重增长超过30克，要适当限制食量，多吃蔬菜，水果，吃饭前或喝奶前先喝些淡果汁。食量大的婴儿控制饮食量是比较困难的，只能从饮食结构上调整，少吃主食，多吃蔬菜水果，多喝水，是控制体重的好办法。要保证蛋白质的摄入，所以不能控制奶和蛋肉的摄入。控制总热量的摄入，保证营养成分的供给。

0831 不要把时间都放在厨房

这个月婴儿能吃多种蔬菜和肉蛋鱼虾种类，能和父母一起进餐。大部分水果都能吃了。一日三餐，喝两次奶，不吃点心的婴儿多了起来。这就节省了很多时间，可以多带宝宝到户外活动，多和宝宝做游戏。不把时间全放在厨房里，不要占用和宝宝玩的时间。

0832 不要忽视奶的营养价值

如果喂一顿饭需要好几十分钟，加上做，要1个多小时，就不如多喂一顿奶，一瓶奶的营养，并不比一顿饭的营养差，尤其是不以吃米饭和粥为主的宝宝。只要肯喝奶，一天喝上500～800毫升奶，吃两顿辅食（中午、晚上和父母一同进餐）是完全可以的；如果一天能喝1000毫升奶，吃一顿辅食也未尝不可。这样能节省大量时间和宝宝玩，带宝宝到户外，是很好的安排。

喝奶少就要多吃蛋肉。如果一天喝奶少于500毫升，就要吃比较多的蛋肉了，否则蛋白质的摄入量就不够了。

0833 以喝奶为主也不对

也不能以喝牛奶为主。一是可能会使宝宝发生缺铁性贫血，二是不能锻炼宝宝的咀嚼和吞咽能力，也不能促进婴儿味觉的发育，减少了品尝各种食物味道的机会，可能会出现偏食。饭是要吃的，也要腾出时间和宝宝玩，带宝宝到户外活动。

0834 宝宝吃的能力是惊人的

怕宝宝不会吃，总是把饭菜做得烂烂的，把菜剁得碎碎的，把水果弄成水果泥，用勺一点点地刮苹果，这是很保守的喂养方法。宝宝的能力是需要锻炼的，应该给宝宝创造锻炼的机会。父母不要主观认为宝宝不能，应该给宝宝机会，让宝宝试一试。宝宝的能力，有时是父母想象不出来的。不到一岁的宝宝会抱着一个大桃啃，最后只剩下皮和核，这是我亲眼见到的事实。

婴儿在各方面的潜能都是惊人的。把宝宝培养成智力超群，生活能力低下的宝宝，对宝宝来说是很悲哀的事情。父母应该放手给宝宝更多的信任和机会，让宝宝自己拿勺吃饭，让宝宝自己抱着杯子喝奶，拿着奶瓶喝奶。这不但锻炼了宝宝的独立生活能力，还提高了宝宝吃饭的兴趣，有了兴趣就能刺激食欲。

0835 不需要断母乳

母乳好的，就继续喂下去；母乳不好的，只要不影响宝宝对其他食物的摄入，也不必停掉，吃母乳毕竟是婴儿幸福的事情。如果夜间母乳能让婴儿不啼哭，能让醒来的婴儿很快入睡，就继续使用这个武器，不要怕别人说，宝宝都这么大了，半夜还奶宝宝。这是您自己的事情，不要管别人说什么，并不是到了1岁就必须断掉母乳。

0836 断母乳的情况

（1）除了母乳，宝宝什么也不吃，严重影响宝宝的营养摄入。

（2）严重影响了母子的睡眠，一晚上总是频繁要奶吃。

（3）母乳很少，但宝宝就是恋母乳，饿得哭哭啼啼，可就是固执地不吃其他食物。

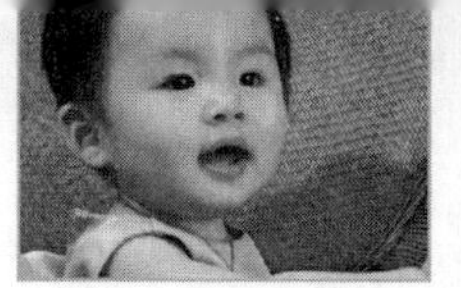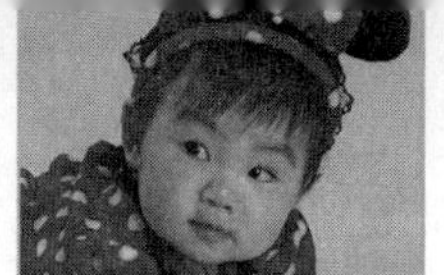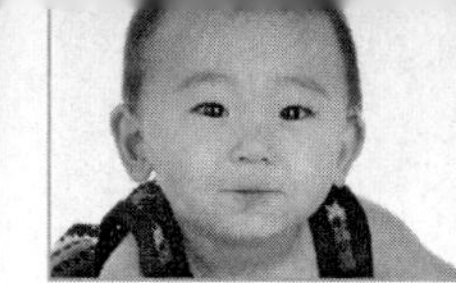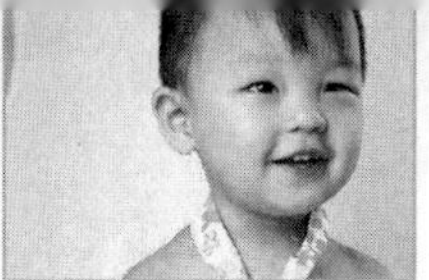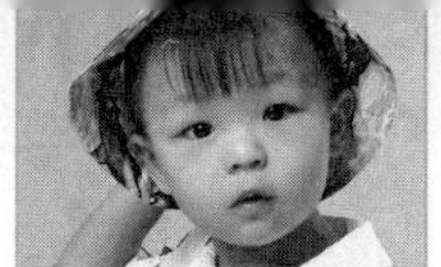

出现上述三种情况或有不宜再吃母乳的医学指征，就可彻底断母乳。

0837 半夜仍然吃奶的宝宝

半夜醒来不喝牛奶就不睡觉的宝宝，就给他喝。让半夜醒来的宝宝很快入睡是目的，让宝宝不夜啼也是目的。能达到这个目的，夜间吃奶并非禁忌，让宝宝哭，让宝宝睡不好，才是不应该的。别的宝宝能睡一整夜，不吃，甚至都不用换尿布，可你的宝宝不是那个宝宝，不能和那个宝宝比，并不能就此认为你的宝宝不正常。这就是差异。

0838 其他需要注意的问题

- 和父母同桌吃饭，是婴儿最高兴的事情，不要怕宝宝捣乱。
- 如果宝宝喜欢自己用勺，就不要怕宝宝把饭撒出来，也不要怕弄脏了衣服。
- 宝宝不想吃，不要逼着宝宝吃。不可能每天都能吃同量的食物。老人常说宝宝是“猫一天，狗一天”，也就是这个道理。
- 天气炎热，有的人“苦夏”，宝宝也有这种情况。食量可能会减少，父母要理解。
- 有病不舒服，食量会减少。
- 腹泻并非要控制饮食，如果宝宝能吃就让宝宝吃，需要停食，医生会告诉你的。不要擅自停掉宝宝的饮食。
- 偶尔在哪里看到种种信息，说不该这样，不该那样，也要分析。信息社会，信息量非常大，有的只是一家之言，不一定经过验证，也不一定是正确的，要学会辨别。更不能听“过来人”的个别经验，经验或许不适合您的宝宝。
- 购买一本权威性的育儿书，作为育儿指导，其他仅作参考，你就不会总是不知所措了。

第五节 季节护理要点

0839 春季护理要点

这个月宝宝患病的机会多了起来，注意防病，主要是病毒性感冒。如果一冬天，父母都没有怎么带宝宝到户外，开春后，宝宝开始到户外活动，一开始可能会不适应，可能会感冒发烧。妈妈不要为此就不敢把宝宝带到户外了。

0840 夏季护理要点

防尿布皮炎

夏季更易患尿布皮炎，所以尿布不要垫得过厚，也不能兜得过紧，尤其是不要使用塑料布。防止尿床，勤换尿布，洗净后要在日光下暴晒。

把住病从口入关

这么大的婴儿基本上吃正常饮食了，已经进入断奶前的准备工作。夏季气温高，有利于细菌的生长繁殖，婴儿本身也减少了消化酶的分泌，消化功能降低，所以一定要把住病从口入关，注意饮食卫生，不要强迫宝宝过多进食，慎吃熟食成品。

防紫外线

婴儿夏季不宜长时间晒太阳，婴儿的真皮角化层的保护能力很差，且婴儿的体温调节系统尚不成熟，极易被阳光灼伤，发生中暑，造成脱水。因此婴儿夏季多补充水分也同样重要。

防痱子

为了防止出痱子，为了使宝宝更凉快，家长往往把宝宝的头发剃得光光的。其实，这样不好，头发剃得过光，头皮完全暴露在日光下，被日光晒得“冒油”，会损伤毛囊。剃短寸就可以了。

夏防受凉

不要让冷风直接吹到宝宝，不要让腹部着凉，可吃西瓜解暑，不要吃冰箱内储存的食品，这么大的宝宝不宜吃冷饮。

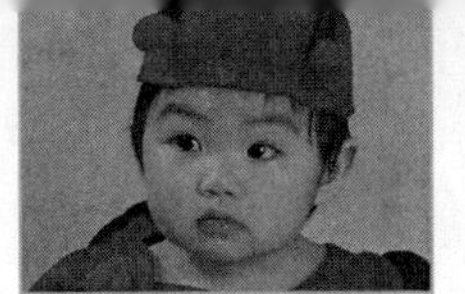
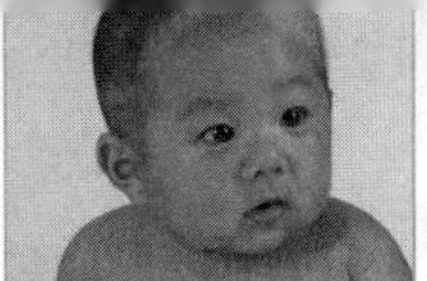
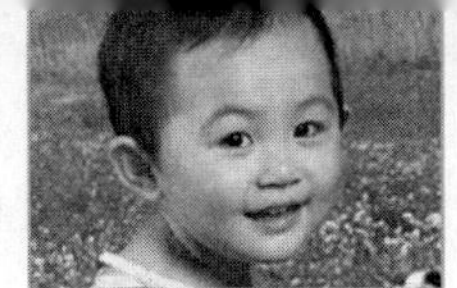
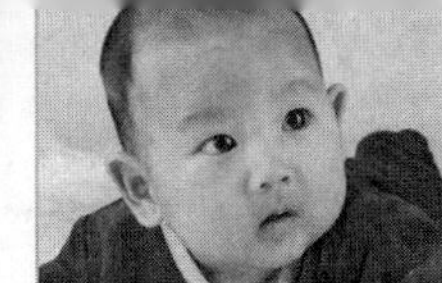
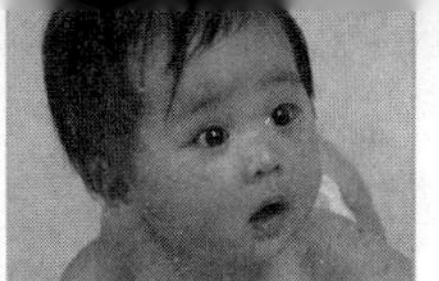

不在夏季断母乳

不要在夏季断奶，夏季婴儿的消化功能降低，食欲低下。断奶后婴儿不适应，过渡哭闹。牛乳不易吸收消化，容易被污染，母乳是最好的食品。等到秋季断奶最好。

防蚊用蚊帐

夏季最好用蚊帐防蚊，而不用电蚊香或熏蚊香。选择凉席最好是选择亚麻凉席或软草席，不宜睡竹席、水褥或水枕，因为竹席和水褥过凉。

防膝关节磕伤

有的宝宝不满一岁就已经会走了，要注意避免外伤，尤其是膝关节，是夏季最易伤到的部位，一定要注意保护。膝关节损伤有时是很难恢复的，还可能留下永久的伤残。让宝宝走时，最好穿上薄半长裤子，以保护膝盖。

0841 秋季护理要点

防冷热不均

从炎热的夏季到秋季，气温不恒定，忽冷忽热，特别是一天之中温差较大，往往是早晚凉爽，正午也许就闷热，太阳灼人。如不能及时增减衣物，就会造成冷热不均，易患感冒。秋季湿度下降，空气逐渐干燥，应多给宝宝喝水，注意保持室内的湿度。

不要过早加衣服

宝宝感冒最大的诱因是出汗后受凉。11个月的宝宝正在学走路，有的刚刚学会走路，非常喜欢自己走路，活动量比较大。过早地加衣服会使宝宝大量出汗，易致外感风寒，所以不要过早给宝宝加衣服。常常看到母亲穿着连衣无袖裙，爸爸穿着短袖衫，宝宝却穿着长袖衣长裤。怀中抱着的宝宝还要接受妈妈的体温。父母还穿夏装，宝宝却早早穿上了秋装，没有理由让宝宝穿得比父母早了一个季节。

准备上托儿所的宝宝

随着秋季的到来，有的妈妈开始给宝宝断奶，准备送到托儿所。第一次上托儿所的宝宝，相互感染的机会增加。玩具等公共设施都可以作为传播病毒和细菌的媒介，要勤剪指甲，用流动的水洗手，不用公共毛巾。显然，集体生活增加了患病的概率，但也不必为此而担心，随着宝宝年龄的增长和抵抗能力的增强，患病的次数会逐渐减少。

防腹泻

秋末，是腹泻的流行季节。腹泻要及时看医生。

0842 冬季护理要点

不要停止户外活动

不要因为冬季到来而停止户外活动，每天至少也应该进行1个小时的户外活动。对婴儿进行初冬的耐寒锻炼，可提高呼吸道抵抗病毒侵袭的能力。

取暖的安全

冬季开始使用取暖设备，一定不能让婴儿触摸暖气片；如果使用电暖气，一定要放置在婴儿摸不到的地方。

有的妈妈把暖水袋放到婴儿脚下取暖，如果暖水袋的水太热，会烫了宝宝；如果不是很热，半夜就可能凉了，所以没有必要使用暖水袋。更不能给婴儿使用电褥子。环境温度适宜了，局部温度就不会太凉。如果晚上宝宝因为冷而啼哭，妈妈可以把宝宝搂到自己被窝里，妈妈的体温最安全。

第六节 护理难题解答

0843 喂饭困难怎么办

边吃边玩

宝宝大了，开始淘气了，边吃边玩的现象是常见的。爱动的宝宝，就像个小皮球似的，动来动去的，一会儿也不停息。如果不把宝宝放到餐椅上，妈妈一个人是喂不了的。追着喂总是不好

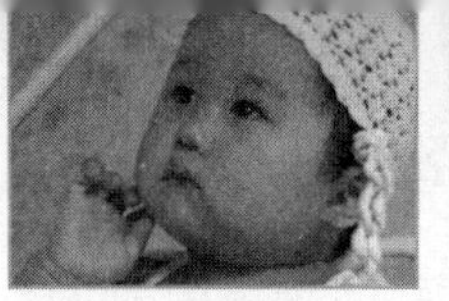    

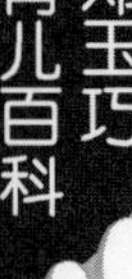

的，会养成吃饭随便移动的习惯，想让这样的宝宝一口气吃完饭是比较难的。把吃饭当玩，对于这样的婴儿，妈妈可适当给予制止，可以绷着脸看着宝宝，告诉宝宝这样不好。千万不要一个人喂饭，另一个人在旁边用玩具逗着，这样会让宝宝养成边吃边玩的习惯。

饭送到嘴边用手打掉

当宝宝不高兴，不爱吃，吃饱了时，妈妈把饭送到宝宝跟前，宝宝会抬手打翻小勺，饭撒了。遇到这种情况，妈妈千万不要再把饭送到宝宝跟前，应该马上把饭菜拿走。

用手抓碗里的饭菜

这是很正常的事情，但是不能让宝宝抓，让宝宝拿着饭勺。即使不会使用，也要锻炼。能拿手吃的，就让拿手吃，不让拿手抓着吃的，就让宝宝使用餐具，规矩要从最初立下。

挑食

这是很常见的，什么都吃的宝宝不多，每个宝宝都有饮食种类上的好恶，有的宝宝就是不喜欢吃鸡蛋，有的宝宝就是不喜欢吃蔬菜。要慢慢养成不偏食的习惯，但不能强迫宝宝吃不爱吃的东西。可以想办法，如果宝宝不爱吃鸡蛋，可以把鸡蛋做在蛋糕里，把鸡蛋和在饺子馅里，慢慢就适应了。

吐饭

从来不吐饭的宝宝，突然开始吐饭了，首先要区分是宝宝故意把吃进的饭菜吐出来，还是由于恶心才把吃进的饭菜呕出来的。吐饭和呕吐不是一回事，到胃里后再吐出来的是呕吐，把嘴里的饭菜吐出来，是吐饭。呕吐多是疾病所致，吐饭多是宝宝不想吃了，妈妈又把一勺饭送到嘴里。如果宝宝把刚送进嘴里的饭菜吐出来，就不要再喂了。呕吐则要看医生。

不会嚼固体食物

真正不会的宝宝并不多，主要是父母或老人不敢喂，喂一点，宝宝噎了一下，这没关系。就此不喂了，宝宝就总也学不会吃固体食物，要大胆一些。慢慢训练，都能吃的。

喜欢上餐桌抓饭

这是很自然的，哪个宝宝都有这样的兴趣，不能为此就拒绝让宝宝上餐桌。不要让宝宝把饭菜抓翻，不要烫着宝宝的小手。可以告诉宝宝，给宝宝禁止的信号，如妈妈绷着脸，说不能抓。但不能惩罚宝宝，最常见的是父母打宝宝的手，这是不好的。

0844 看护困难怎么办

意外事故的发生

保姆看护宝宝，要不断提醒，一定要注意安全，这个月是婴儿意外事故高发期。小的意外事故，也会给欢乐的家庭蒙上一层阴影。如果是大的意外，那对家庭可能就是灾难了，如大的烫伤、头部摔伤、需要缝针的脸部伤、电伤等。

一定要消除意外事故的隐患，烟头、化妆盒、煤气开关、电插头、开水瓶、药瓶等等都可能成为杀手，不要心存侥幸。一个人看宝宝已经不容易了，不要再想着干这干那。即使宝宝睡了，也许这次不再像以前那样睡一个小时，半小时就醒了，妈妈不在身边，可能就从床上摔下来了。宝宝睡觉时，妈妈干活也要在宝宝睡觉的房间。

尿裤子

宝宝还不会告诉要尿尿拉屎，这时把尿布撤了，尿裤子，拉裤子是很正常的。不要要求这个月的宝宝就能控制大小便。如果宝宝会蹲了，告诉宝宝有尿蹲下，那已经是非常乖的宝宝了。

踢被子

有的婴儿无论春夏秋冬，都是踢被子，身上冻得冰凉，盖上被子，还是很快就踢下去；如果妈妈就这样踢了盖，盖了踢，那一夜恐怕也不能睡觉了。几乎所有的宝宝都喜欢踢被子，这是管不了的，也不是教育的事，只有想办法，首先是不能盖得太多，热了当然会踢被子。

如果不是冬天，盖被子时，把脚露在被子外面，这样宝宝抬脚时，被子在腿上，踢也踢不下去，只是腿露出来，还盖着大半个身体，是冻不着宝宝的。

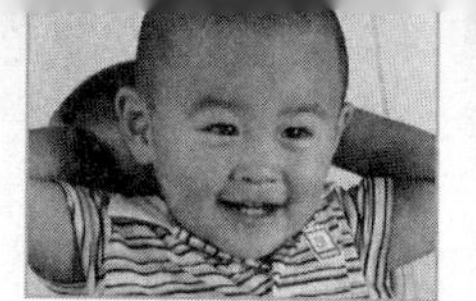 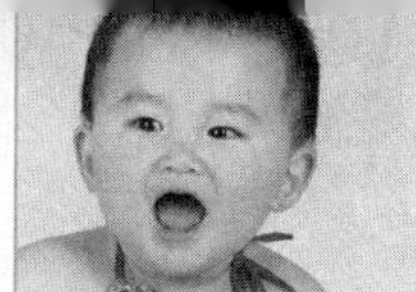 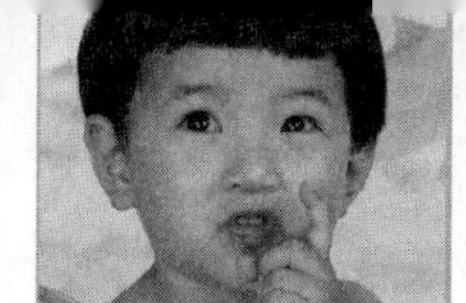 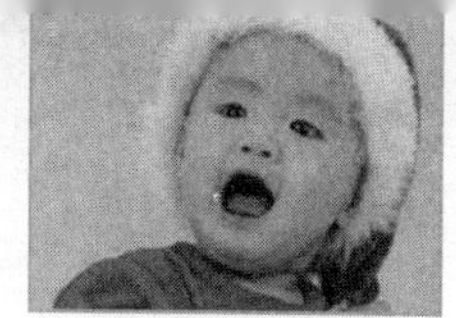 

有的宝宝是满床滚，一会趴着，一会撅着，一会仰着，三下五除二，就把被子翻到身下了，就是盖不住被子，妈妈醒了，宝宝光光的。如果放到有栏杆的儿童床上，可能会一会儿磕头，一会儿磕腿，磕疼了，就哭起来；放到没有栏杆的大床上，可能会滚到床下去；放在父母中间睡，肯定影响大人睡觉。如果是睡觉沉的爸爸，可能会把大胳膊或大腿压在宝宝身上，是不安全的，所以不能让这样的爸爸和妈妈夹着宝宝睡。

放在有栏杆的床上还是安全的。给宝宝穿着贴身的棉质内衣睡觉，和被子的摩擦大，不容易踢掉被子。即使踢了，也冻不着宝宝。这样的宝宝放在睡袋里，是不安全的。

0845 睡眠困难怎么办

夜啼有无原因

无论在哪个月龄，都有睡眠不好的，尤其是夜眠问题。从这个月开始出现夜啼的婴儿，可能是夜间做了恶梦，比如白天摔了、打了预防针、小狗冲着他汪汪叫了、爸爸训斥了宝宝，这些可能都会刺激宝宝出现夜啼。

大部分是找不到原因的夜啼，不管使用什么方法，能让宝宝很快入睡就行，不要让宝宝哭个够；宝宝哭，是向妈妈发出需要帮助的信号，妈妈应该帮助。但是，如果宝宝要求半夜陪着玩耍，父母都不要这样做，要让宝宝尽快入睡。

白天睡眠与夜晚睡眠的关系

白天不再睡长觉的宝宝多了起来。有的宝宝晚上从8点一直睡到第二天早晨7～8点，这样的宝宝，可能白天只睡一觉，时间也不长；有的宝宝能睡2～3觉，可一觉只睡不到一个小时。白天一觉能睡几个小时的宝宝已经很少了。妈妈不要再希望宝宝睡长觉，有的宝宝下午能睡2～3个小时，妈妈就能休息或干些活。

现代城市生活的特点是晚上睡觉越来越晚，早晨起床时间越来越晚，宝宝也就跟着父母开始向后推迟入睡时间。有的宝宝能坚持到10点，甚至11点才入睡，这大多是父母的问题，农村的宝宝晚上入睡时间还是很早的。

宝宝与父母睡眠习惯

有的宝宝会按照自己的睡眠习惯，不管父母多晚睡觉，都是在固定的时间入睡，可有的宝宝就不同了，如果父母不睡觉，单单哄他睡觉，他就是不睡。一直要等到父母睡觉为止。如果父母有晚睡晚起的习惯，如果让宝宝早睡早起，也会影响父母休息，宝宝5～6点就起床了，父母也就睡不成了。还不如让宝宝晚睡1～2个小时，早7点左右起床，父母也不受影响。不管怎样的睡眠习惯，保证宝宝充足的睡眠时间是很重要的。睡眠不足，会影响宝宝的生长发育。

预防吸吮癖

到了这个月，有的婴儿不爱吃妈妈的奶头了，妈妈的奶头也就不再是哄宝宝入睡的有力武器了，宝宝需要一段适应过程，慢慢就会自然入睡了。如果宝宝不吃奶头，转而吃手指或吸吮其他物品了，应该慢慢纠正，不能顺其自然。养成吸吮癖是不好改正的。

0846 育儿警示

非常可爱也非常容易养成坏习惯

快1岁的宝宝是非常惹人喜爱的，宝宝大了，个性明显了，开始有了自己的主见，想按自己的意愿做事。这个时期，可能会让宝宝养成某种不良习惯，如抓“小鸡鸡”；用哭要挟父母，达到目的；吸吮手指，恋自己的小毛巾被，不蹭着它就睡不着觉；打人；追着喂饭，边玩边吃饭，含着奶头睡觉等等。父母要帮助宝宝克服这些毛病，不要使其发展为不良习惯。

及时发现舌系带过短

宝宝进入了语言学习阶段，如果有舌系带过短，会影响宝宝的发音，要及时发现，及时处理。舌系带过短，即宝宝把舌头伸出来时，舌尖很短，严重者成W形。

被动接受向主动要求转变

以前宝宝都是被动地接受父母的哺育，随着年龄的增长，宝宝开始有了主动的要求：

- 要自己动手干事情了；
- 要求父母做什么了；
- 自己拿勺吃饭，下手抓饭；
- 自己选择玩具玩；
- 指着门，要妈妈带到外面去玩；
- 不想吃的就吐出来，扭过头去，不张开嘴；
- 递给他不喜欢的东西，或者不去接，或者推开，或者接过来扔掉；
- 喜欢的东西，要想从手里要过来，也难了，硬抢，可能会大哭以示不满；
- 动辄会大哭表示不满；
- 不喜欢妈妈领着走，要自己走，尽管摔倒了，爬起来会接着走。

注重点滴培养

父母要学会尊重宝宝的爱好，满足宝宝的合理要求，鼓励宝宝自己动手，给宝宝自己锻炼的机会，让宝宝从小养成克服困难和顽强的毅力，如果一摔倒了，父母马上就把宝宝扶起来，就会削弱宝宝克服困难的决心和毅力。不要小看这一小小的举动，培养宝宝就是从点滴开始的。

0847 免疫接种

这个月没有计划免疫疫苗。

第十二章　11～12月婴儿（330～360天）

第一节 满周岁婴儿特点

0848 从人群中认出父母

婴儿快满周岁了，能耐可不小了，能一眼认出人群中的爸爸妈妈。如果爷爷奶奶、外公外婆经常来看望宝宝，他们一进门，婴儿就会非常高兴，会拍手欢迎，急着让他们抱；说话早的婴儿，还会一边把手伸过去，一边说“抱——抱——”。当爷爷奶奶抱的时候，婴儿会高兴地跳来跳去，有些抱不住了，好像要从怀里窜出来。

0849 辨别生人和熟人

婴儿不但认识亲人，还能分辨生人和熟人，经常串门的客人，婴儿会一眼认出来，对着他们笑。如果是从来没有见过的生人，或很长时间没有见过面的熟人，会瞪大眼睛看着他们。会拒绝让生人抱，如果勉强抱过去，可能会使劲挣扎，或许会哭。

0850 模仿能力很强了

如果父母经常亲亲宝宝的小脸蛋，婴儿也会模仿父母，亲亲妈妈爸爸的脸。婴儿已经理解了，这个举动是友好的。

教婴儿做过的动作，婴儿就会表演了。皱鼻子作怪相；努努嘴；用食指刮刮脸蛋“羞一个”；左右手食指尖对在一起再分开“飞一个”；用手比划；两手合在一起“谢谢”；问宝宝几岁了，会伸出食指“1岁了”；能指出五官的位置；知道自己叫什么，不管谁叫他的名字，都会循声望去，找一找“谁在叫我呀”；听到外面传来他熟悉的小动物叫声时，宝宝会用手指着外面“恩，恩”地告诉你，他听到了小动物的叫声；说话早的婴儿还会模仿小动物的叫声。婴儿开始对外界的事情感兴趣了，看到什么，听到什么都会有所反应，表现出机灵的样子。喜欢和小

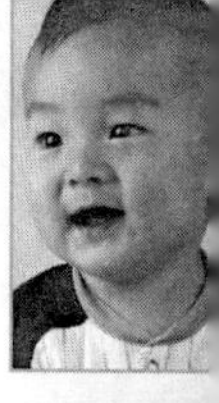

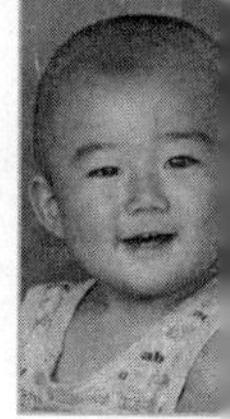
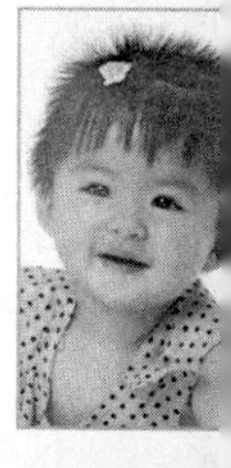
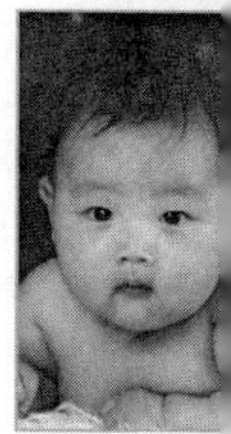

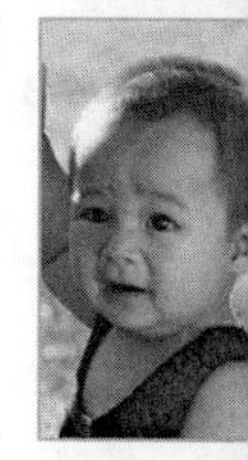

朋友玩，看到小朋友就会凑上去，摸摸人家，对小朋友比对其他事物更感兴趣。

0851 显出更多的个性

和父母一天吃三顿饭的婴儿多了起来，如果妈妈总是按食谱计算着给宝宝做饭菜，可能会令妈妈失望，能按妈妈意愿和要求吃饭的婴儿越来越少了。婴儿饮食习惯的个性化越来越明显。

越大的婴儿越有自己的好恶，对饮食、睡眠、玩耍等都开始有了自己的主见。逐渐从被动接受向主动要求转变。父母要了解婴儿的这种变化，非原则性的事情，尽量尊重婴儿的喜好。这有利于和婴儿和平相处，愉快生活，也是减少“厌食”的方法。

0852 会蹒跚走路了

婴儿的活动能力增强了，得到更多训练的婴儿，已经会离开妈妈自己蹒跚走路了。有的宝宝还需要妈妈扶着。即使不会走路，父母也不要着急。1岁半才会走路的宝宝也是正常的。

1岁还不会站、不会爬的宝宝没有了。坐得稳，爬得快，站得直。放在学步车里，能走得很快，会撞这撞那的。如果地滑，会连人带车翻倒，也可能把腿别了，或手撞在家具上。所以，放在学步车里并不安全。

0853 睡觉好坏因人而异

- 睡觉好的婴儿能睡一大宿，半夜把尿时婴儿也不醒来。即使醒了，放下后很快就能入睡。
- 多数婴儿一天睡14个小时左右，白天睡1～2觉。有的婴儿晚上睡觉很好，白天不肯睡。有的婴儿白天睡得很好，可晚上睡得不好。有的婴儿晚上睡得很晚，有的半夜醒来哭或玩。有的是一会就醒，哭几声再睡，总是不踏实的样子，弄得父母也睡不好。有的婴儿凌晨就起来玩，快天亮，又开始睡了，一直睡到9～10点钟。

睡觉情况千差万别，什么样的都有。如果说是父母没有给婴儿养成好的睡眠习惯，有时真是冤枉了父母。有好的睡眠习惯的婴儿，父母可能什么也没有做。睡眠习惯不理想的婴儿，父母也费了很大劲，一直试图纠正，却难以实现。宝宝并没有什么病。或许1岁零两个月，宝宝突然睡觉很好了。

只要宝宝健康，随着月龄的增长，睡眠问题会解决的。想想新生儿期，多少令父母着急的事啊，不都过来了吗？宝宝从妈妈的子宫来到这个世界，一切都要逐渐适应，我们不能苛刻地去要求宝宝。我们也应该理解宝宝，如果宝宝“不好好睡”父母就生气，夫妇闹意见，对宝宝不耐烦，会影响宝宝的情绪。

0854 可以训练大小便了

从现在开始可以训练宝宝大小便了，但不能指望宝宝能很快奏效。1岁半以后会蹲下撒尿，晚上会醒来叫嚷着尿尿，已经是很不错了。2周岁以后会告诉排大便，不再拉裤子了，就说明训练是很成功的。如果宝宝让妈妈把尿，也喜欢坐便盆，就这样训练下去。如果宝宝反对妈妈这样做，把尿就打挺，坐便盆就闹，一定不要强求宝宝，过一段再说。训练大小便不能着急，欲速则不达。尤其在晚上把尿时导致宝宝哭闹，影响宝宝睡眠，就暂且停一停，这么大的婴儿不容易患尿布疹了。

0855 防意外事故仍是重点

随着婴儿长大，户外活动范围增加，游戏项目也增多了，意外事故发生的机会也随之增加，父母仍要把预防意外事故当作重点。

0856 父母关心重点转移到智力发育

随着婴儿的长大，关心婴儿智力发育的父母迅速增加，对于婴儿的吃、喝、拉、撒、睡的关

心程度有所降温，对于体格发育的关心程度也有不同程度的改变。几个星期测量一次身高体重头围的父母不多了，多是一季度或半年测量一次。一克一克计算体重、一毫米一毫米计算身高头围的父母也不多了，更多的父母开始注意婴儿的智力发育。

0857 智力发育不易判断

在智力发育问题上，医生也会遇到一些难以解释和解决的问题。在工作中，时常有父母询问他们的宝宝智力发育是否正常。其实，这个问题并不是一两句能回答的，要全面估计，较难判定。每个宝宝的发育模式都不尽相同，受诸多因素影响。

0858 体格发育并不均衡

宝宝体格发育是否正常，有一些客观指标，相对容易些，但小儿发育有时是不均衡的，可能一段时间发育加快，一段时间发育减慢，甚至略有倒退。这种倒退，也许正是“黎明前的黑暗”。

0859 父母的正确做法

不必担忧，更不要试图以各种方式加快宝宝的发育速度，这会使父母气馁，宝宝受罪。如果妈妈制定出计划，一天教宝宝认识几个汉字，或几个数字，或几个英语单词，这对刚刚1岁的宝宝来说，不但是比较困难的，也是枯燥乏味的，宝宝没有兴趣这样死记硬背。父母应给宝宝更多自由发展的空间，创造更多自由发展的环境。父母强行推着宝宝向前走，只能事与愿违，欲速则不达。

第二节 生长发育规律

0860 身高、体重、头围、前囟

11到12个月婴儿身高平均值是：75.20～76.50厘米（男婴），73.70～75.10厘米（女婴）。一般情况，全年身高可增长25厘米。

体重平均值是9.65～9.87千克（男婴），9.02～9.24千克（女婴）。一般情况下，全年体重可增加6.5千克。

头围增长速度同上个月，一个月可增长0.67厘米。一般情况下，全年头围可增长13厘米。满1岁时，如果男婴头围小于43.6厘米，女婴头围小于42.6厘米，被认为头围过小，需请医生检查是否正常。

1岁半左右囟门开始闭合。

第三节 能力发育状况

0861 注意力

随着婴儿月龄的增长，婴儿能够有意识地注意某一件事情，而小婴儿则主要是非意识注意。有意识地集中注意力，使婴儿学习能力大大提高。注意力是婴儿认识世界的第一道大门，是感知、记忆、学习和思维不可缺少的先决条件。婴儿的注意力也需要父母后天的培养。

如何提高婴儿注意力

（1）想让婴儿能够把注意力集中在某一件事情上，必须让婴儿处于最佳精神状态。通俗地说，就是要让婴儿在吃饱、喝足、睡醒、身体舒适、情绪饱满状态下，才容易集中注意力。

（2）吸引婴儿注意力，要选择适合婴儿年龄的刺激物，这也是很关键的。如果给这个月的婴儿看字书，那无论如何也不会吸引婴儿的注意力。婴儿喜欢看色彩鲜艳的、对称的、曲线形的

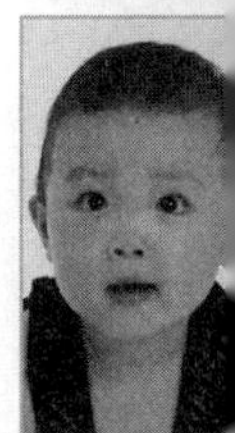
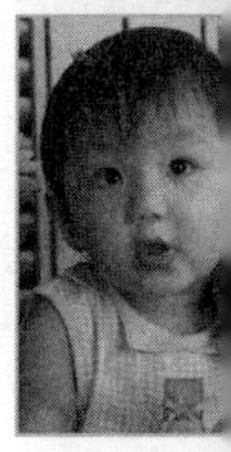
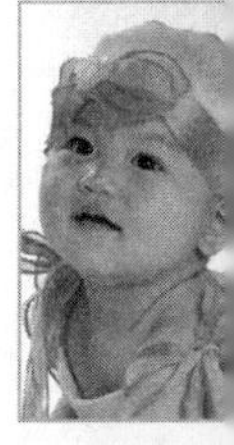

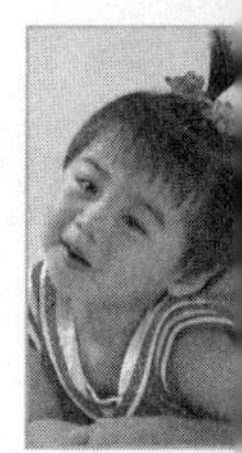

图形，更喜欢人脸和小动物的图画，喜欢看活动着的物体。如果父母从自己的好恶出发，不切实际地让宝宝看一些东西，宝宝就不能很好地集中注意力，也就不能达到学习的目的。

0862 婴儿听的能力

婴儿更喜欢听妈妈的高频度的音调，喜欢听节奏感强、优美、声音适中的音乐。听的能力，是婴儿学习语言的基础，这个月的婴儿虽然还不会说几句话，但是却能听懂许多话的意思。婴儿就是靠听妈妈爸爸和周围人的说话，靠观察父母说话时的口形，靠父母在日常生活中，语言和动作的结合，靠妈妈日常和婴儿说话，来学习语言的。婴儿不断积累词语，最终学会了用语言来表达，父母要懂得给婴儿创造语言环境的重要性。

0863 婴儿说的能力

这个月的婴儿，语言发育程度是参差不齐的，说话早的婴儿，已经能用语言表达简单要求了。如能很清晰地叫妈妈爸爸奶奶，会说吃吃，抱抱，饱饱，撒撒，拜拜，汪汪。

有的婴儿会说许多莫名其妙的词，父母也听不懂。这是婴儿语言学习中常见的现象。当听到婴儿在嘀嘀咕咕说些莫名其妙的话时，妈妈要努力去领会宝宝的意思，积极和宝宝交流，并借机教给宝宝正确的词语，这样能鼓励婴儿更多的发音。当婴儿嘀嘀咕咕说话时，父母不要在一旁嘲笑，这样会打击宝宝说话的积极性，应该报以鼓励、赞许、参与的态度，使婴儿有更大兴趣学发音。

0864 婴儿玩的能力

婴儿自己玩的能力增强了，安静的婴儿，能坐在那里玩很长时间玩具。这个时期的婴儿不喜欢在商场购买的玩具，开始喜欢家里的东西，比如小梳子，妈妈的首饰盒，吃饭的小勺，妈妈做饭的锅碗瓢盆等，都能引起婴儿的兴趣。放在学步车里，会走的婴儿，开始到处翻箱倒柜，把东西从箱子里拿出来，这比玩玩具更有兴趣。

这个月的婴儿喜欢找伙伴玩了，开始了最初始的社交活动。看到和自己差不多大的宝宝，会很高兴，拉拉手，摸摸脸，很亲热的样子。这与前几个月有很大的区别了。前几个月，看到和自己差不多大的宝宝，只是看看，笑笑，一会就没兴趣了。现在不同了，如果一个房间内有大人和宝宝，婴儿就会走向宝宝，去进行“交流”。如果有几个宝宝在一起玩，他也会急着“入伙”，父母要给宝宝创造这样的机会。现在家庭大多是三口之家，很少有机会接触宝宝，这会扼杀宝宝和人交往的欲望，变得不合群。多让宝宝和其他宝宝接触，也为以后上托幼机构打基础。

0865 潜能开发

一个不满1岁的婴儿（男婴，差半个月过生日），他的爷爷是著名油画家，时常在支着的大画板上用画笔作画，婴儿从小就看爷爷作画。当婴儿在11个多月会扶着东西走时，婴儿扶着墙走到了爷爷的画室，拿起比他胳膊还长的画笔，在爷爷的大画板上涂来涂去，一副很认真的样子。哇，他在学着爷爷的样子作画呢！爷爷当然是异常兴奋了，尽管把爷爷的画上点了一个个大点子，爷爷也没有责怪宝宝。

宝宝的模仿能力是惊人的，所以说，婴儿周围人的一言一行，都影响着宝宝，对婴儿有潜移默化的影响。父母一定要给宝宝树立好的形象。不让宝宝做的，首先自己不要做。婴儿不但能听懂父母许多话的意思，还喜欢听父母讲故事，念儿歌。以前，婴儿只能听与动作有联系的话，慢慢的，婴儿有了听故事、儿歌的能力了，这是婴儿不小的进步。父母要开发婴儿这一潜能，抽出几分钟的时间，给婴儿念段儿歌，讲个故事。把用奶瓶诱导睡眠转换为以讲故事诱导睡眠，妈妈可不要嫌浪费时间。

0866 婴儿的体能训练

婴儿在练习走步的过程中，会无数次地摔倒。父母如何面对摔倒的宝宝，对宝宝以后的性格有深刻的影响。在这一点上，东西方有着显著的差异。东方国家，尤其是我们中国，一家几口人，就围绕着这么一个宝贝，摔倒了，还是马上跑过去扶起宝宝。

父母要下一下决心，婴儿摔倒时，让他自己爬起来。这是对婴儿真正的疼爱，从小培养宝宝自己克服困难的毅力和能力。当宝宝长大了，进入社会，良好的心理素质，战胜困难的决心，面对挫折的勇气，解决问题的能力，都是何等的重要啊！婴儿一天天长大了，没有从头来的机会，父母要珍惜这一时刻。

0867 婴儿智能开发

遗传提供的是基础，生活体验造就的是精神与灵魂。早期教育的精髓不是灌输各种知识，而是聆听宝宝、指导宝宝认识真实的世界。

遗传与宝宝智力

婴儿的大脑发育是由哪些要素决定的呢？是先天的？还是后天的？是按照固定的模式呢？还是有千差万别呢？父母们越来越关心宝宝的智力发育，都希望自己的宝宝聪明绝顶。宝宝智力不尽如人意，父母大多归因于没有遗传好的基因。其实，大脑的发育是受很多因素影响的，遗传仅仅是一个方面。我们应该用科学的态度来对待宝宝的智力发育。

婴儿生活环境的意义

在过去的几十年里，科学家们认为人类大脑的结构是由遗传的模式决定的。近年来，神经学家研究发现，婴儿早期的经历极大程度地影响脑部复杂的神经网络结构。婴儿的生活环境会对其大脑结构的形成有很大的影响。这听起来令人惊讶。

我们知道，人类大脑由大约一千亿个神经细胞组成，而每个神经细胞都与大约一万个其他细胞相连，每个细胞向相邻的细胞发送信息的频率为100次/秒。

美国科学家利用“正电子发射计算体层摄影”技术，对婴儿早年大脑的发育进行扫描，观察到宝宝出生后，由于视、听、触觉等的信号刺激，脑神经细胞间迅速建立起了广泛的联系。

3岁以前的大脑“格式化”完毕

视觉是大脑发育的起点，在婴儿生后几分钟内，当妈妈目不转睛地注视着宝宝的时候，婴儿活跃的眼球会停止转动，瞬间仅仅朝着妈妈的脸。这时婴儿视网膜上的一个神经细胞就与其大脑皮层的另一个神经细胞联系起来，妈妈的面部影像就在婴儿大脑中留下永久的记忆。3个月时，婴儿视觉皮层的细胞联系达到高峰，2岁内大脑的每个细胞都与大约一万个其他细胞相连。3岁以后大脑就基本停止发育，大脑的复杂性和丰富性已基本定形，并且停止了新的信息交流，这时大脑的结构就已经牢固地形成了。虽然这并不意味着大脑的发育过程已经完全停止，但如同计算机一样，硬盘已基本格式化完毕，等待编程。

搂抱、轻拍、对视、对话、微笑的智力意义

被严重忽视的宝宝，其脑部扫描图中负责情感依附的大脑区域根本没有得到发育。宝宝幼时丰富多彩的生活经历，有利于大脑神经细胞间的复杂联系。在一个充满忧虑和紧张气氛家庭里长大的宝宝，要比在充满爱心，欢乐气氛家庭里长大的宝宝，缺乏处理问题的能力，而且很容易被自身的情感压垮。相反，在充满爱心、气氛欢乐的家庭里长大的宝宝，情感健全，处理问题的能力相对较强。

科学家们确信，宝宝的早期经历在他们的长远成长过程中发挥着重要作用。有关专家发现平素一些自然而又简单的动作，如搂抱、轻拍、对视、对话、微笑等，都会刺激婴儿大脑细胞的发育。

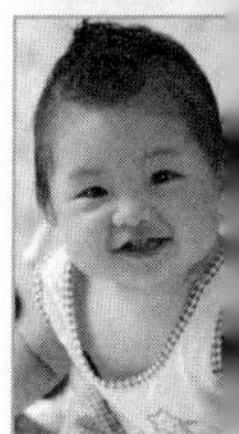

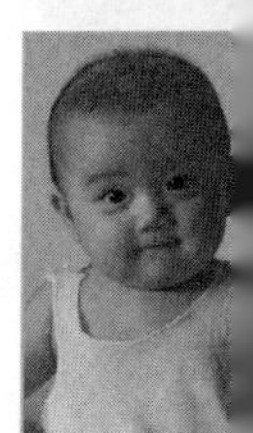

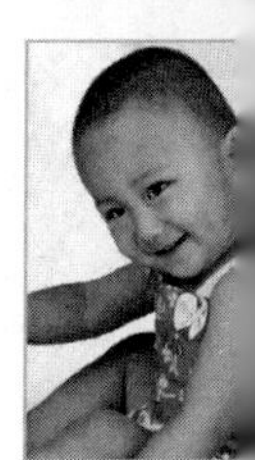
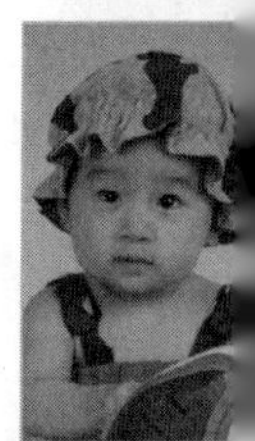

第四节 营养需求

0868 营养需求原则

这个月龄婴儿营养需求和上月没有什么大的差别，每日每千克体重需要供应热量110千卡，蛋白质、脂肪、碳水化合物（糖）、矿物质、维生素、微量元素、纤维素的摄入量和比例也差不多。蛋白质的来源主要靠副食中的蛋、肉、鱼虾、豆制品和奶类。脂肪来源靠肉、奶、油。碳水化合物主要来源于粮食，维生素主要来源于蔬菜水果，纤维素来源于蔬菜，矿物质和微量元素来源于所有的食物，包括水。

0869 营养补充注意事项

● 豆制品。虽然含有丰富的蛋白质，但主要是粗质蛋白，婴儿对粗质蛋白的吸收利用能力差，吃多了，会加重肾脏负担，最好一天不超过50克豆制品。

● 断乳但不断奶制品。快1岁了，结束以乳类为主食的时期，开始逐渐向正常饮食过渡，但这并不等于断奶。即使不吃母乳了，每天也应该喝牛奶或奶粉。每天能保证500毫升牛奶，对婴儿的健康是非常有益的。

● 高蛋白不可替代谷物。为了让婴儿吃进更多的蛋肉、蔬菜、水果和奶，就不给宝宝吃粮食，这种做法是错误的。婴儿需要热量维持运动，粮食能够直接提供婴儿所必需的热量，而用蛋肉奶提供热量，需要一个转换过程。在转换过程中，会产生一些不需要的物质，不但增加体内代谢负担，还可能产生一些对身体有害的废物。

● 不偏食。不偏废任何一种食物，是最好的喂养方式和饮食习惯。这就是合理的膳食结构，什么都吃，是最好的。这个月龄的婴儿如果只是靠奶类供应蛋白质，会影响铁及其他一些矿物质的吸收利用。动物蛋白和油脂食物是吸收铁及其他一些矿物质及维生素（脂溶性维生素，如维生素A）的载体，如果只喝奶，就会导致贫血，一些矿物质和维生素的吸收、利用，也会受到阻碍。

● 额外补充维生素。宝宝1岁了，户外活动多了，也开始吃正常饮食了，是否就不需要补充鱼肝油了呢？不是的，仍应该额外补充，只是量有所减少，每日补充维生素A600国际单位，维生素D200国际单位。不爱吃蔬菜和水果的婴儿，维生素可能会缺乏，粮食、奶和蛋肉中也含有维生素，但是由于烹饪关系，维生素C被大量破坏。生吃水果可以补充维生素C，如果宝宝不爱吃水果，要补充维生素C片。

第五节 喂养方法

0870 断乳建议

● 一些妈妈准备在宝宝1岁以后就断掉母乳，所以从现在开始就有意减少母乳的喂养次数，如果婴儿不主动要，就尽量不给宝宝吃了。

● 晚上有吃奶习惯的，妈妈怕断乳困难，就尽量不给宝宝夜间喂奶，即使是哭闹，也有意让宝宝多哭一会。这是没有必要的，让宝宝长时间夜啼是不好的，如果给宝宝吃奶能使婴儿很快入睡，就应该给宝宝吃奶。夜间吃奶没有什么危害，也不会造成以后断乳困难。如果形成夜啼的习惯，就不好纠正了。

● 并不是说到了1岁以后就要马上断乳，如果不影响婴儿对其他饮食的摄入，也不影响婴儿睡觉，妈妈还有奶水，母乳喂养可延续到1岁半。

● 有的婴儿一岁以后，即使不断乳，自己对母乳也不感兴趣了，可吃可不吃的样子。这样的婴儿是很容易断乳的，不要采取什么硬性措施。

● 即使1岁还断不了母乳，再过几个月，也能顺利断掉母乳。婴儿到了离乳期，就会有一种自然倾向，不再喜欢吸吮母乳了。母乳少的，有

的不用吃断乳药，婴儿不吃了，乳汁也就自然没有了。母乳比较多的，还需要吃断乳药。

0871 断乳前后宝宝饮食衔接

●有的妈妈认为断乳了，就一点也不能给宝宝吃了，尽管乳房很胀，也要忍。其实，如果服用维生素B_6回奶，婴儿可继续哺乳，出现乳房胀痛时，还是可以让婴儿帮助吸吮，能很快缓解妈妈的乳胀，以免形成乳核。

●断奶并不意味着就不喝牛奶了。牛奶需要一直喝下去，即使过渡到正常饮食，1岁半以内的婴儿，每天也应该喝300～500毫升牛奶。所以，这个月的婴儿每天还应该喝500～600毫升的牛奶。

●最省事的喂养方式是每日三餐都和大人一起吃，加两次牛奶，可能的话，加两次点心、水果，如果没有这样的时间，就把水果放在三餐主食以后。有母乳的，可在早起后、午睡前、晚睡前、夜间醒来时喂奶，尽量不在三餐前后喂，以免影响进餐。

●这个月婴儿可吃的蔬菜种类增多了，除了刺激性大的蔬菜，如辣椒、辣萝卜，基本上都能吃，只是要注意烹饪方法，尽量不给婴儿吃油炸的菜肴。随着季节吃时令蔬菜是比较好的，尤其是在北方，反季菜都是大棚菜，营养价值不如大地菜。最好也随着季节吃时令水果，但柿子、黑枣等不宜给婴儿吃。

第六节 季节护理要点

0872 春季湿疹不用特殊处理

春季是带婴儿进行户外活动的好季节。可以带宝宝到稍远的地方游玩，但要注意安全。春季里，对于有过敏体质的婴儿来说，可能会出现咳嗽、喘息，有的婴儿会在手足等处，长出红色的小丘疹，这就是春季出现的湿疹。有明显的瘙痒感，但不需要特殊处理。

0873 夏季护理问题多

勿过多食用冷饮

冷饮是婴儿喜欢的食品，一定要限制摄入量。过多摄入冷饮会引起婴儿胃肠道疾病，也可伤害牙齿。儿童胃黏膜非常娇嫩，很易造成“冷食性胃炎”，出现腹胀、恶心、呕吐、消化不良等症。若冷饮不合格，还可造成细菌性胃肠疾病。过多食用冷食还可影响婴儿牙齿发育，尤其是在换牙期。

食用熟食时

夏季蚊蝇较多，细菌容易繁殖。食用熟食一定要倍加小心，尽量不食用熟食。放在冰箱里的熟食，要经过高温加热后再给宝宝吃，打开真空包装袋的，存放时间不要超过72小时。食用剩饭时也是如此，即使是放在冰箱中，也要加热后再吃。冰箱不是保险箱，冷藏室中的细菌同样可污染食品。

避免肠道传染病

夏季是肠道传染病的多发季节，如细菌性痢疾、大肠杆菌性肠炎等。注意饮食卫生，是阻断肠道疾病的有效方法。

避免蚊虫叮咬

尤其是到野外游玩时，野外蚊虫有毒，婴儿被咬后，局部会出现严重的红肿，甚至发烧。另外，蚊虫也是传染病的传播媒介，没有接种过乙脑疫苗的婴儿，更易被传播上；即使是接种了乙脑疫苗，也有被传染的可能。

防止日光性皮炎

夏季日光中紫外线指数大，应注意避光。尤其要注意对婴儿眼睛的保护。配戴太阳镜一定要注意太阳镜的质量，劣质的太阳镜不但不能有效防止紫外线的辐射，反而会损害眼睛。涂抹防晒霜也要注意质量和防晒系数。

正确使用空调、电风扇

不要把室内温度调得太低，一般情况下，室

内与室外温度之差不超过7℃。夏季开窗睡觉时注意不要有对流风，空调的冷风口和电扇不要直接对着婴儿吹，尤其在婴儿出汗时更应远离风口。即使是有空调的房间，也要定时开窗通风。

进入冷气开放场所时

室外烈日炎炎，进入商场、游乐场、冷饮厅等带有空调的场所时，汗毛孔突然关闭，会发生外感风寒，很易患感冒。要擦干身上的汗水，穿上长裤长袖衬衫，到室外后再换上短衣。这样虽然费事，却能避免患病。

生瓜果、生菜中可能附有虫卵

虫卵吃进后可在人体中生长、繁殖，到秋季时，虫卵变成成虫，是婴儿罹患肠虫症、胆道蛔虫症等的主要原因。婴儿不宜食半生食品，如涮海鲜品、肉类等，吃半生的淡水海螺、螃蟹等可感染上肺吸虫病。婴儿手上和指甲缝中可存在蛲虫卵，通过口腔进入肠道，使婴儿患肠蛲虫症。

其他应注意事项

（1）婴儿夏季出汗多，应适当增加盐的摄入；

（2）夏季日照时间长，晚间睡眠时间相对少，要让婴儿午睡；

（3）因夏季炎热，婴儿食欲差，但消耗不少，要摄入富含蛋白质的食物，以保证婴儿生长需要；

（4）不要让宝宝在烈日下玩耍，尤其是婴幼儿，父母总是怕着凉受风，往往穿太多，不敢开窗，造成婴儿中暑；

（5）任何饮料都不能代替白开水，多饮白开水既能补充水分，又没有色素、碳酸、糖精、香精等化学添加品。

0874 秋季护理要点

避免冷热不均

夏秋交替时节，气温不稳定，忽冷忽热，尤其是在一天中气温温差比较大，很易感冒。由于婴儿的体温调节中枢和血液循环系统发育尚不完善，不能及时调节体内和外界的急剧变化，很容易出现发热、咳嗽、流涕等感冒症状。不要过早给宝宝加衣服，每天要根据天气变化给宝宝增减衣服。

当宝宝出汗时

（1）当宝宝已经出汗时，不要马上脱掉衣服，应该让宝宝静下来，擦干汗水，再脱掉一件衣服；

（2）不要把出汗的宝宝放到风口处乘凉，更不能使用电风扇或空调等方法为宝宝降热；

（3）不要让宝宝快速喝冷饮，应给宝宝喝温白开水，这样不但可预防感冒，更重要的是对宝宝胃肠道和肺部有益。

预防呼吸道感染

感冒是上呼吸道感染，气管炎、肺炎则是下呼吸道感染，下呼吸道感染要比上呼吸道感染严重得多。让宝宝到大自然中去锻炼，有氧锻炼是提高机体抵抗力的好方法。可大多数父母都是怕宝宝冻着，很少有怕宝宝热着的，早早就给宝宝穿上厚厚的衣服，盖上厚厚的被子，天气刚刚有些凉意，就闭门闭窗，这无异于剥夺了宝宝在大自然中锻炼的机会。

添加衣服方法

（1）当秋季来临时，不要急于给宝宝添加衣服，加上后就不好减掉了，因为天气一天比一天冷，只能是越加越多；

（2）最好的办法是您与宝宝穿一样厚薄的衣服，如果您静坐时不感到冷，小儿就不会冷。宝宝虽然没有大人耐寒，但宝宝始终是在运动状态，即使是睡着了也不会安静。

当宝宝感冒时

（1）当宝宝患感冒时，最常见的症状是发热、流鼻涕、喷嚏。呼吸道分泌物中有许多病毒和炎性细胞。流鼻涕、打喷嚏是清除病毒及异常分泌物的有效途径。抗感冒药多数是针对发热、流鼻涕、喷嚏症状的，服用感冒药后，症状减轻了，但呼吸道黏膜却干燥了，不但不能清除病毒，还可使细菌乘虚而入，发展致下呼吸道感染。所以，婴儿感冒不要服用过多的抗感冒药。

（2）抗生素不是治疗感冒药，90%以上的感冒是病毒感染，尤其是感冒初期，不要动辄就使用抗生素，这不但不能治疗感冒，还使宝宝对抗

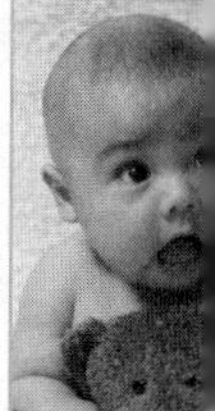

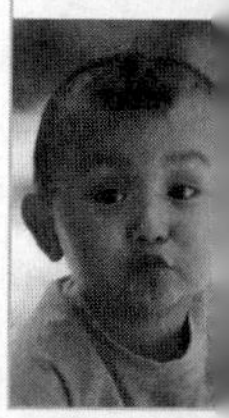

生素产生耐药性，是药三分毒，当它对疾病没有治疗作用时，就只剩下副作用了。

(3) 多休息、多睡眠、多饮水、适当退热、注意护理是治疗感冒、预防下呼吸道感染的好方法。

预防秋季腹泻

秋季腹泻是由轮状病毒引起的感染，好发季节是秋冬。易发于两岁以内婴幼儿，是流行较广的婴幼儿传染病。秋季腹泻是传染病，患有秋季腹泻的患儿可从大便中排出大量的轮状病毒，可于感染后1～3天开始排出，最长可排6天。

(1) 父母处理完患儿大便后要彻底清洗手部、被粪便污染过的物品，以免传播。

(2) 在腹泻流行季节，不要接触患病儿，不要带宝宝到人多的场所玩耍。

(3) 要保持室内空气新鲜、流通。

秋初防痱

有的宝宝在炎热的夏季没有患痱子，到了夏末秋初却生了痱子。夏季父母都比较注意预防，到了秋季，天气还不稳定，某一天，气温可达夏季那样高，但这时父母已经不再给宝宝勤洗澡了，结果就造成了秋季起痱子的现象。

(1) 虽然天气渐渐凉下来，也要坚持给宝宝洗澡。通过不间断的洗澡，提高宝宝对逐渐变凉的气候的适应能力。

(2) 不要过早给宝宝添加过多的衣服，睡觉时也不要盖得过厚。

预防咽炎

秋季湿度下降，空气逐渐变得干燥，婴儿出汗减少，喝水也减少，大多不会主动要水喝，咽部干燥，在咽部长存的细菌就会繁殖导致咽炎、气管炎等，这是造成婴儿易患咽炎的外在原因。

(1) 父母要督促宝宝多喝水，饮料不能代替白开水，尤其含糖多的饮料。

(2) 注意室内湿度，可使用加湿器，调解室内湿度。

(3) 减少宝宝之间相互感染的机会。

0875 冬季护理要点

预防流行腹泻

秋末冬初季节，婴儿容易患病毒性肠炎，要注意预防。在腹泻流行时期，少去公共场所，不要接触患腹泻的婴儿。一旦出现腹泻，要及时补充水分。

男婴下身的清洗

一般男宝宝大便后，家长都给宝宝清洗屁股，这是正常的，但是对于小男宝宝，很多家长做得还很不够。在儿童期，阴茎的包皮都包着龟头，其内温度高、湿度大，易于细菌繁殖，引起炎症，而且还容易产生一些白色物质，这些物质叫包皮垢。包皮包盖龟头的地方为“藏污纳垢”之处，是主要的清洗部位。所以，父母要经常将宝宝的包皮轻轻翻开，暴露出龟头，用洁净温水清洗。清洗时，动作要轻，忌用含药性成分的液体和皂类，以免引起刺激和过敏反应。清洗后，要轻轻擦干，将包皮轻轻翻转回去。

也有部分男孩包皮口过紧或生来就很狭小，千万不能强行翻转，否则会引起外伤或引起嵌顿性包茎。对这样的宝宝，除经常注意保持局部清洁、干燥外，应在学龄前4～6岁到正规医院泌尿科进行包茎手术。

女婴下身清洗

应该注意不要肛门和尿道处混合着洗，应该是先洗尿道口和阴道口处，后洗肛门处，一定要避免从后向前洗。擦屁股也一样，更要从前向后擦。

0876 免疫接种

满1岁时，要接种乙脑疫苗。

第七节 啼哭护理

0877 夜啼怎么办

夜啼俗称闹夜，是睡眠障碍的一种表现。引起夜啼的原因很多，各年龄阶段有其不同的原因和特点。夜啼虽然不是什么大病，但却困扰着许多父母。有的父母被夜啼宝宝闹得精疲力尽，整夜不能安稳入睡，甚至三更半夜跑到医院。可往往是父母急得满头大汗，宝宝到医院却高兴地满地跑，不哭了，也不闹了，这是为什么？

娇惯所致

(1) 父母一贯迁就宝宝一哭就摇、拍、哄，抱着宝宝满屋走。久而久之，宝宝把父母的“哄觉”当作自己的权利，无论你怎样疲惫不堪，宝宝都是日复一日，变本加厉，哭闹的时间越来越长。

(2) 要改变宝宝夜啼习惯，讲起来容易，做起来可不容易了。父母总是不忍心听着宝宝的大声哭喊，最终还是妥协。有的医生认为，对这样的宝宝，家长应该狠下心来，让宝宝知道，半夜醒来哭闹什么也得不到，采取不予理睬的办法。

(3) 这样结果会怎样呢？

- 第一个晚上哭20分钟，第二个晚上哭10分钟，第三个晚上也许就不哭了。这样的结果令人满意，但这样的宝宝太少了；即使有，可能也需要很长时间，才能慢慢不哭了。

- 宝宝不但不停止哭闹，而且越哭越严重。对于找不到任何原因的夜啼儿，还是拿出爱心来对待吧。耐心一点，再耐心一点，帮助宝宝改变过来。如果是父母从小“惯的”，也不要从现在起突然不惯着了，用截然相反的态度对待宝宝，慢慢来吧。

因孤独而产生的焦躁感

(1) 夜啼是焦虑的外在表现。半岁至一岁半的宝宝可能是由于孤独而产生焦虑，外在的表现可能就是夜啼。这样的宝宝大多性格内向，胆小，惧怕陌生人，当夜幕降临或夜间醒来时，因感孤独而焦躁不安，大声哭闹。

(2) 解决的方法是什么？坐在宝宝的身边，小声不间断地说一些让宝宝放心的话。如“宝宝不要怕，妈妈就在你的身边，放心睡觉吧。”每日要逐渐减少安慰的时间，渐渐停止安慰。如果长时间不能奏效，也只好铁石心肠了。索性不予理会，也许慢慢会好的。

绞痛样哭闹

(1) 表现的情形：宝宝在夜间睡眠中突然发生剧烈哭闹，无论如何也不能安抚，哭闹时伴有四肢乱舞，打挺，身体蜷曲，大汗，几乎近于尖叫，甚至歇斯底里。

(2) 导致绞痛样哭闹可能的原因是什么呢？

- 白天看了可怕的电视节目，入睡后常因恶梦而惊醒，哭闹不止。
- 被他人恐吓、打骂。这种可能性不大，但年轻保姆看的宝宝不能排除这种可能。
- 睡前活动剧烈，过渡兴奋。
- 受到刺激，如看病打针、接种疫苗、从较高处跌落。这样引起的一般都是偶尔一次夜啼。

当宝宝出现绞痛样哭闹时，父母往往急得不知所措，大多会把宝宝抱到医院。日常不要让宝宝看惊险的电视节目；不要给宝宝讲可怕的故事；不要在宝宝睡前吓唬宝宝，如“快睡觉吧，不睡觉的话，大老虎就会吃你来了”；也不要睡前和宝宝剧烈玩耍，以免神经过渡兴奋。

腹部不适哭闹

晚餐进食太多，品种太杂，进食不宜消化的食物。入睡后出现腹胀、腹痛，哭闹不止。所以晚餐不要让宝宝吃得过饱，不要吃煎、炸、烤的肉食品。

蛲虫作怪

(1) 出现的情形：宝宝夜眠后不久，大约半小时到两小时，突然出现剧烈哭闹，打挺，屁股撅起来，用手挠肛门。

(2) 当宝宝安稳入睡后，蛲虫爬至肛门皱折处或女婴外阴皱壁处排卵，使宝宝感到奇痒而突发哭闹。

(3) 父母这样做：

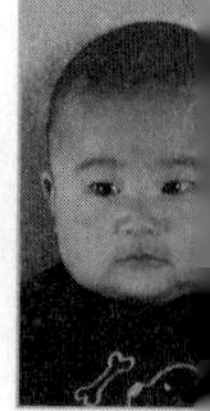
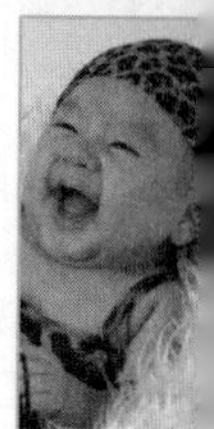
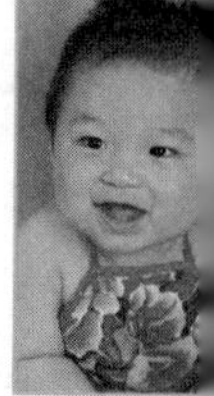

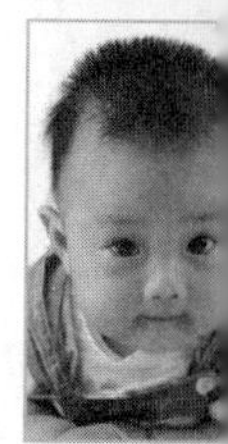

● 可扒开肛门或女婴外阴查看是否有小白线虫蠕动；

● 也可用透明胶带纸轻轻在肛门周围沾一下，在光线下，可以看到蛲虫虫体；

● 若妈妈不能发现又高度怀疑是蛲虫所致哭闹，可将蛲虫膏于宝宝入睡后涂于肛门口，若宝宝不再出现夜哭，就证明宝宝患有蛲虫病，应给予驱虫治疗。

可能的疾病

小儿夜啼还可见于一些疾病，如佝偻病、缺铁性贫血、铅中毒、营养不良、肠套叠等。疾病性哭闹原因比较复杂，需要看医生，应及时找出原因，加以治疗。

0878 婴儿啼哭怎么办

病因型啼哭和无病因型啼哭，表达的意思无非两种：“爸爸妈妈，我需要……”或者是“爸爸妈妈，我病了！”婴儿不具备说话能力，用什么方式述说自己的要求和需要、不适与痛苦，啼哭就是婴儿的语言，婴儿用这种特殊的语言和周围的人交流。父母可通过宝宝的哭声了解宝宝，给稚嫩的小生命以关怀、爱护，帮助他们解决饥饿、不适、痛苦与疾病等问题。

0879 疾病性啼哭破译

阵发性剧哭：“肚子疼啊！”

阵发性剧哭就是一阵阵发作的剧烈哭闹，发作的间隔时间长短不一，每次发作的持续时间也长短不一，常伴有躁动不安。由于间歇时嬉笑如常，有的父母就认为是宝宝发脾气闹人，忽视了疾病的可能。当发生阵发性剧哭时可能是急腹症，应及时看医生。

突发尖叫啼哭：“啊！我头痛欲裂！”

突发尖叫啼哭就是哭声直，音调高，单调而无回声，哭声来得急，消失得快，即哭声突来突止，很易被认为是受惊吓或做“噩梦”。突发尖叫啼哭可能是头痛的表达，是一种危险信号。

连续短促的急哭：“我喘不过气来。”

连续短促的急哭，其特点是哭声低、短、急，连续而带急迫感，好像透不过气来，同时伴有痛苦挣扎的表情。这是缺氧的信号。当出现此种啼哭时，妈妈应解开宝宝的衣领、裤带及各种束带，垫高肩部，使头略向后仰，颈部伸直，切莫紧紧抱着宝宝。

小鸭叫样啼哭：“嗓子难受得不行。”

小鸭叫样啼哭顾名思义，哭声似小鸭鸣叫，若同时出现颈部强直，则应考虑是否有咽后壁脓肿，应把这种哭声与一般的声音嘶哑相鉴别。声音嘶哑是感冒引起的咽炎，喉炎，而咽后壁脓肿较危险，若脓肿溃破脓汁可堵塞呼吸道危及生命，故若出现小鸭叫样啼哭应及时就医。

呻吟低哭：“我病得很重，没有力气大声哭了。”

呻吟和啼哭有所不同，它不带有情绪和要求，似哭又似微弱的“哼哼”声，表现无助的低声哭泣，是疾病严重的自然表露，当宝宝大哭大闹时，很易引起父母的重视，但宝宝在疾病过程中出现呻吟低哭，却往往被父母忽视。请尽快就医。

夜间阵哭：“我的屁屁奇痒难受！”

宝宝白天玩耍如常，入睡前还嬉笑，但入睡后不久（20分钟～2小时），出现一阵突然的哭闹，好像用针扎了一下，哭得突然，剧烈，这可能是蛲虫作怪。蛲虫多在宝宝入睡后爬到肛门周围产卵，造成宝宝肛门奇痒，若宝宝哭闹时用小手抓屁股有助于诊断，妈妈可在宝宝入睡后观察肛周有无“细线样小虫”爬出，或用龙胆紫涂抹肛周，也可用蛲虫膏涂抹。

夜间闭眼啼哭：“我总睡不沉，缺钙！”

宝宝夜间睡眠不安，如同惊吓一般，哭一会儿，睡一会儿，睡得很不安宁，很轻的动静就可引起宝宝哭闹，宝宝常呈睡状，闭着眼睛哭，同时出现肢体抖动，多是缺钙的表现。

嘶哑啼哭：“我嗓子是哑的。”

哭声嘶哑，呼吸不畅，一阵阵地哭伴咳嗽，声似小狗叫，发生的原因可能是咽炎。

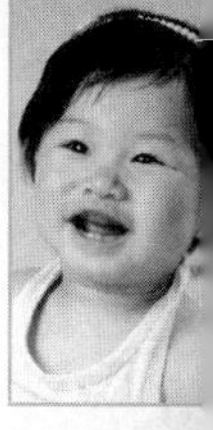

阵发性啼哭伴屈腿：“肚子总是疼！”

宝宝表现阵发性剧哭，双腿蜷曲，2～3分钟后又一切正常，但精神不振，间歇10～15分钟后再次啼哭，若再伴有呕吐，则肠套叠的可能性极大。

阵发性啼哭伴满床打滚：“我的肚子剧痛。”

宝宝阵发性剧哭伴满床打滚，额部出汗，面色发白，哭声凄凉，拒绝任何人触摸腹部。若欲上前触摸时，宝宝惊恐万状，很可能是胆道蛔虫，肠套叠；若哭闹并不很剧烈，忽缓忽急，时发时止，无节奏感，又喜欢揉肚子，则可能是肠蛔虫症，消化不良。

突发尖叫啼哭伴发烧，呕吐：“我得了很严重的病！”

宝宝突发尖叫啼哭同时伴发烧，喷射性呕吐，两眼发直，精神萎靡，面色发灰，可能患有脑膜炎等脑内感染性疾病。

突发尖叫啼哭伴阵发性青紫：“我的脑子好像憋坏了！”

新生儿出生时有产伤或窒息史，APGAR评分低，当出现尖叫样啼哭同时伴有阵发性青紫，面肌及手足抖动时，应想到脑出血的可能及缺血缺氧性脑病。

连续短促急哭伴咳喘：“你看看我的呼吸道坏成什么样子了！”

当患肺炎、毛细支气管炎时，可表现为连续短促的急哭伴咳嗽、喘憋，口唇发绀，鼻翼扇动等，还可伴有发烧。

连续短促的急哭不能平卧，拒乳：“我的心脏有毛病！”

患有先天性心脏病的婴儿，哭闹时表现为连续的短促急哭，同时伴有不能平卧，喜欢让妈妈竖着抱起，头部放到妈妈的肩上，拒乳，还可表现口唇青紫，点头样呼吸等，表明宝宝心脏可能有病患，应及时就医。

哭伴抓耳挠腮：“我的耳朵！我的耳朵！”

宝宝表现哭闹不安，夜间尤甚，同时伴抓耳挠腮，或头来回摇摆，不敢大声哭，多是急性中耳炎，外耳道疖肿或外耳道异物，若有脓性分泌物自耳中流出则更易诊断。

哭伴流涎：“我嘴里疼得要命！”

本来很干净的宝宝，变得流涎，下颌总是湿辘辘的，每当喂食时，引起哭闹。检查一下口腔是否有溃疡、疱疹、糜烂、齿龈肿胀等。

哭伴某一肢体不动：“动不了的地方疼啊！”

哭闹时多是四肢舞动，小手乱抓，小腿乱蹬，若哭闹时有某一肢体不动，或触动某一肢体时引起宝宝哭闹，则可能有关节、骨骼或肌肉病变，如关节脱位、骨髓炎、关节炎、软组织感染等。

排便性啼哭：“屁屁疼得厉害。”

排大便时啼哭，是由于肛门疾病引起，如肛周脓肿、肛裂、痔疮等；排尿时啼哭多由于尿道口炎症所致，男婴可由于包皮过长所致。

疝气小儿突发哭闹：“我突然岔气了！”

患有疝气的婴儿突发持续的剧烈哭闹，应注意有无疝气嵌顿，需到外科就诊。

哭与维生素A中毒：“补钙太多了，和缺钙一样难受！”

出现夜惊，诊断缺钙，就开始补充鱼肝油。鱼肝油由维生素D和维生素A组成，但摄入过多的维生素A可引起中毒，表现为哭闹不安，多汗，类似缺钙。若忽视了维生素A中毒的可能，继续误认为是缺钙，继续补充鱼肝油，甚至加大剂量，出现维生素A中毒将不可避免。

第八节 其他护理疑难解答

0880 呼吸道异物最危险

呼吸道异物有两大类，一是食物类，二是非食物类。食物类中主要有果仁、豆类、果核、果冻、鱼刺、米粒等。非食物类中，主要有脱落的玩具零部件，宝宝服装上的纽扣及装饰物，商品上粘贴的各种标签，比较薄软的塑料包装袋，橡皮玩具底座的金属哨笛，玩具上的球珠，螺丝，铅笔上的软铁环橡皮头，曲别针等，只要婴儿能放入口里的，都可能成为异物，堵塞婴儿呼吸道，后果不堪设想。

0881 父母是宝宝安全的第一道防线

（1）父母为婴幼儿购物时，要仔细检查有无可能脱落的异物。

（2）不要购买来路不明的劣质商品。

（3）衣服、玩具在用过一段时间之后，应注意纽扣、零部件等是否可能脱落。

（4）不要给这么大的宝宝吃瓜子、花生、豆粒等食品。

（5）吃饭时不要和宝宝嬉闹，以免把饭菜渣误吸到气管中。

（6）吃鱼时，一定要注意防止鱼刺刺伤喉部，甚至气管。

（7）不要给这么大的宝宝吃果冻等黏稠食品。

（8）宝宝身边、宝宝所在的空间都要安全第一，不能有丝毫的疏忽。

（9）不要认为不可能，要时刻想到宝宝身边是否存在发生意外事故的隐患。

0882 排除意外事故隐患

（1）室内的取暖设备、家用电器、各种电门开关、易碎物品、易倒物体、热水、明火等，都要避免宝宝触及。购买有防儿童开启装置的家用电器。电源插座和尖锐的桌椅拐角套上儿童保护套。

（2）小的陈列柜，如果比较轻，有劲的婴儿可能会把它推倒，把自己压在下面。

（3）爸爸放在烟灰缸里的未完全熄灭的烟头，可能会让宝宝拿到手里，放到嘴里，不但会烫了宝宝，还可能把烟头吃进去。

（4）爸爸吸着烟抱宝宝，烫伤宝宝的事情时有发生。吸烟对宝宝的危害，还不仅仅是安全问题，婴儿被动吸烟，对宝宝的健康危害也是很大的。所以，有宝宝的家庭，最好不要吸烟。

（5）卫生间里放着一盆水，婴儿如果掉进水盆里，如果水呛到气管就有发生危险的可能。所以，不要把有水的盆子放在地上。浴缸不要存水，要随时排尽。

（6）卫生间的座便器最好用防儿童锁锁上盖，防止宝宝头朝下跌入。

（7）宝宝的能力是父母想象不出来的。1岁的婴儿能把液化气缸瓶上的开关拧开，这无论如何也令人难以想象，可有的婴儿确实能办到。

（8）烫伤是最令亲人心痛的，可偏偏容易发生，刚刚煮开的奶或粥，放在婴儿能够到的地方，婴儿就有可能把手伸进去抓，也会把锅扒翻，滚烫的奶或粥会烫伤宝宝的皮肤。

（9）把暖水瓶弄翻，这是在护理中常遇到的危险。

（10）宝宝误服药物、化学物品也是很常见的意外。一定要保管好家用消毒剂、清洁剂、洗涤剂、杀虫剂等，避免宝宝误服。

（11）避孕药如果让婴儿误服了，是很麻烦的事，可婴儿误服避孕药的事却时有发生，一定要引起重视。

（12）脑外伤是最令亲人担心的，可是防不胜防。从高处坠落以及高空坠物砸伤是脑外伤的主要原因。

0883 踮着脚尖走怎么办

不到1岁的婴儿，刚刚学习走路，有的婴儿走得比较早，11个月可能就会独立走几步了，有的婴儿要到1岁半时才能独立走路。走路早晚，与婴儿智力没有直接的关系。

刚刚学会走路的婴儿可能用脚尖踮着走，这是很正常的。还有的婴儿开始走路时，右腿成“罗圈腿”，左腿好像拖拉着，像个“小拐子”，这也是正常的。随着婴儿走路的平稳，慢慢就纠正过来了，父母不必着急。

宝宝学习走路是有个过程的，不可能上来走

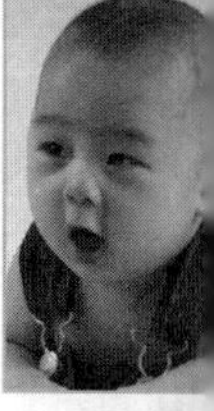

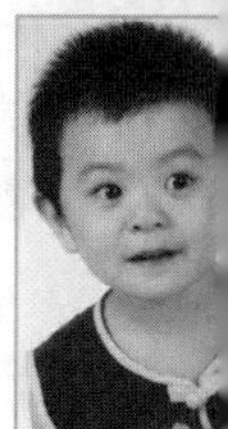
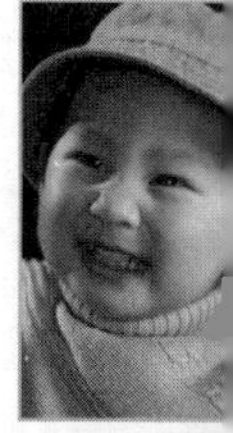
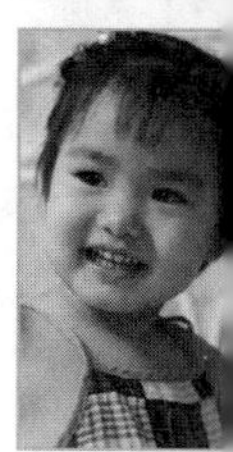

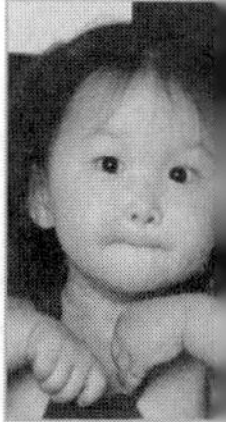

得就那么好。不要动辄就认为宝宝“腿不直，缺钙了”。又是照X光片，又是验血。刚刚学会走路的宝宝就有笔直的小腿，走路很标准，这不大可能。

0884 吃饭问题仍然困扰着父母

永久的话题

对于一些父母来说，这个问题可能是个永久的话题。出生后食量就小的宝宝，到了这个月龄，食量突然变大并不多见。父母为了让宝宝多吃些，可以说是伤透了脑筋。几乎是什么办法都想了，就是没有效果。我们在实际工作中，也发现了这样的问题，父母来就诊，主诉宝宝不吃饭的很多。

这不是宝宝的问题

当你告诉她，不要给宝宝吃加餐了，妈妈会说，这宝宝根本就不吃零点。如果告诉妈妈，宝宝吃得少，就少吃些米面，多吃些肉蛋，以保证足够的蛋白质，妈妈就会说，这宝宝米面和蛋肉都吃不了几口。可这宝宝到底吃些什么，妈妈总是说几乎什么也不吃，是“佯活着”。检查了各方面，一切正常，连体重身高都在正常范围，也查不出疾病情况。我想，这就不是宝宝的事情了，而是妈妈的事情了。宝宝不吃是不会长大的，什么也不吃，怎么长这么大的，妈妈也奇怪。其实，宝宝什么也不吃是不可能的，只是距离妈妈的要求相差得太远了。

吃饭从现在开始妈妈说了不算

我想告诉妈妈们，对于宝宝吃饭问题，要有科学的态度，在认为宝宝不吃饭时，首先要看一看宝宝的生长发育如何，如果宝宝身高体重正常，运动能力也正常，精神、睡眠都很好，不要总是强迫宝宝吃更多的东西。这个月龄的婴儿，应该吃什么妈妈再也说了不算，宝宝自已有主意了，妈妈在喂养上，要学会尊重宝宝的选择。

宝宝更喜欢和家人共同进餐。单独喂饭不如放到餐桌边一起吃更好。更多的婴儿喜欢吃大人的饭菜，这是好事，可以节省妈妈做饭的时间，从而腾出更多的时间陪宝宝玩。婴儿逐渐成了美食家，会品尝妈妈的手艺了。不用心做，就会罢餐。食量小的婴儿，对食物往往比较挑剔。

宝宝不吃饭，都是父母惹的祸

在临床工作和大量的健康咨询中，时常遇到因为宝宝不爱吃饭而看病或咨询的父母，而且，这样的“厌食”越来越多。到底是什么原因导致的呢？事实上，在这些“厌食”的宝宝当中，真正由于疾病导致的，可以说是微乎其微。能称得上“厌食症”的，更是少之又少。绝大部分都由于父母在护理宝宝中方法不当所致。

0885 非疾病性厌食怎么办

厌食指的是比较长时间的食欲减低或消失。引起厌食的主要因素如下。

（1）局部或全身疾病影响消化系统功能，使胃肠平滑肌的张力降低，消化液的分泌减少，酶的活动减低。

（2）由于中枢神经系统受人体内外环境各种刺激的影响，使消化功能的调节失去平衡。引起厌食的器质性疾病，常见的有：消化系统的肝炎、胃窦炎、十二指肠球部溃疡等。锌、铁等元素缺乏，微量元素锌缺乏会使宝宝味觉减退而影响食欲。微量元素缺乏是厌食的原因，也是不良饮食习惯的结果。

（3）长期使用某些药物如红霉素等，也可引起食欲减退。

（4）长期的不良饮食习惯扰乱了消化、吸收固有的规律，消化能力减低。

事实上，由于疾病引起“厌食”在临床中所占的比率是非常低的。不良的饮食习惯和喂养方式所导致的非疾病性“厌食”，如偶尔不爱吃饭、短时食欲欠佳、一段时间食欲不振，是最常见的情况。

莫让“厌食”情景再重演

新生儿生下来就会吸吮奶头，吃是宝宝的第一需要，当一个健康的婴儿饥饿时，倘若不给奶吃，就会拼命哭闹。因为吃是维系自身生命必不可少的。随着宝宝不断长大，吃的能力应该是越来越强，什么原因使宝宝生来具有的本能削弱，甚至最终导致厌食？为什么吃饭问题如此常见，成了门诊中的“常见病”？如果父母们不让上面的情景重演，就不会有这么多的吃饭问题。

不要把宝宝吃饭看得太重

有些父母把宝宝吃饭与爱紧密相连，似乎只有把大量的鸡鸭鱼肉塞入宝宝的肚子里，宝宝才能长得好，于是就填鸭似的拼命给宝宝塞。都是些高蛋白，宝宝怎能吃得消？其实，让宝宝吃得清淡些，换换口味，反而能使宝宝保持旺盛的食欲，有利于消化吸收。肠胃和人一样，也需要休息，高蛋白的食物吃多了，肠胃得不到休息，消化不良，食欲下降是难免的。

娇惯宝宝，像羊吃草一样吃饭

父母一味地迁就宝宝，让宝宝边吃边玩，东游西荡，想吃就吃，不管是不是吃饭的时间。这样长久下去会严重影响宝宝食欲。让宝宝养成良好的进食习惯，到了吃饭的时间和环境就产生条件反射，胃液分泌，食欲增加。把吃饭当成一种有序的事情，如饭前洗手、搬小椅子、分筷子等，有意识地制造一种气氛，让宝宝感觉到吃饭也是一件认真愉快的事情。

过多吃零食，尤其是饭前

如果父母不限制宝宝吃零食，血液中的血糖含量过高，没有饥饿感，到了吃饭的时候，就没有了胃口。过后又以点心充饥，造成恶性循环。要想解决宝宝“吃饭难”，应该坚决做到饭前两小时不给宝宝吃零食。

按时按顿进餐

按顿吃饭，三正餐两点心形成规律，消化系统才能劳逸结合。

控制吃零食的时间

正餐前，宝宝渴望进食。这时可能饭菜还没有准备好，或者还没有到吃饭的时间，但距离正餐时间也就是个把小时。这个时候绝不能给宝宝吃零食，零食不能排挤正餐，应该安排在两餐之间，或餐后进行。

节制冷饮和甜食

冷饮和甜食，口感好，味道香，宝宝都爱吃，但这两类食品均影响食欲。中医认为冷饮损伤脾胃，西医认为会降低消化道功能，影响消化液的分泌。甜食吃得过多也会伤胃，最好安排在两餐之间或餐后1小时加甜食。

膳食结构合理

每天不仅吃肉、乳、蛋、豆，还要吃五谷杂粮、蔬菜、水果。每餐要求荤素、粗细、干稀搭配，如果搭配不当，会影响食欲。如肉、乳、蛋、豆类吃多了，会因为富含脂肪和蛋白质，胃排空的时间就会延长，到吃饭时间却没有食欲；粗粮、蔬菜、水果吃得少，消化道内纤维素少，容易引起便秘。有些水果过量食入会产生副作用。橘子吃多了“上火”，梨吃多了损伤脾胃，柿子吃多了便秘，这些因素都会直接或间接地影响食欲。

烹调有方

食物烹调一定要适合宝宝的年龄特点。如断奶后，宝宝消化能力还比较弱，饭菜要做得细、软、烂；随着年龄的增长，咀嚼能力增强了，饭菜加工逐渐趋向于粗、整；为了促进食欲，烹饪时要注意食物的色、香、味、形，这样才能提高宝宝的就餐兴趣。

睡眠充足、增加活动、按时排便

睡眠充足，宝宝精力旺盛，食欲感就强。睡眠不足，无精打采，宝宝就不会有食欲，日久还会消瘦。活动可促进新陈代谢，加速能量消耗。按时大便，使消化道通畅，促进食欲。

吃饭环境，愉快又轻松

父母同宝宝一起进餐，可营造一种和睦、轻松、愉快的氛围，好的情绪有助于调节宝宝植物神经系统和大脑摄食中枢的功能，促进消化酶的分泌和活性的提高。

强迫宝宝进食不可取

对确有厌食表现的宝宝，如果是疾病所致应积极配合医生治疗。同时爸爸妈妈要给予宝宝关心与爱护，鼓励宝宝进食，切莫在宝宝面前显露出焦虑不安、忧心忡忡，更不要唠唠叨叨让宝宝进食。如果为此而责骂宝宝，强迫宝宝进食，不但会抑制宝宝摄食中枢活动，使食欲无法启动，甚至产生逆反心理，拒绝进食，就餐时情绪低落。

纠正不良饮食习惯

● 饮食结构不合理，过多摄入高糖、高蛋白、高脂肪等浓缩食品可导致食欲下降，如巧克力、奶糖、果奶、奶酪、干奶片等。过多食入话梅、果冻及膨化食品可损伤脾胃。

● 暴饮暴食。有的父母见宝宝喜欢吃的食物，就毫无限制地让宝宝吃个够，养成了暴饮暴食的不良饮食习惯。

● 偏食、挑食。这是现代宝宝常有的不良饮食习惯，宝宝天生喜欢吃甜的香的，尤其喜欢吃烧烤、油炸食品，而不喜欢吃蔬菜和杂粮。过多食入烧烤类食物，不但可减低蛋白质的利用率，还有被感染上寄生虫的危险，且肉类中的核酸在梅拉得反应中，可产生基因突变物质，这些突变物质和烧烤环境中的3，4-苯等有致癌作用。很多宝宝喜欢吃高热量的洋快餐，长此以往导致宝宝营养不均衡。挑食和偏食对宝宝的健康危害是很大的。

● 过多摄入冷食。婴儿胃黏膜娇嫩，对冷热刺激都十分敏感，易受到冷热食的伤害，若进食冷热不均，更易损害胃肠道功能。导致食欲下降，甚至厌食。

● 过多饮用饮料。宝宝们普遍喜欢喝甜饮料、碳酸饮料、含可可粉饮料等，都可引起腹部胀气，嗳气，消化不良，使宝宝食欲减低。

0886 不困不要逼宝宝睡觉

睡觉晚的婴儿，可能到了11点还不能入睡。对于这样的婴儿，妈妈不要早早地把宝宝弄进被窝。让宝宝玩困了，再让宝宝睡，以免养成不哄就不睡的习惯。白天让宝宝少睡，如果午睡起得太晚，或傍晚又睡一觉，要进行睡眠时间调整。如果父母也喜欢晚睡，晚起，宝宝睡晚些，对父母有利，否则宝宝睡得早，起得就早。

有的父母可能会担心宝宝睡得太晚，会影响宝宝长个。只要能够保证充足的睡眠时间，就不会影响宝宝身高增长的，当然宝宝还是早睡些好，以不超过晚上10点为限。有的婴儿白天不爱睡觉，即使勉强睡了，也是一会儿就醒。这是精力旺盛的宝宝，晚上宝宝的睡眠质量很好，对于这样的宝宝，也不必非要像其他宝宝那样白天睡两觉。只要宝宝精神好，生长发育正常，睡眠习惯是有个体差异的。不能认为一天睡14个小时的宝宝，就比一天睡12个小时的宝宝好。

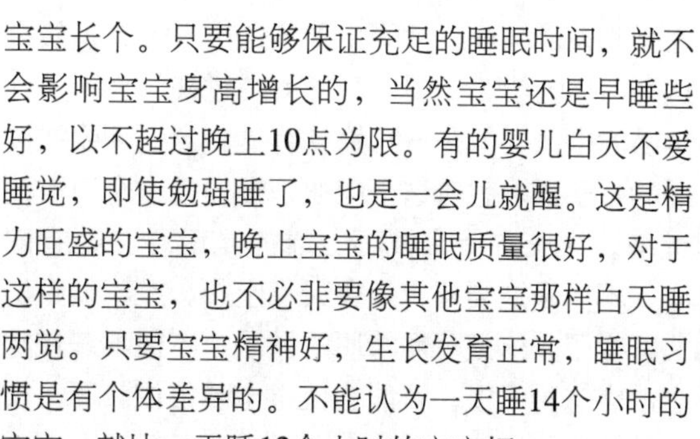

0887 湿疹仍然不好

大多数婴儿随着乳类食品摄入的减少，饭菜的增加，湿疹会逐渐好转，基本上就消失了。但是，到了1岁，湿疹仍然不好的也有，有的婴儿还会因为吃海产品而加重，这样的婴儿多是过敏体质。

有的婴儿，到了这个月龄，湿疹表现开始变化，不再是面部了，转移到耳后、手足、肢体的关节屈侧或其他部位，这时的湿疹就叫“苔癣样湿疹”。除了过敏原因外，可能与缺乏维生素有关，在外用药物治疗的同时，应口服多种维生素。

0888 不良习惯可能就从这时养成

寻找安抚物

有吸吮手指习惯的婴儿，到了这个月龄，可能不再吸吮手指，而开始寻找安抚物了。婴儿用的枕巾，小毛巾被，布娃娃，绒毛小狗，都可能成为宝宝的安抚物。宝宝开始把这些东西，作为自己的安抚物，对这些东西产生某种依恋。

父母可以尽量避免宝宝寻找安抚物。发现有这种倾向时，不能加以鼓励，如果宝宝很喜欢绒毛小狗，就要有意把小狗拿走，换上其他玩具。不断更换宝宝的用物，就可避免宝宝寻找到安抚物。

吸奶瓶入睡

有的婴儿，不吸奶瓶就不能入睡。这对很小

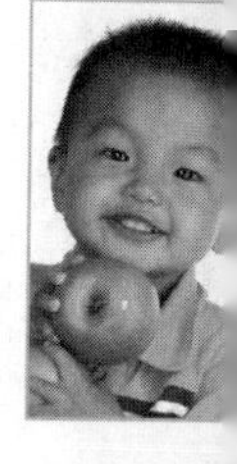
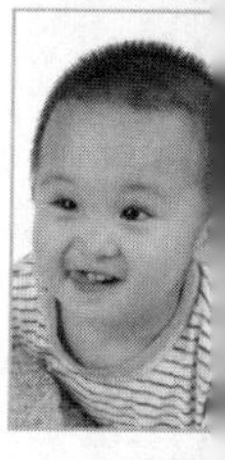
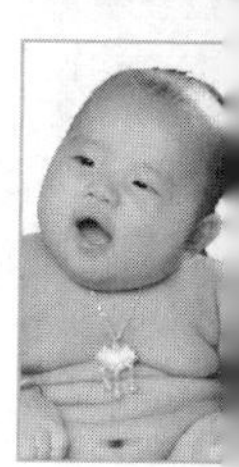

的婴儿来说是很正常的。到了这个月龄，仍然有这种习惯的婴儿，要一下子改变过来，也不是件容易的事情。但是，妈妈要有这种意识，要在今后的日子里，想着这个问题，慢慢把这个习惯改过来。这没有什么技巧，靠的是耐心。要有耐心，不能强迫婴儿，从今天晚上起，就不能吸奶头睡觉了，这是一厢情愿的做法。不但不能使宝宝改变这种习惯，可能会使宝宝更加依赖了，宝宝就有这种牛劲。

玩鸡鸡

这个问题，在前面的章节中谈过了。需要强调的是，不要对宝宝玩鸡鸡加以赞赏，不要让宝宝知道，父母及周围的人，都对他的小鸡鸡很感兴趣，很关注，是他的光荣。让宝宝“忘记”他有小鸡鸡，是避免宝宝玩小鸡鸡的好办法。如果大了，还这样，就会成为男孩手淫的雏形。

交叉腿综合征

有的女婴两腿夹得很紧，肌张力比较高，停止活动，面色发红，两眼凝视，片刻转为正常，妈妈看到这种情况时，应及时抱起宝宝，或转移宝宝的注意力。这种情况多在睡醒后或入睡前发生。出现这种情况时，妈妈可在入睡前，和宝宝在一起，给宝宝讲故事。宝宝睡醒后，及时给宝宝把尿，更换尿布。要保持外阴清洁。如果任其发展，可能会成为交叉腿综合征。

自闭症和孤独症的隐患

总是吓唬宝宝，动不动就斥责宝宝，或者夫妻之间关系紧张，总是吵闹打架，对宝宝的心理影响很大，是导致宝宝自闭症和孤独症的隐患。应该创造一个和睦幸福的家庭氛围，让宝宝在宽松和谐的环境中成长。

娇生惯养能力低下

什么都不让宝宝自己做，一切都代劳，这会使宝宝的社会交往能力低下。

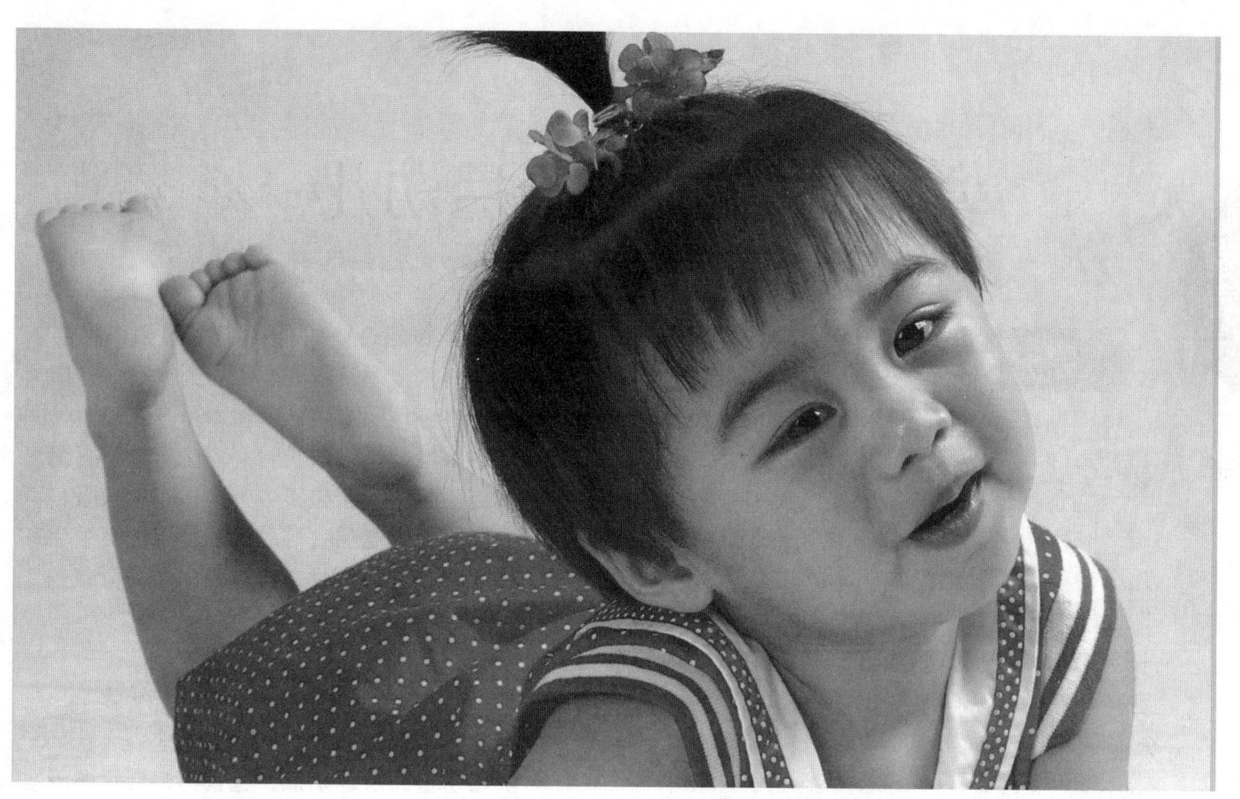

幼儿篇

YOU ER PIAN

郑玉巧育儿理念

- 你的宝宝是唯一的：没有适合所有父母和所有幼儿的金科玉律
- 父母是宝宝的第一任老师：父母言行举止对宝宝潜移默化的影响是巨大的
- 理解幼儿丰富的情感世界：宝宝开始需要精神的乳汁来哺育
- 崭新的心灵是没有“问题”的：没有问题宝宝，只有问题父母
- 守护和谐幸福的家庭：幼儿健康的心灵，胜过所有智力开发
- 提高免疫力是不生病的秘密：请给幼儿到大自然中锻炼的机会
- 规避药物伤害：“无药而医”仍是治疗幼儿疾病的最高境界
- 宝宝是一本百读不厌的书：细细品读宝宝的“一千零九十五个日日夜夜”

第一章　1岁1个月幼儿（12～13月）

第一节　幼儿期与婴儿期的差异

0889 体重增长缓慢

相对于身高来说，体重增长缓慢，在未来的几个月里，体重都没有明显的增加。进入幼儿期，宝宝已不以乳类食品为主了，肌肉和骨骼生长更迅速，皮下脂肪不再像婴儿期那样饱满丰富。从外观上看，宝宝不再那么“肥”了。宝宝过周岁生日时体重是11千克，一个月过去了，宝宝体重可能仍然是11千克，甚至过去两三个月，体重才增加几两。没关系，只要给宝宝提供了合理的饮食结构，保证宝宝营养供应，宝宝身体就会健康地生长，妈妈不要着急。

0890 精细运动能力飞速发展

幼儿期宝宝，大运动能力进入缓慢、稳步发展阶段，但在精细运动能力方面，却会飞速发展。宝宝手的精细运动能力进步很快，有一位刚满13个月的宝宝，竟然能用遥控器把电视打开，如果不是亲眼所见，我也难以置信。宝宝有无限的潜能，爸爸妈妈需要的不是如何想办法去开发，而是给宝宝创造充分的条件和空间，顺势而为，让宝宝的能力自然流出。

0891 手眼协调能力增强

在妈妈示范下，宝宝会把小珠子放进小盒。看起来，宝宝松手放珠子的动作有点笨笨的，松手前还要把手放在盒子上歇一会儿。如果妈妈要求宝宝把小珠子从盒子中拿出来，宝宝会听从妈妈的指令，把手伸进盒子里取出珠子。

宝宝能够配合妈妈伸出小胳膊和小腿穿衣服。但是，宝宝通常不能把注意力放在这些事情上，总是不停地手舞足蹈，使本可以在很短时间内做完的事情，要用很长时间才能完成。妈妈可利用宝宝短暂的注意力集中，换尿布穿衣服，可在穿衣服时给宝宝唱歌讲故事，当宝宝集中注意力听妈妈唱歌讲故事时，宝宝身体活动会减少，给宝宝穿衣服就容易多了。

0892 生病频率高，但大多是小恙

随着宝宝月龄的增加，爸爸妈妈会更多带宝宝做户外活动，到比较远的地方旅游。还会带宝宝去一些公共场所，比如动物园、游乐场、电影院、戏院、百货商场、超市等。可能还会带宝宝到有小朋友的家中做客，带宝宝到亲子课堂，和更多的宝宝玩耍，或参加一些开发潜能的训练班。因此，宝宝生病的频率可能高了，但大多是小恙，爸爸妈妈无需过于紧张，一次次地跑医院。

0893 体格发育稳定，能力发育快速

幼儿体格发育不像婴儿那样明显，进入到了相对稳定期，发展变化比较缓慢。但是，能力发展却进入了快车道，常常叫爸爸妈妈毫无心理准备，感觉宝宝“闹人”了。十几天前，宝宝还喜欢安稳地躺在妈妈的怀抱里，现在却要离开妈妈的怀抱，去探索未知世界了。

0894 宝宝可以独自站立了

到了这个月龄，绝大多数宝宝不再需要爸爸妈妈的搀扶或扶着其他物体，就能够单独稳稳地站立了。部分宝宝还不能独自行走，虽然可以向

前迈几步，但爸爸妈妈不在前面接着，宝宝可能会向前摔倒。

有个有趣的现象：当宝宝摔倒时，如果爸爸妈妈不表现出紧张、害怕，周围的人不大呼小叫，而是平和地看着宝宝，用鼓励而轻松的眼神望着宝宝；或干脆若无其事地做别的事情，用余光关注着宝宝别出意外，宝宝就不会因为摔倒而哭闹。宝宝会自己起来，仍然表现出愉快的神情，不会惧怕再次摔倒，继续乐此不疲地练习走路。相反，如果爸爸妈妈对宝宝摔倒表现得很紧张，宝宝就会哭闹给你看，还可能失去练习的兴趣。

0895 牵着爸爸妈妈的手迈出人生第一步

当爸爸妈妈牵着宝宝的双手或单手时，大多数宝宝都能比较顺利地往前走。当宝宝向前走的时候，全身都参与进来，小脸呈现出紧张的神态，小嘴翘翘着，两眼没有目的地望着前方，还常常由于紧张而流出口水。当宝宝能够迈出第一步的时候，对走开始表现出异常的兴趣，总是要挣脱妈妈的怀抱，下地走路，因为幼儿喜欢面对新的挑战。

幼儿的平衡能力是协调行走的关键，无论幼儿何时开始学习走路，经过6个月的努力，绝大多数都能比较顺畅地独立行走，并基本能够接近成人的步伐。光着脚走路可以促进幼儿脚掌、脚踝和腿部的肌肉发育。所以，尽量让宝宝光着脚练习走路。

0896 宝宝有了自己的主意

宝宝不想吃的东西，妈妈很难再按照自己的想法喂给宝宝。宝宝不喜欢的东西，会毫不犹豫地扔到地上。妈妈越是不让动什么东西，宝宝越要去拿。这个时期的幼儿，见到什么都想摸一摸，遇到什么都想尝试一下。幼儿有了自己的愿望和喜好，如果父母强烈干预，就会招致宝宝大声哭闹或者大呼小叫，这是幼儿表示反抗的方法之一。

1岁以后的幼儿，开始逐渐有了独立的思想和意愿，如果父母没有学会尊重宝宝，宝宝就会反抗。你的宝宝真的发生了翻天覆地的变化，“乖宝宝”不见了。父母好不容易掌握的养育方法，一下派不上用场了，父母突然觉得一切都变得复杂起来。于是，有的妈妈问：宝宝怎么不可爱了？其实，不是宝宝不可爱，而是宝宝在认识、情感、心理上更进了一步。

0897 语言理解关键期

有的宝宝能够说出一两个成人能听懂的句子。大多数宝宝在1岁左右说出人生中的第一句话——这是成长的里程碑。在宝宝语言发展的最初时期，父母不要泛泛地和宝宝说话。比如，当宝宝闹着要到外面去玩，而这时外面正在刮风下雨，暂时不能带宝宝到户外活动，父母不要说：宝宝是个乖宝宝，要听爸爸妈妈的话。而是要具体地告诉宝宝：外面正在下雨，刮很大的风，现在不能出去玩，等到雨停了，我们再出去玩。如果宝宝不理解妈妈的话，可以带宝宝到外面亲自看一看下雨的场面。

这个年龄段的幼儿，绝大多数能够听懂成人一些话的意思了。但是，大多数幼儿还不能用语言来回应父母，常常通过动作、手势、声音等表示他的意思。幼儿通过肢体语言，能做出一两个让成人明白的示意。

0898 添加固体食物关键期

宝宝已经进入幼儿期了，如果妈妈还不敢给宝宝吃固体食物，不但会使宝宝乳牙萌出时间推迟，还会影响宝宝咀嚼和吞咽功能的发展，尤其是吞咽和咀嚼协调能力的发展，导致日后吃饭困难。医学上有这样的例子，如果宝宝出生后一直不让宝宝吸吮，宝宝一直都不会吸吮，这就是“关键期”的意义。

幼儿在整个发育过程中，有几个关键期，错过了发育关键期，幼儿的发育就会落后，甚至停

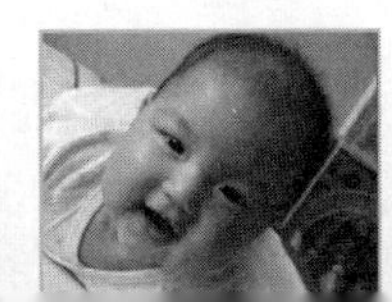

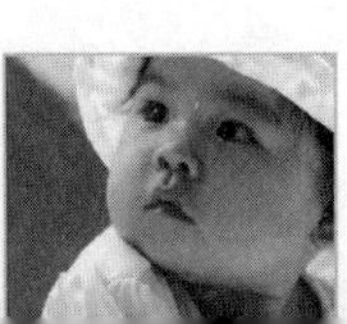

滞。以后即使付出百倍的努力，都难以达到应有的发育水平。

第二节 体格与体能发育

0899 体重、身高、头围、前囟

（1）体重。尽管1岁以后幼儿体格发育速度有所减缓，但在1～2岁的一年中，体重仍呈稳步增长趋势，一年增长2.5千克左右。

好动或吃饭不太好的幼儿，到了满13个月的时候，体重可能不但没有增加，还略有下降。遇到这样的情况，父母不必着急，这是因为宝宝告别了婴儿肥阶段，身上的肉开始变得结实起来。从外观上看，宝宝会显得比较瘦，肥嘟嘟的脸蛋不见了，婴儿期的“满月脸”逐渐消失了。如果宝宝在婴儿期有倒睫的话，随着肥嘟嘟的婴儿脸的消失，倒睫就会不治而愈。

（2）身高。与婴儿期相比，幼儿期宝宝身高增长速度有所减缓，但仍处于生长发育的高峰期。幼儿期以后，体格发育开始逐渐进入缓慢生长阶段。到了青春期前后，又开始进入第二个生长发育高峰期。1～2岁宝宝，年平均身高增长标准为：女孩10厘米左右，男孩13厘米左右。

满13个月的宝宝，身高与满12个月宝宝相比，并没有显著的差异。有的宝宝身高显著高于同龄宝宝，也有的宝宝身高显著低于同龄宝宝，但并不意味着宝宝有疾病情况，身高与遗传关系非常密切。

（3）头围。宝宝在婴儿期，头围增长非常显著，进入幼儿期后，头围的增长就没有那么明显了。相对于身高的增长，头部似乎不再长了，甚至显得比以前还小了。实际上，宝宝的头围并没比以前小，还是在不断地增长着，只是速度放缓了，身体比例越来越匀称了。

（4）囟门。满13个月的宝宝，前囟可能已经闭合。但有的宝宝满13个月时，还能明显地摸到前囟，这并不意味着宝宝有病。囟门闭合存在着个体差异，有的宝宝囟门闭合较早，有的宝宝囟门闭合较晚。不要因为宝宝囟门还没有闭合就增加钙的补充量。

0900 宝宝小手越来越灵活

扔小球

宝宝能够单手扔球，站着时，能把小球抛出100厘米左右；坐着时，能把小球抛出50厘米左右，但宝宝还不能把小球抛到指定的地方。宝宝看着一个方向，但球却扔到另一个方向，宝宝手里的球不能“听从宝宝指挥”。抛物是身体的协调动作，需要大脑和整个神经肌肉系统的协调运动。

把手伸进瓶口

妈妈把装有小花球或彩色珠子、瓶口比较小的瓶子给宝宝玩，宝宝会把手指从瓶口伸进去，试图把瓶子中的东西拿出来。可是因为瓶口太小了，无论怎么努力，也取不出瓶子里的小花球和彩色珠子。妈妈开始观察宝宝：把瓶子丢到一边不再理会？开始大声叫？开始哭？抱着瓶子摇晃？翻来覆去地看瓶子？这些表现都有可能出现，宝宝的表现很正常。宝宝把瓶口朝下，希望小花球从瓶口中出来？如果你的宝宝有这样的表现，那真令人震惊。

当宝宝遇到这样的困难时，妈妈要及时帮助宝宝，这不属于代劳，也不会让宝宝变得懒惰，不动脑子。对于这个月龄的宝宝来说，只要有取出瓶子中小花球的欲望就足够了。妈妈可演示给宝宝看：把瓶子倒过来，口朝下，小球就出来了。然后再把小球放到瓶子中去，再倒出来，反复做3次，第4次开始让宝宝做。要特别注意，宝宝容易把小花球或彩色珠子放入口中，会发生危险，因此爸爸妈妈一定要在场，防止意外发生。

发现响声

1岁以前的宝宝，摇晃带有响声的玩具，不能意识到声音是摇晃的结果。1岁以后，宝宝会突然醒悟：原来摇晃玩具会发出好听的响声。但

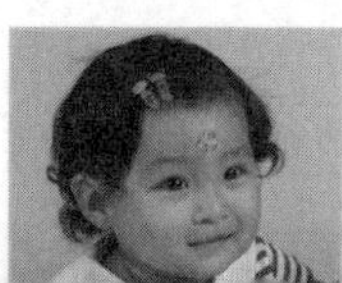

是，宝宝只是发现了这种现象，并不能理解这响声是物体间相互撞击产生的。所以，宝宝会摇晃所有他能拿到手里的东西，如果没有发出响声，宝宝会感觉到很奇怪。

爸爸妈妈可用小球和瓶子做这样的演示：把小球放进瓶子，轻轻摇晃，再让宝宝亲自摇晃几下。然后，把小球倒出来，轻轻摇晃瓶子，再让宝宝亲自摇晃几下。慢慢地，宝宝就会明白这种现象了。

帮宝宝演示，不同于帮宝宝做事，爸爸妈妈的目的是让宝宝明白并发现一种现象，以此训练宝宝观察事物的能力。宝宝也能举一反三，发现其他有趣的现象。

游戏：取小球

宝宝看到瓶子中有小花球，会隔着瓶子试图把球拿出来。很快，宝宝可能就发现了取出花球的秘密：从瓶口取出来，因为球是从瓶口放进去的。宝宝通过自己的努力和聪明才智把球取出来了，父母要及时表扬，肯定宝宝的独立创造性。通过爸爸妈妈的启发，宝宝领会了，也把小花球取出来了，父母要肯定宝宝的领悟能力，要表扬宝宝的模仿能力。如果宝宝因取不出花球而哭闹，没了耐心，父母很快就把球取出来，这是比较糟糕的方法。不要让宝宝养成用哭要挟父母的习惯。

0901 爬着走、走着跑、跑着跳

自由自在地爬着走

1岁以后绝大多数宝宝都能够自由自在地爬着向各个方向前进或后退，但还不会自由爬的宝宝并不少见，父母不必焦虑和担忧，宝宝爬得晚，并不意味着发育落后。往往会出现这样的情况：爬得晚的宝宝，会站和会走的时间大大提前。父母不要为宝宝一项能力发育慢而怀疑宝宝的发育有问题，更不要感到内疚，宝宝天生就具有这些运动能力，每个宝宝都会按照自己的发育阶段和时间正常发育和成长起来。重要的不是千方百计地训练宝宝，而是在宝宝成长发育的关键期，适时而恰当地为宝宝创造良好的锻炼环境，提供有利时机，以平和的心态对待成长中的宝宝。父母对宝宝报以欢快的笑脸，投以鼓励的眼神，对宝宝的健康成长和正常发育起着巨大的作用。

走路与父母训练的关系

大多数宝宝在12个月到14个月，开始蹒跚学走。是否能够独立行走并不重要，重要的是宝宝是否有走的愿望。倘若宝宝没有这种愿望或一点兴趣也没有，甚至比较反感，爸爸妈妈就没有必要锻炼宝宝走路。宝宝所有能力的拥有都是基于生理上的成熟，只有达到某种运动的生理成熟度，才有表现这种能力的愿望。爸爸妈妈所要做的就是给宝宝创造条件。宝宝所有的能力都不是爸爸妈妈逼出来的，也不是训练出来的，如果宝宝没有这种潜在的能力，没有达到生理上的成熟度，爸爸妈妈再努力也训练不出来。

宝宝走路的早晚与父母训练的关系并不是很大。走路有早有晚，每个宝宝之间都存在着一定的差异，9个月就会蹒跚走路的宝宝并不稀奇，到了2岁走不好的宝宝并非意味着发育落后。

刚学会走路的宝宝可以有各种姿势：有“外八字”，两只脚向两边撇开。还有的宝宝刚开始走路时比较正，慢慢地出现了“内八字”。无论是“外八字”还是“内八字”，都是幼儿早期学习走路时出现的正常姿势，父母没有必要试图矫正。随着宝宝的长大，自然会像成人一样正正当当地行走了。

走着跑是宝宝走路的一大特点，妈妈常说她的宝宝还不会走就要跑。其实，这是宝宝还不能很好地控制自己的身体的缘故。当宝宝起步向前走时，惯性使宝宝向前冲，似乎和跑一样。当宝宝能够很好地控制身体的时候，就能稳稳当当地一步一步地向前走了。

用脚尖走路

妈妈可能还记得，宝宝刚刚学站的时候，是用脚尖着地的。慢慢地，就开始用整个脚掌着地了。宝宝在学习走路时也是一样，大多数宝宝都是用脚尖走路，一只脚可能还会有些拖拉，在妈妈看来像是跛行。这都不是异常的表现，随着宝

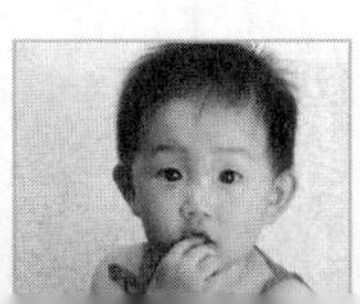

宝的长大，走路会越来越稳，这些现象也就随之消失了。

如果妈妈感觉宝宝走路的姿势确实有异常，可带宝宝去看医生。最好先把宝宝带进去见医生，让宝宝在医生面前走几步，做一些必要的检查，然后让爸爸把宝宝抱出去，妈妈和医生进行交流。这是我在长期的临床工作中体会出来的，宝宝尽管不知道妈妈在说什么，却能够从妈妈的担忧表情、沮丧的情绪中感受到“一种不正常”。这就是为什么白天妈妈带宝宝看医生，并没给宝宝扎针，可宝宝晚上会出现夜啼的原因。

罗圈腿

在宝宝刚刚练习走的时候，妈妈可能会发现宝宝的小腿发弯，担心宝宝是罗圈腿，就带着宝宝到医院去看医生。有的时候，不是妈妈看出来的，而是因为其他问题带宝宝去医院或接种预防针时，医生说宝宝有罗圈腿。其实，婴幼儿的小腿（胫腓骨）原本就存在着生理弯曲度，宝宝越小，小腿的弯曲越明显。宝宝到了三四岁以后，胫腓骨延长，小腿就不那么弯了。

0902 探索与不会规避危险

给宝宝更多自我锻炼的机会

1岁以后的宝宝，开始有创造性运动的能力。如果宝宝已经会走了，你就需要重新布置一下室内的摆设了。凡是宝宝能及之处，都不能放置有危险的东西。不能让宝宝动的东西，要提前拿走。对宝宝有危害的东西，一定要远离宝宝。

如果你的宝宝还不会独立行走，也不会心甘情愿地被抱在怀里，好动的本能越来越显现出来。昨天还不具备的能力，今天可能就具备了。爸爸妈妈随时准备迎接挑战吧，宝宝常常会让你大吃一惊，搞得你措手不及。

用行动阻止宝宝触碰危险物品

当然，总会有一些不能让宝宝动的东西，放在宝宝能拿到的地方，这时父母该怎么办呢？当宝宝拽外露的电线，妈妈看到后可能会大声对宝宝说：“不要动，会电到你！”如果妈妈并不用行动去阻止宝宝，宝宝对妈妈的命令就会充耳不闻。这个年龄段的幼儿，对妈妈说话的内容没有更深的理解，宝宝在意的不是妈妈说了什么，而是妈妈的态度和行动。如果妈妈在说“不能动”的同时，把宝宝抱离，或把电线移开，宝宝就知道妈妈的意思了。但是，妈妈的命令和行动，对宝宝并没有长期的作用，用不了多长时间，宝宝还会去拽电线。这是幼儿特有的好奇心使然，生气是没有用的，妈妈需要做的是把不安全的东西撤离，不能撤离的，要妥善处理，防止危险事件的发生。

不要制止宝宝有创意的淘气

满13个月的宝宝，会用积木搭东西了。这个年龄段的幼儿，不是为了搭建积木，而是为了欣赏推倒积木的感觉，那“哗啦”的声响，积木倒塌时那一瞬间的热闹场面，宝宝愿意看到这些。

从现在开始，宝宝一步步向“淘气”走去，需要妈妈长出三头六臂，来对付宝宝制造的凌乱和不断发生的“小事故”。这是宝宝到了这个月龄的标志，宝宝闹得让妈妈“漫天飞”那是再正常不过的了。宝宝的聪明与才智都在淘气中体现出来。爸爸妈妈需要做的，不是限制宝宝，而是蹲下来，和宝宝的视线在一个高度，仔细审视宝宝触手可及的东西是否有危险，给宝宝一个安全的空间，让宝宝尽情地玩耍。

宝宝会把东西插在各种孔眼和缝隙中，这是有建设性的淘气。所以，给宝宝买拼插玩具是不错的选择。把不同形状的插片插进不同形状的孔内，是训练宝宝小手的灵活性和准确性的好方法，同时也能让宝宝认识不同的形状。

制止等于提醒

这么大月龄的宝宝还有一个显著的特点，就是你越不让他干的事情，他越要去干。对于危险的事情，在他没干以前，你若给予提醒，就相当于告诉他去做。

妈妈带着1岁多的旭旭来我家做客。酒柜里摆放的瓶瓶罐罐很快吸引了她，妈妈很认真地对女儿说：“不许动酒柜里的东西！”结果，旭旭把小手伸到酒柜里，拖出一瓶红酒。妈妈马上从沙发

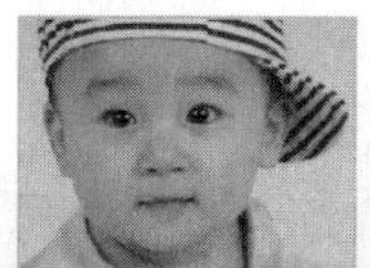

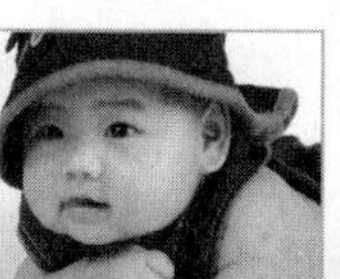

上站起来，大声说：“别把酒打了！”话音刚落，妈妈还没走到宝宝身边，酒瓶已经从宝宝手中滑落，摔在地上。“你看犯错误了吧，再也不许动阿姨家酒柜里的东西啦！”妈妈抱起旭旭坐在沙发上，旭旭在妈妈怀里挣扎着，大哭起来。我悄悄把酒柜中的瓶瓶罐罐拿走，放到安全的地方，并放些对宝宝没危险的东西。妈妈放开旭旭，旭旭停止哭声，再次向酒柜走去！

对这个年龄段的幼儿来说，妈妈是否允许他这么做并不重要，宝宝也不会领会，宝宝感兴趣的是做这件事情本身。所以，妈妈告诉宝宝不要动的东西，相当于提醒了宝宝：那里有好玩的东西。

不和宝宝做扔东西的游戏

宝宝到了幼儿期，开始把扔东西、捡东西的游戏变成摔东西。宝宝不再是撒开手，让东西自由落下，而是把上臂摆动起来，向外投东西或往下使劲摔东西。宝宝玩耍时会往地上摔东西，或往远处投东西。宝宝生气时，也会往地上摔东西。这时，妈妈可不能像对待婴儿期的宝宝那样，把地上的东西捡起来。如果宝宝是在玩耍，妈妈不要理会，也不要干预。宝宝玩完后，要明确告诉宝宝把东西捡起来，放到应该放置的位置去。如果宝宝不会这么做，妈妈可给宝宝做出示范。

第三节 智能发育与潜能开发

0903 语言发育模式和差异

语言发育差异显著

如果宝宝到了满13个月还不会说话，甚至一个字也不会说，爸爸妈妈不要着急，这并不意味着宝宝智力有问题。只要宝宝会正常发音，能大部分听懂爸爸妈妈所说的话，就是正常的。如果你确认宝宝异常，也不要当着宝宝面说出你的担心。你应该先向医生咨询，如果医生需要看宝宝，你再带着宝宝去见医生。尊重宝宝的感受，对宝宝成年以后的心理健康会有很大的帮助。

语言能力发展的两种模式

如果宝宝说话早，父母就会感到欣慰和骄傲，认为宝宝非常聪明，和宝宝交流起来也容易了许多。如果宝宝说话晚，尤其是到了2岁还不会说话时，父母就会非常着急，心存担忧。如果父母把这些担忧写在脸上，表现出不安的情绪，宝宝也会萌生不安的感觉。如果父母发现自己的宝宝说话比较晚，但其他各方面发育都没有问题，能够听懂父母的话，父母就要坚信宝宝没有问题。

有的宝宝是逐渐学习说话的，先是一个字一个字地往外蹦，然后会说两个字的单词，以后是几个字词组成的句子。有的宝宝说话是跳跃性的或爆发性的，起初一个字也不会说，一旦开口就能说出整个句子，令父母异常兴奋。

男孩与女孩

在语言发育方面，女孩要比男孩快。很多女孩不到1岁就会说话了，而很多男孩直到2岁才开口说话。女孩的语言表达中枢要比男孩更早成熟，但语言理解中枢，以及对事物的认识和思考能力，男孩和女孩之间并没有显著的差异。男孩和女孩在语言发育方面的差异尽管有其普遍性，但从现在的趋势上看，男孩和女孩之间的差异越来越小了。这种差异的缩小不仅表现在语言发育上，也表现在身高、体重、体型、运动能力和思维能力方面。这或许与现代教育有关，或许与父母对宝宝性别的关注程度下降有关。

向宝宝简洁清晰地表达

父母应该尽可能地用最简单的语句和宝宝说话，力求简短，表达准确。宝宝听一千遍“妈妈”这个词，自然就会发出妈妈这个音了。尽管这种说法的科学性有待进一步证实，但宝宝在语言环境中学习语言是千真万确的。

尽管宝宝是在父母营造的语言环境中学习语言，但如果父母总是喋喋不休地和宝宝说话，也会阻碍宝宝语言的发展。父母应尽量和宝宝进行有意义的交流，除了纯语言外，还要借助身体语言，各种面部表情等语言外的方式与宝宝交流。

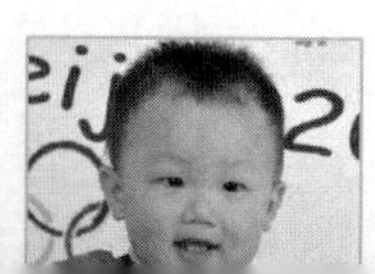

与宝宝进行语言交流时，要力求简明扼要，使用准确清晰的语句。

晚上宝宝缠着妈妈不要睡觉，妈妈对宝宝说："你现在还不睡觉，明天就不能早起，我们就不能早早去动物园了。"

对于这个年龄段的宝宝来说，这句话实在是冗长和复杂了。宝宝对时间还没有建立起明确的概念，不理解妈妈说的今天和明天，更不能理解因果关系。宝宝理解起来不那么费力的说法是："宝宝睡觉，醒来去动物园。"

幼儿是语言大师

幼儿的语言能力不仅仅是从父母和周围人那里学习来的，幼儿自己也有创造语言的能力，有幼儿特有的语言表达方法。幼儿不但能说出和成人语句相同的话，还能说出与成人语句不同的话，甚至会说出成人没有过的表达方法。

这个时期的幼儿，所说的话往往让父母和周围的人捧腹大笑。宝宝会巧妙地把他会说的字、词、句联在一起，来表达他要表达的意思。幼儿所犯的"语言错误"，常常胜过幽默大师。

幼儿一旦会说话，掌握语言的速度可以说是飞快的，每天都有新词从他的嘴里说出来，每天都能花样翻新地表达他的意思。幼儿在语言发育阶段带给父母的欢乐，比任何时候都多。如果父母能把宝宝在语言发育过程中的有趣语句记录下来，一定会让我们笑声不断。

0904 聪敏的耳朵像台录音机

父母很难想象，一个字也不会说的宝宝，却能听懂很多话，甚至能听出妈妈的语气。如果宝宝正在那里"做坏事"，妈妈只需用一种制止的声调叫一声宝宝的名字，不用说出具体的事情来，宝宝就能从妈妈的语气中听懂妈妈的意思。

当然，宝宝除了听，还会察颜观色。宝宝早在婴儿时期就会看妈妈的脸色了。1岁以后，这个能力有了飞速发展。幼儿的耳朵就像一部优质的录音机，能够录下他能够听懂的所有话语。

宝宝接受方言、外国语言和标准语言

宝宝喜欢听父母说话，而且能够更多地理解父母的话语。尽管电视广播里的语言非常标准清晰，但宝宝却很难从电视广播中学会更多的词汇和语言表达。即使是带有浓重地方口音的爷爷奶奶或外公外婆说的话，幼儿理解起来也要比电视广播容易得多。

宝宝对音乐的感受

宝宝大脑中的听觉皮层形成回路，开始熟悉母语中的发音，听到的词语越多，学说话越快。宝宝开始认真观察他听到过的物体名称，并试图说出来。负责音乐的神经回路与负责数学的神经回路紧挨着，当宝宝听音乐时，负责音乐的大脑神经元皮层被激活，与音乐回路相毗邻的数学回路也活跃起来。这两个神经回路都位于右脑，而右脑是负责逻辑思维和空间想象力的。所以，开发宝宝的音乐才能可促进宝宝右脑的发展，提高逻辑思维能力和空间想象力。

0905 远近视觉初步建立

婴儿期宝宝总是手舞足蹈地去捕捉物体，却不能准确地知道物体的远近距离，宝宝看到天上圆圆的月亮，也会伸出小手去抓的。

经过屡次实践，宝宝的视觉和触觉建立起了密切的联系，逐渐形成了条件反射，并不断得到提高。终于产生了质的飞跃，宝宝恍然大悟：原来我无需与这个物体靠得更近，就已然能够看得很清楚了。为了更清晰地看到物体，宝宝两眼常常凝视成"斗鸡眼"（妈妈说的"对眼"），经过一段时间的练习，宝宝双眼的注视逐渐达到准确。

在视觉发展的基础之上，宝宝日复一日地努力练习自己：移动身体，把手伸出，缩回，触碰，用眼观察。经过无数次的成功与失败，不断完善眼睛对远近不等物体的知觉和物体远近的估算。三维空间知觉慢慢地建立起来了。到了这个月龄，宝宝远近知觉初步建立，在大约5岁左右三维空间知觉得以巩固下来。宝宝终于能够准确够物了。

0906 照明度与宝宝视力保护

照明度与视觉

太阳光和裸露的灯光，会产生令人不舒服的眩目感。这是因为，在视网膜上的感光素受到了过度的刺激。眩目感对视觉有不利的影响，引起视觉功能降低、眼睛疲劳、眼球刺痛感等，严重时还会引起头疼。所以，应该避免幼儿暴露在不适宜的光照亮度下，不要让宝宝直视太阳光和裸露的灯光。

光线过强可损害视力，光线不足对视力同样有害。当照明度不足时，视网膜细胞的兴奋性不能被充分地刺激起来，眼睛所看到的景物不能到达大脑，不能让人振奋起来，视觉过程呈现缓慢状态，视力下降，视觉疲劳，整个中枢神经系统和机体活动也受到抑制。我们都有这样的体会，当天气阴沉昏暗时，整个人都会感到无精打采。而当天高气爽晴空万里时，就会感到精神抖擞，心情也格外的好。当阴雨连绵时，人们最想做的是睡觉，以减轻视觉疲劳的感觉。

那么，什么样的照明度既可保护视力，又可以使人感到视物清晰、心情愉快呢？目前尚没有一个标准的尺度，原因之一是每个人的眼睛所适应的范围不同。其次，与照明度有关的还有物像、环境、光的性质、年龄、先天视力水平等诸多因素。但是不管有多少因素，适宜的照明度对宝宝眼睛的发育和视觉的发展都有着举足轻重的作用。

照明度与物体的大小

景物包括我们能见到的所有物体，还有文字等。物体大、色泽鲜艳、背景与主体明亮对比度大时，所需照明度就小。物体小、色泽暗淡、背景与主体明亮对比度小时，则必须有比较强的照明度。

照明度与物体大小的关系密切。当某一物体缩小时，所需照度增加得非常多。我们为了锻炼宝宝视力，会让宝宝看比较小的物体，但如果不适当地增加照度，对宝宝视力不但没有促进作用，还会产生不良影响。尤其让宝宝看图和文字时，不但要力求清晰、对比明显、色彩鲜艳，还要保证适宜的照度。

照明度与物体表面的反射系数

照明度与物体表面的反射系数有关。物体表面反射系数大，所需照明度就小；物体表面的反射系数小，则所需照明度大。对比度大可提高视觉效果，但如果对比度大，照明度也比较大时，会使人产生眩目的感觉，也会让人兴奋。因此，减小对比度，同样是为了保护眼睛。

照明度与周围环境的作用

照明度与周围环境的作用十分明显。我们都知道，同是一支点燃的蜡烛，在旷野中只是荧光点点，在室内则几乎能把整个屋子照亮。在同一间屋子，不同颜色的墙壁照明度也不同，洁白的墙壁反射系数大，照明度被增加，显得屋子很亮，而深色调的墙壁，显得屋子比较暗。反射系数大的可引起反光眩目，为了避免墙壁的反光眩目，可把离地面1.5米高度的墙面粉刷成淡黄色或其他浅色，使与眼睛平行的反射光变为漫反射。看来，刷墙围不仅仅是为了保护墙面，更重要的是为了保护视力。台灯灯罩所起的作用有两个，一是减少光线的眩目感；二是增加单位面积的照明度。

0907 适宜幼儿视觉发育的光线

适合宝宝视觉发育的照明度

以白炽灯为例，了解一下灯泡的瓦数和被视物体的距离，所能达到的适合宝宝视力发育的照明度。

晚上，宝宝玩耍时需要的照明亮度参考值为：100～200勒克斯。尽管计算照明度时以勒克斯为单位，但我们日常所说的照明都是以瓦特为电功率计算单位的，这样比较实用。下面就是观察宝宝在不同距离的白炽灯下玩耍时的照明度：

40瓦特的白炽灯泡距离宝宝玩耍处40厘米时，照明度为190勒克斯；

60瓦特白炽灯泡距离宝宝玩耍处40厘米时，照明度为210勒克斯，距离宝宝玩耍处60厘米

时，照明度为125勒克斯；

100瓦特白炽灯距离宝宝玩耍处80厘米时，照明度为150勒克斯；距离宝宝玩耍处100厘米时，照明度为95勒克斯。

宝宝适宜在什么光线下玩耍

宝宝最适宜在自然光下玩耍，自然光是太阳产生的。但太阳光异常明亮，直接看太阳非常耀眼。所以，我们不能直接看太阳光，更不能让宝宝直接看太阳。太阳光照在周围物体上，又被周围物体反射，这种反射光总和在一起，称为自然光。自然光把周围照亮，称为自然照明。

自然光不但能够让我们保持良好的视力，还有灭菌和兴奋中枢神经系统的作用。在自然照明不充分的时候，需要借助人工照明来弥补自然照明不足。

荧光灯接近自然光，所以又叫日光灯，照明效率是白炽灯的4倍，是理想的人工照明。但荧光灯能够产生较多的紫外线，使室内产生光化学雾，引起室内环境污染，长时间在荧光灯下对神经系统会产生影响，特别是对神经处于发育阶段的宝宝们尤为明显。所以，幼儿不宜长时间在荧光灯下，尽可能在自然光线下玩耍、看书。

适宜阅读的照明度

阅读所需最低照明度是30勒克斯，当照明度开始增加时，阅读速度也开始提高，直到照明度增加到100勒克斯时，阅读速率才开始稳定下来。当然了，照明度不能无止境地提高，视觉对照明度的最大预限值约8000勒克斯。

在照明度不够的情况下，宝宝对物体的视觉清晰度不足，对宝宝的视觉发育不利。

0908 视色觉发育

对色彩的辨别

眼睛对色彩的认识比光觉要晚。婴儿出生后对光就有感觉了，随后识别白色、灰色和黑色。5个月后开始辨认色彩，4岁逐渐发育完全。宝宝认识色彩的过程是渐进性的，如果用多种颜色混杂的图案教宝宝认识色彩，会让宝宝感到迷惑，应该让宝宝逐一认识色彩，然后再把2种、3种、4种等不同颜色相互比较着认识。

视觉能力的整合

宝宝的视觉能力并不是单一性的发展，如果只是物像映在宝宝的视网膜上，没有大脑的参与，宝宝不知道看到了什么，可谓视而不见。视觉能力的发育，是通过听、说、触摸、尝、嗅、感受、思维、分析、整合等因素共同完成的。宝宝必须知道自己看到了什么，这样“看”才有意义。如果我们只是让宝宝看，什么也不告诉宝宝，那么宝宝的“看”是没有意义的。

0909 宝宝认知世界的基础

极强的模仿能力

说宝宝的能力是父母教的，不如说是耳濡目染模仿来的。宝宝像父母，除了遗传因素，很大程度上是模仿大人的结果。

1岁多的宝宝拿着一个比他高许多的拖把拖地，那姿势，那神态，那认真劲，俨然像个小大人。没有人教过他，这让父母感到异常惊讶：宝宝什么时候学会拖地了？这就是模仿的结果！周围人，特别是父母的言行对宝宝有着潜移默化的影响，不想让宝宝做的，父母首先不要做。倘若父母对宝宝的要求恰恰是父母做不到的，最好不要要求宝宝去做，不但没有效果，还会伤害宝宝的心理健康。

重复是宝宝兴趣所在

13个月的宝宝对理性教育缺乏兴趣，对记忆性、理解性的东西，很快就会忘记。宝宝在3岁以前是大脑神经建立广泛联系的时候，认知能力很强，让宝宝更多地接触自然，更多地接受各种信息，在日常生活中通过一些令宝宝感兴趣的游戏和娱乐项目来实现智力和潜能开发。

13个月的宝宝注意力时间比较短。越小的宝宝集中注意力的时间越短，对一件事情和物品，包括玩具，保持兴趣的时间也越短。但有一个现象与此恰恰相反，就是宝宝越小，对感兴趣的事物和现象越容易着迷，喜欢长时间重复它。

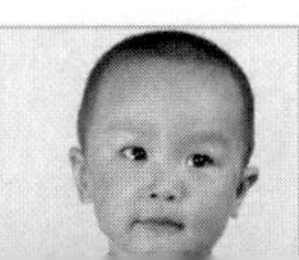

比如，给宝宝讲一个又简单、又有趣的小故事，宝宝会不断让你讲，一连几天都让你讲同一个故事。如果你把故事的某个情节或某一句话，或故事中小动物的某一个动作讲错了，宝宝马上会给你指出来。

爸爸妈妈可利用宝宝这一特点，寻找宝宝感兴趣的事情，这对宝宝的智力开发非常有帮助。宝宝幼时快乐的经历，对宝宝身心健康有很大的帮助，爸爸妈妈多给宝宝快乐的时光吧。

0910 促进宝宝智能发展

厨房禁地的欢乐

这时的宝宝对日常生活中的东西格外感兴趣，电话、闹钟、电器遥控器、各种开关，尤其是能一明一暗的带有电源的开关，更能引起宝宝极大的兴趣。厨房中的锅碗瓢盆宝宝尤其喜欢，可妈妈哪敢让13个月的宝宝进厨房，在妈妈看来，厨房里到处都充满了危险！

有一个现象，爸爸妈妈都非常重视宝宝的智力发育，购买各种智力玩具，参加智力开发训练班。同时，大多数宝宝都是专人看护，都是在看护人的怀中长大的，即使是会满地跑的宝宝，也多被看护人时刻保护着，基本不放手。宝宝在学习走路的过程中，几乎不跌一跤，宝宝的行动完全被看护人限制。这样的养护，让宝宝局限在一个小天地中，宝宝怎么能发挥自己的创造力？怎么能通过自己的感受和实际操作去认识自然，增长见识呢？

我的建议是在保证宝宝安全的前提下，看护人离宝宝远一些，给宝宝更大的自由空间。妈妈通过认真处理，完全可以让厨房变得安全。宝宝能够得到的电源插座用保护器封住（婴幼儿的安全防护用品在婴幼儿用品专卖店是很容易买到的）。热水壶、盛有食物的锅放在宝宝够不到的地方，微波炉和冰箱门都要安装上保护器（也可暂时用透明胶带把门粘贴上）。除玻璃、陶瓷餐具和筷子以外的餐具，都可以让宝宝玩。让宝宝感受妈妈做饭的热闹，听到锅碗瓢盆的声音，闻到饭菜的香味，不但让宝宝领略到生活的乐趣，刺激脑细胞之间的联系，还能刺激宝宝的食欲。让宝宝进厨房是很有益处的，妈妈既看了宝宝，又做了家务，还开发了宝宝的智力和潜能。

鼓励宝宝涂鸦

几乎所有的幼儿都喜欢绘画，对随意尽情地“涂鸦”情有独钟。每个宝宝都有画家的潜质，都有绘画的天才。宝宝通过绘画可锻炼手的灵巧性，锻炼宝宝对事物的观察能力和模仿能力以及对事物的再现和整合能力，还可锻炼宝宝对色彩的欣赏能力和运用能力。

对于这么大的宝宝来说，爸爸妈妈不要手把手地教宝宝画画，让宝宝自己随心所欲地涂鸦，这本身就是一种创造。爸爸妈妈应该做的是引导宝宝喜爱绘画，为宝宝创造自由绘画的条件，至于宝宝画什么，爸爸妈妈不要限制。面对宝宝的杰作，爸爸妈妈只需赞美就可以了。最好的赞美方式，是把宝宝的“涂鸦”装在镜框里，挂起来。

刚满13个月的宝宝，让他充分自由涂鸦就可以了，无需教宝宝怎么画鸭子和小鸡，当宝宝对鸭子和小鸡还没有感官认识时，更不能这样做。充分发挥宝宝的想象力和创造力，锻炼宝宝脑的协调能力和手部精细活动能力。

带宝宝出游

可以带宝宝到稍微远的地方去游玩或踏青，宝宝最喜欢去的地方应该是动物园了，如果能去野生动物园，宝宝当然更高兴。让宝宝看看千姿百态的动物，领略春风扑面的感觉，看看参天大树，听听树林中小鸟的叫声，当宝宝看到生机勃勃的动物，满目翠绿的田野，在风中摇曳的小草，宝宝一定非常欢喜。

第四节 营养与饮食

0911 宝宝断母乳进行时

不要伤及宝宝的情感

给宝宝断母乳，对于一些妈妈来说并不难，可有的妈妈会遇到很大麻烦。断母乳不单单是妈妈的事，更多的是宝宝的事。对于宝宝来说，断母乳，不单是不让他吃妈妈的乳头了，而是有和妈妈分离的感觉，宝宝情感上不能接受。这不是宝宝还需要母乳中的营养，不是身体和生理上的需要，而是心理和情感上的需要。所以，我不赞成一些强制性的断母乳措施。比如，在妈妈的乳头上抹辣椒，涂上可怕的带有颜色的药水，贴上胶布，甚至让一直与宝宝同睡的妈妈突然离开宝宝，躲到娘家或朋友家。其实，不用这些强制手段，宝宝也不会一直吃妈妈的乳头。有些个别情况，采取一些措施并不是不可以，但用温和的方法能够解决，最好不用强制方法，以免伤害宝宝的情感。

自然断奶方式

大多数妈妈都能在不接受任何帮助的情况下，顺利完成断奶。通常情况下，无需医学介入的自然断奶方式，可按照以下步骤实施：

(1) 减少可促进生乳的食物。

(2) 逐步减少给宝宝喂母乳次数。

(3) 逐步缩短给宝宝哺乳时间。

(4) 延长喂母乳的间隔时间。

(5) 尽量不用乳头哄宝宝入睡或哄哭闹中的宝宝。

(6) 不喂哺时，尽量不在宝宝面前暴露乳头。

(7) 不喂哺时，尽量不用喂奶的姿势抱宝宝。

(8) 增加爸爸或家里其他看护人看护宝宝的时间，以此减少宝宝对母乳的想念和对妈妈的依恋。

(9) 不给宝宝看有妈妈抱宝宝喂奶的图书、照片、电视画面。

(10) 给宝宝看有宝宝自己吃饭的图书、照片、电视画面。

(11) 减少用儿语和宝宝说话的频率。

(12) 在宝宝的玩具中增加餐具玩具，或给宝宝玩食物餐具。

(13) 乳房发胀时，用吸奶器吸出乳汁，吸乳过程不要让宝宝看到。

(14) 加大力度，准备宝宝喜欢的食物，让宝宝的饮食兴趣转到饭菜上去。

(15) 给宝宝准备一个配有仿真人工乳头、带握把的奶瓶，让宝宝喜欢自己拿着奶瓶喝奶的感觉。

(16) 如果宝宝的小床紧临你们的大床，让爸爸靠宝宝小床一边。

(17) 如果你的宝宝和你们在一起休息，不要把宝宝放在中间，放在爸爸一边。

(18) 适当给自己喷点香水，以掩盖母乳的味道。

(19) 尽量缩短与宝宝相处的时间。

经过上述步骤，你的乳汁会越来越少，面对没有奶水的乳头，宝宝也就渐渐失去了吸吮妈妈乳头的兴趣。

医学介入断奶方式

(1) 吃回乳药物。

(2) 停止给宝宝哺乳。

(3) 离开宝宝，交由其他看护人带养。

(4) 乳房胀时，用吸奶器吸出乳汁。

0912 断母乳后如何保证营养

幼儿段配方奶可延续母乳的好处，成为母乳的接力棒，继续为宝宝的健康成长护航。13个月的宝宝每天可以喝300～500毫升的配方奶。除了配方奶以外，还有很多供宝宝吃的平衡营养素，可在医生指导下选择。但是，不能只让宝宝吃现成的辅助食品，也应该给宝宝做些新鲜可口的饭菜，让宝宝获取足够和优质的营养。

每日三餐加两次加餐。每日粮食约150克，油约25克，蔬菜100～150克，蛋或肉约100克，牛奶或豆浆150～250克，白糖约10克，水果约200克。可把菜、肉做成泥状，也可做成馄饨，丸子等，原则是从软到硬，从稀到干，从少到多，食品多样化。幼儿有择食的自由，要注意食品色、味、香、形，创造良好的进食环境，膳食结构合理，没有必要再额外补充什么。每天奶量大约在200毫升左右，最好选择幼儿配方奶，早

晚喝最好。

0913 健康饮食结构的建立

幼儿膳食结构梯形塔

宝宝每天至少应该吃10种以上的食物，这10种食物中应该包括粮食、肉蛋、蔬菜、水果、奶。粮食主要是提供宝宝生长发育所需热能（碳水化合物）和B族维生素的，肉蛋主要提供蛋白质和脂肪，蔬菜主要提供维生素和膳食纤维。水果主要提供维生素。配方奶主要提供宝宝生长发育所需蛋白质、脂肪、矿物质、维生素和对宝宝生长发育有利的特殊营养成分。

当然，所有的食物都提供热量，但蔬菜所含热量是非常低的，甚至可以忽略不记，含淀粉类蔬菜有一定热量，如土豆、山芋、藕等。每种食物所提供的营养素都不是单一的，所以，妈妈不可让宝宝偏食。

13个月的宝宝无论如何都不能仅仅喝配方奶。更不能给宝宝过多地补充多种营养素片、牛初乳、白蛋白粉等高营养素食品。宝宝不仅仅需要蛋白质、矿物质和维生素，热量是保证宝宝生长发育必不可少的。如果不供给宝宝足够的热量，用食入过多的蛋白质提供热量，蛋白质分解产生热量会间接产生一些有害物质，加重宝宝肝肾负担，蛋白质代谢可使宝宝血液酸化，引起宝宝周身酸痛不适，甚至出现厌食、烦躁、哭闹、睡眠不安等症状。

幼儿的膳食结构与成人不同，是呈坡度比较小的梯形，从梯形底部到顶部的排列顺序分别是：蛋白质（肉蛋奶）、矿物质和维生素（蔬果奶）、碳水化合物（米面）、脂肪（肉蛋奶）、膳食纤维（蔬菜）。

0914 健康饮食习惯的培养

咀嚼吞咽能力与固体食物

大多数父母在宝宝1岁以后给宝宝真正喂食固体食物，而在这以前，主要是喂半固体食物。

无论宝宝是否能够咀嚼和吞咽固体食物，当宝宝到了这个月龄，都应该让宝宝学习吃固体食物，以保证宝宝离乳后的营养摄入。

添加固体食物的顺序应该是谷物、蔬菜、水果、蛋、肉。宝宝能吃很多种固体食物，如面包、米饭、馒头、包子、饺子等。谷物容易咀嚼和吞咽，肉类是最不容易咀嚼和吞咽的。所以，最好不要添加肉类固体食物。

宝宝在最初吃固体食物时，可能会反复把食物吐出来，有的宝宝会噎着，妈妈不要着急，要给宝宝一个学习的过程。食物不要过热，宝宝口腔黏膜比较娇嫩，对热也比较敏感，宝宝可能会因为怕热而拒绝吃固体食物。

在喂宝宝固体食物时，要注意防止气管异物：不能喂宝宝脆硬的豆类或菜丁，米饭中的豆子一定要保证煮得很烂。不给花生、瓜子等坚果类。宝宝吃饭时，不要逗宝宝笑，不能让宝宝边跑边吃。

良好的饮食习惯需要培养

1岁以后，幼儿的饮食习惯发生变化，对饮食开始挑剔，进食很容易受外界因素影响，任何响声，任何事情，都能让宝宝停下来看一看，听一听；即使没有什么影响，宝宝也可能会停下来玩一会儿，会把妈妈喂到嘴里的饭菜故意吐出来，或嘟嘟地吹泡玩。这些都是这么大宝宝常有的现象。

宝宝普遍不爱喝白开水，喜欢喝饮料。妈妈的理由很简单：宝宝不喝水，只能给宝宝喝些饮料，总不能干着宝宝呀。饮料中所含的糖、色素、香料、人工添加剂对宝宝有害无益，纯果汁饮料也不能代替水。养成让宝宝喝水的习惯，不但对宝宝健康有益，对宝宝的牙齿也有好处。

满13个月宝宝是否可以吃零食了呢？在商店里购买的儿童小食品、休闲食品属于零食，不要没有限制地给宝宝吃。宝宝通常很喜欢零食，因为大多数零食是甜的，一些零食不符合这么大宝宝的营养需求，不能让零食充填宝宝的肚子，要把零食作为外出或餐间的一点补充，给宝宝一些意外惊喜和快乐。

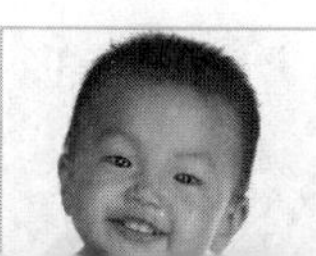

宝宝的胃容量还不够大，少食多餐仍是这么大宝宝的特点。所以，一天吃三次正餐，上下午加餐两次。通常情况下，对于这么大的宝宝，可把水果作为零食了。

第五节 尿便训练和睡眠管理

0915 如何训练这个月龄宝宝尿便

有的宝宝1岁以后就能控制大小便了，有的宝宝先会控制小便，有的宝宝先会控制大便，有的宝宝到了2岁还不能控制大小便。

父母不要过分担心，也不要通过语言和行动让宝宝感到，他是个笨宝宝，是个没有用的宝宝，不要给宝宝挫败感。早早就能够控制尿便的宝宝是不是聪明的表现呢？没有这样的理论依据，在实际工作中，也没有发现这样的因果关系。

发现尿便征兆及时训练

(1) 正在玩耍的宝宝突然停止了玩耍。

(2) 面部表情也发生了某种变化，或脸发红，或两眼球瞪着不动，或眼神发呆、发直。

(3) 喉咙中发出恩恩的声音。

(4) 正在行走的宝宝突然站在那里不动。

(5) 把两腿叉开放慢行走速度，或许会蹲下来。

排便前的这些表现并不能证明宝宝会控制尿便了，也不能认为宝宝懂得把尿便的信息传达给父母。当宝宝有了这些迹象时，父母可以开始着手帮助宝宝学习控制尿便。

从这个月开始，可以尝试着训练宝宝大小便，但要建立在宝宝愿意接受的前提下，如果感到情况不妙，马上罢手，再等一段时间。

没有一成不变的统一方法

妈妈或看护人可根据宝宝接受情况找到适合的方法，没有一成不变的方法，每个宝宝接受能力不同，对训练尿便的反应也会不同，如果一味强调必须使用的方法，可能会给妈妈训练尿便带来不少麻烦。关于这个月龄的宝宝训练尿便的方法，我有如下建议。

(1) 训练小便

- 观察宝宝有尿前的征兆，当宝宝有尿时，比较愿意接受排尿训练。
- 给宝宝准备一个漂亮好拿的小尿盆，宝宝会把他的小尿盆当做玩具，多次告诉宝宝这是专为宝宝准备尿尿的，当宝宝有尿时，会主动把尿尿在小尿盆中。
- 不要一天24小时让宝宝穿着纸尿裤，这样不利于训练宝宝自己排尿。根据你的判断，适时取下纸尿裤，告诉宝宝有尿坐在小尿盆上。如果是男宝宝，可以让宝宝自己端着小尿盆站立着排尿。
- 当宝宝把尿排到尿盆中时，要及时鼓励宝宝做得好，这个月龄的宝宝开始讨父母喜欢，得到父母赞赏的事愿意重复去做。
- 这个月龄仅是刚拉开训练尿便的序幕，还没到演练的时候，妈妈切莫着急，不要批评宝宝把尿尿在裤子里。如果妈妈抱怨宝宝，宝宝能够自己控制排尿的时间会更晚。

(2) 训练大便

- 这个月龄训练大便只是试探性的。宝宝是否能够把尿便排在便盆中并不重要，重要的是妈妈要知道，宝宝是否能够接受你的训练，如果宝宝不接受，就说明你训练尿便还为时过早。
- 建立定时排便规律。这个月龄的宝宝大便次数不再像婴儿期那么多了，大多数情况下都是每天1、2次，或2天1次。大便不像小便与饮食状况关系密切，喝得多尿得多。宝宝可能因为偶尔吃多了，大便量就有些多，但次数改变的不多。所以，建立定时排便规律，对宝宝尽早控制排便有很大帮助。通常情况下，早晨起床后排便比较好，但你的宝宝什么时候排便更好，要根据宝宝具体情况而定。如果你的宝宝无论如何也不接受早晨排便的安排，晚上或中午排便并不意味着时间上的错误。
- 让宝宝和妈妈一起到卫生间，看妈妈坐便盆，会让宝宝对排便有现实认识，给宝宝购买一

个漂亮的小坐便器，和妈妈面对面地坐着，会让宝宝尽早接受把便排在便盆中的习惯。

第六节 季节、出游、意外

0916 不同季节护理要点

春季

（1）不要因为有干不完的家务活就把宝宝困在室内。

（2）不要因为怕宝宝冻着、凉着而把宝宝捂在家里。

（3）在扬沙天气，或空气质量比较差的日子不宜户外活动，不要带宝宝出去。

（4）春季干燥，注意给宝宝补充水分。

（5）民间的"春捂秋冻"有一定道理，不要过早减衣服。

（6）冬春季节交替的时候，气温不恒定，要根据气温变化给宝宝调整衣物。

（7）最好在早晨起来时决定给宝宝穿多少，穿什么，半途减衣服容易使宝宝感冒。

（8）北方春季湿度很小，要注意保证室内湿度。

夏季

（1）1岁以上幼儿不再容易患臀红，仍会患尿布疹。夏季最好不要长时间使用纸尿裤，用薄一些的尿布即可。

（2）如果宝宝已经有接受尿便训练的迹象，就可以去掉尿布，不但可避免尿布疹，还能训练宝宝蹲下撒尿，为坐便盆做准备。

（3）用痱子粉防痱子不是最好的选择，勤洗澡是最有效的。使用痱子水、痱子膏比使用痱子粉更好。如果宝宝臀部发红，或已经有了尿布疹，用清水洗后涂上鞣酸软膏，不但可以治疗臀红，还能起到预防尿布疹的作用。

（4）宝宝皮肤擦伤，不能直接在擦伤的地方涂红药水，必须用消毒水消毒，把伤口上的尘土和沙粒清理干净后再涂药水。如果皮肤完全擦掉，或有伤口，需要医生处理。

（5）宝宝身上有伤的时候，给洗澡带来麻烦，伤口沾水容易感染，所以不能让有伤口的地方沾水，可以分步洗，或用湿毛巾擦洗。

（6）夏季宝宝出汗多，水分蒸发多，要注意水的补充，每天最好喝150～200毫升的白开水。

（7）可以使用电蚊香，最好不用熏蚊香。用蚊帐是最安全的，但宝宝可能会把身体贴在蚊帐上。可在床上放置高度约50厘米的防护围，以免蚊子隔着蚊帐咬宝宝。

（8）一向吃得很好的宝宝，到了夏季食量可能会减少，父母不要强迫宝宝吃，天气凉下来，宝宝自然会爱吃饭的，妈妈要相信宝宝有自我调节能力。

（9）乙脑疫苗一定要在夏季来临时接种。乙脑，就是人们说的大脑炎，并没有绝迹，一定要给宝宝接种疫苗。

（10）夏季容易患细菌性肠炎，要注意宝宝的饮食卫生，不吃隔夜饭，不喝隔夜水，生吃瓜果梨桃应该在洗净后，再用清水浸泡一段时间，让残留的农药和洗涤剂充分溶解在水中并用清水洗干净。

秋季

对于幼儿来说，秋季是黄金时节，宝宝告别了酷暑和蚊蝇的袭扰，食欲开始增加，到了"贴秋膘"的时候。宝宝较少生病，父母可充分利用这段时间给宝宝补充营养，带宝宝到户外活动，让宝宝领略秋天的风光。

父母可不要认为宝宝没有欣赏能力，没有感受。早在婴儿期，在宜人的环境中婴儿会很安静，而在喧闹、燥热、污浊、杂乱无章的环境中，婴儿不能安稳地入睡，不能香甜地吃奶。即使是胎儿，如果妈妈从噪音不断的施工现场通过，会感到胎儿在腹中异样的胎动。父母带宝宝到大自然中去比到人声鼎沸的超市、商场或儿童游乐场要好得多。

冬季

室内外温差太大，幼儿容易患呼吸道感染。

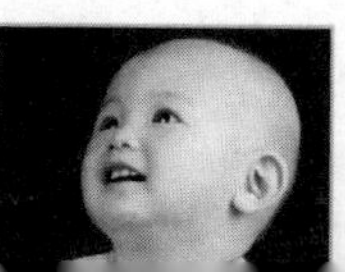
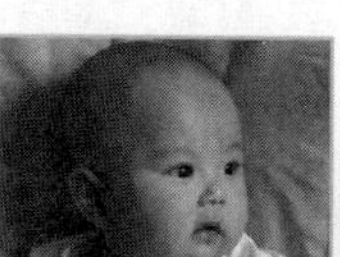

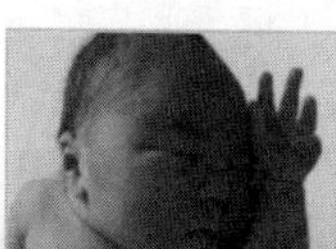

即便宝宝到室外穿上暖和的衣服，但呼吸道对冷空气的刺激比较敏感，常常是导致幼儿呼吸道感染的诱因。

冬季是幼儿呼吸道感染的高发季节，尤其是1岁多的幼儿正是爱生病的年龄。如果宝宝总是感冒，父母就不断给宝宝加衣服，生怕宝宝受凉，结果宝宝整天汗津津的。父母要知道，冬季宝宝出汗可不同于夏季，夏季整体环境温度高，而且是自然的。冬季宝宝出汗是人为的，是因为宝宝穿得多或局部环境温度高，而整体环境温度低。宝宝处于冷热不均的环境中，哪有不易感冒之理？所以，父母应该让宝宝处于温度相对恒定的环境中，不要让室内外温差太大，不要把宝宝捂得满身是汗。耐寒锻炼是提高宝宝呼吸道抵御能力的有效方法。

0917 带宝宝出游

为宝宝准备食物

（1）配方奶粉：同时准备一个密封好的旅行热水瓶和保温桶，带上小包装的配方奶粉，当宝宝想喝奶时，随时给宝宝冲。

（2）酸奶：需要冷藏储存，如果是短途旅行，可以在常温下放置一段时间。但如果是长时间旅行，又没有冷藏设备时，最好不要带酸奶，到当地购买即可。

（3）其他食品：适合一两岁幼儿吃的零食，尽量不买或少买膨化食品和令人胀饱的食品。最好不给宝宝吃没有吃过的食品，宝宝可能对这种食物过敏，出门在外，会比较麻烦。最好的零食仍然是水果，那些小的，方便剥皮的水果是最佳选择。

（4）正餐：到正规餐厅就餐，其中西红柿鸡蛋汤或西红柿炒鸡蛋加大米饭，是比较好的选择。餐厅饭菜多油大，盐多，要嘱咐厨师少放油和盐，一定不要放动物油，最好放橄榄油、色拉油或豆油。饭菜多比较硬，要求给宝宝做得软些。另外，不要让厨师淋明油，这可能会引起宝宝脂肪泻。

（5）即食食品：给宝宝带上打开即食的食品也是不错的选择，打开即食的食品比较方便，不会让宝宝因为等待而哭闹。通常情况下，宝宝一旦说饿就要马上吃饭，宝宝对饿的忍耐力是比较差的。现在有不少适合幼儿吃的即食食品，可选择几种带在路上，即使在道路上行驶也可以给宝宝吃。

为宝宝准备衣物

尽可能多给宝宝带些衣物，这会给你带来很多方便。路途中你不知道会发生什么事，宝宝可能会在玩耍中弄湿衣服，可能会把奶洒一身，可能会在饭店就餐时，洒了饭菜。一天可能要换几次衣服。本来不尿裤子的宝宝，可能会因为环境的改变开始尿裤子或尿床。要多带纸尿裤或尿布，也应该带更多的裤子。

尽管你知道未来一周的天气，但也要做好天气变化的准备。天气可能会突然变冷，也可能突然转暖，可能是阴雨天气，也可能是扬沙天气。宝宝会随时睡眠，无论在车上，还是在你游玩的风景区，你要随时为宝宝准备铺的、盖的。把一床小被子放在车里，到目的地后，如果你把车停在距离你逗留的地方比较远的停车场，就要把宝宝的衣服和被褥放在旅行袋中随身携带。靠垫和抱被两用的多用途产品这时最有用。

为宝宝准备小药箱

- 体温计、消毒棉签、消毒酒精、碘酒、双氧水、红药水、紫药水、肤轻松软膏或尿素软膏、风油精；
- 退热药：口服的片剂或水剂、肛门用的栓剂；
- 腹泻药：思密达或参苓白术散、口服补液盐；
- 助消化药：整肠生或妈咪爱、鸡内金或消食片；
- 止咳药：蛇胆川贝液，蜜炼川贝枇杷露；
- 晕车药：眩晕宁，尽量不给宝宝吃晕车药，如果宝宝晕车了，最好把车停下来，把宝宝抱出车外，让宝宝活动一下；
- 带上你们能够联系到的医院和医生的电话号码。

     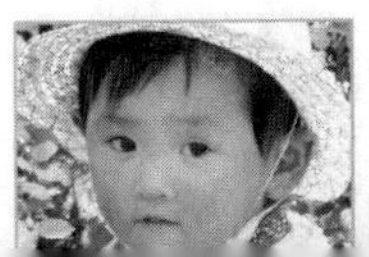

0918 预防意外

家里容易出现的意外事故

● 从床上摔下来；

● 从楼梯上摔下来；

● 从窗台上摔下来；

● 从窗户上摔出去；

● 从自行车上摔下来；

● 从大型儿童玩具上摔下来；

● 学步车倾覆使宝宝摔伤或夹伤；

● 小的陈列柜倾倒砸伤宝宝；

● 在浴盆中打滑摔伤；

● 宝宝拿到药瓶，把药吃进肚里；

● 用手去抠没有安全盖的电插座口，手指卡在玩具或家庭用具的孔眼中；

● 把矮柜上的台灯拽了下来砸到宝宝，更危险的是触电；

● 把煤气开关打开；

● 把工具箱打开，拿着危险工具乱舞；

● 把水果刀、剪刀拿在手里；

● 把桌布拽了下来，桌布上有热水瓶或热汤；

● 拧开了热水器的开关；

● 拧开了装有洗涤液、洗发液、香水或化妆品的瓶子，并当做饮料喝了；

● 用铁制玩具或坚硬的东西砸电视的屏幕或者镜子；

● 宝宝走到盛满水的盆或桶前；

● 浴盆中的洗澡水没有放掉，宝宝能够把头伸过去，或会站到小凳上试图玩水；

● 打开没有锁的马桶盖；

● 把很热的熨斗放到宝宝能摸到的地方，宝宝会站在小凳子上，会通过拽连在熨斗上的电线把熨斗拽下来；

● 宝宝会站在小凳子上拧自来水龙头；

● 烟灰缸里的烟蒂被宝宝吃到嘴里；

● 家里养了很多花草，但并没有考虑是否有毒、有刺；

● 宠物并不总是对你的宝宝友好，你也不能保证宝宝不去招惹它；

● 抱着宝宝喝热茶、热咖啡、热水；

● 玩具上的零件、衣服上的纽扣被宝宝抠了下来，送到嘴里；

● 糖豆、瓜子、花生等可能被宝宝塞到鼻孔中，也可能会卡在宝宝的喉咙中；

● 边跑边吃的宝宝，嘴里的东西会卡在气管里；

● 宝宝自己吃或者妈妈喂宝宝果冻都可能会堵塞宝宝的呼吸道；

● 有硬度、有长度，能放到嘴里、鼻孔中、耳朵眼中的东西被宝宝拿到，他就会真的把它放进去，如果拿着这样的东西跑，可能会戳到眼睛，如筷子、牙刷、小木棒等；

● 幼儿不但喜欢水，更喜欢火，不要把火柴、打火机等放到宝宝能拿到的地方。

户外容易出现的意外事故

● 小河沟、小水坑；

● 别人的宠物；

● 游乐场并不都是安全的；

● 道路上的危险；

● 用自行车带宝宝，安装结实的安全座椅、链条保护网，系牢安全带；

● 乘坐汽车，要坐在后排，安装结实的安全座椅，系牢安全带；

● 从童车中摔下来；

● 打雷、打闪时宝宝正在树下玩耍；

● 没带雨具。

意外事故发生后，人们常常哀叹难以预料的天灾人祸。但在大多数情况下，意外是可以避免和预防的。对于初次做父母的人们来说，在很多情况下，根本不想“这样会很危险”，而是固执地想“不可能出现这种事”。父母们没有经验，更没有这样的经历。在这以前，没有人提醒过他们，更没有接到这样的警告。并不因为做了父母，就对意外事故有了敏锐的洞察力，自然而然知道如何预防意外。父母需要学习这方面的知识。

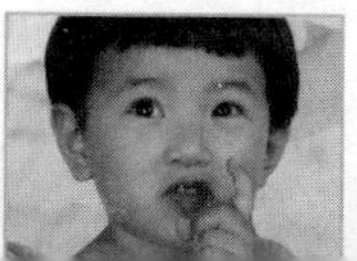
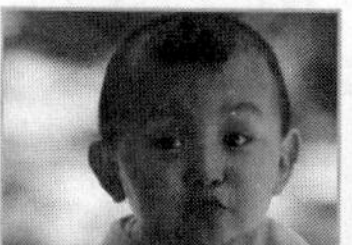

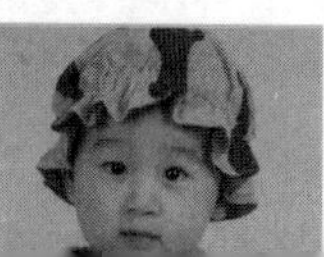

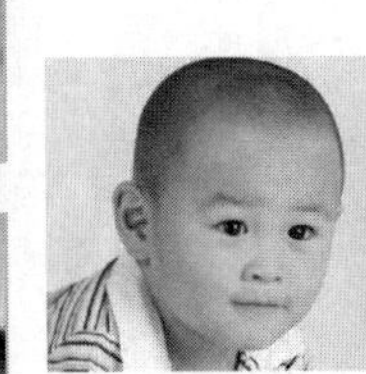

第二章　1岁2个月幼儿（13～14月）

第一节 本月特点

0919 身体像芝麻开花节节高

宝宝的体重在不断地增加着，但与婴儿期相比，宝宝体重的增加变得潜隐起来，在妈妈看来，似乎感觉宝宝越来越瘦了。宝宝腿长了，脖子似乎也长了，宝宝的脸蛋也不再横着长了。宝宝的形体悄悄发生了改变。

幼儿期的宝宝身高像芝麻开花节节高。一个月没见长，下个月可能长了一大块，这段时间没长，过段时间长了一大截。如果宝宝身高在下限值上，才需要注意。

0920 会用单手做事

能比较熟练而准确地用手指捏起物品，拇指与食指、中指能很好地配合，不再是大把抓。宝宝运用手的能力有了很大进步，能用单手完成的动作，不会再用双手完成了。小的物件，宝宝仍有可能放进嘴里，造成危险，因此爸爸妈妈要特别注意。

0921 腿上工夫渐长进

宝宝的平衡能力增强，比原来站稳了，走路也进步了，弯腰捡东西，然后站起来不摔倒。走得很稳当，爸爸妈妈高兴，终于能歇一歇了，但安全问题又来了，热水瓶、电插座、锐器、可能卡到喉咙的小物件，都可能成为危险，消除隐患是爸爸妈妈的责任。

0922 词汇量增加极快

如果宝宝已经会说话了，一天可能新学会20个字！如果宝宝还不会说话，也不意味着宝宝没有学习语言，宝宝仍然会一天学习20个字，只是没有表现给爸爸妈妈看而已。所以，爸爸妈妈仍然要多和宝宝交流。半数宝宝能理解80～100个日常用语，说出1～2个让爸爸妈妈听懂的句子，通过手势、身体姿势和动作理解语言，说象声词，模仿动物声。

0923 敏锐得像个精灵

相对于婴儿而言，幼儿对外界人或事物变得更加敏感和警觉。宝宝对外界的人或事物的敏感程度越高，潜能越容易被开发出来，学习的能力也越强。爸爸妈妈要充分利用宝宝各种潜能发展和能力发育的关键时期，帮助宝宝完成幼儿期的奠基。宝宝幼儿期性格的形成、能力的建立、智力的开发，以及所经历的环境，对宝宝今后的发展影响深远。

0924 可以享受美食了

宝宝不再是婴儿，希望离开妈妈的乳房，离开奶瓶，拿起碗筷，像爸爸妈妈一样坐在餐桌上享受美食。爸爸妈妈要记住，把吃饭的权力交给宝宝，不要因为怕弄脏了衣服，弄脏了地板而剥夺宝宝锻炼的机会。宝宝已经进入幼儿期，不再满足单一的饮食结构了。有选择地吃，不把注意力放在吃上，是宝宝的特点。如果宝宝把刚刚放到嘴里的食物吐出来，可能只有一个原因：不愿意吃！妈妈的对策是立即拿走，下顿再说。

第二节 体格和体能发育

0925 体重、身高悄悄变化

到了这个月龄，宝宝标准体重是10千克。过高或过低，需查看宝宝体重增长图（见附录）。高于最上限，说明宝宝体重过高；低于最下限，说明体重过低。体重的计算公式为：年龄乘以2，再加8（年龄×2+8=体重千克）。

身高也处在悄悄增长的状态，计算公式为：年龄乘5，加75（年龄×5+75=身高厘米）。可对照附录中身高增长曲线图，判断宝宝身高发育是否正常。

0926 囟门闭不闭合都正常

宝宝头围也有正常增长图（见附录），每个宝宝头围的大小也存在着个体差异，只要在正常增长范围内，宝宝之间头围大小的差异就是正常的，就不能认为宝宝头围过大或过小。

这个月龄的宝宝，囟门完全闭合，或只是膜性闭合，前囟骨缝还没有闭合，都是正常的。有的宝宝出生囟门就比较小，只有0.5厘米；有的宝宝出生时囟门比较大，达到3～4厘米。宝宝囟门闭合早晚与出生后囟门大小有一定关系，但并不成正比，也就是说出生后囟门小的宝宝不一定闭合早，出生后囟门比较大的宝宝可能会比囟门小的宝宝闭合得还要早，不能因此认为是异常现象。这个月龄的宝宝囟门闭合属于正常，没闭合也不能视为异常，通常情况下在1厘米左右。如果妈妈认为宝宝囟门不正常，担心过大或过小，请看医生。

0927 爬出了花样

宝宝已经不满足在平地上爬，也不满足往桌子、椅子上爬，宝宝开始试探着往更高的地方、更危险的地方爬。宝宝还会往爸爸肩上爬，宝宝愿意爸爸把他举得高高的，愿意爸爸用肩膀扛着他。越危险的地方，宝宝越是要上；越有刺激的地方，宝宝越是要去。这就是为什么这么大的宝宝特别容易出意外的原因。

放几个高低不等，大小不同的沙发墩或垫子，让宝宝爬上爬下，不但锻炼了宝宝的运动能力，还锻炼了宝宝智力。在不同高低、不同大小的垫子上爬，不但需要运动技巧，还需要思考怎样才能不摔下来。尽管宝宝的安全意识不强，但宝宝拥有自我保护的本能。

玩是宝宝的天性，也是宝宝学习的途径。玩中学，学中玩是宝宝的特点。会“疯玩”的宝宝是聪明的宝宝。这么大的宝宝就是要玩耍，会玩的宝宝才是发育正常的宝宝。如果不会玩，只会坐在那里发呆，那才是真的有问题。

0928 帮助宝宝敢于向前走

宝宝在刚刚会走的时候，会横着向两边走，这样可以借助物体保持身体稳定，因为宝宝还不能很好地控制自己的身体。如果让宝宝推着小车，宝宝就会大胆地向前走了。宝宝是横着走，还是向前走，抑或是向后倒着走，都不预示着宝宝发育有什么问题。

如果想帮助宝宝向前走，方法很简单，妈妈在宝宝的前面，用能吸引宝宝的东西，引导宝宝向前走。其实，妈妈本身就足够吸引宝宝向妈妈的方向走去。如果妈妈不有意训练宝宝向前走，宝宝也不会一直横着走的。

第三节 智能发育

0929 语言交流的正确方式

- 不必纠正宝宝的语法错误，对宝宝说的话，要采取肯定的态度，尽管有时不知道宝宝在

说什么，也不要表现出来。

●只要宝宝在说话，爸爸妈妈就要认真倾听，而不是心不在焉，甚至根本不予理睬。

●爸爸妈妈最好蹲下来，和宝宝的视线在同一水平上，看着宝宝，认真地听宝宝说话，并给予积极的回应。

●自言自语是宝宝语言发展的一个阶段，说明宝宝的内在语言开始萌芽，开始向着思维方向发展，用内在语言指导自己的行为。父母不要打断宝宝的自言自语。

●尽量放慢和宝宝说话的语速，一字一句地表达清楚，该断句时要断句，切莫不间断地一口气把话说完。

●尽量使用简洁的语言和宝宝说话，少用虚词和复合句，多用简单句。

●不用奶声奶气的语调和宝宝说话。用洪亮清脆的嗓音和宝宝说话，这样不但让宝宝听得清楚，也养成宝宝大声说话的习惯。

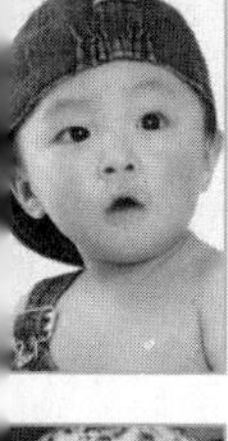

●和宝宝说话时要声情并茂，让宝宝感受到语言的感染力。给宝宝念儿歌或讲故事时要抑扬顿挫，让宝宝感受语言的魅力。

●不纠正宝宝语句的错误并不是让宝宝错下去，而是找机会用正确的语句来表达宝宝曾错误地使用过的语句。

0930 宝宝会用自己的名字了

妈妈会发现，突然有一天，宝宝不再说“妈妈喝水”或“妈妈渴”，而是说“毛毛喝水”或“宝宝渴”，几乎说什么话都带上自己的名字。宝宝对名字的认识和宝宝自我发展紧密联系在一起，宝宝的这种自我意识出现的时间不尽相同，有的宝宝早在1岁多就出现，有的宝宝要等到3岁才出现。

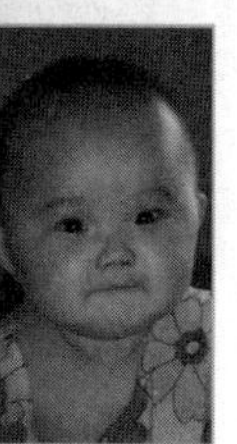

最初，宝宝是使用自己的名字表达自己的意思，慢慢地，宝宝开始学会使用抽象的人称代词“我”和“我的”来表达自己的意思。这么大的宝宝还不分“你”和“我”，当妈妈问“你爸爸哪去了”的时候，宝宝还不能把“你”替换成“我”，宝宝会说“你爸爸上班去了”。宝宝还没有形成对你、我、他的认识。当宝宝不能区别你、我、他的关系时，爸爸妈妈没有必要不断纠正宝宝，就让宝宝你、我不分地使用吧，这是宝宝语言发展中一个自然的阶段。

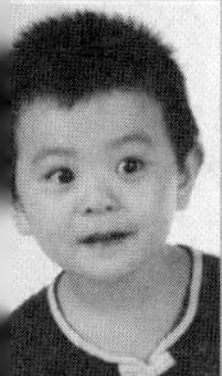

0931 安全环境下的探索精神

这么大的宝宝，既希望独立，又具有极强的依赖性，尤其是对爸爸妈妈或看护人的依赖，比婴儿期更加强烈。宝宝想按照自己的意愿行事，但又希望爸爸妈妈在身边。我们可以观察到，如果妈妈在身边，宝宝能独自津津有味地吃东西，聚精会神地玩耍。但宝宝时常会停下来，看看妈妈是否还在他身边，即使离他很远，只要他能看到妈妈的身影，就能安心下来。一旦妈妈在他的视线中消失了，宝宝会立即不安起来，停下所有他感兴趣的事情，去寻找妈妈，如果通过他的努力没有发现妈妈的踪影，就会嚎啕大哭。在接下来的日子里，宝宝对妈妈的依赖感越来越强，直到4岁以后，这种依赖感才有所减弱。

爸爸妈妈知道了宝宝在这个年龄段的特点，就不要违反幼儿的发育规律。有的妈妈认为宝宝太黏人了，试图锻炼宝宝的独立性，有意把宝宝自己放在一个房间，不让宝宝看到妈妈。这样做的结果会适得其反，使宝宝的依赖性变得越来越强，独立性越来越弱。幼儿对世界有太多的未知，常常不能确信他的安全性，这就使得幼儿不但具有冒险精神和探索愿望，还有对未知世界的恐惧和不安。宝宝表现出对爸爸妈妈的依赖性，是希望从爸爸妈妈那里获得安全感。

0932 不要这样应对宝宝耍脾气

●立即满足要求。当宝宝大哭大闹时，如果爸爸妈妈马上满足他的要求，宝宝就有了这样的经验：只要他大发脾气，什么事都能如愿以偿。

●严厉训斥。当宝宝坐在地上耍赖时，如果爸爸妈妈大声训斥他，或许会立即奏效，让正在耍闹的宝宝乖乖地站起来，或许会有很长时间宝宝都不敢再这样耍赖了。爸爸妈妈很是欣慰，认为采取了有效的方法，但爸爸妈妈可能不知道，这样做的结果可能并不乐观，因为在这种强压管制下，宝宝的心灵可能会受到伤害。

● 动武。当宝宝躺在地上哭闹时，如果爸爸妈妈对他动武，宝宝可能会产生被羞辱感。尽管这么大的宝宝不会产生对爸爸妈妈的憎恨，但如果爸爸妈妈常常用这样的态度对待有“要求”的宝宝，宝宝会变得性格孤僻，对人缺乏信任，影响宝宝以后与人的交往能力。

● 置之不理。当宝宝站在那里哭闹时，如果爸爸妈妈干脆走开，离他远远的，宝宝可能会有被爸爸妈妈抛弃的感觉，但又因为爸爸妈妈没有满足他的要求，不肯跟着爸爸妈妈一起走，和爸爸妈妈产生对峙。如果爸爸妈妈总是以这样的态度对待耍脾气的宝宝，宝宝开始对爸爸妈妈产生不信任感，不愿意和爸爸妈妈进行交流。

● 千哄万哄。如果爸爸妈妈千方百计地哄耍闹中的宝宝，甚至做出不切实际的许诺，比马上满足宝宝的要求更糟。宝宝会不断以此要挟爸爸妈妈，爸爸妈妈还会失去宝宝对父母应有的尊重。

0933 这样应对比较好

当宝宝耍闹时，如果爸爸妈妈都在场，只要一个人这样做就行了，另一个人可暂时离开宝宝的视线。

第一步：爸爸或妈妈走到宝宝身边，蹲下来，两眼温和，但不露一点笑容地注视着宝宝的面部，能和宝宝的眼睛对视最好，一只手轻轻地放在宝宝的肩膀上，不要拍，不要摇，默默地等待着。

第二步：如果宝宝不再腿脚乱蹬，手臂不再乱舞，哭声也小了，就轻轻拍两下宝宝的肩膀，但仍然不要吱声。

第三步：如果宝宝一点也不哭了，两眼看着你，你可以开口说：“妈妈相信你，你不会一直这样闹的。”如果宝宝点头，你就说：“妈妈相信你会自己站起来。”如果宝宝站起来了，你继续说：“你是个勇敢的宝宝。”

第四步：当宝宝又开始高兴的时候，妈妈可以对宝宝说：“宝宝这样哭闹不好，妈妈不会满足你的要求，刚才你的要求并不合理，所以，妈妈要拒绝。以后，妈妈相信宝宝不会再有这样的表现了。”

爸爸妈妈要使用什么样的语言和语气和宝宝说话，也要根据当时具体情况，结合具体问题而定。但语言要简练，就事论事，不给宝宝下不好的结论，不讲抽象的大道理。

宝宝对爸爸妈妈的话可能并不完全理解或认可，但爸爸妈妈会给宝宝准确的信息：他的行为和做法是不对的，爸爸妈妈不会满足他不合理的要求，但爸爸妈妈始终是爱他的。

爸爸妈妈采取这样的态度对待宝宝，宝宝从爸爸妈妈那里不断接受正确的信息，宝宝会健康地成长起来。在养育宝宝的过程中，冲突不会间断，好的处理方法和好的沟通方式不但会顺畅地解决冲突，还能使爸爸妈妈和宝宝在不断的冲突中建立起相互信任、相互理解、相互依存的良好父子、母子关系和和睦的家庭氛围。

0934 宝宝在大庭广众下耍闹怎么办

当宝宝在大庭广众之下无端哭闹耍赖时，爸爸妈妈按照上面比较好的方法去做了，但并没能使宝宝停止耍闹，爸爸妈妈也要克制自己，告诫自己不要动怒。爸爸妈妈要相信，宝宝不会一直这样哭闹下去的，即使他想不通，至少他会哭累，会饿，他终究会自己停止哭闹的。

当宝宝在大庭广众之下耍闹时，可能会引来旁人的围观。有的人可能会劝告爸爸妈妈，赶快答应宝宝的要求吧。有的人可能会谴责父母，怎么能这样对待宝宝呢，有的人可能会直接过去哄宝宝。遇到这种情况，爸爸妈妈绝不能生气地对管事的人说“没你们的事，你们不要管”等之类不友好的话。你可以用手势表示不要说，不要过

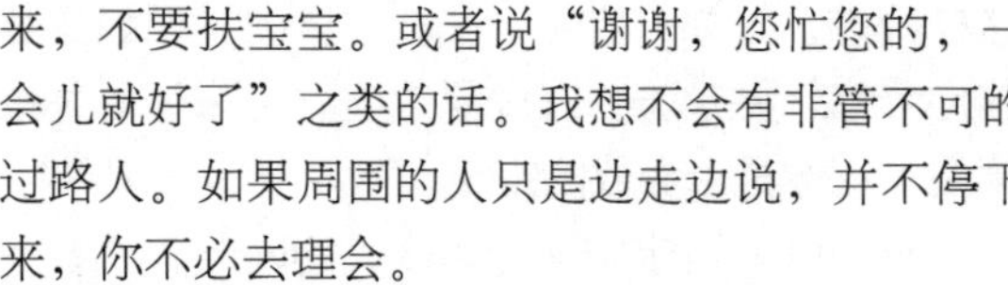

来，不要扶宝宝。或者说“谢谢，您忙您的，一会儿就好了”之类的话。我想不会有非管不可的过路人。如果周围的人只是边走边说，并不停下来，你不必去理会。

0935 在爷爷奶奶、外公外婆面前耍闹

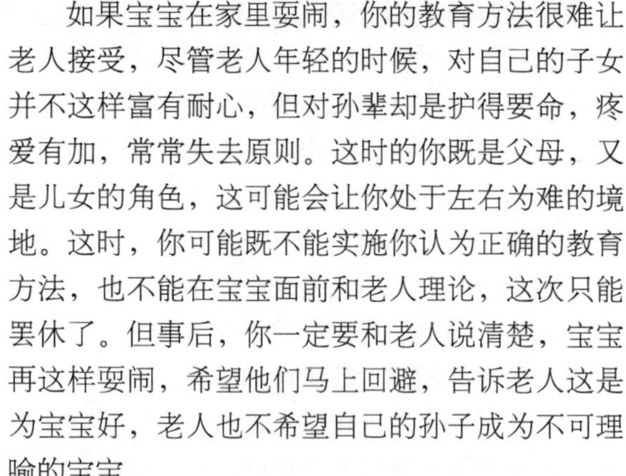

如果宝宝在家里耍闹，你的教育方法很难让老人接受，尽管老人年轻的时候，对自己的子女并不这样富有耐心，但对孙辈却是护得要命，疼爱有加，常常失去原则。这时的你既是父母，又是儿女的角色，这可能会让你处于左右为难的境地。这时，你可能既不能实施你认为正确的教育方法，也不能在宝宝面前和老人理论，这次只能罢休了。但事后，你一定要和老人说清楚，宝宝再这样耍闹，希望他们马上回避，告诉老人这是为宝宝好，老人也不希望自己的孙子成为不可理喻的宝宝。

0936 爸爸妈妈双方意见不一怎么办

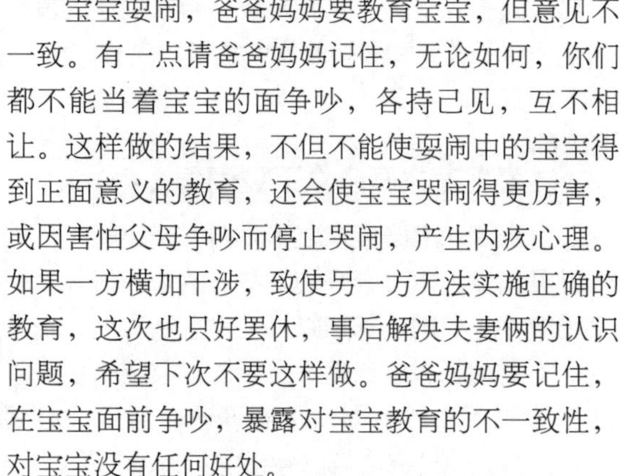

宝宝耍闹，爸爸妈妈要教育宝宝，但意见不一致。有一点请爸爸妈妈记住，无论如何，你们都不能当着宝宝的面争吵，各持己见，互不相让。这样做的结果，不但不能使耍闹中的宝宝得到正面意义的教育，还会使宝宝哭闹得更厉害，或因害怕父母争吵而停止哭闹，产生内疚心理。如果一方横加干涉，致使另一方无法实施正确的教育，这次也只好罢休，事后解决夫妻俩的认识问题，希望下次不要这样做。爸爸妈妈要记住，在宝宝面前争吵，暴露对宝宝教育的不一致性，对宝宝没有任何好处。

当爸爸妈妈因为宝宝发生争吵时，无论是偏向宝宝的一方，还是教育宝宝的一方，都同样令宝宝厌烦。在宝宝眼里，争吵的爸爸妈妈都不好，他都不喜欢。如果妈妈说：“都是因为你，我们才吵架，以后爸爸打你我也不管。”在宝宝看来，这次帮他的妈妈比教训他的爸爸还不好，宝宝不会领妈妈的情，只是感觉自己没有安全。

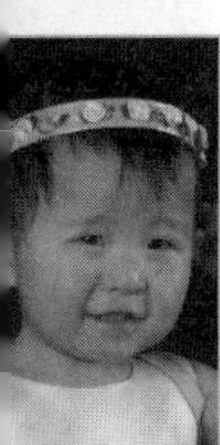

第四节 营养与饮食

0937 别让吃饭成负担

爸爸妈妈都接受这样的说法：宝宝最需要优质的蛋白质。于是就使劲让宝宝吃各种蛋、肉、奶制品，用酸奶代替水和水果。牛初乳、高蛋白粉、各种高营养素片，名目繁多的补养品都一股脑地给宝宝吃。宝宝吃的任务重，爸爸妈妈喂的难度大。搞得宝宝和爸爸妈妈都非常辛苦。吃饭本来是很自然的事情，却成了宝宝和爸爸妈妈的负担。

在食物种类中，廉价的粮食是最容易被忽视的。宝宝每天需要的热量绝大部分应该由谷物提供，谷物提供热量，既直接，又快速，而且所产生的代谢产物是水和二氧化碳，水可以被身体重新利用，二氧化碳通过肺脏呼出体外。如果由蛋肉提供热量，那将增加宝宝肝肾负担，还会产生过多的有害代谢物。

吃大地生长出来的自然食物，要比吃经过加工、添加了防腐剂、调味品、食用色素、香料、味精、糖精、油脂、过多的食盐等工业加工食品好得多。适当多吃含麦麸的面食，要比吃精细加工过的面粉更有利于健康。无论什么食物，再高级，再昂贵，也不可能提供人体所需的所有营养素。什么都吃，合理搭配是最好的饮食习惯。

0938 饭桌上的“智斗”

第一幕：不爱吃和就得吃

这么大的宝宝，可能已经形成了某种饮食偏好，特别不爱吃某种食物。早先妈妈没太在意，现在觉得有问题了，越是不爱吃的，越要锻炼宝宝吃，不然的话就会缺乏营养。情急之下妈妈出了下策：不喂其他食物，让宝宝饿着，等宝宝饿极了，一定就吃了。

医学评价：这样做的结果是宝宝更不接受那

种食物了。宝宝太饿或情绪不好时，不是添加不爱吃的食物的好时机。锻炼宝宝吃不喜欢吃的食物没错，问题是不能强迫宝宝吃，如果宝宝表现出很不喜欢吃某种食物，妈妈应该考虑改变烹饪方法，再尝试着给宝宝吃，如果宝宝还是不吃，就等几天再给宝宝吃，和宝宝较劲的结果只能更糟糕。

第二幕：特别爱吃和全面满足

宝宝特别爱吃某种食物，不给吃就哭闹。妈妈认为，特别爱吃的食物一定是身体缺乏的营养，宝宝能吃多少就给多少。

医学评价：当宝宝特别爱吃某种食物时，要加以限制，不能只让宝宝吃一种食物，以免造成营养的不均衡。另外，如果对某种食物不加以限量，宝宝胃肠道难堪重负，终于会有“罢工”的那一天，反而会影响宝宝营养摄入。

科学的营养新概念是：均衡的营养结构，合理的膳食安排，新鲜且味道鲜美、色泽好看的食物搭配。

第三幕：走着吃和追着喂

这么大的宝宝非常活泼，很难老老实实地坐在那里等着让妈妈喂饭，妈妈可不要顺着宝宝来，宝宝跑到哪里就追到哪里喂饭。应该让宝宝坐在固定的地方吃饭，不能随便离开餐桌。

“不要跑了，再跑妈妈不给吃了。”这些话语对于宝宝来说都是“废话”，宝宝一句也听不进去，妈妈应该马上停止这样做，常常发生这样的情形——妈妈一边做着，一边否定着，一边抱怨着，这难道是宝宝的问题吗？难道宝宝会哭喊着要求妈妈追着喂他饭吃吗？

“这宝宝从来不好好坐到那里吃饭，真是愁死人了。”我也常听到妈妈这样说。面对不好好吃饭的宝宝，妈妈常常陷入无奈的境地，妈妈的无奈派生出一系列宝宝吃饭的问题，但又有多少吃饭问题真的是宝宝的问题呢。我很想批评妈妈，但是，看着妈妈无奈焦虑的表情，我不忍心这么做。

0939 喂养误区依然存在

● 总是担心宝宝营养摄取不足。无论宝宝怎么努力，在父母看来，宝宝吃的都不够好。

● 好食物什么都好，差食物哪里都差。蛋黄和菠菜含有丰富的铁，所以把蛋黄和菠菜当做最佳补血食物。但父母是否了解，蛋黄和菠菜中的铁在肠道的吸收率却很低。糖并非对宝宝的生长发育有百害而无一利，洗澡前、活动量大、外出游玩时，吃一点糖果，会迅速纠正低血糖症状，也满足了宝宝喜爱甜食的嗜好。没有最好的食物，也没有最坏的食物，任何可吃的食物都有它的营养价值和作用。

● 放任宝宝吃零食。正餐之外恰当补充一些零食，能更好地满足新陈代谢的需求，也是摄取多种营养的一条重要途径。但不能放任，父母把握宝宝吃零食的尺度非常重要。

● 宝宝不喝水，就以饮料代替。饮料是水做得没错，但认为饮料可以代替水那就错了。如果宝宝就是一点水也不喝，在白开水里兑一些纯果汁，是最好的办法。

● 营养品、补品、保健品对宝宝只有益处，没有害处。维生素A、D、E是脂溶性的，过多服用可在体内蓄积，引起中毒。铁、锌、钙等矿物质在体内需要保持平衡，超量补充某种元素会影响其他元素的吸收和利用。蛋白质是宝宝生长发育不可缺少的，但摄入过多会产生废物，加重肾脏负担。DHA、AA摄入过多会产生过氧化物，破坏组织细胞的完整性和稳定性。

● 喝水有助于消化。许多妈妈认为，饭前、饭后或吃饭时给宝宝喝点水好，有助于消化食物。无论是饭前、饭后，还是饭中，喝水都是不符合饮食健康原则的。喝水会稀释消化液，减弱消化液的活力，特别是对于消化功能还未发育完善的宝宝来说更是如此。边吃饭边喝水会出现胃部饱胀感，影响食量。但有一点需要妈妈注意，宝宝口渴时是吃不下饭菜的。所以不要让宝宝渴着，吃饭前半小时可给宝宝喝水。

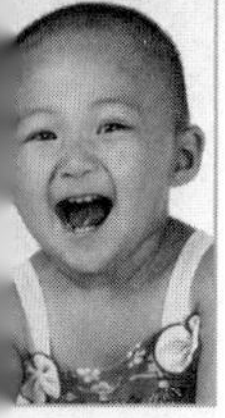
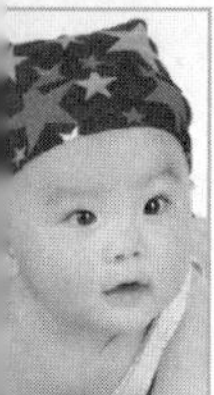

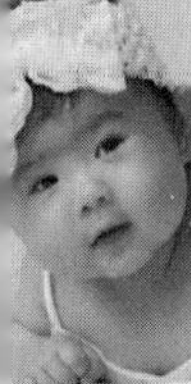

第五节 睡眠变化和尿便管理

0940 父母不是指挥官

如果爸爸妈妈只是站在自己的立场，不考虑宝宝是否愿意接受训练，训练尿便的过程就不会很顺利。把自己放在指挥官的位置，把宝宝当作士兵来训练，可能会遇到麻烦。

不要受外界的影响，产生无谓的压力。训练尿便是你们亲子之间的事，不必在意别人说什么，也不必为别人的宝宝比你的宝宝更早地控制尿便而着急。坚信宝宝会成功地控制尿便，只是时间而已。

有时需要爸爸妈妈暂时放宝宝一马，给宝宝一个喘息的时机。当宝宝出现行为倒退，以及表现出反抗、抵触、执拗，甚至耍赖等情绪时，能够“软着陆”是比较理想的状态。

0941 态度不同，效果不同

已经能控制尿便了，又开始尿床、拉裤子了。父母怎么办?

不耐烦的结果

妈妈气愤或不耐烦地说：“你看你这宝宝，告诉你多少次了，有大便告诉我！臭死人了，我真是个倒霉的妈妈！”妈妈一边为宝宝收拾残局，一边唠叨着，动作也重重的，粗粗的。

其结果会怎样呢？宝宝会有一种羞耻感，觉得自己做了天大的错事，自己的排泄物被妈妈厌恶。宝宝从此或许对排便产生厌恶感，拒绝排便，导致大便干燥；或许感觉自己被妈妈抛弃了，或许不再信任妈妈。在这个年龄段宝宝的心里，妈妈是他最信任、最依赖、最亲近的人，如果宝宝感到妈妈不要他了，或不信任妈妈了，就会从内心产生一种恐惧感。

平静和蔼的效果

妈妈平静而和蔼地说：“宝贝，拉了这么多，真是长大了。趴在这里，不要动，妈妈要帮宝宝收拾干净。”然后，妈妈抓住时机告诉宝宝，应该把大便排在便盆中：“如果宝宝坐在便椅上，就会把大便拉在便盆中了，宝宝就不用老老实实趴在这等妈妈收拾了，妈妈喜欢会坐便盆的宝宝，下次有大便告诉妈妈好吗？”

这样宝宝得到的信息是明确而清晰的。宝宝不会因为妈妈的好态度和好言语而放纵自己，下次还这么做。宝宝总是想做得好，让妈妈高兴。宝宝需要妈妈的鼓励，希望和妈妈建立一种相互信任的关系。

宝宝的情感是很丰富的，如果爸爸妈妈忽视了这一点，就会极大地伤害宝宝。学会尊重宝宝，爸爸妈妈对宝宝的教育就成功了一半。如果爸爸妈妈能驾驭好自己的情绪，训练宝宝控制大小便的工作也就成功了一半。

0942 何时控制并不重要

如果宝宝在1岁以后乐意接受尿便的训练，那真是再好不过了，但千万不要高兴得太早，也许只是昙花一现，弄不好还会给妈妈以后的训练带来麻烦。

如果宝宝到了1岁半以后开始乐意接受尿便训练，而且也进展得很顺利，是很正常的，大多数宝宝是这样的。

如果宝宝2岁以后才乐意接受尿便训练，可能同1岁以后就接受尿便训练的宝宝一样，在差不多的年龄学会了控制尿便。

爸爸妈妈不必太在意时间，也不必太在意过程，只要能获得好的结果，而且几乎所有的宝宝都有好的结果，什么时候能够控制尿便并不重要。

0943 一觉睡到大天亮

1岁以后，宝宝白天睡眠的时间越来越短，慢慢地，宝宝上午不再睡觉了，只在午饭后睡上一觉，或许傍晚不再小睡。宝宝可能会从晚上八九点钟，一直睡到早晨五六点钟，甚至睡到

六七点。这会让爸爸妈妈非常高兴，爸爸妈妈再也不用睡眼惺忪地起来哄宝宝了。

不是所有的宝宝都能有这样的表现，爸爸妈妈可要有点心理准备，如果你的宝宝能够一觉睡到大天亮，你们就庆幸宝宝体谅爸爸妈妈的辛苦，让你们有个好觉睡。如果宝宝表现得不那么乖，你们千万不要怪罪宝宝，也不要自以为很倒霉，宝宝一定有他的理由，只是还不会向爸爸妈妈诉说，你们该做的是仔细、认真地观察，宝宝是否有其他异常情况，如果没有其他异常，你就不要担心，请耐心等待一段时间，以良好的心态，稳定的情绪面对不好好睡觉的宝宝，并坚信，总有一天宝宝会好好睡觉的，而且时间不会太长。

0944 开始半夜醒来

如果你的宝宝开始半夜醒来，你千万不要表现出急躁的情绪；如果宝宝不哭不闹，你也不必理会，让宝宝自己醒着就是了；如果宝宝醒来哭闹，你就拍拍宝宝，哄一哄，不要立即把宝宝抱起来；如果宝宝还是哭闹，就抱起宝宝哄一哄；如果抱起来哄也没有效果，就尝试着给宝宝喂点水喝；如果宝宝不喝水，或喝完水仍然哭闹，可尝试着给宝宝一点吃的。总之，安静而耐心地对待半夜醒来的宝宝，会让宝宝更早地再次入睡。

0945 早睡早起

有的宝宝晚上睡得很早，早晨醒得也很早，是那种日落而息，日出而作的宝宝。这样的宝宝被认为具有良好的睡眠习惯，但对于城市爸爸妈妈来说可不一定是好事，因为大多数城市爸爸妈妈喜欢晚睡晚起，早晨早早醒来的宝宝，是不会让爸爸妈妈睡懒觉的。早睡早起的睡眠习惯有利于身体健康，如果爸爸妈妈确实无法实现早睡早起，就继续你们的睡眠习惯，同时也尊重宝宝的睡眠习惯，总有一天你们和宝宝会养成同样的睡眠习惯。

0946 早睡但不早起

有的宝宝尽管晚上睡得很早，但早晨并不能很早起床，原因是半夜醒来要妈妈陪着玩。让爸爸妈妈最难以忍受的是半夜醒来哭闹的宝宝，这无论如何也不能让爸爸妈妈相信宝宝是正常的，所以爸爸妈妈会不止一次把宝宝抱到医院，或请医生到家里为宝宝看病。如果接连几个星期都这样，爸爸妈妈的忍耐可能就到了极限，或者夫妻吵架，或者把气撒到宝宝身上。最忍受不了的是爸爸，爸爸可能会大声训斥宝宝，甚至打上一巴掌，养儿的乐趣消失殆尽。

爸爸的做法当时会起到一定的效果，宝宝真的不哭了，可第二天、第三天可能哭得更厉害，时间更长。惩罚宝宝不会收到好的效果。遇到具体情况，爸爸妈妈最需要做的就是学会接受和理解，宝宝会一天天长大，一天天进步，爸爸妈妈的接受和理解会使宝宝更早地建立起良好的睡眠习惯。请爸爸妈妈记住：面对宝宝的问题，当你无计可施时，不作为，平静等待是最好的应对策略。有这般耐力和胸怀的父母，宝宝会发展得越来越好。

0947 变化无常

这个时期的宝宝，每天都在发生着变化。前段时间还不午睡的宝宝，可能从今天开始午睡了；前几天还一觉睡到天亮的宝宝，可能突然半夜醒来玩；前一段时间还晚上八九点睡的宝宝，可能突然到了十点还不睡；前一段时间还睡到早晨八九点的宝宝，可能突然成了报晓的晨钟。

面对宝宝的变化无常，让爸爸妈妈坦然处之实在不容易。倘若宝宝不睡觉，但玩得很开心，没有异常情况，爸爸妈妈的担心程度就会小得多。如果宝宝在睡眠前后或睡眠中哭闹，爸爸妈妈就会非常不安，甚至带宝宝上医院。这些都是对宝宝睡眠变化无常缺少心理准备造成的。

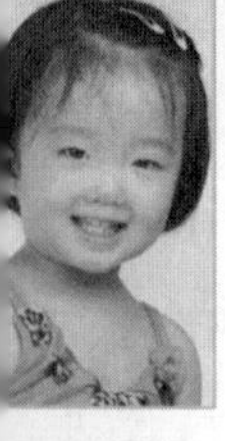

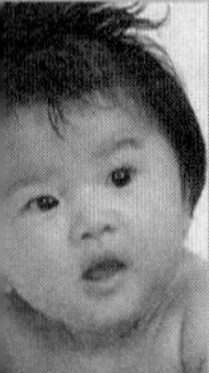

第六节 季节、外出、分离、意外

0948 不同季节护理要点

春季要郊游

春天最适宜带宝宝郊游，让宝宝在大自然中感受自然界的一草一木，这是对宝宝认知能力提高的方法之一。教宝宝看嫩芽的形状、叶子的茎脉、忙碌的昆虫等等，是让宝宝热爱大自然，关心大自然，喜爱自然界中的生态，开发宝宝智力的好方法。

度夏要防病

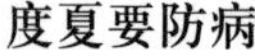

● 中暑晒伤。宝宝也会苦夏，体重增长缓慢，甚至不增，如果宝宝白天在太阳下玩耍时间过长，水分补充不足，就有中暑的可能。预防宝宝中暑的有效方法是多给宝宝饮水，不要让宝宝在太阳下玩太长时间。如果皮肤被紫外线晒伤，宝宝就会非常闹人，整夜都不好好睡，因为皮肤火辣辣地痛，治疗起来又不能立竿见影，所以防护第一。

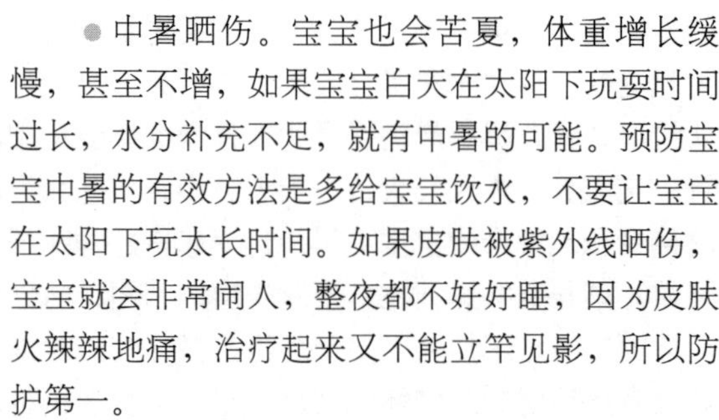

● 蚊虫叮咬。宝宝睡眠时间减少，喜欢在户外活动，傍晚时分是蚊子活跃的时候，如果宝宝这时在户外，就难免被咬得满身疙瘩。所以，傍晚时分尽量不带宝宝到户外活动。如果要去，一定给宝宝身上擦上防蚊水。有些宝宝对防蚊水过敏，可在宝宝衣服上喷花露水，穿薄长袖衣裤。给宝宝服用维生素B_1片对防蚊也有一定效果。

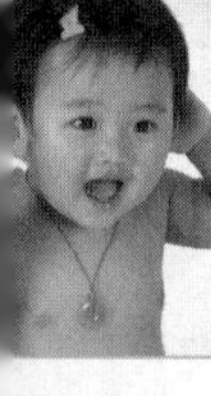

● 病从口入。夏季蚊蝇比较多，携带病毒细菌的苍蝇可污染食物，如果宝宝吃了，就有罹患肠炎的可能。在冰箱内放置的食物要加热后再给宝宝吃。酸奶从冰箱中取出后不要超过2个小时，在常温下放置时间长了，食用后可能会引起宝宝腹泻。

● 乙型脑炎。乙脑疫苗是国家计划免疫项目，每个宝宝必须接种，而且要复种。如果因为某些原因，你的宝宝没有及时接种乙脑疫苗，就要及时与防疫机构取得联系，进行补种。如果到了乙脑流行季节，补种已经来不及，或你的宝宝不能接受乙脑疫苗，那可千万要保护好宝宝，不要让宝宝遭受蚊子的叮咬。

● 皮肤感染。宝宝出现皮肤擦伤的机会多了，对于这么大的宝宝来说，擦伤后破损的皮肤不大容易护理。宝宝会玩得满身是汗，每天需要洗几次澡，伤口遇水不容易愈合。宝宝已经会走了，最好在宝宝活动时，给宝宝穿能盖住膝盖的裤子，以免膝盖受伤。这么大宝宝最容易受伤的是膝盖、肘关节部，手掌和面部。一旦宝宝皮肤擦伤，要彻底清理伤口，不要怕宝宝痛。可以在伤口上撒一些麻醉剂，如奴夫卡因或利多卡因，你不妨向医生提出这样的建议，以杜绝皮肤感染，促进伤口快速愈合。

秋季注意温度变化

● 夏秋交替，气候不稳定，要注意根据天气增减衣服，不要过早给宝宝增衣服，民间的“春捂秋冻”有一定道理。

● 秋天常常是早晚凉，正午热，带宝宝外出，要适时调整穿戴，要在宝宝还没有出汗前把外衣脱掉，如果已经出汗了，就不要马上脱掉衣服，否则会感冒。到了傍晚，想着给宝宝加衣服。

● 北方的秋季比较干燥，要给宝宝补充水分。

● 到了深秋，宝宝的呼吸道会受到冷空气刺激，出现咳嗽，爸爸妈妈不要动辄就给宝宝吃抗菌素。

● 秋末冬初，宝宝可能会感染轮状病毒，患秋季腹泻。一旦听到周围有腹泻的宝宝，要警惕自己的宝宝，远离人群。如果宝宝所在的幼儿园有腹泻流行，暂时把宝宝放在家里。一旦你的宝宝腹泻，一定要去医院治疗。请爸爸妈妈注意：秋季腹泻是轮状病毒感染，任何抗菌素都不能杀灭它，所以不要给宝宝服用抗菌素。吃抗菌素的结果只能使腹泻加重，导致宝宝肠道菌群失调，肠道内环境被破坏。

冬季预防流行病

● 不要急于给宝宝加衣服，让宝宝慢慢适应逐渐转冷的天气，以便宝宝能够承受寒冷的冬天。

● 冬季最大问题是室内温度过高，湿度过低，空气不新鲜，尤其在北方。通常情况下南方的爸爸妈妈不会给宝宝穿很多衣服，尽管室内温度比北方的还要低，但宝宝却常常比北方的宝宝穿得还少。南方爸爸妈妈不会因为冬季到来减少宝宝的户外活动时间，所以南方的宝宝比北方的宝宝更能耐受寒冷，也相对不爱感冒。建议室内温度在18～22℃。

● 干燥是北方宝宝感冒的诱因之一，保持室内湿度是预防宝宝感冒的有效措施，建议室内湿度在50%左右。

● 冬季是流脑的流行季节，和乙脑一样，流脑并没有因为预防针的普及而消灭，仍时有发病。要在冬季来临时给宝宝接种流脑疫苗，每年都要接种一次。

● 冬季是幼儿呼吸道感染高发季节，你的宝宝可能一冬天反复感冒、咳嗽、发烧，爸爸妈妈应该谨慎使用抗菌素。滥用抗菌素，不但会害了宝宝，也会伤害了别人。滥用抗菌素不但会产生大量的耐药菌（就是说大部分的抗菌素不能杀死这种细菌），对宝宝身体也有伤害，没有副作用的抗菌素几乎不存在。

● 肺炎和腹泻仍是威胁宝宝的高发疾病，预防很重要。贫血、佝偻病和营养不良，这些疾病症状往往是潜隐的，爸爸妈妈应该常规给宝宝做健康检查，医生会发现宝宝的这些病症。

0949 外出时宝宝患病应急护理

发烧

妈妈一旦意识到宝宝发烧了，就应马上给宝宝测量体温。知道宝宝目前的体温是很重要的，如果体温过高，就有发生高热惊厥的危险，需要尽快把体温降下来。在选择降温药物和方法，以及药物剂量等方面，都需要结合宝宝体温的高低，作出相应安排。

如果体温在38℃以下，可以给宝宝吃半量退热药。多给宝宝饮水，20分钟到半小时再次测量体温，如果已经下降，继续给宝宝补充水分。如果没有下降，或超过了38℃，再喂余下的那半量。半小时后再测体温，如果仍继续升高，应该带宝宝去医院。如果体温没有反弹，每两三个小时测量一次体温。如果体温有升高趋势，可以再次服用退热药，但要间隔6个小时，最短也要间隔4个小时。

如果宝宝发烧的同时伴有精神不好、呕吐、剧烈咳嗽或其他异常情况，要及时与医生取得联系，或直接带宝宝去医院。

这个年龄段的宝宝容易发生高热惊厥，所以要尽量避免宝宝高热。当宝宝发烧时，一定不要捂宝宝，要让宝宝充分散热。可用温湿毛巾放在宝宝颈部或腋窝、腹股沟处（大腿根部）帮助散热，同时要多喝水。

皮肤擦伤

如果宝宝皮肤有擦伤，可以先用清水把沾在伤口上的尘土冲干净，再用双氧水消毒，直接把双氧水倒在伤口上就可以，用消毒棉签把伤口上的血迹擦干，涂上红药水就可以了。

被蚊虫叮咬

如果宝宝被蚊虫叮咬了，可以涂风油精，注意不要把风油精弄到宝宝眼睛和口中。如果宝宝皮肤出了小红疹，又很痒，可以涂肤轻松软膏。

口腔糜烂

如果宝宝口腔或口唇、口角有糜烂或溃疡，可以涂紫药水。如果宝宝小手擦伤最好使用紫药水，因为宝宝可能会把小手放到嘴里吸吮，而红药水不能被宝宝吃到嘴里。

腹泻

如果宝宝拉稀了，马上给宝宝喂一袋思密达；宝宝不再拉时，不必继续服药；如果又拉了，就再给宝宝服用。但并不是每次拉稀都要服用，24小时不能超过3次。如果宝宝大便中水分比较多，需要给宝宝喝口服补液盐。如果宝宝只拉一两次稀便，并没有多少水分，就不必喝口服补液盐了。

消化不良

如果宝宝出现消化不良症状：不爱吃东西、呕吐、嘴里有异味、大便呈现消化不良改变，有

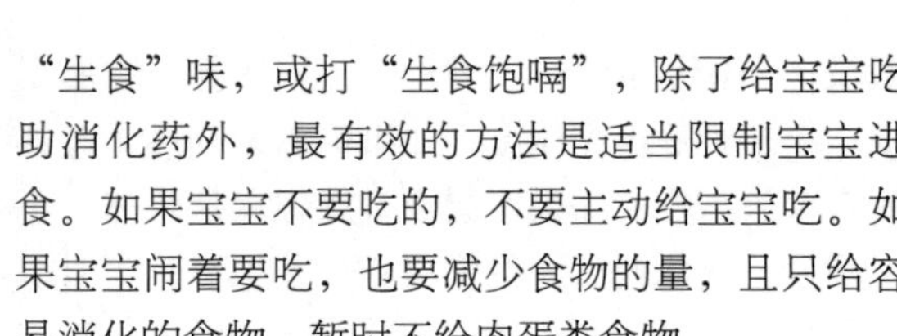

"生食"味，或打"生食饱嗝"，除了给宝宝吃助消化药外，最有效的方法是适当限制宝宝进食。如果宝宝不要吃的，不要主动给宝宝吃。如果宝宝闹着要吃，也要减少食物的量，且只给容易消化的食物，暂时不给肉蛋类食物。

流鼻涕、打喷嚏

宝宝流鼻涕，打喷嚏不要紧，也不需要吃什么药。如果宝宝有些咳嗽，可以给宝宝吃止咳药。不要自行给宝宝吃抗菌素，抗菌素需要在医生指导下服用。

0950 预防意外事故发生

从床上摔下来

宝宝从床上摔下来是比较常见的。宝宝对未发生的、看不到的危险是没有恐惧的。恐惧感更多的是来源于过去的经验。过去的经验储存在大脑中，成为一种符号，当宝宝再次遇到类似的危险时，储存在大脑中的那种符号就被调动起来，刺激神经中枢，得出"此事危险"的结论。潜意识帮助人们改变自己的行为或方向，避开危险，寻求安全，是人类保护自己的护身符。宝宝没有危险的经历，当遇有危险时，没有信息传达给潜意识，潜意识也就不能动员起来帮助"主人"。所以，宝宝不能很好地保护自己，没有经验告诉宝宝可能会发生的危险，宝宝也想象不出可能有发生潜在危险的威胁。

宝宝对发生在眼前的危险产生畏惧，再遇到类似的危险，宝宝可能会有意识规避，但刚刚13个月的宝宝，一次不强烈的刺激可能不足以让宝宝产生这样的经验，即使产生了，也是短暂的，过一段时间，甚至几天就忘记了。

几乎所有意外都能预防

只要爸爸妈妈和看护人想到了，几乎所有可能发生的意外都能预防，至少能减轻伤害。比如带宝宝乘车，把宝宝放在安全座椅上，要比抱着宝宝安全得多；让宝宝坐在后排座位上，要比坐在前排安全得多。如果妈妈抱着宝宝坐在副驾驶座位上，宝宝受伤的概率就增大了很多。

- "不可能发生这样意外"的思想要不得；
- 当你意识到"这样做会有危险"时，要果断而坚决地制止可能招致危险的行动；
- 当你意识到"这个环境不能保证宝宝安全"时，要马上把宝宝抱离；
- 尽管你已经把宝宝置于你认为安全的环境中了，也不能把宝宝一个人丢在一边不管，你的视线始终不能离开宝宝；
- 当你不能保证新来的保姆拥有安全知识和技能时，不能把保姆和宝宝单独留在家里；
- 不要只以你的视角考虑环境是否对宝宝安全，还要从宝宝的视角去考虑。你认为宝宝够不到，宝宝可能毫不费力就能爬到你放置危险物的高处。

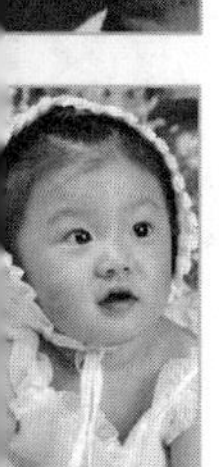

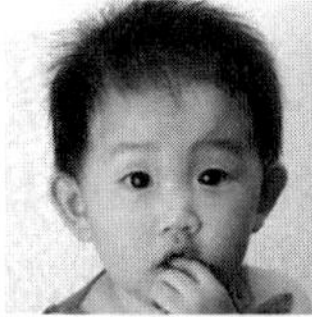

第三章 1岁3个月幼儿（14～15月）

第一节 本月特点

0951 至少会搭两块积木

宝宝一双小手越发灵活了，会把两块积木摞起来了。动手能力强的宝宝，可能会把三四块积木摞在一起。宝宝会把小桶中的玩具拿出来，并放回小桶。会自己拿勺吃饭，能用两手端起自己的小饭碗，很潇洒地用一只手拿着奶瓶喝奶、喝水。妈妈可能会惊讶地发现，宝宝还能用食指和拇指捏起线绳一样粗细的小草棍。

0952 会指着想要的东西

宝宝对所见物品变得敏感起来，而且开始对物品感兴趣，想通过手的触摸认识物品。过去，宝宝还不能通过用手指向某种物品来告诉妈妈他要什么，因而常常无缘由地哭闹。现在，宝宝会用手指向他想要的物品了。宝宝还有另一种表达要某种东西的方法：当妈妈抱着宝宝时，宝宝用整个身体使劲，希望妈妈去帮他拿东西。说话早的宝宝，甚至能说出想要东西的名称。

0953 两只胳膊张着往前走

刚刚学习走路的宝宝，两只胳膊总是张着，不能自然地垂放在身体两侧，这是因为宝宝要用自己的两条胳膊来调整身体的平衡，就像飞机的两个机翼，蝴蝶的两只翅膀一样。等到宝宝走稳了，平衡找好了，宝宝的两只胳膊就放下来了。

两只胳膊张着，小手也张着，颤颤巍巍地往前走，是这个月龄宝宝特有的姿势。几个月后，宝宝走稳妥了，就再也没有这让人忍俊不禁的动作了。给宝宝留下美好真实的瞬间是爸爸妈妈送给宝宝的一份特殊礼物，要比“宝宝明星照”更有意义。

0954 小脚丫也长本事了

会走的宝宝，到了这个月龄，会扶着栏杆或其他物体，抬起一只小脚丫，把脚下的皮球踢跑了。爸爸妈妈可别小瞧宝宝的这“一抬足”，可不比国足的临门一脚难度小啊。

中耳里身体姿势传感器的反馈，能帮助宝宝学会在黑暗中、水平面、斜坡上保持身体直立。到了这个月龄，宝宝的平衡能力增强了，凭借直觉，宝宝似乎明白怎样保持身体平衡状态。当宝宝的腿力达到能够支撑起整个身体，同时又能够把一只脚腾空，并摆动下肢的时候，才能把球踢出去。所以，这个动作需要宝宝同时具备很多能力才能完成。

0955 走路不再左右摇摆

刚刚学习走路的宝宝，常常是左右摇摆，像个不倒翁，满15月的宝宝大多能够自如地行走了。但并非所有的宝宝到了这个月龄都能够很自如地行走，有的宝宝直到1岁半还不能达到这个水平。

父母不必着急，无论你们的宝宝多大开始迈出第一步，也无论你们的宝宝是否走得稳，从开始走路到走得很稳，通常只需要6个月的时间。

如果某个宝宝从11个月开始迈出第一步，到了这个月龄走得已经比较稳了。如果你的宝宝14个月才开始迈出第一步，那么这个月龄，走路不稳是再正常不过的事了，不能就此认为你的宝宝体能发育落后。

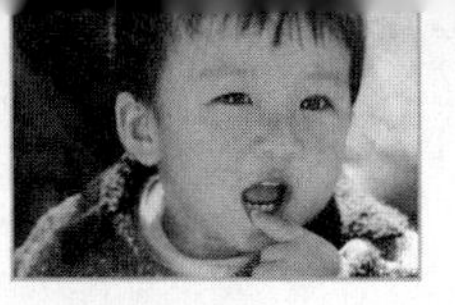  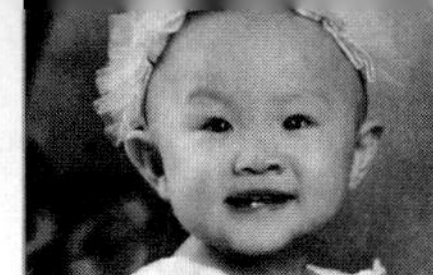 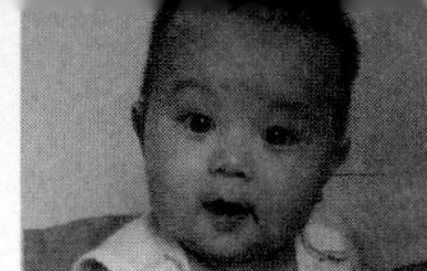 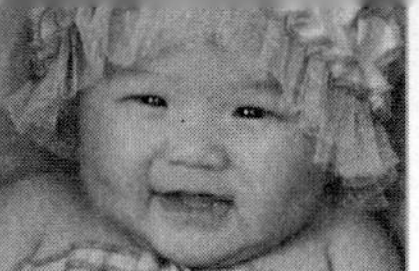

0956 不再用脚尖站立

曾用脚尖站立的宝宝，到了这个月龄不再用脚尖站立了。有些宝宝正在学习走路，或刚刚会走，父母可能会发现宝宝有一只脚是以脚尖着地的，甚至看起来有些跛行。妈妈不要着急，这是宝宝在运动发育过程中的正常表现。如果没有病理改变，宝宝不会一直这么走下去的，你只需要等待，宝宝接下来就会用脚掌代替脚尖走路了。

0957 弯腰拾东西

这个月龄的宝宝可以不扶任何物体，能自己蹲下来，弯腰拾起地上的东西。有些宝宝也许要到这个月龄的两三个月后才会弯腰拾东西；有的可能早在这个月龄的上个月，甚至更早就具备这个能力了。宝宝能力发育上的差异是正常的，有些宝宝还时常因为蹲下拾东西摔了屁股，或弯腰拾东西时摔个前趴，没关系，宝宝就是这样跌跌撞撞长大了。

0958 能说三个字的语句了

说话早的宝宝可能会说出一两句三个字组成的语句了，但一个字的语句也不说的宝宝并不意味着异常。有一个有趣的现象，宝宝体能发育很好，语言发育可能稍显落后；而语言发育很好的宝宝，体能发育可能相对落后些。为什么？医学尚未能做出解释。刚刚15个月的宝宝，长了这么多本事，真的很了不起了，爸爸妈妈可别太贪心。我不反对潜能开发和智力训练，但我总是告诫父母，切莫揠苗助长，伤了幼苗的根，再施肥浇水也难成大树。幼苗还需要我们耐心等待。

宝宝潜能有赖于发育关键期的适时开发和引导，同时给宝宝创造发展潜能的条件。宝宝能力和智能的发展有赖于生理上的成熟，如果违背了人体生理发育规律，就可能招致适得其反的结果，把宝宝潜能扼杀在摇篮中。

0959 有意识地喊爸爸妈妈

大多数宝宝到了这个月龄，能够有意识地叫爸爸、妈妈，甚至会叫爷爷、奶奶、姥姥、姥爷、叔叔、姑姑。你的宝宝或许早在1岁前就会有意识地叫爸爸妈妈了，但直到现在仍然停留在这个水平，也是正常的。如果你的宝宝这个月龄刚刚开始会有意识地叫爸爸妈妈，也不能认为宝宝的语言发育落后。

0960 主动与外界交流

宝宝愿意主动与外界交流。对于从未见过面的陌生人，宝宝会表现出警觉的样子。如果陌生人试图向前接近宝宝，宝宝可能会本能地向后退，寻求亲人的保护，并警惕地盯着陌生人的眼睛。宝宝尽管有些害怕陌生人，但能勇敢地直视陌生人。如果陌生人表现出友好，与宝宝有很好的交流，做宝宝喜欢的游戏，给吸引宝宝的物品，宝宝很快就会和陌生人成为“老朋友”。如果玩兴正浓，“老朋友”要离去，宝宝可能会拽着不放，甚至会以哭挽留。妈妈和宝宝一起送客人到户外是不错的“转移法”。到了户外，新的兴奋点会很快让宝宝忘却刚才的事情。

0961 拉开挑食的序幕

宝宝越来越表现出对食物种类的好恶，爸爸妈妈要正确对待宝宝这一特点，避免宝宝养成真正偏食、挑食的习惯。如果爸爸妈妈引导错误，就会出现问题。常见的错误引导是：

—好好吃饭！吃完饭，妈妈带宝宝出去玩。如果宝宝不吃饭，妈妈就不带宝宝出去玩了。

—快吃，不然的话，妈妈就不喜欢宝宝了。

—不把这碗饭吃完，妈妈就不带宝宝去动物园看大老虎。

—把这个吃了（比如胡萝卜，香蕉等），不然妈妈就不陪宝宝睡觉、讲故事。

—把这个吃了，妈妈才给宝宝开电视，看好

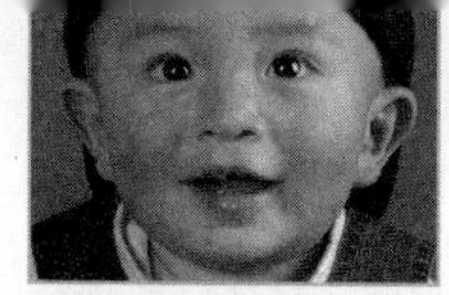 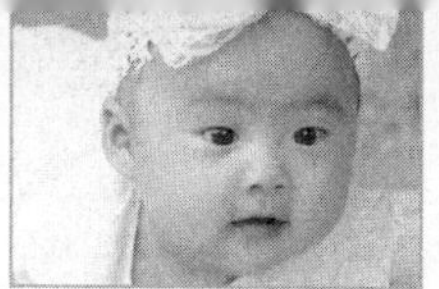 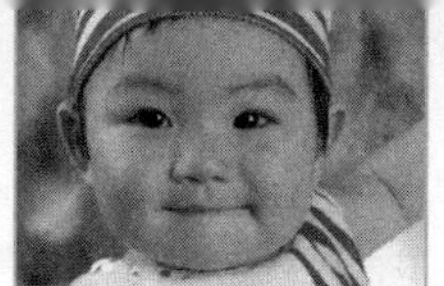 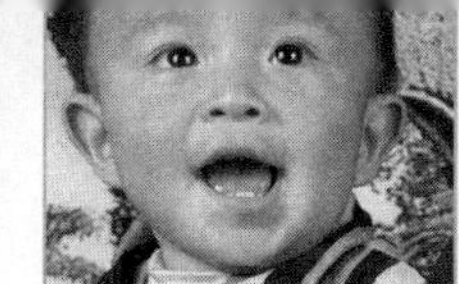 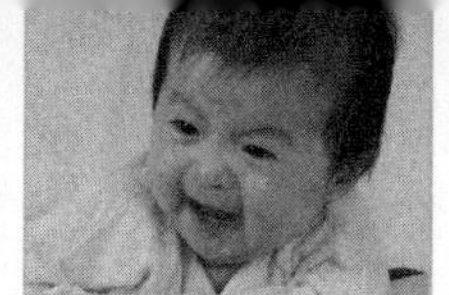

玩的动画片。

爸爸妈妈讲的这些条件，恰恰是引起宝宝出现吃饭问题的真正原因。

0962 能用杯子喝水了

宝宝不喜欢使用奶瓶喝水，并不是件坏事，宝宝完全具备了使用杯子喝水的能力。滴水不漏做不到，但能把大部分水喝到肚子里。把水洒到衣服上、脖子里、地上都是正常的，不但不要批评，还要夸奖宝宝。有篇文章很感人，“珍惜宝宝需要你牵着手走的日子，因为它很短暂”。水洒到身上不是宝宝的错误，也没什么大不了，应该一笑而过。使用杯子喝奶，还有个好处，不会在晚上吸着奶瓶睡着了，对宝宝的牙齿健康有利。

第二节 身体发育和运动能力

0963 体重可能没增长

婴幼儿体重增长规律是，月龄越小，体重增长速度越快。到幼儿期，体重增长可没有那么迅速了，平均一年可能只增加2千克。这个月如果你的宝宝体重没有增长，不意味着宝宝有什么问题，也不意味着喂养有什么问题。在1岁到2岁这12个月中，每个月体重平均增长不过几两，从外观上看，再厉害的眼力也难以辨别出来。

0964 吃喝不决定身高

身高受很多因素影响，比影响体重的因素还要多，其中遗传因素最重要。要正视爸爸妈妈身高对宝宝身高的影响，不要把宝宝的身高只归因于吃喝上。

0965 不再常规测量头围

进入幼儿期的宝宝，头围变化已经很小了。在体格检查中，如果从外观上未发现异常，医生已经不再把测量头围作为必查项目了。在头围方面，妈妈所关注的是：宝宝的头型是否正常？宝宝的头是否小？宝宝的头是否大？其实，妈妈所担心的，大多是无意义的。如果宝宝由于缺钙导致头大，那宝宝缺钙已经严重得可怕了；如果宝宝头小导致脑发育受限，是狭颅症，宝宝最主要的表现是智力低下。严重缺钙和智力低下，在常规体检中早就发现了。

0966 把手指插到孔中

宝宝会把一只手指插到瓶口中，这个能力让宝宝很欢喜，像着了魔似的，只要看到有孔，有眼儿的地方，宝宝都会把自己的手指插进去。这是宝宝锻炼手精细运用能力的方法之一，妈妈可以给宝宝买这样的玩具。

不要把瓶口过小的瓶子和孔小的玩具给宝宝玩，以免宝宝把手指插进瓶口中拿不出。一旦出现这种情况，妈妈要镇静，用温水沿着宝宝手指往里慢慢倒，宝宝手指湿润了，减少手指与瓶子的摩擦力。然后，轻轻地，缓慢地，边往外拔，边转动瓶子，宝宝的手指就出来了。

0967 肢体运动能力倍增

宝宝肢体运动能力逐渐增强，会借助小凳子、桌子、沙发等物体往高处上。如果家里的花盆足够大，宝宝还会扶着花树，站在大花盆的土上，和花树比高低。会走的宝宝，妈妈已经看不过来了，一不留神，宝宝就会做出让妈妈措手不及的事情来。宝宝什么时候把碗中的饭菜搞得满地都是？什么时候动了热水瓶？什么时候把茶几上的水杯弄到地上？妈妈几乎猜不出，也预料不到。

宝宝可能会发现上楼梯比下楼梯容易，宝宝可能会独自爬上6～10个台阶，如果妈妈牵着宝宝的手，宝宝可能站立着走上好几级台阶。

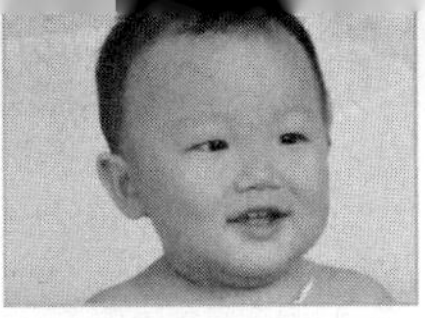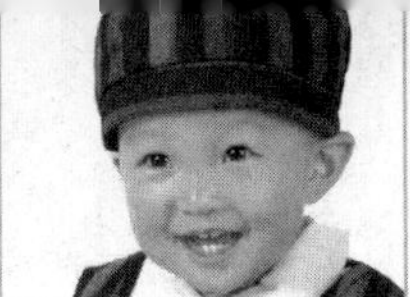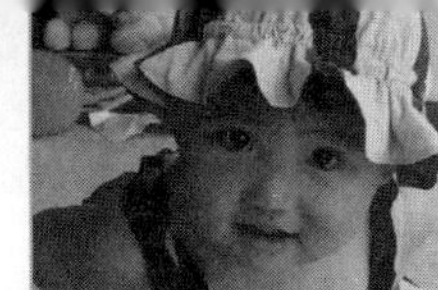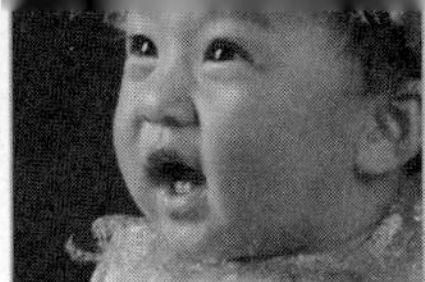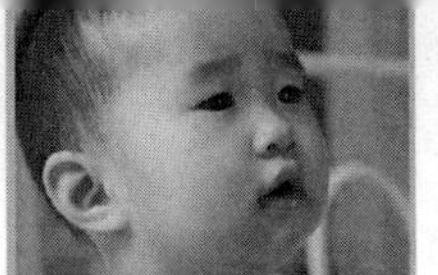

0968 走路还是外八字

宝宝走路外八字（X型腿），或内八字（O型腿），妈妈不仅认为宝宝走路姿势不对，还常常和缺钙（佝偻病）联系在一起。如果医生也不能确定是否正常，可能会让宝宝拍摄X光片。大多数情况下是什么问题也没有。宝宝接受X射线总不能说是安全的，最好不要轻易给宝宝照X射线。

如果宝宝走起路来像只鸭子，要及时看医生，排除髋关节半脱位，或髋关节畸形。如果宝宝至今还是用脚尖走路，腿硬硬的，很不协调，或软软的，站也站不稳，即使爸爸妈妈扶着还不能迈步走路，就要引起妈妈注意了，除了看普通儿科外，最好看一看神经科，以排除脑部病变导致运动障碍的可能。

0969 自己动手

这么大的宝宝大多会握笔了，让宝宝握笔涂鸦是训练手的灵活性和准确性的好方法。让宝宝自发涂写，随便乱画，不要限制宝宝画什么，只要给宝宝白纸、画板或者干脆留出一块墙面就够了。

锻炼宝宝自己拿勺、筷子吃饭，不要担心饭菜弄得满桌都是。如果不让宝宝锻炼，宝宝永远不会拿勺、筷子吃饭。越早锻炼越好，爸爸妈妈要相信宝宝的巨大潜能。只要爸爸妈妈放手让宝宝学，宝宝的表现会超出父母的想象。

0970 做刺激动作吸引妈妈注意力

这么大的宝宝是不愿意停歇下来的，什么都要动，常常引来妈妈大呼小叫。宝宝了解了妈妈的反应，当宝宝希望妈妈注意时，可能会动妈妈不让动的东西。如果妈妈为此很生气，宝宝可能会失去起初的动机——和妈妈开玩笑，或想引起妈妈的注意，转而开始害怕，这会扼杀宝宝的幽默感。

妈妈让宝宝穿衣服时，宝宝也会以“无动于衷”和妈妈开玩笑，站在那里不动，甚至跑到一边去，笑盈盈地看着妈妈。如果妈妈走过来试图抓住宝宝，宝宝会更高兴，会走的宝宝可能会和妈妈兜圈子。宝宝不是成心惹妈妈生气，而是和妈妈玩。

第三节 语言与视、听、嗅、味觉发育

0971 借助身体语言表达意愿

这么大的宝宝开始喜欢和周围的亲人说话，用极少的字表达丰富的意思。尽管宝宝掌握的字词有限，但宝宝可以通过种种非语言的手段、借用的方式，表达自己的想法和要求。

15个月的哲哲，看到墙上有一个虫子在爬，还不会用语言告诉妈妈，就拉着妈妈手，指着墙大声说：“妈妈抢，妈妈抢。”哲哲是奶奶看大的，满口的山东口音，山东话把墙念成“抢”。当妈妈看到墙上的虫子时，明白了宝宝的话：虫子在墙上爬。宝宝通过身体语言，一只手拉着妈妈面朝墙，一只手指着墙（虫子爬的地方），表达他的意思，多么聪明的，多么会用语言的宝宝！

0972 在宝宝看来语言无处不在

宝宝并不像成人那样，主要依靠语言来沟通，对于宝宝来说，语言无处不在。在宝宝看来，一个词和一个声音、一个手势、一个姿势、一个表情完全一样，仅仅是语言的一小部分。宝宝是通过解读爸爸妈妈“无处不在的语言”，来诠释爸爸妈妈的意思，这就是宝宝学习语言的奥秘。果果的爸爸有一天朗读《古文观止》中的一篇名作，读完以后，意想不到的事情发生了：果果立即把书拿过来，翻到一页，叽里咕噜“读”起来，还模仿爸爸的停顿或重音，间或看一眼被他吸引过来的家人，露出自豪的笑容。

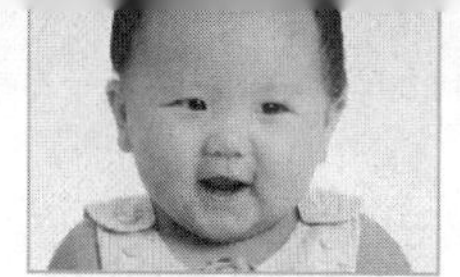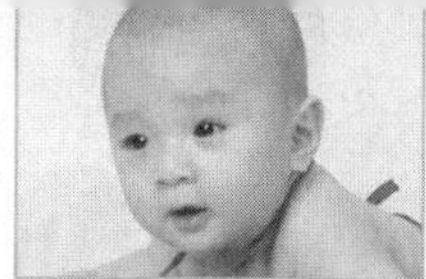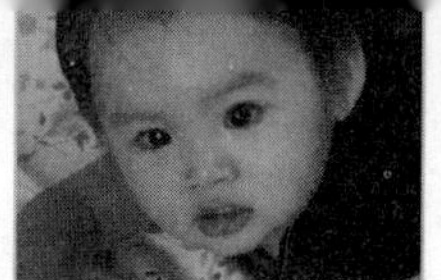

0973 整合听到的词语

宝宝所说的每一个字词并非都是父母一句句教的，宝宝并非完全复述父母或看护人的话，宝宝会重新把所掌握的字词组织起来。宝宝重新整合了他所听到和他所理解的语言，因此常常说出父母从来没说过的话。宝宝是在潜意识支配和思维控制下使用语言的，就是说宝宝在开口说话前，已经把语言内化了，再经由大脑思维完成，表达自己的看法和意愿。

0974 把宝宝有趣的语言记录下来

宝宝在学习语言阶段，每天都会说出很多有趣的语言，令爸爸妈妈捧腹大笑。宝宝们有趣的语言，有些实在令成人震惊，这么小的宝宝竟然能说出这么经典的语言！多少年过去后，宝宝逗人的情景还能记得起，宝宝说话时，那认真的样子还依稀可见。那是宝宝的发明和创造，因为那不是成年人的语言，只属于那个年龄段的宝宝，等宝宝慢慢长大了，长大的宝宝再也不说他幼时的儿语了。所以，建议妈妈把宝宝所说的有趣的话记录下来，作为珍藏，是你给宝宝的又一份礼物。

0975 宝宝的词汇量

这么大的宝宝，半数以上都能够使用8～19个词或类似词，或代表这些词意思的动作，来表达自己的意愿。半数以上都能理解100～150个具有代表性词语的含义，半数以上都能理解20多个短语的含义。

宝宝能听懂的词语远比能说出的多，当宝宝想表达自己的要求时，不能说出他想说的话，宝宝会有一种懊恼情绪，因而会急得大叫。这一时期宝宝身体语言非常丰富，父母要作出最大努力，了解宝宝身体语言及其他语言形式的含义，帮助宝宝度过这一特殊时期。

0976 宝宝对不同气味的反应

15个月的宝宝对气味的反应已经没有婴儿期那么强了。但这么大的宝宝对气味表现出明显的选择倾向，闻到他喜欢的气味，情绪会比较高涨，闻到他厌烦的气味，会表现出烦躁不安，甚至哭闹。芬芳的花香、香甜的饭菜，都会令宝宝喜欢。宝宝喜欢妈妈抱着，除了对妈妈的依恋外，还喜欢妈妈身上的芳香味。如果爸爸身上有浓重的烟酒味或汗味，宝宝通常是拒绝让爸爸抱的。

0977 喜欢自然、动物、植物

户外活动对宝宝智力发育是非常重要的，到户外，宝宝活动空间大了，宝宝看到的、听到的、闻到的、摸到的、感受到的都可刺激宝宝大脑神经间建立起相互联系。1岁多宝宝对外界的事物有很强的好奇心和探索精神，兴趣点非常多，甚至对一粒沙、一把土、一根草棍、一片树叶都感兴趣，尤其对活动着的东西更感兴趣。

宝宝喜欢昆虫动物，小至蚂蚁，大至大象，都能引起宝宝的关注。妈妈一定有这样的体会：如果妈妈带宝宝去过一次动物园，宝宝就会不断地要求妈妈带他去动物园；如果妈妈带宝宝做客的那家有小动物，宝宝就会兴致勃勃，不闹着离开；如果只是听大人们说话，宝宝很快就会烦的。宝宝天生就喜欢在户外活动，在家里，妈妈如果不陪伴着宝宝，宝宝就会哭闹，到了户外，宝宝根本不找妈妈，自然界的一切都能引起宝宝的兴趣。兴趣是促使宝宝学习的动力，宝宝感兴趣的事学得就快，因此对宝宝智力和潜力最好的开发，就是找到宝宝感兴趣的东西。

0978 协调–理解–记忆的交互作用

当宝宝把协调、理解和记忆的能力交互在一起时，就能听从单一步骤的口头指令了，比如妈妈说“请把拖鞋给妈妈”，宝宝可能会做得准确无误，但宝宝常常是默默地完成妈妈的指令，还

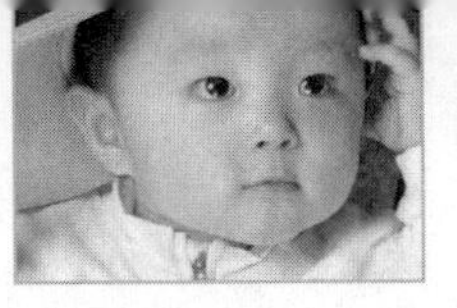 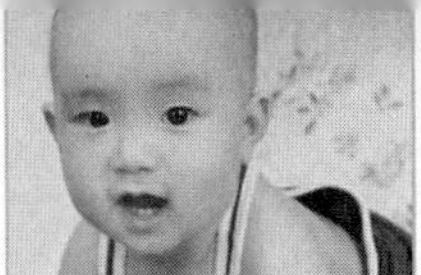 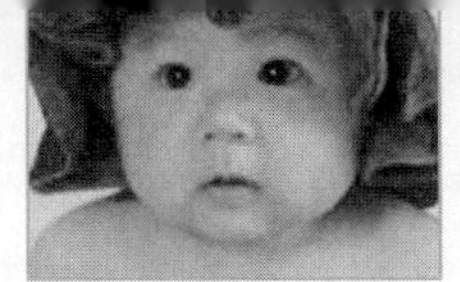 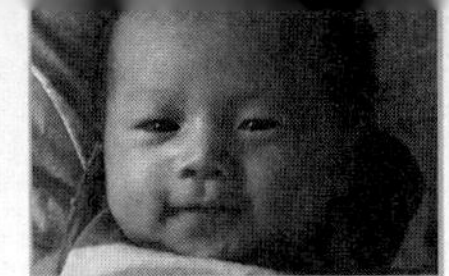 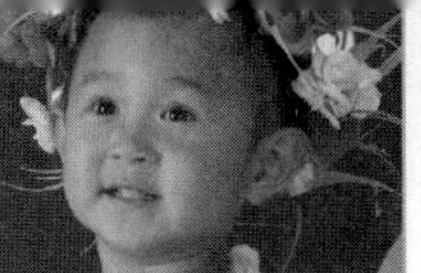

不会通过语言答应妈妈的请求。

会走对宝宝来说是巨大的改变。当宝宝能够自由活动时，就有了自主性，宝宝开始自己决定去哪里，做什么。宝宝喜欢把东西从一个地方移到另一个地方，像个爱搬家的小松鼠。宝宝常常喜欢从玩具筐中把玩具拿出来，再把玩具一个个放进筐里。宝宝会把成人视而不见的东西当做宝贝：把地上的沙粒或泥土抓到手里，甚至放到自己的嘴里尝一尝。当妈妈看到这种场景时，多数妈妈的第一反应是惊呼，告诉宝宝不能吃脏土，而宝宝还不能理解“脏”这个概念，全然不知妈妈为什么对他的行为有如此反应。结果使宝宝陷入迷惑不解状态，或使宝宝踌躇不前，削弱了冒险精神，产生恐惧感。

爸爸妈妈不要以成人的眼光确定什么是宝宝该做的，什么是不该做的。爸爸妈妈应掌握这样的原则：只要是对宝宝没有危险和伤害的事情，尽可能地放手让宝宝去做。宝宝就是这样，在不断探索、尝试、试验和实践中得到锻炼，积累经验。只有经历过，才能给宝宝留下深刻的印象。如果父母对宝宝限制过多，怕这怕那，就会扼杀宝宝“小科学家”式的探索和创新精神。弗雷德·O·戈斯曼说得好：放手让宝宝们按照自己的速度成长往往能事半功倍。

0979 制定执行规则

对于这个月龄段的宝宝来说，父母给予的爱和关心是宝宝健康成长的保证。但是，父母也不能忘记树立你们的权威性，我不赞成武力解决，更反对言语中伤。让宝宝知道父母的威信，主要是让宝宝知道，在重要问题上，你说话是算数的，而且你是信守诺言的。只有这样，父母所制订的规则才能执行下去。父母制订的规则应该保持一致性，不可任由自己的情绪，高兴时就没有规则，生气时就增加规则，使宝宝无所适从。

0980 情急之下的反应

宝宝已经把手伸过去，离火炉很近了；宝宝正在拿一个还在燃烧的烟头往嘴里放；宝宝正在踮着脚尖，伸手够高处的花瓶……危险可能就在一瞬间发生。无论谁看到了，都不会镇静自若，一定会大喊一声“不要动”“快放下”“危险”等。伴着喊声，本能地冲向宝宝，或把宝宝抱离，或抢过宝宝手中的危险物。

当危险解除后，可能还会训斥几句——这是受到剧烈刺激后的一种自发表现。训斥，或许对这么大的宝宝起不到警告作用，下次宝宝可能仍会这样淘气。但也有的宝宝会因为发生一次这样不愉快的事情，而不再这样做了。无论有无作用，都要明确告诉宝宝：这是危险的，不要这么做。更重要的是，宝宝懂得了愤怒、激动、制止这样一类情绪，在什么情况下会发生和表达。当宝宝有危险时，父母这样做往往是本能的，是潜意识的，这并不是对宝宝的伤害，而是情急下的保护。

0981 希望得到尊重

昨天宝宝还不会做的事，今天就会做了。比如，宝宝昨天还只能搭建3块积木，而且不整齐，稍微一碰就倒塌。今天，宝宝就能把积木搭整齐，可能会搭5块积木了。

这个月龄的宝宝还非常愿意把所有的玩具排成一个长串，像个大火车。宝宝开始在意自己的成果，如果你把他搭建的东西搞乱，或把宝宝搭的火车破坏掉，宝宝会哭，或者会把积木摔了，以示反抗。如果宝宝把“大火车”搭在饭桌上，到了吃饭的时候宝宝也不让把火车拿掉，腾出桌子吃饭。妈妈应该和宝宝好好商量：宝宝很棒，搭的火车妈妈很喜欢，宝宝手真巧，现在到吃饭的时间了，我们先吃饭，吃完饭妈妈和宝宝一起搭更长的火车。如果宝宝不同意，索性改在其他地方吃饭，这并不是溺爱宝宝。尊重宝宝的劳动成果，宝宝才能学会尊重爸爸妈妈的劳动成果，学会尊重他人。

 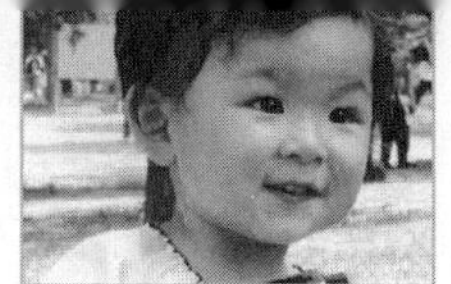 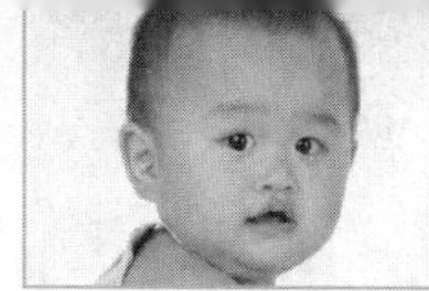 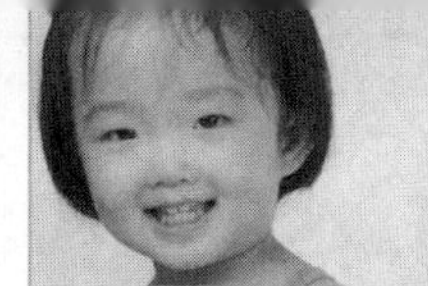 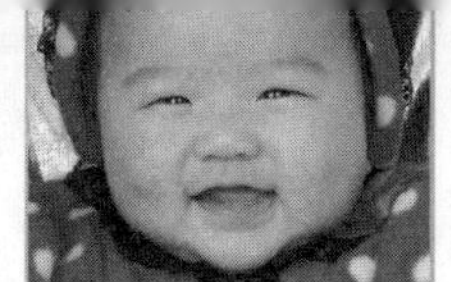

0982 妈妈就像灯塔上的灯

这个月龄的宝宝，一方面有了独立意愿和探索冒险精神，一方面又容易产生恐惧和孤独感。幼儿的理解力还是相当有限的。当一件他不能理解和解释的事情发生时；当他不知道眼前发生的事情是否对他有威胁时；当他看到他从未看到的东西，而这个东西又是那么稀奇古怪时，幼儿就会自然而然地产生一种恐惧心理。婴儿不但理解能力有限，对未知世界的认识更有限，所以婴儿的恐惧感没有幼儿强烈。

父母应该尽量避免宝宝产生过强的恐惧感。如果父母不切实际，让宝宝接受他还不能理解的事物，不但不会使宝宝进步，还会因为导致宝宝过度恐惧而退缩不前。宝宝早在胎儿期，父母就给宝宝进行一系列的开发和训练；在宝宝出生后的几年里，父母更是紧锣密鼓地教育灌输，简直没有喘息的机会。现代的父母不缺少对宝宝的教育，缺少的是对宝宝的理解和正确的指引。面对宝宝，父母应该把自己放在辅助和辅导的位置，而不是主导的位置。

“妈妈就像灯塔上的灯，给予宝宝安全的感觉，让他们出发去探索新的世界，再回到安全的港湾。”我非常喜欢路易斯·J·卡布兰的这句话，相信养育宝宝的妈妈们也有同感吧。

第四节 吃饭、睡觉、尿便

0983 显示出饮食偏好

这么大的宝宝，对食物有了许多偏好，味道偏好、色泽偏好、餐具偏好、喂养人偏好、食物烹饪方法的偏好、酸甜苦辣咸的偏好、食物品种的偏好等等。宝宝为什么会有这样的饮食偏好呢？

多种原因造成了宝宝饮食偏好，比如宝宝是否具备了良好的咀嚼和吞咽能力，是否具备了良好的消化吸收能力，妈妈是否按部就班地给宝宝添加了辅助食物，是否尊重了宝宝的胃容量，是否尊重了宝宝对食物的选择，是否认真为宝宝制作了可口的饭菜，是否养成了宝宝良好的进餐习惯，等等。

0984 不能坐下来吃饭怎么办

这么大的宝宝，不能安静地坐在那里吃饭，不是异常表现。宝宝注意力集中时间很短，通常情况下在十分钟左右。食欲好、食量大、能吃的宝宝，能够坐在那里吃饭，一旦吃饱了，就会到处跑。食欲不是很好，食量小的宝宝，几乎不能安静地坐在那里好好吃饭。因为这么大的宝宝，对于他不感兴趣的事情，几分钟的集中注意力都没有，甚至一分钟也不停歇。

帮助宝宝养成坐下来集中时间吃饭的习惯，最好的方法是让宝宝坐在专门的吃饭椅上，以免宝宝乱跑。妈妈永远不给宝宝边走边吃的机会，任何人都不要追着喂宝宝吃饭。

0985 突然喜欢喝奶和母乳

和15个月前比较，宝宝食量非但没有增加，还有所下降，甚至只吃原来的一半，这是为什么呢？宝宝三四个月的时候，可能出现过一段时间厌食牛奶的现象；到了15个月，也可能出现厌食饭菜的现象，开始愿意喝牛奶或依恋母乳了。这段时间，因为添加饭菜，宝宝肠胃功能疲劳，需要调整一下。如果宝宝因为愿意喝奶，增加了奶量，减少了饭量，父母不必着急，配方奶能够保证宝宝的营养。过一段时间，宝宝就会重新喜欢吃饭，没有一直不吃饭只喝奶的宝宝。

0986 宝宝睡眠时间短的辨别及对策

总睡眠时间就是短

宝宝总的睡眠时间不足12个小时，妈妈据此认为宝宝睡眠时间不够。

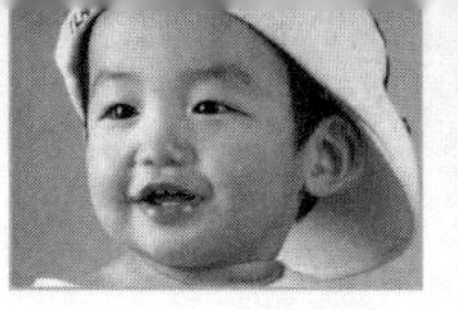
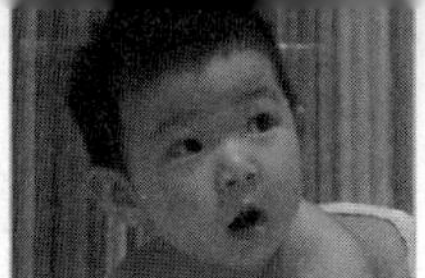

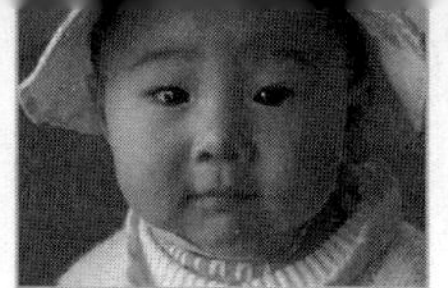
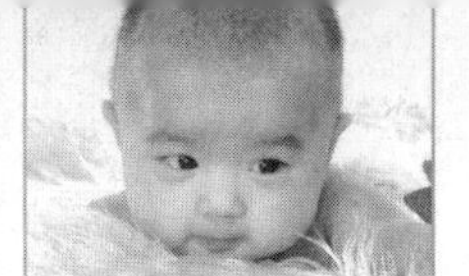

每个宝宝睡眠时间长短不尽相同，有的一天能睡14个小时以上，有的只能睡10个小时左右。通常情况下，宝宝一天总睡眠时间在12个小时左右，属于正常。如果宝宝睡眠时间不足9个小时，就应该向医生咨询或带宝宝看医生。

白天睡眠未计算在内

有些妈妈只把宝宝晚上的睡眠时间计算在总的睡眠时间里，而不把白天的睡眠时间计算在内，理由是宝宝白天每次睡眠都没有超过半个小时，尽管睡两三次，但大多是20分钟就醒了。

宝宝总的睡眠时间是指一天24小时内所有睡眠时间的总和，不能只算晚上，不算白天，所以应把白天的睡眠时间计算在内。如果可能的话，尽量减少白天睡眠时间，以便增加宝宝晚上睡眠时间。如果是保姆看护，也要让保姆这样去做。

减去了夜间吃奶的时间

晚上吃奶，宝宝并没有真正醒来，属于继续睡眠时间，妈妈却把这段时间减去了，每吃1次奶，减半个小时或20分钟的睡眠时间。宝宝吃奶，没有睁眼醒来，处于浅睡眠状态，应该计算在宝宝总的睡眠时间内，不能减掉。

非正式睡眠未计算在内

宝宝在晚饭后，正式脱衣睡觉前，宝宝可能会小睡一会，妈妈把这种短暂的睡眠忽略不计。无论是小睡，还是大睡，都是睡眠，哪能不把宝宝小睡的时间计算在内呢？

感觉宝宝睡眠不足

妈妈说不出宝宝到底睡多长时间，因为宝宝睡眠没有规律，妈妈只是感觉宝宝睡得比较少。显而易见，妈妈没有认真地计算过宝宝的睡眠时间，只是一种感觉。只要宝宝精神状况良好，就说明睡眠时间没有问题。每个宝宝都存在着个体差异，你的宝宝不同于其他宝宝，这是再正常不过的事了，父母需要学会尊重宝宝的特点和个性。

0987 宝宝不睡整觉的对策

不睡整觉是最让妈妈烦恼的事情，因为这样爸爸妈妈都休息不好，甚至引起夫妻两人生气吵架，一家三口半夜都在折腾，搞得邻居也不安生。

确实不能睡大觉

宝宝一夜醒来几次，每次都是真的醒来了，或哭闹或吃奶或玩耍，然后通过妈妈千哄万哄或用乳头哄，宝宝才能再次入睡。爸爸妈妈一定注意，千万不要生气，安静下来，是让宝宝重新入睡的最好办法。

不断吭叽

宝宝没有真的醒来，只是一夜不断地吭叽，但并不睁眼，也不起来，只要妈妈拍一拍或把乳头送到宝宝嘴里，宝宝很快又睡着了。这样反复几次，直到天亮真正醒来。

宝宝并没有彻底醒来，只是处于浅睡眠状态。母乳喂养的宝宝，出现这种情况比较多，即使断奶了，宝宝也不能很快就不找乳头，仍然会不断醒来要妈妈的乳头。

不断扭动身体

宝宝没有真的醒来，但一夜都不能安稳地睡觉，每当宝宝哼唧或扭动，妈妈怕宝宝醒来哭，就马上抱起宝宝又是拍，又是哄，结果宝宝被妈妈弄醒了。如果宝宝没有哭，不要打扰宝宝，宝宝是在做梦，或处于浅睡眠状态。处于浅睡眠状态的宝宝，是在储存接收来的信息，不要把宝宝吵醒。

把尿

宝宝还不能夜间控制小便，为了不让宝宝尿床，只要宝宝扭动或哼唧，妈妈立即抱起宝宝把尿，结果宝宝在睡眠中被弄醒，可能会导致宝宝习惯性地半夜醒来。15个月的宝宝尿床是正常的，为了不尿床，把熟睡的宝宝弄醒了，得不偿失。如果你的宝宝因为把尿而哭闹，或半夜醒来，请你马上停止训练宝宝控制排尿，这么大的宝宝尿床是正常的。

睡眠太不同步了

宝宝睡得太早，8点多钟就睡了，可爸爸妈妈要到11点，甚至更晚一些才睡觉，结果爸爸妈妈和宝宝的睡眠时间不同步，到了凌晨三四点钟，宝宝已经连续睡眠七八个小时了，醒来想玩，可爸爸妈妈正在最困的时候，爸爸妈妈就想尽一切办法哄宝宝睡觉，宝宝则坚决不睡。

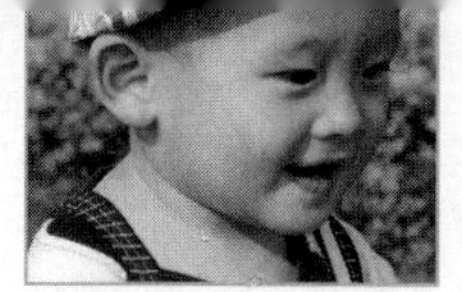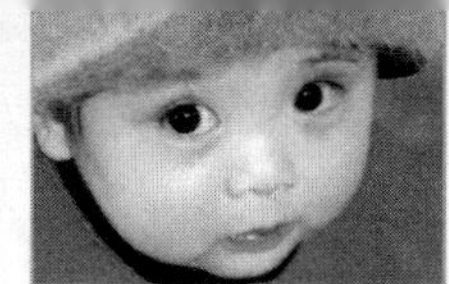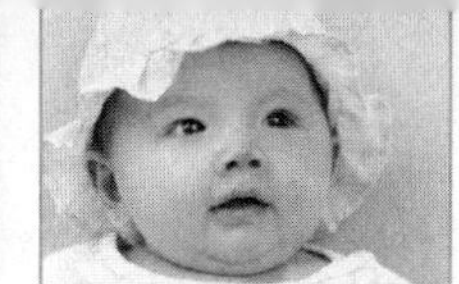

宝宝喜欢早睡早起是好事，但城市的爸爸妈妈大多是夜猫子，睡得很晚，起得也很晚。有三个选择，或让宝宝改变作息时间，或爸爸妈妈调整自己的作息时间，或爸爸妈妈轮换着看宝宝。

白天睡得过多

有些保姆不太喜欢动，也不喜欢和宝宝玩，总是抱着宝宝晃来晃去的，宝宝就被晃睡着了。宝宝白天睡足了，晚上当然没有那么多觉了。这种情况需要保姆配合，爸爸妈妈要尊重保姆的感受，和保姆进行友好的沟通。

病理性原因

微量元素缺乏，如维生素D缺乏性佝偻病、缺铁性贫血、腹绞痛（奶制品过敏是引起腹绞痛原因之一）、消化不良、发痒性皮疹（如湿疹，荨麻疹）、感冒发热、肠炎等。这种情况需要医生为宝宝看病，制完治疗计划，有关内容需要和医生讨论。

第五节 春夏秋冬护理要点

0988 “春捂”不是瞎捂

“春捂”这个概念主要适合生活在我国东北三省的宝宝。初春，北方气候实际上还是冬天，春寒料峭，北方春天总是姗姗来迟。“春捂”中的“春”指的是初春，而有的父母把“春捂”理解成了整个春季——五月到处桃花盛开的时候，妈妈还在“捂”着宝宝，那就不是“春捂”的真正含义了。

另外，关键还要看当时的天气。去年的3月份已经很暖和了，今年4月份都快到了，可天气还是挺冷的，那就要比去年捂得长一些。宝宝和成年人对气候的感觉差不太多，如果你感觉热了，先尝试着减一件，或厚衣服换薄点。两三天过去了，既不感到冷，也不感到热，没有因为换衣服而流鼻涕、打喷嚏。再过一两天就可以尝试着再减，一件一件减，而不是统统全换。先换上衣，两三天后再换裤子，然后换鞋子，最后换帽子，这样宝宝就不容易生病了。

0989 夏季减少使用纸尿裤

满15月的宝宝不能控制尿便是很正常的，妈妈仍然会给宝宝用纸尿裤。夏季最好减少使用纸尿裤的时间，尤其不能连续长时间使用纸尿裤。晚上使用纸尿裤前，最好在宝宝臀部涂上薄薄一层隔水霜。

夏季宝宝爱出汗，如果汗液清洗不及时，很容易出痱子。防治痱子最好的办法就是勤给宝宝洗澡。在选择防痱用品时，建议选择痱子水或痱子膏，不用痱子粉。

常有妈妈问使用电蚊香或驱蚊药对宝宝是否有害。消灭害虫的制品属于农药，国家有严格的质量标准，所以只要是通过国家许可的产品，大厂家大商场的正规产品，可以放心使用，但尽量减少时间和用量。

多喝水是很重要的，如果宝宝不爱喝水，让宝宝的手不离水瓶是不错的选择。这么大的宝宝已开始喜欢冷饮，不要多给宝宝吃冷饮，对牙齿发育不好，对宝宝的胃肠也不好。过多冷饮入胃，引起胃内血管收缩，影响胃内血液供应，降低胃肠功能。宝宝本来就可能苦夏，如果胃肠被冷饮伤害，宝宝更不吃东西。冷饮中含有糖、色素、糖精、添加剂等对宝宝健康无益的成分。

0990 “秋冻”也要适度

如果宝宝在秋季受凉咳嗽了，尤其是到了深秋，宝宝可能会咳嗽一冬天。所以，天气变冷，要适时给宝宝添加衣服。宝宝保暖能力差，体温调节中枢还不完善，毛细血管收缩扩张能力还不是很强，通过肌肉颤抖和脂肪分解释放热量的能力都比成人差，所以，不能让宝宝在过冷的环境中生活。但如果爸爸妈妈还穿着夏季的服装，宝宝却早早穿上了秋季的衣服，宝宝额头上有汗，脸通红，宝宝当然不舒服了，不舒服宝宝就会闹人。

0991 冬季预防呼吸道感染

如果父母有呼吸道疾病遗传素质，尽管一千个注意，一万个小心，宝宝仍易患感冒。宝宝冬季感冒最主要的原因就是冷热不均。环境温度不单单是指家里的温度，也包括带宝宝到客人家，到商场、超市、宾馆饭店等公共场所面临的温度。

早晨起来气温低，妈妈一大早就给宝宝加了衣服，到了10点左右，气温高起来，宝宝额头也开始出汗了。这时，给宝宝脱衣服就会导致感冒。所以，妈妈要在宝宝还没出汗时，事先脱去一层衣服。一旦出汗了，就应该先让宝宝安静下来，擦干汗水，待身上没汗时，再脱掉一层衣服，让宝宝继续玩耍。如果感觉气温比较低，需要加衣服，就随时添加。

第四章 1岁4个月幼儿（15～16月）

第一节 本月特点

0992 蹲下拾物

这个月龄的宝宝，已经能蹲下了，体能发育快的，蹲下后还能把地上的东西拾起来，并起身行走。完成这个动作，需要小脑的平衡能力发展到一定水平，还需要肌肉、神经和脊椎运动能力的协调，以及肢体的运动能力。如果宝宝腿力不够，试图蹲下时就会摔倒。蹲下再起来，这个动作相当难，需要全身的协调动作。皮球是锻炼宝宝蹲下、起来的好玩具，宝宝会把皮球抛出去，再追赶滚动的皮球，当皮球停止滚动时，宝宝会蹲下拾起皮球，继续抛出追赶，宝宝非常喜欢这个游戏。

0993 往后退着走

婴儿练习爬的时候，先往后爬，然后才往前爬。宝宝练习行走，绝大多数都是先横着走，然后是往前走，最后才是往后退着走。不管是先横着走，还是先往前走，抑或是向后退着走，都是正常发育，父母不必为此担心。

0994 试图跑起来

如果宝宝1岁左右已经会独走，并且现在走得已经相当稳了，到了这个月龄可能会试图跑起来。但如果你的宝宝还不会跑，并不预示着发育落后。宝宝刚刚试图跑的时候，对身体控制得还不是很好，两条腿配合得也不是很协调。所以，宝宝在试图跑的这段时间里，可能会有摔跤现象。这不能证明宝宝腿软、缺钙，宝宝在某一阶段出现“能力倒退”现象，是生长发育过程中的正常现象，而非疾病表现。

0995 喜欢拉拉链、扣纽扣

如果给宝宝穿拉链衣服，宝宝自己会把拉链拉开，把衣服脱掉。宝宝一旦有了这个能力，可能会不断地拉来拉去的。如果妈妈不想让宝宝这样做，就把衣服换掉，而不是干预宝宝这么做。妈妈对宝宝反复做一件事要给予最大包容，这是宝宝“学而时习之”的体现。宝宝不但从中获得了快乐，还提高了能力，掌握了技巧。

0996 用袖口擦鼻涕

宝宝开始学会用袖口抹鼻涕，这常常被父母认为是不讲卫生，这是对宝宝的误解。在这以前，即使宝宝流鼻涕了，也没有什么感觉，不会用袖口去擦鼻涕，因为宝宝还没有自己动手解决问题的能力。如果鼻塞了，会因为呼吸不通畅而哭闹，因为宝宝还不会自己清理鼻道。现在，宝宝开始学习自己动手解决问题，当有鼻涕流出来时，就会用袖口去擦，这是宝宝长了新能力，妈妈不应该训斥宝宝，而应该表扬才是。当然，让宝宝用袖口擦鼻涕不是最好的选择，给宝宝衣服前别一个小手帕，告诉宝宝，一旦有鼻涕流出，就用这个小手帕擦鼻涕。

0997 能记住东西放在哪里了

婴儿期，当妈妈把东西用布盖上时，宝宝就不知道东西到哪里去了，不能意识到东西虽然看不见了，但它是存在的，只不过是放在哪里或被布蒙上了。现在，宝宝不但能够意识到蒙在布下的东西是存在的，还知道放在其他地方的东西。如果妈妈让宝宝把拖鞋拿来，宝宝就会到放拖鞋的地方把拖鞋拿给妈妈。如果妈妈放东西很有秩序，总是不断地告诉宝宝什么东西放到哪里了，宝宝就能够记住了，妈妈说把什么东西拿来，只要妈妈告诉过宝宝东西所放的位置，宝宝也记忆过，就会很容易找到妈妈需要的东西。

0998 把东西放到指定的地方

宝宝可以听从妈妈的指挥，把东西放到妈妈指定的地方去，这可是不小的进步，宝宝开始建立方位感了。妈妈需要训练宝宝的秩序感，比如锅碗瓢盆要放在厨房中，椅子要放在桌子的旁边，被子要放在床上，鞋子要放在鞋柜里等等。这种方位、秩序感的建立，是对宝宝能力很好的训练和开发。

0999 只听声不见人

如果宝宝睡觉醒来，发现没有妈妈的踪影，可能会大哭，有的宝宝会到其他的房间找妈妈。听到爸爸妈妈的声音，宝宝知道爸爸妈妈在身边，只是没在这个房间里，这是宝宝开始学会分析问题的表现，是对“存在”的进一步认识。而在婴儿期或前几个月，宝宝要看到爸爸妈妈的影子，才能确认爸爸妈妈在身边，否则就会哭闹。

1000 认识镜子里熟悉的人

认识镜子里熟悉的人，比认识镜子里的自己要容易得多，因为宝宝不但可以看到镜子里的人，还可以看到实际的人，所以，宝宝只要对这个人的颜面比较熟悉，就能够一下子从镜子里认出这个人。但宝宝并不能意识到，哪个是镜子里的人，哪个是实际的人，在宝宝看来，镜子里的和在他面前的实际的人是一样的。慢慢地，随着宝宝理解能力的提高，宝宝开始知道镜子里的人他摸不到，也抓不到，不是真正的人，所以，宝宝不再用手去抓镜子里的人了。但宝宝还不能理解人为什么会到镜子里去，更不理解镜子的影像作用。所以，宝宝会试图穿过镜子找镜子里的人，宝宝认为这个人在镜子里，他要把镜子翻过来，找出藏在“镜子里”的人。

1001 对小朋友开始表示亲近

对小朋友有亲近感，但并不主动与小朋友在一起玩，仍然是你玩你的，我玩我的，可能会停下来看小朋友玩，但不会主动参与进去。随着月龄的增加，宝宝开始逐渐喜欢和小朋友在一起玩，并慢慢地学会分享，这对宝宝的心理发育是很重要的，学会与人分享，是良好人际关系的开端。

1002 “我的”意识变得强烈起来

从这个月龄的宝宝手里要东西，不是件容易的事。但与前几个月相比，宝宝不再会因为别人要他的东西而哭闹，他会动脑筋，使得别人不再

要他的东西。

阿姨要哲哲手里的苹果，哲哲把苹果攥得紧紧的："没洗，脏。""阿姨不怕脏。""凉，肚肚痛。""阿姨不怕肚肚痛。""不给！"哲哲把苹果藏在身后，满脸的严肃。见到这种情形，妈妈可能会说这宝宝小气，不知道像谁，我和她爸爸都不这样。这就是妈妈对宝宝的误解了，宝宝不是小气，而是拥有了"我的"意识。这是宝宝能力发展过程中的正常表现，妈妈是否发现，哲哲只对他自己手中的东西过于保护，如果阿姨吃果盘里的苹果，哲哲是不会干预的，也不会说出那些话来阻挡阿姨吃苹果。

1003 开始任性

常听妈妈抱怨宝宝不如小的时候好带了，不如小的时候乖。这是再正常不过的事了。如果你的宝宝越来越爱耍脾气，这不是坏事，预示着宝宝的想法越来越多，思维开始活跃起来。宝宝已经不满足只是吃饱穿暖，躺在妈妈的怀里，睡在妈妈的身边。如果你的宝宝开始"磨人"，不要烦恼，你需要做的是让宝宝没有时间磨你，找到宝宝喜欢的游戏，占据宝宝空闲的时间，让宝宝有玩不够的游戏，看不够的新奇事物，听不厌的音乐、歌曲、故事。只要是宝宝喜欢的东西，在保证安全的前提下，拿给他好了。但贵重的、怕破坏的东西不要拿给宝宝。

1004 真正知道自己叫什么

妈妈无论做什么都会称呼宝宝的名字，如"妞妞喝，妞妞吃"，慢慢地，宝宝就会分辨出妈妈所叫的"妞妞"是她自己。只要有人叫"妞妞"就是在叫她，她就会有所回应。当妈妈叫宝宝的名字，宝宝有所回应时，这时宝宝就是真正知道自己的名字了。但这时宝宝还不会分辨人称代词，也不理解人称代词。比如，你跟宝宝说：把皮球给我，如果妈妈不配合手势，指着自己，宝宝就不知道把皮球送到妈妈手中。宝宝更不会转换人称代词，如果你对宝宝说：你想喝奶吗？宝宝不知道你就是指他自己，他绝不会把"你"转换成"我"。

第二节 体格发育和体能发展

1005 体重、身高、头围、前囟

体重变化不大

和上个月相比，体重没有显著的增加。宝宝从1岁到2岁，在整个一年中，体重总的增长也就是在2千克左右，平均到每个月，很难称量出宝宝体重的变化。宝宝体重变化与宝宝饮食有着很密切的关系，应该先从饮食方面寻找原因，如饮食量不足，饮食结构不合理等；其次，才考虑是否有消耗性疾病，消化功能是否正常，是否有胃肠道吸收不良等。这些原因都需要医生寻找。

身高稳步增长

宝宝的身高会持续稳步增长，但速度不是很快。在1～2岁这一年里，身高可增长5厘米左右。平均到每个月，几乎测量不出上个月与这个月的差别。爱活动，食欲好，营养均衡，父母比较高的宝宝，一年可增长7～8厘米。幼儿的身高受很多因素影响，如遗传、营养、运动、睡眠、性别、种族、地域等等，每个宝宝还存在着个体差异。随着宝宝月龄的增加，身高的差异性会越来越明显。所以，不要和周围其他宝宝比身高，也不要因为宝宝身高偏低，就认为是喂养问题，拼命喂宝宝，结果使得宝宝积食，甚至厌食。

头围与胸围的有趣数字

这个月宝宝头围与上个月没有明显的差异。在1～2岁里，宝宝头围可增长1厘米左右，平均到每个月，几乎可忽略不计了。从外观上看，基本上看不到宝宝的头围在增大，反倒是随着宝宝身高的增长，胸廓的增加，头围越发显得小了。

头围与胸围有一定的比例关系。一般宝宝刚

出生时，头围要比胸围大，通常大2厘米左右；1岁时，头围和胸围就旗鼓相当了；到了幼儿期，头围就比胸围小，小的数值恰好是宝宝的实足年龄。如宝宝2岁时，头围比胸围小2厘米；3岁时，头围比胸围小3厘米。

上面的数据是大多数宝宝的标准，但也存在着个体差异。有的宝宝胸围比较宽，有的宝宝头围比较大，所以，比例就会有所变化。值得注意的是：现在的宝宝活动量比较小，户外活动时间比较短，运动量不足，肺脏储备能力差，胸廓发育不是很好，胸围不但不比头围大，甚至还比头围小。宝宝运动量大，胸围大，是宝宝健壮的标志。

不能以囟门是否闭合判断是否缺钙

通常情况下，宝宝前囟在1岁半左右闭合，有的可延迟到2岁以后才完全闭合，也有的早在1岁左右就闭合了，这些都是正常的。每次做常规检查时，如果医生说一句："宝宝的囟门可够小的"；或说一句："宝宝的囟门怎么还这么大呀"，妈妈就会非常着急。其实，宝宝囟门的大小存在着个体差异，并不是所有宝宝的囟门都是2厘米×2厘米，也不是所有的宝宝囟门都在1岁半闭合，没有一项发育指标是这样齐刷刷的。同时，囟门大小的判断还要考虑头围大小的因素。

囟门的大小、闭合的早晚到底与缺钙有多大关系？通过头围和囟门的大小，就能判断宝宝是否缺钙吗？显然不能根据头围和囟门大小、囟门闭合早晚来诊断宝宝是否缺钙。

1006 运动能力由近及远

宝宝的运动能力是由近及远的，先是大肌肉、大关节，然后是小肌肉、小关节。前几个月，宝宝伸手够物，最先是通过肩关节的运动，移动整个手臂，然后通过肘关节运动，可以分别移动上臂和前臂。到了这个月，宝宝会运动腕关节了，这就使得宝宝不但能通过手腕活动把手伸到容器中取东西，还能够运用手腕的运动，查看物体的每个表面。手腕的运动能力使得宝宝能够用勺子舀起碗里的饭，并送到嘴边。

宝宝的大肌肉力量和协调能力不断进步，现在会在平地推童车或带轮子的玩具了。宝宝能够推着带轮子的玩具往前走，但可能还不会拉着往前走。

1007 走路时停下来

15个月的宝宝或许能在走路时停下来，然后重新出发到达目的地。刚刚开始独立走路的宝宝会用他独特的"蹒跚学步"姿势行走：两条腿叉开，两脚之间的距离比较远，两只胳膊高高举起，两只小手张着，颤颤巍巍地向前走，看起来像是要往前跑。这个月龄的宝宝还不能控制自己的身体，也不能控制行进的速度，似乎只是靠着惯性往前"冲"。

1008 弯腰捡东西时摔倒

到了16个月，宝宝可能会弯腰捡东西，而且不再摔倒了。但可能会在站起来的那一瞬间突然仰面朝天摔倒，最让父母心疼的是宝宝的后脑勺被重重地摔到地板上。在大多数情况下，宝宝都能够本能地在仰面摔倒的瞬间，努力把头向上抬起，以免头部受伤，这是宝宝潜意识下的自我保护能力。如果宝宝在弯腰捡东西时向前摔倒，因为有上肢的支撑，很少会"嘴啃地"把面部嗑破。但不管怎么说，这个月龄的宝宝跌倒都是难免的，父母不要在宝宝跌倒时表现出紧张神情，更不能大声惊呼。

1009 不再通过爬行移动身体

当宝宝不再靠爬行移动身体时，也就不再随便把东西放进嘴里了，而是更喜欢将东西拿在手里玩。如果看到另一件东西，就把手里原有的东西扔掉，再去拿另一件东西，典型的"熊瞎子掰玉米"。

1010 不服输精神

这么大的宝宝，正是不服输的年龄，越不会做的，越是要做；做不成的，不会轻易放弃，对爸爸妈妈的阻止开始反抗。父母应该鼓励宝宝这种不服输的精神，给宝宝以充分展示自己能力的机会。比如宝宝自己系纽扣，但怎么也系不上，妈妈可以边帮助系，边教给宝宝如何系；如果宝宝不希望妈妈帮助，一定要自己完成，妈妈应该支持，用语言告诉宝宝正确的系纽扣方法。这样，不但能让宝宝尽快地学会系纽扣，还能增强宝宝的自信心。

1011 宝宝成为大力士

宝宝喜欢拿比他身体还大的东西，这也是宝宝不服输的表现之一。但妈妈要注意，尽量不要让宝宝拿过重的东西，因为这个时期的宝宝，骨骼和肌肉还没有发育完善，过重的东西会影响骨骼发育，也可能会导致软组织拉伤。

1012 喜欢自己洗脸

妈妈的手再轻再柔，宝宝也不喜欢妈妈为他洗脸。宝宝为什么不愿意别人为他洗脸呢？只有宝宝自己最清楚，因为让别人洗脸，会感觉不舒服。让别人为你洗一次脸，你就知道宝宝为什么不愿意妈妈给他洗脸了。宝宝愿意自己洗脸，不仅仅是因为不愿意让妈妈为他洗脸，而是要自己长“本事”。

1013 手脚并用完成一件事

人的手高度发达起来，脚就只用来走路了，这样的分工使得手和脚有了明显的差异，支配双手的大脑区域几乎占据了整个前额部大脑，而支配双脚的大脑区域，还不足它的十分之一。宝宝出生后，如果一直不使用双手，则支配双手的大脑区域不但不能发达起来，还会逐渐萎缩。随着宝宝长大，开始手脚并用来完成一件事了。比如，用手扔毽子，然后用脚把毽子踢起来；用一根绳子拴一个小球，宝宝用手拉着绳子，用脚踢小球。这些动作都是手脚配合的运动。不但要手脚配合，还需要眼睛的配合，这对宝宝的体能和智能发育都有好处。

1014 走路姿势不是问题

宝宝开始学习走路时，会出现各种各样妈妈认为不正常的姿势，如走路时脚尖朝里，脚尖朝外撇，“外八字”等。事实上，妈妈认为不正常的情况，有很多都是正常的。宝宝从躺着、翻身、支撑起上身、会坐、会爬，到能站起来迈步行走，这一系列发育过程，仅仅经历了十几个月的时间，已经是个奇迹了。宝宝不可能刚一学习走路，就能像成人一样两腿笔直地行走。如果宝宝走路姿势严重异常，比如走路时身体侧歪，一肩高一肩低等，可能有病理问题，应去看医生。

1015 摔跤不是能力倒退的表现

上个月走得好好的，从这个月起却总是摔跤，好像能力倒退了。宝宝刚刚学会走，就总想往前跑，结果就出现了这样的情况：原来不常摔跤的宝宝，变得容易摔跤了。其实，这是宝宝能力进步的表现。尽管父母没有刻意去训练宝宝跑，宝宝也受内在动力驱使而去尝试。宝宝就是这样不断进步的，并不像我们成人那样惧怕失败。即使此时此刻因为不能完成某一项运动而生气，甚至大哭大闹，但过一会儿就会忘记，很快又投入到探索中去。宝宝需要来自父母的鼓励，而不是代劳或唠叨。

第三节 智能发展和潜能开发

1016 词汇发音还不准

这个月龄的宝宝，基本上能理解10～100个词汇，有50%的宝宝能理解近200个词汇，但常常不能准确发音。妈妈不要急，这是宝宝在语言学习阶段出现的正常现象。如果宝宝把姥姥叫成“袄袄”，那是因为宝宝还不能准确地发卷舌音。

宝宝开始使用词汇表达愿望，当他想喝果汁时，会冲着妈妈说“果汁”，他的完整意思是“妈妈，我要喝果汁”。宝宝常用身体语言和妈妈交流，当宝宝要妈妈抱抱时，可能只是把两个胳膊举起来，并仰头望着妈妈，眼里充满着期望，宝宝完整的意思是“妈妈，我累了，走不动了，抱抱我吧”。

1017 单词学习高峰期

1岁以后的宝宝进入语言学习高峰期，一天可以学习约20个单字。所以，如果宝宝今天突然说出一连串的，你从来没听过的词句，并不是件离奇的事。妈妈是否注意到，宝宝说出的语句，并不是在重复你们的，宝宝把听到的语句进行了整合加工，最后变成自己的语句说出来。宝宝几乎可以听懂妈妈所有的话，妈妈不需要再用儿语和宝宝说话，把宝宝当作什么都能听懂的宝宝，用正式的语言和宝宝交流，宝宝会进步更快。

1018 语言含义越来越清晰

一天晚上，进进突然坐起来，声音清脆、语音清晰地说：“奶奶撒尿。”我住在另一间卧室里，听得很清楚。进进在叫奶奶，她要撒尿。奶奶急忙让进进坐在尿盆上，进进小便后，很快就又入睡了。

这个月龄的宝宝几乎没有了无意识的发音，宝宝的语言含义越来越清晰了。饿了，会清晰地说“饿”或“吃”；需要帮助时，会清晰地叫妈妈。

1019 集中注意力的时间在延长

语言与宝宝的注意力有着密切的联系，可以说，宝宝语言的发展有助于提高宝宝的注意力。妈妈可能发现，宝宝很难静下来，几乎是一刻也不能停歇。宝宝集中注意力时间很短暂，但语言可以增强宝宝的注意力。如果妈妈讲有趣的故事，可以让宝宝的注意力集中达5～6分钟。一般来讲，1岁半的宝宝可集中注意力达5～8分钟，2岁左右可集中注意力达10～12分钟，2岁半左右可集中注意力达10～20分钟。妈妈可以尝试一下，什么能让宝宝的注意力集中时间最长。给宝宝讲故事，能使宝宝的注意力集中时间最长。这就是语言的魅力。

1020 对周围人的对话产生兴趣

1岁以后的宝宝，对周围人的对话开始发生兴趣。父母对话或周围小朋友对话时，宝宝会抬起头，两眼盯着说话人的嘴，兴致勃勃地聆听。遇到这种情形，父母不要打扰宝宝，也不要发问：“宝宝在听爸爸妈妈说话呢？都听懂了吗？”这样会让宝宝尴尬或害羞。幼儿从小就有很强的自尊心，他不想让父母知道他的小秘密。父母只管互相说下去，如果知道宝宝在听你们的对话，你们尽量用简单、准确、清晰的语言表达你们谈话的内容。宝宝不会长时间聆听你们的对话，很快他就会玩自己的去了。所以机会难得，当宝宝聚精会神地听父母对话时，一定不要干预宝宝学习语言的过程。

1021 开发宝宝的语言能力

日常生活语言环境最重要

对宝宝语言的开发是在日常生活中实现的。父母或看护人不断和宝宝进行语言沟通，包括身

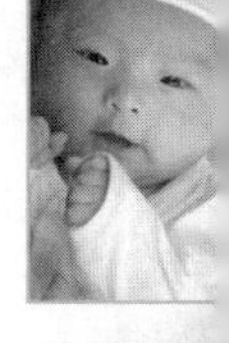

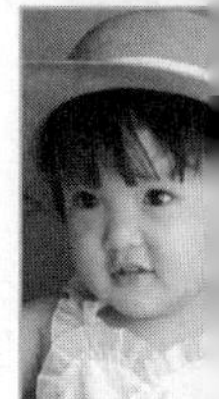
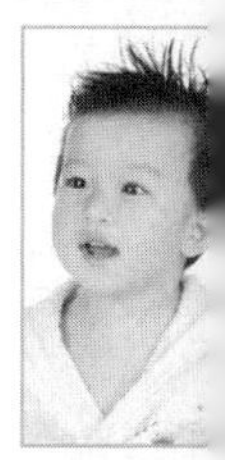

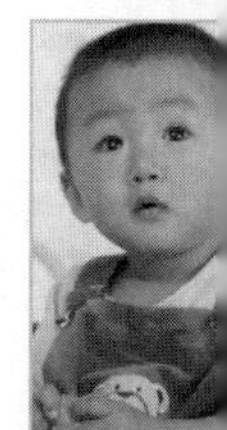
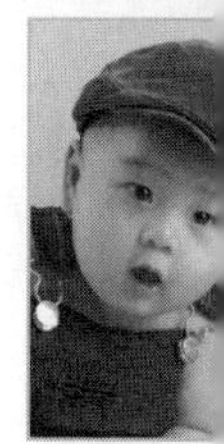

体语言、情绪语言、表情语言等等。对于宝宝来说，语言无处不在。没有一个专门的训练结构，也没有一个固定的语言训练方法，比日常生活中的语言环境更重要。

背儿歌，学习发音

教宝宝背儿歌，是对宝宝抽象语言训练的方法之一。教几句儿歌，然后妈妈说一句，宝宝接一句，这样能让宝宝对儿歌产生兴趣，宝宝背的儿歌越多，对抽象语言的理解能力就会越强。

听故事，理解语言

给宝宝讲有趣的故事，也是训练宝宝语言的好方法。宝宝最喜欢听与自己和爸爸妈妈，以及他认识的人有关的故事。如果给宝宝讲小动物的故事，你试着把故事中小动物的名字都换成你们和宝宝的名字，宝宝会非常愿意听，而且百听不厌。

把主人公换成宝宝熟悉的人

给1岁多的宝宝讲书中的故事，故事的情节与爸爸妈妈和他本人没有任何关系，宝宝很难听完一个完整的故事，大多听到一半就不安静了。而且，很少再喜欢听第二次、第三次。相反，给宝宝讲书中同样的故事，但把故事的主人公换成宝宝熟悉的人，如爸爸妈妈、爷爷奶奶、哥哥姐姐等等，再把故事中所涉及的任务，换成宝宝经历过和见过的事，宝宝不但能够认真听完一个完整的故事，还能够参与到故事中来，询问一些故事情节。

检验妈妈的故事

宝宝还会根据自己的经验，判断是否出了问题。如果妈妈给宝宝讲同样一个故事，当妈妈改变了某些重要的情节或词句时，宝宝可能会做出反应。如果妈妈带宝宝出去做户外活动，总是带上一个小布娃娃，当有一次没有带时，宝宝或许会提醒妈妈带上，或许宝宝还不会表达，也不会提醒，但宝宝会意识到缺了什么。所以，宝宝可能会烦躁，妈妈却不理解宝宝为什么闹。这个时期的宝宝经常会无缘无故地闹人，妈妈不必烦恼，这正是宝宝在成长。

1022 如何表达“没时间陪宝宝玩”

宝宝闹着让妈妈陪着玩，可妈妈没有时间，便对宝宝说：“别捣乱，没看妈妈忙着吗？自己玩去。”这样的语言给宝宝传递的信息是：妈妈不想陪宝宝玩，妈妈不高兴了。宝宝会感到委屈，有损自尊心。

妈妈应该这样表达：停下手中的工作，蹲下来，两手扶着宝宝的肩膀，或揽着宝宝的腰，两眼温和地注视着宝宝，语调平和地对宝宝说：“妈妈很愿意陪你玩，但妈妈有一个非常重要的任务，一定要在今天完成。现在妈妈不能陪你玩，你自己先玩，等妈妈把这个任务完成了，再陪你玩。”宝宝可能还不能完全理解妈妈的话，不能理解妈妈的任务是怎么回事，为什么要在今天完成。但宝宝会理解妈妈，宝宝所接受的信息是积极的，他不会因为妈妈不陪他玩，而感到被妈妈丢弃了。

1023 惊人的身体语言

这个月龄段的宝宝，最多可掌握约100个词汇，理解约200个词汇，能够使用63种手势中的40～50种，这是令人震惊的。父母不能仅听宝宝说什么，还要看宝宝用肢体“说”什么。比如宝宝伸出胳膊，小手指着正在行走的羊群，嘴里却什么也没说，或仅仅说“恩、恩”，或“咩、咩”，或“看、看”。宝宝是在告诉父母：他发现了羊群，看那群羊多么好玩，羊吃什么？也像我一样喝奶吗？羊身上为什么有卷卷的毛，而我却没有？羊为什么不像我一样穿衣服？羊住在哪里？它们的妈妈在哪里？父母要尽可能想象着宝宝的问题，给宝宝讲述有关“羊的故事”。这就是对宝宝的智能开发，是对宝宝好奇心的满足，对宝宝探索精神和求知欲望的正确引导。

1024 爱看色彩斑斓的图画

宝宝对色彩有着天生的喜爱，喜欢看色彩斑

斓的图画，更喜欢看色彩鲜艳，且在不断变化的画面。妈妈可能发现，宝宝非常喜欢看电视中的广告，兴趣程度甚至超过了幼儿节目。因为电视广告不但色彩鲜艳，而且画面变化多，速度快。这么大的宝宝注意力集中时间比较短，面对缓慢，变化少的画面，宝宝很快会失去兴趣，且容易感到疲倦。

1025 过早接触电视、电脑有害

不断变化的画面容易导致宝宝眼肌疲劳。过多的色彩，过快的变换，不利于宝宝的视觉发育。如果长时间看这样的画面，会影响宝宝的视觉发育。建议不要让这么大的宝宝每天都看电视，不要把看电视养成一种习惯，整天都开着电视是不好的习惯。对于这么大的宝宝来说，一次看电视的时间不要超过10分钟，每天看电视总的时间不要超过1小时，每周看电视两三次足矣。

在电脑上看动画片、听故事、做游戏等，比看电视更需要视力，这么大的宝宝，眼肌和视神经以及眼底正处在发育期，长时间集中视力，会影响视力发育。所以，尽量不要看电脑。如果看电脑，应比看电视的时间还要短。

1026 主动追逐物体

宝宝会主动追随感兴趣的物体，并常常伸出小手，张开手指或向物体存在的方向挥动手臂。当宝宝看到一只小狗时，立即被小狗吸引，小狗跑到哪里，宝宝的视线就追随到哪里，直到看不见或失去兴趣为止。宝宝还常常会伸出小手，试图想够到或触摸到小狗，也会向小狗挥动手臂，试图和小狗进行交流，嘴里还会发出“啊、啊”的声音，这表示他对眼前的事物感兴趣。当宝宝能够用口语表达他的意思时，宝宝可能就不再使用上述的身体语言了，而是直接说“我要小狗陪我玩”。

1027 挑战认知能力

这个年龄段的宝宝，大约能够认出10种以上的常见物品，并能说出其名称。当宝宝看不到这些物品时，也能想象出这些物品的样子。例如，当向宝宝询问某种不在他眼前的物品时，宝宝会拉着妈妈找到这个物品，并指给你看。这就是宝宝对客观事物从表象到抽象的认知能力。

宝宝的认知能力是一点点积攒起来的，可以利用“猜一猜”的游戏提高宝宝的认知能力。把放有两个苹果的盘子端给宝宝看，拿走一只苹果，放在你的身后或衣兜里，让宝宝猜一猜，那个苹果哪里去了，盘子里怎么剩一个苹果了。如果宝宝对这个游戏不感兴趣，说明宝宝对这个现象已经认知了，再换比这复杂的游戏。

1028 扮演角色

在角色扮演中，宝宝想象力可能出现一次飞跃。例如他会模仿妈妈给他喂水的过程，用杯子或奶瓶给玩具娃娃喂水。宝宝会把自己喜爱的动物玩具或小布娃娃放在他的小车里，推着小娃娃“散步”，这就是宝宝想象力的跳跃。宝宝把物体和事件在脑海中联系起来，上面的情形就是宝宝对妈妈把他放在童车中推着散步的联想。宝宝还会把他的小手套套在布娃娃的脚上。

1029 对限制的反应

这个月龄的宝宝，不会老老实实地听从妈妈召唤，对妈妈的某些限制，可能开始出现强烈的反抗情绪。宝宝正玩得兴致勃勃，妈妈叫他过来吃饭，他可能会无动于衷。如果妈妈硬是把他抱到吃饭的桌椅上，宝宝可能会大叫，或挣扎着打挺，或干脆再次回到游戏现场，拒绝吃饭。

在今后的日子里，类似这样的冲突可能少不了。还有洗脸、洗澡、穿衣、把尿、把屎……妈妈的“将来时”都可能与宝宝的“现在时”发生冲突。妈妈应该怎么办？转移宝宝的兴趣点是比

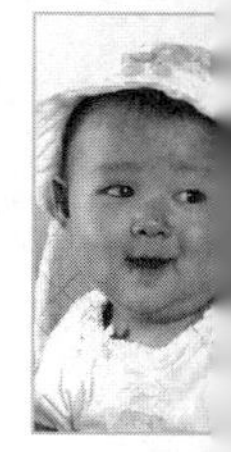

较好的方法，妈妈可借助宝宝的兴趣点，把宝宝不感兴趣的事情“包装”一下。比如宝宝不爱洗脸，妈妈可以通过告诉宝宝他喜欢的小娃娃脸脏了，要给它洗脸了，让宝宝给小娃娃洗脸，妈妈就可以顺便给宝宝把脸洗了。按时睡觉是宝宝不感兴趣的事情，但睡觉前讲故事却是宝宝感兴趣的，所以为了听故事宝宝就可能会催着妈妈上床睡觉。

1030 区分宝宝扔东西与摔东西

这个月龄的宝宝，开始喜欢扔东西，尤其是坐在带围栏的床上，或坐在儿童椅上，非常喜欢把手里的东西扔到地上。不但喜欢把东西扔到地上，还希望父母把他扔掉的东西再递给他，然后他再扔。

如果父母不愿意和宝宝玩这样的游戏，或没有时间和宝宝玩，从一开始就不要拾起宝宝扔到地上的玩具，再递给宝宝。如果父母这么做了，宝宝就会非常迷恋这样的游戏，他会乐此不疲地和父母玩上一两个小时。如果父母不能满足宝宝的要求，宝宝就会以哭喊表示抗议。

这个月龄的宝宝，可能会因为生气，把手里的东西摔在地上。这种“摔东西”和上面说的“扔东西”是两个概念。一个是玩耍，一个是生气。幼儿生气最常见的原因，是语言运用能力的局限性与已经萌生了的自我意识之间的矛盾，如果父母不能明白他要表达的意思，他就会异常生气或沮丧，可能会以摔东西的方式发泄自己的情绪。

遇到这种情形，父母不要责备，也不要去哄，更不要把宝宝摔在地上的物品马上拾起来。父母需要做的是，走到宝宝身边，蹲下来，和蔼而友善地看着宝宝，问一句：“宝宝生气了？让妈妈猜一猜，宝宝为什么生气？”宝宝会意识到自己摔东西是不对的，他会从妈妈的宽容中得到安慰。如果妈妈斥责宝宝，宝宝不仅不会认为自己做得不对，还会感到委屈，自尊心受到伤害。

1031 高价玩具、低价玩具、无价玩具

对于这么大的宝宝来说，对玩具的兴趣不取决于玩具价格的高低。几百元的玩具和一分钱不值的小木棍没有什么差别。相比较而言，宝宝更喜欢日常用具，而不是漂亮的玩具。一个小饭勺、一个小饭盆、一个小空瓶子、一只小牙刷、一根小棍、一棵小草、一张小纸片、一个小纸杯、一个小瓶盖……都能引起宝宝极大的兴趣。

1032 接受宝宝的情绪

宝宝表现出负面情绪时，父母首先要接受下来，这一点非常重要。接受下来了，宝宝负面情绪中的正面意义就大起来了。当你把宝宝抱到床上睡觉而宝宝挣扎着不上床，或大喊大闹时，妈妈说：我知道你现在非常想玩游戏，但现在是睡觉时间，必须睡觉，明天我们再接着玩。采取这种先接受、后否定的方式不但使宝宝的负面情绪得到舒缓，还能够让宝宝从负面情绪中走出来，获取正面的意义。

1033 父母应真实地表达自己的感受

父母常常把宝宝看成不懂世事的小迷糊蛋，所以很少向宝宝述说自己的感受，也就是说父母不和宝宝交心。因此，宝宝也不会向父母表达自己的感受。长此下去，父母与宝宝之间的沟通变得越来越难。当宝宝的“无理要求”惹你生气时，你要明确告诉宝宝你此时此刻的心情：“妈妈现在心里很难受，你先自己玩一会，妈妈需要安静，让心情好起来。”或许宝宝不能理解妈妈的感受，但并不影响你表达真实的感受，至少让宝宝知道你现在正生气呢。

1034 帮助宝宝认识自己的感受

宝宝开心地笑时，妈妈告诉宝宝：看着宝宝开心地笑，妈妈也很开心，看宝宝笑得多么开

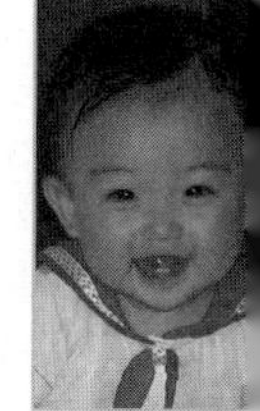

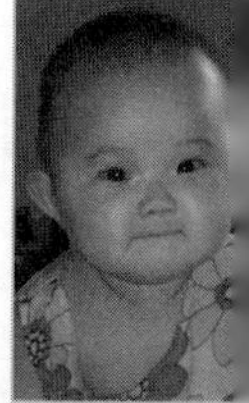

心，宝宝真是个招人喜爱的宝宝。

宝宝发脾气时，妈妈告诉宝宝，看着宝宝耍脾气的样子，妈妈也不开心了，发脾气会伤害身体，生气的宝宝看起来不漂亮。

感受是与生俱来的，但对感受的理解和认识不是天生的。父母对宝宝的感受及时准确地解读，能够帮助宝宝认识到，自己的感受会对周围人的情绪造成影响。

1035 帮助宝宝放弃"要挟"

当宝宝用耍脾气索要某些东西时，父母应该明确地告诉宝宝：通过耍脾气得不到任何东西。当宝宝用哭闹表示自己的要求时，父母应态度坚决地告诉宝宝：不要用哭闹的方式提出你的要求。

面对宝宝的某些情绪，父母永远是帮助第一、教育第二；理解第一、教导第二。从正面阐述你的意见和认识，不要打击宝宝。不要对宝宝说，"你是个不听话的宝宝""你这样妈妈不喜欢你了""你不改正，妈妈就不答应"。这样会伤害宝宝的自尊心，也会让宝宝感到妈妈不再爱他了，动摇了妈妈爱他的信念，宝宝没了安全感。这样的结果会使宝宝的情感发展受到阻碍。

1036 随时回到"怀里"

宝宝可以离开妈妈的视野，独自玩耍一阵子了。但宝宝心里一定明白：当他需要保护时，妈妈会随时赶到他的身边，他也随时可以回到"怀里"。让宝宝知道你随时会出现在他的视野里，他随时可以回到你的身边，会增强宝宝的安全感，解除宝宝探索新事物的后顾之忧。

1037 化解陌生感

宝宝遇到陌生人，或到了一个陌生的环境，可能会表现出害怕的神情。宝宝或藏在妈妈身后，或把头埋到妈妈怀里，或躲到妈妈腋下。这时，妈妈可不要这样对人说：我们宝宝胆子小，见到陌生人就这样，等等。妈妈要给宝宝充分的时间，让宝宝逐渐熟悉周围的环境，熟悉他从来没有见过的陌生人，慢慢减弱宝宝的陌生感，平服宝宝害怕的心理。妈妈最恰当的做法是自然愉快地和"宝宝的陌生人"打招呼，妈妈和陌生人谈笑风生，会让宝宝很快放松紧张的神经。

妈妈过去拉小朋友的手，友好地和小朋友打招呼，会更快地让宝宝接受陌生的小朋友。如果妈妈用语言说："宝宝过来，看看小弟弟多可爱，叫小弟弟，和小弟弟握握手，亲亲小弟弟。"那效果就差远了，因为妈妈并没有和小弟弟亲热，宝宝看到的还是"陌生"。

1038 沟通不是自然就会的

爸爸妈妈能和宝宝建立良好的沟通，是做父母的巨大成功。许多父母认为，和宝宝的沟通是自然而然的事情，不需要学习；还有人认为，宝宝太小，说也不懂，长大再说。事实上，宝宝再小，也是一个完全独立的个体。沟通可以消除隔阂、增进理解、联络情感，共享生活带来的快乐。沟通需要学习，对有父道尊严思想的爸爸来说，更要学习平等沟通。

第四节 营养与饮食

1039 幼儿营养5大原则

● 全面。幼儿生长发育必需的营养素，包括七大类：碳水化合物、矿物质、维生素、脂肪、蛋白质、纤维素、水。这些营养素必须从食物中获取，而食物的全面，是保证营养全面的第一原则。

● 多样。在每一食品大类里，都要变换花样，变换品种，妈妈能列出的食品品种名单越多越好，最好经常尝试没有吃过的新鲜品种。妈妈要给宝宝最大的食物选择自由，宝宝吃某一种食物多寡不重要，重要的是能否吃多种多样的食物，这是营养好的第二原则。

● 均衡。尽管营养摄入全面、多样，但如果摄入的各种营养素比例不均衡，同样会影响幼儿的生长发育。喜欢吃的就没有节制，不喜欢吃的就少吃、甚至不吃，这些都是不良的饮食习惯。任何食物都不是绝对的好和绝对的坏，再好的食物也要适量。均衡的营养是营养好的第三原则。

● 新鲜。生活品质提高，营养进入比较高的境界，那就是新鲜。吃天然新鲜的食物，是营养好的第四原则。

● 美味。美味是营养好的第五原则。健康的美味是少油、少盐、少糖、少调味剂，最大限度地保留食物本身的营养素和天然味道。宝宝味蕾非常娇嫩和敏感，不要给宝宝过度“厚味重味”的食品，如麻辣烫、油炸甜饼、咸菜、奶油甜点、巧克力等食物，这些食品吃上瘾，就会对天然清淡的健康食品食不甘味。

1040 幼儿营养摄入量

要遵循合理、平衡的膳食原则，每天所吃食物应该包括粮食、蔬菜、蛋肉、奶制品、豆制品和水果。食物品种每天达到15～20种，根据不同年龄宝宝所能进食的种类，进行合理搭配，这就是科学喂养宝宝最基本的原则。

随着年龄的增长，宝宝对热量和蛋白质的需要量有所增加，但增加的幅度要远远低于婴儿期；其他营养素的需要量也是一样的；对脂肪的需要量随着年龄增长不但没有增加，反而有所降低。妈妈应该明白，为什么宝宝的饭量并没有随着年龄的增长而显著增加。宝宝1岁就能吃一碗饭了，到了2岁左右仍然还吃一碗饭，甚至比原来还略有减少。宝宝年龄大了，吃的食物种类增多了，饭量看起来减少了，实际上是增多了。

蔬菜类、豆类、肉类、粮食这4种食物，随着宝宝年龄的增长，所需摄入量有所增加，水果、蛋类、脂肪类和糖类，所需摄入量并不随着宝宝年龄的增长而增加，奶类则随着宝宝年龄的增长而减少。

1041 一天饮食安排举例

早餐

配方奶150毫升左右、面包片一片、鸡蛋一个、西红柿一片。如果宝宝胃口比较小，可在起床后就喝配方奶，半小时到一小时后再吃面包片、鸡蛋和西红柿。如果宝宝不爱吃鸡蛋，可以把蛋黄放在配方奶中，蛋清夹在面包片或西红柿中。有的妈妈早餐喜欢给宝宝吃粥，我不大赞成，早餐已经有奶了，再吃粥，宝宝的胃容量没有那么大。

上午加餐

苹果一个或半个，也可以给宝宝吃一片苹果，一瓣橘子，或两粒葡萄，根据宝宝喜好选择一两种，不要太多，也不要一次给好几种。

午餐

米饭：最好是二米饭，或豆米饭；

炒菜：肉末炒土豆、胡萝卜碎丝，或虾末炒西兰花、胡萝卜碎块；

汤：如果是肉末炒菜，可配虾皮白菜汤或海米冬瓜汤；如果是虾末炒菜，可配鸡蛋黄瓜汤或肉末丝瓜汤。午餐是一天中最重要的一餐，一定要认真为宝宝准备。

下午加餐

水果一两种：梨一块、猕猴桃半个或草莓两个，西瓜一块。酸奶125毫升左右。如果宝宝胃口比较小，水果和酸奶可分开吃，间隔半个小时左右。

晚餐

馒头：可以是白面馒头，也可以是紫米面馒头、豆面馒头、红薯面馒头、枣面馒头。

炖菜：豆角炖肉、白菜豆腐炖肉（冬季）；清蒸鲈鱼，肉末蒸蛋（夏季）。

汤：银耳红枣汤或绿豆汤（夏季）、红豆汤（冬季）或紫菜虾皮汤。

也可只给宝宝做一种汤：面条、面片或面疙瘩，放上一两种菜，再放上肉末或虾肉。

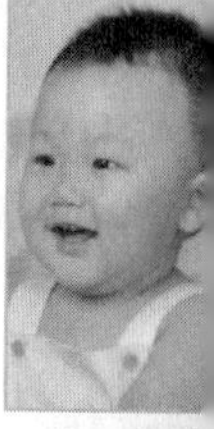
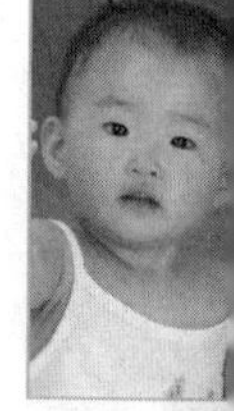
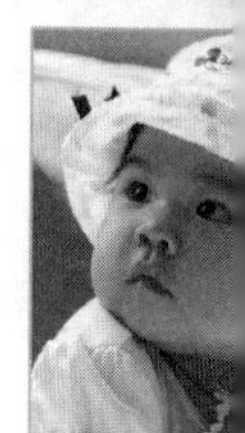
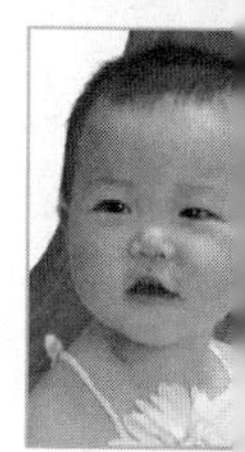
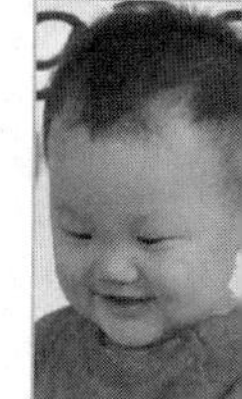

也可给宝宝做肉菜粥，里面至少要放一种肉，两种菜，一种米。

睡前加餐

睡前加餐最好选择奶类，配方奶或酸奶，奶量应根据宝宝需要，能喝多少喝多少。不必强求达到规定量。如果宝宝不想在睡前吃加餐，也不要强求。

要在睡前半个到一个小时吃，否则会影响宝宝牙齿健康，也会让宝宝胃不舒服，晚上闹夜。

不宜选豆浆，如果宝宝爱喝豆浆，可放在早晨或非睡前加餐中。对于16月宝宝来说，豆类食物不好消化，容易引起宝宝腹胀，尽量不单独给宝宝喝豆浆。

第五节 尿便、睡眠、安全

1042 宝宝怎么看待自己的排泄物

16个月的宝宝，能够把小便排在便盆中，男宝宝甚至会排在卫生间的马桶中，有的宝宝学会了控制排便。宝宝还不能控制尿便，也是很正常的事。

在宝宝眼里，没有废弃物这个概念。尤其是对于他自己的东西，所有的都是宝贝，对于自己的排泄物，宝宝也这样看待。宝宝还不能够分辨出什么是有用的东西，什么应该保留，什么应该丢弃。不但如此，宝宝还把自己的排泄物看作自己的“杰作”。如果宝宝把大便拉到便盆中，会端着他的“杰作”向父母展示。

如果父母对宝宝的排泄物表示厌恶，或告诉他这很脏，需要马上弃掉的时候，宝宝内心是很不好受的；如果宝宝看到妈妈把他的排泄物倒进马桶，用水冲跑，再也不能找回来时，或许会为此不再把大便排在便盆中，以阻止妈妈再次这么做；宝宝或许会偷偷把大便拉在妈妈看不到的墙角，他想保护自己的排泄物，像保护自己的玩具一样。

1043 训练宝宝控制尿便的忠告

- 适时训练宝宝控制尿便，没有非训练不可的规定时限，如果宝宝不能接受妈妈的训练，妈妈暂时罢手是最好的选择；
- 没有规定的顺序，先学会控制白天排尿，再学会控制夜间排尿，最后学会控制排便。每个宝宝都有自己内在的规律，不管先学会哪项，或愿意首先接受哪项训练，都是正常的；
- 已经能够控制尿便了，但还常常会把尿排在裤子、被子上，不意味着宝宝能力倒退，也不预示着宝宝故意惹父母生气。

1044 睡眠不实多数不是缺钙

父母不要把宝宝睡觉不踏实总与缺钙联系在一起。如果宝宝白天活动不足，常出现睡觉不踏实的表现；如果宝宝活动过度，太累了，也会翻来覆去的；如果宝宝身体有哪不舒服，也会有不安的表现。宝宝偶尔睡眠不踏实，妈妈不必在意，再观察几天，看是否会持续下去。如果持续一两周都这样，应该看医生。

1045 晚上开始闹夜

北方冬季，宝宝户外活动时间短，晚上睡眠就可能不那么踏实，或许会开始闹觉。如果宝宝这段时间胃口比较好，过多摄入高营养饮食，胃肠负担加重，肝肾过于劳累，可能会出现积食或脾胃不和，这些都会让夜间睡眠中的宝宝感到不舒服，会在睡眠中翻身打滚。如果爸爸妈妈干预，宝宝从睡梦中惊醒，就可能要闹夜了。

宝宝有点小感冒，或者白天受到了惊吓，半夜里被噩梦惊醒，都可能哭闹。还有很多情形，都可能使宝宝睡眠不安，夜间哭闹，父母所能给予宝宝的，就只有理解和包容了。

1046 良好睡眠习惯的建立

● 到睡觉时间，为宝宝营造一个有利于睡眠的环境。

● 为宝宝制定良好睡眠的计划，爸爸妈妈要做到心中有数，这个计划要切合实际，能够实施下去。

● 在尊重宝宝的基础上，建立良好的睡眠习惯，不要采取强硬的态度和手段。

● 承认每个宝宝都有自己的个性和内在的生物钟，适当矫正宝宝不良的睡眠习惯。

● 宝宝良好的睡眠习惯不是与生俱来的，宝宝不良的睡眠习惯也不是与生俱来的。面对宝宝的睡眠问题，父母最佳的处理方案就是认真寻找解决的办法，不要烦躁、抱怨，夫妻间不要相互争吵。

● 这个月有睡眠问题的宝宝，到了下个月，在父母的体贴呵护下，会逐渐好起来。不会有一直不好好睡觉的宝宝，父母一定要坚信这一点。

● 如果宝宝白天不愿意睡午觉，爸爸妈妈可以尝试着给宝宝营造一个让宝宝喜欢的睡眠角。比如在卧室的一角搭建一个“小巢”，或到午睡时间时，妈妈陪着宝宝躺下，安静地陪着宝宝休息，营造睡觉的气氛。即使宝宝今天不睡，明天也不睡，没关系，宝宝总有一天会自然而然地入睡的。

● 如果宝宝晚上睡得晚，不要紧。每天让宝宝提前几分钟睡觉是很好做到的，这样日积月累，睡觉时间就能赶到前面了。只要妈妈能坚持这么去做，宝宝就能够按时睡觉。

1047 宝宝独睡

1岁以后的宝宝，有独立的愿望，同时也产生更大的依赖性。当妈妈在身边时，宝宝能够安心地玩耍，做他想做的事情；当妈妈不在身边时，他就不能继续他的探索和玩耍，而是到处找妈妈，眼中还会露出害怕的神情。

研究表明，从刚刚出生就独睡的宝宝，并不比与妈妈同睡的宝宝有更强的独立性，可能还会使宝宝失去爱心，变得孤独，甚至自闭。西方国家患自闭症和抑郁症的宝宝很多，过早独睡可能是原因之一。培养宝宝的自立性，并不在于过早让宝宝独睡。幼儿与父母睡在一起不是什么坏事，尤其是不应让晚上哭夜的宝宝继续独睡。再陪宝宝一段时间不是坏事，等到宝宝能独睡的时候，他自然不再要妈妈了。

1048 安全意识不放松

● 电插座安装上安全防护罩。

● 能开的柜门、冰箱门、电烤箱门、马桶等都要有安全保护措施。

● 家具不要有尖锐的棱角，如果有，请套上防护套，家具上不能有毛刺。

● 不能让宝宝拿到超过20厘米长的绳子，落地窗帘的拉绳也不能让宝宝够到。

● 垃圾桶、药瓶、日化用品、化妆品等，不能让宝宝拿到的东西，要放在安全地方；还要考虑宝宝会利用凳子，拿到东西的可能性。

● 给宝宝玩的玩具和日用品，要保证安全，不能给宝宝提供能够吞到嘴里的小物品。

● 保证宝宝够不到水龙头，宝宝能到的地方，不能放置装有水的盆子、浴缸、鱼缸等。

● 玻璃物品不能放置于宝宝能触摸到的高度，家里如果有落地玻璃窗，一定不能让宝宝把窗子打开；只有纱窗的地方，不能让宝宝到窗前玩耍。

● 宝宝能开关的门，都要安装上保护套，以防关门时夹伤宝宝的手脚。

● 容易被搬倒或碰倒的东西，都不要放在宝宝能碰到的地方，如落地灯、电风扇、花盆架等。

● 带刺和不能入嘴的花草植物，要放在宝宝够不到的地方。

● 所有可能烫着宝宝的东西统统远离宝宝。

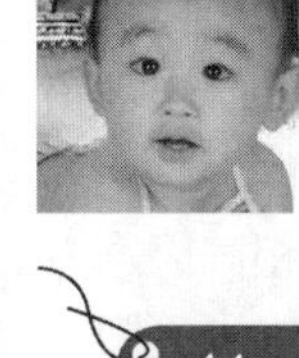

第五章　1岁5个月幼儿（16～17月）

第一节　多种能力进入关键期

1049 宝宝能力清单

（1）妈妈把饭端到宝宝面前，宝宝能够自己拿起小勺吃饭，并端着杯子喝水，用小碗喝汤。

（2）能够快速地把小朋友手中的东西抢到自己手中，还可能勇敢地抢比自己大的宝宝手中的东西，这可不是“强盗”的表现。

（3）能牵着爸爸妈妈的手上楼梯；会推东西往前走，尤其爱推着婴儿车走，和跑一样快。

（4）能与爸爸妈妈一起玩扔球的游戏，上个月扔球时还总是要往前摔，球只能扔在自己脚下，这个月的宝宝已经能站稳了，球也能扔出去一米远了。

（5）能分清前后方向，妈妈说在前面，宝宝会朝前走，或向前看；妈妈说在后面，宝宝会转过头去，或转过身去；但还不能分清左右，对东南西北没有任何概念。

（6）能说出自己的名字。

（7）如果妈妈让宝宝坐便盆，宝宝能够听懂妈妈的话，会乖乖地坐到便盆上。

（8）看着书上的实物图片，能和现实生活中相同的实物联系起来，并指给妈妈看。

（9）能辨别简单的形状，如圆形、方形和三角形。

（10）能从照片中找出爸爸妈妈，有的宝宝也能找到自己。

（11）对爸爸妈妈的责备和批评表示不满，比如撅起小嘴、尖叫等。见到生人有害羞的表情，可能会藏在妈妈的身后，探出头来观察陌生人。

（12）有了自己的决定。比如想到户外去玩，就会拿上小帽子，拽着妈妈向门口走。

（13）如果妈妈给宝宝准备一个漂亮的小尿盆，宝宝会自己用尿盆接尿，并乐此不疲。

（14）能自己摘帽子，脱鞋子，但不会解鞋带和系鞋带。

1050 建立良好人际关系的关键期

宝宝要追求独立自主，父母却要给宝宝指引方向，并设置一些限制，因此宝宝与父母之间难免会发生冲突。父母和宝宝建立良好的关系，是宝宝学会建立良好人际关系的基础。从父母对他的态度上，宝宝学会如何对待他周围的人。在宝宝成长的过程中，父母的言谈举止，为人处世，时刻影响着宝宝，对宝宝起着潜移默化的作用。如果父母言行不一，宝宝就会无所适从。宝宝正处在建立良好人际关系的关键期，这时父母的作用是非常重要的。

1051 养成良好饮食习惯的关键时刻

有越来越多的父母，因为宝宝的吃饭问题而苦恼，常见的问题有：食量小、偏食、吃饭时间长和吃饭时玩耍等。妈妈常挂在嘴边的是，我们宝宝一直不好好吃饭。宝宝吃饭问题成了父母的一块心病。1岁多的宝宝已经可以一日三餐，粮食、蔬菜、蛋肉都可以吃了，这个时期是养成良好饮食习惯的关键时刻。

1052 尿便训练开始起步

有的宝宝到了这个月龄，已经能够自己控制尿便了，但多数宝宝还离不开纸尿裤。从现在开始训练尿便也为时不晚。如果妈妈还没有把训练宝宝尿便纳入计划，这个月可要开始起步了。

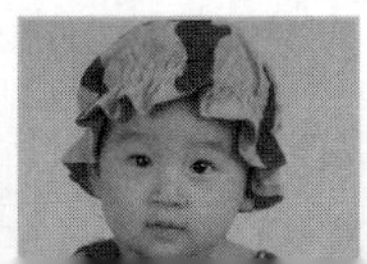

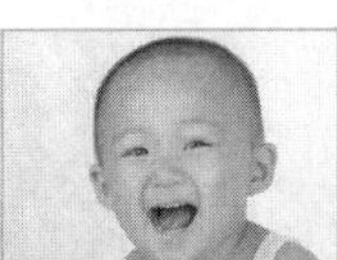
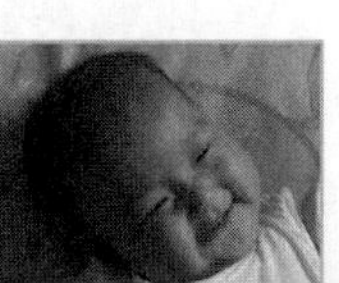

1053 交流进入新阶段

随着宝宝的长大，父母对宝宝的期望值增高，开始不能容忍宝宝“犯错”了。宝宝的错误在于不能听从父母的指示，成为父母眼里“不听话”的宝宝。但宝宝不这么看，常常对父母突然改变态度感到莫名其妙。父母与宝宝的交流变得不那么通畅了，这个时候，需要改变的是父母。父母不要以老眼光看待宝宝，宝宝并不是故意惹父母生气，只是希望爸爸妈妈，能容忍他的行为，而父母需要学会与宝宝进行有效的沟通和交流。

1054 要相信宝宝成长得很好

父母的困惑

宝宝又“重操旧业”，开始尿床了。晚上也不再乖乖地让妈妈把尿，这是能力倒退了吗？当然不是，那是因为宝宝越来越有自己的主张了。如果妈妈自己主观决定什么时候该让宝宝撒尿，宝宝可能会表示不满。即便宝宝的膀胱已被尿液充满，也不会情愿被妈妈把着尿。结果，妈妈刚刚把宝宝放下不久，宝宝就尿了。

说话似乎减少了，为什么？

幼儿语言发展是渐进性的，又会呈现出阶段性和跳跃性的特征。当宝宝的语言发展又要上一个新台阶时，就如同蹲下身子起跳一样，要停下来做好准备。如果前一段时间宝宝只说单字或复字，现在宝宝要说三个字，甚至更多的字节，并要把这些字组成一个完整的句子，这时的宝宝话语似乎减少了，但在接下来的某一时刻，会突然说出令爸爸妈妈惊讶的语句。

宝宝变坏了吗？

过去被小朋友打，被小朋友抢走东西，现在开始打小朋友，从小朋友手中抢东西，这也是宝宝成长过程中的一段小插曲。慢慢地，宝宝既不被小朋友打，或被抢东西，也不再打其他小朋友，或抢小朋友的东西了。面对宝宝的“无礼表现”，妈妈不必困惑，更不要动怒。

强点、弱点没关系

17个月的宝宝增长了许多才干，如果你的宝宝已经有了这些本事，那恭喜你，你的宝宝很出色；如果你的宝宝还没有其中的某些能力，也不要急，每个宝宝生长发育速度都不尽相同。这方面慢一点、弱一点，那方面可能会快一点、强一点，这都是很正常的。不要拿宝宝慢一点、弱一点的地方，和其他宝宝快一点、强一点的地方比。

如果爸爸妈妈在养育孩子的过程中找到快乐，读懂孩子的每一个表情、每一次哭闹、每一个词句、每一个动作，深刻地理解孩子，感受孩子的情感世界，就会在养育孩子的艰辛中体会到无穷的乐趣，享受到人间最美好的爱与幸福。

给予就是幸福。如果你内心平静了，即使宝宝哭闹，也能以平和的态度去对待。烦躁中的宝宝面对爸爸妈妈安宁的表情，会被父母宽容的心境所感染，会有助于宝宝成长为一个聪明豁达、善解人意、身心健康的宝宝。

第二节 体格和体能

1055 定期健康检查是必要的

如果宝宝膳食结构不合理，摄入的是高热量、低蛋白质、低维生素和低矿物质的食物，可能会导致宝宝营养不均衡，造成缺铁，进而引发缺铁性贫血，而这时宝宝的体重并没有什么问题。因此，单就体重一项指标，不能全面反映宝宝的营养状况。

如果宝宝体重偏高，妈妈不必减少宝宝进食量，注意膳食搭配，改善膳食结构，不让宝宝吃高糖食物，适当增加蔬菜的摄入。如果宝宝体重偏低，妈妈不必急着给宝宝吃各种助消化药，或硬逼着宝宝吃这吃那。这样不但不能让宝宝增加体重，相反，还会因为妈妈过多干预，导致宝宝厌食。

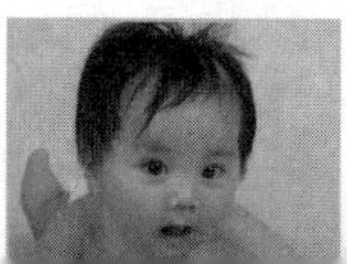
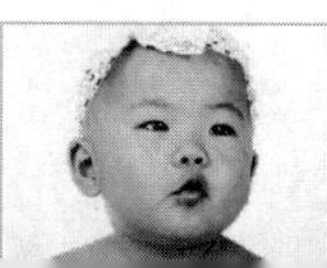

1056 不同情况不同对策

● 豆芽形宝宝。宝宝个头不小，但偏瘦，就应多给宝宝吃些高热量、高糖，高脂肪食物。但健壮起来后就要马上停止，避免肥胖。

● 食量小的宝宝。有的宝宝生来胃口就小，吃一点就饱，但放下碗筷，很快又饿了。这样的宝宝最适合少食多餐，多给宝宝吃一两顿。

● 活动量大的宝宝。宝宝什么问题都没有，光吃不长肉，因为吃进去的热量，都用来运动消耗了。可给这样的宝宝吃贴食，宝宝玩够了，休息一会儿，别管是不是吃饭时间，先给宝宝吃些点心。如果带宝宝外出，别忘了带些食物。

● 偏食挑食的宝宝。这种习惯不是一天两天养成的，也不是一时半会儿就能纠正的。要尽量给宝宝准备些他爱吃的饭菜，宝宝长大后，对饮食就不会这么挑剔了。

● 脾胃弱的宝宝。有的宝宝脾胃一直比较弱，这往往有家族倾向，吃多一点胃就不舒服。这种情况下，可以给宝宝吃点鸡内金、健脾素等中药，来调节宝宝的脾胃。

● 消化功能差的宝宝。宝宝吃饭没问题，就是消化不好，给宝宝吃些酶类的助消化药。

● 小病不断的宝宝。生病会影响宝宝的食量，也会影响营养的吸收和利用。如果宝宝总是爱生病，一定是生活方式或喂养方式等出了问题，请在医生或健康专家指导下，加以改正。

1057 大部分宝宝囟门闭合

这个月龄的宝宝，囟门大部分已经闭合，还有部分宝宝囟门没有闭合，但已经很小了，只能容纳一个小指尖。如果宝宝囟门还在1.5厘米以上，应该去看医生，寻找囟门闭合延迟的确切原因。

1058 爬楼梯

有的宝宝可能会手脚并用地爬楼梯了；有的宝宝在妈妈的帮助下，可能会上一两级楼梯了；有的宝宝可能会两手扶着楼梯一侧的栏杆，横着上一两级楼梯。

从对体力的消耗来说，上楼梯费力，下楼梯轻松。但对宝宝来说，上楼梯容易，下楼梯却很难。如同人们常说的“上山容易，下山难”。宝宝通常是先会往上爬楼梯，然后是扶着栏杆或牵着妈妈的手一个台阶一个台阶地上楼梯，最后是一脚一个台阶地上楼梯。妈妈不会让宝宝从楼梯上往楼下爬的，也不会让宝宝在下楼梯处玩耍，因为这样宝宝都会有滚落的危险。但如果宝宝在上楼梯处玩耍，妈妈就不担心宝宝会滚楼梯了。所以，宝宝有更多的机会练习上楼梯，这或许是大多数宝宝常是先会上楼梯，后会下楼梯的缘故吧。

1059 单脚站立

到了这个月龄，妈妈牵着宝宝的一只手，宝宝就能够单脚站立三秒钟左右了。宝宝还能在妈妈的指示下移动身体，或做出手势。如果妈妈说：“过来让妈妈抱抱”，宝宝会非常高兴地张开胳膊扑到妈妈怀里。但如果宝宝正沉浸在他感兴趣的游戏中，或正在玩他喜欢的玩具时，可能对妈妈的指示不予理睬。

这个月龄的宝宝不做任何事，只是将两眼直盯着某些物体或人而“琢磨、思考”的时候越来越少了。宝宝有了“视而不见”“充耳不闻”的能力，似乎不在乎妈妈说什么，也不在乎妈妈发脾气，这是因为宝宝有了一定的“阅历”，知道接下来会怎样，所以他不怕了。

1060 平衡能力的进步

宝宝独立行走时，两只胳膊向两边举起的幅度减小了。当宝宝能够稳步行走时，就开始加快速度，并试图跑起来，这时的宝宝可能会经常摔倒。没关系，宝宝在学习走和跑时是不会摔坏自己的。妈妈需要注意的是不要让宝宝在硬的地

方、地上有石块或其他杂物的地方练习走路，以免宝宝摔倒时受伤。

宝宝平衡能力的进步还体现在从站立到下蹲动作的连贯性上。有的宝宝甚至能够保持半蹲状态片刻。这个动作不但需要宝宝平衡能力，还需要宝宝腿部肌肉的力量和髋关节、膝关节的协调运动能力。

1061 令父母兴奋，又让父母疲劳的年龄

会走的宝宝要把屋内的每个角落都观摩到，什么都想看，什么都想摸，什么都想尝试。床头柜中的东西一件件被宝宝拿到外面，丢了满地。如果宝宝可以够到书架，他会把书一本本拿下来。宝宝“搞破坏”确实有一套，让他复原可就没那么容易了。他可能也想把拿出的东西再往回放，但一般都是越弄越乱。如果父母要保持家里整洁，那就会累得精疲力竭。父母不想给自己压力，就要学会欣赏宝宝的杰作，尽管房间不那么整洁干净，也应乐在其中。宝宝不捣乱，不折腾，就不能长本事。

1062 到处“游荡”

这个月龄的宝宝，常常喜欢毫无目的地四处“游荡”。因为宝宝有了自己的主见，想自主做点事情，可宝宝还实现不了自己的“心愿”。宝宝能做的事情毕竟有限，只好四处游荡，寻找机会，做自己能做的事。妈妈可别用成人的眼光看待宝宝，宝宝所做的常常是妈妈反对的。妈妈的原则是该做的才让宝宝做，宝宝的原则是能做的就去做。如果妈妈以这样的标准限制宝宝，宝宝的能力怎么提高呢？妈妈要改变原则：只要对宝宝不构成危险的，就让宝宝去做。

第三节 智力与潜能

1063 说出简短句

这个月龄的女宝宝，40%以上都能把词组合成简短的句子，并说出来；而这个月龄的男宝宝，可能只有20%拥有这个能力。在语言能力的发展上，男孩、女孩存在着显著的差异，同性宝宝间也存在个体差异。有的宝宝可能早在几个月前，就能说出10个以上的简单句子，有的宝宝直到现在可能只会说出几个简单句，或只是使用单字表达意思。到了这个月龄，如果宝宝一个字还不会说，就应该看医生了。

1064 理解物品的归属

这个月龄的宝宝开始理解物品的归属，并能够用语言表达出来。比如，当宝宝看到妈妈的鞋子和爸爸的帽子时，会说出“妈妈鞋”和“爸爸帽”。看到娃娃穿的漂亮衣服时，会说出“娃娃衣”。宝宝还会提起他曾经看到的东西、人、动物和某个事件。如父母带宝宝去动物园游玩时，看到过海豚表演，宝宝可能会在某一天突然对妈妈说“海豚（顶）球”，尽管宝宝还不能用完整的语言表达他的意思，但是妈妈能够理解宝宝说出的这些不连贯字词的意思。语言离不开生活，宝宝就是在分分秒秒的生活中学习母语的。

1065 说出自己的名字

宝宝不再说“吃果果”“喝水”“尿湿湿”等没有主语的词语了，而是开始使用简单的短句，“妞妞吃果果”“妞妞喝水”“妞妞尿湿湿”。主语、谓语、宾语都全了。当宝宝能够说出自己的名字时，不仅仅是语言上的进步，也是认识自己的开始。宝宝开始意识到自己的存在，当没有人在身边时，不再像原来那样，见不到妈妈就大哭。

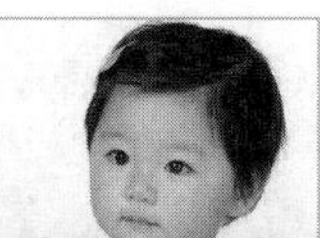

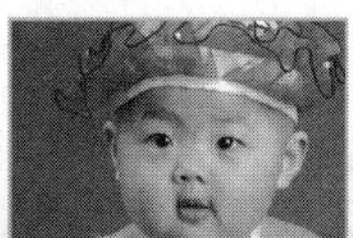
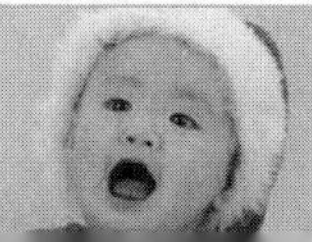

1066 对上下、内外、前后关系的理解

这个月龄的宝宝，对诸如“在里面、在上面”等空间概念有了初步的理解，但还不能运用，这需要宝宝有空间想象力。妈妈可以把苹果放到衣袋里，问：“宝宝吃苹果吗？”当宝宝说吃时，妈妈就指指衣袋：“在妈妈的衣袋里。”如果宝宝去衣袋中掏，宝宝就理解了“在……里”的概念。同样，也可用这样的方式，让宝宝理解“在……上”“在……下”的空间概念。

1067 通过看，认识物体的特性

最初，宝宝看到所有的东西都是同样意义的，仅仅是印刻在宝宝的视网膜上，被记忆到大脑中的影像。后来，宝宝记住了他所看到的物体的名称，把他所看到的物体与抽象的名称联系在一起；再后来，宝宝不但知道他看到的物体叫什么，还知道这个物体是干什么用的。这时，宝宝的视觉、听觉和思维相互配合，使得宝宝初步具备了认知事物的能力。

宝宝不但认识了物体的外观，知道它叫什么，是干什么的，还逐渐开始认识物体的本质。比如能够分辨出玻璃和木头是两种不同的物质，玻璃摔到地上会碎，而木头摔到地上不会碎。接下来，宝宝就开始动脑筋，琢磨所观察到的事物或现象。比如看电视，为什么能够看到电视中的人，为什么能够听到电视中的人说话，却摸不着那个人；为什么电视中的人不会抱他；为什么他不能把电视中的大苹果拿过来吃……宝宝就是这样一步步发展起来，学会思考，发现新的问题。

1068 视觉追踪

如果妈妈不想让宝宝拿到某种物品，就不要把它放到宝宝可以看到的地方，包括宝宝可以够到的地方。因为这个月龄段的宝宝已经会打开抽屉，拉开橱门，掀起布帘，打开瓶盖，挪动他能够挪动的物体，甚至还会借助小凳子增加自己的高度，去够放在高处的东西。当妈妈发现宝宝拿了不允许拿的东西时，可能会转移东西存放的地点，可不要在宝宝眼皮底下转移。因为，无论你转移的路线怎样曲折复杂，宝宝都能寻踪找出来，这就是宝宝的视觉追踪能力。

1069 开始注意自己的身体

这个月龄的宝宝，已经开始认识自己身体的某些功能了，如耳朵是用来听故事的。但是，宝宝还不能抽象地理解为什么耳朵是用来听声音的。如果你告诉宝宝，嘴巴是用来说话和吃饭的，宝宝并不能完全理解。但如果你告诉宝宝嘴巴可以叫妈妈，嘴巴可以喝奶，宝宝是很容易理解的。所以，妈妈和宝宝说话，开发宝宝智力时，不可过度。当宝宝还没有达到那个时期的成熟度时，过早地开发会扰乱宝宝整体有序的发育过程。

1070 对物品的区分能力

这个月龄的宝宝对物品的区分能力有了进一步提高，不但能够区分大部分同类物品，还能区分相近物品，如宝宝知道碗、勺子和水壶是厨房里的物品，它们都属于餐具。宝宝不但会把鞋子放在一起，还知道鞋垫是放在鞋子里的，袜子、鞋子和鞋垫关系密切。

第四节 父母要有正确的教育观

1071 如何面对宝宝的无理要求

这个月龄的宝宝，常常会有无理要求，或者是无理行为。妈妈们认为，最好不要轻易答应宝宝的无理要求，不要受到宝宝的要挟，否则就等于纵容宝宝成为一个不明事理、任性、不可理喻的坏宝宝。

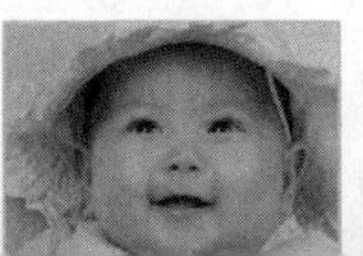
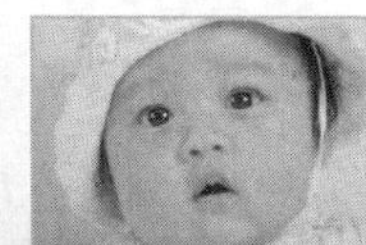

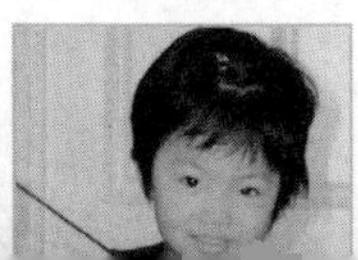

如宝宝有想去月球上的“无理要求”，爸爸妈妈应该尽量用宝宝能够理解的语言告诉宝宝，宇航员能够到月亮上去，等宝宝长大了，做一名宇航员就可以飞到月球上去了。宝宝或许听不懂妈妈的话，但这会在宝宝幼小的心灵中打下烙印，慢慢地，“当宇航员能登上月球”就可能成为宝宝的梦想。妈妈以这样的心态面对宝宝的“无理要求”，和宝宝的对峙就会少很多，宝宝的好奇心也就不会被压抑下去，宝宝们就会成为有巨大创新能力的开拓者。

1072 如何面对宝宝不合群

到了这个月龄，有的宝宝开始喜欢和小朋友在一起玩耍，有的却仍然喜欢独自玩耍。有的和小朋友在一起时，可能还会对小朋友发起攻击，面对受到攻击而哭泣的小朋友，无动于衷。这是不是宝宝有攻击性且内心冷漠呢?

宝宝与小朋友最初的交往，大多是围绕着玩具和某样东西展开的，对小朋友本身并不感兴趣。这时的宝宝仍然喜欢和父母在一起，把父母当作最好的伙伴。宝宝和哪个小朋友玩耍，不是主观选择的，其他小朋友和宝宝玩耍也不是主观选择的，吸引双方在一起玩耍的媒介，往往是某个他们共同感兴趣的玩具。既然宝宝不把小朋友作为交往的主体，当然对小朋友就不会关心了，甚至还会因为小朋友占有他喜欢的玩具而发起进攻。这么大的宝宝对东西的归属权还不理解，在宝宝眼里所有的东西都是他的。

1073 自我与分享

当宝宝意识到“自我”时，说得最多的是“我的”。不能认为这是宝宝自私的表现，这是自我意识形成过程中出现的一个现象。妈妈要知道，分享不是宝宝与生俱来的，爸爸妈妈要有意识地让宝宝学会分享，让宝宝从分享中得到快乐。比如，爸爸给妈妈削一个苹果，妈妈说我们一起吃吧，爸爸把苹果一分为三。妈妈说苹果好甜呀，爸爸说你买的苹果真好，宝宝也一同快乐品尝，三个人共同分享吃苹果的快乐。还有很多这样的分享，爸爸妈妈给宝宝做出示范，让宝宝体会到快乐。只有自我，没有他人的人是自私的。但没有自我的人，是没有自信心的人，是容易产生怨气的人。所以，妈妈既不要打击宝宝的自我意识，又要积极地引导宝宝学会尊重他人，学会分享快乐。分享不是宝宝自发的行为，需要父母去引导。培养宝宝健全的人格，爸爸妈妈有不可推卸的责任。

1074 面对发脾气的宝宝

宝宝对外界事物已经有了粗浅的认识，也有了最初的内心感受能力，并逐渐形成了自我意识。但因受自身行为能力的限制，常常因为不能够实现某些想法感到沮丧。宝宝的自信心也会受到打击，也会体味到挫败感。当宝宝处于这种状态时，就会通过发脾气来缓解内心的压力。比如宝宝要用积木搭建一栋他想象中的大楼，但由于技巧不足，无论怎样努力，都不能搭成，所以宝宝就会把积木扔得满地，并发出愤怒的喊叫。

宝宝发脾气时，父母最好的做法就是保持冷静、平和的心态，等宝宝脾气过了，再耐心地询问宝宝发脾气的原因。用宝宝能够听得懂的语言劝导，并明确地告诉宝宝，发脾气本身是错误的。培养宝宝遇到问题有效沟通的能力，不是一朝一夕的事情，父母要有极大的耐心，应对处于执拗期的宝宝。

1075 与宝宝建立沟通的桥梁

宝宝有了自我主张，越来越有主意了，开始喜欢别人听从自己的安排。能够独立行走和自由运动，给宝宝创造了探索未知事物的有利条件。而另一方面，随着宝宝的长大，父母对宝宝的期望值提高了，开始不能容忍宝宝犯错，这就使得父母和宝宝之间产生矛盾。因此，父母与宝宝之间建立良好的沟通和交流机制，是宝宝成长过程

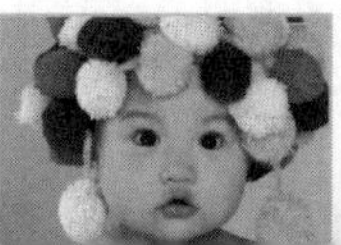

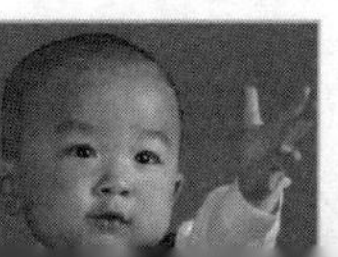

中极其重要的环节。

因为对流动着的水感兴趣，宝宝在水龙头下没完没了地洗手，袖子湿了，水洒满一地，宝宝全然不在乎，完全沉浸在玩水的快乐之中。这时，如果妈妈试图用语言来阻止宝宝玩水，恐怕没有任何效果。如果硬是把宝宝抱离现场，可能会导致宝宝哭闹。如何与宝宝进行有效的沟通呢？转移宝宝的兴趣点，用宝宝更感兴趣的事物把宝宝引离现场。当宝宝能够放弃玩水时，再和宝宝进行交流，告诉宝宝不能让水这样白白地流走，否则，没有水了，还怎么给宝宝洗澡、烧水做饭呢。

1076 尊重但不溺爱不放纵

宝宝就像小树苗，是需要修剪的。我并不反对对宝宝施以适当的教育，我所反对的是对宝宝施以不适当的教育，是以我们成年人的思想对宝宝施以强制性的教育。

不能因为自己是父母，就不需要理解宝宝、尊重宝宝了。小树之所以能够长成大树，靠的是土地提供的营养和水分，还有太阳提供的光照，而不仅仅是靠修剪。如果修剪不当，也会伤害小树。因此，当你决定“修剪”宝宝时，首先要思考一下：你理解宝宝吗？你是否了解此年龄段宝宝的特点？你是否试图走进宝宝的内心世界？只有先去了解宝宝，才能有资格教育宝宝。否则，你与宝宝的距离将拉得越来越远。当你发现这个距离时，可能为时已晚，一切都不可从头再来，因为宝宝的成长过程只有一次。

有些父母可能认为，3岁以内的宝宝似乎不存在这样的问题。不是的，我在工作中，经常接触到一些中小学生心理危机问题。在给宝宝们做心理辅导时，我发现，很多宝宝的心理问题都可追溯到幼时的养育经历。如果爸爸妈妈从一开始就注意到这一点，从一开始就知道怎么做，就不会发生后来的问题。但爸爸妈妈大都表现出无奈，更觉得自己无辜：为宝宝付出了巨大的艰辛，到头来换取的是心理不健康的宝宝，真是有冤无处申呀。

第五节 吃喝拉撒睡

1077 饭菜和乳的比例

17个月的宝宝，已经能一天进食三餐，外加两顿加餐（水果、酸奶和甜点等），一定数量的配方奶。在医学上，通常把0～12月龄的婴儿称为乳儿，12～18月龄的幼儿称为离乳儿，即从以乳为主过渡到以饭菜为主。有的宝宝这个过程很顺利；有的宝宝这个过程是渐进的，可能还会出现一些延迟、反复的现象。某段时间出现乳和饭菜的比例上下波动，都是很正常的。

如果你的宝宝每天还能喝300毫升的配方奶，对宝宝的三餐饭量就不要作过多要求了。如果宝宝很爱吃三顿正餐，也爱喝配方奶，就不要要求加餐吃多少了，除了水果外，其他可以不加。

如果宝宝三餐吃得不好，每天能喝500毫升以上的配方奶，那就还不能算离乳，不好好吃饭是情有可原的。随着宝宝长大，逐渐减少奶量是对的。但如果宝宝实在是爱喝奶，不给喝奶就哭闹，对饭菜不感兴趣，遇到这种情况，父母不要跟宝宝较劲，随着宝宝月龄的增长，就会自然而然地离乳吃饭了。

1078 离开奶瓶和断母乳

宝宝17个月了，是不是一定要离开奶瓶呢？没有权威认定，什么时候离开奶瓶是由宝宝来定的。如果宝宝不用奶瓶就是不喝奶、不喝水，我们也不能剥夺宝宝用奶瓶喝奶、喝水的权利，更不能让宝宝少喝。如果妈妈很郑重地告诉宝宝，宝宝长大了，该用杯子喝奶了，一次宝宝哭闹，二次宝宝不理睬，三次宝宝不愿意，四次不接受……没关系，宝宝会突然有一天明白，他不需要再用奶瓶喝奶了，他长大了。

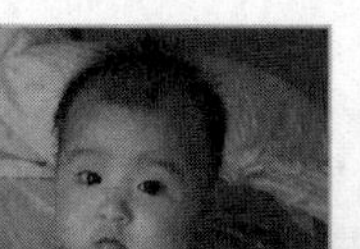

断母乳困难不是因为宝宝不会吃饭菜，或不能消化饭菜，而是这样切断了宝宝对妈妈的依恋。宝宝即使肚子不饿，也愿躺在妈妈的怀抱里，含着妈妈的乳头，得到内心的满足和幸福，宝宝喜欢这种感觉，享受最伟大、最圣洁的母爱。所以，如果你在断母乳中遇到困难，宝宝还不能接受这个事实，我不建议妈妈采取激烈措施。

妈妈感动得热泪盈眶

宝宝快18个月，只要见到妈妈，第一件事就是吃奶，断奶很困难。妈妈准备和宝贝周旋了，买了一瓶咳嗽糖浆，告诉宝宝，妈妈乳头生病了，很痛，宝贝能帮妈妈上药吗？宝宝真的很认真地帮妈妈上药，宝宝望着妈妈的乳头忍不住了，妈妈不忍心拒绝，把乳头送到宝宝口中，宝宝吸吮一口乳头，感觉到了药的苦味。第二天，妈妈再次让宝宝帮助妈妈上药，这次宝宝没有要求吃奶，只是摸了摸。第三天，还没等妈妈让宝宝上药，宝宝抬起可爱的小脸蛋，望着妈妈说：宝宝给妈妈上药吧。妈妈被感动得热泪盈眶。妈妈顺利完成了断奶任务。

这不一定是最好的断奶方法，但她们在友好的气氛中和平解决了断奶问题，对她们就是最适合的方法。没有最好的，只有最适合的。

1079 边看电视边吃饭不好

宝宝已经能够自己拿勺吃饭了，坐在儿童专用餐椅里，和爸爸妈妈一同进餐，其乐融融。很多家庭喜欢边看电视边吃饭，这样的进餐方式，不利于营造一个整体的进餐气氛；分散宝宝吃饭的注意力，影响食欲，还影响消化功能。进餐时胃肠道需要增加血液供应，但宝宝看电视，把注意力集中在电视上，大脑也需要增加血流量。血液供应首先是保证大脑，然后才是胃肠道，在缺乏血液供应的情况下，胃功能就会受到伤害。

1080 不喝奶和只喝奶

不爱喝牛奶的宝宝并不少见。有的宝宝在婴儿期非常愿意喝牛奶，但到了幼儿期，却不愿意喝了，尤其不爱喝配方奶，这并不是宝宝有什么问题。当宝宝无论如何也不愿意喝配方奶时，妈妈没有必要硬逼着宝宝喝，逼迫的结果使宝宝更讨厌喝配方奶。解决的办法是改喝鲜奶，吃奶片或奶酪，喝酸奶。也可以给宝宝一些含奶食品，如早餐奶、巧克力奶、豆奶，这些奶制食品的味道可能是宝宝比较喜欢的。过一段时间再试着给宝宝喝配方奶，宝宝不会一直不喝的。在宝宝不接受奶制品的时期内，可以通过肉、蛋来补充蛋白质。

有的宝宝特别爱喝奶，到了快两岁，每天还是以喝牛奶为主，一天可以喝1000毫升以上，这样的饮食习惯是不合理的。宝宝每天的奶量应该控制在750毫升左右。一天三餐要正规做给宝宝吃。

1081 宝宝不愿独睡是正常的

不用说17个月的宝宝，就是再大一点，上了小学的宝宝，也希望能和爸爸妈妈睡在一起。宝宝什么时候能独睡？每个宝宝都有自己的时间。如果你的宝宝现在就能够接受自己独睡，而且睡

得很好，就让他独睡好了。不要担心宝宝过早独睡，会影响宝宝心理发育，使宝宝变得孤独。

如果你的宝宝说什么也不愿意自己独睡，甚至不愿意睡在紧挨爸爸妈妈大床的小床上，而是强烈要求睡在爸爸妈妈中间，就满足宝宝的要求好了。如果怕影响你们睡眠，等宝宝睡沉了，再把宝宝抱到一旁或紧临你们大床的小床上。怎么睡并不重要，重要的是要让宝宝很快入睡，并睡得安稳。宝宝愿意和爸爸妈妈一起睡，并不是让你们为难的事，宝宝也不会因此而缺乏独立性。

1082 养成定时排便习惯

一个健康的宝宝，即使妈妈没有刻意训练尿便，也会慢慢学着自己控制尿便。妈妈给予宝宝的，是帮宝宝形成良好的排便习惯，使宝宝学会应该什么时候排，排在哪里，养成便前便后洗手的卫生习惯。通常情况下，宝宝控制大便的时间，要早于控制排尿的时间。

如果宝宝能够向妈妈表示他有尿便了，就预示着妈妈该训练宝宝控制尿便了。大多数宝宝是先用非语言方式表示，后通过说话方式告诉妈妈他有尿便了。

第六章　1岁6个月幼儿（17～18月）

第一节 本月好像亮出了底牌

1083 语言表达能力的里程碑

1岁半以后，大多数宝宝表达自己的需求，不再用哭闹的方式，而是用语言的方式。宝宝的“精辟用词”，常能逗得爸爸妈妈开怀大笑。宝宝每天不但能够学习20个以上的单词，而且能学以致用。在未来的半年中，宝宝基本上能学会使用母语表达自己的要求和意愿了。

宝宝基本上能够叫出家里的物品名称，并知道大部分物品的用途。如果在图画书上看到他认识的物品，就能够和家里的实物联系起来。但宝宝还不知道物品是一种商品，家里有的别人家也会有。比如妈妈开的是一辆红色汽车，当宝宝在路上或图画中看到红色汽车，便会认为是妈妈的汽车。

1084 体能飞速发育

进入1岁半以后，大多数宝宝已经能够下蹲、行走自如了。有的宝宝还可能会眼睛盯着地面，动作不很协调地往前“冲”着跑几步。或许你的宝宝早在1岁时就开始尝试着向后退着走了，但大多数宝宝要到了这个月龄，才能掌握向后退着走的技巧。

宝宝学会了自己脱衣服，但还不能很好地穿衣服，拉链衣服还不能自己拉上，会使用粘贴式的鞋带，但可能会粘得歪七扭八。

借助工具取够不到的东西，这不但是宝宝运动能力的进步，也是宝宝协调能力的进步。从某种角度讲，也表现了宝宝分析、解决问题的能力。

1085 执拗期悄然开始

宝宝开始向着执拗期迈进，一般在2岁时出现典型的执拗期（有的专家称为反抗期）。你会

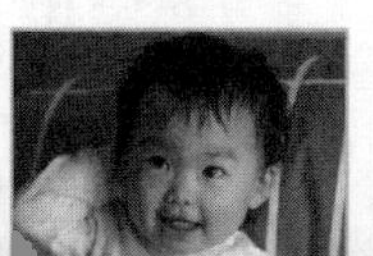
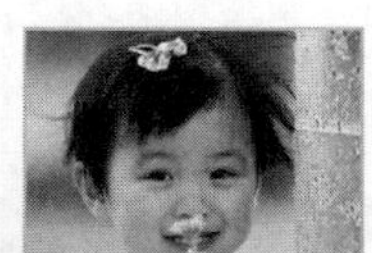

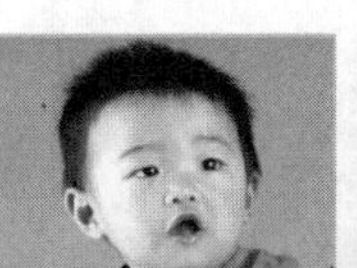
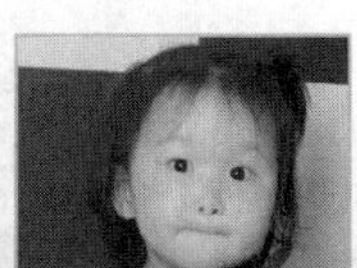

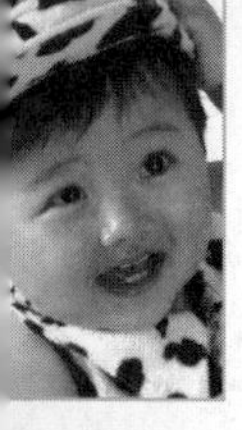
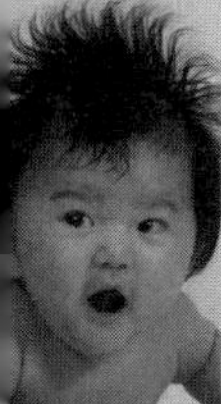
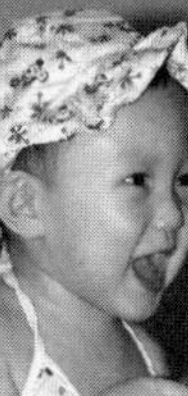

发现宝宝已经有了主见和个性，自我意识和思考的独立性增强了，对妈妈极度依恋的情态，一去不复返了。

第二节 生长发育和成长步伐

1086 多数宝宝前囟闭合

到了1岁半，绝大多数宝宝前囟已经完全闭合了；有一部分宝宝1岁半以前就闭合了，很少有宝宝一直到2岁，前囟才完全闭合。

1087 萌出10颗乳牙

1岁半的宝宝，多数已经萌出10颗乳牙了。乳牙萌出数目存在个体间差异，有的宝宝直到1岁才开始有乳牙萌出，1岁半乳牙数不到10颗；有的宝宝早在4个月就开始有乳牙萌出了，到了1岁半，甚至已经萌出12～16颗乳牙。这些差异，都属于正常情况，妈妈不必担心。

有的宝宝乳牙开始萌出时间比较晚，而萌出速度却比较快；有的宝宝第一颗乳牙早早就萌出了，但其他乳牙萌出却很慢，甚至连续几个月都没有乳牙萌出。妈妈可能会着急，担心宝宝缺钙或有其他营养不足。不要擅自给宝宝加服钙剂或鱼肝油，因为乳牙萌出速度并非都与钙有关，正常宝宝也可出现上述情况。

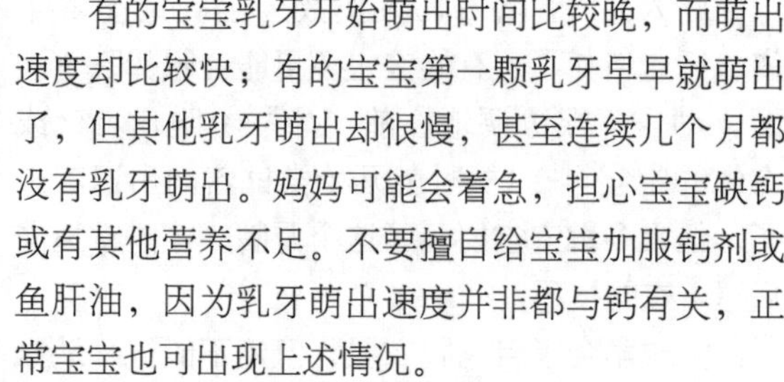

1088 能力令人难以置信

（1）让家里发水。旭旭刚好1岁半，妈妈在接一个电话，旭旭悄然潜入卫生间，水龙头开到最大，水哗啦哗啦流淌，大水冲了龙王庙！

（2）拧开液化气钢瓶上的接口。1岁半的果果拉着奶奶往厨房走，奶奶到厨房一看，差点蒙了——孙子把液化气钢瓶上的接口拧开了！

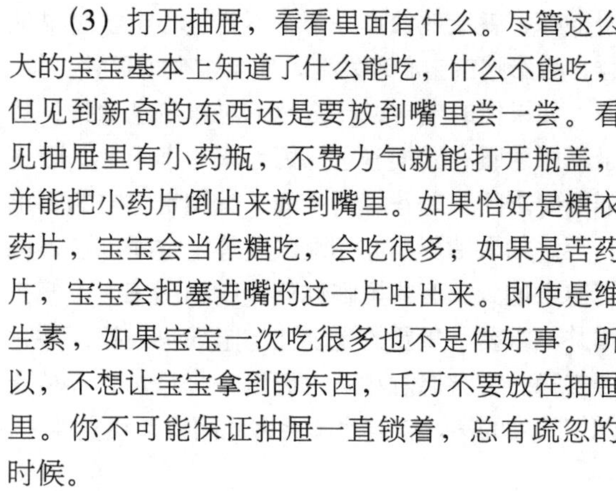

（3）打开抽屉，看看里面有什么。尽管这么大的宝宝基本上知道了什么能吃，什么不能吃，但见到新奇的东西还是要放到嘴里尝一尝。看见抽屉里有小药瓶，不费力气就能打开瓶盖，并能把小药片倒出来放到嘴里。如果恰好是糖衣药片，宝宝会当作糖吃，会吃很多；如果是苦药片，宝宝会把塞进嘴的这一片吐出来。即使是维生素，如果宝宝一次吃很多也不是件好事。所以，不想让宝宝拿到的东西，千万不要放在抽屉里。你不可能保证抽屉一直锁着，总有疏忽的时候。

如果宝宝能拿到诸如改锥、榔头之类的工具，又曾经看到过成人使用过这些工具的话，宝宝也会模仿着使用工具，只是宝宝做的多是“破坏性”的工作，比如试图把木地板撬下来，把家具钉个坑。

1089 独立行走，挑战平衡

宝宝能独立行走的平均年龄在1岁半左右，但也不是千篇一律。如果你的宝宝还不能顺利行走，也不用担心。通常情况下，从宝宝独立迈出第一步，经过半年的努力，就能够走得相当好了。但如果现在宝宝还不能牵着妈妈手或扶着物体行走，请及时看医生。

这个月龄的宝宝，可能会对测试平衡能力非常感兴趣，寻求新意，探索未知，冒险是这个月龄宝宝的特点。父母可帮助宝宝实现“挑战平衡”，在地上搭一长木板，先从10厘米高度开始，逐渐增加高度，直至你站在平地，恰好能牵着宝宝的手在平衡木上走为止。

平衡能力的提高促进了宝宝整体协调能力的发展，宝宝的行动看起来更加顺畅，攀爬技巧不断长进。宝宝能上到比较高的坐椅上，无需妈妈帮忙了，宝宝已经能够稳当地坐在带靠背的儿童小椅子上了，而不再需要四周栏杆保护。

第三节 智力与潜能

1090 开始用语言打招呼

这个月龄的宝宝，开始使用语言和周围人打招呼。如果客人要走了，宝宝会向客人说“再见”。但有的宝宝不大愿意主动和客人说再见，有时妈妈要宝宝和客人说再见，可宝宝就是不说。宝宝不说的理由只有他自已知道。如果宝宝不和客人说再见，妈妈不要硬逼着宝宝说，或当着客人的面批评宝宝没礼貌。宝宝有选择是否说“再见”的权力，妈妈不要轻易剥夺宝宝的“自主权”。这样不但不会教育宝宝有礼貌，也使客人陷入尴尬。其实，宝宝没有任何恶意，恰恰相反，宝宝也许是因为要留住客人才不说再见的。

1091 词汇量开始猛增

这个月龄的宝宝，基本上能掌握50～100个词，50%的宝宝能够掌握60～80个口语词汇。从这个月开始，宝宝的词汇量猛增，此后半年，可以说是宝宝词汇量爆炸期。

宝宝能够发出20多种不同的音节，这些音节能够组成50多种不同的词或类似词。宝宝说出的句子通常包括一个名词和一个动词，开始向儿童语调发展。在宝宝的语句中，常常有含糊不清的字词，不要苛求宝宝把词句说清楚，没完没了地教宝宝发音，这会导致宝宝失去“学习兴趣”。宝宝现在能发的音节有限，有些字词的发音不够准确是很正常的。随着宝宝对语音的掌握，就能够清晰地说出他想说的词句了。

对于这个月龄的宝宝来说，真正理解一个新词的含义并不是件容易的事。但是，借助实际物品，以及妈妈说话时的语音、声调、表情、手势，宝宝就能很快明白妈妈所说新词的含义。

宝宝最常使用的词汇是日常生活用语。掌握生活用语的数量，每个宝宝间差异不会太大，但对其他词汇的掌握，可能会因环境不同而有较大的差异。如果父母总是喜欢和宝宝讨论问题，让宝宝参与到成人的谈话中，让宝宝更多地听父母说话，而且是针对宝宝说的，宝宝理解和掌握的词汇，就会比较多。

1092 灵活使用双字句，开始使用三字句

当宝宝看到物体出现、移动、消失时，会说出这是个什么东西，它怎么样了，它的特性等等。宝宝会要求或拒绝某样东西或某种行为，而且还会问干什么、为什么、在哪里等问题。宝宝用简单的两个字，如我吃、我喝、不睡、拿走等，组合表达他的意思，有90%的句子是恰当的，这充分反映了宝宝学习语言的巨大潜力。

宝宝开始使用三字句。无论是双字句还是三字句，还都不是完整的句子，但已经具备了完整句子的雏形，基本上可以表达宝宝的意愿和要求。这时宝宝所使用的词多是实词，省去的是一些虚词、副词、形容词等，所以听起来意思是比较明确的。如宝宝说“吃苹果”，妈妈就非常清楚宝宝的意思，而无需说“妈妈，我要吃苹果”。

1093 大量借用词语

宝宝对词语的理解、运用，和人类语言文字发生过程比较相似——用一个简单的、认识的、常见的词，引申、指代、意会、转借，来表达新的意思。比如家里养一条小狗，宝宝就会把所有与小狗相似的都叫做小狗，如小猫、毛绒玩具，甚至把妈妈穿的皮毛大衣也叫小狗。这种现象在1～2岁的宝宝身上最为明显，3岁以后就开始逐渐确切理解一个词的本身含义了。

1094 说出身体名称

宝宝能够说出身体所有部位的名称，不但能指出自己身体部位的名称，还能指出其他人的，理解各部位的功能和作用。当妈妈问，用什么吃饭呀？宝宝会指着嘴巴，同时用语言表述出来。

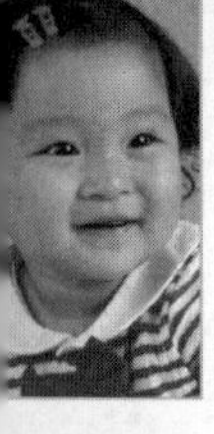
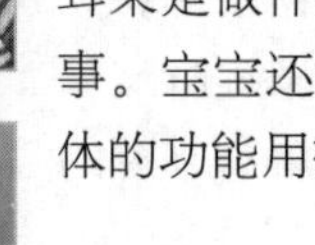

耳朵是做什么的？宝宝会告诉妈妈，听妈妈讲故事。宝宝还缺乏抽象理解力，常常喜欢把一个物体的功能用很具体的事情表达出来。

1095 喜欢自言自语

宝宝玩耍时，周围并没有人和他对话，但宝宝会自己和自己说话，这时妈妈没有必要打扰宝宝，宝宝是在锻炼自己的语言能力。宝宝知道，说话能够引起父母的注意，能够表达自己的意愿和要求，宝宝喜欢学习说话，自言自语是对语言的整理。宝宝不但喜欢自己说话，还喜欢听别人说话，尤其喜欢听妈妈讲故事，而且喜欢重复听妈妈讲一个故事，尽管宝宝已经很熟悉妈妈讲的故事了，但宝宝仍然喜欢听。这是宝宝学习的基础，学习的关键是练习，宝宝通过一遍遍听故事，练习自己的复习能力，妈妈不要因此而烦躁。

1096 听和看

宝宝基本能够听懂爸爸妈妈的话，能够听懂电视里部分幼儿节目中说的话，但很难听懂收音机中的播音，对爸爸妈妈之间的谈话也并不能完全理解。如果爸爸妈妈谈话的内容是关于他的事情，他会停下来听爸爸妈妈谈论他的事情。他是有选择性地听，听他感兴趣的话题，听他愿意听的话语。所以，爸爸妈妈对宝宝的要求并不能全部通过语言来实现，比如危险的东西不能让宝宝动，宝宝几乎从不听妈妈的告诫。如果妈妈要宝宝记住教训，通常采取非语言的方式，比如愤怒、抱开他或拿走东西。

1097 对时间概念的理解

宝宝或许还不会说“时间”这个词，也不能理解时间是怎么一回事。实际上，大多数成年人对时间的理解也是非常有限的，父母对宝宝时间概念的培养，也多局限在让宝宝“什么时间做什么事情”，常说：“看，都什么时候了！该吃奶了。”

在时间问题上，我们总爱表现出“被动”，似乎我们的生活总是被时间追着跑，我们成了时间的奴隶。常给宝宝这样的时间感受和认识，不但不能培养宝宝珍惜、爱护、享受时间的美德，还会引起宝宝对时间的抱怨。长大了，常挂在嘴边的话可能就是：实在没时间！但在实际行动中却总是不能充分利用和享受时间。

如果到了睡觉的时间，妈妈在催促宝宝上床睡觉时，不要说“你看都几点了”，而要换个说法：“宝宝玩了一白天，一定很开心。现在是晚上，爸爸妈妈和所有的小朋友们都要上床休息了。让我们甜甜地睡一大觉吧。”妈妈给了宝宝这样的时间概念：白天、晚上、休息时间、玩耍时间、睡觉时间，所有时间都是快乐的。

1098 分辨物体

分辨出什么能吃，什么不能吃。有的宝宝在前几个月就有这个能力了，有的宝宝要晚几个月。尽管宝宝还是时常把不能吃的东西放在嘴里，但这只是一种习惯，一种玩的方式，他知道此物不能吃。

宝宝能够分辨出物体的形状，所以宝宝能够把不同形状的积木插到不同的插孔中。如果妈妈说过不同形状的名称，宝宝还能按照妈妈的指令，拿起不同形状的积木，准确放入相应形状的插孔中。

宝宝喜欢玩橡皮泥，这不但能锻炼宝宝手的运用能力，还能够开发宝宝的想象能力。教宝宝从最简单的物体捏起，如圆形、方形等，逐步发展到复杂的形状。

1099 模仿能力超强

宝宝会学妈妈的咳嗽声，如果宝宝曾看过妈妈某种特殊的动作，如捂着疼痛的胃部，宝宝会学着妈妈的样子，同时还能模仿妈妈说话的内容、声音和妈妈的表情。宝宝能够集中注意力

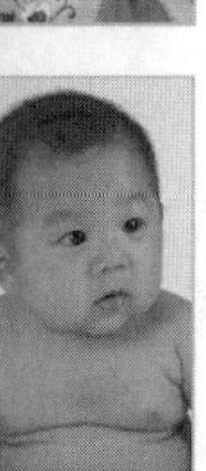

观看动画片或书本上的图画，并能够记住动画片中的部分内容。记得最清楚的是人物（尤其是小动物）的名字，对故事中的情节有了初步理解能力，如果动画片中的人物哭了，宝宝可能会跟着哭；如果动画片有让宝宝兴奋的场面，宝宝会用自己的方式表示，如蹦跳、鼓掌、欢叫、原地转圈、大笑等。

宝宝能够自如地向前走了，也能够跑几步了，这时，宝宝可能开始走花样了，可能还会学着爷爷奶奶走路的样子。刚刚学习走路时，宝宝扶着物体侧着走，妈妈喜欢把那时的宝宝称作“小螃蟹”。现在宝宝又开始侧着走，但不用扶着物体了。宝宝还喜欢向后倒着走。这些都是宝宝自由自在的玩耍，花样走能进一步锻炼宝宝的平衡感。

1100 忍耐力进入低谷

宝宝懂得越来越多的词汇，自己却难于用语言表达；有了更多的自我意识，在一些问题上想自行其是，但他不能左右；宝宝内心的需求，超过了与人沟通和解释自己行为的能力。在宝宝看来，周围的人和事物不理解他，不懂得他，由此导致宝宝出现沮丧的心情，无法忍受了，怎么办？反抗，对这个世界说“不”。父母要理解宝宝这种感受——如果一个人什么都看得明白，却不能用语言表达他的意见，心情将是怎样的呢？

1101 不认输

宝宝天生不认输。当宝宝搭建的积木发生突然倒塌时，绝对不会就此罢手，会一遍遍地去搭。这时的宝宝靠的不是耐心，而是兴趣和不服输的精神。如果这时爸爸妈妈站出来帮助宝宝，宝宝并不领情，可能还会遭到宝宝拒绝。刚才还兴致勃勃的宝宝，会因为妈妈的参与而生气，或者把积木扔掉，或用两手胡乱拨拉积木。

如果宝宝一遍遍地搭建，但总是在他没有完成搭建任务时就倒塌了，宝宝是否会一直做下去呢？宝宝也会失去兴趣，还有可能生自己的气，把积木扔掉。出现这种情况时，爸爸妈妈怎么办呢？爸爸妈妈任何安慰的话语都是苍白无力的。告诉宝宝成功的方法，并演示给宝宝看，或许宝宝不能认真听你讲的方法，也不认真看你的演示。不要紧，关键的问题是让宝宝学会遇到困难和挫折时的处理方法，提高宝宝在困难面前心理的承受能力。凡事都有办法解决，或许宝宝现在不明白这个道理，但宝宝不断接受这样处理问题的方法，就会在潜移默化中不断进步起来。

1102 学会说“不”

妈妈是否发现，你的宝宝现在最喜欢说的是“不”。使用“不”的频率也最高，无论该不该说“不”，宝宝都喜欢用“不”来表明他的态度，以表现出他的独立性。宝宝要通过“不”来展示自己的“权威”和“成熟”，他还要通过“不”来测试爸爸妈妈的忍耐力。爸爸妈妈对宝宝说的“不”越多，宝宝对爸爸妈妈说的“不”也会越多。

妈妈对1岁半的晨晨说：“不要动电视！”本来没有注意电视的晨晨，向电视机走去，伸出小手啪啪地拍打起电视机的屏幕。宝宝没有做的事情，妈妈没有必要去阻止，阻止的结果就相当于提醒宝宝去做。

1103 攻击小朋友

1岁半的宝宝对小朋友不是特别感兴趣，更喜欢自己独自玩耍，不会和其他小朋友配合做游戏。宝宝之间有攻击对方的潜在可能。

妈妈带女儿西西到强强哥哥家玩。强强妈说：“西西刚1岁2个月走得就这么稳了，我们家强强1岁半才开始哈巴哈巴的。”“走得早有什么好处，到处乱动。”西西妈说。“我们宝宝也是，”说到这，强强妈看到儿子正在追西西，顺口说了句：“不要把妹妹推摔了。”话音刚落，强强真的把西西推了个大马趴。

强强妈的话，唤醒了宝宝攻击行为的潜在可

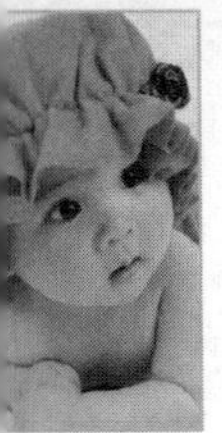

能，成了宝宝行动的催化剂。至于妈妈用的是肯定还是否定的话语，宝宝才不在乎呢。

1104 不专心玩玩具

这个月龄的宝宝，很少有专心致志玩玩具的。如果妈妈想把玩具从宝宝手里拿过来，硬要是不行的，可能会导致宝宝大哭。但妈妈可以用一件很不起眼的东西，比如一张纸、一根小草棍，都能从玩意正浓的宝宝手中，把玩具换过来。随着宝宝的长大，宝宝对玩具和物体开始有了自己的选择和喜好，妈妈就不能用一般的东西换回宝宝喜欢的玩具了。

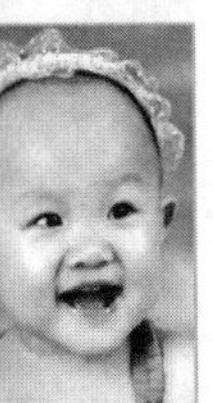

宝宝集中注意力时间大约是这样的：1岁6个月的宝宝，对有兴趣的事情，能够集中注意力时间是6分钟左右；1岁9个月的宝宝是9分钟左右；2岁6个月的宝宝是10～20分钟。

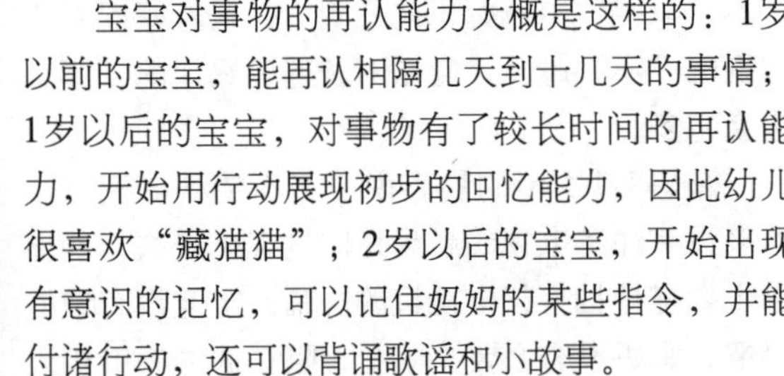

宝宝对事物的再认能力大概是这样的：1岁以前的宝宝，能再认相隔几天到十几天的事情；1岁以后的宝宝，对事物有了较长时间的再认能力，开始用行动展现初步的回忆能力，因此幼儿很喜欢“藏猫猫”；2岁以后的宝宝，开始出现有意识的记忆，可以记住妈妈的某些指令，并能付诸行动，还可以背诵歌谣和小故事。

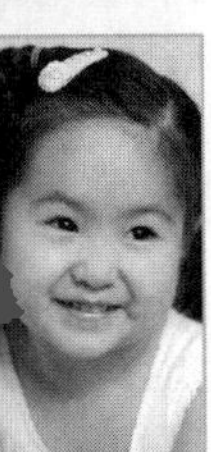

1105 喜欢“藏猫猫”

与婴儿期不同，宝宝已经能和父母玩真正的“藏猫猫”游戏了。宝宝喜欢把自己藏在柜子后面、衣柜中、门后或其他房间。宝宝更喜欢充当被找的角色，因为这样他可以控制局面。如果妈妈没有找到，他可以主动出来。妈妈在明处，他在暗处。宝宝喜欢被妈妈找到的感觉，被妈妈找到有一种被发现的惊喜。如果妈妈找到宝宝后，把宝宝抱起来，并亲吻宝宝，宝宝会更加快乐，因为又多了一层惊喜。

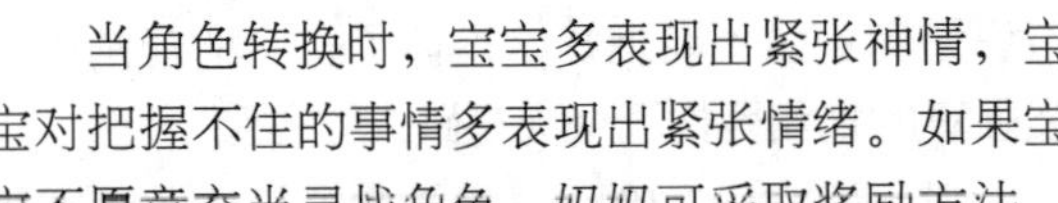

当角色转换时，宝宝多表现出紧张神情，宝宝对把握不住的事情多表现出紧张情绪。如果宝宝不愿意充当寻找角色，妈妈可采取奖励方法。

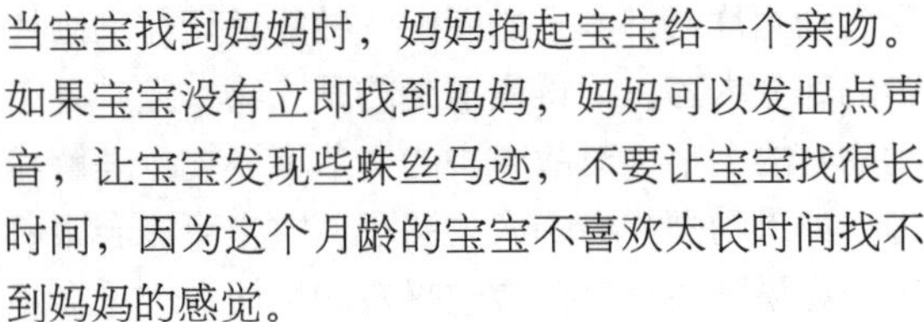

当宝宝找到妈妈时，妈妈抱起宝宝给一个亲吻。如果宝宝没有立即找到妈妈，妈妈可以发出点声音，让宝宝发现些蛛丝马迹，不要让宝宝找很长时间，因为这个月龄的宝宝不喜欢太长时间找不到妈妈的感觉。

1106 喜欢和父母追着玩

宝宝喜欢被爸爸妈妈追逐，也喜欢追着爸爸妈妈玩。如果妈妈拉着一只小玩具动物，宝宝会很高兴地追着小动物跑，还会高兴地咯咯笑。如果妈妈追着宝宝，宝宝会有快跑的意念，但宝宝还不能快速奔跑，宝宝的平衡感和对身体的控制力还不很到位，所以可能会摔倒。妈妈切不可惊慌，或表现出非常后悔难过的样子。妈妈应鼓励宝宝自己站起来，或把宝宝扶起来，继续和宝宝追赶着玩，让宝宝克服害怕心理，变得勇敢起来。

这么大的宝宝很容易和成人在一起玩耍，却不容易和同龄的宝宝相互追逐玩耍。这并不是因为宝宝和小朋友不友好，而是因为宝宝还缺乏主动参与意识。成人会主动和宝宝玩耍，引导宝宝进行游戏。当两个宝宝在一起时，会因为相互都没有主动意识，而不能很快一起玩耍。妈妈可通过引导两个宝宝在一起玩耍，让宝宝学会如何分享。

第四节 饮食、睡眠、排便训练

1107 进食问题几乎都不属于疾病范畴

- 宝宝边走边吃，哄着才能吃几口，一天不吃也不知道饿。
- 偏食得厉害，或不吃蛋，或不吃肉，或不吃蔬菜。
- 食量小，别的宝宝能吃一碗饭，自己的宝宝只吃一口饭；别的宝宝能喝一大瓶奶，自己的宝宝只喝几十毫升奶。
- 只喝奶不吃饭，或只吃饭不喝奶。

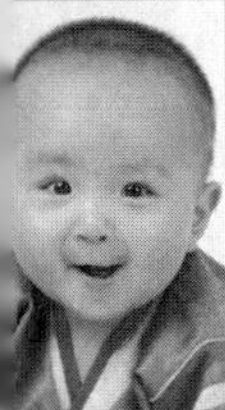

- 迷迷糊糊睡觉时才能对付着喂点奶。
- 是否需要补充各种营养素？应该怎么补？补多少？补到什么时候？什么样的营养素最好？
- 给宝宝喝什么牌子的配方奶，宝宝需要吃现成的营养辅食吗？
- 宝宝吃得还可以，但为什么不胖呢？为什么不见长呢？
- 宝宝走路还不是很好，走路腿不直，脚尖往里拐或往外撇，指甲上有白斑等等，是不是由于喂养不当导致宝宝缺钙、缺锌啊？

……

临床统计数据表明，进食问题增加，厌食症发生率升高，几乎都是经年累月的喂养方式不当造成的，不是宝宝自身的问题，更不能说明宝宝有什么器质性疾病。

1108 偏食解决方案

父母不能偏食

宝宝偏食，其实是父母偏食的一个结果。妈妈可能赶紧要说，尽管我或宝宝爸爸有偏食的毛病，但其他东西也能吃一点啊。是的，成人有这样的能力，并以此来维护自己的饮食嗜好。如果父母不经意给宝宝养成了某种饮食喜好，又反过来要求宝宝不偏食，宝宝将会怎么办？宝宝就只有反抗、不吃了。

甜食要有限度

宝宝天生喜欢甜味，对甜食情有独钟。医学猜测，葡萄糖是维持新生命必不可少的，如果宝宝出生后，妈妈没有乳糖供应，必须给新生儿补充葡萄糖或糖水。所以宝宝最能接受的就是甜味，新生儿这样的习性完全是为了保存生命。

甜食是否变成了一种习性，造成了偏食，主动权不在宝宝，而在父母。如果父母不给宝宝喂甜药，不用很甜的果汁代替白开水，不买很甜的配方奶和甜味鲜奶，宝宝就不会那么嗜甜了。还是那句话，问题出在宝宝身上，根源却在父母。

要喝白开水

白开水的好处，永远讲不完。不爱喝白开水的宝宝，绝大多数出生后就没喝过白开水，喝的都是甜钙水和甜的常用药品。现在为婴幼儿生产的药物都很甜，甚至比糖还甜，原料中都加入了蔗糖、葡萄糖、糖精和香料等。对于宝宝们来说，不再是苦口良药，而是甜水，散发着各种诱人的味道，有苹果味、橘子味、草莓味等。解决了宝宝吃药难的问题，但代价是宝宝不爱喝白开水、不吃不甜的食物。由此带来了牙齿损坏、胃酸增多、食欲下降、体重超标以及营养不均衡。

1109 不能控制尿便也正常

1岁就能把尿便排在便盆中的宝宝，到了1岁半，能力却又退回去了，重操旧业——兜尿布，不然的话只能尿得到处都是。宝宝自己可能也搞不清为什么不爱坐便盆了，就像大人某天懒得动并不是因为累一样。如果妈妈和宝宝较劲，必须让宝宝坐便盆，宝宝就会哭闹，妈妈也会动肝火，结果会更糟糕。父母这时的宽宏大量不是放纵，而是给宝宝以自尊。但是不是就不继续训练宝宝控制尿便了呢？当然不是，父母应继续鼓励宝宝，并以最大的耐心等待宝宝的进步。

1110 夜里控制排尿

宝宝夜里能够醒来小便，是再好不过的事了。但是，如果宝宝还不能夜里醒来小便，妈妈没有必要一次次叫醒宝宝排尿，这样会让熟睡的宝宝哭闹，也会扰乱宝宝睡眠周期。没有证据显示，夜里频繁叫醒宝宝小便，或在固定时间把宝宝叫醒小便，能让宝宝更早学会夜间控制小便。充满尿液的膀胱会向熟睡中的宝宝发出信号，使宝宝自己在睡眠中醒来，告诉妈妈他要小便。妈妈不用着急，你的宝宝不会因为你没有叫醒他排尿而一直尿床。

1111 半夜醒来哭闹的原因

噩梦惊醒

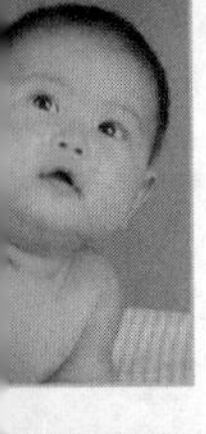

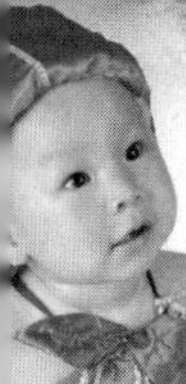

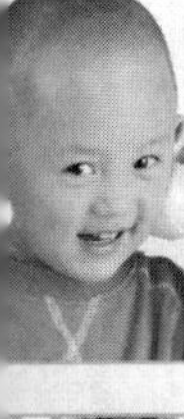
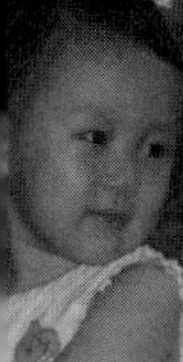

白天受了惊吓，打了预防针，看了可怕的电视镜头，被“汪汪”叫的小狗吓着了，摔了重重的一跤，父母或看护人训斥了宝宝，从床上掉了下来或者没有明确原因都可能引起噩梦惊醒。被噩梦惊醒的宝宝，通常是突然大声地哭喊，两眼瞪得溜圆，表现出惊恐的神态，或到处乱爬，或一个劲地往妈妈怀里钻。把宝宝紧紧抱在怀里，告诉宝宝：“妈妈在这里，爸爸也在这里，有爸爸妈妈陪着宝宝。”

不要说“宝宝不要怕。”不要提“怕”字，也不能说“妈妈把大恶魔打跑了”之类的话。只需给宝宝以正面的鼓励和安慰，使宝宝安静下来。对于这么大的宝宝来说，如果妈妈说不要怕，一个“怕”字会加深宝宝的恐惧感。所以，用否定的语言不如用肯定的语言。

对妈妈的依赖

夜间不再吃妈妈乳头的宝宝，突然半夜醒来要奶吃。如果妈妈不满足宝宝的需要，宝宝就大哭特哭，而且一连几天，甚至一连几周都这样。妈妈不必奇怪，越大越“倒退”的现象是正常的。

这个阶段的宝宝，正处于独立性与依赖性并存的交叉点。宝宝一方面寻求独立，不再像婴儿期那样让妈妈摆布；一方面又产生很强的依赖感。这种强烈的依赖感，正是宝宝成长过程中寻求安全的表现。随着月龄的增长，宝宝的安全感会越来越强，依赖性会越来越弱，就不再那么依赖妈妈了。如果给宝宝吃几口奶，就能让宝宝很快地入睡，妈妈就这么做好了，没有什么不对的，也不要怕别人笑话，这是你们母子俩的事情。

肚子痛

宝宝可能会因为睡觉前吃得过饱，或白天吃得不对劲引起肚子痛，不正常的胃肠蠕动把宝宝从熟睡中扰醒，醒后第一表现就是哭。

肚子痛时，宝宝会突然在熟睡中哭闹，常常是闭着眼睛哭，两腿蜷缩着，拱着腰，小屁股蹶着，或手捂着肚子。即使是会说话的宝宝，半夜因肚子痛，醒后也只会用哭声告诉妈妈。妈妈想到宝宝可能是肚子痛，就会帮助宝宝揉一揉肚子，不揉还好，一揉宝宝哭得更厉害了。这是因为肚子痛时，宝宝的肠管处于痉挛或胀气状态，当妈妈用手刺激腹部时，会加剧宝宝的疼痛感。

妈妈对宝宝常有一种直觉判断能力，能够很快判断宝宝可能病了或肯定没病，只是耍赖而已。妈妈的这种直觉大多数时候都是准确的。所以，如果你不知道宝宝为什么哭，如果你认为宝宝是肚子痛，而且痛得很厉害，就要马上看医生，因为一两岁的宝宝和婴儿期一样，也有发生肠套叠的可能。如果你感觉宝宝没有什么问题，就不必把闹夜的宝宝带到医院。如果夜里很冷，这么一折腾，宝宝可能会感冒发烧，得不偿失。

环境不好

到了幼儿期，因为环境太热、太冷、太干燥、太闷而哭闹的不多了，但也不总是这样。如果是在酷暑气压很低的夏夜，宝宝睡不安生而哭闹的情况也会有的。这时父母也会感到不舒服，改善一下睡眠环境，宝宝就会安静地入睡了。

什么原因也找不到

什么原因也找不到的情形是常有的，一连几个晚上宝宝都半夜醒来哭，需要带宝宝看看医生。如果医生也找不到宝宝哭夜的原因，可以认为宝宝的哭夜是正常的，只是在他成长的过程中有这么一段哭夜的插曲。不要烦恼，不要生气，不要训斥宝宝，夫妇俩不要相互埋怨。可以一人一夜轮流照看哭夜的宝宝。如果是全职妈妈，就由妈妈一个人照看宝宝，白天当宝宝睡觉的时候，妈妈也要抓紧时间睡觉。

安静地对待哭夜的宝宝，而不是比宝宝闹得还欢，大声地哄，大幅度地摇，甚至抱着宝宝急速地在地上来回走动，或在床上颤悠，把床搞得咯咯响……这样不但不会让宝宝安静下来，还会使宝宝闹得更厉害。妈妈要轻声细语，动作温柔，无论宝宝怎样闹，妈妈始终如一，用不了多久，宝宝就会在某一个晚上不再哭闹了。

1112 睡眠习惯的诱导和模仿

宝宝的睡眠习惯与他所处的生活环境有着密切的联系。在早睡早起的睡眠习惯中成长的宝

宝，就可能早睡早起；父母经常熬夜，宝宝就可能成为夜猫子。父母的举止行为与睡眠习惯，对宝宝有着潜移默化的影响。宝宝惊人的模仿能力，并不只是模仿正确的一面，而是照单全收。父母的身教要远远大于言传，要想让宝宝有良好的睡眠习惯，父母首先要养成良好的睡眠习惯。为人父母者不能随心所欲，要时刻想到宝宝会模仿你的行为。

1113 拒绝入睡

这个月龄的宝宝，拒绝上床睡觉的主要原因是“还没玩够”，开始守着“不睡的父母”。把他一个人放在床上，让他孤零零地躺在那里等待入睡，他通常不会答应——要么父母陪在身边，要么父母讲故事给他听。能让宝宝快速入睡的最佳方法是父母或父母一方陪宝宝一起睡。如果父母不穿上睡衣，宝宝都能猜测出等他睡着后，父母就可能把他一个人丢在那里睡觉，因此宝宝就不肯闭上眼睛入睡了。

1114 睡得少，睡得多

妈妈们总是刨根问底：这么大的宝宝到底一天应该睡多长时间？对妈妈们的这份执着，我能理解，不过我也不能给出绝对的答案。我们所说的标准，是具有普遍性的数值，其上下有延展空间。比如成年人每天应该睡8个小时，但有人无论如何也睡不了8个小时，可有的人睡8个小时还不够。宝宝们也一样，在这个月龄段应该睡12个小时，而实际上你的宝宝要睡14个小时，不能就此认为你的宝宝睡得太多；如果因为宝宝睡得太多而认为宝宝不聪明，甚至笨，那就更不对了，没有证据表明睡觉少的宝宝比睡觉多的宝宝聪明。

第七章　1岁7个月幼儿（18～19月）

第一节　体能发展状况

1115 让大物体移位

这么大的宝宝最愿意把东西搬家。让所有的东西都移位，是宝宝快乐无比的事情，这是宝宝运动的一种方式，也是建立平衡感觉的锻炼方法。所以，妈妈不但不要限制宝宝搬家，还要有意准备些能让宝宝搬的物品，这也是一种潜能开发训练，何乐而不为呢？

1116 宝宝都是国脚

宝宝可以高抬腿迈过障碍物，可以单腿直立片刻，可以对准球抬腿踢出。宝宝非常喜欢踢球运动，喜欢看皮球的滚动，这么大的宝宝更喜欢运动中的物体，球就是永远在动的玩具。踢球运动可锻炼宝宝的腿力和脚力，还能锻炼宝宝平衡感觉和单腿运动能力。如果宝宝已经能够把球踢得比较远了，可让宝宝有目的地把球踢到一个地方，训练宝宝的方向感和脚力的准确性。

1117 宝宝都爱手球运动

宝宝能迅速投出手中的皮球，扔球的距离远了，方向也准确了，如果爸爸在宝宝前面接球，那会让宝宝更加兴奋。上个月还会因为把球举得过高，松手过早，而把球投到脑后去了；到了这个月，这种情况就少了。投球可锻炼宝宝臂力、

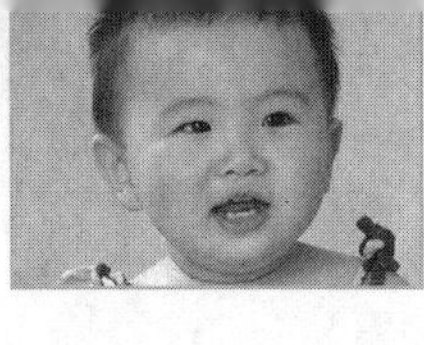
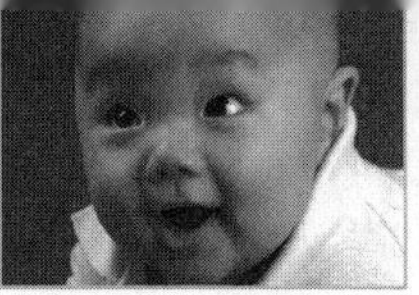

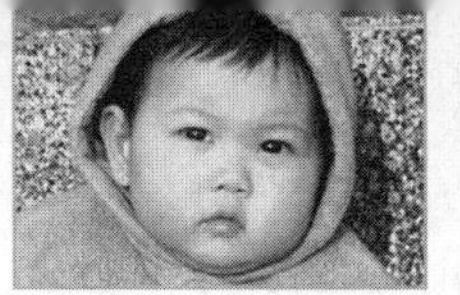
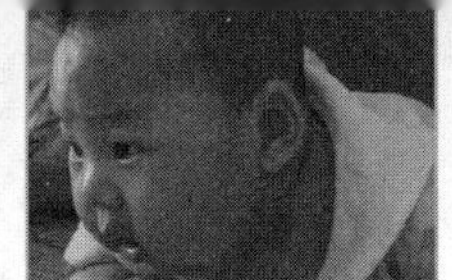

投掷物体的准确性、视觉与肢体的协调能力。

1118 有办法够到高处的东西

够不到东西时，宝宝会自己动脑筋，拿过凳子，踩上去增加自己的高度，以达到够到物品的目的。这可是个了不起的进步啊，这需要思维、想象、发明、动作等一系列联带的思考和运动。宝宝不但运动能力增强了，还会动脑筋了。从小板凳上摔下来，多不会伤及自己，因为宝宝身体比较轻，也比较灵活，骨骼比较柔韧，很少会把宝宝的骨骼摔坏，但有可能会划破皮肤。所以，宝宝活动的地方不要放置有尖角的家具，更不能放置玻璃器皿或易碎物品。

1119 推拉物品

大多数宝宝从这个月开始，对推拉物体有兴趣，尤其喜欢推拉带轱辘的小车。可提前给宝宝买一个推拉骑多用小车，宝宝还不会骑车前，先让宝宝推拉着玩，使宝宝通过推拉小车，体验到成功的喜悦。在宝宝看来，他有能力完成一件事，这是他最值得自豪的。宝宝任何一个动作，任何一种喜好，任何一种能力，都不是孤立的，都是相互联系、相互促进的。因此，在养育宝宝过程中，没有什么重要什么不重要的硬性分界。现在，妈妈们有一个倾向，认为只有冠上“智力”二字的，对宝宝的发育才有好处。事实上，这是片面的认识。

1120 向前走，向后退

喜欢运动的宝宝，睁开眼后就一刻也不停歇。妈妈总怕累着宝宝，可宝宝似乎精力过剩。妈妈不必担心，宝宝累了会停下来歇息的，就像渴了要喝水，饿了要吃饭一样。到了这个月，宝宝的运动能力和平衡能力进一步提高，胆量也增大了，宝宝能连续向后退好几步，当宝宝向后退的时候，妈妈要保护好宝宝。因为宝宝不会像成人那样，向后退的时候，总是不自觉地回头看。宝宝没有这种恐惧和担忧，会一直向后退，并不顾及后方是否安全。

1121 宝宝动手做事

没有父母愿意把宝宝养成四体不勤，五谷不分的低能儿。那么，从现在开始，就要培养宝宝独立动手做事的能力，凡是宝宝能够独立做的事情，尽管还做不好（没有一下子就能做好的事情，我们成人做一件从来没做过的事情，也需要慢慢学习），也要放开手让宝宝做，给宝宝创造条件，不断鼓励，而不是否定和代劳。宝宝愿意自己拿着牙刷刷牙，还争着给妈妈梳头，帮妈妈拖地，宝宝试图做所有他认为能做的事情，就让宝宝做吧，任何限制都不利于宝宝能力的发展。如果你担心宝宝不能把牙刷干净，不能把地拖干净（宝宝确实没有这样的能力），在宝宝自己做完后，你再做一次，但不能不让宝宝做。

第二节 智能发展状况

1122 部分理解人称代词

宝宝对人称代词还不能完全理解，当妈妈说“你”和“我们”时，宝宝不能明确知道指的是谁。宝宝不知道“你”就是自己，也不知道“我们”是自己和妈妈。如果把“你”换成宝宝的名字，宝宝就很容易理解了。

1123 喜欢辩论

宝宝有了一定的语言运用能力，在和爸爸妈妈的沟通上，有了不凡的表现，甚至尝试和父母“辩论”。

“宝宝吃饭不洗手，是个不讲卫生的宝宝，不讲卫生的宝宝妈妈不喜欢。”妈妈对宝宝讲了

 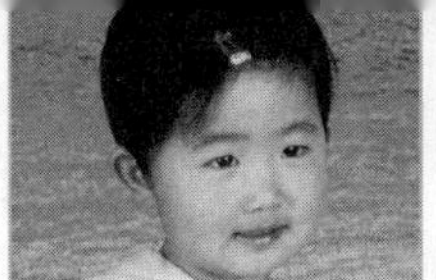  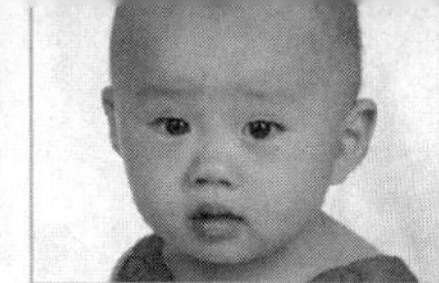 

这番话。

“不，爸爸不讲卫生。”宝宝这样反驳了妈妈。

宝宝不但会为自己辩解，还很会转移注意力。“不”是宝宝最喜欢用的一个字，表示自己有自己的主见，是独立性的象征。

1124 对父母的话作出积极反应

这个月龄的宝宝，开始对父母和看护人的话作出积极反应。当宝宝精力旺盛，心情愉悦的时候，会沉浸在与父母一问一答的游戏中。这种一问一答的形式，不但可锻炼宝宝语言运用能力，还能锻炼宝宝思维能力，帮助宝宝认识事物的现象和本质。宝宝还不能回答父母提出的所有问题。父母可以采取自问自答的方式与宝宝对话，问宝宝一个问题，如果宝宝表现出迷惑不解的样子，就帮助宝宝回答这个问题。

1125 把父母的话屏蔽掉

当宝宝正玩得热火朝天，或正在探索他的未知世界，或正在无比激动地去冒险，或正在做一件对他来说是惊天动地的大事的时候，父母的话就不会进入宝宝的耳朵里了，宝宝的耳朵这时就有了屏蔽功能——充耳不闻。

宝宝对父母的话常常充耳不闻，但对父母的态度却很敏感。如果父母大喊一声，或态度有些生硬，宝宝就会愣愣地站在那里，看着父母的脸色。如果父母仍怒视着他，或许会引起宝宝大哭，或许会置之不理，自顾自地继续他的游戏。宝宝采取什么样的方式面对父母的恶劣态度，与宝宝的性格、发育的成熟程度、父母平时的养育方式等有关。但宝宝2岁以前的性格并不能意味以后的发展方向，此时此刻的表现不能证明宝宝将来是个什么样的人。

1126 看图讲故事

有的宝宝能够对着图书讲故事，尽管不认识字，但宝宝用小手一个字一个字地指点着画书上的字，讲他已经听得滚瓜烂熟的故事，如同认字一般。宝宝还能看图讲故事，而且常常是自己发挥，按照自己的想法“编故事”。

1127 倒着看图画书

对于宝宝来说，图画就是不同颜色的图案，除了很简单的实物图（如大苹果、小房子）外，画的内容是什么，对宝宝并无实际意义。宝宝看复杂的图画会不分正反，按照他自己的欣赏和认识来看，或倒着看，或侧着看，我们无法知道一幅图画在宝宝眼中到底是怎么样的。试验发现，宝宝更喜欢对称的、色彩丰富、抽象的图案，宝宝更愿意倒着看图画书。

1128 注意力与“小电视迷”

宝宝对电视影像注视时间很短，只有1～2分钟。对电视中播放的内容也难以维持较长时间的注意力和注视兴趣。父母可能感觉宝宝看了10分钟的电视，但事实上，宝宝对电视的视觉注意时间是极短的，每次仅持续1～2分钟。在10分钟里，会有近10次视觉周期，而绝非像成人一样目不转睛地盯着电视看演播内容。这就解释了宝宝为什么喜欢看变化快、色彩鲜艳的电视广告，而不喜欢看变化缓慢的画面。

事实上，爱看电视的不是宝宝，而是我们成人。当成人看电视时，无暇顾及宝宝，宝宝唯一的选择就是看电视了。如果父母或看护人能够为宝宝提供更适合宝宝发育的游戏，宝宝就不会对电视感兴趣了。

另外，宝宝的兴趣也许在电视遥控器上，按一下按钮就会有新的画面出现，是宝宝感兴趣的地方，宝宝把遥控器当作玩具玩了。

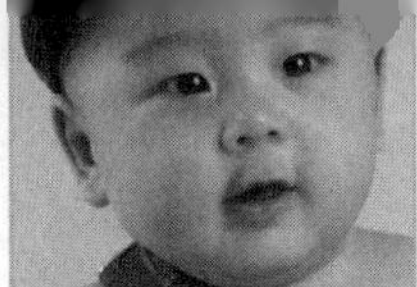

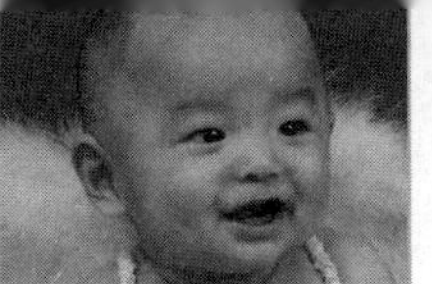

1129 独自玩耍的时间延长

幼儿自己玩耍的时间逐渐延长。父母和看护人不在身边，宝宝会独自玩耍15分钟左右。当宝宝发现父母和看护人不在身边时，继续玩下去的可能性就不大了，即使是宝宝非常喜欢的游戏，也不能让宝宝安下心来继续专心致志地玩耍，宝宝会到处找父母和看护人。如果他能够证明父母和看护人就在离他不远的地方，他随时都可以找到他们，他可能会继续安心地玩一会，但独自玩耍时间会越来越短。如果父母和看护人就在他目力所及的地方，宝宝就放心多了，会继续自己玩自己的。所以，父母要想让宝宝自己独自多玩一段时间，最好的方法是让宝宝能够看到父母的身影。

1130 主动寻找喜欢的玩具

宝宝不但能够自己玩上好大一阵子，还能自己寻找喜欢的玩具。放在玩具架上的、小盒子里的、玩具筐里的，放在房间各个角落里的玩具和物品，只要是他喜欢的、能够拿到的，他都会主动去拿，而无需父母帮忙。如果拿不到他想要的玩具或物品，宝宝会拉着父母的手走到那个玩具跟前，指着让父母拿给他。

1131 主动获取信息

宝宝通过各种方法从父母和看护人那里获取信息，以满足需求。宝宝的面部表情变得更加丰富起来，通过扬眉、疑惑的样子、小嘴翘起、瞪眼等表示疑问和不解，来寻求父母的解答。当宝宝拉着父母的手，让父母跟着他走到某一物品前，指着那个物品仰头望时，父母不要再认为，宝宝只是要你告诉他物品的名称，而是希望你给他讲解关于这个物品的知识。

1132 搭积木的变化

宝宝很早就会搭积木了，但不同的月龄有不同的搭法。到了这个月龄，宝宝会按照他自己的理解，用积木搭出他所见过的实物。刚刚搭建好的积木，宝宝会毫不吝惜地立即把它毁掉。这就是宝宝的自信，宝宝相信自己能搭建比这更好的，所以妈妈不必担心宝宝没常性，或具有破坏性。宝宝没有这样的精神，就没有创造力。

1133 模仿就是学习

到了这个月龄，宝宝开始模仿妈妈的细微动作。宝宝不仅通过看、听来模仿，还会经过思考，琢磨父母是怎么做的。比如一个“鸡吃米”的玩具，上紧发条后，鸡头就会一点一点地“吃米”。宝宝想让小鸡继续吃米，就必须上紧发条，但上发条不是一个简单的动作，宝宝开始模仿妈妈给小鸡上发条，可是宝宝的手劲还不能上紧发条，宝宝因此会急得哭起来，或把小鸡递给妈妈，希望妈妈帮助他。这时，妈妈最好是把住宝宝的手，帮助宝宝用力上紧发条。宝宝看到在他的参与下，小鸡又开始吃米了，会获得胜利的喜悦。

1134 形状感知能力

宝宝或许在前几个月就开始有了形状感知能力。到了这个月龄，大多数宝宝形状感知能力都有了明显提高，能够区分三种以上物体形状了。宝宝能够比较准确地把各种不同形状的物体，通过不同形状的缺口放到容器中，最容易完成的形状依次是：圆形、方形、三角形，完成异形形状的速度要相对慢些。

1135 不断尝试新的方法

这个月龄的宝宝有两个突出的特点，一方面喜欢重复旧的，一方面又不断尝试新的，这似乎是矛盾的，而实际上并不矛盾。宝宝喜欢重复旧的，并非是真正喜欢“老一套”，而是宝宝在学习方面有锲而不舍的精神，有了这种精神，才能

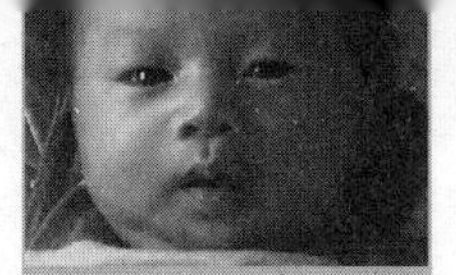
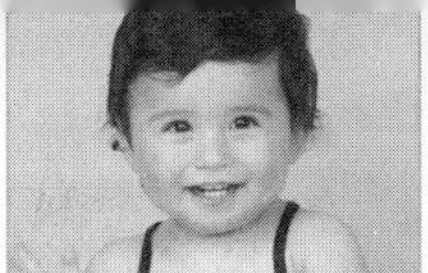
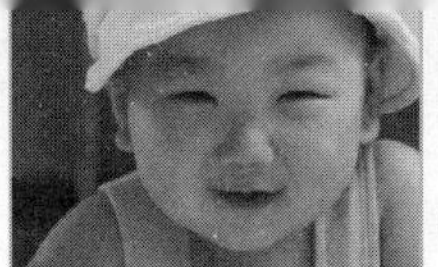
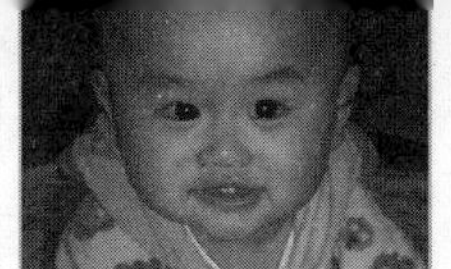

在短短的几年里完成如此庞大的学习任务。

在复习过程中，父母也可以帮助宝宝开拓思维，尝试新的方法。当宝宝要推一个较重的物体时，宝宝可能会推不动。这时，妈妈可把这个物体放到小车上，借助轱辘的作用，宝宝就会推动这个物体了。尽管宝宝还不明白其中的奥妙，但却知道了这个方法。宝宝通过认识客观现象和事实，慢慢理解其中的道理。当宝宝明白了其中的道理后，会把这个道理推而广之，用在其他事情上，这就是宝宝的创造能力。

1136 同时执行两个以上的指令

到了这个月龄，宝宝或许能够同时执行父母两个以上，且有更多条件说明和限制的指令了。妈妈说，“把茶几上的茶叶盒和妈妈的拖鞋都拿过来。”这个指令是比较复杂的，宝宝不但要认识茶叶盒，还要明白是茶几上的，同时要知道茶几放在哪里；同时，宝宝还要记住把妈妈的拖鞋（分辨哪个是妈妈的拖鞋）拿过来，这不但需要宝宝动脑筋分析妈妈的指令，还要做一连贯的动作，同时还要记忆住妈妈如此长的指令。宝宝要完成这项任务可不是件简单的事情。这里还有一点细节问题，宝宝通常对鞋子没有一双和一只的概念，如果妈妈说把妈妈的拖鞋拿过来，宝宝或许能够拿过来一双，这不意味着宝宝知道鞋子必须穿一双，而是宝宝看到了一双鞋子，如果宝宝只看到妈妈一只拖鞋，宝宝会拿一只给妈妈。

宝宝或许会从一数到一百，甚至更多的数，但宝宝对数的概念理解还是非常肤浅的，而且仅仅是对一个苹果，两个苹果的理解，离开实物去抽象理解数的概念还需要相当长的时间。

如果宝宝不能完成妈妈的指令，妈妈不可以说泄气的话，比如，宝宝只拿来了茶叶盒，妈妈不该说，还有妈妈的拖鞋呢？这句问话是带有轻微谴责含义的。如果宝宝只拿来一只拖鞋，妈妈不该说怎么只拿来一只拖鞋啊？难道妈妈只有一只脚吗？当宝宝不能完成任务时，妈妈最好的做法是行动起来，和宝宝共同完成任务。当宝宝没能完成任务时，妈妈最好说：来，让我们一起完成这个任务。

第三节 养育策略

1137 不必纠正发音和语法错误

幼儿学习语言和成人不同，在最初的几年里，幼儿首先是思考，然后才是使用语言。先有思考能力，然后是对语言的理解，最后是语言的运用。因此宝宝所能理解的语言，要比他所能运用的语言多得多。

纠正宝宝发音和句子结构上的错误，对宝宝语言学习没有什么帮助。语言是人与人之间进行交流的工具，没有交流，语言也就没有意义了。当宝宝说话的内容不对时，父母可以纠正，但不要指责宝宝。

1138 宝宝有着丰富的情感世界

本月宝宝，内心已经有了丰富的情感世界，亲子之爱不再是单向的了，宝宝幼小的心灵同样充满了对父母的爱。习习出生5个月后就被放到奶奶家，父母一个月看一次。1岁以后，父母有时3个月才来看宝宝一次，这让奶奶很担心宝宝会与父母疏远。一天，父母来看习习，大家都在屋里闲聊，19个月大的习习，颤悠悠地端着盛满了米饭的饭勺走了进来，一直走到爸爸跟前：“爸爸饿，吃饭饭。”宝宝的举动令满屋的人激动不已，爸爸接过宝宝递过来的饭勺，眼里充满了泪水。从此，爸爸增加了看女儿的次数。

1139 不要怀疑宝宝

父母切莫怀着不满的情绪，或抱着怀疑的态度养育宝宝，应该坚信自己的宝宝会发育得很好。父母这种信任的态度，不但使养育宝宝变得轻松

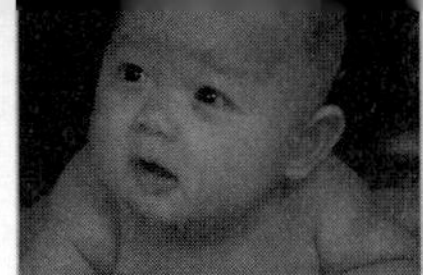
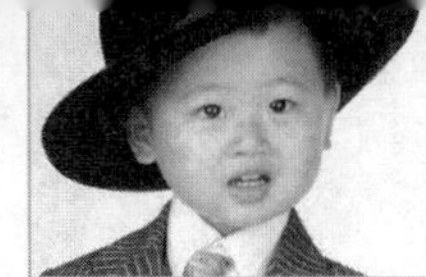

愉快，也对宝宝性格和心理健康有极大的益处。

遗憾的是，把宝宝正常表现当作“有问题”的父母太多了，不顾及宝宝的感受，无论把宝宝带到哪里，总是喜欢谈论宝宝哪里有问题，哪不正常，似乎只有这样才能体现做父母的关心和操劳，常常表露出对宝宝的无可奈何。父母为宝宝操碎了心，但就是不知道怎么爱宝宝。相信宝宝能行，就是对宝宝最大的爱。

1140 没危险就让宝宝去尝试吧

这个月龄的宝宝，对妈妈的话充耳不闻是正常的。有妈妈问，就让他这样发展下去吗？是的，如果没有必要，父母不要打扰正在兴头上的宝宝；如果没有安全问题，父母不要试图制止宝宝的探索；父母不要以成人的眼光来判断宝宝该干什么；宝宝喜欢干的，常常是父母反对的，父母要学会理解，只要对宝宝没有伤害，尽量让宝宝去尝试。

一旦父母认为宝宝做的事情有危险，不要只用语言制止，而是要到宝宝跟前，脸和宝宝保持相同的高度，看着宝宝，把宝宝的注意力转移到你这里来。告诉宝宝立即停止这么做，然后把宝宝抱离，或把东西拿走。如果你有时间，最好和宝宝做其他游戏，把宝宝的兴趣引导到安全的游戏和探索中去，这才是有效的交流。让宝宝意识到：你不让他做的事情，一定要马上停下来，用行动，而不是训斥、打骂、唠叨。妈妈往往意识不到自己唠叨的毛病，唠叨会使妈妈的威信降低。

1141 夸奖的魅力

宝宝喜欢被夸奖，同时也会为赢得父母的夸奖做出努力。有的父母会说，老是夸奖宝宝，会让宝宝骄傲，以后受不得批评和挫折。这种认识可是要不得。

暂且不用说这么小的宝宝，就我们成人而言，如果在工作中无论怎样努力，得到的都是批评，又会怎样呢？是不是很沮丧？是不是被挫败情绪笼罩？是不是失去了干劲和信心？成人尚且如此，宝宝又会如何呢？一句鼓励，一句赞赏，一句表扬都会给宝宝带来愉悦。

1142 宝宝咬人时

宝宝的乳牙变得坚硬起来，咀嚼能力也提高了，能够吃更多种类的食物。可是，这时的宝宝不仅仅用牙齿咬食物，还可能用牙齿“咬人”。母乳喂养的妈妈可能都有过乳头被咬的经历，宝宝没有长牙时，可能不会咬妈妈的乳头，长牙后就有可能咬妈妈的乳头了。宝宝为什么要咬妈妈的乳头呢？最有说服力的解释是宝宝长牙过程中牙龈不舒服，用妈妈的奶头磨牙呢。还有一种解释就是给妈妈一个信号，该断母乳了，妈妈的乳头被宝宝的小牙齿咬得剧痛，就应该开始着手做断奶的准备了。

现在宝宝又开始咬小朋友、父母或其他人的手指、玩具，真正的原因只有宝宝自己清楚。宝宝还不能用语言告诉我们他为什么要这么做，我们猜测仍然是可能牙龈不舒服，或心烦意乱，或可能是在练习说话，也许是一种情绪反应等等。不管是什么原因，宝宝咬人肯定不是要伤害他人，所以宝宝即使咬了人也不该遭受谴责。

但有一种情况是比较麻烦的，那就是你的宝宝咬了其他宝宝，或你的宝宝被其他宝宝咬了，出现这两种情况，父母都难以保持冷静，可能会用这样的方法处理：如果自己的宝宝咬了其他宝宝，大多数父母会当面批评自己的宝宝，并责令宝宝向小朋友道歉；如果自己的宝宝被咬了，大多数父母会表现出非常心疼，安慰自己的宝宝，希望咬人宝宝的父母教育他们的宝宝不要再咬人。其实，这都是父母解决父母的问题，宝宝是不会理会这些的。

比较好的方法是：如果你的宝宝咬了小朋友，你应该蹲下来，抚摩被咬的宝宝，极其关切地慰问受伤的宝宝，给宝宝以最大的安慰和关爱。然后，把你的宝宝拉过来，让两个小朋友拉拉手，对宝宝说：妈妈相信宝宝不会再咬小朋友

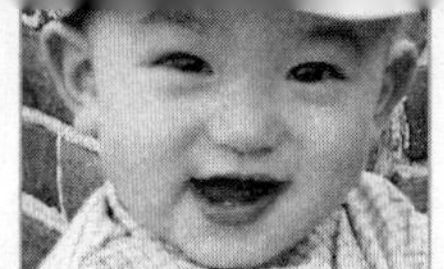
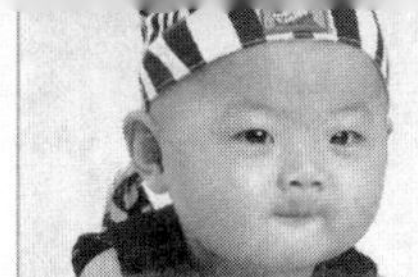
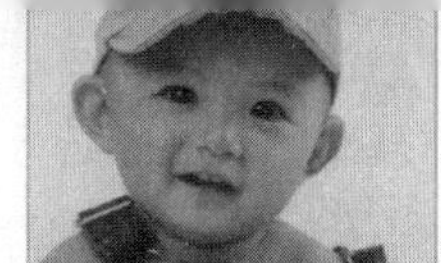
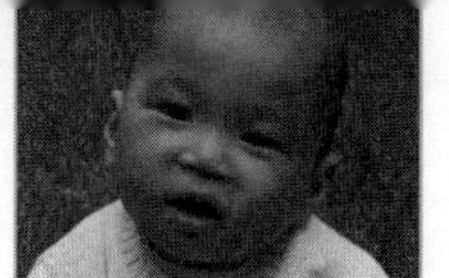

了，小朋友受伤了，很痛的。这个月龄的宝宝已经开始萌生同情心，同情心是需要慢慢培养的，妈妈正好利用这次机会培养宝宝的同情心。责备和批评不能阻挡宝宝继续咬人，而同情心却可以让宝宝“罢嘴”。

1143 控制随地大小便

到了这个月龄，宝宝随地尿便，要控制了，因为这不是好习惯。控制尿便不再是一种技能，而是良好卫生习惯和社会公德文明的体现。宝宝无辜，父母要负起责任。带宝宝外出游玩，宝宝如何处理尿便问题，行为在宝宝，水平在父母。父母文明程度如何，宝宝言行是标尺。

第四节 生活护理

1144 牙齿咀嚼功能健全

宝宝咀嚼功能有了显著进步，舌体上下、左右、前后运动，把食物送到咽部，通过咀嚼和吞咽协调功能，把食物顺利送入消化道。宝宝会运用上下切牙，把比较硬的食物咬下来。宝宝不但会咬食物，可能还会咬一些比较硬的物品，拿牙齿当工具使用。这或许是宝宝自己的发明，或许是和父母或看护人学的。父母不必担心宝宝会把牙齿咬坏，宝宝对自己牙齿的坚硬度还是有把握的。如果咬不动，宝宝不会强迫自己这么做，宝宝会适时地放过太硬的食物或物体，以保护自己的牙齿不被咬坏。

1145 油大养出肥胖儿

纯天然植物性食物，是遏制肥胖的好方法。有妈妈说他们每天吃很多蔬菜，吃很少的蛋肉和粮食，为什么全家人还很胖。问题出在油上，尽管他们不吃很多蛋肉和粮食，却吃很多油，每月油的摄入量约15千克，平均每天500克食油！再加上购买现成的油脂食物，热量远远超出需要量，一家肥胖的出现就不奇怪了。这样的饮食习惯，不但会引起肥胖，还会出现营养不均衡，缺乏蛋白质和矿物质，因为油提供的主要是热量。

1146 断奶不意味着不再喝奶

对于幼儿来说，断奶并不意味着彻底不喝奶了，只是不再以奶为主要食物来源，奶成为食物中的一个种类，就像我们吃粮食、蔬菜和肉蛋一样。

睡前喝奶没有问题，只是要注意牙齿卫生，不要让宝宝含着乳头睡觉。如果宝宝有这个习惯，尝试着用杯子给宝宝喝奶。但如果宝宝为此哭闹，暂时先放弃这样的选择，和宝宝讲道理，听不懂没关系，讲道理是必要的。宝宝睡着后，用干净的湿棉签清理口腔，以保证牙齿清洁，以后继续争取改变这个习惯。

1147 吃零食的原则

一点零食都不让宝宝吃是很难做到，也不现实。妈妈需要掌握给宝宝吃零食的基本原则：

- 不能因为吃零食而影响正常饮食摄入；
- 吃饭前1小时不能给宝宝吃零食；
- 有危险的零食不能给宝宝吃，如瓜子、花生、豆子等；
- 少吃，最好不吃高热量、高糖、高脂的零食；
- 不吃色素、调味料、添加剂过多的零食；
- 注意零食的生产日期，即使在保质期内，打开包装后也要检查一下食品是否变质；
- 购买零食时，要注意包装是否合格，是否明确标注了生产日期、生产厂家详细地址、保质期、食品原料及所含成分列表，如果是真空包装，观察是否有漏气、涨气。

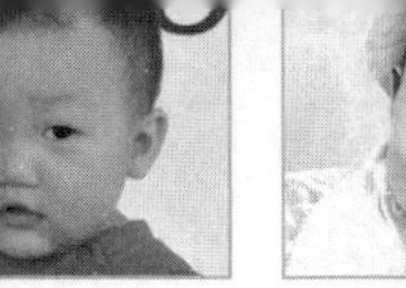    

1148 让宝宝使用筷子

宝宝已经不满足用勺子吃饭了，开始抢着用筷子夹菜。用筷子吃饭是中国传统饮食文化，也是锻炼宝宝手部精细动作的好方法。一个从来没有使用过筷子的成年人，经过很长一段时间的锻炼，都不能很好地使用筷子吃饭。宝宝会比成年人更快地学会使用筷子，而且用得比成人还熟练。

1149 训练控制尿便的好时段

过去，我们把宝宝1岁作为训练尿便的开始阶段。现在，我们把1岁半以后作为训练尿便的开始阶段。多数情况下，宝宝1岁半左右能控制大便；2岁左右能控制小便；3岁前基本上解决了控制尿便问题。一些国家把2岁作为训练尿便的开始阶段，他们认为宝宝3岁左右能够控制大便并不算晚，4岁甚至5岁才能够控制小便也是正常现象。

1150 喜欢使用卫生间

宝宝喜欢和父母一起上卫生间，或自己要求到卫生间排便，这是件好事，妈妈应该鼓励。当妈妈坐在成人便盆上时，可让宝宝坐在儿童便盆上，鼓励宝宝上卫生间排便，目的就是帮助宝宝养成良好的卫生习惯。

喜欢水似乎是宝宝的天性，如果地上汪着水，宝宝会把脚踩上去，非常高兴地踏水玩，宝宝不会因为自己的鞋子湿了而长记性，即使是脏水宝宝也会去摸，去踩。当宝宝知道妈妈是怎么让抽水马桶冲水的时候，会一遍遍地玩冲水，这时的宝宝不明白什么叫节约用水。

1岁半以后开始鼓励宝宝坐儿童便盆，2岁以后锻炼宝宝到卫生间，学习使用宝宝用的卫生间马桶座。这是根据大多数宝宝情况的建议，你的宝宝可能不配合，个别的宝宝到了3岁才会自己控制尿便，不能就此认为异常。

1151 当宝宝半夜醒来让父母陪着玩时

当宝宝半夜醒来的时候，妈妈不要像白天一样陪着宝宝玩耍，直到宝宝玩够为止。妈妈应该明确地告诉宝宝，现在是睡觉的时间，天亮起床后才能陪着宝宝玩。可以把地灯打开，不要灯火通明。如果宝宝闹人，可把宝宝的一双小手放在他自己的胸前，或放在妈妈的心口，妈妈用一只手握住宝宝的小手轻轻地摇晃，另一只手轻轻地抚摸宝宝的头部。也可以让宝宝临时枕在妈妈的臂弯里，妈妈轻轻哼唱着摇篮曲，宝宝就会满足而安心地入睡。

如果没有效果，或宝宝哭闹，也不能放弃“不半夜陪着玩”的原则，但不能训斥宝宝或发火。不该让宝宝做的事情，从一开始就应该拒绝，这并不构成对宝宝的伤害。不该让宝宝做的，父母一开始允许宝宝这么做，而终于有一天忍耐不了了，或认为该管教了，再改变态度，宝宝不但不接受，还会产生极大的心理创伤。

1152 让妈妈陪着睡

这么大的宝宝还有不自觉的恐惧感，希望妈妈陪伴在身边，三四岁以后这种恐惧感开始减轻，甚至消失。所以，不要因为怕把宝宝惯坏，而非要宝宝一个人在恐惧中入睡。

如果宝宝对睡眠环境比较挑剔，父母就不要把电视或音响的声音放得很大，或大声讲话。既然父母已经把宝宝养成安静睡眠的习惯了，就不要试图在短时间内纠正过来。

1153 最好不让宝宝傍晚小睡

如果到了傍晚还睡上一觉，宝宝晚上通常就会睡得比较晚了。如果从傍晚一直睡，晚上不起来吃饭，那就会在半夜醒来玩好一阵子。所以最好不要让宝宝傍晚小睡。如果宝宝白天要睡两觉，争取让宝宝在上午睡一觉，午饭后睡一觉，傍晚就不要再睡一觉了。尽量让宝宝早睡早起，

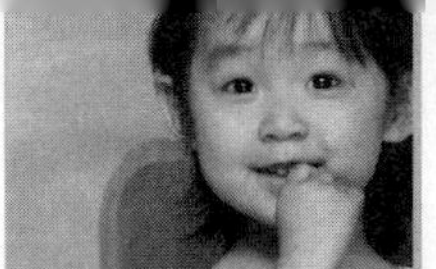
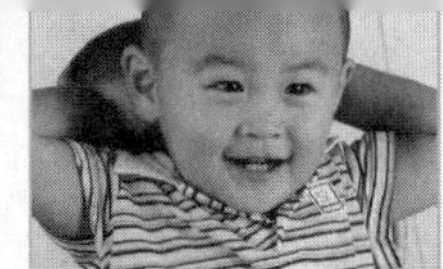
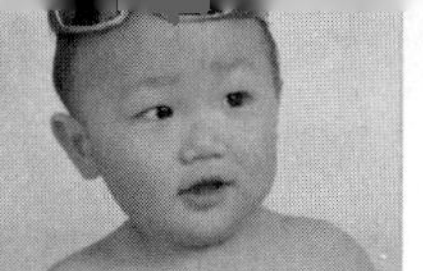

如果宝宝不愿意自己早早睡觉，在可能的情况下，妈妈尽量满足宝宝，早些睡觉。如果妈妈确实不能像宝宝一样早早睡觉，待宝宝睡着后，妈妈再悄悄起来。

1154 白天不见妈妈，宝宝不早睡

如果父母上班，由保姆或老人看护宝宝，一天看不到爸爸妈妈的宝宝可能会不舍得睡觉，希望和爸爸妈妈一起玩耍，爸爸妈妈要尽量满足宝宝的愿望，多抽些时间给宝宝，而不是做复杂的饭菜，收拾屋子或和大人们聊天。到了快睡觉的时候，爸爸妈妈才把时间给宝宝，宝宝当然不会早睡了。

1155 白天不睡觉

突然有一天，宝宝说什么也不在白天睡觉了，这不是什么大不了的事情。宝宝晚上睡得很早，一夜像个小猪，呼噜呼噜睡得非常香，早晨起来又像个猴子似的精力充沛，一天也不闲着。这样的宝宝可能一天只睡十个小时，甚至不到十个小时就足够了，因为宝宝睡眠的质量堪称第一。

没有证据表明一天睡十几个小时的幼儿，比睡不了这么长时间的幼儿发育得更好，长得更高。只要宝宝在健康成长，睡醒后精力充沛，吃饭香，没有必要照搬书本，每个宝宝需要的睡眠时间都不一样。

第八章　1岁8个月幼儿（19~20月）

第一节 本月特点

1156 全蹲、半蹲、弯腰

宝宝不再用脚尖走路，走的时候两只胳膊也不再张开着。能把绳子穿到带眼的珠子里。会把一张粘有胶水的纸贴在物体上。能搭七八块积木。能拣起地上很小的东西。会全蹲、半蹲、弯腰。

1157 喜欢玩有实际用途的玩具

宝宝会独自上下楼梯，并常常把上下楼梯当做游戏，不断地上来下去。愿意玩大型的、电动的和刺激性强的玩具，更加喜欢玩有实际用途的玩具。

1158 发出尿便信号

宝宝已经能够感觉到尿意和便意了，有尿便时，会发出信号，或直接告诉妈妈他要拉尿撒尿。宝宝还会蹲下来或坐在便盆上排尿便。

1159 强烈的占有欲

宝宝能听懂今天和明天的含义。开始记忆家中东西放的位置。宝宝强烈的占有欲可能缘于对“我的”及“自我”的认识。当妈妈不能从宝宝手里要出东西时，不要认为这是宝宝吝啬，更不要由此而盲目实施慷慨教育。

1160 知道什么是漂亮了

宝宝知道穿漂亮的衣服会赢得他人夸奖，喜

欢妈妈给他穿漂亮的衣服。为宝宝挑选漂亮的服装，是件有意义的事情，不必担心这样是否会助长宝宝浮华之气，宝宝完全不知道浮华是个什么东西。

1161 独立进餐

让宝宝和家人坐在一起独立完成进餐，妈妈只需在一旁协助宝宝吃饭。把宝宝放在餐椅中，可避免宝宝到处乱跑。偏食的宝宝可能会越来越偏食，妈妈能做的，是想办法烹饪出宝宝喜欢吃的菜肴。

1162 不好好吃饭了

父母遇到的最大喂养问题，就是“不好好吃饭”。对宝宝的过高要求和过分干预，是导致宝宝不好好吃饭的原因之一。

最常见的病是感冒以及没完没了的咳嗽。如果婴儿期湿疹比较严重，或家族中有“慢性咳喘”病史，宝宝就有患喘息性支气管炎、过敏性咳嗽、支气管哮喘的可能。这种情况下，预防是关键。

防止宝宝从高处跌落是消除意外事故隐患的重点。宝宝会借助各种物体爬到高处，宝宝的智力、体力和探索精神让宝宝不断挑战“高地”，意外跌落的隐患就在其中。

还有许多需要防范的意外事故和危险隐患，应当引起父母的注意。比如门夹到手，把自己反锁在房间里，打开冰箱门藏猫猫，蹬上小板凳打开燃气灶，把手指往电插座的小孔中插，打开饮水机开关，把电器电源插头插到电插座上等。避免意外事故发生的唯一方法就是为宝宝创造安全环境。

第二节 生长发育状态

1163 拖着玩具走

在平坦的路面上，大多数宝宝已经走得很顺畅平稳了。宝宝还会拖着带轱辘的玩具，宝宝喜欢让他的玩具娃娃或玩具动物坐在他的推车里，这是宝宝在模仿父母用车推他玩的情形。

1164 两手高高举起往前跑

如果宝宝几个月前就会走了，妈妈可能还依稀记得宝宝刚刚学走的时候，两个小胳膊总是在两边张着，像小燕子的翅膀。这是宝宝在找平衡，避免自己在行进中左右摇摆，向前或向后倒下。慢慢地，宝宝走得稳当了，两个张着的胳膊就很自然地垂在身体两侧。如果宝宝从这个月开始尝试着跑了，宝宝会把两个胳膊高高抬起，向前倾斜着跑。这是因为宝宝随时准备用胳膊做刹车停止跑步，一旦刹不住摔倒了，就用胳膊支撑起头和身体，不让自己“嘴啃泥”。

宝宝刚刚学跑的时候，通常是两眼看着地面，借着惯性往前跑。妈妈常常担心宝宝会在跑步中摔倒。如果宝宝平衡能力发育得很好，即使是摇摇晃晃地往前跑，也不会轻易摔倒的。但是，当路面不平坦或路面上突然出现障碍物，宝宝不能及时躲过，被障碍物绊倒的情况是可能发生的。这个月龄的宝宝，越过障碍物的能力还比较弱，通常是在妈妈的指导下，事先做好准备，宝宝才能安全地绕过障碍物。

1165 手脚并用上楼梯

宝宝非常喜欢上楼梯这项运动，把它当做游戏，见到楼梯就要上。这个月龄的宝宝在没有妈妈牵着手的情况下，能借助栏杆上几阶楼梯了。有更多机会练习上楼梯的宝宝，可能一只手扶着栏杆就能上楼梯；很少有机会练习上楼梯的宝宝，或许到了这个月仍然是爬楼梯，或半蹲着上楼梯，或一只脚先上去，另一只脚上到同一台阶上，两脚放在一起，再开始蹬上第二台阶。如果楼梯的台阶比较高的话，宝宝一步迈不上楼梯，可能会用手帮助自己。

1166 手的能力

宝宝能认真地练习把绳子穿到带眼的珠子里，还会把一张粘有胶水的纸贴在物体上，并能搭七八块积木。当宝宝能拣起地上很小的东西，并能用拇指和食指准确地对捏起来时，说明宝宝的视力有了很大进步，有了对微小物体的注意能力。

平衡能力协调发展，蹲下起立和弯腰拾物，各种能力相互配合，逐步学会复杂的动作。宝宝已经会扭动门把手，会自己开门走出房间。如果有来自窗户的风再次把门关上，有可能夹伤宝宝，最好装上安全防护设施，防止挤到宝宝的手脚。如果看过妈妈打开门闩，宝宝也会学着打开门闩。

1167 整合和创新的能力

这么大的宝宝不但具有极强的模仿能力，还能把他看到、听到和感觉到的东西综合起来，通过自己整合，创造出新的内容。

一次，我带1岁8个月的女儿去同学家，看望刚刚出生20多天的新生宝宝。我把带给月子妈妈的礼物放在地板上，其中有一篮鸡蛋。大人围着新生宝宝说说笑笑，不知过了多久，我想起了女儿，看到的景象使我惊呆了：女儿蹲在地上，正在认真洗鸡蛋，她把鸡蛋从篮子里拿出来，在水盆中洗着，洗完的放在地板上。我慢慢走到宝宝跟前蹲下来："宝宝洗鸡蛋呢？"女儿抬起头冲我笑了："我要给小弟弟做鸡蛋羹吃。"她没有看过我们在水盆中洗鸡蛋，做鸡蛋羹也没有这一过程，这是宝宝自己模仿和发挥的杰作。数一数，宝宝已经洗了11个鸡蛋，竟然一个也没有打破！

如果我大叫一声："天哪！你怎么洗起鸡蛋来了，赶快放下！"宝宝就会产生畏惧心理，真的弄碎鸡蛋。只要对宝宝没有危险，父母应尽最大可能给宝宝机会。

第三节 智力状态与潜能开发

1168 最爱说"没了"

这个年龄段，宝宝学习词汇的速度比较快，平均每天能学会一个新词汇。大约有50%的宝宝能说出90～150个词汇，宝宝所用的词汇多是日常生活中的常用词。宝宝喜欢模仿父母和看护人说话的内容和语调。现在宝宝最爱说的词是"没了"。

到了这个月龄，有大约30%的宝宝能够使用多字组成的句子说话。尽管宝宝所说的句子还很简单，省去了很多词，但大多数句子是很容易让人听懂并理解的（能够通过宝宝简短的句子想象出宝宝要表达的完整的句子）。宝宝现在的语句就像过去发电报时的电报语，用最主要的词汇说明意思。

1169 能听爸爸妈妈讲一个完整的故事

每天睡觉前给宝宝讲故事，宝宝容易入睡。如果妈妈能够挑选很温馨美丽的故事，宝宝就会把美好的故事带入梦境，有时宝宝还会在梦中笑出声呢！睡觉前不要给宝宝讲可怕的故事，越是能引起宝宝恐惧的故事，宝宝越是想听，宝宝和成人一样，也喜欢冒险和刺激。但是不能给幼小的宝宝这样的刺激，不良刺激会诱发宝宝夜啼、吮物癖、眨眼、多动等心理问题。

1170 学着自己看图书，讲故事

如果爸爸妈妈常给宝宝讲故事，从现在开始，宝宝就可能给妈妈讲故事了。宝宝所讲的故

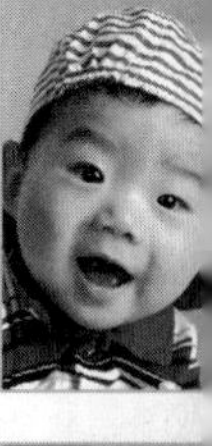

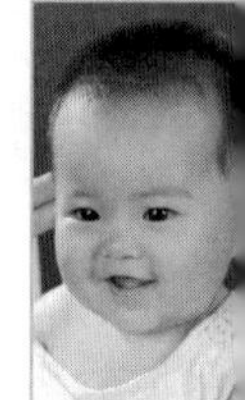

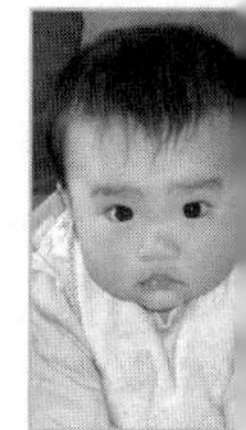

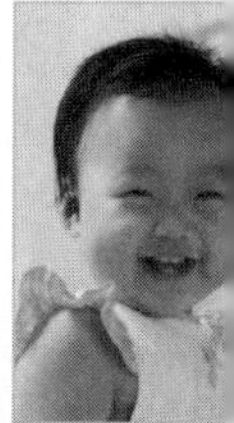

事，大多是妈妈给他讲过的，但有些情节宝宝会根据自己的想法有所发挥。宝宝还会把故事中他喜欢的人物的名字换成他和爸爸妈妈的名字。让宝宝讲故事，对宝宝的语言表达能力有很大的帮助。宝宝会像成人一样像模像样地看书。宝宝最喜欢看画书，有的宝宝却和其他宝宝不同，非常喜欢看字书，虽然宝宝并不认识几个字。没有人知道宝宝为什么爱看字书，也不知道这些字的符号在宝宝大脑中是怎样的一种形象。

1171 像唱歌一样说话，像说话一样唱歌

宝宝积累了很多词汇，如果父母每天都教宝宝认字，宝宝可以认识很多字了，宝宝能用更多的语言来表达自己的意愿和要求，就像会走路的宝宝一样，不再满足走路，而是要跑了；会说话的宝宝也不再满足说话，而是要唱歌了。这时的宝宝常常像唱歌一样说话，又像说话一样唱歌。

宝宝喜欢念儿歌，儿歌朗朗上口，可以像唱歌一样唱儿歌，也可以像说话一样说儿歌。

宝宝能够借助儿歌那简单优美的旋律，记住很长的歌词。宝宝们可能不完全理解儿歌的内容，却能一字不漏地背诵。宝宝的兴趣不在内容，吸引他的是儿歌的旋律，以及和妈妈在一起的时光。当妈妈和宝宝一起念儿歌的时候，宝宝望着妈妈的笑脸，是那样的满足和幸福。宝宝不但喜欢缠着妈妈念儿歌，还喜欢给妈妈念儿歌，以展示他的才能。

1172 宝宝为什么大喊大叫

宝宝在爸爸妈妈面前大喊大叫，或发脾气，或摔东西，这不是宝宝性格有问题。当宝宝语言表达能力低于实际思维能力时，宝宝不能用语言表达自己的意愿和想法，会急得喊叫，甚至会急得大哭。另一方面，宝宝也会通过这种方式吸引父母注意力。遇到这种情况，父母不能置之不理，也不要训斥宝宝，蹲下来和蔼地与宝宝交流，表示出对宝宝的理解。可以这样对宝宝说："妈妈知道，宝宝想告诉妈妈一些事情，但宝宝还小，不能说出宝宝想说的话，不要急，慢慢来。"爸爸妈妈也可试着理解宝宝的意图，问宝宝是不是想和妈妈说这个意思呀？或许宝宝没有完全听懂妈妈的话，但此时对宝宝来说，爸爸妈妈说话的内容并不重要，重要的是爸爸妈妈的态度。只要宝宝感受到了爸爸妈妈的爱和理解，就足够了，宝宝就能安静下来，就没有挫败感。

1173 对自己名字很敏感

宝宝早就知道自己名字了，在一两个月前，当父母叫宝宝的名字时，宝宝还不能很快做出回应，现在不同了，宝宝对爸爸妈妈的召唤，反应非常快。妈妈话音未落，宝宝就响亮地答应，或跑过来看看妈妈有什么事情找他。不要小看宝宝这个进步，这可是宝宝对听到的、看到的作出快速反应的能力，是宝宝听觉-视觉-大脑-运动觉相互配合、协调的结果。

1174 会凭经验办事了

宝宝主要是通过听到、尝到、闻到、看到、触摸到的直接活动和感觉，来认识事物和学习知识的。现在宝宝开始通过某种经历举一反三了，比如妈妈曾经告诉过宝宝：点燃的燃气灶会烫手，让他不要把手伸到火上，并把宝宝的小手放到燃气灶旁边感受火的热浪。宝宝把这样的经历输送到大脑中进行编码，当宝宝再次看到燃气灶时，即使燃气灶没被点燃，宝宝也会说烫，不敢把手伸到燃气灶上。宝宝开始凭借经验做事了。

宝宝会背诵多少首儿歌，能认识多少生字，能认识多少英文单词，这并不重要，重要的是宝宝有多少见识，有多少生活本领，是否养成了良好的睡眠习惯和饮食习惯。让宝宝尽可能多地接触自然，认识自然，学会分享，与人交流，健康、快乐地成长。

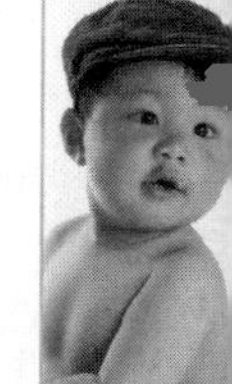

1175 协调注意力的能力

协调注意力的能力，是指宝宝一边与小朋友玩玩具，一边听妈妈讲如何玩，并在妈妈指导下进行练习的能力。宝宝需要听妈妈讲话，看妈妈示范动作，并进行模仿，和妈妈配合，这是宝宝学习知识的基础。如果宝宝缺乏协调注意力的能力，就很难一边听妈妈讲，一边看妈妈如何做，一边按照妈妈的示范去做。

1176 情绪不稳定

这个月龄的宝宝，有时表现得异常乖巧，自己能够和玩具玩很长时间。自己一个人和一大堆玩具，玩得很热闹，嘴里不断说着话，一会儿扮演爸爸的角色，一会儿扮演妈妈的角色，一会儿可能又扮演医生的角色，玩得热火朝天，兴高采烈。

可事情不总是这样，不知道哪一天，也不知道为何原因，宝宝情绪会很糟糕，不喜欢周围的一切，甚至会扔掉平日最喜欢的玩具，还可能会哭闹。遇到这种情形，父母和看护人一定要让自己静下心来，无论宝宝情绪怎样糟糕，都不要表现出急躁情绪，更不能训斥宝宝。不要离开宝宝，要陪伴在宝宝身边，不要站着，最好蹲下来，和宝宝保持一个高度，与宝宝视线在一个水平上，用和蔼的表情看着宝宝。如果你想和宝宝说什么，最好说：宝宝现在心情不好，妈妈理解你，我可以帮助你吗？妈妈就在你身边，随时会帮助宝宝的。

1177 利我与利他

宝宝不再把什么东西都视为“我的”，已经开始学会分享，把自己的东西拿给小朋友玩。但这时的宝宝会表现出矛盾心理，既注重自我，又注重他人；既希望给予他人东西，又希望自己独自占有。

要培养宝宝明确表达自己的感受和感情，帮助宝宝学会接受他人帮助和乐于帮助他人。不可一味地让宝宝谦让，这样做是不妥的。妈妈常常愿意让自己的宝宝高风格，当两个宝宝在一起时，妈妈常常会让自己的宝宝让着小朋友；当发生物品争夺时，常常让宝宝把东西给对方，以此培养宝宝良好品格。妈妈并不总是出于“真心”，其中有勉强自己这样做的成分。这种情况不少见，其实，不是关键时刻，妈妈没有必要去干涉宝宝，让宝宝自己做出决定是最好的。

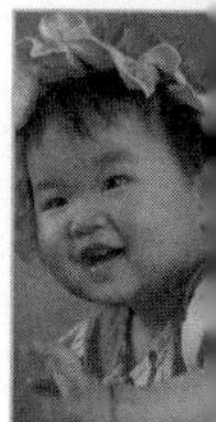

1178 理解位置和时间

这个月龄的宝宝，对“里”和“外”的理解，主要是基于室内和室外的界定，父母或看护人常常会对宝宝说，我们去外面玩，我们回家里玩吧，宝宝把屋子以外的地方都当作外面。宝宝对里面和外面的理解仅限于此。

宝宝要做的事，如果妈妈说明天再做，宝宝似乎能听懂今天和明天的含义。其实，这个月龄的宝宝还不能理解时间概念，也不会推算时间，更不能意识到明天是什么时候。到了明天，宝宝不会记起昨天妈妈说的话，更不能意识到妈妈昨天说“明天再做的事”就是在当下的今天。但宝宝能够明白，妈妈拒绝了这件事。“听话”的宝宝可能会听从妈妈的安排，不再闹着要做这件事了，“不听话”的宝宝可能会因为妈妈的拒绝而哭闹。

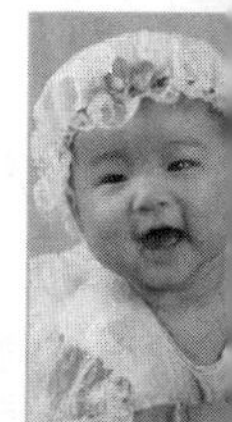

1179 对物品的深入认识

宝宝对父母经常使用的物品会有更深的认识，如同“睹物思人”。比如，爸爸总是打着领带，当宝宝看到另一个打着领带的人时，会叫爸爸。如果妈妈不理解宝宝的意思，会以为宝宝认错了爸爸。其实，宝宝之所以把别人叫爸爸，是因为他在别人身上看到了爸爸也打的领带，想起了爸爸。宝宝或许还想告诉妈妈，爸爸也有这样的东西。这是宝宝记忆和联想能力的体现。

宝宝开始记忆家中东西所放的位置，这有赖

于宝宝对空间概念的理解，有赖于对事物存在的认识。这个月龄的宝宝还不能从概念上理解这些，对家中东西的记忆，主要靠的是熟悉程度和机械记忆。当宝宝真正理解了事物存在的客观性，有了对看不到的东西空间想象力时，宝宝就不会因为看不到妈妈的身影而哭闹不安了。

1180 对所见东西的联想记忆

宝宝记忆力增强，开始记忆事情的经过，并能通过联想表达他的记忆。比如爸爸妈妈总是在双休日带宝宝到动物园或游乐场去玩，宝宝就记住了，当爸爸妈妈都不去上班的时候，就会带他去动物园或游乐场。如果哪个周日没去，宝宝可能会表示疑问。当宝宝还不会运用语言和父母交流时，宝宝不会向妈妈发问：为什么不去动物园呢？但宝宝会有所行动。如果每次去动物园都要带上某种东西，宝宝就会拉着妈妈，把这个东西拿出来。如果宝宝不知道这个东西放在哪里，也不会发问，宝宝就会以其他方式提醒爸爸妈妈要去动物园了。

1181 宝宝没有不好的个性

父母切莫为宝宝的个性而烦恼，淘气的宝宝和不淘气的宝宝都是好宝宝。千万不能让宝宝有这样的感觉：自己的性格天生就有缺陷，这是对宝宝最大的伤害。如果妈妈总是指责一个富有冒险和探索精神、精力充沛的淘气宝宝不是好宝宝，就会使宝宝内心和自己的个性发生冲突，变得不自信，甚至自卑。

父母要尊重宝宝的个性，发现宝宝个性中的闪光点。如果父母接受宝宝的淘气，而不是限制和否定，宝宝就会充满自信和快乐。爱好和兴趣可以后天培养，但个性则难以改变。父母不要试图改变宝宝的个性，而是找到适合宝宝个性发展的养育方法，接受、理解、欣赏宝宝，以父母独到的方法、技巧和领悟养育宝宝。

1182 面对任性的宝宝

任性不是性格不好的表现，而是成长过程中性格形成的一种特殊表现，妈妈要学会引导宝宝。宝宝常常用任性和倔强考验父母的耐性，父母可要经得起宝宝的考验。做了父母的人都更加有耐心，不就是宝宝磨练出来的嘛！

——在超市突然坐在地上大哭，因为他恨不得把超市搬回家；

——在小朋友家把小朋友打哭了，攻击行为多于友好行为；

——把朋友家的东西弄坏了；

——把尿尿在地板上，还用脚踩着玩；

——要吃妈妈没带在身边、暂时也买不到的食物……

这些问题其实都不算问题，因为这么大的宝宝就是这个样子。一切都很正常，父母不需要感到尴尬和发火。

1183 培养宝宝分享快乐

从这个月开始，宝宝逐渐喜欢和小朋友一起游戏了。宝宝仍有很强的“我的”意识，不但对自己的东西不放手，还喜欢“侵吞”其他小朋友的东西。没关系，学会“侵吞”小朋友的东西，就离把自己的东西拿给小朋友分享不远了。培养宝宝良好的品德，要从培养宝宝分享快乐开始。宝宝“侵吞”小朋友的东西，不是品行恶劣的表现，要让宝宝学会和小朋友共同分享食物、玩具和快乐。

1184 和宝宝一起玩

宝宝喜欢做游戏，在游戏中学习，在游戏中掌握本领，在游戏中领悟道理，在游戏中体会快乐。宝宝在成长过程中，不能离开游戏，各种游戏活动陪伴着宝宝一步步长大，父母不要怕耽误时间，一定要拿出时间陪宝宝玩游戏。购买一大堆玩具，把宝宝扔到玩具堆里，父母在一旁做自己的事情去了，不算是合格的父母。给宝宝自己玩耍时间，但不能总是让宝宝自己玩，玩具并不能代替父母与宝宝做游戏。父母参与玩某些玩具，会引起宝宝的兴趣，宝宝才知道如何玩。父母多和宝宝在一起，是对宝宝智能最好的开发。

第四节 饮食、睡眠和尿便管理

1185 按时进餐、节制零食

一日三餐形成规律，消化系统才能劳逸结合。完全控制零食是不现实的，可以给宝宝吃零食，但要控制吃零食的时间，正餐前1小时不要给宝宝吃零食，包括饮料。吃什么样的零食也要有所考虑，不要经常给宝宝吃高热量、高糖、高油脂的零食。餐前半小时以内最好不要给宝宝喝水，以免冲淡胃液，不利于食物消化吸收。边吃饭边喝水不是健康的饮食习惯，如果宝宝喜欢这样，要尽量纠正过来。大多数宝宝都爱吃甜食，甜食吃得过多也会伤胃，最好把甜食安排在两餐之间或餐后1小时。

1186 膳食结构合理

每天不仅吃肉、乳、蛋、豆，还要吃五谷杂粮、蔬菜水果。每餐要求荤素、粗细、干稀搭配合理。肉、乳、蛋、豆类吃多了，会因为富含脂肪和蛋白质，胃排空时间延长，到吃饭时间却没有食欲。粗粮、蔬果吃得少，消化道内纤维素少，容易引起便秘。有些水果过量食入也会产生副作用，橘子吃多了上火，梨吃多了损伤脾胃，柿子吃多了便秘，这些因素都会直接或间接地影响食欲。

1187 烹调有方

食物烹制一定要适合宝宝的年龄特点。宝宝刚刚结束断乳期，消化能力还比较弱，饭菜要做得细、软、碎。随着年龄的增长，咀嚼能力增强了，饭菜加工逐渐趋向粗、硬、整。为了促进食欲，烹饪时要注意食物的色、味、形，提高宝宝就餐兴趣。

绿叶蔬菜洗净后最好放在清水中浸泡三五分钟，万一有残留农药，经过短时间浸泡，可以使残留农药析出。不要浸泡时间过长，以免丢失营养素。绿叶蔬菜中的草酸会影响铁元素的吸收，可以把洗净的蔬菜放在开水中烫一下，把蔬菜放到水中，立即关火，以免破坏蔬菜中的维生素。生肉也这样处理一下，可减少肉中的油脂，利于宝宝消化。

为宝宝烹调食物，最需要提醒父母的是，不能因为宝宝只吃一点点，就凑合，或用水煮一煮就给宝宝吃，这样很容易导致宝宝厌食。吃对宝宝来说不仅仅是为了填饱肚子，宝宝也要品尝食物的美味，也要观赏食物的色泽，色泽漂亮，味道鲜美的食物同样也能引起宝宝的食欲。品尝美味佳肴不是成人的特权。父母不但要尊重宝宝的食量，还要尊重宝宝对食物的品味。

父母几乎都知道宝宝需要少吃盐，这没错。问题是多数父母不是让宝宝少吃盐，而是不吃盐，即使做肉蛋类菜肴也不放盐，宝宝怎能吃得下不放盐的肉蛋呢？！不要把菜做出盐味来，但要做出鲜味来，所以放少许盐就可以，但不能不放盐。

1188 应该降低餐桌高度

家庭餐桌是成人的高度，我们都是把宝宝抱上高高的餐椅，以便能和父母一同用餐。没有人认为这有什么不对，只有宝宝知道这有多么不公平！试想我们和大象一起进餐，为了满足大象的要求，我们被大象抱到一个高脚椅上，和高大的大象一起进餐，我们是否会感到“高处不胜寒”呢？我们会不会因为离开地面而没了安全感呢？宝宝本来就有恐惧感，把宝宝放在离开地面很高的餐椅上坐着，会放大宝宝的恐惧感，带着恐惧

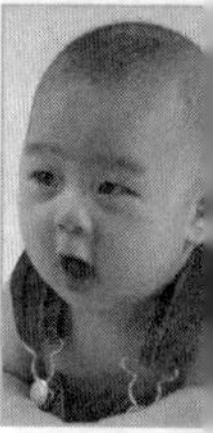

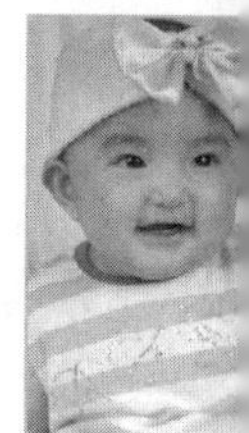
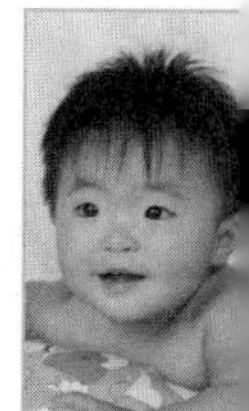

感吃饭，怎么能安心吗？！

给宝宝创造安全的环境和空间是成年人的义务。我们周围的一切几乎都是按成人的规格爱好布置的，但这个世界不仅仅是我们成年人的，还有宝宝。我有一个日本音乐家朋友，家里有正规的餐桌，但大部分时候是成人和宝宝一起坐在一张古典中式“炕桌”旁，宝宝坐在小板凳上，大人席地而坐。这样宝宝才会感到安全放心。父母要给宝宝创造安全空间，让宝宝感受到有属于他的世界。

1189 宝宝点菜谱

偏食的宝宝并不因为月龄的增加而有所改善，可能会越来越偏食，妈妈不要硬逼着宝宝吃他不喜欢吃的食物。宝宝越大，越不情愿听妈妈的摆布，妈妈能做的就是想办法烹调出宝宝喜欢吃的菜肴。这顿不吃某一道菜没关系，过几天再做，把味道改一改，宝宝可能就喜欢吃了。

如果妈妈曾经告诉过宝宝某些菜的名称，当宝宝看到他认识的饭菜时，会说出它的名称，但宝宝还不能告诉妈妈他想吃什么饭菜。现在，不少饭店都实行“看实物或模型”点菜制，妈妈不妨借鉴饭店的做法，让宝宝看你准备好的半成品，点自己喜欢吃的菜。

1190 喜欢像爸爸妈妈一样吃饭

宝宝有极强的模仿能力，父母在宝宝心目中是“英雄”，宝宝更喜欢模仿爸爸妈妈的行为。宝宝喜欢像爸爸妈妈一样吃饭，所以不希望宝宝做的，父母一定不要做。如果父母喜欢剩饭在自己碗里，宝宝也会剩饭的。

这个月龄的宝宝，已经萌发了自我意识，如果妈妈还是一口一口地喂宝宝吃饭，逼着宝宝吃他不想吃的饭菜，让他吃不能够承受的饭量，宝宝就会产生反感，由反感到逆反，最后发展到厌食。

1191 还不能吃固体食物

如果你的宝宝现在还不能吃固体食物，请看医生，排除疾病情况。如果没有疾病，父母什么理由都不要再找了，立即行动起来，勇敢地把固体食物拿给宝宝吃，慢慢地锻炼宝宝吃固体食物的能力，不要怕宝宝噎着。如果再不锻炼，不但不会咀嚼固体食物，也不会吞咽食物。如果没有咀嚼和吞咽的协调能力，会常常呛食，甚至把食物呛到气管中。锻炼宝宝咀嚼和吞咽能力，以及两者的协调能力，不仅仅是为了宝宝的吃，也是为了宝宝的语言发育。咀嚼和吞咽能力的协调，对宝宝语言发育有重要的作用。

1192 生理成熟才能控制尿便

生理成熟是宝宝控制尿便的先决条件，妈妈认识到这一点很有必要。如果你的宝宝没到生理成熟阶段，你所有的努力都可能白费。宝宝生理成熟期并不在一条线上，有的宝宝早些，有的宝宝晚些，成熟期晚的宝宝不等于不聪明。

如何判断宝宝是否到了生理成熟期？没有很客观的指标和标准，凭妈妈的直觉基本上可以判断宝宝是否能够接受尿便训练了。这不是不讲科学，因为就连医生也不能准确地判断，幼儿是否到了可以接受尿便训练的生理成熟期。如果妈妈认为自己没有这个洞察力，更没有这样好的直觉，那也没有关系，不会因为妈妈没有这样的直觉，宝宝就一直不会控制尿便的。妈妈可以用最简单的方法判断：如果宝宝还不接受你的训练，说明宝宝还没到该训练的时候，再等待一段时间。

1193 模仿是控制尿便之道

宝宝喜欢和父母一起上卫生间，父母不要拒绝。女孩可以和妈妈一起上卫生间，男孩可以和爸爸一起上卫生间，也可以让宝宝和哥哥姐姐一起上卫生间。宝宝通过模仿学会排尿便，可起到事半功倍的效果。尽管妈妈没有刻意训练，有大

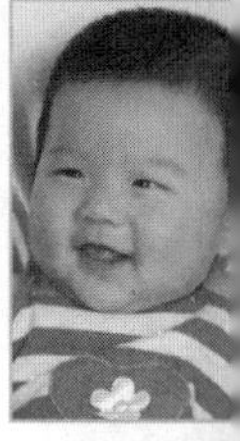

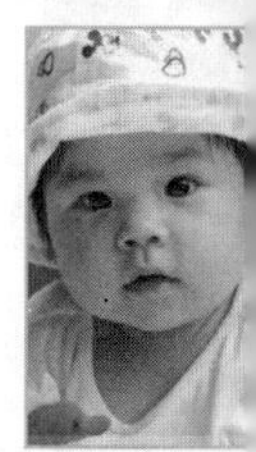

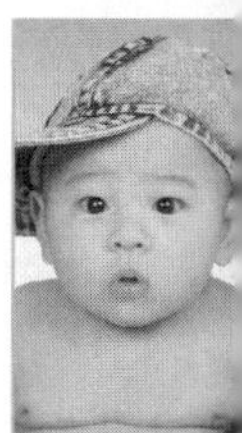
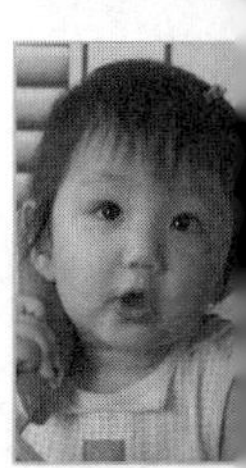
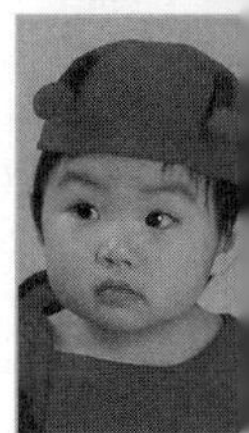

小便时，宝宝可能会自己蹲下来，但宝宝并不是在控制尿便，而是一种自发行为，或看到过妈妈蹲下来，或看到过小朋友蹲下来。上边有哥哥姐姐的宝宝，控制尿便的时间比较早，就是基于对哥哥姐姐的模仿。

1194 培养宝宝喜欢自己睡觉

妈妈对宝宝说："你已经长大了，应该自己睡在小床上，不能再和爸爸妈妈睡在一起了。"聪明的宝宝会反问妈妈："妈妈比宝宝还大呢，为什么不自己睡在一张小床上，却要爸爸陪着睡？"妈妈没有办法回答宝宝的问题，不解释不好，瞎解释也不好。所以，如果妈妈打算培养宝宝独睡一个房间，不要找这样的理由。妥当的方法是：

- 给宝宝的房间布置好，当然要按照宝宝的喜好来布置，大房间并不适合宝宝住，小一点，增加宝宝安全感。让宝宝参观，告诉宝宝这是他自己的房间；
- 给宝宝找个陪伴，可以是一只小熊，也可以是一个布娃娃或者是一个小枕头，给它起个名字，让宝宝哄着布娃娃睡觉；
- 不能让宝宝在漆黑一片的房间睡觉，安装一个3～6瓦的地灯，不影响宝宝睡眠，又能使夜间醒来的宝宝看到室内的东西；
- 宝宝和父母的房门都应该开着，当宝宝半夜醒来，需要找爸爸妈妈时，能够顺利地走到父母房间；
- 深更半夜发现宝宝来到父母房间，或站在那里看着你们，或索性上了床睡在妈妈身边，无论宝宝怎样表现，这时的父母都不该大惊小怪，也不能批评宝宝，把宝宝搂到你的怀里，继续睡觉；
- 如果宝宝总是在半夜三更跑到父母房间，说明宝宝还不能接受独睡，继续让宝宝和父母睡在一起，过一段时间再考虑让宝宝独睡的问题；
- 答应宝宝在父母房间睡，等到宝宝睡着再把宝宝抱回他自己的房间，这不是好方法，这样会让宝宝有不放心的感觉，有可能导致宝宝入睡困难，或在睡眠中噩梦惊醒，还有可能让宝宝对父母产生不信任感；
- 20个月的宝宝不同意独睡是很正常的，如果因为恐惧而不敢独睡，让宝宝回到父母房间是正确的选择。

1195 睡觉前宝宝闹觉

父母白天上班，宝宝由看护人看护，一天见不到父母。到了晚上，如果父母还没给宝宝足够的亲子时间，宝宝就会很委屈。这时妈妈要宝宝上床睡觉，而爸爸妈妈又不睡，那么宝宝"找事"也就在所难免了。父母早出晚归，回到家里，就应该放下手里所有的活计和工作，专心陪着宝宝玩耍。

有的父母说，宝宝和看护人非常要好，根本就不需要父母陪着玩。宝宝和看护人亲是件好事，但再亲也不能代替父母的爱。陪伴宝宝玩耍是父母爱宝宝的不可或缺的方式，父母爱宝宝不仅仅是为宝宝提供吃喝和物质上的需求，还要给宝宝精神上的寄托。陪宝宝玩是和宝宝进行交流的好机会，是对宝宝智能开发的好方法，再忙也要抽出时间和宝宝玩。

1196 最理想的入睡方式

幼儿最好的入睡方式，一种是玩得特别尽兴，表面上看毫无困意，突然头一歪，像小猪一样呼呼地睡过去；一种是偎依在妈妈（或看护人）怀中入睡；还有听着妈妈讲故事，在摇篮曲中入睡。临入睡前，宝宝总会主动找妈妈，往妈妈怀里靠；有些宝宝还会伴随吭吭叽叽、烦躁、哭闹等现象。如果宝宝生病、不舒服、委屈、受责骂、找不到妈妈、环境不舒服等等，都会使闹觉加重。

第五节 季节、意外

1197 春季避免出皮疹

过敏体质的宝宝，春季很容易出皮疹，应从以下几个方面加以注意。

● 谨慎食用容易引起过敏反应的食物，特别是海产品，如壳包肉的贝壳类、螃蟹类、虾类。带鳞的，鳞越多、越厚、越硬，引起过敏反应的可能性越大；鱼皮越厚、越粗糙，越容易过敏。

● 不吃辛辣和易“生火”“生痰”的食物，如辣椒、桂皮、各种香料、桂圆及各类补膳，不吃腌制食品。

● 扬尘风沙天气、飞絮大风（有花粉传播）天气、空气污染天气，不要带宝宝外出。

● 不要带宝宝到新装修的房间。

● 不要使用从来没有使用过的护肤品和洗涤用品。

● 清理地毯、床褥时，要让宝宝到户外，待“尘埃落定”后再抱宝宝回房间。

● 不要让宝宝在地毯或毛毯上玩耍，不给宝宝穿羊毛内衣，戴羊毛帽子，盖羊毛被褥。

● 宝宝一旦出了皮疹，不要随便涂用药膏，应带宝宝看医生，确定皮疹的性质，遵照医生的医嘱给宝宝用药。

1198 夏季预防感染性腹泻

● 吃冷饮要适度，尽量不给宝宝吃冷饮。冷食不但会影响宝宝胃肠道功能，还会影响宝宝牙齿发育。

● 不吃剩饭剩菜，即使放置在冰箱中的，也要慎重。食用冰箱中的剩食，一定要加热透。微波炉对饭菜没有消毒作用，放置在冰箱冷藏室内的熟食不能超过72小时。

● 吃生食要格外注意，洗净农药残留和可能的虫卵，先把菜上的泥土洗净，再用果蔬洗涤剂浸泡一两分钟，用清水把洗涤剂洗净，放在清水中浸泡三五分钟，如果是绿叶蔬菜，最好放在开水中烫一下，但不要在开水中煮。

● 手的卫生很重要，要有效洗手，只用清水冲冲不行，一定要用洗手液把手的各个部位，包括指甲缝都洗干净，然后用流动水冲洗干净，用洁净的毛巾把手擦干。

● 宝宝饮食污染往往不来自宝宝，而是父母或看护人，所以父母和看护人的卫生对预防宝宝感染性腹泻至关重要。

● 一旦腹泻，要带大便去医院化验，不要擅自给宝宝吃抗菌素或其他治疗腹泻的药物，以免因错误使用药物导致腹泻难以治愈。

1199 秋季耐寒锻炼

从秋季开始进行耐寒锻炼，到了寒冷的冬季，宝宝的呼吸道抵抗能力就比较强了。但有喘息史、慢性咳嗽和婴儿期湿疹比较重的宝宝，要注意适当保暖，足部不要受凉，一旦受凉感冒，就有可能诱发喘息、咳嗽，可能整个冬天都不能痊愈。

北方冷得比较早，秋季腹泻流行时间大约在11月就开始了，南方会推迟到来年1月份左右。现在已经有预防秋季腹泻的疫苗，可在流行季节到来前给宝宝接种。宝宝一旦患了秋季腹泻，重要的是补充口服补液盐，只要宝宝能喝，就频繁给宝宝喝，一次喝得不要太多，但要频频地给宝宝饮。如果宝宝伴有呕吐，就要一滴滴往宝宝嘴里滴，可防止呕吐。只要补充足够的补液盐，宝宝就不需要住院输液。秋季腹泻属于自限性疾病，处理得当，一周就会痊愈。

1200 冬季预防呼吸道感染

北方的冬季，常常是户外冰天雪地，室内却温暖如春，尤其是东北三省，安装的都是双层玻璃，房屋外墙也比较厚，非常重视室内供暖设备。所以，冬季室内外温差比较大，由于室内温度比较高，很难保持室内湿度，因为户外太冷，不少父母到了最冷的三九天就不带宝宝到户外活动了。由于室内湿度太低，有利于病毒繁殖，加上宝宝呼吸道干燥，影响了呼吸道纤毛运动功能，黏附在尘埃中的病菌随着尘埃进入呼吸道，引起呼吸道感染。

1201 小哥哥可能造成大危险

父母很愿意自己的宝宝能和大一点的小朋友一起玩，这样父母们就可以松口气，聊聊天了。20个月的欣欣，和5岁的小虎哥哥玩得特别快乐，又跑又跳，说说笑笑，父母们特别高兴。突然工具房传出电钻的声音，小虎爸一声“坏了”，把正在聊天的两位妈妈吓蒙了。工具房里，虎子哥哥把电钻插头插上了插座，钻头飞转，举着向弟弟“打枪”。弟弟也玩疯了，“我也要打枪！”欣欣把手伸向哥哥，要“夺枪”了。虎子爸几乎被这触目惊心的一幕击倒！他立即拔掉插销，紧张得说不出话来。

这是一场没有造成严重后果但非常可怕的意外事故！为什么把电钻放在地上？为什么不锁上工具房门？为什么一切都这样疏忽大意？一个5岁的小哥哥，带着一个1岁多的小弟弟！他们随时都会制造险情，父母们千万不要掉以轻心。

1202 磕磕碰碰很正常

这么大的宝宝会走会跑，很容易磕磕碰碰，尤其容易摔伤膝盖，这都很正常，尽量给宝宝穿过膝的短裤就是了。如果为了安全而限制宝宝活动，总把宝宝放在童车里，是不对的。宝宝本身不是意外事故的隐患，不是一枚定时炸弹。在宝宝周围的定时炸弹是父母的侥幸心理和疏忽大意。

在安全的环境中，宝宝走路、跑步跌跌撞撞，拿东西摇摇晃晃，这是宝宝成长过程中的正常情形，父母不要寸步不离。父母需要做的是给宝宝创造一个安全的活动空间。宝宝磕磕碰碰是难免的事，即使摔倒了，也不会很严重，不能为了所谓的安全限制宝宝的活动。

第九章　1岁9个月幼儿（20～21月）

第一节 体格与体能发育

1203 体重、身高、头围、前囟

1岁以后的宝宝，1年平均增加体重2千克，每个月平均增加不到200克。所以，到了这个月龄，每月测量宝宝体重的意义就不那么大了。21个月的宝宝平均体重在12千克左右。

这个月龄的宝宝，平均身高在86厘米左右，下限值为80厘米，上限值为92厘米。如果你的宝宝身高不很理想，除了喂养因素外，还应考虑其他因素，如睡眠是否充足，户外活动是否足够，营养搭配是否合理，是否有微量元素缺乏等等。家族遗传因素在身高方面占有很重要的位置。

幼儿期头围一年平均增长1～2厘米。满21个月的宝宝，头围平均值48厘米左右，下限值为45厘米，上限值为50厘米。头围的大小与遗传有一定关系。

到了这个月龄，绝大多数宝宝囟门就闭合了，但未闭合的宝宝仍然有。如果只根据宝宝囟门未闭合一项体征，就建议增加或更换维生素D和钙，那是不妥当的，应该做必要的检查。

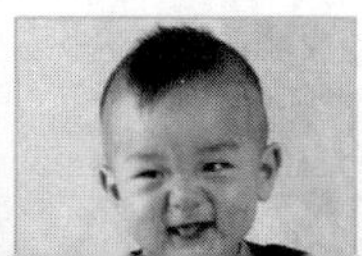

1204 身体比例发生根本变化

身体比例根本改变，宝宝不再像个大头娃娃了，胸廓、头、腹部三围差不多了；腿长长了，脖子也比原来长了，可以穿带领子的衣服了。

1205 完全会跑了

大多数宝宝到了这个月龄都能自由地行走了，有的宝宝不但能由走变成跑，由跑变成走，或由静止变成跑，而且还能够在跑步中停止立定。如果宝宝跑得比较快，突然停下来，可能会站立不稳，向前摔倒。如果你的宝宝还不能从奔跑中突然停止站立，或不能由静止起跑，不能视为异常。有的宝宝喜欢倒着走，但大多数宝宝还不能倒着跑。宝宝在倒着走时，要注意对宝宝的保护，以免摔坏头部。这个时期，可以训练宝宝对奔跑速度和惯性的控制，根据宝宝的运动能力可设定一套由走变跑，由跑变走，以及由走变立定，由跑变原地踏步等训练方法。宝宝走路已经是下意识的运动了，并能在跑步中改变行进方向了。

1206 保持下蹲姿势10秒钟

宝宝早在几个月前已经能够蹲下，并保持短暂的半下蹲状态。到了这个月龄，宝宝能够保持半下蹲状态近10秒钟了。如果正处于夏天，妈妈不再给宝宝穿纸尿裤，宝宝可能会顺便把尿尿出来。妈妈最好告诉宝宝把尿尿在便盆中，随地排尿会给妈妈带来麻烦，还可能给周围人带来不便。

1207 有目的地走

宝宝喜欢走在有图案的地方，在地上铺上带有图案的拼图或画上几条彩色线，让宝宝沿着画线往前走，宝宝会非常感兴趣。这样不但锻炼宝宝走直线的能力，还锻炼宝宝对距离的判断和方位的把握，帮助宝宝辨别色彩，训练宝宝越过障碍物的能力。

1208 原地跳

大多数宝宝会双足并拢起跳。如果你的宝宝能够跳出三五十厘米远，甚至能够跳得更远，体能发育已经非常好了。如果宝宝能够单足跳，说明宝宝体能发育超棒。

一部分宝宝不但能在平地跳，还能从台阶上往下跳，但多数宝宝还不能从平地往台阶上跳。这个月龄的宝宝缺乏安全意识，胆子大的宝宝可能会从比较高的台阶上往下跳。所以，当宝宝从台阶上往下跳的时候，一定要注意保护，以免宝宝摔伤。

1209 上下楼梯

宝宝已经不用扶着栏杆，甚至不用牵着妈妈的手，自己就能够独自爬至少三个台阶的楼梯了，但可能还不会两脚交替着连续上台阶。扶着栏杆或牵着妈妈的手，能够下楼梯，但神情还是比较紧张的。

如果宝宝从来就没有爬过楼梯，到了这个月龄就可能还不会独自上下楼梯。如果父母出于安全考虑，不敢放手让宝宝自己锻炼，总是牵着宝宝的手上下楼梯，到现在宝宝自然也不会独自上下楼梯。宝宝的运动能力与父母是否放开宝宝独自去做有很大的关系。无论你的宝宝是否能够上下楼梯，都不能认为宝宝体能发育落后。

1210 骑儿童自行车

宝宝会坐在车座上，脚踏在脚蹬上，把小车蹬起来。宝宝多大会骑三轮车，与宝宝体能发育没有内在联系。如果宝宝从来没有接触过三轮车，可能一直都不会骑。因为骑三轮车不是天生就具备的能力，需要后天练习。可见，给宝宝创造条件，给宝宝锻炼机会，对宝宝良好发育是非常重要的。

三轮车比较平稳，不容易摔倒，但宝宝刚学的时候，扶不住把，也有摔倒的可能。通常情况

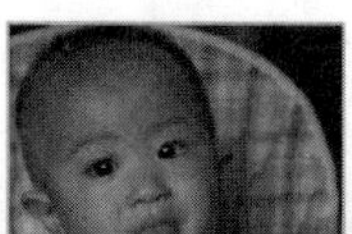
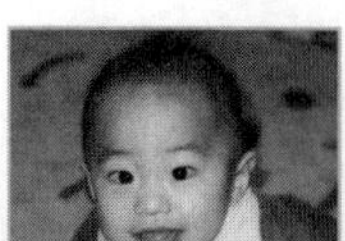
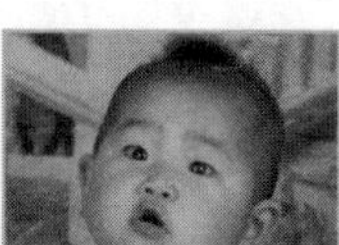

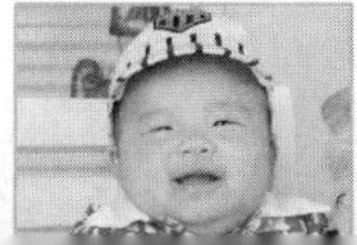

下，即使摔倒了，也不会发生什么危险。但有时恰巧宝宝的手或脚卡在三轮车底下，所以妈妈不要离宝宝太远，如果宝宝摔倒了，可在第一时间内发现，这样可以保证宝宝安全。

1211 会开门、关门了

如果妈妈还想通过把门关上，来阻止宝宝走出房门，恐怕就没那么容易了。宝宝不但会关门，还会开门；即使有旋钮的门，宝宝也会把旋钮打开，有的宝宝还能把门闩打开呢。安装防护门套是保证宝宝安全的措施之一，在母婴用品商店中，有专门的柜台出售各种婴幼儿安全防护装置，包括厨房、卫生间、客厅和卧室里的，如厨房里电插座上的安全防护罩、冰箱门上的防护装置、燃气灶开关防护罩、马桶盖卡、防止门被风刮上时的防夹手夹、尖角家具的防护角等，可根据家中情况选择适合的防护装置。

1212 双手配合搞“破坏”

这个月龄的宝宝，几乎可以随心所欲地使用双手，干自己想干的事情。让爸爸妈妈头痛的是，宝宝那双灵巧的小手，似乎只会做“破坏性”的事情，做“建设性”的事情就显得笨手笨脚了。父母不要为此烦恼，宝宝的破坏能力，正是宝宝创造能力的体现。如果限制宝宝的破坏能力，就相当于限制宝宝的创造能力。父母尽可能给宝宝创造可以让宝宝进行“破坏”的场所和机会，这也是对宝宝进行智能开发的方法之一。把值钱的、不能破坏的东西拿开，宝宝能够触及到的东西最好都是可以破坏的。父母可能会问，这不是培养宝宝破坏东西的坏习惯吗？不必有这样的担心，这个时期的宝宝就该有这样的机会，长大后宝宝就开始“建设”了。

宝宝能双手配合，把不同形状的积木插到相应的位置。这是教宝宝认识几何图形的好机会，宝宝拿着什么形状的积木，妈妈就告诉宝宝那叫什么形状。认识几何图形，是开发幼儿空间想象力的重要方法。

宝宝拇指和其他四指配合，会握住笔了，而不再是大把抓笔。宝宝手的精细活动能力进一步增强，不再把纸撕成小碎片，开始喜欢折纸玩了，会用纸折出各种形状的东西，如飞机、小船等。宝宝能做的、有兴趣做的事情，一定要放开手，让宝宝自己去做，父母不要总是代替宝宝做事，创造机会让宝宝自己动手做事，是对宝宝最好的开发。

宝宝喜欢往容器中放东西，不管什么都愿意把它们装进某个容器中，会把小娃娃、手表等放到水壶里，把沙子放到奶瓶中。如果你找不到什么东西了，不要按照常理想东西可能在什么地方，宝宝可不是按常理做事的。

1213 “左撇子”显露出来了

这么大的宝宝，显示出了是左力手，还是右力手。绝大多数宝宝都是右力手，如果你的宝宝是左力手，就是常说的“左撇子”，没有必要纠正。

第二节 智力与潜能开发

1214 词汇质量大突破

从这个月开始，妈妈会惊奇地发现，宝宝词汇不但在数量上增加迅速，还有了质的突破。以往宝宝所掌握的新词多是他熟悉的人和物品名称——名词，现在宝宝开始掌握名词以外的词了，如热、冷、脏、怕、走、拿、玩、打等。有至少50%的宝宝会说出120～180个词。到21个月时，会说出200个词的宝宝不在少数。在通往2岁生日的这4个月里，大多数宝宝词汇量都有突破性的进步，如果妈妈有兴趣，可以从现在开始记录宝宝每天说出来的新词，看看一周能说出多少个新词，算一算，一个月下来，宝宝增加了多少新词。

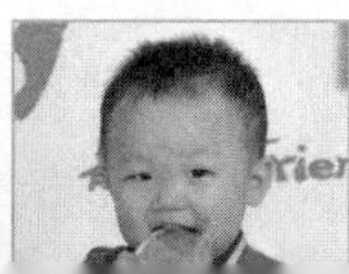

1215 使用句子

到了这个月龄，有30%以上的宝宝，会把不相似的字词组合成一句话，接下来，能把相互间没有相似和连带关系的几个字组合在一起成为一句话，来表达一个完整的意思。对于这个月龄的宝宝来说，说出完整的一句话可不是件简单的事。当宝宝能够这样运用语言时，表明宝宝对母语的理解已经相当到位了。

如果你的宝宝还没有这样的能力，你也不要着急，语言发育也存在着个体差异。有的宝宝直到2岁才开口说话，有的宝宝早在1岁就开口说话了。同样是2岁宝宝，有的已经基本上能够使用母语表达自己的意愿和要求，并和父母进行简单对话，可有的宝宝还处于名词使用阶段。

1216 对语言的理解能力

宝宝对语言的理解能力不断进步，说话早的可以用语言表达很多日常需要。会告诉妈妈他要吃饭、要喝水、要小便、要睡觉。宝宝不是从字面上理解字的含义，而是根据他自己的理解，来使用字词或一句话的含义。如果妈妈说该睡觉了，宝宝就会想到和睡觉有关的一些事情，如床和枕头、脱衣服等。妈妈可能有这样的发现，如果每次带宝宝到户外玩都带上小帽子，当妈妈说“妈妈带宝宝出去玩”时，宝宝可能会马上说“戴帽帽”，他把“出去玩”与“戴帽子”联系起来了。如果宝宝要求妈妈带他出去玩，可能会对着妈妈说“戴帽帽”，宝宝的联想能力，有时连妈妈也理解不了。

1217 喜欢向妈妈发问

宝宝喜欢跟在妈妈身后，问这问那，妈妈可不要烦，宝宝想知道所有他目力所及的事物，这是宝宝强烈的求知欲和探索精神使然，不要打击宝宝的积极性。妈妈不能对宝宝的问题敷衍了事，要认真回答宝宝的每一个问题。当宝宝很认真地问问题时，妈妈也要认真对待，从正面回答，并力求准确，语句简明扼要，尽可能地用宝宝能够听懂的语句。

不拿宝宝的问题当回事，不用心听宝宝的提问，不认真回答宝宝提出的每一个问题，会极大地挫伤宝宝。如果宝宝提出的问题你不能作答，也不能敷衍了事或干脆不理宝宝，而是应该勇敢地告诉宝宝，你也不知道。这时，你要放下手中的活计，查阅书籍或网络，找到正确的答案，再认真地回答宝宝所提出的问题。这样做的好处，不仅仅是你给了宝宝一个正确的答案，通过这样的过程，让宝宝知道，书能够告诉人们知识，让宝宝对读书产生兴趣，培养宝宝的读书习惯和对书的喜爱，培养宝宝阅读能力。良好的阅读能力，是宝宝今后学习知识必不可少的能力。

1218 从1数到10

如果宝宝能够从1数到10，表现真的不错。如果你的宝宝能连续数到几十，甚至几百，那可是值得骄傲的养育成果。如果宝宝只会告诉你他1岁或2岁了，还不会从1数到10，甚至还不会从1数到3，没关系，现在宝宝不会数数，不能说明宝宝智商有什么问题。

妈妈可通过实物教宝宝认识数字，走在路上，可以问宝宝，停在路边的汽车有几辆？让宝宝数一数，他玩的积木有几块？吃饭的时候，让宝宝根据人数拿碗和筷子。宝宝对抽象的数字还没有概念，对数字的理解是基于实物的认识，只教宝宝抽象地数数，不如通过实物让宝宝理解数的概念。

1219 背诵完整的儿歌

宝宝已经能够背诵一首完整的儿歌了。如果你的宝宝只能背诵几句，甚至连一句也背诵不出来，并不能因此而认为宝宝有什么智力问题。有的宝宝很善于思考，不喜欢背诵儿歌；有的宝宝很喜欢朗朗上口的儿歌，教几遍就能倒背如流。

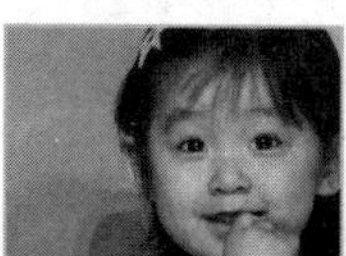

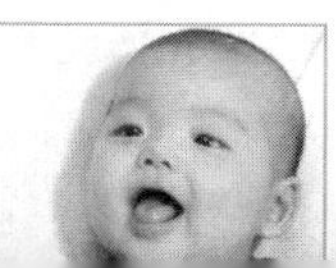

这是宝宝间的差异，不能就此认为哪个宝宝聪明，哪个宝宝愚钝。

不必过多教宝宝背诵儿歌，拿出更多的时间增长宝宝的见识，让宝宝多看、多听、多说、多思考、多动手、多参与、多运动，幼儿大脑神经突触建立起广泛的联系，交织出更多的网络，是幼儿智能开发的基础，灌输多少知识不重要，重要的是要在有限的时间内，让更多的神经相互间建立起联系和网络，这就如同计算机的硬件装备，最好在装备前设定足够的内存条和足够大的硬盘，成品后再升级就没那么容易了。

1220 有了视觉分辨力

宝宝能分辨一些颜色了。如果宝宝还不能分辨出红色和绿色，要想到红绿色盲的可能。红绿色盲是遗传性疾病，多见于男孩，如果你有这样的怀疑，请带宝宝看眼科医生。

宝宝能够分辨出不同的物体，并把相同的物体匹配在一起，这也是宝宝巨大的进步。如果妈妈说，把布娃娃都拿过来，妈妈要清洗一下，宝宝不会把玩具车拿过来。如果妈妈说，把布娃娃和她的东西都拿过来，宝宝会把布娃娃的衣服、鞋子、枕头、被子，连同布娃娃统统都拿给妈妈。

宝宝开始注视镜中的自己。早在几个月前，宝宝就已经知道镜子中和自己一样的小朋友就是自己。现在宝宝不仅知道镜子中的自己，还开始注视自己的“形象”。当宝宝穿上一件漂亮的衣服，戴一顶漂亮的帽子时，就会站在镜子前面打量自己，欣赏自己的美丽。宝宝不但开始欣赏自己的新衣服，还会欣赏自己的身体，如果浴室里有镜子，宝宝洗澡后可能不愿穿衣服，对着镜子照来照去的。

如果发现宝宝两只黑眼球不对称，不用着急，这么大的宝宝还不能完全调节眼球的位置。如果宝宝注视某种东西，特别是电视画面，可能会有几分钟两只黑眼球不对称（妈妈管这叫“对眼”）。大多数宝宝2岁后才能很好地调节眼球运动，“对眼”消失。

1221 回忆见到过的物品并分辨不同

记忆物品

宝宝已经能记住他曾感兴趣的事物。如果爸爸让宝宝玩过手机，第二天，宝宝见到爸爸就会想起手机；如果爸爸不给，宝宝可能就会以哭来达到目的了。因此，不能让宝宝玩的东西，千万不要心血来潮给宝宝玩，比如打火机。

分辨不同

宝宝能够区分物品的大小，比较出不同物品的差别。妈妈说“把大皮球拿来”，宝宝就不会拿小皮球；妈妈说“把布娃娃拿来”，宝宝就不会拿塑料娃娃。这是不小的进步，宝宝不但认识了物体的外观，还能区别物体的材质了。

盯着看

宝宝盯着看的次数减少了，但盯着看的时间却延长了，这是因为宝宝注意力时间延长了，探究事物秘密的兴趣大了，“想看个究竟”是宝宝的目的。当宝宝目不转睛地盯着看的时候，父母和看护人不要打搅，让宝宝有个连贯的观察、思维过程，这有助于宝宝注意力时间的延长。

1222 辨别男声和女声

宝宝对听到的声音开始敏感起来，能够辨别电视或广播中说话的声音，是阿姨（女声）还是叔叔（男声）。开始通过听，接受妈妈的指令，而过去是在听的基础上，要看到妈妈的肢体语言，才能理解妈妈的指令。听妈妈说话的语音和语调，就可以判断妈妈是高兴，还是生气，无需再看妈妈的表情。听到汽车驶过的声音，会告诉妈妈汽车；听到小狗叫声，宝宝知道一定有小狗在他周围。

1223 模仿声音

宝宝更喜欢模仿爸爸妈妈说话的语气和语调，如果父母总是用和蔼的口气说话，宝宝说话的语气通常会很平和。如果爸爸对妈妈总是粗声

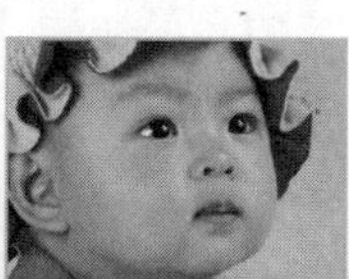

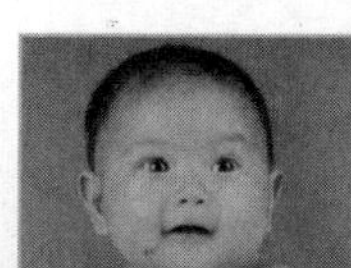
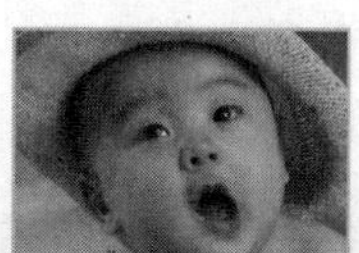

粗气地说话，妈妈对爸爸也是没好气地回敬，宝宝很难和颜悦色地说话。父母是宝宝第一任老师，父母对宝宝潜移默化的影响，胜过遗传。

1224 音乐喜好

宝宝对音乐有了自己的喜好，有的喜欢节奏感强的音乐，有的喜欢比较抒情的音乐；性格奔放外向的多喜欢高昂欢快，富有节奏感的乐曲；性格娴静内向的多喜欢舒缓优美，涓涓流水般的乐曲。但也有的宝宝，看起来很娴静内向，却喜欢热烈的乐曲。

喜欢什么样的乐曲是很个人化的，找不到客观理由，仅仅是喜欢而已。让宝宝多听、多欣赏音乐，是非常重要的潜能开发。每个宝宝都有可能成为音乐家，不要因为父母没有乐感，对音乐不感兴趣，就认为宝宝没有音乐细胞，因而忽视对宝宝音乐的培养。

1225 辨别声源

辨别声音来源（声源）也是听力上的技巧，宝宝早在两三个月时就能够辨别声源了，只是当声源偏移角度小于30度时，宝宝就辨别不出差异了。到了七八个月时，声源仅偏移20度，宝宝就能辨别出声源是来自不同方向的。现在，宝宝几乎可以辨别出相差5度的声源偏移，基本上接近成人的能力了。

1226 用感官探究事物

如果电视画面中出现令人悲伤的场景，宝宝也会收敛笑容，甚至会陪电视里的人物哭起来。宝宝不是被吓哭的，而是通过自己的感官，感受到了悲伤。宝宝的情感世界开始丰富起来，视、听、闻、味，都是宝宝探究事物的感官工具。

1227 “我的”意识减弱

宝宝有了“我的”意识，说得最多的是“我的”或“这是我的”，这不意味宝宝自私，而是自我意识的形成过程。处于这个时期的宝宝，你很难从他的手里拿走他喜欢的东西。随着宝宝自我意识的完善，不再把所有的东西都看成是自己的了，如果告诉他，那是小朋友的东西，宝宝很有可能主动把手中的东西递给小朋友。这也是宝宝学会与人分享快乐的开端。

当宝宝常用“我的”说话时，说明宝宝开始注意所属权了，宝宝开始认识某些东西有特定的所属，比如妈妈的鞋子属于妈妈，爸爸的领带属于爸爸，妈妈是不能戴的；如果妈妈把爸爸的领带戴上了，宝宝会直接告诉妈妈那是爸爸的领带。

宝宝意识到玩具是属于他的，就开始“爱护”自己的玩具了。谁要是拿了他的玩具，或在什么位置发现了自己的玩具，他会拿起来，放到自己的玩具堆里。宝宝会把玩具拆卸得七零八落，表现出对玩具“爱心”不足，但事实上宝宝是通过破坏性工作，探索其中的奥秘。

1228 开始亲近妈妈以外的人

宝宝最亲近的人是妈妈，1～2岁宝宝特别依恋妈妈。但快到2岁时，除了继续依恋妈妈外，也开始亲近其他人。经常照顾宝宝生活起居的看护人、爸爸、爷爷、奶奶、姥姥、姥爷，家里的兄弟姐妹和周围的小朋友，如果对他表示友好，他会很高兴地和周围人玩耍。如果对他不表示亲近，或不经常和他在一起玩耍，他也不会主动发展密切关系。在人际交往上，宝宝还处于被动状态。

1229 “绘画大师”

宝宝已经能画出近似的水平线、垂直线和弧形线，喜欢画小动物等自然界中的实物。宝宝画的几乎都是“象形画”，但我们几乎猜不出宝宝

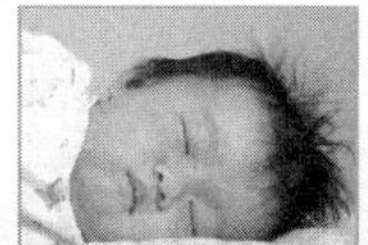

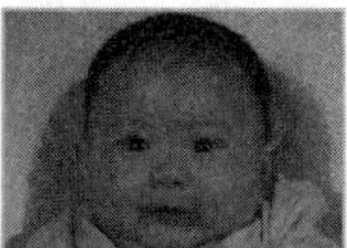

杰作的内容。如果宝宝告诉你他画的是什么，我们就会恍然大悟，越看越是那么回事，并由衷赞叹宝宝的能力。宝宝对事物的看法和想象力，有时真的令我们惊叹不已。好像有一句名言，只有在绘画领域，宝宝的涂鸦之作，直接就是大师的作品。

果果画了一个大黑苹果，妈妈问，苹果怎么是黑的啊？果果很认真地说，苹果烂了。原来，放在纸箱子里的苹果烂了几个，奶奶把烂苹果挑出来放在地上，果果蹲在那里看着，奶奶一边挑着，一边嘟囔着，看苹果烂的，都黑了。果果记住了奶奶的话，把他亲眼看到和亲耳听到的都画在纸上了，这也是幼儿语言的一种表达方式。

1230 自己穿鞋脱衣服

宝宝会自己脱鞋了。宝宝不但会脱鞋，还特别愿意脱鞋，最喜欢光着脚丫满地跑。如果家里是地毯或木地板，随便让宝宝跑好了；如果是瓷砖或石材地面，宝宝脚底受凉可能会引起感冒或腹部不适，给宝宝穿一双稍厚的棉袜。

这么大的宝宝不但喜欢脱鞋，还喜欢脱袜子；给他穿几次，他就会脱几次。有的妈妈干脆不给宝宝穿或穿袜筒比较长的，并把袜子掖得紧紧的，防止宝宝脱掉，或给宝宝穿带系鞋带的鞋子，以免宝宝脱鞋脱袜子。大可不必这样，宝宝脱鞋脱袜子也是一种锻炼，没有学会脱鞋脱袜子，也就很难学会穿鞋穿袜子。

宝宝还分辨不出哪只鞋穿在左脚，哪只穿在右脚，把鞋子穿反很正常。妈妈无论告诉多少遍，宝宝都不会在短时间内分辨出左右；即使穿对了，也是概率问题，因为只有两种可能，或穿反了，或穿正了。不必为宝宝总是把鞋穿反而着急，到时候宝宝就能分辨出左右鞋子了。

有30%的宝宝会脱衣服了，但如果衣服纽扣比较复杂，宝宝就很难完成。对于这个月龄的宝宝来说，系带、扣纽扣、拉拉链等操作，都不容易完成，摁扣、粘贴相对比较容易些。

1231 鼓励宝宝做家务

宝宝喜欢模仿爸爸妈妈的样子学做家务，如用扫帚扫床扫地板，用墩布墩地，帮妈妈洗菜，爸爸妈妈做的，宝宝都想试一试。要鼓励宝宝去做，如果父母不让宝宝“添乱”，等宝宝长大了，已经没了帮妈妈做家务的兴趣，那时再着急、再唠叨可就晚啦。

宝宝每做一件事，每完成你布置的一项任务，都不要忘记表扬宝宝，多赞赏不会让宝宝骄傲自大，夸奖带给宝宝的是兴趣和自信。

第三节 饮食、睡眠

1232 喝奶问题

尽管宝宝已经到了离乳期，一天吃三顿正餐，但并不意味着宝宝再也不需要喝奶了。幼儿配方奶、鲜奶、酸奶、奶酪以及其他奶制品，每天仍应食用。建议每天喝300毫升左右的配方奶或鲜奶，也可喝125～250毫升的酸奶，或吃一两片奶酪，代替部分配方奶。要根据宝宝的喜好，选择不同的奶制品。

如果宝宝仍然像原来那样，每天都喝一定量的配方奶，并不厌烦，那就给宝宝这么喝下去好了。如果宝宝只愿意喝酸奶，不愿意喝配方奶或鲜奶，暂时先让宝宝喝酸奶也无妨，过一段时间再尝试着给宝宝喝配方奶或鲜奶。如果宝宝只愿意吃奶酪加面包，也可以用鲜奶片代替奶酪。如果宝宝什么样的牛奶都不喜欢吃，建议试一试羊奶制品。

1233 饭量问题

饭量存在着个体差异。即使同一个宝宝，在不同的生长发育阶段，同样存在着一定的差异。妈妈千万不要认为，随着月龄的增加，宝宝的饭

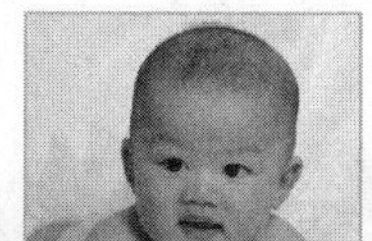

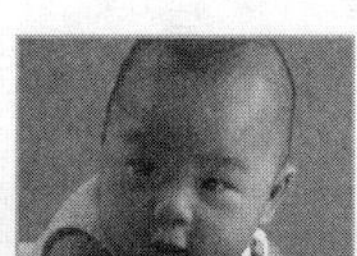

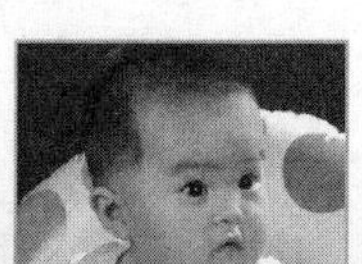

量会越来越大，所需的营养物质越来越多。宝宝的饭量和所需营养物质，不可能无止境地增加下去，相反，21个月的宝宝不如15个月时能吃，也是常有的事。

“猫一天，狗一天”，这说法仍然适合这么大的宝宝。昨天一顿吃满满一碗，今天却半碗也吃不下去。尊重宝宝对饭量的选择权，是善解人意而又明智的父母。宝宝吃饭是否香甜，是否有兴趣，是否踏实和安心，是否能够愉快进餐，这些要比吃多少更有意义。

1234 控制尿便的完整含义

说宝宝能控制尿便了，不是一个含混的概念，它包含以下宝宝能够做到的行为：

——宝宝有尿便时，能告诉父母；

——排尿便时，能自己脱下裤子；

——能准确地坐在专为宝宝准备的便盆上；

——尿便完毕后，能独自提上裤子，并把裤子穿好；

——能到卫生间排尿便；

——能坐在卫生间便池上；

——能放水冲净排出的尿便；

——大便完毕，能自己把屁股擦干净；

——能控制夜尿；

——尿便完成后，能主动把手洗干净。

很少有妈妈把宝宝控制尿便的问题，这样详细分解过，总是笼统地说宝宝能控制尿便了。当听到有的妈妈说“宝宝能控制尿便了”，自己就着急了，“为什么我的宝宝还不能控制尿便”！显而易见，这有点像“盲人摸象”，不同的妈妈在按照不同的标准，判断自己的宝宝是否控制了尿便。标准不同，判断自然不同。

1235 正确看待宝宝睡眠问题

宝宝睡眠其实根本就没有问题，所谓问题，几乎都是爸爸妈妈强加给宝宝的，诸如宝宝睡觉为什么总翻身，为何每晚睡觉时都哭几次，宝宝边睡边吃怎么办，宝宝趴着睡，睡眠质量差怎么办，宝宝为什么从不倒头就睡……

首先看看父母自己的睡眠是否正常，是否有良好的睡眠习惯，这比盯着宝宝的睡眠要有意义的多。父母也有一种潜意识，那就是“自我免责”，好像宝宝的问题都是宝宝自己“创造”的，而父母只是正确的化身，是检察官。还是先检查自己吧，宝宝是无辜的。

第四节 季节护理和预防意外

1236 春季护理重点

其他章节中“不同季节护理要点”，对这个月龄的宝宝也适用，这里就不重复了，只强调几点：

- 过敏性鼻炎。春季柳絮漂浮，也常有扬沙天气。有哮喘家族史的宝宝可能会流鼻涕，这不是感冒，只是对柳絮或扬沙天气过敏。不要动辄吃感冒药，可在医生指导下服用抗过敏药物。
- 夜眠不安。如果宝宝冬季户外活动时间少，也没有正规服用维生素AD，春季宝宝接受日光照射多了，由于紫外线的作用，生成了较多的骨化醇，促进了钙向骨转移，可能会引起暂时性血钙降低，宝宝可能会出现夜眠不安，要给宝宝补充两周的钙剂。
- 桃花癣。宝宝可能会长桃花癣，就是面部皮肤出现白色斑块，不高出皮肤，不是“蛔虫斑”，不需要吃驱虫药，抹点橄榄油对消除桃花癣有帮助。

1237 夏秋冬季护理重点

这么大的宝宝非常喜欢在夏季嬉水，带宝宝游泳是非常好的运动项目，不但能锻炼体能，还能增强心肺功能，提高抵抗力。需要注意安全，防止宝宝溺水，父母要学习溺水急救方法。避免

蚊虫叮咬是防止传染病的有效方法，尤其是乙型脑炎（大脑炎），最安全的防蚊措施是使用蚊帐。

家族中有哮喘病史或宝宝有喘息性气管炎和哮喘病史，进入秋季不要让宝宝着凉感冒，感冒是引起宝宝喘息的主要原因。

居住在北方的宝宝，冬天最大的问题是由于室内外温差太大不能保证户外活动时间。护理的重点是，每天都坚持到户外活动，慢慢适应天气的变化，等到寒冷到来时，宝宝就能适应了。如果宝宝轻微感冒，不要停止带宝宝做户外活动。

1238 意外事故月月防

宝宝除了睡觉，几乎是在不停地运动着，摔伤也是难免的事，一次也没受过伤的宝宝实在不多见。没有哪位妈妈会忍心宝宝受伤，宝宝摔伤完全出乎意料，妈妈就不要责怪自己了。因为妈妈的情绪对宝宝影响深刻，如果妈妈总是小心翼翼服侍宝宝，过分保护宝宝，宝宝就会有被禁锢的感觉，不利于宝宝健康成长。给宝宝创造安全的活动空间，是父母应该做的，但万不可因为宝宝受伤一次，就让宝宝失去自由自在玩耍的乐趣。

第十章　1岁10个月幼儿（21～22月）

第一节 体格和体能评估

1239 体格评价指标

父母对宝宝体格发育的评价，主要是根据身高和体重的测量结果。从医学角度讲，体格评价实际上是一个系统问题，评价时要考虑年龄、性别、地区、时间等因素。体格评价的指标也包含很多内容，身高、体重、坐高、头围、胸围、上臂围、大腿围、小腿围、皮下脂肪等。根据检查的目的，还可能有肩宽、骨盆宽、骨骼等。另外还有某些功能性的指标，如肌张力、肺活量、血压、脉搏以及实验室检查项目。

父母对宝宝体格发育的关注重点是身高、体重，其他指标则需要儿童专业保健人员进行评价。通常情况下，医生根据身高、体重、头围、囟门四项指标，来初步判定宝宝生长发育情况。这四项指标操作简便，易于观察，尽管不能全面反映宝宝的生长发育情况，但足以帮助我们了解宝宝发育的大致情况。如果这四项指标不正常，则需要进一步检查，并进行专业评估。

1240 乳牙出全

到了这个月龄，宝宝可以长16～18颗乳牙了，但有的宝宝可能仅长10颗左右乳牙。乳牙生长存在很大个体差异性，妈妈不必着急。通常情况下，2岁半左右乳牙出齐，但有的宝宝直到3岁才能长全20颗乳牙。而最后一颗乳牙的脱落，要等到12岁才能完成。

妈妈要注意保护宝宝的乳牙，乳牙是恒牙的基础，乳牙期的蛀牙，不但会给宝宝造成相当大的痛苦，还会影响以后恒牙的生长。不要因为乳牙早晚要被恒牙取代，就忽视对乳牙的保护。乳牙对宝宝的健康意义重大，没有健康的牙齿，不但会引起咀嚼障碍，还会影响正常发音。

这个月龄段的宝宝有着强烈的模仿欲，这正是培养宝宝刷牙的最佳时期，父母要以身作则，饭后用清水漱口，早晚要刷牙，还要定期到口腔科进行牙齿健康检查和保健。

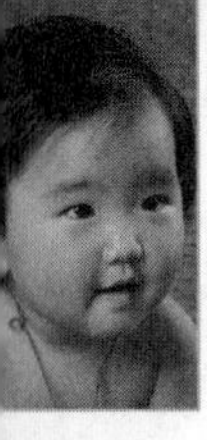

1241 牙齿生长发育规律

牙齿生长发育经历四个阶段：发生、发育、钙化、萌出。牙齿的生长发育，是长期、连续性的，同时又有阶段性。

——宝宝的乳牙胚，早在胚胎7周就开始形成，到胚胎10周，所有的乳牙胚都已经形成了；

——2岁半左右基本完成乳牙的生长；

——乳牙从6岁开始逐渐脱落，直到12岁，所有乳牙全部脱落，代之以恒牙；

——恒牙胚早在婴儿3～4个月的时候就开始形成了，直到幼儿3～4岁时完成；

——恒牙从6岁开始生长，12岁左右基本替换掉所有的乳牙。

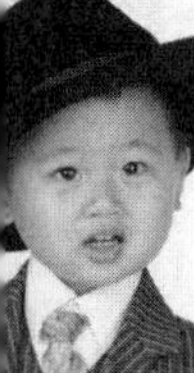

1242 牙列间隙

宝宝长出不少乳牙了，可牙与牙之间有裂缝，不是一个紧挨一个，每个牙之间都有一条缝隙。这样的情形，需要做牙齿矫正吗？不需要。乳牙时期，牙齿间有缝隙是正常的，不需要医治。恒牙时期，儿童牙齿排列不整齐，咬合关节错位，有牙缝，是应该尽早做牙齿矫正的。

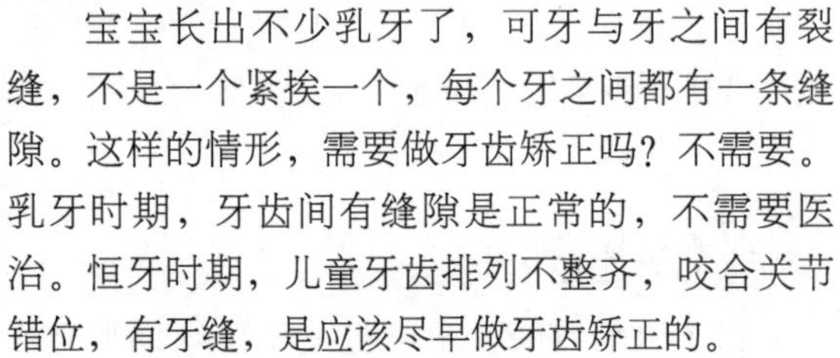

间隙型乳牙列的发生率高达70%～90%，无间隙型或闭锁型乳牙列所占比例很少。根据乳牙列间隙位置不同，分为灵长间隙、发育间隙和混合间隙三种类型。

- 灵长间隙，在灵长类动物中大多都能见到，故名；
- 发育间隙，牙与牙之间随发育而出现的间隙；

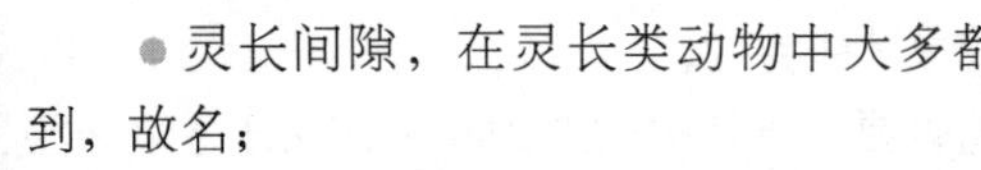

- 混合间隙，灵长间隙和发育间隙同时存在，发生率最高。

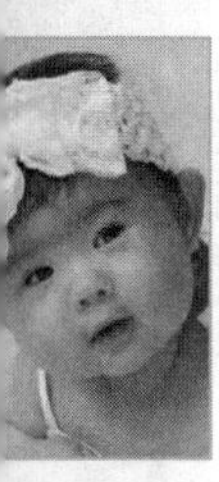

乳牙间隙不需要医疗干预。乳牙列间隙为什么发生率这么高，一定有它的道理，就是说这可能有生理意义，尽管这方面的研究还比较薄弱，但可以肯定，如此大的发生率，一定有正面的意义。有学者认为，间隙型乳牙比无间隙型乳牙更有利于恒牙的正常排列，利于恒牙咬合功能的正常形成。

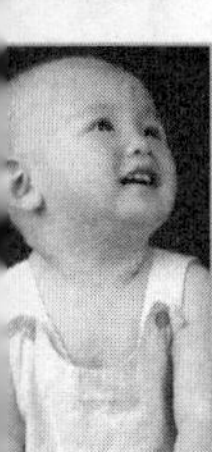

1243 自如自在地跑

能够自如自在地跑步，跑跑停停，并学会了奔跑。宝宝会借助不同高度的物体爬向高处，拿到他要的东西。所以妈妈不能再像以前那样，按照宝宝在平地上所能够到的高度，或蹬一个小板凳的高度，放置让宝宝够不到的物品了。宝宝开始喜欢蹦蹦跳跳的游戏，可在地上画不同距离的线，让宝宝跳格子，和宝宝做乌龟和兔子赛跑的游戏，锻炼宝宝蹦跳的能力。

1244 从高处跳下来

宝宝有胆量，也有能力从高的物体上跳下来。所以，只要是宝宝能够上去的地方，宝宝都有可能勇敢地往下跳。这是引起宝宝从高处摔下的危险因素之一，父母要充分考虑到这点。当宝宝爬高时，要嘱咐宝宝不能从过高的物体上跳下来，会摔伤的。如果让宝宝练习从高处往下跳，最好在地板上放置软垫。

1245 还不能拔高跳

通常情况下，这么大的宝宝还不能拔高跳。运动能力非常强的宝宝可能跳上10厘米左右的高度。如果宝宝不具备这个能力，不必训练，因为从低处往高处跳，很容易被高出的台阶或物体绊倒，把门牙磕掉可是令人伤心的事。

1246 原地跳远、抬脚踢球

如果宝宝上个月就能够原地起跳了，这个月可能又长了新本事，已经不仅仅是原地起跳，还能原地跳远了。如果上个月就能原地跳远了，这个月会跳得更远。运动能力强的宝宝，可能会在奔跑中向前跳。

宝宝站在原地，抬起脚把球踢出去，对于这

么大的宝宝来说可不是一件容易的事情。果果体能发育很好，1岁半就能在海滩上抬脚踢球了，那姿势还挺像普拉蒂尼罚任意球。

1247 自由上下楼梯

宝宝已经能够自由上下楼梯，但上下比较陡峭的楼梯，最好还是牵着宝宝的手。宝宝腿的长度可能还达不到一步一个台阶，平衡能力还在发展和完善中。陡峭的楼梯，或阶梯跨度比较大的，宝宝在下楼梯时有滚梯的可能。有的宝宝可能横着一个台阶一个台阶地下，不能就此认为宝宝运动能力落后。有的宝宝直到2岁半才会自由下楼梯。

1248 弯腰捡物

上个月宝宝可能就会弯腰捡东西了，但蹲下捡东西会让宝宝感觉更安全，所以宝宝多采取蹲下的办法，捡起地下比较小的东西。现在宝宝没这样的担心了，因为宝宝已经能够自如地弯下腰来捡东西，而不至于向前摔倒。

1249 和父母玩传球

宝宝能够按照妈妈所指的方向，把手中的球扔出去，偶尔也能接住妈妈轻柔抛过来的球。如果宝宝具备了这两个能力，爸爸妈妈就可以和宝宝玩传球的游戏了。但这个月龄的宝宝还不能按照妈妈所指的方向，把脚下的球踢出去。

1250 从坐的地方站起

宝宝可以从坐的地方站起来，宝宝或许会在起来之前把两只手放在膝盖上，或把身体略向前倾，或许不借助任何帮助，很容易地站立起来，这时的宝宝很少因为平衡不好而摔倒。但是，性情急的宝宝可能会因为动作快而突然摔倒，但并不能因此而认为宝宝运动能力差。

1251 保护积木“杰作”

宝宝能够用积木搭建他想象的房子、火车、汽车，或其他见过的物体。几个月前，宝宝搭完积木，会立即毁掉“杰作”，欣赏积木倒塌那一刹那带来的刺激。现在宝宝截然不同了，他开始保护自己的“杰作”，开始珍惜自己的劳动成果了，这是宝宝学会自爱的萌芽。

1252 使用剪刀

宝宝开始练习使用儿童安全剪刀来剪纸。如果宝宝学会了使用剪刀，家里的物品可能没了安全保证，在无人发现的时候，宝宝可能会用剪刀剪书，能力强的宝宝可能还会剪自己的衣服或被单。不过，这么大的宝宝还不会把衣服、被单、桌布剪出一条大口子。

1253 玩橡皮泥

宝宝开始对橡皮泥产生浓厚的兴趣，用彩色橡皮泥捏各种不同形状的物体，但宝宝还不能捏出实物样的物体，只是凭着自己的想象，捏出成人猜不出来的物体，宝宝通常会告诉你他捏的是什么。

1254 手指持笔画画、写字

宝宝握笔写字、画画的姿势已经很标准了，宝宝最喜欢画的是太阳和太阳放射出来的光芒。现在还不是教宝宝画画的时候，让宝宝尽兴去画好了，想怎么画就怎么画，没有必要手把手教，父母需要的是给宝宝准备足够的笔和纸。

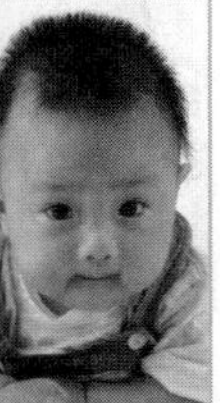

第二节 智力和智能评估

1255 理解与联想

宝宝开始理解妈妈的语言，产生联想并做出相应动作：妈妈说吃饭了，宝宝会主动坐到餐桌旁；妈妈说去幼儿园了，宝宝会拿上自己的小书包；妈妈说要出去玩了，宝宝会带上自己想带的东西。

但这么大的宝宝，对妈妈的话并不总能产生相关联想。妈妈要帮助宝宝想到应该做的事，宝宝没想起来，妈妈最好提醒一下，而不要默默代劳。默默代劳，宝宝小的时候没什么问题；上幼儿园了，问题就开始显现出来了；宝宝上学了，问题就严重了。宝宝不知道自己应该干什么，而父母也不知道宝宝需要干什么。老师告诉学生要怎样怎样，父母能整天陪着宝宝上学吗？所以从现在开始培养宝宝语言联想能力，意义深远。等宝宝长大了，如果没有养成良好的自律习惯，父母可就有操不完的心了。

1256 看图说话

宝宝会看着图画书讲故事，其实更接近看图编故事。因为宝宝所讲的故事，情节常常与画书上的不相符。宝宝对图画的理解不同于成年人，宝宝会用更加自然、纯真的眼光去观赏图画，理解含义，而成人更加现实。

看图说话是这个月龄段宝宝学习的重点。实际上宝宝什么也不看，也能凭借自己的想象，编出故事来。现在该轮到父母当听众了，如果父母能够做一个忠实的听众，就是对宝宝最大的支持和鼓励。当宝宝讲他的故事时，父母要抱着极大的热情去聆听，学会聆听宝宝的声音，是父母的必修课。许多父母没有耐心，总是说“嗨嗨嗨，说错了”，殊不知自己不够谦虚，用成人的眼光遮盖了童心的世界。长此以往，宝宝会失去兴趣，失去信心。父母的谦虚，会带来宝宝心智的健康成长，这种关联，要特别注意。

1257 接受标准语言

宝宝喜欢父母怎么对他说话呢？

- 一字一句，语音清晰；
- 更喜欢听妈妈说话，因为妈妈音调高，语句显得清晰；爸爸和宝宝说话时，要尽量提高音调；
- 喜欢爸爸妈妈说话重复几遍，因为内容陌生，多次重复可帮助宝宝尽快熟悉语言并学会运用；
- 希望爸爸妈妈用简短的话语和他说话；
- 把句子简单化，尽可能多用名词；
- 最好用一般陈述句和肯定句；
- 不喜欢父母枯燥地教他说话，喜欢结合当时的情景。

1258 叫出熟悉的小朋友的名字

宝宝能够叫出他熟悉的小朋友的名字，这是宝宝与人交往能力的又一进步。当宝宝离开他所熟悉的小朋友时，偶尔也会叫出那个小朋友的名字。随着宝宝对周围小朋友的熟悉，宝宝渐渐融入幼儿社会。

接纳小朋友，和小朋友友好相处，和小朋友一起玩耍，一起游戏，一起辩论，是宝宝走向社会的重要环节之一。不要因为怕把家搞乱、弄脏而拒绝其他小朋友来家里玩；不要怕宝宝吃亏而干涉宝宝间的“争斗”；不要担心带宝宝到朋友家做客，宝宝不听话。你的宝宝可能把人家的糖果都装进了自己的衣兜，这有什么可脸红的呢？

1259 用语言拒绝爸爸妈妈的要求

这个阶段，宝宝最常说的，可能是“不”“我不要”“我不要吃”“不睡觉”“不洗脸”……宝宝想拒绝爸爸妈妈所有的要求，除非爸爸妈妈的要求，是让宝宝感兴趣的事情。如果妈妈要带宝宝出去玩，宝宝会很快答应；如果妈妈让宝宝睡觉，尤其是睡午觉，可就没那么容易了。

这可不是宝宝成心气人，他是在用这种方式体会着“自主”的价值，认识着自己生存的价值。如果宝宝没有机会体会，没能认识到生存的价值，怎么能珍惜生命呢？人生的价值不是长大后才开始认识的，它是一个认识过程，从小就开始的。我们常为长大的宝宝发生人生价值偏移而心急如焚，其实宝宝小的时候，也许就开始偏移了，只是父母没有发现，没能及时纠正和施以正确引导。或许有的时候，父母给宝宝潜移默化的影响就不是很好，这能是宝宝的过错吗？

1260 声情并茂地使用语言

随着语言能力的提高，宝宝的发音开始丰富起来，会模仿其他人的语音语调，会通过语调表示发怒和伤心，会通过语音表示出兴高采烈，能够声情并茂地使用语言，会学爸爸的咳嗽声，会哼哼一两句歌词。

语言的表达形式，能够充分反映人的情绪。正面情绪的人，说起话来总是声情并茂，激昂文字；负面情绪的人，语言常常是低沉的。宝宝常常大声喊叫，这不是有负面情绪，而是在表达激动不已的心情。

1261 词汇量

大多数宝宝掌握了200～300个词汇，有一半宝宝会使用300个以上词汇，有大约半数宝宝会使用3～5个字词组成的句子。多数宝宝能够用说话的方式交流信息。这时，父母对宝宝最好的鼓励就是耐心聆听宝宝在说什么，并认真回答宝宝提出的问题。有大约一半以上的宝宝懂得了“我”和“我们”的不同，妈妈可以帮助宝宝举一反三，理解“你”和“你们”的不同，“他”和“他们”的不同，使宝宝掌握比较抽象的复数和单数的不同，进一步理解数的概念。

1262 每天给宝宝读书

每天抽出10分钟的时间给宝宝读书，对培养宝宝的阅读能力有很大帮助。选择幼儿读物，应注意以下三点：

- 不要给宝宝购买过多的幼儿读物，应少而精；书多了，会让宝宝对书没了感觉，少而精会让宝宝对书产生兴趣和记忆；
- 给宝宝看的读物，要力求画面清晰，颜色纯正，图案简洁明了，主题突出，要大开本，而非小开本，能让宝宝一目了然。
- 为宝宝读的读物，主要在宝宝入睡前给宝宝读，力求故事情节能吸引宝宝，短小精悍，富有童趣，趣味性要浓，而不是知识性浓。

1263 宝宝对语言的整合能力

宝宝的语言能力，并非全部来自理解和模仿。如果宝宝的语言全是模仿父母和周围人的，那宝宝说的话就应该和父母的差不多。但事实上，宝宝说话有其自己的特点，无论是从说话内容、说话方式和语气上，都有他自己的特点。

儿童确实有自己的语言特点和对语言的特殊理解。妈妈说“不要动，危险！”宝宝说的却是“危险，宝宝哭！”他按照自己的理解，整合了语言。妈妈警告宝宝不要动，因为“危险”；宝宝模仿了“危险”一词，却把“不要动”改为“宝宝哭”。妈妈以“危险”告诫宝宝，宝宝以“哭”来吓阻妈妈。宝宝对语言的理解和运用能力，应该是令人惊叹的，既有模仿，又有自己的创造。

1264 辨别说话声

宝宝在很远处就能辨别出爸爸妈妈说话的声音，还能辨别出两三个他熟悉的人对话的声音，并说出正在说话的人是谁。

宝宝拥有了这个能力，就能够借助广播、电视、讲座等形式开始学习了。但是，如果没有选

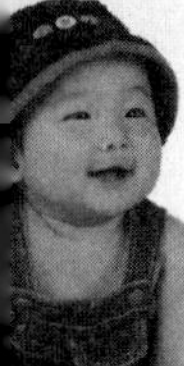

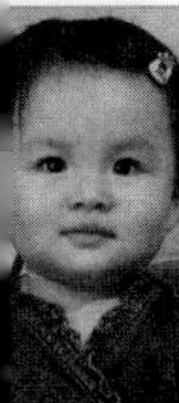
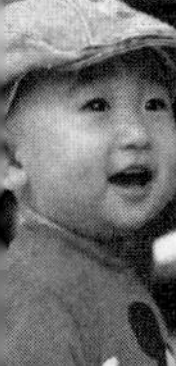

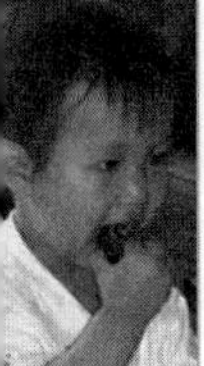

择，泛泛地让宝宝听广播，看电视，那是很难获得学习效果的，甚至可能成为“电视盲”或“电视虫”。所谓“电视盲”，不是说宝宝看不到电视或看不懂电视里的内容，而是说宝宝对电视画面和声音没有感觉，没有反应。看麻木了，还能学到什么呢？这和学生“出工不出力”，坐在课堂上却不知道老师在讲什么是一样的。进家就把电视打开，吃饭、说话、做游戏时都开着，这种做法不利于开发宝宝的感觉能力，应该避免。

1265 从“录音回放”看宝宝的记忆和理解能力

宝宝能把听到的东西“收录”下来，很快，或几天后，宝宝就会用自己的行动或语言“回放”出来。有的幼儿还会把几个月前听到的表达出来，可见宝宝对听到的语言有了比较长期的记忆。

当宝宝去拽电线或摸电插头的时候，妈妈厉声大喊：“别动，危险！”过些日子，妈妈要收拾宝宝的小床和玩具了，宝宝可能也会突然对着妈妈大喊：“危险，别动！”宝宝对妈妈制止他做的事情本身并没有太深刻的理解，他还很难通过妈妈对他行动的制止，认识到拽电线或摸电插座的危险。但宝宝对妈妈说话的语气、语调和语言本身有很深的印象。在他看来，妈妈只是不要他动东西，那是危险的。所以，当妈妈动宝宝小床上的东西时，他也会学着妈妈的样子，大喊“危险”。

1266 识别昼夜与季节

宝宝开始知道白天和黑夜的区别，宝宝更喜欢白天，夜幕降临时，宝宝会隐约产生恐惧感，几乎一步不离爸爸妈妈或看护人。到了白天，宝宝会放心地自己在一旁玩耍一会儿。大多数宝宝开始认识晴天、阴天、刮风、下雨和下雪，聪明的宝宝开始对季节有了认识，知道冬天下雪，夏天下雨。

1267 识别动植物

宝宝几乎能够认识所有看过的动物，并能叫出它们的名字，还能模仿某些动物的叫声，能凭着自己的想象力，画出某些动物的形象。

宝宝也能认识一些植物了。一般来说，宝宝对植物的兴趣比较弱，因为植物不会活动，生命力不像动物那样直观。父母要多给宝宝讲有关植物的故事，让宝宝体验到植物的生命力，培养宝宝对植物的热爱，让宝宝感受到植物的生命活力，培养宝宝热爱大自然的心灵。当宝宝长大了，就不会任意踩踏风中摇曳的小草，若见到有人踩踏小草，宝宝就会告诉那人，踩疼小草了，不要啊！宝宝的爱心就这样培养起来了。

1268 看到星星

在晴空万里的夜晚，宝宝能看到夜空中亮晶晶闪烁的星星和皎洁的月亮，并能对这种自然景象留下印象。如果父母总带宝宝看星星，看月亮，宝宝就能凭借自己的印象，画出他想象中的星星和月亮，童心的艺术创作就这样开始了。只有在绘画领域，儿童的绘画与大师的作品是不分上下的，因为大师不过是保留了童心的成人。许多画家之所以还达不到大师的程度，就是因为他们丢失了童心。父母们可以看看自己宝宝的“杰作”，它们在灵魂上和毕加索的作品是相通的。

1269 注意力时间延长

宝宝越小，越不能集中注意力。随着月龄的增长，注意力集中的时间逐渐延长。这个月龄的宝宝能集中注意力5分钟左右。注意力集中时间的延长，是宝宝学习知识的基础条件。常有妈妈因为宝宝注意力时间短向医生询问，宝宝是否有多动症或其他什么问题。这是妈妈不理解宝宝，幼儿很难长时间注意某一件事，即使他很感兴趣的事，集中注意力的时间也不过是8分钟10分钟的，宝宝注意力时间短暂是正常的。

1270 占有欲减弱

宝宝"占有欲"开始减弱，能够把自己的东西给他喜欢的人。"占有欲"的减弱是宝宝学会与人分享快乐的开端，是宝宝和小朋友一起游戏的开始。

尽管如此，宝宝与人分享东西和快乐的愿望，还是比较微弱的，很多时候，宝宝仍然护着自己的东西，惦记着别人的东西。尤其是当父母要求他把东西给其他小朋友玩时，他会一反常态，不但不给，还可能会表现出不友好的态度，这会让父母感到很尴尬。绝不能就此认为宝宝有品德问题，父母千万不要代替宝宝"大方"，宝宝非但不会给你面子，还会让你下不来台。如果父母不替宝宝"大方"，宝宝可能会表现得非常好，会主动把自己的玩具送给小朋友玩。这就是幼儿！一个成年人不大了解的世界。

1271 分享玩具和饮食

这个月龄的宝宝，仍然不愿意小朋友分享玩具和饮食，但开始学着谦让比自己小的宝宝了。如果小宝宝抢了他手里的东西，他可能只是看看妈妈，并不去与小宝宝争抢。这不意味着懦弱，而是有爱心了，爸爸妈妈为自己的宝宝鼓掌吧。

对宝宝行为过多干预，并不明智，效果也不好。父母应该多从正面引导宝宝，注意自身行为，因为宝宝时刻看着父母的所作所为，模仿着父母的一言一行，像海绵吸水一样，吸取着父母身上的优点和缺点。如果父母总是用语言限制宝宝的行为，总是用否定的语言警告宝宝，宝宝对父母的语言就会变得麻木，越来越听不进去父母的话，使父母和宝宝交流的语言工具失效。为了以后的语言交流，从现在开始，父母尤其是妈妈不要无休止地唠叨宝宝。

1272 表达情感

宝宝开始对父母表达爱意，主动亲爸爸妈妈的脸颊。由保姆看护的宝宝，见到父母可能不是很亲，但随着宝宝慢慢长大，有了情感表达能力，即使父母不常陪伴，也知道亲父母了。宝宝不但会开怀大笑，也会时而流露伤心表情，特别是当父母出门时，宝宝会表现出不高兴的神情。爸爸妈妈要学会感受宝宝的感受，尊重宝宝的情感表达，对宝宝的情感做出积极的回应，无论是高兴的，还是伤心的，无论是激昂的，还是消沉的。在这一点上，我们应该向西方的父母学习，敢于袒露内心，不但积极回应宝宝的情感，还真诚地表达自己的情感，这样宝宝的情感世界才能越来越丰富，才能体会到爱与被爱。

1273 与同伴交往

到了这个月龄，宝宝开始喜欢和同伴交往，参加同伴的游戏，扮演角色，和同伴互换玩具，但有的宝宝却仍然喜欢自己玩自己的。父母要多给宝宝创造和同伴在一起玩耍的机会，如果你的宝宝看起来性格很内向，和同伴一起玩耍就更重要了。环境对宝宝的性格有很大的影响，如果你的宝宝很"仁义"，无论是比他大的，还是比他小的，他都谦让，你不要担心宝宝受气或吃亏，越是这样，你越需要给宝宝创造更多的机会和小朋友在一起。

1274 又开始扔东西

父母或许还记得宝宝在婴儿期把什么都往地上扔的情景。现在宝宝又开始扔东西了，锻炼自己的臂力和投掷的准确性。宝宝把可以扔的东西扔到地上，父母沉默待之最好。不能让宝宝扔的东西，最好不要让宝宝拿到。如果宝宝把一个有价值的陈列物摔碎了，这可不是宝宝的错，宝宝扔东西是不加挑选的。

1275 情绪表现

宝宝的情绪常常不稳定，刚才还高高兴兴

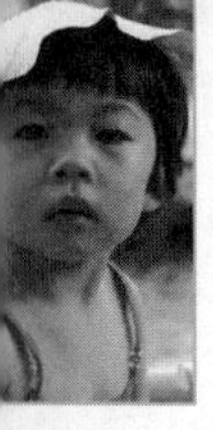

的，不知为什么一会儿突然噘起小嘴，或发起脾气，或有些沮丧。这些情绪是宝宝自我意识提高的表现，父母应该欣然接受宝宝的情绪变化，无论是正面的，还是负面的。当宝宝哭的时候，父母命令宝宝“不要哭！”或用愤怒的语气呵斥宝宝“哭什么”，会压抑宝宝情绪，会阻碍宝宝良好性格的建立。

1276 有意摔坏东西

宝宝情绪反应越来越明显，当父母不能满足宝宝的愿望，或有人招惹宝宝时，他开始有了反抗行为。比如把他喜欢的东西拿走时，他可能会坐在地上哭闹；不让他动他非常想动的某种物品时，他会有强烈的反应。这个月龄的宝宝可能会因为闹而故意摔坏东西，表达自己的不满。

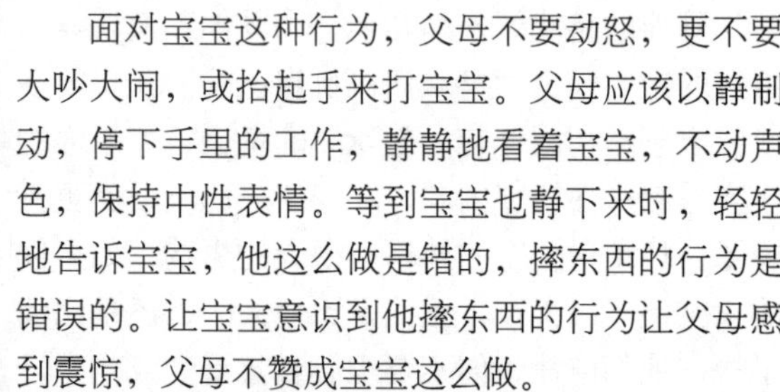

面对宝宝这种行为，父母不要动怒，更不要大吵大闹，或抬起手来打宝宝。父母应该以静制动，停下手里的工作，静静地看着宝宝，不动声色，保持中性表情。等到宝宝也静下来时，轻轻地告诉宝宝，他这么做是错的，摔东西的行为是错误的。让宝宝意识到他摔东西的行为让父母感到震惊，父母不赞成宝宝这么做。

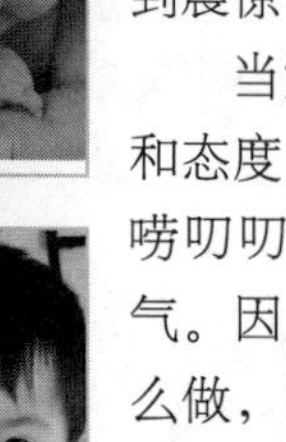

当宝宝做错事的时候，要给宝宝明确的指令和态度。含混其词，把自己放在某种情绪中，唠唠叨叨，只能给宝宝传达一个信息：父母在生气。因为什么生气，宝宝并不十分清楚，应该怎么做，宝宝也不清楚。宝宝接受的只是父母的负面情绪，结果宝宝越来越爱发脾气，负面情绪也越来越多。

1277 独立解决问题的能力

宝宝开始学习独立解决问题，能做的，不能做的，宝宝都想自己动手做。这时，父母需要做的不是对宝宝指手画脚，更不能处处限制宝宝，这也不让干，那也不让干，那样会极大地影响宝宝独立解决问题的能力。如果宝宝自己打开抽屉，把抽屉里的东西全都搬出来，父母不要对宝宝说：“你看你！在做什么，真淘气！”然后把宝宝抱到一边，把抽屉收拾好。这样做对宝宝打击很大，父母否认了宝宝的能力，宝宝会感到很沮丧。

1278 自主性增强

宝宝不再喜欢依偎在妈妈怀里，也不再总是需要爸爸妈妈陪伴着游戏，宝宝已经开始学着自己玩耍，挣脱妈妈的怀抱，在大自然中放飞自己。妈妈喂什么吃什么的日子一去不复返了，爱吃的食物就要吃个够，不爱吃的食物可能一口都不吃。不知什么时候，又反过来喜欢吃原来不吃的食物。宝宝的自主性体现在方方面面，吃、穿、睡、玩等都开始有了自己的想法和主见。父母要尊重宝宝的选择，善于向正确的方向引导，而不是强制。

1279 “过家家”的意义

提起“过家家”，好像是上一辈子的游戏，太土了。妈妈可不要有这样的看法，更不要否定宝宝“过家家”的游戏。玩过家家游戏，能培养宝宝热爱劳动，助人为乐的品德。过家家游戏能让宝宝自由地开动脑筋，培养宝宝丰富的想象力和创造力。过家家永远是好游戏。

宝宝会自己用玩具过家家，嘴里还不断地自言自语，扮演不同的角色。如果宝宝还不适应和其他小朋友一起过家家，爸爸妈妈可陪宝宝玩，让宝宝扮演爸爸或妈妈，爸爸妈妈扮演宝宝，让宝宝体验做爸爸妈妈的感觉，这是非常有益的。

1280 兑现承诺

爸爸妈妈对宝宝的承诺一定要兑现，这不但是宝宝的要求，更应该是父母对自身的要求。轻易承诺，却不认真兑现，会导致宝宝对父母的不信任。认真兑现承诺，会增强宝宝对人的信任程度和对世界的认可。幼时对父母不兑现承诺的记

忆，将深远地影响宝宝未来人生。父母兑现承诺，宝宝也会兑现承诺，宝宝会由此成为一个守信而高尚的人。

1281 认真地说“不”

宝宝几个月前就喜欢说“不”了，但现在宝宝说“不”可是很认真的了，宝宝知道这件事是被父母禁止的，但宝宝还是要去做，并用“不”否定父母的命令。回想起来，父母常用“不”制止宝宝的“不法行为”，宝宝现在开始反其道而行之，不但总是“不”挂嘴边，还可能做与父母要求截然相反的事情。如果父母不用成人的眼光约束宝宝的行为，让宝宝比较自由发展自己的兴趣和爱好，可能说“不”的强度就弱得多，也不大可能和父母“对着干”。

1282 要求具体化

或许从这个月开始，或许在以后的几个月里，宝宝开始对父母要求这、要求那。宝宝要饼干，你把饼干递给他，可他紧接着就把饼干扔掉，要喝奶。出门前，你给宝宝戴上一顶小帽子，可宝宝麻利地把帽子摘下来，明确告诉你不戴这个帽子，要戴那个帽子。如果父母因为宝宝的要求多而生气，那可就错了，这个阶段的宝宝就是这样。最好的方法是把“权利”交给宝宝，出门前，让宝宝自己拿上小帽子，他拿了哪顶帽子，就戴哪顶帽子好了。如果你不希望宝宝戴哪个帽子（比如季节不对），你就不要让宝宝看见它，看不见就想不起来戴了。

1283 警告开始起作用

或许从这个月开始，宝宝能够接受爸爸妈妈的警告了，这可是个好消息。当宝宝能够接受父母的警告时，避开意外事故隐患的能力就提高了，这一点非常重要。尽管我们提倡宝宝在实践中认识事物，但绝不是说意外事故也要到“实践”中去认识。我们不能让宝宝把手伸到火中取得烧灼皮肤的教训，更不能让宝宝磕伤头部来体会头部不能承受创痛的教训。警告其实就是一道安全屏障，阻止宝宝实践那些不能用实践来认识的事物。

这个月龄的宝宝开始明白父母警告的含义，但还不能对父母的警告产生长久的记忆，更多的时候可能根本就没听进去。安全教育不是一天两天就能够完成的，所以要经常“警告”，指向明确，不带情绪，好懂易记，既不要弄得宝宝缩手缩脚，又不要放任宝宝临近“危险”。安全警告屏蔽的是不安全的行为，而不是正常发育所需要的实践探索。

1284 欣赏宝宝的“破坏”

大多数宝宝都有这样的经历——见到什么剪什么。如果妈妈为此生气，宝宝可能不承认是他干的；如果妈妈和蔼地问宝宝，东西是宝宝剪开的吗？宝宝会高兴地承认“是我剪开的”。如果妈妈问：“东西是宝宝剪坏的吗？”宝宝不会轻易承认，因为宝宝已经知道“坏”字的含义了。

宝宝天生就有讨好妈妈的愿望。当宝宝知道他办了件“坏”事，妈妈可能会生气时，就开始隐瞒自己的行为，并逐渐养成说谎的习惯。没有一个宝宝天生喜欢说谎，说谎一般都是此情此景、此时此刻被逼无奈才这么做的。

宝宝把床单剪了一个大口子，不能说是件好事，但也不能说是坏事。宝宝学会使用剪刀了，至于该剪什么，不该剪什么，宝宝是不知道的。把布单子剪开一个大口子，宝宝并没有意识到他在做坏事。如果妈妈上来就劈头盖脸数落宝宝，宝宝会感到委屈。对于这么大的宝宝来说，即使你明确告诉他不能做，他恐怕都难以服从。耐心等待宝宝长大，适时、适度引导宝宝，保证宝宝性格、品行、精神健康发展。

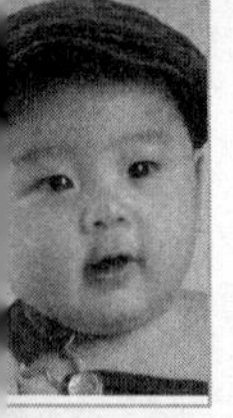
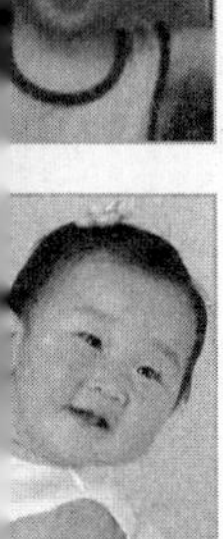

1285 鼓励宝宝

父母要慷慨地鼓励宝宝取得的任何进步，一种能力宝宝可能展现一百次了，但只要宝宝再次表演，父母依然要热情饱满地赞赏和鼓励。如果敷衍了事，心不在焉，宝宝会有所察觉，在内心深处埋下虚伪的种子。

鼓励能催人奋进，给人以力量。无论是普通员工，还是部门经理，都希望得到鼓励。无论怎么努力都不能得到认可，就没了努力的动力。奖章、奖状、奖品、奖金等等，都是奖励的形式，是对过去所做成绩的一种肯定和鼓励，成人需要，宝宝也需要。整天听到的就是批评，做什么都不对父母的心思，总是被父母否定，宝宝或者没了自信，或者破罐破摔，或者急功近利。学会鼓励和赞赏宝宝，是父母的美德。

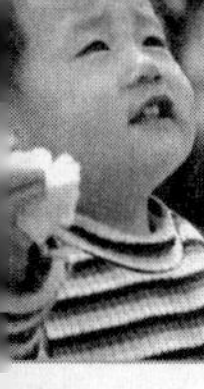
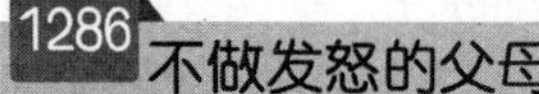

1286 不做发怒的父母

对于这么大的宝宝来说，父母发怒常会导致宝宝本能地采用迂回策略。因为宝宝还没有能力为自己辩白，又知道惹父母生气没有什么好处，所以就“迂回”，不告诉父母实情。

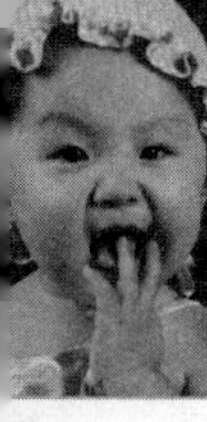

无论宝宝做了什么“坏事”，都是宝宝在成长过程中一段小插曲，父母不要责怪宝宝。只要对宝宝没构成危险，就不要限制宝宝的行为，更不要总是断言宝宝做了“坏事”。发怒本身是不自信的表现，父母总是冲着宝宝发怒，对宝宝、对自己都是一种伤害，学会克制是父母的修养。如果父母总是对宝宝发怒，宝宝也会学着父母的样子，动辄发怒，将来有了宝宝，也很容易对自己宝宝发怒，沿袭着父母的教育方式。为了宝宝的健康成长，不要做常常发怒的父母。

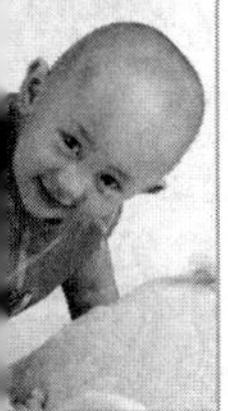
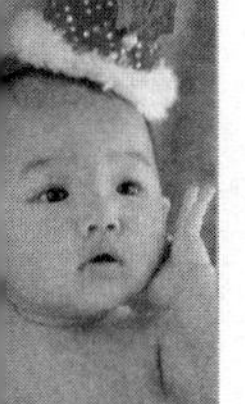

第三节 生活护理

1287 病理性偏食很少见

这个月龄的宝宝，很少会发生病理意义上的偏食，更不会真正得什么厌食症。偏食多是一时性的，是宝宝对新味道还不能马上接受。父母要耐心等待，这是避免宝宝偏食、厌食的最好方法。

和成人一样，宝宝也有饮食上的偏好。饮食偏好就是比较喜欢某种食物，这不能被视为偏食。这种偏好与家里饮食习惯有关，多数宝宝比较偏好甜食，也有不少宝宝喜欢脂类食物。脂类可以释放出芳香的味道，闻起来让人感到香喷喷的，比甜类食物更能引起宝宝食欲。

如果宝宝对某种食物太偏好了，就会拒绝另一些食物，这样就发展成偏食了。偏食会导致营养不均衡，而均衡的营养是宝宝健康成长的基本保证。所以，父母要适当调整宝宝对某种饮食的过度偏好，避免偏食现象发生。父母不要拒绝宝宝进厨房，在保证安全的前提下，让宝宝参与到做饭中来，会引起宝宝极大的兴趣，不但培养宝宝热爱劳动的品德，还会让宝宝对多种饭菜产生兴趣，吃的愿望增强，偏食就更不可能发生了。

1288 为什么饿着不吃

吃已经不单单是为了充饥，宝宝把吃赋予了更深一层意义，当这层意义没有了，宝宝就会饿了也不吃。如果宝宝不能像原来那样，自己拿饭勺吃饭，也吃不着妈妈做的饭菜了，看不到爸爸妈妈一家人坐在一起了……宝宝就失去了吃饭的温暖与快乐。

很多问题都不是宝宝的问题，而是父母喂养的结果。如果爸爸妈妈能深刻理解宝宝给吃饭赋予的亲情价值，并和宝宝一起谱写吃饭的亲情乐章，宝宝吃饭问题就会减少许多，偏食的可能性也就会减少许多，进食障碍的宝宝就会减少许多。

1289 不可长时间蹲便盆

在训练宝宝尿便时，应注意不要长时间让宝宝蹲便盆，也不要让宝宝养成蹲便盆看电视、看书、吃饭的习惯。长时间蹲便盆不但不利于宝宝排便，还有导致痔疮的可能。蹲便盆看电视会减弱粪便对肠道和肛门的刺激，减慢肠道的蠕动，减轻肠道对粪便的推动力。让宝宝长时间蹲便盆是引起宝宝便秘的原因之一。

如果爸爸喜欢蹲在卫生间里看书、看报、抽烟，宝宝多会模仿爸爸的做法，把卫生间当作另一个书房。成人这样做是好是坏这里姑且不做评价，但有一点是清楚明白的：不想让宝宝养成蹲便盆看书的习惯，父母最好不要蹲在卫生间看书。

1290 缘何憋着尿便

当宝宝能够控制尿便后，宝宝也就有了憋着尿便不排的可能。排便受到宝宝情绪的影响，当宝宝焦虑或发脾气时，会拒绝排便，当宝宝恐惧时也会拒绝排便。如果宝宝憋着尿便不排，妈妈不要表现出急躁的情绪，要安抚宝宝，让宝宝安静下来，放松紧张的神经，这样才能够让宝宝顺利排出尿便。宝宝憋尿的情形不多，即便故意憋着，或因情绪影响拒绝主动排尿，大多也会因控制不住而尿裤子。父母总是在吃饭的时候唠叨、训斥宝宝，会影响宝宝食欲，降低胃肠道胃液的分泌能力，减弱消化功能，出现胃肠神经紊乱，肠蠕动缓慢，而导致便秘。所以，父母切莫在餐桌上给宝宝上教育课。

1291 困也不睡

这个月龄的宝宝，能够靠自己的努力保持清醒，困也不睡。但这种意志力是很有限的，无论宝宝怎么不舍得睡觉，都难以摆脱睡意的侵袭，会在“就是不睡，就是不睡”的对抗中突然倒头大睡，这就是宝宝的特性。所以，如果宝宝晚上不愿意睡觉，让你陪着玩，你就耐心陪着宝宝玩好了，只是不要像白天那样真的和宝宝疯玩，尽量找能够让宝宝安静下来的游戏或故事，也可以给宝宝唱摇篮曲，宝宝总是熬不过你的。

1292 假装睡着了

宝宝可能会假装睡着了，这是宝宝在和妈妈做游戏，而非有意欺骗妈妈。既然是宝宝发起的游戏，妈妈就跟着游戏下去好了，不必马上揭开谜底。

当宝宝假装睡着了，一动不动躺在那里时，游戏开始了。妈妈悄悄俯下身，信以为真地夸奖宝宝“好乖”，同时仔细观察宝宝半闭半合的眼皮，哈哈，宝宝的眼球正在眼皮底下骨碌骨碌打转呢！妈妈顺水推舟，做出完全相信宝宝已经睡着的样子，可以小声自言自语：“宝宝终于睡着了，妈妈也可以休息一下了。”其实宝宝也知道心疼妈妈，知道妈妈“也可以休息一下了”，还是很愿意把游戏玩下去的，继续假装睡觉。可能不一会儿，宝宝真的睡着了。宝宝入睡是神速的，不会像成人那样心事重重，躺在那辗转反侧，半天不能入睡，甚至整晚失眠。如果宝宝晚上不肯上床睡觉，不妨和宝宝玩“假睡”游戏，让宝宝在快乐中入睡。

1293 保姆要接受健康检查

为宝宝挑选一个身心健康的保姆是非常重要的。保姆要接受有资质的医院健康体检科、健康体检中心或健康管理中心的正规健康体检，并由医生出据健康体检报告，确定其健康状况是否适合做宝宝的看护人。

曾接诊过一位患了霉菌性阴道炎的女童，经过治疗不能彻底治愈。到底是怎么回事呢？我想到了保姆，让保姆去做健康检查。结果显示，保姆患有霉菌性阴道炎，病程已达几个月，一直未接受医生的正规治疗。而保姆每天给宝宝洗澡，洗屁股，这样就把宝宝传染上了。保姆的病症彻底治好后，宝宝的病症才根本痊愈。

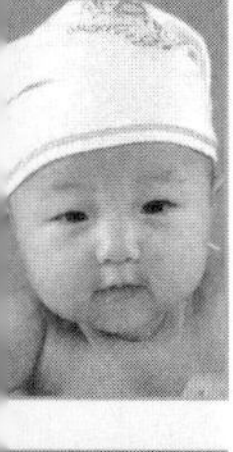
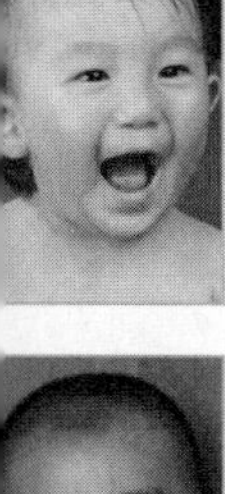

1294 心理健康也要检查

宝宝看护人应有良好的心理素质。一个拥有健康心理的看护人，对宝宝的健康成长具有举足轻重的作用，这一点常被妈妈们所忽视。建议带看护人看心理科医生，由心理科医生判断看护人的心理健康状况。现实生活中，人们很忌讳看心理医生，已经出现明显症状，甚至已经到疾病状态了，还不愿意接受心理医生的治疗。这样的现实，说明我国国民心理健康科学普及程度还是很低的，对心理健康问题，缺乏科学准确的了解和判定。

能够带保姆去正规医院接受心理健康检查，是最理想的办法。如果有困难，那就只能凭经验，找到一位豁达、开朗、富有爱心、喜欢宝宝的女性，做宝宝的看护人，有过做母亲经历的女性优先考虑。

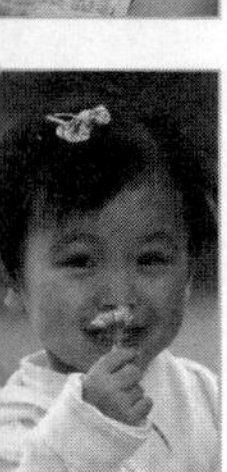
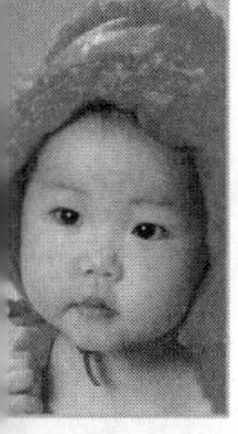

1295 保姆看护宝宝安全守则

- 必要时，能第一时间与你取得联系，说明情况；
- 保姆必须知道急救中心电话号码，知道离你家最近的医院电话号码和去医院的路线；
- 在保姆最容易看到的地方列出以下电话号码：物业管理部、父母手机、父母办公室、亲戚、家庭医生，以便紧急情况时备用；
- 让保姆认识紧急通道或安全出口，告诉保姆警惕烟气报警，消防设备存放的位置，并演示消防设备的使用方法；
- 告诉保姆家里房门钥匙放在何处，以便宝宝反锁房门时急用；
- 让保姆了解宝宝的特殊问题，如过敏反应（被蜜蜂蜇了过敏、食物过敏等）等，如何使用药物，剂量、适应病症必须交代清楚；
- 告诉保姆急救箱在什么地方；
- 让保姆知道你的要求，比如不希望保姆带宝宝串门，要明确告诉保姆；
- 假如你不希望某些来访者进家，不希望接听某些打进来的电话，也要和保姆讲清楚；
- 告诉火警和匪警求救电话：119和110。

1296 保姆必须遵守的安全规则

- 没有父母的纸条，不得给宝宝服用任何药物；
- 无论在房间里还是在院子里，一分钟都不得离开宝宝；
- 不要让宝宝在近水处玩耍；
- 不要让宝宝玩塑料袋、气球、硬币等物品；
- 不要让宝宝在靠近楼梯、火炉、电源插座等地方玩耍；
- 不要给宝宝吃坚果、爆米花、硬糖块、整个水果，或任何硬而光滑的食品。

1297 忌频繁更换保姆

找什么样的保姆？妈妈们一般是先找一个试试，如果不合适就换，甚至会频繁更换，这对婴幼儿来说是很不好的。婴幼儿对护理他的人有一个熟悉适应的过程，频繁更换保姆，会使宝宝缺乏安全感，宝宝会变得焦躁不安、睡眠不踏实、食欲降低，甚至引发心理疾患。

如果妈妈要上班，必须找保姆看管宝宝，那就要提前找。最好找做了妈妈，年龄在45岁以下，有高中以上文化的城市人，有过职业经历，有幸福的家庭。这样的保姆，就算不能做全职保姆，也比全职的年龄小的保姆好得多。这样的保姆知道如何看管宝宝，发生危险事情的概率要小得多，会让你更安心工作。

如果妈妈的薪水差不多只够雇佣保姆的，那就不如在家看宝宝了，等到宝宝能够上托儿所后，妈妈再上班，这其实是不错的选择。

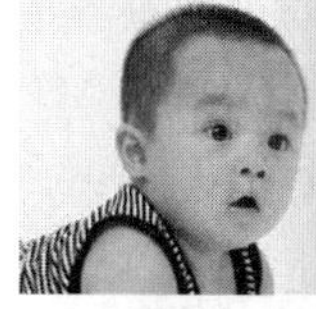

第十一章 1岁11个月幼儿（22~23月）

第一节 体能发展状况

1298 学着单腿跳跃

单腿跳跃需要宝宝具有良好的平衡能力和足够的体力，如果宝宝这个月就能够单腿跳跃了，应该为宝宝鼓掌。如果宝宝还不能单腿跳跃，不能因此就认为宝宝运动能力落后。有的宝宝可能会在更晚的时候才能单腿跳跃，这也是正常的。

1299 喜欢翻筋斗

婴儿期宝宝满床翻滚的情形，妈妈可能还记忆犹新。现在宝宝长大了，本事也大了，不再是满床翻滚，而是离开床面翻筋斗了。在地板上铺好被褥，让宝宝翻筋斗，是安全可靠的。宝宝在床上翻筋斗时，妈妈一刻也不能离开，否则从床上摔下来，就后悔晚矣了。

1300 把球扔进篮筐

把球扔到篮筐，要求宝宝手头要有相当的准度，这要比把球传给妈妈难多了。宝宝的臂力、方向感、视力、平衡力、思维能力等，要相互配合、协调，才能完成投篮动作，并把球投进。

1301 骑小三轮车

宝宝们普遍喜欢骑小三轮车的感觉，以车代步，宝宝有了另一种移动方式。从坐着往前蹭，到匍匐前行，再到正式往前爬、会走、会跑，现在又可以让脚离地，借助轮子行进了，宝宝当然喜欢。

1302 罗圈腿

已经能够走得很好的宝宝，看起来像个“罗圈腿”（类似佝偻病患儿的“O型腿”或“X型腿”），这常常是父母带宝宝看医生的原因。其实，刚刚学习走路的宝宝看起来有些“罗圈腿”是正常的。当宝宝有走的意愿时，宝宝的肌肉和骨骼就已经准备好了，父母不要因为宝宝走起来有些“罗圈腿”就限制宝宝走路。但一定要在宝宝能够独自站立的时候，才开始训练宝宝行走。

第二节 智力与潜能

1303 词汇和语句

到了这个月龄，有一半的宝宝会使用200～300个词汇，能说出3～5个字组成的句子，多数宝宝会用三个字组合的句子，表达他自己所见所闻或感受，比如“宝宝睡”、“他哭了”等。宝宝开始单一地用语言表达自己的要求，而不再总是借助肢体动作。这时父母可需要耐心聆听，尽量理解宝宝所表达的意愿。

宝宝学到了足以让他表达日常生活的词句，语言发达的宝宝，还会说出一些能引起父母注意的词汇，赢得父母赞赏。宝宝对学到的词汇进行最初的整合，派生出自己特有的语言表达方法，这是宝宝建立自己语言系统的重要过程。

1304 直呼父母大名

宝宝不但知道爸爸妈妈叫什么名字，还能够告诉其他人。更具有挑战意味的是，宝宝可能会

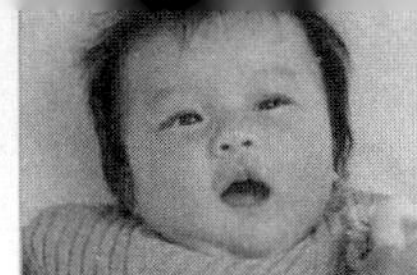
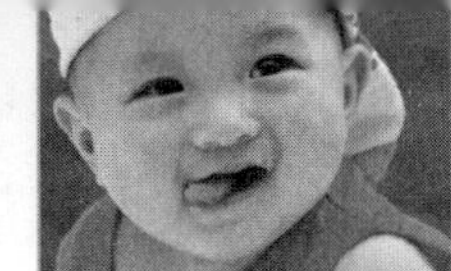

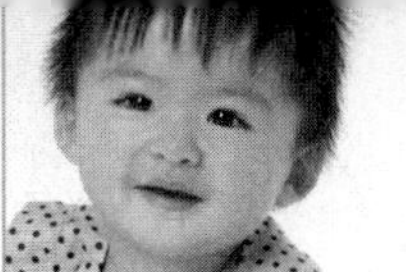

直呼爸爸妈妈的名字。能接受吗？尤其是家里有老人时，老人常常会认为宝宝没教养。但事实上，这么大的宝宝正经历“直呼其名”的语言、心理发育过程，他的内心感受到的只是能“直呼其名”的胜利喜悦，没有考虑到礼貌，如果宝宝因为这样的探索而遭到训斥，那父母就等着一个懦弱的宝宝守在身旁吧。

1305 背诵儿歌

这个月龄的宝宝，注意力能集中10分钟左右。教宝宝念儿歌，背诵诗歌，都是不错的选择。宝宝今天可能把一首诗背得滚瓜烂熟了，但几天不重复，就会忘得一干二净。不断拿出宝宝背过的诗歌重复念唱，可强化宝宝的记忆能力。

但需要明确的是，背诵不是目的，死记硬背不是开发智力的好方法。多让宝宝见识，多让宝宝听，多让宝宝看，把诗歌与丰富多彩的生活结合起来，让宝宝贯通感知，才是对宝宝智力最好的开发。

1306 用语言表达愤怒

情绪是人信念、价值和规条的综合反映。宝宝慢慢地有了自己的价值指标，当这种价值指标得到或没有得到实现时，就产生情绪了，或高兴、或愤怒。有情绪是正常的表现，一个人没有情绪反应是不正常的。就像钟摆，钟摆不动了，钟表还走吗？宝宝愤怒、伤心的情绪反应，也不能就说是“坏”的。所有情绪都有它正面的意义，包括负面情绪。

无论宝宝表现出什么样的情绪，父母都不能采取压制的方法。特别是当宝宝有负面情绪时，父母要帮助宝宝找到它的正面意义，进而让宝宝把这种负面情绪当作一种必要的经历。当再次出现这种情绪时，宝宝就有能力自己处理了。如果父母压制宝宝，不让宝宝消化这种情绪，宝宝不会因此就没了这种情绪，也不可能在今后的成长过程中不再产生这种情绪。如果当这种情绪再次出现时，宝宝仍然不能自己妥善处理，逐渐养成了某种性格缺陷，这是我们最不希望看到的。

1307 愿意听到表扬，因此听妈妈的话

宝宝能够听妈妈的话，可不是认为妈妈说得对，或被妈妈的威严吓住了，根本的原因是宝宝愿意听到妈妈的表扬，因为妈妈表扬宝宝时，会非常和蔼可亲，还会有亲吻、拥抱、奖励等多种形式，宝宝愿意享受这些。所以妈妈经常亲吻、拥抱宝宝，给宝宝展现愉快的表情，宝宝心智发育会非常好。

1308 语言交流能力

宝宝对语言的理解能力远大于对语言的表达能力。父母不必因为宝宝说话晚而着急，只要宝宝能够听懂父母说的话，就证明他具有很好的语言能力。当宝宝开口说话时，或许会一鸣惊人，一下子说出很多语句来。

宝宝开始喜欢和父母对话，尽管有时词不达意，但大多数情况下是可以理解的，只是受表达能力的限制，不能说出想说的话。父母正确的做法是平静地与宝宝继续对话下去，宝宝的表达能力很快会提高。直到2岁，大多数宝宝还是不能理解比较长、比较复杂的句子，更不能表达复杂、多重的意思。

1309 认识交通红绿灯

父母先帮助宝宝识别红、黄、绿三种颜色，然后引导宝宝认识交通红绿灯。当宝宝能够认识路口红灯、黄灯和绿灯后，再告诉宝宝红绿灯的意义。宝宝知道了红绿灯的意义，就会像个小交警了，看到有人破坏交通规则闯红灯，宝宝会大声指出来，“妈妈他不对！”宝宝会不折不扣地遵守交通秩序、社会秩序，而成人呢？现在许多宝宝也学会了“商量着过马路”，这难道不是成年人、不是爸爸妈妈们的示范效应吗？我们

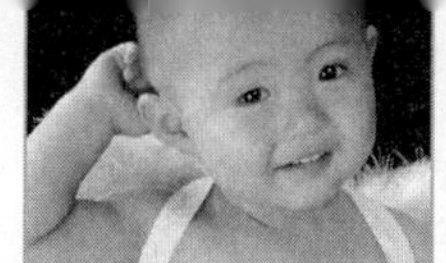

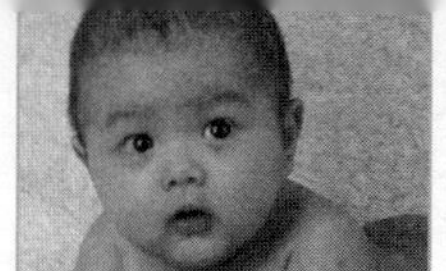
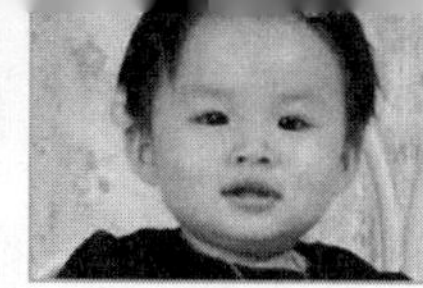

要求宝宝做到的，我们都用行动告诉宝宝“做不到”，宝宝当然也会和我们一样“做不到”了，未来的希望能是什么呢？

1310 认识性别

现代社会，商品需要借助性别的力量来销售，以至于对宝宝的服装销售，都早早强调性别了。商业在制造“小绅士”“小淑女”，爸爸妈妈们不自觉地也卷进了商业大潮，开始打扮起自己的“小绅士”“小淑女”。

23个月的宝宝，朦胧中可能也知道自己是个男孩或是个女孩，问题在于，男孩、女孩的概念，和父母理解的一样吗？恐怕不一样。宝宝心里男孩、女孩的概念，和这是眼睛、那是鼻子的意义没有什么差别，也就是说，他们并不知晓“男孩”“女孩”概念背后的含义。需要强调概念背后的含义吗？有人认为有必要，也有人认为没必要。我认为，应该顺其自然，既不需强调，也不需回避。宝宝会通过自己的成长，观察性别的意义。如果宝宝对性别表现出兴趣，想知道自己是男孩还是女孩，以及想知道男孩、女孩的区别时，父母有义务准确、正确、简洁地告诉宝宝，切莫含糊。这是性别启蒙教育，与商业制造“小绅士”“小淑女”的炒作有根本的不同。

1311 感觉疼痛、冷热和方位

宝宝一出生就对疼痛、冷热有感觉，只是宝宝还不会用语言表达。这个月龄的宝宝，对疼痛和冷热有更加强烈的感觉，不仅如此，他还知道采取“措施”了：热了，宝宝会脱衣服，踢被子；冷了，会要求穿衣服，钻到被子里，甚至把头都埋进被子里去。对疼痛更是反应强烈，有很准确的定位，能告诉妈妈哪里疼。

但并不是身体所有部位的疼痛，宝宝都能准确地告诉妈妈。所以，医生会根据物理检查和临床经验，来判断宝宝到底哪里疼，而不是仅仅听宝宝的。宝宝告诉妈妈他“这里疼”，不能不信，但也不能全信，关键是看宝宝是否有痛苦的表情。真正疼痛的表情是装不出来的，这么大的宝宝并不会装痛，但宝宝对疼的位置还不能都指认准确，也不能对疼痛程度做准确的描述。所以，只要确定宝宝真的疼痛，而又无外伤，就需要请医生来诊断了。

大多数宝宝知道前后左右方位了，如果妈妈说把小凳子搬到电视前面，宝宝会准确地执行妈妈的指令，这在过去是不可能的。如果妈妈说把右手举起来，大多数宝宝会准确地举起自己的右手，但有的宝宝直到三四岁还不能区分左右手。尽管宝宝知道前后左右方位了，但宝宝还不能辨别出哪只鞋是左脚上的鞋，哪只是右脚上的鞋，同样也不能辨别左右手套。如果你的宝宝拥有辨别左右鞋子、左右手套的能力，那他可就太优秀了，长大后搞科学考察工作，一定非常出色。

1312 对玩具的喜爱

开始试图把拆散的玩具安装上，宝宝从“破坏”转到“建设”上来了。玩具就是让宝宝玩的，不应该限制玩的方法，玩的方法越多，包括拆散玩具，越显示出宝宝的聪明和思考能力。

当然，这种“破坏”，应该只限制在玩具的范围，对家居摆设、家用电器等非玩具的物品，还是要明确“不能动”的。有的父母很极端，一切都不限制，认为这样才能创造宝宝探索世界的宽松环境。问题在于，明确不能动的物品，本身就是宝宝探索世界的必要前提，一个没有前提概念的宝宝，是探索世界的宝宝吗？对人类已经积累的生活常识缺乏理解、缺乏敬畏的宝宝，真的是父母渴望养育的宝宝吗？这些都是值得父母们深入思考的。

1313 会玩变形玩具

宝宝动手能力的提高，使得宝宝已经不满足于玩形状固定的玩具了，能够变换形状的玩具，开始引起宝宝的浓厚兴趣。玩具已经不是外在的

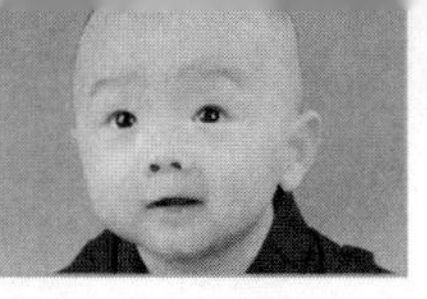
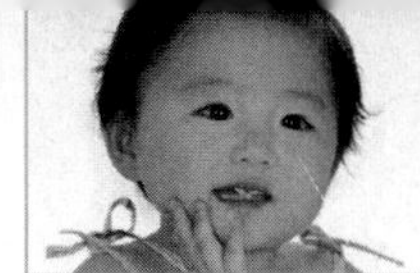
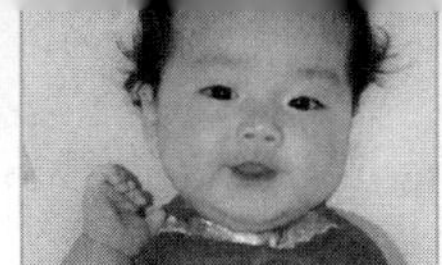
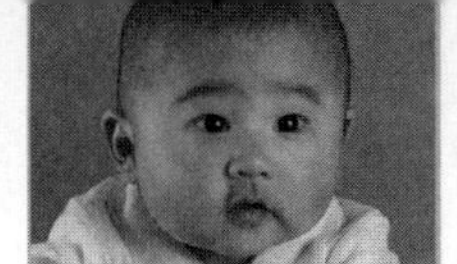
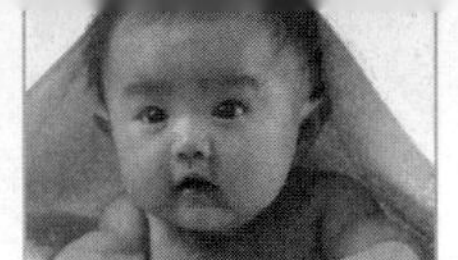

东西了，而是加进了宝宝的创造力。这时，玩具本身所包含着的文化内容，特别容易影响宝宝刚刚形成的精神世界。妈妈在选择变形玩具时，特别要注意玩具所潜藏的文化内涵和价值取向，如果有不良的文化导向，就不应该选择给宝宝玩。

1314 像妈妈一样关爱玩具娃娃

给玩具娃娃穿衣服、喂饭、喝水、盖被子，还会把娃娃放在童车中推着玩，妈妈对宝宝的关照和爱护，宝宝全部给了玩具娃娃。宝宝还会模仿妈妈的方法，哄玩具娃娃睡觉，还愿意当玩具娃娃的爸爸或妈妈。

这是爱的传递。如果妈妈给宝宝的不是温暖的爱，宝宝还会给玩具娃娃传递关爱吗？果果2岁时，有一天在床上用小手拍打娃娃熊，嘴里念念有词："叫你不听话！叫你不听话！"妈妈惊呆了，她以后再也没有打过宝宝。父母不把爱传递给宝宝，宝宝传递给他人的，会是爱吗？宝宝对待玩具娃娃的态度，应该成为父母审视自己对待宝宝的一面镜子。

1315 镜中自我

宝宝认识镜子中的自己，是从五官开始的。当妈妈指着宝宝的鼻子（宝宝有感觉），告诉那是鼻子时（宝宝在镜子中看到妈妈指着鼻子，宝宝又感觉到妈妈用手指着自己的鼻子），宝宝就把自己的鼻子和镜子里的鼻子联系起来了——原来自己的鼻子是可以在镜子中看到的啊！然后是嘴巴、耳朵、眼睛、脸蛋、额头等，慢慢地就认识了自己的全貌。

宝宝知道了镜子中的宝宝就是"我"，但这个月还不能明白"我"的鼻子在哪里，"我"为什么比妈妈小。观察宝宝对镜自认时的表情，是妈妈育儿的一大乐趣，那种憨态值得妈妈永久留存心中。

1316 自己洗手

宝宝喜欢玩水，更喜欢在水龙头下玩水，把小手伸到流水下，宝宝心里甜滋滋的，享受着水的抚摩。宝宝洗手的目的可不是为了讲卫生，只是为了玩水。不过妈妈也不要因此限制宝宝，宝宝就是在玩耍中增长才干的。当然要注意节约用水，水龙头尽量开小点，用盆接着，用来洗衣服、墩地，别浪费了。

1317 熟练开门关门，甚至会锁门

到了这个月，宝宝已经能够熟练地开门、关门了，还能把门反锁上。为了安全起见，妈妈要在固定的地方放置一把能开门的钥匙，以便随时帮助宝宝把门打开。如果是带门闩的，当宝宝把门反锁上时，妈妈就不能从外把门打开了，所以建议妈妈把门闩取下来。如果妈妈无法打开已经锁上的门，室内只有宝宝一个人，妈妈千万不要心慌，更不能让宝宝知道妈妈紧张着急，无计可施，妈妈应该保持镇静，平静地和宝宝说话，给宝宝讲故事，让宝宝知道妈妈就在他身边，让宝宝感受到这是一种游戏，妈妈在门的这一边，宝宝在门的那一边，他是安全的，要让宝宝情绪稳定下来。同时通知其他能够帮助你的人，尽快打开房门，因为宝宝不会长时间地等待下去，把门踢开不是好的选择，这样会给宝宝带来恐惧感，很长时间都不能忘记这次经历。

1318 坐在浴缸里洗澡

喜欢洗澡时在水中玩玩具。早在几个月前就不必使用浴网了，宝宝可以坐在浴盆中洗澡。现在不但可以坐在浴盆中，还可以坐在浴缸中，浴缸空间大，宝宝可以在浴缸中玩耍。需要注意的是不要放太多的水，宝宝坐在浴缸里，水刚好到宝宝的脐部就可以了。当宝宝坐在浴缸中洗澡时，妈妈或看护人一定不要离开宝宝。

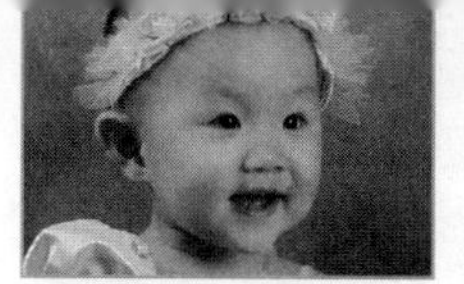
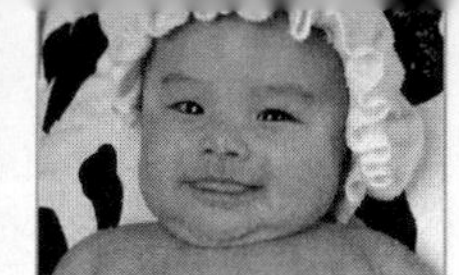

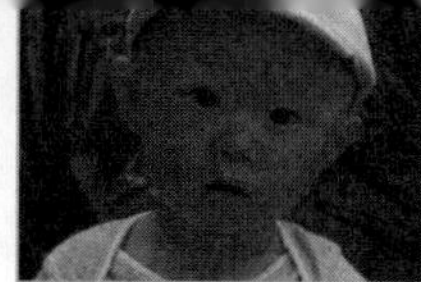
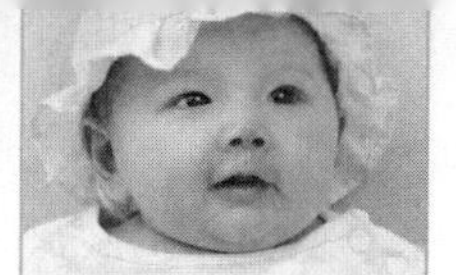

1319 手眼协调

宝宝会自己一页一页地翻看图书，还会模仿妈妈折纸。会把不同形状的积木，通过相应形状的漏孔，放进镂空的位置上。会把大小不同的物体叠放在一起，并喜欢把圆环套进杆子上。会把积木、玩具小汽车连接着排起来，并从后面推着前进。喜欢把东西堆得高高的，再推倒重来。会旋动各种旋钮。宝宝可能左右手并用，一会用右手握笔画，一会又把笔倒到左手画，父母不必纠正宝宝。只要宝宝正常玩，就为他鼓掌，称赞玩得好，宝宝的心智就会健康发育起来。

1320 宝宝也拒绝尴尬

宝宝应受到尊重，尤其是在公众场合。如果带宝宝到超市购物，事先应有心理准备，宝宝可能会因为父母不答应买他喜欢的东西而“耍赖”。事情发生了，如果父母双方意见不统一，一方最好暂时离开现场，另一方想办法与宝宝沟通。如果宝宝大哭大闹，无法与之交流，有效的办法是默默等待宝宝平静下来。指责和训斥会让宝宝陷入尴尬境地，尽管可能一时制止了宝宝的“无理要求”，但宝宝内心却埋下了报复的种子。

1321 父母的信任和鼓励

父母对宝宝的信任和鼓励，对宝宝的成长起着举足轻重的作用。妈妈一句鼓励的话、一个赞许的点头、一个爱怜的眼神、一个轻轻的抚摩，都会在宝宝幼小的心灵里留下美好的印记，伴随着宝宝一生的成长。

幼时充分享受父母疼爱的宝宝，长大后不但懂得爱自己，更懂得爱他人。如果宝宝说话晚些，甚至比周围的宝宝差得很远，无论是正常的生理差异，还是有医学上的问题，父母切莫逢人便讲，更不能让宝宝感觉到自己是个差宝宝，就像在学校，老师不能让一个学生感到自己是个“差等生”一样。

1322 害怕亲人离开，更离不开妈妈

幼儿害怕亲人离开，最怕的是妈妈离开。幼儿离不开妈妈，这是情感世界逐渐丰富、发展起来的表征。当宝宝对父母表现出依恋、亲近的时候，如果常遭父母忽视，甚至不耐烦，宝宝情感发育就会受到限制，长大成人后，可能会成为冷若冰霜的人，很难与人相处，不会施爱，也不会被爱。对宝宝的情感，父母要给予积极的响应，不但要积极响应宝宝的情感表达，还要主动表示父母对宝宝的爱，使宝宝的情感健康地发展起来。

妈妈感觉宝宝越来越黏人了，这其实是一种错觉。因为宝宝已经会独立玩耍，妈妈就想着做一些事情了。而宝宝不能保证长时间不打扰妈妈，所以妈妈就感到手里的活总被宝宝打断。事实上，宝宝还不能离开妈妈，独立玩不等于看不到妈妈；要看到妈妈，也不等于不需要妈妈参与玩，成长的辩证法就是这样。

第三节 吃睡便管理

1323 让宝宝独立吃饭

宝宝独自吃完一顿饭已经不是什么难事了。上个月还不能自己吃饭的宝宝，只要父母放手让宝宝尝试，经过一两周的锻炼，这个月宝宝也能很快学会自己吃饭。这个月宝宝还是不能自己独立吃完一顿饭，恐怕不是宝宝能力差，而是父母没有放开手脚让宝宝自己去尝试。疼爱不等于到了放开手脚的时候还不放开，爱过了头，就是伤害了。

1324 不好好吃饭怎么办

宝宝食欲不佳，首先要排除是否患有消化系

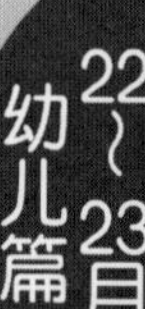

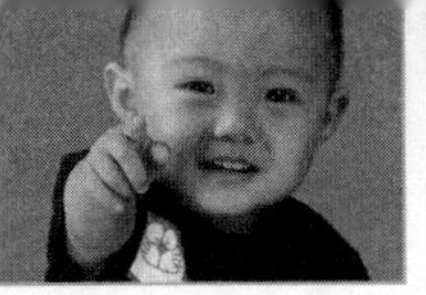
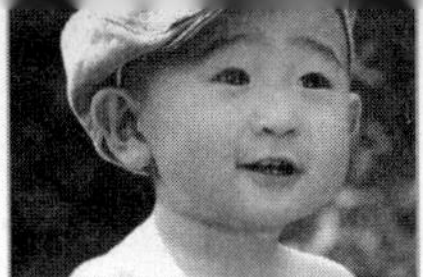
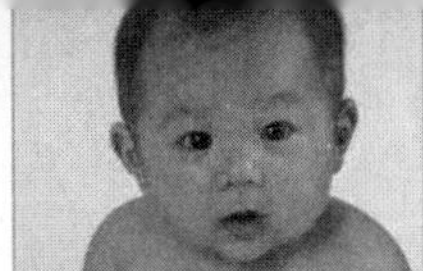

统或全身性疾病，及时给予治疗。若没有器质性疾病，则要从饮食安排、进餐环境、饮食习惯、精神因素等方面考虑，采取可行的方法，促进宝宝的食欲。切不可在宝宝面前着急，更不能强迫宝宝进食。在宝宝进食时，父母唠叨、哄吃、训斥、打骂、讲条件、许愿等，都会造成宝宝精神性厌食，或用进食作为要挟父母的武器。正确安排宝宝进食，要注意以下几点：

- 进食要有规律。胃肠道消化酶的分泌是定时的，如果进食不能定时定量，很容易引起消化功能紊乱，食欲降低；
- 食品要多样化。父母往往只让宝宝吃营养高的食品，造成饮食单调，也不利于营养的均衡，影响食欲；
- 不要过多吃零食。正餐前1小时一定不要吃零食，吃零食也要定时定量，不要喝碳酸饮料，少吃膨化食品，吃饭前不要喝水，更不要用水泡饭；
- 吃饭时不要看电视、画册、讲故事等，要让宝宝注意力集中，千万不要边玩边吃，更不要让宝宝离开饭桌，追着喂宝宝；一定让宝宝自己独立吃饭，宝宝若不好好吃，到下顿前不要给他吃任何食物，直到再吃饭，宝宝自然会很正常地进食；
- 创造良好的进食环境，父母作出表率；
- 宝宝食欲不振，是否缺锌、铁等微量元素，是否贫血，有无肠道寄生虫等可能，也应该及时到医院检查、排除。可吃些开胃的食物，如山楂。

1325 美国妈妈对训练尿便的认识

在美国，大多数妈妈会在宝宝2岁以后开始进行如厕训练，90%的宝宝直到4岁左右学会控制尿便。全套的训练尿便产品：一个漂亮的音乐便盆、20条传感尿片、卡通画册、为父母写的小册子。专家反对强制训练宝宝尿便，反对对尿床的宝宝进行体罚和羞辱。5岁以下的宝宝尿床是正常现象，训斥和批评尿床的宝宝，只会增强心理压力，对宝宝学会控制尿便没有任何好处，还会适得其反。训练宝宝尿便，同样需要尊重宝宝的天性，必须正面鼓励，树立宝宝自信心，让宝宝感到他是有能力的。任何形式的打击，都会延长宝宝学习控制尿便的进程。

1326 日本妈妈对训练尿便的认识

日本妈妈几乎不把训练宝宝尿便作为一项任务，让宝宝自然而然地学会控制尿便。她们认为，训练宝宝控制尿便，会留下心理隐患。即使宝宝把尿便排在很难清理的地方，妈妈也不会责骂，只是在宝宝面前默默地清理。

1327 澳大利亚妈妈对训练尿便的认识

澳大利亚妈妈在这方面表现得更加大度和乐观。她们认为，宝宝自由尿便，是宝宝成长过程中一段难得的人生快乐，不该被剥夺。妈妈们认为给宝宝把尿是违反自然的，令宝宝很痛苦，所以，她们不愿意这么做。为了不让宝宝尿床，为了早点撤掉纸尿裤，总是让宝宝大哭大闹地反抗妈妈把尿，实在是对宝宝的折磨。2～3岁的宝宝有了更多的自我意识和自控能力，妈妈通过语言和宝宝交流，慢慢离开尿布是自然而然、水到渠成的事。即使5～6岁还时不时尿床，那又何妨？宝宝不该受到父母的责骂。

1328 白天不睡觉

宝宝已经有独立入睡的能力了，父母要相信这一点，给宝宝充分的自由空间，同时为宝宝创造一个舒适、利于睡眠的小环境。有的宝宝始终不能自己上床睡觉，必须有人陪着，甚至还需要妈妈抱着、哄睡。这恐怕不能全怪宝宝，也不能认为宝宝要求高，是个“磨娘精”。父母应该检查一下自己的做法，看看哪些做法，不利于养成宝宝困了自己上床睡觉的习惯，迅速调整，宝宝很快就会自己睡觉的。

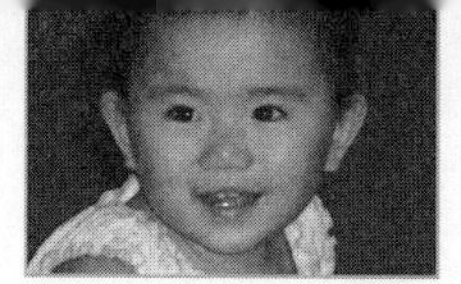 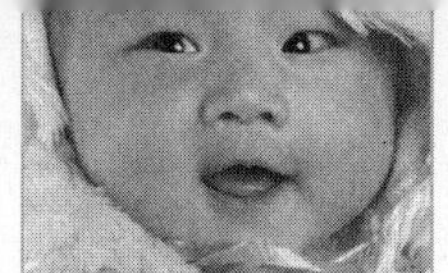 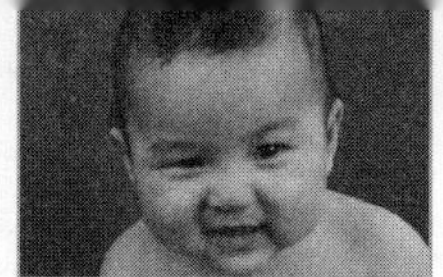 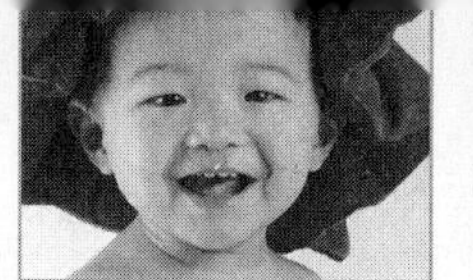 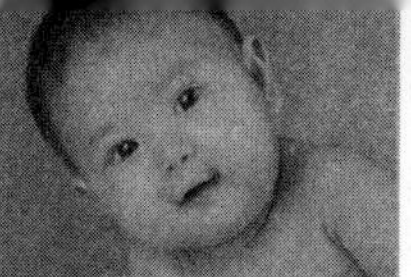

午睡对身体健康是有帮助的，所以应尽量帮助宝宝养成午睡的习惯。通常情况下，睡半小时就足以消除疲劳感，下午和晚上都会精神抖擞。23个月的宝宝白天可能还会睡上一两个小时，甚至两三个小时，这都没关系，只要宝宝不因白天睡多了，半夜起来玩，或半夜起来哭闹，就任由宝宝去睡吧。

如果宝宝白天一次性睡眠超过2个小时，晚上睡得很晚，或半夜起来不再睡，那就在宝宝白天睡到一个多小时的时候，轻轻呼唤宝宝的名字，并轻轻地推动宝宝的肩膀，也可拍拍宝宝的小屁股，或亲亲宝宝的小脸蛋，手里拿个宝宝喜欢的动物玩具，学着动物的语言，叫宝宝起来玩。但如果宝宝因此哭闹，那就不要这么做了。

1329 大师的音乐催眠曲

医学博士西尔斯同时还是位音乐教授，他和妻子养了一个“高要求”的宝宝——非常敏感，很难入睡。为了帮助宝宝入睡，把已经累坏了的妻子解脱出来，医生音乐家西尔斯选择了播放大师的曲目。结果出人意料，这些曲目真的让宝贝安然入睡了。

西尔斯在他的《夜间育儿》一书中，推荐了这些曲目。音乐无国界，中国的爸爸妈妈，也许同样可以用来帮助自己的宝宝吧。

安东尼·德沃夏克　弦乐小夜曲，作品第22号，第二乐章
克劳第·德彪西　牧神之午后前奏曲
克劳第·德彪西　明月之光
毛利斯·　·威尔　为悼念逝去公主的帕凡
W·A·莫扎特　G大调第十七交响乐，K.129 第一乐章
J·S·巴赫　勃兰登堡第三D奏曲
J·S·巴赫　平均律钢琴曲集，第一、二部分
弗朗斯·约瑟夫·海顿　弦乐四重奏
毛利斯·　·威尔　钢琴作品
W·A·莫扎特　弦乐嬉游曲，早期交响乐
克劳第·德彪西　神圣的和世俗的舞蹈，钢琴前奏曲

第十二章　2岁幼儿（23~24月）

第一节　2岁幼儿特点

1330 语言发展新阶段

2岁宝宝语言发展再上新台阶，词汇量又一次爆炸式增长，宝宝用语言表达需求的能力更强了，有能力与父母进行交互式对话了。与此同时，宝宝对语言表现出浓厚的兴趣，愿意使用新词和妈妈对话。父母的赞赏，可极大激发宝宝学习和运用语言的兴趣。

当宝宝说出一个新词时，父母表现出惊讶的神情，并适当赞许，这对宝宝潜能开发具有深远的意义。这个月龄的宝宝，说话的语序已经很少出错了，还会使用不少名词以外的词汇，如不能、受伤、知道、认识、喜欢、生气、高兴等。宝宝能说出不少完整的语句了，如“我喜欢爸爸”“小猫咪受伤了”“妈妈生气了”等。

1331 独立性和自律能力

2岁的宝宝独立性不断增强，开始有了自律能力，并特别在意自己的感受。宝宝开始尝试着做自己喜欢的事情，开始感受父母对他的情感。

但由于宝宝的认知能力还是非常有限的，当妈妈为了避免危险而制止宝宝做某件事时，宝宝感受到的可能是妈妈“不爱他了”。宝宝看到的是妈妈外在的表现，感受到的是妈妈“不友好的态度”。所以，当妈妈要严肃而坚决地制止宝宝做某件事时，首先要告知宝宝“妈妈是爱你的”，这样就会让宝宝的情感发展保持在良性轨道上。

1332 喜欢帮爸爸妈妈做事

现在不能只是爸爸妈妈帮宝宝做事了，父母要教会宝宝帮爸爸妈妈做事，教会宝宝自己做自己的事，这样不但能够锻炼宝宝动手做事的能力，还能培养宝宝热爱劳动的品质。让宝宝参与日常生活中琐琐碎碎的家务事，也是开发宝宝潜能的方法之一。

1333 手眼协调能力

宝宝手眼配合越来越好了，会很耐心地把带小眼儿的珠子一个一个穿成串珠。只要是宝宝想做的事情，几乎都要尝试着去做，尽管有时显得还比较笨拙，但宝宝不会气馁，坚持把事情做完。

宝宝开始凭借自己的想法，画一些有意义的图画，如月亮、太阳、苹果、香蕉；宝宝还会化解尴尬，宝宝画的香蕉黑乎乎的，妈妈问香蕉长得这样啊？宝宝则诙谐地告诉妈妈，他画的是烂香蕉。

1334 锻炼宝宝解决问题的能力

宝宝从2岁向3岁迈进，这个阶段最重大的进步，就表现在思考能力和解决问题能力的提高上。把宝宝玩具放到高一点的地方，当宝宝想要高处的玩具时，妈妈不要马上就把玩具拿下来给宝宝，而是用启发的口气问宝宝，能自己拿下来吗？不要等宝宝回答，你紧接着说，我相信宝宝一定能想办法拿到它。这时，宝宝可能就会把小凳子搬过来，站在凳子上，通过让自己“长高”而拿到玩具。如果宝宝这么做了，父母一定要表扬宝宝，让宝宝尝到完成任务的喜悦，产生自豪感。这样愉快的经历，会激发宝宝更大的学习热情和强烈的探索精神。

1335 无暇顾及“小事”了

告别婴儿期，刚刚进入幼儿期的宝宝，尽管有了巨大的变化，但还能找到婴儿期的影子，宝宝还会不时地喜欢在妈妈怀里撒娇，用小手摸一摸妈妈的乳头，回味一下吃妈妈乳头的感觉。2岁的宝宝可无暇顾及这些“小事”了，宝宝有更多的事要做，有更多的愿望要实现，有更多的事情让他感到新奇，有更多让他感兴趣的事情，有了更强的探索和冒险精神。

1336 强烈的自我意识

2岁的宝宝有了“自我意识”，最明显的特征是“那是我的”，想从宝宝手里拿到属于他的东西，可要费一番周折。如果不想把他手中的东西给你，不再是把小手高高举起或藏到身后，而是义正词严地阻止你要他的东西。

果果“手松”，无论多好吃的食物，多喜欢的玩具，只要有人要，无论是大人宝宝，他都会慷慨地递过去。这是为什么？难道果果没有“自我意识”？一个小妹妹要果果的气球，果果玩性正浓，哪里会舍得给妹妹，可妹妹哭着喊着要，果果默默地递给了妹妹。当果果把头转过来的时候，我看到果果眼里充满了泪水，果果不到3岁，正是“护东西”的年龄，他把自己心爱的东西给出去，是仁义使然。

1337 需要讲明事情原委

宝宝会展示很多令父母惊奇的能力，好像什么都懂。有时宝宝也会“混”起来——违拗了他的想法，不答应他的要求等等。教养良好的宝宝，只要妈妈和他讲明事情的原委，他就会像个

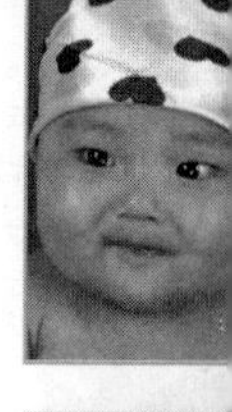
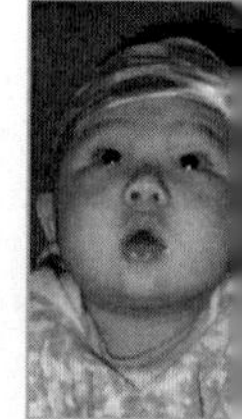

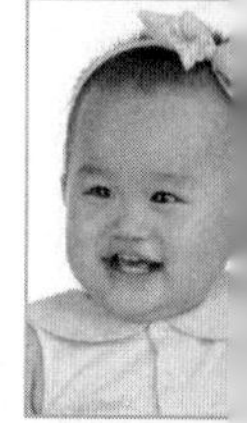
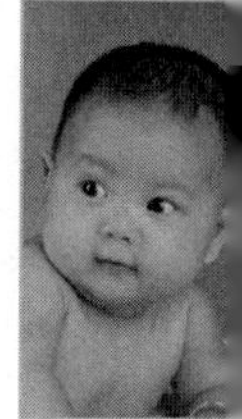

可爱的小天使，很快乐地接受妈妈的安排。

1338 调皮的宝宝

宝宝动作之快，简直出乎妈妈意料。放在茶几上的杯子，还没等妈妈拿起来，站在妈妈身边的宝宝，会蹿到妈妈前边，以迅雷不及掩耳之势，把它撩到地上，看着摔在地上的玻璃碴，稍微一愣，很快就玩自己的去了，全然没有了以往的害怕。

1339 听懂“不”的含义

2岁以前的宝宝，妈妈越不让他动的东西，他越要动，那是不理解妈妈的话，是由于妈妈的提醒，宝宝才走到东西跟前。2岁以后的宝宝，可就不这样了，开始领会妈妈的话，知道“不”的含义了。如果宝宝没有听从妈妈的话，这可不是没有听懂，而是就想这么做，以显示他的能力。即使不爱活动的宝宝，到了这个月龄，也不会老老实实呆着不动。

1340 极强的模仿力

这时的宝宝，有极强的模仿力，也有极强的模仿欲望，妈妈要干什么，他就要干什么。2岁前的模仿大多是后滞的，或许几个小时后，或许几天后才开始模仿妈妈的动作。现在不是这样了，马上就要行动。如果妈妈拿着墩布拖地，宝宝马上就要抢过来干，成了“小捣乱鬼”。可也有的宝宝喜欢自己玩自己的。宝宝的模仿力不但很强了，还可以模仿一些比较复杂的动作，如用锤子钉钉子，有时会在模仿的基础上有所创造，不但像爸爸一样用锤子钉钉子，还可能用锤子钉其他宝宝认为应该钉的东西。

1341 合作精神

宝宝开始喜欢和小朋友玩耍，但还缺乏合作精神，还不懂得和小朋友分享快乐。这是正常的，不能因此认为宝宝不合群。父母没有必要煞费苦心教育宝宝，如何与小朋友分享游戏；没有必要劝导宝宝慷慨解囊，把他喜爱的玩具或食物送给小朋友。这会让宝宝有“劣势”的感觉，对哭着喊着要东西的小朋友也没有补益，倒是怂恿了那位小朋友抢占别人的东西。

如果宝宝从小朋友手里抢东西，没有必要用语言教育宝宝，宝宝还不理解妈妈的语言，妈妈只需说不可以拿小朋友的东西，然后把东西还给小朋友就可以了。有时，如果妈妈硬逼着宝宝把东西还给小朋友，常令妈妈懊恼和沮丧，因为宝宝就是不听从妈妈的话，甚至会因为妈妈的强迫而号啕大哭。宝宝就是这样任性，不能就此认为宝宝的品德有问题。

第二节 身体的成长

1342 体重

宝宝体重可按简易公式粗略计算出来：体重（千克）=年龄×2+8。满2周岁宝宝平均体重为2×2+8=12（千克）。

体重与喂养有很大关系，但也与宝宝活动量、家族、疾病等诸多因素有关。有的宝宝吃得并不少，妈妈也很注意宝宝的营养结构，但就是不长胖；而有的宝宝在同样喂养情况下，可能就比较胖。

尽管你的宝宝不胖，但宝宝吃得很好，身体健康，切莫千方百计喂宝宝，非要把宝宝喂成肥胖儿。胖宝宝会给父母带来视觉上的享受，妈妈会有一种自豪感，但对于宝宝来说可不是什么好事。

1343 身高

宝宝身高可按公式计算：身高=年龄×5+75厘米。满2周岁宝宝平均身高为2×5+75=85

厘米。

身高与喂养关系不是很密切。即使吃得不是很好的宝宝，身高的增长也和其他宝宝差不多少。身高的增长遵循着一定的规律，但每个宝宝都有自己的生长轨迹。影响宝宝身高的因素很多，最重要的是遗传，其次是营养、运动、环境、地域。即使是孪生兄弟姐妹，在整个生长发育期，身高的增长也会出现差异。

1344 牙齿萌出的差异

大多数宝宝到了2岁半乳牙就出齐了，上下颌加一起共20颗乳牙。但不是所有的宝宝，到了2岁半都能出齐20颗乳牙。2岁半以后乳牙还没有出齐的宝宝，并不是发育落后的表现，也多不是缺钙所致，只是生长发育存在个体差异而已。

1345 可以刷牙了

从现在开始，妈妈可以用牙刷给宝宝刷牙了，可以选择儿童专用的低氟牙膏和刷毛相对柔软的儿童牙刷。现在宝宝还不会自己刷牙，但每次妈妈都要先给宝宝示范如何刷牙，然后让宝宝自己拿着牙刷刷牙。因为宝宝还不能把牙刷干净，所以宝宝刷完后，妈妈再帮助宝宝刷一次。不要挤太多的牙膏，每次挤出黄豆大小的牙膏就可以了。建议选择牙刷头比较小、毛很柔软、牙刷柄比较粗的牙刷。

1346 上、下楼梯

如果你的宝宝还不会一脚上一个台阶，而是迈上一个台阶，另一只脚也迈上同一级台阶，不能认为宝宝体能发育落后，有的宝宝要到2岁半以后才会一脚上一个台阶。

宝宝并不会因为从楼梯上滚落下来，而不敢再尝试下楼梯了，宝宝从来就不会因为挨摔而停止活动。伸着小手让妈妈领着上下楼梯，不一定是胆怯的表现，这样的宝宝多不鲁莽行事。

如果宝宝要求妈妈领着上楼梯，妈妈也不要为了锻炼宝宝的胆略和独立性而拒绝宝宝的要求。有这样要求的宝宝是在告诉妈妈：他还不能独立上下楼梯。如果妈妈拒绝帮助宝宝，宝宝可能会很失望。

妈妈要相信，宝宝的需求一定有他的道理，总有一天，宝宝会独立上下楼梯的。当父母老了的时候，如同回到了幼儿时期，不敢再独自上下楼梯。如果这时宝宝不帮助你，你的心情将是什么样的呢?

在同龄宝宝当中，别人的宝宝已经能够自如地上下楼梯了，而你的宝宝还需要你的搀扶。如果因此你带宝宝去看医生，医生却告诉你宝宝并没有发育问题，你就应该满腔热情地帮助宝宝，不要对宝宝有丝毫的怀疑，不要有丝毫的焦急和抱怨，始终一如既往地帮助宝宝，这才体现了父母之爱。

1347 宝宝的小手小脚

24个月的宝宝，能打开门插销，会画简单的图形，能搭更多层积木，能玩拼插图，会在父母和幼儿园老师的指导下折纸，还会创造性地折一个小动物，尽管不像，但这是宝宝的创造，妈妈要加以赞扬。给玩具娃娃穿衣服，不但锻炼宝宝的动手能力，为将来宝宝自己穿衣服打基础，还可以培养宝宝的爱心。

宝宝能稳稳当当地走路了，不再哈巴哈巴的了，也不再用脚尖踮着走（如果宝宝偶尔脚尖踮着走，是在玩耍）。两条腿之间的缝隙变小了，两只胳膊可以垂在身体两边规律地摆动了。宝宝站在那里，两条腿直溜溜的，真的长大了。

有的宝宝要到四五岁，腿才能变得笔直。只要宝宝没有异样，父母不要整天担忧。总是对宝宝的发育持怀疑的态度，会给宝宝的成长带来不利的影响。宝宝把父母当做保护神，保护神不安，受其保护的宝宝怎能安心!

第三节 养育策略

1348 说谁也听不懂的语言

宝宝喜欢自己嘟嘟囔囔，说谁也听不懂的话，常常自言自语，连父母都听不出宝宝在说些什么。原来是宝宝听不懂成人们在说什么，现在轮到成人们听不懂宝宝说什么了。或许宝宝的"世界语"，是回放着曾经让他听不懂的语音呢；或许宝宝要模仿成人说话的语调和节奏，但苦于没有丰富的词汇，只好嘟嘟囔囔说些谁也听不懂的话音了。不管宝宝为什么说我们听不懂的话，也不管宝宝为什么自言自语，我们都不要打扰，更不要笑宝宝，这是件好事，宝宝敢大胆地说他还不会说的话，这种胆略和尝试能使宝宝快速提高语言的运用能力。如果我们成人在学习第二语言时，也有这样的精神和胆略，我们或许会更快地学会第二语言。

1349 口吃

如果宝宝从这个月开始出现口吃，并不意味着宝宝语言发育异常或智力迟滞。这个时期的宝宝，词汇急剧增长起来，几乎能听懂父母所有的话，甚至还能听懂电视里的语言。宝宝对字词的使用能力提高了，想更好地通过语言表达思想，可宝宝的思想总是先于语言，口吃也就在所难免了。

1350 要鼓励，不要泄气

如果宝宝不到1岁就走得很好了，而2岁还不会说话，但能很好地理解父母的语言，父母就不要着急，更不能让宝宝知道你们在为他说话晚而发愁，不要给宝宝输送任何他"不行"的信号。宝宝需要的是鼓励，而不是批评；需要打气，而不是泄气；需要肯定，而不是否定。

运动能力发育很好的宝宝，可能语言发育比较慢，那是宝宝把精力用在了运动上。当宝宝学会走路后，会非常兴奋，总是乐此不疲地重复他新有的能力，而对于语言和词汇，宝宝还无暇顾及。当宝宝学习走路的兴奋点下去后，反过来开始发现学习语言的乐趣，宝宝的语言发育就会突飞猛进。父母要耐心等待，给宝宝自我发展的空间和自由。

1351 榜样的作用

宝宝具有惊人的模仿力，这种模仿能力，帮助宝宝在成长道路上，自然学会很多能力。2岁的宝宝看到姐姐用勺吃饭，也会学着姐姐的样子，拿起小勺往嘴里送；看到妈妈刷牙，也会学着妈妈的样子，把牙刷放到嘴里。宝宝还会学着妈妈的样子把梳子放到头上，甚至还会帮助妈妈梳头。如果妈妈高兴地说："这宝宝真聪明，会用梳子梳头了。"宝宝会感到很自豪。妈妈从来没有教过宝宝，也没告诉过宝宝梳子是干什么用的，宝宝的这种能力就是来自于对妈妈的模仿。

父母常常喜欢这样：宝宝小的时候，并不刻意规范宝宝的行为，也没有意识到父母的榜样作用，对宝宝有多么大的影响。当宝宝长大了，父母觉得该是教育宝宝的时候了，并凭借自己的判断和观点规范宝宝，开始喋喋不休。结果宝宝非但听不进去，还可能产生抵抗情绪：父母说要向东，宝宝偏要向西。

做了父母，就成了宝宝的榜样。从宝宝出生的那一刻起，甚至早在宝宝胎儿时期，父母就要规范自己，无论是语言，还是行动。从对生活的态度，到对家庭的责任；从人际之间的交往，到对工作的敬业精神，都对宝宝产生着深远的影响。

1352 父母期望值与宝宝实际能力

通常情况下，父母的期望值总是高于宝宝的实际能力。这里所说的能力，不仅仅指宝宝语言、运动、思维等能力，还包括吃、喝、拉、撒、睡的能力。宝宝一顿喝200毫升奶，可妈妈

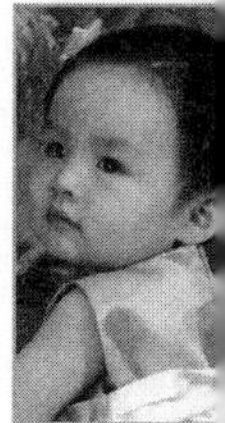
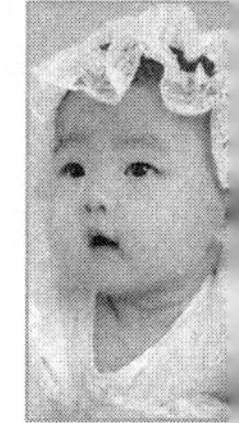
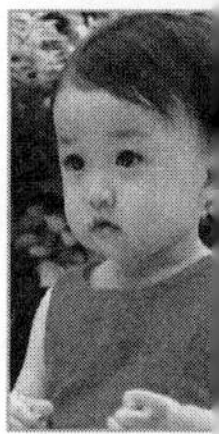

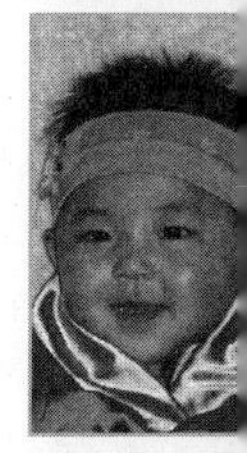
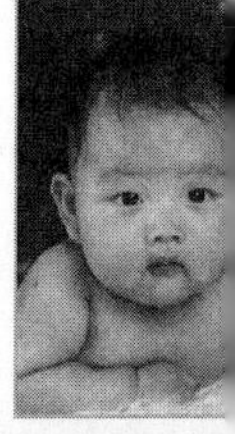

期望值却是300毫升；宝宝2岁会走已不算晚，可妈妈认为宝宝应该早在1年前就应该会走了，因为邻居家的宝宝就是这样……

如果父母只着眼于落后的，忽视超前的，父母的期望值与宝宝的实际能力就很难有好的契合，矛盾就在所难免。父母对宝宝的期望和要求，应符合宝宝生长发育规律，父母应理解宝宝各个成长阶段中的特性和能力，以及宝宝特有的行为方式。

父母不但要尊重宝宝生理发育规律，还要理解宝宝心理成长过程，父母对宝宝要有合理的限制，以免把宝宝溺爱坏。父母同时要学会理解宝宝，学会处理与宝宝间的矛盾，把限制转换成对宝宝的爱，让宝宝理解父母的良苦用心。

1353 与宝宝建立伙伴关系

在今后的成长过程中，宝宝希望父母是他的“伙伴”，而不是“审判官”“监察官”。宝宝不喜欢事事代劳的父母，更不喜欢事事监督的父母。当宝宝受到挫伤时，需要父母安抚和鼓励；当宝宝犯了错误时，需要父母耐心引导。父母不要把自己放在“一家之长”的位置，凡事都要听父母的，这样做的结果只能让宝宝疏远父母。

1354 给宝宝充分的自由

给宝宝充分的自由，这样会促使宝宝学会如何用自己的能力，影响周围的环境。这种能力可提高宝宝学习的兴趣和创造力。给宝宝充分的自由，并不意味着对宝宝的行为放任，对不合理行为，仍然应该加以限制。父母需要把握限制的客观真理性，不能心情好时就“宽大处理”；心情糟时就“专政”，让宝宝无法判断是非曲直，影响宝宝日后建立正确的价值尺度。

1355 通过讲道理引导宝宝行为

从只通过行动解决问题，到通过思考和行为解决问题，这是宝宝成长过程中的又一里程碑。这一能力的拥有，使得父母通过讲道理引导宝宝行为成为可能。但如果父母认为宝宝具备了这样的能力，而忽略了宝宝的自我意识，父母的道理就不能引导宝宝的行为——这个年龄段的宝宝仍然是仅仅站在自己的角度看问题，宝宝所有的行为都是出于自愿。宝宝能听懂一些道理，但父母要通过道理引导宝宝行为，还需要细心把握宝宝的意愿，要“润物细无声”。

1356 宝宝情绪是父母情绪的写照

2岁以后的宝宝，开始更加关注父母的情绪，宝宝的情绪往往是父母情绪的写照。对于这个时期的宝宝来说，父母就是他的全部。父母就是宝宝的天，天晴了，阳光普照；天阴了，雷雨交加。宝宝对父母的情绪非常敏感，当父母的情绪是阴雨时，宝宝就失去了安全感。没有了安全感，宝宝潜能就得不到充分发挥，探索精神和求知欲也被压抑。宽松快乐的环境是宝宝健康成长的保证。

第四节 饮食和睡眠

1357 饭量并不水涨船高

宝宝又长了一个月，但宝宝的饭量并不会因此而有所增加，如果正处于炎热的夏季，宝宝的饭量可能还会减少。如果上个月正值秋天，宝宝吃饭特别香，到了这个月，可能会出现积食，因而食欲并不像原来那么好了。

宝宝吃的问题不会有太大变化，如果宝宝吃得不错，生长发育都正常，就仍然按照上个月给宝宝做吃的。宝宝长大了，越来越有自己的主见，不愿意吃的饭，恐怕妈妈不能像原来那样哄着吃了，宝宝可能不再相信不吃饭就会变丑一类的话。给宝宝更大的吃饭自由，是争取宝宝好好吃饭的最好方法。

1358 还离不开奶瓶也正常

2岁的宝宝还离不开奶瓶，这让父母费解，也会遭到周围人的疑问。其实，2岁的宝宝还愿意用奶瓶喝奶并没有什么不可思议，也不会给宝宝带来什么健康问题。

什么时候应该让宝宝离开奶瓶子？这个问题没有统一的答案和标准。但可以肯定的是：长期吃奶瓶的宝宝，对口腔牙齿和咬合关节没有什么好处。宝宝喜欢含着奶嘴睡觉，这样会影响宝宝口腔卫生。长期吸吮奶嘴也会影响宝宝的咀嚼功能。所以，如果妈妈能够做到，并且宝宝也乐意接受的话，改用杯子喝奶是不错的选择。

1359 对尿便管理的认识

现在的妈妈大多是职业女性，一方面没有更多的时间训练宝宝大小便，另一方面，一次性尿布和纸尿裤的应用，使妈妈们从洗尿布中解脱出来，宝宝尿便问题已经不再是主要问题了。但尽管如此，现在宝宝也并没有因为父母推迟训练的时间，而使宝宝很晚才会控制大小便。

宝宝间的个体差异仍然存在。有的宝宝很早就能控制大小便，可有的宝宝却很晚才会，但并没有证据表明，很早就能控制大小便的宝宝，比很晚控制大小便的宝宝更聪明。

我并不是说，宝宝大小便的自理能力与父母的训练无关，而是要告诉父母，宝宝的发育遵循着一定的规律，揠苗助长不但不能使禾苗快速生长，反而会适得其反。父母要承认宝宝间存在的差异性。

1360 没有标准的睡眠时间

宝宝到底需要多长的睡眠时间？如果宝宝一天睡10个小时就足够了，父母却因为“这么大的宝宝每天应该睡12小时”，而硬把宝宝按到床上，以保证睡12个小时，那么宝宝和父母间的冲突就不可避免。

让我们看看成人的睡眠时间吧。你们同事都有同样的睡眠时间吗？你每天睡觉少于7个小时，可能就会困得抬不起头来，工作效率低下。可你的一个同事，每天只睡五六个小时，中午从来不午睡，却总是精力充沛，思维敏捷。你的上司整天运筹帷幄，似乎应该总是睁着眼的，甚至你怀疑他是否睡觉，结果他每天要睡8个小时以上！这就是差异。

父母要明白一个道理：没有适合所有宝宝睡眠的“标准时间”，你的宝宝需要睡多长时间就会睡多长时间，和任何人、任何书、任何杂志划定的“标准”无关。

1361 不睡午觉也正常

2岁的宝宝精力旺盛，不舍得睡午觉，这很正常。如果宝宝不愿意午睡，而你非常希望宝宝能够在午间小睡一会儿，你不妨尝试着这么做：

- 可尝试着改变宝宝睡觉的地方，不让宝宝到晚上睡觉的床上，而是在儿童房，或在其他某个角落，为宝宝设计出一个属于午休的专门空间，他会为了到那里享受特有的空间，而愿意午休；
- 你也可以制定一个规则，找一本宝宝喜欢听的故事书，只有在午睡前才给宝宝讲，宝宝为了听那些有趣的故事，并能和妈妈或看护人一同享受躺在一起讲故事、听故事、休息的温馨时刻，宝宝宁愿放弃玩耍的时间。

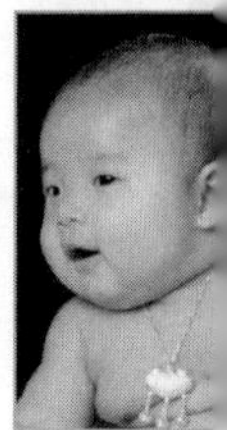

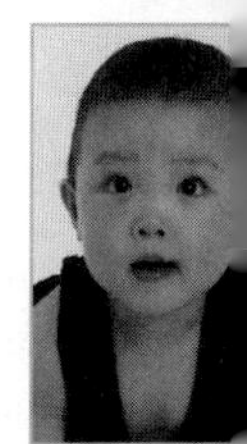
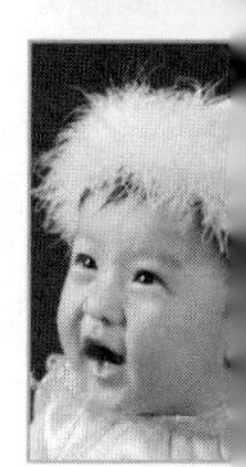
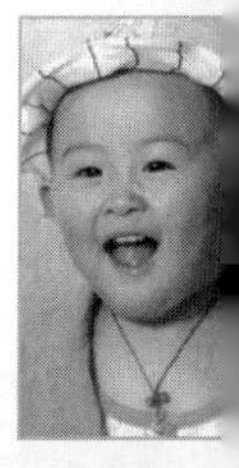

第十三章 2岁1～3个月幼儿（25～27月）

第一节 2岁1～3月宝宝特点概述

1362 有了更丰富的情绪

宝宝逐渐从惧怕中分化出羞耻和不安；从愤怒中分化出失望和羡慕；从愉快中分化出希望和分享。宝宝的情绪变得丰富起来，宝宝也开始有了我们看得见、感受得到的喜、怒、哀、乐。

1363 独立与依赖

宝宝独立性更强了，几乎与依赖性并驾齐驱。宝宝一方面有着强烈的独立愿望，愿意按照自己的意愿做事，有了更多感兴趣的事情要做，开始独自忙碌自己的事。但宝宝的依赖性并未随之减弱，而是与独立性同步增强。

1364 不愿意走路了

幼儿刚刚学会走路时，总是乐此不疲地走啊走，不再让父母抱。等到能很好地走路时，却不再愿意自己走了，总是张开两只小胳膊让爸爸妈妈抱。如果妈妈认为宝宝不是因为累了才让抱，那么妈妈可以通过游戏的方法鼓励宝宝自己走。

1365 可掌握近千个词汇

在这3个月中，宝宝词汇量快速积累着，每天可记忆20～30个单词，能学会2～3个完整的句子。这个阶段的幼儿已经掌握了近千个词汇，基本上能够用较完整的句子表达自己的意思了。

1366 分辨我和你

宝宝常常自己一边玩着，一边自言自语地说着，不知道宝宝在说什么，听到宝宝自言自语，妈妈不要感到困惑，自己和自己说话是这个月龄阶段宝宝的特点。

宝宝开始使用“我”、“你”人称代词，基本能够分辨“我”和“你”。在一大堆玩具中，宝宝会说：“小熊是我的，小兔子是你的。”宝宝对“你”和“我”的分辨，不仅仅是对人称代词的分辨，而且还是对物品所属权的分辨，不再把什么东西都看做是“我的”了。

1367 学着听电话里的话语

当宝宝听到电话里有说话的声音时，会出现疑惑的神情，不知电话里的声音是怎么来的，有的宝宝可能会因为害怕而把电话听筒扔掉。慢慢地，宝宝就明白电话是怎么一回事了，有的宝宝已经能够用电话和远在外地的亲人通话了。

1368 辨别声音

妈妈利用家里所有可以利用的物品，帮助宝宝学习辨别不同的声音。用不同的物品敲响不同的东西；用相同的物品敲打不同的东西，宝宝会非常喜欢这种认识事物的方式。

1369 模仿学习

可以通过宝宝的模仿力，培养宝宝的阅读习惯。父母的榜样作用是很重要的，如果父母吃完饭就看电视或打麻将，或玩游戏机，就不容易培养起宝宝的阅读习惯，而阅读习惯和能力的培

 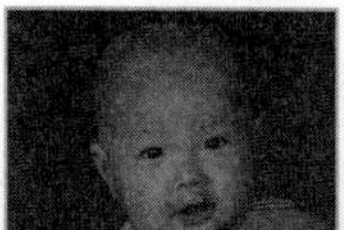    

养，对宝宝今后学习能力的提高是很重要的。

1370 识别物品轻重和材质

宝宝已经有了轻重的概念，初步认识家里的物品有轻有重，并可以辨别一些物品的材质，但这种辨别还存在明显局限。宝宝开始理解快慢，当宝宝在路上跑时，妈妈会说慢点跑，别摔着；当妈妈和宝宝做追逐游戏时，会对宝宝说，宝宝快跑啊。宝宝逐渐体会到了速度的快与慢。

1371 照着镜子跳舞

宝宝对自己的形体越来越感兴趣，照着镜子跳舞就是对自我形体的一种赏识。当宝宝照着镜子跳舞时，妈妈要对宝宝加以赞赏，帮助宝宝学会自爱。

培养宝宝热爱劳动的品德是非常重要的。可以让宝宝给花浇水，给小动物喂食，自己洗手帕，自己洗手洗脸。如果妈妈一直不让宝宝做事，宝宝就永远做不好事情。切不可让宝宝成为四体不勤、五谷不分的人。

第二节 体格和体能发育

1372 体重、身高、头围和牙齿

2～3岁这一年，男宝宝平均体重增长1.5～2.5千克，女宝宝平均体重增长1.5～2.2千克。体重过低，应考虑有病理性原因存在，及时看医生；体重偏低，应考虑喂养上是否存在问题，向保健医生或营养师咨询。

2～3岁这一年，男宝宝平均身高可增长5～10厘米，女宝宝平均身高可增长5～9厘米。尽管妈妈看不出宝宝长个了，可宝宝至少会长高六七厘米，多的可长十厘米，甚至更多。但也有极个别的宝宝，在这一年里，身高增长并不是很理想，可能只长三四厘米，甚至二三厘米。如果全年身高增长不足4厘米，应先看医生。

2岁以后的宝宝，头围增长速度明显下降，生长曲线趋于平稳。从外观上看，父母很难发现经过一年的生长，宝宝的脑袋长了。相反，由于宝宝胸廓的增加，身体各部比例不断趋于均衡，父母会感到，宝宝的脑袋不但没有长大，看起来比原来还小了。

1373 “X”型腿和“O”型腿

宝宝开始学习走路时，两条腿还比较直溜，父母感到很欣慰。可到了两三岁，宝宝的两条腿看起来有些不对劲了，两个膝盖靠得有些过近，而两只脚却好像离得远了，腿呈“X”型；或者两个膝盖离得过远，两只脚脚尖相对，腿呈“O”型。

宝宝是不是患了佝偻病？妈妈们都很关心这个问题。一般来说，“X”型腿和“O”型腿都是宝宝身体发育过程中出现的暂时现象，不属于发育异常，一般到了五六岁时，宝宝腿都会恢复笔直的状态。有的医生也可能会给宝宝照一张X光片，看一看宝宝骨骼发育情况，确定一下是否有佝偻病表现。如果一切正常，父母就不必再做过多的检查了，也不要限制宝宝的正常活动。另外，看一看你为宝宝购买的鞋子是否合脚，是否质量过关。如果宝宝的鞋子有问题，不但会影响宝宝脚踝的发育，还会影响宝宝腿部、乃至整个身体的发育。

1374 独自双脚跳起

25个月以后，宝宝能够独自双脚稍微跳起，独自能跑，妈妈牵着宝宝双手，宝宝能够单足站立了，但还站不很稳。妈妈扶着宝宝双手，宝宝能够双脚一起跳起。

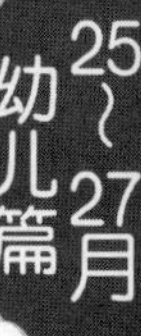

1375 跨越障碍物

26个月以后，宝宝能够独自跨越障碍物了。在地上放一根木棍或小塑料棒，当宝宝走近障碍物时，会轻松地抬起脚跨越过去。如果宝宝不敢，或还不能独自跨越，妈妈可牵着宝宝的小手，鼓励宝宝跨越。也可让爸爸在前面给宝宝做示范，妈妈领着宝宝，跟在后面模仿着爸爸的动作。

1376 扶着栏杆上楼梯

宝宝能独自或一手扶着栏杆上楼梯。宝宝会一脚一个台阶地上楼，但还不会一脚一个台阶地下楼。有的宝宝会侧着身子一脚一个台阶地下楼，以免从楼梯上摔下来。宝宝有了自我保护能力，这是宝宝的又一大进步，表现出宝宝量力而行的理性。尽管宝宝进步不小，妈妈还是要在宝宝安全上多加注意，宝宝安全意识还是非常薄弱的。

1377 加速向前走

27个月以后，宝宝已经走得很稳当了，能随时根据需要，起步走或停下来，能加速向前走，也能减速向前走。跑步时两个胳膊会前后摆动。能双足并拢连续向前蹦几步，有的宝宝会单足向前蹦一步，但大多数宝宝还不能单足蹦跳。

1378 抬脚踢球

如果上个月会抬脚踢球了，从这个月开始，宝宝可能会把一只脚先向后伸，然后向前使劲对准球把球踢出去。这可是不简单的动作，要保持身体的平衡，还要恰到好处地把脚落在球体上。当宝宝会这样踢球时，就可以把球踢得比较远了，离跑动中踢球也就不远了。

1379 自由地蹲下、起来

宝宝能自由地蹲下做事，能够比较快速地从蹲位变成站立位，而不再需要一只手撑地，或两只手扶着膝盖了。已经能够把腰弯得很低而不向前摔倒。弯腰时，如果妈妈叫宝宝，宝宝会在弯腰状态下把头扭过来看着妈妈。妈妈可别小看这个动作，这个动作需要宝宝全身都受力，在异常体位下保持着平衡状态，说明宝宝的平衡能力已经相当不错了。

1380 溜滑梯

宝宝登上滑梯，从滑梯上滑落下来。有的宝宝不敢往下溜，但看到其他小朋友快乐地溜滑梯，也跃跃欲试，一次次爬上滑梯，要往下溜时却现出害怕神情，甚至抱着妈妈的脖子不放。没关系，妈妈不要急，不必担心宝宝的胆量。宝宝间发育存在着个体差异，性格也是迥异的。在运动方面不愿意冒险的宝宝，不一定是胆子小，只是感觉到自己没有把握完成这个动作，说明宝宝开始有了安全意识。妈妈可以扶着宝宝，一点一点往下滑，重复次数多了，宝宝就敢自己往下滑了。

1381 喜欢爬高

宝宝喜欢爬到高处，有的宝宝还会从高处往下跳，以此寻求新的刺激。宝宝喜欢在沙发上跳跃，体会被沙发弹簧弹起来的感觉。宝宝在沙发上跳跃可能会遭到妈妈的反对，因为妈妈担心把沙发跳坏了。妈妈可千万不要心疼家具，宝宝利用一切可以利用的“体育器械”锻炼自己的运动能力和体魄，无需妈妈购置体育器材，这是宝宝因地制宜，就地取材的聪明之举。妈妈可能会说沙发是用来坐的，不是用来供宝宝跳的，可宝宝哪能像成人一样老老实实地坐在沙发上？在沙发上跳来跳去、爬上爬下，是幼儿的天性使然，等宝宝长大了，自然会稳当地坐在沙发上。如果现在让宝宝像成人那样坐在沙发上，那就违反了宝

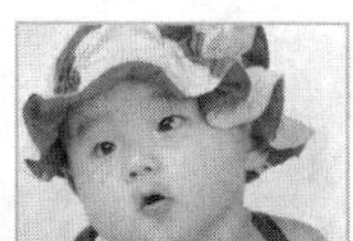

宝的天性。

1382 喜欢赛跑

现在宝宝不喜欢走路了，因为走路已经没有挑战了。宝宝很喜欢和爸爸妈妈赛跑，和宝宝赛跑是引发宝宝走路兴趣的好方法。宝宝天生喜欢竞技活动，喜欢竞技带来的刺激。但宝宝多喜欢追赶爸爸妈妈，因为在宝宝看来，追爸爸妈妈是主动和安全的，而被爸爸妈妈追赶是无法把握和不安全的，是令他感到恐惧的事情。但也有的宝宝更喜欢被爸爸妈妈追赶，因为那样刺激性更大。

走路时，发现路上小石子或落叶，这也是一种活动。还有数步伐的游戏，不仅能鼓励宝宝自己走路，还能教会宝宝数数，是一举两得的走路游戏。

1383 使用剪刀

宝宝手的运用能力不断提高，如果妈妈教了宝宝如何使用剪刀，宝宝会用剪刀把纸角剪掉，或剪开一个口子。宝宝会使用剪刀了，就可能剪袜子、衣服、被单等物品，这可是不小的破坏能力。

妈妈能够接受宝宝“好的能力”，难以接受“坏的能力”。但对宝宝来说，他可没有成心搞破坏的想法，更不想惹妈妈生气。宝宝所做的一切，不过反映出他在成长过程中所拥有的一份能力。如果说宝宝因他拥有的能力而破坏了物品，扰乱了秩序，妈妈也不要误以为宝宝在成心捣乱。宝宝的行为需要妈妈正确的指引，而不是妄下结论。

1384 喜欢制作

宝宝开始喜欢制作。最初的制作是从折纸开始的，然后是用橡皮泥捏各种形状的东西，父母很难一眼看出宝宝捏的是什么，但宝宝自己知道他捏的是什么。宝宝可能还会把一块布包在玩具娃娃或玩具小动物身上，给它们“制作衣服”，宝宝开始做“手工艺”了。如果妈妈没有提前培养宝宝的“手工艺”，宝宝要到3岁以后才拥有这些能力。手的精细运动能力与智能发育有密切的联系，妈妈可提前开发宝宝的“手工艺”能力。宝宝开始的时候可能学不会，没关系，多让宝宝接触，多给宝宝机会，是对宝宝最好的潜能开发。

1385 拆卸玩具

喜欢拆卸，是这么大宝宝的特点。宝宝喜欢把所有能够拆卸的玩具都拆得七零八落，探究内部结构；对发声玩具，宝宝更是希望探究它为什么会发声。宝宝拆卸玩具，体现了宝宝对事物的探索精神。拆卸玩具本身不是坏事，但玩具被拆卸以后，对宝宝可能会构成威胁，如划破皮肤，把小部件误吞入气管、食道，这是妈妈特别需要注意的。不能发生形体变化的玩具，宝宝很快就玩够了，而对于能够变形和随意拆卸的玩具，宝宝反复玩也玩不够。

第三节 智能发展

1386 使用“我”、“你”人称代词

2岁以后，宝宝开始分辨“我的”和“你的”。在一大堆玩具中，宝宝会说：“小熊是我的，小兔子是你的。”而原来宝宝仅会说“小熊是宝宝的，小兔是妈妈的”。宝宝不仅有了物品所属的概念，还会使用代词表达物品的所属关系。

宝宝对物品的认识，经历一个由简到难、由低到高、由窄到宽的不断发展、不断进步的过程，其认识路径依次是：

看到物品→知道物品名称→知道物品用途→说出物品名称→不见到物品也能说出名称→看到与物品相关的事物或物品能想到该物品→意识物品所属→我的→你的→他的→我们的→你们的→

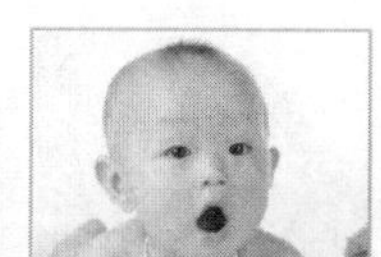

他们的→大家的→公共的→社会的→世界的。

1387 用完整句子表达意思

在这3个月中，宝宝词汇量快速积累着，每天可记忆20～30个单词，能学会 2 ～ 3 个完整的句子。这个阶段的宝宝已经掌握了近千个词汇，基本上能够用较完整的句子表达自己的意思了。宝宝掌握的词汇，都是与其生活经验密切相关的。在此基础上，还能够掌握一些较为抽象的词汇。先掌握实词中的名词、动词，其次是形容词，后掌握虚词中的连词、介词、助词、语气词。

1388 每天都能说出新词

宝宝已经能用200～300个字，组成不同的语句。宝宝词汇增长很快，几乎每天都能说出新词，这让父母很惊讶，不知道什么时候学的，因为父母从来没有教过啊。

宝宝的语言不都是从父母那里学来的，并不是父母说什么，宝宝就说什么。父母没有说过的话，宝宝不一定不会说。宝宝不但从父母那里学习语言，还把储存在大脑中的单词、语句进行加工整合，变成自己的语言。宝宝还根据自己对事物的认识和理解，用自己对词句的理解来描述事物、表达看法、提出建议和意见。语言能够促进宝宝智力发展，智力发展又帮助宝宝理解语言。随着宝宝的成长，各种能力都相互促进、相互影响、协调发展。因此对宝宝的智能和潜能开发应该是全面的，没有哪个重要、哪个不重要之分。

1389 记录宝宝有趣的语言

从现在开始，宝宝进入了语言表达期，非常愿意和爸爸妈妈对话，而且宝宝总是语出惊人。把宝宝的语言记录下来，你会发现，随着宝宝语言表达能力的提高，宝宝会用他独特的语言表达方式和父母对话，常常能说出让你想也想不出的语句。

当你听到宝宝这么说时，你会觉得你一辈子也忘不了宝宝这些有趣的话，可是你根本记不住宝宝的话。当你认为已经记住了宝宝的“妙语”，张口学宝宝的话时，说出来的却完全不是宝宝的词句，更不是宝宝的表达方式，听起来没有一点意思。当时让你捧腹大笑的话语，你一复述，没有人觉得有意思，这就是宝宝童语的魅力。快把宝宝的“妙语连珠”记下来吧，当宝宝长大时，翻开宝宝的语录，你会不相信自己的眼睛，这纸上的文字是你记录的吗？这些想也想不出来的话，是宝宝说出来的吗？因为长大的孩子，说话完全不是这样。是的，那只是2岁宝宝的语言。

1390 听电话

宝宝通过电话玩具，已经认识了电话，现在开始会用真正的电话了。起初宝宝听到电话里有说话声，显出疑惑的神情，不知电话里的声音是怎么来的：怎么看不到说话的人呢？宝宝会把电话听筒拿到眼前，试图看一看说话人在哪里。这时，妈妈可告诉宝宝电话是怎么回事，宝宝从电话里听到的说话声是从哪里来的。尽管宝宝还不能完全理解妈妈的话，但妈妈的解释至少能让迷惑中的宝宝知道事出有因。随着宝宝阅历的增加，慢慢就会明白电话是怎么一回事了。

父母不能认为宝宝听不懂就不讲了，父母应尽量使用宝宝能听懂的词句和容易理解的解释，告诉宝宝不知道的事情，就如同我们把专业的知识变成人人都看得懂，听得明白的科普知识一样。

1391 辨别声音

妈妈利用家里所有可以利用的物品，帮助宝宝学习辨别不同的声音，用不同的物品敲响不同的东西，用相同的物品敲打不同的东西，辨别它们所发出的声音，宝宝会非常喜欢以这种方式认识事物。在宝宝听来，每一种声音都是一串音符。等宝宝学习真正的音乐时，宝宝会把这些来

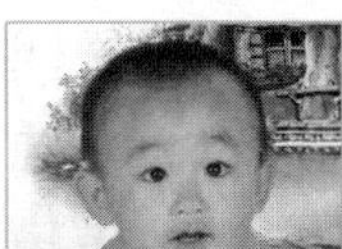
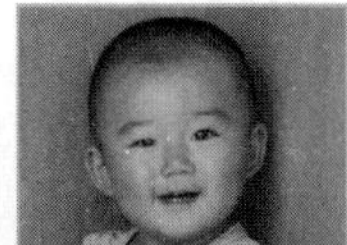
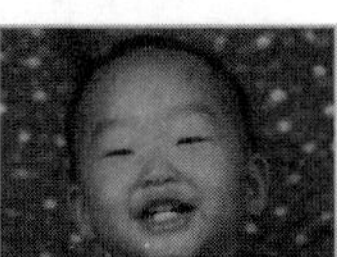
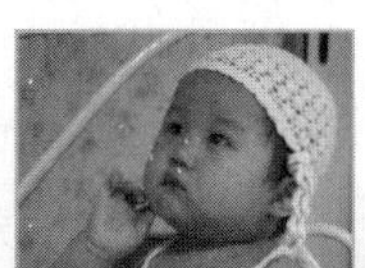

自生活中的音符，融入到音乐中去，创造出贴近生活的乐曲。

1392 大脑进入第二个快速发育阶段

人类大脑有140多亿个脑神经细胞，其中每个细胞又与另外5万个其他细胞相连接，比目前全球电话网连在一起还要复杂1400倍。大脑皮层充满皱褶，每平方毫米大约分布有8万个脑细胞，这些脑细胞可以记忆8600条信息。人类大脑装载了人类几千年的经验和文明，创造着现代高科技和更加美好的未来。

宝宝出生时的脑重量是400克，1岁时达800克，3岁时达1100克，4岁时达1200克，6岁时接近成人，脑重1300～1500克。如果以20岁的脑重为100%，则刚出生时的脑重只有10%左右，到了2岁时约为50%，到了4岁时约为80%，已接近20岁的成人脑重，而这时宝宝的体格发育还不及成人的一半！可见人体的成长是以脑、普通脏器、生殖器官的顺序依次进行的。宝宝在3岁以前基本上完成了大脑的格式化。

宝宝就是在不断地实践和认识中，把大量的信息储存到大脑中的，大脑对这些信息进行编码后，转换成大脑自己的程序语言。宝宝接受的信息量越大，接受新的刺激信号就越多，建立起来的神经联络也越多。因此，幼时丰富的生活经历，对宝宝智力开发是很重要的。

右脑主要储存从祖先继承下来的信息，记忆遗传基因中包含的大约500万年人类的经验信息，可以说右脑是智慧的基础；而左脑主要储存出生以后一辈子所获得的人生经验信息。

1393 创造力

宝宝的创造力是智能发展不可或缺的表现，是创造性、冒险性思维发生、发展的表现；是发现、想象、好奇、实验、探索、发明的动力；是产生新思想、找到事物间新联系、积极形成新概念、不墨守陈规的能力；是发现问题并解决问题的新思路。创造力通过想象力、新观念、新思维、新举措体现出来。几乎所有宝宝都有相当高的创造力，父母应该给宝宝鼓励、训练和机会。方法得当可以使幼儿创造力提高，方式不当会使幼儿创造力降低。

1394 想象力

宝宝大脑发育具有间断性，并非匀速发展。2岁宝宝，大脑发育再次进入飞速发展时期。比较明显的表现就是2岁幼儿拥有了想象的能力，这是人类潜能发展的重要一步。想象力依靠大脑前部皮层神经元联络的形成，宝宝刚出生时，联络还没建立，细胞网络稀稀疏疏；2岁时则发展成密密麻麻的灌木丛了。

宝宝生来就有一种探究和学习的欲望，好奇心驱使宝宝一次又一次地尝试每一件事，直至掌握。玩耍是获得信息，发展智力的必要过程，接受的信息越多，智力水平越高。过去的经历有助于宝宝以后的学习，在学习中获得新知识、拥有新技能。没有足够的刺激，宝宝对学习会感到厌倦，失去学习兴趣。

注意力集中是学习的必备条件，宝宝注意力集中时间很短，注意力有限，但并不意味着宝宝只能学习很少的东西。宝宝对新鲜事物有极强的兴趣，尽管宝宝很难把精力长时间集中在某一件事上，但不断变换的事物，却很容易吸引宝宝的注意。

1395 自我意识与权利意识

宝宝开始有了自我意识和权利意识，开始坚持自己的意见，并主动要求做事。但宝宝往往以任性的形式表现他的进步，让妈妈头痛，给父母“难以管教”的印象。

父母要学会理解宝宝，理解宝宝的举止行为，理解宝宝在成长过程中的“异常”，用另一种眼光解读宝宝。宝宝是一本永远也读不完、知识面最广的书，也是最值得读的书。真正读懂宝

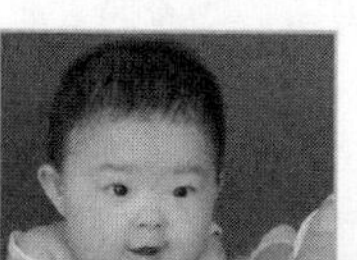

宝这本书，才可以称得上是合格的父母。

1396 对着镜子跳舞

宝宝对自己的形体越来越感兴趣，照着镜子跳舞就是对自我形体的一种赏识。当宝宝对着镜子跳舞时，妈妈要对宝宝加以赞赏，帮助宝宝学会自爱。对自己的喜欢是非常重要的，妈妈可不要打击宝宝的“自我欣赏”，只有学会爱自己，才能学会爱别人。自我肯定、自我欣赏是自信的基础。

1397 识别物品的轻重

宝宝已经有了轻重的概念，当宝宝拿起比较重的物品时，妈妈夸奖宝宝是个大力士，能拿起这么重的物品。当有两件物品时，妈妈对宝宝说，宝宝拿这个轻的，妈妈拿这个重的。慢慢地宝宝自己就能够判断物品的轻重了。

1398 辨别物品材质

宝宝可以辨别一些物品的材质了，但这种辨别还很局限。比如宝宝知道杯子是玻璃做的，就会认为所有的玻璃器皿都是杯子，或所有的杯子都是玻璃做的。宝宝还不能理解杯子可以用不同材质做成，或者玻璃还可以做成不同的东西。

这是对物品认识不断深化的过程，父母不必担心宝宝不懂，要用最容易理解的方式告诉宝宝不同材料的物品，帮助宝宝学会对物品材质的认识，这也是对宝宝的智力开发。父母切不可忽视日常生活中随时随地、简便易行的智力开发，对宝宝智能发展的重大作用。

1399 判断速度的快慢

宝宝开始理解快慢。当宝宝在路上跑时，妈妈会说慢点跑，别摔着；当妈妈和宝宝做追逐游戏时，会对宝宝说，宝宝快跑啊，小青蛙追上你了。宝宝逐渐体会到了速度的快与慢。当宝宝真正认识到速度时，就能够听懂妈妈的话，妈妈让宝宝快跑，宝宝会加速；让宝宝慢跑，宝宝就会减速。宝宝就是这样一点一点认识事物的，从外表到名称、功能、重量、质地，到抽象的概念，不断加深对事物的认识。

1400 一遍遍地学

宝宝越不具备的能力，越有浓厚兴趣学，不厌其烦地不断尝试，从来不在乎失败，学习劲头特别足。刚刚学会的本事，更是乐此不疲，一遍遍地去做，甚至把其他的事情都忘了。比如，刚刚学会走的宝宝，会因为对走路的兴致高，而忘记了语言的学习，语言的进步可能就会有所减缓。所以，父母不能要求宝宝事事都走在最前头，什么都是最棒的。不用说宝宝，就是我们成年人，也是一心不可二用。人的精力是有限的，尽管宝宝们的发育非常快，接受能力非常强，但宝宝的成长也是一个过程，不能一口吃成胖子。

1401 替代性扮演游戏

宝宝可能会随手用一些毫无关系的物品作代替，来进行游戏。也许宝宝会用奶瓶给玩具娃娃梳头，还说奶瓶是梳子；也许会把一个大扫帚当马骑；把沙发墩当卡车推着走；拿扫帚当枪等等。这是宝宝想象力和创造力的结合，父母应该鼓励和支持，千万不能干涉。也许宝宝会把屋子弄得乱七八糟，没关系，有宝宝的家不可能像两人世界那样整洁。宝宝在游戏中开动脑筋，想出各种稀奇古怪的游戏，这说明宝宝非常聪明，有想象力和创造力。

1402 情绪反应丰富细腻

从2岁开始，宝宝逐渐从惧怕中分化出羞耻和不安，从愤怒中分化出失望和羡慕，从愉快中分化出希望，宝宝的情绪变得丰富起来，宝宝也开

始有了我们看得见，感受得到的喜、怒、哀、乐。

幼儿时期宝宝还会出现高级情感，如同情心、羞愧感、道德感等，成为幼儿社会性行为产生、发展的内部动力和催化剂。但幼儿的高级情感不是随着月龄的增加而自然拥有的，在很大程度上需要父母的引导与培养。

1403 独立性和依赖性同步增强

2岁以后，宝宝一方面有着强烈的独立愿望，愿意按照自己的意愿做事，有了更多感兴趣的事情要做，开始独自忙碌自己的事。但另一方面，宝宝的依赖性并未随之减弱，而是与独立性同步增强。如果说几个月前妈妈还可以离开宝宝，到了这几个月，宝宝可能一步也不想离开妈妈，尤其在晚上，没有妈妈陪伴，宝宝几乎不能上床睡觉。宝宝和父母的情感纽带，编织得越来越牢固紧密了。

第四节 饮食管理

1404 控制吃饭时间的有效办法

● 吃饭时间不做其他事情。避免边吃饭边看电视、边吃饭边教育宝宝、边吃饭边对宝宝进行营养指导、边吃饭边游戏等等。

● 不让宝宝吃饭时离开饭桌。让宝宝坐在餐椅里，可避免宝宝到处跑。宝宝还没吃完饭就离开饭桌，妈妈不要追着宝宝喂饭，也不要呵斥宝宝，只需把宝宝抱回饭桌，继续让宝宝吃饭。可以让宝宝围着饭桌转悠两圈，因为这么大的宝宝不能老老实实地坐在那里，但不要让宝宝离开饭桌。

● 控制吃饭时间。最好在半小时内完成吃饭，如果宝宝没有在半小时内完成吃饭，就视为宝宝不饿，不要无限延长吃饭时间。妈妈可能要问了，宝宝没吃饱怎么办？妈妈的心情可以理解，但建立好习惯毕竟需要一定章法。就算半个小时内宝宝没吃几口饭菜，也不要一直把饭菜摆在饭桌上，等宝宝饿了随时吃。增强宝宝对"一顿饭"与"下一顿饭"的时间概念。

● 父母的模范作用。不希望宝宝做的，父母首先不要做，如在饭桌上看书、看报、看电视；在饭桌上吵嘴或说饭菜不好吃。

1405 为宝宝准备饭菜的基本原则

● 少放盐。宝宝不能吃过多的食盐，做菜时要少放盐。如果父母都比较口重，那正好借此机会减少食盐摄入。过多摄入食盐，对成人的身体健康同样不利。

● 少放油。摄入过多油脂会出现脂肪泻，也影响宝宝食欲。过于油腻的菜肴，容易引起宝宝厌食。宝宝喜欢吃味道鲜美、清淡的饮食。

● 不要太硬。宝宝咀嚼和吞咽功能还不是很好，如果菜过硬，宝宝会因为咀嚼困难而拒绝吃菜。

● 菜要碎些。宝宝咀嚼肌容易疲劳，如果菜肴切得过大，宝宝就需要多咀嚼，很容易疲劳；宝宝口腔容积有限，块大的菜进入口腔会影响口腔运动，不利于咀嚼，宝宝会因此把菜吐出来。

● 适当调味。宝宝有品尝美味佳肴的能力，但妈妈给宝宝做饭多不放调料，我们成人吃起来难以下咽，宝宝也同样会感到难以下咽。给宝宝的饭菜也要适当调味，宝宝喜欢吃有滋有味的饭菜。

● 给宝宝自己吃饭的自由。这是避免宝宝偏食厌食的重要方法，宝宝已经有能力自己吃饭了，妈妈就不要代劳了；宝宝已经有选择饭菜的能力，妈妈不要总是干预宝宝该吃什么，不该吃什么。父母有义务为宝宝准备宝宝应该吃的食物，宝宝有权利选择他喜爱吃的食物。"应该吃"与"喜爱吃"能做到基本一致，宝宝饮食就没什么问题了。

● 品种多样。妈妈一周内给宝宝吃的饭菜只有一两种，几乎每天都吃同样的饭菜，这怎么能

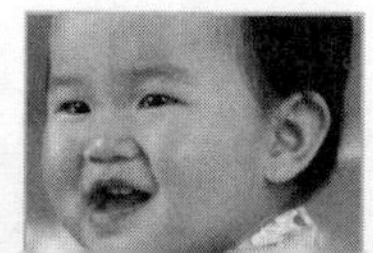
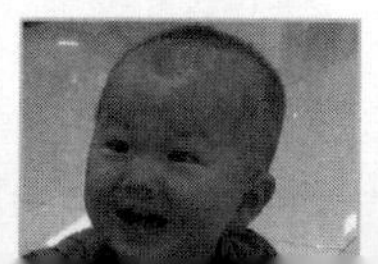
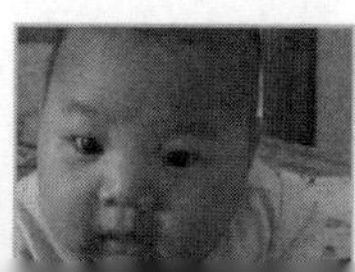

不让宝宝腻烦呢！一周之内，同样的饭菜，最多只能重复一次。

1406 避免宝宝“周一病”

双休日可能会带宝宝到亲属或朋友家做客，亲属和朋友也可能会来到你家做客。人多的时候最容易打乱宝宝生活规律，周一父母都该上班了，可宝宝却生病了。宝宝周一生病，大多都是由父母休息日拜亲访友、休闲出游等活动安排不当造成的，这是完全可以避免的。

双休日如果成人不能按时吃饭睡觉，最好保证宝宝的作息时间不被打乱，至少不要差太长时间。如果宝宝有午睡习惯，要想办法为宝宝创造午睡环境。人多最易使宝宝吃乱、睡乱、大小便乱，这三乱对宝宝来说可是大问题，应引起妈妈注意。人多，都喜欢给宝宝吃，你给一口，他给一口，不撑坏肚子才怪呢！

可能还会有亲朋好友给宝宝带些小零食，如果宝宝从来没吃过这些食物，妈妈要慎重给宝宝食用，不要一下子让宝宝吃太多从来没吃过的食物。

双休日宝宝可能会和父母一起懒床。中午又因为人多，宝宝就可能不午睡了。这样一来，晚上宝宝可能会睡得比较早，因而影响晚上吃饭。而星期一早晨要早起，午觉因此又要提前，这样整个作息时间都被打乱了。

宝宝已经养成定时排大便的习惯，可能会因为人多，宝宝玩得正兴奋，而忘记排便；即使有了便意，也会因玩兴正浓，而不愿意坐在便盆上。妈妈可不要忽视这个问题，一定要帮助宝宝按时排大便。

1407 解决喂养难题的根本思路

● 宝宝挑食。宝宝愿意吃什么就吃什么，父母只是给宝宝提供选择的可能。任何时间，任何情况下，父母都不能以任何理由，强迫宝宝吃父母认为应该吃的食物。与其说宝宝挑食，不如说父母代宝宝“挑食”。

● 宝宝吃得少。吃多吃少，应该由宝宝的胃容量和宝宝对食物的需求量来决定，不能凭父母的感觉。归根结底，吃饭是宝宝在吃，吃没吃饱，是最简单的条件反射，宝宝有这个能力，这是生命的本能反应。如果父母总是干涉宝宝的吃饭问题，第一会给宝宝带来“吃饭压力”，第二会打乱宝宝的正常食欲反应，第三会弱化宝宝的自我感知能力，第四会造成宝宝自信心缺乏。

● 宝宝偏食。父母有义务给宝宝提供生长发育所需要的营养和食物，宝宝有权利决定自己吃什么、吃多少。所谓“偏食”，都是父母心中有一个“正食”的标杆，宝宝实际吃的喝的，与这个标杆稍稍有所偏离，父母就大惊失色，宣布“宝宝偏食”。其实宝宝和成人一样，也有自己的饮食偏好。父母应该做的，是根据宝宝的饮食偏好，注意食物搭配上的营养丰富性，让宝宝在“偏好”的饮食中依然得到足够多、足够丰富的营养。

● 宝宝“不良”饮食习惯。习惯不是宝宝与生俱来的，而是后天养成的，与父母的养育和引导有着直接的关系。如果宝宝饮食习惯“不良”了，那一定是父母喂养习惯“不良”的结果。

不会有哪位父母执意要把宝宝喂养出不良的饮食习惯，但不可否认，每位父母都有一定的饮食习惯。这些饮食习惯，有些是好的，有些是还能接受的，有些就是不良的。关键在于，父母并没有清晰地意识到自己有不良的饮食习惯。而事实上，正是这些由父母带来的不良的饮食习惯，无声无息却又时时刻刻地影响着宝宝饮食习惯的建立。形象地说，父母的饮食习惯，就像“前车之辙”，可惜的是，宝宝还小，不能把这“前车之辙”当作自己的“后车之鉴”，而只能是“前车”和“后车”“同出一辙”了。

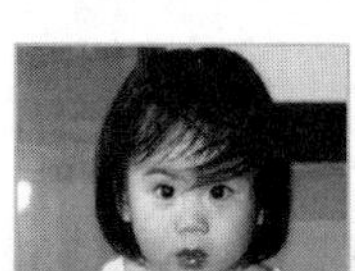

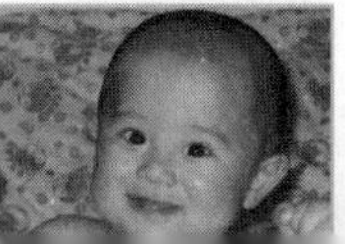

第五节 尿便管理

1408 帮宝宝学会控制尿便的有效方法

- 抓准宝宝排便信号，恰到好处地让宝宝把尿便排在便盆中；
- 行动和语言同时进行，当宝宝发出尿便信号时，妈妈或看护人要告诉宝宝：宝宝要尿尿了，或宝宝要便便了，与此同时帮助宝宝脱下裤子，打开纸尿裤或尿布，让宝宝坐在便盆上；
- 如果宝宝的反应是“我不要坐便盆，我没有尿便”，妈妈或看护人应立即帮助宝宝带上纸尿裤，穿上裤子，爸爸妈妈或看护人要尊重宝宝排便选择；
- 给宝宝做示范，允许宝宝和父母一起上卫生间，通过模仿力训练尿便是最直接的方法；
- 给宝宝准备好看的便盆、坐便椅等排便物品，先让宝宝当作玩具玩，等到宝宝熟悉了，再让宝宝穿着纸尿裤坐在上面，最后让宝宝脱去纸尿裤坐在上面尿便。

1409 把便排在便盆中

让宝宝把大便排在便盆中，最简便的方法是让宝宝模仿。宝宝有极强的模仿力，通过模仿让宝宝学会做一件事，要比通过教导容易得多。父母可把便盆放在卫生间，带着宝宝一起上卫生间，让宝宝有感性认识，宝宝坐在便盆上，妈妈坐在马桶上，但有时宝宝也会有一种像“大人”一样的愿望，要求父母把他也抱到马桶上，这是个好兆头。如果宝宝强烈要求坐马桶，妈妈则需要在马桶上套上适合宝宝使用的马桶套。

1410 坐马桶

不要一下子让宝宝坐在马桶上，尤其是脱光屁股坐在凉凉的马桶上，宝宝会因为不舒服，或感到陌生而拒绝。可以先购买一个儿童坐便套，让宝宝当作玩具，穿着裤子坐在上面。当宝宝熟悉后，再告诉宝宝，这是拉屎撒尿用的，把盖子打开，让宝宝试一试。如果宝宝不反对，表示很愿意这么做，就让宝宝光着屁股坐上去。当宝宝熟悉以后，就可以让宝宝上卫生间大小便了。市场上有适合幼儿的儿童便盆和儿童专用马桶套，还有脚垫，非常实用。

1411 睡觉困难是干预过多造成的

在睡觉方面，随着宝宝长大，分化越来越明显，有的宝宝成了睡觉老大难，妈妈为把宝宝哄入睡，几乎想尽所有能够想到的办法，可就是不能自然地让宝宝入睡。可有的宝宝从来就不让妈妈操心，困了就乖乖地上床睡觉，有的宝宝刚刚还在快乐地玩耍，一会儿就趴在沙发上睡着了。这样的宝宝大多是受到较少干预的宝宝，妈妈从宝宝一生下来就不哄宝宝睡觉，什么时候想睡就睡，从来不考虑宝宝睡眠时间是否够，在宝宝醒着的时候，不停地和宝宝玩，一直到宝宝困得挺不住了，自然而然地睡着了。宝宝还没有睡意时，就让宝宝上床睡觉，是导致宝宝睡觉困难的原因之一。

给宝宝睡眠的自由，并不意味着保证不了宝宝充足的睡眠，因为困着不睡的宝宝是坚持不下去的，宝宝只不过是困了还要和爸爸妈妈玩，当爸爸妈妈不让宝宝尽兴玩时，宝宝非但不睡，还会闹人、发脾气。尽管妈妈认为宝宝该上床睡觉了，可宝宝就是不想让妈妈干预，因此妈妈越是让宝宝睡觉，宝宝越是不睡，就是和妈妈较劲。如果妈妈放开不管，他就没了较劲的兴致，或许一会儿就睡了。

1412 营造午睡氛围的好方法

- 午饭后不要带宝宝到户外活动；
- 午饭时和午饭后不要开电视，不放欢快、节奏感很强的音乐；

- 把窗帘拉上，让室内光线暗下来；
- 陪伴宝宝一起躺到床上；
- 如果宝宝能够躺在你身边，不闹着你陪他玩耍，你就闭上眼睛睡你的觉；
- 如果宝宝让你陪着玩，你就闭着眼睛，搂着宝宝轻轻地哼摇篮曲或轻声地讲故事。不要讲令宝宝兴奋的故事，语速要慢，声调要低，故事情节要平和；
- 如果家里有条件，可以把午睡地点和晚上睡觉地点分开，这样会让宝宝有兴趣躺下来。一天两次去一个地方，都是为了睡觉，宝宝会因为没有新奇感而拒绝上床；
- 告诉宝宝午觉后到户外玩去；
- 宝宝连眼睛都不闭，你就陪着宝宝躺半个小时，更长的时间没有意义；
- 如果你希望宝宝睡午觉，就要坚信宝宝总有一天会闭上眼睛入睡，即使现在不睡，也要按时躺到床上去。

1413 陪伴睡眠与宝宝独睡

25个月的宝宝不会因为自己不再是早期幼儿，而自觉地独立睡眠，除非从新生儿期就开始独立睡眠，否则的话，现在正是依恋妈妈的年龄，如果现在让宝宝独睡，可能会导致宝宝睡眠障碍。

宝宝的独立性和恐惧感是相辅相成的，一方面宝宝有极大的独立愿望，什么都想自己做主，一方面又有强烈的恐惧感，因为宝宝对这个世界还很陌生，对事物的认识也相当有限，这种矛盾心理使得宝宝一方面要独立于父母，一方面又希望父母一步也不要离开。所以，这么大的宝宝多是希望父母在一旁，他随时可以看到父母的身影，但父母又不干预他的活动，他可以在那里自由地玩耍，需要的时候随时能够把父母叫到身边，不需要的时候，父母还在他的视野范围内。如果妈妈让宝宝到其他房间睡觉，宝宝是不会答应的，即使把宝宝哄睡了，半夜醒来看不到妈妈，宝宝也会大声啼哭，而且从此不再离开妈妈半步，或开始半夜噩梦惊醒。宝宝也开始有了记忆，对不良刺激比较敏感。

1414 入睡前父母做什么

宝宝喜欢听爸爸妈妈讲故事，尤其喜欢听妈妈自编的、与宝宝成长有关的故事。这个时期的宝宝还有一个特点，就是对于他感兴趣的事情，会要求一遍又一遍地去做，直到他熟悉或记住为止。听故事也体现出这个特点，昨天讲的故事，今天继续讲，宝宝一点意见也不会有，仍然会听得津津有味。宝宝会问同样的问题，让妈妈讲同样的故事，看同样的一本图书，玩同样的游戏，看同样的电视节目。妈妈可能又要问了，不是说宝宝有很强的求新欲望吗？宝宝的注意力不是很短吗？对一件事情的兴趣不是很短暂吗？为什么愿意听同一个故事，做同一件事情呢？是的，这并不矛盾，正是因为宝宝没有长期的记忆，但宝宝有强烈的探索精神和求知欲望，不断地刺激能够加强宝宝记忆，这是宝宝在此阶段的学习方法，是学而时习之。

1415 早晨起来父母做什么

宝宝一觉睡醒了，睁开眼睛，看到身边的父母，温馨的环境，所有的一切都是那样的熟悉，又是那样的陌生。早晨起来妈妈要做什么呢？不是急忙穿衣服做家务，一派忙乱景象。当宝宝睁开眼第一眼看到爸爸妈妈时，是爸爸妈妈的笑容和一声温馨的问候，这是宝宝快乐一天的开始，然后让宝宝自己动手穿衣服，妈妈在一旁协助宝宝，坐便盆，洗脸刷牙，做做肢体运动，然后进早餐。请注意，协助并不是完全代劳。

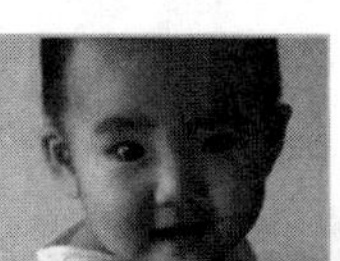

第十四章 2岁4~6个月幼儿（28~30月）

第一节 体能发育

1416 头围、前囟和牙齿

宝宝头围每月平均增长0.2厘米，基本上测量不出与前几个月的差别。绝大多数宝宝囟门已经闭合，但仍有个别宝宝尚未闭合。如果宝宝2岁半囟门还没有闭合，建议看一下医生。如果医生没有发现异常情况，父母就可以放心了。

大多数宝宝已经长出16颗乳牙了，但有的宝宝可能仅仅长出10颗左右，有的宝宝已经出齐20颗了。妈妈不要因宝宝出牙少而着急，出牙早、出牙晚也存在着个体差异。

如果从2岁开始就慢慢学着自己刷牙，现在宝宝基本上能够自己拿着牙刷刷牙了。但宝宝还不能把牙齿清理干净，妈妈要在宝宝刷完后，再帮助宝宝轻轻刷几下。每次吃饭后都应该用清水漱口，或用棉纱布轻轻擦拭牙齿表面。宝宝牙齿的保护非常重要，要定期为宝宝做牙齿保健，每3个月看一次牙科医生。

1417 双脚跳、单脚跳

许多宝宝或许早就能自己双脚跳，单脚跳了。如果还不能跳，妈妈也不必着急。每个宝宝都有自己的发育进程，不可能总是按照普遍发展模式完成。这一段时间，宝宝的能力发育可能落后于一般水平，但另一段时间，很可能又超前于一般水平。另外，这方面落后些，而那方面又超前些，这种情况也是很普遍的。父母要全面观察宝宝生长发育情况，用发展的眼光看待宝宝的成长问题。

1418 用腿脚做事

宝宝足部运动能力越来越强，喜欢用脚做事。见到地上的东西，总是喜欢踢一踢。宝宝最喜欢踢球运动，无论是男孩还是女孩，都喜欢踢皮球。给宝宝选择鞋的时候要注意，即使在夏季，最好也不要给宝宝选择露脚趾的鞋子，以免宝宝踢球或其他物体时，把趾甲碰伤。

1419 越过障碍物

宝宝喜欢蹦来蹦去，会从高处往低处蹦，也开始从低处往高处蹦，还能够越过障碍物。宝宝喜欢听踩水时发出的声音。雨过天晴，带宝宝到户外活动，如果地上有积水，宝宝不会像成人那样绕着水过去，而是会毫不犹豫地踩在积水中快乐地玩耍。溅起的水花越大，宝宝越兴奋。

宝宝非常喜欢骑三轮车，尽管还不能控制方向，到处撞来撞去，却非常高兴，并不为此感到恐惧。在家里给宝宝腾出空阔的地方，满足宝宝骑车瘾，但最好让宝宝到户外练习。

1420 甩开两臂走

宝宝不但走得很稳，还会甩开两臂行走。宝宝可能开始奔跑，遇到障碍物能及时停止脚步，或减慢速度绕过去继续跑起来。上了年纪的老人已经追不上2岁多的宝宝了。年轻的父母认为随时都能够控制宝宝的行动，随时都能够追到奔跑中的宝宝。因此，并不在意路上的车水马龙，那可就错了，一眨眼的工夫宝宝就可能跑到路上，离奔驰的汽车不远了，等你回过神来去追宝宝的时候，可能已经晚了。父母千万记住，这个月龄的宝宝像个泥鳅，有时真的抓不住。

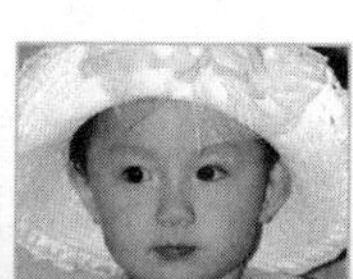

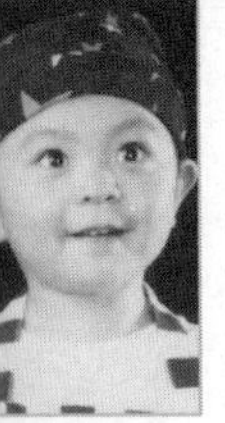
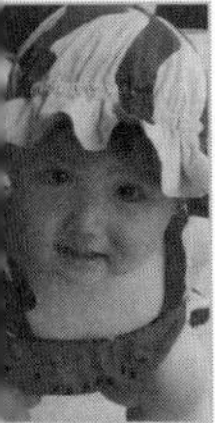

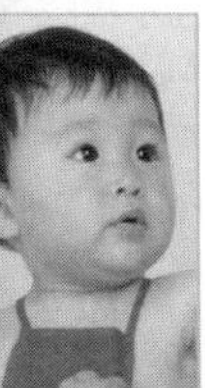

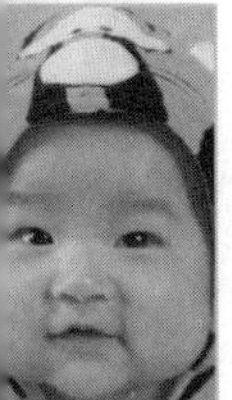
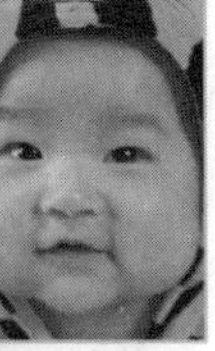
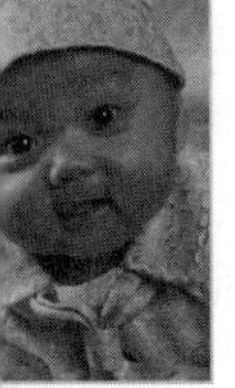

1421 向后退着走

宝宝会向后退着走好几步。幼儿看起来比成人的胆子大，成人倒着走时，会不断地回头看，担心会遇到危险，宝宝则会勇敢地向后退，没有一点害怕的样子。这是因为宝宝对未发生的事情还没有提前预知的能力，这是导致宝宝意外事故发生的原因之一，但也是宝宝勇于探索、敢于冒险、富有创新精神的基础。

1422 平衡能力

宝宝站着能把球扔出100厘米以外，这不新奇，因为宝宝腿部肌肉已经有些力量，臂力也不算小了。宝宝的平衡感觉已经相当良好，站在离地100厘米的高凳上，能保持平衡向前走上几步。

宝宝会自如地蹲在地上玩，如果宝宝蹲得时间不长，可以不用借助手的力量，直接站起身来。宝宝行走自如了，开始玩起花样来，或横着走，或倒退着走，或一脚踩在一根方木上，一脚踩在地上，一高一低地往前走。

1423 快速奔跑

一两个月以前，宝宝可能就跑得很好了，现在宝宝不满足于正常速度的跑步，他要快速奔跑了。

宝宝跑得太快，自己突然想停下来，但宝宝还没有控制惯性的技巧，脚收住了，身体却收不住，常常会摔个大前趴。这时妈妈该怎么办？惊叫一声，急忙上前把宝宝抱起来，到处查看，一副惊恐万状的样子。妈妈这样的反应，会把宝宝吓坏了，原本没有大哭，现在却开始大哭起来。妈妈以为宝宝摔疼了，百般呵护，结果宝宝失去了勇气。

偶尔磕破点皮不要紧。如果哪位妈妈说，她的宝宝在小的时候从来没有摔过跤，没蹭破过皮，这位妈妈一定是不顾宝宝的需要，过多限制了宝宝的活动。

1424 爬高

宝宝趁你没注意，爬到了茶几、桌子、沙发背上，这已经不是什么新鲜事了。如果宝宝只是爬上去玩，倒没关系，有的宝宝可能会从这些地方往下跳，这可就危险了，宝宝的头部可能会磕到尖锐的桌角上。应该不断明白地告诉宝宝："从上面跳下来危险，磕大包！"这对宝宝会有一定作用，但谁也无法保证宝宝就不"天兵天降"了。妈妈能够做到的，是保证宝宝跳下来时不会碰到危险的物品。

1425 一双灵巧的手

宝宝喜欢用纸折叠东西，比如飞机、小衣服。尽管宝宝折叠的什么也不像，妈妈也不要打击宝宝的积极性。如果宝宝告诉你他折叠的是什么，你尽管没有看出来，也要加以鼓励：宝宝折得真好，妈妈也想折一个。然后把折好的拿给宝宝看，不但给了宝宝学习的机会，还没有伤害宝宝的自尊心。

宝宝能够用积木搭建桥梁，会把两块积木拉开距离，然后用第三块积木搭在两块积木上边，构成一个桥型。如果宝宝非常喜欢玩积木，或许能够把近10块的积木摞在一起了。

1426 涂鸦能力增强

宝宝用笔涂鸦的能力大大增强，不再是胡乱画，似乎有些得心应手了。想画一条直线就真的能够实现了，而且还能连续画几条相互平行的直线，当然是弯弯曲曲的，这已经是不小的进步了。妈妈要多给鼓励，不要说宝宝画得不好，也不要像绘画老师一样，教宝宝如何画。现在宝宝不是学画什么，更不是按照父母的要求去画。在这一点上，父母可千万要注意，在宝宝面前，父母可不要把自己当成万能专家，什么都能教授。

1427 使用剪刀

宝宝用剪刀剪纸的能力有所提高。在纸上画一条线，宝宝可能会沿着线把纸剪开，当然不会严丝合缝的。很早就练习使用剪刀的宝宝，到了这个月龄可能会用剪刀剪布了，这可是让妈妈生气的事情。因为，宝宝不会剪该剪的东西，宝宝会什么方便就剪什么。所以，妈妈的床单有一个小口子，有可能就是宝宝的杰作。妈妈不要光火，因为光火通常不能奏效，宝宝正处在记吃不记打的年龄。今天宝宝被妈妈的恶劣态度吓坏了，可明天就忘到九霄云外了。宝宝不再剪床单了，却把你没来得及收起来的衬衣剪了。妈妈不要认为宝宝不可救药，这仅仅是某一阶段的破坏能力，没有这一阶段破坏能力的锻炼，宝宝怎么进步啊。宝宝在成长过程中，大部分时间都不会是个建设者。

1428 喜欢脱鞋袜

宝宝总是把鞋和袜子都脱下来，光着脚在屋里走来走去，无论妈妈怎么反对，宝宝都不予理会，妈妈穿几次，宝宝就可能脱几次。从心理上来说，穿上衣服和鞋袜，有被束缚的感觉。穿衣服是人类文明的体现，宝宝还不理解穿衣服的社会意义，更喜欢什么也不穿的自然感受。这么大的宝宝，自我意识不但增强，还逐渐萌发按照自己意愿行事的主观意识。因此服从性越来越差，这一点让父母感觉到，宝宝常常和他们对着干。从生理上来讲，光着脚走路有利于宝宝足弓的发育，足弓形成得越早越好，走起路来越快、越稳、越省力。人是遵从生理发育要求的。

1429 喜欢穿父母的鞋子

宝宝喜欢穿父母的大鞋在屋里走来走去，还会站到镜子前面欣赏，看着自己穿着爸爸的大鞋，戴着爸爸帽子，冲着镜子咯咯地笑，宝宝开始自己打扮自己了。如果爸爸在宝宝面前吸烟，宝宝也会把烟卷叼在嘴里，模仿爸爸吸烟的样子。女孩会拿着梳子在镜子面前给自己梳头，会拿着妈妈的口红往自己的口唇和脸上涂。看到这些，妈妈可不要大叫，这会让宝宝认为自己犯了大错误，晚上可能会因此而做噩梦，并从睡梦中惊醒哭闹。

1430 喜欢父母使用的东西

宝宝喜欢玩各种玩具，尤其是复杂的玩具，但宝宝更偏爱父母使用的东西。宝宝会要求给妈妈梳头，给爸爸打皮鞋油，玩爸爸的打火机。只要是安全的，就放手让宝宝做，只有通过实践，宝宝才能够得到锻炼，掌握生活本领。

第二节 智能发育

1431 词汇和句子的增长

这一阶段，宝宝月平均新增词汇200个左右，多数宝宝掌握了100～200个口头用语，半数宝宝掌握了400～500个左右的口头用语，多数宝宝词汇量可达100～700个左右，半数宝宝能够说出包含7个字以上的句子。

1432 使用介词、形容词

宝宝开始在句子中使用介词，常用的有：里面、上面、下面、外面、前面、后面。宝宝可能会说：我要到外面去玩、我要站在桌子上面去、我把小布熊放到玩具箱里面了。

过去宝宝习惯说狗狗、猫猫、书书等，现在宝宝不再喜欢把两个相同的字叠在一起。这是因为宝宝掌握的词汇量多了，开始说带有形容词的语句，大狗、小花猫，甚至会说“一只小花猫”。如果宝宝说“我看到一只小花猫了”，那宝宝的语言表达能力真的很强。

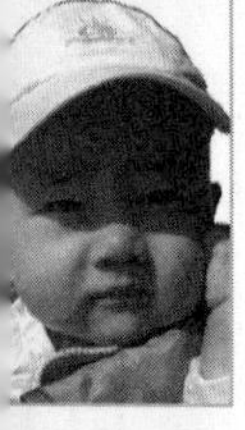

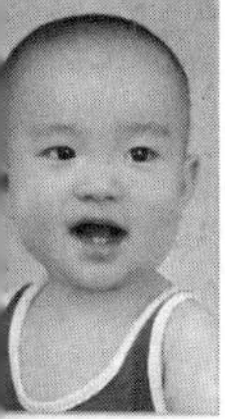

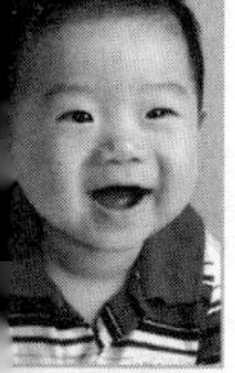

1433 理解物品单位

如果宝宝哪天突然说“妈妈给我一块饼干”，“给我两个苹果”，那么它所反映的不仅仅是宝宝对数的理解，还有对物品“单位”的理解。但妈妈可不要以为宝宝真的能够正确使用物品单位了，2岁半的宝宝，大多还是说“一个”饼干，而不是说“一块”饼干；还是把“一双鞋”叫“一个鞋”等等。

1434 用语言表达心情

宝宝开始用语言表达自己的心情，描述自己的感受。不高兴时，会对妈妈说：我生气了。当肚子不舒服时，会告诉妈妈：我肚子疼。但这个年龄段的宝宝对情绪和感受的描述通常是不准确的。如果宝宝告诉你他的肚子疼，你不要只是听宝宝说，同时要看宝宝表情。如果宝宝说肚子疼时，表现和平时一样，甚至都没用手捂着肚子，连一点不舒服的表情也没有，你大可放心，宝宝没病，逗你玩儿呢。

1435 用直接的感受传递信息

随着年龄的增加，宝宝不但会直接运用语言表达自己的要求，还会通过间接的陈述表达自己的要求，或向妈妈传递信息。

当宝宝说“我喝”或“喝水”的时候，妈妈会理解宝宝渴了。现在宝宝不直接向妈妈提出要求了，他会客观地陈述一种状态：“我渴了。”宝宝通过陈述自己“渴”的感受，向妈妈传递了一种信息，妈妈接到这个信息，给宝宝端来水。

表面上看，两种情况好像没有什么差别，或者这种差别没有什么实际意义。但认真分析，我们就会发现，宝宝对妈妈说“我喝”，仅表达了宝宝对妈妈的一种请求；而宝宝对妈妈说“我渴了”，不仅表达了这种请求，还传达了一个客观信息：宝宝口渴了。这是宝宝认识事物、表达事物、改变事物的一次质的飞跃，是了不起的进步。

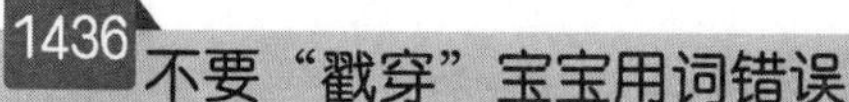

1436 不要“戳穿”宝宝用词错误

每个妈妈都会经历这段难忘的时光：宝宝对世界的描述，那种错觉，那种对词语的使用，真是太妙趣横生了。

幼儿对客观世界的认知还未具体化，还不能细致地分析事物的特征和细节，当然也就不能用准确的语言来描述了。幼儿出现用词、语法等语言方面的错误，是很正常的事情。妈妈听到宝宝语言表达上有错误，不必马上加以纠正，因为那样做，不但会挫伤宝宝学习语言的积极性，还会让宝宝感到迷惑不解。

1437 避免“语言休克”

幼儿语言能力的发育，与幼儿整体发育密不可分。任何一项发育都与其他项目的发育有连带关系，相互协调发展。语言能力的发育，同样不能独立于其他项目发育之外。妈妈在开发宝宝语言能力时，要遵从宝宝的生理年龄，也就是生理成熟期。如果妈妈忽视宝宝是否达到生理成熟期，超前开发宝宝的语言能力，会造成宝宝“语言休克”，实际上扼杀了宝宝语言能力的正常发展。

1438 喜欢反复听一个故事，读一本书

这是宝宝的阅读特点。宝宝不但喜欢反复听一个故事，还喜欢听他自己的“故事连载”。妈妈每天都可以编出与宝宝有关的故事，如果把白天刚刚发生的事情讲给宝宝听，无论是好笑的，还是不好笑的，宝宝都会表现出极大的兴趣，比听任何故事都起劲儿。因为在宝宝的潜意识中，他对自我行为以及自我行为在父母眼中是否被重视，是非常关心的。这么大的宝宝，对父母有强烈的依赖感，也逐渐发展出对父母的情感。宝宝希望得到父母的喜欢，开始在意自己在父母心目中的样子和位置。通过讲他自己的故事，宝宝感受到父母对他的爱，同时也体会到他自我存在的价值。

1439 喜欢听父母读书声

宝宝喜欢听父母大声朗读优美的文字和有趣的故事。争取每天抽出一点时间，大声朗读给宝宝听。建议如下。

- 书的内容要有乐趣。妈妈们一般认为，专门给宝宝写的书，宝宝一定会感兴趣。这样的认识有点想当然。试想，专门写给成人的书，成人就都感兴趣吗？显然不是的。在这方面，宝宝和成人一样。如果给宝宝买一本书，大声朗读给宝宝听，宝宝注意力不能集中10分钟，就说明宝宝对这本书不感兴趣，暂时不要读给宝宝听了。
- 每天确定相对固定的时间为宝宝大声朗读；如果不做这样的安排，妈妈可能就挤不出时间给宝宝读书了。
- 见到张贴的字就要朗读出来，如果是一幅画，就告诉宝宝这幅画的含义，比如路标、商标、食谱、宣传画等。这样不但让宝宝学习认字，还让宝宝了解生活中的事情。认识路标是一件很重要的事情。
- 和宝宝一起看图说话，宝宝说一个版本，妈妈说一个版本，把宝宝讲的和妈妈讲的记下来，第二天再读给宝宝听，宝宝一定对自己编的感兴趣，记忆也深刻。
- 让宝宝自己捧着书一页一页翻着看，就如同宝宝自己拿勺吃饭，在自己控制之下，注意力会更集中，也会更感兴趣，更有参与感。
- 和宝宝一起欣赏书的封面，每本书封面都是经过认真设计的美术作品。欣赏封面，不但加深对书的理解，还练习欣赏作品。
- 让宝宝看字，不一定要一个字一个字地教宝宝认，让宝宝对字有个大概的认识就可以了。宝宝认字不是记笔画，而是把字看成是一个图形，宝宝记的是图形，是在理解最古老的象形文字。
- 为宝宝读书可不能像念经似的，要栩栩如生，声情并茂。有动物叫声，就要学得惟妙惟肖；有描写咳嗽的，就要真地咳嗽几声。父母或看护人越活泼（天真活泼得像个宝宝），越能引起宝宝学习兴趣。
- 读完故事后，要问宝宝几个与你读的故事有关的问题，了解宝宝对书的理解。宝宝回答正确与否并不重要，重要的是鼓励宝宝动脑筋，敢于表达自己的意见，学习用语言表达自己的思想。
- 读完一个小故事，鼓励宝宝把故事重新讲给你听，不要打断宝宝，直到宝宝讲完。宝宝讲得对与不对并不重要，重要的是锻炼宝宝的语言整理能力和复述能力。

1440 数数

宝宝对数有了实际认识，会从1连续数到几十，甚至几百。数数与父母的教授有关系，如果父母从来没教过宝宝数数，也没给宝宝数的概念，宝宝可能至今还不会数数。我们不否认宝宝天生有识数的潜能，但如果不教授宝宝数的概念，宝宝不会在这个年龄学会数数，对数也不能有最初的理解。

1441 联想能力

宝宝有了联想能力，会把不同形状的石子、树枝和一些物品联系起来。如果宝宝看到一个鹅卵石，会告诉妈妈这是鸡蛋；如果宝宝看到一个小树枝像数字八，宝宝就会举着树枝告诉你这是“八”，还会用小手比划着。

联想力是创造力的源泉，有了联想力，才能创造出前无古人的新生事物。让宝宝去漫无边际地联想吧，让宝宝大脑开足马力联想吧，不会因为联想而累坏大脑的。人的大脑不会被累坏，只会越用越聪明。

1442 解决问题的能力提高

借助桌布拿到想要的东西，已经是轻车熟路。踩着凳子拿柜子上的物品，或直接蹬着凳子上到柜子上，想拿什么就拿什么，也不再是什

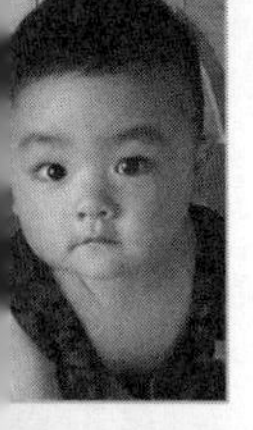
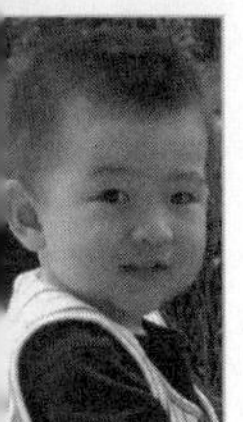
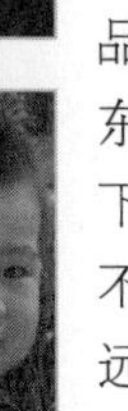

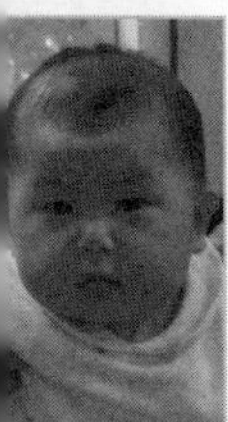
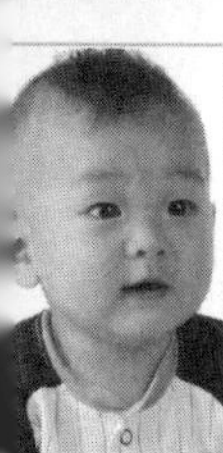

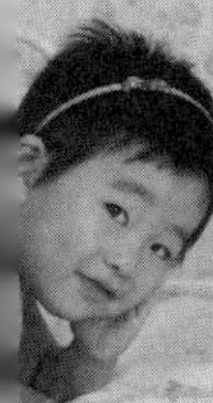
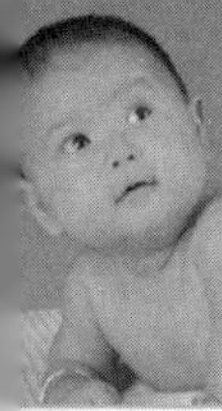
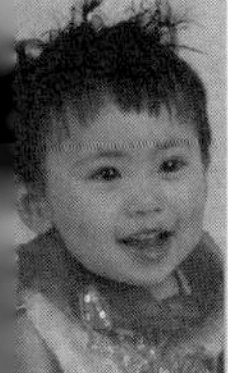

么难题。到了这个月龄，不想让宝宝动的家居物品，趁早拿开，不要让宝宝看见。如果箱子里的东西不想让宝宝翻腾，只能上锁。如果冰箱放得下宝宝，宝宝都可能把自己装到冰箱里。妈妈可不要掉以轻心，不该让宝宝拿到的，一定要放得远远的，千万不要低估宝宝的能力。

1443 举一反三

宝宝不但认识身体上的器官，还能说出一部分器官的功能，而且还能够举一反三。妈妈问：耳朵是干什么的？宝宝会回答，是听声音的；如果妈妈问用什么听声音啊？宝宝会答，用耳朵；耳朵还会做什么呀？会听小狗叫。其实，听小狗叫就是听声音。如果能够这样举一反三回答妈妈的问题，宝宝可是不简单了。

1444 鼓动爸爸妈妈和他一起玩

宝宝现在几乎能够把身上穿的衣服、鞋子、袜子都脱下来，而且还极其喜欢这样做。光着屁股满屋跑，宝宝会感到很舒服，如果妈妈追赶宝宝穿衣服，宝宝会更开心。通过脱衣服把妈妈动员起来和他一起玩耍，可不是宝宝初衷，宝宝还没有这种判断能力，但这次经历让宝宝有了经验，下次宝宝还会以这种方式动员妈妈和他玩。如果妈妈不希望宝宝总是脱得精光，那就对他的举动采取漠不关心的态度，宝宝脱光身子的兴趣就会慢慢减弱。

1445 和小朋友一起玩

宝宝开始有了和小朋友一起玩的意愿，但还不能主动找小朋友一起玩。一起玩时，缺乏合作精神，还不能感受到一起玩的乐趣。

对小朋友的玩具开始感兴趣，但还不很情愿把自己的玩具给小朋友分享。外向型宝宝对小朋友会热情和友好，会主动与小朋友打招呼；内向型宝宝开始注视着小朋友，经过一段时间的熟悉过程，如果小朋友主动过来和他玩，宝宝也会很友好的接纳，但在陌生成人面前会表现出害怕，会躲到妈妈背后，把头探出来观察陌生人。如果陌生人表现出友好的神情，宝宝会放下警觉，但如果陌生人试图抱他，他会向后躲，或跑到妈妈怀里寻求安全。

1446 过家家，扮演角色

宝宝喜欢过家家游戏。对宝宝来说，没有比游戏更让他欢喜、令他兴奋的事情了。而在各种游戏中，宝宝最青睐的就是过家家。

宝宝喜欢扮演角色，女宝宝喜欢扮演妈妈、爸爸等家庭角色，也喜欢扮演医生、护士等社会角色；男宝宝则多喜欢扮演社会角色，如警察、法官、军人，也很喜欢扮演老虎、狮子等动物角色。

有些宝宝开始愿意和小朋友一起玩过家家游戏，上幼儿园的宝宝可能更早就愿意和其他小朋友分享游戏的快乐。但有的宝宝拒绝上幼儿园，很长一段时间都不能适应集体生活。这样的宝宝非但不愿意和小朋友一起分享游戏的快乐，还会对小朋友产生“敌意”。父母不能就此认为宝宝性格不好，或人际交往能力差。这么大的宝宝正处于独立性与依赖性的交叉路口，还不能体会分享带来的快乐，需要父母的引导和培养。

1447 父母挂在嘴边的话

父母总是自觉不自觉地给宝宝下结论，这些结论往往是消极的，如：

——这宝宝一点也不听话；

——真是个令人心烦的宝宝；

——这宝宝从来都不好好吃饭；

——我们的宝宝总是有病；

——越不让他干什么，他偏要干什么……

还有许多类似的结论，父母经常脱口而出，无意间伤害了宝宝幼小的心灵。消极结论影响宝宝自信心的建立，夸张和空泛的表扬对宝宝同样

没有好处。父母不要经常把这样的话挂在嘴边，比如：

——你真是个乖宝宝；

——你是最听妈妈话的好宝宝：

——妈妈只喜欢你；

——你比世界上所有的宝宝都棒……

这样夸张、空泛的表扬，会误导宝宝自我膨胀、惟我独尊、心胸狭窄、性情乖戾。如果妈妈们都不遗余力地告诉自己的宝宝“你比世界上所有的宝宝都棒”，宝宝如何面对“有比我更棒的宝宝”这样一个客观现实呢？

还有一种情况，也应该注意，那就是父母给自己下结论，这同样对宝宝情智发展有消极影响，比如：

——我真是个倒霉的妈妈；

——我怎么会摊上这么一个调皮捣蛋的宝宝；

——你这样，妈妈就不喜欢你了；

——你下次再敢这样，我就揍你；

——再闹，我永远也不带你出去玩了……

这些挂在嘴边的话，对宝宝健康成长没有好处，不但伤害宝宝情感，也降低父母在宝宝心目中的地位和威信。一句“你这宝宝怎么这样”，对宝宝的伤害并不比骂宝宝轻。宝宝会从父母的话语中感受到父母对他的否定和厌烦。

第三节 父母的教育策略

1448 宝宝毕竟是宝宝，成人终究是成人

宝宝对事物的认识，对世界的理解，以及情感、内心世界等诸多方面，与成人相比，存在着本质区别。父母不能以自己的思想、认识、看法、感受去要求宝宝，不能孤立地从自己的视角出发，认为宝宝难以管教。

一个2岁的幼儿，完全以自我为中心，还不会感受到妈妈的辛苦。如果妈妈在宝宝面前抱怨多么辛苦，多么不容易，宝宝这样会惹妈妈生气等等，宝宝很难明白妈妈到底在说些什么，只会感到抱怨发火的妈妈不可亲。

宝宝可能把大便拉到了裤子里，妈妈说：“嘿呀，你可给妈妈找大麻烦了，你太气人了！”宝宝并不能领会妈妈说话的意思，只会感到害怕。如果妈妈说：“宝宝要老老实实趴在这里，等妈妈给你洗干净。”宝宝可能就会领悟到，把大便拉到裤子里是一件不好的事情。

2岁半的宝宝还不能理解更深层次的道理。妈妈说“胡萝卜有营养，多吃，宝宝会长高，眼睛会明亮”。对于这么大的宝宝来说，他想象不出“长高”、“眼睛明亮”是个什么样子，因此这样的语言很难打动宝宝。如果妈妈说“宝宝不吃，就给狗狗吃”，宝宝可能就会和小狗抢着吃。尽管这不是妈妈让宝宝吃胡萝卜的起因，但宝宝却能够接受这种因果关系。

从理解宝宝的角度说，父母要把宝宝看成是什么都懂的宝宝，这样才能给予宝宝最大的尊重和自由。但在养育宝宝的具体过程中，父母也要知道，宝宝毕竟是宝宝，心智上与成人有着本质的不同，因此不能对宝宝要求过高，要找到适合宝宝成长阶段的养育方法。

1449 切莫成为宝宝替身

有的父母，一方面希望自己的宝宝绝顶聪明，不遗余力地开发宝宝潜能；另一方面又不自觉地禁锢宝宝各种能力的正常发展，一切都由父母代劳。本来是宝宝自己的事，现在变成父母的事了，父母成了宝宝的替身，宝宝还能发展起来吗？

宝宝有病，妈妈恨不得替宝宝受罪，这种心情是可以理解的。但如果真能这样，宝宝不就真成为“垮掉的一代”了！在其他方面，吃饭、穿衣、睡觉、拉屎、撒尿、洗脸、刷牙等等生活琐事，父母都过度参与，好让宝宝有更多时间，学习其他“有用的东西”，英语呀，珠心算呀，奥数呀等等，结果宝宝智力超群，生活能力却极低下，“高分低能”依然延续。

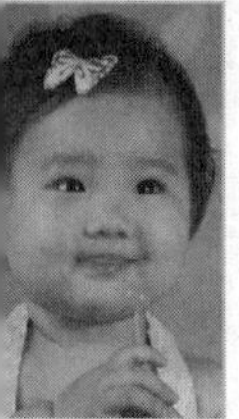

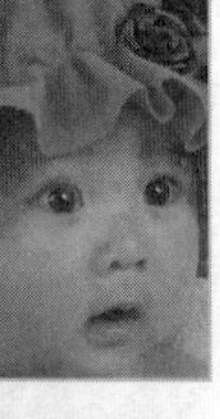

1450 独立但需依赖，依赖又要独立

宝宝不希望被父母忽视，因此总是希望爸爸妈妈不离左右。同时又感觉自己长大了，有独立的强烈愿望，不想受爸爸妈妈的限制。独立性与依赖性并存，是这个时段宝宝身心发育的特点。父母只有准确理解当下宝宝独立与依赖的心理特点，才能正确与宝宝互动，陪伴宝宝健康成长。

比如宝宝希望自己玩，爸爸妈妈想，那好啊，你自己玩自己的吧，我们也有我们的事情，就到另一个房间去了，结果宝宝自己也不玩了，可能还要大哭一场。爸爸妈妈认为“宝宝自相矛盾”，其实宝宝没有自相矛盾，他既依赖父母，又争取独立，这种双重性，正是幼儿必不可少的成长阶段。

宝宝“既独立又依赖”，有巨大的成长价值。“依赖”是获得一种环境，这个环境让宝宝有安全感。安全感是人类最朴素的生存要求，没有安全感，任何其他的努力都无所依靠。“独立”是获得一种探索的精神，这种精神能帮助宝宝进入任何未知的世界。探索的欲望，同样是人类最朴素的要求，没有这个欲望，人类就退化了。站在这样的高度来理解宝宝对父母的依赖和自我独立的愿望，还会感到宝宝“令人头痛”吗?

1451 为宝宝建造安全港湾

为宝宝建造一个安全的家庭港湾，是父母给这个成长阶段宝宝的最好礼物。有了来自父母的安全保障，宝宝才能放心大胆地自由活动，才能大胆地去探索未知世界。宝宝的独立性和创造性是建立在安全感基础之上的，宝宝在父母营造的安全气氛中，探索世界、感知世界、获取认知。父母要想锻炼宝宝的独立性，必须给宝宝创造一个安全的环境——有父母或宝宝信赖的看护人在身边，并给予关心和爱护。如果宝宝生活在父母争吵不休的环境中，父母总是喜欢训斥宝宝，宝宝就会失去安全感。没有安全感的宝宝，是很难独立的。

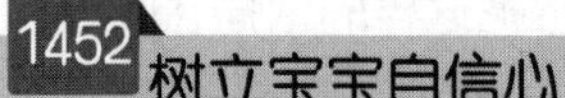

1452 树立宝宝自信心

自信就是一个人所拥有的对自己的信心和感觉的集合。它在很大程度上影响着人们的做事动机、态度和行为。当宝宝学会用汤勺将饭放进自己嘴里时，就会出现“我能做到”这种自信心理。自信心强的宝宝比较乐观，自我感觉好，喜欢与别人交往，愿意追求新的兴趣，从不轻视自己。相反，缺乏自信心的宝宝，就表现出对事物的无能为力。

自信心的建立，与其说是宝宝的事情，不如说是父母的事情。父母营造的养育环境，要有利于宝宝建立自信心。宝宝做得好的时候要表扬，宝宝做出努力后，尽管未达到预期的目标，也要进行表扬。不管宝宝做的事成功与否，父母都要将宝宝抱在怀里，告诉他你为他感到骄傲。爸爸妈妈就应该这样经常地、真诚地表扬自己的宝宝。

1453 多少错误借“爱”而行

- 当妈妈硬逼着宝宝吃他不想吃的饭菜时，妈妈会说这是为了宝宝的发育；
- 当爸爸训斥宝宝把大便又拉到裤子里的时候，爸爸会说这是在教育宝宝；
- 当宝宝2岁时还不会走或不会说话的时候，父母心急火燎地带着宝宝“转战南北”，接受不必要的检查和治疗，这时父母会说一切都是为了宝宝；
- 不让宝宝动这，不让宝宝动那，怕的是宝宝不安全；
- 宝宝没有按照书上说的睡眠时间睡那么长的时间，就硬把一点困意都没有的宝宝按在床上；
- 宝宝“不好好吃饭，不好好喝奶”，就趁宝宝睡得迷迷糊糊时，把饭菜和奶瓶子塞入宝宝口中；
- 当宝宝只是玩，而没有按照父母的意愿去弹琴、学英语时，父母就对宝宝施压加力，“呕心沥血”地让宝宝学这学那，为的是宝宝将来有

出息……

所有这一切，出发点都是为了宝宝，但实际效果却往往相反，这是真正的爱的误区。宝宝的一举一动，点点滴滴都牵扯着父母的心，这是无法回避的事实。问题的关键在于，父母是宝宝的第一任老师，家庭是宝宝的第一所学校，父母肩负着几重责任，既要把宝宝喂养大，又要把宝宝培养好。正因为如此，父母才特别应该了解宝宝身心生长发育的规律，按照规律办事，而不仅是按照自己的“想当然”办事。

1454 从父母的态度中感受爱

这个年龄段的宝宝，还不能体会父母内心世界是多么地疼爱宝宝，他通常只能从父母的态度中感受父母的疼爱。宝宝幼小的心灵，对什么样的疼爱，最容易感知到呢?

- 把宝宝舒舒服服地抱在怀里；
- 对着宝宝开心地笑；
- 和颜悦色、轻声细语地和宝宝说话；
- 很投入地陪着宝宝玩耍；
- 既能让宝宝一眼看到，又不打扰宝宝自由玩耍。

1455 宝宝2岁半，父母怎样算合格

- 父母既是宝宝的供养者，又是宝宝的守护神，还是知心朋友。父母要时刻关心宝宝成长，为宝宝身心健康发展提供一切可能的帮助；同时要给宝宝必要的建议和忠告，帮助宝宝建立生活规范。“无规无矩不成方圆”，但和宝宝要像朋友一样，在平等交流中展开引导，宝宝也是在面对面、心贴心的亲密交流中，体会生活规范的。
- 父母既是“权力中心”，又是“自由平台”。父母要对宝宝有一定的约束力，制止、杜绝宝宝的不良行为；同时又要学会放开宝宝的手脚，给宝宝足够的自由空间，让宝宝自由自在地成长。
- 父母要学会用“个体差异”的眼光，看待宝宝的成长发育。所有的标准、尺度、数字、方法等等“普遍真理”，都是一个均数，一个值得参考的有价值的信息，但不是唯一的裁定。每个宝宝成长过程都各不相同，都具有自己的个性和特点，任何“普遍真理”，任何建议、忠告，都需要父母根据自己宝宝的实际情况相应调整，找到适合自己宝宝的养育方式。
- 父母要承认自己“有所不知”。尽管父母和宝宝朝夕相处，但这并不等于完全了解了宝宝生长发育的规律。父母很有可能面对宝宝心智发育的“突飞猛进”，一时摸不着头脑，不知道宝宝为什么会有那样的举动。不必焦虑，承认有所不知是父母应该拥有的境界，有这样境界的父母，必然会获得育儿的“真知”。
- 爱比一切都重要。做父母的一定要明白这个道理，宝宝有着丰富的内心世界，父母不可能了如指掌，但这并不影响父母对宝宝的浓浓爱意。爱比了解重要百倍。

1456 宝宝自我中心化思维

宝宝跟爸爸妈妈出去玩，对地下人行通道的台阶产生了兴趣，走下台阶后，又返身上去，上上下下好几遍。正常发育的宝宝，根本就不存在行为问题，有行为问题的，基本上都是不当管教造成的。宝宝受本能驱使，以他那颗幼稚的童心去探索台阶的奥秘，爸爸的反对并不能削弱他的探索精神，只能让他愤怒、压抑、怨恨。

遇到这种情况应该怎么办呢？很简单，如果大人们也只是闲逛，散步消遣，那就让宝宝尽情地玩台阶好了。如果没有人参与他的游戏，用不了多长时间他就会失去兴趣，转而找其他的玩法。如果父母有兴致和宝宝一起玩，宝宝可能会多玩一会儿，但宝宝不会永远玩下去的。宝宝的注意力和兴趣的保持是很短暂的，他要不断探索，整个世界对于宝宝来说，未知的东西太多了，他不会沉湎于小小的台阶，他不会像成年人沉湎于麻将桌一样，这一点宝宝比成人优秀得多。

如果父母有事情要做，没有时间让宝宝在台

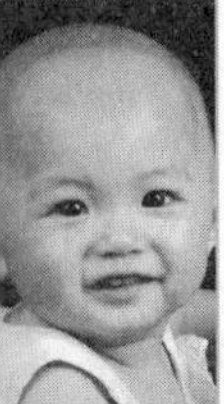
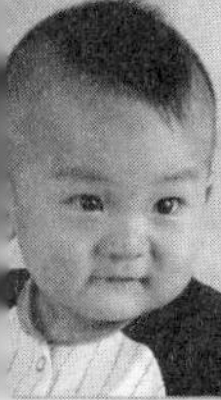

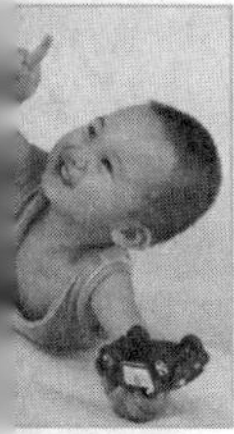

阶上尽兴，就果断地把宝宝抱起来，离开台阶，大步向前走：“现在不能玩台阶，爸爸有事要做。”或者说：“爸爸带你放风筝去。”总之，你要实事求是地、简单地、用宝宝听得懂的语言，坚决而又平和，果断而又亲切地告诉宝宝不让他继续玩台阶的态度和理由，把他的注意力转移到其他方面，而且能马上兑现。宝宝不会因此而感到挫折，还会很快地忘记台阶，把注意力转移到爸爸指引的方向。

1457 自我中心化≠自私

自我中心化思维是宝宝特有的思维模式，是无意识间发生的一系列以宝宝自我为行为目的的本能冲动。比如宝宝间经常发生的争抢行为，其思想基础不是自私的观念，而是自我中心化的思维模式。宝宝还不具备分享的思想能力，因此不可能自发地产生分享的行为。宝宝的分享行为需要父母逐渐培养起来，从而形成有关分享的价值理念。

不管“自私”有怎样的内容，有一点是毋庸置疑的：自私是成人的专利，至少离两三岁的宝宝还有十万八千里。因自己的宝宝搂着自己的玩具不让其他小朋友碰，妈妈就脸红地责骂自己的宝宝“自私”，这是典型的戴有色眼镜看问题，孩子的自我中心化与成人的自私欲念风马牛不相及。

如何引导宝宝从完全生物学意义上的“自我中心化”走出来，逐步实现人的社会化，这是每一个父母面临的养育问题。从分享行为开始，也许是不错的选择。

- 父母给宝宝树立榜样，在生活中多做分享行为。讲很多，不如做一件，宝宝还不能通过教导，理解分享的含义。
- 创造分享机会，可以让宝宝分发东西，给宝宝讲“孔融让梨”的故事。
- 营造分享后的愉快感，让宝宝体会到分享的快乐，这是鼓励宝宝学会分享的重要环节。
- 树立分享行为的规则，让宝宝知道分享需要顺序、等待、轮流、平等、合作等规则。

1458 挑战自我是宝宝最大的能力

这个年龄段的幼儿，最大的能力就是不断地挑战自我，对未知世界有着强烈的探索精神，总是试图去做他不会做的事，了解他不认识的事物。父母要了解宝宝的这一特点，创造利于宝宝探索的养育环境。

能走得很好的宝宝，不再满足走，而是要跑了；会跑的宝宝，不会只满足跑，而是要跳了，双脚跳，单脚跳，原地跳，往远处跳，立定跳远，跑步跳远，往高处跳，往低处跳，往前跳，往后跳，向左跳，向右跳。就一个跳的能力，宝宝能不断跳出花样，即使父母不给宝宝做示范，宝宝也会自己不断创新，发明出各种跳的动作。

1459 鼓励宝宝表达情绪感受

对于宝宝来说，情绪没有好坏之分，不要对宝宝的情绪加以评判，并制止宝宝的情绪表现。当宝宝有负面情绪时，父母首先要接受下来，然后再进一步询问和劝导。当宝宝发火时，妈妈切莫不问青红皂白训斥宝宝。当宝宝哭闹时，不要用生硬的态度制止：哭什么哭，有什么好哭的，再哭我给你锁到屋里！再哭就不带你出去玩了。这样做的结果会让宝宝压抑自己的情绪，让宝宝知道自己不该有这样的情绪，以后当宝宝再次遇到令他生气的事情，或令他伤心的事情时，就会不表现出来，长此以往，宝宝有发展成自闭症的危险。

当然，并非对宝宝的情绪表现不予理睬，让宝宝自消自灭，这样不利于宝宝情绪梳理。当宝宝发火时，父母首先要保持平静，以安慰的方式让宝宝停止发火。静下来后，妈妈和声细语地询问宝宝为什么发火，妈妈能帮助吗，然后帮助宝宝找到解决问题的方法，引导宝宝的情绪向愉快的方向发展。

对宝宝情绪的培养，妈妈需要避免的语言有：

——别大喊大叫的！

——有什么可高兴的！

——哭什么哭！

——你有什么权利发火！

——再气人我们不要你了！

——都是假的，别伤心！

1460 分享不是和宝宝争

让宝宝学会分享是很重要的，什么都让宝宝独自享有，不但不能培养与人分享，还会滋长贪心。分享有物质上的，也有精神上的。这个月龄的宝宝，还不懂得分享的意义，也不情愿与人分享。因为分享就意味着东西少了，或暂时不能拥有了。要让宝宝学会分享，父母要有这样的动机，让宝宝知道，你要和他共同享有某种东西。一旦宝宝同意分享了，一定要立即给予回应，表示极大的快乐，并对宝宝加以赞许，让宝宝感受到分享的快乐。

1461 不能强行“分享”

家里来了客人，带着与宝宝年龄相仿的小朋友。小朋友看到宝宝的玩具当然要玩，你也会拿出小食品给小朋友吃。这时，宝宝可能会反对，甚至把玩具或食物从小朋友手中抢过来。你感觉很没面子，这宝宝怎么这个样子！你可能会强制性地让宝宝把东西给小朋友玩，宝宝会因不平等待遇而号啕大哭。

如果宝宝还不愿意与小朋友分享，你千万不要这么做，而是要把权利交给宝宝们。这时不应该考虑你的面子，而要考虑宝宝的感受。你平时没有培养宝宝的分享能力，需要时就要求宝宝拥有这个能力，这怎么可能呢？

虽然来到家里的小朋友是客人，你也要公平地对待小客人和你的宝宝。如果你为了表现你的热情和友好，而这样对待你的宝宝，不但会伤害宝宝，还会让宝宝对小朋友产生敌意，甚至会动手打小朋友。在宝宝看来，是因为有了这个小朋友，妈妈才不爱他了。宝宝不会理解成人的用心，只是按照实际情况作出反应。这样的结果不但不能培养宝宝良好品格，还会伤及宝宝自尊心。

第四节 生活中的诸多问题

1462 微量元素缺乏的蛛丝马迹

当宝宝出现下述情况时，应去医院看医生，确定宝宝是否有微量元素缺乏，一旦确定诊断，应在医生指导下进行相应补充。

——食欲有些下降；

——出现脱发现象；

——发质变得稀疏，缺乏光泽；

——不像以前那样爱活动了；

——面部表情不那么丰富了；

——有些爱发脾气；

——睡眠减少或增多；

——皮肤不像以前那样细腻了；

——牙有些发黄；

——夜间睡眠有些不安稳；

——不像原来那样兴致勃勃了；

——生长发育好像变得缓慢了；

——小脸蛋不再红扑扑的了；

——哭时，会发生屏气（俗话说哭得背过气去），原来可不是这样；

——常说肚子痛；

——常说腿痛；

——比原来爱感冒了；

——感冒了，不像原来那样很快就好了。

1463 上卫生间大小便的意义

这个年龄段的宝宝，许多都能够控制大便了，有一部分宝宝白天已经能够控制小便了。有的宝宝自己能把裤子脱下来，坐在便盆或儿童马桶上排便，男孩会模仿着站着小便。如果宝宝什

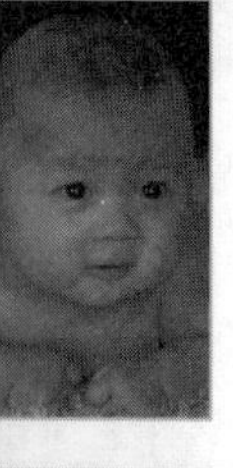

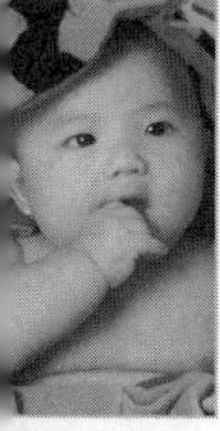

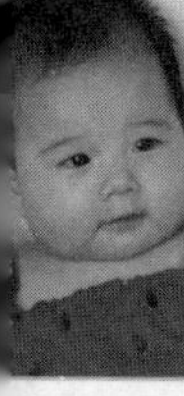

么都不会，父母也不要着急，到了2岁半还自由尿便的宝宝还是有一定数量的。

父母可能会认为，宝宝是否上卫生间大小便并不重要，只要宝宝能够控制大小便，把尿便排在便盆中，也就足够了。

让宝宝上卫生间尿便，会使宝宝认识到秩序的重要性。如果父母总是认为宝宝还小，秩序离宝宝还很远，那就错了，好的习惯都是从小养成的。

让宝宝从小就知道，应该把尿便排在卫生间的马桶中，知道清洁，知道规范自己的行为，这就为宝宝长大后严格遵守社会公德，打下了牢固的心理基础。习惯成自然，宝宝幼小时的习惯，就会成为成人以后的自律或放任。

1464 再谈防蚊

空调防蚊不可取。让宝宝长期呆在空调房内，会导致宝宝罹患“空调病”。室内温度必须低到一定程度，蚊子才不咬人。而过低的室内温度对宝宝的身体健康也是不利的。当然，并不是说不可以使用空调，注意以下几点，就能有效防止空调病的发生。

- 气温比较高时，可将温差调到6～7℃左右。气温不太高时，可将温差调至3～5℃。
- 每4～6小时关闭一次空调，打开门窗10～20分钟。
- 避免冷风直吹，儿童床不宜放在空调机的风口处。

家里可准备治疗蚊虫叮咬的药水，也可因地制宜，采用一些小窍门，使用苏打水清洗，涂抹牙膏、仙人掌或芦荟，具有消炎、消肿和止痒作用。不是绝对不能用清凉油或风油精，只是宝宝小，不知道保护自己，怕进入宝宝的眼睛里或吃到嘴里。

1465 再谈防晒

防晒需注意以下10点：

- 六七个月的宝宝就可以使用防晒乳液了；
- 平时可选择防晒系数15的防晒乳液；
- 日光强烈，或在外面暴露时间比较长时，可选择防晒系数25的防晒乳液；
- 防晒乳液通常只能有五六个小时的防晒效果，如果在阳光下暴露时间过长，要补涂防晒乳液；
- 所有露出来的部位都要涂上防晒乳液，而不单单是面部；
- 夏季阴天也要擦防晒乳液，因为尽管阴天见不到阳光，紫外线的照射量并没有显著减少；
- 到户外前30分钟就应把防晒乳液涂在宝宝暴露的皮肤上；
- 最好避开阳光最强烈的时候带宝宝外出，如果必须外出，可使用防紫外线伞；
- 在树荫下乘凉是不错的选择，既可避免烈日照射，又能让宝宝接受适当的阳光；
- 不要为了避阳光而把宝宝放在高楼背阴处乘凉，这样宝宝不但见不到一点阳光，还可能让宝宝受夹道风的侵袭。

1466 再谈防痱

痱子最主要的成因是“热”和“汗渍”。很显然，让宝宝凉爽，及时去掉身上的汗液就能有效预防痱子。可妈妈会说，别说夏天，就是冬天也难免宝宝不出汗！勤给宝宝洗澡，室内通风好，或使用冷气设备，就能解决了。当然，如果天气闷热，即使采取一定的预防措施也难免出痱子。

宝宝一旦长出痱子，会非常不舒服，双手会不停地乱抓，怎样才能早日消退痱子呢？勤洗澡很重要。使用痱子药，也要在洗干净汗液后使用，否则效果不好。如果不能保证宝宝不出汗，最好不要使用痱子粉。水剂的比膏剂好，膏剂又比粉剂好。

洗澡后妈妈喜欢给宝宝擦上爽身粉，以防宝宝出痱子。最好别给宝宝使用，因为痱子粉遇湿后会贴在宝宝皮肤上，不但不能起到润滑作用，还会增大摩擦，刺激稚嫩的皮肤，发生红肿，加速糜烂。有的宝宝本身就对爽身粉中的一些成分过敏。

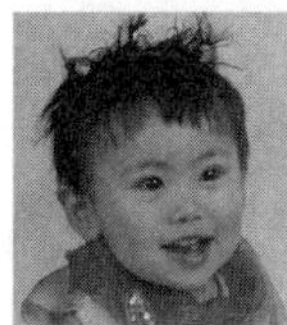

第十五章 2岁7~9个月幼儿（31~33月）

第一节 阶段特点

1467 生活兴趣和能力进步

这个阶段的幼儿，生活中主要的兴趣是：爱爸爸妈妈，被爸爸妈妈所爱；与爸爸妈妈以外的人进行沟通，与小朋友一起玩耍并分享快乐；继续探索未知世界，练习新的动作和技巧。

开始喜欢借助运动器材进行运动，凳子、桌子、餐具、炊具，甚至爸爸的大鞋，都是宝宝眼里的运动器材。不但能迈过障碍物，还可能跳过障碍物，喜欢往更高的地方爬。

踢球、掷球是这个年龄段幼儿喜欢的运动项目，开始把球抛向他希望抛向的地方，力争把球踢得更远，并能够主动把球踢给和他一起玩的人，还喜欢做翻滚、跳远、跳木马等运动。

运动能力开始向学习和模仿某种动作方面发展，会跟着妈妈练习做简单的体操运动。开始练习踮起脚跟走路，喜欢沿着一条直线走路，并可以抬起一条腿站立数秒钟。

1468 手的能力

能在一张纸上画出垂直或水平的直线，开始自发地画线段、弧线及各种形状的线条。写数字是宝宝比较喜欢做的事情，开始临摹和模仿一些图案。

当四指握紧时，拇指能够伸开并自由活动，这意味着宝宝能够分别控制拇指与其他手指的活动了，能动手做更为复杂的事情了。开始学习用积木搭建镂空的造型，能够在比较短的时间内，把相应物品放置到相应容器或相应空间内。

1469 积累了丰富的词汇

幼儿的语言发育进入到了又一崭新阶段，对语言学习产生浓厚兴趣，并积累起丰富的词汇。会使用“我们”“他们”“兔子们”“小朋友们”等复数名词，并理解它们的意思。

会数百以上的数字，并开始理解数的概念，有的宝宝还会歪歪扭扭在纸上写出一百以内的数字。开始使用多种比较类词汇，但在实际选择中，还不能准确体现。有的幼儿能够抽象地认识上、下、里、外、前、后等方位，但还不能区别左、右。

1470 认知能力

宝宝认识了更多的色彩，大多数幼儿可认识5种以上的颜色——红、绿、蓝、黄、黑。但这个年龄段的幼儿，如果还不能分辨颜色，并不意味着发育异常。

宝宝能从动态的录像播放中认出自己和熟悉的人，而不仅仅是从静态的镜子里和照片中认识自己，这是幼儿对自我认识的又一进步。

强烈的好奇心和对安全环境的需求，仍是这个年龄段幼儿的“矛盾”，独立和依赖的双重性导致父母与宝宝冲突不断，减少冲突的途径是父母要更多地考虑宝宝的感受。

通过思考解决问题是幼儿这一阶段发育上的里程碑，这一能力使父母通过讲道理引导宝宝的行为成为可能。思维和解决问题能力上的不断提高，使宝宝有了比较强烈的自我心理感受。

宝宝开始为完成比较困难的任务而感到自豪，开始为自己鼓掌，这意味着幼儿有了自我肯定的能力。开始愿意与小朋友建立友谊、分享玩具，长期的小伙伴关系能够让幼儿之间更好地建

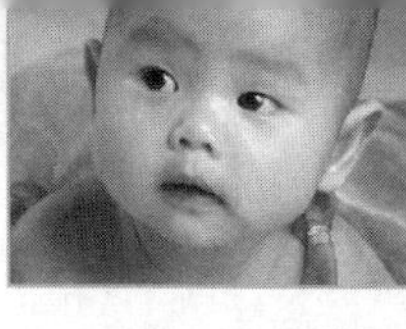
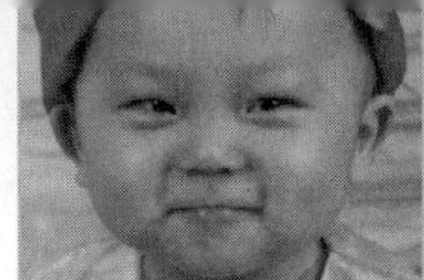

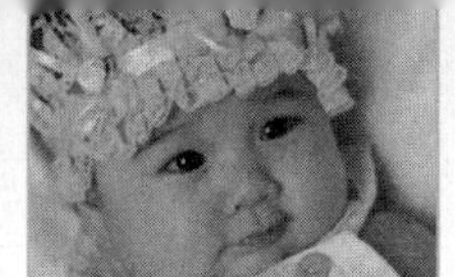
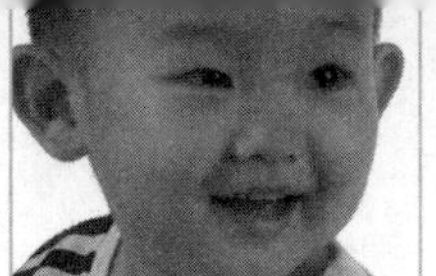

立起友谊。幼儿间发生冲突是难免的，这个时期的幼儿可能会有进攻行为，最好的解决方法是让宝宝们自己解决问题。

站在一旁看别人玩的时间在缩短，什么都不做的时间越来越短，吃东西时间逐渐缩短，大量的时间都用来玩耍。宝宝独自玩耍时间的长短，取决于玩耍内容和父母。如果幼儿喜欢某个玩耍内容，就会坚持比较长的时间；如果父母在身边，或参与游戏，宝宝会比较长时间地专注玩耍。

能够辨别周围人的性别、年龄，看到和妈妈差不多的人会叫阿姨，看到和爸爸差不多的人会叫叔叔。幼儿的判断力基于独立思考和对事物的把握能力。

开始越来越多地关注父母及周围人的情感和态度，宝宝的情绪往往是父母情绪的写照，父母处理情绪的方式方法对宝宝有着潜移默化的影响。

1471 父母的教育策略

爸爸和妈妈意见一致、做法一贯，对宝宝建立生活规则非常重要。完全让宝宝根据自己的心情和感受决定应该做什么、怎么做，这会让宝宝感到无所适从。父母有义务帮助宝宝了解世界，遵守应该遵守的规则。“随便怎样都行”的态度是不可取的。

把宝宝看成有独立思考的人，是这个时期父母应该认识到的，父母需要的是提供“咨询服务”“技术帮助”“心理支持”、“物质基础”。更多地赞许和鼓励宝宝，宝宝会积极地评价自己，这对宝宝未来的人生意义重大。学会接受他人帮助，并帮助他人是很重要的，培养宝宝助人为乐的精神，对幼儿未来发展有着积极的意义。

建立良好的生活习惯，对宝宝身心健康大有补益；宝宝幼时成长环境是否安全，对宝宝日后发展独立性和创造性非常重要。让宝宝学会主动做事，而不是被动地接受。做自己喜欢做的事情，让宝宝通过自己的能力，影响周围的环境，通过自己的努力，改变事物发展的方向。

第二节 体格及运动能力发展

1472 体重

满31个月的幼儿，女孩平均体重为11.8～13.5千克，男孩平均体重为12.2～14.1千克。

满32个月的幼儿，女孩平均体重为12～13.8千克，男孩平均体重为12.3～14.2千克。

满33个月的幼儿，女孩平均体重为12.2～13.9千克，男孩平均体重为12.5～14.3千克。

1473 身高

满31个月，女孩平均身高为89～93厘米，男孩为90～95厘米。

满32个月，女孩平均身高为89.5～94厘米，男孩为90.5～95.5厘米。

满33个月，女孩平均身高为90～95厘米，男孩为91～96厘米。

1474 头围、囟门、牙齿

绝大多数宝宝前囟门闭合，只有少数宝宝，前囟门可能还有小指尖大小的面积，但摸起来已经没有柔软的感觉，基本上接近头骨的硬度。也就是说宝宝囟门已经基本闭合了，只是骨缝还没有完全合拢。

绝大多数宝宝长出了16颗以上的乳牙，有的宝宝已经出齐20颗乳牙，完成了乳牙生长任务。如果你的宝宝乳牙数还不足16颗，并不意味着是疾病导致的，也不能就此说明宝宝缺钙。宝宝缺钙，多影响宝宝乳牙生长的质量，很少影响乳牙生长的进度，不能因为宝宝乳牙数“落后”，就认为宝宝缺钙。

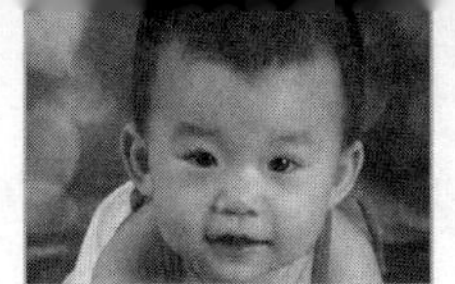
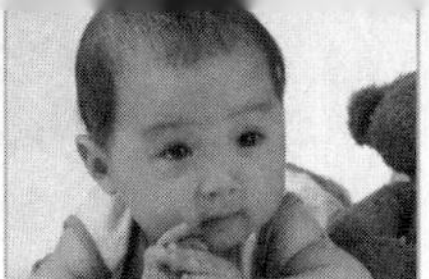
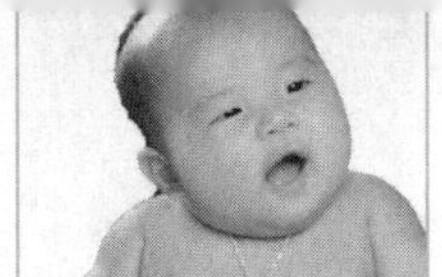

1475 跳越障碍物

这个阶段幼儿动作能力大有长进，大多数宝宝走路已不在话下，还能越过障碍物，往更高的地方爬，甚至要站在沙发背上。宝宝的胆子越来越大了，因此又面临着新的危险——跌落、摔伤、磕碰伤。

宝宝不仅能跨过障碍物，还能双脚起跳，跳过障碍物。能够跳过多高的障碍物、跳过多远的障碍物，与宝宝的体能和性格有关。体能强，喜欢冒险的宝宝，能够跳跃得更高、更远；男宝宝比女宝宝能够跳过更高、更远的障碍物。

1476 借助器材来运动

宝宝已经不满足徒手运动了，开始喜欢借助运动器材进行运动。宝宝所运用的运动器材，可不是父母在体育用品商店买的器材。在宝宝看来，任何东西都可以作为运动器材，凳子、桌子、餐具、炊具，甚至爸爸的大鞋。宝宝的眼光与成人不同，创造力常常超过成人的想象。宝宝以他独特的眼光看这个世界，父母可不要扼杀宝宝的创造力。家里的东西如果能给宝宝带来创造的乐趣，就不要心疼那些物品了，如果宝宝想把凳子当作大马骑，就让他骑好了。这是“成本”投入，和以后的教育投入同等重要。

1477 脚跟离地走路

宝宝刚刚学习走路时，常常是脚尖着地，为此妈妈还比较担心，因为妈妈看了某些科普书，书上说脑瘫的宝宝用脚尖站立。有这样担心的妈妈不只一个，咨询类似问题的妈妈不在少数。妈妈不知道刚刚学习走路的宝宝，有的就是用脚尖走路，有的宝宝在学习站立时也是用脚尖着地。现在，宝宝到了这个年龄，不再是不自觉地用脚尖走路了，而是有意练习用脚尖走路，宝宝把这作为一种运动方式。宝宝不但开始练习踮起脚跟走路，还喜欢沿着一条直线走路，这是宝宝在练习平衡能力。

1478 单腿站立

宝宝能抬起一条腿站立数秒钟，这表明宝宝的平衡能力已经不错了。宝宝有了这样的能力，就可以练习走一条直线了，也可以让宝宝站在一个比较高的长凳上（相当于平衡木训练）走几步，同时要注意做好保护。宝宝的运动能力，开始向学习和模仿某种动作方面发展，这个时期的宝宝，可以跟着妈妈练习做简单的体操运动。

1479 喜爱的运动项目

这么大的幼儿，开始喜欢带有体育运动性质的活动，如踢球、掷球。宝宝开始把球抛向他希望抛向的地方，开始力争把球踢得更远，并能主动把球踢给和他一起玩的人。对于这么大的宝宝来说，准确性并不重要，重要的是宝宝能够把球踢出去，并意识到要把球踢给和他一起玩的人。宝宝还喜欢做翻滚、跳远、跳木马等运动。

1480 画画

宝宝可以在一张纸上画垂直或水平的直线，并开始自发地画线段、弧线及各种形状的线条。写数字是宝宝比较喜欢做的事情，同时开始临摹和模仿一些图案，宝宝更喜欢临摹和模仿父母给他画的画。

1481 控制手指运动

当宝宝四指握紧，拇指能够伸开并自由活动时，意味着宝宝能够分别控制拇指与其他手指的活动了。宝宝能够用食指和中指夹起一件东西，分别控制手指活动，使手指运用起来更灵活，标志着宝宝能完成更为复杂的事情了。

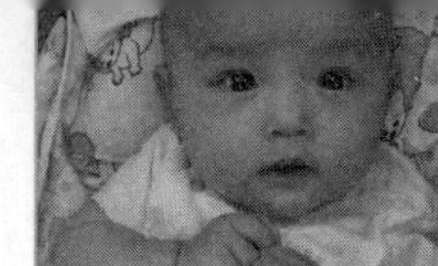
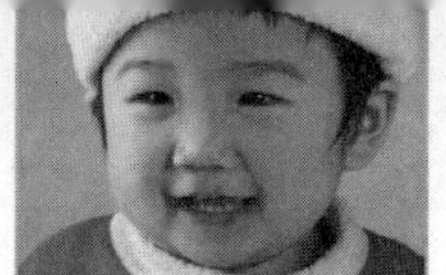
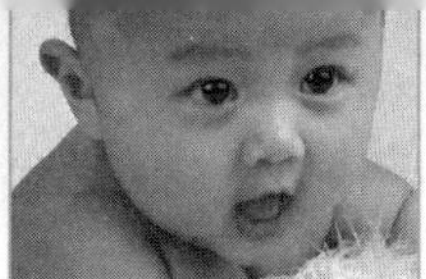

1482 搭建镂空积木

宝宝开始学习用积木搭建镂空的造型，桥梁、房门等。通常情况下，需要父母给宝宝做几次示范，宝宝才能自己完成搭建任务。练习搭建镂空积木，不但可以练习宝宝的思维能力和手的运动能力，还能够帮助宝宝理解空间概念。宝宝能够在半分钟左右，在图钉板上放置6块图钉，这不但反映宝宝手的灵巧性，也反映宝宝的思考能力。

1483 触觉练习

把不同的物体放在一个布袋里，让宝宝用手去摸，说出是什么东西，然后把摸到的东西拿出来验证一下，看宝宝是否说对了。如果宝宝没说对，可以把所有的东西都倒出来，让宝宝看一下，再把东西放进去，接着让宝宝摸。当宝宝能够说出4个以上物品时，就基本掌握了通过触觉认识物体的能力。

1484 做自己能做的事

如果宝宝还需要妈妈帮助洗脸洗手，那不是宝宝自己不能洗，而是妈妈没有放手让宝宝自己去做。就算宝宝会自己洗了，如果没有父母陪伴和监督，宝宝可能还不会把脸、手洗干净，宝宝可能只是洗了鼻子周围的地方，其他部位可能连水都没沾到。

宝宝把洗脸、洗手当作玩，另外宝宝的小手相对于宝宝的脸来说，还是太小了，成人两只手就能完全把脸遮盖，而宝宝只能遮盖住鼻子和嘴巴，要把整个脸都洗到，还需要练习一段时间。大多数妈妈不让宝宝自己洗脸，是担心宝宝洗不干净，弄得到处都是水，衣服也搞得湿漉漉的，把水弄到衣袖里。如果妈妈总是这样担心，宝宝就不能更早地学会做自己应该做的事情。

1485 会穿外衣

在没有人帮助的情况下，宝宝能够穿上外衣，但可能还不会系纽扣，或者即使系上纽扣了，也常常对不齐，使衣服前襟错落着。宝宝会穿袜子和穿鞋了，但大部分宝宝还不能辨别出哪只是左脚的，哪只是右脚的。宝宝能否顺利完成穿衣、穿鞋的动作，与父母是否放手让宝宝自己做有直接关系。

第三节 智能发展和养育策略

1486 跳跃式的语言发展

这个阶段的幼儿，词汇量突飞猛进。一觉醒来，宝宝语出惊人，常常令父母惊讶不已。幼儿使用修饰词的能力显著增强，几乎达到成人的一半。

幼儿语言的发展总体上说是渐进的，但在具体的阶段上，会出现飞跃。给妈妈的感觉是，今天还不会说什么的宝宝，明天突然会说很多话了，而且语出惊人，似乎比爸爸妈妈的语言能力还强，这一点其实并不奇怪。成人已经完全把语言当作日常工作、生活的工具，是习惯性地运用语言。宝宝在学习语言的过程中，始终抱着满腔热情，他可不管什么书面语还是口语，也没什么成型的语言习惯，脱口而出，全新语言，当然会语惊四座。尤其是当爸爸妈妈和周围人称赞宝宝会说话时，宝宝就更兴奋，更加稀奇古怪的词语组合倾囊而出，能不乐坏妈妈！

1487 对语言产生浓厚兴趣

宝宝语言发育，第一阶段是7～8月时咿呀学语，第二阶段是1岁左右语言起步，第三阶段是2岁左右语言爆炸。现在宝宝进入了第四阶段——发现兴趣，也就是说，宝宝开始兴趣盎然地操练

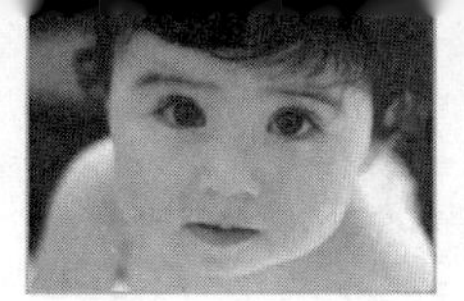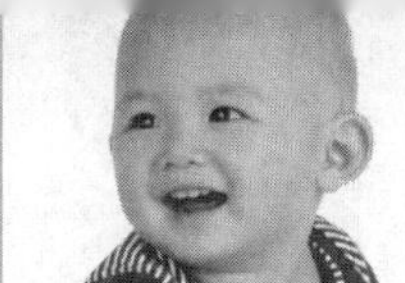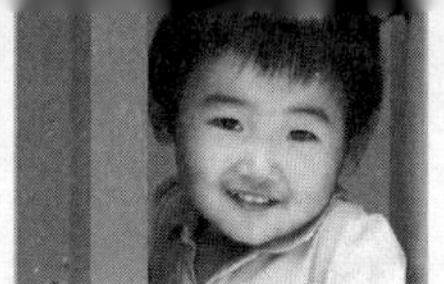

语言了。

在兴趣引导下自觉地练习语言运用，是这个年龄段幼儿的显著特点。宝宝尝到了语言的甜头，语言可以表达自己的意愿，可以和父母更多地在一起，依偎在爸爸妈妈身边，倾听着甜甜的话语，自己也能插上几句话，真是太美妙了。经过这样一段美好时光，积累了丰富的词汇，3岁幼儿基本上能用母语表达自己的需求和看法，并能和父母及周围熟悉的人进行语言交流了。

1488 对复数的理解和使用

宝宝能够使用复数名词了，如我们、他们、小兔子们、小朋友们，并能够理解这是很多的意思。宝宝不但会数数，还能理解数的意义，知道两个苹果意味着什么，如果一家三口人在一起，妈妈说我们1个人吃1个苹果吧，宝宝会知道这需要3个苹果。

1489 比较和选择的能力

2岁半的幼儿，如果妈妈说“把红皮球给妈妈”，宝宝会在装有不同颜色皮球的筐里，把红皮球选出来给妈妈。但如果筐子里不仅有皮球，还有乒乓球，这时宝宝就不知道拿什么好了。快到3岁的宝宝，就有了比较和选择的能力，筐子里装了各色皮球、乒乓球、小汽车、洋娃娃等，妈妈说“把红皮球给妈妈”，宝宝会准确地把红皮球选出来，递给妈妈。这个年龄段的幼儿，有了多向选择的能力。

1490 宝宝的方位感

此前宝宝就可能已经知道里、外、上、下、前、后等方位了，但其理解还仅局限于具体事物上，而非抽象的认识。现在宝宝开始在抽象的意义上理解上、下、里、外、前、后等方位概念了。宝宝正站在床头橱上，妈妈看见了，说“快下来”，宝宝明白妈妈是在命令他从床头橱上下来，而以前宝宝就不能理解妈妈这样的省略。但现在的宝宝仍然还不能分辨左、右。

1491 认识5种以上颜色

31个月的宝宝已经能够认识5种以上的颜色了。宝宝认识颜色的顺序是：红、绿、蓝、黄、黑，但并不是所有的宝宝都按这样的顺序，父母经常给宝宝看并告知什么颜色，是宝宝认识的关键。

起初宝宝并不能说出这几种颜色，尤其是多种颜色混在一起的时候。但如果妈妈先拿一种颜色的物品，然后让宝宝在各种颜色物品中找到同样颜色的物品，宝宝就可以比较快地找出来。

如果妈妈不给出颜色样本，直接让宝宝从各种颜色物品中找出某一种颜色的物品，宝宝往往需要思考一下。比较容易混淆的颜色是绿和蓝，尤其是绿、红、蓝混合在一起时，宝宝可能分辨不出蓝色和绿色。宝宝现在不能辨别蓝色和绿色，不能因此诊断宝宝患有蓝绿色盲。这个年龄段的幼儿不能分辨出颜色，并不意味着异常。

1492 认识形状

任何物体都有其形状，如果父母在宝宝成长的过程中，妥善地将正方形、长方形、圆形等形状的概念教给宝宝，那么宝宝在这个阶段认识物体的形状，就没有什么问题了。但如果父母没教，宝宝对形状是不会有认知的。如果别人家的宝宝知道了“圆”，而你的宝宝却不知道，别说自己的宝宝笨，仅仅是你没有教而已。

1493 注视力

所谓“注视”，就是什么也不做，静静地看着某个事物。出生第一年的宝宝，用于注视的时间，大概占全部时间的17%；出生第二年的宝宝大概是14%；出生第三年的宝宝大概是6%。这个月龄的幼儿，大部分时间是用来玩耍和睡眠的，吃饭的时间仅占5%，相比婴儿吃饭占20%的时间

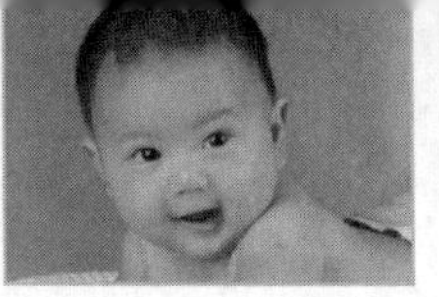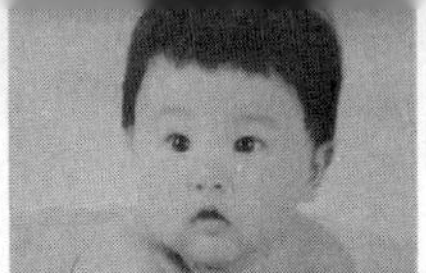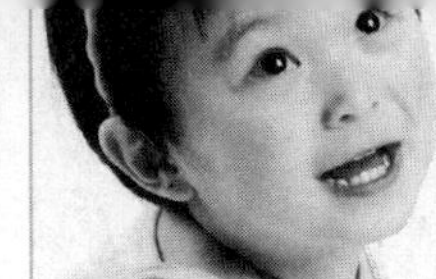

来说，现在的宝宝几乎像个永动机，永不停歇地活动着。妈妈要学会放手让宝宝自己玩耍，不要总是陪着宝宝玩。

1494 最大进步

这个阶段幼儿最大的进步，是有了思维能力和解决问题的能力。这话听起来好像说得过头了，其实并不为过，父母是否发觉，你可以和宝宝商量事情了，如果你不让宝宝做什么，只要和宝宝讲明白，宝宝就会听从的，而这种情况在以前恐怕是没有的。

1495 自我认识

宝宝会从录像播放中认出自己和熟悉的人，这是宝宝对自我认识的又一进步。从镜子中认出自己，从照片中认出自己，现在又能从不断变化的影像中认出自己。

1496 自我感受

宝宝开始有了自我感受，但这种感受还是非常平直的，直来直去，不会“拐弯”。每当父母搂抱他、亲吻他，他就会感受到父母对他的爱；如果父母训斥他，不让他做在父母看来没有好处的事情，他就会感受到父母不爱他了。

父母在任何情况下都是心疼宝贝女儿、宝贝儿子的。当宝宝出现危情时，父母可能会突然激动起来，训斥宝宝，因为父母知道一旦危情成为现实，对宝宝的伤害将是怎样的后果。父母因为后怕而惊恐万状，哪能有和蔼的态度呢？但宝宝还不能感知到这也是爱，因此爸爸妈妈就要顾及宝宝的心理感受，尽量克制自己的情绪。

惊叫、吼叫、怒喝——这些对于宝宝来说如同地震，父母是宝宝的全部，是安全的港湾，港湾里翻江倒海了，小船怎能感到爱的温暖呢？

1497 行动与思考

以前幼儿是通过行动解决问题的，而现在则是通过思考来解决问题，这是幼儿发育上的里程碑。幼儿只有有了通过思考解决问题的能力，父母才能通过讲道理引导宝宝的行为。

比如宝宝要到户外去玩耍，这时外面正下着大雨。当宝宝还没有通过思考解决问题的能力时，他全然不能理解，妈妈不带他出去玩的原因，他只会因为妈妈不带他出去玩而哭闹或耍脾气。现在这个阶段的宝宝，已经能够通过思考解决问题了，开始接受妈妈的建议。如果外面正在下大雨，出去玩会淋到雨水，就算宝宝还不知道淋到雨水结果会怎样，但至少能够接受妈妈不带他出去玩的原因了，所以宝宝不会哭闹或耍脾气。面对这个阶段的幼儿，讲道理要比硬性规定效果好得多。

1498 关注情感

这个年龄段的幼儿开始越来越多地关注父母的情感，关注周围人对他的态度。从另一个角度讲，父母的情绪对宝宝的影响也逐渐增强了。

父母常把宝宝的情绪分为“好情绪”和“坏情绪”，父母能接受宝宝的好情绪，难以接受宝宝的坏情绪。其实父母应该接受宝宝的所有情绪，宝宝有负面情绪，父母也应该接受，感知负面情绪的原因，加以疏导。当宝宝有负面情绪时，父母也表现出负面情绪，这样不但不能疏导宝宝的负面情绪，还会使宝宝的情绪进一步恶化。

如果父母没有把握控制自己的情绪，暂时回避不失为好的方法，等宝宝情绪平稳后再与宝宝沟通。宝宝相信父母，尤其是妈妈，能够为他诠释这个世界，能够为他提供最可靠的保证。从根本上说，宝宝的情绪是父母情绪的写照，父母处理情绪的方式、方法，对宝宝有着潜移默化的影响。

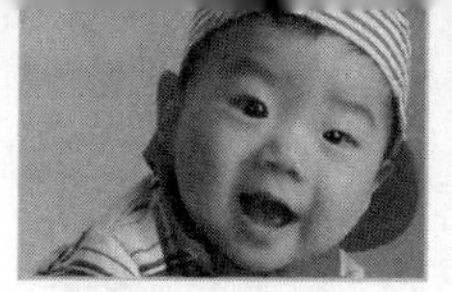  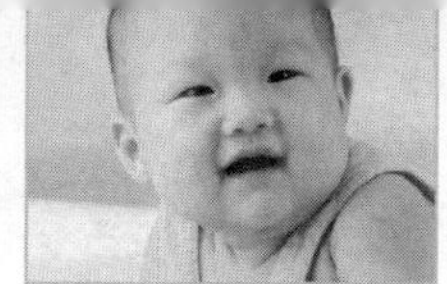 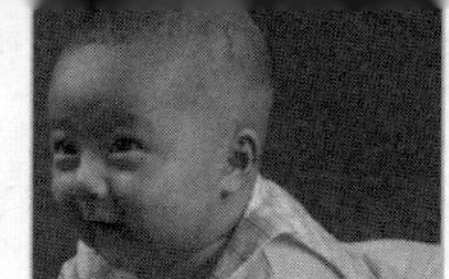 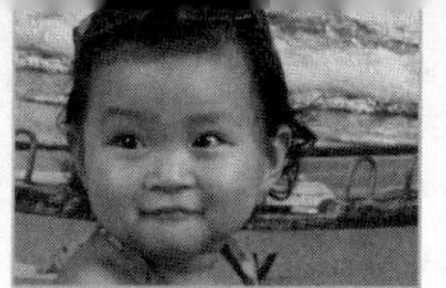

1499 初识性别

幼儿不但知道自己的性别，还能够辨别周围人的性别和年龄大小。看到和妈妈差不多的人，会叫阿姨；看到和爸爸差不多的人，会叫叔叔；看到和奶奶差不多的人，会叫奶奶；看到比他大的女孩，会叫姐姐等等。这样的判断，都基于宝宝独立思考能力和对事物的把握能力，以及对事物的判断能力，而做出最后选择，然后用语言表达出来，因此意义重大。

1500 建立友谊

从现在开始，宝宝不再只喜欢和父母沟通，与父母交流的时间开始逐渐减少，对同龄人开始产生兴趣，并愿意与他们建立友谊，分享玩具。现在一个宝宝的家庭居多，如果宝宝由专门的看护人看护，应该为宝宝创造与其他小朋友在一起玩耍的时间，而且最好有一两个比较恒定的小朋友，并在此基础上，让宝宝接触更多与他年龄相仿和年龄差异比较大的宝宝。长期的伙伴关系能够让宝宝更好地建立起友谊。

1501 攻击行为

这个时期的宝宝可能会有攻击行为，可能会动手打比他小的宝宝，甚至打比他大的宝宝。两个同样大的宝宝，冲突的机会可能会相对小一点，而年龄大一点或小一点的宝宝，宝宝通常更容易与他们发生矛盾，尤其是在一起生活的兄弟姐妹。

小一点的宝宝，可能会因为曾经遭受过大宝宝的攻击，长大后更倾向攻击比他大的宝宝。可能哥哥、姐姐这时知道了要爱护比他小的宝宝，因此都比较谦让，但小宝宝可能并不领哥哥、姐姐的情，还会“变本加厉”地攻击他们，好像要算旧帐一样。

如果两个宝宝发生冲突，父母可不要一味地训斥大宝宝，那样大宝宝会因为委屈反过来欺负小宝宝。父母最好的方法是让他们自己解决问题，如果两个宝宝寻求父母解决，父母也要站在公正的立场上，客观评价，争取他们自己解决问题。

1502 自豪感

宝宝开始为自己完成了某个比较困难的任务而感到自豪，当父母对宝宝加以表扬时，宝宝也会为自己鼓掌。宝宝在一边玩耍，两个成人在那里聊天，当聊到宝宝时，宝宝可能会竖起耳朵听。宝宝听什么最清晰呢？当然是对他的赞扬啦！宝宝听到对他的表扬时，会露出欢愉的表情，这意味着宝宝开始学会自我肯定了。

1503 好奇心与稳定环境

宝宝一方面需要接受新的刺激，来满足他的好奇心和探索精神，一方面又需要一个相对稳定的环境，使他感受到这个世界是安全的。这种双重需求，常让父母感到宝宝自相矛盾。如果父母不理解宝宝的特性，很容易和宝宝发生冲突，而这些冲突会给宝宝带来困惑和恐慌。他不知道父母为什么生气，不知道父母为什么会突然大声训斥他。在宝宝看来，“双重需求”很正常。所以，站在宝宝的角度考虑问题，是减少育儿冲突的有效途径。

1504 独自玩耍

宝宝独自玩耍的时间长短取决于很多方面，最主要的是对玩耍内容的兴趣和父母是否在身边。如果宝宝喜欢手里的玩具，或喜欢目前玩耍的内容，宝宝就会坚持比较长的时间；如果父母或看护人在身边，宝宝会延长玩耍的时间；如果父母亲自参与宝宝的游戏，宝宝会更加兴致勃勃地专注于玩耍。

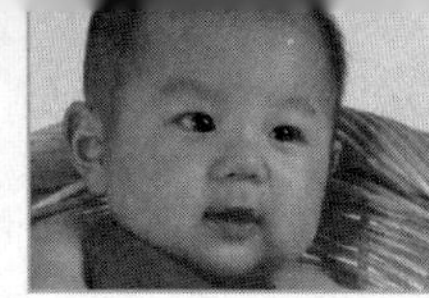
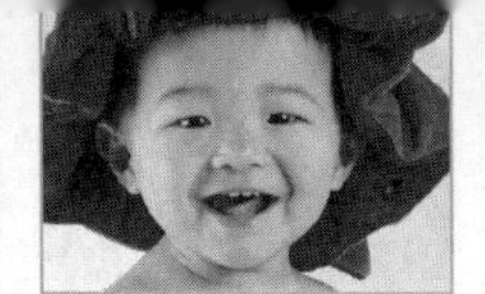

1505 表达不舒服

宝宝早在胎儿期，对“不舒服”就能有感觉了，通过心率的改变、肢体运动幅度和频率的改变，来表达不舒服的感觉。宝宝出生后主要通过哭来表示不舒服。随着月龄的增加，宝宝不断增加表达方法，如不吃奶、不睡觉、哼哼，甚至呻吟。当宝宝有了语言表达能力后，就开始通过语言表达自己不舒服了。宝宝不但能够表达自己身体上的不舒服，还能表达心理上的不舒服。有时宝宝表达得很直白，有时又很隐秘，不能被父母和看护人发现并理解。

1506 宝宝是有独立思考的人

把宝宝看成是独立的一个人，是这个时期父母最应该认识到的。如果这个时期父母仍然认为事事都要代劳，宝宝还什么也不会做，什么也不懂，那就大错特错了。如果这样对待宝宝，宝宝就很难成长为一个独立的人。请父母记住，宝宝能够自己做的事情，尽量放手让宝宝去做，做不好没关系，谁能一下就做好一件事情呢？能让宝宝决定的事情就让宝宝自己决定，父母需要的是“提供咨询服务”“提供技术帮助”“提供心理支持”“提供物质基础”。

1507 规律生活与安全感

宝宝幼时成长环境是否安全，对宝宝日后发展独立性和创造性有非常重要的作用。当妈妈把睡衣拿出来，就意味着该洗澡，准备上床睡觉了；而睡觉前，爸爸或妈妈给宝宝讲故事，这是宝宝感到最幸福的时刻；吃完午饭，当妈妈把窗帘拉上，就意味着该午睡了……给宝宝建立有章可循的生活规律，让宝宝感觉到很多事物都在他的掌握之中，他对这个世界就不再有陌生的感觉，宝宝的身心发展就会处于最佳状态。当宝宝被恐惧笼罩时，神经系统处于高度紧张状态，免疫系统将会遭到重创。

父母可能会问，不是说，不断变化着的环境有利于宝宝大脑的发育吗？宝宝不是需要新的刺激吗？规范有序的生活会不会让宝宝感到寂寞和厌烦呢？这些疑问共同的误区在于，新刺激与有序生活并不矛盾。给宝宝提供不断变化的环境和新的刺激，也是有章法的，并不意味着让宝宝经历突发事件或不稳定的情绪波动。比如，带宝宝去动物园看动物表演，一定是计划中的事情，妈妈一定要告诉宝宝，我们今天要去动物园看动物表演。如果宝宝不同意去动物园，临时改变行程，也是经过讨论决定的，宝宝不会感到这是突发事件，因此不会失去安全感。

1508 奖励与自然

一个宝宝用积木搭建“小房子”，因此而获得两块糖果的奖励，宝宝为了获得更多糖果，去完成搭建“小房子”的任务，这是奖励下发生的结果；另一个宝宝没有得到这样的承诺，自己愿意搭建什么就搭建什么，完全靠自己的想象和兴趣去做事，这是自然发生的结果。两种不同的方法结果会怎样呢？第一个宝宝学会了完成任务，以便得到糖果。如果没有人提供类似的奖励，这个宝宝可能就没有兴趣去做这件事情了。第二个宝宝学会了怎样影响他所处的环境，他会把堆放在那里的杂乱无章的积木，通过他的努力搭建成各种有意义的东西——房子、火车。他不但会重复做这件事情，还会推而广之运用到其他事物中去——学会了创造性地做事。

必要的奖励是可以的，但不能为了奖励而奖励，不能为了让宝宝完成某一件事情而奖励。让宝宝自觉地去做某件事，让宝宝做自己喜欢做的事，其结果是自然发生的，这样才能教会宝宝通过他自己的能力，去影响他周围的环境，通过他自己的努力改变一件事情的结果，学会主动做事，而不是被动地接受。如果让宝宝总是带有很强的目的做事，会极大削弱宝宝做事的积极性，削弱宝宝的创造力。

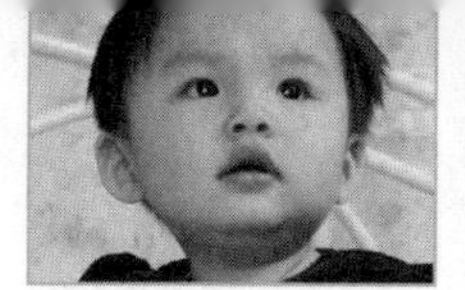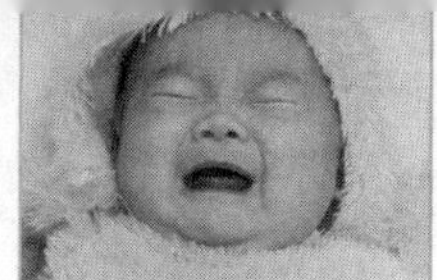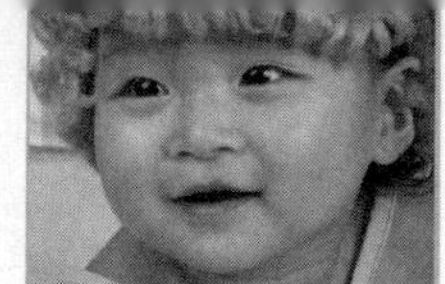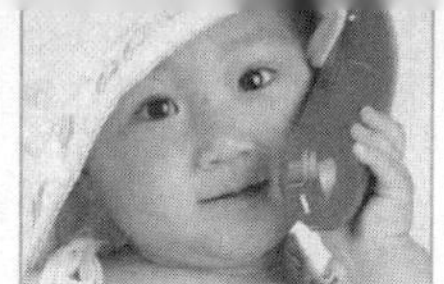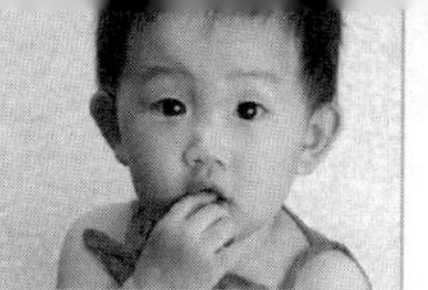

1509 帮助与被帮助

让宝宝接受其他人的帮助，并让宝宝帮助其他人，是很重要的。父母常常喜欢帮助宝宝，即使宝宝能够自己完成的事情，父母也因为担心宝宝做不好，或耽误时间而代劳。这样做不但不利于发扬宝宝独立做事的精神、锻炼宝宝独立做事的能力，还会伤及宝宝的自尊心。同时，父母认为宝宝小，什么也不会干，从来不寻求宝宝的帮助，这样不能培养宝宝助人为乐的精神。培养宝宝互相帮助的精神，对宝宝今后发展有着积极的意义。

1510 培养宝宝积极评价自己

这是树立宝宝自信心的好方法，如果父母总是批评宝宝，尤其是在别人面前批评宝宝，宝宝对自我的评价往往是消极的；如果父母使用赞许和鼓励的话语，宝宝就会积极地评价自己，这对宝宝未来的人生意义重大。能够积极评价自己，才能够积极面对自己，只有积极面对自己了，才能积极面对生活，面对周围的人。

1511 培养宝宝对结果的判断能力

你把闹钟定时，告诉宝宝，现在是12点，我们开始睡觉，把闹钟拿给宝宝看，然后告诉宝宝当时针走到下午2点时（让宝宝看着钟表，并指给宝宝看），闹钟就会响铃，响铃后我们就起床出去做游戏。

在父母帮助宝宝理解和判断因果关系的过程中，能加深宝宝对父母的信任，宝宝会认为父母很神奇，能够知道尚未发生的事情，这样就培养了宝宝对结果的判断能力，同时也培养了宝宝的思考能力，宝宝就是这样一步步认识世界的。

1512 宝宝不一定守约

带宝宝出去前，妈妈可能和宝宝商量好了，不许乱跑，尤其不能离开父母跑到路上去。宝宝能够理解，也能够答应妈妈的要求。可是一到外边，宝宝可能就会突然加快脚步冲向路中间，听到妈妈在身后“惊呼”，宝宝不但不会停下来，还会更勇猛地往前跑。宝宝不会意识到这有多危险，宝宝只想寻找刺激。因此父母要有心理准备，不是和宝宝商量好的所有事情，宝宝都会按约执行的。

第四节 饮食

1513 这不叫“厌食”

● 偶尔不爱吃饭。宝宝每天的食量不可能一成不变，今天吃得少一点，明天吃得多一点，都是很正常的现象。宝宝的食欲也不会每天都像妈妈所期望的那样旺盛，今天可能很爱吃饭，明天可能就不那么爱吃了；这顿吃得还很香，下顿就把吃饭当儿戏，或是不想吃，这也是很正常的。宝宝偶尔不爱吃饭，不能就认为是厌食了。如果妈妈把宝宝偶尔不爱吃饭视为厌食，或带宝宝看医生，或强迫宝宝进食，或表现出急躁情绪，不仅不能增进宝宝的食欲，反而会引起宝宝对吃饭的反感。

● 短时食欲欠佳。因为某种原因，引起宝宝短时食欲欠佳，比如感冒了，宝宝的食量就会有所减少。发热时宝宝也不爱吃饭，胃部着凉或吃了过多的冷食，摄入过多食物或摄入过多高热量食物，导致宝宝积食等等，都可能造成宝宝短时间食欲欠佳，这些情况都不是厌食。

● 一段时间食欲不振。由于一些原因导致宝宝在某一段时间内食欲不振，如在炎热的夏季，患胃肠疾病后导致消化功能不良等，都会使宝宝在某一个阶段食欲不振，这也不能视为宝宝厌食。随着季节的转凉，消化功能的改善，宝宝食欲会恢复正常的。

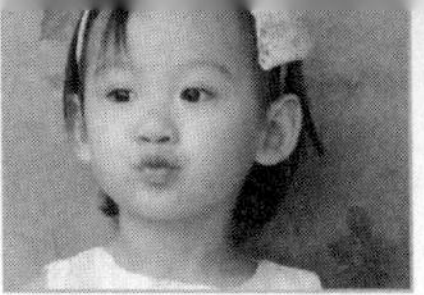

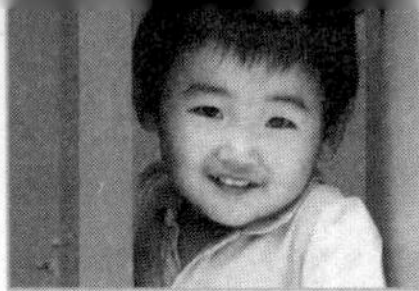
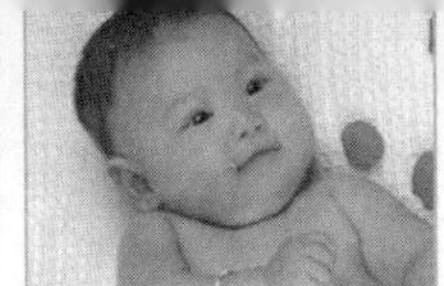

1514 不好的饮食习惯面面观

● 饮食结构不合理。过多摄入高糖、高蛋白、高脂肪等浓缩食品，如巧克力、奶糖、果奶、奶酪、干奶片等。过多食入话梅、果冻及膨化食品，损伤脾胃，都会影响正常食欲。

● 暴饮暴食。有的父母看到宝宝喜欢吃某种食品，就毫无限制地让宝宝吃个够，从而养成了宝宝暴饮暴食的不良饮食习惯。

● 偏食、挑食。宝宝天生喜欢吃甜的、香的，而不喜欢吃蔬菜和杂粮。宝宝尤其喜欢吃烧烤、油炸食品，油炸食物高温制作，其中的维生素等营养成分受到破坏，而且还会产生一些有害物质，油炸食物也不易消化吸收，会增加胃肠道负担，引起消化不良，甚至腹痛、腹泻、呕吐及食欲下降。烧烤类食物降低了蛋白质的利用率，导致宝宝营养不均衡。

● 过多摄入冷食。宝宝胃黏膜娇嫩，对冷热刺激都十分敏感，易受到冷、热食的伤害。若进食冷热不均，更易损害胃肠道功能。幼儿非常喜欢吃冷食，过多食入冷食会引起胃肠道缺氧、缺血，致使胃肠道功能受损，出现一系列胃肠道功能紊乱症状，导致食欲下降，甚至厌食。

● 过多饮用饮料。幼儿普遍喜欢喝酸甜的饮料，碳酸饮料、咖啡饮料、可可粉饮料等都可引起腹部胀气、嗳气和消化不良，使宝宝食欲减低。

1515 对有厌食表现的宝宝怎么办

不要强迫宝宝进食

对确有厌食表现的宝宝，如果是疾病所致，应积极配合医生治疗，同时爸爸妈妈要给予宝宝关心与爱护，鼓励宝宝进食，切莫在宝宝面前显露出焦虑不安、忧心忡忡，更不要唠唠叨叨让宝宝进食。如果为此而责骂宝宝，强迫宝宝进食，不但会抑制宝宝摄食中枢活动，使食欲无法启动，甚至产生逆反心理，就餐时情绪低落，拒绝进食。

避免食物种类单一

速冻肉食品、快餐等食品，不但不新鲜，还难以消化吸收，营养价值不高，经常吃这样的食品，难以诱发宝宝的食欲。父母应该给宝宝多吃新鲜蔬菜、水果、鲜肉。适当吃些诸如玉米、红薯等粗杂食品，可促进肠蠕动和正常排泄，有助于提高宝宝的食欲，促进其消化功能的发育与健全。另外，经常变换食物种类，可激发宝宝的食欲。

保证宝宝充足的睡眠

成年人都有这样的体会，当睡眠不足时，不但没有食欲，还会感觉恶心。宝宝睡眠不足也会食欲不振。长时间睡眠不足，会严重影响幼儿生长发育，所以要保证宝宝有充足的睡眠时间。

不宜让宝宝大吃大喝

宝宝自制力非常弱，又偏爱饮料、甜食、油腻、色素重的食物，由于冷热混合，没有节制，加上父母的格外宽容，常导致宝宝急性胃肠道疾病发作。

不宜多吃洋快餐

洋快餐成了宝宝们的时尚食品，平时的限制也会由于节日的到来而解除。除了爸爸妈妈，还有爷爷奶奶、外公外婆、叔舅姑姨、亲朋好友也会表现一番，带着宝宝光顾洋快餐厅。

洋快餐厅里挤满了儿童，而且越来越低龄化。我看到妈妈和年轻的小保姆带着宝宝吃洋快餐，妈妈只是把宝宝吃剩下的水果派吃了，小保姆只喝了一杯可乐，原来主要是让宝宝来吃洋快餐。洋快餐所含油脂和胆固醇较高，其他营养素不足，经常食用洋快餐的儿童，患肥胖症的概率明显高于其他儿童。洋快餐只是方便食品，而不是营养食品，偶尔吃还可以。

1516 口腔卫生习惯需要培养

良好的口腔卫生习惯是需要培养的。没有哪个宝宝愿意刷牙漱口。宝宝2岁后，就可以教宝宝自己动手刷牙漱口，尽管做不好，也要鼓励宝宝做。如果妈妈总是认为宝宝这也不会，那也做不好，宝宝就没有锻炼的机会了。妈妈要知道，

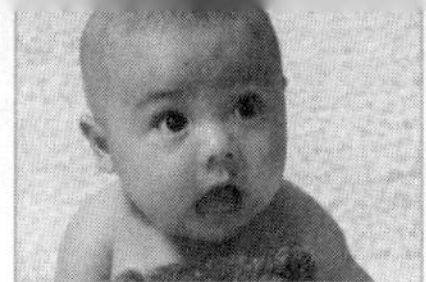
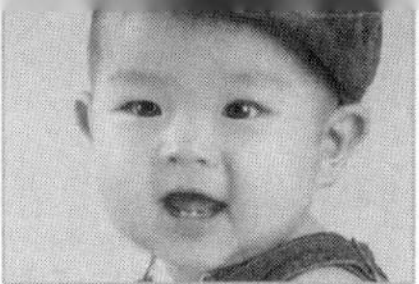

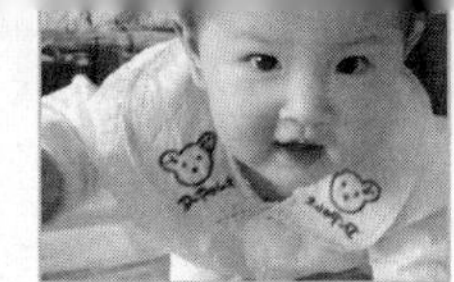
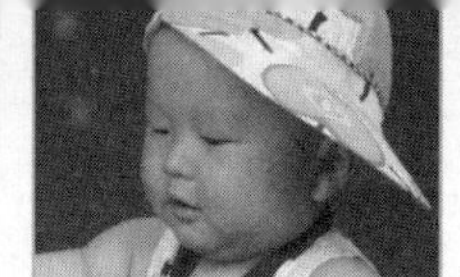

宝宝有很大潜力，只要妈妈肯放手，宝宝很快就会掌握的。饭后漱口，早晨起床后，晚上睡觉前，一定要让宝宝刷牙。

有些父母认为少给宝宝吃甜食，少吃糖，甚至不吃糖，就可以防止宝宝患龋齿了，这种认识不能说不对，但存在片面性。残留在牙齿间的所有食物，都有引起龋齿的可能，仅仅不吃糖还是不够的，必须保持牙齿的清洁。另外，妈妈还要重视宝宝牙齿的健康检查和保健，定期带宝宝看牙科医生，接受专业医生的指导。

第五节 睡眠、防晒、出游

1517 睡眠时间

在这个年龄段，大多数宝宝每天睡9～13个小时，习惯睡午觉的宝宝，晚上睡眠时间相对短些，一白天都不合眼的宝宝，晚上可能会一觉睡十几个小时。有的宝宝会在晚上起来尿尿，大多数宝宝尿尿后很快能自行入睡，不再要吃的或要妈妈陪着玩耍。有的宝宝却不能让父母这样省心，再次入睡有困难，或无端醒来，不再入睡。半夜醒来哭闹的宝宝不多了，如果父母能够陪着宝宝说话或给宝宝讲故事，宝宝会安静地躺在那里。

白天不睡觉的宝宝不在少数，即使妈妈把宝宝放到床上，宝宝也是翻来覆去睡不着。妈妈不必为此着急，更不要认为不睡午觉，就会影响宝宝健康。如果你的宝宝说什么也不愿意睡午觉，说明他不需要午休，他精力过剩，也说明他前一天晚上休息得很好，白天是他玩耍的时间。

1518 梦中醒来

仍然会有做噩梦的宝宝。但即使宝宝做了噩梦，从噩梦中惊醒也不会哭闹，也许会尖叫一声，或突然坐起来两眼紧张地看着妈妈。如果宝宝已经独睡，被噩梦惊醒后宝宝可能会跑到父母房间，钻进父母被窝，并很快再次入睡，遇到这种情况父母不要拒绝宝宝。

如果宝宝噩梦惊醒后哭闹，父母也能很容易地让哭闹中的宝宝安静下来。因为宝宝已经能够听懂父母的话，能够明白噩梦中所见到的恐惧景象不是真实的。为避免宝宝做噩梦，父母不要让宝宝看恐怖的电视片，不要吓唬宝宝。当宝宝受到惊吓时，要安慰宝宝，直到情绪平复，再让宝宝进入梦乡。

1519 陪伴睡眠与宝宝独睡

2岁半以后的宝宝，是否应该独立睡眠，这并没有统一说法。宝宝什么时候开始独睡，父母应根据具体情况灵活掌握。有的宝宝从一出生就自己睡小床，为了喂养方便，妈妈把宝宝的小床放在父母大床旁边，宝宝已经习惯自己睡一张小床了。宝宝长大了，婴儿床换成儿童床，宝宝能够很快适应一个人睡儿童床，只是不愿意离开父母的房间。如果因为把宝宝放到另一个房间而影响宝宝安稳睡眠，建议父母暂时不要这么做。把宝宝床放在父母房间，并不影响父母的生活，也不影响宝宝的独立。研究表明，过早离开父母陪伴不利于宝宝心理发育，即使是倡导宝宝尽早独立的美国，也有越来越多的专家学者，建议让宝宝更长时间在父母身边。

1520 关于防晒

自然光中含有三种不同波长的紫外线，其中一种对皮肤有较大的损害，大气层对这种紫外线有阻断作用，但随着臭氧层的破坏，大气层对紫外线的天然阻断作用有所减弱。另外两种紫外线均能穿透大气层射入皮肤。皮肤受到紫外线过多的照射会使皮肤表面泛红，真皮内胶原纤维断裂。

晒太阳固然有利于宝宝健康，但不能忽视紫外线对宝宝皮肤的伤害。宝宝皮肤角质层及结缔组织发育尚未完善，耐受能力较低，自身产生黑色素的能力也低，对紫外线的屏障功能较弱。面对有强烈穿透力的紫外线，妈妈更应精心呵护宝宝皮肤。

● 带宝宝到户外，避免阳光直接照射到宝宝的皮肤；

● 采用遮阳措施，如给宝宝戴宽沿的遮阳帽，打遮阳伞，穿透气性好的长衣长裤；

● 10∶00至16∶00是紫外线最强的时间，带宝宝做户外活动，最好避开这一时间段；

● 在树荫下也要注意防紫外线照射；

● 带宝宝到沙滩玩耍，最容易发生晒伤，一定要做好防晒措施；

● 擦了防晒品并不是一劳永逸了，当宝宝出汗时，会使防晒效果大打折扣，要及时补充防晒用品；

● 刚刚擦上防晒霜不能立即起到防晒效果，通常需要外出前30分钟左右使用；

● 阴天不用防晒是错误的认识；

● 一旦发生晒伤，要及时看医生，接受医生的指导和治疗。

1521 旅游中防病要点

● 幼儿几乎每时每刻都在蹦蹦跳跳，活动量很大，没有理由让宝宝穿得比父母还多。宝宝感冒最大的诱因是出汗后受凉。

● 当宝宝已经出汗时，不要马上脱掉衣服，应该让宝宝静下来，擦干汗水，等到宝宝不再是汗流浃背时，脱掉一件衣服，再放宝宝去玩。

● 不要把出汗的宝宝放到风口处凉快，更不能使用电风扇或空调等方法为宝宝降热，也不要让宝宝快速喝冷饮等食品，这样会使宝宝敞开的汗毛孔迅速闭合，造成体内调节失衡，引起感冒。

● 让宝宝多喝水，不但可预防感冒，对胃肠道和肺部也有益处。饮料不能完全代替水，含糖多的饮料尽量少喝。

1522 旅途中的小药箱

● 晕车药是必不可少的，宝宝和大人都有可能在旅途中发生晕车。晕车药要在乘车前半小时左右服用。一旦发生晕车，再吃药就为时已晚了。如果妈妈没有预料到宝宝会晕车，当宝宝说不舒服或恶心时，要把车停在安全地方，让宝宝下车呼吸新鲜空气，吃上晕车药，再继续赶路。

● 在外面游玩，免不了磕磕碰碰，皮肤划伤、蚊虫叮咬、过敏皮疹等，带上碘酒、酒精、双氧水等消毒用品，还有消毒棉签、纱布、绷带、小镊子、红药水、抗菌素药膏、风油精、创可贴等。出现问题就可以进行简单处理，不必到处找医院。准备止痒的炉甘石洗剂或肤轻松软膏，当宝宝出现痒疹时，可以涂上止痒。

● 宝宝可能会因为吃得不合适，发生呕吐、腹泻，准备几包思密达，对胃肠道黏膜有保护作用。带上几包口服补液也是很必要的，不但能及时补充由于呕吐、腹泻丢失的液体，还有止泻作用。

● 在旅游途中，一定要准备退热药，可以备用扑热息痛类的退热药，如果宝宝吃药困难，就准备几粒外用退热栓，降热快，使用也方便。

● 带上板蓝根冲剂或双黄连冲剂，如果宝宝出现感冒征兆要及时给宝宝吃。

● 到了游玩地，不要忘记询问当地医院所在地，急救中心和医院电话。这样，当出现紧急情况时，可以及时和医生取得联系，迅速带宝宝上医院。

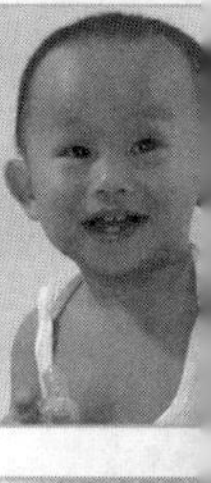

第十六章 2岁10个月～3岁幼儿(34～36月)

第一节 成长发育状态

1523 体重、身高、头围、前囟

宝宝体重可按简易公式初略计算得出：体重（千克）=年龄×2+8。满3周岁宝宝平均体重为14千克。

宝宝身高可按身高简易公式粗略计算：身高（厘米）=年龄×5+75。以此公式计算，满3岁宝宝平均身高为90厘米。

宝宝3岁以前，身高受遗传因素影响不是很明显，男女宝宝之间的差异也不是很明显。3岁以后，宝宝身高受遗传因素影响就比较明显了。通常情况下，父母个子高，尤其是母亲个子高，宝宝比同龄儿平均身高要高出一些。但父母要认识到，每个宝宝生长发育都不相同，存在着一定的差异。不要因为你的宝宝比别人家的宝宝矮而着急，只要你的宝宝按照他自己生长曲线在不断地生长着，你的宝宝就是正常的。

宝宝头围没有太大变化，无论从外观上看，还是测量，都没有明显的改变，宝宝头围已经进入缓慢生长期。大多数宝宝到了3岁前囟门就都闭合了。

1524 关注乳磨牙

满3岁时，宝宝已经出齐了20颗乳牙，有的宝宝早在2岁半就出齐20颗乳牙了。宝宝的乳磨牙已经长好，开始用磨牙咀嚼食物。磨牙上面的窝和沟都比较深，不容易清洁干净，易患龋齿。有的父母认为乳磨牙迟早会被恒牙替换，长不长龋齿无所谓，这样的认识是不对的。乳牙的发育状况会直接影响恒牙的排列，甚至影响宝宝的面部发育。如果乳磨牙龋齿比较厉害，导致牙齿疼痛或部分剥落，会影响未来恒牙的排列和牙齿的功能。

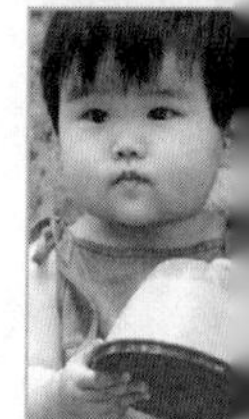

1525 运动能力应有尽有

走、跑、跳、站、蹲、坐、摸、爬、滚、登高、跳下、越过障碍物，3岁幼儿的运动能力，应有尽有，无所不能，无所不会，真正成为全能型“运动员”了。

锤子、剪刀都要用一用，拖把、扫帚都要试一试，破坏东西一流高手，不会修理却有修理整个地球的愿望。捏橡皮泥、折小飞机、拼七巧板、玩电动玩具……一切都不在话下。

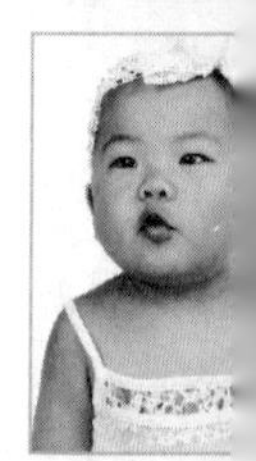

1526 能力发育会暂时停歇

快3岁的宝宝，还不会跑，这种情况也是存在的，并不属于发育异常。每个宝宝发育进度都不尽相同，有的慢些、晚些，有的快些、早些，快慢早晚都不能成为衡量宝宝发育是否正常的标准。

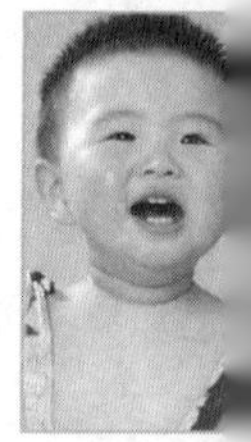

就某一种能力而言，宝宝间的差异可能很大，相互比较没有什么意义。走得晚的宝宝，与走得早的宝宝相比，仅仅是会走的时间早晚不同，从发育的角度讲，前者不一定属于落后，更不能认定宝宝运动机能发育不好，将来不能搞与运动有关的工作，这样的判断没有任何科学依据，也没有实际意义。

我们要用发展的眼光看待宝宝的成长，只要宝宝自己在进步，父母就应该为宝宝高兴，为宝宝祝贺。即便宝宝在发育进程中出现一些小小的“倒退”现象，父母也不要大惊失色，一脸沮丧。父母应以宽宏的态度对待发育中的宝宝，允许宝宝一时的“停歇”，允许宝宝一时的“不如

人愿”。

在任何时候，只要有父母的关爱围绕着宝宝，包容着宝宝，宝宝就会有所进步，有所发展。父母时刻要牢记，不要奢望宝宝是天底下最棒最好的，但可以而且应该帮助宝宝，让宝宝拥有幸福快乐的童年。

1527 尝试着说复合句

父母总是有意无意地用自己的语言方式和宝宝说话，但宝宝却能发展出自己的语言模式，比父母的还要精彩，还要丰富。宝宝学习语言、运用语言的能力，是我们成人无法想象的。

当宝宝能够说出比较完整的简单句时，就开始尝试着说复合句了。但这么大的宝宝，还不会把复合句用连接词恰当地连接起来。宝宝复合句的运用能力，是与简单句的运用能力平行发展起来的。在不断完善简单句的同时，复合句的运用能力也在不断得到发展。

1528 基本掌握母语口语对话

3岁的幼儿，基本上掌握了母语口语的表达。幼儿语言表达能力的发展，是循序渐进的。3岁前，宝宝的语言表达基本上是对话形式，或回答父母的问题，或向父母提出问题，获得解答，自己创造性的语言独白少之又少。这是为什么呢？一方面与幼儿词汇相对贫乏有关，另一方面也与幼儿语言运用能力有关，但更重要的是幼儿刚刚开始独立活动，还没有自己积累起经验、体会、印象，也就是说幼儿还缺乏对世界的认识。随着幼儿独立性的发展，对世界认知能力的提高，独立表达自己意愿的需求开始出现并日益强烈，幼儿语言独白的能力也就随之不断提高了。

1529 情景性语言

3岁以前的幼儿，语言主要是情景性的，只有结合此时此刻的情景，并辅以手势、表情，甚至是带有表演性的动作，才能够表达出比较完整的意思，才可能让成人理解幼儿的思想。3岁以后的儿童，开始逐渐向连续性语言发展，能够离开具体情景表述一些意思了。

1530 自言自语阶段

3岁左右的幼儿开始沉浸在自言自语的语言快乐中。有的妈妈会因为宝宝总是自言自语而感到不解，认为宝宝出现了心理问题。

事实上，宝宝在语言发展的这个阶段，就是喜欢自言自语，嘴里常常嘟嘟囔囔。有时妈妈能清晰地听到宝宝在说什么，如宝宝对着玩具娃娃或玩具说话，听起来仿佛还有实际意义；有时妈妈就不能清晰地听到宝宝说什么了，这更让妈妈感到莫名其妙，比如宝宝一边玩，一边嘟囔，似乎与目前的情景没有什么关系。

妈妈不必担心，这是幼儿语言发展过程中的正常表现，是幼儿语言概括和调节功能的发展过程。随着幼儿知识、经验的丰富，思维能力不断发展，语言的概括能力逐渐增强，自言自语、嘟嘟囔囔的现象就会逐渐减少，直到完全消失。

1531 开始对父母的语言产生反应

回想一下，宝宝在婴儿期，其行动是不受语言调节的；随着月龄的增加，宝宝开始逐渐受父母语言的影响，但还需配合手势、表情等身体动作。比如，妈妈对婴儿宝宝说“妈妈要给宝宝喂奶了”，宝宝不会有什么反应，因为婴儿还没有根据语言调节行为的能力。但如果妈妈总是在说话的同时配合一定的动作，一边说“妈妈要给宝宝喂奶了”，一边把乳头露出来，或举起奶瓶喂奶，宝宝就会把语言和行为联系起来了。慢慢地，宝宝语言发展到一定水平，就能对父母的语言产生反应了，其行为也就开始受父母语言的调节了。快3岁的宝宝，行为就开始受父母语言的调节了。

1532 幼儿语言的自我调节

幼儿语言的自我调节功能开始逐步发展起来。当幼儿能以自己的语言调节自己的行为时，幼儿的心理活动也随之迈上了一个新台阶。我们成人思考做什么事情时，使用的是“内语言”，无声的内语言帮助我们去作出某种决定。

幼儿则是用“外语言”表达内心思考，这就是前面所说的自言自语。当“外语言”发展到一定程度，宝宝就会产生“内语言”能力。宝宝嘟嘟囔囔的时候，正是“外语言”与“内语言”相互交叉的过渡期。3岁以后，宝宝思考问题，就越来越不需要“外语言”，宝宝更像成人一样，静静思考，用“内语言”来指导自己的外在行为。

在成人的视觉、听觉、味觉、感觉中，经验事实告诉我们，有许多时候，我们不用真地去看、去听、去闻、去感，一样能在内心中产生看、听、闻、感以后的心理感受。心理学研究告诉我们，这是因为我们成人有完善的内视觉、内听觉、内味觉和内感觉。

宝宝各项能力都在发展，会看了，会听了，会闻了，会感觉了，这都是发展的台阶。如今，宝宝更加出色了，更“高级”了，开始全面向成人的内视觉、内听觉、内味觉、内感觉前进，真正开始了心灵之旅。

第二节 养育策略与身心健康

1533 父母对宝宝情感的影响

宝宝出生后就向父母展示了丰富的情感世界，而在宝宝幼小的心灵中，父母或看护人的态度，都给宝宝留下深刻的影响，尤其是在3岁前，这种影响非常重要。

性格开朗、豁达、宽容、富有爱心的父母或看护人，会让宝宝拥有稳重、自信的品格。如果父母或看护人心胸狭窄、斤斤计较、怨天尤人，就算对宝宝同样精心照料，仍可能会使宝宝形成多愁善感、神经敏感的性格。父母或看护人养育宝宝的方式和态度，对宝宝情感发育的走向，有着很深的影响。

1534 宝宝怎样拷贝我们

父母或看护人影响着宝宝的人格成长，父母和看护人性格怎样，人品怎样，怎样对待宝宝……这一切都深深地在宝宝人格发展的道路上留下印记，甚至影响宝宝一生的发展轨迹。

- 如果父母总是向宝宝发脾气，宝宝就会把“发脾气”看成是一种敌视，宝宝相应地会养成用“敌视”的眼光看待世界的习惯。
- 如果父母总是否定宝宝，批评话语不断，宝宝在这样的环境中长大，就会对自己产生怀疑，总觉得自己不对，缺乏应有的自信。一个没有自信的宝宝，就不会拥有自尊，也不会爱戴自己和他人。
- 如果父母总是牢骚满腹，苦大仇深，劳苦功高，任劳不任怨，在这样环境中长大的宝宝，就会产生歉疚感，感觉不到生活的快乐，只感觉到压抑和艰辛。背着沉重的包袱生活，缺乏人生追求和幸福感。
- 如果父母脾气暴躁，动辄就骂宝宝，甚至举手打宝宝，事无大小，常怒火中烧，一触即

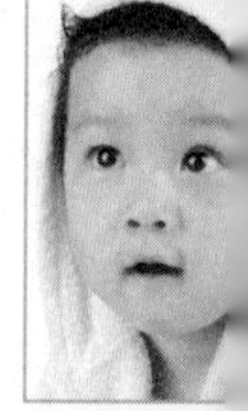

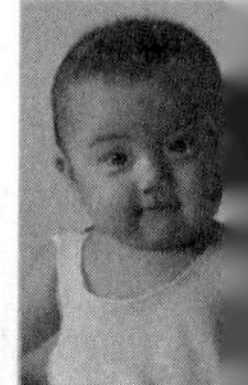

发，在这样环境中长大的宝宝，或者是喜怒无常，或者是心情压抑，性格孤僻，不愿意与人交往。

● 如果父母在宝宝面前总是表示不满，谴责他人，说别人的坏话，宝宝可能会成为爱挑剔、对人刻薄、缺乏信任和同情心的人。

● 如果父母心胸狭窄，做事谨小慎微，妒忌心强，宝宝可能会成为非常敏感，甚至神经质的人。

● 如果父母总是说话不算数，喜欢承诺，但不兑现，只要达到眼下目的就行，宝宝可能就会没有安全感，独立性差，缺乏团队精神，不善于和他人合作，喜欢独来独往。

● 如果父母经常说一套，做一套，对宝宝进行的语言教育和自身行为有很大差距，对宝宝的语言要求与对宝宝的行为规范存在较大的差距，那么宝宝心理可能会受到扭曲，缺乏主见，遇事摇摆不定、不果断，常常陷于彷徨和茫然，甚至自我矛盾之中。

● 如果父母霸道，不讲道理，凡事都没有商量的余地，宝宝可能会心口不一，从不自觉地撒谎，到编故事，甚至变得强词夺理，但并不坚强，还有些懦弱，不能坚持自己的意见和看法。

父母良好的品质对宝宝的成长有着积极的影响，宝宝的成长离不开自我的提升，但看护人对宝宝性格、人品、秉性、人生态度等诸多方面的影响是不可忽视的。父母不可忽视自己及看护人对宝宝的影响，不能把宝宝的“不是”都归咎于宝宝自身的发展。具有相似个性和气质的宝宝，在不同的环境中成长起来，可以出现不同的结果。

1535 宝宝个性无好坏

父母既要尊重宝宝自身的个性和潜质，又要给宝宝创造良好的成长环境，从而塑造出一个身心健康的宝宝。父母不要给宝宝下这样的定义：

● 这宝宝个性很差，可谓“朽木不可雕也”。

● 这宝宝没这个潜质，不可能有这方面的发展。

宝宝的个性没有好坏之分，父母需要全面接受，无论宝宝个性怎样，带有怎样的遗传烙印，父母都应该把宝宝视为可塑之才，充分发挥优势的一面，回避劣势，因势利导，扬长避短。不管多么难以做到，父母都不能因此而放弃。这是一种信念，没有培养、塑造宝宝的坚定信念，就不可能培养、塑造出有坚定信念的宝宝。

从根本上来说，培养宝宝，需要坚持的不是宝宝，而是父母。如果父母嫌弃起自己宝宝的个性，那只能说明父母应该好好省视、检查一下自己的个性了。正确的选择是，无论宝宝的潜质、个性如何，父母都应该无条件、全身心地去爱宝宝，养育宝宝，塑造宝宝。父母只可怀疑自己的方式方法不对，不能怀疑自己的宝宝有问题。

1536 没有坏宝宝

父母或看护人如果一直都把宝宝看作是个“好宝宝”；从不怀疑宝宝，也很少批评宝宝，更不否定和敌视宝宝；从不找理由冲宝宝发火，相信宝宝的话，不站在“统治者”的地位对待宝宝；对宝宝不是麻木不仁，也不是不管不问，从不忽视宝宝的存在，对宝宝充满关心和爱护……那么，这样养育出来的宝宝，将是一个自信、友善、富有同情心、为人善良、热情、对生活充满热爱的宝宝。

如果父母或看护人总是把宝宝看做是“坏宝宝”；常常怀疑宝宝长大后可能不会成才；总是批评宝宝，以结论性的语言否定宝宝；找任何一种理由对宝宝发火，向宝宝发难；用怀疑的态度反问宝宝：“真的是这样吗？你说的话是真的吗？”把自己放在统治者的地位，对宝宝发号施令，从不承认错误，是永远的正确者；忽视宝宝的存在和宝宝的感受；溺爱宝宝……那么，这样养育出来的宝宝，将缺乏自信，不知道尊重别人，对人常常产生敌视，缺乏同情心，不关心他人，抑郁冷漠，对生活缺乏向往，消极对待人生，不爱学习、不思进取、喜欢享乐，甚至喜欢过不劳而获的生活。

1537 先天潜质与后天塑造

宝宝生下来就带有遗传的烙印，有先天的个性和潜质；宝宝生长在社会中，社会对宝宝的影响不容忽视；宝宝在成长过程中，不断认识和感知世界，不断探索和学习，并不断修正自我、塑造自我，增加人生的各种修为。

上述三点，在宝宝成长过程中起着举足轻重的作用。应该指出的是，宝宝在婴幼儿阶段，父母作为宝宝的第一看护人，对宝宝的成长有着决定性的影响。纵使父母一切言行全部出于爱宝宝的动机，但结果不一定都是正面的影响，有时候甚至负面影响大于正面影响。

父母总是把“为宝宝好”挂在嘴边，很少省查自己的行为是否真的符合宝宝成长、发育的需要。宝宝在每个成长阶段，都需要父母采取相应的养育方法。我们是否不用学习就能做好父母呢？父母们可能认为不用学了，但事实上需要学习的东西确实不少啊！

1538 要推动宝宝，首先要推动自己

养育宝宝，父母可能会遇到各种各样的问题，哪个父母都无法避免。即便是满腹经纶的专家学者，做了父母，同样会手忙脚乱，学问好像烟消云散了。

遇到问题，不必自责、内疚，也不要被失败情绪打倒；不要把问题推给遗传，说没有遗传好，更不要说宝宝天生就是个“坏宝宝”等等。父母只需记住，宝宝有他自己的个性，给宝宝创造一个适合他成长的环境就行了。

按照神经语法程序学的理论，一个人是不能改变另一个人的，就算父母，也不能直接改变宝宝。父母能做什么呢？父母能做的，只有改变自己，并通过自身的改变，影响宝宝的改变。换句话说，父母要推动宝宝前进，首先要推动自己前进，这一点毋庸置疑。

1539 礼貌待人

有礼貌的宝宝招人喜爱，没礼貌的宝宝招人厌烦。可问题的关键是：我们成人的礼貌标准是否适合宝宝呢？这么大的宝宝对礼貌有无认识呢？宝宝心目中的礼貌是什么样的？宝宝是否愿意执行父母的礼貌标准？这样看来，宝宝是否有礼貌，真的不是一句话就能判定的。

宝宝的良好习惯是后天培养起来的，宝宝的礼貌是父母谆谆教导出来的。父母不要忘了，对于这么大的宝宝来说，说教是无力的，“身教”重于“言传”。

如果父母认为宝宝犯了错误，就把“打”挂在嘴边，不管是真打，还是假打，“打”的信息就储存进宝宝大脑了。一旦宝宝遇到不顺心的人、事、物，大脑编程很自然给出“打”的指令。父母埋怨“这是什么宝宝！”其实不应该问问自己“这是什么父母”吗？！

1540 宝宝并非想把生活搞得一团糟

这个时期的宝宝，并非处于令父母“恐怖”的阶段，一刻也不想闲着的宝宝，并非真的想把生活搞得一团糟，也不是成心想气妈妈，让周围的人难受。宝宝只不过是在发展自己的能力，在认识世界。只是在理解事物的过程中，反映出某些矛盾状态，演奏出一些不太协调的音符罢了。从现在起，宝宝就开始协调这些矛盾了，不断练习，逐渐调整，以实现既要自立，又要呵护；既要独立探索未知世界，又要寻求父母安全保障的阶段目标。

只要父母提升了自己的育儿境界，宝宝就会很快明白，自立与呵护、独立与安全是可以兼得

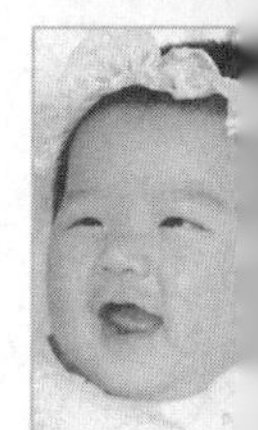
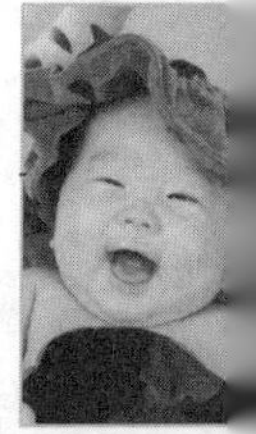

的，父母始终是他的保护者，不会因为争取自立、独立探索世界，而失去父母的爱。宝宝有了这样的认识，就安心多了，父母也轻松多了，宝宝周围的人也好受多了，而宝宝也进入了人生发展的又一个新的里程。

1541 宝宝创造力的典型特征

幼儿的创造力，到了3岁的时候开始逐步发展起来，其典型的特征就是强烈的好奇心。这种强烈的好奇心，体现在对所见、所听、所触、所经历过的人、事、物，有极其敏锐的感觉；体现在对问题惊人的理解上；还体现在“移花接木”的能力上——宝宝能把普遍意义上的某种物体或某种事物，嫁接到特殊意义上的某种物体或某种事物上，而且非常新颖，常常令成人突然有所感悟。

宝宝只有学习能力是不够的，创造力对于宝宝来说更加重要。父母们热衷于找到提高宝宝创造力的好方法，而事实上，父母甚至无需到处寻找什么方法，只需最大限度地放开宝宝的手脚，让宝宝有更大的独立空间，让宝宝去探索，发扬宝宝的冒险精神，满足宝宝的好奇心。这是提高宝宝创造能力最关键、最有效的方法。

1542 仍然以玩为主

3岁的宝宝，仍然是以玩为主的宝宝。如果父母过于关心宝宝的智力发育，认为宝宝从现在开始必须接受“正规训练”了，必须要开始“学习知识”了，那父母的麻烦不但不会减少，可能还会增加。如果过早让宝宝承担“学习的重任”，宝宝非但不会好好学习，还可能对学习失去兴趣，到了上学的年龄，宝宝可能已经感到“精疲力尽”了，学习知识已经不是乐趣，而是负担和压力了。

1543 聪明的做法

聪明的做法是给宝宝继续创造安全快乐的空间，既然玩耍仍是宝宝生活的主要内容，那就让宝宝在游戏中学习，在玩耍中认识事物。如果需要宝宝静下来学习某些知识，请记住：要在宝宝兴趣盎然的时候；要在宝宝精力充沛的时候；要在宝宝情绪高涨的时候；时间一定要短，不要等到宝宝烦了才结束；找到让宝宝感兴趣的方法；宝宝表示拒绝时，不要使用父母的权力压制；让宝宝多看、多听、多说、多想、多问、多交流、多交往。

1544 父母与宝宝的交流不可忽视

宝宝和父母生活在一起，似乎不存在交往、交流缺乏的问题。但事实上宝宝与父母有效交流与交往是不够的，甚至常常被忽视。父母与宝宝

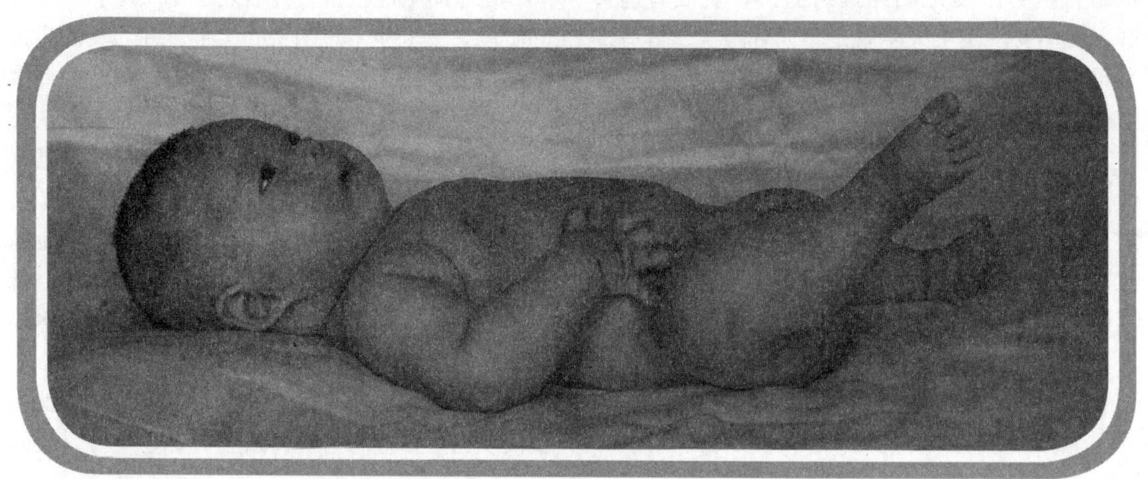

认真对话，正确回答宝宝提出的问题，给宝宝清晰、明确的指令，对宝宝提出恰当合理的要求，甚至包括为宝宝尽心尽力地做事等等，这些都是在与宝宝交往、交流，对宝宝的健康成长起着潜移默化的作用。

宝宝的交往、交流能力，更多的是通过与父母交往、交流练就的，如果父母忽视了这一点，宝宝是很难建立起与周围人交往、交流能力的。

1545 初步认识男孩、女孩生理差异

宝宝知道自己是女孩还是男孩了，不过这种认识还仅停留在女孩与男孩的生理差异上，因此父母特别要注意，切莫把宝宝对性别差异的认识，误导到不利于宝宝发展的深度和方向上。

父母喜欢让儿子坚强，倡导“男儿有泪不轻弹”，男孩一定要有出息，要成功，让男孩“不食人间烟火”，过分压抑男孩情感。这样做，只能让男孩变得外表冷漠，甚至冷酷，内心脆弱，甚至颓废。

父母喜欢让女儿文静乖巧，做一个招人喜欢的宝宝，让女儿学会体贴照顾他人，过分强调女孩特质，约束女孩行为。这样做，可能会让女孩变得爱虚荣，意识与潜意识相分离，掩盖强有力的一面，把自己修饰成“淑女”，失去自我。

父母应该让宝宝知道，女孩和男孩需要去不同的卫生间，除此之外，更应该让宝宝坚信，性别的意义不在于“不能”做什么，而在于能做什么。让女儿知道父母非常爱她，因为有了她而幸福；让儿子知道父母非常支持他，因为有了他而骄傲。无论是男孩还是女孩，学会做人是第一重要的。

1546 饭后、便前也要洗手

人们日常都说“饭前便后要洗手”，怎么这里说的却是“饭前饭后、便前便后要洗手”？这是新生活方式或者新卫生习惯建立的大问题，需要从医学角度解释一下。

- 饭后洗手。吃饭时，宝宝会用手抓食物，大多数饭菜都有油，食物残渣和油沾在手上，宝宝的手黏黏的。当宝宝再拿玩具或其他物品时，玩具或其他物品上的灰尘微生物就很容易沾到宝宝“黏黏的小手”上。宝宝再拿其他小食品，或用嘴做事——这么大的宝宝仍然会把嘴当作“工具”，灰尘微生物就会进入宝宝口中。如果恰好赶上宝宝抵抗力比较弱，“病从口入”就会发生了。
- 便前洗手。这一点也很重要，尤其是当宝宝学会了自己管理尿便，自己擦屁股，洗屁股时，就更重要了。便后洗手的目的，是避免大便中的细菌、微生物，以及卫生间门把手等污染手。但我们忽略了一个重要环节：谁能保证自己便前手是洁净的呢？如果刚刚数过钱，就去卫生间了，便后擦拭和清洗时，生殖泌尿器官就有被污染的可能，尤其是女孩生殖道更容易形成接触性感染。

1547 按时就寝，按时起床

“按时”是什么意思？是准时准点，还是大致范围？常听有些妈妈抱怨，宝宝一提睡觉就闹，一说起床就哭，没时没点，习惯难建。为什么会是这样？妈妈把“按时”当成了“准时”，自然把宝宝“按时就寝、按时起床”，当成了机器“按时停止、按时开动”，宝宝不是机器，“按时”不是“准时”。

按时睡觉，按时起床，但有一两个小时的晚睡或一两个小时的晚起，并无大碍，不能就此认为宝宝没有良好的睡眠习惯。人体内的生物钟并不总是“正点”的，生物钟就像地球，不但有自转，还有公转；不但有到时候睡觉、到时候起床的欲求，还会有到时候不想睡、到时候不想起的欲求。父母因为宝宝哪一天不按时就寝、按时起床，就大动干戈，实在是有点小题大做了。

1548 双休日可以有特例

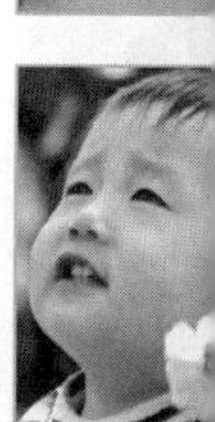
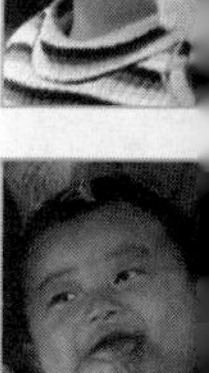

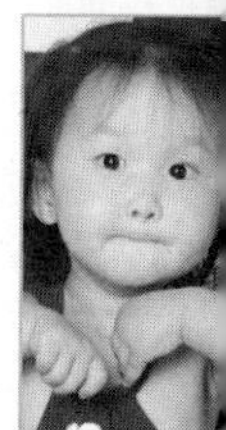

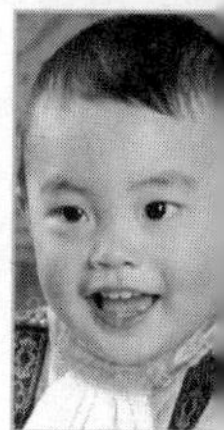

睡觉、起床、吃饭等日常项目，就算平常很有规律，到双休日恐怕也要被打破了。让我们的生活更轻松一点吧，宝宝不是让父母发愁的，双休日更不是让父母“按时按点”紧张兮兮的，轻松带来快乐，父母快乐带来宝宝快乐。

周一到周五，按时吃饭，按时睡觉，双休日执行另一套作息时间，也不失为一种选择，这样做缓解了父母的压力，对宝宝也没有什么害处。如果为了宝宝的作息时间，双休日也要一大早起床，妈妈真可能感到身心疲惫了。人总是要放松的，不能总像上紧了发条的钟表，长期如此，人会崩溃的。

让宝宝和父母一起享受双休日的轻松快乐，不必担心打乱生活习惯，事实上，丰富多彩、轻松快乐的生活本身，比习惯更重要。

1549 衣帽整洁，存放有序

宝宝们总是喜欢随便摆放东西，到处是玩具会让宝宝感到欣慰，而整洁的室内环境会让宝宝很不舒服，很无聊。在宝宝看来，摆有各种小玩意的环境，才是他的天地，他的天地越大，他越会有安全感，越开心。那些小玩意围绕着他，是对他的一种保护。

家有幼儿不要期望“两人世界”的清净和整洁了，更何况乱中也有整洁，到处摆放着漂亮玩具，这是一道多么好看的风景啊！爸爸妈妈蹲下来吧，如果还高，那就趴在地上，与宝宝的视线处于同一个水平线上，看一看整洁的家，高高的衣柜，通向屋顶的书架，还有饭桌、凳子、椅子等。在宝宝可见的视野内，所看到的，就如同盲人摸到的大象腿。对于宝宝来说，只有地上的小玩意，以及在他视野下的物品，才属于他的“势力范围”。如果父母要求地面整洁，宝宝面前就只剩下“茫茫沙漠”了。

整洁不是整齐，整洁要求的是不要满地垃圾、满地脏物。宝宝的玩具和宝宝喜爱的物品放在哪里，哪里就是好看的景象。如果父母都能这样面对宝宝创造的“玩具世界”，还会烦心吗？

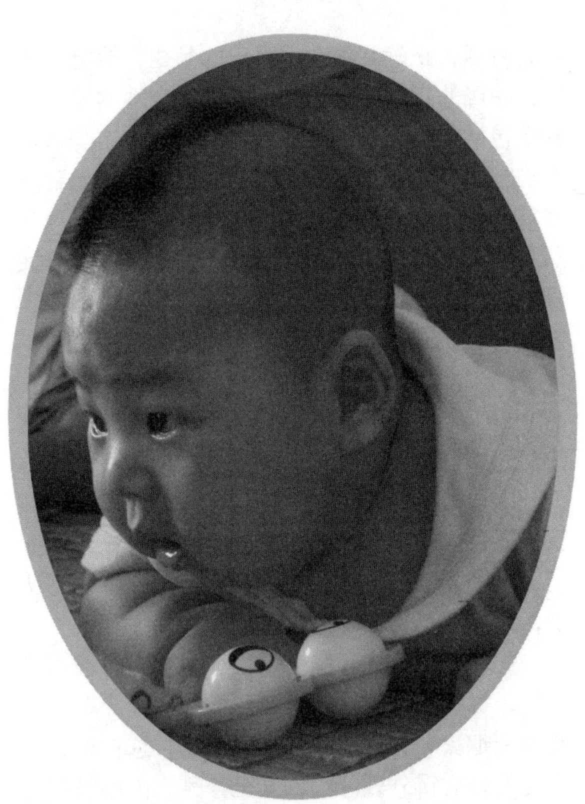

1550 数学登上舞台

宝宝看到小朋友手中的饼干比他手中的多，他马上就会意识到——宝宝已经有了多与少的概念。同时，宝宝开始喜欢将他的年龄、生日、电话号码等数字告诉周围人，对数字表现出浓厚的兴趣。利用这一发展特点，父母可以教宝宝学习数学了，培养宝宝对数学的敏感。数学在日常生活中的重要性是不言而喻的，是独立生活和通向科学的门槛。

1551 用玩具和食物学数学

幼儿对玩具、食品、游戏感兴趣，可以利用这些载体教宝宝学习数学。这么大的宝宝集中注意力的时间比较短，要适时结束，以免宝宝厌烦。不能硬逼着宝宝学，虽然是通过游戏学习，但宝宝也不能长久坚持。

- 棋子、饼干、糖块、葡萄、玩具等都可以作为教具，最好一次只教一个数字，解释数字的形状，帮助记忆，举实际例子，帮助理解。

- 也可以用钱币(硬币、纸钞)作教具，但要注意卫生，钱币经过众多人的手，不要让宝宝边吃边玩，游戏后要立即洗手。
- 可以用饼干、糖块等食品教宝宝做加减法，让宝宝边吃边做减法，会引起宝宝学习的兴趣，也帮助宝宝理解数字的奥妙。妈妈把糖块放在衣袋里，一个一个给宝宝，边给边让宝宝做加法。
- 用日历教宝宝学习数字，告诉宝宝一个星期是7天；一个月是30天；一年是365天。
- 带宝宝外出，指出路边标牌上的数字；在家里，可以教宝宝认识日历、钟表上的数字。
- 教宝宝2个2个地数数，5个5个地数数，这是培养宝宝理解逻辑数数法的开始。

如果宝宝对这些不感兴趣，根本不能集中注意力于你的教学上，就不要再继续下去了，寻找更适合宝宝的方法，或暂时停几天。

1552 与宝宝一块“出版”家庭图书

自己动手装订出版家庭图书，一方面可以锻炼宝宝的动手能力，另一方面也可激发宝宝对读书的兴趣。将这样的书保存下来，给宝宝和家庭留下永久的记忆，也可算作家庭的珍藏吧。

做法其实很简单，将宝宝开始握笔“涂鸦”的资料装订到一起，一本图书就“问世”了。记载有趣的家庭活动、旅游、游戏、宝宝有趣的瞬间照片；宝宝的“艺术作品”；宝宝成长过程中有趣语言、行为的描述文字；带宝宝出游时的旅游门票根、采摘的花瓣、树叶等可以追忆童趣的东西；在每张照片、“艺术”作品旁边，写上一段有趣的说明，增添家庭和谐幽默气氛；设计出漂亮的封面，题写书名，作者署名（宝宝大名鼎鼎啊），这些都是“出版”前必不可少的步骤。如果想“正规合法”，你甚至可以启发宝宝在封面上画上条码，世界唯一，那一定很精彩。

1553 私家车里玩游戏

周末、节假日一家三口驾车旅游，爸爸开车，妈妈带宝宝坐在后排，这是做亲子游戏的好时机。尽管旅途遥远，也不会让宝宝感到腻烦，时间会过得飞快，旅途充满欢乐。

- 编写旅行小册子。带上活页纸和活页夹，一盒蜡笔或水彩笔，把旅途中的新鲜事和风景记下来，或画下来，画出旅途所经过的地区草图，再加上解说词，用活页夹装订起来，就成了一本旅游小册子了。
- 带一本好歌本。在旅途中唱歌是很欢快的，领着宝宝一起唱，也可以把歌词念给宝宝听。
- 认识汽车牌号上的省、直辖市简称，和宝宝比赛，看谁认识的简称多。
- 翻绳游戏。带上一根小线绳，和宝宝一起做翻绳游戏，宝宝会非常喜欢。
- 下象棋。带上磁性棋盘，和宝宝一起学下棋，可以是象棋，也可以是跳棋、围棋。
- 欣赏沿途风景。经过农村时，教宝宝认识农作物、家禽家畜，数一数有几头牛、几只羊。

1554 电视管理

- 限制看电视的时间，一天不超过2小时。
- 租买适合宝宝看的光盘，并把不适宜宝宝看的频道，使用特殊装置锁闭。
- 吃饭时一定要把电视关闭。
- 不把电视放在宝宝的卧室里。
- 只在该看某一选定的电视节目时，才打开电视机，看完那个节目后立即关闭电视机，和宝宝一起讨论节目内容和情节。
- 不以是否让宝宝看电视作奖惩，以免给宝宝传达错误信息：看电视非常重要。
- 让宝宝到大自然中玩耍、游戏，做些体育运动，看书，帮助做家务等。
- 父母率先垂范，读书、锻炼身体、谈话都是不错的活动。

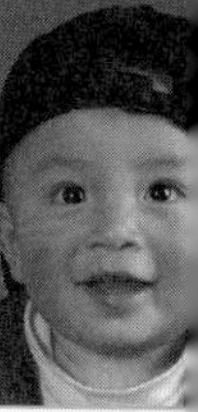

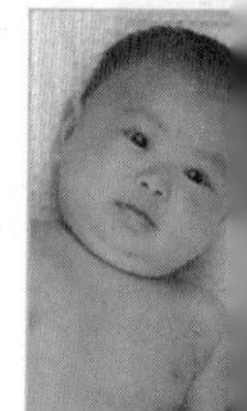
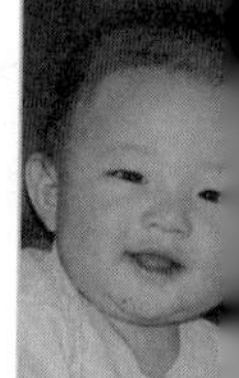

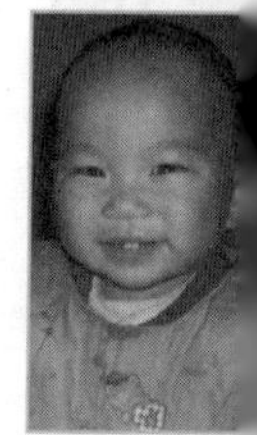

1555 宝宝喜欢芬芳的气味

每个宝宝对不同的味道有不同的反应，但普遍的现象是，无论宝宝还是成人，都喜欢气味芬芳，对臭气熏天都会感到厌恶。

但对一些特殊气味的喜好，每个人之间存在着较大的差异：有的宝宝喜欢刺激性强的味道，有的宝宝喜欢清淡的味道；有的宝宝喜欢辣，有的宝宝喜欢咸；有的宝宝喜欢酸，有的宝宝喜欢腥。但无论是婴儿还是幼儿，都普遍喜欢甜味，而不喜欢苦味。大多数药物都是苦味的，所以，绝大多数宝宝不喜欢吃药。即使是婴儿，如果妈妈喂过一次苦药，他就会牢牢记住，再想喂他药吃，他就会反抗，紧闭着嘴不肯吃，如果妈妈强行把药物喂到嘴里，宝宝也会把它吐出来，甚至引发呕吐。

第三节 饮食与营养

1556 什么零食能放开吃

从“能吃”的角度考虑，市场上出售的所有儿童食品都能吃，否则的话，食品监督部门也不会批准生产。什么零食更好，更有营养，可以放开了吃？没有能够放开随便吃的零食，所有的小零食都不能多吃、常吃，零食只是宝宝饮食的小花絮。

1557 绝对不给宝宝吃零食不现实

一点儿零食都不给宝宝吃，也是不现实的。父母应该把握尺度，绝不能因为吃零食，而影响宝宝正常进餐。父母应给予必要的调控和限制，但要有计划地给宝宝购买父母认为好的零食。

最难处理的是朋友送给宝宝的零食。朋友往往送一大堆各式各样的儿童小食品，而且朋友常常把这些小食品直接送到宝宝手中。当朋友没有离开时，父母不好意思限制宝宝。这是养成宝宝贪吃零食的一种情形。其实，父母没有必要碍于这样的面子，在朋友面前恰当地规范宝宝，并不是难堪的事。

拿出你认为可以的数量留给宝宝，其余的保存起来。告诉宝宝这是阿姨叔叔买给宝宝吃的，这些留着出去游玩时吃。如果朋友说让宝宝随便吃吧，你也不能就此这么做。对宝宝来说，在这个家里，你是具有权威的，而不是前来做客的叔叔阿姨。

1558 不可忽视铁缺乏

妈妈都知道补钙，却容易忽视是否缺铁。胎儿从妈妈那里得到铁，储备到肝脏中，出生后4个月内，从奶中获得少量的铁元素，不足部分就开始动用胎儿时期储存的铁了。大约到了半岁，储存的铁就基本上用完了。如果这时宝宝仍然没有添加含铁丰富的食物，就有发生缺铁性贫血的可能。一旦出现缺铁性贫血，单纯靠食物补充是很难补足的。幼儿期铁的需要量是10～15毫克/日，婴儿期铁的需要量是6～10毫克/日。可见幼儿对铁的需要量，比婴儿的要高。

含铁量比较丰富的食物有瘦肉、海产品、动物肝脏、蛋黄、非精制谷类、豆及干果类、绿叶蔬菜等。维生素C可促进铁的吸收，含鞣酸、草酸的食物不利于铁的吸收，比如菠菜是含铁量比较高的食物，但含鞣酸也比较高，因而影响了铁的吸收。幼儿期过多饮奶易发生缺铁性贫血，所以，奶类食品并不是越多越好，到了幼儿期，奶类食品就不能作为主要食物来源了。幼儿喝茶不但影响睡眠，还会影响铁的吸收，所以幼儿不宜喝茶。

1559 食物纤维与便秘

宝宝出现便秘的情况越来越多了，痔疮、肛裂、肛瘘在婴幼儿期都有发生，当医生告诉妈妈，宝宝患有痔疮时，妈妈一脸的疑惑：这么小

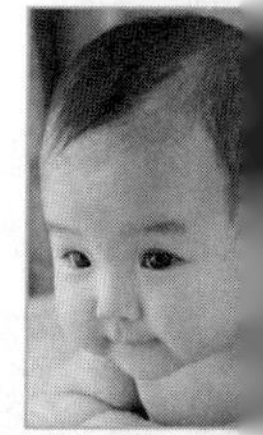

的宝宝怎么会得痔疮呢?

食物纤维是7大营养素之一。食物纤维摄入过少，饮食过于精细是导致宝宝便秘的主要原因。食物纤维的补充主要是通过食入水果、蔬菜、非精制面粉、某些杂粮、燕麦等。现在父母给宝宝的食品过于精细，高蛋白、高热量食物摄入过多，没有足够的食物残渣，使肠道容积不足，导致宝宝容积性便秘。运动量不够也是导致宝宝便秘的原因之一。

1560 失衡性营养不良

现在宝宝发生营养不良，情况与过去相比明显不同。过去是没有足够的营养性食物供给宝宝们，发生的营养不良都是最基础的营养素缺乏，可以说是全线缺乏，“穷病”。现在的营养不良，主要是饮食结构不合理或过于强调某些高营养食物，而忽略了某些低营养食物。事实上，只有全面的营养，合理的膳食搭配才能避免宝宝发生营养不良问题。营养再高的食物，单一品种，或只吃几种所谓的高营养食物，都不能满足人体营养需要。父母需要给宝宝提供种类齐全、搭配均衡的食物，以保证宝宝生长发育所需的多种营养素。

1561 失衡性营养过剩

父母都非常在意宝宝的营养状况，拼命给宝宝买高营养食品。父母愁的不是没钱给宝宝买高营养食物，而是不知道给宝宝吃什么更好，吃什么食物宝宝才能长得又高又胖，吃什么营养素能让宝宝更聪明。结果怎么样呢？小胖墩一个接一个，减肥成了父母一大难题。还有，现在几乎全民都知道补钙，宝宝更不例外，有的父母给宝宝大补特补钙，结果不但伤了宝宝的胃，还引起宝宝便秘，甚至高钙尿，因为一种矿物质的过剩，会导致另一种，甚至多种矿物质缺乏。最具有代表性的就是补锌带来的铁缺乏。有一篇文章影响巨大，透露说，调查显示我国儿童有40%存在着锌缺乏。结果父母就开始常规给宝宝补锌，一补就是几个月，其结果造成铁的缺乏。这就是失衡性营养过剩的一种表现。

1562 关于果汁

纯果汁中含有丰富的维生素C，应该说是一种健康食品。但多数果汁中都含有大量的糖分，摄入过多可导致宝宝腹泻、腹痛及胃肠胀气。果汁中一般添加有甜味剂、人造香料及其他化学成分，所以直接吃水果要比喝果汁好些。

- 饭前1小时不要给宝宝喝果汁；
- 边吃饭边喝果汁并不是好的选择，建议进餐后或餐间喝适量果汁；
- 建议用新鲜的水果自制果汁给宝宝喝；
- 不要以果汁代替水，给宝宝喝适量的纯水对宝宝的健康是很有补益的；
- 睡觉前不要给宝宝喝果汁，以免宝宝出现腹胀。

1563 微量元素

人体对微量元素每天需要量甚微，一般在几十微克至几十毫克之间。只要饮食搭配合理、多样、天然、均衡，食物中的微量元素就可以满足正常需要了，不需要额外补充。

食品加工过于精细会影响微量元素含量。如面粉越精制，营养成分损失越严重，微量元素流失越多。精白糖比红糖微量元素含量低，精盐微量元素含量低。所以，食品加工宜粗不宜细，宜简不宜繁。给幼儿制作食品更是如此。幼儿受生理条件所限，摄入食物品种有限，所以给予一定量微量元素的营养补充是有必要的。微量元素以生物态形式存在于食物中，其吸收利用度远远高于各种各样的人工制剂。所以幼儿需要补充的微量元素，应该从食物中摄入，也就是食补。

1564 什么都吃是最好的

让宝宝什么都吃是最好的，一天至少要吃5类食物，15种以上食品，这很容易做到。然后再根据宝宝不同生长发育期，对不同营养素的需求量，调整比例，合理搭配。吃本来没有什么复杂的，父母要在尊重宝宝饮食选择的前提下，培养宝宝良好的饮食习惯，什么都吃，这是最为重要的。

1565 不要评论桌上的饭菜

面对桌上的饭菜，当妈妈对宝宝说："多吃肉，你能长得高高的。"宝宝从妈妈那里得到的信息可能是这样的：肉能让他长高，菜会让他长矮。尽管妈妈没这么说，但宝宝有举一反三的能力。一盘菜里有胡萝卜、芹菜、蘑菇，妈妈对宝宝说："多吃胡萝卜，胡萝卜有营养。"宝宝就会自然得出：芹菜和蘑菇没营养。如果妈妈一会儿又说："多吃芹菜，芹菜含铁高。"宝宝就会感到茫然，到底该吃什么？当宝宝感到茫然时，就失去了对妈妈的信任，慢慢地，妈妈的话变成了宝宝的耳边风。

既然你把饭菜端到桌子上来了，一定希望宝宝吃。既然你的饭菜不止一样，一定给了宝宝选择的余地，他可能会多吃这种，而少吃那种，宝宝不会很均匀地把你准备的饭菜等量吃下。如果你认为不适合宝宝吃，最好不端到桌子上来。

第四节 尿便、睡眠

1566 鼓励和赞许是永恒的

这个阶段的宝宝大都能告诉父母或看护人，他要尿尿或他要大便。有的宝宝已经能够到卫生间，坐在为宝宝专门准备的马桶上排便了。有一部分宝宝已经能够在熟睡中醒来，告诉父母或看护人他要尿尿。有的宝宝到了3岁，或许自己会在半夜起来拿起便盆排尿，这可是太能干的宝宝了，妈妈一定要非常放手。

不过，如果妈妈每晚都这样享福，宝宝总会有把尿尿到床上的时候，甚至把接到便盆中的尿撒到床上。如果哪天宝宝睡得实了，白天玩得太激烈了或把排尿放在了梦中，宝宝可能会骑在枕头上尿尿。无论是怎样一种情况，妈妈都不能抱怨宝宝，更不能训斥宝宝。在宝宝尿便训练问题上，鼓励和赞许是永恒的，训斥不但不会让宝宝更快地学会控制尿便，还会让宝宝有畏难情绪，使宝宝控制尿便的时间来得更迟。

1567 5岁前都能控制尿便

爱玩的宝宝，或对玩很投入的宝宝，不会把排尿放在心上，宝宝的精力都用在对新奇事物的探索上，用在游戏和玩耍上了，哪里还顾得上尿尿啊。妈妈不要急，宝宝一定能够学会控制尿便的，或许在一个月以后，或许几个月以后，5岁以后还不能控制尿便的宝宝几乎没有，除非个别宝宝患有不能控制尿便的疾病。父母千万不要训斥宝宝，如果父母没有时间训练尿便，就多给宝宝做示范，如果父母有充足的时间就适时地给予训练。在父母看来，宝宝已经能控制尿便了，可

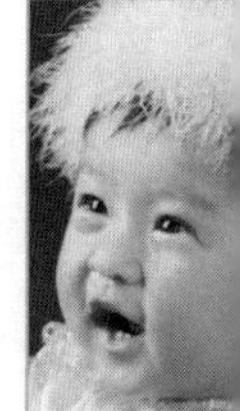
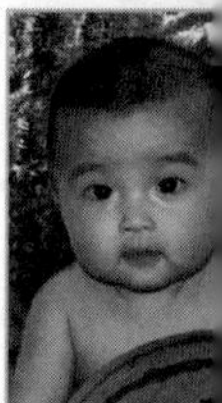
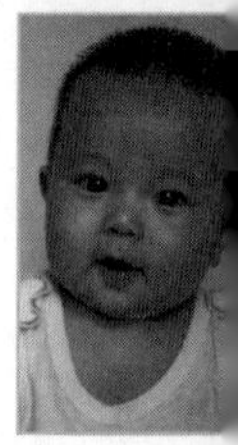
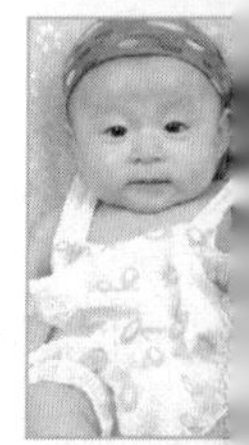
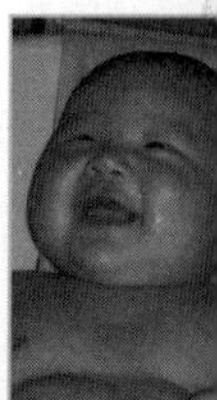

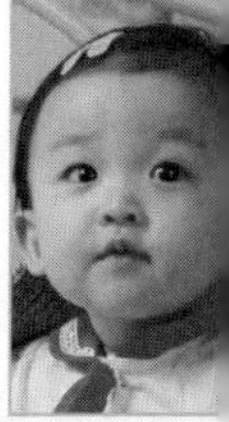

某一天宝宝尿床了，或把尿便排在裤子里，父母都应该视为正常现象，不要发火。

1568 被子仅盖到脚踝处

踢被子不是被子厚薄的问题，所以许多妈妈给宝宝换薄被的努力，差不多都没有收效。我发现有一个方法比较管用，那就是被子不要把宝宝的脚盖上，只盖到脚踝处，脚基本露在外面。当宝宝把脚举起来时，被子在身上，踢不着。可能腿会露出来一些，但被子还盖着大半个身体，基本冻不着。如果怕脚受凉，可以给宝宝穿一双厚一点、宽松一点的棉线袜。

睡袋也是一种选择，有专门防止宝宝踢被子的睡袋，设计比较合理，但价格不菲。妈妈不妨看一看，然后照猫画虎缝制一个，也是亲子生活不错的内容。睡袋要用纯棉细布，做得宽松、柔软。

满床打滚，一会儿仰着，一会儿趴着，一会儿蹶着，对这样的“踢被三郎”，反倒不要用睡袋了，因为不安全。管用又安全的办法是：给宝宝贴身穿细棉线秋衣睡觉，同时把被子盖到脚踝处。摩擦力大了，不容易踢掉被子，即使踢掉，也冻不着。妈妈们根据自己养育宝宝的实际情况，不妨尝试一下。

第五节 预防接种

1569 为宝宝选择计划外免疫的总原则

- 权威机构要求接种的疫苗，尽管还没有纳入国家计划内免疫，在完全没有接种禁忌的前提下，一定给宝宝接种。
- 已经被广泛应用的一些疫苗，证实对预防疾病有帮助，又没有显现的副作用，尽管还未被纳入国家计划，也应该为宝宝接种。
- 正在流行某种传染病，已经有了针对这种传染病的疫苗，尽管不是计划内疫苗，最好也给宝宝接种。
- 宝宝已经完成了所有国家计划内免疫接种，没有发生过任何不良反应，可以更多地接受计划外免疫。
- 宝宝很容易被病毒感染，可以更多地接种病毒免疫疫苗。
- 完成计划内免疫接种后再考虑接种计划外免疫疫苗。

1570 风疹疫苗

近年来，风疹疫苗已广泛应用，8个月以上的婴儿可以接种。女孩接种风疹疫苗是非常必要的，主要考虑的是到了育龄期减少胎宝宝患风疹综合征的几率。接种风疹疫苗没有显现的不良反应，可能会有低热。年龄偏小的宝宝，可能会引起少量、不典型风疹样皮疹，不需要特殊处理，几天就会自然消退。

1571 腮腺炎疫苗

腮腺炎疫苗已广泛应用，宝宝患了腮腺炎，就是民间所说的“肿痄腮”。宝宝“肿痄腮”会引起发热，腮腺肿大，如果合并细菌感染还会引起腮腺化脓样改变，甚至需要切开引流。宝宝会因为腮部疼痛而哭闹、拒食。接种腮腺炎疫苗可有效预防宝宝患腮腺炎。所以，建议给宝宝接种腮腺炎疫苗。

因接种腮腺炎疫苗而引起腮腺炎的情况罕见，宝宝可能有一两天的发热，不需要特殊处理。如果宝宝接种腮腺炎疫苗后出现腮腺肿大，考虑可能接种前就已感染了腮腺炎病毒，处于潜伏期，接种疫苗后加速了病情发展，也可使病症加重。在接种任何疫苗时，都应保证宝宝是健康的。如果宝宝近期有与腮腺炎宝宝接触史，先不要接种疫苗，等到潜伏期过后，确定宝宝没有被感染上，再接种疫苗。

现在麻腮风三联疫苗也开始使用，减少了宝

宝针次。很多国家以三联疫苗代替了风疹和腮腺炎、麻疹单一疫苗。

1572 轮状病毒疫苗

轮状病毒是引起宝宝腹泻的病原菌之一，几乎每年秋季都有流行，主要发生于2岁以下婴幼儿。所以，给宝宝接种轮状病毒疫苗是有必要的。轮状病毒疫苗有注射和口服两种，妈妈可根据情况选择。通常情况下在秋季来临时接种。个别宝宝接种轮状病毒疫苗后可能会发生轻微腹泻，不需要特殊处理。如果腹泻严重，出现水样便，每天超过3次，应该带宝宝看医生。

1573 支气管炎疫苗

支气管炎疫苗是血源疫苗，不赞成给宝宝接种。

1574 流感疫苗

注射流感疫苗是预防流感的有效途径，宝宝6个月以上，如果正处于流感流行季节，可提前接种流感疫苗。流感疫苗没有终身免疫，病原菌每年都有变异的可能，所以流感疫苗应该每年在流感流行季节到来前接种一次。接种流感疫苗后，宝宝可能会在接种当天出现发热，如果体温在38℃以下，不需要特殊处理，可给宝宝多喝水。如果体温在38℃以上，要给宝宝物理降温，可给宝宝洗温水澡，水温比宝宝体温低0.5～1℃，或与宝宝体温相同。物理降温无效，可给宝宝服退热药。疫苗反应引起的发热体温通常不会很高，持续时间一般不超过72小时。如果宝宝体温过高，或时间过长要及时带宝宝去看医生。

附录一

预产期速查表

1	10	2	11	3	12	4	1	5	2	6	3	7	4	8	5	9	6	10	7	11	8	12	9
				Y1	Y2																		
1	8	1	8	1	6	1	6	1	5	1	8	1	7	1	8	1	8	1	8	1	8	1	7
2	9	2	9	2	7	2	7	2	6	2	9	2	8	2	9	2	9	2	9	2	9	2	8
3	10	3	10	3	8	3	8	3	7	3	10	3	9	3	10	3	10	3	10	3	10	3	9
4	11	4	11	4	9	4	9	4	8	4	11	4	10	4	11	4	11	4	11	4	11	4	10
5	12	5	12	5	10	5	10	5	9	5	12	5	11	5	12	5	12	5	12	5	12	5	11
6	13	6	13	6	11	6	11	6	10	6	13	6	12	6	13	6	13	6	13	6	13	6	12
7	14	7	14	7	12	7	12	7	11	7	14	7	13	7	14	7	14	7	14	7	14	7	13
8	15	8	15	8	13	8	13	8	12	8	15	8	14	8	15	8	15	8	15	8	15	8	14
9	16	9	16	9	14	9	14	9	13	9	16	9	15	9	16	9	16	9	16	9	16	9	15
10	17	10	17	10	15	10	15	10	14	10	17	10	16	10	17	10	17	10	17	10	17	10	16
X1 X2				O1	O2																		
11	18	11	18	11	16	11	16	11	15	11	18	11	17	11	18	11	18	11	18	11	18	11	17
12	19	12	19	12	17	12	17	12	16	12	19	12	18	12	19	12	19	12	19	12	19	12	18
13	20	13	20	13	18	13	18	13	17	13	20	13	19	13	20	13	20	13	20	13	20	13	19
14	21	14	21	14	19	14	19	14	18	14	21	14	20	14	21	14	21	14	21	14	21	14	20
15	22	15	22	15	20	15	20	15	19	15	22	15	21	15	22	15	22	15	22	15	22	15	21
16	23	16	23	16	21	16	21	16	20	16	23	16	22	16	23	16	23	16	23	16	23	16	22
17	24	17	24	17	22	17	22	17	21	17	24	17	23	17	24	17	24	17	24	17	24	17	23
18	25	18	25	18	23	18	23	18	22	18	25	18	24	18	25	18	25	18	25	18	25	18	24
19	26	19	26	19	24	19	24	19	23	19	26	19	25	19	26	19	26	19	26	19	26	19	25
20	27	20	27	20	25	20	25	20	24	20	27	20	26	20	27	20	27	20	27	20	27	20	26
21	28	21	28	21	26	21	26	21	25	21	28	21	27	21	28	21	28	21	28	21	28	21	27
22	29	22	29	22	27	22	27	22	26	22	29	22	28	22	29	22	29	22	29	22	29	22	28
23	30	23	30	23	28	23	28	23	27	23	30	23	29	23	30	23	30	23	30	23	30	23	29
24	31	24	1	24	29	24	29	24	28	24	31	24	30	24	31	24	1	24	31	24	31	24	30
25	1	25	2	25	30	25	30	25	1	25	1	25	1	25	1	25	2	25	1	25	1	25	1
26	2	26	3	26	31	26	31	26	2	26	2	26	2	26	2	26	3	26	2	26	2	26	2
27	3	27	4	27	1	27	1	27	3	27	3	27	3	27	3	27	4	27	3	27	3	27	3
28	4	28	5	28	2	28	2	28	4	28	4	28	4	28	4	28	5	28	4	28	4	28	4
29	5			29	3	29	3	29	5	29	5	29	5	29	5	29	6	29	5	29	5	29	5
30	6			30	4	30	4	30	6	30	6	30	6	30	6	30	7	30	6	30	6	30	6
31	7			31	5			31	7			31	7	31	7			31	7			31	7
1	11	2	12	3	1	4	2	5	3	6	4	7	5	8	6	9	7	10	8	11	9	12	10

注：1.无底色的为末次月经来潮第一天日期

2.有底色的为预产期时间，第一行和最后一行为月份

3.一列中，一个月的日期排满后，如10月29、30、31，从1开始就是11月份的日期了

举例：末次月经对应的点O1点(X1与Y1的交叉点)为3月10日、预产期对应的点O2点(X2与Y2的交叉点)为12月15日

附录二

孕检记录表

孕妈妈姓名______ 末次月经___年___月___日 预产期___年___月___日

计划分娩医院______________ 孕检医院______________

孕检日期___年___月___日 星期____ 孕检第___次 孕检医生_____

一般检查项目					
	体重(kg)	血压(mmHg)	宫高(cm)	腹围(cm)	浮肿(+或-)
数　值					
结　论					
建　议					
血、尿检查项目					
尿　检	蛋　白	尿　糖	胆红素	红细胞	白细胞
结　果					
结　论					
建　议					
血常规	白细胞	红细胞	血色素	血小板	白细胞分类
结　果					
结　论					
建　议					
特殊检查项目					
	血　糖	血　脂	胆汁酸	谷丙转氨酶	血浆蛋白
结　果					
结　论					
建　议					
B超检查					
	双顶径	股骨长径	胎心率	羊水平段	胎龄估算
结　果					
结　论					
建　议					
其他检查项目					

附录三

已知部分男性生殖毒物

毒害精子	毒害性激素	毒害睾丸	广泛生殖毒性
毛地黄毒苷	麻醉剂	重金属	开蓬
螺内酯	二恶英	放射线	雌激素
西咪替丁	乙醇	硝基芳香物	酞酸酯
硼酸	工业用可塑剂	己二酮	烷基酚
降压药ACEI类	工业用润滑剂	乙烷二甲基烷黄酸盐	正己烷
降压药利血平	工业用润湿剂	正乙烷	二硫化碳
二硝基苯	氯仿	乙二醇氮乙基醚	环氧氯丙烷
邻苯二甲酸酯	邻苯二甲酸酯	乙醇	氯乙烯
羟基磷酸		甲基化的黄嘌呤	二溴氯丙烷
2，5-已二酮		三甲基磷酸	双酚A
乙二醇氮乙基醚		碘甲烷	氯酚
甲基汞		萘、五氯苯酚	杀虫剂
氯仿		棉酚	除草剂
铅		佛尔酮	铅
砷		咖啡因	
镉		可可碱	
		马来酸二乙酯	
		茶碱	
		对乙酰氨基酚	
		高剂量甲硝唑	

附录四

已知部分女性生殖毒物

毒害卵子	毒害性激素	毒害卵巢	毒害胚胎	毒害乳汁	广泛生殖毒性	引发妊娠并发症
多环芳炔	开蓬	环鳞酰胺	己稀雌酚	5—羟色胺拮抗剂	雌激素	汽油
苯丁酸氮介	苯巴比妥	泼泥松	乙炔睾酮	溴隐亭	抗肿瘤药	苯
大麻	氨鲁米特	长春新碱	炔羟熊稀唑	烟碱	二硫化碳	甲苯
苯并[α]芘	苯氧苄胺	氮芥	甲基雄稀二醇	铅、汞、钴、氟	酞酸酯	二甲苯
铅	酚妥拉明	巯嘌呤	甲基睾酮	溴、碘、苯、锰	烷基酚	三氯乙烯
汞	纳洛酮	大麻	雷洛昔酚	二硫化碳	双酚A	己内酰胺
镉	对氯苯甲脒	苯丁酸氮芥	二硫化碳	多氯联苯	氯酚	
	甲苯	白消胺	镉	有机氯	二-乙基己基磷酸盐	
	滴滴涕		电离辐射	三硝基甲苯	环氧氯丙烷	
	大麻		放射性元素		聚氯乙烯	
	多氯联苯		风疹病毒		乙烯	
	氯丹		疱疹病毒		苯胺	
	二甲基苯并[α]蒽		巨细胞病毒		铅	
	氯苯甲脒		艾滋病病毒		除草剂	
			梅毒螺旋体		杀虫剂	

附录五

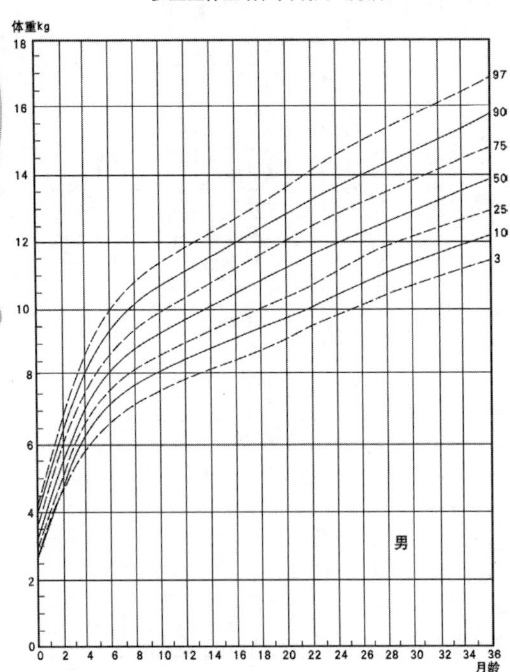

0~3岁宝宝体重增长曲线图（女孩）

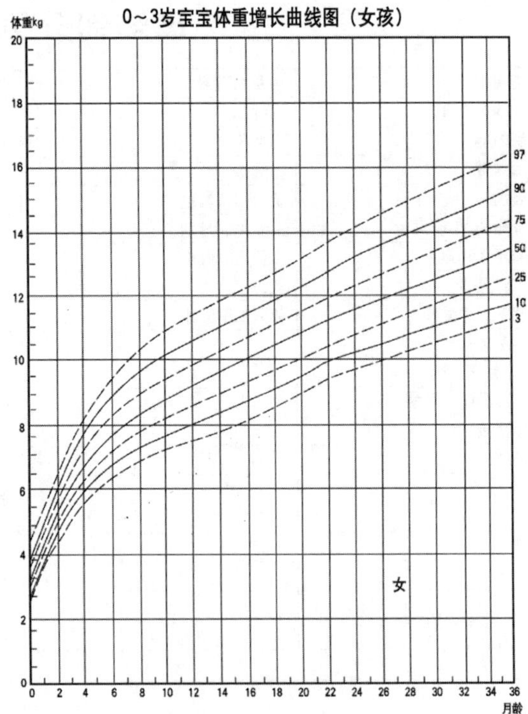

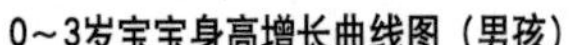

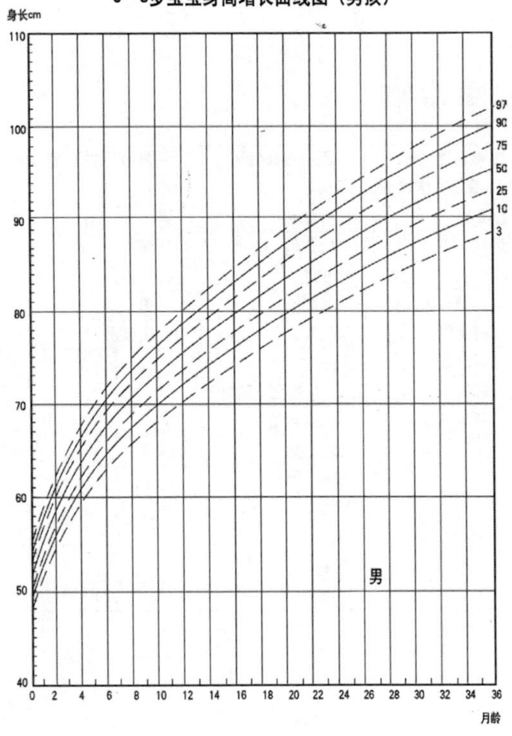

0~3岁宝宝身高增长曲线图（女孩）

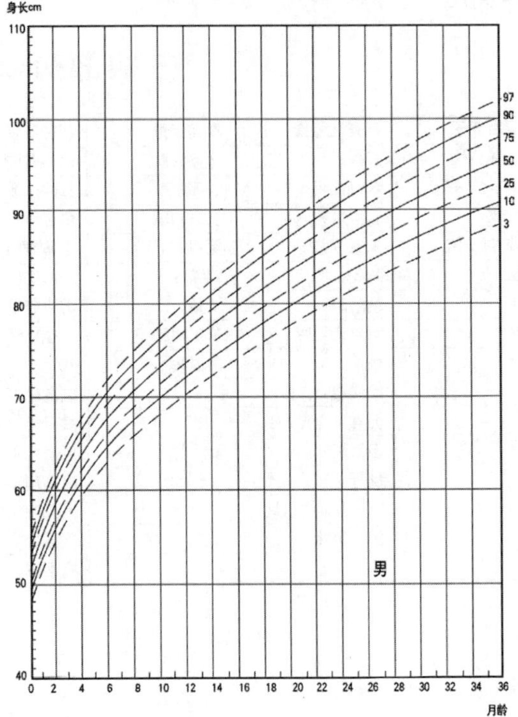

0～3岁宝宝头围增长曲线图（男孩）

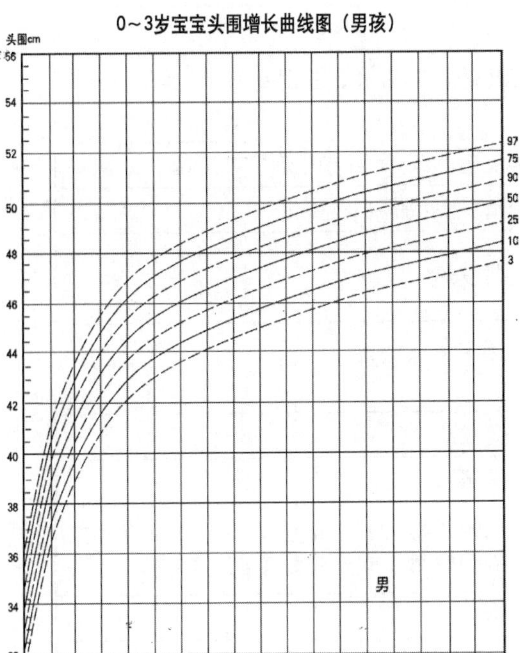

0～3岁宝宝头围增长曲线图（女孩）

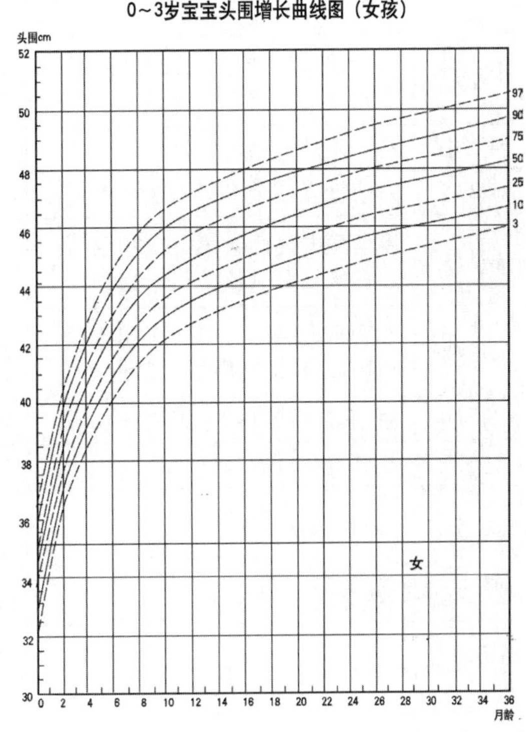

0～3岁宝宝胸围增长曲线图（男孩）

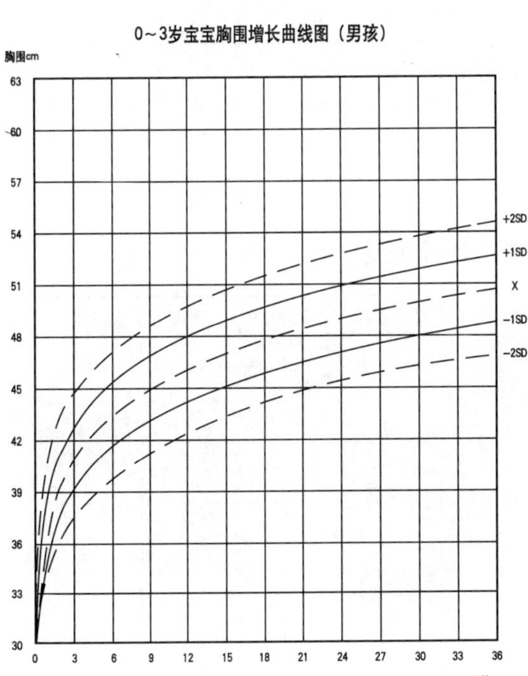

0～3岁宝宝胸围增长曲线图（女孩）

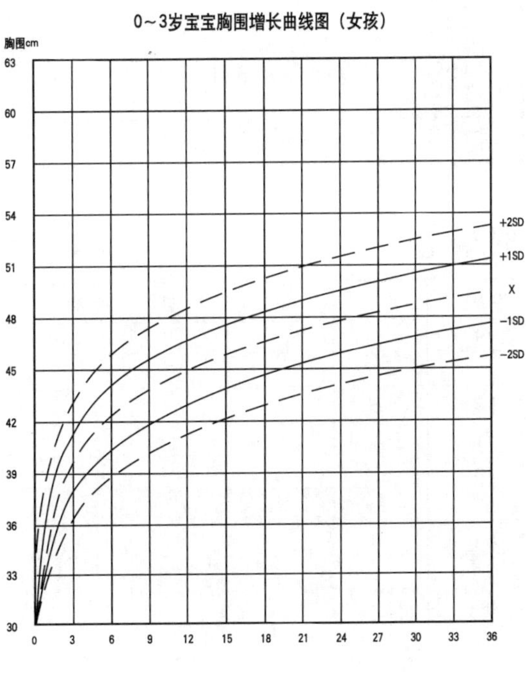

附录六

婴儿预防接种程序表

月龄	接种疫苗	备注
出生后	卡介苗（初种）、乙肝疫苗（第一针）	母亲是乙肝病毒携带者，注射高效价乙肝免疫球蛋白
满1月	乙肝疫苗（第二针）	早产儿体重达2.5公斤后方开始接种疫苗
满2月	麻痹糖丸疫苗（第一次初免）	可能有轻微发热或恶心，少见
满3月	麻痹糖丸疫苗（第二次初免）、百白破疫苗（初免第一针）	可能有轻微发热
满4月	麻痹糖丸疫苗（第三次初免）、百白破疫苗（初免第二针）	可能有轻度或中度发热
满5月	百白破疫苗（初免第三针）	可能有中度发热
满6月	乙肝疫苗（第三针）	局部可有疼痛
满7月	没有计划免疫针	可根据当地要求接种其他疫苗但要弄清疫苗种类和作用，不明白时，向当地防疫部门咨询
满8月	麻疹疫苗（初免）	可能有发热
满9月	没有计划免疫针	可根据当地要求接种其他疫苗但要弄清疫苗种类和作用，不明白时，向当地防疫部门咨询
满10月	没有计划免疫针	可根据当地要求接种其他疫苗但要弄清疫苗种类和作用，不明白时，向当地防疫部门咨询
满11月	没有计划免疫针	可根据当地要求接种其他疫苗但要弄清疫苗种类和作用，不明白时，向当地防疫部门咨询
满12月	乙脑疫苗（初免2针）	可能有发热

附录七

胎儿各器官发育时期表

孕周	脑	眼	心脏	手脚	唇	耳	性器官	上腭	牙齿	腹部
14										
13										
12										
11										
10										
9										
8										
7										
6										
5										
4										
3										
	脑	眼	心脏	手脚	唇	耳	性器官	上腭	牙齿	腹部
孕周	4—13	5—9	5—9	6—10	5—6	8—14	7—11	12—14	8—12	11—12

参考文献

[1]《Human Embryology》William J Larsen著 人民卫生出版社 2002年10月
[2]《组织学与胚胎学》高英茂主编 人民卫生出版社 2001年8月
[3]《实用妇产科学》王淑珍主编 人民卫生出版社 1987年12月
[4]《中国优生科学》吴刚 伦玉兰主编 科学技术文献出版社 2000年11月
[5]《中国遗传学咨询》余元勋等主编 安徽科学技术出版社 2003年6月
[6]《实用新生儿学》金汉珍、黄德珉等主编 人民卫生出版社 2003年
[7]《实用儿科学》上、下册 吴瑞萍、胡亚美、江载芳主编，人民卫生出版社，1959年12月
[8]《儿童保健学》潘建平主编，陕西科学技术出版社，1998年9月
[9]《实用眼科学》刘家琦、李凤鸣主编，人民卫生出版社，1984年7月
[10]《临床儿童口腔科学》文玲英、杨富生主编，世界图书出版公司，2001年10月
[11]《现代小儿耳鼻咽喉科学》郭玉德主编，人民卫生出版社，2000年5月
[12]《实验诊断临床指南》徐勉忠主编，科学出版社，1999年8月
[13]《雷默博士育儿书》Remp.H.Largo著，吕鸿等译，中国商业出版社，2003年1月
[14]《发育行为儿科学》邹小兵、静进主编，人民卫生出版社，2005年11月
[15]《语言本能》（英）史迪芬·平克著，洪兰译，汕头大学出版社，2000年4月
[16]《趣论眼睛》李发科著，中南大学出版社，2005年3月

后记

本书出版之际，首先要感谢我周围许许多多的准妈妈、新妈妈们。是她们一如既往毫无保留地信任我，把她们孕育过程中的喜怒哀乐告诉我，我又和很多妈妈宝宝成为了朋友，又积累了更多的经验。

在这里，要特别感谢那些看病时给我带去宝宝照片的妈妈，感谢那些买我的书分送给好友的妈妈，感谢那些主动提出帮我整理校对书稿的妈妈，感谢那些在博客中留下我看病真实记录的妈妈，感谢那些在育儿讲座中希望向我提供帮助的妈妈，感谢那些不求任何回报甚至没有留下地址和电话的妈妈……这本书的出版，就是对这些妈妈们的一份报答。

特别要感谢本书的责任编辑肖志明和瞿磊。本来，我决定休息一段时间，如果不是编辑尤其是肖志明锲而不舍地和我谈选题、催稿件、认真审校，可能就没有这本书的诞生，或者，会过很长时间才能和读者见面。

目前，健康类图书出版特别繁荣，出得太多，就难免有一些不负责任的草就之作。从我与化学工业出版社接触中，体会到他们对待选题、作者、质量的严格和敬业程度，我非常感动。正是因为如此，我在此再次对化学工业出版社编辑的责任心和工作作风表示感谢。书不分厚薄大小，都是作者心血所系，读者希望所托。这本书，交给了这样的编辑和出版社，我感到他们不负所托。

亲爱的读者朋友，您阅读此书后有任何意见和建议，欢迎随时与我联系。我的电子邮箱是：zyq315@tom.com。

郑玉巧

于北京